François Rabelais

巨人传

Gargantua et Pantagruel

〔法〕拉伯雷 著 成钰亭 译

上

上海译文出版社

François Rabelais
GARGANTUA ET PANTAGRUEL
插图作者：Gustave Doré

图书在版编目（CIP）数据

巨人传：插图珍藏本 /（法）拉伯雷著；成钰亭译.
上海：上海译文出版社，2024.8. -- ISBN 978-7-5327-
8450-9

Ⅰ.I565.43

中国国家版本馆CIP数据核字第2024HZ9079号

译文版插图珍藏本世界文学名著
总策划／冯涛
技术总监／朱奇　设计总监／张志全

巨人传

［法］拉伯雷　著　　成钰亭　译
责任编辑／黄雅琴　装帧设计／张志全工作室

上海译文出版社有限公司出版、发行
网址：www.yiwen.com.cn
201101 上海市闵行区号景路 159 弄 B 座
南京爱德印刷有限公司印刷

开本 890×1240　1/32　印张 44.25　插页 14　字数 588,000
2024 年 8 月第 1 版　2024 年 8 月第 1 次印刷
印数：0,001 — 8,000 册

ISBN 978 - 7 - 5327 - 8450 - 9/I・5191
定价：598.00 元

拉伯雷
François Rabelais
(1483 至 1494—1553)

译本序

一

初读起来，这部小说讲的都是滑稽突梯、逗笑取乐的故事，有的地方甚至流于粗野鄙俗，然而倘在捧腹大笑之余仔细回味，就不难发现这些故事实则蕴含着严肃丰富的思想内容，虽然同我们相去达五百年之久，仍不乏给人以启发教育之处。

作者拉伯雷的名字在我国读者当中并不陌生，不过因为过去没有出版过《巨人传》的全书译本，所以真正读过这部小说的人可能并不多。这部世界名著以其全貌呈现在读者面前在我国还是第一次。

拉伯雷是十六世纪法国文艺复兴运动的代表人物之一。他于一四九三年（一说一四九四年）诞生在法国中部都兰省的施农城，父亲是律师，并拥有田庄，所以推测起来生活是富裕的。拉伯雷幼年在父亲的田庄过着自由自在、无忧无虑的生活。优美恬静的乡野风光，淳朴敦厚的农村习俗深深地印在他的心中，使他终身难以忘怀。这一点可以在他的小说浓重的乡土气息中得到证明。可惜好景不长，他到十几岁上便被送到教会学校接受死气沉沉的宗教教育，后来又进圣方济各会的一所修道院当了修士。在高墙深院里修行是与他活泼开朗的性情格格不入的，而且这时他已经开始接触人文主义思想，所以终于因为轻慢神学经典，醉心异教邪说的古代文化而遭到迫害，最后只好转到圣本笃会的德马伊修道院去。这是拉伯雷为了追求新思想而遭到的第一次打击，它无疑在年轻的拉伯雷心中埋下了仇恨教会的种子，更加激发了他对人文主义理想的向往。

圣本笃会是一个比较重视学术的教派，德马伊修道院的院长又是一位爱好古典文艺的开明主教，拉伯雷的人文主义思想于是得到了自由生长的土壤。后来，他离开修道院，以在俗修道士的身分作了一次周游半个法国的旅行。途中，他考察了各地的法庭和大学教育，封建法律制度黑暗的内幕和经院教育对人性的摧残使他痛心疾首。这次长途旅行使拉伯雷对法国社会有了更深的认识，对于他日后《巨人传》的写作来说，不但是一次思想的酝酿，而且是一次创作素材的准备。

也许是因为医学和人文主义同样是以"以人为本"的思想为基础的缘故吧，拉伯雷在三十多岁上爱上了医学。他跑到蒙帕利埃大学医学院学习。有趣的是，仅仅两个月他就领到了毕业文凭，有人据此推断他早就对医学有兴趣并且掌握了相当丰富的医学知识。他的医学修养不但使他越发感到宗教迷信的荒唐可笑，而且为他的创作准备了丰富的知识源泉，为他的想象力和无穷尽的诙谐提供了自由驰骋的广阔天地。他表面上在扯着漫无边际的笑话，实则信守着生理、解剖、药物等方面的理论，那些以巫术、迷信和偏见为基础的伪医学无不捎带受到严厉的鞭笞。

以后，他到里昂行医，在那里定居了好几年，《巨人传》头两卷就是在那时创作的。医生这个职业，使他能够广泛地接触社会的各个阶层。凭着敏锐的洞察力和深刻的幽默感，这位高明的医生把法兰西社会的每一个痈疽和溃疡都看在眼里，终于不再满足于做一名医治人体疾病的医生，而想同时做一名医治社会疾病的医生了。一五三二年八月，里昂市的书店里突然出现一本奇特的小说，名曰:《庞大固埃传奇》，作者署名那西埃。小说立刻被抢购一空。原来这那西埃不是别人，正是立志于改革的拉伯雷。他在这部小说中以老大不敬的态度几乎亵渎了社会上一切似乎威严神圣的东西，其思想之解放，揭露之大胆，语言之泼辣，挖苦之刻薄实属前所未有。为了躲避教会淫威的锋芒，拉伯雷把自己名字的字母拆散后重新组合，造出这么一个古怪的字作笔名。相隔一年，他继续用这个假名出版了小说的第二卷《高康大》。这两部小说像地震一样震撼了整个社会。它一方面受到城市资产阶级和社会底层人民的欢迎，据拉伯雷自己说，两个月的销售数量超过了《圣经》九年的销售数量；另一方面受到教会和贵族社会的极端仇视，不久，巴黎法院就宣布这两部小说为禁书。一五三五年，法王弗朗索瓦一世改变了在新旧两教之间的平衡政策，完全倒向天主教，公开镇压新教。一切反对天主教会的进步思想当然也都不能幸免，政治形势顿时险恶起来。拉伯雷处世机敏，加上教会中朋友的庇护，终于逃脱了恶势力的屠刀。虽然如此，在他的后半生，封建王朝和教会一直没有放松对他的迫害。

拉伯雷并不屈服，他与黑暗势力进行了顽强而巧妙的斗争。一五三五年他暂时离开里昂，跟随教会中的朋友先后三次游历罗马。他在朋友的帮助下得到教皇的特许，以在俗教士的身分继续行医，并再一次到蒙帕利埃大学学医，获得硕士和博士头衔。他的生活暂时得到保障。懦夫和庸人可以在平静小康的生活中苟且偷安，但是伟大思想家的思想活力和斗争热情却犹如奔突于深处的地火，是一定要爆发出来的。拉伯雷在与各种恶势力机智周旋的同时，又拿起他的笔，开始《巨人传》第三卷的写作。他经过多方努力，争取到国王的特许发行证，为了保险，又在卷首冠以献给王后的诗，由于有了这个合法的伪装，他第一次署上了真名实姓。小说虽然有了一副温良恭顺的外表，但是字里行间仍凶猛地喷射出批判的火焰，于是神学家们首先哗然，鼓噪而起，最后巴黎议会裁决，小说又被列为禁书。出版商、拉伯雷的好友埃季艾姆被烧死，陈尸示众，拉伯雷不得不逃到当时在日耳曼帝国统治下的麦茨。直到几年以后法王亨利二世得子，有人叫拉伯雷写了一首贺诗，因此"皇恩浩荡"，他才获准回到祖国。

晚年的拉伯雷为生计所迫，不得不在长期过着不受约束、自由放任的世俗生活之后又回到宗教世界中来，担任两个小教堂的本堂神父。但是他虽然羁绊在宗教的繁文缛节之中，一颗心仍旧憧憬着未来社会的理想，人文主义的热情并没有因衰老而减退。他在离开圣职后不久于一五五三年四月九日与世长辞。

二

拉伯雷同所有文艺复兴的巨人一样，是学识渊博的学者，特别在医学上颇有建树。他是当时的名医，医道高超；他翻译过多篇古希腊的医学论文，也编写过医学著作。不过，他的名字之所以能够流传到今天，却主要是靠着他的长篇小说《巨人传》。作为医生的拉伯雷早已被人忘却，作为人文主义作家的拉伯雷却永为后世所纪念。

《巨人传》全书凡五卷，首先发表的《庞大固埃》是全书的第二卷，后来发表的《高康大》则是第一卷。作者先写了儿子的传奇，又回过头来补讲父亲的故事，而在成书的时候才恢复了时间顺序，故有这样的颠倒。作者生前小说只出版四卷，死后九年即一五六二年，有人整理出版他的遗著凡十六章，作为小说的第五卷，题名为《钟鸣岛》。又过了两年，五卷本的《高康大和庞大固埃》才头一次出版。

《巨人传》的故事虽然奇特，但是却有着深厚的现实基础，所以透过离奇的情节读者可以明显地感觉到时代脉搏的跳动。大家都知道，十六世纪欧洲发生了一次规模巨大、影响深远的资产阶级思想革命运动——文艺复兴。资产阶级在揭露批判封建社会及其支柱天主教会的腐朽黑暗的同时，针对教会的神权理论提出了为资产阶级利益服务的新的思想体系，即人文主义。人文主义的基本思想是"人乃万物之本"。从这一点出发，人文主义主张尊重自然和人权，主张个性的自由发展，反对天主教会用神权扼杀人性；主张享乐主义，反对禁欲主义；主张科学，反对迷信。拉伯雷诞生的时候，正是法国的文艺复兴开始酝酿的年代，到他进入《巨人传》创作的三十年代，文艺复兴在法国已成燎原之势。此时的拉伯雷已是一个成熟的人文主义者，他勇敢地投身到反封建反教会的斗争中，对黑暗的社会现实采取了不妥协的批判态度。他把自己的全部思想、学说都倾注于笔端，用文艺的形式热情地宣传人文主义，使他的小说具有不可否认的现实主义精神和进步意义。

《巨人传》对法国封建社会的黑暗现实进行了多方面的揭露和猛烈的抨击。作者的批判矛头首先是对着天主教会的。他笔下教会中的人物，不是在侵略者行凶作恶时噤若寒蝉、只会念经祈祷的胆小鬼，便是为非作歹、欺压人民的"可怕的猛禽"，把包括教皇在内的整个天主教会着实地嘲弄了一番。小说揭露了贵族和上层僧侣过着奢侈无度的生活，而广大农民却被像"榨葡萄汁"似的榨干了最后一滴血汗的不合理现象。由于拉伯雷了解许多封建法庭的内幕，所以他更是以极大的义愤控诉了封建法律制度的腐败。他把装模作样貌似公允的法官比作"穿皮袍的猫"，讽刺他们又贪婪又愚蠢，对审理案子一窍不通，只会勒索贿赂。尤其难能可贵的是，小说的批判矛头直接指向了"神圣"的封建法律本身。封建法律被形象地比作"蜘蛛网"，专门欺凌弱小，而那些"牛虻"，即封建贵族和上层僧侣们无论如何作恶多端也总是逍遥法外的。作者借书中一个人物之口愤怒地指出在这样的法律制度下，一切都被颠倒了，"把弊病叫作道德，把邪恶叫作善良，把叛逆名为忠贞，把偷窃称为慷慨；劫夺是它们的座右铭"。

《巨人传》的作者在揭露社会黑暗的同时，从资产阶级立场出发，满腔热情地歌颂了人文主义理想，人文主义的基本问题在小说中大都通过各种艺术形象得到阐发，在这个意义上讲，这部小说可以说是人文主义艺术化的百科全书。

小说从"人性"、"人权"的基本观点出发，尽情地赞颂了人的体魄、人的力量和人的智慧，全面肯定了人存在的价值。人代替了神的位置，作为一种充满着自豪和幸福感的活力出现在小说之中。巨人形象就是这种活力的体现。他们体格健美，性情豪爽，头脑聪明，知识丰富。他们自己掌握着自己的命运，既不必祈求神明的庇佑，也不必担心上天的惩罚。应该承认，小说对人和人性的赞美在一定程度上带有普遍的品格，超出了狭隘的资产阶级阶级性的范围而反映了人类的共同愿望。当然，小说所赞美的"人"就其社会本质而言仍然不过是人格化的资产阶级而已。从十五世纪下半叶起,资本主义经济得到了迅猛的发展。随着经济力量的增长,资产阶级的自我意识不断加强,它踌躇满志,在各个社会领域内都活跃起来。它对未来充满幻想,对自己的力量表现出越来越大的自信。它认为自己将是永恒的存在,整个世界将按照它的意志改变面貌。这种以我为中心的阶级意识和蓬勃乐观的阶级情绪,构成了《巨人传》主要人物形象(如巨人父子、约翰修士)的共同性格特征。这里特别要提到巴奴日这个人物,因为在他身上不但有这种共同的性格特征,而且表现出独特的个性,而这种个性更为鲜明地说明了小说人物的阶级色彩。这个人物有两大特点,一是冒险和进取精神,一是足智多谋而至于狡诈。作者花了大量笔墨描绘这个人物,虽然偶尔也微加揶揄,然而基调是赞美,是歌颂,把他称作"世界上最好的孩子"。可见拉伯雷这样的人文主义者心目中理想人物的品质是同资产阶级固有的阶级性质一致的,其核心是"利",是"金钱"。巴奴日的一句话刻画出整个资产阶级的心理:"没有钱就是最大的痛苦。"

个性解放是《巨人传》提出的一个重要思想。拉伯雷痛恨封建社会森严的等级制度,痛恨封建制度对人民的严酷统治,痛恨天主教会对意志自由的扼杀,所以他的个性解放思想在很大程度上是作为一种社会理想提出来的。这个思想顺应资产阶级政治和经济的要求,毋庸置疑具有进步意义。个性解放后来不但成为整个资产阶级思想体系的一块基石,而且成为近代以至当代资产阶级文学的主题之一。英国的人文主义者托马斯·莫尔写了《乌托邦》一书,设计了他的理想社会,《巨人传》用艺术形式展示给读者的也是一个乌托邦社会,这个社会的法则和基础就是个性解放。小说中的特来美修道院就是作者设计的这个乌托邦社会的缩影。在这个修道院里,人与人的关系是平等的,彼此和睦相处,任何人都不把自己的意志强加于人。既没有束缚个性发展的宗教礼节,也没有限制个人自由的清规戒律,每个人都有充分发展自我的权利。这种完全的个性解放,作者用一句话加以概括,就是修道院的院规:"随心所欲，各行其是。"作者力图用个性的完全解放作为人与人之间，人与社会之间统一协调的基础，这当然不过是他天真的幻想而已。

当资产阶级向神权作斗争的时候，教育问题总是作为一个极其重要的问题提出来。教育在西欧漫长的封建社会里一直是教会手中的工具，从内容到方法都是经院式的，毫无生气。《巨人传》抓住经院哲学和经院教育繁琐无聊、空洞无物的特点，以夸张的笔触、尖刻的嘲讽，剥去其令人生畏的法衣道袍，还其违反科学、违反人性的本来面目。小说中出现的经院哲学家和神学家无一不是头脑褊狭、腹中空空、言不及义、目光短浅的可笑形象。小说刚开始作者就设计了这样一个情节：高朗古杰请了一个神学家给高康大当教师，结果把一个聪慧伶俐的高康大训练成没头没脑的蠢瓜。作者用这个情节说明，经院教育只能把人引向愚蠢，而把人固有的优秀品质化为乌有。拉伯雷的教育观是与他个性解放思想紧密联系的。论其根源，无疑在于资产阶级自由竞争和自由发展的要求；就其本身的意义而论，则显然是对于经院教育否定个性的否定。后来莫里哀的喜剧在嘲笑经院哲学家时，在艺术手法上与《巨人传》一脉相承，而拉伯雷以个性自由发展为核心的教育思想则被卢梭继承下来，在《爱弥儿》这部教育小说中得到淋漓尽致的发挥。

《巨人传》里还有一个突出的内容，就是对知识的渴望和追求。在中世纪几百年的教会统治下，神的"启示"代替了人类历史创造的全部知识。古代希腊和罗马文化的发现，犹如在河堤上挖开了缺口，对知识和科学的追求汹涌奔泻，不可遏止。知识和神权如水火互不相容，资产阶级为了同神权斗争，迫切需要知识这个武器。《巨人传》的开头，高康大离开母体后不是发出呱呱的哭声，而是用震耳欲聋的叫声喊出："喝呀，喝呀，喝呀！"显而易见，这个情节是有其象征意义的，这正是新兴资产阶级渴望知识的迫切心情的写照。小说结尾，庞大固埃和巴奴日、约翰一同找到了神瓶，神瓶的启示是："喝。"法国著名进步作家法朗士对这个情节的理解是："请你们到知识的源泉那里……研究人类和宇宙，理解物质世界和精神世界的规律……请你们畅饮真理，畅饮知识，畅饮爱情。"

三

小说，特别是长篇小说，作为独树一帜的文学体裁在文学史上确立其地位，在法国是以《巨人传》为起点的。当然，在后世人的心目中，《巨人传》仍未脱尽口头文学的稚气：纵观全书，结构松散，有时失之拖泥带水，有时又大跨度地跳跃，缺乏整体的美感；人物塑造仍流于一般化，离典型化尚远。不过，瑕不掩瑜，小说的这些缺陷并不能掩盖它的艺术光彩。

首先，我们不能不佩服作者丰富的想象力。这种变幻无穷、似乎永不衰竭的想象力当然是和民间传说的启发分不开的；作者渊博的学识也无疑给想象插上了翅膀。但是，其主要源泉还是作者宽广深厚的生活基础。小说以巨大的篇幅，用神怪传奇的形式叙述了三代巨人的经历，各具特色，互不雷同；现实社会不同阶级、不同职业的人，从国王到农民，从教皇到教士，分别出现在层出不穷的新颖奇特的故事当中；万千社会现象，各种不同的场面都得到淋漓尽致的表现。虽然无所不包，读来却无单调枯燥之感，而且小说自始至终对读者有一定的吸引力。如果没有深广的社会阅历，没有对生活细致入微的观察体验，那是很难做到这一点的。

小说在艺术上的成功，除得之于作者丰富的想象力之外，语言的功力也是一个重要原因。拉伯雷精通古希腊文和拉丁文，然而他并没有用古人的语言作为写作材料，而是用人民大众的语言，主要是城市商人、手工业者和自由职业者的语言作为小说语言的基调。他大量采用俗语、习语、俚语，使作品的语言生动活泼、平易流畅，而且富于变化。他有时甚至信笔所至，创造新词，别开生面，令人捧腹。特别是人物对话，往往有声有色，富于戏剧性，具有较强的感染力。他的语言深深地根植在现实生活的土壤中，因此能够一扫教会文学和贵族骑士文学矫揉造作的文风，犹如大江流水，具有一股不可阻挡的气势。语言气势对作品的思想气势起到了推波助澜的作用，而且在很大程度上弥补了情节松散的缺陷。

拉伯雷是杰出的讽刺大师。法兰西民族的幽默感同对现实的洞察力结合起来，使他的笔具有非凡的讽刺力量。他的讽刺，冷嘲有之，热骂亦有之；前者像白描的幽默画，使人忍俊不禁，后者如重彩的漫画，使人捧腹大笑。拉伯雷具有彻底精神，对社会黑暗务欲彻底揭露之，因此常用夸张的笔法化"庄严"为滑稽，抹去一切"神灵"头顶的灵光圈，暴露其丑陋的真面目，让读者发出痛快的笑声。所以说，拉伯雷的讽刺之所以有力量，是因为它的革命性和战斗精神。

《巨人传》无论在思想内容方面还是在艺术手法方面，都显而易见是中世纪法国市民文学的继续和发展。市民文学是口头文学，《巨人传》在相当大的程度上保留了口头文学的格调，因而它的通俗性和民间性使它得到广泛的欢迎。有关高康大的传奇早在拉伯雷写作《巨人传》之前就广泛流传于民间故事之中了。拉伯雷的成就，在于他巧妙地采纳民间传说的题材，然后把自己渊博的知识以及在生活中积累起来的丰富的现实素材糅杂进去，寓严肃于诙谐，寄深刻于庸凡，以聪睿的才智、惊人的决心和勇气完成了法国第一部成功的通俗小说。

拉伯雷之所以采用通俗小说的形式，除了因为他知道这种体裁深受城市市民的喜爱之外，还因为用开玩笑、说故事的方式曲折迂回地宣传人文主义思想（在当时也就是宣传革命思想），比较易于逃避教会的迫害。从这里也可以看出拉伯雷的斗争艺术。

《巨人传》在法国文学史上占有重要地位，这是历代评论家所公认的。虽然他们对小说的社会意义如何理解有不同的看法，但是他们都一致承认作品的伟大艺术力量，承认拉伯雷对于法国文学发展作出的不可磨灭的贡献。

罗 芃

目　录

第一部　庞大固埃的父亲；巨人高康大骇人听闻的传记

第二部　渴人国国王庞大固埃传

第三部　善良的庞大固埃英勇言行录

第四部　善良的庞大固埃英勇言行录

第五部　善良的庞大固埃英勇言行录　卷　末

第一部

庞大固埃的父亲；巨人高康大骇人听闻的传记

一本充满乐观主义的作品

精华的发掘者
阿尔高弗里巴斯旧作

给读者

读者好友，你们读这本书，
请把一切成见先消除，
读时，且莫气愤恼怒，
书内既无邪恶，亦无毒素。
不错，除开一些笑料，
这里没有什么完善美好，
看见悲痛使你们忧悒枯槁，
我心里实在找不出别的材料；
与其写哭，还是写笑的好，
因为只有人类才会笑^①。

① 这是亚里士多德一句话，见亚里士多德《生物篇》第3卷第10章："动物中，只有人类才会笑。"

作者前言

　　著名的酒友们，还有你们，尊贵的生大疮的人——因为我的书不是写给别人，而是写给你们的——，阿尔奇比亚代斯①在柏拉图对话集②一篇叫作《会饮篇》的文章里，曾经称赞他的老师苏格拉底③这位无可争辩的哲学之王，在许多话以外，他还说他老师很像"西勒纳斯"④。所谓"西勒纳斯"，在从前原是指的一种小盒子，就像现在我们在药房里看见的小药盒一样，盒子上画着一些离奇古怪的滑稽形象，比方女头鹰身的妖怪、半人半羊的神仙、鼻孔里插着羽毛的鹅、头上生角的兔子、驮鞍子的鸭子、会飞的山羊、驾车的鹿等等一些随意臆造出来引人发笑的图画（就像巴古斯⑤的老师西勒纳斯⑥那样）。但是盒子里面却贮藏着珍贵的药品，像香脂、龙涎香、蓬莪茂、麝香、灵猫香、宝石及其他珍贵的东西。阿尔奇比亚代斯说苏格拉底就是这样，因为从外表看，也就是单从外表的形象看，你们真会觉着他不值一个葱皮钱。他确实生得太丑陋了，形象可笑，尖鼻子、牛眼睛、疯子面孔、行动率直、衣饰粗俗，既无财产，更没有女人爱他，任何官也做不来，一天到晚嘻嘻哈哈，跟谁都会碰杯，讲不完的笑话，不肯让人看出他渊博的学识，但是，你打开小盒，就会在里面发现一种崇高的、无法估价的药品，也就是说：超人的悟性、神奇的品德、百折不挠的勇气、无比的节操、镇静的涵养、十足的镇定，对于人们梦寐以求的、劳碌奔波的、苦苦经营的、远渡重洋追求的，甚至为之发动战争的一切，更是蔑视到使人难以相信的地步。

依你们看来，我这一套开场白有什么用意呢？我告诉你们，我的好学生，还有若干有空闲的疯子，你们读到我写作的几本书的奇怪名字，像:《高康大》《庞大固埃》《酒徒》《裤裆的尊严》《油浸青豆cum commento》⑦等等，便会毫无困难地断定书里面无非是笑谈、游戏文字、胡说八道，因为单看外面的幌子（我是指书名），如不深入研究，便会普遍地认为是嘲弄和嬉笑。但是，这样轻易地断定人家的作品，并不合适。因为你们自己不是也在说么，穿袈裟的不一定都是和尚，正像有些穿袈裟的肚子里的货色连和尚也及不上，也好像披西班牙披风的人，论勇气却丝毫没有西班牙的风度一样。所以，需要打开书，仔细衡量一下书的内容，那你们就会看出来，里面贮藏的药品和盒子

---

① 阿尔奇比亚代斯，克利尼亚斯之子，公元前454年生于雅典，苏格拉底的学生。
② 柏拉图（前427—前347），古希腊先验论哲学家，概念辩证法的创始人，他的《对话集》是西方文艺理论最早的作品之一。
③ 苏格拉底（前469—前399），古希腊唯心主义大哲学家。
④ "西勒纳斯"，这个字是从希腊文来的，意思是嘲弄者，嘲笑者，引人发笑者。
⑤ 巴古斯，希腊神话里的酒神。
⑥ 西勒纳斯，腓力基亚人之神，巴古斯之养父，希腊神话里说西勒纳斯秃顶，带角，鼻孔朝天，矮身材，大肚子，有时骑驴，有时扶杖，手持酒杯，笑口常开。
⑦ 拉丁文，"附注释"。

上所看到的东西，其价值完全不同了；也就是说书里谈论的内容，和标题上所显示的东西毫无共同之处。

即使在表面的文字上，你们读到些有趣的东西，符合书名的东西，那也不要像听了美人鱼①的歌声似的停下来，而是要从这些你们以为只能使人快活的文字里，体会出更高深的意义。

你们不是开过酒瓶塞子么？好！请回想一下你们自己当时是怎样一副表情。你们见过一只狗碰到一根有骨髓的骨头没有？柏拉图在《lib. ij de Rep.》②里说得好，狗是世界上最讲哲学的动物。如果你们看见过，就一定会注意到它是多么虔诚地窥伺那根骨头，多么注意地守住它，多么热情地衔住它，多么谨慎地啃它，多么亲切地咬开它，又多么敏捷地吸嘬它。是什么使这只狗这样做的呢？它这样小心谨慎，希望的是什么呢？它想得到什么好处呢？大不了只是一点骨髓罢了。可是，这一点点东西，说真的，却比许多别的食物精美得多，因为骨髓自然是一种绝顶美好的滋养品，像迦列恩③在《iij Facu. natural., et xj De usu Parti》④里所说的那样。

根据这个例子，你们要拿出精于搜索、勇于探求的精神，把这几部内容丰富的作品好好地辨别一下滋味，感觉一下，评价一下；然后，经过仔细阅读和反复思索，打开骨头，吮吸里面富于滋养的骨髓——这就是我用毕达哥拉斯⑤式的象征比喻所指的东西——我可以肯定你们读过之后会更明智、更勇敢；因为你们将感受到独特的风味和深奥的道理。不管是有关宗教，还是政治形势和经济生活，我的书都会向你

---

① 美人鱼，希腊神话中水里的女妖，上身是女人，腰部以下是鱼，惯用优美的歌声诱杀路人。
② 拉丁文，"《共和国》第2卷"。
③ 迦列恩（131—201），希腊名解剖学家。
④ 拉丁文，"《自然机能》第3卷和《人体各部功用》第11卷"。
⑤ 毕达哥拉斯（前571—前497），古希腊哲学家及数学家。他的信徒（毕达哥拉斯派）把数的概念绝对化，把数的关系当作事物的本质，于是在唯心主义的基础上便产生了毕达哥拉斯式的象征主义。

们显示出极其高深的神圣哲理和惊人的奥妙。

平心而论，你们相信荷马^①在写作《伊利亚特》和《奥德赛》的时候，会想到后来普鲁塔克^②、赫拉克利特·彭底古斯^③、厄斯塔修斯^④、弗尔奴图斯^⑤等人根据他的作品写出寓言么？他会想到波立提安^⑥又从这些人的作品里剽窃东西么？如果你们相信的话，那你们和我的意见就无任何相似之处了，因为我认为荷马根本就没有想到过这些，正像奥维德^⑦在《变形记》里从没有想到过《福音书》里的圣事^⑧一样，尽管有一个吃饱饭没事干的吕班修士^⑨遇到和他同样糊涂的人（就像俗话所说：瞎猫碰见死老鼠）的时候，曾极力表示过相反的意见。

如果你们也不相信这些，那为什么对我这使人快活的新传记不采取同样态度呢？要知道我在写作的时候，根本没有想到这些，和你们，碰巧跟我同样会喝酒的人，没有想到这些完全一样。因为，写作这样大的一本书，我从未浪费过、也未曾使用过规定满足口腹之欲以外的时间，换句话说，我仅是使用了喝酒和吃饭的时间。喝酒吃饭的时间才是写这种高深的学术文章最适宜的时候。语言学家的典范荷马，还有贺拉斯^⑩所证明的拉丁诗人之父埃尼乌斯^⑪，就是善于运用这个时间的，尽管有一个粗坯说埃尼乌斯的诗酒味大于油味。

---

① 荷马（公元前约9世纪），古希腊诗人，史诗《伊利亚特》和《奥德赛》的作者。
② 普鲁塔克（约46—120），希腊传记家及伦理学家，著有《希腊罗马伟人传》等。
③ 赫拉克利特·彭底古斯，公元前4世纪古希腊唯物主义哲学家，柏拉图的学生。
④ 厄斯塔修斯，12世纪希腊语文学家，著有《伊利亚特及奥德赛注释》等书。
⑤ 弗尔奴图斯，1世纪斯多噶派哲学家。
⑥ 波立提安，15世纪意大利诗人，曾用古代神话创作寓言，并诠释荷马史诗。
⑦ 奥维德（前43—18），古罗马诗人，著有《变形记》等作品。
⑧ 圣事有七，即领洗，圣体，坚振，告解（忏悔），终傅，神品，婚姻。
⑨ 吕班，传说中的一个傻修士，一说系指英国籍的本笃会修士多玛斯·瓦雷斯，他在1509年发表过一本注释奥维德《变形记》的作品。
⑩ 贺拉斯（前65—前8），古罗马诗人，著有《颂诗》《讽刺诗》以及《诗艺》等作品。
⑪ 埃尼乌斯（前240—前170），古罗马诗人，此处所引见贺拉斯《书简》第1卷第19章第6至8行。

一个坏蛋说我的书也是这样，这叫活该！酒味比起油味来，要更可爱、更吸引人、更诱惑人、更高超、更精美到不知道多少倍了！因此有人说我浪费的酒比油多，我感到很光荣，和德谟斯台纳①听见人说他浪费的油比酒多感到自豪一样。对于我，只要有人说我、称道我是笑谈能手，好伙伴，我就感到荣耀和光彩，单凭这个头衔，只要有乐观派在场，我都能受到欢迎。有一个难对付的人曾经非难过德谟斯台纳，说他的演说气味像一个卖油的身上那条又脏又臭的围裙。对于我的言行，你们可要往最完善的方面去解释，请珍惜供给你们这些快活笑料的奶酪形的脑汁，并尽你们的能力，让我笑口常开。

现在，你们高兴吧，我亲爱的人，快快活活地读下去吧，愿你们身心舒坦，腰肢轻松！可是听好，驴家伙（否则，叫大疮烂得你们不能走路！），可别忘了为我干杯，我保证马上回敬你们。

---

① 德谟斯台纳（前385—前322），古希腊大演说家，曾因演说受辱，发奋苦练，卒至成功。此处指其在灯下深夜用功。

第一章

高康大的谱系和古老的家世

要认识高康大出身的谱系和古老的家世，我请你们参看庞大固埃伟大的传记①，从那里你们可以详细地看到巨人如何生到这世上来，庞大固埃的父亲高康大又如何是他们的嫡系后裔。我请你们不要怪我暂时先不谈这些，虽然故事的叙述，越是重复一次，越能引起诸位的兴趣，这一点，在柏拉图的《费立布斯篇》和《高吉亚斯篇》②，还有弗拉古斯③的作品里，都可以找到有力的说明，那里面说有些故事，毫无疑问就像我这些故事一样，越是反复重述，越能引人入胜。

自从挪亚造方舟④到今天，我巴不得每一个人都能清清楚楚地知道自己的家世！我想世界上今天有不少的皇帝、国王、公爵、王侯和教皇就是从挑担子的、卖柴火的祖先来的，反过来说，救济院里的穷人，还有乞丐和受苦的人，也很可能是过去国君和皇帝的直系后代，这是因为朝代和国家的变迁太大了，你们看：

> 从亚述人⑤到米太人⑥，
> 从米太人到波斯人⑦，
> 从波斯人到马其顿人⑧，
> 从马其顿人到罗马人，
> 从罗马人到希腊人，
> 从希腊人到法兰西人⑨。

再让你们了解一下现在在说话的我吧，我想我就是从前什么富贵的国王或贵人的后裔，原因是你们从没有看见过有比我更喜欢做皇帝或富人的人了，这样我便可以大吃大喝，百事不做，自在逍遥，并且叫我的朋友和一切有道德和有学问的人都成为富人。对于这一点，我很泰然，因为将来到了另一个世界里一定办得到，而且还会远远超过目前所能想望的。所以，你们也用同样或者更乐观的思想来克服艰苦

---

① 本书的第2部《庞大固埃》原来发表在第1部之前（1532），卷首第1章曾详溯本书主人公之家谱。

② 柏拉图《对话集》里的第2卷及第3卷。

③ 弗拉古斯即古罗马诗人贺拉斯，此处所指见《诗艺》第365行："有的百看不厌。"

④ 故事见《旧约·创世记》第6章。

⑤ 亚述，公元前3000年在美索不达米亚的早期奴隶制度国家，首都即名亚述，公元前8世纪后半叶和前7世纪前半叶，是一个强大的国家。

⑥ 米太，公元前7世纪到前6世纪的早期奴隶制国家，在伊朗高原西北部，公元前约556年归波斯王政权管辖。

⑦ 波斯等部落于公元前559年曾战败米太。

⑧ 马其顿，巴尔干半岛上的古国，公元前4世纪灭波斯王国，成立亚历山大帝国，后被罗马人征服。

⑨ 15世纪法国法学家认为世界统治权从希腊人，亦即拜占庭，传至法国人，法国国王弗朗索瓦一世称霸的野心即从此来。

吧，如果可能的话，畅畅快快地多喝两杯。

现在咱们言归正传，我告诉你们，由于上天的保佑，高康大的古老家谱，比任何其他家谱都保留得完整，当然默西亚①的除外，不过他的我不想谈，也没法谈，因为魔鬼们（诽谤人的人和假冒为善的人）会反对。这份家谱是约翰·奥都②在他的一块草地里发现的，地点就在奥里沃过去不远、瓜楼拱门附近、通往拿尔塞的大路那里。当时约翰·奥都正在叫人开掘沟渠，掘土的铁锹忽然碰到了一座古铜的大坟墓，大得没边没缘，谁也没有摸到尽头，因为坟墓一直伸延到维也纳河水闸③过去很远的地方。他们在一个有酒杯作为标志的地方打开了坟墓，酒杯的周围用埃托利亚④文字写着："Hic Bibitur。"⑤他们在那里看见九只酒瓶排列得和加斯科涅⑥地方玩木棒球的排法⑦一样，当中的那只酒瓶压着一本灰色的书，又厚又大，精致美观，可是已经霉了，气味比玫瑰花还浓，只是没有那么好闻。

上面所说的家谱就记载在这本书里，全部是古罗马抄本的花体字，而且不是写在纸上，也不是写在羊皮或蜡块上，而是写在榆树皮上。只是年代太久了，简直没法接连看出三个字来。

我呢（虽然没有这个资格），也还是被叫去了。借着眼镜的大力帮助，运用了亚里士多德勒斯⑧教导的阅读晦暗文字的方法，正如你们可以想见的，按照庞大固埃的方式，也就是说，一面开怀畅饮，一面读

---

① 默西亚即《圣经》里的所谓救世主耶稣。
② 约翰·奥都可能确有其人，瓜楼拱门在作者故乡施农附近圣迈莫的草原上，奥里沃是该处一座农庄，拿尔塞是施农东面克拉方镇一个地名。
③ 这条河到18世纪还需要利用水闸才能行舟。
④ 埃托利亚，公元前15世纪意大利南部之联邦古国，后灭于罗马。
⑤ 意思是"饮酒于此"。
⑥ 加斯科涅，法国南部古省名。
⑦ 用九根上细下粗的木棒，以三个为一行，共排三行，成方形，掷球打倒。
⑧ 亚里士多德勒斯，当时法国学者对亚里士多德的称呼，亚里士多德（前384—前322）为古希腊大哲学家，柏拉图的学生。亚里士多德在《疑问篇》里曾论及眼疾，但未谈到如何观察晦暗文字。

着庞大固埃的惊人伟绩，就把它译了出来。

书的末尾附有一篇题目是"防毒歌"的短文，开头的地方已被老鼠、蠹鱼，或者（别让我瞎说）其他的害虫咬坏了，其余的部分，我为了对古物表示尊重，把它全抄在这里。

第二章

古墓中发现的防毒歌 ①

？？来了琴布尔人②，伟大的征服者，

……怕露水，来自天空。

……来临，人们把水槽倒满。

……新鲜奶油，直往下冲。

……老祖母被浇湿了，

高声叫嚷："大王啊，求求你，拉他出来吧，

他的胡须沾满了粪污泥泞，

或者，至少给他一把梯子也行。"

有人说，吻其鞋③

远胜得到宽赦；

可是一个矫揉造作的无赖

忽地从钓鲥鱼的水池里钻出来④，

说道："先生们，我们要有一条鳗鱼，

为了天主，把它藏在店堂里⑤，

在那里（如果我们凑近看），

他帽子里还有块大污点。"

开始诵读的时候，
生硬晦涩难往下看；
他说道："我觉着帽子里冷得难受，
冷气一直钻进了我的头。"
拿萝菔缨为他取暖，
他喜欢待在火边，
只要肯分发一匹新马，
没头脑的人何止万千⑥。

他们谈论圣巴特里斯洞⑦，
直布罗陀洞⑧，以及许多别的洞；
如果能使它们结成疤痕，
那就不会再有咳嗽疾病。
看见人人乱打呵欠，
谁也不会觉着雅观，
如果他们都不张嘴，

---

① 这是16世纪流行的一种"谜诗"体的文字，辞句比较玄奥，上下文多不衔接，
   作者偶尔指一件事，偶尔指一个人，曲折迂回，颇难捉摸，这里前一半多是攻
   击罗马教会，后一半则向往民主、自由、和平、幸福的生活。
② 公元前2世纪北欧日德兰半岛上的日耳曼民族，曾伙同条顿民族占领高卢，后被
   罗马大将马利乌斯战败。
③ 晋谒教皇的人，允许亲吻教皇的礼鞋。
④ 指日内瓦湖誓反教与天主教之争。
⑤ 指教皇的宫殿。
⑥ 指每年朝拜教皇的人。
⑦ 圣巴特里斯洞，在爱尔兰多内加尔的戴格湖里一小岛上，中世纪时，传说可由
   此通往炼狱。
⑧ 直布罗陀洞，比利牛斯半岛与非洲西北部之间的海峡。

也许还能拿去交换。

命令海格立斯^①去剥乌鸦^②，
他刚到过利比亚。
米诺斯^③说："人人都被邀请，
唯独无我，是为什么？
还要我停止供给
牡蛎和田鸡！
与其今生同意他们的线锤生意，
我宁肯立刻死去。"

瘸腿的Q.B.来调停双方争执，
一路带来悦耳的鸟啼，
巨人西克洛波^④的表兄判断是非，
把他们全部杀死。谁能不擤鼻涕！
在这块闲地里^⑤难得有傻瓜出世^⑥，
不被压死在硝皮场里，
勇往直前，撞起大钟，拿起武器，
比去年一定更有成绩。

不久以后，朱庇特^⑦的大鹰，
宣告大祸即将来临，

---

① 海格立斯，神话中朱庇特与阿尔克墨涅之子，曾做过出名的十二伟绩。
② 指穿黑色衣服的修道士。
③ 米诺斯，希腊神话中宙斯之子，生于克里特，地狱之神。
④ 西克洛波，希腊神话中之巨人，只有一只眼睛，生在脸当中，为朱庇特造雷。
⑤ 指罗马教会。
⑥ 指马丁·路德的新教派。
⑦ 朱庇特，古罗马宗教中最高之神，相当于希腊的宙斯。

但是看见他们这样激动，

又怕把整个国家打倒、推翻、拆毁、削平。

因此宁要天火，

烧到卖咸盐的地区，

也不要让"马索莱"①的判断所奴役，

不许阴谋破坏晴朗的天气。

一切终于很好地罢休，

虽然亚太②伸着鹭鸶般的长腿，

坐在那里，看见彭台西丽雅③到老来

只落得卖芹菜。

人人高呼："丑恶的黑炭头，

你怎敢在大路上出头？

羊皮的罗马旗帜，

你不是已经拿到手！"

若不是朱诺④在天虹下，

放出猛禽，设下陷阱，

她会中别人的诡计，

四面受敌。

最后成立协议，她可以吃

珀尔塞福涅⑤的蛋两只：

如果再被人发现，

---

① "马索莱"，希伯来专攻《圣经》的学者。
② 亚太，希腊神话里挑拨是非的女神。
③ 彭台西丽雅，曾拯救过特洛亚的亚马孙女后，貌奇美，后被阿基勒斯所杀。
④ 朱诺，古罗马宗教中妇女保护神，朱庇特之妻，司婚姻。
⑤ 珀尔塞福涅，神话中宙斯之女，地狱之神。

定要把她捆到奥尔帕斯山巅。

二十二减七个月之后，
从前迦太基①的征剿者②
和悦地来到他们这里，
请求继承他的东西，
或者，像鞋匠绱的鞋那样针脚匀称，
大家均分，合理公平，
连书写执照的人，
也应分到一杯羹。

但等这年一到，记号是五个线锤，
一张土耳其弓和三个锅腿，
一个生大疮的野皇帝，
背上披着隐修士的会衣。
发发善心吧！为了一个虚伪的女人，
难道让这么些土地沉沦？
算了吧，算了吧！没有人要学你的虚假，
滚到魔鬼的地方去吧。

这一年一过，将是天下太平，
君王与好友事事与共。
不再有强暴，不再有虐政，
一切的善意都将有共鸣，
过去享不到的幸福乐趣，

---

① 迦太基，公元前7世纪非洲古国，后败于罗马帝国。
② 指"非洲西庇翁"。

将随他的旨意降临人世，
那时，被征服的马群，
将胜利地为国奔驰。

这个变化多端的时期，
将一直到捉住战神为止，
那时，将有一个卓越、高超、
温和、可亲的人来到。
我忠诚可靠的人们，打起精神，
参加宴席，因为人一旦死去，
给他任何好处，也不会再回来，
逝去的光阴多么值得追忆。

最后，那个蜡做的人，
将被挂在时钟上小铁人的铰链上，
没有人再"万岁，万岁"①地高呼，
打钟人只落得一把水壶。
但愿有人将拿起短刀，
把困难一齐砍倒，
并用粗的绳索，
把骗人的店铺②一起捆牢。

---

① 原文蜡 "cire" 与万岁 "cyre" 是同音字。
② 仍指教皇的势力。

第三章

高康大怎样在母亲腹内呆了十一个月

高朗古杰是当时一个乐天派，爱喝酒，酒到杯干，世无敌手，同时还热爱咸肉。为了这个缘故，他经常准备了大量马延斯①和巴云②的火腿和熏牛舌，腊味上市的季节，便购储大量的腊肠和芥末牛肉，还有鱼子干和香肠，香肠不要布伦尼③的（因为他怕意大利的香肠有毒④），要毕高尔⑤的、隆高奈⑥的、拉·勃莱纳⑦的和卢埃格⑧的。

高朗古杰成年后，娶蝴蝶国的公主嘉佳美丽为妻，嘉佳美丽生来美丽健壮，夫妻生活甜蜜美满，经常做着那鱼水交欢的把戏，不久，她便怀上了一个体面的胖儿子，怀孕期长达十一个月之久。

因为，如果肚里的孩子确是一个精品，一个将以丰功伟绩扬名于世的人物，那么怀孕期是要这样长的，甚至于还可以更长一些。荷马不是说过么，尼普顿⑨和水仙⑩生的那个孩子是怀胎满了一年才出世的：整整的十二个月。盖里阿斯⑪在他的作品⑫第三卷里说过⑬，这样长的时间才适合于尼普顿的神威，尼普顿的儿子一定要长得尽善尽美。为了同样的理由，朱庇特和阿尔克墨涅私通的那一晚上，曾经使黑夜延长到四十八小时，否则在更短的时间内，他也造不出一个为世界清除魔害及暴君的海格立斯来。

过去所有的乐观主义学者都证实过我这话，并且宣称女人在丈夫死后的第十一个月生养孩子不但可能，而且合法，像：

希波克拉铁斯^⑭的《饮食篇》，

普林尼乌斯^⑮全集第七卷第五章，

普洛图斯^⑯的《遗箱记》，

马古斯·凡洛^⑰在讽刺剧《遗嘱》里所引用的亚里士多德勒斯的权威名言，

孙索里奴斯^⑱的《论生日》，

亚里士多德勒斯的《动物学》第七卷第三、四章，

盖里阿斯作品第三卷第十六章^⑲，

塞尔维乌斯^⑳在《牧歌注释》所引的维吉尔^㉑的名句：

---

① 马延斯，莱茵河左岸城名，以威斯特发里亚腌制之火腿最出名。
② 巴云，法国下比利牛斯省城名，以产火腿著名。
③ 布伦尼，意大利城名。
④ 路易十二曾为了米兰（原属伦巴底帝国），侵略意大利，意大利人恨之入骨，传说他们在食物内放毒，想毒死敌人。
⑤ 毕高尔，法国上比利牛斯省古地名。
⑥ 隆高奈，法国圣·马洛古地名。
⑦ 拉·勃莱纳，法国恩白尔河和克鲁兹河之间的地区，以产咸肉出名。
⑧ 卢埃格，法国南部地名。
⑨ 尼普顿，罗马神话中的海神，即希腊神话中的波塞冬。
⑩ 指水仙蒂绿。
⑪ 奥卢斯·盖里阿斯，2世纪罗马语文学家。
⑫ 即《阿提刻之夜》。
⑬ 作者的引证是从荷马的《奥德赛》第11卷第234行来的。
⑭ 希波克拉铁斯（约生于前460—前380年之间），古希腊名医学家，西洋医学的奠基人。
⑮ 普林尼乌斯，罗马自然科学家，著有《自然史纲》37卷，公元79年死于维苏威火山中。
⑯ 普洛图斯（前250—前184），古罗马趣剧作家。
⑰ 马古斯·凡洛（前116—前27），古罗马作家。
⑱ 孙索里奴斯，3世纪罗马语文学家兼史学家。
⑲ 即《阿提刻之夜》第3章第16行。
⑳ 塞尔维乌斯，4世纪罗马语文学家，著有《维吉尔诗集评注》。
㉑ 维吉尔（前71—前19），古罗马诗人，著有《牧歌》《田园诗》和史诗《伊尼特》等。

Matri longa decem, etc.①

　　还有其他上千的魔道疯子，这个数目，再加上法学家的论点，那就更多了，像 ff.de suis et legit. I. Intestato, § fi.,②还有 in Autent., De restitut. et ea quæ parit in xi mense③。还有很多人编造的鸡鸣狗盗的《迦鲁斯法典》④，见 ff.de lib. et posthu., et I. septimo ff. de Stat. homi⑤，其他的还有，只是暂时我不敢说。总之有了以上这些律条，寡妇在丈夫死后的两个月以内，尽可以为所欲为，毫无顾忌了。

　　我的好伙伴们，请你们留意，如果在这样的女人里面碰到一个值得脱脱裤子的，可别放过，只管给我带来好了。因为要是第三个月肚子大了，孩子仍旧是死者的，何况受孕一旦被人知道，那就更可以大胆了，反正肚子里已经满了，放心地乘风破浪就是了！——就拿屋大维皇帝⑥的女儿朱丽雅来说吧，她就是在发觉自己有孕以后才跟她的相好结交的，完全跟一条船一样，等先把货物装好、一切准备齐全之后，才让领港人上船。假使有人怪她们在怀孕期间还要这样放肆（就是牲畜在怀胎之后也受不了公的来交配），她们就可以回答，这恰恰是因为它们是牲畜，而她们却是女人，所以应该享受她们认为是美好的、快活的小权利。马克罗比乌斯⑦在《论土星》⑧第二卷里记载着的波普丽雅

---

①　拉丁文，全句是："十个月的长时间曾使母亲疲乏受苦。"《牧歌》第4首第61行，译文见人民文学出版社1957年版，第19页。

②　作者使用当时法学家引用罗马法规的记号，"无遗嘱的合法继承人法"见《学说汇纂》第30卷第8章第3条第13节。

③　"妇女于丈夫死后十一个月生养子女以及子女之属从法"见《学说汇纂》第39卷。

④　迦鲁斯，罗马皇帝（251—253）。

⑤　《学说汇纂》："无遗嘱之遗腹子之产权继承法"及"第七条之人身规定法"。此外，《学说汇纂》第1卷第57章第12条还有：根据希波克拉铁斯的断定，受孕后第七个月生产是合法的。

⑥　屋大维（前63—14），罗马皇帝。

⑦　马克罗比乌斯，5世纪罗马哲学家，语言学家及政治家，做过罗马执政官。

⑧　《论土星》，马克罗比乌斯的主要作品，依照土星七天的运行分为七章，以对话方式论述作者的哲学观点。

就是这样回答别人的。

　　如果魔鬼不愿意她们怀胎受孕，那就该用一个塞子钻进去，把她们的口子封起来。

第四章

嘉佳美丽怎样在怀着高康大的时候多吃了肠子

这里便是嘉佳美丽生产时的情形，如果你们不信，叫你们也脱脱大肠！

那一天是二月三日，嘉佳美丽就是因为多吃了牛肠而在饭后脱了大肠。她吃的是一种特别肥的牛肠子。这种牛是在牛槽里用两刈草养肥的。所谓两刈草就是一年只刈收两次的草。从这些肥壮的牛里，一共宰了三十六万七千零十四头，准备在封斋前一天①腌好，以便开春后就有大量的咸牛肉吃。如果吃饭时先来个咸肉冷盆，酒喝得也更痛快。

因此，你们可以想象，肠子是多得不得了，而且又这样肥美，谁看见都会馋得舐手指头。可是难处是无法保存过久，因为要坏掉的。坏掉就不好再吃了。于是决定全部吃光，一点不剩。为此，他们把塞内、塞邑、拉·娄氏·克莱茂、沃高德雷的市民全都请来了，也没有漏掉古德雷·蒙旁谢、旺代口以及其他的乡邻们，他们个个全是好酒量，和蔼可亲，又都是耍棒的好手②。

高朗古杰这个老好人非常得意，关照一切都要办得丰富，不要计较。但是他嘱咐他女人要尽量少吃，因为她快到产期了，肠子并不是

什么好东西。他说："谁多吃肠子就是想吃粪。" 可是不顾他的告诫，她还是吃了十六"木宜"③再加两桶零六大盆。这么多的造粪材料，还能不把她撑坏！

饭后大家一齐涌到柳树林那里，在茂盛的草地上，随着轻快的笛声和柔和的风笛愉快地尽兴跳舞。看见他们这样得意，真给人以此乐只应天上有的感觉。

---

① 天主教信徒从圣灰礼仪节起到复活节，要守斋四十天，从圣灰礼仪起封斋。
② 这里有双关的意思。
③ 每"木宜"相当于18公担。

第五章

酒客醉话

后来，他们决定就在当地再来一次饭后小酌。于是霎时间酒瓶走、火腿奔、碗飞、杯响。

"倒呀！"

"斟呀！"

"洒呀！"

"给我掺合一杯！"

"不要掺水……对了，朋友。"

"把这杯干掉，爽快点！"

"我要红酒，倒满。"

"止渴！"

"啊，假伤寒，你还不给我走？"

"老实告诉你，我的老嫂子，我不能喝。"

"你受凉了么，朋友？"

"是的。"

"圣盖奈的肚子[①]！咱们还是谈喝酒吧。"

"我喝酒有规定的时间，跟教皇的骡子[②]一样。"

"我只在念经的时候喝酒，跟会长神父一样[③]。"

"渴与喝，谁先谁后？"

"先是渴，因为老实说，不渴，谁要喝呢？"

"我看是先喝，因为 privatio præsupponit habitum[④]。我是位学士。Fæcundi calices quem non fecere disertum？"[⑤]

"我们是老实人，不渴也喝得太多了。"[⑥]

"我倒不这样，我是个罪人，不渴我不喝，不过现在不渴，将来也总是要渴的，所以我喝是为了预防未来，这个你可以明白。我为未来而喝。我要永恒地喝下去。永恒地喝下去，就是为永恒而喝呀。"

"大家痛饮，大家歌唱，来一段和谐大合唱吧！"

"我的漏斗到哪里去了[⑦]？"

"怎么？我喝酒还要找人代[⑧]！"

"你是为渴而喝呢，还是为喝而渴？"

"我不懂这些道理；我只管实际。"

"赶快来酒！"

"我咂点酒，沾点酒，喝点酒，这一切都是为了怕死。"

"你只管喝好了，不会死的。"

---

① 作者惯用的一句骂人的话。
② 教皇所骑的骡子也受到尊敬，饮食都有人按时伺候。
③ 意思是使用一个式样像经本的酒瓶，外表在念经，实际是在喝酒。
④ 拉丁文，"缺乏假定占有。"说话者的意思是说：渴就是因为过去喝过。
⑤ 拉丁文，"端起酒杯，哪个不口若悬河？"这是贺拉斯《书简》第5首第19行，作者的原意是说：酒后多言，决不等于口才雄辩。
⑥ 说话者是教士，他们说"老实"，意思是指身上披的"无罪的"衣帽，"不渴也喝得太多"，是揭露教内向无辜的教徒强行灌水，强迫他们承认作恶的罪行。
⑦ 灌酒用。
⑧ 发言的是一位法学家，他抗议没人给他斟酒，说他的酒是不是有人代喝了。

　　"我要是不喝，就干得慌，也是等于死。死后我的灵魂会飞到一个水池里。干的地方，灵魂是待不住的。"

　　"管酒的，噢，新形式的制造者①，快把我这个不喝酒的人改变成一个喝酒的人吧！"

---

① 这是学者对于酒的文绉绉的形容词，酒可以改变人的"形象"，制造"新的形式"。

"但愿永远能这样开怀畅饮，来滋润我干渴的肚肠！"

"喝酒而没有感觉，那等于不喝。"

"酒入脉络，没有小便。"

"我今天早晨宰掉了一头小牛，我要去洗肠子去。"

"我的胃可装满了。"

"假使我立的借据都跟我一样会喝，那么我的债主到期来讨债的时候就妙了①。"

"你的手把你的鼻子都碰红了②。"

"在这一杯未排泄出来之前，又有多少杯好喝下去呀！"

"这样小口浅喝，真要把脖子都伸断了③。"

"这叫作拿瓶子来诱人上钩。"

"酒瓶和酒嗉子有什么分别？"

"有大分别，酒瓶用塞子塞，酒嗉子非用盖子转紧不行。"

"说得对！"

"我们的老祖宗喝起来都是整坛地喝。"

"说得不错，让我们喝吧！"

"这一位要去洗肠子去了。你需要河水么④？"

"我又不是海绵，要河水干吗用？"

"我喝酒比得上教堂骑士⑤。"

"我 tanquam sponsus⑥。"

"我呢，sicut terra sine aqua⑦。"

---

① 墨迹都已被纸吸干，借据变成了白纸。
② 因为举杯太勤的缘故。
③ 备着鞍鞯的马，忌讳在浅水里饮水，因为马伸长脖子，前胸会受伤，这里是形容喝酒的样子。
④ 当时洗肠子都要到河里去，因为需要的水多。
⑤ 12世纪初的一种武装教士的组织，生活糜烂腐化。
⑥ 拉丁文，"像一个新郎官"。指新郎睡前必须饮酒。
⑦ 拉丁文，"像一块干燥的土地"。

"火腿的别名是什么？"

"下酒物；卸酒的垫板。利用垫板把成桶的酒滚到地窖里，利用火腿把酒送进胃脏里。"

"喂，来酒呀，来酒呀！这里要酒。Respice personam；pone pro duos; bus non est in usu①。"

"如果我往上升能像我往下灌一样，我老早就上了天了。

　　雅克·柯尔就是因酒发财致富②，

　　连荒地的树木也得了福，

　　巴古斯用酒占领了印度③，

　　这门哲学一直传到美朗都④。"

"小雨可平大风，久饮盖过沉雷。"

"要是我尿出来的是酒，你要不要哑一哑？"

"决不放过。"

"侍者，来酒！该轮着我了。

　　"喝呀，吉优你来看！

　　这里还有一坛。"

"我提出控诉，控诉喝不到酒实在难过。侍者，正式记下我的要求。"

"这一丁点儿，太少了！"

"我一向酒到必干；今天也要一滴不剩。"

"别心急，吃光算数。"

"这里还有黑线条黄牛的又嫩又肥的肠子。看在天主分上，咱们给

① 拉丁文，"别忘了我；给我倒两份好了；bus这里不用。"说话者可能是个司法人员，他把Pone pro dubus说成Pone pro duos，后面紧接着说"bus这里不用"，意思是说"马上喝"。
② 雅克·柯尔，15世纪理财家。
③ 酒神巴古斯曾经过埃及，攻克印度，种植葡萄造酒。
④ 美朗都，非洲东部地名，葡萄牙人曾引诱美朗都人饮酒，以便进行侵略。

它来个彻底精光！"

"喝呀，否则我要把你……"

"不行，不行！"

"喝吧，请，请。"

"麻雀不打尾巴不吃；我不听巴结话不喝。"

"Lagona edatera^①！酒在我全身里无孔不入，实在解渴。"

"这一杯正对我的劲。"

"这一杯吃得真舒服。"

"咱们敲起酒瓶告诉大家，不想喝酒的人用不着到这里来；这里已经喝了老半天了，干渴早已给赶跑了。"

"伟大的天主造行星，咱们在这里造空盘^②。"

"神的话来到我的嘴边：Sitio^③。"

"人称αβεστοδ^④的石头，也没有我这做神父的酒瘾牢固。"

"昂盖斯特^⑤在芒城说得好：'食欲是跟着吃来的，干渴是随着喝去的。'"

"对付渴的方法是什么？"

"和防止狗咬的方法正相反，跑在狗后面，狗总咬不着你；喝在渴前面，你就不会再渴。"

"我可捉住你了，我不许你睡。做好事的管酒人，可别让我们睡觉啊。阿尔古斯^⑥有一百只眼睛可以看，一个管酒的就应该像布里亚雷乌

---

① 法国南部巴斯克土语，"朋友，酒来！"

② "行星"（planète）与"空盘"（plat net）同音，作者在玩弄谐音的技巧。"空盘"形容吃光。

③ 耶稣在十字架上说的话："我渴了。"见《新约·约翰福音》第19章第28节。

④ 希腊文，"毁灭不掉的"。此处指石棉。

⑤ 日罗摩·德·昂盖斯特是法国西部芒城的主教，本章的话见他1515年的作品《论因素》。

⑥ 阿尔古斯，神话里说他有一百只眼睛，经常有五十只睁着看人。

斯①那样长一百只手，以便永不疲倦地斟酒。"

"喝呀，喂！正好解渴！"

"来白酒！都倒下去好了，倒呀，真是见鬼！倒满。我的舌头都发烫了。"

"Lans, tringue②！"

"祝你健康！祝你健康！"

"呀！呀！呀！我干杯！"

"O lachryma Christi③！"

"这是拉·都维尼④的酒，是一种小粒葡萄酿的酒。"

"啊，这个白葡萄酒真好！"

"老实告诉你吧，这个酒喝下去跟丝绸一样柔和。"

"对，对，完全同意，而且门面宽，料子纯。"

"朋友，加劲！"

"我们决不作弊，我已经打过一个通关了。"

"Ex hoc in hoc⑤。无弊可舞；你们全都看见了：我是喝酒的老前辈。嗯！嗯！我是前辈的老喝酒。"

"哦，洪量！哦，海量！"

"侍者，小朋友，这里倒一倒，倒满，劳你驾。"

"倒得跟红衣主教的帽子一样⑥。"

"Natura abhorret vacuum⑦。"

---

① 布里亚雷乌斯，神话中之巨人，天地之子，生有五十个头，一百只胳膊，后被海神及朱庇特制服。
② 说得不好的德文，本来应该是 Landsman, zu trinken！意思是，"朋友，干杯！"
③ 拉丁文，"基督的眼泪"。维苏威火山下产一种香葡萄亦有此名。
④ 作者故乡的田庄，以产小粒葡萄出名。
⑤ 拉丁文，"从此到彼"。这里意思是说"从杯到口"。
⑥ 红衣主教的帽子有一道红边，这里指把红酒倒得高过杯口。
⑦ 拉丁文，"自然最忌空虚"。

"你说，跟苍蝇喝过一样吧①？"

"咱们来一个布列塔尼式的喝法！②"

"干，干，干这一杯！"

"喝下去吧，补身活血！"

---

① 杯子里一滴未剩。

② 法国布列塔尼人以豪饮出名。

第六章

高康大怎样离奇出世

当他们还在说这些酒话的时候，嘉佳美丽开始腹痛。高朗古杰料到孩子要生产了，连忙从草地上站起来，好好地安慰她，劝她躺在柳树底下的草地上，工夫不大就会生产；劝她鼓起勇气，来迎接孩子的诞生。他还对她说，疼痛虽然会使她气恼，但究竟时间很短，继之而来的快乐，会消除掉她这种痛苦，使她将来连记也不记得。[①]

"拿出母羊下羔时的勇气吧，"他说道，"赶快把这个生下来，不久再来一个。"

"啊！"她说道，"你们男人说得真方便！天主在上，既然你这样喜欢，我一定尽我的力量。但是我真正巴不得天主能让你把它砍掉才好！"

"什么?"高朗古杰叫道。

她说道:"啊,你真是个老实人!你明明听得懂。"

"我的家伙么?"他说道,"羊的血②!只要你愿意,叫人拿刀来吧!"

"啊!"她说道,"我得罪了天主!天主宽恕我吧!我不是有意说的,你可千万不能动它。今天要是天主不保佑,我的事可多了,这一切都是为了你那个东西,你倒不在乎了。"

"拿出勇气来!拿出勇气来!"他说道,"只管放心,让前边的四条牛去拉好了③,你什么也不用管。我现在再去喝两杯。万一你不舒服,我好在离这里很近,你只用拿手做个放声筒喊我一声,我马上就过来。"

工夫不大,她即开始叹气、呻吟、喊叫起来。立时从四面八方来了许多收生婆,她们摸了摸嘉佳美丽的下身,摸到一些臭烘烘的肉皮,以为一定是孩子下来了,其实是她脱了肛,那是直肠(你们叫作大肠),我们前面已经说过,因为多吃了牛肠,滑出来了。

收生婆里面有一个上年纪的丑婆子,据说她的医道最高明,是六十年前从圣日奴附近的勃里兹帕邑④来到这里的。她给嘉佳美丽用了一服收敛性的药,药力太猛了,下身所有的口子都一下子紧缩起来,就是用牙咬,跟圣马丁做弥撒时,魔鬼在记录两个妓女的闲话、用牙

---

① 初版上这里还有:他说道:"我可以证明,我们的救世主在《新约·约翰福音》第16章里说过,妇人生产的时候就忧愁,但是既生了孩子,就不再记得苦楚了。"她说道:"啊,你说得对;我真喜欢福音里这样的话,我觉着好多了。比听《圣·玛格丽特传》或者别的什么骗人玩意儿好得多。"

② 加斯科涅一带表示惊叹的口头语。

③ 这是一句俗话,指驾犁的牛只要把犁一拉动,就不用再出力了,让套在前面的牛去拉就行了。

④ 据说就是沙多卢区的布藏赛县。不过作者很喜欢杜撰一些名字,"勃里兹"意思是"破碎","帕邑"是"干草","日奴"是"膝盖",因此又可解释为是由多年来膝盖的倾轧,床上的草已经破碎的地方来的。这里作者有诙谐的意思。

齿想拉长羊皮纸那样[1]，也不容易扯开，想起来太可怕了。

嘉佳美丽这一紧缩的结果，胎盘的包皮被撑破了，孩子从那里一下子跳了起来，钻进大脉管里，通过胸部横膈膜，一直爬到肩膀上（大静脉在那里一分为二），孩子往左面走去，接着便从左边的耳朵里钻了出来。

这样出世之后，他不像其他的婴儿"呱！呱！"乱哭，却高声喊叫："喝呀！喝呀！喝呀！"好像邀请大家都来喝酒似的，声音之大，整个的卜斯和毕巴莱[2]地方都听得见。

我想你们一定不会相信这样奇怪的生产方法。其实你们不信，我也不在乎，不过一个正常人，一个头脑清楚的人，对于别人告诉他的，特别是写下来的，总是相信的[3]。这是不是违反我们的法律、我们的信仰、我们的理性，甚至于《圣经》呢？我个人在《圣经》里就找不出任何和这个相抵触的地方。但是，如果天主愿意如此，你说他办不到

---

① 圣·马丁系4世纪都尔的主教，据说他做弥撒的时候，有个魔鬼在羊皮纸上记录两个女人说的闲话，纸已写满了，他用牙齿还想把纸拉长，结果纸被拉断，魔鬼从纸上摔了下去。

② 卜斯离拉·都维尼不远，毕巴莱是费伐莱照加斯科涅乡音的读法，这两个地名，照拉丁文的意思，都是"健饮"、"洪量"的意思。

③ 在初版上这里还有："所罗门在《谚语集》第14章里不是说过'Innocens credit omni verbo'（无辜者相信一切的话）么？圣·保罗在《新约·哥林多前书》第13章里不是说过'Charitas omnia credit'（爱是凡事相信）么？你们为什么不信呢？也许你们会说，这太不像了。我告诉你们，正是为了这个缘故，你们才应该全心全意地相信呢。因为巴黎神学院那些大师们说了，信仰就是为证明没有外形的事物。"

么？啊，我请你们千万不要让这些没意思的想法劳累你们的精神，因为，我告诉你们，天主是无所不能的，只要他愿意，从今以后女人都可以从耳朵里生孩子。

巴古斯不是从朱庇特的大腿上生出来的么？

罗克塔雅德不是从他母亲的脚后跟里生出来的么？

克罗刻木师不是从奶娘的便鞋里生出来的么？

密涅瓦^①不是从朱庇特耳朵里流出的脑浆里生出来的么？

阿多尼斯^②不是从没药树皮里生出来的么？

卡斯托尔和波吕克斯^③不是从丽达^④生的蛋里孵出来的么？

假使我现在把普林尼乌斯有关奇怪的和不合乎自然的生产那一章书全部拿出来的话，你们还要觉得更奇怪、更诡异哩。不过，我还不像他那样是一个厚颜的撒谎者。你们去读一读他的《自然史纲》第七卷第三章好了，别再拿这件事麻烦我了。

---

① 密涅瓦，罗马神话中的智慧女神，相等于希腊神话里的雅典娜。

② 阿多尼斯，神话中的美男子，他母亲因为受到维纳斯的报复，变成了没药树。

③ 卡斯托尔和波吕克斯是神话中丽达生的蛋里孵出的一对孪生兄弟，两人终身不离，为友爱的象征。

④ 丽达，神话中丁达洛斯之妻，生一蛋孵出卡斯托尔和克里泰摩奈斯特拉，后来变成仙鹤的朱庇特也生一蛋，孵出波吕克斯和海伦。

第七章

高康大的名字是怎样取的；怎样喝酒

高朗古杰这个老好人正和宾客们饮酒取乐，忽然听见他儿子出世后惊人的叫声，喊着要"喝呀！喝呀！喝呀！"他不禁说道："高康大！"①当时在场的客人听见后，都说真的他应该就叫高康大这个名字，因为这是他出世后他父亲说的第一句话，这是遵照古希伯来人的规矩。高朗古杰很同意这个建议，同时孩子的母亲也很喜欢。为了平息孩子的喊叫，人们给他喝了许多酒，然后把他抱到圣水缸上，按照天主教的教规行了洗礼。

接着，便吩咐要一万七千九百零十三头包提邑和泊来蒙②的奶牛，供应婴孩每天的牛奶，因为他需要的奶太多了，就是在全国也找不出一个能胜任的奶妈来，虽然有几个司各脱派③的学者说孩子的母亲每次可挤出一千四百零二大桶再加九盆的奶，足够孩子吃的了，但是大家不相信，认为这个说法是不符合哺乳能力的，在信教人的耳朵里听来也不合情理，而且还有着异端邪说的味道。

高康大就这样长到了一岁零十个月。遵照医生的提议，人们开始把他抱出来，并由约翰·戴纽④设计给他造了一辆挺好看的牛车。大家把他放在车子里，愉快地拉来拉去，样子实在好玩，因为他生来肥头大耳，单单下巴颏就差不多有十八层之多，而且又不大哭；只有一件，就是随时要拉屎，屁股特别松弛，这是天生的体质再加上出世时偶尔多喝了酒的缘故。他无缘无故是不喝酒的，只在他烦闷、急躁、生气、难过或者跺脚、啼哭、叫喊的时候，才给他酒喝，一喝之后，便立刻恢复常态、心平气和、笑逐颜开。

保姆里面曾有一个以她的信仰对我发誓说，他这样已经惯了，只要一听到罐子和瓶子的声音，就跟尝到了天堂的乐趣一样乐不可支。她们呢，看到他这个神奇的怪癖，便每天早晨在他跟前拿刀子敲酒杯、用瓶塞敲酒瓶、用盖子打酒罐，来哄他玩。他一听见这样的声音，就喜得浑身颤抖，摇头晃脑，手指乱舞，屁放得像在吹大喇叭。

① 原文系：Que grand tu as（加上 le gosier），意思是："好大的喉咙！"
② 包提邑是沿维也纳河西奈市的一个村镇。泊来蒙是施农区受到罗亚尔河、恩得尔河和舍尔河灌溉的一个县名。两地均以草原肥沃、牛羊旺盛出名。
③ 邓斯·司各脱，13世纪英国哲学家，作者对他的学说一向抱嘲弄的态度。
④ 约翰·戴纽，施农地方一个很通俗的名字，也可能是作者幼年所熟悉的一个人。

第八章

怎样为高康大裁制服装

高康大到了上面所说的年龄①，他父亲吩咐按照他们家里规定的颜色，白和蓝，为他裁制衣服。于是便动起工来，剪、裁、缝、制，都按照当时流行的式样。在蒙索洛②审计局的旧账册上，我曾看见有关高康大服装的记载，是这样的：

衬衫一件，用沙台勒罗③布九百"奥纳"④，腋下衬头另外用布两百"奥纳"。领口没有花裥，因为衬衫的花边，是从女裁缝把针头折断以后改用针屁股干活的时候才兴起的。

上装一件，用白色缎子八百一十三"奥纳"，饰带，用狗皮一千五百零九张半。这时正开始流行把裤子连在上装上，不把上装连在裤子上⑤，因为这是违反自然的，奥喀姆⑥在论奥特受萨德⑦的《推论法》里已经全面地说明这一点了。

裤子一条，用白色毛呢一千一百零五又三分之一"奥纳"。裤腿裁成有裥的圆柱形，后面开缝，做成一条条的齿形花边，以免闷坏了腿。再从里面，用蓝色大马士革⑧呢做的飘带，数量随需要而定，飘在外面。请注意，他的腿长得十分体面，和他的身材非常相称。

裤裆⑨用了同样的呢料十六又四分之一"奥纳"。两边的式样成半弓形，有两个美丽的金环，扣在两个珐琅钩子上，钩上各镶有橘子般大小的大块翡翠。因为（奥尔斐乌斯⑩在《宝石篇》里、普林尼乌斯在全集最后一册①里都说过）翡翠对于下体有滋补的功能。

　　裤裆突出的地方，长度一"喀纳"⑫，也和裤子一样，前面镶着大马士革呢的飘带。看到上面用金银丝盘成螺旋形的花饰和金属品编织的美丽花朵，旁边镶着灿烂的钻石，精美的红宝石、蓝宝石、翠片和波斯珍珠⑬，你真会拿它比作博物馆里一只豪华的丰收角⑭，或者丽雅⑮送给朱庇特两个奶妈阿德拉斯蒂亚和伊达、两个水神的那一只；无时不新鲜、美丽、滋润，荫翳碧绿，花开不断，果实累累，香味芬芳，满是花朵，满是果实，真是美不胜收。如果说这还不好看，那真要连天主也不承认了！在我写的一本《裤裆的尊严》里，我将再仔细谈论它。现在只告诉你们一点，裤裆虽然又宽又大，但内部却充实丰满，丝毫也不像那些外强中干、虚有其表的裤裆，那里边只装满了臭屁，对女人毫无用处。

　　鞋一双，用掉闪光蓝色丝绒四百零六"奥纳"。先把料子裁成样子

<hr />

① 即1岁10个月。

② 蒙索洛，法国索米省罗亚尔河和维也纳河汇合处一个小城。

③ 沙台勒罗，在维也纳河右岸，沙台勒罗生产的布到17世纪还很有名。

④ 每"奥纳"等于1.88米。

⑤ 这和把马套在车子上或把车套在马上一样。

⑥ 威廉·奥喀姆，14世纪英国方济各会唯名主义哲学家，邓斯·司各脱的敌手。

⑦ 奥特受萨德，作者曾嘲笑13世纪一本叫作《奥特·受斯》的荒谬的书，"奥特受萨德"便是从这里造出的一个字，当然实无其人。

⑧ 大马士革，叙利亚首都。

⑨ 裤裆当时不是裤子的一部分，它是独立的，两边用搭攀扣在裤子上，随意开关，这给作者提供了大量的诙谐材料。

⑩ 奥尔斐乌斯，希腊神话中之诗人及音乐家，《宝石篇》据说是他的作品。

⑪ 普林尼乌斯在《自然史纲》第37卷（即最后一册）里有一段关于翡翠的论述，但作者在这里所说的性能，这两部作品里都未曾提到。

⑫ 每"喀纳"等于1.773米。

⑬ 指波斯湾出产的大粒珍珠。

⑭ 丰收角是一只满装鲜花鲜果、象征丰收的角，在神话里是一个肥胖的水神，手里拿着装满花果的角。

⑮ 丽雅，罗马神话中天的女儿，土星之妻，朱庇特、海神、死神之母。

相同的长条，然后编成两个同样的圆筒。

鞋底用了一千一百张褐色的母牛皮，样子裁得很像鳖鱼的尾巴。

外套一件，计用蓝色丝绒一千八百"奥纳"，鲜艳夺目，周围绣着美丽的葡萄枝，中间用银线编成小型的酒壶，外面再用金丝编一层外壳，还镶有许多珍珠，这一点可以说明孩子长大以后一定是位干杯好汉。

腰带一条，计用斜纹绸三百"奥纳"又半，半白半蓝（或者就是我记错了）。

佩剑一口，不要瓦棱西亚的，短刀也不要萨拉哥萨①的，因为他父亲憎恨那些专门喝酒的旧时代的贵族和新皈依的教混子跟憎恨魔鬼一样。高康大佩一口精致的木剑和一把熟皮的短刀，涂色镂金，人人喜爱。

荷包一个，是一只大象的卵泡做的，这只象是利比亚总督普拉孔达尔先生赠送的礼物。

长袍一件，计用与上面同样的蓝色丝绒九千五百九十九又三分之一"奥纳"，全部用金线对角绣花，从一定的角度看，可以闪出一种莫可名状的色彩，有如飞鸽颈上的颜色，变化万千，使人目眩。

帽子一顶，用白色丝绒三百零二又四分之一"奥纳"。式样又宽又圆，完全适合他脑袋的大小，因为他父亲说摩阿式②的帽子戴在头上跟扣上一块面一样，有一天会要倒霉的。

羽饰是一根美丽的蓝色大羽毛，是希尔喀尼亚③古国鹅身上的一根翎毛，插在右边耳朵上面，风采十足。

帽花的外壳是金的，重六十八"马克"④，里面用珐琅镶着一

---

① 瓦棱西亚和萨拉哥萨都是西班牙地名，当时以产武器出名。

② 即摩尔·阿拉伯式或称犹太式的。

③ 希尔喀尼亚，中亚细亚古国，在里海之东，波斯之北。

④ 每"马克"约合235克，68"马克"相当于16公斤。

个人像，这个人像有两个头，彼此对视，四只胳膊、四只脚、两个屁股。柏拉图在《会饮篇》里说人类在神奇的原始时期就是这样的。人像的周围用伊奥尼亚①文字写着："ΑΓΑΠΗ ΟΥ ΖΗΤΕΙΤΑ ΕΑΥΤΗΣ。"②

脖子上戴的项链，是一条重二万五千零六十三"马克"的金链条，由一颗颗大珠子串成，每颗珠子之间是一块碧绿的玉石，雕刻成龙的形状，龙身上嵌满钻石，光彩夺目，跟古时尼凯普索斯国王③戴的项链一样。这条项链一直垂到肚脐眼，终身受用无穷④，这是希腊医学家所肯定的效果。

手套一副，用魃⑤皮十六张，边皮用"狼人"⑥皮三张，皮料都是遵照圣路昂⑦那些玄学家的秘方硝制的。

指环（这是他父亲为表示古老的贵族家世，叫他戴的），左手食指上戴一颗红宝石，有鸵鸟蛋那样大，用赤金镶得非常牢靠。同一只手的无名指，戴的是一只四合指环⑧，嵌工的美妙，谁也未曾看见过，钢不挨金，银不碰铜，是沙普伊⑨舰长和他得力的助手阿尔高弗立巴斯⑩造的。右手无名指戴一只螺旋形的戒指，上面镶有一粒纯净无瑕的红色宝石，一粒尖形的金刚钻，还有一块比逊⑪翡翠，价值连城。美朗

① 伊奥尼亚，中亚细亚古国。
② "爱是不求自己的益处。"（圣·保罗语）见《新约·哥林多前书》第13章第5节。
③ 尼凯普索斯，公元前7世纪的埃及法老，据说是位天文学家及幻术家。
④ 据说玉石有帮助消化及多子强身的效能。
⑤ 魃，山里的妖怪，神话里的鬼怪。
⑥ "狼人"，妖怪，夜里会变狼出来害人。据说"狼人"的皮刀枪不入。
⑦ 圣路昂，维也纳河上游一座修道院，离施农不远，作者在作品里常嘲笑那里的修士。
⑧ 由金、银、钢、铜四块金属镶嵌而成。
⑨ 指诗人克洛德·沙普伊或舰长米舍尔·沙普伊，都是作者的朋友。
⑩ 即作者本人。
⑪ 比逊，天堂四大河流之一，盛产黄金，见《旧约·创世记》第2章第11节。

都国王的御用玉匠杭斯·卡维尔曾估价约值六千九百八十九万四千零十八块"大羊毛金币"[①],奥格斯堡[②]的豪富弗格家族[③]的估价也与此相仿。

第九章

高康大的代表颜色及服饰

高康大的代表颜色是白色和蓝色，上面已经读到过，他父亲的意思，是要人们体会到这两种颜色是代表天上的快乐，因为在他看来，白色象征喜悦、愉快、舒适、自在，蓝色则象征天上的事物。

我想你们读到此处，一定会笑这位老酒徒，认为他把颜色形容得太武断、太随便了，你们一定会说白色代表信仰，蓝色代表刚毅。但是，你们先别激动、生气、冒火、急躁（因为生气太危险），我只请你们，如果愿意的话，回答我几个问题。我决不向你们施加压力，也不向任何人施加压力，不管他是谁。我只问一两句话。

谁在使你们激动？谁在刺激你们？谁告诉你们白色象征信仰、蓝色象征刚毅？你们一定会说，是一本任何书摊上都有出售的小书，书名是《纹章色彩》①。谁作的呢？别管他是谁了，没有把名字放在书上，总算他聪明。不过，我不知道我应该欣赏他的什么，是他的狂妄自大，还是他的愚昧无知。

他的狂妄自大是，没有理由，没有根据，没有任何原因，居然就

敢以一己之见专断地制定颜色象征的意义，这完全是专制霸道，他想把他的决定当作真理，这不是贤者和学者的态度，贤者和学者是公开地举出理由来满足读者的。

他的愚蠢无知是，以为用不着足够的解释和论据，别人就会按照他那愚蠢的主张来制定自己的纹章。

当然（俗话说得好："泻肚子的人，屁股上不愁没屎。"），他会碰到几个"高帽子"[②]时代遗留下来的糊涂蛋相信他写的东西，并且依照他的话刻下自己的箴言和铭文；制定车马的鞍鞯、仆役的号衣、裤子的式样、手套的绣花、床缘的垂穗；画定旗帜，编制歌曲，还（更可恶的是）用种种手段和下流伎俩，偷偷地对贞淑的妇女进行诬蔑。

这种昏愚的人，有宫廷的显贵，也有乱改姓名的人，他们画一个"圆球"来象征"希望"[③]，用鸟的"羽毛"代表"痛苦"[④]，"漏斗菜"代

---

① 阿拉贡国王阿尔封斯五世时的将军席西勒的作品，时间约在1458年。
② 15世纪初是"高帽子"流行的时期。
③ "圆球"（sphère）与"希望"（éspoir）读音几乎相同。
④ "羽毛"（pennes）与"痛苦"（poines）同音。

表"愁闷"①,"月上弦"代表"生活富裕"②,一只"断板凳"代表"破产"③,一个"不"字加上一件"甲胄"代表"不牢固的衣服"④,一张"没有床顶的床"代表一位"学士"⑤。这种同音异义的字是这样的没意思,乏味,庸俗和不合情理,在法国正确的文字已经恢复之后,谁要是还想使用这类东西,就应该在他领子上拴上一条狐狸尾巴,在他脸上扣上一个母牛粪做的面罩。

根据同样的理由(如果应该称作理由,而不应该叫作梦话),我可以画一个"篮子"来表示有人叫我"难过"⑥,一个"芥末瓶"来表示心里"急躁"⑦,一个"尿壶"来表示"宗教法官"⑧,"后裤裆"代表"商船"⑨,"前裤裆"代表"硬汉拘留所","一段狗粪"代表"裤裆里那根棍子",女朋友最喜爱的东西。

古时埃及的学者,书写那种他们称为象形文字的时候,和这个还要不一样呢。看的人除非熟悉那种文字所代表的东西,明了它们的意义、性能和性质,不然谁也无法看懂。奥鲁斯·阿波罗为了它曾用希腊文写过两本书⑩,波里菲鲁斯在《爱情之梦》⑪里谈得还要多。在法国海军元帅的纹章上,还能看到几句⑫,屋大维·奥古斯都斯⑬曾第一个披

---

① "漏斗菜"(l'ancholie)与"愁闷"(mélancholie)读音相近。
② "月上弦"(croissant)与"生活富裕"(vivre en croissant)可以谐音。
③ "断板凳"(banc romptu)与"破产"(bancque roupte)读音相近。
④ "不"和"甲胄"(non durhabit)与"不牢固的衣服"(non dur habit)同音。
⑤ "没有床顶的床"(lit sans ciel)与"学士"(licencié)读音相近。
⑥ "篮子"(penier)照巴黎人的口音,与"叫人难过"(pener)读音相近。
⑦ "芥末"(moustarde)与"急躁"(moult tarde)同音。
⑧ "夜壶"(pot à pisser)与"宗教法官"(official)系一字二义。
⑨ "商船"(vaisseau de paix ou de pets)亦可解释"放屁兜"。
⑩ 语文学家奥鲁斯·阿波罗的这两本书在16世纪还常常再版。
⑪ 《爱情之梦》,作者为方西斯古斯·柯隆纳,1499年在威尼斯出版。
⑫ 指吉奥摩·古菲埃,1517年之海军元帅,作者在包尼维堡见过他的纹章,上面有一只海豚(象征快速)在一个锚(象征迟缓)上。一说海军元帅指菲力普·沙包·德·布里翁(1543年逝世),他的纹章也是一只海豚在一个锚上。
⑬ 屋大维·奥古斯都斯(前63—14),罗马帝国皇帝,他的箴言是"Festina lente",意思是:慢慢地赶。

戴过。

好了，我的船不要再在这个深渊和使人不舒适的渡口里走下去了，我要回到我原来的港口去。我希望有一天——只要天主保住我这个帽楦头，也就是说我祖母叫作酒罐子的东西——更广泛地对这个题目写点东西，用哲学的道理和一向为人所接受和肯定的权威观点，指出自然界里都有哪些、而且有多少颜色，每一种颜色象征什么。[①]

① 可能作者真有过这个计划。

第十章

白色和蓝色的象征意义

由此可以看出，白色象征喜悦、愉快和安乐，并没有说错，而且名正言顺，如果你们肯撇开成见，听一听我举出的理由，便可以证实我说的是实话了。

亚里士多德勒斯说过，假使两个本质上相反的东西，像好与坏，美德与恶习，冷与热，白与黑，愉快与痛苦，喜悦与悲伤等等，拿出一个和另外两个里面的一个配合起来，那么剩下的两个也一定可以配合起来。比方："美德与恶习"在本质上是相对的，"好与坏"也是如此；如果拿头两个相反的名词中的一个和后两个相反的名词中的一个配合起来，比方"美德"和"好"，意思是说"美德是好的"，余下的两个，"恶习"和"坏"，也照样可以配合起来，因为"恶习是坏的"。

弄清这条逻辑规律之后，你们再拿两个相反的名词"喜悦"和"悲伤"，和另外两个"白"和"黑"配合起来，它们本身也是相反的，因此如果说"黑"象征"悲伤"，那么"白"就自然而然地象征"喜悦"了。

　　这样的解释并不是一个人创立和强制的，而是人人都同意的，哲学家称为 jus gentium①，这是任何国家都承认的普遍真理。

　　你们一定知道，一切民族，一切国家（我得把古代的西拉库赛人②和少数阿尔哥斯人③除外，④他们的心灵是反常的），不拘说哪种语言的国家，都是拿穿黑衣服来表示伤感的，一切丧服都是黑色。这一普遍的认识，不需要自然界提供任何论证和理由，每人都是一看就懂，也用不着别人来指出；这个，我们就叫它自然规律。

---

① 拉丁文，普遍的规律。
② 西拉库赛人，西西里岛古代居民。
③ 阿尔哥斯人，古希腊斯巴达人。
④ 这是从普鲁塔克的作品里来的，普鲁塔克描写西拉库赛人参加提摩里昂葬礼时，身穿素净，后人误为白色，本书作者亦以讹传讹。

用这个自然的归纳法，所有的人都可以理解，白色象征喜悦、安乐、愉快、欢乐和得意。

古时的色雷斯①人和克里特人就是用白色的石头来标志幸运和快乐的日子，用黑色的石头来标志悲哀和不幸的日子。

黑夜不是阴森、凄惨、沉闷的么？就是因为它黑暗无光。光明不是使自然界欣欣向荣么？正是因为它比任何东西都洁白。为证明这一点，我请你们看一看洛朗修斯·瓦拉②反驳巴尔脱罗斯③的那本书去；不过，福音书里的论证就够使你们满意的了：《马太福音》第十七章说吾主耶稣改变形象的时候，vestimenta ejus facta sunt alba sicut lux（衣裳洁白如光），用白色的光亮，使他三位宗徒体会到永恒喜乐的意义与形象。因为，光明可使人人快乐，你们都知道一个嘴里连牙齿都掉光了的老太婆也会说：Bona lux④。还有多比雅⑤（第五章）眼睛瞎了以后，天使拉斐尔向他致敬的时候，他回答说："我连天上的亮光都看不见了，还有什么喜乐呢？"救世主复活（《约翰福音》第二十章）和升天（《使徒行传》第一章）的时候，天使就是用一片白色来表示普天下的喜乐的。传播福音的圣约翰（《启示录》第四章和第七章）也曾在神圣的福地耶路撒冷看见虔诚的信徒穿着同样洁白的衣服。

你们再读一下古代的历史，不管是希腊的，还是罗马的。你们会看到阿尔巴城⑥（罗马最初的雏形），就是因为在那里看见过一只白色的

---

① 色雷斯，在古希腊的北部。

② 洛朗修斯·瓦拉（1406—1457），意大利哲学家。这里是指1517年在巴塞尔出版的 Ad candidum Decembrem 一书。

③ 巴尔脱罗斯（1313—1356），意大利法学家。

④ 拉丁文，"好光明"。见5世纪意大利主教伊拉斯姆斯《疯狂赞》第31章。

⑤ 多比雅是一虔诚的犹太信徒，老年失明，其子受天使拉斐尔指示，以鱼肝治好了他的瞎眼。

⑥ 阿尔巴城，特洛亚被希腊攻陷后，王子伊尼斯来到意大利，在看见一只白色的母猪和三十只小猪的地方，建立了罗马城，后来即成为茹利安族的始祖。见《伊尼特》第3卷第388—393行。

牝猪才建筑起来，并且以它取名的。

你们还可以看到，谁战胜了敌人，他便会受命乘坐一辆由四匹白马驾着的战车胜利地进入罗马；即使是较小的凯旋，也是如此；因为除了白色以外，实在没有别的颜色更能表示他们归来的喜悦了。

你们也会看到雅典的大公伯里克利斯[①]，他命令战士，凡是拿到白豆子的，可以整天去玩耍、闲散、休息，其他的都得去打仗[②]。我还可以给你们举出上千个其他这样的例子，但这里不是适当的地方。

运用以上的事例，你们可以解决亚历山大·阿弗洛狄修斯一个他认为无法解决的问题，那就是："为什么，一只狮子，只要吼叫一声便能使所有的野兽害怕，却唯独敬畏白色的公鸡？"这是因为（普罗克列斯[③]在 De sacrificio et Magia[④] 一书里也是这样说的）太阳的性能，是地面和星辰的全部亮光的机构和来源，不拘从象征性或能力来看，还是从色彩或本能和特征来看，它都更近乎白色的公鸡，而不是近乎狮子。他还说，常常会看见魔鬼变作狮子的形象出现，但是一遇到白色的公鸡，便立刻消逝。

因此，"嘎理人"（即法兰西人，因为他们生来就跟奶一样白，而希腊人却是把奶叫作"嘎拉"的[⑤]）喜欢在他们的帽子上插根白色的羽毛；他们生性快活、纯朴、温雅、平易可亲；他们的国花是比任何花都洁白的百合花。

你们如果问，我们怎么能从白色上体会到喜悦和快慰？我这样回答你们，这是经过类推和统一的结果。因为，白色可以从外部分解我们的视线，离散我们的视觉，亚里士多德勒斯在《疑问篇》里和其他研究光学的学者们都是这样的意见（你们自己从实际经验里也可以看

---

① 伯里克利斯（前499—前429），雅典政治领袖。
② 见普鲁塔克著《伯里克利斯传》第27章。
③ 普罗克列斯（412—485），新柏拉图派哲学家。
④ 拉丁文，"祭祀与幻术"。
⑤ 希腊文 γάλα 的音译。

出来，如果你们从雪山上经过，就会感觉到眼睛看不清楚；克赛诺芬①记载说他的部下就遇到过同样的情形；迦列恩在《人体各部功用》第十卷里也有广泛的论述）。人的心脏也是如此，一遇到强烈的喜乐，内部便会扩张分解，如果欢乐加剧，心脏便会失去控制的力量，从而因过分喜乐而丧失生命，这和迦列恩在《治疗方法》第十二卷、《传染范围》第五卷、《疾病起源》第二卷里所论述的完全一样。古代的学者也有所证明，像马尔古斯·图里乌斯②的《多斯古拉尼斯问题》第一卷，瓦勒里乌斯③、亚里士多德勒斯、提特·利维④关于加纳战后之叙述，普林尼乌斯的第七卷第三十二章及第五十三章⑤，盖里阿斯的第三卷第十五章⑥等等。还有罗得⑦人狄亚高拉斯⑧、奇罗⑨、索福克勒斯⑩、西西里的暴君狄奥尼修斯⑪、斐里皮德斯⑫、斐里蒙⑬、波利克拉塔⑭、菲力斯提翁⑮、茹文提⑯等等，都是乐极而死的。阿维森纳⑰在《经典》第二卷和《心脏论》一书里，提到番红花，说如果服用太多，能使人的心脏过度扩张，呈现极度分裂状态而毙命。现在，你们再看看亚历山大·阿弗

---

① 克赛诺芬（约生于前430—前425年，死于公元前352年），古希腊历史学家及哲学家，雅典将军。

② 即古罗马雄辩家西塞罗。这里说的是他的哲学作品《多斯古拉尼斯》。

③ 瓦勒里乌斯，古罗马诗人。

④ 提特·利维（前59—17），罗马史学家。

⑤ 指普林尼乌斯的《自然史纲》。

⑥ 指盖里阿斯的《阿提刻之夜》。

⑦ 罗得，斯波拉谛群岛之一。

⑧ 狄亚高拉斯，公元前5世纪古希腊哲学家，因其子在奥林匹克会上得奖喜死。

⑨ 奇罗，希腊七大哲人之一，因其子在奥林匹克会上得奖喜死。

⑩ 索福克勒斯（约496—前406），古希腊三大悲剧诗人之一。

⑪ 狄奥尼修斯和索福克勒斯都是听到他们的悲剧得到成功，而忽然死去的。

⑫ 斐里皮德斯，公元前3世纪雅典喜剧诗人，因喜剧成功喜死。

⑬ 斐里蒙，公元前3世纪古希腊喜剧诗人，死在舞台上。

⑭ 波利克拉塔看见纳克索斯人把引诱她的人捉到时喜死。

⑮ 菲力斯提翁，1世纪希腊喜剧演员，后自己笑死。

⑯ 茹文提，即茹文提乌斯·塔尔瓦，他在接到罗马晋升消息时喜死。

⑰ 阿维森纳，11世纪中亚细亚医学家、诗人及哲学家。

洛狄修斯《疑问集》一书的第十九章，便知分晓了。

怎么了，在这个题目上，开始时没有想说这么多，现在跑得太远了。就在此处落帆，没说的话，留在专门谈这个问题的书里去说吧。现在我只用一句话说明白，蓝，肯定是象征天空和天上的事物，根据同样的表现规律，白是象征喜悦和快乐。

第十一章
高康大的童年

高康大从三岁到五岁，完全遵照父亲的指示，受到养育和管教。他和当地的一般小孩一样生活着，也就是说喝了吃，吃了睡；或者说，吃了睡，睡了喝；或者说，睡了喝，喝了吃。

他一天到晚在泥坑里打滚，在鼻子上抹黑，在脸上乱画，趿拉着鞋，经常捉苍蝇，或是追捕他父亲管辖的国土上的蝴蝶。他在鞋上小便，在内衣里大便，用袖子擤鼻涕，让鼻涕流在汤里，到处弄得一团脏，用拖鞋喝酒，用筐子蹭肚皮，用木鞋磨牙，在菜汤里洗手，用碗梳头，样样东西都要，什么也拿不住，看不见自己的差错，吃着菜汤要喝酒，无中生有，吃着东西笑，笑着吃东西，在募捐盘里吐唾沫①，在油里放屁，朝着太阳撒尿，藏在水里躲雨，耽误时间，想入非非，假装老实，到处呕吐，胡说八道，一句话翻过来倒过去，牛头不对马嘴，指桑骂槐，颠倒黑白，隔靴搔痒，骗人说话，囫囵吞枣，好的先吃，不自量力，自己搔痒自己笑，成天价转吃的念头，跟神灵开玩笑，晚课经文早晨念，还念得津津有味，吃白菜拉韭菜，自作聪明，拔苍

蝇腿，在纸上乱画，拿羊皮纸乱涂，东窜西跑，拼命喝酒，自说自话，劳而无获，拿云彩当华盖，拿尿脬当灯笼，做一个钱的工要两个钱的工钱，装傻骗人，拿头当锤头，一跳便想捉到天鹅，不肯按部就班，送他一匹马他要数牙齿，前言不照后语，两生夹一熟，拆东墙补西墙，无中生有，顶好能有烧好的百灵鸟从天上掉下来，把不得不做的事情说成是自己的美德，拿什么面包喝什么汤，秃子和尚全无分别，每天早晨到处乱吐。他父亲的小狗在他碗里吃饭，他跟它们一起吃。他咬

---

① 这句话本来是往募捐盘里扔钱的意思。

它们的耳朵，它们抓他的鼻子，他吹它们的屁股，它们舔他的嘴唇。

　　还有什么，你们知道么，孩子们？听好，否则让你们发酒疯！这个小不正经的在他的保姆们身上、还常常没上没下、没前没后地乱摸索——打，打，你这头驴！——他已经开始玩弄他的裤裆了，保姆们每天把它打扮得花枝招展、飘带绣球，灿烂夺目，她们整天像拿一个膏药筒子似的把那话儿拿在手里揉搓，它两边的耳朵一鼓，她们就仿佛尝到美味似的哄然大笑。

　　这一个把它叫作我的小塞子，那一个把它叫作我的小钻子，另一个说它是我的珊瑚枝，又一个说它是我的桶盖子、洞塞子、堵眼棍、钻眼机、小福坠，我下面又粗又硬的小玩意儿，硬起来的小家伙，我的鲜红的小香肠，我的小傻瓜。

　　这一个说："它是我的。"

那一个说："它是我的。"

另一个说："我呢，我什么也没有么？好，我把它割掉。"

又一个说："割掉！你会把它割疼的，太太；小孩这个东西能割掉么？他要成个太监了。"她们还用米尔巴莱①风磨的翼子给他做了一个好玩的风车，让他跟当地小孩一样有一个风车玩。

---

① 米尔巴莱，普瓦蒂埃附近米尔波男爵原封地。

第十二章

高康大的假马

后来，为了使高康大一生都是骑马的能手，大人们给他做了一匹高大的木马，非常好看。他骑在马上，使它连蹦带跳、驰骋跃腾、飞奔纵窜，甚至于舞蹈，样样都来；还叫它走小步、快步、阔步、跑步、碎步、花步、奔驰步、骆驼步，还有野驴步；还叫它更换皮毛的颜色（跟教士在不同的节日穿不同的祭披一样），有棕栗、褐红、灰白、鼠灰、淡黄、深灰、牛黄、镰花、斑花、白底黑点、纯白等等。

他自己又用一辆拖车当作一匹狩猎时骑的马，用一根榨床的木棍当作一匹日常骑的马，又用一棵大橡树当作一头拉着披套的骡子，打算在家里骑。此外，他还有十多匹替换的马，七匹驿马。这么些马，他叫它们都睡在自己身边。

有一天，德·拜南萨克老爷①带着全套人马仪仗来探望他父亲来了，偏赶上这一天，德·方克帕斯公爵②和德·木宜王伯爵③也在这里。说实话，这么多的人，房子可显着小一点了，特别是车马棚。因此，德·拜南萨克老爷的总管和负责粮秣的军需官，想知道这座宅子里有没有空着的车马棚，便走向当时已长成一个年轻孩子的高康大，偷偷地问他安顿战马的马棚在哪里，心里想小孩子一定什么话都肯告诉他们。

果然，他领着他们走上了宫堡的大楼梯，穿过第二个大厅，走进一条宽大的走廊，再从那里进到一座庞大的塔楼里。他们跟在后面，走上楼梯，军需官对总管说：

"这个孩子骗了我们了，从来没有见过马棚会在屋顶上。"

总管说："这是你自己不懂，我就知道有些地方像里昂，拉·巴斯迈特，施农等，马棚都是在房子上面④，也许房子后面就有一条路可以斜着上来。我来问个明白。"

他向高康大问道：

"小乖，你打算把我们领到哪儿去呀？"

高康大回答说："到我战马的马棚去。这就到了，只用再上几级就是。"

他带他们又穿过一座大厅，然后才把他们领到他的屋里，推开屋门，说道：

"你们看，这就是你们要的车马棚；这是一匹西班牙种，那是一匹匈牙利种，这是我的拉维丹⑤，那是我的小快马。"

说着，又递给他们一根粗棍子，说道：

"这匹佛利兹种⑥，我送给你们了；它是从法兰克福来的，送给你

---

① 德·拜南萨克，是小气鬼的意思。
② 德·方克帕斯，是贪吃的意思。
③ 德·木宜王，是贪杯的意思。
④ 施农城堡建筑在山脚下，二楼才和地平，车马棚一般都设在楼上。其他两处，可能情形相仿。
⑤ 拉维丹，加斯科涅名种。
⑥ 佛利兹，荷兰东部德国西部地区，当时佛利兹的马匹要送到法兰克福出售。

们好了。这是一匹小好马，经得起疲劳。只要带上一只老鹰，半打西班牙长毛狗，再来两只追兔犬，这一冬天你们还不做鹌鹑和野兔的大王！"

"圣约翰呀！"两个人一齐叫了起来，"现在可好了！他可把我们骗苦了。"

高康大说："没有，没有，离苦还远哩。"

你们猜这两个人怎么办吧，是羞愧地逃跑呢，还是大笑一场。

他们难为情地回头就走，高康大在后边问：

"你们要不要马络头？"

"什么？"他们问道。

"五块大粪给你们做一个口罩，"高康大接着说。

总管说："今天放在火上烤也烧不起来，因为油已上足了①。啊，小乖，你可拿我们当了牲口了，有一天，我看你非做教皇不可。"

高康大说道："对，我做了教皇，你就是教皇的儿子，你身边这个巧嘴八哥儿就是现成的教皇孙子。"

"好了，好了，"军需官嚷着说。

高康大说："喂！你们猜猜我母亲衬衫上绣几朵花？"

"十六朵。"那位军需官说。

高康大说："这不是《圣经》上的话，因为有前后之分②，你把账算错了。"

"什么时候？"军需官说。

高康大说："就在刚才人家把你的鼻子当作桶口、抽出一'木宜'粪来、再把你的喉咙当作漏斗把粪灌下去的时候，因为粪要变质了。"

"我的天！"总管叫了起来，"我们可碰到一个会说话的了。巧嘴先

_____

① "上油"（larder）和"开玩笑"（larder）是同音异义，这里是双关语，它是说被人开玩笑已经开够了。

② 原文是 sens devant et sens derrière，按 sens 与 cent（一百）同音，所以也可以解释为前面一百朵，后面一百朵。

生，愿天主保佑你，你的嘴太能说了！"

　　他们来不及地跑下去，把高康大扔给他们的那根粗棍子撂在楼梯头上，高康大在后面说：

　　"你们这些家伙，真不懂骑马！正是需要的时候，马倒不要了。如果从这里到卡雨萨克①去，你们喜欢乘鹅去呢，还是骑一只母猪去？"

　　"我还是更喜欢喝酒去，"那位军需官说。

　　他们一边说，一边跑回下面的客厅里，大家都在那里，他们把刚才的经过说出来，引得大家像一群苍蝇似的笑成一片。

———————————

① 指卡雨萨克封地，后来归作者的保护人马野载主教戴提萨克的侄儿所有。

第十三章

高朗古杰怎样从高康大擦屁股的方法上看出他惊人的智慧

在高康大满五岁的那一年，高朗古杰战胜了加拿利人①归来，来看望他的儿子。一个这样的父亲，看见这样的儿子，该多么喜欢吧，又是亲，又是抱，一面又用各式各样小孩的话来逗他。他和高康大以及高康大的保姆们喝了酒，详细地问了她们许多话，特别是有没有经常把孩子洗干净。对于这一点，高康大回答说，他曾表示过要成为全国最干净的孩子。

"你是怎么办的呢？"高朗古杰问道。

高康大回答说："我经过长时期、细心的试验，发现了一种最高贵、最完善、最方便、从未有人见过的擦屁股方法。"

"是哪一种方法？"高朗古杰问。

高康大说："我马上就告诉你。

"有一次我拿一位宫女的丝绒护面擦屁股，觉得很好，因为丝绒柔软，使我的肛门非常舒服；

"还有一次，用了她们的帽子，也同样舒服；

"另外有一次，用的是一条围脖；

"还有一次，用的是紫红色缎子的耳帽，但是那上边的一大堆粪球似的金饰件把我整个的屁股都刮破了。巴不得圣安东尼的神火②把造首饰的银匠和戴首饰的宫女的大肠都烂掉！

"后来，我用了一个侍从的、插着羽毛的、瑞士卫士式的帽子擦屁股，才止住了疼痛。

"还有一次，我在一丛小树后面大便，看见一只三月猫③，我拿它擦了屁股，没想到它的爪子把我的会阴部分抓了个稀烂。

"第二天，我用我母亲熏过安息香的手套擦屁股，才算治好。

"从此，我擦屁股用过丹参、茴香、莳萝、牛膝草、玫瑰花、葫芦叶、白菜、萝卜、葡萄藤、葵花、玄参（花托是珠红色的）、莴苣、菠菜——这些，用过之后，腿部都觉着很好！——还用过火焰菜、辣蓼、

---

① 加拿利人，大西洋加拿利群岛上的居民。
② 圣安东尼的神火，原指一种麦角中毒，症状是身上起红点，痛痒难忍。用圣安东尼神火来咒人，在16世纪很通行。
③ 3月里生的猫被认为是最好的猫。

苎麻、止血草，但是用这些，我却得上了隆巴底亚①的痢疾病②，我用我自己的裤裆擦屁股，才把它治好。

"此后，我擦屁股用过床单、被子、窗帘、坐垫、地毯、绿毡、台布、毛巾、手帕、浴衣。这些，我觉着比长了疥癣叫人搔痒还舒服。"

"那么，"高朗古杰说道，"你到底认为哪一样擦屁股最好呢？"

高康大说："我就要说到了，tu autem③，马上你就会知道。后来，我还用过干草、麦秸、兽毛、羊毛、纸。不过

　　用纸擦了臭屁股，
　　诱惑留在腿深处。"

"怎么啦，我的小家伙！"高朗古杰说，"你喝酒了吧，怎么已经出口有韵呢？"

高康大说："是啊，我的父王，我一直出口有韵，韵押得直伤风④。你听听我的出恭诗：

　　出恭屙屎，
　　跑肚大便，
　　放屁一片，
　　掏出来，
　　你的小便，
　　往外溅，

---

① 隆巴底亚，意大利北部地区。
② 法国军队在隆巴底亚曾为痢疾所困。
③ 拉丁文，学生上教理课以后，齐唱"Tu autem, Domine, miserere nobis"（天主垂怜我等）。这里的意思是：结果。
④ 原文en rimant（押韵）与m'enrime（伤风）读音相近。

四下散,
身上尿满。
又臭又脏,
秽气冲天,
往下滴,
让圣·安东尼的神火烧了你!
如果不在离开前,
把你的
前后窟窿
都擦仔细!

"还要么?"
"要呀,"高朗古杰回答说。
高康大说:"你再听这个:
回旋韵诗

有一天我在大便,
屁股上觉着有点缺欠,
气味与我想象的不同,
浑身都奇臭不堪。
噢!谁肯行方便,
领一美婵娟
陪我大便!
我决不笨手笨足
堵塞住她小便的门户,
只求她运用纤指,
把我的肛门保护住,
让我把粪便排出。

"现在，你还说我什么也不懂么？冲着天主圣母说话，这并不是我作的，而是这位贵夫人朗诵的时候听来的，后来就记在我这个脑袋瓜里了。"

高朗古杰说："继续刚才的话吧。"

高康大说："什么呀？大便么？"

高朗古杰说："不是，擦屁股呀。"

高康大说："如果我在这个问题上能说得过你，你肯不肯拿出一桶布列塔尼酒请客？"

"当然可以，"高朗古杰说。

高康大说："没有屎，就用不到擦屁股，不大便，就不会有屎，所以要擦屁股就需要先大便。"

高朗古杰："对，孩子，你倒挺聪明！过几天我送你个笑话博士的头衔，老实说，你说理的能力远远超过你的年龄。你继续把擦屁股这个题目谈下去吧。冲着我的胡子说话，别说是一桶，我给你六十桶，而且保证是地道的布列塔尼酒，布列塔尼酒并不出产在布列塔尼，而是出产在维龙①这个好地方。"

高康大说："后来，我擦屁股用过头巾、枕头、拖鞋、背包、筐子——筐子擦起来可不舒服——后来还用过帽子。你知道，帽子有平毛的、长毛的、丝绒的、绸子的、缎子的。而最好的是长毛的，因为

---

① 维龙，罗亚尔河和维也纳河之流域。

用它擦屁股，擦得最干净。

"后来，我还用过母鸡、公鸡、小鸡、小牛皮、兔子、鸽子、鸬鹚、律师的公文皮包、风帽、头巾、打猎的假鸟①。

"但是，总的看来，我可以说，并且也坚持这个意见，那就是：所有擦屁股的东西，什么也比不上一只绒毛丰满的小鹅，不过拿它的时候，须要把它的头弯在两条腿当中。我以名誉担保，你完全可以相信。因为肛门会感受到一种非凡的快感，既有绒毛的柔软，又有小鹅身上的温暖，热气可以直入大肠和小肠，上贯心脏和大脑。别以为极乐世界的那些英雄和神仙的享受，就像这里老太太们所说的那样，只是百合花、仙丹或是花蜜，他们的享受（照我的看法），就是用小鹅擦屁股，苏格兰的约翰大师②就是这个想法。"

---

① 一种皮制的假鸟，猎人放出鹰后，如不肯回来，即取出假鸟，引鹰归来。
② 苏格兰的约翰大师指哲学家邓斯·司各脱。

第十四章

高康大怎样跟诡辩学家 ① 学拉丁文

高朗古杰老好人听过这番话，又看到儿子高康大的高度智慧和惊人的理解能力，不胜惊奇和喜悦。他对保姆们说道：

"马其顿国王菲力普 ②，从他儿子亚历山大善于骑马上看出他的聪明，那匹马凶烈异常，没有人敢骑，过去骑过它的人，没有不被摔下来的，有的摔断脖子，有的摔断大腿，有的碰破脑袋，有的跌坏腭骨。亚历山大在跑马场上（遛马、骑马的场所）看出那匹马所以暴躁，只是因为它害怕自己的影子。因此，他上马之后，就让它迎着太阳跑去，把影子撇在身后，这样一来，那匹马果然驯服，听他指挥了。从这件事上，他父亲看出他儿子确是聪慧过人，于是便聘请了当时在希腊哲学界负盛名的亚里士多德勒斯来好好地教导他。

"我现在告诉你们，单单经过这次当着你们的面和我儿子高康大谈话之后，我就看出来他的理解能力是如此的敏锐、精明、深刻、聪慧，这一定是天赋的力量，如果好好地教育他，准定能达到知识的顶峰。因此，我要把他托付给一位博学的人，来因材施教，这件事，我会不

惜一切来做的。"

　　果然，有人给他推荐了一位诡辩学的大博士，名叫土巴·赫鲁费大师[3]，他用了五年零三个月的工夫教高康大读方块字母[4]，一直读得他可以倒背出来。然后，又用了十三年六个月又两个星期的时间，教他读

---

① 在较早的版本上是神学家，1542 年作者始改作诡辩学家。
② 故事见普鲁塔克，《亚历山大传》第 6 章。
③ 土巴在《圣经》上是该隐的后代，雅弗的儿子，发明制造金属品的工匠。赫鲁费是被朱庇特格杀的一员大将。土巴·赫鲁费是作者杜撰的名字。
④ 贴在硬纸块上的字母，供儿童开始学习。

《多纳》①、《法柴》②、《泰奥多莱》③和阿拉奴斯④寓言。

还要说明，他教高康大用花体字写字，而且还要把读的课本全部抄下来，因为那时候印刷术尚未流行。

高康大经常带着一个大文具盒子，足有七千多公担重，里面一只笔筒就有爱奈修院⑤的大柱子那样粗，下面用粗铁链挂着一个墨水瓶，容量是一吨。

此后，又用了十八年零十一个月教他读 De modis significandi⑥，以及胡台比斯、法斯干、特罗底特、瓜莱奥、约翰牛、毕洛纽、卜林刚都等人⑦的注释。这些书，高康大都念得滚瓜烂熟，问他的时候，他会全部倒背出

① 《多纳》，4世纪语文学家多纳图斯所著的拉丁文语法，为中世纪普遍采用的课本。
② 《法柴》，法柴图斯所著的初级伦理学课本。
③ 《泰奥多莱》，10世纪泰奥多鲁斯所著的宗教考证。
④ 阿拉奴斯，13世纪伦理学家。
⑤ 爱奈修院，里昂最古老的、人称雅典式的建筑，该处尚有四根粗大的柱子，是从罗马移来的。
⑥ 拉丁文，《词义大全》，中世纪语文学课本，作者系托马斯·阿奎那，一说系约翰·德·卡尔朗，还有说系亚尔培·德·撒克逊或邓斯·司各脱，说法不一。
⑦ 胡台比斯等都是作者为讽刺当时不学无术的学者所杜撰的名字，胡台比斯意思是风吹抖缩，法斯干意思是肩压大路，特罗底特意思是无用之辈，瓜莱奥是兰斯洛特圆桌小说里的人物，约翰牛意思是傻瓜，毕洛纽意思是毫无价值，卜林刚都意思是女人气。

来，而且还扳着手指头对他母亲说 de modis significandi non erat scientia①。

后来，又用了十六年零两个月的时间读了《历书》②，这位教师就在这时死去了，这时是

一千四百二十年，

生了大疮归了天。

接着，又来了一位老痨病鬼，名叫若卜兰·布立德③大师，他教高康大攻读乌古提奥④、艾勃拉尔的《希腊词解》⑤、《文选》⑥、《修辞八法》⑦、《Quid est》⑧、《Supplementum》⑨、《教理注释》⑩、《De moribus in mensa servandis》⑪、塞内加⑫的《De quatuor virtutibus cardinalibus》⑬、巴萨万图斯⑭的《cum Commento》⑮，还有节日的《Dormi secure》⑯等等以及其他类似的作品。高康大读了以后，变成了一个老实得不能再老实、以后再也焙制不出来的老实人。

① 拉丁文，《词义大全》不是什么学问。
② 《历书》，作者系阿尼亚奴斯，内容是天文概要。
③ 若卜兰，意思是愚蠢，布立德，意思是像只鹅。
④ 乌古提奥，13世纪意大利菲拉拉主教，著有《拉丁语汇》。
⑤ 13世纪艾勃拉尔·德·贝杜纳编著的从希腊文来的拉丁词汇。
⑥ 《文选》，13世纪亚历山大·德·维尔狄厄的作品。
⑦ 训练儿童修辞、口才的读本，共分八部分。
⑧ 拉丁文，《问答集》，问答体之课本。
⑨ 拉丁文，《补遗集》，菲力普·德·拜尔卡莫的《编年史》续稿。
⑩ 15世纪学习教理课本，特别关于《诗篇》及《使徒行传》之注释。
⑪ 《饮食礼仪》，韵文体，15世纪约翰·苏尔皮齐奥的作品。
⑫ 这个塞内加是6世纪葡萄牙主教马丁·德·布拉伽的笔名。
⑬ 拉丁文，《四德全集》，修身课本，内容系亚里士多德道德观。
⑭ 巴萨万图斯是14世纪意大利教士作家，巴萨万图斯一名和法文 pas savant（愚蠢）读音相近，故有意用此名。
⑮ 《附注释》，全名是 Specchio della vera penitenza,cum Commento《真实补赎一览，附注释》。
⑯ 拉丁文，《安息集》，即《教理集锦》，看了可以使人安息睡觉。

第十五章

高康大怎样更换教师

高康大的父亲看见自己的儿子确是用心读书，把所有的时间都用在书本上，可是没有得到什么好处，相反地，却变得疯疯傻傻、呆头呆脑、昏昏沉沉、糊里糊涂。

他和巴波里哥斯①的总督唐·菲力普·戴·马莱提到他这件不如意的事，那位大人说，与其跟这样的教师读这样的书，还不如什么也不学的好，因为他们的知识就是愚蠢，他们的学问就是笨拙，只能毁坏卓越高贵的天资，浪费青年的大好时光。

这位总督说道："确是如此，不信你从现在的年轻人里面捡一个，只要他读过两年书，假使他不比你儿子的辩解能力更好，更会说话，更会谈论，在人前的态度不更好，更懂礼貌，今后你叫我吹牛大王好了。"

高朗古杰听了深为满意，吩咐按照总督的话办理。

到了晚上吃饭的时候，戴·马莱带来一个年轻的小侍从，维尔·公基斯②人，名叫爱德蒙③，打扮得衣冠楚楚、整整齐齐、干干净净、态度大方，真是与其说是个小孩，勿宁说是个小天使。戴·马莱

对高朗古杰说道：

"你看见这个小孩没有？他还未满十二岁，如果你愿意，我们来看一看，你那些旧时代的学究们和今天的青年在知识上有多大区别。"

这个提议，高朗古杰很赞成，忙吩咐那个侍从首先发言。只见爱德蒙先向他主人、总督大人请示同意，然后把帽子拿在手里，面貌开朗、嘴唇鲜红、目光镇定，以童稚的谦虚态度注视着高康大。他自己站得笔挺，开始对高康大表示赞扬，首先夸奖他的美德和品行，其次恭维他的学问渊博，第三说他出身高贵，第四夸他身材魁梧，第五，温和地劝他事事孝敬父亲，因为老人家为了儿子的教育煞费苦心，最

① 巴波里哥斯，作者杜撰的虚无国。
② 维尔·公基斯，法国安得省沙头路镇名。
③ 爱德蒙，在希腊文的意思是，"幸运，福气"。

后，他请求高康大收留他作一个小小的仆人，他认为目前对上天并没有别的祈求，只希望能替高康大做点小事使他欢心。这番话说得如此得体，口齿清晰，声调高昂，外加词清句丽，词藻严谨，这哪里是现时代的一个小娃子，简直是古代的什么格拉古斯[1]、西赛罗或者伊米留斯[2]了。

高康大呢，所有的举动，就是用帽子遮住脸，像一头母牛似的哭起来，谁也没法使他说出一句话来，就像没法叫一头死去的驴放出屁来完全一样。

这一来，他父亲气坏了，简直想把若卜兰大师的脑袋切下来。亏得那位戴·马莱好劝歹劝，才算平息了他的怒气。高朗古杰叫人算清若卜兰的束修，让他喝足了酒，然后滚蛋。

他说道："万一他就这样像一个英国人似的醉死，至少今天不至于再破费他东家的钱了。"

若卜兰大师走后，高朗古杰请教总督应该给高康大一个怎样的教师。他们决定请爱德蒙的先生包诺克拉特[3]来担任此职，并且叫他们一起到巴黎去，见识见识当时法国的青年受的都是怎样的教育。

---

[1] 格拉古斯，公元前2世纪古罗马雄辩家。
[2] 伊米留斯，古罗马政治家，作者把此二人与西赛罗相提并论，说明他对二人的欣赏。
[3] 包诺克拉特，照希腊文的意思是"雄壮，有力"。

第十六章

高康大怎样乘骑大牝马到达巴黎；
大牝马怎样驱赶包斯的牛蝇

就在这一年里，米努底亚①的第四世国王法伊奥勒从阿非利加地方给高朗古杰运来了一匹从未有人见过的、又高又大的牝马。这匹马长得形状出奇（你们知道，阿非利加来的总是新鲜的②），身材足有六只象那样大，蹄上分趾，跟茹留斯·恺撒那匹马一样③，两只耳朵像朗格多克④的羊耳朵那样往下耷拉着，屁股后头还长着一个小犄角。此外，身上的皮毛是深栗色，夹杂着灰色的斑点。特别稀奇的是它那条惊人的尾巴，不折不扣，和朗热⑤附近圣马尔斯的那座塔⑥一样粗，形状也是四方的，尾巴上的毛又粗又硬，一根根活像麦穗。

如果你们认为奇怪，那么西提亚⑦绵羊的尾巴还要叫你们奇怪呢，单单尾巴就有三十多斤，还有叙利亚绵羊的尾巴（如果戴诺的话⑧靠得住），需要在羊屁股后头用一辆小车托住才能走，你们看有多长多重吧。你们这些平原上的小子，当然不会有这样的东西了。

这匹马由海路用三条大帆船和一条小快船方才运到塔尔蒙台⑨的奥隆纳港口⑩。

　　高朗古杰看见这匹马，说道：

　　"正好送我儿子到巴黎去。啊，天主保佑，这可好了。他将来一定会成为一位大学者。如果那里没有笨货的话，我们将来就要过学者的生活了。"

　　到了第二天，喝过酒以后（这是可以想见的），高康大及教师包诺

---

① 米努底亚，非洲古国，近毛里塔尼亚，阿尔及利亚的一部分。
② 见普林尼乌斯《自然史纲》第8卷第16章。
③ 见普林尼乌斯《自然史纲》第8卷第42章。
④ 朗格多克，法国古省名。
⑤ 朗热，施农县地名。
⑥ 圣·马尔斯在施农县郊区，离开1公里远，该处有方形古塔一座。
⑦ 西提亚，指我国新疆、西藏一带。
⑧ 约翰·戴诺在他的《海外游记》里曾叙述苏丹向开罗输送羊群，但未提到叙利亚。希罗多德的《历史》第3卷第113节里倒是描写过这样的羊。
⑨ 塔尔蒙台，旺代省地名。
⑩ 奥隆纳港口在法国靠大西洋海岸，16世纪时为一重镇。

克拉特一行人等，随同那个年轻的小侍从爱德蒙一齐动身。这时天气晴和，气候温暖，高康大的父亲叫他穿了褐色的皮靴，也就是巴班①称作半统靴的那种皮靴。

他们就这样吃吃喝喝、快快活活地上了路，一直走到了奥尔良城②。那里有一座大森林，长约三十五法里③，宽约十七法里。树林里的牛蝇和马蜂多得吓人，那些不幸的驴马等牲口走到这里，那真要活受罪了。可是高康大这匹牝马却大大地出乎害虫意料之外，把它们加在它同类身上的侵害，好好地来了一次报复。因为他们一走进森林，大群的马蜂便立刻发动攻击，那匹牝马竖起尾巴，左拍右打，把整个树林都打倒了。只见它忽前忽后，忽左忽右，忽上忽下，忽东忽西，跟刈草人刈草似的把那座树林直打得连树带马蜂一齐绝迹，最后那块地方就只成了一片平地。

高康大看见了，非常得意，但是没有说别的自夸的话，仅向他身边的人说道："我觉着'包斯'④。"从此时起这块地方便改名包斯了。可是他们连吃饭的地方也没有，只好拿打呵欠当吃饭。包斯的绅士们为纪念这次事件，到现在还拿打呵欠当饭吃呢⑤，而且还觉着不错，连吐痰也觉着更利落。

最后，大家来到巴黎。高康大一行人等休息了两三天，一面痛快地吃喝，一面打听当地都有哪些学者，巴黎人都喝什么酒。

① 巴班，古时的波兰。一说施农有一鞋匠姓巴班，作者可能认识他。
② 奥尔良在巴黎南面121公里处。
③ 每法里约等于4.5公里。
④ "包斯"（beauce），意思是"不错，很好看"。
⑤ 传说包斯的贵族以贫困出名。

第十七章

高康大怎样对巴黎人行见面礼；怎样摘取圣母院的大钟

　　他们一行人休息几天之后，高康大观光了市区。居民看见他，无不惊奇万分，因为巴黎人愚昧透了，绝顶地无知，而且生来愚蠢。即便是一个玩把戏的、一个游方的教士、一匹带铃铛的骡子、一个街头弹弦子的，也要比一个出色的布道师引来更多的人。

　　他们到处死追着高康大，逼得他只好到圣母院的钟楼上去休息。他到了那里，望见周围都是人，便大声说道：

　　"我看这些家伙是想叫我对他们行个见面礼、留件proficiat①作纪念。有理，有理。我给他们来上一壶酒，开个玩笑。"

　　于是他笑着解开他那华丽的裤裆，掏出他的家伙，狠狠地撒了一泡尿，一下子冲死了二十六万零四百一十八个人，女人和小孩还不算。

　　有几个靠了脚腿的灵活，逃脱了这泡尿，跑到大学区最高的地方②，满头大汗，又是咳嗽，又是吐，上气不接下气地咒骂起来，有的气愤不过，有的觉着好玩："这个……这个……这个……这个……

这个玩笑可开大了，可'巴黎'了③！"这座城叫作巴黎，便是从这时

---

① Proficiat一字原来指教徒对新主教到任后赠送的礼物，此处仅泛指礼物。
② 即圣日内维埃沃山。
③ "巴黎"（par rys）意思是"开玩笑"，与"巴黎"（Paris）同音。

开始的，以前它叫乐凯斯，斯特拉包①在他的全集第四卷里就曾经说过，他说，"乐凯斯"在希腊文的意思是白②，白就是指当地太太们的白腿。自从这个新名字叫开之后，当时在场的人没有一个不指着自己教区的主保圣人骂街的，巴黎人一向是又乱又杂，生性爱骂街，爱争吵，而且自高自大，约翰尼奴斯·德·巴朗柯在他的《De copiositate reverentiarum》③一书里曾表示说"巴黎人"这个名词用希腊文来解释，就是吹牛自大。

高康大办过了这一手，一眼望见钟楼里的大钟，便动手叮叮嗒嗒地摇起来。他一边摇，一边想，如果能把它们挂在他那匹马的脖子上当铃铛一定不错，因为他正打算买些勃里④的奶酪和新鲜鲞鱼让它给他父亲驮回去。于是，便把大钟拿下来带回了寓所。

正巧，圣安东尼会的养猪会长来募猪捐⑤来了，这个教士觉着大钟可以叫人很远就听见他，连肉缸里的油都会哆嗦，便很想偷偷地把钟带走，不过没有好意思下手，这倒不是因为怕钟烫手，而是因为有些太重⑥。当然这位教士不是堡尔⑦的那一位，那一位是我的要好朋友。

整个巴黎城都骚动起来了，你们知道这里的人是最容易起哄的，连外国对法国国王的耐心都感到惊奇，眼看不安的情况一天比一天严重，却不肯用个妥当的法令来约束他们一下。但愿天主让我知道这些

---

① 斯特拉包，古希腊地理学家，约生于公元前60年。作者此处的话是假的。

② 罗马皇帝茄利安曾把巴黎叫作"乐凯西亚"，也是从希腊文"乐凯斯"（白）来。斯特拉包给巴黎的名字是"鲁科多基亚"（Loukotokia）。

③ 拉丁文，《论崇拜》，作者与作品都是本书作者杜撰的。

④ 勃里，巴黎东面古地名。

⑤ 圣安东尼会原来有特权放任猪只在街上乱跑，自寻食物，后来放弃养猪，条件是他们的教士定期来募猪捐，居民须布施猪油火腿。另一说是圣安东尼会的教士会医猪病，居民为答谢他们，送给猪油和火腿，后成了变相募捐。

⑥ 巴黎圣母院的两口大钟，一口名叫玛丽，重1.2万公斤，另一口叫雅克琳，重7 500公斤。

⑦ 堡尔，巴黎东南地名，堡尔的圣安东尼会的会长是诗人安东尼·杜·塞克斯，本书作者的朋友，他在一首诗里曾自称养猪人。

JONNARD.

阴谋与分裂都是怎么造出来的，好在教区的会议上揭发！

　　告诉你们，那些惊慌失措和惶恐万状的老百姓聚集的地方，是在乃乐大楼①，这座大楼，过去是乐凯斯的统治中心，现在当然已经不是了。

---

① 乃乐大楼，在塞纳河左岸，地点即现在的法兰西学院，1534年初版上是索尔蓬，1542年作者改为乃乐大楼。

他们在那里提出了这个问题，并指出大钟拿掉以后的不便。经过反复讨论与争辩，结果用三段论法决定指派神学院年纪最大、声望最高的学者去见高康大，向他说明没有钟将会引起极大的不便。虽然大学里有人表示这个差使与其派一位神学家，不如叫一位有口才的雄辩家去更合适。但最后，还是选定了神学大师约诺土斯·德·卜拉克玛多①。

---

① "卜拉克玛多"原文有"短剑"的意思。据说诗人魏仑曾将他的"纯钢剑"（诗人马洛把它叫作卜拉克玛多）遗赠给一个叫约翰·乐·高尼的，约诺土斯这个名字可能就是从这里蜕化出来的。

第十八章

约诺土斯·德·卜拉克玛多怎样被派往见高康大索讨大钟

约诺土斯大师剪的是恺撒式的发式①，穿起仿古式的博士长袍②，胃里填满了炉子里的食品③和地窖里的圣水④，向高康大的寓所走来，前面走的是三个红嘴脸、牛一样的笨蛋，后面是五六个半死不活、龌龊不堪的文艺大师。

他们一进门，就被包诺克拉特碰上了。包诺克拉特看见他们这种打扮，自己先吓了一大跳，以为是什么疯狂的化装游戏，于是便向那群半死不活的大师们中的一个打听这是什么把戏。他们回答说他们是来讨取大钟的。

包诺克拉特闻听此言，连忙跑回去告诉高康大，叫他准备好答复，并从速决定应付办法。高康大闻报后，立刻把教师包诺克拉特、总管菲洛多米⑤、骑师冀姆纳斯特⑥，还有爱德蒙叫到一边，简略地和他们商量了一下如何应付和如何回答。大家认为应该把他们让到藏酒的那间屋里，先好好地灌他们一顿，不让那个痨病鬼吹嘘大钟是他讨回去的，并决定在他们喝酒的时候，就派人把本城的地方官、大学院长、教堂的主教全请来，不等这位神学家提出他的要求，就把钟先还给另外的人。交还之后，再来欣赏他修整的演说词。事情就这样定了。等大家到齐，那位神学家被领到大厅当中，只见他一面咳嗽，一面开始说下面的这段话。

---

① 恺撒是个秃顶。
② 另一种解释是，戴着他神学博士的帽子。
③ 指面包。
④ 指酒。
⑤ 菲洛多米，照希腊文的意思是，操刀能手。
⑥ 冀姆纳斯特，照希腊文的意思是，身体强壮，孔武有力。

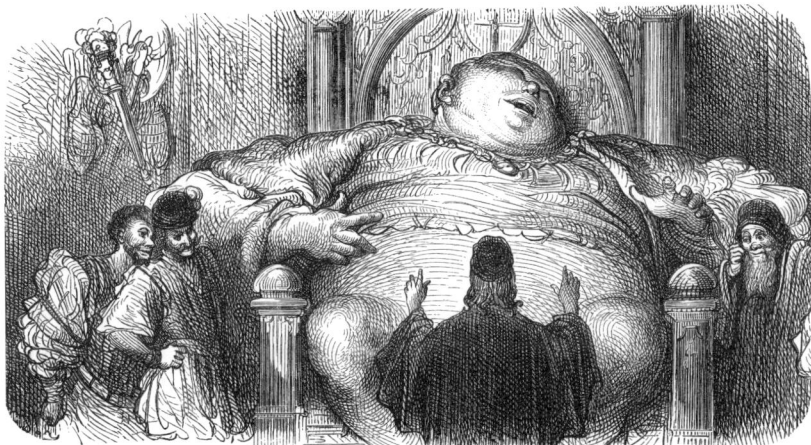

第十九章

约诺士斯·德·卜拉克玛多大师向高康大致词索讨大钟

　　"嗯哼！嗯！嗯①！ Mna dies②（您好），先生，Mna dies,et vobis（你们也好），诸位先生。如果能把钟还给我们，那真是一件好事，因为我们非常需要有钟。嗯！嗯！阿嚏！从前，卡奥的伦敦③、勃里的波尔多，都曾因为我们的钟质料好、制造时有我们本地的土质夹杂在内，因此具有驱避日晕和保护我们的葡萄——当然不是我们自己的，而是周围这一带的——不受台风损害的功能，而愿意出高价购买，我们都没有答应。这是因为如果葡萄酒做不成，那就等于损失了一切，连理智带法律。

　　"假使您肯答应我的要求，把钟还给我们，那我就可以得到六'畔'④香肠和一条上等套裤，套裤对我的腿太有用处了，否则的话，他们许下的话是不肯算数的。哦！当着天主Domine（主宰）说话，一条套裤实在是好东西，et vir sapiens non abhorrebit eam（聪明人谁肯不要）。哈！哈！并不是谁想有就可以有的东西，我完全明白！您要知道，Domine，这篇工整的谈话，我整整地思索了十八天；Reddite que sunt Cesaris Cesari, et que sunt Dei Deo（该撒的物当归给该撒，上帝的物当归给上帝⑤）。Ibi jacet lepus（关键就在这里）。

"凭我的信仰说话，Domine，您要是肯到 in camera charitatis（我们的发饭厅里）跟我一起吃顿饭的话，天主在上！nos faciemus bonum cherubin（我们一定会好好地招待一番）。Ego occidi unum porcum, et ego habet bon vino（少不得会杀一头猪，还有好酒）。喝了好酒，自然不会说出坏的拉丁文来。

"所以，sus（因此），de parte Dei, date nobis clochas nostras（看在天主份上，请把钟还给我们吧）。只要把钟还给我们，我以神学院的名义送您一份乌提诺⑥讲经的演说词。vultis etiam pardonos（您需要宽赦么）？Per diem,vos habebitis et nihil poyabitis（看在天主份上，全给你们，而且不用花钱）。

"啊，Domine，先生，clochidonnaminor nobis（把钟还给我们吧）！Dea, est bonum urbis（说实话，这是我们全城的财富）。人人都需要它。如果说您的马戴上很好，我们的神学院有它也不错，que comparata est jumentis insipientibus et similis facta est eis, psalmo nescio quo……（我们的学院"就如死亡的畜类一样"，这是哪一篇《诗篇》，我已经不清楚了⑦）。不过，我是忠实地记录下来的，et est unum bonum

---

① 作者有意在约诺土斯的谈话里，夹杂许多咳嗽的声音，并不是因为说话人年纪大，而是讽刺发言者的坏习惯。布道师奥利维·马雅尔是当时最善于运用咳嗽的人，他认为咳嗽可以增加言词的美丽和分量，因此在他的演讲稿里，何处该咳嗽，咳嗽几声，都有注明。

② 这位神学大师在发言里夹杂许多走了样的拉丁文（作者有意讽刺当时神学家说话时法文里夹杂拉丁文的坏习惯，像mna dies，照规矩应该是Bona dies），为了阅读方便，把中文注解括在括号内，不再另外加注。

③ 卡奥，法国洛特省省会，伦敦是一村名。

④ "畔"，法国南部长度名，每"畔"约等于24厘米。

⑤ 见《新约·路加福音》第20章第25节。

⑥ 雷奥纳狄·马太·德·乌提诺，本笃会名宣教家，他的演讲词当时流传甚广。

⑦ 见《旧约·诗篇》第49篇第20节。

Achilles（称得起是阿基勒斯式的论证①）。嗯！嗯！嗯哼！阿嚏！

"单单这一点，就足以证明您应该把钟还给我们。Ego sic argumentor（我这里还有理由）：

"Omnis clocha clochabilis,in clocherio clochando,clochans clochativo clochare facit clochabiliter clochantes. Parisius habet clochas. Ergo gluc.（凡是可以撞的钟，都是钟楼上的钟，钟为撞也，钟撞起来是谓撞钟。巴黎之所以有钟也，原因在此。）

"哈，哈，哈，说得不错！这是in tertio prime（三段论法第一个阶段的第三格），见达里乌斯作品，或者别处。凭我的灵魂说话，我当年也曾雄辩一时，神鬼折服，现在是迷迷糊糊，有如做梦，今后只需好酒、好床，背后有火炉，胸前有饭桌，还有一个深大的碗就行了。

"咳，Domine，我in nomine Patris et Filii et Spiritus Sancti，amen（以圣父、圣子及圣灵之名，阿门）求您，把钟还给我们吧，愿天主保佑您平安，圣母保佑您生病②，qui vivit et regnat per omnia secula seculorum,amen（世世无穷，直到永远，阿门）。嗯哼！阿嚏！啊哈！哦喝！

"Verum enim vero,quando quidem,dubio procul,edepol,quoniam, ita certe, meus Deus fidus（定而不可移的，当然，毫无疑问，基于波吕克斯的论点，因此，的的确确，天主在上不容瞎说），一个没有钟的城市，等于一个瞎子没有拐杖，一头驴没有缰绳，一头奶牛没有铃铛。我们要不停止地跟着您叫，像失掉拐杖的瞎子、没有缰绳的驴、不戴铃铛的奶牛，直到您把钟还给我们为止。

"本城医院旁边住着一位拉丁学家，有一次他引证达彭奴斯——不是，我说错了，是那位在俗诗人彭达奴斯③——的权威名言，说他巴不

---

① 阿基勒斯式的论证，即权威的、无可争辩的论证。
② 他想说圣母保佑您不生病。
③ 彭达奴斯（1426—1503），意大利人文主义诗人。

得钟都是用羽毛做的、钟锤都是狐狸的尾巴才好，因为在他寻韵觅句的时候，撞钟的声音会把他的脑汁搅乱①。但是，当叮当，当叮当，他终于被认为是异端邪说。我们对付这样的人，简直像揣蜡②。特此供述如上③。Valete et plaudite（祝你们健康，请鼓掌④）。Calepinus recensui（卡勒比诺校订⑤）。"

---

① 彭达奴斯不喜欢钟声，但是没有说过这类话。

② 要他成什么样子就成什么样子。

③ 打官司状子里拾来的一句话。

④ 拉丁文喜剧末尾的一句话。

⑤ 卡勒比诺，15世纪意大利一位教士，曾编著拉丁文辞典，这里作者故意使约诺土斯吹嘘自己的话句句有来历。

第二十章

神学家怎样取去呢料；并和其他大师们打官司

这位神学家话一住口，包诺克拉特和爱德蒙就哄然大笑，笑得几乎断了气，不多不少，完全像克拉苏斯看见一头笨驴吃蒺藜秧笑死的时候[①]、菲勒蒙看见一头驴吃了给他准备的无花果笑死的时候[②]一模一样。约诺土斯大师也跟着他们一起笑起来，看谁比谁笑得厉害，直笑得满眼淌泪，这是由于大脑受到剧烈动荡，因而产生泪水，透过视觉神经流出来的缘故。他们的样子完全像赫拉克利特化了的德谟克利特[③]和德谟克利特化了的赫拉克利特。

大笑过了以后，高康大跟他自己的人商量该怎么办。包诺克拉特提议让这位有口才的雄辩家再喝一阵，因为他确是叫他们享受到一次好消遣，笑得比看宋日可乐[④]还厉害，应该给他在他那使人发笑的演说词里提到的十"畔"香肠[⑤]和一条套裤，另外再给他三百捆好柴、二十五"木宜"酒、一张铺好三层鹅毛褥子的床，再给他一个又深又大的碗，既然他说这是他老年的必需品。

一切都依照他们商量好的做了，只是高康大恐怕一时找不到适合约诺土斯的套裤，又不知道什么式样对这位演说家最合适，是那种为拉屎方便在屁股后头装一块活动开裆的马丁格尔式⑥呢，还是宽腰的水手式呢，或是保持腹部温暖的瑞士式呢，再不然就是不会闷坏肾部的鳖鱼尾式呢？不拘如何，高康大叫人给了他七"奥纳"黑呢，另加三"奥纳"白呢做里子。木柴叫小工扛去。那些文艺大师们抬着香肠和大碗。约诺土斯大师打算自己拿呢料。

大师们当中一位名叫茹斯·庞都伊的，向他表示自己拿衣料不好看，太失身分，应该交给他们随便哪一个去拿。约诺土斯说道：

"啊！笨货，笨货，你毫不懂得 in modo et figura（形式和规律）。这正是运用'推断'⑦和 parva logicalia《逻辑推理》⑧的地方。Panus pro

---

① 克拉苏斯原是个从来不笑的人，故事见普林尼乌斯《自然史纲》第7卷第19章，另见埃拉斯姆斯《箴言集》第1卷第10章第71行。
② 故事见鲁西安《马克罗比乌斯》第25章，另见瓦雷利乌斯《箴言集》第9卷第12章。
③ 德谟克利特（前460—前370），赫拉克利特（前540—前480），都是古希腊的哲学家，德谟克利特对一切抱乐观主义，赫拉克利特则认为万物都在变化，一生忧闷悲观，这里是说他们大笑若哭，大哭若笑。
④ 宋日可乐，即圣·维克多1527年图书目录中《历书笑读》的作者宋日·克乐修斯，一说系作者同时的一个喜剧演员，真名是彭塔莱的约翰·德勒斯皮纳。
⑤ 约诺土斯原来说的是六"畔"香肠。
⑥ 马丁格尔式，指前后有活动开裆，大小便时一拉即开的式样。
⑦ "推断"是《逻辑推理》中的一个阶段。
⑧ 《逻辑推理》系伯多禄斯·希斯帕奴斯的作品，作者即后来的教皇若望二十二世。

quo supponit（你看呢料是给谁的呢）？"

庞都伊说："Confuse et distributive（混合起来大家平分）。"

约诺土斯说："笨东西，我不是问你quo modo supponit（如何分法），而是问你pro quo（做什么用）；告诉你，笨东西，protibiis meis（是给我的腿用的）。所以，应该由我来拿，egomet（由我来），sicut suppositum portat adpositum（正像主体带领属体一样）。"

于是，像巴特兰偷呢子那样[①]，悄悄地夹起来就走。

而最妙的是这个痨病鬼，在玛杜兰[②]全体大会上，居然又一次神气活现地索讨他的套裤和香肠。别人根据听来的消息，知道高康大早已给他了，因此断然拒绝了他。他向他们说，高康大给的是出于他个人情愿，gratis（白送的），不能因此就豁免了其他人的诺言。尽管如此，别人还是跟他说，叫他知足，别不讲道理，其他的东西他什么也拿不到。

约诺土斯说："道理，我们这里就是不讲道理。你们这些说话不算话的坏蛋，不值钱的东西；世界上再没有比你们更坏的人了，我知道。跛子跟前不要装瘸腿，坏事，咱们都有份。我以天主的脾脏起誓！我要向国王告发你们亲手在这里干出的为非作歹的事，他要是不把你们一个个都当作异端、卖国贼、邪教徒、恶棍、宗教和社会道德的敌人活活烧死，叫我全身长疥疮！"

根据他这些话，他们反而去告他了；他这一方面呢，却设法把官司拖延下来。结果，状子压在法院里，直到今天还在那里。那些大师们，对于这件案子，发誓在没有判决之前决不洗脸更衣，约诺大师和他的同党却发誓没有判决不擤鼻涕。

---

① 巴特兰系喜剧中人物，剧情是吉奥莫控告放羊人偷了他的羊，当辩论的时候，他发现律师巴特兰偷拿他六"奥纳"呢子，一时吉奥莫气得神魂颠倒，把呢子和羊搅不清了，法官一直在提醒他，说："回到你的羊身上吧。"这句话后来在法文里便成了"言归正传吧"的代用语了。

② 玛杜兰，12世纪三位一体会创立的一个教派。玛杜兰是3世纪的天主教圣人，疯子的主保。

这一发誓不要紧，一直到现在他们还是鼻涕连天，污秽不堪，因为法院连状子呈文都还没有好好地看过，判决，那要等到希腊有历书的那一年了①，也就是说，永远也不会判决。你们知道，这些人办事违背自然规律，连他们自己的法令也不守。巴黎的法令就规定说，只有天主造的东西才能永远存在。自然，就造不出永垂不朽的东西，因为由自然生出的，都有一个结束的阶段，omnia orta cadunt②。但是这些靠废话活命的家伙可以叫他们的官司永远是个悬案，没有结束的时候。这样做，正证实了在得尔福③祝圣的拉刻代蒙人④奇罗所说的那句话："贫困是诉讼的伴侣，打官司的人终必变成穷人。因为等不到重申权利，他们的生命就已经结束了⑤。"

---

① 希腊人无历书，这句话是说永远也不会有。
② 拉丁文，"万物有生必有死"。见罗马历史学家萨路斯特的《努米底亚战争》第2卷第3章。
③ 得尔福，古希腊城名。
④ 拉刻代蒙，古希腊的斯巴达人。
⑤ 见普林尼乌斯《自然史纲》第7卷第32章。

第二十一章

诡辩学教师为高康大制定的学习方法

这样度过了头几天，并把大钟归还原处之后，巴黎市民感激高康大的慷慨，提议替他照料并饲养那匹牝马，随便养到什么时候都行，高康大很乐意地接受了，于是那匹马便被送到比爱尔树林①。我想现在早已不在那里了。

此事过后，高康大想集中精力，遵照包诺克拉特的指导，用功读书。但是包诺克拉特叫他开始时，仍照过去的习惯去做，他是想弄明白高康大过去的教师，费了这样长的时间，却把他教得这样呆、傻、糊涂，用的是什么方法。

高康大的时间是这样规定的：每天八点至九点之间，不管天亮与否②，照例醒来；这是过去教师的吩咐，他们说大卫③说过："Vanum est vobis ante lucem surgere④."

然后，在床上跳几跳，蹬蹬腿，打几个滚，清醒一下自己的头脑；这才按照季节穿衣服，但是他喜欢穿一件又宽又长、衬着狐皮的毛呢长袍；随后，用阿尔曼⑤式的梳子梳头，所谓阿尔曼式的梳子，就是五个手指头，因为他的老师说不这样梳洗，便是在世界上浪费时间。

接着是拉屎、撒尿、呕吐、打噎、放屁、打呵欠、吐痰、咳嗽、

呜咽一阵，打打喷嚏，大量地擤鼻涕，然后用吃早饭的方法驱逐寒冷和污浊的空气，早饭是：油炸香肠、炭火烤肉、美味火腿、干炸羊肉，还有大量的早餐浓汤。

包诺克拉特向他指出，一下床不先运动一下，就突然吃这许多东西，不好。高康大回答说：

---

① 比爱尔树林，即枫丹白露，地近比爱沃村及比爱沃河，16世纪时该地尚是牧场。

② 八九点钟天不会不亮，这里是讽刺。

③ 大卫，公元前10世纪以色列人之王，诗人及先知。

④ 拉丁文，"清晨早起，本是枉然"。见《旧约·诗篇》第127篇第2节。懒惰人每借此自辩。

⑤ 雅各·阿尔曼是16世纪初一位神学家，据说是个生活疏懒、不修边幅的人。此外，阿尔曼（Almain）与"德国人"（Allemands）同音，作者又可能有意嘲笑德国人。

"怎么！我运动得还不够么？未起之前，就在床上翻过六七个跟斗了。这还不够么？教皇亚历山大[①]在他的犹太医生指导下就是这样做的，虽然有人仇视他，他还是活到了死的时候。我的头几位老师把我这样弄惯了，他们说早餐能使人记忆力好，因此一开始便喝酒。我认为这倒也不错，中饭就吃得更多。土巴大师（他在巴黎时考过文科第一）跟我说，他说不但要跑，还要跑得早。因此，人类要保持身体健康，不能像鸭子那样只管咕噜咕噜地往下灌，而是要喝得早。Unde versus[②]：

> 早起非为福，
> 晨饮真正高[③]。"

饱餐早饭之后，高康大到教堂去，有人用一个大筐子给他抬去一厚本装在封套里的经本，经本上的油泥和搭扣及纸张一齐算在内，称一称，不多不少，正好是十一公担零六斤。他在教堂里望上二十六台或三十台弥撒。这时候，他的神师到来，头上戴一顶高高的风帽，活像一只毛头燕雀鸟，肚里因为灌满了葡萄汁，连呼气也好闻。两个人一起喃喃念着弥撒经，念得这样细心，一点一滴也不让它漏掉。

从教堂里出来，有人用牛车给他送来一大堆圣克洛德[④]念珠，每颗珠子都有人头那样大，他一边在修院里、回廊里或在花园里散步，一边喃喃不绝，念得比十六个隐修士念得还多。

然后，眼睛盯在书本上，读上小半个钟头，但是（正像那位爱讲

---

① 一说系亚历山大六世，他有一御用医生，是个从普罗温斯来的改信天主教的犹太人。另一说是亚历山大五世，据说这位教皇胖得连坐都不会，他的医生马尔西留斯叫他每天早晨跟一个女仆作跳舞玩耍。

② 拉丁文，诗云。

③ 谚语，"早起非为福，及时真正高"。拉伯雷故意改了。

④ 圣克洛德，法国犹拉省城名，盛产小工艺品，如念珠、木梳等。

笑话的人说的①）他的魂灵儿老早就跑到厨房里去了。

满满地把尿壶尿满之后，就坐下来吃饭，由于生性迟钝松弛②，所以一开头总是先吃上几打火腿、熏牛舌、鱼子饼、香肠及其他下酒菜。

这时候，四个伺候他的人一个接着一个、不断地用铲子往他嘴里送芥末。接着，他一口气喝了好些白葡萄酒，轻松一下他的肾部③。然后，根据季节，尽量地吃饱肉食，一直把肚子撑得直挺挺的才住嘴。

喝酒呢，没个完，也没有规定，他说喝酒的量，就是等喝酒的人喝到鞋的软木底吸足了酒涨起半尺高的时候，才算达到限度。

---

① 指古罗马诗人戴朗斯（前194—前159），这句话见他的《阉人》第4卷第8章。
② 古时医学把男子个性分为四类，即：血气刚强，脾气暴躁，多愁乖僻，迟钝松弛。
③ 作者说白葡萄酒利小便。

第二十二章

高康大的游戏

然后，心不在焉地再念上一段经文，满满地喝上几杯酒，满得酒都流到手上，再啃一只猪脚，一边和跟他在一起的人愉快地谈天。接着，把绿毯铺好，摆出一副副的纸牌，很多骰子和棋盘。于是，他玩着各种游戏：

......①

等到玩够了，掷够了，把时间消磨够了以后，再去喝几杯酒——每人十一"杯加"②——酒喝好之后，便躺在一条宽大的长凳或者一张舒适的软榻上睡他两三个钟头，不想坏事，不出恶言。

一觉醒来，摇晃摇晃自己的耳朵。有人送来新鲜的酒，这时他喝得最舒畅。

包诺克拉特跟他说，睡觉醒来之后就喝酒，不是个好习惯。高康大回答说：

"这才是神父们真正的生活呢③，何况我生性一睡觉就渴，睡觉简

直等于吃咸肉。”

---

① 这里作者罗列了二百一十七种游戏，大致可分四类：纸牌，棋类，斗智，猜谜，
　　另外还有若干户外游戏。这些游戏，有的涉及赌博，有的意思不够明确，故
　　删去。

② 每“杯加”约等于60升。

③ 作者讽刺当时本笃会教士念经时喝酒。

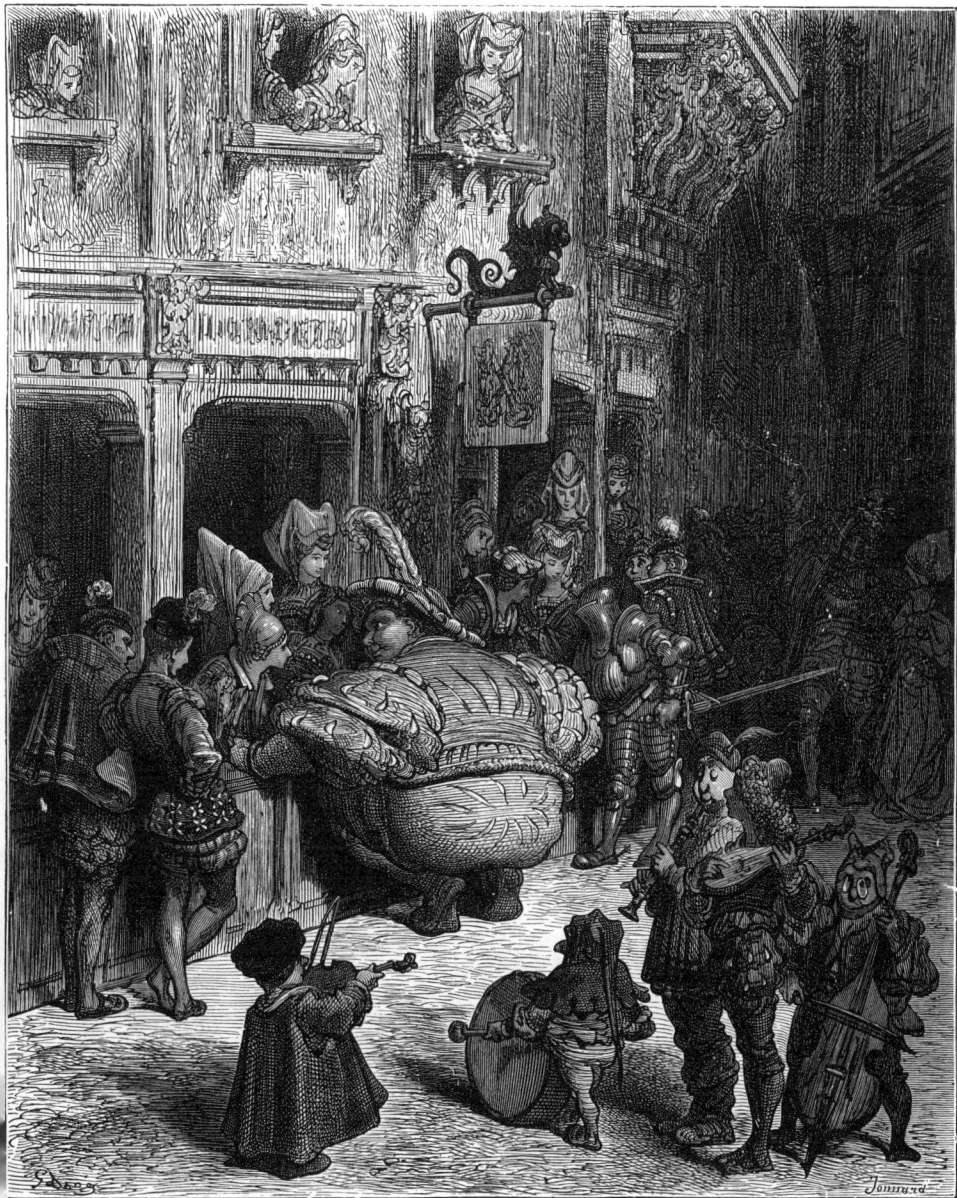

喝过之后，才读一点书，还要赶着念patenostres①。为了把经文念好，他骑上一头已经驮过九个国王的老骡子，一边嘴里念念有词，一边摇头晃脑，去看别人用网捉兔子。

回来的时候，径直奔向厨房，看看火上烤的是什么肉。

晚饭吃得也不少，说良心话！还常常请几位爱喝酒的邻居，跟他们一边开怀畅饮，一边谈古论今。这些人里面，有杜·福老爷②、德·古尔维勒老爷③、德·格里纽老爷④、德·马里尼老爷⑤等等。

吃过晚饭，摆出像精装的福音书似的赌具盒，也就是说一副副的牌，不然就玩迷人的"幺二三"⑥，或者，要玩得快，就玩"一扫光"，再不然，就去访问访问邻近的女孩子，跟她们一起吃吃点心，吃吃宵夜。然后，才一觉睡到第二天八点钟。

---

① 拉丁文，《天主经》。
② 指1514年国王总管雅各·杜·福，路西尼昂城堡的领主。
③ 昂古莫亚贵族。
④ 法国国王弗朗索瓦一世时的权贵。
⑤ 德·马里尼是指的雅各·德·沙提翁，波亚都的名门望族。
⑥ 16世纪一种流行的牌戏。

第二十三章

高康大怎样在包诺克拉特的教导下受教育，不浪费一刻光阴

包诺克拉特看出高康大这种不良的生活方式以后，决定采用另外的方法来教他读书，但是头几天，还是放任他，认为习惯如果一下子改变，没有不引起反抗的。

因此，为了把开始的工作做好，他请教了一位当时的名医，名叫泰奥多尔大师①，请他想个方法如何使高康大恢复正常的良好习惯。这位大师按照经典的治疗法术，使用安提库拉②的黑藜芦草③，把他脑筋里的全部疾病和恶习，统统泻掉了。包诺克拉特就乘这一泻，叫他忘光了跟过去教师学到的东西，就像提摩太治疗受过其他音乐家教导的学生一样④。

包诺克拉特为把自己的职守做得更好，带他和当地的学者发生接触，想利用好胜的心理，启发他的才智，引起他以另外的方法发奋读书，并和别人竞争比赛的愿望。

使用以上的学习方法，高康大的时间真可以说是一点也不耽误，全部都用在文学和实用知识上。

高康大现在早晨四点钟就醒了。在用人替他摩擦身体的时候，有人给他朗诵几页《圣经》，念的声音要高昂、要清楚、要适应读的内容，这个差使由一个巴士埃⑤籍的小侍从阿纳纽斯特⑥来担任。根据朗诵的词句和教训，高康大产生尊敬、崇拜、祈求、祷告天主的意思，因为朗诵的经文体现出神的伟大和公正。

然后，上厕所把消化下来的渣屑排泄出来。在厕所里，教师还要

---

① 泰奥多尔，照希腊文的意思是，"天赐"。

② 安提库拉，希腊城名，出产一种治疗精神病的毒药，又一说安提库拉系哥林多海峡一岛名。

③ 黑藜芦草，当时治疗神经系统疾病的特效药，见贺拉斯《诗艺》第309行，普林尼乌斯《自然史纲》第25卷第25章，奥卢斯·盖里阿斯全集第17卷第15章，埃拉斯姆斯《箴言集》第1卷第8篇，第52、53行。

④ 提摩太（前446—前357），古希腊诗人及音乐家。干提理安在《论教育》第2卷第3章里说，音乐家提摩太对于在别处学过音乐的学生，一律加倍收费，因为他要纠正他们过去的错误，多费周折，并说他叫这些学生吞服黑藜芦草。

⑤ 巴士埃，施农附近地名。

⑥ 阿纳纽斯特，希腊文的意思是，朗诵者。

PONOCRATES

把刚才朗诵的经文重读一遍①，一边为他解释晦涩和难懂的词句。

回来的时候，观察一下天象，看是否和头天晚上看到的一样，并预测这一天的白天和晚上是什么气候。

看过之后，有人为他穿衣、梳头、挽发、打扮、熏香，这时另外有人为他复习头天的功课。他自己可以背诵，并按照课文，树立有关人生的实际知识，这样有时会读上两三个钟头，不过平常是到他穿好衣服为止。

接着，便有人整整地读三个钟头的书给他听。

读好以后，师徒们一起出门，一边谈论刚才读到的东西，一边走向卜拉克球场②，或打三角球③，着实地锻炼着身体，和刚才锻炼脑筋一样。

他们的游戏是不受拘束的，高兴停止，随时就停止，平常是等到身上出汗或者疲倦了才停止。这时把全身好好地摩擦、揩干、换过衬衫，然后才慢慢地溜达回来，去看中饭是否已经做好。他们一边等，一边再把记住的课文高声朗读几段。

---

① 当时大人物上厕所要有人陪伴。
② 卜拉克球场，"卜拉克"意思是"猎犬"，巴黎圣·玛尔曳门外一个球场的招牌就是一个短尾巴的"卜拉克"（猎犬）。或者到草地上去，在那里打球，打手球即网球之前身，最初是用手打的。
③ 由三个人站成三角形打球。

这时，食欲大开，正好坐下饱餐一顿。

开饭时，有人先读两段古代的武侠故事，读到他表示酒喝够了为止[1]。

然后（如果愿意的话），可以接着读下去，或者，大家一起愉快地谈谈话。在头几个月里，他们总是谈论饭桌上菜肴的品种、类别、性能和功用，像面包、酒、水、盐、肉、鱼、水果、蔬菜、萝卜等，以及它们的烹调方法。这样，在很短的时间内，就把普林尼乌斯、阿忒涅乌斯[2]、狄奥斯科里德斯[3]、茹留斯·波吕克斯[4]、伽列恩、波尔菲里乌斯[5]、奥比安[6]、波里比乌斯[7]、赫里欧多鲁斯[8]、亚里士多德勒斯、埃里亚奴斯[9]以及其他等人作品内所有有关饮食的章节都学会了。有时为弄清问题，还常常把以上等人的著作，搬到桌子上当场查对。因此，谈过的东西，他全能记得很清楚，就是当时医生所知道的，也及不上他的知识的一半。

后来，再谈一谈早晨读过的功课，吃点木瓜果酱，就算结束了这一顿饭。他用一根乳香树的枝桠剔牙，用清凉的水洗手和眼睛，唱几首歌颂天主仁慈及恩惠的圣歌，表示向他谢恩。唱过之后，有人拿出牌来，可不是为赌博，而是用它学习从数学里变化出来的各式各样的小技巧及新的计算方法。

---

[1] 16世纪，喝酒时酒瓶不放在饭桌上，而是由人代斟的，饮酒人不愿再喝时，举手示意。

[2] 阿忒涅乌斯，3世纪希腊语法家，他在《哲人饮宴》里描写过花和果实的功用。

[3] 狄奥斯科里德斯，1世纪希腊名医，他的作品被称为医药界的经典。

[4] 茹留斯·波吕克斯，阿忒涅乌斯同时代的语法家，他写过有关渔猎的作品。

[5] 波尔菲里乌斯，3世纪亚历山大派哲学家，这里指他的《饮食忌口论》。

[6] 希腊有两位诗人叫奥比安，一位生于2世纪，著有钓鱼诗，另一位生于3世纪，著有狩猎诗。

[7] 波里比乌斯，公元前3世纪希腊史学家及政治家，希波克拉铁斯的学生及女婿，曾著有《饮食卫生》一书。

[8] 赫里欧多鲁斯，3世纪希腊文学家。

[9] 埃里亚奴斯，3世纪希腊自然科学家及作家。

　　用这个方法，高康大对数学便发生了爱好，每天吃过午饭和晚饭之后，他总是把从前掷骰子玩牌的时间愉快地消磨在算术上。结果，无论是理论和实际，他都懂得很透彻，就是那位著作丰富的英国人顿斯塔尔①也不得不承认比起高康大来，他不过只能算个门外汉。

---

① 顿斯塔尔（1476—1559），英国达拉姆主教，国王亨利八世的秘书，著有《算术通论》，1522年在伦敦出版，1529年在巴黎出版，风行一时。

　　不但是算术，就是其他有关数学的科目像几何、天文、音乐，他也都学习。饭后一面消化他的食物，一面画出各样有趣的工具、几何的图样，甚至练习应用天文的定律。

　　后来，他们还在一起唱四部或五部的大合唱，再不然就随心所欲地唱唱歌曲。

　　乐器方面，高康大学习古琴、键琴、竖琴、德国九孔笛、七弦琴及喇叭。

　　这样过了一会儿，肚里的消化工作也做好了，便把大便排泄出来，然后再用三个钟头，或更多的时间，学习主要功课，内容是复习早晨的课文和继续新学的功课，同时还要练习写字，划线，描古代罗马花体字。

　　把字写好，大家一起出门，有一个都林省的少年贵族，名叫冀姆纳斯德骑士，教高康大骑马的技术。

　　这时，高康大换好衣服，练习骑意大利的战马、德意志的枣红马、西班牙的纯种马、巴巴利马①、轻便快马，叫它跑出上百种的步法，凌

―――――――――――――――

① 即非洲阿拉伯种马。

空飞腾、跳沟、跳障碍物、就地转圈、向左转、向右转。

他把枪耍得像折断了一样，可不是真的折断，因为只有最糊涂的人才说："我在教场上或者战场上折断过十支枪。"——一个木匠照样可以办到——而值得称赞的是用一支枪刺倒十个敌人。高康大挥动锋利的长枪，冲破寨门，穿透甲胄，推倒树木，刺中铁环，挑飞鞍鞯、马甲、护手等等。在做这些练习的时候，他自己是从头到脚全身披挂。

至于骑在马上，用舌头吹出有节拍的口哨，让马跟着节拍迈步，更是谁也及不上他。菲拉拉①马戏班的骑师比起他来，只能算个猴狲。他还特别学会了从这一匹马上纵身跳到另一匹马上，脚不挨地——这叫飞速换马——还可以手执长枪，左右上马，没有马镫同样可以上，没有缰绳照样可以随意驾驭。这些对于军事，都有非常的用处。

还有一天，他练习板斧，真是劈砍有力，切剁有方，转身回旋，柔软轻快。不管是临阵还是演习，都称得起是个中能手。

然后再耍一会矛，双手舞一回剑，有长铗，有花剑，有短刀，有匕首，有时穿甲，有时不穿甲，有时持盾，有时披斗篷，有时拿小型圆盾。

他还可以追逐鹿、麅、熊、麠、箭猪、野兔、竹鸡、雉、鸨等等。他玩弄一个大球，可以用手扔，用脚踢。角力、跑步、跳高，不练三纵一跳，也不练单脚跳，也不练德国式跳——这种跳法（冀姆纳斯特说，）没有什么用处，打仗时一点也使不上——而是练习跳沟，窜越篱笆，六步上墙，爬到和枪一样高的窗户上。

游泳要会在深水里游，要会俯泳、仰泳、侧泳、四肢并用，或者只用两脚，一只手露出水面，手里拿一本书，可以游过塞纳河而书不湿，还要学茹留斯·恺撒的样子②把外套咬在嘴里。后来，还要一只手

---

① 菲拉拉，意大利北部地名，16世纪菲拉拉有骑师恺撒·费亚奇，甚出名。

② 普鲁塔克叙述恺撒在亚历山大战役中，曾这样过河，见《茹留斯·恺撒传》第49章。

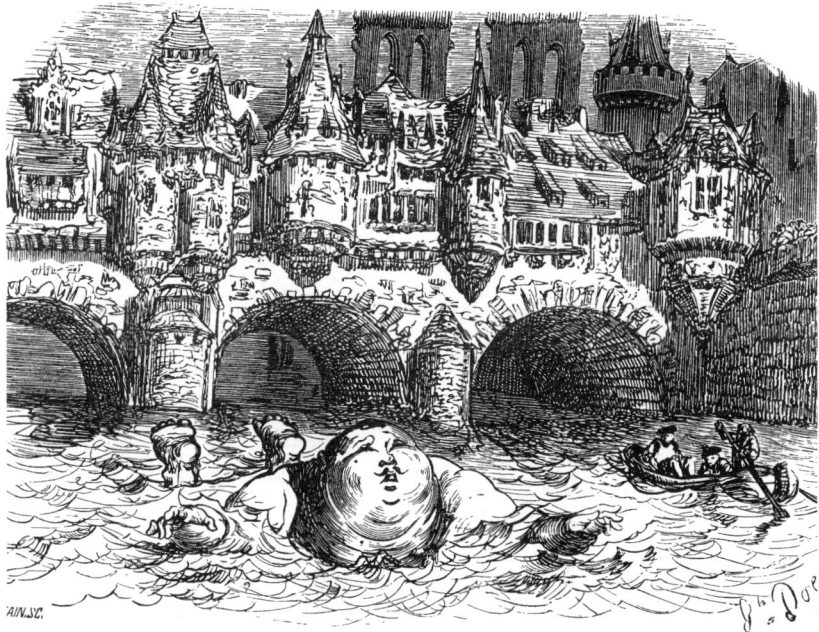

使劲，从水里跳到船上；再从船上、头朝前、一个猛子扎在水里，摸到水底，拿出石块，深渊漩涡全可以往下跳。然后，把船划得旋转，指挥如意，叫它快走，慢走，顺水，逆水，可以在近水闸的急流里使船停止前进；一手掌舵，另一只手还可以使用一只大桨，或者，张开帆索；可以从绳索上爬上桅杆，在帆架上可以奔跑；还会使用罗盘、乘风扯帆、把稳船舵。

从水里出来，可以一口气跑到山上，再以同样的速度跑下来；爬树像一只猫，还可以像松鼠那样从这一棵跳上另一棵；攀折树枝犹如米隆[①]在世。手拿两把尖刀和两把开口的攘子，可以像老鼠似的爬上屋顶，再从上面爬下来，手脚轻快，不跌倒，不受伤。

---

① 米隆系公元前6世纪古希腊战士，后在深水里手被大树身绊牢，不得脱身，死于深波中，故事见《帕乌撒尼亚斯全集》第6卷第14章第5—8节。

学掷标枪、铁棒、条石、长锥、刺枪、钺矛；练习拉弓，用腰部力量扳开攻城的巨弩；端枪瞄准①，支架大炮，打靶射击，打鸟形靶，自下往上仰击，自上朝下俯射，向前向后，向左向右，像帕尔提亚人一样②。

有人为他在一座高塔上拴一条缆绳，直垂到地，他可以用两手抓住绳索，爬上爬下，又快又稳，就是在平坦的草地上你们也办不到。

有人在两棵树上，给他放了一根粗实的横杠，他两手抓住横杠，身体悬空，两只脚不挨任何东西，来来去去，一个人在下边就是飞跑也休想追得上他。

锻炼喉管及肺部，他放开喉咙有如鬼哭狼嚎。有一次我听见他喊爱德蒙，从圣维克多门③一直到蒙玛尔特④都听得见，就是斯顿多尔⑤在特洛亚战争中也没有这样大的喉咙。

为了使他筋骨强壮，给他做了两只大铅球，每只重八千七百公担，他管它们叫作"哑铃"，可以一只手从地上举起来，高举过头，拿得很稳，一动也不动，能够呆上三刻钟，或者更久，这股劲道真是天下无比。

练习双杠，总是和最棒的人一起练，当他翻在杠上的时候，两脚站得非常牢固，任凭最有力量的人来推，也不能使他移动地方，像从前米隆一样，并且效法米隆的样子，手里也拿着一个石榴，谁能抢得去，他就送给谁。⑥

经过以上锻炼，高康大这才去洗澡，擦干身体，换上干净衣服，

---

① 当时枪支笨重，一般重17公斤要放在架子上方可瞄准，高康大气力大，可以端起来凑近眼睛瞄准。

② 帕尔提亚人，3世纪古波斯南部民族，善射勇战，惯以诈败取胜。

③ 圣维克多门，即圣维克多街转弯处的城门。

④ 蒙玛尔特，当时还是巴黎城外一座山上的小村。

⑤ 斯顿多尔，希腊战士，以嗓门洪大著称，荷马说他的声音等于五十个人一齐呐喊。

⑥ 见普林尼乌斯《自然史纲》第7卷第19章。

然后慢慢地走回家来。路上经过草原或其他长草的地方，大家一起观赏树木花草，并拿它们和古人有关植物的著作参照讨论。这类的作家有泰奥弗拉斯图斯①、狄奥斯科里德斯、马里奴斯②、普林尼乌斯、尼坎德拉③、马赛尔④、伽列恩等人。他们手里带满了花草回家，把它们交给一个名叫里索陶墨⑤的小侍从，同时把锹、锄、犁、铲、剪刀等等栽种植物的工具也一起交给他，由他经管。

回到家里，乘别人准备晚饭，他们再把读过的书复习一遍，然后坐下吃饭。

请你们注意，中饭他吃得很少，而且很俭朴，因为只是平息一下饥肠的辘鸣罢了。但是晚饭却丰富异常，因为要尽量适应他维持营养的需要，这才是良好的、可靠的医学技术所指定的真正的饮食制度，虽然有不少愚蠢的医生，受了诡辩学家的诱导，主张相反的办法。

吃饭的时候，有人继续为他朗读吃中饭时读过的书，时间长短随

---

① 泰奥弗拉斯图斯（前374—前287），古希腊哲学家，亚里士多德的学生。
② 马里奴斯，哲学家，普罗克吕斯的学生及其学说的继承人，并未写过有关植物的作品。但16世纪威尼斯有一名马里诺者，曾将4世纪帕拉丢斯的《农事学》翻译出版。
③ 尼坎德拉，公元前2世纪古希腊诗人及语法学家。
④ 马赛尔（前70—前16），古罗马诗人，写过关于植物（药草）及动物（蛇）的诗。
⑤ 里索陶墨，照希腊文的意思是，"切根者"，亦译作"卖药草者"。

他们喜欢。余下的时间也都安排得很妥当，都是用在文学和有用的知识上。

做过祈祷，他们唱歌，和谐地弹奏乐器，不然就玩点小消遣像纸牌、骰子和幻术等。他们这时候一面再吃些东西，一面玩耍，有时一直玩到睡觉；有时候，也去参加一些文人的集会，或者访问到过外国的人。

夜深了，在就寝之前，他们还要到寓所里最空旷的地方去观察天象，看有没有彗星，以及其他星斗的形象、位置、状态、对峙和交会。

看过之后，他才向教师，依照毕达哥拉斯的方式，把这一天里所读过的、看过的、学过的、做过的、听见的扼要地复述一遍。

　　最后，祈求造物主天主，向他表示敬拜，坚定对他的信仰，赞美他无限的仁慈，感谢他过去赐予的一切恩惠，并把自己的将来寄托在他神圣的仁慈里。

　　祈祷完毕之后，大家才去休息。

第二十四章

雨天，高康大怎样使用他的时间

遇到阴雨或天气不正常的时候，中饭以前的时间，和平常一样安排，除了多生一炉旺火，去掉一些潮气。但吃过中饭，他们留在家里不去运动，拿下面的几种劳动，作为锻炼身体的良好办法：捆草、劈柴、锯木，在仓库里脱粒打粮。他们也学习绘画、雕塑，或做古时掷骨块的游戏①，这种游戏，雷奥尼古斯②曾有所记述，我们的好友拉斯卡里斯③也常玩。他们一边玩，一边复习几段古代作家有关此种游戏的、或者和这个游戏有所牵连的文章。

同样，他们也去观看怎样冶炼金属，怎样铸造枪炮；不然，就去访问操作玉石、银器和宝石的工匠，或者化炼师和造币工人，再不然

就去访问地毯师傅、织布师傅、织绒师傅、钟表师傅、制镜师傅、印刷

---

① 一种在特洛亚战争之前就有的游戏，有点像掷骰子。
② 雷奥尼古斯，意大利人文主义作家，有"掷骨块游戏"的论述。
③ 拉斯卡里斯（1445—1535），希腊学者，本书作者曾在罗马认识他。

师傅、制琴师傅、染色师傅，以及其他各行业的工匠，每到一处，高康大都有赏赐，他们乘机会学习、观察工业上的技术和创造。

他们也去听人家公开讲演，参加纪念集会、文艺辩论、演说练习、律师辩护、宣教讲经等等。

经过击剑室和练武的场所，高康大就和那里的老师们就所有的武器比试一番，用事实证明他的武艺和他们同样高明，甚至比他们还高。

这样的天气，他们不去采集植物，而去参观药铺、药材行和配制成药的药房，他们仔细观察各种果实、根、叶、胶、籽、外国进口的油脂，一起研究他们如何调配炮制。

他们还去看卖艺的，变戏法的和卖野药的，观察他们的动作、手法、跟斗工夫，听他们卖弄嘴皮子，特别是毕加底省首尼一带地方的人，他们天生就是能说会道，凭空捏造，口若悬河。

回来吃晚饭，比别的日子吃得简单，肉不要肥的，要容易消化的，这样，可以制止由于不可避免的接触而进入体内的潮气，因为饮食有所改变，即使没有平日的运动，也不至于感到不舒服。

高康大受着这样的教导，一天比一天有进步。你们可以想象，一

O.B.

个像他这样年纪的年轻人^①，又有决心，又肯持之以恒，锲而不舍，尽管开始时似乎有困难，但坚持下来，便会感到轻松愉快，与其说是一个学生在学习，毋宁说是一个国王在消遣。

不过，为了使他紧张的精神得到休息，包诺克拉特指定每月一次，

---

① 在本卷第14章里，高康大单单用在学习上的时间，就有五十三年十个月零两个星期，开始跟土巴大师上学的时候，他至少有5岁，因此1420年老师去世时，高康大已58岁，是不成问题的。从1420年起，他又读过六十五年的书（内有《希腊词解》，《文选》，《补遗集》，《问答集》等），所以这位年轻人，在跟包诺克拉特受教之前，至少已经是123岁的人了。当然所谓年轻，是和他整个寿命相对而言的，他儿子庞大固埃出世的时候，高康大已524岁。

拣一个晴朗的日子，大家一早就离开城市到让蒂邑①、或者布老尼②、或者蒙路日③、或者沙朗通④、或者万沃⑤、或者圣克鲁⑥去。他们在那里想尽方法、尽情享受，讲笑话，玩耍，喝酒，做游戏，唱歌，跳舞，在草地上打滚，掏麻雀，捉鹌鹑，钓田鸡，摸虾。

这一天，虽然没有摸过书，也没有读过文章，但是并没有白费，因为在草地上他们会背几段维吉尔的《农事诗》，或者赫西奥德⑦的诗句，再不然就背波立提安的《田园诗》⑧，他们还会用拉丁文创作几首有趣的短诗，然后再用法文把它们译成韵诗和民歌。

饮酒时，他们依照伽多⑨在《农事学》里和普林尼乌斯教导的方法，用一只藤条编的杯子把酒里的水分解出来⑩，他们先把酒倒满一水盆，然后用漏斗把酒滤出来，把水从这个容器倒进另一个容器。他们还造了好几种自动的小机器，也就是说那种会自己开动的小工具。

①②③④⑤⑥　都是巴黎近郊的名胜区。

⑦　赫西奥德，古希腊诗人，有人说他在荷马以前，有人说他与荷马同时。

⑧　15世纪诗人波立提安仿赫西奥德和维吉尔所作的拉丁诗。

⑨　伽多（前232—前147），古罗马执政官，著有《农事学》。

⑩　说藤条有避水的功能，见伽多《农事学》第111章，普林尼乌斯《自然史纲》第16卷第35章。

第二十五章

列尔内的卖烧饼的怎样和高康大国家的
人发生争执，因而酿成大战

这时，正是秋初收获葡萄的季节，当地的牧羊人看守着葡萄林，防止椋鸟吃他们的葡萄。

这一天，列尔内的卖烧饼的，赶着十多头驮着烧饼的牲口，从大路上经过。他们是往城里去的。

牧羊人客气地请他们按照市价卖给一些烧饼。因为，你们想呀，拿新鲜的烧饼就着葡萄当早饭吃，这真是天上的美味，何况葡萄的品种又是"小粒种"、"虎皮红"、"赛麝香"、"牛奶青"，还有"一粒通"，对于患便秘的人，通起大便来，像条火棍一样，常常以为是放屁，就已经拉了一大摊，所以有收葡萄时的通便丸之称。

卖烧饼的对他们的要求丝毫也不理睬，反而（变本加厉地）大骂起他们来，说他们是下流坯、豁牙子、红毛鬼、癞皮狗、丑八怪、坏东西、黑良心、懒汉、馋虫、醉鬼、吹牛、不值钱、土包子、要饭的、寄生虫、混子、臭美、学人样、傻瓜、混蛋、饭桶、猪猡、呆头呆脑、嬉皮笑脸、无赖、流氓、放狗屁、吃人屎……等等一大堆骂人的话，还说他们哪里配吃这样的好烧饼，有带糠的馒头和黑面包就该知足了。

受到这场侮辱，牧羊人里面有一个名叫佛尔热的青年人，为人善良正直，这时平心静气地说道：

"你们几时头上长起了犄角①，变得这样嚣张呢？从前你们不是常常卖给我们么？现在反而不肯了。这可不是好邻居的样子。你们用烧饼来买我们的上好麦子的时候，我们从没有这样对待过你们。我们本来还想照市价让给你们葡萄呢。现在放心吧，天主圣母在上！你们要后悔的，有一天你们也会用着我们。我们一定要一报还一报，你们记住好了！"

这时，列尔内糕饼业的头子马尔开说话了：

"不错呀，今天你倒神气；昨天晚上小米饭吃得太多了吧。你过来，你过来，我给你烧饼！"

佛尔热以为马尔开真的要给他烧饼，老老实实地走过去，并一面从自己腰包里掏出一块小银币。可是马尔开对准他的大腿恶狠狠地抽了一鞭子，黑青的印子马上显露出来。打过之后，就想溜跑，可是佛尔热高喊凶手，同时取出胳膊底下夹着的一根粗棍子直往他扔过去，正打中他右边太阳穴上头盖骨合缝的地方，一下子把马尔开打了个半死，从马上滚了下来。

这时在附近剥胡桃壳的农民，一齐带着他们的长棍子也奔过来，像打麦子似的把卖烧饼的揍了一顿。还有男女牧羊人，听到佛尔热的喊声，也带了投掷石头的弹弓赶过来，用石弹追击着他们，像下雹子一样。最后，总算追上了他们，拿了他们四五打烧饼。不过，照市价付了钱，另外还送给他们一百个胡桃和三篓子白葡萄。卖烧饼的把受了重伤的马尔开扶上马背，一面向塞邑和西奈的放牛的、放羊的和种地的发下大话，叫他们等候报复，然后才径直回到列尔内去，没有再

---

① 意思是说从牛犊长成了大牛。

走巴莱邑①的大路。

　　卖烧饼的走了以后，男女牧羊人，就着上好的葡萄，大吃起烧饼来，同时还吹奏风笛取乐，一边笑那些神气活现的卖烧饼的，说他们倒霉，是因为早晨画十字用错了手。然后，他们用一种紫葡萄汁小心地给佛尔热敷了腿，没有多久，便好了。

---

① 巴莱邑在施农附近。

第二十六章

列尔内人怎样由国王毕克罗寿率领袭击高康大的牧羊人

卖烧饼的回到列尔内之后，顾不得吃喝，就赶到皇宫，到国王毕克罗寿三世①面前提出控告，一边呈上他们被打坏的筐子、弄皱的帽子、撕破的衣服和抢剩的烧饼，特别是受了重伤的马尔开，说这一切都是高朗古杰的牧羊人和种田人在塞邑那边的大路上干的。

毕克罗寿登时勃然大怒，不问青红皂白，马上传播命令，叫全国人民，不分现役、后备，一律携带武器，于中午时分在皇宫广场上集合，违令者绞。

为了传播他作战的旨意，他又派人到全城击鼓。他本人，乘别人为他准备饭餐时，亲自指挥装炮，展挂军旗，装运大批军火、甲胄、兵器、粮秣。

他一边吃饭，一边委派军职，特令特莱波吕②王爷为前部先锋，带领一万六千零十四名长枪手，三万五千零十一名"志愿兵"③。

马厩总管杜克狄庸④被派统领炮兵，拨给九百一十四门重型青铜炮，包括单膛炮、双膛炮、蜥蜴炮、长蛇炮、蝮蛇炮、石弹炮、重弹炮、冲击炮、小蝮蛇炮等等。后卫委派给拉克德纳尔⑤公爵。国王以及国内亲王等人亲率中军⑥。

匆匆布置之后，在出发前，还派了三百名轻骑军，由安古乐方⑦队长率领，打探形势，察看路上有无埋伏。但是，经过仔细侦察，见附近一带地方安静如常，毫无聚众情事。

毕克罗寿闻报后，命令全军紧紧跟随他的大旗急速前进。

于是一窝蜂似的既无秩序，亦无纪律，你拥我挤地践踏田地，所到之处，全部抢劫一空，不分贫富，无论僧俗，牵走了公牛、母牛、水牛、小牛犊、小奶牛、雌绵羊、公绵羊、牝山羊、公山羊、母鸡、阉鸡、小鸡、小鹅、公鹅、母鹅、公猪、母猪、小猪；砍倒胡桃树，收走葡萄，携走葡萄秧，树上长的果实全部摇光。一片混乱，无法比拟，可是并无任何人进行抵抗。人人都听任他们抢劫，只求他们更人道一些，看在过去一向是好邻居，相安无事，从来没有得罪过、冒犯过他们的份上，请他们不要突然前来骚扰，否则天主不久就会惩罚的。可是不管他们怎么说，毕克罗寿的兵士概不答话，只说要教教他们怎样吃烧饼。

---

① 毕克罗寿，照希腊文的意思是，"粗暴，急躁"。
② 特莱波吕，照希腊文的意思是，"一身破烂"，作者故意给他这个名字，因为当时的先锋照例总是一位将军或亲王。
③ 这种兵没有饷银，只靠抢劫为生。
④ 杜克狄庸，朗格多克方言中"杜克狄庸"意思是，"吹牛大王"。
⑤ 拉克德纳尔，意思是，"刮钱"。
⑥ 毕克罗寿的军队组织，一如法国军队远征巴维亚时之组织，即：前锋，中军，后卫。
⑦ 安古乐方，意思是，"吞风"。

第二十七章

塞邑一修士怎样在敌人抢劫中保卫修道院

敌军一路上践踏、蹂躏、抢劫、掠夺，到了塞邑，不分男女，身上的财物全都剥光，把能拿的全部拿走，对他们来说，没有烫手或拿不动的东西。虽然这里大多数的人家都患着瘟疫病，他们依然是到处乱钻，见东西就拿，而且没有一个染上疾病，这倒真是怪事。那些司铎、会长、讲经师、医生、外科大夫、药剂师等人，平日去探问、包扎、治疗、宣教、训诫病人的，都受到传染死掉了，唯独这些强盗、杀人犯却安然无事，这是怎么一回事，先生们？请你们想想看。

镇上抢完以后，他们蜂拥着来到了修道院，但是修道院的大门关得很紧，于是大部分军队绕道到旺代口去了，只剩下七队步兵和两百名长枪手没有走，他们打毁了修道院的围墙，打算踏坏里面所有的葡萄。

　　院里一群不幸的修士不知道祷告哪一位圣人好了。他们胡乱地撞起ad capitulum capitulantes①钟来。会议决定好好地做一次巡行祈祷，再加上讲经和祷文，contra hostium insidias②，用美丽的词句pro pace③。

　　这时，院内有一位隐修士，名叫约翰·戴·安脱摩尔④。此人年轻力壮、正直、敏捷、善良、机警、胆子大、爱冒险、性格坚定，身材瘦长、阔嘴巴、高鼻梁，祈祷能手、弥撒奇才、瞻礼能人，一句话总起来说：自从修道这个行业有修道的修士以来，他可真称得起是个地道的修士。至于经文法事，更是精通到牙齿。

　　这位修士听见敌人在葡萄园里的吵闹声，出来一看，看见敌人正在抢劫他们的葡萄，这是他们全年的造酒材料，他赶快来到教堂里祭台跟前，看见所有的修士一个个都吓呆了，嘴里还在念着伊尼、尼姆、贝、内、内、内、内、内、内、土姆，内、奴姆、奴姆，伊尼、伊、

----

① 拉丁文，"会章规定的主要人会议"。
② 拉丁文，"来对抗敌人的迫害"。
③ 拉丁文，"祈求和平"。
④ 安脱摩尔，意思是，"细高个儿"。一般修士都是脑满肠肥，作者有意叫此人长得修长细瘦。

米、伊、米、柯、奥、内、诺、奥、奥、内、诺、内、诺、诺、诺、鲁姆，内、奴姆、奴姆……[1]他说道："还唱个什么屎玩意？老天在上，你们怎么不唱：

'再见吧，筐子，葡萄都完蛋了'呢？

敌人要不是已经在我们院子里破坏所有的葡萄连葡萄架，叫我马上死掉！实话告诉你们吧！至少四年，大家只好吃葡萄渣。圣雅各的肚子！咱们这些穷鬼还有什么可喝？老天哪！ da mihi potum[2]！"

修道院的院长走出来喝道：

"这个醉鬼在这里闹什么？把他给我关起来。这样乱吵乱嚷还了得！"

隐修士说："对，酒精的事，无论如何不能任人搞糟；院长神父，你自己就是喜欢喝好酒的。好人全爱好酒，没有正人君子不喜欢好酒的，这本来是修院里一条院规。不过，你们现在唱的东西，我的老天，却实在太不合适了。

"为什么在收割庄稼和收葡萄的季节，我们念经的时间要缩短，而从圣诞前一个月起以及整个的冬天，我们念经的时间要放长呢？记得去世的马赛·波娄斯修士、我们教内真正的虔诚信徒（假使我是瞎说，叫我死掉），对我说过那是叫我们在收割的时期好好地收割，并且把酒酿好，到了冬天好慢慢地喝。

"你们听好，先生们[3]，你们都是爱酒的，看在天主份上，跟我来吧！我大胆告诉你们，凡是不来抢救葡萄的，要能摸得到酒壶，叫圣安东尼把我烧死！天主的肚子！这是教会的财富啊！不行，不行，魔

---

① 他们念的是拉丁文 Impetum inimicorum ne timueritis（勿怕敌人攻击）。
② 拉丁文，"给我留点喝的吧！"
③ 天主教内有若干会别，称教士为先生。

鬼来也不行！那个英国人圣多玛①为了卫护教会的财富情愿送命，如果我死掉，不同样也是圣人么？不过我不会死，因为我只会叫别人死。"

他一边说，一边脱下身上的长袍，抓起那根举十字架的棠球木棍子②，那根棍子有长枪那样长，拳头一般粗，上面刻的几朵百合花，也差不多都磨平了。就这样，把法衣斜披起来，挥动那根举十字架的棍子，恶狠狠地向敌人冲过去。敌人正在院子里乱哄哄地采摘葡萄，既无秩序，又无纪律，既无人吹军号，又无人击铜鼓——因为扛旗的、打幡的已经把旗和幡扔到墙边，打鼓的也老早把鼓打破一面，用鼓装起葡萄来，号兵满身都是葡萄藤，一个个乱作一团——修士出人意料地向着他们冲过来，使出古代剑法③，横七竖八、一阵好打，跟打猪猡似的把敌人打得落花流水。

有的被打破脑袋，有的被打断胳膊腿，有的打折了颈项下面的脊骨，有的打坏了腰，打塌了鼻子，打瞎了眼睛，打裂了下颚，打掉了牙齿，打脱了肩胛，打伤了大腿，打脱了后胯，打碎了骨头。

看见一个想藏到浓密的葡萄秧里，他便像打狗似的拦腰一棍打过去，打断了他的脊骨。

一个想逃命，被他当头一棍子打碎了脑盖骨。

另外一个往树上爬，心想那里一定稳妥，被他一棍子从肛门里捅了进去。

还有一个本来就认识他，向他喊道：

"喂！约翰修士，老朋友，约翰修士，我投降！"

"你是跑不掉了才投降，"他说道；"打发你跟他们一起到魔鬼那儿去。"

---

① 圣多玛即坎特伯雷总主教多玛斯·贝盖特，1164年为了卫护宗教权益被刺于教堂内，当时反对他的是亨利二世。
② 巡行祈祷时，把十字架装在这根棍子上，高举起来。
③ 古时长剑是用两只手拿的，后来意大利有了新式短剑，当时两种剑法尚在竞争中。

一棍子送了他的终。有几个冒失的家伙想和他抵挡一下，修士便使出他浑身解数，有的被他从横膈膜上心口的地方打穿了胸膛，有的被他打在肋骨上，把胃打破，马上送了命，有的被重重地打在肚脐上，把肠子都打了出来，还有的被打在睾丸上，连大肠也打穿了。你们不能想象当时的情况有多么可怕。

有的叫喊："圣巴尔卜[①]！"

有的呼喊："圣乔治[②]！"

有的叫："圣尼土师[③]！"

有的喊："古诺[④]的圣母！罗莱多[⑤]的圣母！福音圣母！拉·勒奴的圣母！里维埃的圣母！……"

有的向圣雅各许愿；

有的祈灵于尚贝利的圣殓衣，可是这件殓衣三个月以后也烧掉了，连一块破布也没有救出来[⑥]；

还有的向卡端[⑦]许愿；

有的向昂热里的圣约翰许愿；

还有的向圣特斯[⑧]的圣厄特罗波、施农的圣迈莫、康德的圣马丁、西奈的圣克鲁奥、雅服塞[⑨]的遗骸等等许愿，还有向无数的小神灵许愿。

有的来不及说话就死了，有的说着话还没有死。有的一边说话一

---

① 天主教徒每人有他的主保圣人，遇有困难危险，呼喊求他保佑。圣巴尔卜是炮手的主保圣人。

② 圣乔治，骑士的主保圣人。

③ 虚构的名字。

④ 古诺，昂如的一座小修院。

⑤ 罗莱多，意大利城名，该处圣母教堂为朝圣盛地。

⑥ 尚贝利，法国萨瓦省省城，该处供有耶稣殓衣的教堂，曾于1532年12月4日失火，但殓衣据说被救出。

⑦ 卡端，拜尔日拉克附近名修院，该处也有耶稣殓衣。

⑧ 圣特斯，沙朗特省地名。

⑨ 雅服塞，两塞服省地名。

边死，有的一边死一边还说话。

还有的高声大叫：“我要忏悔！我要忏悔！Confiteor！Miserere！In manus！”①

受伤的人叫得太响了，修院的院长带着其他的修士们跑出来，他们看见葡萄树丛里躺满了受伤快死的人，给几个做了赎罪。当司铎们正在大赎其罪的时候，小修士们都跑到约翰修士那里去了，他们问他要他们怎样帮忙。修士对他们说，把倒在地上的人的头都切下来。于是他们一个个脱下长袍放在旁边的葡萄架上，动手割断打伤的人的喉管、结果他们性命。你们知道他们用的是什么武器么？小镰刀，就是我们家乡的小孩用来剥胡桃的小刀。

这时，约翰提着他的棍子走到敌人扒开的墙豁口。有几个小修士把旗呀幡呀带回自己屋里去做绑腿带。但是，等忏悔过的敌人想从墙豁口出去的时候，却被约翰一棍子一个送了命，嘴里一边说：

“认罪悔过的人都得到了宽赦；可以笔直地上天堂了，跟一把镰刀那样爽直，跟费伊那条路一样好走②。”

就这样，由于约翰的英勇，把进到修院里的军队全都解决了，一共是一万三千六百二十二名，女人小孩还不算在内，这是当然的了。

---

① 拉丁文，Confiteor 是《告解经》的第一句：“吁告我主……”Miserere 是“天主垂怜我等”；In manus 是“把我的灵魂交付主手”。

② 这是一句反话，镰刀是弯的，不是直的。费伊是施农一个小村，地势高险，需要从山里小路上盘上去，始能到达。

爱蒙四子①的武功诗里有位隐修士摩基斯②,他曾英勇无比地用棍棒打退萨拉逊人,但是比起这位用举十字架的木棍子打垮敌人的修士来,是无论如何也比不上的。

---

① 法国武功诗里的一篇,爱蒙四子是爱蒙公爵的四个儿子:雷诺,吉沙尔,阿拉尔和利沙尔,他们在查理曼大帝时代就有了很多的英勇事迹,文学漫画画他们四个人骑在一匹名叫巴雅尔的马上。
② 摩基斯,爱蒙四子的一位表兄。

第二十八章

毕克罗寿怎样偷袭拉·娄氏·克莱茂；
高朗古杰不得已起而应战

　　前面已经说过，约翰修士和进到修院里的敌人进行战斗的时候，毕克罗寿带领人马以急行军的速度渡过了旺代口，未遇抵抗即占领了拉·娄氏·克莱茂①。当时因为天色已晚，便决定和他的军队在城里住宿一宵，一面使自己好战的狂热也稍微安静一下。

　　第二天一早，又攻占了炮台和城寨，随即增强防御工事，并把抢

劫来的作战物资放在里面，准备在别处受到围攻时，可以拿此处当作巢穴，因为这里从建筑、地理、环境、形势各方面来看，都有利于坚守的条件。

我们先放下他们不提，回头表一表在巴黎专心攻文修武的高康大和他的父亲高朗古杰。这位老好人，这一天吃过晚饭，正对着一个又欢又旺的火炉烤火，一边等着烘烤栗子，一边用一根拨火的、一头已经烧焦的木棒，在火上比比划划，给他老婆和家里的人讲述古代有趣的故事。

看葡萄的牧羊人里面一个叫比约的，这时忽然来到，把列尔内

---

① 拉·娄氏·克莱茂，城堡名，在施农与塞邑之间的高原上，后只余底层，16世纪时有一姓拉伯雷者住该处，系本书作者同族。

国王毕克罗寿如何在他们国土上劫掠抢夺一五一十讲了一遍，说他如何抢劫、蹂躏、骚扰了他们整个的国家，只有塞邑的修院，靠了修士约翰·戴·安脱摩尔的功劳，才没有被糟蹋，现在那个国王带着军队已经占领了拉·娄氏·克莱茂，并在那里大筑工事，加紧备战。

"哎呀！不得了！"高朗古杰叫起来，"这是怎么回事呀，乡亲们？我是在做梦么？你们告诉我的是真的么？毕克罗寿一向是我的老朋友，同族同盟，他会来攻打我么？谁鼓动他的？谁刺激他了？谁指使他的？谁给他出的这个主意？哎哟、哟、哟、哟！我的天，我的救主，帮助帮助我吧，启示启示我吧，告诉我应该怎么办！我无法明白，我向你发誓——你须要救助我！——我从没有得罪过他，也没有伤害过他的人，更没有抢劫过他的土地。恰恰相反，凡是我看到对他有利的地方，我都是用人力财力协助他，给他便利，替他策划。今天他这样欺负我，除非是他着了魔。仁慈的上天，你是知道我的心的，因为任何事情都瞒不过你。如果他真是发了疯，你让他到我这里来，如果想把他的头脑治好，那就请你赐给我力量和智慧，以便用妥善的办法使他重新服从你神圣的旨意。

"哎呀、呀！乡亲们，朋友们，忠诚的臣仆们，我还用阻止你们来帮助我么？我老了！今后只想平安地度过老年，我这一辈子没有比为和平出的力量更大的了；可是，我看得出来，现在又要用我衰老的双肩重披甲胄，用颤抖的双手重握枪锤，来救护和保卫我不幸的臣民了。说起来，这也是很合情理的，因为是他们的劳动维持着我，是他们的血汗养活着我，我、我的孩子和全家。

"尽管如此，在未用尽一切和平方法之前，我决不发动战争；这一点，我是有决心的。"

于是高朗古杰召集了国务会议，宣布所发生的事情。会议决定先派一位谨慎持重的人，去见毕克罗寿，问他为什么这样突然离开他安静的生活，攻占他没有任何权利占有的土地。同时又派人去请高康大以及和高康大在一起的人回来，以便在必要时进行自卫，保卫国土。这个决定，高朗古杰很赞成，他吩咐就照决定去办。

　　当即派遣高朗古杰的侍从"巴斯克人"①星夜去请高康大，并附带书信如下。

---

① 巴斯克人即比利牛斯省人，这地方的人有名走路快，所以传送书信最合适。

第二十九章

高朗古杰写给高康大的家书

"你对学业很用功，假使不是因为我们的朋友、旧日的盟邦、打破了我老年的安逸，我要等待很久才会把你从安静的学习环境里召唤回来。但是，既然注定如此，使我不安的正是我最相信的人，我不得不叫你回来，卫护理应属于你的人民和财富。

"因为，如果内部没有策略，外部的武力就会脆弱，同样，如果在紧急关头，学业和学到的东西不能配合武力发挥作用，那么学业和学问也是无用的，低效能的。

"我的意思不是挑衅而是和解；不是攻击而是自卫；不是征服而是保卫我忠诚的人民和祖传的国土。毕克罗寿无缘无故侵入我国境界，一天一天继续他疯狂的侵略，这种暴行是自由的人所不能容忍的。

"我曾力求缓和他的狂怒，凡我认为可以使他满意的，都尽量提供给他，并好几次派人友好地问他，是谁，为了何事得罪了他；但他一概不理，只一味地显示他是在有意地进行挑衅，并声称在我国土地上他有为所欲为的权利。我觉得这是永恒的主宰抛弃了他，任他独断独行，肆意妄为。没有神圣的恩惠引导他，他就只会坏下去，天主让他到这里来为非作歹，就是想叫人管教管教他，使他恢复理性。

"因此，我亲爱的孩子，你一见到此信，即尽可能火速回来，不仅是为我（即使是为我，你为了孝道，也是应该的），更可以说是为了你的臣民，救护他们，你是责无旁贷的。作战要尽可能少流血，如能用巧计、妙法、智谋更好，我们要拯救所有的生命，放他们快乐地回家。

"至爱的儿子，愿救主基利斯督的平安与你同在。

"替我问候包诺克拉特，冀姆纳斯特和爱德蒙。

"九月二十日①。

你的父亲，
高朗古杰"

---

① 正是收葡萄的季节。

第三十章

乌尔利赫·贾莱怎样衔命往见毕克罗寿

高朗古杰口述书信令人笔录之后，签了字，命传信官乌尔利赫·贾莱，一个明智、慎言并在不同的棘手事件中，表现过胆量和智慧的人，去见毕克罗寿，陈述他们这方面的意见。

贾莱这位老好人立刻动身出发，过了渡口①，向那里一个开磨坊的打听毕克罗寿的动静。开磨坊的告诉他，毕克罗寿的军队连个公鸡母鸡也不给人留下，他们现在驻扎在拉·娄氏·克莱茂。他劝贾莱不要再往前走，当心被哨兵看见，因为他们残暴非凡。贾莱听从了他的话，当夜就留宿在开磨坊的家里。

第二天早晨，他带了一名号兵，前往城寨门口，请守城军士让他面见他们的国王，说对毕克罗寿自有好处。

传话后，毕克罗寿不允开城，他亲自走上城墙，对来使说："到此何干？有何话说？"

于是使臣贾莱说出下面的一段话。

----

① 指旺代口。

第三十一章

贾莱对毕克罗寿陈辞

"人与人之间，最使人痛心的，莫过于以诚恳的态度，希望得到别人的善意和友好，结果得到的却是恶意和伤害。而不少人，正是这样损害着人家，并且把这个不光彩的举动，看作是生命中的一件小事，他们不愿意尽力、也不愿意用任何方法改正它，宁愿自绝于光明。

"我主高朗古杰国王对你疯狂而敌对的侵略行为，感到极大的愤慨与气恼，这是毫不足怪的。相反地，如果你和你的部下，对他的国土和人民所犯下的令人发指的暴行和惨无人道的罪恶，没有激动他的话，那倒是值得惊奇的。由于他对臣民一向非常爱护，任何人都无法体会到他心里是多么难过。人人都可以理解，如果这些暴行和罪恶，竟是你和你的部下干的，那他就更伤心了，这是因为很久很久以来，你和你的祖上，跟他和他的祖上，一向友好，而这种友谊直到现在，还是像神圣一样被坚决地卫护着、保持着、捍卫着，不但他和他的臣属，即使是外邦波亚都人、布列塔尼人、迈纳①人，甚至于居住在海外加拿利群岛和伊莎白拉②的人，也莫不认为捣毁苍穹、把海洋搬到云层上去，也要比破坏你我之间的联盟容易。他们不敢轻举妄动，从来不敢向某一方进行挑衅，骚扰或侵害，就是因为顾虑到另外的一方。

"更有甚于此者，我们神圣的友谊充满了天地，今天很少有人——不管是大陆上的，还是海岛上的——不渴望加入我们的联盟、接受我们的条约的。他们重视我们的联盟，跟重视自己的国家和领土一样。就记忆所及，没有哪一个狂妄自大的国王或蛮不讲理的联邦，胆敢进攻我们。不要说是你我的国土，就是我们盟邦的国土他们也不敢碰。即使有人冒冒失失地想妄生事端，蠢蠢欲动，也没有不一听到你我的联盟关系就立刻打消他们的企图的。

"我国国王和臣民从没有危害过、侵犯过、冲撞过你们，现在是什么狂热推动着你破坏同盟，践踏友谊，侵犯别人的权利，蛮横地攻占我们的国土呢？信义何在？公理何在？理性何在？人道何在？对上天的敬畏何在？你以为你这些越权行为能瞒过永恒的神明、执掌赏罚我们行动的大公无私的天主么？如果你这样想，那你就错了，因为任何事情都逃不过他的判断。难道是注定的命运或星宿的感应，使你不能再安静下去么？不错，一切事物都有一个终了的阶段，达到顶点，就得摔下来，因为它不能永远停留在顶巅上。这是一切不会用理性和节制来克服自己得意忘形的人所必有的结局。

"不过，即使你的幸福和安宁注定已到了结束的时刻，难道就应该影响到你赖以立国的我们的国王么？假使你的房子该塌下来，难道就应该塌在修房人的灶上么？这太不合情理了，太不近人情了，是人所不能理解的。即使一个外邦人，要是没有确切的证据证实那些脱离天主和丧失理性的人，为了达到自己乖谬的目的、会蔑视任何尊严和神圣的时候，也是不肯相信的。

---

① 迈纳，法国古省名，1481 年并于路易十一王朝。
② 伊莎白拉，1493 年哥伦布在海地北部建立的城市。另一说指 1488 年布列塔尼人败于查理八世的圣奥班·杜·柯米埃，结果布列塔尼合并于法国。

　　"假使我们对你国的人或土地,有过什么侵害,假使我们庇护过
你不喜欢的人,假使对你的事业我们没有协助,假使因为我们的缘故
使你的名声和荣誉受到损害,或者,说得更明白些,假使是什么挑拨
是非的魔鬼,想把你引入歧途,无中生有,滥造谣言,使你相信我们

做了对不起我们深厚友谊的事，你也该首先查明真相，然后通知我们，我们一定会使你满意，和过去一向使你高兴一样。可是（永恒的天主在上！），你的目的是什么呢？你难道打算像恶魔那样抢劫和骚扰我主人的国土么？你是不是料定他软弱无能，昏庸无力，因而不愿意或者缺乏人力、财力、策略或者作战技术，所以不能抵抗你那不义的进攻呢？

"请你马上离开这里吧，尽明天一天的工夫，退回到你自己的国家去，路上不要再有任何骚扰和破坏；付我们一千金币，赔偿你在我们国土上造成的损失。明天先付一半，另一半到来年五月十五日交清。交清之前，把德·土纳木勒①、德·巴德费斯②、德·摩奴阿伊③三位公爵，还有德·格拉台尔④亲王、摩尔皮阿伊⑤子爵，一并给我们留下来作为人质。"

---

① 土纳木勒，意思是，"推磨"。
② 巴德费斯，意思是，"短腿"。
③ 摩奴阿伊，意思是，"下流"。
④ 格拉台尔，意思是，"癞皮"。
⑤ 摩尔皮阿伊，意思是，"虱子"。

第三十二章

高朗古杰怎样退换烧饼换取和平

贾莱老好人说到这里才住了口；但是毕克罗寿别的话没有，只是说："你来带他们吧，你来带他们吧！他们的卵子又好又软、正好给你们磨面做烧饼。"

贾莱只好回到高朗古杰那里，看见他光着头跪在他屋里的一个小角落里，弯着腰，祈求天主平息毕克罗寿的狂怒，使他恢复理智，以免大动干戈。他看见贾莱回来，连忙问道：

"哎呀，我的朋友，我的朋友，你给我带来什么消息？"

"没有什么好消息，"贾莱回答说，"这个人毫无理性，是个天主丢弃的人。"

"是么？不过，"高朗古杰又说，"朋友，他这样进行侵略，有什么理由呢？"

贾莱说："他没有说出任何理由，只是愤怒地提到烧饼。我不知道是不是有人得罪过他的卖烧饼的。"

高朗古杰说："我得先问个明白，然后再决定如何办。"

他立刻派人查明事实，发现果然是有人强拿了他们那边几个烧饼，马尔开的头上还挨了一棍子。不过烧饼是付过钱的，至于那个马尔开，是他先用鞭子打伤了佛尔热的腿。国务会议一致认为佛尔热是应该自卫的。尽管如此，高朗古杰还是说：

"既然只是为了几个烧饼，我要尽力使他满意。因为我实在不喜欢发动战争。"

于是他问明拿了人家多少烧饼；据说是四五打；他吩咐当天晚上就做出五车来，内中一车要使用上好牛油、上好蛋黄、上好郁金粉和上好香料，送给马尔开，再为赔偿他的损失，给他七十万零三块"菲力普"①，作为付给理发师②替他包扎伤口的报酬，另外再把包马地埃那座农庄③赠送给他，永久享用，子子孙孙不纳捐税。这许多东西，仍旧派贾莱押送前去。路上，贾莱吩咐在柳树林④里折取一些粗大的树枝及芦苇，插满车子，赶车的也手拿树枝，他自己手里也拿了一枝，他的用意是叫人知道他们只求和平，他们来是为了讲和。

走到城寨门口，他们以高朗古杰的名义，请求与毕克罗寿答话。毕克罗寿不肯让他们进城，也不肯出来答话，推说有事不便出来，叫他们把要说的话说给在城上装架大炮的杜克狄庸队长听就是了。贾莱于是只好向他说：

"阁下，为了解除争端，消除一切你们不肯恢复我们旧日盟约的借口，我们现在把引起纠纷的烧饼赔还你们。我们的人拿过你们五打，而且是付过钱的；不过我们酷爱和平，我们赔还你们五车，这一车送给马尔开，因为他的损失比较大。此外，为了完全使他满意，这里再给他七十万零三块'菲力普'，另外，他可能还想望一些好处，我们把包马地埃一处农庄也送给他，归他和他的子孙永远享有，并免纳捐税，

---

① "菲力普"，原系希腊金币，上铸马其顿国王菲力普浮雕像。"菲力普"亦系16世纪一切金币之通称。
② 当时的理发师兼做外科治疗及包扎手术。
③ 包马地埃农庄在塞邑附近，曾是拉伯雷家的产业。
④ 即高康大出世的柳树林，见本书第6章。

产权转移证也附在这里。看在天主份上，我们今后平安地相处吧，你们愉快地回到你们国家去，把你们自己也承认没有任何权利占领的这座城市让出来，仍像从前一样地和我们做朋友吧。"

杜克狄庸把这一席话回报给毕克罗寿，乘机向他挑拨道：

"这些家伙都吓傻了。我的天，高朗古杰把屎都吓出来了，这个老酒鬼！他哪里懂得打仗，他只会搂着酒瓶喝酒。我的意思是把烧饼和钱扣下来，一面在这里赶筑工事，继续作战。他们拿这点烧饼来骗骗你，真的以为你是个大傻瓜么？事情很明白，你过去待他们太好、太软弱了，所以把他们惯得这样小看人。对坏人是：你越对他好，他越欺负你，你对他厉害，他反倒巴结你。"

"对，对，对，"毕克罗寿说道，"圣雅各有灵，他们这叫活该！就照你说的去办吧。"

杜克狄庸说："不过，我提醒你一件事。我们在这里的给养不足，能吃饱肚子的东西不多。假使高朗古杰今天把我们包围起来，我和你的部下就只好把嘴里的牙齿统统拔掉。拔到每人只剩三颗，就这三颗牙，吃起我们的粮食来，也还是太快呢。"

毕克罗寿说："我们有的是吃的。我们出来是为了吃呢，还是为了打仗？"

杜克狄庸说："那当然是为了打仗。不过，吃饱肚子才能跳舞，饿着肚子是没有气力的。"

"废话太多了！"毕克罗寿说。"你先把他们送来的东西扣起来再说。"

于是就把运来的金钱、烧饼、连同牛和车子一齐都扣了下来，只对他们说，以后不许再来，理由明天再告诉他们，别的二话没有，就打发他们走了。来人没有办法，只好回复高朗古杰，把经过情形说给他听，并说看来除非来一次激烈的大战，否则是没有希望得到和平的了。

第三十三章

毕克罗寿驾前大臣怎样胡乱策划，使他冒可怕的危险

烧饼抢到之后，摩奴阿伊公爵、斯巴达三伯爵、迈尔达伊队长，一齐来到毕克罗寿面前说道：

"大王，今天我们要称你是马其顿的亚历山大以来最有福分、最英勇的国王了。"

毕克罗寿说："免礼，免礼，戴上帽子吧。"

"多谢大王，"群臣说道，"这是我们应尽之礼。我们的计划是这样的：

"此处只用派一将官带领少数人马留守就行，由于此处地势险要，更有大王设置的堡垒，我们认为万无一失。大王神明，我军可分两路，一路直指高朗古杰及其部下，一举而将他歼灭，不费吹灰之力。这老贼货非常富有，那时，将可得到大批金银；我们称他贼货，并不曾称错，因为高贵的君王一向不名一文。聚敛钱财本是贱人之事啊。

"那时另一路，将直取奥尼斯①、圣东日②、昂古莫亚③和加斯科涅，同时并攻取贝利高④、迈多克⑤及艾拉纳⑥。我军所向无敌，城市、堡垒、炮台，唾手可得。一到巴云，圣约翰·德·吕斯⑦和封塔拉比亚⑧，即夺下所有的船只，沿着海岸直驶加里西亚⑨与葡萄牙，一路之上洗劫所有海口，直至里斯本⑩为止。到那时我胜利之师将得到大量海军增援，天主在上，西班牙皆无能之辈，还能不拱手请降！大王经过西比利亚海峡⑪时，特立石柱两根，要比海格立斯石柱还要宏伟，并将海峡改名毕克罗寿海，使大王英名永垂不朽。渡过毕克罗寿海，'红胡子'⑫自会前来请降，纳贡为奴……"

"我饶他一死，"毕克罗寿说。

他们继续说："一定要他请求受洗，皈依我教才行。然后乘机攻克突尼斯、希波斯⑬、阿尔及尔、包米纳⑭、柯兰尼亚⑮，索性把巴巴利全部都包括在内。回过头来，也不要放掉马若尔卡、米诺尔卡⑯、撒丁岛、科西嘉，以及利古利亚海⑰其他海岛，还有巴利阿利群岛⑱。然后沿海岸向左，攻占高卢的那尔邦⑲、普罗温斯⑳及阿罗布洛日㉑，接着是热那亚、佛罗伦萨、鲁卡㉒，罗马的政权也跟着完蛋！可怜的教皇老爷已经吓得要死了。"

---

① 奥尼斯，法国古省，1371 年并入法国。
② 圣东日，法国古省。
③ 昂古莫亚，法国古省，1373 年国王查理五世取自英国。
④ 贝利高，即贝利高尔，法国古省，1589 年亨利四世时并入法国。
⑤ 迈多克，法国南部地名，盛产酒。
⑥ 艾拉纳，即朗德省。
⑦ 圣约翰·德·吕斯，巴云附近港口，盛产沙丁鱼。
⑧ 封塔拉比亚，西班牙城名。
⑨ 加里西亚，西班牙省名。
⑩ 里斯本，葡萄牙首都。
⑪ 西比利亚海峡，即塞维勒海峡，亦即直布罗陀海峡。
⑫ "红胡子"指卡伊尔·埃德·狄音，阿尔及尔巴巴利首领。
⑬ 希波斯，即比塞大。
⑭ 包米纳，即包纳，阿尔及利亚城名，沿地中海。
⑮ 柯兰尼亚，即昔兰尼亚，在埃及之西。
⑯ 马若尔卡，米诺尔卡，都是地中海岛名。
⑰ 利古利亚海，科西嘉北部海面。
⑱ 巴利阿利群岛，西班牙以东之群岛。
⑲ 那尔邦，高卢四省之一。
⑳ 普罗温斯，法国南部地区。
㉑ 阿罗布洛日，法国西南部地区。
㉒ 热那亚，佛罗伦萨，鲁卡，都在意大利。

毕克罗寿说："老实说，我可不去亲他的鞋。"

"攻下意大利，接着是那不勒斯、喀拉勃里亚、阿普利亚①，再把西西里岛和马尔太岛②全囊括在内。我真想跟过去罗得岛上的那些有趣的

---

① 那不勒斯，喀拉勃里亚，阿普利亚（疑即巴俄拉），都在意大利南部。
② 西西里岛，马尔太岛，都在地中海。

骑士们①交交手，好看着把他们杀一个屁滚尿流。"

毕克罗寿说："我倒想到罗莱多去看看②。"

"别急，别急，"他们一齐说道，"那是回来的事。先从那里占领干地亚③、塞浦路斯④、罗得岛和西克拉底群岛⑤，一起攻下摩里亚⑥。摩里亚已在我们掌握之中。圣特莱尼昂⑦，天主保佑耶路撒冷，苏丹⑧哪里能和大王的势力相比！"

"我要建造所罗门庙，"毕克罗寿说。

"不，还要等一等，"他们说道，"千万别心急。你记得屋大维·奥古斯都斯说的话么？ Festina lente⑨。你需要先拿下小亚细亚、喀里亚、利西亚、邦菲里亚⑩、西里西亚⑪、利地亚⑫、腓力基亚⑬、米西亚⑭、比提尼亚⑮、喀拉齐亚⑯、萨塔里亚⑰、萨玛加利亚、喀斯塔迈纳、路卡⑱、萨瓦斯塔⑲，一直到幼发拉底河⑳。"

---

① 1530年查理五世曾把1522年从罗得岛被逐出的耶路撒冷的圣·约翰骑士团安置在马尔太岛上。
② 参观罗莱多著名的圣母教堂。
③ 干地亚，地中海岛名，在希腊东南。
④ 塞浦路斯，地中海岛名，在土耳其之南。
⑤ 西克拉底群岛，地中海东部群岛。
⑥ 摩里亚，希腊南部地区。
⑦ 圣特莱尼昂，即圣尼尼昂。
⑧ 苏丹，指那里的土著皇帝。
⑨ 拉丁文，"慢慢地赶"。见《奥古斯都斯传》第25章。
⑩ 喀里亚，利西亚，邦菲里亚，都在小亚细亚南部。
⑪ 西里西亚，小亚细亚古地名，多山。
⑫ 利地亚，在爱琴海与米西亚之间。
⑬ 腓力基亚，即腓力基，在小亚细亚中部。
⑭ 米西亚，在小亚细亚西北部。
⑮ 比提尼亚，小亚细亚古地名。
⑯ 喀拉齐亚，利地亚首都。
⑰ 萨塔里亚，在小亚细亚萨塔里亚湾。
⑱ 萨玛加利亚，喀斯塔迈纳，路卡，都是小亚细亚古城名。
⑲ 萨瓦斯塔，西利西亚边境上城名。
⑳ 幼发拉底河，在今土耳其境内。

"我们会看见巴比伦①和西奈山②么？"毕克罗寿问道。

"这时还不需要看它，"他们说。"渡过希尔坎海③，骑马走过两个亚尔美尼亚④和三个阿拉伯⑤，还不够忙的么？"

"哎呀，"毕克罗寿叫起来，"我们不是疯了么？我们这群可怜的人！"

"什么？"他们不服气。

"我们在那些沙漠里喝什么呀？据说茹利安·奥古斯都斯和他的军队就是渴死在那里的⑥。"

"我们一切早都安排好了，"他们说。"有九千零一十四条大船，装载盖世无双的美酒，已从叙利亚海给你运到雅法⑦了。那里将准备好二百二十万只骆驼和一千六百只大象，这都是在占领利比亚时在西基玛萨⑧附近猎获的。何况我们将截获所有到麦加⑨朝圣的队伍，他们带的酒还不够你喝么？"

"够是够了，"毕克罗寿说，"只是酒不新鲜。"

"好了，别像一条小鱼啊，"他们说，"一位英雄，一位征服者，一位雄心勃勃、想征服全世界的人，不能尽讲舒服啊！你和军队能够平平安安到达虎河⑩，我们已经要感谢天主了！"

毕克罗寿说："这时候，我们打垮高朗古杰那个老酒鬼的一路人马做什么呢？"

"他们也没有闲着，"他们说，"我们很快就和他们会师了。他们

---

① 巴比伦，幼发拉底河上最古之城市。
② 西奈山，在阿拉伯，靠近苏伊士湾，《圣经》上说天主给摩西十诫，即在此山上。
③ 希尔坎海，即里海。
④ 两个亚尔美尼亚，在高加索之南，有大亚尔美尼亚与小亚尔美尼亚之分。
⑤ 三个阿拉伯，阿拉伯分沙漠、城市、山区，三个地带。
⑥ 罗马皇帝茹利安·奥古斯都斯于公元363年远征波斯，兵士多渴死，他亦被杀。
⑦ 雅法，叙利亚海口，是当时小亚细亚最繁荣的港口。
⑧ 西基玛萨，中世纪摩洛哥名城。
⑨ 麦加，阿拉伯伊斯兰教的圣地，当时每年自开罗来的朝圣信徒，有10万之多，带1万只骆驼，1万匹马。
⑩ 虎河，在今土耳其境内。

这时已攻克了布列塔尼、诺曼底①、弗兰德斯、海恼特、布拉邦、阿尔特瓦②、荷兰、西兰德③。他们踩着瑞士人和朗格奈兵④的肚子渡过了莱茵河，分一部分队伍打下卢森堡、洛林⑤、香滨、萨瓦⑥，一直打到里

---

① 诺曼底，法国西北部地区。
② 弗兰德斯，海恼特，布拉邦，阿尔特瓦，都是沿北海的低洼地区。
③ 西兰德，荷兰省名。
④ 朗格奈兵，原来指德国步兵，后来泛指一切抢劫行凶的乱军。
⑤ 洛林，古为独立国，今为法国东北一省。
⑥ 香滨，萨瓦，均法国省名。

昂。在里昂，他们和大王征服地中海凯旋归来的大军会师，一起打垮苏阿比亚①、符腾堡、巴维尔②、奥地利、摩拉维亚和斯泰利亚③，在波希米亚④集合。然后合力进攻鲁贝克⑤、挪威、瑞典王国、丹麦、哥特⑥、格陵兰⑦、爱斯特尔兰⑧，一直打到北冰洋。从那里，回头占领奥克尼群岛⑨，攻下苏格兰、英格兰、爱尔兰。再由海路经过沙海⑩，横穿萨玛特⑪，战败并征服普鲁士、波兰、立陶宛、俄罗斯、瓦拉基亚⑫、外西尔伐尼亚⑬，还有匈牙利、保加利亚、土耳其，直捣君士坦丁堡。"

毕克罗寿说："我们赶快去和他们会师吧，因为我正想做做特拉布松⑭的皇帝呢。我们不把那些土耳其及回回的狗头全杀光么？"

"不杀光干么用呢？"他们说道。"你把他们的财产、土地赏给替你出过大力的人。"

"理当如此，"毕克罗寿说道，"这才是天公地道。我把喀尔马尼⑮、叙利亚和全部巴勒斯坦都赏给你们。"

"了不起！大王，"他们一齐说道，"你真是宽宏大量。多谢，多谢！愿天主保佑你昌盛万代！"

当时在场的有一个年老的贵族，名叫爱式弗隆⑯，是一位阅历丰富、

① 苏阿比亚，古日耳曼地名。
② 符腾堡，巴维尔，都在德国。
③ 摩拉维亚，斯泰利亚，都在奥地利。
④ 波希米亚，欧洲中部地区，在奥地利与匈牙利之间。
⑤ 鲁贝克，德国西北部城名。
⑥ 哥特，瑞典南部地区，当时人以为该地区为哥特人所盘踞。
⑦ 格陵兰，北美洲大岛。
⑧ 爱斯特尔兰，德国西北部商业区。
⑨ 奥克尼群岛，在苏格兰之北。
⑩ 沙海，即波罗的海。
⑪ 萨玛特，指欧洲东部。
⑫ 瓦拉基亚，在罗马尼亚。
⑬ 外西尔伐尼亚，在奥地利。
⑭ 特拉布松，土耳其城名。
⑮ 喀尔马尼，土耳其亚洲部分。
⑯ 爱式弗隆，照希腊文的意思是，"慎重，明智"。

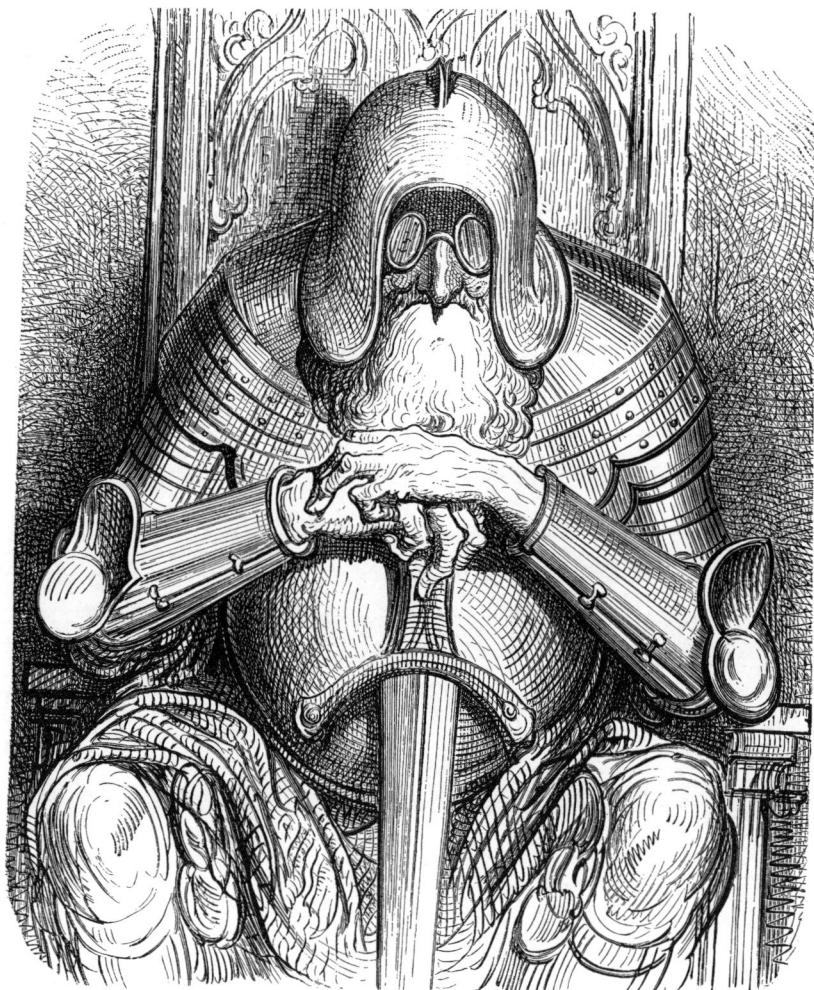

身经百战的老将，他听了这些人的谈话，说道：

"我担心你们这些计划将和牛奶罐子的笑话一样，那个皮匠梦想在一罐牛奶上发大财，结果罐子打破，连饭也没有得吃。你们这样东征西讨，究竟想干什么呢？这样忙碌奔波，结局是什么呢？"

毕克罗寿说："结局是，回来以后，安安稳稳地休息。"

爱式弗隆说道：

"万一要是回不来呢，别忘了路途遥远、困难重重啊，现在不去冒险，马上回家，不是更好么？"

斯巴达三接口道："哎呀！我的老天，你真是在做梦！难道要我们躲在火炉旁边、跟太太们一起穿穿珍珠、像萨尔达巴鲁斯[①]那样纺纺线，来消磨这一辈子么？所罗门说得好：'谁不冒险胆子大，最后无骡亦无马。'"

爱式弗隆接着说："马尔古斯回答的也不差：'过分冒险胆子大，最后丢骡又失马。'[②]"

毕克罗寿说："好了，好了，不谈这个了。我只担心高朗古杰的鬼军队。如果我们都跑到美索不达米亚[③]去，他们抄我们的后路，怎么办？"

迈尔达伊回答说："有办法。你只消派人送一个小小的命令给莫斯科人，一支四十五万战士的优秀军队马上就会动员起来。如果你派我做带兵的统领，我能为了一把货郎杀一个木梳[④]！我会咬、会踢、会打、会抓、会杀，还会来一个不认账！"

毕克罗寿说："好，好，赶快下手！拥护我的人都跟我来！"

---

① 萨尔达巴鲁斯，中世纪故事中一位英雄，后来和妇女一起纺纱。一说是公元前8世纪古阿西里亚国第四代国王，女人气息甚重。

② 15世纪有《所罗门与马尔古斯对话集》一书甚流行，这是里边的两句话。

③ 美索不达米亚，亚洲古地名，在幼发拉底河之东。

④ 他想说，"为了一把木梳，杀一个货郎。"意思是说，为一件小事也可杀人，决不顾惜人命。

第三十四章

高康大怎样离开巴黎驰援故国；
冀姆纳斯特怎样与敌人遭遇

　　高康大读过父亲的来信，立即骑上他的大牝马，离开巴黎。他已走过了瑙南桥①，包诺克拉特、冀姆纳斯特和爱德蒙骑着驿马②紧紧在后追赶。其他的人带着高康大的全部书籍和科学仪器，慢慢地依照正常的速度赶路。

　　高康大走到巴莱邑，古盖家的一个佃户告诉他毕克罗寿怎样在拉·娄氏·克莱茂建筑工事，怎样派特立派③队长带领军队占领旺代和沃高德雷森林，连一只鸡也不留，一直抢到毕雅尔榨酒作坊④，为非作歹，使人惊奇，伤天害理，难以相信。高康大一时惊得目瞪口呆，不知所措。包诺克拉特主张大家先到服古勇王爷那里弯一弯，这位大人一向和他家友好，又是他们的盟邦，在他那里一定更可以知道事态的真相。他们立刻来到那里，服古勇王爷很热心，愿意协助他们，建议先派一人去打探形势，看看敌人动静，以便根据当时形势决定步骤。

冀姆纳斯特自告奋勇，愿意前去；但最后还是决定由一个熟悉附近道
路及河流的人陪他同去。

---

① 瑙南桥，施农与拉·娄氏·克莱茂之间的一座石桥。
② 驿马站是1474年路易十一创设的。
③ 特立派，意思是，"酒杯，饭碗"。
④ 离施农不远的一家酒厂。

这时，服古勇的马厩总管普莱令刚跟他去了，两人大着胆子四处打探。高康大乘机休息了一下，并和跟他在一起的人吃了点东西，还叫人拿荞麦稍稍地喂了一下马，这一喂就是七十四"木宜"零三"卜瓦索"①。冀姆纳斯特跟他的同伴骑着马跑得太远了，一下子碰上了敌人的队伍，他们正毫无纪律、乱哄哄地想尽方法横抢豪夺。他们远远地看见他，便一窝蜂似地向他跑过来，打算抢他。冀姆纳斯特向他们喊道：

"老总，我是个穷鬼；请你们饶了我吧。我这里还有一块金币，我们把它喝掉，因为这是块 aurum potabile②，还有我这匹马，可以卖掉作为我的见面礼。这样，你们总可以留下我吧。因为，冲着天主说话，讲到捉鸡、膏油、烧烤、调味，以至于扯腿、吞吃，那是谁也比不了我，现在我的 proficiat③ 是，为全体好弟兄们干一杯。"

说罢，掏出他的酒瓶，闻也不闻一下就咕嘟咕嘟地喝起来了。那堆强盗睁大眼睛望着他，嘴张得有一尺多宽，舌头伸得像只猎狗，希望等会儿也能喝一口。正在这个时候，队长特立派跑过来了，他想看看是怎么回事。冀姆纳斯特赶快把酒瓶递过去，说道：

"队长，拿去，痛快地喝一气。我已经尝过了④，确是拉·费·摩纽⑤的酒。"

"什么！你这个野东西敢在这里骗人！你是干什么的？"

冀姆纳斯特说："我是个穷鬼。"

特立派说："哦！是个穷鬼，可以过去，因为穷鬼到处可过，无捐无税。不过，穷鬼可没有你这样的好马。所以，鬼东西，下来把马让给我，如果它不好好地让我骑，我就骑你这个鬼，像你这样的鬼驮驮我倒也不错。"

---

① 每"卜瓦索"等于133 239升。
② 拉丁文，"可以喝的金子"。古医学认为金水可以治病。
③ 拉丁文，"见面礼"。
④ 证明没有毒药。
⑤ 拉·费·摩纽，地名，16世纪以产酒著名。

第三十五章

冀姆纳斯特怎样计杀特立派队长及毕克罗寿其他部下

兵士们听了他们的话，有的害怕起来，两手乱画十字，以为是魔鬼真的变成了人出现了。有一个农团队长，名叫彭让，从裤腰带上拉出自己的经本，大声念起来："Agios ho Theos……①你如果是从天主那里来的，就开口说话，如果从魔鬼那里来的，就赶快离开！"冀姆纳斯特没动。不少兵士看见他不动，吓得都跑了。冀姆纳斯特看在眼里，记在心里。

于是，他假装下马，等身体下到上马的那一面时②，他轻轻地在马镫上一使劲，一手扶了一下宝剑，从马下面使了个鹞子翻身，腾空而起，两脚落在马鞍上，屁股对着马头。他大声说道："我要倒骑马了。"

话音未落，他便抬起一脚向左面一个转身，不前不后，正落在自己的鞍子上。特立派见了说道：

"哈！我现在可不来这一手，我有我的理由。"

冀姆纳斯特说："这算得了什么！刚才做得不好，我从另一面再跳一次。"

他和刚才一样，又有力又灵活地、不过是从右边，又跳了一次。跳后，用右手的大拇指按住马鞍的边儿，来了一个倒竖蜻蜓，把全身的重量都放在那个手指头的筋骨上，就这样还转了三个圈儿。到第四圈的时候，身体不挨任何东西，往下一翻，落在马的两耳中间，再一个纵身，又翻上去，这一次是用左手的大拇指支着身体，浑身转圈跟风车一样快。接着用右手掌往马鞍上一拍，身体一挺，正好坐在马屁

股上，跟名媛们骑马似的。

　　然后，他舒舒服服地一抬右腿，从鞍子上迈过去，骑在马屁股上。

　　他说道："我还是坐在鞍子上好。"

　　于是用两个大拇指往前一按，身体一翻，头朝下脚朝上地翻过去，

---

① 希腊文，"天主神圣……"（耶稣受难节希腊经文的首句。）
② 马左面。

正好落在马鞍上。接着又一纵身，全身跃起，双脚并齐，站在鞍子上，两臂平伸，和身体恰成十字形，在上面大转特转，一面扯着嗓子大叫："我疯了，魔鬼，我疯了，我疯了！拉住我，魔鬼，拉住我！拉住我！"

他这样飞腾跳跃，强盗们惊骇万分，不由得彼此说："天主他妈！一定是妖魔鬼怪变成人了。Ab hoste maligno libera nos，Domine①."于是纷纷逃跑，一边还不住地回头看，像一条嘴里衔着一个鹅翅膀的狗一样。

冀姆纳斯特一看时机已到，翻身下马，拔出宝剑，对准做头目的一阵乱砍，只杀得尸堆如山，有受伤的，有吓煞的，有挤坏的，没有一个人敢抵抗一下，大家看见刚才他那惊人的飞跃功夫，又听见特立派"穷鬼，穷鬼"地叫他，都以为他真的是什么地方的饿鬼出来了呢。只有特立派偷偷地手持短刀，对准他的脑袋劈了下来。幸亏冀姆纳斯特的头盔结实，只等于打了一掌，他猛地转过身去，倏地一剑对准特立派飞了过去，特立派正想保护脑袋，冀姆纳斯特一下子划开了他的胃、大肠，连肝也劈成两半。登时摔倒在地，交出了他肚子里的四罐汤，汤里还带着他的魂灵。

冀姆纳斯特办完这一手，退了回去，认为偶然的机会，不要做过了头。聪明的骑士应该善用时机，但不应穷追过头。于是，翻身上马，用马刺踢了几下马身，带着普莱令刚笔直地奔上了通往服古勇堡寨的大道。

---

① 拉丁文，"我主天主，救我等于恶魔"。

第三十六章

高康大怎样拆毁旺代口城堡；怎样渡过河口

　　冀姆纳斯特回来以后，述说他怎样遇见敌人，又怎样使用策略一人对付了他们一群，说他们只是些鸡鸣狗盗的偷窃小贼，根本不懂军事，提议大胆前去，认为解决他们，真跟对付牲口一样。

　　高康大闻言，骑上他的大牝马，带着上面已经提到的随行人员，路上看见一棵又高又粗的大树（大家管它叫圣马丁树，因为据说是古时圣马丁把朝圣的手杖插在那里活起来的），高康大说："我正缺少家伙呢，这棵树正好又作手杖、又作武器。"他一伸手把那棵树拔出土来，去掉上面的枝子，弄得像根手杖的样子。

这时候，他那匹牝马松松肚子、撒了一泡尿；这泡尿一下子变成了一股七法里长的洪水，整个地流进了旺代口，河水立时猛涨，除了少数几个人从左边逃上山坡以外，那里大批的敌人统统在惊慌中淹死了。

高康大来到旺代森林，听爱德蒙报道堡垒里还有残余敌人，为查明底细，高康大放开喉咙，高声喊道：

"里面还有人没有？有就滚出来，没有，就拉倒。"

躲在城墙洞口上的一个胆小的炮兵，忽然冲他开了一炮，狠狠地打在高康大右边太阳穴上，不过，跟用李子投了他一下那样，没有大害。

高康大说："这是什么东西呀？难道拿葡萄打起我们来了？当心葡萄来得可不容易！"他真的还以为炮弹是一粒葡萄呢。

堡垒里面还在进行抢劫的敌人，听见高康大的叫声，一齐跑上城楼、炮台，对他开了九千零二十五发小鹰炮及火枪，全是瞄着他的脑袋放的，枪弹如此之密，高康大大叫道：

"包诺克拉特，我的朋友，这里的苍蝇迷住了我的眼；给我根柳树枝子，让我赶赶它们。"他把铅弹和石弹都当作苍蝇了。

包诺克拉特对他说那不是苍蝇，是堡垒里打出来的炮弹。高康大于是提起他那棵大树，对着堡垒打过去，只几下便把敌楼、炮台都打塌了，整个的堡垒打成一片废墟。堡垒里面的敌人全砸得身首异处，血肉模糊。

高康大一行人等离开那里，来到磨坊的桥头，只见河口满是死尸，连磨坊的河流都塞住了，原来都是被马尿冲死的敌兵。河道既已被死尸阻塞，他们考虑怎样才能过去。冀姆纳斯特说道：

"鬼过得去，我就过得去。"

爱德蒙说："鬼过去是收拾这些死人的灵魂去了。"

"圣特莱尼昂！"包诺克拉特叫起来，"除了从这里过，别处还是没有路。"

冀姆纳斯特说："可不是，可不是，不然只好停在半道了。"

他用马刺踢了踢马，一下子就冲过去了，他的马并不害怕死尸。这是他依照埃里亚奴斯教导的方法[①]把马训练得不怕鬼，也不怕死尸——当然不像狄欧美德斯[②]杀色雷斯人[③]那样杀人给马看，也不像荷马述说的乌里赛斯[④]那样把敌人的尸首堆放在马跟前——他是在草里放一个假人形，平日喂料的时候，叫它从这个假人身上跳过去。

其他的三个人也平安无事地跟着过去了，只有爱德蒙，他的马一下子把右面的蹄子陷在一个又肥又胖、仰着脸淹死在那里的人的肚子里，一直陷到腿弯的地方，拔也拔不出来。因此困在那里，动弹不得，直到高康大用他的棍子把水里那个死人的肠子按在水里，那匹马才抬起腿来。（说起来在兽医学上倒是一件怪事）这匹马原来那只蹄子上长着一个硬瘤，因为和那个胖家伙的肠子一接触，便给治好了[⑤]。

---

① 埃里亚奴斯在《动物学》第16卷第25章里曾叙述狄欧美德斯和乌里赛斯驯马的方法。
② 狄欧美德斯，希腊神话中色雷斯国王，以残暴出名。
③ 色雷斯，希腊北部古国名。
④ 乌里赛斯，荷马《奥德赛》中的主角。
⑤ 据说古时兽医治瘤就是用肠子或肠子里的水。

第三十七章

高康大梳头时怎样从头发内梳出炮弹

高康大一行人等渡过旺代河，没有多久便到了高朗古杰的城堡，高朗古杰正心急地等待着他们。高康大一到便受到大家的热烈拥抱，真是没有见过比他们更欢喜的人了。Supplementum Supplementi Chronicorum[①]记载说嘉佳美丽就是在这次会面时喜死的。我自己知道得不清楚，我不管她，也不管别人。

我只知道高康大换过衣服之后，拿梳子梳头（这个梳子长一百"喀纳"[②]，上面的齿都是整只的大象牙），每梳一下，便有七大颗炮弹落下来，这都是在摧毁旺代森林的时候掉在头发里面的。他父亲高朗古杰看见了，以为他头上长了虱子，说道：

"天哪，我的好孩子，你把蒙台居[③]的鹞子[④]都给我们带回来啦？我可没想到你会住在那种地方。"

包诺克拉特回答说：

"主公，可别以为我会把他送到叫作蒙台居的那座肮脏学校里。我知道那里苦不堪言，脏得要死，我宁肯让他和圣依诺桑的叫化子[⑤]在一起，也不会把他送到那里去。和蒙台居的苦学生比起来，摩尔人[⑥]和鞑靼人[⑦]的苦役犯、刑事监狱里的囚徒，甚至于你家里养的狗，都比他们舒服得多。假使我是巴黎的国王，要不放把火把那个学校及那个听任学校里搞得乌七八糟的校长和教师统统烧死，叫魔鬼把我捉走！"

他拾起一颗炮弹，说道：

"这是你儿子高康大路过旺代森林的时候受到敌人的袭击，落在头发里的炮弹。不过，他们已得到应有的惩罚，都死在堡垒废墟里了，跟中了参孙计策的非利士人⑧所描写的西罗亚楼下压死的人一样。目前时机对我们有利，我主张继续追击。'机会'的全部头发都长在前额上，一旦走过去，你就无法再抓到它了。它后脑勺上是光的，而且又从来不回头。"

高朗古杰说："不错，不过别立刻去。因为今天晚上我要庆贺你们归来，好好地欢迎你们一下。"

说完这话，开始准备起晚饭来，今天特别加烤了十六头公牛、三头母牛、三十二只小牛犊、六十三只哺乳期的小山羊、九十五只绵羊、三百只糟小猪、二百二十只鹌鹑、七百只山鹬、四百只鲁敦⑨及柯尔奴阿伊⑩的阉鸡、六千只雏鸡、同样数目的鸽子、六百只鹧鸪、一千四百只野兔、三百零三只鸨子，还有一千七百只小阉鸡。野味一下子弄不到太多，只准备了杜尔·培奈教长赠送的十一只野猪，德·格朗蒙侯爷送的十八只虎豹，戴·爱萨尔王爷送的一百四十只锦鸡，另外还有几打野鸽、水鸭、鸳鸯、鸡鹤、白鹄、雎鸠、水鹬、野鹅、田凫、小

---

① 拉丁文，"编年史续编的续编"。
② 每"喀纳"等于1.773米。
③ 蒙台居，指蒙台居公学，是当时出名不讲卫生的学校，那里的学生吃不饱满身虱子。
④ 形容蒙台居学生身上虱子的猖狂。
⑤ 圣依诺桑，巴黎一处古老的墓地，叫化子都住在那里。
⑥ 摩尔人，一般指非洲的居民。
⑦ 鞑靼人，一般指突厥语系的民族。
⑧ 非利士人，即巴勒斯坦人，参孙系希伯来战士，力大无比，被非利士人设计擒获，在达公圣堂内参孙推倒屋柱，与3000非利士人同归于尽。和《路加福音》第十三章见第13章第4节。
⑨ 鲁敦，地名，在普瓦蒂埃西北，以产阉鸡出名。
⑩ 柯尔奴阿伊，即下·布列塔尼。

采鸭、鹭鸶、长嘴鹭、花羽鹭、长足鸟、黑羽鸭、白羽鹭、仙鹤、野鸭、翠鸟、赤鹤（亦名红翅鹤）、河滩燕、印度火鸡、还有大量的"库斯库斯"①及各样浓汤。

没错儿，吃的东西可称得上丰富多彩，而且是高朗古杰的御厨菲立波沙司、奥式波和比尔味足精心烹制的。

还有让诺、米凯尔和维尔奈负责斟酒，也非常称职。

---

① "库斯库斯"，一种阿拉伯人的食品，用面粉做成，浇汤或奶油。

第三十八章

高康大怎样吃生菜冷盆吞下六个朝圣者

说到这里，我们需要叙一叙从南特①附近圣赛巴斯天②朝圣归来的六个信徒。这一天夜里，因为怕遇见敌人，他们躲在菜园里白菜与莴苣之间的豌豆荚上面过夜。

偏赶上高康大有些口渴，问能不能找些莴苣拌点凉菜，但一听到这里有全国最好最大的莴苣，棵棵长得有李子树、胡桃树那样高大，他想亲自去一趟，去拣些好的。他一下子把六个朝圣者也捎带回来了，这六个人吓得要死，连说话咳嗽都不敢。

高康大先把莴苣拿到水井那里洗了一阵，朝圣者悄悄地商量道："怎么办呢？我们要夹在莴苣叶里淹死了。我们嚷起来好不好？如果一嚷，他会拿我们当奸细杀掉。"他们还在商议的当儿，高康大已经把莴

莒放在从家里拿来的一个大盆里，这个盆有西多的大酒桶那样大③，拌上油、醋、盐，在吃饭以前当作冷盆吃了起来。朝圣者里面，五个已经被吞在嘴里了，第六个还在盆子里藏在一片莴苣叶底下，只有朝圣者的手杖露在外面。高朗古杰看见了，对高康大说：

"我看你盆子里有个蜗牛角，别吃了。"

"为什么？"高康大说，"这个月正是吃蜗牛的时候。"

他一拉手杖，连同那个朝圣者也提了起来，一齐都放在嘴里了。接着喝了一大气子"小粒种"葡萄酒，一面等待厨房里准备晚饭。

---

① 南特，法国城名，靠近罗亚尔河。
② 圣赛巴斯天，教堂名，是16世纪朝圣的圣地。
③ 西多，村名，有大修院，那里酒桶的容量是300"木宜"。酒桶造于圣·伯纳尔时期，甚有名。

朝圣者被吞进嘴里，用尽气力，躲过牙齿的巨磨，心里还以为是下到一个监狱的地牢里呢。等高康大喝那一大气子酒的时候，他们想一定要淹死在他嘴里了，酒的急流差一点就把他们冲进胃的深渊里。但是，他们拄着手杖，像朝拜圣米歇尔山①的人那样，跳过大水，躲在牙缝里一块安全的地方。可惜内中有一个想知道他们到底是不是安全，用手杖四下里乱捅，结果一下子重重地打在高康大豁牙的地方，撞着他牙床的神经，打得高康大疼痛难忍，止不住高声大叫。他叫人把他的牙签拿来，想把叫他牙痛的东西剔出来，他走到大胡桃树那里②，把朝圣的先生们一个个都掏出来了。一个被他拉住大腿，一个被他抓住肩膀，一个被他拉住背包，一个被他拉住口袋，一个被他拉住腰带，剩下用手杖打他牙床骨的那个家伙，被他抓住了裤裆；不过这家伙也真走运，因为自从过了安赛尼③，他的下疳瘤就叫他痛得受不了，这一来倒被高康大给捏破了。

被剔出来的朝圣者在葡萄林里飞步逃跑。高康大牙齿也不痛了。

这时爱德蒙来唤他吃饭，因为晚饭已准备停当。

高康大说道："我去撒泡尿，把我的晦气尿出来。"

这一泡尿可真不小，一下子拦住了朝圣者的去路，使他们不得不涉尿而过。过去之后，在森林边上④，除了福尼利埃一人外，又都掉进捉狼的陷阱里了。亏得福尼利埃想出各种方法，割断了陷阱的绳索，大家才得逃出活命。从那里出来之后，后半夜就在古德莱附近一座木棚里睡了一下。同伴中一个叫拉打雷的，用好言好语安慰大家的不幸，说这次的遭遇，大卫老早就在《诗篇》里预言过了：

---

① 圣米歇尔山系建在英吉利海峡里山上的一座大教堂，四周是水，只有一长堤通陆地，每年朝圣者甚多，亦有大批小孩至该处乞讨。

② 据说这棵胡桃树长的胡桃特别硬，只有乌鸦椋鸟才啄得开，这棵树长在拉·杜维尼的田庄里。

③ 安赛尼，地名，在罗亚尔河下游，朝圣者这时是沿着罗亚尔河回家。

④ 指古德莱北面的阿乐森林。

"Cum exurgerent homines in nos, forte vivos deglutissent nos[①]，是指我们被当作生菜，拌着盐粒被人吞下的时候；cum irasceretur furor eorum in nos, forsitan aqua absorbuisset nos[②]，是指他喝那一大气子酒的时候；torrentem pertransivit anima nostra[③]，是指我们涉尿而过的时候；forsitan pertransisset anima nostra aquam intolerabilem[④]，是指他的尿拦住我们的去路；Benedictus Dominus, qui non dedit nos in captionem dentibus eorum. Anima nostra, sicut passer erepta est de lequea venantium[⑤]，是指我们掉在陷阱里的时候；laqueus contritus est[⑥]被福尼利埃割断，et nos liberati sumus[⑦]。Adjutorium nostrum, etc.[⑧]"

<hr>

① 拉丁文，"当人起来攻击我们，就把我们活活地吞了"。见《旧约·诗篇》第124篇第2、3节。

② 拉丁文，"当人向我们发怒的时候，波涛必漫过我们，淹没我们"。见《旧约·诗篇》第124篇第3、4节。

③ 拉丁文，"我们的灵魂过了急流"。

④ 拉丁文，"好像我们的灵魂渡过了无法越过的大水"。此处与《旧约·诗篇》不完全相同。

⑤ 拉丁文，"耶和华是应当称颂的，他没有把我们当野食交给他们（牙齿）吞吃。我们好像雀鸟从捕鸟人的罗网里逃脱"。见《旧约·诗篇》第124篇第6、7节。

⑥ 拉丁文，"网罗破裂"，见《旧约·诗篇》第124篇第7节。

⑦ 拉丁文，"我们逃脱了"，见《旧约·诗篇》第124篇第7节。

⑧ 拉丁文，"我们得帮助，等等"。见《旧约·诗篇》第124篇第8节。

第三十九章

隐修士怎样接受高康大款待以及进餐时高谈阔论

　　高康大坐下来开始吃饭，高朗古杰叙述起酿成他与毕克罗寿之间战争的起因和原委来，他谈到隐修士约翰·戴·安脱摩尔如何胜利地保卫修院的时候，称赞此人的英勇不在卡米留斯①、西庇翁②、庞贝③、恺撒、泰米司多克勒斯④等人之下。高康大要求马上派人去接他，好和他一起商议应采取的步骤。总管奉命前去邀请，请修士骑了高朗古杰的骡子，还带了他那根举十字架的木棍子，快快活活地到来。

　　修士来到之后，大家一拥而上，慰问、拥抱、问候，不一而足：

　　"喂，约翰修士，我的朋友，约翰修士，我的老表兄，约翰修士，真是见鬼，让我拥抱一下，我的朋友！"

　　"让我拥抱。"

　　"啊，你这个家伙，让我抱住你把你挤扁。"

约翰修士也是个会讲笑话的，从来未曾有过像他这样又知礼又可亲的人。

高康大说："来，来，在我身边放一只凳子，在这头。"

修士说："好极了，只要你喜欢。侍从，拿水来！倒吧，孩子，倒，让我清清肝脏，润润喉咙。"

包诺克拉特说："Deposita cappa⑤；咱们把这件宗教的袍子脱下来吧。"

"哎哟，我的老爷，天主在上，那可不行，"修士说，"in statutis Ordinis⑥，有一条规定，会衣是脱不得的。"

冀姆纳斯特说："得了，得了，让会规上厕所里去吧！这件袍子把你的膀子都压断了，脱下来吧。"

修士说："我的朋友，让我穿着吧，老实告诉你，穿着它，我只有喝得更多，浑身舒服。一脱下来，侍从们就要拿去做绑腿带了，我在古莱纳⑦已经遇到过一次。何况，我也不饿。就让我穿着会衣坐下来吧，老实说，我真乐意为你、为你的马干两杯。愿天主保佑大家都健康！我是已经吃过饭的了，不过，再吃一顿，也不会比你们少吃，因为我的胃脏好极了，和圣本笃的靴子⑧一样深，又像律师的皮包那样来者不拒。见鱼都吃，除掉鲨鱼⑨，爱吃鹌鹑翅膀，或者尼姑大腿，不然，硬邦邦地死去，岂不太不上算？我们的院长就特别欣赏阉鸡白色的

---

① 卡米留斯，罗马帝国大将，《依尼特》里二十英雄之一。
② 西庇翁，战胜迦太基的罗马名将。
③ 庞贝，罗马名将，恺撒之劲敌。
④ 泰米司多克勒斯，公元前5世纪雅典名将。
⑤ 拉丁文，"把会衣脱下来吧"。
⑥ 拉丁文，"我们会里"。
⑦ 古莱纳，施农、包蒙·昂·维隆附近一城堡。
⑧ 本笃会的教士都穿长统靴子，"靴子"（botte）与"酒桶"（botte）又系同音字，布尔高尼修院的大酒桶，即有圣本笃靴子之称。
⑨ 这是一句谚语，作者只说了一半，全句是："见鱼都吃，除掉鲨鱼，吃鱼吃背，留下肚脏。"这里主要是说他什么都吃。

嫩肉。"

冀姆纳斯特说道:"在这一点上,他和狐狸不同,因为狐狸捉到阉鸡也好,捉到母鸡雏鸡也好,白色的肉总是吃不到。"

"为什么?"修士问道。

冀姆纳斯特回答说:"因为它们没有厨子给它们烧呀。鸡子不煮熟,是红的,而不是白的。红色的肉就说明是生肉,除了海蟹和河虾,它们是非煮不红。"

修士说:"巴雅尔的天主^①!我们修院里那个治病的,脑袋就没有煮熟,他的两只眼睛老是红得像个榛木盆!……这条兔子腿能治风湿痛^②。提起瓦刀^③,你告诉我,为什么小姐的腿老是那么鲜嫩?"

高康大说:"这个问题,不拘是亚里士多德勒斯,还是亚历山大·阿弗洛狄修斯,还是普鲁塔克都没有提到过。"

修士说:"有三个理由使得那个地方自然又鲜又嫩:primo^④,因为那里流水不断,secundo^⑤,因为那里阴凉、黑暗、隐秘、阳光不到;第三,因为那里经常有凉风洞的风、内衣的风,尤其是裤裆的风吹个不停。哈,真快活!侍从,来酒,来酒!……倒,倒,倒……天主给我们这样的好酒,真是太慈悲了!……我说老实话,要是我生在耶稣基督的时代,我一定不让犹太人从橄榄园里把他绑走。而那些圣徒们,一个个吃得饱饱的,在紧要关头撇下他们善良的师傅,懦怯地各自逃命,我要不把他们的腿都砍断,叫魔鬼抛弃我!一个人该抢起刀来的时候,却去逃跑,我恨他比恨毒药还厉害。哼,我怎么不在法国做他个百儿八十年的皇帝呀!老实说,我要不把那些在巴维亚临阵逃脱的

---

① 巴雅尔骑士的口头语。
② 见普林尼乌斯《自然史纲》第3卷第18章又第28卷第16章,说患风湿痛的人宜常带一条兔子腿。
③ 全句应是,"提起瓦刀,想起泥匠"。这里意思是说,"提起大腿,想起女人"。
④ 拉丁文,"第一"。
⑤ 拉丁文,"第二"。

士兵①打成没有尾巴和耳朵的狗才怪哩！叫他们患四日两头的疟疾！在那样的紧急关头，为什么不宁死也不离开善良的国王呢？英勇地战死沙场、不比偷生苟活好得多、光荣得多么？……我们今年吃不到小鹅……唉，我的朋友，给我切块猪肉吧……真见鬼！酒也没有了；germinavit radix Jesse②。我不要活了，要渴死了……这酒倒是不坏。你们在巴洛瓦喝什么酒啊？我在巴黎时，要不是一连六个多月天天请客，谁高兴来谁来，叫我死掉！……你们认识上巴洛瓦③的克洛德修士么？哦，真称得起是个好朋友！可是，什么害虫螫了他一下？不知道从什么时候起，他啥也不干，只读起书来了。我可不读书。我们修院里，从来不读书，怕得耳痛病。我们那位故世的院长就说过，一个修士成了学者，那是最可怕的事。老实告诉你吧，我的朋友，magis magnos clericos non sunt magis magnos sapientes④……从来没有见过像今年这样多的兔子。我到处找，鹰和雕都找不到。德·拉·贝洛尼埃尔老爷许给我一只鹰，可是他新近给我写信说它得了气喘病。今年的鹌鹑要吃人的耳朵了⑤。我不喜欢用网捉，因为等得烦人。我不跑不跳，就不舒服。当然，跳墙头、跳篱笆，我这件会衣又会留下痕迹。后来我弄到一只体面的猎犬。要是兔子能跳得过它，叫我死掉。那是一个仆从把它送给德·摩雷维里耶老爷的时候被我截住的，这件事办得不对么？"

冀姆纳斯特说道："对，对，约翰修士，冲着所有的魔鬼说话，谁也得说对！"

修士说道："所以，既然有魔鬼在，就为他们干杯！我的老天！这

---

① 巴维亚，意大利城名，法国国王弗朗索瓦一世曾在巴维亚战役中被查理五世战败擒获。撇下国王逃命的士兵，被法国人恨入骨髓。

② 拉丁文，"从耶西的本必发一条"，见《旧约·以赛亚书》第11章第1节。天主教割损礼经文里也有这一句。

③ 上巴洛瓦，在洛林省与香滨省之间，此处指圣德尼。

④ 拉丁文，"职位最高的，不都是最有本事的"。

⑤ 意思是太多了。

个瘸子①要猎犬有啥用呢？天主的身体②！还不如送他一对肥牛叫他开心呢！"

包诺克拉特说道："怎么？约翰修士，你也会骂人么？"

修士说："这可以使我的语言更美丽，这是西赛罗式修辞学的色彩。"

---

① 德·摩雷维里耶先生是当地的豪富，本书作者说他是个瘸子。
② "天主的身体！""天主的德行！"都是当时骂人的口头语。

第四十章

修道人为什么为世人所嫌弃；
又为什么有的修道人鼻子比别人大

爱德蒙说道："我以教徒的信仰说真心话！看到这位修士的爽直，实在使我惊奇，他使我们大家全都快活。可是为什么上等社会都不肯要修士，叫他们讨厌鬼，像蜜蜂驱赶蜂房周围的土蜂一样赶他们呢？

"马洛就说过：

> 'Ignavum fucos pecus
> a presepibus arcent①.'"

高康大回答说：

"教士的衣帽就会招致世人的轻视、侮辱和咒骂，这是千真万确的事，正像叫作'赛西亚斯'的风会刮来云彩一样②。但主要的原因，是因为他们靠世界的粪污过活，我说粪污，是指人类的罪过。大家拿他们当作吃粪污的人，把他们丢到背旮旯里，也就是说他们的教会和修院里，和外界的生活隔离起来，像叫厕所离开房子一样。如果你懂得一只猴子为什么老是受人家玩弄和欺负，你就明白为什么不分老少全都嫌弃教士了。猴子不像狗一样会守家；不像牛一样会拉犁；不像羊一样会生产羊毛和羊奶；不像马一样会驮东西。它光会拉屎惹祸，这就是大家都要欺负它，都要打它的缘故。教士也是如此（我说的是那些游手好闲的教士），既不像农人一样耕地，也不像战士一样保卫国土，既不像医生那样为人治病，也不像博学的宣教士和教育家来教导和训戒世人，连为国家输送必要的商品和货物的商人也不如。这就是人人斥责和厌恶教士的缘故。"

"话虽如此，"高朗古杰说，"他们倒是还为我们祈祷呢。"

高康大说道："那全是假的。他们只会撞钟，闹得四邻不安。"

修士接口道："不过，一台弥撒，或是早课、晚课，如果钟打得好，那就等于做了一半。"

"他们念念有词地念着大量连他们自己也不理解的圣史圣歌；数着数不完的patenostres③，当中还夹杂着Ave Mariaz④，可是心里并不往那里想，也不懂。我把这些叫作讽刺天主，而不是诵经。如果真的为我们祈祷，而不是担心怕丢掉面包和浓汤，那倒好了，那倒值得天主保佑他们了。一切真正的信徒，不分行业，不分地区，随时都可以祈祷天主，圣神自会为他们转达，让天主保佑他们。像眼前我们这位可人意的约翰修士就是这样。谁都喜欢和他在一起。他既不顽固不化，也不使人讨厌；他爽直、活泼、有主意、平易近人、爱工作、肯劳动，保

---

① 拉丁文，"它们把懒惰的土蜂，赶得离它们蜂房远远的"。见维吉尔《农事诗》第4章第168行。维吉尔的全名是：波布留斯·维吉利留斯·马洛。

② "赛西亚斯"是一种东南风，这一说法见奥卢斯·盖里阿斯《阿提刻之夜》第2卷第22章。亚里士多德也曾说过"赛西亚斯"风不会把云彩刮跑，只会把云彩刮来。

③ 拉丁文，"在天我等父者"，《天主经》的首句。

④ 拉丁文，《圣母颂》的首句，最初音译："阿弗，马利亚"，后改："万福，马利亚"。

护被压迫的人，安慰受苦痛的人，援助有急需的人，还会保卫修院。"

修士说道："还不止这些呢，我在念早课和跟大家一起做追思颂经的时候，还会做弓弦、磨枪尖、箭头，编织捉兔子的网络和扣袋。我简直就没有空闲的时候。喂，拿酒来！拿酒来！拿水果来；这是爱斯特洛克林区①的栗子；加上新酿的好酒，吃过后都是造屁的好货。你们喝酒的劲头还不大。天主在上，我跟谁都可以一起喝酒，像一匹不拣槽头的马一样。"

冀姆纳斯特说道：

"约翰修士，把挂在你鼻子上的鼻涕擦掉吧。"

"哈！哈！"修士笑了起来，"水都到鼻子上了，是不是快要淹死了？不是，不是。Quare？ Quia……②这个水只出不进，鼻子已经用葡萄汁消过毒了。啊，我的朋友，谁的冬季靴子、皮子有这样好呢？从不漏水，只管大胆去摸牡蛎好了。"

高康大说："为什么约翰修士的鼻子长得这样好呢？"

高朗古杰接口说："因为这是天主的意思。天主依照自己的圣意，高兴叫我们长成什么样子，就长成什么样子，完全像烧陶工制造瓦罐一样。"

包诺克拉特接着说："因为鼻子会上，他跑在最前面，所以他拿到

---

① 爱斯特洛克林区，在旺代省圣爱尔米纳县，土地肥沃，盛产水果，16世纪时盛产栗子。
② 拉丁文，"为什么？因为……"

了最好看、最大的鼻子。"

"你得了吧！"修士说。"根据修院里真正的考据，是因为我奶妈的奶头软，吃奶的时候，我的鼻子跟陷进奶油里了一样，从那时起，就跟发面盆里的面似的，越来越高，越来越大。奶妈的奶头硬，小孩就得塌鼻子。啊，舒服！舒服！Ad formam nasi cognoscitur ad te levavi[①]……我从来不吃果酱，侍从，来酒！Item[②]，来烤肉！"

---

① 拉丁文，"看他鼻子的样子，就知道他的为人，我只要'向你举目'"。后半句见《旧约·诗篇》第123篇第1节。

② 拉丁文，"同样"。

第四十一章

隐修士怎样使高康大入睡；怎样诵经

　　吃过宴席，大家一起商讨了目前的紧急形势，一致决定半夜时分来一次偷袭，看看敌人防守和警戒的程度如何。暂时，大家先稍事休息，为了到时候更有精神。可是，高康大辗转反侧，怎么也睡不着。修士对他说道：

　　"我只在听讲经和做祈祷的时候，才能倒头便睡。我请你试一试，你和我，咱们一起念七章诗篇①，看你会不会马上睡着。"

　　这个主意，高康大愿意试一下，于是开始了第一章《诗篇》，刚一念 Beati quorum②，两个人就都睡着了。不过，修士在午夜以前准会睡醒，因为他对做早课的时间早已习惯了③。他一睡醒，便把别人也都吵醒了，只见他扯着喉咙高声大唱：

　　　　"喂，莱纽，醒来，醒来吧；
　　　　喂，莱纽，醒来呀。"④

　　大家都被叫醒以后，他说道：

"诸位，有道是早课先咳嗽，晚餐先喝酒。我们反过来好不好，先给他来个早课先喝酒，到晚上吃晚饭的时候，再比赛看谁咳得厉害。"

高康大说道：

"睡醒后马上喝酒，不合医学养生之道。应该先把胃里消化下来的渣滓和粪便排泄出去。"

修士说道："多医生味啊！老酒鬼要是不比老医生多，叫一百个魔鬼一齐来捉我！我和我的食欲立有契约，就是晚上它和我同榻安眠，白天我只用一声号令，它就和我一同起来。你们高兴怎样饿空肚子，悉听尊便，我可要去找我的引食丸去了。"

高康大问道："引食丸是什么？"

修士说道："就是我的经本，因为养鹰的人在喂鹰之前，总是先给它一条鸡腿让它玩弄，打消它脑子里那种半死不活的迟钝劲，引起它的食欲，我呢，早晨一拿到这个使人愉快的小经本⑤，我的肺马上就干干净净，可以喝酒了。"

高康大又问道："这些优美的经文，你们是怎么个念法呢？"

修士说道："费士式的念法⑥，三章《诗篇》，三篇《日课》，如果不想念，就一字也不念⑦。我对于念经，从不拘束我自己；经文是为人设

---

① 7章诗篇即《旧约·诗篇》第6，第32，第37，第51，第101，第129，第142等篇。

② 拉丁文，"有福的人……"见《旧约·诗篇》第32篇原文第1句。

③ 教皇曾一度命教皇国内全体教士，枕戈待旦，严守命令，晚上睡在硬石板上，半夜即起，锻炼身体。

④ 这是塔尔培·戴·萨布隆收集的一首民歌的叠句，现在法国还有地方唱，不过不是"莱纽"，而是"多玛"。

⑤ 书本式样的酒壶。

⑥ 费康，诺曼底省一座修道院，据说诺曼底大公理查三世曾向教皇约翰十七世请准费康修道院不受卢昂主教管辖，教士可以自由活动。此后，"费康院规"就成了散漫松懈的代名词了。

⑦ 早课一般包括十二章《诗篇》和三篇《日课》，只有复活节和圣灵降临节期间才只念三章《诗篇》和三篇《日课》。

立的，人不是为经文设立的①。所以我念经，跟坠马镫的绳子一样，长短由我；brevis oratio penetrat celos, longa potatio evacuat cyphos②。这是哪里的一句话？"

包诺克拉特说道："天晓得！我不知道；你这个小家伙，真是个妙人！"

修士说道："在这一点上，咱们俩一样。不过，venite apotemus③。"

这时，有人送来大盘的烤肉，美味的肉汁面包汤，修士尽兴地喝着酒。有的人陪他一起喝，有的人不喝。酒后，各人开始准备武器，披挂甲胄，不管修士同意不同意，也把他武装起来，他自己除了身上

---

① 这一句话摹仿了《新约·马可福音》第2章第27节的句法。

② 拉丁文，"短径直上天庭，长饮喝空酒杯"。

③ 拉丁文，"还是来喝酒吧"。摹仿经文里 Venite adoremus（齐来赞美）的句法。

的会衣和手里那根举十字架的木棍子，不愿意再接受别的武器。不过，为了让大家高兴，他还是从头到腿地装扮起来，骑上一匹那不勒斯的战马，腰里挎上一把长剑，随同高康大、包诺克拉特、冀姆纳斯特、爱德蒙和高朗古杰宫内二十五名最英勇的壮士，全部顶盔贯甲，手执长枪，个个像圣乔治一样①脚跨战马，每人屁股后头还带着一名火枪手。

---

① 圣乔治即神话中的战神。

第四十二章

隐修士怎样鼓励战友；自己怎样挂在树上

一群威严的战士走上了征途，一心只想着到了正式大战的那一天，如何进行对垒和追击，以及如何防卫自己。修士鼓励他们说：

"孩子们，有我带领你们，用不着害怕，也用不着犹豫。天主和圣·本笃都与我们同在！如果我的气力和我的胆量一样大，对天起誓，我真会把他们像宰鸭子似的连毛都拔掉！除了大炮，我什么都不怕。尽管我会念修院内圣衣所的副主持教给我的一个经咒，据说能避一切火炮；但它对我不会有用处，因为我根本不相信。倒是我这根举十字架的木棍，一定会大显神通。老实告诉你们，谁要是开小差，我要不把我这件会衣给他套在身上、叫他替我去做修士，叫我马上死掉。我这件会衣是治胆小病的灵药。你们听说过德·摩尔勒老爷那只猎犬没有？它在乡下毫无用处。后来主人在它脖子上套了一件会衣，耶稣基利斯督！没有一只兔子、一只狐狸能逃得过它；尤其厉害的是，它把当地所有的母狗肚子都搞大了，据说这只狗以前还是患阳痿的呢，de frigidis et maleficiatis①。"

修士一边气忿忿地说着话，一边走在通往柳树林的路上一棵胡桃树下边，他头盔的前檐一下子挂在胡桃树一个粗树枝的杈子上。他依旧用马刺催马前进，不想他那匹马是经不起刺激的，猛地往前一跳，修士打算解脱他的帽檐，撒手放开了缰绳，于是他被挂在树上，马却从他身下脱缰而去了。就这样，修士挂在胡桃树上，狂喊救命，杀了人了，上了当了。

爱德蒙首先看见了，他喊住高康大，说道："殿下，快来看，来看吊着的阿布撒罗姆[2]！"高康大回转马头，看见修士那副样子和悬挂的姿势，向爱德蒙说道：

"你把他比作阿布撒罗姆比错了，阿布撒罗姆挂的是头发，修士头顶上没有毛，他挂的是耳朵。"

修士说："看在魔鬼份上，帮帮忙吧！这是说闲话的时候么？我看你们真像教廷敕令的宣教家，他们说谁要是看见别人有死亡的危险，不先去劝他忏悔罪过，帮他得到赦免，反而去救他，他自己就得受逐出教门的重罚。所以，我如果看见这样的人掉在河里快要淹死的时候，我决不伸手救他们出来，我一定先给他们来一套大道理，de contemptu mundi et fuga seculi[3]，等他们直挺挺地淹死以后，才去捞他们。"

冀姆纳斯特说道："别动，小乖，我来救你，你真是个惹人喜爱的小monachus[4]：

'Monachus in claustro

Non valet ova duo;

Sed, quando est extra,

Bene valet triginta[5].'

---

① 拉丁文，"阳痿不举"。见《教廷敕令》第4卷第15条。

② 阿布撒罗姆，大卫之子，因叛其父，逃亡时长发挂在树上，马已跑掉，致被刺死。

③ 拉丁文，"遁世弃俗的道理"。

④ 拉丁文，"修道士"。

⑤ 拉丁文，"修士不出修院，
　　　　　 不值两头牛钱；
　　　　　 修士一出修院，
　　　　　 三十只牛不换"。

　　"吊死的人，我见过何止五百个，可是，从没有见过吊得这样美的，如果我也能这样美，我情愿吊一辈子。"

　　修士说："你教训完了没有？看在天主份上，救救我吧，既然你不看在魔鬼的份上。冲我身上穿这件衣服说话，在一个tempore et loco prelibatis① 你将来要后悔的。"

冀姆纳斯特跳下马来，爬上胡桃树，一只手托住修士腋下的甲片，另一只手把他的盔檐从树杈子上摘下来，让修士先下到地上，他自己后下来。

修士下来以后，把他的披挂一件一件地扔了一地，仍旧拿起他那根举十字架的木棍，重新上马，马是爱德蒙替他追回来的。

大家这才说说笑笑朝着柳树林的大道走去。

---

① 拉丁文，"合适的时候和地点"。

第四十三章

毕克罗寿前哨怎样与高康大遭遇；
隐修士怎样杀死狄拉万队长；又怎样被敌人俘虏

　　特立派被冀姆纳斯特剖腹之后，逃回来的兵士报告了毕克罗寿。毕克罗寿听说魔鬼来攻击他的部下，心里老大的震惊，召开了整整一夜的军事会议。会上哈斯提沃[①]和杜克狄庸断定他们的实力强大，即使地狱里全部的魔鬼一齐来，也可以收拾他们。毕克罗寿虽不完全相信，也不完全不信。

　　他传令叫狄拉万伯爵[②]带领一千六百名骑兵先去打探，轻骑出动，一个个沾好圣水，并斜披祭领一条作为标志，万一遇上魔鬼，则依靠额我略水[③]及祭领的法力，也可以使他们化为乌有。狄拉万带领骑兵一直跑到离服古庸和马拉德利[④]不远的地方，没有遇见一个人可以搭话，于是一起从山坡上又兜回来，在古德莱附近一座牧羊人的小木棚里，发现了那五个朝圣者[⑤]。狄拉万等人不顾他们叫喊、抗议和哀求，把他们绳捆索绑，当作奸细一样地带了就走。一群人走下通往塞邑的大道，被高康大听见了，他对他身边的人说道：

"朋友们，敌人来了，人数超出我们十倍以上。我们要不要冲一下？"

修士说："不冲做什么呢？你估计人只管数目、不管本事高低、胆量大小么？"说完，高叫一声："冲啊！见他个鬼，冲啊！"

敌人听见喊声，以为是真的魔鬼来了，于是松开缰绳，四散奔逃。只剩下狄拉万一人，只见他横过枪来，照准修士前胸，使出全身气力，一枪刺来。不料正碰在坚硬的会衣上[⑥]，把枪头都碰弯了，就像你拿一根小蜡烛去碰铁砧一样。但是修士却用他那根举十字架的粗棍子冷不防地连肩带背、猛地一棍打在他肩胛骨上，一下子打得他晕头转向、人事不知、滚下马来。修士看见他胸口上那条斜披的祭领，便对高康大说道：

"原来只是些小司铎，做修士才不过开始。冲着圣·约翰说话，我才称得起是老一辈的修士呢；这样的人，杀起来好比拍苍蝇。"

说罢，放马飞奔，把落后的敌人全部赶上，像打麦穗似的，横七竖八，全把他们打倒在地。

冀姆纳斯特这时问高康大是否继续追赶。高康大回答说：

"不要赶了。兵书上告诉我们，且不要把敌人逼至绝路上，因为绝路反而会增加他们的力量，提高他们已经衰败、消沉的勇气；对于战败和困乏的军队，最好的办法，就是把他们置之于死地。过去有多少次胜利，都是战败者从胜利者手里夺回去的，原因就是战胜者丧失了理性，妄想把一切都屠杀干净，把敌人赶尽杀绝，甚至连一个报信的也不留！所以对于敌人，要尽量给他们留下生路，如果能造一座银桥，送他们回去，那就更好。"

冀姆纳斯特说道："说得不错，不过教士跟他们走了。"

---

① 哈斯提沃，意思是，"葡萄芽"，也是"心急，不成熟的人"。
② 狄拉万，意思是，"冒失鬼，打头战"。
③ 额我略水，即圣水，教皇额我略一世是圣水创立人；另一说，不是他创立的，他仅是主张多沾圣水的人。
④ 马拉德利，即现在的圣拉萨尔，离施农不远，过瑙南桥即是。
⑤ 原来是六个。
⑥ 会衣的前胸有一块坚硬的护胸。

高康大说:"教士跟他们走了? 老实告诉你, 他们只有倒霉! 现在为预防万一, 我们暂不要回去; 在这里静等一下, 我想我已经摸着敌人的作战本事了。他们由命运摆布, 不按策略行事。"

不提他们在胡桃树下等待, 且说修士追赶敌兵, 碰到即杀, 毫不留情, 一直到他遇到一个骑马的, 屁股后头还带着一个倒霉的朝圣者。修士正等待俘虏那个骑兵, 朝圣者倒先叫了起来:

"喂, 教长先生, 我的朋友, 教长先生, 求你救救我吧!"

敌人听见朝圣者喊叫, 一齐回过头来。他们看见追来的只有一个修士, 便一齐动手把他围起来打, 就像打驮在一头驴身上的木柴一样。修士毫无感觉, 因为他们打的是他的会衣, 何况他的皮也硬得厉害。他们把修士交给两名弓箭手看管, 拨转马头, 不见有人追赶, 以为高康大带着他的部下逃走了。于是尽力策马向胡桃林奔去, 打算追击他们。此处, 只留下两名弓箭手看守着修士。

高康大听见人喊马嘶，向他的部下说道：

"伙伴们，我听见敌人来了，并且我已经看到不少敌人向我们蜂拥而来。我们靠紧一点，好好把住路口。我们以逸待劳，他们一定失败，我们一定胜利。"

第四十四章

隐修士怎样摆脱看守他的敌人；
毕克罗寿前哨怎样失败

修士看见敌兵乱哄哄地跑走，料想他们一定是追赶高康大和他的部下去了，自己一时不能援助他们，心里很不快活。后来，看看身边两个弓箭手的神色，眼睛直望着敌兵跑去的山谷，知道他们巴不得也跟队伍一起去，好乘机抢点东西。修士自己推论了一下，心里说：

"这些人太不懂得作战了，既没有人叫我发誓不逃跑，也没有人拿掉我的宝剑。"

他倏地一下，拔出宝剑，直向右边的弓箭手砍去，一下子砍断了他的喉管、颈部血管、食道管，还有两个扁桃腺；抽回宝剑时，在他第二及第三根椎骨之间，又割开了他的脊骨髓；那个弓箭手立时倒地死去。修士把马向左边一勒，直向另一个弓箭手扑过去，那个家伙眼看同伴已死，修士又比他占着优势，不禁高声大叫：

"啊，教长先生，我投降！教长先生，好朋友，教长先生！"

修士叫得和他一样响：

"屁股后头先生①，我的朋友，屁股后头先生，让你屁股上吃我一剑。"

弓箭手说："啊！教长先生，亲爱的，教长先生，愿天主升你做院长！"

修士说："就凭我穿这身衣服，我马上就在这里封你做红衣主教。你想勒索教里的人么？现在从我手里就先给你一顶红帽子。"

弓箭手高声大叫：

"教长先生，教长先生，未来的院长大人，红衣主教，老爷，老爷，哎！哎！哎！别动手，教长先生，我是一个人，亲爱的教长老爷，我向你投降！"

修士说："我送你到魔鬼窝里去。"

一剑砍中了他的头，从太阳穴上把脑袋砍开，砍掉了头上的两块护脑骨和箭形合缝处的脑盖骨，还有一大部分的前额骨。这一来，两个脑膜都被砍开，两个后脑室也深深地开了天窗。脑袋连着后脑膜的皮，挂在肩膀上，上黑内红，倒真像一顶博士帽。这个弓箭手也登时倒地死去了。

杀死弓箭手后，修士用马刺催动坐骑，向敌兵走的道路直奔而去。这时敌人在大路上已和高康大及其部下遭遇，高康大舞动大树，同冀姆纳斯特、包诺克拉特、爱德蒙等人一场好杀，把敌人杀死好多，剩下一部分残余，个个丢魂失魄，急忙后退，仿佛眼睛里看到了死亡的影子。

敌人惊慌失措——好像一头驴，屁股上给大蜇虻或者毒蝇螫着

---

① 弓箭手喊修士"教长先生"，原文是 le priour，与 le prior "头前面"同音，修士明知他不是喊"头前面"先生，却故意反过来叫他"屁股后头"先生。

了似的，没头没脑地乱跑乱跳，把驮的东西甩在地下，咬断了嚼子和缰绳，连喘气休息都不肯，谁也不知道是什么东西在激动它，因为看不见任何东西挨近它——到处乱跑而又不知道逃跑的理由，情形和上面说的驴完全一样。这是心灵上一种无法摆脱的恐怖到处追逐他们的缘故。

修士看见他们唯一的愿望就是逃得快，便下了马，爬上路边的一块大岩石，用足气力，抢起他的长剑，对准逃兵来一个杀一个，毫不留情。好一阵砍杀，连宝剑都砍成两截了。修士心里想杀得差不多了，余下的该让他们逃去送信了。

修士走下岩石从地上横着的死人堆里拿起一面板斧，重新回到岩石上，除把逃兵的刺枪、宝剑、长矛、火枪等缴下外，其余的都放任他们在死尸中间跌跌绊绊地逃命去。押解朝圣者的人也过来了，修士把他们赶下马来，把马分给朝圣者乘骑，叫他们和他待在篱笆墙边。杜克狄庸来了，修士把他也俘虏了。

第四十五章

隐修士怎样领回朝圣者；高朗古杰善加慰问

这次冲突结束之后，除了修士以外，高康大和他的部下都回来了。第二天黎明，他们来到高朗古杰那里，看见他正在床上祈祷天主保佑他们平安和胜利。高朗古杰看见他们全都平安归来，欢欣地拥抱他们，并询问修士的下落。高康大回答说他准是被敌人逮走了。高朗古杰说："那活该他们倒霉①。"他果然没有说错。因此，现在还有"送他一个修士"这句成语。

高朗古杰吩咐准备丰盛的早餐，犒劳他们。早餐做好后，有人去请高康大，可是因为修士没有回来，高康大心里非常难过，不愿意喝，也不想吃。

忽然间修士回来了，一进内院大门，就喊叫起来：

"拿好酒来，拿好酒来，冀姆纳斯特，我的朋友！"

　　冀姆纳斯特出来一看，果然是约翰修士，还带着五个朝圣者和俘虏杜克狄庸。高康大也迎上前去，大家都热烈地迎接他，领他去见高朗古杰。高朗古杰问了他前后的经过，修士都回答了，说他如何被人擒住，如何杀死弓箭手，如何在路上截杀敌人，如何救了朝圣者，以及如何把杜克狄庸队长带回来等等。然后，大家才一同入座，欢乐地吃喝。

　　这时候，高朗古杰问那几个朝圣者是哪里的人，从哪里来，到哪里去。

　　拉打雷代表大家回话：

　　"大王，我是贝利省圣热奴的人，这一个是巴吕欧②人，这一个是翁赛③人，这一个是阿尔其④人，还有这一个是维尔布勒南⑤人。我们

———————————————

① 法文 Avoir le moine（有修士）有"走背运"的意思，这里是双关语。
② 巴吕欧，在旺代省。
③ 翁赛，巴吕欧一村名。
④ 阿尔其，与圣热奴同属勒藏雷市。
⑤ 维尔布勒南，巴吕欧村名。

是从离南特不远的圣赛巴斯天回来的，现在正算好路程，慢慢回家。"

高朗古杰说："哦，原来如此；你们到圣赛巴斯天干什么去啦？"

拉打雷说："去求神、许愿、消除瘟疫。"

高朗古杰说："哎，可怜的人，你们以为瘟疫是从圣赛巴斯天来的么？"

拉打雷回答说："当然啦，讲经师就是这样告诉我们的。"

高朗古杰说："是么？这些假先知居然这样骗你们么？他们这样亵渎天主的义人和圣人，把他们形容得像专门害人的魔鬼一样么？像荷马记载的瘟疫是阿波罗放在希腊人的军队里[1]的么？像某些作家捏造的无数凶神和恶魔么[2]？一个假冒为善者曾经在西奈讲道，说圣安东尼用火烧人的腿，圣厄特罗波叫人患水肿，圣吉尔达斯叫人发疯，圣热奴叫人得风湿痛。我狠狠地处罚了他，拿他做了榜样，尽管他说我是异端，可是从那时起，没有一个这样的坏人再敢进到我们国家来。我很奇怪你们的国王竟让他们在国内传布这样的罪恶，因为这样的人比那些用幻术或巧计在国内散布瘟疫的人还应该处罚。瘟疫不过害人肉体，但这些骗人的东西，却毒害人的灵魂。"

高朗古杰话未说完，只见约翰修士精神抖擞地走了进来，问他们道：

"你们这些可怜鬼是哪里来的呀？"

"圣热奴，"他们一齐答道。

修士说："那个喝酒的能手特朗士里昂院长好么？还有那些修士呢，他们有得吃么？耶稣基利斯督！你们只知道出来朝圣，他们可享受你们的老婆了！"

拉打雷说："哼，哼！我可不担心我那一口子，谁要是白天见了她，

---

[1] 故事见《伊利亚特》第1卷。

[2] 见奥卢斯·盖里阿斯《阿提刻之夜》第5卷第12章，又埃拉斯姆斯《疯狂赞》第46章。

晚上决不会费尽心思想看她。"

　　修士说："这可靠不住！她就是丑得像普罗赛波娜①，老实告诉你，也有人要，附近不是就有修道的么？一个好工匠不管什么机器都开得动。你们这次回去，她们要不一个个都肚子大起来，叫我长大疮！修道院钟楼的影子也会叫人生孩子。"

　　高康大说道："跟埃及尼罗河的水一样，要是相信斯特拉包②的话，普林尼乌斯在第七卷第三章里也是这样说的③。要知道，这和面包、衣服、身体，同样重要啊。"

　　高朗古杰说道：

　　"你们回家去吧，可怜的人，愿造物主天主永远领导你们。今后不要再轻易作这些无聊和无用的旅行了。照管你们的家里人，各人干各人的行业，教育你们的子女，好好地遵照圣保罗的教训去生活④。这样，天主、天神和圣人才会保佑你们，瘟疫和病痛也不会来侵害你们。"

---

① 普罗赛波娜，地狱之后，朱庇特之女，普路同之妻。
② 斯特拉包在《De Situ Orbi》第15章第695行，谈到埃及女人多生产。
③ 普林尼乌斯说埃及女人多生产，是因为喝了尼罗河的水。
④ 这一段是从《新约·以弗所书》第5章里套来的。

说罢，高康大带他们到饭厅里去吃饭，但是那些朝圣者一个劲地只管唉声叹气，他们一齐向高康大说：

　　"一个国家有这样一位国王，多幸福啊！听了他说的这番话，比我们在家乡听到的一切道理，都更使我们得到鼓舞和教训。"

　　高康大说："柏拉图在《共和国》第五卷里说得好：'在国王讲哲理的国家，或者由哲学家统治的国家，这样的共和国才会幸福。'①"

　　然后，叫人装满他们的干粮袋和酒瓶，每人再给他们一匹马，让他们轻快地走完余下的路程，另外还发给每人几块"卡洛吕斯"②，叫他们各自谋生。

---

① 见《共和国》第5卷第473行。
② "卡洛吕斯"，查理八世时银币，面上铸一K字。

第四十六章

高朗古杰怎样以人道对待俘虏杜克狄庸

杜克狄庸被带到高朗古杰面前，高朗古杰问他毕克罗寿兴兵滋事、无理骚扰，究竟是什么目的。杜克狄庸回答说，他的目的和企图是，如果可能的话，征服高朗古杰的全国，为的是报复对他的国家里卖烧饼的侮辱。

高朗古杰说："他的野心未免太大了；有道是'贪多嚼不烂'。侵略别人的国家，使同教的兄弟之邦受害，这个时代已经过去了。效法古时的海格立斯、亚历山大、汉尼拔①、西庇翁、恺撒等人，是违反福音教义的，福音书教导我们各人防守、卫护、经营、管理自己的国土，不可蛮不讲理地去侵害别人。古时萨拉逊人和巴巴利人②称作勇武事迹的，现在我们叫作强盗和凶恶行为。待在自己家里好好地治理自己的国家，比蹂躏别人的国家，进行抢劫光荣得多；因为，治理好自己的国家，是使它发达；进行抢劫，是自取灭亡。

"依靠天主保佑，你回去吧，要遵循正义的道路；看到你们国王的错误，要向他指出来，千万不要只为个人的利益而向他乱出主意，因为大伙的利益保不住，个人的利益也得损失。至于你赎身的钱，我全部替你豁免，再叫他们把你的武器和马匹也还给你。

"这才是又是邻居，又是老友之间应该做的呢。何况我们的争执，并不是什么真正的战争，正像从前希腊人彼此妄动干戈时，柏拉图在他的《共和国》第五卷里说：这不应该叫作战争，而仅是叛乱；即使

不幸发生争执，他也极力主张克制忍让。你们如果把这次事件叫作战争，那也仅是表面的，它并没有进到我们心脏的深处；因为双方的荣誉都没有受到损害，大不了弥补一下我们的人所犯的错误罢了，我说我们的人，是指你我双方的。至于错误，你既已了解清楚，也就让它去算了。因为喜欢争执的人，不管我怎样赔补他、使他满意，都应该受到轻视，而不应该受到尊重。天主是我们争端的公正的评判人，我恳求他，宁愿了却我的生命使我的财产当着我的面毁灭掉，也不愿意由我或我的百姓获罪于他。"

把话说完，他喊来修士，当众问他道：

---

① 汉尼拔，迦太基大将。
② 巴巴利人，古时希腊和罗马把外邦人统称为巴巴利人。

　　"约翰修士，我的朋友，现在在这里的杜克狄庸队长是你捉来的么？"

　　修士说："大王，他本人既在这里，他已成年，又有判断力；与其由我说，不如让他自己招认的好。"

　　于是杜克狄庸说道：

　　"大王，确实是他捉到我的。我自己向他投降做了俘虏。"

　　高朗古杰问修士道："你有没有规定他赎身的身价？"

　　修士说："没有。我可不管这个。"

　　高朗古杰问道："你打算要多少？"

　　修士说："一个也不要，一个也不要；我不在乎钱。"

高朗古杰吩咐当着杜克狄庸的面，付给修士六万两千"萨吕"^①作为杜克狄庸的赎身费，一面付款，一面还款待杜克狄庸吃些东西。高朗古杰问他愿意留下，还是愿意回到自己国里去。

　　杜克狄庸说他听从高朗古杰的吩咐。

　　高朗古杰说道："那么，你还是回到你的国王那里去吧，愿天主与你同在。"

　　随后，赠他维也纳^②精制宝剑一口，赤金剑鞘，上面刻铸精美的葡萄枝叶；还有一条重七十万零两千"马克"的金链条^③，上面镶嵌珍贵宝石，价值十六万"杜加"^④；另有一万"埃巨"，作为礼品。谈话后，杜克狄庸骑上他的战马。为保护他的安全，高康大又派了三十名骑兵，一百二十名弓箭手，由冀姆纳斯特率领，一路护送，如有必要，就一直把他送到拉·娄氏·克莱茂城门口。

　　杜克狄庸动身之后，修士把刚才收下的六万两千"萨吕"还给高朗古杰，说道：

　　"大王，现在还不是发给重赏的时候。等到战争结束后再说吧，因为不知道还会发生什么事情。作战如果没有充分的经济力量，只不过是一股空劲头。金钱是战争的筋骨。"

　　高朗古杰说："也好，等战争结束，我再好好地酬谢你和所有为我效忠的人吧。"

---

① "萨吕"，英王亨利五世及六世占领巴黎时由查理六世铸造之金币，一说系法国古时金币。
② 法国维也纳有水磨炼钢，铸造宝剑，是12世纪有名的武器。
③ 这条金链条重约175500公斤，作者忘记了杜克狄庸不是巨人。
④ "杜加"，13世纪威尼斯金币。

第四十七章

高朗古杰怎样调动大军；杜克狄庸怎样杀死哈斯提沃；
又怎样被毕克罗寿下令处死

　　就在这几天里，贝斯①、旧市②、圣雅各镇③、特莱诺④、巴莱邑、里维埃、圣保罗岩⑤、沃卜通⑥、包提邑⑦、泊来蒙、克兰桥⑧、克拉方、格朗蒙⑨、布尔德⑩、维洛迈尔⑪、于依姆⑫、赛尔热⑬、于赛⑭、圣路昂⑮、庞祖斯特⑯、考尔德娄⑰、维龙、古莱纳⑱、受才⑲、瓦莱纳⑳、布尔格邑㉑、布卡尔岛㉒、柯路莱㉓、纳尔西㉔、康德㉕、蒙索洛等其他很多地方，都派了使臣到高朗古杰这里来，对他说他们已经得知毕克罗寿使他受到的损害，他们看在过去悠久的同盟关系份上，愿尽一切力量来协助他，不管是人力、财力，还是军火。

　　根据他们自愿送来的清单，钱的数目已达到一亿三千四百万零两块半金币。人马计有一万五千骑兵，三万二千轻骑军，八万九千火枪手，十四万志愿兵，一万一千二百门单膛炮、双膛炮、蜥蜴炮和小蝮蛇炮，另有工兵四万七千名㉖，一切饷银及费用已预付六个月零四天。对这些支援，高康大既不表示拒绝，也不表示接受；只热诚地感谢他们，说这次作战，他要尽量使用策略，可能不需要占用这么多有用的

---

① 贝斯，在施农东郊。
② 旧市，在施农西郊。
③ 圣雅各镇，在维也纳河左岸。
④ 特莱诺，即莱诺，在施农东面。
⑤ 圣保罗岩，属里格雷，村名。
⑥ 沃卜通，属里维埃，村名。
⑦ 包提邑，施农村名。
⑧ 克兰桥，在维也纳河左岸。
⑨ 格朗蒙，施农靠大森林村名。
⑩ 布尔德，克拉方村名。
⑪ 维洛迈尔，属依姆，村名，离施农不远。
⑫ 于依姆，施农地名。
⑬ 赛尔热，在马恩·罗亚尔省。
⑭ 于赛，属立尼·于赛，村名。
⑮ 圣路昂，在维也纳河右岸。
⑯ 庞祖斯特，在沙尔岛附近，村名。
⑰ 考尔德娄，地名，属包蒙·徐尔·维龙。
⑱ 古莱纳，在施农附近，属包蒙·徐尔·维龙。
⑲ 受才，沿罗亚尔河地名。
⑳ 瓦莱纳，地名，靠近索米河。
㉑ 布尔格邑，施农镇名。
㉒ 布卡尔岛，即布沙尔岛，施农地名。
㉓ 柯路莱，村名，属庞祖斯特。
㉔ 纳尔西，克拉方地名。
㉕ 康德，在维也纳河与罗亚尔河汇流处，离蒙索洛不远。
㉖ 作者罗列了一个庞大的军事力量，包括工兵，步兵，轻重骑兵，轻重炮兵，16
　世纪任何战争也没有动员过这样多的人数，作者夸大人数，表示是巨人大规模
　的战争。

人。他只授命把平日驻扎在拉·都维尼、沙维尼①、格拉沃②和甘格奈③等地的军队调来，人数共有二千五百名骑兵、六万六千名步兵、二万六千名火枪手、二百门重炮、二万二千名工兵、六千名轻骑军，全部分作若干小队，每队均配有作战必需的管理财政、粮秣、修马蹄、供应武器等人员。军队全都训练有素、配备精良、部署分明、纪律严整、动作迅速、冲锋勇猛、行动机智，其配搭之完善，与其说是一支军队或警宪，毋宁说是一架和谐协调的风琴或是一只节奏均匀的钟表。

杜克狄庸回去以后，晋见毕克罗寿，把他所做的、所看见的从头到尾详尽地作了汇报。最后，极力劝毕克罗寿和高朗古杰讲和，并说他认为高朗古杰是世界上最善良的人，是一向给他们好处的邻邦，现在对人家进行侵扰，实在没有益处，也没有道理。何况最主要的是，这次出兵的后果只能使他们受到巨大的损失与不幸，因为毕克罗寿的武力不过如此，高朗古杰是可以取得胜利的。他的话尚未住口，哈斯提沃就高声大叫起来：

"一个国王的大臣，如果都像我眼前的杜克狄庸这样容易变节，那真是太不幸了。我看得出来，他的心已经变了，假使敌人愿意留他，他一定会甘愿附敌来反抗我们、出卖我们的。正如一个人道德高尚，任何人，无论是朋友还是敌人，都会称赞和尊重他；一个人卑鄙无耻，

---

① 沙维尼，马恩·罗亚尔省瓦莱纳·苏·蒙索洛地名。
② 格拉沃，村名，属布尔格邑。
③ 甘格奈，施农村名。

也会很快地被人识破、受到怀疑。再说，敌人虽然为了自己的利益，一时利用他们，但对这些坏人和奸细还是厌恶的。"

杜克狄庸一听此话，忍不住心头火起，拔出宝剑，一剑刺进哈斯提沃左边胸口偏高一点的地方，哈斯提沃登时气绝身死。杜克狄庸从他身上拔出宝剑，理直气壮地说：

"侮辱忠臣的，就是这样的下场！"

毕克罗寿勃然大怒，又看见杜克狄庸的宝剑和剑鞘光彩夺目，说道：

"人家给你这件武器就是叫你当着我的面无耻地杀死我的好友哈斯提沃么？"

他立即吩咐弓箭手把杜克狄庸碎尸万段，命令立即执行，一时屋内溅得到处是血，惨不忍睹。随后，他命人隆重埋葬了哈斯提沃的尸体，而杜克狄庸的尸首却被从城墙上扔到了山谷里。

这个骇人听闻的消息传遍全军，不少人开始对毕克罗寿有了怨言。最后格里波比诺①向毕克罗寿说道：

"大王，我看不出来此次出征的结果将会如何。但我已看到你的部下不再那样坚定了。他们看到我们在这里的给养不足，未经两三次出击，人数就已经减少了很多。而相反的，我们的敌人却得到了大量增援。假使我们一旦被围，我看不出来怎么能不全军覆没。"

"呸！呸！"毕克罗寿叫起来，"你真像墨伦②的鳗鱼③，还没有剥皮就叫起来了。让他们来试试看吧。"

---

① 格里波比诺，意思是，"抢酒喝"。
② 墨伦，塞纳省城名。
③ 法国有句谚语说，"卖鱼的喊：'墨伦的鳗鱼，没剥皮！'"表示鱼新鲜的意思。

第四十八章

高康大怎样在拉·娄氏·克莱茂奇袭
毕克罗寿并大败其军队

高康大负责统率大军。他父亲留在城里，用好言语鼓励士兵，并答应重重犒赏作战有功的人。高康大率领大军来到旺代口，利用船只及临时架起的桥梁，一鼓作气渡过了大河①。随后，他观看城寨地势，见该城确是居高临下，深得地利，于是决定等到夜里再开始行动。但冀姆纳斯特说道：

"殿下，法国人的天性如此，就是头一冲最厉害，比魔鬼还凶，但一停下来，那就连女人也不如了②。我建议等部队稍事休息，吃过饭后，就马上下令进攻。"

高康大认为此计甚好，随即把大军调至野外，把后备军安置在山坡那边。修士率领步兵六个小队，骑兵两百名，以急行军速度，穿过沼泽地带，爬上普邑高坡，直至鲁敦大道。

此时，攻击战已开始展开。毕克罗寿的军队摸不清是出来迎战好，

还是守在城里不动好。但毕克罗寿却怒气冲天地带领一队骑兵冲了出
来，因此立刻便遇到从山坡那边像雹子一样打来的炮弹。高康大的人
为使炮队发挥更大的效力已自动撤至山谷盆地。

---

① 旺代口，今名内格隆口，河面狭窄，根本不需要船只，此处作者有意夸大。
② 提特·利维在《罗马史》第10卷第28章有过这样的论断。

　　城寨上的人虽然尽力反击，但他们的炮弹都从对方的头上打过去，什么也没有打着。有一部分敌兵，躲过高康大的大炮，恶狠狠地向这边冲过来，但是也收效不大，因为这里的人严阵以待，把他们全都打倒在地。敌人见此形势，打算后退，但修士已巧妙地切断了他们的去

　　路，因此敌人只有乱哄哄地各自逃命。有人打算追赶，却被修士拦住，
他恐怕因追击逃兵，而乱了自己的阵势，反让城里的人袭击了自己。
这队人马等了一阵子，修士见没有人照面，便打发弗隆提斯特①公爵去
报告高康大，请他进军占领左面山头，阻止毕克罗寿由该路逃跑。高
康大立刻开始部署，派遣赛巴斯特②率领的四队人马前去，但这支人
马还没有到达山顶，就面对面和毕克罗寿以及跟他一起逃跑的军队碰
上了。于是他们立刻发起了猛烈的进攻，但由于城上弓箭与炮火齐发，
他们受到很大的损失。高康大见此情形，急率大军前来增援，同时命
炮兵对城上这一部分猛力攻打，把城内敌人的全部兵力都引到这方
面来。

　　修士看见他所攻打的一面守卫的士兵显著减少，便大着胆子冲向

----

① 弗隆提斯特，照希腊文的意思是，"慎重，明智"。
② 赛巴斯特，照希腊文的意思是，"稳重，庄严"。

炮台，带着一部分士兵爬上城去，心里想奇兵袭击一定比正面硬拼更能使敌人惊惧恐慌。但是在他带的士兵全部爬上城墙之前，——除了两百名骑兵，他叫他们留在城外，以防万一——他仍保持镇静，不声张。接着，他和带领的士兵突然齐声呐喊，守城门的敌兵还未来得及抵抗就全被杀光了。他们打开城门，让骑兵进城，然后浩浩荡荡直奔东门。这时东门打得正热闹，他们从后面杀过来，把敌人杀得人仰马翻。城内敌人看见四面被围，高康大的人马又已打进城内，便向修士无条件投降了。修士叫他们交出全部枪械武器，然后派人把他们关到教堂里，收去所有十字架的木棍子，并在门口安置岗哨，不许他们出来。此后，他才打开东门，出去接应高康大。

毕克罗寿还以为城里来的部队是增援他的呢，于是勇气十倍，冒险冲击，一直到他听见高康大大叫：

"约翰修士，我的朋友，约翰修士，你来得正好。"

毕克罗寿和部下这才看出大势已去，只好四散逃命。高康大带领人马，一路追杀，直追至沃高德雷附近，才鸣金收兵。

第四十九章

毕克罗寿怎样败走遇祸；高康大处理战后事宜

毕克罗寿懊丧之余，向布沙尔岛方面逃命。走在里维埃路上，他的马一个趔趄，倒地不起，毕克罗寿怒不可遏，拔出宝剑，一剑结果了马的性命。后来又找不到人供他马骑，便想把路旁磨坊里的一头驴骑走，不想又被磨坊里的人狠狠地揍了一顿，还剥光了衣服，只给他一件破外套让他遮体。

这个性如烈火的倒霉鬼只好滚蛋。后来，在于欧港口①渡河的时候，他述说他不幸的遭遇，一个老巫婆对他说，要恢复他的王国，除非是日从西起②。从此以后，就没人知道毕克罗寿流落到哪里去了。不过，有人告诉我，他现在在里昂穷凑合，还和以前一样爱发脾气，只是见人便哭诉怎么太阳还不从西面出来。他一定是盼着老太婆的预言实现，好恢复他的王国。

高康大收兵之后，先查点人马，发觉战争中死亡的人并不多，只有窦尔美③队长的队里有几名步兵阵亡，包诺克拉特隔着上衣吃了一火枪④。当即命令兵士各归本队，休息吃饭，并吩咐负责军需人员，饭食概由军中自己负担，不许骚扰地方，地方也是属于自己的。饭后，全体在府堡前广场上集合，每人发给六个月的饷银。一切都遵照他的命令办理妥当。然后，又把毕克罗寿残余的队伍叫到广场上来，当着毕克罗寿的亲王和带兵的武官，高康大训话如下。

---

① 于欧，靠安得尔河地名，在施农与都尔之间。
② 原文这里是，"除非是一种公鸡、天鹤、仙鹤合成的鸟儿飞来"，意思是永远也不会有。
③ 窦尔美，照希腊文的意思是，"勇敢，胆大"。
④ 包诺克拉特并没有死，后来论功行赏时还有他。

第五十章

高康大对战败将士训话

"就记忆所及，我们上代祖先，在结束战争之后，一向觉得，也认为，作为凯旋胜利的标志，与其在攻克的土地上建筑纪念碑碣，毋宁把善良的品德树立在战败者的心里。因为，他们认为，用恩德取得人心里活的怀念，远比那些在牌楼碑塔上徒受日晒雨淋和人们嫉妒的哑口无声的颂文重要。

"你们一定还记得，在圣奥班·杜·柯米埃的战役里[①]，他们对待布列塔尼人如何宽大，以及巴尔特奈是如何拆毁的[②]。你们一定听说过，他们对待抢劫、踩躏、骚扰奥隆纳及塔尔蒙台海岸的斯巴纽拉[③]的强人是如何优待的。你们听说之后也一定会很钦佩。

"加拿利王阿发巴尔不满足自己的财产，疯狂地侵占奥尼斯国土，抢掠阿尔摩里克群岛[④]及附近地区之后，天地之间曾充满你们和你们上辈人的称赞声和感戴声。这是因为经过一场激烈的海战，他被我父亲——愿天主保佑他、卫护他——打败了，被擒住了。可是，怎么样呢？假使换了别的国王、皇帝，连那些自称是宗教信徒的国君也算在内⑤，也照样会对他进行苛刻的虐待，把他打入苦牢、高价勒赎。可是我父亲对他却是优礼相加，和善地让他住在自己宫里，宽大得使人难以相信，发给通行证放他回家，还送他许多礼物，恩宠有加，向他表示诚恳的友谊。结果如何呢？他回到自己国家之后，召集了全体亲王和国内的各个部落，向他们陈述他在我们这里受到的人道待遇，请他们也做一件给全世界作为榜样的事情，那就是向我们表示真挚诚恳，就像我们向他表示的真挚诚恳一样。他们全体一致同意，颁发命令，把全国土地、属地、领土，一齐献出，听任我们处理。阿发巴尔亲自率领九千零三十八条巨型运输船只，不但装来了他自己和皇族的财宝，而且几乎把全国所有的财富都装了来。因为，当他上船乘偏西的东北风开航时，人群中每一个人都争着往船上抛自己的金子、银子、戒指、首饰、杂货⑥、药材、香料、鹦鹉、塘鹅、猿猴、香猫、灵猫、箭猪等等。谁要不向船上抛自己最稀奇珍贵的东西，谁就算不得是一个好母亲的有出息的儿子。阿发巴尔一下船，就要吻我父亲的双足，我父亲认为不敢当，没有让他这样做，却让他亲切地拥抱了。他献出礼物，但没有被接受，因为太过分了。他和他的子女自请为奴，当然也没有得到同意，因为这太有失公允了。至于根据全国心意献出的国土、属地，以及转让文书（所有应当签字、盖印、批准的人也都做好了手续），更是遭到断然拒绝，连证件都一齐扔在火里烧掉了。最后，我父亲看见加拿利人这样诚恳和单纯，止不住怜悯得心里难过，恸哭了一大场。后来，用坦率的言语，恳切的言辞，故意缩小自己对他们

---

① 圣奥班·杜·柯米埃战役，指1488年7月28日查理八世大败布列塔尼大公之战。
② 巴尔特奈，在两赛服省，1487年3月28日查理八世占领此处，拆毁城墙。
③ 斯巴纽拉，哥伦布给海地的名字，这里述说的故事，完全是虚构的。
④ 阿尔摩里克群岛，即布列塔尼口外诺瓦日提埃群岛。
⑤ 作者有意指查理五世俘虏法国国王弗朗索瓦一世，逼签马德里条约事。
⑥ 包括胡椒、陈皮等，当时视为珍贵物品。

的好处，说他对他们做的实在不值一个纽扣钱，假使有一点好处，那也是他份内之事。但是，他越是这样说，阿发巴尔越认为不得了。后来，怎样结束呢？作为他的赎身费用，我们本来可以提得很高，狠狠地要他十万'埃巨'的二十倍，扣留他的长子长孙做人质，现在我们什么都不要，因为他们自愿长期做我们的朝贡藩属，每年送给我们两百万足赤二十四开的金币。第一年立时在这里付清，第二年自动又付了二百三十万'埃巨'，第三年付了二百六十万，第四年付了三百万，这样一直自动地往上加，最后我们不得不阻止他们，不要再送任何东西了。这才叫知恩报德。因为时间这个东西，会腐蚀、磨灭一切事物，唯独恩德，时间越久，它的力量就越大。慷慨地对一个有理智的人做一件好事，这件好事会在他光明磊落的思想与记忆里不断地发扬光大。

"我不愿意改变我祖先的传统：善良精神，现在我赦免你们，释放你们，让你们和以前一样完全自由。另外，你们出城的时候，再发给你们每人三个月的饷银，使你可以和家人团聚。我这里派马厩总管亚历山大带领六百名骑兵、八千名步兵，护送你们回去，不许乡下人欺侮你们。愿天主与你们同在！

"我衷心感到遗憾的，是毕克罗寿不在这里，否则我要叫他明白这次战争并不是我愿意的，我也不希望扩展我的财富与声誉。不过，既然他已经不见了，也没有人知道他跑到哪里或是如何不见的，那我只好把他的王国完整地交给他的儿子，但由于他儿子还太小（还不满五岁），他国内的老亲王和有学问的人应该抚养教导他。

"一个这样不幸的国家①，如果没有人约束一下行政人员的贪婪和吝啬，也是容易灭亡的。现在我命令并且愿意叫包诺克拉特做这些大臣的总监，他有权管理此事，并勤勉地教育太子，直到他认为太子有能力治理自己国家的时候为止。

"我还想到，对于坏人，如果急于随便宽赦，轻易释放，便会使他

---

① 连国王也没有。

们妄信宽大，给他们一个重做坏事的机会。

"我想到摩西，他总算是当时世界上最和善的人吧，但也严厉地惩罚过以色列人里面的反叛和作乱的人。

"再想到茹留斯·恺撒，那么善良的一位皇帝，西赛罗谈到他的时候①说，他的所谓财富就是由于他能够使用财富，他的所谓品德，就是由于他经常在想拯救和宽赦每一个人。然而，尽管如此，有时他还是严酷地惩罚叛乱的罪魁祸首。

"由于以上的例子，我要你们在动身之前交出：第一，那个自以为了不起的马尔开，他那无聊的狂妄，正是这次战争首要的根源和原因；第二，他那些卖烧饼的伙伴，他们疏忽大意，没有及时规劝头脑发昏的马尔开；最后还有，毕克罗寿全部的参谋、将军、官佐、仆役，由于他们的鼓动、称赞和策划，才使毕克罗寿跑出自己的国境来骚扰我们。"

---

① 见西赛罗《为里卡留斯辩护书》第12章。

第五十一章

高康大将士战后怎样受赏

高康大训话之后，他要的几个罪犯都被交了出来，除掉斯巴达三、迈尔达伊和摩奴阿伊，这三个人在作战之前六小时就开了小差。一个一口气逃到了莱尼埃山口①，另一个逃到维尔谷②，还有一个逃到了罗格莱诺③，一路上头也不回，气也不喘。还有两个卖烧饼的，在战争中早就死掉了。至于交出的罪犯，高康大也不叫他们受别的罪，只叫他们在他新设立的印刷厂里操作印刷机器。

战争中死掉的，高康大关照隆重地把他们葬在胡桃林山谷和布吕勒维埃邑④坟地里。受伤的，高康大叫他们到他的大医院里去包扎治疗。然后，调查城内和居民所受的损失，依照他们宣誓申报的，全部予以赔偿。另外，又重新造起一座坚固的堡垒，派兵把守，以防将来万一再有叛乱时，易于防范。

临动身时，高康大向所有参加此次战争的将士们表示深切谢意，遣他们返回原来驻扎的地方去过冬，只留下第十队⑤的少数人，在战争中高康大曾亲眼看见他们立功，此外还有各队的队长，一起由高康大率领着去见高朗古杰。

老人看见他们回来，喜得无法形容。立刻吩咐准备自亚哈随鲁王⑥以来最盛大、最丰富的宴席款待他们。宴席之后，又把他柜橱中全部摆设拿出来分赠各人，单单金器的重量就有一百八十万零十四"卜藏"⑦，计有巨型古瓶、大罐、大盆、大碗、杯、壶、烛台、瓮、篓形瓶子、花篮、果盘等等，还有别的器皿，都是纯金的，上面还精工镶嵌着宝石和珐琅，不管谁来估价，都会说这些饰件的艺术价值比金料本身还要贵重。此外，他又打开金库，每人发给现金一百二十万"埃巨"，还根据他们的便利，把邻近他们的碉堡、土地分给他们，归他们永久享用（死后无继承人者除外），把拉·娄氏·克莱茂赠给包诺克拉特，把古德莱赠给冀姆纳斯特，把蒙庞西埃⑧赠给爱德蒙，把利沃⑨赠给窦尔美，把蒙索洛赠给伊提保尔⑩，把康德赠给阿卡玛斯⑪，把瓦莱纳

---

① 莱尼埃山口，在阿尔卑斯滨海省，法国军队曾于1515年经此出征。
② 维尔谷，在加尔瓦多斯省。
③ 罗格莱诺，即罗格洛诺，在西班牙边境上。
④ 布吕勒维埃邑，意思是，"焚烧故人"。
⑤ 此处摹仿茹留斯·恺撒军队的编制方法，恺撒的第十队特别英勇善战。另一说是指高康大的主要队伍。
⑥ 亚哈随鲁，古波斯国王，在他就位的第三年曾设宴大宴群臣，并炫耀宫中财富，一连一百八十天之久，后又为百姓设宴吃了七天，见《旧约·以斯帖记》第1章第3—9节。
⑦ "卜藏"，土耳其古金币名，十字军东征时流传至欧洲。根据卡提埃估计，高朗古杰的金器共重28125"马克"。
⑧ 蒙庞西埃，法国普邑·德多姆地名，该处原有城寨于17世纪拆毁。
⑨ 利沃，施农境内城堡。
⑩ 伊提保尔，意思是，"正直，诚实"。伊提保尔及以下几人都是高康大的将官。
⑪ 阿卡玛斯，意思是，"健壮，不知疲劳"。

赠给基罗纳克特①，把洛提沃赠给赛巴斯特，把甘格奈赠给亚历山大，把里格雷赠给索弗洛纳②，还把其他地方也都同样分赠给了有功的人。

① 基罗纳克特，意思是，"双手劳动"。
② 索弗洛纳，意思是，"明智，贤哲"。

第五十二章

高康大怎样为约翰修士建造特来美修道院

最后只剩下约翰修士还没有发落，高康大打算叫他做塞邑的院长[①]，可是他拒绝了。高康大想给他布尔格邑修道院或者圣弗洛朗修道院[②]，任他选择，或者，如果他乐意的话，两个一齐都给他；但是修士直截了当地回答说，他不想负责、也不愿管理修士。

他说道："我连自己都不会管，怎么能管别人？如果你以为我为你出过一点点力，将来可能还有效劳之处，那就请你按照我的计划建立一所修道院吧。"

高康大高兴地答应了他的要求，把罗亚尔河这边，离于欧港口大森林两法里路的整个特来美地区[③]送给他。他还要求高康大许他创立与其他所有会别完全相反的教派。

高康大说道："头一件事，千万别砌围墙，因为其他的修道院没有不门禁森严的。"

修士说："对，正是为了这个缘故，凡是前后有墙的地方，就会产生闲话、嫉妒和相互间的明争暗斗。"

更有甚于此者，世上还有一些修道院，遇到有妇女到修道院去（我说的是正经和规矩的妇女），就要把她们所过之处，洗刷一遍。我们却规定，如果有男教士或女教士偶尔到我们修院里来，他们走过的沟里缝道，都得仔细洗刷干净。又因为世上的修道院，一切工作都按照钟点加以规定、限制和支配，而我们却规定，修院里一概不要时钟和日规一类的东西，所有的工作都依照能力和需要来分配。高康大说，据他所知道的，最耽误时间的，莫过于计算时间——这有什么好处呢？——世上最荒谬的，莫过于不听从正确的理性和智慧，只让钟声来管制自己。

同样，当时送进教会里的女人，不外是些独眼、瘸腿、驼背、丑怪、残废、疯狂、痴傻、魔道、四肢不全；男的呢，也都是些病夫、先天不全、痴呆、在家里是个累赘的。

修士说道："顺便提一句，一个外表既不美丽、品德也没有什么好的女人，她有什么用呢？"

"送进教会，"高康大说。

修士说："对，或者去做内衣④。"

……新修院里将规定，女的不是容貌秀丽、体质健全、性情正常的，一概不要；男的，也只要五官端正、身体健全、性情温良的。

同样，一般女修道院里，男人除了偷偷摸摸就没法进去，新修院将规定有男人的地方，必须有女人，有女人的地方，必须有男人。

---

① 指塞邑修道院院长。

② 布尔格邑修道院和圣弗洛朗修道院是法国昂如省本笃会两座最古最富的修道院。

③ 特来美地区是作者虚构的，他把它放在靠罗亚尔河于欧港口附近的一个地带，那里有肥沃的草原，盛产泊来蒙奶牛。特来美，照希腊文的意思是，"意志、愿望"，可能是为符合特来美修院院规"随心所欲，各行其是"而设想的。

④ 中世纪法文"她"字（elle）连读起来，和"布"（toile）同音，所以上句的"她有什么用呢？"亦可解释为"布有什么用呢？"因此，他自己回答自己的问题"去做内衣"。

又因为，无论男女，一旦出家修道，经过一年的试修期限，便不得不终身当教士；新修院规定，无论男女，入院以后，只要自己愿意，随时可以出去，完全自由，毫不勉强。

还有，一般修士须发三愿，即：贞洁不淫，贫穷自安和遵守教规。新修院里，规定可以光明正大地结婚，可以自由地发财，可以有自己的生活方式。

至于入院年龄，规定女的从十岁到十五岁，男的从十二岁到十八岁。

第五十三章

特来美修道院是怎样建造和得到捐助的

作为修院的建筑费及装备费，高康大吩咐拨付现款二百七十万零八百三十一块"大羊毛金币"①，还吩咐每年从堤沃河②收入项下拨出一百六十六万九千"太阳币"③和同样数目的"昴星币"④，直到全部工程完毕为止。作为修院基金及常年经费，从田地收入项下捐赠二百三十六万九千五百一十四块"玫瑰金币"⑤，保证每年准时付清，不扣任何开销，钱款送到修院门口，并立好字据。

修院的建筑是六角形的，每一角上造一高大圆塔，直径是六十步，塔的式样和大小完全相同。罗亚尔河流过建筑的北面。沿河的一座塔名叫亚尔提斯塔，往东另有一座，即卡拉埃尔塔，再过去是阿纳多尔塔，再过去是梅藏比纳塔，再过去是爱司培利塔，最后一座是克利埃尔塔⑥。塔与塔之间，各距离三百一十二步⑦。整个大厦共分六层，包括地下室，它也算一层。第二层⑧是弧形的圆顶，样子像篮子的柄。其他各层都是弗兰德斯的石膏做成灯座式的花顶。屋顶是整齐的石板，屋脊是铅的，上有各式各样镀金的花饰及走兽。导水管在窗户之间，漆成金蓝两种颜色，成对角形地由墙内通出来，直通地下的大水管，

由房子底下通入河内。

　　比起包尼外^⑨、尚堡尔^⑩和尚提邑^⑪来，这座大厦的华丽真要高出百

---

① "大羊毛金币"，上铸Agnus Dei（天主羔羊）字样，约值16金法郎。高康大捐赠的数目大约相等于43 216 296法郎。

② 堤沃河，在拉·都维尼之西，实际上是一条小河，不能行船。

③ "太阳币"，1475年路易十一王朝金币，面上有三朵百合花，上有一小太阳。

④ "昴星币"，无此币名，作者因说到"太阳币"，遂虚构"昴星币"。

⑤ "玫瑰金币"，爱德华二世王朝金币，上铸有玫瑰花。

⑥ 亚尔提斯塔，即北面塔。卡拉埃尔塔，风景优美塔。阿纳多尔塔，东面塔。梅藏比纳塔，南面塔。爱司培利塔，西面塔或傍晚塔。克利埃尔塔，冰塔。

⑦ 约250米。

⑧ 即地面上的底层。

⑨ 包尼外堡邸距普瓦蒂埃四法里远，1513年开始兴建，因古菲埃上将在巴维亚阵亡，未完工。

⑩ 尚堡尔堡邸，1524年开始动工，一说是1519年，未完工。

⑪ 尚提邑大厦，三角形，1534年建成，18世纪末被毁。

倍，内部共有房间九千三百三十二套，每套又分内室、工作室、更衣室、祈祷室，并有门通至一宽大客厅。每座塔都通中央大厦，塔内有螺旋楼梯，梯阶有云斑石的，有红色努米底亚石的，有碧绿色花斑石的，梯阶的长度是二十二尺，三指厚，每隔十二级有一段梯头可供休息。每段梯头有两个古式的拱门，光线就是从这里来的。从门口走出去，可以进入和楼梯同样宽、装着栏杆的小间。从楼梯上去，可以直达屋顶，那上边的样子像一座亭阁。每一层，从楼梯两边都可以走进一间大厅，再从大厅通往各套房间。

从亚尔提斯塔一直到克利埃尔塔，一路都是高大考究的书架，书籍有希腊文的、拉丁文的、希伯来文的、法文的、多士干文的^①、西班牙文的，根据语种，分层贮藏。

正当中，是一座豪华的大楼梯，门口进门处是一座六"特瓦兹"^②宽的拱门。楼梯是对称式的，宽度可容六位骑士腿上挎枪^③同时并行，一直上到大厦的顶部。

阿纳多尔塔与梅藏比纳塔之间，是华丽高大的画廊，廊内画的都是古代英勇故事、历史故事和地图。正中也有一座同样的楼梯，还有一道门，和我们上面所说的对着河那一面的一样。这座门上，用古体的大字写着下面的词句。

---

① 即意大利文。
② "特瓦兹"，法国古长度名，约等于 1 949 米。
③ 当时枪是带在大腿上的。

第五十四章

特来美大门上的题词

此处不许来，假冒为善的人，伪君子，
老滑头，假正经，貌似规矩，
低头歪脖冒充老实，坏东西，
比哥特人和东哥特人①还要蛮横，
猴狲的祖先，欺凌人、哄骗人、弄假装虚，
衣冠禽兽，不守清规，伤风败俗，
吹牛自夸，挑拨是非，哪个看得起你，
到别处去贩卖你们的诡计。

你们的鬼蜮伎俩，
散布恶毒，
充满我的田庄；
你们的鬼蜮伎俩，
招摇撞骗，
扰乱我的歌吭。

此处不许来，贪得无厌的讼棍，
律师，帮办，吃人的人，
主教法官，书记长，法利赛人②，
腐化的审判官，你们把好百姓，
像狗一样，送进坟墓；
如何报答你们：绞刑。
只有到那里去驴鸣，
这里没有可以起诉的非法事情。

诉讼与争辩，
莫到此处烦，
人们来此，是欢乐游玩。
诉讼与争辩，
别处去施展，
请到那里，去尽情争辩。

此处不许来，你们这些重利盘剥的守财奴，
诛求无已，饕餮贪小，只知聚敛的歹徒，

---

① 古时维斯土勒河流域之日耳曼民族，性情强悍。
② 指伪善者，本系犹太教派之一，后成为假冒为善的代名词。

贪得无厌，游手好闲，

背都驼了，鼻子也塌了，腰包的深处上千的"马克"还嫌不足。

面如瘦猴的小鬼，你们只知掠掳，

只知积财，从无餍足，

你们不得善终，马上使你们面如鬼卒。

　　没有人脸的东西，

　　滚到别处去，

　　这样的人，

　　此处没有他们的位置，

　　滚开吧，

　　没有人脸的东西。

此处不许来，你们这些无聊客，守门狗①，

没早没晚，嫉妒气恼，哀怨不休；

还有你们，反叛同仇，

鬼魅、幽灵，替当热把门守②，

不管是希腊人、罗马人，可怕胜过豺狼；

你们也不许来，癞疥疮、杨梅已入骨头，

把你们伤风败俗的恶疮，

带到别处去吧，好好地去享受。

　　荣誉、赞颂、欢乐，

　　此处独多，

　　全体谐和；

---

① 怕妻子有外遇，守在妻子的门口。

② 当热，《玫瑰故事》中嫉妒成性的丈夫，曾派人守在自己妻子门口，防她偷情。

荣誉、赞颂、欢乐，
身体康健，
互为祝贺。

此处欢迎你们，欢迎你们，
一切正直的骑士，此处请进。
这里财力雄厚，
诚恳殷勤，
供应大大小小数以千计的贵宾。
你们将是我们亲切、热情的友人，
风雅、活泼、快乐、诙谐、可亲，
总之，都是我们真诚的友人。

真诚的友人，
爽直、卓荦，
决无中伤仇恨；
真诚的友人，
这里才有可能，
修身养心。

此处欢迎你们，正确传布福音，
尽管有人挑衅怒嗔；
这里有你们的归宿，可以安身，
不怕他们处心积虑的仇恨，
他们想用虚伪的言词，毒化世人；
来吧，让我们在这里把信仰放稳，
用言语，用书文，
揭露圣教的一切敌人。

圣教的言语，
在这神圣的园地，
永远不会被弃；
圣教的言语，
让男男女女，
终身不离。

此处欢迎你们，高尚的夫人，
放大胆，光荣地请进，
花容月貌，玉立亭亭，
态度稳重，端庄可敬。
这个居住处所只有光荣，
捐赠修院的人是位崇高的王公，
他乐善好施，为你们修建齐整，
拨付大量金银，偿付一切费用。

捐赠金银，
求天主，
宽赦捐赠的人，
捐赠金银，
是为好好地答报，
有品德的人。

第五十五章

特来美修道院的居住情形

内院的正中，是一个用美丽的白玉石砌成的豪华水池；水池上有希腊三女神的雕像，手里拿着"丰收角"，从乳房里、嘴里、耳朵里、眼睛里，还有身上其他的洞眼里往外喷水。

院子里房屋的底层，是又粗又大的玛瑙石和云斑石柱子，柱子与柱子之间，是古式弧形的拱门，里面是精致的画廊，又长又宽，墙上挂着画，装饰着鹿角、独角兽的角、犀牛角、河马牙、象牙，以及其他可供赏玩的摆设。

亚尔提斯塔与梅藏比纳塔之间是女宿舍。其余部分是男宿舍。为了妇女们游戏方便，在她们宿舍的前面，也就是在上面说的两座塔之间的空地上，开辟了运动场、骑马场、舞台、游泳池，还有装设三种不同温度的精致浴室，一切设备应有尽有，还有熏过香料的浴水。

沿着河岸，是精美的游乐花园，花园当中有一座幽美的迷宫。在另外两座塔之间，是网球场及足球场。克利埃尔塔那一面是果园，栽满了各种果树，按梅花式的图案栽得均匀整齐。果园的尽头，是一座大花园，里面养着各式各样的飞禽走兽。

在第五和第六座塔之间，是练习火枪、弓箭、弩炮的打靶场。爱司培利塔外面，是单层建筑的仆役宿舍；过去便是养马房，马房前面是养鹰室，由专门技术师傅管理，每年由康德人、威尼斯人、萨玛提[①]人供应各式各样的飞禽，包括：老鹰、猎鹫、老雕、大鹏、鹞子、鸳鹰、小鹰、小雕等等猛禽，只只都是品种优良、经过训练、只要从大楼放到田地里，什么也不会放过。再过去一些，便是猎犬室，猎犬室靠近大花园那一面。

　　楼内所有厅堂、房间、卧室，都按照一年四季不同的季节，张挂不同的壁毯。地板上铺的全是绿色地毯。床毯都是绣花的。每间卧室都有一面玻璃砖镜子，赤金镶边，四周镶嵌珍珠，镜子的高大可以照见人的全身[②]。女宿舍客厅的门口，便是美容室和理发室，男客人来拜访的时候，可以在这里理发整容。每天早晨，美容室供应女宿舍玫瑰香水，橘花香水和天使香水[③]，每个房间还有一个珍贵的蒸发各种香料的喷香瓶。

---

① 萨玛提人，古时斯干的那维亚和普鲁士民族。
② 玻璃砖镜子和可以照见全身的大镜子，都是当时了不起的贵重物品。
③ 即没药香水，"天使香水"是形容其名贵。

第五十六章

特来美的男女修士是怎样装束的

在修院建立的初期，妇女们是随自己的喜爱与选择来穿衣服的。后来根据她们自由的意志，做了以下的改革：

她们穿的袜子是朱红色或浅红色的，正好高过膝盖三指，袜边有美丽的刺绣及花边。腿带和腕带是同样颜色，结在膝盖的上面或下面。鞋、便鞋、拖鞋都是紫红、大红或青莲色丝绒做的，鞋上有虾须似的镂空花边。

内衣外面，穿一件美观、结实、丝毛混织的衬裙。再外面，是一件软缎的裙子，颜色有白的、红的、褐色的、灰的等等。上身穿的是银色软缎短上衣，上面用精美的金线绣着花，还有盘起来的花，不然就依照她们的爱好和气候的冷暖，穿缎子的、大马士革呢的，或者丝绒的，颜色按照不同的季节有橘黄的、茶褐的、碧绿的、烟灰的、天蓝的、淡黄的、朱红的、紫红的、纯白的，还有金色的呢子、银白的缎子、盘花的和绣花的料子。

连衫裙也根据四季的不同而变化，料子采用银色卷边的金色呢，带金色螺旋花的大红缎子，绸料有纯白、天蓝、原色、茶褐等颜色，另有斜纹绸、丝毛呢、丝绒、银色呢、银色布、金条呢和不同图案的金线缎。

夏天，她们有几天不穿连衫裙，只穿开领的短衫，绣花和上面说过的相仿，或者是摩尔式的无袖短衫，料子是青莲色丝绒、金色卷边、银线盘花，或是用金线绳穗，边上缀着一排印度的细粒珍珠。头上经常戴有美丽的翎毛，颜色和衣袖相称，边上还配着金色的坠子[①]。冬天，穿丝绸的连衫裙，颜色和以上相同，内衬山猫、黑麝、卡拉勃里亚[②]貂、西伯利亚貂，以及其他名贵的兽皮。

念珠、指环、链条、项圈等都镶嵌精美的宝石、夜明珠、红宝石、红刚玉、金刚钻、蓝宝石、翡翠、碧玉、石榴红宝石、玛瑙、翠玉、珍珠和纯净的巨粒珠子。

头上戴的帽子，也随气候变换；冬季是法国式[③]，春季是西班牙式[④]，夏季是多士干式[⑤]；节日和星期日除外，遇到这样的日子，她们只戴法国式的帽子，因为这种帽子更好看，更能表示出妇女的贞洁。

男修士的装束也是由自己决定的：下腿穿的袜子是细羊毛或斜纹呢的，颜色有朱红、浅红、纯白或黑色。上腿的裤子是丝绒的，颜色和袜子一样，或者相近的颜色，上面的绣花以及开缝的式样，都由他们自己决定。上身是金色或银色呢的，也有丝绒的、缎子的、大马士革呢的、丝绸的，颜色也相同，也同样开缝，绣花和做工都考究到极

---

① 仿佛蝴蝶的翅膀。

② 卡拉勃里亚，意大利西南部多山地区。

③ 呢帽，后面拖一尾巴。

④ 以纱网护头。

⑤ 把头发梳成发辫，饰以金链、珍珠等。

点。两边两条带子是丝的，颜色和上身相同，两头装着镶珐琅的金坠子。外套和大衣，料子有金色呢、金色布、银色呢，或者用他们喜爱的花丝绒。长袍的料子和妇女穿的连衫裙同样贵重。腰带是丝的，颜色和上身相同；每人身边还挎一把精美的宝剑，金剑把、丝绒剑鞘，颜色和下身穿的裤子相同，鞘头是金的，经过首饰工匠精心的雕刻。短刀也是同样的考究。帽子是黑丝绒的，上面钉着许多金圈金钮，帽子上有纯白羽毛一根，精巧地坠着金片，金片上挂着红宝石、翡翠等。

男修士与修女之间有着高度的心灵相通的感觉，他们每天都是同样的装束，为了避免错误，有专人负责每天早晨关照男修士，这一天修女们打算穿什么衣服，因为一切都是根据妇女的主张来决定的。

穿这样考究的衣服，戴这样华贵的装饰，你们可不要以为男女修士把时间全浪费在这上边了。负责衣饰的人，天天早晨把每天要穿的衣服都准备得齐齐全全。女宿舍管衣饰的，也是非常熟练，只要一会儿工夫，修女们便从头到脚都打扮得整整齐齐了。

为了使这些服饰需要时马上就有，他们在特来美树林邻近的地方建造了半法里长的一大片房子，光线充足，设备齐全，里面有银器工匠、玉石工匠、绣花工匠、裁缝工匠、金线工匠、织绒工匠、地毯工匠，还有织呢工匠等等，各干各的行业，做出来的全是给上面说的男女修士用的。材料与布匹，由诺西克莱图斯①老爷经手供应，他每年从帕尔拉斯和卡尼巴勒斯群岛②用七条大船运来金条、生丝、珍珠和宝石。遇到首饰上的珠子老了，宝色褪了，可以拿来喂给公鸡吃下去，方法跟喂鹰吃泻食丸一样，泻出来的时候便和新的一式一样③。

---

① 诺西克莱图斯，意思是，"名航海家"，荷马《奥德赛》里有此人物。
② 帕尔拉斯和卡尼巴勒斯群岛，指西印度小安的列斯群岛。
③ 此法，12世纪阿拉伯学者阿维洛斯曾有所述。

第五十七章

特来美修士怎样规定生活

修士整个的生活起居，不是根据法规、章程或条例，而是按照自己的意愿和自由的主张来过活的。他们高兴什么时候起床，就什么时候起床，其他像吃、喝、工作、睡觉，也都是随他们的意愿。没有人来惊吵他们，也没有人强迫他们吃、喝、或做任何别的事情。这是高康大规定的。他们的会规，就只有这么一条：

随心所欲，各行其是。

因为自由的人们，由于先天健壮，受过良好教育，来往交谈的又都是些良朋益友，他们生来就有一种本能和倾向，推动他们趋善避恶，他们把这种本性叫作品德。遇有卑劣的约束和压迫来强制和束缚他们的时候——因为我们人总是追求禁止的事物、想得到弄不到手的东西——他们便会把推动他们向善的那种崇高热情转过来、来摆脱和冲

破这个桎梏的奴役。

　　由于有这种自由的精神，于是只要能讨人喜欢的事，大家便争着
去做，形成一种值得称道的竞赛。如果一个修士或修女说："我们喝酒
吧，"大家便都去喝酒；如果一个人说："我们去玩吧，"大家就一起去
玩；如果一个人说："我们到野外去吧，"大家就一起去。假使是去放鹰
或打猎，女的便骑上专为妇女乘骑的驯马，后面带了雄伟的良驹，在

玲珑地戴着手套的手腕上，每人架着一只鹰，或者一只鹞子，或是一只雕。男修士携带着其他的猛禽。

他们全都受到扎实的教育，无论男女没有一个不能读、写、唱、熟练地弹奏乐器，说五六种语言，并运用这些语言写诗写文章。从来没有见过比特来美修士更英勇、更知礼、马上步下更矫健、更精神、更活泼、更善于使用武器的骑士。也从没有见过比特来美修女更纯洁、更可爱、更不使人气恼，对一切手工针线、全部正式女红更能干的妇女了。

由于这个缘故，遇到修院里有人因为父母的要求或其他原因愿意离开修院的时候，他总是把一位拿他当作忠实知己的修女带出去一同结婚。他们在修院里曾经有过的忠诚和友谊的生活，婚后只有更好地继续下去，一直到一辈子的末一天，还是像结婚的头一天一样和好。

我不愿意漏掉告诉你们，后来在修院墙基里寻出一大块铜板，上面有文字如下。

第五十八章

谜诗预言

可怜的世人，期待幸福者，
打起精神来，听我把话说。
如果可以信仰，
凭着天空的星相，
人类的智慧便能揣度，
未来的事物，
或者，依赖神道仙术，
可以推测未来的气数，
可以知道，可以推断，
遥远的命运和流年，
谁高兴听，我可以告诉一番，
不用久等，就在这个冬天，
甚至就在我们这个地方，
将出现一种人，闲得发慌，

空得腻味，

光天化日，毫无惧畏，

挑唆各个等级的人，

派、别，一概不论。

谁要是相信和听从他们的游说，

（虽然将来会招致后果）

他们会使近亲好友

发生剧烈争斗；

大胆的儿子不怕羞愧，

加入敌营，对抗自己的父亲；

甚至出身高贵的公卿，

也会被臣属围攻，

讲什么推崇，论什么尊敬，

秩序、等级，全成泡影，

他们说三十年风水轮流，

爬到顶峰，就得回头。

在这一点上，将有多少争论，

来来往往，多少纠纷，

灿烂丰富的历史，

也从未使人这样惊奇。

这时将出现一些英雄，

年轻力壮，热血奔腾，

他们热衷于这轰轰烈烈的事业，

少年牺牲，生离死别。

别的没有余剩，

只有他的英勇，

他的争斗，他的声息，

天空充满他的声音，大地遍是他的脚迹。

那时，无信无义，

权力并不逊于真理，

因为对一切愚蠢和懵懂，

大家都将言听计从，

让最愚昧的笨汉判断是非。

哦，这将是灾害多么严重的洪水！

我说是洪水，不无理由，

这样的事，随时都有，

地上无法摆脱掉，

除非飞也似的汹涌的波涛，

最温和的人，在战斗里

也将被冲走，被浸湿，

理应如此，因为他们的心，

只知战斗，不知怜悯，

甚至对无辜的羊群，

它们的肝肠，它们的筋，

不再是奉祀神灵的祭品，

只是用于平常的凡人。

现在，我让你们思索，

这一切，如何才能躲过，

在如此骚嚷的纷扰中，

圆机器①如何才能安静。

在乎它的人，不要失掉它的人，

珍重它的人，将有幸运，

他们会用各种方法

奴役它，俘虏它，

---

① 指地球。

到此时，悲惨地败北，

只有找导致败北的罪魁。

而不幸中的不幸，

是太阳西下前的光明，

竟让大地一片黑暗，

盖过蚀晦，黑过夜天，

使它顿时失却自由，

以及上天的光照和恩佑，

只剩下荒凉悠悠。

但它，在毁灭和破坏的前头，

将会长时间噩噩浑浑，

发生激烈的大地震，

就是埃特纳①投在泰坦②儿子身上

也没有这样剧烈的震荡；

提弗斯力大无比，

奋力把山推到海里，

伊纳里美火山③，

也没有这样猛烈地摇撼。

时间短暂，

凄凉满目，变化万千，

原已得到地球的人，

也要让最后的坚持者为尊。

这时才是适当的时刻，

结束这场悠长的争夺；

---

① 埃特纳，西西里岛上火山。

② 泰坦，天地之子，泰坦的儿子提弗斯，曾被朱庇特压在埃特纳火山下。

③ 伊纳里美，即伊斯基亚火山。

因为刚才提到的洪水，

将使每人回归；

可是，在分手动身之前，

在天空里，可以清楚地看见，

一道滚热的火焰，

结束这场洪水和混战。

时过境迁，只剩下

被入选的人们欢庆重生，

各式财富，山珍海味，

丰富的赏赐，也有许多。

战败者两手光光，

论理也是应当，

凡事都有一个结束，

各人有他注定的命数。

人人同意，

只须看谁能坚持到底[①]！

　　读完这块古物上的文字以后，高康大深深地叹了口气，对在场的
人说道：

---

① 最初的版本，这里还有十行，即：
　　　　最后剩下出过力、立过功、
　　　　吃过苦、效过劳、受过罪的英雄。
　　　　由于救主的神圣意图，
　　　　劳苦变作幸福。
　　　　那时，用法术将可看见
　　　　恒心的果实和效验，
　　　　因为越是吃的苦多，
　　　　越是早得效果，
　　　　也越是称心如意，
　　　　只须看谁能坚持到底。

"笃信福音的人不是从现在起才受迫害的啊。不受诱惑，一心向着天主通过他亲爱的儿子为我们指定的目标，不为肉体的爱所分化、所迷惑的人，才是有福的。"

　　修士说道：

　　"你以为，依照你的理解方法，这篇谜诗是什么意思，指的是什么呢?"

　　高康大说道："指的是什么? 是神的真理将坚持于世，而且流传四方。"

　　修士说："冲着圣高德朗①说话，我的理解却不是如此。文字是预言家迈尔林②的笔调。随便你说它有多高深的寓意和含义，你，以及其他的人，高兴怎样胡思乱想，都随你们的便。反正在我看来，我认为没有别的什么意思，只是用隐晦的语言描写一场网球比赛罢了。所谓挑唆人的人，就是指组织打球的人，他们平常都是朋友;两场打好之后，打球者出场，换新的人进场。只要有个人③报告球是从绳子上面或是下面过去就算数，大家都相信。洪水是指的汗;球拍的线绳是用绵羊或山羊的肠子做的;圆机器指的是球。比赛之后，大家在一盆旺火前边休息，更换衬衣，然后入席吃饭，当然打球胜利的人更得意了。好好地大吃一通!"

---

① 圣高德朗，11世纪马野载修道院院长。

② 迈尔林，即迈尔林·德·圣日列，16世纪谜诗作者，诗集内有此首谜诗，不过没有头两行及末十行，发表于1574年。

③ 当时打球不用网，只是拉一条绳子，由伺候打球的人，有时临时拉一看客，权作裁判，报告球自绳上或绳下过去。所以诗内有"让最愚昧的笨汉判断是非"的句子。

LA VIE TRESHORRIFICQUE

DU GRAND

GARGANTUA

PERE DE PANTAGRUEL

Amis lecteur qui ce livre lises
Despouillez vous de toute Affection
Et le lisant ne vous Scandalises
Il ne contient mal ne infection
Vrai est puici peu de Perfection

FRANCS TAUPINS

GIL BLAS

TARTUFE

SCAPIN

DORÉ D.

第二部

渴人国国王庞大固埃传

还其本来面目
并附惊人英勇事迹

精华的发掘者
已故阿尔高弗里巴斯

编　　著

于格·萨莱尔大师① 致本书作者的十行诗

如果说，对作家尊崇称赞，
是为了他寄教育于消遣，
那你一定会受到赞赏，这个，只管把心放宽；
我知道，你在本书里的意愿，
在诙谐、戏谑的内容里，
把它的作用说得完美周全，
我仿佛看到一个德谟克利特，
在拿人间事嘲弄讥讪。
坚持写下去吧，今世不得凭功论断，
到了崇高的世界自有它的评判②。

———————

① 于格·萨莱尔（1504—1553），法国名诗人，《伊里亚特》的法译者。

② 1532年初版上此处尚有"一切真正的庞大固埃主义者万岁！"一句。

作者前言

　　最有名、最英勇的优胜者，高贵的人们以及其他人等，你们对于一切可爱的、善良的事物都很关注，你们一定看见过、读到过、听说过《巨人高康大不可思议的伟大传记》，并且像真正的信徒那样坚决地相信它，而且还不止一次当你们和那些可敬的夫人和小姐在一起感到无话可说的时候，就拿这有趣的长篇故事来述说一番，使得你们得到许多人的称赞和历久不忘的怀念。

　　依我的意思，我巴不得每个人都停下自己的工作，不再惦念自己的行业，把切身的事放开，专心一致来听我的故事，不要分心走神，别管其他的事情，一直到能把这故事记在心里为止，以防万一在印刷停顿、或者所有的书籍都毁灭掉的时候，每人都还可以清清楚楚原原本本地说给他的子女、他的后代人和活着的人听，就像教门的教义那样一代一代地传下去。因为故事里的好处远非那些疮疤满身、妄自尊大的人所能想象的，他们对这诙谐的小故事还不如拉克雷[①]对《罗马法》[②]懂得多呢。

我知道不少有权势的高贵王侯，他们在狩猎野兽、或者架着鹰猎捕野鸭的时候，遇到鹰在树丛里寻不着野兽，或者鹰只管在上面飞旋，眼看着野鸭展翅飞逃，你们可以理会得到，他们一定很气恼；这时，解除烦恼的办法，亦即不使自己受凉的办法，便是重复一番上面说的高康大不可思议的事迹。

世界上还有一些人（这决不是瞎说），因为牙疼得好苦，在医生那里把财产都花光了还治不好；又找不到更有效的药品，只得把这本《传记》夹在两块热布巾里，敷在疼痛的地方，上面再撒上一点黄色的药粉[③]。

对于那些不幸的患花柳病者和患风湿痛的人，我该说什么呢？我们多少次看见他们涂满了油膏，抹遍了油脂，他们的脸亮得像食物橱上的小锁[④]，他们的牙齿像弹奏中的风琴或钢琴的琴键似的抖个不停，他们喉咙里往上冒白沫，活像被猎犬逼进网罗里的一只野猪！怎么办呢？他们所能自慰的，便是拿这本书叫人念上几页给自己听听。我们还看见有的人在使用蒸汽浴的时候[⑤]，别人就给他念这本书，完全像给临盆时的女人念《圣玛格丽特传》一样[⑥]，如果还觉不到显著的轻松，那真是要恨天怨地咒骂神鬼了。

难道这什么也不算么？你们去给我找一本书，不管是哪种文字，不管属于哪类学科，只要它能有这种功能、这种效力、这种特

---

① 拉克雷，指兰贝尔·拉克雷，多勒法学教授，作者有意讽刺他连《罗马法》也不懂。

② 指公元533年罗马帝国皇帝茹斯提尼昂颁定的国家法律。

③ 原文是粪末的意思，作者有意讽刺庸医拿不治病的药粉骗人。

④ 食物橱上的锁因为经常接触摸过肉的油手，所以总是亮的。

⑤ 蒸汽浴是当时治花柳病的一种方法。

⑥ 当时相信向产妇朗诵《圣玛格丽特传》可以减轻她们的痛苦。

性就行，我情愿出半"品脱"肠子。没有，先生们，没有这种书。我这本书是找不到第二本的，无可比拟的，独一无二的。即便把我送进地狱的火里，我也是坚持这个说法。假使有人说有的话，你们可以直截了当把他们当作骗子、宿命论者、虚伪骗人的、诱惑人的人。

不错，在若干高深渊博的作品里面，有几本也有潜在的功能，这里面有《酒中好汉》①、《疯狂的奥尔朗多》②、《魔鬼罗伯尔》③、《菲埃拉勃拉斯》④、《勇猛无敌的威廉》⑤、《波尔多的于勇》⑥、《蒙台维尔》⑦和《玛塔布鲁娜》⑧等等；但是和我们谈的这一本相比，那全是比不得的。根据无可否认的经验，人人都知道上面说的高康大《传记》的伟大功能和效用；因为印刷所在两个月内销出去的册数比《圣经》九年卖的还要多。

所以我，你们忠实的仆人，想给你们增添一些乐趣，现在再给你们一本书，除了比头一本还要可靠、还要真实之外，也和它有同样的效力。你们不要以为（除非是有意地装糊涂）我是像犹太人谈法律⑨。我不是生在那种地方的，我从来没有说过谎，也没有拿假的说成是真的。我是像一只塘鹅⑩，我是说像那种折磨情人、专吃女人的官吏⑪一

---

① 《酒中好汉》，作者虚构的书名。
② 《疯狂的奥尔朗多》，意大利诗人阿里奥斯多的武功诗。
③ 《魔鬼罗伯尔》，描写11世纪诺曼底大公罗伯尔一世的故事。
④ 《菲埃拉勃拉斯》，意思是"铁胳膊"，12世纪武功诗。
⑤ 《勇猛无敌的威廉》，描写爱蒙四子的武功诗，威廉为四子之一。
⑥ 《波尔多的于勇》，12世纪武功诗，于勇为作品中英雄。
⑦ 《蒙台维尔》，14世纪风行一时的蒙台维尔游记。
⑧ 《玛塔布鲁娜》，一本骑士小说，玛塔布鲁娜为小说中狠毒的老祖母。
⑨ "犹太人谈法律"，意思是"胡说八道，乱说一通"。
⑩ 作者有意用"塘鹅"（onocrotale）来指罗马的教廷官吏（pronotaire），与 crotte-notaire、croque-notaire 谐音，都是指的这类人。
⑪ 指教廷官吏，他们只知道追逐女人。

样来说话的；Quod vidimus testamur①。我要说的是庞大固埃惊人的英勇事迹，我从做侍从的年龄起，一直到现在，都在伺候他；还是因为他放我回来，我才又回到这产奶牛的故乡，来看看我的亲人是否还有人活着②。

现在我来结束我这篇前言，如果我在整个故事里说过一句瞎话，我情愿把灵魂、肉身、五脏、六腑，全部交给十万篮子小魔鬼。同样，假使你们不完全相信我在这本传记里所述说的，就叫圣安东尼的火烧你们，羊痫风折磨你们，雷劈你们，生疮、生痢疾，

> 叫你丹毒真难熬，
> 浑身刺痛如针戳，

---

① 拉丁文，"我们所说的是我们见过的"。见《新约·约翰福音》第3章第11节。
② 作者于1532年9、10月里确实回到过故乡施农。

根根钻肉似银针，

深入腹内到肠梢①。

像所多玛、蛾摩拉②那样叫你们沉沦在硫磺里、大火里、深渊里。

①　当时流行的一首民歌。

②　所多玛、蛾摩拉，均迦南城市，被天火焚毁。故事见《旧约·创世记》第19章。

第一章

巨人庞大固埃之元始祖先

现在，反正我们有时间，来向你们追溯一下善良的庞大固埃的元始祖先，这不能算是毫无用处和多此一举；因为我看见所有杰出的史学家都是这样来编写史传的，不仅阿拉伯人、巴巴利人和拉丁人①是这样，甚琢那些终日不离酒杯的希腊人、异教人也是如此。②

所以，你们要记好，在世界的初期（我是说很远很远以前的时代，用古时德卢伊德③的算法，要算四十多个夜晚才能算清），亚伯被他哥哥该隐杀死④不久，大地浸染了正义者的鲜血，以至于有一年所有的果实都是特别丰收，尤其是山楂，大家都还记得那一年曾被叫作大山楂年，因为三个山楂就可以装满一"卜瓦索"。

这一年，正是希腊人经书里出现朔望日历的那一年⑤：三月必是封斋期⑥，八月半天气如五月。我好像记得是十月，或者是九月（不要把它记错，因为我要仔细地记清楚），反正是史册上出名的、人称有三个木曜日的那个星期⑦，因为的确有过三个木曜日，那是由于闰年的不规律，太阳像 debitoribus⑧似的向左边歪了过去，月亮也从自己的轨道上岔出来五个多"特瓦兹"，于是在人称亚普拉纳的天穹⑨里明显地看见了震动，而且动得如此厉害以至于北极星的昴星⑩离开了身边的伙伴向着赤道线走去；麦穗星⑪也离开了室女座⑫走向了天秤座⑬；这些惊人的变动，太玄妙了，太无法理解了，使得那些天文学家简直咬不住⑭；假使咬得住的话，那他们的牙也太长了。

你们就这样想好了，大家都喜欢吃我上面所说的那种山楂，因为长得实在好看，滋味又美。可是结果呢，像挪亚一样⑮，那位老好人（多亏他为我们种植了葡萄，我们才做得出这种仙露般、美妙的、宝贵

------

① 拉丁人，古意大利中部拉七奥姆民族。
② 初版上这里还有："甚至于《圣经》的作者圣路加和圣马太也是如此。"
③ 德卢伊德，古高卢人之司祭教士，他们计算时日不以天作单位，而是以月作单位。
④ 亚伯和该隐均系亚当之子，该隐嫉妒弟弟亚伯，把他杀死，故事见《旧约·创世记》第4章第8节。
⑤ 希腊人没有历书，这里无疑是说根本没有这回事。
⑥ 天主教自圣灰礼仪节至复活节为封斋期，自3月份开始。
⑦ "有三个木曜日的星期"，现在也说"有四个木曜日的星期"，意思是永远不可能有的事。
⑧ 拉丁文，"跛子"，来自拉丁文成语：Sicut et nos dimittimus debitoribus nostris. 意思是很少信徒能不"歪斜"。另一解释是：Debitoribus 是里昂或普罗温斯方言中一个字，意思是"罗圈腿"，是 de 和 bitors（即拉丁文之 bis tortus）再加上字尾 ibus 合成的。
⑨ 亚普拉纳，普陀里美在七个天穹之外所发现的第八个天穹，那里的星斗固定不动。
⑩ 昴星，北极星座正中的一颗星。
⑪ 麦穗星，室女座星群中最大的一颗星。
⑫ 室女座，黄道带十二宫的第六位。
⑬ 天秤座，黄道带十二宫的第七位。
⑭ 这是9世纪阿拉伯天文学家本·高里特的说法，意思是无法理解。
⑮ 挪亚奉上帝命，造方舟，携带家人及各种动物逃避洪水，传为后世人类之来源。故事见《旧约·创世记》第6、7、8章。

的、只应天上有的、使人愉快的、赛过神仙的、人称为酒的甘露）喝酒喝糊涂了，因为他不知道酒的性能和力量；那时候的男男女女也和他一样，只顾得快活地吃这又大又好看的果子了。

于是奇怪的变化便在他们身上发生了。每人身上都长了一个惊人的肿块，只是肿的地方不同。有的肿在肚子上，肚子大得像一只两千斤的大桶，上面还写着：Ventrem omnipotentem①，这些都是老好人，乐天派。从这一支派，后来生下了圣庞萨尔②和玛尔狄·格拉③。

有的肿在肩膀上，肿得背都驼了，好像背着一座大山，大家把他们叫作"山堆"，你们在社会上，在不同性别和不同等级的人物里还看得到。从这一支派，后来生下了小伊索④，他的嘉言懿行已有书册记载。

有的肿在那话儿的尖头上，肿得出奇地长、大、粗、肥、硬、壮，完全是古代的式样，可以当腰带使用，能在身上缠绕五六圈。如果它一旦施展威力，背后再加上风的力量，你们看见了还会以为是长枪手端好枪去瞄准靶子呢。可惜这一支派绝种了，女人都是这么说，因为她们不断地抱怨：

"再也没有这样大的了，"等等等等。

这首歌的后半段，你们都知道。

有的睾丸长大了，大得三个就可以装满一"木宜"。从这一支派，传下来洛林的卵泡，它们从来不肯待在裤裆里，总是耷拉到裤管里。

有的腿肿得长了，看见他们，你们真会说是长腿鹤，或是赤羽鹤，

---

① 拉丁文，"全能的肚子"，这是套《信经》里 Patrem omnipotentem（全能者天父）的句子。
② "庞萨尔"意思是"大肚子"。
③ "玛尔狄·格拉"意思是"动荤的星期二"，指封斋的前一天可以最后一次动大荤，个个吃得肚子很大。
④ 即伊索，因为他长得矮，中世纪的人都称他小伊索。

甚至于以为他们是踩了高跷。小孩子用在学校里学来的名词，把他们叫作 Jambus①。

有的鼻子长大了，活像一座蒸馏器的管子，五颜六色，水泡灿烂，水泡越来越多，红中透紫，仿佛吃醉了酒，又像上过一层釉子，满是小疙瘩，红红的，好像你们见过的庞祖斯特的会长和昂热②的"木脚"医生。在这个支派里，很少人喜欢吃药，但是没有一个不爱好饮酒。那佐和奥维德③就是从这个支派来的。此外，还有姓氏上带着鼻子的，像：Ne reminiscaris④。

有的耳朵长大了，大得用一只耳朵就可以做一件上装、一条裤子和一件外套；另外的一只还可以做一件西班牙式的斗篷。有人说在布

---

① 拉丁文，"老长腿"。
② 昂热，法国昂如省省会。
③ 奥维德的全名是，普布里乌斯·奥维狄乌斯·那佐，这里作者把那佐和奥维德说成了两个人。
④ 法文"鼻子"（Nez）和"生于某某氏族"（Né）和"不"（Ne）都是同音，Ne reminiscaris 来自赎罪诗 Ne reminiscaris delicta nostra（望勿怀念吾罪）并没有鼻子的意思。

尔包奈①还有这一支派，所以有"布尔包奈的耳朵"这个说法。

有的长高了身体，巨人就是从这一支派来的，庞大固埃便是这一支派的后代：

第一位始祖是沙尔布老特②，

沙尔布老特生萨拉布老特③，

萨拉布老特生法里布老特④，

法里布老特生乌尔塔里⑤，他是洪水时代一个国王，喝汤的本事很大，

乌尔塔里生南布老特⑥，

南布老特生阿特拉斯⑦，他曾用两个肩膀扛住了天，不让它塌下来，

阿特拉斯生歌利亚⑧，

歌利亚生爱力克斯⑨，他是玩盘子玩碗的鼻祖，

爱力克斯生提修斯⑩，

提修斯生阿里翁⑪，

阿里翁生波里菲莫斯⑫，

---

① 布尔包奈，法国16世纪古省名，布尔包奈人以耳大出名。

② 沙尔布老特，萨拉布老特，法里布老特，都是作者虚构的，其他名字有的来自《圣经》，有的来自神话，有的取自传记。

③ 沙尔布老特，萨拉布老特，法里布老特，都是作者虚构的，其他名字有的来自《圣经》，有的来自神话，有的取自传记。

④ 沙尔布老特，萨拉布老特，法里布老特，都是作者虚构的，其他名字有的来自《圣经》，有的来自神话，有的取自传记。

⑤ 乌尔塔里，根据希伯来文记载，有一个名叫哈·帕里的巨人，在洪水泛滥时，骑在方舟上得不死，挪亚曾由窗户送食物给他，疑即此人。

⑥ 南布老特，疑即寓言中巴比伦国王南老特。

⑦ 阿特拉斯，神话中朱庇特之子，毛里塔尼亚国王。

⑧ 歌利亚，《圣经》里的巨人，被大卫用石头击毙，见《旧约·撒母耳记上》第17章。

⑨ 爱力克斯，神话中西西里巨人，被海格立斯所杀，埋于西西里爱力克斯山下。

⑩ 提修斯，神话中爱琴之子，雅典国王。

⑪ 阿里翁，神话中狩猎巨人，后变为星座。

⑫ 波里菲莫斯，神话中海神之子，被乌里赛斯弄瞎，关闭于埃特纳火山附近之山洞中。

波里菲莫斯生卡考斯①，

卡考斯生爱提翁②，他因为夏天喝了不洁净的酒，做了头一个出天花的人，贝尔塔琪诺③可以证明，

爱提翁生昂斯拉杜斯④，

昂斯拉杜斯生塞乌斯⑤，

塞乌斯生提弗斯⑥，

提弗斯生爱洛依斯，

爱洛依斯生奥托斯，

奥托斯生埃该翁，

埃该翁生布里亚雷乌斯，他有一百只手，

布里亚雷乌斯生波尔菲里奥，

波尔菲里奥生阿达玛斯朵尔⑦，

阿达玛斯朵尔生安泰俄斯⑧，

安泰俄斯生阿伽脱，

阿伽脱生包路斯⑨，亚历山大大帝⑩曾经和他作过战，

包路斯生阿朗塔斯，

阿朗塔斯生伽巴拉⑪，他首创与人干杯，

---

① 卡考斯，神话中巨人，身体高大，口吐火焰，曾乘海格立斯睡眠时，偷了他四头公牛，藏在阿文丁山洞穴内，海格立斯醒后听见牛叫声，跑到卡考斯洞内将他掐死。

② 爱提翁，即奥托斯。

③ 贝尔塔琪诺，15世纪意大利法学家。

④ 昂斯拉杜斯，神话中天地之子，因反抗天庭被朱庇特以雷击毙，埋于埃特纳火山下。

⑤ 塞乌斯，神话中巨人。

⑥ 提弗斯，神话中巨人，因想登天，被朱庇特以雷击毙。

⑦ 阿达玛斯朵尔，司暴风雨之巨神，神话中说他守在好望角。

⑧ 安泰俄斯，神话中巨人，海神与地之子，后被海格立斯杀死。

⑨ 包路斯，公元前327年古印度国王，亚历山大之劲敌。

⑩ 亚历山大大帝，公元前356—323年马其顿国王。

⑪ 伽巴拉，克罗狄俄斯王朝最高的人，身长9尺9寸。见普林尼乌斯《自然史纲》第7卷，第16章。

伽巴拉生塞贡底叶的歌利亚①，

塞贡底叶的歌利亚生奥弗特②，他长着一个特别大的鼻子，可以就着桶喝酒，

奥弗特生阿尔塔凯耶斯，

阿尔塔凯耶斯生欧罗美东，

欧罗美东生盖玛高格，他是第一个做尖鞋③的人，

盖玛高格生席西弗斯④，

席西弗斯生泰坦，海格立斯就是泰坦的后代，

泰坦生爱奈⑤，他是医治手上生湿疹的能手，

爱奈生菲埃拉勃拉斯，曾被罗兰⑥的战友、法国上议员奥里维⑦所败，

菲埃拉勃拉斯生摩尔根⑧，他是世界上第一个戴着眼镜掷骰子的人，

摩尔根生弗拉卡苏斯⑨，麦尔兰·科开在诗里描写过他，

弗拉卡苏斯生菲拉古斯⑩，

菲拉古斯生阿波木师⑪，他是头一个发明在火上熏牛舌的人，因为

---

① 塞贡底叶是普林尼乌斯作品里的女巨人，见《自然史纲》第7卷第16章。另一说：塞贡底叶的歌利亚为奥古斯都斯王朝巨人，身长10尺3寸。
② 奥弗特，神话中牧羊巨人。
③ 最初是一种波兰式的尖头鞋，14世纪在法国曾一度被禁，15世纪初又重新兴起。
④ 席西弗斯，神话中哥林多国王，凶恶残暴，死后罚在山上推石头，推上去石头再滚下来，永无止时。
⑤ 爱奈，即《圣经》里的巨人爱纳克。
⑥ 罗兰，查理曼大帝十二卫士之一。
⑦ 奥里维，骑士小说中英雄，以明智机警著称。
⑧ 摩尔根，意大利诗人普尔奇小说中的巨人。
⑨ 弗拉卡苏斯，是弗朗高用笔名麦尔兰·科开所写的诗里的巨人，以钟片砍杀敌人。
⑩ 菲拉古斯，萨拉逊巨人，这个名字是由"铁"（ferrum）和"快，利"（acutum）合成的。
⑪ 阿波木师，意思是"捉蝇子的"，作者有意指1世纪整天捉蝇子玩的罗马皇帝多米西安。

以前，大家都是腌来吃，和火腿一样，

    阿波木师生包里服拉克斯[①]，

    包里服拉克斯生朗琪斯[②]，

    朗琪斯生该优弗[③]，他的睾丸是杨木的，那根东西是棠球木的，

    该优弗生马市番[④]，

    马市番生布鲁勒菲尔[⑤]，

    布鲁勒菲尔生安古乐方，

    安古乐方生盖尔豪特[⑥]，他是发明酒瓶的人，

    盖尔豪特生米尔朗高特[⑦]，

    米尔朗高特生卡拉弗[⑧]，

    卡拉弗生法鲁尔丹[⑨]，

    法鲁尔丹生罗包斯特[⑩]，

    罗包斯特生科南勃[⑪]的索尔提勃朗特[⑫]，

    科南勃的索尔提勃朗特生莫米耶尔的布鲁尚[⑬]，

    莫米耶尔的布鲁尚生布鲁埃尔，他曾被法国上议员"丹麦人奥日埃"[⑭]所击败，

---

① 包里服拉克斯，意思是"吃土"，传记中巨人。

② 朗琪斯，意思是"长人"。

③ 该优弗，是从意文 gaglioffo 一字来的，意思是"凶汉"。麦尔兰·科开的诗里有一官吏名叫该优弗斯。

④ 马市番，意思是"吃草"。

⑤ 布鲁勒菲尔，意思是"烧铁"。

⑥ 盖尔豪特，"圆桌小说"里的英雄。

⑦ 米尔朗高特，传记中米尔兰格之巨人。

⑧ 卡拉弗，《波尔多的于勇》里的巨人，萨拉逊国王。

⑨ 法鲁尔丹，意思是"一捆柴"。

⑩ 罗包斯特，武功诗里的巨人。

⑪ 科南勃，葡萄牙地名。

⑫ 索尔提勃朗特，科南特国王。

⑬ 布鲁尚，意思是"吞火"。

⑭ "丹麦人奥日埃"，12世纪武功诗里的人物。

布鲁埃尔生马勃兰①，

马勃兰生弗塔斯农，

弗塔斯农生阿克乐巴克，

阿克乐巴克生维德格兰，

维德格兰生高朗古杰，

高朗古杰生高康大，

高康大生下尊贵的庞大固埃，我的主人公。

我知道你们读到这一段的时候，一定会有一个很合理的疑问，你们要问在洪水时代，除开挪亚和七个跟他一起躲在方舟里的人以外，其余的人全都死了，而前面所说的乌尔塔里并不在他们之内，这怎么可能呢？

无可否认，这个疑问很有道理，也很明白；但是我的回答会使你们满意，不然就是我神志不清。因为那时候我不在那里，所以我不能随便跟你们乱说，我把"马索莱特"②的权威言论引证给你们，他们是希伯来《圣经》正确的注释人，他们也认为所说的乌尔塔里当时的确不在挪亚的方舟里；这是因为他的身材太大，无法进去；但是，他是骑在上面的，这边一条腿，那边一条腿，好像小孩子骑木马，又好像伯尔尼③的那个"老肥牛"④骑在一门射击石弹的大炮上（没错儿，的的确确是一头肥美的牲口）。就这样，除开天主之外，要算他是搭救方舟遭难的人了；因为是他，用腿使方舟走动，用脚使方舟走向他要去的方向，仿佛运用船上的舵一样。方舟里的人，为了答谢他为他们做的好事，从一个烟囱里给他送上来足量的食物。有时候大家还闲谈一阵，

---

① 马勃兰，《菲埃拉勃拉斯》里的萨拉逊人。

② "马索莱特"，《圣经》的希伯来注释人。

③ 伯尔尼，瑞士城名。

④ 指1515年马利尼昂之战役，法国人战败了瑞士人，有一个非常肥胖的伯尔尼人，名叫彭提迈尔，是个吹号角的，他带领七八个战友破坏过敌人两三门大炮。另一说，他的名字是包维奈尔，瑞士首领之一，因为身材高、喉咙大，绰号人称"老肥牛"，后被德国人杀死。

好像鲁西安说的伊卡洛美尼波斯和朱庇特一样[1]。

　　这一切，你们都听懂了没有？那么，请你们先干一杯，不要搀水。因为，如果你们不相信，"我也不信，她已经说过了"[2]。

---

[1]　见鲁西安著《伊卡洛美尼波斯传》。
[2]　"我也不信，她已经说过了"，是一首民歌的叠句，作者在这里随手引用。

第二章

威严的庞大固埃出世

高康大在他四百八十再加四十四岁的那一年，他的妻子，乌托邦[①]亚马乌罗提[②]国王的公主巴德贝克[③]，生下了他的儿子庞大固埃。巴德贝克因生产送命，原因是孩子长得惊人地肥大，如果不把他母亲憋死，就没法生下来。

但是，为了充分说明他受洗时取这个名字的原因和意义，你们别忘了那一年正赶上整个的阿非利加地方干旱非常，有三十六个月又三个星期零四天、再加上十三个钟头还要多一点，没有下过雨，太阳热得像蒸笼，整个大地都干透了，就是艾里亚[④]的时代也没有这样热过，因为地上已经没有一棵树还有叶子和花了。草都干了，河也枯了，水泉也枯竭了；不幸的鱼类无水可游，干得在地上乱蹦乱跳；天空里因为没有水分，鸟都自己摔下来[⑤]；狼、狐狸、鹿、野猪、斑鹿、野兔、家兔、鼬鼠、黄鼠狼、獾等等，还有其他的禽兽都张口伸舌地死在田地里。至于人呢，那就更可怜了。你们会看见他们一个个伸着舌头，像跑过六小时的猎犬一模一样。不少人跳进井里，有的趴到牛肚子底下那块荫凉里，荷马曾把他们称作"干枯的人"[⑥]。整个大地跟抛了锚

似的静止不动。看到人类为应付可怕的干渴所做的事，那真是惨极了，因为，单单保护教堂里的圣水，不让它干掉，就已经够瞧的了；教堂里公布了红衣主教会同教皇合下的命令，就是不管是谁，圣水只许蘸一下。于是一个人走进教堂，你就会看见二十来个渴得要死的人跟在后面，张着嘴，等待那个蘸圣水的人也分给他们一小滴，像那个作恶

---

① 乌托邦，多马斯·莫尔幻想的国家，原意是"乌有之乡"。
② 亚马乌罗提，乌托邦首都，照希腊文的意思是"模糊不清"。
③ 巴德贝克，在法国西部和西南部，是形容一个人傻相"张口结舌"的意思，在贝尔日拉克方言里，"巴德贝克"意思是"蜡烛台"。
④ 艾里亚，希伯来先知，约生于公元前900年，曾预言国内将大旱三年，后果验。
⑤ 圣奥古斯丁说低空中因为有水分鸟才能飞。
⑥ 原文是 Alibantes，10世纪希腊语文学家苏伊达斯说"阿里巴斯"（Alibas）是地狱里的一条河，能吸干一切东西，Alibantes一字可能由此处来。荷马并未提过"干枯的人"，倒是普鲁塔克在《宴会篇》第8卷第10问第3节解释《奥德赛》时曾提及。

· 0341 ·

的财主①一样，一点也不要漏掉。真是的，这一年谁要是有一个凉爽而贮藏丰富的酒窖，该是多么幸福啊！

哲学家②在谈到海水为什么是咸的这个问题时曾经说过，福勃斯③把他那辆光明之车④交给他儿子法爱通⑤驾驶的时候，法爱通不善驾车的技术，不会在太阳的轨道上沿着分开二至线⑥的黄道线行走，以至走错了路，挨近了地球，把车子底下所有的地区全都烤干，连天上的一大部分也烧着了，那就是哲学家叫作 Via lactea⑦、酒徒叫作雅各路⑧、几个最高明的诗人说成是朱诺给海格立斯吃奶的时候奶水落下来的地方。那时大地热得厉害，出了许多汗，汗水成了大海，所以是咸的，因为汗都是咸的。如果你们尝一尝自己的汗，或者患梅毒的人出的汗⑨——随便哪一种都行——你们就会说是真的了。

这一年就几乎是这样的情形。那一天是星期五，大家正在虔诚祈祷，巡行祝颂，念着大量的祷文，做了动听的讲经，祈求全能者天主用他那慈悲的眼睛俯视一下他们的灾苦，他们哀求得如此恳切，眼看着大滴大滴的水从地下冒出来，跟一个人大量出汗的时候完全一样。不幸的人们仿佛遇见什么好事似的开始高兴起来，有的说，天空里本来一滴水分也没有，因为大家希望下雨，现在地球弥补了这个缺陷；另外一些

---

① 作恶的财主死后在阴间受苦，祈求亚伯拉罕让拉撒路用手指蘸一点水滴下来润润舌头。故事见《新约·路加福音》第16章第19—25节。
② 指普鲁塔克《哲学家观念》第3卷第6章里的安培多克勒斯。另一说是指亚里士多德。
③ 福勃斯，神话中光明之神，朱庇特之子。
④ 指太阳。
⑤ 法爱通得到父亲许可，驾驶了一天太阳，几乎把全世界都烧毁，朱庇特一怒之下，用雷将其击毙。
⑥ 二至线，即夏至线和冬至线。
⑦ 拉丁文，"牛奶路"，即银河。
⑧ 雅各路，传说银河曾为圣雅各·德·唐波斯台拉（即西班牙圣地亚哥城）的朝圣者指引路途。
⑨ 用蒸汽浴叫患梅毒的人出汗，是当时一种治疗方法。

有学问的人说,这是一种"倒下雨"①,好像塞内加②在他的《Questionum naturalium》③第四卷里④谈到尼罗河⑤起源时所说的那样。但是,这些人都想错了,因为巡行祈祷之后,当每人都想收一些这种露水,并用碗大喝一阵的时候,却发觉水是咸的,比海水还要咸,还要难喝。

因为庞大固埃正是在这一天出世的,所以他父亲就给他起了这个名字:"庞大"照希腊文的意思,是"一切","固埃"照阿嘎莱纳⑥文的解释,是"干渴"。他的意思是说庞大固埃出世的时候,全世界都在干渴,他在头脑里仿佛已预见到有一天庞大固埃将要做渴人国的国王,此外,这时还有一个更明显的预兆显示给他,那就是当他母亲巴德贝克生他的时候,收生的妇女们都在那里等待接生,这时从巴德贝克肚子里先走出六十八个赶骡子的,每人用缰绳牵着一匹骡子,骡子上驮的都是盐,他们出来以后,又走出来九只单峰骆驼,驮着火腿和熏牛舌,七只双峰骆驼,驮着咸鳗鱼,后来又有二十五车韭菜、大蒜、葱、陈葱⑦;这可把那些收生婆吓坏了,她们当中有几个说道:

"好一份丰富的食物。我们喝酒一向只是偷偷摸摸,从未痛快地喝过。这一来可好了,因为都是刺激下酒的东西。"

她们这些闲话尚未住口,庞大固埃就生出来了,像一只熊似的全身是毛,有一个收生婆以预言的口吻说道:

"他生时带毛,将做大事,成人之后,一定长寿。"⑧

---

① "倒下雨",是说水是透过地球,从相对的一面来的。
② 塞内加(2—66),罗马名哲学家。
③ 拉丁文,《自然问题》。
④ 不是第4卷,是第3卷第444页。
⑤ 尼罗河,非洲大河,发源于维多利亚湖,经乌干达、苏丹、埃及,入地中海。
⑥ 阿嘎莱纳,即非洲的毛里塔尼亚。
⑦ 指前一年的葱。
⑧ 民歌中词。

第三章

高康大因妻子巴德贝克死亡抱鼓盆之戚

庞大固埃出世之后，感到惊奇而又不知所措的是谁呢？是他父亲高康大。因为一方面，他看到妻子巴德贝克的死亡，另一方面，又看到体面而又肥大的儿子庞大固埃的出世，他简直不知道说什么好，干什么好了。犹豫不决的心情使他感到困惑，他不知道应该为死掉妻子去痛哭呢，还是为生了儿子而欢笑。其实哭也好、笑也好，他都有充分的理由憋得透不过气来，因为，in modo et figura[①]，他都是如此。不过，他还是不知道怎么办好，因此，他急得像一只被捉住的小老鼠，

又像一只被绳索套住的鸢鸟。

他说道："我去哭么？对，应该哭，为什么呢？因为我善良的妻子死了，她是世界上最这个又最那个的女人。我再也见不着她了，永远也找不到像她那样的人了；这对我是一个无法估量的损失！天哪！我对你做了什么事你要这样来处罚我啊？为什么不叫我先死呢？因为没

---

① 拉丁文，意思是依照三段论法的"方式和外形"。

有了她，活着也只是受罪。啊！巴德贝克呀，我的小乖，我的亲亲，我的小……（实际上她的那个并不小，足有三"阿尔邦"①又两"塞克斯泰雷"②大），我的甜蜜的小亲亲、我的裤裆、我的破鞋、我的拖鞋，我再也见不着你了！啊！苦命的庞大固埃啊，你失去了你的好母亲、你善良的妈、你慈爱的亲娘了！啊！害人的死亡，你对我真狠毒啊，真欺负我啊，你把我理当长生不老的人抢走了！"

他一边说，一边号啕大哭，号叫得像一头奶牛；但是他脑子里一想起庞大固埃，又不禁像小牛犊似的笑起来。

"呵！我的小儿子，"他说道，"我的小家伙、我的小脚鸭，你真好看啊！天主给了我一个这样体面、这样快活、这样可爱、这样漂亮的儿子，我多么感激他啊！哈，哈，哈，哈！我多么快活啊！我们来喝酒吧，喝！撇开一切烦恼！拿最好的酒来，洗好杯子，铺好台布，把狗赶走，把火吹旺，点上蜡烛，关好门户，撕碎面包冲汤，穷人们要什么就给他们，打发他们走！替我拿住长袍，让我穿好上装，先好好招待一下这几位接生的太太。"

他的话尚未说完，就听见教士祈祷颂经的声音，他们是来埋葬他的妻子的。他停住了正在说的话，一下子又想到另外的地方去了，他说道：

"天主啊，我还需要悲哀难过么？我确实气恼，因为我不是一个年轻人了，我老了，天有不测风云，我很可能得上什么寒热病；你看，我已经要疯了。贵族不说瞎话③，顶好还是少哭而多喝一点。我的妻子已经死了，那么，苍天（da jurandi④），我哭也哭不活她啊；她现在好了，至少是在天堂上，假使不比天堂更好的话；她为我们祈祷，她现在很幸福，不必再担心世上的苦痛和灾难。天主虽然使我们不能再看

---

① 每"阿尔邦"约等于3 000至5 000平方米，随地区不同。
② 每"塞克斯泰雷"相当于播种156升麦种的面积。
③ 法国国王弗朗索瓦一世的口头语。
④ 拉丁文，全文是 Da veniam jurandi，意思是"恕我说话放肆"。

见她，活着的人他还是要保佑的！慢慢地我考虑考虑再找一个。"

"再派你们做件事，"他向收生的女人们说道，（她们到哪儿去了呢？这些善良的太太，我怎么看不见她们？）"你们去参加她的葬礼吧，我在这里抱抱我的儿子，因为我觉着不舒服，很可能会病倒①。你们先喝些酒再去，因为这只有好处，你们相信吧，我以人格担保。"

她们听从了他的话，去参加葬礼去了，只剩下可怜的高康大留在宫里。他用这段时间编写了一篇碑文准备去刻，碑文如下：

---

① 作者有意指出当时国土是不参加葬礼的，连他们亲近眷属的葬礼也不参加。他们迷信坟墓上的空气对他们不利。

尊贵的巴德贝克，因为分娩死去，

这件事好生离奇！

面貌像琴柄上的肖像①，

瑞士人的肚子，西班牙人的身体②。

请你们代求天主，赐她护庇，

对她宽宥，她从未违反过上天的旨意。

一生无瑕，这里永眠着她的尸体，

于去世的年月日不幸死去。

---

① 古时乐器上常刻有粗糙的人头像，文内的琴系一种三弦琴，为三弦大提琴的
   前身。

② 瑞士人的肚子，西班牙人的身体，是说一个人上细下粗。

第四章

庞大固埃的童年

我从古代的传记家及诗人的作品里看到很多人出世时都很离奇，说起来话太长；如果有工夫，请你们读一下普林尼乌斯作品的第七卷①就知道了。但是，你们从来也没有听说过像庞大固埃这样离奇的了，因为在短短的时间里，他的身材和气力能长得这样快，确实令人难以相信。从前海格立斯在摇篮里曾掐死过两条蛇，可是和庞大固埃比起来真是微乎其微，因为所说的蛇是又小而又细。但是庞大固埃在摇篮里的时候，却干了更惊人的事。

我这里暂且不谈他每顿饭如何喝下四千六百头奶牛的奶，如何给他造一只煮饭的锅，就调动了昂如省索米尔②的锅匠、诺曼底省维勒第额③的锅匠和洛林省勃拉蒙④的锅匠；用这只锅把饭煮好之后，放在一个大槽里，这个槽到今天还保存在布尔日城⑤的法院旁边⑥；当时他的牙齿已经长了不少，而且非常结实，他把那个槽咬下来一大块，好像还觉着很不错。

有一天早晨，人们正准备给他吃一头奶牛的奶（历史从没有告诉我们他用别的方法吃过奶），他把摇篮上缚着他一只胳膊的绳子挣断，从牛的腿弯下面抓住了那头牛，吃掉了它两只奶、半个肚子，外加肝和肾，如果不是那头牛像被狼拖住腿似的拼命号叫，他真会把它整个儿吞下去。听见牛的声音，大家才跑过来从他手里把那头牛拉开；可是，不拘怎么拉，也没有把他还拿在手里的一条牛腿拉出来，他像吃香肠似的吃得很得意；别人想把骨头给他拿开，他一下子就全吞了下去，像鸬鹚对付小鱼那样连皮带骨一齐吃；吃完之后，嘴里连说："好！好！好！"因为他说话还说不全，他的意思是叫人知道他吃得很如意，今后就这样做好了。看见他这样，侍候他的人赶快用粗缆绳把他捆起来，就像在丹镇捆运往里昂的盐包⑦那种绳子，又像停泊在诺曼底惠恩港⑧的大弗朗索瓦兹号⑨船上的缆绳。

还有一次，他父亲养的一只大熊跑出来舐庞大固埃的脸（因为保姆们没有给他擦干净嘴唇），庞大固埃一下子挣开了上面说的缚他的绳子，跟参孙在非利士人那里挣断绳索同样容易，接着便把那个"熊先生"抓过来，像撕小鸡似的撕得粉碎，当场趁热当饭吃下去了。

---

① 普林尼乌斯《自然史纲》第7卷里有《奇怪的生产》。
② 索米尔，在今罗亚尔省昂热东南。
③ 维勒第额，在法国西北部，以产锅出名。
④ 勃拉蒙，即现在阿尔萨斯省的弗拉蒙，该地以铁工业发达出名。
⑤ 布尔日，贝利省城名。
⑥ 布尔日城的法院旁边，有一个大石槽，人称"巨人盆"，每年一次以槽盛酒，分施穷人。
⑦ 丹镇，沿罗尼河一个存放食盐的港口，从那里把盐运往维也纳及里昂。
⑧ 惠恩港，即勃阿弗尔。
⑨ 大弗朗索瓦兹号，是一条2 000吨的运输舰，是当时法国最大的船，1533年在惠恩港下水，结果没有出海即被风浪打破。

经过这件事以后，高康大怕他再闯别的祸，便叫人铸了四条很粗的铁链子把他捆起来，再在摇篮旁边用架子把摇篮支稳。那四条铁链子现在有一条在拉·洛舍尔①，晚上在港口两边的两座高塔中间拉起来的铁链子就是它；有一条在里昂；还有一条在昂热；第四条让魔鬼拿去捆路西菲尔②去了，因为那一天路西菲尔早饭时把一个军曹的灵魂当炒肉吃了下去，肚里疼得厉害，把他的链子都挣断了。所以，你们可以相信尼古拉·德·里拉③谈论《诗篇》的一段记载："Et Og regem Basan④的噩，在很小的时候就健壮非常，不得不用铁链子把他捆在摇篮里⑤。"这样一来，庞大固埃果然安静老实了，因为要把上面说的铁链子都挣断可不容易，何况在摇篮里也没有挥动胳膊的地方。

可是，有这么一天，他父亲高康大大摆宴席，邀请宫内的全体王侯赴宴。我想宫里的所有执事都只顾得去忙酒席了，没有人再关心到可怜的庞大固埃，以至于把他 à reculorum⑥到一边了。他怎么办呢？

他怎么办，善良的人们，且听我道来。

他试着想用胳膊挣断摇篮的铁链，可是他没有挣断，因为铁链子太粗。于是他双脚乱踢，把摇篮的一头踢开了，那一头还是用一根七"扠"⑦见方的粗梁堵着的呢。这样，他的脚伸到摇篮外边，并且用力往下移动，使脚慢慢地挨着了地。这时，他使出很大的气力站起身来，背后背着捆在他脊骨上的摇篮，活像一只在墙上爬动的乌龟，看起来又像一条竖起来的五百吨的大船。就这样，他走进了大家正在吃酒的

---

① 拉·洛舍尔，巴黎西南城名。
② 路西菲尔，叛离天主的天使头儿。
③ 尼古拉·德·里拉，14世纪意大利方济各会修士，以注释《圣经》出名。
④ 拉丁文，"……和巴珊王噩"。见《旧约·诗篇》第135篇第11节。
⑤ 这里不是《旧约·诗篇》里的故事，《旧约·申命记》第3章里也提到噩，据说噩30肘高，每肘约等于0.5米。
⑥ 拉丁文，"冷落，没有人理"。
⑦ 每"扠"约等于22到24厘米，7"扠"约合1.5米。

大厅，冒冒失失地把大家都惊呆了；幸亏他的两只胳膊还捆在摇篮里，所以他什么也不能拿来吃，只好费尽气力弯着腰用舌头来吃几口。他父亲看见他，明白是人们把他忘了，没有给他吃东西，便遵照在座王侯的意思，叫人解开他的绳索，还有高康大的御医们也都说如果把他

这样一直捆在摇篮里，将来容易得石淋病①。

大家把绳子替他解开，让他坐下，让他痛痛快快地吃了一个饱。吃过之后，庞大固埃愤怒地对准摇篮打了一拳，一拳头把摇篮打碎成五十多万块，他无论如何也不肯再回到摇篮里去了。

---

① 据说石淋病是腰部受热引起的。

第五章

尊贵的庞大固埃少年的事迹

庞大固埃一天天长大起来，眼看着越来越懂事，他父亲由于天生的父爱，感到非常喜悦。因为他当时还小，他父亲叫人给他做了一把弹弓，让他追小鸟玩，这把弹弓就是现在人称"尚台尔大石弩"①的那个武器。后来，又把他送到学校里去读书，让他在那里度过了他的青少年时期。

果然，他到普瓦蒂埃②去读书了，而且进步得很快。在那里，他看见学生们有时无事可做，不知道如何来消磨光阴，他感到很可惜。于是有一天，他从名叫帕司鲁尔丹③的一个大岩洞里搬下来一块约有十二"特瓦兹"见方、十四"畔"厚的大石头，把它轻轻地放在一块田地里的四根柱子上，叫那些学生没有事干的时候，就到这块石头上去喝酒，吃火腿，吃包子，用刀子把自己的名字刻在上面；现在大家把这块石头叫做"高石"④。为了纪念这件事，到现在还是这样，如果不先喝到克鲁斯台勒⑤马蹄泉⑥的泉水，到过帕司鲁尔丹，上过"高石"，就别想能在普瓦蒂埃大学里登记注册。

后来，庞大固埃在他祖先壮丽的传记里读到人称"大牙齿热奥佛瓦"⑦的路西尼昂⑧的热奥佛瓦，是他继母的儿媳妇的叔叔的女婿的姑母的姐姐的表姐夫的祖父，葬在马野载⑨。于是他请了一天的 campos⑩，庄严地前去瞻仰了一番。他带着几个同学从普瓦蒂埃动身，经过勒古热⑪拜访了阿尔狄翁院长，走过路西尼昂、桑塞⑫、塞勒⑬、高隆日⑭、封特奈·勒·孔特⑮，在那里拜会了博学的蒂拉柯⑯，然后，从那里到了马野载。在马野载，他瞻仰了"大牙齿热奥佛瓦"的陵园。他看见死者的画像有点害怕，因为像上是一个相貌凶暴的人，从鞘里往外拔着他的大砍刀，他问这是什么意思，当地的教士告诉他说没有别的意思，无非是 Pictoribus atque Poetis, etc.⑰，也就是说，画家与诗人高兴怎样做就怎样做。但是庞大固埃不满意这个答复，他说道：

　　"这样画决不是没有缘故的。我疑心他死的时候有人冒犯了他，他要求亲属为他报仇。我要仔细查问一下，看看应该怎么办。"

　　后来，他没有回普瓦蒂埃去，他想参观一下法国其他的大学。他

----

① 尚台尔，城堡名。

② 普瓦蒂埃，在巴黎西南，当时有法国最出名的普瓦蒂埃大学，学生4 000人。

③ 帕司鲁尔丹，普瓦蒂埃东南摩洛克绝崖的一个山洞。

④ 这块石头已于18世纪摔断，现在一公园内，没有作者所说的那样大。

⑤ 克鲁斯台勒，村名，离普瓦蒂埃6公里多远。

⑥ 马蹄泉，由马蹄子踢出来的一个水泉。

⑦ "大牙齿热奥佛瓦"，据说是莱蒙丹和仙女美露西娜所生之子，有一颗獠牙伸出嘴外。

⑧ 路西尼昂，普瓦蒂埃附近城名。

⑨ 马野载，地名，那里有本笃会出名的修道院。

⑩ 拉丁文，"假期"。

⑪ 勒古热，地名，离普瓦蒂埃八公里远。

⑫ 桑塞，路西尼昂镇名。

⑬ 塞勒，两赛服省地名。

⑭ 高隆日，地名，在尼奥尔附近。

⑮ 封特奈·勒·孔特，地名，作者曾在此处的方济各会做过修士。

⑯ 安德烈·蒂拉柯（1488—1558），封特奈·勒·孔特的法院院长，作者之友人。

⑰ 拉丁文，"画家与诗人自由选择题材……"见贺拉斯《诗艺》第9、10章。

从那里到了拉·洛舍尔,再从拉·洛舍尔由海路前往波尔多。在波尔多,他没有看到什么了不起的东西,只有些装货的水手在沙滩上斗纸牌。

从波尔多,他来到图卢兹①,在图卢兹他把跳舞学得很精,同时也学会了舞剑,这是那里大学生盛行的一种武术;但是,当他看见学生把教师像熏鲞鱼似的活活烧死时②,他不想再待在那里了,他说道:

"天主再也不会让我这样死去,因为我生下来就够干渴的了,用不到再多受热!"

后来他来到蒙帕利埃③,蒙帕利埃有米尔服④产的美酒,还有不会令人寂寞的伴侣;于是他想在那里学医,可是他又觉着这种职业太闷人、太忧郁,医生都有一种灌肠的鬼臭味儿。

于是,他想学法律,但是看见那里只有三个光顶和一个秃头的法学家,他又走开了。不到三个钟头,他就走过了杜·卡尔桥⑤和尼姆⑥的圆形剧场,剧场的建筑可真称得起巧夺天工,简直不像是人造的。他来到亚威农⑦,在这里他没有待三天就已经光想爱情了,因为本地的女人喜欢扎紧屁股,原来此处是教皇的地区啊⑧!

庞大固埃的教师爱比斯德蒙⑨,看到以上情形,便带他离开那里,来到窦菲内省的瓦棱西亚;但是,他在瓦棱西亚又没有看到什么好玩,而且那里的混蛋教师连学生也要打,庞大固埃实在感到愤恨;有一个

---

① 图卢兹,地名,在巴黎西南,当时图卢兹大学的神学院和法学院很出名。
② 1532年法学教授约翰·德·卡奥尔在一次宴会上发表演说,被认为是异端,判处火刑。
③ 蒙帕利埃,地名,当时蒙帕利埃大学的医科最有名,作者即在此处得到医学博士学位。
④ 米尔服,朗格多克省地名。
⑤ 杜·卡尔桥,公元前罗马建筑物,分三层,高48米,长269米,全部长40公里。
⑥ 尼姆,地名,该处有罗马式古代圆剧场。
⑦ 亚威农,沿罗尼河地名。
⑧ 1271至1790年亚威农曾属教皇直接管辖,作者有意指当时教士生活腐化。
⑨ 爱比斯德蒙,意思是"学问渊博"。

星期天，大家在公共场合跳舞，一个学生也想跳，那些坏蛋却不许他参加。庞大固埃看见了，把他们一直赶到罗尼河上，打算把他们都淹死在河里；可是他们像鼹鼠似的钻到罗尼河水底半法里多深的一个土洞里躲藏起来。那个洞到现在还看得见呢①。

后来，他又离开那里，三步一跳②来到了昂热，在昂热他觉着很好，如果不是瘟疫病赶他们走路③，他一定在那里多待一些时候。

接着，他来到布尔日，在那里的法学院④，他读了很久的书，获益不小。他常常说，他认为法律书仿佛是体面的金色袍子，美丽华贵，可是上面的花却是粪污。

"因为，"他说道，"世界上没有比《法学汇纂》⑤的文字更美丽、更工整、更考究的了；但是陪衬的东西，换言之就是阿古尔修斯的注释⑥，真是又脏、又臭、又龌龊，简直是卑鄙和无耻。"

离开布尔日，庞大固埃来到了奥尔良⑦，在奥尔良他遇到许多粗壮的学生，他们举行宴会来欢迎他；不多时候，他就学会了和他们一起打球⑧，而且后来居上打得很好，其实那里的学生本来就是精于球戏的⑨。有时候，他们也常带他到岛上⑩去打木球。他注意不使学业累坏自己的头脑，唯恐会累得目力减退，从前有位教师在教书时常常说，没

① 一直到17世纪，还传说圣伯多禄修院下面有一地洞直通罗尼河河底。
② 指流经瓦棱西亚和昂热间之罗亚尔河。昂热大学创建于14世纪，16世纪时尚是人才济济。
③ 1518年、1530年、1532年，昂热曾三次发生传染性瘟疫。
④ 布尔日的法学院创立于1463年，名法学家阿尔西亚1529年曾在布尔日执教。
⑤ 《法学汇纂》，罗马帝国的全部法规。
⑥ 阿古尔修斯（1182—1260），出名的法规注释人。文艺复兴运动要求纯洁文字，反对中世纪胡乱增加和歪曲的注释。
⑦ 奥尔良，城名，奥尔良大学创立于1305年，在16世纪仍很有名。加尔文即该大学之学生。
⑧ 指中世纪到18世纪盛行的手球，后来改用球拍，逐渐进化为网球。
⑨ 16世纪初，奥尔良的球戏有四十多种。
⑩ 指罗亚尔河桥附近的两个小土山。

有比眼病更有害于视力的了。有一天，他认识的学生里面，有一个考取了法学士，论学问他并没有什么特别，但是跳舞和打球却非常精，于是庞大固埃给那个大学里的学士们制定了一个徽章，还有下面几句题词：

> 裤袋有球，
> 球拍在手，
> 领带①代表法学知识，
> 脚跟响出跳舞绝技，
> 这就是法学博士的标志。

---

① 法国国王弗朗索瓦一世允许法兰西学院教授和法学博士及医师系黑丝领带，长可垂地。

第六章

庞大固埃怎样遇见一个里摩日 ① 人乱说法国话

有一天，我忘记是哪一天了，庞大固埃吃过晚饭，跟他的伙伴来到通往巴黎的那道城门口去散步。他看见一个相貌端正的学生从大路上走来；双方互相招呼之后，庞大固埃问道："朋友，天色这么晚了，你这是从哪里来呀？"

那个学生回答说："是从人称 Lutece（吕台斯②）的有名的、alme，inclyte（声誉卓著的）科学院来。"

庞大固埃问身边的人道："他是说什么呀？"

"他是说从巴黎来，"被问的那个人回答说。

庞大固埃说道："你是从巴黎来么？告诉我你们在巴黎的学生老爷们是怎样过活的呀？"

那个学生答道："我们 au dilicule（在天亮）和傍晚就渡过 la Sequane（塞纳河）到 urbe（市区）的 compites（交叉路口）和 quadrivies（十字街头）去散步。我们满嘴说着 verbocination latiale（拉丁语言），做出 verisimiles amorabonds（真正多情人）的样子，取得

omnijuge（大胆的）、omniforme（各式各样的）和 omnigène（什么都做得出的）女性的 bénévolence（恩情）。某些 diccules（时候），我们也参观一下 lupanares（妓院③），作一下 ecstase venereique（快乐逍遥的嫖客），在那些 meritricules amicabilissimes（可爱的姑娘们）身上 penitissimes recesses des pudendes（最秘密的地方）快乐一番，然后，再到几家出名的 tabernes（酒店）像：'菠萝蜜'、'宫堡'、'玛德勒娜'和'母骡'④去吃精美的、performinées de petrosil（加香菜的）spatules vervecines（羊前腿）。偶然遇到 marsupies（口袋）里缺少、不多、或者干脆没有 métal ferruginé（银钱）的时候，那么，为付 escot（饭账），我们就把我们的 codices（书）和 vestes opignerées（衣服）押在那里，等待老家的 tabellaires（送信人）给我们送钱。"

庞大固埃听完这些话，说道："这是什么鬼话呀？老天，你一定是走了什么邪魔歪道。"

那个学生道："不是的，王爷，因为天一 illucesce（发亮），我就 libentissimement（快活地）到一座建筑优美的 monstiers（教堂）里去，在那里蘸一蘸圣水，念一段 missique precation（弥撒经文），背诵 precules horaires（日课），把 anime（灵魂）一夜之间的 inquinamens（污垢）洗刷干净。我向 olympicoles（圣人圣女）致敬。我崇拜 supernel Astripotent（至尊的天主）。我对 proximes（人）以爱还爱。我遵守 prescriptz décalogicques（天主十诫），尽我 vires（力量）所及，连一 unguicule（指甲）那么远也不离开诫命。很可能是 Mammone（财神）

---

① 里摩日，法国中部里摩三省省会。
② 吕台斯，塞纳河上岛名，即现在的巴黎旧市区，该处有出名的圣母院教堂。当时法国的学者和文人都是说拉丁文，学生则说一种拉丁文和法文混合的语言。本章内很多字都是从拉丁文蜕化出来的，为了避免注释太多，中文意思都放在括号内。
③ 初版上这里还有若干当时出名的妓院名字，（圣维克多街附近达拉斯街上的）"壮年宫"，（格勒奈塔街上的）"我的她"和"死胡同"，（滑车街上的）"布邦"，（圣尼古拉大道上的）"紧门户"等。
④ 菠萝蜜酒店、宫堡饭店都在巴黎旧市区的犹太街，母骡酒店在圣雅各街。

的关系，我的locules（钱袋）里从来不漏一滴，我对于挨门乞讨stipe（小钱）的égènes（穷人），难得和很少施予éléemosynes（哀怜）。"

庞大固埃说道："哎呀，呀！这个疯子说的是什么呀？我看他在这里是跟我们说鬼话，像一个巫魔那样想迷住我们。"

他身边有一个人说道："殿下，这个人一定是想学巴黎人说话，胡乱说拉丁文，自己还以为挺不错呢，他也许自以为是个说法文的大雄辩家，不屑于像平常人那样说话。"

庞大固埃说道："是真的么？"

那个学生答道："Segnor missayre（王公老爷），我的才能 nate（生来）不是像这个 flagitiose nébulon（调皮的撒谎者）所说的那样，乱改我们高卢的 vernacule（通俗的）cuticule（语言）。而是 viceversement（相反的），我尽一切力量，veles（帆）和 rames（桨）一齐使用，用 redundance latinicome（拉丁文的词汇）来 locupleter（丰富）它。"

庞大固埃说道："我的天，我要教教你怎样说话！可是，你先告诉我，你是哪里的人？"

那个学生说道："我 aves et ataves（祖上）的原籍是里摩日地区的人，也就是保存圣马尔西亚尔 corpore（遗体）的地方①。"

"我明白了，"庞大固埃说道，"说来说去，总而言之，你是个里摩日人，却在这里冒充巴黎人。你过来，我得揍你几下。"

接着一把抓住他的脖子，说道："你是在糟蹋拉丁文；冲着圣约翰，我要叫你好好地往外吐，我要活剥你的皮。"

这时，那个倒霉的里摩日学生大叫起来："Vée dicou, gentilastre! Ho! sainct Marsault adjouda my! Hau, hau! laissas à quau, au nom de Dious, et ne me touquas grou!②"

---

① 圣·马尔西亚尔，3世纪里摩日的主教，他的遗体保存在里摩日修道院。
② 里摩日方言，"我说，贵族老爷！喂！圣马尔西亚尔显灵救我啊！哎哟，哟！放开我吧，看在天主份上，别尽抓着我了！"

庞大固埃听了说道："现在你的家乡话出来了吧。"

这才撒手放开了他，可是倒霉的里摩日人早已拉了一裤子了，他的裤子是鳖鱼尾式的[①]，不是密裆的。庞大固埃说道：

"圣阿里庞丹[②]！真是一个麝香猫[③]！啃萝卜的东西[④]，去你的，真臭！"

庞大固埃放走了那个里摩日人。可是那个人一辈子就只想着这次可怕的经历了，他一直觉着喉咙干得发紧，常常说庞大固埃还在掐着他的脖子。不到几年，他终于像罗兰那样死去了[⑤]，真是天理报应，奥卢斯·盖里阿斯，还有那位哲学家[⑥]说得有理，应该用通常的语言来说话，屋大维·奥古斯都斯也说过，要像船主[⑦]躲避海里的暗礁一样避免不常用的冷僻字。

---

① 后面开裆的。
② 圣阿里庞丹，作者虚构的名字。
③ 麝香猫肚门上有一小袋，累集油脂，日久气味甚重，用做香料。
④ 里摩日人的绰号。
⑤ 即干渴而死。
⑥ 哲学家是指的法沃里奴斯，见《阿提刻之夜》第7卷第10章。
⑦ 指水手。

第七章

庞大固埃怎样来到巴黎；圣维克多藏书楼的珍本书籍

庞大固埃在奥尔良发奋读书之后，决定到巴黎的大学院去开开眼界。可是在动身之前，他听说奥尔良圣爱尼昂教堂①有一口大钟已经在地下埋了两百一十四年了；这口钟大得惊人，用任何工具也不能从地下挖出来，他们把维特鲁维乌斯②的 De architectura③、亚尔培图斯④的 De reœdificatoria⑤、厄克里德斯⑥、德翁⑦、亚尔奇迈德斯⑧，还有希罗⑨的 De ingeniis⑩等所提到的方法都用过了，还是毫无成效。庞大固埃接受了城内居民谦恭的请求，决定把那口钟重新放到钟楼上去。

于是他来到埋钟的地方，用一个小手指头就把它从地底下提出来了，和你们在鹰腿上系一个铃铛同样容易⑪。庞大固埃在把钟送上钟楼之前，想让城内居民听听钟的声音，于是他手里提了钟走遍大街小巷，一边走一边摇，大家都非常快乐；可是却闯了一个大祸，原因是他提着钟在街上大摇特摇的时候，奥尔良所有的美酒都变质发酸了⑫。这件事，大家到了第二天晚上才知道，因为凡是喝过变了质的酒的人，个个都感到干渴异常，嘴里直吐白沫，和马尔太岛上的棉花一样白⑬，他们说："我们有了庞大固埃了⑭，我们的喉咙都成了咸的了⑮。"

庞大固埃办过这件事之后，带着他的伙伴来到巴黎。他一进城，全部居民都出来看他来了，你们知道巴黎人天生的爱看热闹，任何小事都要起哄；他们惊奇万分地望着他，同时又担心他会不会像从前他父亲把圣母院教堂的大钟拿下来要捆到牝马脖子上那样，把他们的司法衙门搬到 a remotis⑯地方去。

庞大固埃在巴黎住了一些时候，把七种文艺⑰学了一个透熟。他说这个城市，住在那里很好，可是不要死在那里，因为圣·伊诺桑的叫

---

① 圣爱尼昂教堂，在奥尔良东南，奥尔良志书载圣爱尼昂教堂有两口大钟，一为1039年国王罗伯尔所赠，重1万1千6百斤，一为1466年国王路易十一所赠。
② 维特鲁维乌斯，公元前1世纪古罗马名建筑学家。
③ 拉丁文，建筑学。
④ 亚尔培图斯（1404—1472），意大利建筑家。
⑤ 拉丁文，建筑艺术。
⑥ 厄克里德斯（前306—前283），古希腊几何学家，人称几何学之父。
⑦ 德翁，有两个德翁，一个活在2世纪，另一个在4世纪，两人均为数学家。
⑧ 亚尔奇迈德斯，公元前3世纪名几何学家。
⑨ 希罗，3世纪机械学家，著有机械及自动机械书籍，但未写过《自然科学》。
⑩ 拉丁文，自然科学。
⑪ 当时狩猎的鹰，爪上都系有铃铛。
⑫ 当时相信震动能使酒变质，所以怕打雷。
⑬ 马尔太岛以产棉花出名，直到18世纪马尔太的棉花还是很有名的。
⑭ 意思是说，我们得上喉咙干渴的病了。
⑮ 传奇中庞大固埃是一个使人干渴及闷死人的神人。
⑯ 拉丁文，"偏僻的"。
⑰ 即语文、论理、修辞、算术、几何、音乐、天文。

化子都用死人骨头烤屁股。他认为圣·维克多的藏书楼确是不错，尤其是他在目录上看到的一些书，primo[①]：

Bigua salutis[②].

Bragueta juris[③].

Pantofla Decretorum[④].

Malogranatum vitiorum[⑤].

神学要览。

土尔吕班[⑥]编著：《讲经者的狐狸尾巴》。

勇士大象一般的睾丸。

主教的退欲草[⑦]。

Marmotretus, De babouynis et Cingis, cum commento d'Orbellis[⑧].

Decretum universitatis Parisiensis super gorgiasitate muliercularum ad placitum[⑨].

圣日尔特吕德显形与坡瓦西一怀孕修女[⑩]。

---

① 拉丁文，"首先有"。
② 拉丁文，《救赎之车》，一本包括一百二十四篇教义的宣教书，Biga在拉丁文的意思是"二轮马车"，作者把Biga写作Bigua，是有意拿法文的Bigue来混淆，按Bigue在里昂方言里是"竿子"的意思，故此书名亦可译作《救命竿子》。
③ 拉丁文，《法学裤裆》，无此书名。
④ 拉丁文，《通谕礼鞋》，即《圣教法规大全》。
⑤ 拉丁文，《罪恶果实》。
⑥ 初版上此书作者系贝班，不是土尔吕班，贝班系16世纪初一雅各宾党讲经者，作者常用"土尔吕班"来影射雅各宾党。
⑦ 亦可解释"主教的冷酷"。
⑧ 拉丁文，"马尔莫莱图斯的《论猴》附窦尔贝里斯注释"。"马尔莫莱图斯"意思是"长尾巴猴"，影射《圣经》的注释人"马莫莱特"，"窦尔贝里斯"有意指15世纪在普瓦蒂埃教书的方济各会修士戴·奥尔包。另一说：这本书仅是一本儿童语法，因为本书作者常常把儿童比作猴狲，故撰此书名。
⑨ 拉丁文，"巴黎大学有关女人如何梳洗打扮之通令"。
⑩ 查理六世之女玛丽丽曾在坡瓦西本笃会修院修道，因此皇室对待该处修院特别宽厚，修女生活非常自由。

Ars honeste petandi in societate, per O. Ortuinum①.

悔罪的芥末瓶②。

靴子，alias③靴刑④。

Formicarium Artium⑤.

De brodiorum usu, et honestate chopinandi, per Silvestrem

prieratem, Jacospinum⑥.

宫内被骗的丈夫⑦。

公证人的公事篓⑧。

结婚的包裹。

观察考验。

法律的烦琐。

酒的刺激。

奶酪的鼓舞⑨。

Decrotatorium Scholarium⑩.

Tartaretus, De modo cacandi⑪.

---

① 拉丁文，"奥尔土伊奴姆著：《在大庭广众间放屁的艺术》"。奥尔土伊奴姆，影射德国科伦神学家奥尔土伊奴姆·格拉修斯，亦即哈尔多音·德·格拉伊斯，为人文主义者攻击之对象。

② 意思是"罪人及早回头"，"芥末瓶"(moustardier) 与"太晚"(moult tarde) 同音，当时有位讲经者开始讲道时先说三次"太晚了"，来表示悔罪愈晚，罪过愈大。

③ 拉丁文，"亦称"。

④ "靴刑"指雅各宾党之刑罚。

⑤ 拉丁文，《艺术集锦》，一本德文魔术书，作者是德国雅各宾党约翰·尼戴尔。

⑥ 拉丁文，雅各宾党西尔维斯特莱姆·普里埃拉特姆著：《饮食篇》。

⑦ 指弗朗索瓦一世朝内的风流韵事。

⑧ 旧时法国与希腊罗马一样，公证人的文件都放在公事篓内。

⑨ 作者有意把酒的刺激和奶酪的鼓舞放在一起，因为喝了酒就想吃奶酪，吃了奶酪就想喝酒。

⑩ 拉丁文，"学校的去污器"，当时教师和学生的肮脏是出名的。

⑪ 拉丁文，"塔尔塔莱图斯著：《大便法》"，塔尔塔莱图斯系索尔蓬研究亚里士多德的神学家，"塔尔塔莱"意思是"大便"，故作者有此诙谐语。

罗马之排场①。

勃里柯著：De differentiis soupparum②.

鞭打屁股③。

鞋底刑罚④。

上等绷带的售卖者⑤。

慷慨的锅。

忏悔师的吹毛求疵。

本堂司铎处分的补赎。

Reverendi Patris Fratris Lubini, Provincialis Bavardie, de croquendis lardonibus libri tres⑥.

Pasquili, Doctoris marmorei, de Capreolis cum chardoneta comedendis tempore Papali ab Ecclesia interdicto⑦.

法院内行人玩的六个人的找十字架游戏⑧。

往罗马朝圣者的眼镜⑨。

马若里斯著：De modo faciendi boudinos⑩.

---

① 指教廷仪仗，教会的夸大礼仪。
② 拉丁文，《汤食大全》，勃里柯系巴黎神学家，圣母院教堂的忏悔师，"勃里柯"照德文的意思是"粥"，所以作者叫他做汤。
③ 修士违反会规须打苦鞭。
④ 马尔太岛上古时有一种刑罚叫"打鞋底"，行刑时即用鞋底打人。
⑤ "卖绷带者"（tripier）和"三脚架"（trépied）同音，"绷带"（panse）和"思想"（pensée）同音，所以亦可译为"虔诚思想的三部曲"。
⑥ 拉丁文，"外省巴维尔狄埃司铎，德高望重的吕班修士著：《吃油法》3卷"。
⑦ 拉丁文，"马尔莫莱神学大师巴斯奇利著：《封斋期内吃教会禁吃的百叶菜炖羊羔》"。
⑧ 所说的六个人，是法官，推事，律师，代书，录事和执达吏；"找十字架游戏"是说他们联合起来进行敲诈勒索；"十字架"是指面上铸有十字架的银币。
⑨ 从法国往罗马朝圣，须经阿尔卑斯山，为预防雪光反照，须戴护目眼镜，此处作者有意指戴有色眼镜的人。修辞学家约翰·迈希诺著有诗集《国王的眼镜》，说眼镜的两块玻璃一块是慎重，另一块是公正。
⑩ 拉丁文，《做布丁法》。马若里斯指蒙台居公学校长约翰·马伊尔，这里有意说他放任毒虫把学生咬得皮肤发肿，状若布丁。

教廷官吏的风笛。

贝达著：De optimitate triparum①.

律师关于报酬的贪婪。

法官的贪污欺诈。

油豆，cum Commento②.

赦罪的烧饼③。

Præclarissimi, Juris Utriusque Doctoris, Maistre Pilloti Racquedenari, De bobelidandis GlossæAccursiane baguenaudis Repetitio enucidiluculidissima④.

贝纽莱著：Stratagemata Francarchieri⑤.

弗朗克多比奴斯著：De re militari, cum figuris Tevoti⑥.

De usu et utilitate escorchandi equos et equas, authore M. Nostro de Quebecu⑦.

乡下法官挂羊头卖狗肉。

母驴腿·罗斯多柯斯特大师著：De Moustarda post prandium servienda, lib. quatuordecim, apostilati per M. Vaurrillonis⑧.

教会法官的输捐⑨。

---

① 拉丁文，"肥美的肚肠"，诺埃尔·贝达是巴黎大学博士，蒙台居公学校长，人文主义的坚决敌人，以肥胖出名，这里有意说他的知识只是一肚子肥肠。

② 拉丁文，"带佐料"，亦可译"附注释"。

③ 指教士赦罪是可以花钱买的。

④ 拉丁文，"著名的双料法学博士比约蒂·拉克德纳利（抢劫、抓钱）大师著：《重校阿古尔修斯对法典的愚蠢注释和说明》。"

⑤ 拉丁文，《弓箭刀的诡计》。15世纪末的一本小说，大意是贝纽莱被判死刑，医生要求拿贝纽莱做开刀试验，国王允其请，医生开刀动手术将贝纽莱身中之石弹取出，贝纽莱竟又活了很久。

⑥ 拉丁文，《军事法典》，附戴沃蒂插图。

⑦ 拉丁文，《剥马皮的方法及用途》，作者是柯贝古神学大师。

⑧ 拉丁文，"《饭后芥末篇》共14卷，服利奥尼斯注释"。注释人系15世纪方济各会神学家。

⑨ 主教容许教士私有情妇，但须交纳捐银。

Quœstio subtilissima, utrum Chimera, in vacuo bombinans, possit comedere secundas intentiones? et fuit debatuta per decem hebdomadas in concilio Constantiensi[①].

律师诛求无厌的贪婪。

Barbouilamenta Scoti[②].

红衣主教的蝙蝠翅膀[③]。

De Calcaribus removendis decades undecim, per M. Albericum de Rosata[④].

Ejusdem, De castrametandis crinibus lib. tres[⑤].

安东尼·德·勒沃进入巴西国土[⑥]。

Marforii bacalarii cubantis Rome, de pelendis mascarendisque Cardinalium mulis[⑦].

同上作者:《对坚持教皇的骡子须按时饮食的人的抗辩》[⑧]。

---

① 拉丁文,《贡斯当斯宗教会议(1414—1418)讨论过十个星期的、在空中嗡嗡的幻影(幻想)能否解决第二种思想》。"第二种思想"在神学上指思想的思想(客体的偶然属性);作者讽刺1414年德国贡斯当斯宗教会议一连开了十个星期,一说开了四年,结果只讨论了一个毫不重要的问题。

② 拉丁文,《斯各特的涂抹》,约翰·斯各特系14世纪初英国方济各会修士,此处指他的著作。

③ "蝙蝠翅膀"原系一种女帽,因为蝙蝠是一种晚上才出现的动物,作者有意说红衣主教到了晚上才活动。

④ 拉丁文,"《须要取消刺马距》,110卷,亚尔培里古姆·德·洛萨塔著"。"洛萨塔"意思是"刺马距",故作者有此书名。

⑤ 拉丁文,"与前书同一作者:《头发上须设卫兵》共3卷"。

⑥ 安东尼·德·勒沃系查理五世大将,曾于1536年进攻法国普罗温斯,把普罗温斯烧成一片焦土,成了巴西的颜色,所以作者说他进入巴西,还有的版本上是希腊;初版上无此书名。

⑦ 拉丁文,"罗马躺着的学士马弗里奥著:《怎样洗刷和改涂红衣主教骡子的颜色》"。罗马马弗里奥的雕像是躺着的。红衣主教骡子的颜色须与出巡的日子相符合。

⑧ "骡子"(mule)与"教皇的礼鞋"(mule)同字同音,教皇的礼鞋是朝圣者必拜之物。

历书 que incipit, Silvi Triquebille, balata per M.N. Songecruyson[1].

Boudarini episcopi, De emulgentiarum profectibus eneades novem, cum privilegio papali ad triennium, et postea non[2].

少女的笑脸。

寡妇磨光的尖头巾[3]。

修士的风帽[4]。

天福会教士诵经[5]。

修士行乞的禁令[6]。

穷鬼的苦相[7]。

神学家的捕鼠器[8]。

艺术大师的喇叭[9]。

奥喀姆新削发的小修士[10]。

Magistri N.Fripesaulcetis, De grabellationibus horarum canonicarum, lib. quadraginta[11].

Cullebutatorium confratriarum, incerto autore[12].

---

[1] 拉丁文,《神学大师宋日可乐修斯遗下的一开始就讲到的历书》。四开本,花体古字,诗体,每首四行。宋日可乐原系一喜剧演员名。

[2] 拉丁文,"布达利尼主教对挤牛奶(出卖赦罪)的九个九日功经,教皇特许有效三年,过时无效"。

[3] 因为戴上摘下的次数多了,都磨光了。另一解释为"无毛的屁股",16世纪妇女盛行阴部剃光。

[4] 亦作"修士的伤风感冒"解。

[5] 指他们有如老太婆诵经糊里糊涂、心不在焉。

[6] 修士行乞也是花钱才能买到的一种权利。

[7] 指职业叫化子的虚伪和贪婪。

[8] 指教会的圈套儿,骗进去就出不来。

[9] 和前一句有关,也是指宗教骗人。

[10] 奥喀姆系英国方济各会名哲学家,此处新削发的小修士,指尚未戴帽子就自以为和奥喀姆一样了。

[11] 拉丁文,"神学大师弗里波沙司(喝汤大师)著:《关于教内日课的分析》,共40卷"。弗里波沙司本来是高朗古杰御厨的名字。

[12] 拉丁文,"《教士的跟斗工夫》,作者不详"。

募化修士的大肚量①。

依尼高教士创造出来的西班牙人的狐臭味②。

穷鬼的去虫粉③。

Poiltronismus rerum Italicarum, autore magistro Bruslefer④.

鲁留斯著：De batisfolagiis principium⑤.

Callibistratorium caffardiœ, actore M. Jacobo Hocstratem hereticometra⑥.

受古庸著：De magistro nostrandorum Magistro nostratorumque beuvetis, lib. octo gualantissimi⑦.

雷基斯⑧编：教廷的监印官、录事、书记、速记官、检察官、收发官等人的鬼把戏。

患风湿痛及花柳病人的万年历⑨。

Maneries ramonandi fournellos, per M. Eccium⑩.

商人扎东西的绳子。

修道院的舒适生活。

迷信者的肉食。

---

① 指募化修士只会吃，另一说指他们的破帽子。
② 依尼高指耶稣会创立人依纳爵，1532年本书出版时，耶稣会尚未成立，作者是第一个揭发耶稣会阴谋罪恶的人。依纳爵是西班牙人。
③ 假冒为善的人，可以痛哭流涕，但想的却是他们的饭碗。
④ 拉丁文，"《意大利人的怯懦懒惰》，作者布鲁勒菲尔（烧铁）大师"。
⑤ 拉丁文，"王侯们的游戏"，鲁留斯系14世纪炼丹学家，这里指鲁留斯死后，统治贵族争夺死者遗下的宝石。
⑥ 拉丁文，"辨别异端邪说的雅各伯·奥克斯特拉顿著：《假正经的虚伪》"。奥克斯特拉顿是科伦本笃会的院长，反对埃拉斯姆斯学说的人。
⑦ 拉丁文，"《神学士及博士的饮宴篇》，共8卷，内容海淫"。"受古庸"是"裤裆发热"的意思。
⑧ 当时荷兰有一方济各会修士名雷基斯，是一个卫护正教的名宣教家。
⑨ 有意指作者自己计划编的历书。
⑩ 拉丁文，"埃奇奥奥姆大师著：《掏烟囱法》"。埃奇奥奥姆系德国神学家，路德的敌人。

糊涂人的故事①。

饷银只有一千铜子的兵士的贫困。

教会法官的诡计②。

会计人员的球戏③。

Badinatorium Sophistarum④.

Antipericatametanaparbeugedamphicribationes merdicantium⑤.

低能诗人的蜗牛壳。

炼丹家的风箱⑥。

塞拉提斯教士汇编:《募捐秘诀》⑦。

修道的阻难⑧。

撞钟人的颤动⑨。

老年的依靠。

贵族的口罩⑩。

猴狲念经⑪。

虔诚皈依的桎梏⑫。

四季斋期的茹素。

---

① 作者常常说方济各会修士糊涂、愚蠢。
② 教会法官是主教指定判断是非的教士。
③ 当时法国的会计人员过多,无事可干,一天到晚只知道玩。
④ 拉丁文,"诡辩学家的儿戏"。作者把巴黎大学的神学大师统称为诡辩学家,说他们研究的东西只等于儿戏。
⑤ 作者用一系列希腊文的前置词造出一个非常长的医学名词来形容医生拿专门术语来骗人。这段文字的意思是"行医者反反复复、里里外外、上上下下、反反正正的争辩"。
⑥ 指炼丹家之实验。
⑦ "塞拉提斯"有"隐藏"的意思,说教士将募化的钱都藏起来自己受用。
⑧ 指修士入会时要经过发愿等手续。
⑨ 指修士生活苦闷。
⑩ 指贵族醉生梦死的生活。
⑪ 指外表慈善心地恶劣的人;猴狲嘴动有如念经,其实心里毫无此意。
⑫ 指皈依宗教的不自由。

世俗生涯的死亡①。

隐修士的蝇拂②。

司铎听忏悔的大风帽③。

不守清规的教士玩骰子④。

鲁尔多图斯（笨伯）著：De vita et honestate braguardorum⑤.

Lyripipii Sorbonici Moralisationes, per M. Lupoldum⑥.

旅客解闷的玩具。

善饮主教的秘方。

Tarraballationes Doctorum Coloniensium adversus Reuchlin⑦.

贵夫人的淫逸生活。

为大便方便的马丁格尔式裤子⑧。

Virevoustatorum nacquettorum, per F. Pedebilletis⑨.

勇士的破鞋⑩。

狂人疯子的玩意儿⑪。

日尔松著：De Auferibilitate Pape ab Ecclesia⑫.

---

① 指修士戴的大风帽，可以遮住眼睛，有与世隔绝的意思。
② 指隐修士的长胡须，亦可解释为小修士。
③ 当时教士听忏悔戴风帽有两种好处，第一可以遮盖自己偷笑，别人看不见，第二可以御寒。
④ 指修院里的生活。
⑤ 拉丁文，《考究裤子的人的生活与品德》。
⑥ 拉丁文，"《索尔蓬头衔的道德观》，鲁波杜姆大师著"。"索尔蓬头衔"指巴黎大学戴博士帽子的人。
⑦ 拉丁文，"科伦神师们对罗士兰的愤怒"。1510年科伦神学大师向罗马教廷控诉希伯来文书籍被偷故事。罗士兰为当时人文主义者。
⑧ 即前后有活动开裆，见第1部第20章。
⑨ 拉丁文，"《球场拾球的秘密》，贝德比勒提斯（球腿）教士著"。有讽刺赤足募捐修士将募得之款私藏起来自己花用的意思。
⑩ 乐观的鞋一面劳动一面歌唱。
⑪ 指方济各会的一种风俗，修士将石子放在房顶上，圣灰礼仪日才让石头滑下来。
⑫ 拉丁文，《教会选举教皇法》，日尔松系天福会修士，他在1414年发表一本书，提议选举额我略和本笃十三为副教皇来监督教皇约翰二十二世。

委任及晋级者名册。

Jo.Dytebrodii, De terribiliditate excomunicationum libellus acephalos①.

Ingeniositas invocandi diabolos et Diabolas, per M. Guingolfum②.

长年颂经修士的美食③。

异教人的跳舞④。

卡野当的双拐⑤。

Moillegroin Doctoris cherubici, De origine patepelutarum et torticollorum ritibus, lib. septem⑥.

六十九本有价值的日课⑦。

五个行乞修会的晨祷⑧。

对异端人使用的穿红靴子剥皮法，《天使学大全》引载⑨。

良知的梦幻者⑩。

法官的大肥肚子。

教士们的驴鸡巴⑪。

Sutoris, adversus quemdam qui vocaverat eum Fripponatorem, et

---

① 拉丁文，"约·狄特勃罗丢斯著：《开除出教的可怕》"。当时有好几个德国皇帝受到开除出教的处分，与教皇脱离了关系。

② 拉丁文，"《祈祷男女魔鬼的艺术》，关高尔弗斯大师著"。关高尔弗斯曾以为自己的祈祷未被天主听见，而转求魔鬼。

③ "长年颂经"亦有"终身行乞"的意思，还可能指修士这一行业永远不会消灭。

④ 一种腿上拴着铃铛的跳舞，另一说是指先叫人跳舞后逼人跳火坑的刑罚。

⑤ 卡野当指当时的红衣主教卡日当（1469—1534）；"双拐"亦有《片言集》的意思。

⑥ 拉丁文，"天使学大师目依格罗音（湿脸）著：《赤脚人和歪脖人的来历》，共7卷。""赤脚人"和"歪脖人"都是指假冒为善者，当时有指方济各会修士的意思。

⑦ "有价值"亦有翻久了，"油渍斑斑"的意思。

⑧ 亦有指修士们大腹便便的意思。

⑨ 指火刑，把烧红的靴子穿在受刑者的脚上。《天使学大全》，无此书。

⑩ 圣托马斯·阿奎那作品，内容充满幻想。

⑪ 作者曾把一个主教叫作"大驴鸡巴"，可是始终未说出他的姓名。

quod Fripponatores non sunt damnati ab Ecclesia[①].

Cacatorium medicorum[②].

掏烟囱的星相学家[③]。

Campi clysteriorum, per S.C.[④]

药房的灌肠器[⑤]。

外科手术用撬肛门器。

茹斯提尼亚奴斯著：De cagotis tollendis[⑥].

Antidotarium animœ[⑦].

迈尔利奴斯·柯卡优斯著：De patria diabolorum[⑧].

这些书有的已经出版，有的还在图宾根[⑨]这座出名的城市里印刷。

---

① 拉丁文，"苏脱里斯著:《反对叫他骗子手的人，而真的骗子却受不到教会的处分》"。苏脱里斯即索尔蓬博士古久里埃，他曾著书反对埃拉斯姆斯，他们对宗教赦罪问题看法不同。

② 拉丁文，"泻药"，古时泻药为主要治疗药品。另一解释为"医生的污浊"。

③ 星相学家不离望远镜，一会儿往上看，一会儿往下看，活像一个掏烟囱的。

④ 拉丁文，"《净土》，S. C.著"。S.C.指里昂医学家辛姆弗里安·尚比埃（Symphorien Champier），他曾有一本书用此名。

⑤ 当时药房有直接为病人进行治疗者。

⑥ 拉丁文，《宜取消迷信》。茹斯提尼亚奴斯指罗马皇帝茹斯提尼昂。

⑦ 拉丁文，"灵魂的防毒剂"。中世纪药房有此药。

⑧ 拉丁文，《魔鬼国》。迈尔利奴斯·柯卡优斯系泰奥菲尔·法朗柯的笔名，本笃会修士，他曾有一本书谈魔鬼的居处。

⑨ 图宾根，德国城名，以出版事业发达出名。

第八章

庞大固埃怎样在巴黎收到
父亲高康大的家书；书信的内容

你们可以理解得到，庞大固埃读书很专心，而且很有进步，因为他有双倍的理解能力，记忆力更是好得可以装下十二大桶橄榄油。就在这个时候，有一天他收到他父亲的一封信，信的内容如下：

最亲爱的儿子：

全能的造物主在开始有人类时赋予人类的恩惠、宠爱和权益里面，有一样我认为特别神奇和美好；有了它，人类便能够在可能死亡的情形下得到永生，在短暂的生命过程中，使自己的姓氏和种族永垂不朽，那就是由于我们的合法婚姻所产生的一系列的后代。因为有了后代，我们老祖先因犯罪所失掉的，才能得到补偿，据说，他们没有遵守造物主天主的诫命，所以应该死亡，由于死亡，人类所具有的美丽形象将会化为乌有。但是由于世代相传，父母所失掉的，会留在孩子身上，孩子身上所丢失的，会留传给后代的子孙；这样一代一代地传下去，一直到最后审判，耶稣基督把他那不再有任何危险和罪恶的和平国家交还给天父的时候为止；那时候将是一切朝代和罪恶的末日，一切元素都将停止它们原来不停止的变迁，那时候，渴望已久的和平将会实现，将会完善，一切的一切都将走到尽头，完成它们的历史使命。

因此，我感谢天主救主使我看见了我衰老的残年能在你的青春年华里再度活跃起来，这是非常合理、非常应当的；因为依照他掌管一切、调度一切的旨意，我的灵魂脱离肉身的时候，不再会认为我是完全死去，而只是从一个地方走到另一个地方，因为在你身上以及你的行为上，别人依然可以看到我的形象活在那里，并且和我过去的习惯一样跟有荣誉的人和朋友们互通往来，时相过从。我这些往来，依靠上天的恩惠和保佑，虽不能说毫无过错（因为我们每一个人都会犯罪，所以才不停地请求天主宽赦我们的罪过），但至少我认为是无可指责的。

为此，由于在你身上保存着我肉体的形象，假使灵魂上的优点不能同样发扬，人们就会说你不是我们家里不朽名声的保有人和宝贝；看到这种情形，我所感觉的快乐便会缩小，因为存在的将是我最小的一部分，也就是说肉身，而最好的一部分、亦即我们的声誉赖以在人世间受到祝福的灵魂，却堕落衰退了。我说这话决不是不相信你的品德，你的品德我过去已经有过经验，我是想鼓励你今后好了还要更好。我现在写信给你，并不是强迫你非照这样有道德的方式去生活不可，而是愿意你这样生活，并且如果这样生活，使你感到喜悦，将来你会更振作起精神来。

为了完成、为了做好这件事，你不要忘记我是如何不顾惜一切的；我拿你当作我在世界上唯一的珍宝来教导你，一心一意只想在我有生之年能够有一天看到你成为一个十全十美、毫无缺陷的人，不管在品行、道德、才智方面，还是在丰富的实际知识方面；希望你能在我死后，像一面镜子似的映出我、即你父亲的为人，即使不完全像我期望你的那样完善、那样具体，也至少像我意想中的那样美好。

我还清楚地记得，我去世的父亲高朗古杰，为使我能够在所有的学问及社会知识上获得教益，如何费尽了心力，我自己也尽力之所能符合他的意愿，并且超过他的愿望。此外，你也很明白，当时学习文艺决不及现在如此方便容易，而且我也没有你这么多的教师。当时还是个黑暗的时代，而且还有哥特人不忠实和破坏的遗风，他们把好的文艺整个都毁坏了。但是，靠上天保佑，光明和尊严，总算在我未死之前还给了文艺，使我看到了这样大的改进，恐怕现在要我进小学最低的一班也有困难，而我在当年（也确是如此）还被称为是我那一世纪里最博学的人呢。我说这话并不是虚伪夸张——虽然给你写信，我很可以正大光明地这样做，就像马尔古斯·图里乌斯①在他《论老年》一书里写下了普鲁塔克在他那本叫作《如何称赞自己而不夸大》一书里有名的句子②一样——而是为向你表示我对你更深的慈爱。

现在，各级教育课程都规定好了，语文也奠定了，比方希腊文吧，一个人如果不会希腊文而说自己博学，这是一种羞耻；其他如希伯来文、加尔底亚文③、拉丁文，也是如此；印刷的精美和实用，在我那个时代，肯定说是神圣启示的，正好像在相反的一

---

① 即西赛罗。
② 那句话是这样说的，"对自夸的老人须要宽大，他们年纪大了，而且已有一定的名声和品德，如果他们（以他们的榜样）能刺激起被指责者的热情和自尊心，也不是没有用处的，正相反，倒是很重要的"。
③ 加尔底亚文，巴比伦加尔底亚的文字。

面，炮火是在魔鬼的指引下产生出来的一样。现在全世界都有有学问的人，知识渊博的教师，藏书丰富的图书室。我以为柏拉图的时代也好，西赛罗、巴比尼昂①的时代也好，哪个时代也没有现在求学这样容易。今后如果不在密涅瓦庙堂②里学成后才出来，谁也没法再在社会上立足，也没有人肯和他交往。我看现在的强盗、屠夫、士兵、马夫也比我那时候的博士和讲经者高明得多。我还能说什么呢？连妇人和女孩子都希望得到这个荣誉，得到美好的精神食粮。语言在今天变得这样需要，甚至到了我现在的年纪，还不得不学习希腊文字，我过去虽然没有像迦多③那样轻视它④，但我幼年确是没有机会来得及学它。现在我非常喜欢读普鲁塔克的《道德论》，柏拉图优美的《对话集》，包萨尼亚斯⑤的《古代建筑》以及阿忒涅乌斯的《考古学》，一面等待我的造物主天主高兴呼唤我、命令我离开这个世界的时候。

为此，我的孩子，我劝你把青春好好地用在学业和品德上。你现在在巴黎，同时还有你的教师爱比斯德蒙，后者⑥用生动的口述的教育，前者⑦用值得称道的事例，可以把你教育得很好。

我坚决要你把各种语言都学好，首先是希腊文，就像干提理安⑧所指定的那样，第二是拉丁文，再次是希伯来文，会希伯来文可以把《圣经》学得更精，加尔底亚文和阿拉伯文也同样要学；文字语法方面，希腊文要学习柏拉图，拉丁文要学习西赛罗。要把所有的东西全记在你脑子里，有关地理及宇宙学的作品可以帮

---

① 巴比尼昂，3世纪罗马帝国名政治家。
② 密涅瓦庙在罗马，古时为诗人、艺术家集会之所，此处指教授文艺之学校。
③ 迦多，公元前2世纪罗马帝国行政官。
④ 普鲁塔克曾说迦多最看不起希腊文化。
⑤ 包萨尼亚斯，2世纪希腊地理学家及史学家。
⑥ 指爱比斯德蒙。
⑦ 指巴黎。
⑧ 干提理安，1世纪罗马帝国名教育学家。

助你学习。

在文艺方面，几何、算术和音乐，你五六岁的时候，我就使你对它们发生兴趣了；其余的，也要继续学好，像天文，就要把所有的规律都学会；至于占卜星相和鲁留斯的炼金提丹①，倒可以撇开不管，因为那都是些骗人和虚伪的东西。

法律方面，我希望你把公正的条文全都读熟，然后再理智地加以比较。

至于有关自然界的事物，我要你仔细地研究，要没有海里、河里或水泉里的鱼类是你所不知道的；天空中一切飞鸟，森林里一切乔木、灌木、大树、小树，地上所有的花草，地层下面的一切矿产，整个东方和南方的宝石，要没有你不认识的东西。

然后，再仔细地参考希腊、阿拉伯、罗马、各地医学家的著述，也不要疏忽那些研究《塔尔摩特》②和《加巴勒》③的人，要经常练习解剖，对另一种宇宙④、亦即人类，要掌握全面的知识。每天要先用几个钟头读《圣经》，先读希腊文的《新约》和教徒们的书信，然后再读希伯来文的《旧约》。

总之，要让我在你身上看到一个知识的渊薮；因为等你长大成人之后，就要离开求学的安静生活，去学习骑马和武术，保卫我们的家乡，遇到友邦抵抗坏人进攻的时候，尽一切力量援助他们。

我还希望你就近测验一下你究竟学会了多少本事，最好的方法是公开接受对一切学问的答辩，任何人都可以提问，任何人都可以和你争辩。此外，还要常常接近有学问的人，不拘是巴黎的，还是别处的。

---

① 指13世纪后半期一些星相学家盛行一时的雕虫小技。
② 《塔尔摩特》，犹太人的《圣经》，全书分两部分，一部分叫《米希那》，另一部分叫《奇马拉》。
③ 《加巴勒》，犹太人根据《圣经》所作的深奥注释。
④ 那时说"世界"是"大宇宙"，"人类"是"小宇宙"。

先知所罗门说过，恶人灵魂里是没有智慧的，没有经过理解的学问等于灵魂的废物；因此你需要侍奉、爱慕并敬畏天主，把你所有的思想和愿望都寄托在他身上，用由仁爱形成的信心，和他结合在一起，千万不要让罪恶把你和天主分开。要警惕世界上的欺诈。心里不要贪恋虚荣，因为尘世的生命是短暂的，只有天主的话才永远存在。要对人殷勤，要爱人如己。尊敬你的师长。避开你不要仿效的人，上天赐给你的恩佑，不要白白浪费。等你认为把那里的学问都学好之后，就回到我这里来，让我在未死之前看见你，并为你祝福。

我的儿子，愿我主的和平和恩佑与你同在。阿门。

　　　　　　　　　　三月十七日，于乌托邦
　　　　　　　　　　　你的父亲
　　　　　　　　　　　高康大

庞大固埃收到这封家书，读过之后，重新打起精神，振作奋发，劲头之大，前所未有。看见他这样用功和进步，你真会说他的精神和书在一起就跟干柴碰到烈火一样，难解难分，他兴奋极了，简直没有疲倦的时候。

第九章

庞大固埃怎样遇见巴奴日 [①] 并终身与之友好

有一天，庞大固埃正在城外通往圣安东尼修院[②]的那条大路上散步，一边和跟随他的人还有几个学生高谈阔论。这时他们看见走过来一个人，长得身材适中，相貌悦人，只是身上有好几个地方受了重伤，浑身衣衫零乱，好像刚被狗咬过似的，或者说得更恰当一点，很像贝尔式一个摘苹果的人[③]。

庞大固埃老远一看见他，便向身边的人说道：

"你们看见沙浪通桥大路上过来的那个人么？我把心里的话告诉你们，他只是偶尔贫穷罢了，单从他的相貌来看，我就敢断定他是富贵人家出身，只是时运不济才落得这副贫穷潦倒的样子。"

等那人走到他们跟前，庞大固埃便开口问道：

"朋友，请你在这里停一停，回答一下我问你的话，你不会后悔的。我看你这样可怜，很想尽我的力量帮帮你，因为你打动了我的恻隐之心。所以，我的朋友，你先告诉我，你是干什么的？从何处来？往何处去？你想得到什么？你叫什么名字？"

那个路人用日耳曼语回答道：

"Junker, Gott geb euch Glück unnd hail. Zuvor, lieber Juncker, ich las euch wissen, das da ir mich von fragt, ist ein arm unnd erbarmglich din, unnd wer vil darvon zu sagen, welches euch verdrussich zu hœrem, unnd mir zu erzelen wer, vievol, die Poeten unnd Orators vorzeiten haben gesagt in irien Sprüchen und Sentenzen, das die Gedechtnus des Ellends unnd Armuot vorlangst erlitten ist ain grosser Lust[④]."

听了这一段话，庞大固埃说道：

"朋友，你这些话，我一句也不懂；不过，你如果愿意叫人听懂你的意思，请你说另外一种话吧。"

于是路人又说道：

"Al barildim gotfano dech min brin alabo dordin falbroth ringuam albaras. Nin porthzadilkin almucathim milko prin al elmim enthoth dal heben ensouim; kuthim al dum alkatim nim broth dechoth porth min michais im endoth, pruch dal maisoulum hol moth dansrilrim lupaldas im voldemoth. Nin hur diavosth mnarbotim dal gousch palfrapin duch im scoth pruch galeth dal chinon, min foulchrich al conin butathen doth dal prim[⑤]."

---

① "巴奴日"，意思是"精巧奸诈，什么都做得来的人"。
② 圣安东尼修院创立于1198年，即现在的圣安东尼医院旧址。
③ 贝尔式在法国西南部，盛产苹果，该处摘苹果的人因为常被树枝挂破衣服，所以经常穿得很破。于是"像贝尔式一个摘苹果的人"便成了一句形容衣衫褴褛的成语。
④ 这是一段拉丁化了的德文，意思是，"年轻的贵人，愿天主赐你幸福和昌盛。首先，亲爱的贵人，请让我告诉你，你问我的事是悲惨而又值得同情的。这些事说起来，你听了不舒服，我述说尤其不好过，虽然古时的诗人和雄辩家在他们的格言和遗训里说过回忆过去的贫穷和痛苦是一件极大的乐事"。（维吉尔在《伊尼特》里叫伊尼斯说过 Forsan et haec olim meminisse juvabit. 见第1卷第203行。）
⑤ 这是作者编造的一种语言，听起来像阿拉伯文。布尔高·戴·马莱（Burgaud des Marets）曾把这段话分成单音的英文字，但也没有什么意思，他的分法是："All bar ill dim god Fan o deck mine brine all ado adoor din fall brot zing van all bar as. Nine pork adit kin all mug at in milh o prime all em him, etc. etc."

"你们听得懂么？"庞大固埃问和他在一起的人。

爱比斯德蒙说道：

"我想这是地球那一边和我们对着脚底板的人说的话，鬼也听不出一个字。"

庞大固埃向那人说道：

"朋友，我不知道墙头懂不懂你的话，反正我们当中没有一个人听懂一个字。"

路人又说道：

"Signor mio, voi videte per exemplo che la Cornamusa non suona mai, s'ela non a il ventre pieno; cosi io parimente non vi saprei contare le mie fortune, se prima il tribulato ventre non a la solita refectione, al quale e adviso che le mani et li denti abbui perso il loro ordine naturale et del tuto annichillati[①]."

爱比斯德蒙听了这段话，说道：

"还是和刚才一样，谁也不懂。"

巴奴日又说道：

"Lard, gest tholb be sua virtiuss be intelligence ass yi body schal biss be naturall relvtht, tholb suld of me pety have, for nature hass ulss egually maide; bot fortune sum exaltit hess,and oyis deprevit. Non ye less viois mou virtiuss deprevit, and virtiuss men discrivis, for, anen ye lad end, iss non gud[②]."

"越发不懂了，"庞大固埃说道。

巴奴日又说道：

---

① 意大利文，"王爷，你很明白，风笛肚里不打足气是不会响的，我也是同样的情形，非先把我饥饿的肚子填饱，我没法向你述说我的经过。我好像觉得手和牙都已经失掉了机能，丝毫不听使唤了"。

② 一段走了样的苏格兰话，"王爷，如果你的聪慧和你天生的魁梧身材同样强大，你早就该可怜我了，因为自然使我们生来平等，只是命运使某些人幸福、某些人受罪罢了。然而，道德会常常受到轻蔑，有道德的人被人轻视，因为世界末日之前，就没有一个完善的人"。

"Jona andie, guaussa goussyetan behar da erremedio, beharde, versela ysser lan da. Anbates, otoyyes nausu, ey nessassu gourray proposian ordine den. Non yssena bayta facheria egabe, genherassy badia sadassu noura assia. Aran hondovan gualde eydassu nay dassuna. Estou oussyc eguinan soury hin, er darstura eguy harm, Genicoa plasar vadu①."

"你们听懂了么？"爱比斯德蒙说，"Genicoa②！"

加巴林③说道：

"圣特莱尼昂④！原来你是苏格兰人啊，我差一点听错。"

这时巴奴日又说道：

"Prug frest strinst sorgdmand strochdt drhds pag brleland Gravot Chavigny Pomardiere rusth pkallhdracg Deviniere pres Nays; Bouille kalmuch monach drupp delmeupplistrincq dlrnd dodelb up drent loch minc stzrinquald de vin ders cordelis hur jocststzampenards⑤."

爱比斯德蒙说道：

"朋友，你说的是天主教徒的话呢，还是巴特兰⑥的话？"

"我看都不是，这是灯笼国⑦的话，"另一个人说道⑧。

---

① 说的是法国和西班牙边境上比利牛斯省一带的土话，"伟大的王爷，一切疾病都需要有治疗的药物；要做到对症下药，并不是一件简易的事。我已经求你好几遍了，请你把我们的话弄清楚，如果你肯叫人让我吃饱，那就没有任何不如意的事了。吃饱以后，你高兴问什么就问什么。看在天主的份上，你把两个人吃的量一齐叫来也不算多"。

② Genicoa，意思是"天主"，这个字，爱比斯德蒙听懂了，所以他接着叫了出来。

③ "加巴林"，照希腊文的意思是"快"，庞大固埃后来有一员大将叫加巴林。

④ 即苏格兰的圣人圣尼尼亚斯，据说他在世时行过许多奇迹，深受英国人崇敬。又一说圣特莱尼昂系苏格兰圣人圣林刚的转音。

⑤ 这是一连串的土音土语，可能是下布列塔尼和邻省的混合方言。勒·杜沙（Le Duchat）说有若干字是法国北部的土语。只能分辨个别字象：格拉沃，沙维尼，包马狄埃，（西）奈附近之都维尼，修会，方济各会的酒，等等。

⑥ 巴特兰是偷吉奥莫呢子的律师，见第1部第20章。

⑦ 作者把本书末章的神瓶就放在灯笼国里。灯笼国也是不存在的国家。

⑧ 这一句原书是和上一句连接的，不过看语气像另一个人的话。

巴奴日接着说道：

"Here, ie en sprerke anders gheen taele, dan kersten taele: my dunct nochtans, al en seg ie u niet een wordt, mynen nood verklaart ghenonch wat ie beglere;gheest my unyt bermherticheyt yet waer un ie ghevoet mah zunch①."

庞大固埃说道：

"还是一样，一句也不懂。"

巴奴日又说道：

"Seignor, de tanto hablar yo soy cansado. Por que supplico a Vostra Reverentia que mire a los preceptos evangeliquos, para que ellos movant. Vostra Reverentia a lo qu'es de conscientia; y, sy ellos non bastarent para mover Vostra Reverentia a piedad, supplico que mire a la piedad natural, la qual yo creo que le movra como es de razon, y con esto non digo mas②."

庞大固埃回答说：

---

① 荷兰文，"王爷，我说的话没有一种不是教徒的语言，不过我觉着即使我不说一句话，我这一身衣服也足够向你说明我需要的是什么了。请你发发善心，给我点吃的东西吧"。

② 西班牙文，"王爷，说了这么些，我已经说累了。因此我请王爷想一想《圣经》上的教训，依照良心的指引来决定好了。如果这还不够激起王爷的怜悯，那么，我就请你听从你本身的恻隐之心，我相信它也会使你受到感动的。话到此为止，我不再说下去了"。

"老实告诉你，朋友，我确实相信你会不少语言，而且说得都不错。不过，请你随便说一种我们听得懂的吧。"

那个路人又说道：

"Myn Herre, endog jeg med inghen tunge talede, lygesom boeen, ocg uskuulig creatner！ Myne Kleebon och myne legoms magerhed uudviser alligue kladig huvad tyng meg meest behoff girereb, som aer sandeligh mad och drycke: hwarfor forbarme teg omsyder offvermeg; och bef ael at gyffuc meg nogeth;aff huylket ieg kand styre myne groeendes maghe lygeruff son mand Cerbero en soppe forsetthr. Soa schal tue loeffue lenge ochlyck saligth①."

奥斯登②说道："我想，哥特人才这样说话呢，天主不要见怪，真跟我们放屁差不多。"

这时候路人又说话了：

"Adoni, scholom lecha. Im ischar harob hal habdeca, bemeherah thithen li kikar lehem, chancathub:Laah al Adonia chonen ral③."

听了这话，爱比斯德蒙说道：

"这一次我听明白了④，这是希伯来文，而且语法很对，音也准确。"

那个路人又接着说：

"Despota ti nyn panagathe, doiti sy mi uc artodotis? horas gar limo analiscomenon eme athlios. Ce en to metaxy eme uc eleis udamos, zetis de par emu ha u chre, ce homos philologi pantes homologusi tote logus te ce

---

① 丹麦文，"先生，即便我和小孩子或者动物一样，什么话也不会说，我的衣服和我身体的瘦弱也足以向你说明我的需要了，那便是吃和喝。所以请你发发善心，叫人给我一些东西吃，平一平我这咕噜咕噜直叫的饥肠，哪怕就像喂刻耳柏洛斯（希腊神话中地狱的守门狗）似的给一碗汤也好。我祝你幸福无边，福寿万年"。

② "奥斯登"，照希腊文的意思是"强健有力"，庞大固埃后来有一员大将即此名。

③ 希伯来文，"先生，愿平安与你同在。如果你愿意对你的仆人做点好事，请你赶快给我一块面包吧。《圣经》上记载说：'怜悯贫穷的，就是借给耶和华'"。（《旧约·箴言》第19章第17节）

④ 爱比斯德蒙是庞大固埃的教师，他懂希伯来文。作者同时的人文主义者都懂希伯来文。

rhemata peritta hyrparchin, opote pragma asto pasi delon esti. Entha gar anancei monon logi isin, hina pragmata（hon peri amphisbetumen）me phosphoros epiphenete[①]."

"哦！这是希腊文呀，"庞大固埃的一个侍从加巴林说道，"我听懂了。怎么，你在希腊住过么？"

那个路人说道：

"Agonou dont oussys vou denaguez algarou, nou den farou zamist vous mariston ulbrou, fousquez vous brol tam bredaguez moupreton del goul houst, daguez daguez nou croupys fost bardounnoflist nou grou. Agou paston tol nalprissys hourtou los ecbatonous, prou dhouquys brol panygou den bascrou noudous caguous goulfren goul oust troppassou[②]."

"好似我听懂了一点，"庞大固埃说道，"因为，这或者是我们乌托邦的话，或者是声音和它相似。"

他正要接着说下去，那个路人又说道：

"Jam toties vos per sacra perque deos deasque omnis obtestatus sum, ut, si qua vos pietas permovet, egestatem meam solaremini, nec hilum proficio clamans et ejulans. Sinite, quœso, sinite, viri impii, Quo me fata vocant abire, nec ultra vanis vestris interpellationibus obtundatis, memores veteris illius adagi, quo venter famelicus auriculis carere dicitur[③]."

---

① 古希腊文，"善心的先生，为什么不给我吃的呢？你看我快要饿死了，你还不肯可怜我，反而问我一些闲话。一切有学问的朋友都同意当事实摆在眼前的时候，说话和辩论都是多余的。只有当讨论的题目不够明确时，才需要辩论"。

② 这一段话又是作者虚构出来的，有人说这是法国加斯科涅及培恩一带的土话，又有人说是布列塔尼北部的方言，可是谁也没有翻出来。作者是在这里编造乌托邦话。

③ 拉丁文，"已经好几遍了，我求你看在最神圣的东西份上，看在一切男神和女神的份上，如果你的仁慈使你有同情心的话，请你救济救济我的贫苦。但是我的呼吁，我的哀求，都毫无用处。算了吧，算了吧，请你们不要理我了，你们这些没有怜悯心的人，命运叫我到哪里，就让我到哪里好了，别再问我没用的话了，只是不要忘记这句古老的俗话：'饿肚子是没有耳朵的。'（见埃拉斯姆斯《箴言集》第2卷第8章第84篇："Venter auribus caret."这句话仿佛是迦多说的，意思是饥饿的人什么也听不见）"。

“说老实话，朋友，”庞大固埃说道，“你难道不会说法国话么？”

“会，王爷，而且还说得很好呢，”路人回答说，“感谢天主，法国话是我出世以来就会说的家乡话，因为我是生在这个法国的花园，我是说都林省的，我的童年也是在那里度过的。”

“所以，”庞大固埃说道，“你赶快告诉我们你叫什么名字，从哪儿来的吧。因为，老实告诉你，我已经很喜欢你了，如果你肯顺从我的意思，就不用再离开我了，咱们俩结交一对新朋友，和伊尼斯跟阿卡蒂提一样[1]。”

“王爷，”那个路人说道，“我受洗时取的名字是巴奴日，我现在从土耳其来，我是在那次倒霉的远征迈蒂林的时候[2]被俘虏的。我愿意把我经历的故事都说给你听，保险比乌里赛斯的故事还要惊险。但是，既然你乐意留我（我自己也情愿接受你的好意，发誓永远不再离开你，哪怕你到魔鬼窝里去我也跟着你），我们将来有的是时间和更方便的机会好好地谈，目前我最需要的是吃东西：牙齿尖尖，腹内空空，喉咙枯干，饥肠辘辘，一切都准备好了。要是你愿意我行动起来，看看我如何吃饭，那真是再好看也没有了。看在天主份上，请你赶快吩咐吧。”

于是庞大固埃叫人把他领到自己的寓所中去，让他尽量吃饱。这个命令马上就遵照办理了，只见巴奴日这天晚上放开肚子吃了一个痛快，吃饱以后，就像老母鸡似的去睡觉，一觉睡到第二天吃中饭的时候，三步一跳便又从床上跳到吃饭的桌子那里。

---

[1] 维吉尔《伊尼特》里两个忠实的朋友。

[2] 法国人为讨好教皇，于1502年远征土耳其，包围过希腊的迈蒂林城，但结果大败，反被土耳其人俘虏了不少法国人。

第十章

庞大固埃怎样公正地判断一件非常复杂和难于处理的讼案，判得如此公正，大家都为之钦佩不已①

庞大固埃牢牢记得他父亲书信里的言语和教训，打算找个日子测验一下自己的学问。

他叫人在全城大小十字路口，贴了九千七百六十四张的学术辩论通告，各种科目全有，包括任何学科最难解的问题②。

首先在草市大街③和全体教授、文艺学院的学生、雄辩家等公开辩论，结果把他们都辩得张口结舌，无词答对。后来在索尔蓬④，和所有的神学家辩论，一连六个星期，每天自早晨四点钟到晚上六点钟，中间只有两个钟头吃饭和休息的时间⑤。

宫里大部分的公侯们都来参加了，有国务大臣、部长、参事、审计、署理、司法人员等等，还有全城官员，以及医学家和教会法的大师们。在这么些人里面，大多数光会乱发脾气，虽然用尽了诡辩和狡猾的伎俩，还是被庞大固埃一个个驳得无言对答；庞大固埃显然已使他们明白他们只是些束裙子的笨牛⑥。

从此，大家开始谈论和传说他学问的渊博，甚至于洗衣服的、做媒

Jonnard

婆的、烤肉的、磨刀的等等女人，看见他在街上走过，便都会说："就是他！"对于这件事，他很得意，和希腊雄辩家之王德谟斯台纳看见一个在地上蹲着的老女人用手指着他说："就是他！"的时候一样得意⑦。

偏巧在这时候，法庭上有一件两个大人物的讼案不得解决，原告是德·拜兹居尔老爷⑧，被告是德·于莫外纳老爷⑨。他们的争端，从法律上看，是如此的高深，如此的复杂，最高法院简直搞不明白。于是，遵照国王的旨意，召集了法国全国法院四位最博学、名望最高的专家，会同最高法庭⑩、各大学的主要教授，不仅是法国的，甚至于英国的、意大利的，像雅宗⑪、菲力普·戴西乌斯⑫、伯多禄·德·贝特罗尼布斯⑬，还有很多很多其他的老法学家。他们在一起研究了四十六个星期，始终没有把案情了解清楚，也没有把案情弄明白，结果他们一个个都觉得非常狼狈，羞得屙了一裤子。

但是这些人里面，有一个名叫杜·杜埃的⑭，他是全体当中学问最好、最高明、最慎重的一个。有一天，大家的脑子都开动不起来的时

---

① 在1532年的初版上，此处是"比所罗门的断案还要使人钦佩"。

② 这是中世纪的一种风尚，举行公开答辩的学者，预先贴出通告，提出自己的科目和论断，至时接受别人的提问和争辩。15世纪意大利学者比古斯·德·拉·米朗达就因为贴过九百张学术辩论通告而出名。

③ 当时教室的地上，就是铺草供学生坐。"草市大街"指的是草市大街上的文艺学院。

④ 即巴黎大学，当时是神学院。

⑤ 1532年初版上这里还有：为的不妨碍索尔蓬那些神学大师们照常饮酒。

⑥ 古时学者和司法官员多穿长袍，下身很像束着裙子。

⑦ 见西赛罗，《图斯古拉尼斯》第5卷第36章。

⑧ "拜兹居尔"，意思是"舔屁股"。

⑨ "于莫外纳"，意思是"吃屁"。

⑩ "最高法庭"为1497年查理八世所创立。

⑪ 雅宗（1485—1519），即帕杜亚法学家马伊奴斯，《罗马法》的注释人。

⑫ 菲力普·戴西乌斯，比萨及巴维亚法学教授，后被任为路易十二最高法院法官，1535年死于维也纳。

⑬ "贝特罗尼布斯"，意思是"笨货"，恐系作者虚构的名字。

⑭ 杜·杜埃，即勃里昂·范雷，波尔多法院法官，人文主义的同情者，作者的朋友，死于1544年。

候，他向大家说道：

"诸位，我们到这里已经很久了，除了浪费金钱之外，什么事情也没有做成，对于这件案子，我们没有能够摸清底细，所以越研究，越不懂，这是我们极大的耻辱和良心上沉重的负担，依我看来，我们的名声一定要坏在这里了，因为我们的讨论，简直就等于白昼做梦。不过，我这里倒有一个拙见。在座诸公都听说过一位叫作庞大固埃大师的人物吧？据说他的学问在大规模的公开学术辩论中，被认为是远远地超过时代的。我建议把他请来，拿这件事和他讨论一下，因为如果他没有办法，那就谁也无能为力了。"

全体法官和学者都表示同意他的提议。

于是马上派人去见庞大固埃，请他把这件案子仔细研究一下，分析清楚，依照他认为正确的法律观点，把他的意见告诉法院。他们把全部卷宗都包好交给他，数量之大几乎需要四头骗过的大个儿驴才驮得动。但是庞大固埃却向他们说道：

"诸位，这两位打官司的老爷都还活着没有呢？"

他们告诉他说还活着。

庞大固埃说道："那么，你们送来这么一大堆废纸、抄本，有什么用呢？去听他们亲口辩论，不比读这些猴狲把戏、一篇篇骗人的玩意儿、柴波拉①的鬼律条、颠倒是非的法律好得多么？因为我相信诸位以及所有经手过这件案子的人，早已把 pro et contra② 能够做的事都做过了。一件本来很清楚、很容易判断的案子，被你们用阿古尔修斯、巴尔杜斯③、巴尔多鲁斯④、德·卡斯特罗⑤、德·伊摩拉⑥、希波利图斯⑦、巴

---

① 柴波拉，15世纪意大利法学家，著有《法律释例》。
② 拉丁文，"两方面的"，这里是指原告的和被告的。
③ 巴尔杜斯（1324—1400），意大利名法学家。
④ 巴尔多鲁斯（1313—1357），意大利名法学家，人称"法学之明灯"。
⑤ 德·卡斯特罗，15世纪意大利名法学家。
⑥ 德·伊摩拉，16世纪初意大利法学家。
⑦ 希波利图斯，即利米那尔图斯，14世纪意大利法学家。

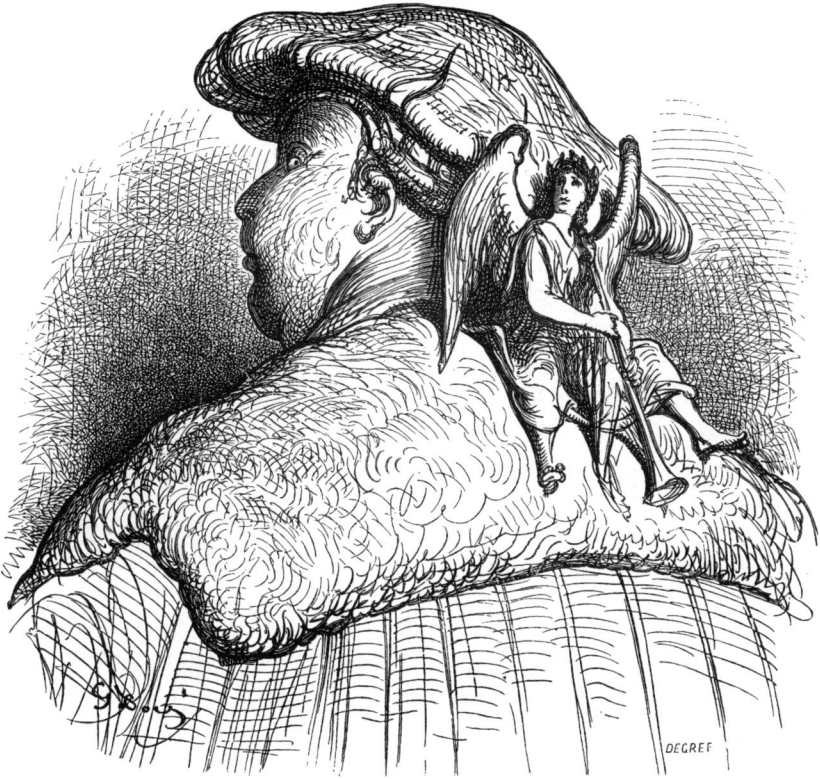

诺尔米塔诺[①]、贝尔塔琪诺、亚历山大[②]、古尔修斯[③]等等还有其他一群老朽的糊涂不合理的论断和愚蠢的意见弄复杂了，这些人丝毫也不懂什么《法学汇纂》，他们只是一些靠什一税[④]养活的肥牛犊，对于了解法律所需要知道的，他们一窍不通。

"因为（很明显是这样），他们既不懂希腊文，也不懂拉丁文，他

---

① 巴诺尔米塔诺，14 世纪意大利法学家。
② 亚历山大，指亚历山大·塔尔塔纽，15 世纪法学家。
③ 古尔修斯，法学家雅宗的学生。
④ 农民收入的十分之一，须交纳给教会或王侯。

们只会一些走了样的①不合逻辑的东西。其实，法律首先是从希腊人那儿来的，你们可以拿乌尔波亚奴斯②的著作：1.posteriori De orig. juris③作证明，所有的律条全都是希腊的成语和词汇，其次，法律是用拉丁语系中最工整、最考究的拉丁文编撰出来的，连萨路斯特④、费洛⑤、西赛罗、塞内加、提特·利维和干提理安都不例外。这些糊里糊涂的老头子怎么能了解法律的条文呢？他们从来就没有见过一本好的拉丁文书，他们自己的文字就是很好的说明，完全是掏烟囱的、做饭的、烧火人的笔调，哪里是什么法学家？

"再说，法律是从伦理学和自然科学里提炼出来的，这些老疯子怎么能懂呢？老实说，他们还没有我那头骡子懂的东西多呢。至于所谓人文，以及有关上古及历史的知识，他们更是一无所知，但法律却充满了上述学问的典故，没有这些知识，就没有人能理解它们。过几天我公开用书面跟大家好好地谈一谈。

"因此，如果你们愿意叫我了解清楚这个案件，第一，先给我把这些文件都烧掉；第二，把原告和被告都给我带来，等我听他们供述之后，再把我的意见告诉你们，决不说假话，决不遮遮掩掩。"

这件事，他们有人表示反对，你们都明白，在任何集团里，愚昧的人总是比明智的人多，较好的意见总是要受到多数人的压制，提特·利维谈到迦太基人的时候就是这样说的⑥。但是，上面说过的那个杜·杜埃却坚持相反的意见，他说庞大固埃说得很对，这些记录、调

---

① 原文是，"哥特文和巴巴利文"，意思是指罗兰·费拉称为"厨下拉丁文"的那些中世纪的法规注释。
② 乌尔波亚奴斯（170—288），罗马帝国法学家。
③ 拉丁文，《法学的起源》末卷。这本书是2世纪法学家彭包尼乌斯的作品，不是乌尔波亚奴斯的。
④ 萨路斯特（前86—前34），古罗马名史学家。
⑤ 费洛，3世纪罗马帝国行政官。
⑥ 见提特·利维《罗马史》第21卷第4章："在一般情况下，较好的意见总是要受到多数人的压制。"

查、辩论、证据、反驳，还有其他类似这些东西的鬼玩意儿，都只不过能颠倒是非，延长诉讼。如果不能按照另外的方法，也就是说按照真理和科学的公正论断来处理的话，情愿让魔鬼把他们都捉走。

最后，总算把所有的卷宗都烧掉了，那两个打官司的显要人物被通知亲自出庭。庞大固埃问他们道：

"这件复杂的案子是你们两个人的么？"

"是的，老爷。"他们一齐回答。

"哪一个是原告？"

"是我，"德·拜兹居尔爵爷说。

"那么，我的朋友，你把这件事情，根据事实经过，一点一点地说给我听；因为，天主在上，假使你瞎说一个字，我就要把你肩膀上的脑袋割下来，我要叫你知道，在正义和裁判跟前，只许说实话，不许撒谎。所以，你要小心，对于你的供述，既不许夸大，也不用缩小。现在你说吧。"

第十一章

德·拜兹居尔和德·于莫外纳两位爵爷怎样在
庞大固埃面前进行辩论而不用辩护人

于是德·拜兹居尔开始了下面的一段话[①]：

"老爷，实际的经过是这样的，我家里的一个老女人到市上去卖鸡蛋……"

"戴上你的帽子吧[②]，德·拜兹居尔，"庞大固埃说道。

"多谢你了，老爷，"德·拜兹居尔爵爷说。"那时候从二至线当中向着天顶上过来六块银币和一枚小铜钱，正巧那一年利菲山上[③]缺少虚伪诈骗，以至在巴拉关[④]和阿古尔修斯派之间引起了有关瑞士反叛的具有煽动性的流言飞语。这些瑞士人聚集的人数是三、六、九、十，为的在新年那一天好拿汤来喂牛，把煤的钥匙交给女孩，叫她拿燕麦喂狗[⑤]。

"一整夜的工夫，手放在壶上，只顾得催促步行的、骑马的，去拦阻船去了，因为裁缝师傅打算用偷来的碎布做一个炮筒来保卫海洋，根据捆干草的人的意见，海洋正因为一锅白菜汤而怀着孕；但是医生却说从它的尿上，看不出显著的象征，从鸨的走相上，也看不出如何配着芥末吃铁锹，除非是法院的老爷们给梅毒下一道低半音的命令，不许再死盯着卖锅的，因为那些穷家伙，正像拉高⑥那个老好人说的，按照节拍跳舞，一只脚在火上，头在正当中，已经够忙的了。

　　"哈，老爷们，上天按照自己的意思约束所有的东西，为了对抗背运，赶车的把鞭子都打断了。那是从比高卡⑦归来之后，安提图斯·戴·克罗索尼埃⑧取得了一切蠢事的学士学位，完全像教会法学家说的那样：Beati lourdes, quoniam ipsi trebuchaverunt⑨.

　　"圣菲亚克·德·布里⑩把四旬斋期⑪定得这样严，不是为了别的，只是：

　　　　圣神降临得圣灵，
　　　　每次来时如受刑；
　　　　今日有酒今日醉，
　　　　小雨可以平大风。

　　"当然，法警把白色的目标放得这样高，法院书记只好转着圈舔他带公鹅毛的手指头，我们看得很清楚，每人都承认自己的错误，他

---

① 下面是一连串前言不照后语的句子，作者书写时，常把上句的末尾作为下一句的开始，但整个意思毫不衔接。
② 贵族只有见国王才脱帽，平常吃饭时也戴帽子，庞大固埃请他戴上帽子是表示宽大。
③ 利菲山，希腊人说是极北部的山。
④ "巴拉关"，意思是"土话，俚语"，亦作"说废话"解。
⑤ 恐怕应该是，"拿汤喂狗，拿燕麦喂牛"。
⑥ 拉高，16世纪一个出名的乞丐头。
⑦ 比高卡，意大利城名，1522年4月29日法国在此处大败，退出米兰。
⑧ "安提图斯"，意思是"倔强的笨驴"，"克罗索尼埃"，意思是"自以为渊博，实际上是一无所知"。
⑨ 拉丁文，"愚蠢的人有福了……"
⑩ 圣菲亚克的遗骸保存在布里的茂城。
⑪ 四旬斋期为复活节前四十天的守斋期。

们抬起头来往壁炉那边看一眼，就可以看到挂着四十条马肚带的酒幌子①，那是二十个五年的驮运工夫换得来的。至少，不见奶糕不放鸟，而宁愿去寻找，因为反穿了鞋，常常会没有记性。这个，愿天主保佑蒂包·米台纳！"

庞大固埃对他说：

"好极了，朋友，好极了，慢慢地说，不要动气。我知道是怎么回事了，接着往下说吧。"

"老爷，"拜兹居尔说，"我刚才说的那个女人念诵着她的 Gaudez 和 Audinos②，用一个翻领也盖不住自己，说老实话，她无法对抗大学的特权，只好用衣服来取暖，用七粒钻石来遮盖，并拔出刀来，扔到卖破布附近的地方，那些破布是弗兰德斯的画家捆知了用的。我真奇怪，人们怎么不去生蛋，孵蛋是一件多么舒服的事情。"

说到这里，德·于莫外纳爵爷想插嘴说话，庞大固埃对他说：

"圣安东尼的肚子！没有人叫你说话，你可以随便说话么？我在这里听你们的讼案累得出汗，你还要麻烦我？静下来，真是岂有此理，不许响！等他说完，让你尽量说。"他向拜兹居尔转过身来说道："你说你的吧，别心急。"

拜兹居尔说道："看到执行的判决什么也不提起，教皇又允许每人随便放屁，只要白布没有画上道子，不管世上有多穷，只要不拿左手画十字，为孵百灵鸟在米兰新造几条虹，就允许那个女人不顾有睾丸的小鱼抗议，砸碎坐骨，因为小鱼是修旧靴子必要的东西。

"然而约翰牛③，她那个叫日尔瓦的堂兄，拿了火堆上一块木柴，劝她不要还未曾先用纸点火，就去洗衣服，不要冒冒失失马马虎虎，因为

---

① 表示酒凶有劲，酒后须要用四十条马肚带把自己捆起来。
② 拉丁文，"早课和经文"。以 Gaudete（欢乐）开始的经文，亦解释随便念念的经文。
③ "约翰牛"，傻子的绰号。

Non de ponte vadit, qui cum sapientia cadit[①].

会计处的老爷们不同意德国笛子的合奏，新近在昂维斯[②]印行的《亲王的眼镜》[③]就是用它们编出来的。

"所以，老爷们，一篇坏文件能使人相信对方的一面，in sacerverbo dotis[④]，确实是如此。因为我为了讨好国王，从头到脚用包肚子的皮武装起来，去看我那些收割葡萄的人怎样裁制高帽子，以便把衣服架子做得更好。会上的天气变化多端，有好几个弓箭手都被拒绝

---

① 拉丁文，"走路慎重不会从桥上摔下来"。正确的说法是 Non de ponte cadit, qui cum sapientia vadit.
② 昂维斯，即比国的安特卫普，亦有"诗体"的意思。
③ 《亲王的眼镜》，是一本诗集，作者是15世纪修辞学家约翰·迈希诺。
④ 拉丁文，正确的说法是In verbo sacerdotis，意思是"凭我做教士的，决不说瞎话。"

参加阅兵典礼，虽然壁炉很高，但都是对包底式翁朋友的瘤和癣疥来说的。

"因此，在阿尔特瓦全境内，这一年的蜗牛特别多，对于那些扛柴火的先生们真不能不说是一件大好事，他们吃虚无鸟用不着拔宝剑，可以解开肚子上的纽扣。我自己呢，我希望每一个人都有一条好嗓子；都能打一手好网球，都喜欢穿便鞋，这样往塞纳河去也方便，可以永远为磨工桥①服务，好像从前加拿利王颁布的命令那样，这道命令到现在还在这里书记官的手里。

"老爷，为了这个缘故，我请求你明确宣判哪一方有理，附带要求赔偿费用、损失及利息。"

说到此处，庞大固埃说道：

"朋友，没有别的话要说了么？"

拜兹居尔回答道：

"没有了，老爷，tu autem②都说了，而且以我的名誉担保，一点也没有改样。"

"那么轮着你了，德·于莫外纳先生，"庞大固埃说道，"你要说什么尽管说好了，只是，说话要精简，但也不要漏掉对答辩有用的话。"

---

① 磨工桥，塞纳河上桥名，靠近交易所桥，毁于17世纪。
② 拉丁文，"全部要说的"。

第十二章

德·于莫外纳爵爷怎样在庞大固埃面前声辩

这时德·于莫外纳爵爷开始了下面的声辩[①]：

"老爷，诸位大人，如果人间的不平能像牛奶里的苍蝇那样容易被清清楚楚地辨认出来，那么，这个世界呀，真他妈的四条牛！就不至于被老鼠咬成这个样子了，被它们卑鄙地咬坏的不少耳朵，也许还在地上呢。因为——不拘对方所说的话，如何在文字上、在 factum[②] 的叙述上说得像真的鹅绒一般天衣无缝——诸位大人，计谋、诡诈、虚伪作假，都只等于隐藏在一盆玫瑰花底下的东西罢了。

"现在，当我不转罪恶的念头、不说难听的坏话、喝着我的双料浓汤的时候，难道我应该忍受别人对我敲着破东西来骚扰我的头脑，而且嘴里还说：

'谁要是吃酒又喝汤，
到死后就二目若盲'么？

"啊，圣母啊！我们见过多少高大的军官，在战场上，当有人分送修院里祝圣过的面包时，为了更舒服地受用，弹起琵琶，放起响屁③，在炮台上跳来跳去啊！

"现在世界上，路塞斯特④的呢绒已经弄不到了；这个去荒唐，那个去五、四、二，如果法院不下命令，那么今年抢劫之风要跟过去和将来喝酒的情形同样严重。假使一个受折磨的人到浴室里用母牛粪抹自己的嘴脸，或者购买冬季的靴子，过路的警官或巡逻人员碰巧从上面的一个窗口里挨上一盆脏水或者被浇一身粪，那么就应该割掉银币上的人头⑤、摔碎带着皇冠的银币么？

"有时，我们想的是这件事，而上天却偏偏做另一件，等到太阳落山之后，一切生物都落在黑暗里。如果这不是在光天化日之下有人明白作证的话，我也不要别人相信我。

"在三十六年那一年，我买了一匹德国战马，高个子、短身材、好皮毛、满身花点，银匠给我证实过，只是公证人却加上一些 cetera⑥。我没有那样博学，可以用牙齿去咬月亮，可是只要有放着吴刚⑦工具的奶油罐子。有人说吃了咸牛肉，在没有蜡烛的黑夜里也可以找到酒，即便是藏在卖炭的布袋里面，上面再盖好面罩、盔甲也能找到，但这都是为吓唬那些绵羊脑袋的傻人用的。俗话说得好，享受爱情的时候，就是火烧过的树林里的黑母牛也看得见。我拿这件事情请教过博学的

---

① 和前章相同，也是语无伦次的文字。
② 拉丁文，"事实"。
③ 有的版本这里还有，"穿上剪成虾须式的美丽的鞋"。
④ 路塞斯特，即英国当时以呢绒出名的雷塞斯特城。
⑤ 指路易十二王朝1513年铸造之银币，上铸国王头。
⑥ 拉丁文，"等等等等"，指琐碎细节。
⑦ 吴刚，罗马人的火神及金神，朱庇特之子，美神之夫，生时奇丑，被其母朱诺自奥林匹斯山上扔下去，成了瘸子，后在埃特纳火山下和西克洛波一起打铁铸雷。"吴刚的工具"意思是指打铁者的一切工具。

人，他们根据 frisesomorum① 得出的结论，首先是没有比夏天在装满罗尼河上里昂城的纸张、笔、墨水、刀子的地窖里割草更好的事了，在那里可以东拉西扯，因为一副盔甲只要一有蒜的味道，铁锈就腐蚀到内部的肝里了，于是便会引起午睡以后的脖子疼，所以盐的售价这样高。

"诸位大人，请不要相信当那个女人为了想念她最受宠爱的法警、捉到那只鸟的时候，五脏六腑都要经过高利贷者的盘剥。为防备卡尼巴人②，没有更好的方法，就是准备一捆葱，拴上三百只萝卜③，还要炼丹家分量准足的牛肠膜，把鞋烧成灰，里里外外都用萝卜根做的上等酱油泡过，然后自己藏在鼹鼠洞里，别忘了多留点肥油。

"假使骰子只出双幺、长三、幺，那你就把皇后扔在床角上，在她身上跳，哎哎哟，要多喝酒，depiscando grenoillibus④，每人都穿上厚底靴子；让换毛的小鸟去做摇尾巴的游戏，等着爱喝啤酒的人去打铁，融蜡。

"当然，问题中的那四头牛记性不大好；但是为了学会这一套玩意儿，它们既不怕鸬鹚，也不怕萨瓦的鸭子⑤，于是我家乡那些老好人便抱着很大的希望，说道：'将来这些孩子一定是大数学家，法学界的名人。'如果我们的篱笆比对方说的风磨还要高，那么捉起狼来便有把握了。但是那个大魔鬼嫉妒起来，把德国人放在后边，这些人只知道喝酒：'Her, tringue, tringue！'⑥一个顶俩，因为没有任何现象可以说明在巴黎的小桥上，有一种草鸡，尽管它们头上的羽毛很像水鸭。所以真的牺牲红墨水去涂新近铸的大写字或花体字，对我都是一样，只要书

---

① 拉丁文，指三段论九个公式的第一个公式。
② 卡尼巴人，即吃人的人。
③ 初版上是，"带着300个《圣母颂》。"
④ 拉丁文，"跳得比青蛙还要厉害"。
⑤ 有意指萨瓦公爵，因为"公爵"（Duc）与"鸭子"（duck）同音，作者便把他叫作"鸭子"。
⑥ 德文，"来，干杯，干杯！"

的环衬不生虫子就行。

"所以在狗的交配时期，年轻人被人捉住了角，公证人也没有用通神的技术记录下来，因此运用（除了法院有更好的判决）六'阿尔邦'大的草地，可以做三大桶的上好墨水，不用付现，我们在查理王殡葬的时候，用六块银币，我敢保证，就可以买到市场上摆满的羊毛。

"平时我看见好的家庭，到野外捉鸟的时候，总是在壁炉上先扫它三遍，记好名字，另外捆直自己的腰，放上几个屁，如果天气太热，就给他一只球，

> 因为信一到达，
> 牛即退还给他。

"就在十七年那一年，曾经马丁格尔式地[1]颁布过一道同样的命令，因为鲁兹弗热路斯管理得不好，法院顶好能重视一下。

"我以为一个人不可能名正言顺地剥削别人，如同喝圣水像拿掉织布者的梭子那样，凡是不愿意接受的，就给他们用上坐药，不然就一报还一报。

"Tunc，诸位大人，quid juris pro minoribus[2]？按照撒利族法典[3]的惯例来说，谁第一个添火，谁就得到牛，谁在唱歌的时候擤鼻涕，没有唱出补鞋人的针脚，如果是在大肚子的时候，就可以用在做半夜弥撒时冻出来的鼻涕来补他那家伙的不足，要多喝些昂如的白葡萄酒，喝了酒，便可以和布列塔尼人一样揪住领子打架了。

"别的话没有了，要求赔偿费用、损失和利息。"

德·于莫外纳爵爷说完话以后，庞大固埃向德·拜兹居尔爵爷

---

① 杜沙注，"马丁格尔式"是通过普罗温斯的法院马丁玛斯；另一说是指圣马丁。
② 拉丁文，"因此，诸位大人，对少数人，有何法律可言？"
③ 古弗兰克人专横的法典。

· 0414 ·

说道：

"朋友，你有什么要分辩的么？"

拜兹居尔回答说：

"没有了，老爷，因为我说的只是实话，看在天主份上，请把我们俩的纠纷结束了吧，我们在这里都负担着很大的花费。"

第十三章

庞大固埃对两位爵爷的诉讼纠纷怎样判决

只见庞大固埃立起身来，把在那里陪审的院长、法官，以及学者博士都召集在一起，向他们说道：

"诸位，你们都 vive vocis oraculo^①听见这件成问题的纠纷了，你们有什么意见？"

对这问题，他们一齐回答道：

"是的，我们全听见了，不过，老实说，我们一点也没有听懂到底是怎么一回事。因此，我们 una voce^②请你、恳求你、希望你 ex nunc prout ex tunc^③就依照你的理解来结案好了，我们绝对同意，全体赞成。"

"那么，诸位，"庞大固埃说道，"既然你们同意，我就这样办了；不过我觉着这件案子并没有你们想象的那样棘手。你们的《迦多律例》、Frater法^④、Gallus法^⑤、Quinque pedum法^⑥、Vinum法^⑦、Si dominus法^⑧、Mater法^⑨、Mulier bona法^⑩、Si quis法^⑪、Pomponius法^⑫、Fundi法^⑬、Emptor法^⑭、Pretor法^⑮、Venditor法^⑯，等等还有许多别的法，依我看来却比这件讼案还要复杂得多^⑰。"

说罢话，他在那间大厅里转了一圈，又转了一圈，大家可以看到，他是在深深地思考，因为他一再地喘气，活像一头肚子束得太紧的驴一样。原来他是在想一个对双方都公平，而且又不厚此薄彼的办法；然后他坐下来，开始宣布下面的判决：

"本院接受了、了解了，并且好好地研究了德·拜兹居尔和德·于莫外纳两位爵爷的纠纷以后，兹作判决如下[18]：

"由于蝙蝠的冲动，大胆地离开夏至线去追求无聊的游戏，它们因为惧怕阳光的刺激，先用小卒攻过来，这是在罗马的天气，一个骑马的耶稣像，腰里挂着弓，原告有正当的理由修补船只，叫那个老女人一只脚穿鞋，一只脚光着，吹气，吹得她的良心结实坚硬，和十八头牛的毛一样多的琐碎事，也跟绣花的针脚一样多。

"同样，应该宣判原告无罪的是因为有大便的自由，大家以为他借口不能轻松地大便，是因为在胡桃油蜡烛的光照下用连响屁熏香的一副手套决定的，就和在他的故乡米尔巴莱[19]一样，用青铜球放起帆篷，

---

① 拉丁文，"从口述的方式"。
② 拉丁文，"异口同声"。
③ 拉丁文，"立刻，马上"。
④ 拉丁文，《兄弟法》。
⑤ 拉丁文，《迦鲁斯法》，属《法学汇纂》。
⑥ 拉丁文，《贝都姆五法全书》，属《罗马法》。
⑦ 拉丁文，《酒法》。
⑧ 拉丁文，《自主法》。
⑨ 拉丁文，《家庭组织法》。
⑩ 拉丁文，《婚姻法》。
⑪ 拉丁文，《如果有人法》。
⑫ 拉丁文，《彭包纽斯法》，彭包纽斯为2世纪罗马帝国法学家，西塞罗的朋友。
⑬ 拉丁文，《基本法》。
⑭ 拉丁文，《购买法》。
⑮ 拉丁文，《管制法》。
⑯ 拉丁文，《售卖法》。
⑰ 在罗马法里，上述的一些法规确是比较难懂的。
⑱ 庞大固埃的判决书，词句也和两位诉讼者一样，是一篇前言不接后语的文字。
⑲ 米尔巴莱，普瓦蒂埃地名，那里的穷人把胡桃砸碎，做蜡烛取亮。

用人漫不经心地做着菜，菜是从罗亚尔河来的，鹰的铃铛是照匈牙利
式的花样做的，由他内兄永志不忘地放在一只带边的篮子里，绣着三
道金边的纹章，在背风的小棚里，用鸡毛掸子打一只虫子式的鹦鹉。

"至于被告，不管他是补破鞋的也好，吃奶酪的①也好，制造木乃
伊的也好，没有摇铃撞钟，都觉着很对，被告也很好地辩论过，法院
判他三满杯酸牛奶，要都结成块的，和珍珠一样亮，一块一块的，按

---

① 指偷吃奶酪的老鼠。

照他家乡的样子，叫被告在五月里的天气像八月半的时候付清。

　　"不过，被告还要供给草料，还要棉絮，好堵住嗓子里的东西，要一片一片的。

　　"仍旧和从前一样做朋友吧，和好如初，免付任何费用，等因奉此。"

　　宣判之后，双方对裁判都非常满意地回去了，真是一件不可思议的事。因为自从洪水以来，一直到再过十三个五十年为止，永远也只有这两个人，他们本来希望相反的裁判，到后来竟同时对一个判决感到满意。

　　在那里陪审的法官以及那些学者，一个个都呆住了，呆了足足有三个钟头。他们在庞大固埃处理一件这样难办、这样棘手的案子上，明白地看出他超人的智慧，他们全钦佩得无法形容，如果不是拿来大量的醋和玫瑰水，使他们清醒过来，恢复了他们平时的知觉和理智，他们到现在也许还待在那里呢。事过之后，到处是一片赞美天主声。

第十四章

巴奴日叙述怎样从土耳其人手里逃出来

庞大固埃所作的判决立刻就被所有的人都知道了，并且还大量地印发出来，记录在法院的史册里，从此大家都说：

"所罗门偶尔把小孩断给他的母亲①，远远及不上善良的庞大固埃在这件事上所表现的崇高智慧。我们国家里有了他，实在是我们的福气。"

于是，大家想要请他来做总理大臣和司法院长；但是他都拒绝了，并婉转地向他们表示辞谢。

他说道："这类职务需要很大的服务精神，由于人的败坏腐化，执行职务的人很难清清白白，我相信，空下来的天使的职位，如果不用人来补充②，就是再过三十七个五十年，我们也到不了最后审判，古萨奴斯的推测也不能实现③；我可以预先告诉你们。不过，假使你们有几'木宜'好酒，我倒乐意接受。"

他们当然很欣喜地照办了，把城内最好的酒都给他送来了，庞大固埃喝了一个痛快；可是，那个可怜巴巴的巴奴日也喝得非常起劲，他又干又瘦，活像一条熏鲞鱼，行动和一只瘦猫同样敏捷。他端了满满的一大碗酒刚喝到一半的时候，有一个人批评他道：

"朋友，真好看！你喝酒喝得太粗野了。"

"没这个话！"巴奴日回答道，"我只是巴黎一个非常不会喝酒的人，还不及一只金丝雀喝得多，要是不像对付麻雀似的打着尾巴，那就连一小口也喝不下。啊，朋友，如果我升高能和我往下灌一样有能耐，我老早就飞过月球和昂贝多克勒斯④在一起了。但是我不懂这是什么缘故：这酒很好，醇厚味美，可是我越喝，越觉着渴。我想庞大固埃殿下的影子会使人感到干渴，就像月亮会使人感冒一样⑤。"

旁边的人都笑起来，庞大固埃看见了，问道：

"巴奴日，你们笑什么？"

巴奴日说："王爷，我在给他们述说土耳其那些鬼家伙为什么连一滴酒也不喝。即使穆罕默德的《古兰经》里没有任何不好的地方，我也不要信他的教。"

---

① 见《旧约·列王纪上》第3章第16至28节所罗门以智行鞠的故事。
② 有神学家说天主造人就是为填补受路西菲尔诱惑反叛天主的天使们留下的缺。
③ 古萨奴斯，即意大利红衣主教尼古拉·德·古萨，他在1452年曾预言世界末日要在耶稣降生后第三十四个"jubilé"来到（从1343年起，每五十年为一个"jubilé"），他并且算出《圣经》上的洪水也是从有人类起第三十四个"五十年"发生的。依照他的算法，人类应在1734年以前遇到世界末日。
④ 昂贝多克勒斯，公元前5世纪西西里阿格里真提（现名吉尔真提）哲学家，神话里说他奔入埃特纳火山自杀，被火山的烟雾吹至月球上，伊卡洛美尼波斯在那里遇见过他。
⑤ 当时有人迷信月亮以及星辰的光能使人伤风感冒。

庞大固埃说道:"好了,你还是给我说说你怎么从他们手里逃出来的吧。"

"王爷,冲着老天说话,"巴奴日说,"我要一字不漏地跟你说个明白。

"土耳其那些歹徒把我用叉子叉起来,像一只兔子似的抹了一身油,因为我太瘦,不抹油我的肉一定不好吃;他们打算就这样活活地把我烤熟。他们一边烤,我一边就祈祷神灵保佑,一边心里还想着圣罗兰①,我盼望天主能解脱我这次灾难。果然,奇怪的事便发生了;因为,我正一心一意祷告天主,嘴里叫喊着:'主啊天主,帮助我吧!主啊天主,拯救我吧!主啊天主,解脱我这次灾难吧,这些狗东西因为我保卫你的教理,要把我留在这里了!'说也奇怪,烤我的那个人好像受了神的指示似的睡着了,或者说,像迈尔古里②巧妙地叫那个长着一百只眼的阿尔古斯睡着的时候一样。

"我感觉到他不转动他的铁叉子来烤我了,我看看他,看见他已经睡着了。于是我用牙齿咬住一块木柴还没被烧着的一头,用尽气力,向着烤我的人的大腿上丢过去,接着我又咬了一块,丢到一张行军床下面,那张床就在壁炉旁边,烤我的那位先生的草褥子正好铺在床上。

"火立刻就把草引着了,从草烧到了床,从床又烧到地板,地板用松板拼成灯座式的图案。但是最妙的,是我丢到烤我的坏东西大腿上的那根柴,一下子就烧着了他的阴阜,接着又烧着了他的睾丸,他那个地方太脏了,不到天亮从来没有任何感觉,这一下子他像一只糊里糊涂的公山羊似的爬起来对着窗口就拼命地大叫起来:'Dal baroth, dal baroth!'③意思是说:'救火,救火!'他回头又向着我跑过来,打算把我整个扔进火里,他割断了捆着我双手的绳子,又在割捆着我两只脚

---

① 圣罗兰,3世纪天主教著名圣人,他是被火刑烧死的。
② 迈尔古里,水星,罗马神话中司口才、商业之神,朱庇特之子。
③ 土耳其语,意思见正文。

的绳子了。

　　"这时候，这家的主人正在跟几位官员和学者在街上散步。他听见喊救火的声音，又从街上闻到了烟味，便飞也似地跑回来救火，并想救出家里的财物。

"他一到家，便把叉我的铁叉子抽出来，一下子就把烤我的那个人叉死了，当然也是因为他控制不住自己，或者另有其他缘故，只见他一叉子叉在那个人的肚脐上边、靠近右肋骨的地方，穿透他第三片肝叶①，往上一抬，又戳透了横膈膜，随后通过心脏，从肩膀上、脊椎骨和右边肩胛骨当中，把铁叉子拔了出来。

"当然他从我身上抽出铁叉的时候，我便摔倒在地上的火架子旁边了，这一摔，使我受了些伤，不过并不重，因为我身上涂了一层一层的油，减轻了我摔下去的重量。

"后来，我看见那个土耳其人灰心绝望，因为房子已烧得无可救药，全部财产都化为乌有，他气得跟发了疯一样，嘴里喊着格里高斯②、阿斯塔洛斯③、拉巴鲁斯④和格里布伊斯⑤，一连喊了九遍。

"看见他这样喊叫，我也吓得要死，要是魔鬼真的来捉走这个疯子，会不会顺便连我也捉走？我已经被他们烤得半熟了，身上的油是使我疼痛的原因，因为那里的鬼家伙是最爱油的，这个，你们在哲学家杨勃里古斯⑥和姆尔茂特⑦的辩论书 De bossutis et contrefactis pro Magistros nostros⑧里可以找到权威的论点。于是我，一面画十字，一面喊：'Agyos athanatos, ho Theos⑨！'结果并没有一个人进来。

---

① 希波克拉铁斯说人的肝分五片叶子。
② "格里高斯"（Grilgoth）是从 griller（烤，烘）来的，这里指司火的鬼神。
③ "阿斯塔洛斯"（Astarost）是从 haster（烤）来的，Hasteret（厨子名）亦同一出处，这里指司火神鬼。
④ "拉巴鲁斯"（Rappallus）是从 rapal（肉食鸟类）来的，此处指火神。
⑤ "格里布伊斯"（Gribouillis），亦指司火神鬼。
⑥ 杨勃里古斯，4世纪新柏拉图派哲学家。
⑦ 姆尔茂特，可能指16世纪初闵斯特尔人文主义学者约翰奴斯·姆尔茂，但两人作品均与本书无关。
⑧ 拉丁文，《为我们大师的畸形和残废辩护》，无此书名，一说作者可能系一驼背或残废者。
⑨ 希腊文，"天主是神圣的，永恒的"。后被用作驱妖的咒语。

　　"那个丑恶的土耳其人见此光景，想用我那把铁叉子刺穿自己的心，一死了事。果然，他用叉子对准自己的胸口，可是因为叉子不够尖，刺不进去，他用尽气力往里刺，还是刺不进去。

　　"于是我向他走过去，跟他说：

　　"'Missaire Bougrino①，你在这里白耽误工夫，因为这样你永远也死不掉；顶多不过受点伤，或者落到外科郎中②手里，一辈子活受罪；不过，如果你同意，我一下子就可以把你杀死，还使你什么也觉不到，你相信我吧，我已经用这个法子杀过很多人了，他们全都感到痛快。'

　　"'哎呀！我的朋友，'他对我说，'我请求你！如果能这样做，我把我的钱袋送给你，给，拿去，里面有六百个"赛拉弗"③，还有几颗金

---

① 意大利北部隆巴底亚土语，"傻先生，傻家伙"。
② 原文是"理发师傅"，当时理发师傅兼做外科医生。
③ "赛拉弗"，中东（指波斯或埃及）金币名。

刚钻和几粒一点毛病也没有的宝石。'"

"现在在哪里呢?"爱比斯德蒙问道。

"我的圣约翰!"巴奴日说道,"如果还存在的话,现在也很远了;

去冬落雪今何处①?

这是巴黎诗人维庸②最关心的事了。"

"请你把话说完,"庞大固埃说,"让我们知道知道你后来把那个土耳其人怎么样了。"

"老实说吧,"巴奴日说,"我不说一句假话。我拾起一条烧毁一半的裤子把他捆起来,然后再用我的绳子把他的手脚结结实实地绑在一起,绑得他连动也不能动;后来用叉子从他的嗓子眼里又进去,把他挂起来,挂在放钺的两个大铁钩上;然后,在下边烧起一把旺火,把我那位财主像在炉子上烤鲞鱼似的烤在那里了。我这才拿起他的钱袋,在架子上又拿了一支标枪,撒腿就跑。天知道,我自己的肩膀上有一股多么难闻的羊膻气!

"等我跑到街上以后,我看见很多人带着水来救火了。他们看见我已经快烧熟了,当然觉着我很可怜,于是便把带来的水都浇在我身上,浇得我非常痛快,也对我实在有好处;然后,又给了我一点东西吃,但是我没有吃,因为他们给的只是水,这是他们的风俗。

"此外,他们并没把我怎么样,只有一个小坏家伙,长得前犄角后罗锅,他偷偷地走过来啃我身上的油,被我狠狠地在他手上刺了几dronos③,他再也不会来第二次了。还有一个年轻的哥林多女人,她给我送来一盆摩勒落迦果④,而且还是用她们的方法蜜钱过的呢。可是她

---

① 诗人维庸《古代妇女歌谣》一诗中的叠句。
② 维庸(1431—1489),法国诗人,生于巴黎。
③ 图卢兹土话,即刺了几下的意思。
④ 摩勒落迦果,埃及一种叫作"庵摩勒"树的果实,又一说系印度产的一种果实。

瞪着眼瞅着我那个没有头的家伙，它是在火烤的时候缩进去的，长短只达到膝盖那里了。不过，你们知道这一烤，却把我七年多以来患的一种坐骨风湿炎完全治好了，而且还正是烤我的那个人睡着的时候，让我在火上烤的那一面。

"他们只顾得看我了，火可是烧了起来，你们也不用问是怎么烧起的了，反正一烧就烧了两千多幢房子，火大极了，人群中有一个人看见了，叫起来：'穆罕默德的肚子^①！全城都烧起来了，我们还在这里闹着玩呢！'他们这才各自跑回家去。

"我呢，我顺着城门那条路跑去，一直跑到附近一座小土丘上，我这才像罗德的妻子那样^②回过头去看了看。我看见整个的城都烧着了，心里非常痛快，简直乐得我快屙出来了；可是，我得到的报应可不小。"

"后来怎么样了？"庞大固埃问道。

"后来，"巴奴日说，"当我称心如意地望着这场大火，嘴里还得意忘形地说着：'哈，可怜的虱子，哈，可怜的小老鼠！你们今年可要过一个苦冬天了，火把你们的仓库都烧掉了！'的时候，一下子跑出来六百多，不，是一千三百一十一只大大小小的狗，它们一齐从城里跑出来，它们也是从火里逃出来的。它们闻见我身上烤得半熟的肉味，便一个劲地冲着我跑过来，要不是我那好心的护守天神给了我一个及时应付牙咬的启示，那些狗早就把我吞掉了。"

庞大固埃说："你为什么怕咬呢？你的风湿炎不是已经治好了么？"

"你怎么这样不明白^③！"巴奴日回答说，"还有比狗咬着你的大腿更疼的事么？但是忽然间，我想到了我身上的油，我揭下来朝着它们

---

① 是作者从"天主的肚子！"一句骂人话里变过来的。
② 见《旧约·创世记》第19章天主毁灭所多玛、蛾摩拉两城的故事。
③ 原文 Pasques de soles！是一句骂人的话。

扔过去。那些狗只顾得去抢、去夺了，接着是一阵乱咬。用这个方法，我总算脱身出来，让它们拼命去吧。就这样，我终于平平安安、快快活活地逃了出来，这幸亏被人烤过，烤人的刑罚万岁！"

第十五章

庞大固埃怎样提出一个建筑巴黎城墙的新办法

有一天，庞大固埃读书过久，觉得疲劳，便到圣玛尔叟郊区[①]去散步休息，他打算去逛逛高勃兰游乐场[②]。巴奴日当时在他身边。巴奴日衣服底下经常带着一瓶酒，还有一块火腿；因为不带这两样东西，他就没法出门，他说这是他随身必带的护身宝贝。他不佩带宝剑，庞大固埃要给他一把，他说宝剑会烧他的脾脏[③]。

爱比斯德蒙说："万一有人欺负你，你怎样抵抗呢？"

"拔腿就跑，"巴奴日回答说，"能躲过宝剑就行。"

他们回来的时候，巴奴日指着巴黎的城墙，带着嘲笑的样子对庞大固埃说道：

"你看这座体面的城墙！只好保护保护换胎毛的小鸟[④]罢了！冲着我的胡子说话，对于一座像巴黎这样的城市，这种城墙未免太坏了，一头母牛放一个屁就可以把它震塌六'庹'[⑤]多。"

"噢，我的朋友，"庞大固埃说道，"你知道有人问起阿盖西劳斯[⑥]为什么拉刻代蒙那座大城没有城墙的时候，他是怎样回答的么？他指着城内精通武艺、骁勇健壮、兵器充实的居民说道：'这就是城墙。'他的意思是说只有人的骨头才称得起是城墙，没有比老百姓的勇武更可靠、更坚固的城墙了。城内住有如此英勇善战的居民，那是再可靠也没有了，他们不用担心再造什么城墙。再说，即使想造城墙，像斯特拉斯堡[⑦]、奥尔良[⑧]或者菲拉拉[⑨]那样，那也是不可能的事，费用太大了。”

“不过，”巴奴日说道，“遇到被敌人包围的时候，有一道石头的城墙给他们看看也是好的呀，哪怕只为了可以问一声：‘城下什么人？’也好呀。至于像你说的建造城墙需要浩大的花费，如果城内的先生们肯送我一大坛酒，我就可以教给他们一个费用最低的建造城墙的新方法。”

“怎么造呢？”庞大固埃问道。

巴奴日回答说：“我告诉你，你可千万别说出去。

“我看此地女人的那个东西比石头还要便宜，应该用它们来造城墙，依照建筑学的对称法把它们排好，最大的放在头一排，然后像驴背似的堆起来，先用中等大小的，后用最小的，最后再把修院里那么多裤裆里的硬东西串连起来，跟布尔日高大的城寨那样，一个尖一个尖地排列起来。

“这样的城墙，什么鬼家伙能拆得动呀？没有任何金属品能像它一样经得起打击。让那些家伙来磨蹭好了，冲着天主说话，你马上就可以看见一种神圣的产物像下雨似的把梅毒散给他们，而且还非常快，冲着魔鬼说话，决不骗人！不仅是这一点，连雷也不会劈开；为什

---

① 圣玛尔叟郊区，即现在的圣马赛尔区，当时尚未并入巴黎市区。

② 高勃兰游乐场在圣雅各郊区，离比爱沃河不远，圣玛尔叟郊区只有高勃兰染布厂。

③ 脾在人身体的左面，宝剑一般也挎在左面，故巴奴日说宝剑的磨擦会烧他的脾脏。

④ 巴黎城墙还是12世纪末菲力普·奥古斯特王朝修建的，炮台已破旧不堪，里里外外都是不整齐的小房子，形象有如养鸟的小笼子。

⑤ “庹”，一个人两手伸平的长度，约等于1.62米。

⑥ 阿盖西劳斯，公元前397至前360年间斯巴达国王，曾攻占波斯，战败希腊。

⑦ 斯特拉斯堡，法国阿尔萨斯省省会，古时有三座方形高塔，保卫城池。

⑧ 奥尔良的城墙自查理八世时造起至亨利二世王朝才完工，周围五公里长，有城门十六座。

⑨ 初版上此处是“卡尔庞特拉斯”，作者于1534年自意大利回国后始改为“菲拉拉”，该处城墙有名高大坚固。

么？因为那些玩意儿都祝过圣，或者受过封。

"不过，只有一样不方便。"

"啊、啊、哈、哈、哈！"庞大固埃笑了起来，"有什么不方便呢？"

"就怕特别喜欢这种东西的苍蝇，它们如获至宝似的一定成群结伙地飞来，把脏东西都留在上面；那我们的工程就完结了。不过，我这里还有个补救的办法，就是用狐狸的尾巴来赶，不然，就用普罗温斯驴的那种又长又硬的家伙也行。只是，对于这一点，我想给你说一个很好的例子（我们一面去吃饭），那就是 Frater Lubinus, libro De compotationibus mendicantium① 里所说的。

"在禽兽还会说话的年代（才不过三天），有一只倒霉的狮子在比爱沃树林②里散步，它一边念叨着经文，一边从一棵树底下经过。树上有一个烧炭的樵夫在那里砍柴，他看见狮子就把斧子扔了过去，把狮子的一条腿砍伤了。那只狮子一瘸一瘸地在树林里跑了半天，想找人给它救治一下，最后它碰到一个木匠，那个木匠倒很热心，看了看它的伤，便尽自己的能力把狮子的伤口洗干净，涂上苔藓的汁液，告诉它叫它赶着苍蝇，别让苍蝇把脏东西留在伤口上，等他去找些蓍草的叶子③好包扎。

"就这样，那只狮子终于好了。它在树林里继续往前走。这时候，一个上年纪的老太婆在树林里砍柴、拾柴火；她一眼看见了狮子，吓得仰天倒在地上，风一吹，把她的衣服、裙子、衬衫，一齐翻到了肩膀上。狮子看见了，赶快同情地跑过去，看她有没有摔伤，后来看到她那个'叫不出名字的地方'，便说道：

"'哎呀，不幸的女人，谁把你弄伤了？'

"话未住口，它看见一只狐狸，于是喊住狐狸，说道：

---

① 拉丁文，"吕班修士的作品《行乞修士饮食篇》"。

② 比爱沃树林，即比爱尔树林，见第 1 部第 21 章。

③ 据说蓍草的叶子包扎伤口有奇效。

"'狐狸大哥,哎,呀,呀,你来看看这是怎么回事!'

"等狐狸走过来,狮子又说道:

"'大哥,老朋友,有人伤了这位老太太两腿中间的那块地方,而且伤势很重。你看,伤口有多大,从肛门一直到肚脐,至少有四、甚至于五"扠"半长①。这一定是斧子砍的,而且我疑心已经砍了很久了。但是,为了不让苍蝇落在上面,请你好好地赶它们,里里外外都要顾到。你有一条又长又大的尾巴;你摇动它,我的朋友,好好地摇,求求你,等我去寻些苔藓来给她敷上,因为我们需要互相救助、彼此帮忙才对。你赶着苍蝇,我的朋友,好好地摇着尾巴,这个伤口需要多动动它,否则它会难过的。所以你要好好地摇,我的小伙计,摇吧!天主给了你一条好尾巴,又粗又长,好好地摇吧,千万不要不耐烦。一个赶苍蝇的好手,要不停止地摆动蝇拂,这样才不会有苍蝇落在上面。摇吧,小家伙,晃吧,我的小伙计!我决不多耽误时间,我很快就回来。'

"说罢,它就去找苔藓去了,它已经走得相当远了,还在冲着狐狸喊:

---

① 在法国南方每"扠"相等于24厘米,5.5 约等于130余厘米。

"'摇着点，伙计；摇吧，好好地摇，别心烦，我的小伙计。我将来会叫你做唐·伯多禄·德·卡斯提埃①的摇蒲扇的。摇吧，只管摇好了，别的什么也不用管。'

"倒霉的狐狸尽力地摇摆，前前后后、里里外外，摇得那个老太婆屁滚尿流，臭气熏天。可怜的狐狸难受极了，它不知道往哪边转才能躲开那个老女人放屁的香味。它正在转的时候，看见后边另外还有一个窟窿，没有它赶苍蝇的窟窿那样大，但是奇臭难闻的味道却是从那里出来的。

"最后那只狮子总算回来了，带来的苔藓，十八捆也捆不完，它用带来的一根棍子，把苔藓填进伤口里，一填填了足有十六捆半，它惊奇地说道：

"'好家伙！这个伤口真深；两车多的苔藓也填得进。'

"可是那只狐狸却说道：

"'喂，狮子大哥，老朋友，我求求你，别把苔藓都放进去；留一些，因为这底下还有一个比较小的窟窿，臭得简直受不了。我快要臭死了，臭得要命。'

"所以，不能让苍蝇落在城墙上，须要雇一些人去赶才行。"

这时庞大固埃说道：

"你怎么知道这里女人的那个东西这样便宜呢？因为城里有的是纯洁贞节的烈女啊。"

"Et ubi prenus？"②巴奴日说，"我告诉你，这并不是我的成见，而是千真万确的事实。我并不是吹，自从我来到这里以后，已经搞过四百一十七个了（我不过才来了九天③）。就在今天早晨，我还遇见一个人，背着一个褡子，好像伊索寓言里的那个一样④，褡子里装着两个

---

① 唐·伯多禄·德·卡斯提埃，可能指14世纪西班牙国王"残暴的伯多禄"。
② 拉丁文，"到哪里去找啊？"
③ 初版上这里还有，"单单教堂里那些把耶稣像亲得要吃下去的女人就够受的了"。有意指女修士。
④ 伊索有一篇寓言叫作《朱庇特和背褡子的人》，说一个人褡子后面的口袋装自己的过错，所以看不见，前面的口袋装别人的过错，所以只看见别人不好。

顶多不过两三岁的小女孩，一个在前，一个在后。他求我救济他，可是我对他说，我的睾丸要比我的钱多，后来，我问他说：'朋友，你这两个小女孩还是处女么？'他回答说：'大哥，我这样背着她们，已经背了两年了，前面的这一个，因为我一直看着她，依我想，可能还是处女，不过，我也不愿为证明我的话是真的把手指头放在火里打赌。至于我背后的这一个，我就绝对不保了。'"

"真了不起，"庞大固埃说道，"你真是个有趣的伙伴；我要你和我的人穿同样衣服了①。"

于是按照当时流行的式样，把他打扮得很漂亮，只有裤子的裆，巴奴日一定要三尺长，而且要四方的，不要圆的。做好之后，倒也顺眼。巴奴日常常说，别人还不知道穿大裤裆的好处和便利，但是总有一天他们会知道的，因为任何事情都是在需要的时候才能想得出。

他说道："天主保佑被长裤裆救了性命的人！天主保佑穿长裤裆一天里边用掉十六万零九个'埃巨'的人！天主保佑依靠长裤裆拯救全城不致饿死的人！天主在上，等我有空的时候，我要写一本书叫作《长裤裆的好处》②。"

果然，他写了一本又大又厚的书，还附有插图，只是，据我知道，到现在还没有印出来。

---

① 意思是要收留他。

② 作者在作品里不止一次地提到《裤裆的尊严》、《裤裆的好处》等书名，在第1部作者前言和第8章里都提到过。

第十六章

巴奴日的生活习惯

巴奴日中等身材，不太高，也不太矮，鼻子有点钩，样子像一把剃刀的柄；年纪约在三十五岁上下，尖巧伶俐，像铅做的剑容易镀金一样①，只想占别人的便宜，人长得倒还风流，除了有点荒唐，还天生地爱害一种叫作"没有钱是无比痛苦"②的病，不过，在他需要的时候，他总有六十三种方法可以把钱弄到手，其中最能说得出口、同时也最常用的一种就是偷。此外，他还爱干恶作剧的事，哄骗人，喝酒，游手好闲，如果在巴黎的话还喜欢追女人。除此之外，要算"天下最老实的好百姓"了③；心眼里总是想尽方法给警察和守夜的更夫找点麻烦。

他常常召集三四个粗汉，在傍晚的时候，把他们灌得酩酊大醉，然后把他们领到圣日内维埃沃④，或者那伐尔学校⑤附近，等守夜的警士一来（他可以听得出来，只用把宝剑放在地上，侧耳一听，如果宝剑晃动，那准没错儿，守夜的人一定离他不远了），这时候，他便和他的同伴把一辆车子推翻，用力使它从斜坡上滚下去⑥，把守夜的人像猪猡似的都撞得翻倒在地；然后，他们就逃到对面的路上去，因为他在巴黎不到两天，就把所有的大街小巷都摸清了，好像他的Deus det⑦一样。

还有一次，是在一个热闹的广场上，在巡夜的人应该从那里经过的路上，他撒下了一溜火药，等到警士走过的时候，他把火药点着，自己站在一边欣赏警士们逃跑时那种怪模样，他们还以为是圣安东尼的神火烧着了他们的大腿呢。

对于那些所谓艺术大师们⑧，他的恶作剧就更厉害了。只要在街上遇上一个，不耍耍弄弄他们他是决不会罢休的。有时他在他们带檐的帽顶上放一条粪，有时在他们背后拴一条狐狸尾巴或者兔子耳朵，不然就耍些别的花招儿。

有一天，这些大师们被召集到草市大街去⑨，巴奴日给他们准备了一个布尔包奈式的蛋糕⑩，里面放了大量的蒜、"嘎尔巴奴姆"、"阿萨·费蒂达"⑪、海狸的肾精、新鲜的大便，然后把蛋糕在下疳瘤的脓血里蘸了蘸，一早起把地上涂得到处都是的⑫，连鬼在那里也待不住。结果，那些人在大庭广众之中大吐特吐，好像狐狸剥了皮似的，有十个

---

① 铅不能镀金，当时是知道的，又"镀金"（dorer）一词有"欺骗"的意思，作者又有意说他只会骗人。
② 诗人马洛的一句诗，在15世纪常被用作歌词的叠句。
③ 诗人马洛1531年《被偷后上国王书》里的一句诗，初版上无此句。
④ 圣日内维埃沃，即圣日内维埃沃教堂旧址，现在的克劳维斯街。
⑤ 那伐尔学校，即后来的工业技术学校。
⑥ 圣日内维埃沃一带的几条路都很陡斜。
⑦ 拉丁文，饭后谢恩经文的初句，Deus det nobis suam pacem（天主赐我等平安）。
⑧ 初版上是，"艺术和神学大师们"。
⑨ 初版上这里是，"召集神学大师们到索尔蓬去研究有关信德的条文"。
⑩ 一般指用奶酪、奶油、鸡蛋做的一种糕点；另一说：希尔包奈地多泥沼，这里亦有指那些污泥坑的意思。
⑪ "嘎尔巴奴姆"、"阿萨·费蒂达"，是波斯伞形科植物中提炼的一种胶汁，味奇臭。
⑫ 初版上这里是，"把索尔蓬的里里外外涂得到处都是的"。

或是十二个得瘟疫死掉了，十四个得了大麻风，十八个长了疥疮，还有二十七个都得了梅毒；但是他一点也不在乎。他经常在衣服下边带着一条鞭子，遇到给主人送酒的侍从，他就狠狠地用鞭子抽他们，催他们快走。

他的外套有二十六个以上的小口袋，老是装得满满的：

一个里面装着一个铅做的小顶针，还装着一把飞快的小刀，这把刀和缝制皮革的针一样，是用来割别人的口袋的；

一个里面装着酸性的东西，准备洒人的眼睛；

还有一个里面装着牛蒡子①，上面插着小鸟或小鸡的羽毛，这是他用来扔在别人的衣服上或帽子上的，他还常常给人家添上几个好看的犄角，让他戴着走遍全城，有时会戴一辈子；

女人，他也不放过，他常常做一个像男人那个东西似的玩意儿放在人家帽子后面；

还有一个口袋里，装着一卷一卷满是虱子和跳蚤的小纸卷，虱子和跳蚤都是从圣·伊诺桑的叫化子身上捉来的，他用芦苇或者写字用的羽毛，扔在路上遇见的最娇嫩的姑娘们的领子上，在教堂里也是如此，他从来不到当中大家看得到的地方去，总是待在侧面和女人们搅在一起，不管是望弥撒的时候，还是午后颂经，或者讲道的时候；

还有一个口袋里，装着大量的钓钩和别针，在男人和女人拥挤的场合，他常常把他们钩在一起，特别是那些穿着薄绸衣服的太太，等她们要离开的时候，身上的衣服总是给拉破了；

还有一个口袋里，装着火镰子、火纸、引火管、打火石和一切取火用的东西；

还有一个口袋，里面装着两三个照火镜，他可以晃男人和女人的眼，叫他们生气。在教堂里的时候，他可以叫他们坐立不安；因为他

---

① 牛蒡子的花蕾粘上衣服就拿不下来。

说"热爱弥撒的女人"和"臀部柔软的女人"相差无几[①]；

还有一个口袋，里面装着针线，他可以用它做出无数的鬼把戏。

有一次，在王宫进门处的那座大厅里[②]，一个方济各会的教士为最高法院的老爷们做弥撒，他帮教士穿衣服，穿祭披；但是穿的时候，他把那件白长衣缝在教士的长袍和衬衫上，后来，等宫里的大人老爷们坐下来望弥撒，他已经溜跑了。等到念完 Ite Missa est[③] 以后，那个倒霉的教士想脱掉那件白长衣的时候，他把身上的长袍和衬衫一齐都掀了起来，因为它们都结结实实地给缝在一起了；他一拉就拉到了肩膀上，把下身的东西都给别人看见了，不用说，可真不小。那个教士还在拉，越拉越往外露，宫内一位大人说道："怎么，这位司铎想叫我们舔他的屁股么？让圣·安东尼的神火去亲他好了！"从那时起，颁布命令，司铎不能在人前脱衣，要到更衣所里换衣服，尤其是当着女人更不许：因为这是给她们一个想到邪恶的机会。也许有人会问为什么教士的家伙那样长，巴奴日对于这个问题解答得非常妙，他说道：

"驴子耳朵之所以长，是因为它们的母亲不给它们在头上戴帽子，就像德·阿里亚高[④]在他的《推测篇》[⑤]里所说的那样。老神父们的东西那样长，也是同样的理由，这是因为他们不穿有裆的裤子，他们那个东西可以自由自在往下牵拉，晃晃荡荡地可以一直垂到膝盖上，好像妇女们的念珠一样。至于说，为什么那么粗，那是因为悠悠荡荡地摇晃，身上的液体都下降到那个东西上的缘故；根据法学家的推断，震荡和不停地活动，是吸引力的根源。"

---

① "热爱弥撒的女人"（femme folle à la messe）和"臀部柔软的女人"（femme molle à la fesse），原文只差两个字母，而意思悬殊；作者称之为"一笔之差"（antistrophe）。

② 这座大厅长70米，宽16米。

③ 拉丁文，"弥撒完成"，弥撒将完时的一句经文。

④ 德·阿里亚高（1350—1425），红衣主教，查理六世的忏悔师，有哲学、伦理学等著作。

⑤ 《推测篇》，德·阿里亚高著《伦理学》里的一章。

　　同样，他还有一个口袋，满满地装着明矾粉①，遇见神气活现的女人，就往她们的背上撒一把，使她们在大庭广众间穿不住衣服，有的

---

① 据说明矾粉轻如鹅毛，来自北非洲，有强烈的收缩力量。

急得像热火上的小公鸡那样乱跳，有的像弹子放在鼓上一样乱滚，还有的满街乱跑，他呢，跟在人家后边跑，遇到脱衣服的女人，他就做出非常殷勤和有礼貌的样子，脱下自己的外套来为她们遮背。

还有，在另一个口袋里，装着一个小瓶，里面灌满了棉油，遇见衣着体面的女人或男人，他就借口去摸摸人家的衣服，在最紧要的地方给人家抹上油，弄脏，一面嘴里还说："您看，这才叫好呢子呢，"或者"太太，这才叫好缎子、好绸子呢；您真福气，您心里想什么，天主就给您什么！又有新衣服，又有新朋友，愿天主保佑您！"他一边说，一边把手放在人家领子上，污迹永远也别想去掉，牢牢地刻在灵魂上、身体上、荣誉上，就是魔鬼想去掉它也是白费劲①；然后他跟人家说："太太，小心不要摔倒了，因为您前边就有一个又脏又大的坑。"

还有一个口袋，里面装满了磨成细粉的大戟草，他把从宫门口②那个美丽的女内衣商人那里偷来的一条绣花手帕放在里面，那条手帕是借口在人家奶上拿掉一个虱子的时候偷来的，虱子也是他自己放上去的。他和太太们在一起的时候，总是设法引人家谈到内衣的问题，于是他就把手放在人家胸口上，问人家说："这种手艺是弗兰德斯的呢，还是海恼特的？"他一面拉出他的手帕来，一面说："您看，您看看这个活儿做得怎么样；这是佛提尼昂③来的，不然就是佛塔拉比亚④来的，"他拿着手帕在人家鼻子底下拼命地晃，使那些太太们一连打四个钟头的喷嚏还止不住。他呢，像一匹马似的，屁放个不停，女人们大笑，跟他说："怎么，是你放屁么，巴奴日？"他回答说："不是，太太；我看见你们用鼻子奏音乐，我给你们配一配。"

还有一个口袋，里面有一把钳子、一个撬锁的铁钩、一把铁锹，

---

① 这里原文是押韵的，只是前后语气不大连贯，可能作者把一句成语放在这里。

② 当时皇宫大厅和圣堂之间有一个杂货市场，一直到17世纪，那里还有杂货摊，书摊等。

③ 佛提尼昂，恐指佛隆提尼昂，在法国中部。

④ 佛塔拉比亚，指西班牙的封塔拉比亚。

还有其他的小工具，这样一来，所有的门户和箱柜他都能开。

　　还有一个口袋，里面装满小碗、小杯子，他耍得非常在行：因为他的手指实在灵巧，巧得和密涅瓦和阿拉克纳斯①一样，从前他还做过卖野药的呢②。他要是去兑换一块"代斯通"③或者别的钱币的时候，如果不能公开地在众目睽睽之下，毫无破绽地使五六块银币不翼而飞，如果不能使换钱的人除了空气什么也感觉不到的话，那除非那个换钱给他的人比木师师傅④的门槛还要精。他既用不着打人，也用不着伤人，受骗人根本毫无感觉。

---

① 阿拉克纳斯，神话中利底亚国少女，善织绢，密涅瓦拿了她一匹绢，她气愤自杀，密涅瓦使她变成了蜘蛛。
② 卖野药的一般都用一些杂技或变戏法来吸引人。
③ "代斯通"，路易十二王朝银币。
④ "木师"，意思是"变魔术者"。

第十七章

巴奴日怎样购买赦罪；怎样使老年女人
出嫁和他在巴黎的诉讼

有一天，我看见巴奴日面带羞愧，沉默寡言，我想一定是没有钱花了，我问他道：

"巴奴日，我从你脸上看出来你有病，我明白是怎么回事：你的钱袋漏了；不过，你不要担心：我还有六枚小钱，爹娘都没看见①，你几时要几时有，好像杨梅疮同样现成。"

他听了，马上跟我说：

"钱算得了什么！有一天我只会多得没处用；因为我有一块点金石，能把别人钱袋里的钱给我吸过来，就像吸铁石吸铁一样。"接着他又问我："你要去购买赦罪么？"

我回答他说："说老实话，我在这个世界上就不乱赦人的罪；我不知道死后是不是一样。好，我们去吧，看在天主份上，不多不少，送他一个小钱。"

"那么，"他说道，"你先借给我一个，我给你利息。"

"不，不，"我回答说，"我送给你好了。"

"Grates vobis, Dominos②，"他说道。

于是，我们去了，先到圣日尔瓦教堂③，我只在头一个献钱的地方换得了赦罪，因为对于这类事，有一点我就满足了，然后，我念了一些短经和圣勃利瑞德祷文④。但是，巴奴日却到每一个献钱的地方去买赦罪，对每一个售卖赦罪的教士⑤，他都给钱布施。

从那里，我们走到圣母院⑥、圣约翰⑦、圣安东尼⑧，还有其他出卖赦罪的教堂，我们都去过了。我自己够了，不再要赦罪了；但是他，在每一个献钱的地方，他都要去吻圣髑，上布施。简单说吧，我们回来以后，他领我到宫堡酒家⑨去吃酒，并且还让我看他有十几个口袋，个个都装满了钱。我一看见，赶紧画十字，说道：

"这样短的时间，你在哪里弄到这么多钱？"

他回答我说是从赦罪盘里偷拿的，他说道：

"因为，给他们头一个钱的时候，我放得非常巧妙，使他们看见好像是一大块银币；可是，我一只手又拿回来十二块，足有十二个'里亚尔'⑩，或者'双里亚尔'，另外一只手也拿回来四五十块，这样，凡是我到过的教堂，都偷过了。"

"但是，"我说道，"你这样做，是一种和毒蛇一样的堕落行为⑪，你

---

① 这里的两句话出于喜剧《巴特兰》第215行。

② 拉丁文，"我感谢你，天主"。正确地说，应该是 Gratia ago tibi, Domine.

③ 圣日尔瓦教堂在市政厅后面圣日尔瓦广场，是15世纪末新建筑的一座教堂。

④ 圣勃利瑞德祷文是15世纪公认最灵验的祷文。

⑤ 通常只有罗马大教堂里才有公开售卖赦罪的教士。

⑥ 圣母院，即巴黎圣母院教堂。

⑦ 圣约翰，可能是圣母院教堂旁边的圣约翰·勒隆教堂或塞纳河右岸杜·玛尔特瓦街上的圣约翰·昂·格莱沃教堂。

⑧ 即圣安东尼街上的小圣安东尼教堂。

⑨ 宫堡酒家，当时有名的大酒店，在犹太人街。

⑩ "里亚尔"，法国古铜币名。

⑪ 另一种解释是，"像一把刀一样的堕落行为。"

简直是小偷，是亵渎神圣的人。"

  "是的，对，"他说道，"不过这是你的看法；至于我，却不是这样想；因为我认为这是负责布施的教士拿圣髑让我吻的时候送给我的，他们念着：Centuplum accipies[1]，就等于说叫我给一个，收回一百个；accipies是照希伯来人的用法，拿将来式代替命令式，好像经典里的词句一样：Diliges Dominum 和 dilige[2]。所以那个售卖赦罪的人跟我说：Centuplum accipies，我认为他是说：Centuplum accipe[3]；吉美大师[4]、阿

---

① 拉丁文，"将来会一百倍地收回"。见《新约·马太福音》第19章第29节。
② 拉丁文，"你要敬畏主，你的天主"和"你要尽心"。初版上这里是：Dominum Deum tuum adorabis et illi soli servies; dilige proximumtuum et sic de alis.（意思是："要敬畏主，你的天主，要侍奉他，要爱人如己……"）见《圣经》中《申命记》第6章第13节，《路加福音》第4章第8节，《利未记》第19章第32节，《马可福音》第12章第30节，《路加福音》第10章第27节，《马太福音》第22章第37节。
③ 拉丁文，"照一百倍收回去吧"。
④ 吉美大师（1160—1240），犹太博学家。

本·埃兹拉大师[①]和所有的马索莱也都是这样说的，甚至连巴尔脱鲁斯[②]也算在内。还有呢，教皇西克斯图斯[③]因为患下疳瘤非常痛苦，他以为要瘸一辈子了，我把他治好了，他从他自己的财产和教会的财产里，送给我一千五百'利佛'的年金，于是我在教会的钱财就可以自己动手支取，因为这是最妙的办法。

"啊，我的朋友，"他说道，"要是你知道我在十字军上发了多大的财[④]，你会惊奇的。我赚过六千多'弗罗林'[⑤]。"

"那么些金币都跑到哪里去了呢？"我说道，"你现在连一个小钱也没有。"

"从哪儿来仍旧到哪儿去，只是换一换主人罢了。

"我用了三千多给上了年纪、嘴里连牙齿都掉光的老太婆作陪嫁，她们可不是年轻的少女，因为找丈夫的少女不会没有，只会太多。对于上年纪的女人，我是这样想：'这些女人年轻时舒服过了，她们什么把戏都玩过，跟谁都来，一直玩到没有人要了才拉倒。天主在上，在她们死以前，再刺激刺激她们，叫她们动一动也好啊！'于是，我给这个一百'弗罗林'，给那个一百二十，给另外一个三百，完全按照她们长得丑陋、讨厌和使人恶心的程度给她们，因为越是丑恶讨厌，越需要多给一些，不然连魔鬼也不肯要她们。我接着便去找一个扛活儿的棒小伙子，我要亲自办这件婚姻大事，可是在未让他看见老太婆之前，我先拿几块'埃巨'给他看，告诉他说：'朋友，如果你肯好好地干一下，这些钱便都是你的。'那些家伙一听，就像老骡子似的吼吼地叫起来。我关照给他们准备好东西吃，给他们好酒喝，还要了大量的糖果，

---

① 阿本·埃兹拉（1119—1174），西班牙博学大师。

② 巴尔脱鲁斯，14世纪意大利名法学家。

③ 西克斯图斯，即西克斯图斯四世，1471至1484年之教皇。

④ 在1515、1517、1518这三年里，信徒捐献了大量金钱给教皇，可是十字军并未出征。又一说十字军东征曾给教皇挣得大量财富。布舍（J.Bouchet）解释说1515年有一种赦罪叫"十字军"，那么这里就仍是指的赦罪了。

⑤ "弗罗林"，意大利金币，币上铸有佛罗伦萨百合花，故名。

把老太婆一个个全都刺激了起来。最后，他们一本正经地干完了他们的事；除了特别难看，或者实在看不上眼的老太婆，我才事先在她们脸上先扣上一个布袋。

"还有呢，我在打官司上也用掉很多钱。"

"你能打什么官司呢？"我说道，"你既没有土地，也没有房子。"

他说道："朋友，本城的小姐们大概是受了地狱里魔鬼的挑拨，创造了一种非常严密的领子，或者说围脖，把她们的胸部盖得一丝不露，简直没法从下面伸进手去，因为开缝留在后面，所以前面没有开口，这使得可怜的情人们、追求者、爱看女人的人，感到十分不满意①。有一个星期二，我向法院递了一张状子，控诉那些小姐们，说明我所坚持的理由，并且声称如果法院不马上处理，我为了同样的缘故就要把我裤子上的裆开在后面。小姐们听了联合起来，声明理由，委托代理人为她们辩护。但是我坚决上诉，最后总算法院下了判决，指令以后不许带这么高的围脖，除非前面留一个开口。为此，我却花了不少钱。

"还有一次，我甚至跟'飞飞师傅'②和他的执事们打了一场又脏又臭的官司。我要求他们晚上不再偷偷地念《布萨尔③的大桶》，《箴言集》第四册④，我要他们白天念，而且到草市大街的学校里当着神学大师们去念。这件事，因为执达吏传达得有错误，我又被判罚付诉讼费。

"此外，还有一次，我在法院递了一张状子，控诉那些院长、法官和其他人的骡子，我要求他们把骡子留在法院的院子里，让它们在不耐烦地等待的时候，由法官的老婆给骡子戴上个美丽的围嘴垫，不让它们的口沫弄脏路面，这样，法院里打杂的人便可以尽兴地在路上掷骰子，或者玩'我背叛天主'，不至于再弄脏裤腿了。这件事，我得到

---

① 女人内衣开领，是从查理五世开始的，弗朗索瓦一世王朝时盛行高领，查理九世时，领子全部扣起来，高达耳际。

② "飞飞师傅"，当时掏粪坑、掏阴沟者的别名。

③ "布萨尔"，意思也是"大桶"，容量为268升。

④ 《箴言集》，12世纪比埃尔·隆巴尔的作品，为当时学校的教理课本，共四册。

了满意的判决；可是我又花了不少钱。

"所以，你加起来算算，单单我每天请法院执事们吃饭的钱就有多少。"

"为的是什么呢？"我问道。

"朋友，"他说道，"我看你在世界上简直就不会找乐子，我却比国王还会玩。如果你肯和我联合起来，我们连鬼做的事也做得出。"

"不，不，"我说道，"冲着圣阿多拉斯①说话！当心你会给吊死。"

"你呢，"他说道，"最后也是要埋掉的；那么，哪一样更舒服呢，是吊在半空里呢，还是埋在土里呢？啊，真笨②！但是把话说回来，当法院的执事们大吃大喝的时候，我替他们看守骒牲口，顺便把骑牲口先迈腿的那一面的脚镫割断，让它只连着一根线。等那脑满肠肥、神气活现的法官，或是别人，抬腿来骑牲口的时候，他就一下子在大庭广众之中，像猪猡似的摔在地上，让人笑得比拾到一百法郎还要厉害。我呢，我笑得更厉害，因为，他们回到家以后，一定会叫人把执事先生像打青麦子似的饱打一顿。③因此，我请他们吃喝并不后悔。"

总而言之（像以上所说的），他有六十三种弄钱的法子，可是又有两百一十四种花钱的门路，填补鼻子底下那个东西的费用还不算④。

---

① 圣阿多拉斯，保佑人不吊死的神灵。阿多拉斯（Adauras）是从拉丁文 ad auras 来的，意思是"人呼吸的空气"，作者造一个圣阿多拉斯，使他保佑上吊的人不致吊断了气。
② 初版上此处还有，"耶稣不就是被吊在半空里么？"一句。
③ 麦穗尚未熟透的时候，需要用力打，麦粒才会下来。
④ 指自己嘴的吃喝。

第十八章

一英国学者怎样想和庞大固埃论战，
结果反被巴奴日驳倒

就在那几天里，有一位渊博的学者，名叫多玛斯特①，他听到庞大固埃学问天下无敌的传说，特地从英国跑了来，唯一的目的就是想看看、认识认识这位庞大固埃，证实一下他的学识是否像传说的那样。他一到巴黎，就径直来到庞大固埃当时所住的圣德尼饭店②。这时，庞大固埃正和巴奴日在花园里散步，并按照亚里士多德的方式③谈论着学问。多玛斯特一进门，看见庞大固埃又高又大的身材吓了一跳，接着便按照一般惯例对他行了礼，彬彬有礼地向他说道：

"哲学之王柏拉图说得有理，假使学问和智慧的形象是表现在肉体上的、是人的眼睛所看得见的，那它一定会使所有的人敬仰他。因为，仅就传说中的名气来说，如果这名气传到被称为哲学家的学者和探寻学问的人的耳朵里，那他们就再不能睡安稳了，也不能安静下去了，他们将感到强烈的激动和鼓舞，一定会跑来看看那个学识渊博并由他发出神谕的人，到底是怎样一个人。正像我们所明显看到的那样，示巴的女王④为了观察先知所罗门国家的秩序，为了听到他智慧的论断，曾从遥远的东方，穿过波斯海来看他；

"阿那卡尔西斯⑤为了访问梭伦⑥曾从西提亚来到雅典；

"毕达哥拉斯曾访问过曼菲斯[7]的先知；

"柏拉图曾访问过埃及的术士和大兰多[8]的阿尔奇塔斯[9]；

"提亚尼乌斯的阿波罗纽斯[10]曾经到高加索山[11]，穿过西提亚人、马萨基塔人[12]、印度人的国家，渡过辟松大河[13]，到过'婆罗吸摩'[14]的国土，访问过夏尔沙斯[15]，到过巴比伦、卡尔底亚[16]、美底亚[17]、亚述、巴尔底亚[18]、叙利亚、腓尼基、阿拉伯、巴勒斯坦、亚历山大，一直到爱西屋皮亚[19]，去访问印度学派的哲学家[20]。

"同样的事例，我们在提特·利维的著作里也看到过，有不少学者

---

① "多玛斯特"，照希腊文的意思是，"可钦敬的，使人惊奇的"。

② 圣德尼饭店，圣德尼会修士在巴黎之旧居，后改为本笃会学校，作者做本笃会修士时，可能在此处住过。

③ 即一面散步，一面讨论；据说亚里士多德讲学时，即一面散步，一面讲解。

④ 古时阿拉伯也门女王，听见所罗门的名声，曾特来访问他，故事见《旧约·列王纪上》第10章第1至3节，《新约·马太福音》第12章第42节和《新约·路加福音》第11章第31节都提到过。

⑤ 阿那卡尔西斯，公元前6世纪西提亚哲学家，他曾从西提亚来到雅典与梭伦结为好友。见埃里亚奴斯《史话散集》第5卷第7章。

⑥ 梭伦（前640—前558），雅典名法学家。

⑦ 曼菲斯，埃及尼罗河上古城名，毕达哥拉斯访问曼菲斯的故事，见波尔菲里著《毕达哥拉斯传》第9章。

⑧ 大兰多，意大利南部城名，靠大兰多湾。

⑨ 阿尔奇塔斯（前430—前365），毕达哥拉斯派哲学家，柏拉图之好友。

⑩ 阿波罗纽斯，1世纪毕达哥拉斯派哲学家。

⑪ 高加索山，黑海与里海间之山脉。

⑫ 马萨基塔人，里海以东之西提亚民族。

⑬ 辟松大河，即神话中流过乐园之乐园河。

⑭ "婆罗吸摩"，印度婆罗门会教士。

⑮ 故事见《哲学通论》第2卷末章《阿波罗纽斯传》。

⑯ 卡尔底亚，美索不达米亚之一部分。

⑰ 美底亚，亚洲古国，后并于波斯。

⑱ 巴尔底亚，自里海到幼发拉底河一带之古地名。

⑲ 爱西屋皮亚，即现在的埃塞俄比亚。

⑳ 指亚历山大大帝在印度创立的一个哲学派别，这一学派的人不食肉类，不穿衣服，终日静坐默想。

从法国和西班牙的边境来到罗马访问他，听他的教训①。

"我不敢把自己算在这些圣贤人当中，但是我非常喜欢求学，不仅爱好文学，而且喜爱文人。

"所以，自从我听说你具有渊博的学识以后，我就离开了我的国土、亲属、家乡，来到这里，我不顾路途遥远，漂洋过海，经过不认识的国土，仅仅是想能看见你，能和你在一起谈论一些哲学上、占卜学上以及神学上我所怀疑和不能说服我自己的问题，如果你能给我解决这些疑问，我马上就做你的奴隶，我，以及我今后的子孙，因为别的办法我认为都不足以报答你。

"我将用书面把这些写下来，明天让全城的学者都知道，当着他们，咱们好公开地辩论一下。

"我主张辩论的方式是这样的，我不愿意像此处以及其他地方一些无聊的诡辩学家那样，争 pro et contra②；同样，我也不愿意像学院派那样用演说的方式来争论，也不愿意像毕达哥拉斯似的拿数目字来决定③，比古斯·米朗杜拉在罗马就曾打算这样做过④；我想用手势来辩论，不用说话，因为我们讨论的内容是如此的高超，人类的语言是不足以说明的。

"为此，我请阁下于明晨七点钟准时到达那伐尔学校的大厅⑤。"

他说完这些话，庞大固埃客气地向他说：

"阁下，上天施与我的恩惠，我决没有意思不尽力让任何人都来分享；因为一切美德都是从他那儿来的，而他的意思是要人在和正直的和适合接受真正学识——这份天赐的口粮——的人相处的时候将它继

---

① 见提特·利维著《青年的普林尼乌斯》第2卷第3章。

② 拉丁文，"是和非，赞成和反对"。

③ 以某数目字代表某一思想，比方：三十指婚姻，六十指守寡，一百指贞节。

④ 比古斯·米朗杜拉，即15世纪意大利学者比古斯·德·拉·米朗达，他曾提出要做九百个学术辩论，轰动罗马，1486年受到教皇伊诺桑八世赞许，但未使用过数目字。

⑤ 当时周末及节日前夕的学术辩论，都在那伐尔学校楼下大厅内举行。

续发扬光大。在这些人当中，现在我已看得出来，你是站在最前列的，因此我特通知阁下，如有需用之处，自当随时竭尽绵薄，悉听尊便，只是我从你那儿学到的将会远远超过你从我这里学到的罢了。现在你既然这样提议，我们自当一起来研究你的疑问，探求出一个结论，哪怕是一直到无穷的深渊里，像赫拉克利特说的那样，真理是藏在深渊里的①。

"我非常赞同你提出的辩论方式，就是只用手势，不用言语；因为这样，你和我彼此都懂，却避免了那些愚蠢的诡辩家在别人辩论时盲目鼓掌，尤其是有人提出较好的论断的时候。

"所以明天，我一定遵照你指定的地点和时间，准时到达，不过，请你注意，我们私人间并没有纠纷，也没有不和，我们寻求的既不是荣誉，也不是别人的称赞，而是单纯的真理。"

对于这些话，多玛斯特回答说：

"阁下，为感谢你崇高的尊贵对我低微的卑贱这样屈尊俯就，我请求天主保佑你。我们再会了，明天见。"

"再会了，"庞大固埃说道。

诸位，你们读这本书的人，请相信这一夜没有人比多玛斯特和庞大固埃的思想更飘忽不定的了。多玛斯特对他住的那座克吕尼旅馆②的看门人说，他一辈子也没有像这一夜这样渴过。他说道：

"我好像觉着庞大固埃在掐着我的脖子。请你关照给我们拿喝的来，给我们准备大量凉水，我要把嘴里的上颚好好地洗一洗。"

另一方面呢，庞大固埃也在紧张地沉思，一整夜的工夫只是在迷迷糊糊地思索：

贝达③的：De Numeris et Signis④；

---

① 这一说法，是德谟克利特说的，不是赫拉克利特。
② 克吕尼旅馆，即克吕尼会教士在巴黎的寓所，他们也出租房屋接待高贵的旅客。
③ 贝达，7世纪英国教士及史学家，著有用手势表达意思的作品。
④ 拉丁文，《数目字及手势符号》。

普罗提奴斯^①的：De Inenarrabilibus^②；

普罗克利斯^③的：De Magia^④；

阿尔台米多路斯^⑤的：Peri onirocriticon^⑥；

阿纳克萨高拉斯^⑦的：Peri Semion^⑧；

伊纳里奥斯的：Peri Aphaton^⑨；

菲力斯提翁^⑩的作品；

希波纳克斯^⑪的：Peri Anecphoneton^⑫；

还有其他一大堆的书，最后巴奴日对他说道：

"王爷，不要想这些了，去睡觉吧，因为我看你的思想这样紧张，恐怕你一会儿就要为了过分思虑而生急性寒热病了。你先去喝他个二十五到三十杯的酒，回去好好地睡一觉，明天早晨，由我来和那位英国先生对答和辩论，如果我不能使他 ad metan non loqui^⑬，你随便骂我好了。"

"不过，"庞大固埃说道，"巴奴日，我的朋友，他这个人博学得很呐；你怎么能使他满意呢？"

"一定使他非常满意，"巴奴日回答说，"请你不要再说了，让我去办就是啦。还有和魔鬼一样聪明的人么？"

---

① 普罗提奴斯（205—270），罗马新柏拉图派哲学家。

② 拉丁文，《论不可言喻的事情》，一种新柏拉图派的形而上学。

③ 普罗克利斯（412—485），即普罗克吕斯，新柏拉图派哲学家。

④ 拉丁文，《奇迹》，全名是：De Sacrificio et magia（祭祀与奇迹）。

⑤ 阿尔台米多路斯，2世纪希腊自然科学家。

⑥ 希腊文，《梦的解释》。

⑦ 阿纳克萨高拉斯，公元前5世纪希腊伊奥尼亚派哲学家。

⑧ 希腊文，《论符号》。

⑨ 希腊文，《怪事大全》，作者与书名均系虚构。

⑩ 菲力斯提翁，1世纪希腊喜剧作家，据说是笑死的，未留下作品。

⑪ 希波纳克斯，公元前6世纪希腊诗人。

⑫ 希腊文，《不可言传的事》，希波纳克斯无此作品。

⑬ 拉丁成语，"无言答对"。

"那当然没有了，"庞大固埃说，"除非他有神灵特殊的佑助。"

"就是魔鬼，"巴奴日说，"我也和他们辩论过不少次，而且都是说得他们哑口无言，无词以答。所以对于这个神气活现的英国人，你只管放心好了，明天我保险叫他当众出丑。"

巴奴日和跟随庞大固埃的人喝了一夜酒，赌了一夜钱，把裤带都输在"Primus et Secondus"①和"抢头点"②上了。等到约好的时间到了，他陪他主人庞大固埃来到指定的地方，你们相信吧，巴黎的大大小小老老少少都在那里了，大家都在想：

"庞大固埃这个鬼灵精，把神学院所有的新老滑头③都打败过，这一次可遇到劲敌了，因为这个英国人也是一个有来历的家伙。我们得看看到底谁胜过谁。"

大家济济一堂，多玛斯特也等在那里了，庞大固埃和巴奴日走进大厅，那里所有的初级学生、高级学生、候补大学校长的学者，都按照他们无聊的习惯鼓起掌来。可是庞大固埃却声似重炮地大声喝道：

"静下来，静下来，真是见鬼！冲着老天说话，你们这些糊涂蛋，假使继续在这里啰嗦，我要把你们的头都切下来。"

听见这句话，他们一个个都吓得呆若木鸡，即便吃下十五斤鸡毛，也不敢咳嗽一声。庞大固埃这一吃喝使得他们个个口干得舌头伸出来半尺长，就好像庞大固埃把他们的喉咙都用盐腌过一样。

这时巴奴日开始跟那个英国人说：

"阁下，你到这里来是为了辩论你提出的问题呢，还是为了学习和了解真理？"

多玛斯特回答说：

"阁下，我所提出的疑问，都是我毕生不得解决，也没有一本书或

---

① 拉丁文，"第一和第二"，一种学生游戏。
② 亦游戏名。
③ 指索尔蓬的神学大师。

一个人给过我满意答复的，所以除了想学习和了解之外，没有其他的理由使我到这里来。至于说辩论，我不要这样做，因为太无聊了，让那些神学小丑们①去做吧，他们辩论不是为了探求真理，而是有意寻找矛盾和争端。"

"所以，"巴奴日说，"如果我，我主人庞大固埃先生的一个小学生，能够在一切问题上、在一切观点上，满足你、使你满意，那么，麻烦我的主人就太不值得了。因此，顶好让他来做个主持人，评判你我的论点，如果你以为我不能满足你好学的愿望，再由他来补充。"

多玛斯特说："这真是再好也没有了。"

"那就请你开始吧。"

请你们注意，巴奴日在他的长裤裆上系了一个美丽的带着红、白、绿、蓝丝线穗子的口袋，里面还放了一只很体面的橘子②。

---

① 指索尔蓬的大师们，初版上这里还有许多形容词：……sophistes, Sorbillans, Sorbonagres, Sorbonigènes, Sorbonicoles, Sorboniformes, Sorbonisecques, Niborcisans, Borsonisans, Saniborsans,（或者Sabornisans）都是讽刺索尔蓬的大师们的。

② 当时男人裤子没有口袋，都是把口袋另外系在裤裆两边，可以放水果、钱币，吃饭时拿出水果敬人，也不算失礼。

第十九章

巴奴日怎样把用手势辩论的英国人辩得词穷理屈

于是全体鸦雀无声，准备听他们的辩论，只见那个英国人把两只手左右分开，高高地举起来，然后把手指捏在一起，做成两个在施农地方叫做鸡屁股的样子，指甲对指甲碰了四下，后来再把手伸开，用手掌拍了一下，拍得很响。接着又捏起来和刚才一样，碰了两下，再伸开拍四下；这才双手合十，像虔诚地祈祷天主那样做了个作揖的姿势。

巴奴日马上举起右手，把大拇指插在右边的鼻孔里，把另外四个手指头伸直、紧紧并在一起，和鼻子尖形成一条平行线，闭起左边的眼睛，让右眼眯缝起来，使眉毛和眼皮深深地凹下去；然后举起左手来，让大拇指竖得直直的，把其他四个手指头并在一起，一缩一伸，使左手的方向和右手的方向成垂直的一道线，彼此相距有一"肘"[①]半那样长。做好这个姿势以后，让两只手保持这个姿势，低到地上；最后，再把手举到面前，做了个要笔直瞄准英国人的鼻子的样子。

"如果迈尔吉里……"英国人说。

巴奴日打断了他的话，说道："你说话了，取下面罩[②]！"

于是英国人又做了一个这样的手势：他伸开左手，高高地举起，然后把四个手指头握起来，让大拇指靠在鼻子尖上。紧接着又把右手伸开举起来，再伸着放下来，把大拇指靠紧左手的小拇指，然后慢慢地摆动四个手指头；这样再倒过来，让右手做着左手刚做过的动作，让左手做右手做过的动作。

巴奴日对于这个手势毫不奇怪，他用左手把自己又长又大的裤裆拉开，用右手掏出一节白色的牛肋骨，还有两块木头，样子也和牛肋骨一样，一块是乌木的，另一块是红色巴西木的，他把这三块东西整齐对称地夹在手指当中，敲打起来，发出的声音跟布列塔尼患麻风的人敲节板的声音差不多③，不过更响，更好听，同时把舌头缩在嘴里，愉快地哼着小曲，一边看着那个英国人。

在那里的神学大师、医生、外科手术家，都以为他用这个手势来说明那个英国人是个患麻风的。

那里的法官、法学家和教会法专家却以为他这样做是想说患麻风也是人的一种福气，从前救世主就是这样说的嘛④。

英国人并没有被他吓坏，只见他举起双手，把当中三个手指头缩起来，再把两个大拇指插在食指和中指底下，只剩下两个小指头伸直着；这样向着巴奴日伸过来，然后再把右手的大拇指挨住左手的大拇指，左手的小拇指挨住右手的小拇指。

对于这个姿势，巴奴日一声不响，他举起两手，做了一个这样的动作：他让左手食指的指甲贴住大拇指的指甲，做成一个圈儿，再把右手的手指握起来，食指除外，用它在左手那两个手指头做的圈儿里出出进进。然后再把右手的食指和中指伸出来，尽力彼此离开，做出一个叉子的样子，朝着多玛斯特伸过去。最后把左手的大拇指放在左边的眼角上，伸开其他的四个手指头，好像一个鸟翅膀，又像一根鱼

---

① "肘"，古长度名，自臂肘到中指尖的长度，约相等于0.5米。
② 16世纪一种蒙面游戏，戴面罩的人不许说话，如果说话被人认出来便算输。
③ 警告路人患麻风的过来了，小心传染。
④ 见《新约·路加福音》第16章第19到25节《拉撒路和财主的故事》。

刺，轻盈地摆来摆去；右手放在右边的眼角上，也同样地摆动。

多玛斯特脸都白了，开始颤抖，他做出这样一个手势：他用右手的中指打着手掌里大拇指下面的肌肉，然后用右手的食指插进左手食指和大拇指做的圈儿里，不过是从下面钻进去，不像巴奴日那样从上面插进去。

巴奴日一看见，拍起双手，并在手掌里吹气。接着又把右手的食指放在左手那个圈儿里，进进出出。后来，他伸出下巴，注视着多玛斯特。

观阵的人对于这些手势一点也弄不明白，不过他们看出来他做这个手势，意思是问多玛斯特：

"你知道是什么意思？"

果然，多玛斯特汗如雨下，仿佛一个人专心观察某种东西入了迷一样。他想了一下之后，把左手的手指甲对住右手的手指甲，让手指头离开，做成两个半圆形的圈儿，就这样，把手举起来，能举多高，就举多高。

巴奴日看见他这样，立刻把右手的大拇指放在下巴颏底下，把右手的小拇指放在左手所做的那个圈儿里，上牙磕着下牙发出好听的声音。

多玛斯特吃力地站起身来，不过，往上站的时候，放了一个响屁，接着屎也出来了，屎滚尿流，臭气冲天。在那里看他们辩论的人一个个捂起鼻子，因为多玛斯特真的憋得大便起来了。最后，他举起右手，把五个手指头并在一起，把左手伸开，放在胸口上。

巴奴日看见，急忙把他的长裤裆拉出来，还连着旁边的口袋，拉得离自己约有一"肘"半远，用左手把它张开，用右手拿出他的橘子，往上扔了七次，到第八次的时候，他把橘子接在右手里，举起来一动不动；然后摇动着他华丽的裤裆，给多玛斯特看。

这样一来，多玛斯特的两腮鼓得像一个吹风笛的人一样，只管像吹猪尿泡似的拼命地吹气。

巴奴日见他这样，把左手一个手指头放在肛门里，再用嘴像吃带壳的牡蛎或是喝汤的时候那样咂气；过后，把嘴张开，用右手的手掌在嘴上打，发出一声又长又响的声音，好像从横膈膜平面上经过气管发出的声音一样，一共打了十六下。

这时候，多玛斯特老是像一只鹅似的在吹气。

于是巴奴日把右手的食指放在嘴里，用两腮的肌肉把它吸得紧紧的。后来猛一下子再拔出来，发出一种响声，像小孩子用红萝卜玩荸荠炮①时响起的声音一样，他这样一连做了九次。

多玛斯特叫起来了：

"啊，先生们，伟大的奥妙！他把手放到胳膊肘上去了②。"他随手抽出他的一把短刀来，刀尖向下。

巴奴日拿起他的长裤裆来，拼命在大腿上摇晃；然后把两只手合起来，像木梳似的放在头上，舌头伸得长长的，两只眼睛滴溜溜地乱转，好像山羊死的时候那样。

"哦，我明白了，"多玛斯特说，"不过，他是指什么呢？"他把短刀的柄对住自己的胸口，手心对住刀尖，手指头弯过来拿住刀。

---

① 儿童拿萝卜做炮弹的射击游戏，16 世纪在波亚都还很流行。

② 这句话有双关的意思，一是指巴奴日所做的手势，二是指手势的深奥。

巴奴日的头向左边歪过去，把中指插进右边耳朵里，大拇指向上抬起来。然后再把两只胳膊在胸口上交叉起来，咳嗽了五声，到第五声的时候，用右脚在地上跺了一下。后来又举起左边胳膊，攥起拳头，使大拇指对住前额，用右手捶胸六次。

　　对于这个手势，多玛斯特好像并不满意，他把左手的大拇指放在鼻子尖上，其他的四个手指头握起来。

　　巴奴日用两个食指放在两边嘴角里，拼命地把嘴往两边拉，露出满嘴的牙齿，再用两个大拇指按住眼角，使劲往下拉眼皮，做出一个非常难看的怪模样，当时在场的人也都有此感觉。

第二十章

多玛斯特怎样承认巴奴日的能耐和学问

这时多玛斯特站起身来，从头上摘下帽子，彬彬有礼地向巴奴日致谢；然后高声向全体在场的人说道：

"诸位，现在我可以引《圣经》上的一句话了：Et ecce plus quam Salomon hic①。你们跟前就有一个无法比拟的宝藏，这就是庞大固埃先生，他的名声把我从英国遥远的角落里引到这里来，为的和他辩论我思想上一些无法解决的问题，有关于幻术的，有关于炼丹术的，还有关于神悟、占卜、观察星斗和哲学方面的。不过现在，我认为这个名声是远远不够的，这简直是一种对他的不敬，因为和实际的情形比起来，还及不上它的千分之一。

"你们都看见，单单他这位学生就使我这么满意了，他教导我的比我要问的还要多；把我其他一些更为复杂的问题一齐都给我提出了，同时也解决了。因此，我可以向诸位声明，他给我打开了人类知识真正的泉源和宝库，我本来还以为他还不如一个仅仅具备最初步知识的人呢，这在我们用连半句话也不说的方法、只用手势来辩论的时候，已经证明不是这样了。我要用书面把我们刚才所讨论的、所解决的都记录下来，不要让别人以为我们是在这里骗人，我要把它印出来，使每人都能知道我是怎样做的；从他学生所表现的精明强干来说，你们可以判断先生的能力如何了，因为 Non est discipulus super magistrum[②]。

"不拘如何，愿天主获赞美，在这次辩论中，诸位给我们的光荣，我在这里衷心表示感谢；愿天主永远报答你们。"

庞大固埃对于来参加的人也同样表示了谢意，这才带着多玛斯特去吃饭，请你们相信，他们会解开纽扣[③]开怀畅饮的[④]——那时候肚子上有纽子扣起来，和现在的领子一样——一直喝到乱问"你是哪里来的[⑤]？"为止。

圣母啊！他们喝得多么厉害啊，酒瓶传来传去，他们不住地吆喝：

"斟呀！"

"倒呀！"

"侍从，拿酒来！"

---

① 拉丁文，"在这里有一人比所罗门更大"。见《新约·路加福音》第11章第31节。

② 拉丁文，"学生不能高过先生"。见《新约·路加福音》第6章第40节，又《新约·马太福音》第10章第24节。

③ 当时衣服紧箍在身上，喝酒必须解开纽扣。

④ 初版上这里还有，"像万灵节日的教徒那样"一句。

⑤ 意思是喝得大醉，连在一起喝酒的朋友，也不知道是哪里来的了。

"斟满，见鬼，你倒是斟满呀。"

没有人不喝他二十五到三十"木宜"的，你们知道是怎么回事么？Sicut terra sine aqua[①]，因为天气很热，更增加了他们的干渴。

至于如何公开多玛斯特所提的问题，以及他们辩论时那些手势究竟是什么意思，我很愿意按照他们自己所述说的告诉你们，但是有人对我说多玛斯特已经写好了一本巨著，并且在伦敦印出来了，书里面，什么也没有遗漏，原原本本地都说了出来。所以暂时我就不说了。

---

① 拉丁文，"如干旱之地盼雨一样"，见《诗篇》第143篇第6节。

第二十一章

巴奴日怎样爱上巴黎一位贵夫人

巴奴日自从和英国人辩论之后，开始在巴黎城内有了名气，并从此时起，提高了他那裤裆的身价，他像罗马人那样叫人在上面缝了些花边。居民公开地赞扬他，还编了一首歌，让小孩子去买芥末的时候唱[①]。在太太小姐们的圈子里，他也很受欢迎，名气越来越大，最后他居然转上城里一位贵夫人的念头了。

正像封斋期内不动荤腥的多情者流露出抱怨的话那样，有一天，巴奴日向那位夫人说：

"夫人，你如果肯为我传宗接代，那对于整个的共和国将是有益处的，你自己也舒服，你的后代也光荣，我也尤其需要；请你相信，事实会向你证明我决不骗你。"

那位夫人听了这话，拒他于千里之外，说道：

"你可是疯了，你是可以跟我说这话的人么？你以为是在和什么人说话？赶快滚开，再也别让我看见你，否则，我就叫人把你的胳膊腿都剁下来。"

"那倒干脆，"他说道，"把胳膊腿都剁下来也好，只要你肯和我两个人玩一套快活的把戏；你看（他拿出他的长裤裆），这是我的约翰·热底师傅[②]，他可以给你奏一套'古代舞曲'，保险你舒服到骨髓里边去。他既风流，又会寻找门路，连老鼠的小洞眼也找得到，事后干干净净，连一点尘土也不留。"

那位夫人说：

"走开，你这个坏东西，赶快走开！如果你再多嘴，我就喊人来，准把你打一顿。"

"哎哟！"他说道，"你决没有你说的那样厉害，否则，我的眼光看人就太不准了：因为像你这样美丽、这样漂亮的人，如果说还可能有一点狠毒和欺诈，那简直等于天翻地覆，整个世界都颠倒过来。也就很难再说：

> 不倔强的美人儿，
> 你可曾经遇见过③；

不过，这话都是对那些平庸的美人儿说的。而你的美丽却是这样的突出、特殊、高超，我想自然把这种美放在你身上，像范例似的，是叫我们明了，如果它使出全部力量和智慧，就能够做出多大的事情。你身上的一切都是蜜、是糖、是天上落下来的'吗哪'④。

"帕里斯⑤应该把金苹果给你，而不应该给维纳斯，也不应该给朱诺和密涅瓦；因为朱诺没有你这样的仪态，密涅瓦没有你这样的端庄，维纳斯也远没有你这样的娴雅。

"天上的男神仙和女神仙呀，你们肯施恩与一个人让他能抱一抱、亲一亲、挨一挨这个美人儿，那他该多么幸福啊！靠天主保佑，我看得出来，这个人一定是我，因为美人儿已经全心爱我了，我

---

① 小孩去买酒或芥末的时候，嘴里总是哼着歌；芥末可做当时一种盛行的饮料。

② 约翰·热底，舞蹈音乐家，《乌萨底》舞曲的作者；此处意思是"不幸的丈夫"，亦变相地指"阳物"。

③ 16世纪初德·包瓦尔成语，语句略有不同："美人儿窈窕，倔强暴躁。"

④ "吗哪"，耶和华赐给以色列人的一种食粮，见《旧约·出埃及记》第16章。

⑤ 帕里斯，亦名亚历山大，特洛亚国王普里亚摩斯之第二子，曾把金苹果给维纳斯，没有给密涅瓦和朱诺，引起了她们的嫉妒和仇恨。

知道，我是神仙指定好的。所以，咱们不要耽误时间，赶快，来，跷腿！"

他想去抱人家，她做出要到窗口喊人的样子。巴奴日这才不得不跑开，一面跑，一面还说：

"夫人，你在这里等等我；我自己找人去，你不用费事。"

他真的走开了，心里并不在乎刚才碰的钉子，依然兴致勃勃。

第二天，那位夫人到教堂望弥撒的时候，他已经预先到那里了。在进门的地方，他深深地向她行礼，送上圣水；然后好像是自己人似的跪在她身边，向她说道：

"夫人，我爱你爱得太厉害了，连大小便都不通了。我不知道你自己怎么样，万一我有个三长两短，那可怎么得了？"

"滚开，"她说道，"滚开，我管不着！你让我在这里祈祷天主吧。"

巴奴日说道："那么，请你说一下'给包蒙子爵'吧。"

"我不懂是什么意思，"她说道。

"那就是：'看见美人儿，那话儿就硬起来'①。你现在可以求天主把你尊贵的心里所愿意的东西赐给我了，你把念珠给我吧。"

"拿去，"她说道，"别再麻烦我了。"

说罢，她就想把她那串檀香木做的小珠、真金做的大珠②的念珠给他拉出来；可是巴奴日飞快地从腰里抽出一把小刀，嚓的一声，割得整整齐齐，然后把念珠送到收旧货的地方去，临走还对她说：

"你要我的刀子么？"

"不要，不要！"她说道。

"告诉你，"他说道，"它完全服从你的命令，生命财产，五脏六腑，随你要。"

那位夫人损失了念珠，心里老大的不快活，因为这是她在教堂里保持虔诚姿态所需要的东西，她心里想："这个油嘴滑舌的人真不是个正经人，一定是从什么怪地方来的；我的念珠再也不会回来了。我丈夫看见可怎么得了？他一定会对我发脾气，不过，我可以告诉他说是在教堂里被小偷割去的，他不难相信，因为我腰里还系着念珠的头呢。"

吃过东西以后，巴奴日又看她来了，袖子里还带了一个大钱袋，满满地装着"法院的埃巨"③和筹码，他说道：

"我们哪一个更爱哪一个呢，是你更爱我呢，还是我更爱你？"

她回答说：

"我呢，我并不恨你，因为，遵照天主的诫命，我要爱所有的人。"

"那么说起来，"他说道，"你是爱我了？"

"我已经跟你说过多次了，"她说道，"不许你再跟我说这样的话！如果你再说，我就要叫你看看这些下贱的话决不是应该向我说的。赶快离开这里吧，把我的念珠还给我，别等我的丈夫向我讨。"

---

① 这句话和"给包蒙子爵"原文只差一个音，前一句是：A Beaumont le Vicomte，后一句是：A beau con le vit monte.

② 念珠每隔十颗小珠有一颗大珠，小珠念《圣母颂》，大珠念《天主经》。

③ "法院的埃巨"，筹码的一种，当时付捐税用，式样和"埃巨"相似。

　　"怎么，"他说道，"夫人，你的念珠？说老实话^①，办不到了，不过，我可以给你别的。你喜欢金子镶珐琅像大圆球那样的呢，还是像

---

① 原文是，"冲着军曹说话"（par mon sergent）。本来他应该说："我发誓"（par mon serment），只差一个字母。

绣球的呢，还是实心的像大块金锭那样的呢？或者，你喜欢乌木的、玛瑙的、雕刻的石榴石的，或者是精美的红宝石再镶上雕着二十八棱的大粒金刚钻的呢？

"不，不，这都还太少。我知道有一种念珠是用精美的碧玉做的，镶着圆形的灰琥珀球，接头的地方是一颗波斯珍珠，大小有橘子那样大！价钱只有两万五千'杜加'①。我要把它送给你，因为我有现成的钱。"

他一边说，一边摇晃着他的筹码，好像全是"太阳金币"②一样。

"你要不要一块鲜艳的闪光青莲色的丝绒，或者一块绣花的红彩缎？你要不要金链条、金首饰、别针、戒指什么的？你只用说一个'要'字，花到五万'杜加'，我毫不在乎。"

这几句话，直说得那位夫人馋涎欲滴，不过她还是回他道：

"不，谢谢你，我什么也不要你的。"

"天主在上，"他说道，"我倒想要你一点东西，不过，这并不破费你什么，也一点不损失什么。你看（他又拉出他的长裤裆来），这是我的约翰·舒亚师傅③，它只想找一个存身之处。"

说罢，他就想去抱她；她喊叫起来，不过声音不大。可是巴奴日变了脸，跟她说：

"你一定不让我一点么？活该你倒霉！应该叫你身败名裂；冲着天主说话，我要叫狗骑在你身上。"

说完这句话，便大踏步逃开了，不逃怕挨打，他生来就怕挨打。

---

① 约相等于29 625 000金法郎，威尼斯的"杜加"则只值11法郎85生丁。
② "太阳金币"，路易九世和查理八世时的金币，上有一太阳。
③ 约翰·舒亚，希腊神话里邪淫之神法路斯之另一称呼，"舒亚"意思是："雄猫头鹰"，此处亦指"阳物"。

第二十二章

巴奴日怎样向巴黎那位夫人使坏，使她出丑

请你们记住，第二天就是圣体节大瞻礼①，这一天，太太们个个盛装艳服，我们说的那位夫人，因为节日的缘故，也穿了件非常美丽的、深红缎子的连衫裙，里面还套着一件华贵的白丝绒衬裙。

头一天，巴奴日东找西找，终于找到一只正在发情的母狗，他用腰带把它拴起来，牵到自己屋里，好好地养了一天一夜，黎明时把它杀了，按照希腊魔术家的秘方，尽力把它切成细小的碎块，然后藏在身上，带到那位夫人参加巡行祈祷时所待的地方，巡行祈祷是圣体瞻礼时例行的一种仪式。她一进来，巴奴日便趋前奉献圣水，同时毕恭毕敬地向她行礼，等她念完几段短经之后，他就跪到她的跪凳旁边，把自己写好的一首歌②递给她，内容是这样的：

短　歌

这一回，美丽的夫人，
你对我实在太狠心，
赶我走，使我无回头希望，
我对你，从未有任何荒唐，
不管是语言文字上，或是思想行动上。
如果说，你真的厌恶我的悲伤，

你很可以，直截了当，
跟我说："朋友，你离开这里吧。
哪怕只是这一趟。"

把我的心掏给你看，于你无损，
我只是想从心里说，你美艳绝伦，
像火花似的耀眼明亮；
我别无所求，只希望
你来和我颠鸾倒凤，
哪怕只是这一趟。

　　乘她摊开那张纸，看上面写的文字，巴奴日把他带的东西飞快地放在她身上好几处地方，甚至于塞在她袖子和衣服的褶裥里，然后对她说：

　　"夫人，可怜的多情者不是经常如意的。我呢，我希望因为爱你的缘故，我所忍受的漫长的黑夜、劳累和苦闷，能为我解脱掉炼狱的痛苦。或者至少，请你代求天主赐给我忍受痛苦的耐心。"

　　巴奴日话未说完，教堂里所有的狗③都闻见他拿出来的东西的腥味了，一个个都朝着这位夫人跑过来。有大的，有小的，有肥的，有瘦的，都来了，一个个翘着家伙，一边闻，一边浑身上下尿了她一个淋漓尽致。真是世界上没有再难看的事了。

　　巴奴日替她赶了一会儿狗，便离开了她，躲在旁边的小堂里，等着看这一场好戏，因为那些野狗把她的衣服都尿遍了，一只大猎狗居然尿了她一头，其他的，有的尿在袖子上，有的尿在屁股上，小狗就

---

① 天主教徒称此节为"圣体瞻礼"，是教皇乌尔班四世于1264年批准建立的，日期是圣神降临节后第一周的星期四。
② 原文是一首两行一韵的短诗。
③ 中世纪时教堂供人休息，可以在那里谈话，谈生意，狗跑进去也没有人赶。

尿在她的厚底鞋上，周围所有的女人都忙不迭地帮着代她赶狗。

巴奴日笑了一个痛快，向本城一位王侯说：

"我想这位夫人一定是在交配期内，不然就是有只猎犬刚刚和她发生过关系。"

他看见这群狗把她围起来嗥叫个不停，真跟包围一只交配期内的母狗一样，他就离开那里找庞大固埃去了。

在路上每遇到一只狗，他就给它一脚，说道："你不跟你的同伴们一齐去行婚礼么？去！去！真他妈的见鬼！去呀！"走到寓所里，他对庞大固埃说道：

"主人，请你赶快去看看此处所有的狗都围在一位夫人身边了，这是本城最美丽的太太，它们要强奸她。"

庞大固埃赶快跑过去，他看见的景象实在新奇。

但是最妙的，是举行巡行祈祷的时候，只见足有六十万零十四只狗围绕着那位夫人，对她做出各式各样的奇形怪状；凡她经过的地方，都有新来的狗追随着她，凡是她的连衫裙所挨过的地方，都有狗在那里小便。

看见这个景象，所有的人都站住了，看着那些狗怪模怪样地都朝她的领子上跳，把她一身华贵的衣服都弄坏了，那位夫人除了跑回家里去，再也没有其他的办法；狗在后边追，她在前边躲躲闪闪，引得一些女人笑个不停。等她跑进家里，关好大门，周围半法里远的狗都跑来了，冲着她家门口小便，后来居然尿成了一条河沟，连鸭子都可以在里面游泳。这条河沟就是现在经过圣维克多的那条河①，高勃兰就是借着这些狗尿特有的性能来染他的红布的②，正像从

---

① 即比爱沃河，宽达3米，通塞纳河。

② 以仙鹤为招牌的高勃兰染坊，一面靠比爱沃河，一面靠圣马尔赛大街，1532年为高勃兰寡妇所主持。后来寡妇的儿子继续经营，直到17世纪为止，据说高勃兰染坊所以染得好，就是因为比爱沃河的水有神鬼帮忙，具有特殊效能，又因为染坊里用尿来代替阿莫尼亚，因此河水经常污秽不堪。

前我们的窦利布斯大师公开讲过的一样①。愿天主佑助你们！就是在那里安一个磨坊也可以磨粮食，只是及不上图卢兹的巴萨可乐磨坊罢了②。

---

① 窦利布斯，可能指本笃会的马太·奥利（1536 年的大法官），1537 年版上不是窦利布斯大师，而是德·盖尔古大师，指的是索尔蓬的杜舍纳大师，这位神学家曾支持贝达反对人文主义者。"窦利布斯"还有"金黄颜色"的意思，亦即"大粪"的颜色，作者有意给他一个臭名。
② 图卢兹西面有一古老磨坊和一道土堤，使旁边的加隆河形成一条美丽的瀑布，为欧洲名胜之一。

第二十三章

庞大固埃听说渴人国的人侵入亚马乌罗提人的国土后怎样离开巴黎；法国的里为什么这样短

不久以后，庞大固埃听说父亲高康大被摩尔根娜请往神仙国^①去了，和古时奥吉埃和阿尔图斯一样^②，此外还听说渴人国的人听说高康大不在国内，就走出自己的国境，蹂躏了乌托邦一大片土地，并且把首都亚马乌罗提也围困起来。因为事出紧急，庞大固埃没有向任何人辞行，便离开了巴黎，直奔卢昂。

一路上，庞大固埃感到法国的里比其他国家要短得多，他问巴奴日是什么道理和原因，巴奴日跟他述说了教士马洛图斯·杜·拉克^③著《加拿利国王记实》里的一段故事，说道："古时，土地的长度既不用里计算，也不用'米里埃尔'^④、'斯塔底亚'^⑤、'巴拉桑日'^⑥计算。一直到发拉蒙王^⑦才算把计算的方法规定下来。他曾在巴黎拣选一百名年轻力壮、英勇健美的小伙子，又在毕加底选了一百名俊俏的女孩子，一连八天的工夫，小伙子们受到非常好的款待和照顾，然后把他们叫过来，送给他们每人一个女孩子，还有很多的钱，准备花用；吩咐他们分头到四面八方去，凡是在路上和女孩子睡觉的地方，都要安放一块石碑，那就算一里。

"小伙子们欢天喜地地走了，因为他们年轻力壮，又有时间，于是每走过一块地，就要干一下，所以法国的里这样短。后来等他们走了相当远之后，一个个都累得跟什么似的，灯里的油也没有了，他们的风流事才不那样勤了，每天仅仅匆匆忙忙来上短短的一次就算了（我指的是男的）。因此，布列塔尼⑧、朗德⑨、普鲁士⑩，还有其他地方，里才有这么长。还有人说是别的理由；不过我认为我这个理由最靠得住。"

庞大固埃对于这个说法也表示同意。

他们从卢昂动身来到了翁花镇⑪，庞大固埃、巴奴日、爱比斯德蒙、奥斯登，还有加巴林一行人等准备在那里乘上海船。

他们在翁花镇等待顺风、修理船只的时候，庞大固埃收到巴黎一位夫人（和他在一起时间相当长的一位夫人）一封信，信上是这样写的：

> 给美人中最亲爱的，
> 给勇士中最脓包的。
> P·N·T·G·R·L·⑫

---

① 摩尔根娜是位能治疗疑难杂症的女神，曾为阿瑟王（即本章的阿尔图斯）治疗战伤，使他在阿瓦隆堡内流连忘返。"丹麦人奥吉埃"亦曾被她留住，以致耶路撒冷和巴比伦被占。

② 初版上此处不是奥吉埃和阿尔图斯，而是以诺和雅列，故事见《旧约·创世记》第5章第22至24节。

③ 马洛图斯·杜·拉克，可能是作者虚构的名字，马洛图斯可能指诗人马洛，不过前面冠以教士，又可能指作者本人；又一说是从兰斯洛特·马洛赛鲁斯变出来的，兰斯洛特正是杜·拉克的名字，这样杜·拉克便是指"圆桌小说"的作者兰斯洛特·杜·拉克了。

④ "米里埃尔"，罗马长度名，相等于750米。

⑤ "斯塔底亚"，希腊长度名，相等于180米。

⑥ "巴拉桑日"，波斯长度名，相等于5 000米。

⑦ 发拉蒙，传说中五世纪法兰克国王。

⑧ 布列塔尼的里有名的长。

⑨ 朗德，地名，在法国西南部，该处里相等于7公里（6 954米）。

⑩ 普鲁士帝国时，里等于7公里。

⑪ 翁花镇，法国西北部塞纳河入海处港口，当时是一个繁荣的大港口。

⑫ 这是庞大固埃的名字去掉元音的写法，希伯来人习惯把名字刻在戒指上。用点来代替元音字母。

第二十四章

巴黎一位夫人差人送给庞大固埃的
一封信和戒指上语言的意义

庞大固埃看罢信封上写的那几个字，心里非常奇怪，于是问送信人差他来的夫人姓什名谁，一面把信封拆开，可是里面信纸上并没有字，只有一只金戒指，上面镶着一粒平面的钻石。他把巴奴日喊来，把经过情形告诉了他。

巴奴日对他说信纸上是有字的，只是做得很巧妙，使人看不见字迹罢了。

于是为了看出上面写的字，他把那封信放在火上烤了烤，看上面的字是不是用阿莫尼亚盐溶在水里写的①。

然后又放在水里，看上面的字是不是用大戟科植物的汁液写的②。

后来又在蜡烛前面照了照，看是不是用白葱的汁水写的。

又用胡桃油抹一部分，看是不是用无花果的枝子烧成灰用水调和写的。

又用第一胎生的是女儿的母亲的奶抹一部分，看是不是用青蛙的血写的③。

又用燕窝的灰搓在一个角上，看是不是用酸浆果④的汁水写的。

又用耳垢在另外一头搓一下，看是不是用乌鸦的胆汁写的。

又把信浸在醋里，看是不是用大戟植物⑤的奶形汁液写的。

后来又用蝙蝠的油涂了涂，看是不是用一种叫作龙涎香的鲸鱼的精液写的。

后来又把那封信轻轻地放在一盆清水里，马上再拿出来，看是不是用矿矾的硫酸写的。

后来，还是什么也看不出，他把送信人又叫了来，问道："伙计，差你送信的那位夫人，没有叫你带来一根棍子么？"他心里想可能用的是奥卢斯·盖里阿斯的方法⑥。

送信人回答说："没有，先生。"

这时，巴奴日想把来人的头发剃光，看看是不是那位夫人把要说的话用一种特制的墨水写在他的头皮上⑦；但是，看见他的头发很长，只好放弃了他的主意，因为在如此短的时间内，他的头发不可能长那样长。

于是他向庞大固埃说道：

"主人，天主在上，我现在是既没有办法、也没有话说了！为了辨认上面是否有字，我用了多士干人弗朗西斯哥·底·尼昂脱大人⑧的一部分方法，他有过如何读无形文字的著作；我也使用了佐罗斯

---

① 这个方法曾在德国作家特里台缪斯1518年《复写法》一书里论述过。

② 见普林尼乌斯《自然史纲》第26卷第8章，大戟科植物（共有四百余种）是一种有奶形汁液的植物。

③ 是一种特别大的青蛙，拉丁文叫 rubeta，原文 rubettes 即从此字来。

④ 酸浆果，茄科酸浆属，多年生，草本，高二三尺，夏日开白花，微带绿，果实为浆果，赤色如囊，可制药。

⑤ 原文 espurge 亦系大戟科植物之一种。

⑥ 希腊人常用的一种方法，把信写在皮带或羊皮纸上，然后把皮带或纸条缠在棍子上，让收信人随拆随看。见奥卢斯·盖里阿斯《阿提刻之夜》第17卷第9章。

⑦ 希司提埃伊欧斯曾用此法和阿里司塔哥拉斯通信，见希罗多德《历史》第5卷第35节。

⑧ 作者虚构的名字，"尼昂脱"照意大利文 niente 的意思是："空虚，无物。"

台尔①的 Peri Grammaton acriton②和卡尔弗纽斯·巴苏斯③的 De Literis illegibilibus④的方法，可是依旧看不出什么来，我想只有这只戒指了。我们现在来看看它。"

观察之下，果然发现那戒指上面用希伯来文写着：

拉马撒巴各大尼？⑤

他们把爱比斯德蒙请来，问他这是什么意思。他回答说这是希伯来文，意思是："你为什么离弃我？"

巴奴日马上说道：

"我明白了。这粒钻石你们看出来么？是假的。那位夫人要说的话应该这样来解释：

"告诉我，虚伪的情人⑥，你为什么离弃我？"

庞大固埃立刻明白了这句话的意思，他想起动身的时候，没有向那位夫人辞行；他心里非常难过，很想折回巴黎去跟那位夫人去赔礼⑦。可是爱比斯德蒙提醒他伊尼斯和狄多分手的故事⑧和大兰多人赫拉克利特说过的话，一只抛着锚的船，遇到紧急关头，宁割断绳索也不能把时间耽误在解绳索上，所以他应该撇开一切顾虑，赶回危急中的故乡去。

---

① 佐罗斯台尔，传说中术士之创立人。
② 希腊文，《关于不易辨认的文字》。佐罗斯台尔无此作品。
③ 卡尔弗纽斯·巴苏斯，1世纪罗马帝国语文学家。普林尼乌斯在《自然史纲》第1卷曾提到作家卡尔普纽斯·巴苏斯，疑即此人。
④ 拉丁文，《无法辨认的文字》。
⑤ "你为什么离弃我？"耶稣死时说的一句话，见《新约·马太福音》第27章第46节。
⑥ "告诉我，虚伪的情人"（Dy, amant faulx）与"假钻石"（Dyamant faulx）同音。
⑦ 不辞而别，认为是一种侮辱。
⑧ 见维吉尔的《伊尼特》，第4卷，伊尼斯在海上漂流七年，在迦太基登陆，女王狄多爱上了他，但神却指示伊尼斯离开狄多，狄多绝望之余，自杀而死。

果然，一个钟头以后，起了所谓偏北的西北风，他们张起全副篷帆，开出海去，没有几天，便驶过了葡尔多·桑多①、马德拉②，停泊在加拿利群岛③。

他们从那里动身，经过布朗各角④、塞内加尔、佛得角、冈比亚、萨格、迈里、好望角，来到美朗都⑤的国境内才停泊下来。

从那里，乘北风再开船行驶⑥，经过美当、乌堤、乌顿、⑦热拉辛⑧、神仙群岛，沿着阿考利亚国⑨不远的地方，最后到了乌托邦的口岸，距离亚马乌罗提只有三法里多一点。

他们上了岸，休息了一会儿，庞大固埃说道：

"孩子们，这里离京城不远了。我们在行动之前，顶好先商定一个办法，我们不要像雅典人那样，他们不到事后总不肯有所商讨⑩。你们是不是有决心和我同生共死？"

他们异口同声地答道："王爷，那还用说，你只管相信我们跟相信你自己的手指头好了。"

庞大固埃说道："只有一件事使我顾虑重重、迟疑不定，那就是我不知道围城的敌人，究竟采取了怎样的部署，数目几何，因为只有知道了

---

① 葡尔多·桑多，马德拉群岛之一。
② 马德拉，非洲西北大西洋中之群岛。
③ 这一行程完全是16世纪初德国哲学家西蒙·格里纳乌斯在《新世界》中所划的航线，后来西班牙人即照此路线来到印度，途中经过葡尔多·桑多，马德拉，加拿利群岛，非洲西岸布朗各角，塞内加尔，佛得角，冈比亚，利比里亚的萨格海角，迈里，好望角，以及桑给巴尔的美朗都。
④ 布朗各角，在非洲西海岸。
⑤ 美朗都国首都美朗都，为非洲东海岸古城，现已毁，古时和波斯、印度交易频繁，进口丝绸、棉花、布匹，出口金、铜、象牙等土产。
⑥ 这一次的行程是虚构的。
⑦ "美当"，"乌堤"，"乌顿"都是从希腊文来的，意思是"没有，虚无，空洞"。
⑧ "热拉辛"，意思是"可笑"，亦可解释为"笑人国"，该地的人只是笑，别的事不做。
⑨ 莫尔在《乌托邦》里说阿考利亚人即乌托邦居民，此处作者把他们写成高康大的邻邦了。
⑩ 见埃拉斯姆斯《箴言集》第1卷第8章第44节。

以后，才可以大胆前进。因此，我们要一起想个如何才能知道的办法。"

听了他的话，众人一齐回答道：

"你在这里等，让我们先去看看，今天一天之内，无论如何，我们一定可以带回消息来。"

巴奴日说道："我可以穿过他们的防哨，混进他们的营盘，吃他们的，玩他们的，而不被任何人发觉，我可以观察他们的炮位，察看所有军官的营房，在他们队伍里舒舒服服地待下去，谁也不会认出我来。连鬼也捉不到我，因为我是佐比鲁斯①的后代。"

爱比斯德蒙说："我熟悉古时勇猛的军事家和战略家的一切策略和战绩，我熟悉兵法里的计策和狡黠。我去，即使我被发现，被认出来了，我也可以随便给他们编造一套假话使他们相信，我是自己重新逃回来的，因为我是西农②的后代。"

奥斯登说："我可以进入他们的战壕，虽然有人把守，有人巡逻，

---

① 佐比鲁斯，公元前6世纪波斯人，曾把自己的鼻子、耳朵割下来，诈降巴比伦人，结果取得信任，策反成功。见希罗多德《历史》第8卷。
② 西农，希腊名将，曾说服特洛亚人让木马进城，马内藏有希腊战士。见维吉尔《伊尼特》第2卷第57行起。

我照样可以踩在他们的肚子上，打断他们的胳膊腿，就算他们跟鬼一样强壮，也挡不住我，因为我是海格立斯的后代。"

加巴林说："只要飞鸟可以过，我就可以过，因为我练就了一身轻功夫，他们还没有发现我，我却早已从他们的战壕上窜过去了，并越过了他们的营盘，我不怕射击，不怕弓箭，也不怕马，不管来得多快，即便是贝尔赛乌斯①的珀伽索斯②，甚至于巴高雷③，我也照样能在它们面前安全归来。我可以在麦穗上、在草上行走而不使它们弯曲，因为我是女战士卡米留斯④的后代。"

---

① 贝尔赛乌斯，神话中大将名，朱庇特之子。
② 珀伽索斯，神话中飞马，贝尔赛乌斯斩美杜萨，珀伽索斯从她血里出来。
③ 巴高雷，是一个矮人的名字，他曾用木头制造假马，奔驰如飞。此处作者把巴高雷当作马的名字使唤了。
④ 卡米留斯，维吉尔《伊尼特》里的女英雄，身轻如燕，能在麦穗上行走而麦穗不弯；见《伊尼特》第7卷第808、809行。

第二十五章

庞大固埃的伙伴巴奴日、加巴林、奥斯登、爱比斯德蒙，怎样巧胜六百六十名轻骑军

加巴林话犹未完，他们便望见六百六十名骑兵，个个骑着轻快的骏马，向这边奔驰而来，他们是来看看靠岸的是什么船。他们纵马疾驰，打算如果可能的话，一下子就把船上的人全部捉住。

庞大固埃说道：

"孩子们，你们先退到船上去。看，敌人已经来了，我会像宰牲口似的把他们解决掉，就是再多十倍也不怕。不过，你们先退走，到船上玩去吧。"

听见这句话，巴奴日回答说：

"不行，王爷，没有理由要你这样做；相反，还是你先到船上去，你和其他的人都回去，我一个人，保险把他们都干掉，但是可不能迟延。你们快走。"

其他的人也都说道：

"王爷，他说得不错，你走吧，我们在这里帮助巴奴日，让你看看我们的本领。"

于是庞大固埃说道：

"好吧，就这么办；不过，万一你们不行的时候，我会来帮你们的。"

这时巴奴日从船上拉出两条粗绳子来，把两头拴在甲板的绞盘上，然后把绳子放到岸上，长的一条围成一个大圈儿，短的一条围在大圈的里面，摆好之后，他向爱比斯德蒙说道：

"你也到船上去，等我这里一招呼，你就赶快转动甲板上的绞盘，把绳子收回去。"

然后又对奥斯登和加巴林说：

　　"小伙子们，你们等在这里，只管大胆向敌人投降，听他们处置，装出降顺的样子。但是你们注意，千万别走进绳圈儿里；要想法待在圈外面。"

　　他立刻又跑到船上，携了一捆干草，搬了一桶火药，把火药撒在绳圈里，自己拿了一个引火的东西待在旁边。

　　忽然，一群骑兵像排山倒海似的冲过来，跑在最前面的，一直冲到船跟前，因为岸上很滑，所以连人带马一下子就摔倒了四十四个。后面的看见前面的人摔倒了，以为他们走到的时候有人抵抗，就赶快过来。可是巴奴日说道：

　　"老总，摔疼了吧？真是对不起，不过，这不能怨我们，这是因为海水滑，海水总是油腻的。我们任凭你们发落好了。"

　　他的两个伙伴，还有站在甲板上的爱比斯德蒙也都是同样说法。

　　巴奴日这时站得远远的，看见他们都进到绳圈儿里，他的两个伙伴为了把地方让给骑兵，也都站远了，骑兵成群结伙地想看看船，看看船里边是什么，巴奴日突然向爱比斯德蒙喊道：

"拉！拉！"

爱比斯德蒙转起绞盘来，只见那两条绳子，把马匹都绊住了，连着骑在马上的骑兵，未费吹灰之力就把他们都绊倒在地上；他们一见形势不妙，便拔出剑来，准备砍断绳索，巴奴日立即放起火来，点着了火药线，把他们一个个都像地狱里受火刑的鬼魂那样烧死了。连人带马，全军覆没，只有一个骑土耳其马①的逃了出去；可是又被加巴林看见了，他使出轻身飞行的功夫，不到百步就将他赶上，只一跳便窜到他的马屁股上，从后边把他抱住，擒到船上来。

全胜之后，庞大固埃非常得意，把伙伴们的机巧特别夸奖了一番，然后，请他们在岸上尽情地饱餐一顿，喝到满足为止，连那个俘虏也没有受到虐待，只是那个可怜的家伙放心不下，唯恐庞大固埃把他囫囵吞下去，庞大固埃喉咙那样粗，要吞下他当然是办得到的，就像你嘴里咬一块糖一样，真也算不了什么，那家伙放在他嘴里还比不上驴嘴里一粒小米呢。

---

① 指的是阿拉伯种的马，当时阿拉伯马已经是名种了。

第二十六章

庞大固埃和伙伴们怎样吃腻咸肉；加巴林怎样猎野味

他们正在开怀畅饮，加巴林说道：

"圣盖奈的肚子[①]！难道我们不能吃点野味么？光吃这种咸肉，我渴得要命。我去给你们拿一条刚烧熟的马腿来，现在烤得正好。"

他站起身来正想去拿马腿，忽见树林边上跑出一只体面的大野鹿，我想它是看见了巴奴日放的火才从树丛里跑出来的。顿时，加巴林像一支弩射出来的箭一样，笔直地奔了过去，转眼之间就把它追上了，一边跑，一边还随手捉到：

四只大鸨，

七只鹭鸶，

二十六只灰色鹌鹑，

外加三十二只红色的，

十六只雉，

九只竹鸡，

十九只苍鹭，

三十二只野鸽，

还用脚踩死了十多只野兔和十多只家兔，这已经没有人计算了②，

还有十八只雌雄配好的小水鸭，

十五只小野猪，

两只獾，

三只大狐狸。

加巴林用砍刀一刀劈在鹿的头上，把鹿劈死，然后把野兔、水鸭和野猪等都放在一起扛回来，远远地从刚可以听见声音的地方，就喊叫起来：

"巴奴日，我的朋友，准备醋！准备醋③！"

善良的庞大固埃以为他肚里不舒服，便吩咐人给他准备醋。可是巴奴日知道他钩子上挂的是野兔，于是便告诉尊贵的庞大固埃，加巴林怎样脖子上扛着一只鹿，腰的周围都是野兔。

爱比斯德蒙立刻按照九个缪斯④的名字，照古时的式样做了九个好看的木叉子；奥斯登帮着剥皮，巴奴日搬来两副骑兵的鞍子，支起来当作炉架；叫那个俘虏去烤，就用焚烧中的骑兵去烤他们的野味。然后，还浇上许多醋，大吃起来。谁客气谁倒霉！他们狼吞虎咽的样子看看也痛快。

这时庞大固埃说道：

"巴不得你们每人嘴下边都有两副鹰挂的铃铛，我自己再挂上勒内、普瓦蒂埃、都尔和冈勃莱⑤的大钟，那我们就可以看看我们牙床骨

---

① 一句骂人的话，"盖奈"（Quenet）可能是从古法文 quenne 来的，意思是，"牙床骨"。

② 初版上这里是，qui ja estoyent hors de page，意思是说，"个个又肥又大"。

③ 烹制野兔需要放醋，加巴林喊着要醋，是告诉人他有野兔。

④ 缪斯，神话中朱庇特之女，共九人，为司文艺、诗歌等之女神。

⑤ 勒内钟楼上有一口钟重4万多斤；普瓦蒂埃有三口钟，其一重18 600斤；都尔的钟在圣萨土南教堂，1520年铸造，以每年15斤计算，共22 800斤；冈勃莱的钟上有两个雕像二，一个是马丁，一个是马丁娜，钟点到时，便敲钟示意。

嚼动的时候声音多么响了。"

巴奴日说："现在，我们还是想想我们的事吧，看用什么方法才能打败我们的敌人。"

"这个想得很对，"庞大固埃说。

他转过身来问那个俘虏道：

"朋友，如果你不打算让人活活地把皮剥下来，就得对我们说实话，一句瞎话也不许说，因为我是吃小孩的。现在把你们军队的调遣方式、人数和防御力量，详详细细说给我们听听。"

那个俘虏答道：

"王爷，跟你说实话，我们军队里有三百个巨人，个个都穿着石头铠甲，高大非常，不过没有你大，除掉一个名叫'狼人'的，他是领队的头目，浑身上下都是西克洛波式的铁砧；此外还有十六万三千名步兵，人人身强力壮，能征惯战，全身都裹有鬼皮，刀枪不入；还有一万一千四百名长枪手，三千六百尊重炮，攻城用的弩炮更是不计其数，九万四千名工兵，十五万随军娼妓，都是赛过神仙的美人儿……"

"这是给我准备的，"巴奴日说……

"有亚马孙人，有里昂人，还有巴黎人，都尔人，昂日万人，普瓦蒂埃人，诺曼底人，德意志人；各个国家、各种语言的都有。"

庞大固埃说："那么，国王在不在呢？"

"国王在，王爷，"那个俘虏回答道，"国王御驾亲征，他就是渴人国的国王安那其①，渴人国的人个个只想喝水，因为你再也没见过这样干渴、这样爱喝的人了，国王的营房有巨人把守。"

"可以了，"庞大固埃说道，"喂，孩子们，你们决定跟我来么？"

巴奴日回答说：

"谁要是离开你，叫他死掉！我已经想好如何使敌人像猪猡一样死

---

① 安那其，照希腊文的意思是，"没有权势，没有能耐"。

掉了，就是把腿送给魔鬼^①也逃不出我们的手掌；不过，我只担心一件事。"

---

① 把腿送给魔鬼好逃得更快。

"哪一件？"庞大固埃问道。

巴奴日说道："就是我怎样才能在今天下午这段时间里把那边所有的女人都玩过，而不漏掉一人。"

"哈，哈，哈！"庞大固埃笑了起来。

加巴林说道：

"见比台纳的鬼[①]！天主在上，我也得弄她一个。"

"还有我呢！"奥斯登说，"自从离开卢昂以后，一直没有干过，我的家伙到现在还每天举到十点或十一点钟，硬邦邦地好像一百个小魔鬼。"

"真的么？"巴奴日说，"那么，把最胖最壮的给你。"

"怎么？"爱比斯德蒙说道，"你们都骑马，让我一个人骑驴么[②]？不会干的人活该倒霉。我们要使用战争的权利：Qui potest capere capiat[③]！"

"不，不，"巴奴日说，"你把驴拴在钩子上，也跟别人一样去骑马好了。"

庞大固埃笑了一个痛快，然后跟他们说：

"你们算来算去，就是没有想到主人。我恐怕不到天黑，就要看见你们再也没有打的意思，而将由别人骑在你们身上，用矛、用枪来刺你们了。"

"得了吧！"爱比斯德蒙说，"我保险把他们交给你，任你去烤、去煮、去炒，或者去做肉包子。他们决没有克塞尔克塞斯[④]的人多，如果相信希罗多德和特罗古斯·彭包纽斯[⑤]的话，克塞尔克塞斯应该有

---

① 法国南方图卢兹一带骂人的话。
② 意思是，"你们都有女人，让我一个人闲着么？"
③ 拉丁文，"能拿的只管拿"。
④ 克塞尔克塞斯，公元前5世纪波斯国王，曾征服埃及，攻打希腊。
⑤ 罗马史学家特罗古斯·彭包纽斯估计克塞尔克塞斯的军队是100万；见他的作品《世界史》第2卷第10章。希腊史学家希罗多德估计克塞尔克塞斯的军队是70万；见希罗多德《历史》第7章第70节起。

三百万战士，可是泰米斯多克勒斯①用少数的人就把他们打败了。所以，你用不着担心，老天！"

"臭！臭！"巴奴日说，"单用我的裤裆就可以把所有的男人都扫光，再用裤裆里边的塞窟窿圣人把所有的女人都掏过。"

"好了，孩子们！"庞大固埃说道，"我们出发吧。"

第二十七章

庞大固埃怎样树立碑碣纪念战功；巴奴日怎样
另建碑碣纪念兔子；庞大固埃怎样放响屁生小男人，
放无声屁生小女人；巴奴日怎样在两只杯子上折断粗棍

庞大固埃说道："我们动身之前，为了纪念你们立下的战功，我想在这里树立一座体面的碑碣。"

大家听了非常欢喜，嘴里哼着乡村的小调，动手竖立起一根高大的木桩，在上面挂了全套的马鞍子、马脸罩、马护身、马镫带、刺马距、一身铠甲、一套骑士的甲胄、一把板斧、一把短剑、皮护手、一只铁锤、保护腋部的甲片、护腿的套裤、护颈的围脖，以及胜利纪念碑必须有的一切东西。

然后，又为了使它永垂不朽，庞大固埃还写了胜利的碑文，词句如下：

这里出现过
四位英勇果敢的战士[①]，

赛过两个西庇翁②，媲美法比乌斯③，

他们不穿铠甲，单凭策略才智，

就把六百六十名凶勇的兵士，

像树皮似的活活烧死。

国王公侯，武将兵士，全应学习。

与其用力，不如斗智；

因为胜利，

只有

在崇高的帝王

光荣的朝代上，

才能

特别发扬，

强、大，都不足奇，

应该相信，不能违背天意，

昌盛、荣誉、

有坚决信心者才能达到目的。

庞大固埃在写以上诗句的时候，巴奴日在一个大木桩子上装上一对鹿角，还有鹿皮和鹿前边的两只蹄子；后来又放上三只小野兔的耳朵、一只家兔的脊骨、一只大兔子的牙床骨、两只鸨的翅膀、四只野鸽的爪子、一瓶醋、一只放盐的角、叉肉的木叉子、浇油的勺子、一只有洞的漏锅、一个放酱油的盆子、一个陶器的盐罐子，还有一只包外的碗④。他也仿效庞大固埃的纪念词，写了下面的

---

① 指巴奴日，加巴林，奥斯登和爱比斯德蒙。
② "两个西庇翁"，指"非洲人西庇翁"和"西庇翁·埃米理安"，两人全是公元前罗马帝国的大将。
③ 法比乌斯，罗马帝国行政官，善策略，汉尼拔之劲敌。
④ 包外附近萨维尼的瓷器是有名的。

诗句：

> 这里蹲过，
> 四位喜悦快活的酒客，
> 他们为巴古斯干杯，
> 喝得个个神魂无着。
> 兔二爷给人撕破了脊背和屁股，
> 你抢我夺，
> 抢盐，夺醋，像蝎子一样尖刻，
> 追逐争夺，结果把腰扭着；
> 因为防止
> 天热，
> 最好的法则，
> 就只有喝，
> 要喝得爽快俐落，
> 而且拣好酒才喝。
> 但是，要记牢，
> 吃兔无醋，实在不妙；
> 醋是灵魂，是调味的全部技巧，
> 千万要记好。

庞大固埃说道：

"好了，孩子们，我们在这里太讲究吃了，因为从未见过好吃的人能打好仗。什么也比不了军旗的影子，什么也比不了战马的烟雾，什么也比不了甲胄的响声。"

爱比斯德蒙听了笑着说：

"什么也不如厨房的影子，什么也不如肉包子的烟雾和酒杯的响声。"

巴奴日接着说：

"什么也不如床帐的影子，什么也不如乳头的烟雾和睾丸的响声。"

然后站起身来，放了个屁，跳一跳，吹了声口哨，快活地高声大叫：

"庞大固埃万岁！"

庞大固埃看见他这样，也想照样来一下；但是他放了一个响屁，周围九法里的土地全都震动起来，臭气一熏，从地下长出来五万三千个小男人，又丑又矮；接着他又放了一个无声屁，长出来同样数目蹲着的小女人，就像在别处亦曾见过的那样，她们总是长不大，顶多不过跟母牛夹着的尾巴一样长，或者像里摩三^①圆圆的红萝卜。

"怎么！"巴奴日叫了起来，"你的屁竟有这样大的生殖力？我的天！又有男，又有女；叫他们结婚吧，结了婚好给你生养牛蝇^②。"

庞大固埃果真照着他的话做了，把那些小人封为矮人国的人，打发他们住在离那里不远的一个岛上^③。从那时起，他们的人口繁殖得很快。但是有一种长颈鹤却不断侵袭他们，他们勇敢地抵抗^④，因为这些小人（在苏格兰把他们叫作"刷子把儿"），性情倒是很暴烈。这当然也是为了生理的关系，因为他们的心离粪便太近了。

这时，巴奴日把那里两只同样大小的杯子拿起来，里面倒满了水，能倒多满就倒多满，把一杯水放在一只凳子上，另外一杯放在另一只凳子上，把两只凳子拿开，中间留五尺长的距离；然后拿一根五尺半长的枪杆，放在两只杯子上面，使枪杆的两头正好挨到杯子的边上。这样放好以后，他又拿起一根粗棍子，向庞大固埃和其

---

① 里摩三，法国古省名。

② 他的意思是说，"生养跟牛蝇一般大的小人"。

③ 16世纪欧洲出版的地图上，在日本对面，中国之北，渴人国（西提亚）之东，有矮人国；见勒弗朗《世界航行》第21页。过去，矮人国一向都说是在尼罗河上游或印度。

④ 矮人国抵抗长颈鹤的故事，在荷马时代已经传说了，见《伊利亚特》第3卷第6章。

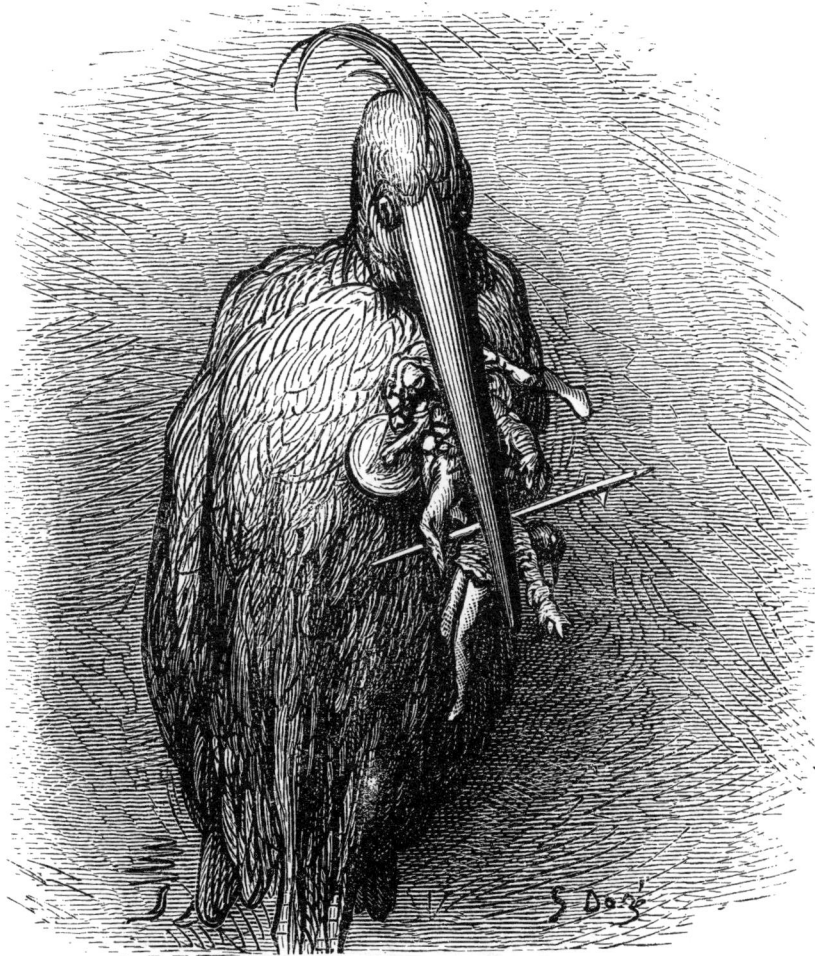

他的人说道：

　　"诸位，请看我们将如何毫不费力地战胜我们的敌人；因为——正像我要打断这根放在杯子上的枪杆，枪杆打断，而杯子丝毫无损，不但杯子不破，连一滴水也不让流出来——我们要这样宰杀渴人国的人，而不使我们有一人受伤，也不许耽误我们的任何工作。但是，为了使你们不要以为这里边有什么魔术，你过来，"他向奥斯登说道，"用劲往这根棍子当中打。"

奥斯登一下子打下去，把那根枪杆整整齐齐地打成了两截，杯子里连一滴水也没有溅出来。巴奴日说道：

"我还会许多别的巧法呢；只管放心好了，没错儿。"

第二十八章

庞大固埃怎样神奇地战胜渴人国人和巨人

说完这话之后，庞大固埃把那个俘虏喊了来，放他回去，说道：

"你回到你国王的营里去吧，把你在这里看到的一切告诉他，叫他明天中午准备好迎接我；因为，等我的战船一到，这至迟不过是明天早晨的事，我就要用一百八十万大兵，还有七千巨人，个个都比我还要大，叫你的国王知道知道，侵略我的国家是一种疯狂和背叛理性的行为。"

庞大固埃这样说，做出他还有军队留在海上的样子。

但是那个俘虏回答说他愿意降服，甘心永远不再回去，宁愿跟随庞大固埃和他们去作战，希望看在天主的份上，允许他留下来。

庞大固埃不肯答应，相反地，偏要他赶紧按照他的吩咐动身回去，此外，还交给他一盒满满的大戟草①，还有在酒精里浸成蜜饯糖食似的巴豆子②，叫他带给他的国王，告诉他说，如果他能空口吃下去一两这种东西，那他才可放心大胆地来和庞大固埃较量。

那个俘虏合起手来，恳求庞大固埃在作战的时候不要伤他性命。庞大固埃跟他说：

"你把我的话告诉你国王以后，把你的希望全部寄托在天主身上，天主不会舍弃你的；因为，就说我吧，你可以看出来，我多么壮大，而且还有强大的武装力量，但是，我既不依赖我的势力，也不依靠我的策略，我完全信赖我的保护者天主，凡是把希望和信心寄托在天主身上的，天主永远也不舍弃他。"

接着，那个俘虏又要求他，对于赎身费用，请他少要一些。庞大固埃回答他说他的目的不是强夺和勒索，而是使人富足，恢复别人的全部自由。

"愿天主赐你平安，你走吧，"庞大固埃跟他说，"千万不要跟坏人学，但愿灾祸不降临在你身上。"

俘虏走了以后，庞大固埃向他自己的人说道：

"小伙子们，我有意使那个俘虏觉着我们在海上还有军队，同时也使他觉着我们要到明天中午才开始攻击，我的目的是使他们以为大军即将来临，今天夜里必须做些调配和防御的部署；我的意思是想天一黑，就马上动手。"

我们暂时撇下庞大固埃和他的徒弟们的谈话，先提一提安那其国王和他的军队。

那个俘虏回去以后，立刻去见国王，告诉他说怎样来了一个高大的巨人，名叫庞大固埃，他怎样把那六百五十九名骑兵一下子都打败，并且还活活地把他们烧死，只剩他一个人逃回来通报消息；此外，那

---

① 大戟草，味苦有毒，少量即可引起食管疼痛，甚至死亡。
② 巴豆子，一种烈性的泻药，味奇苦。

个巨人还叫他转告国王，叫国王明天中午准备宴席来迎接他，因为他要在规定的时刻准时攻打过来。

说罢，他把那盒装着糖食的盒子递给国王。可是国王只吃下一调羹，便觉着喉咙里像火一般焚烧起来，小舌头跟烂了一样，大舌头疼痛难忍，不拘给他吃什么药，都不见效，除非让他不停地喝东西，因为只要碗一离开他的嘴，他就感觉舌头像火似的发烫。所以他们只好用一个漏斗对准他的嘴往下灌酒。

他的大臣、军官和卫兵们看见国王这样，也尝了尝那种药，想试试它是否如此使人干渴；于是他们一个个也都跟国王一样了。大家都对着瓶子喝起酒来，不一刻工夫，消息便传遍全营，说那个被人俘虏的兵士已经回来，明天敌人就要打来，国王和军官都在进行部署，还有那些卫兵们，一个个都在开怀痛饮。这样一来，全营将士没有一个不大喝特喝，饮酒取乐的了。最后，一个个都喝得烂醉如泥，像猪猡似的睡倒在地，横七竖八躺了一地。

现在我们再回到我们善良的庞大固埃这里，说一说他是怎样准备行动的。

他们从树立碑碣的地方动身，庞大固埃手里拿着船的桅杆，好像朝圣者拿的手杖，他还在桅棚里面装了两百三十七大桶昂如①白酒和从卢昂带来的没有喝完的酒，然后再把装满盐的船拴在自己腰带上，轻便得和德国雇佣兵的女人提着小篮子一样，他就这样和他的伙伴们一齐出发上路了。

来到离敌人营盘不远的地方，巴奴日对他说道：

"王爷，你是不是要让这次出征进行得顺利如意？请你把昂如的白酒从桅棚里卸下来，咱们就在这里先来一个布列塔尼式②的喝法。"

庞大固埃欣然同意，于是他们把那两百三十七大桶酒，除掉巴奴

---

① 昂如，即现在的曼恩·罗亚尔省，昂如酒桶的容量是178升。
② 布列塔尼人有名善饮，"布列塔尼式的喝法"，即喝得一滴不剩的意思。

日替自己灌了一皮葫芦——皮葫芦是用都尔的熟皮做的，巴奴日把它叫作Vade mecum[1]——以及留下几个只好做醋的桶底子之外，喝得干干净净，一滴不剩。

他们痛痛快快畅饮之后，巴奴日给庞大固埃吃了一点药，是膀胱碎石剂、利肾剂、莞菁木瓜酱[2]，还有其他的利尿剂。吃过以后，庞大固埃对加巴林说：

"命你运用你那拿手的轻身功夫，像老鼠似的从城墙上爬进城去，告诉城内将士，叫他们马上出城，使出全部力量和敌人见个高低。完了之后，再从城上下来，点起一个火把，把敌人所有的营盘和帐篷都点着；然后再用你那响亮的喉咙[3]一边喊叫，一边从他们营里赶快回来。"

"知道了，"加巴林说道，"但是，把他们的全部大炮都堵死，是不是更好？"

"不，不，"庞大固埃说，"只用把他们的火药点着就行了。"

加巴林接受命令之后，立刻登程，遵照庞大固埃的指示，把城里的全部战士都叫出城来。

然后，又把敌人的营盘、帐篷全都点着，轻轻地从他们身上走过去，他们呼噜呼噜睡得香极了，一点也没有觉察。加巴林走到他们放炮的地方，对着火药放起火来。不过危险就在这里：因为火来得太急，差一点没有把这个可怜的加巴林烧进去；如果不是他轻快麻利，准会像一只猪那样给烧成烤肉；可是他飞也似地跑了出来，即便是一支弩放出来的箭也没有他那样快。

等他跑出战壕之后，就扯着嗓子喊叫起来，好像打开了地狱门把

---

① 拉丁文，"随身不离的东西"。

② 莞菁木瓜酱，一种利尿剂，希波克拉铁斯，伽列恩，狄奥斯科里德斯等人的作品都曾提到过。

③ 初版上这里还有，"你的喉咙比斯当多尔的还要吓人，虽然斯当多尔的喉咙在战争中是特洛亚人全都听见的"。

所有的鬼魂都放出来了一样。经他这样一叫，敌人方才醒来，可是你们知道他们都成了什么样子么？完全和听到吕宋①话所谓"搓卵子"②的晨经头一声钟声的时候一样迷糊。

这时候，庞大固埃已经开始撒起他船里装运的盐来，因为他们一个个都张着大嘴睡觉，他把他们的喉咙都填得满满的，以致那些倒霉的家伙都像狐狸似的咳嗽起来，一边还高声喊叫："啊，庞大固埃，你可真是火上加油③！"庞大固埃因为吃了巴奴日给他的药，忽然想小便，于是便在他们营里尿了一个痛快，把他们全都淹死了，周围十法里以内也发起了一场特大的洪水。历史上说，假使他父亲的大牝马这时也同样来一泡尿，那保险比丢卡利翁④时代的洪水还要大：因为它没有一次小便不冲出一条比罗尼河和多瑙河更大的河流的。

从城里出来的人看见了，都说道：

"他们死得多惨啊，你看流了多少血。"

这是他们弄错了，他们把庞大固埃的尿当作敌人的血了，因为他们是凭借帐篷焚烧的火光和月亮的一点光亮才把尿看成是血的。

敌人醒来之后，看见一面是营里的大火，一面是小便滔滔的洪水，真是不知道说什么、想什么才好。有的说是世界末日，最后审判的时候到了，一切都得给火烧光；有的说是海神尼普顿、普罗台乌斯⑤、特

---

① 吕宋，法国旺代省省会。

② "搓卵子"，据说晨经的钟声一响，睡觉的人迷迷糊糊地醒来，头一件事便是本能地去摸自己的卵子。

③ 原文是波亚都一句方言：Tant tu nous chauffes le tizon！意思是说，"我们已经很渴了，你为什么还要增加我们的干渴？"拉丁文有一句成语：Sitio ad ignem. 大意相同。

④ 丢卡利翁，神话中普罗米修斯之子，比拉之夫，朱庇特因愤恨人类罪恶，使洪水灭绝人寰，丢卡利翁从父命，造船携妻避居船上，漂至帕那塞山，不见人迹，夫妇取石头撒在身后，夫撒者变男人，妻撒者变女人。丢卡利翁有希腊挪亚之称，故事见奥维德之《变形记》。丢卡利翁当时系泰萨里亚国王。

⑤ 普罗台乌斯，海神，尼普顿之子。

力顿①等等来降罚他们来了，因为的确，水是咸的，和海水一样。

哦，现在谁能述说一下庞大固埃是怎样对付那三百个巨人的呢？哦，我的缪斯，我的卡里奥珀②，我的塔里亚③，请给我一点启示吧！振作一下我的精神吧，你们看，这才是逻辑学里的驴桥④呢，这正是摔跟头的地方，这才是表达这场鏖战的困难所在。

照我的意思，我巴不得现在就来上一碗好酒，一碗将来读这篇真实故事的人谁也未曾喝过的好酒！

① 特力顿，海神，亦尼普顿之子。
② 卡里奥珀，诗神，有时手拿一卷纸，有时一手拿一块板，另一手拿一把小刀。
③ 塔里亚，司诗歌、戏剧之神，手持假脸。
④ "逻辑学里的驴桥"，指无法避免的困难问题。

第二十九章

庞大固埃怎样战胜三百名身穿石甲的
巨人和他们的队长"狼人"

巨人看见全部营房被水淹没，便出死力把国王安那其背在肩上，救出营去，和在特洛亚战火中伊尼斯救他父亲安开俄斯[①]的时候一样。巴奴日看见了，向庞大固埃说道：

"王爷，你看那边巨人出来了；赶快带着你的桅杆，迎上前去，按照古代剑法[②]痛痛快快地打一阵，因为现在正是显示本事的时候。我们这几个人，决定随时增援你。我自己一定勇敢地杀他一大堆[③]。不是么？大卫不是很容易就把歌利亚打死了么[④]？何况，我们还有我们的大块头奥斯登，他的力气抵得上四头牛，他也不会闲着呀。别害怕，壮起胆来，只管连砍带刺地冲过去。”

庞大固埃说：

“论胆量，我倒不是仅值五十个法郎。不过，还是慎重一点好，海格立斯也从来不一个对两个⑤。”

“好臭，好臭，”巴奴日说，“好像在我鼻子里拉屎一样，你怎么拿自己跟海格立斯相比呢？老实说，你牙齿的力量，屁股的臭味，要比海格立斯全部肉体和灵魂加起来的力量还要大。一个人自己估计多少，就值多少。”

他们话犹未了，“狼人”带着他的全体巨人就已经赶到了；他看见庞大固埃孤单单地只有一个人，顿时气焰万丈、不可一世，以为这一下子可要把这个可怜虫的脑袋切下来了。他转身向他同来的巨人说道：

“平原上的老粗们⑥，我冲着穆罕默德说话，如果你们谁来插手打仗，我就要了你们的命，决不轻饶！我要你们让我一个人去打：你们只用站在旁边看就行了。”

于是全体巨人带着国王都退到旁边堆酒瓶的地方，巴奴日和他的伙伴也在那里，巴奴日装着患过梅毒的样子，噘着嘴，弯曲着手指头，

---

① 特洛亚太子伊尼斯，曾奋勇抵抗希腊人，城破后，肩负其父安开俄斯逃难。
② “古代剑法”系16世纪与意大利剑法相对而言，当时认为意大利剑法复杂、阴毒。
③ 巴奴日的性格，这时仿佛还没有典型化，在第3、4、5部里，巴奴日就完全成了个胆小如鼠的人物了。
④ 大卫打死歌利亚的故事，见《旧约·撒母耳记上》第17章。初版上这里还有："我呢，我至少抵得上十二个大卫，因为当时大卫还只是一个小孩，我难道不能杀他十几个么？"
⑤ 海格立斯与妖蛇战斗时，忽有一巨蟹出现，海格立斯曾向其侄儿约拉斯求救。故事见埃拉斯姆斯《箴言集》第1卷第5章第39篇。又见柏拉图《欧息德莫斯篇》第297行。
⑥ 与贵族相对而言，贵族住的是高楼城堡，一般人住的是平原洼地。

呜里呜噜地向他们说：

"伙计们，我情愿叛教，也不要打仗。拿你们的东西跟我们一起吃吧，让我们的头目打去好了。"

那个国王和巨人们同意了，于是大家坐在一起喝起酒来。巴奴日跟他们述说土尔班①的故事，圣尼古拉的传奇②和仙鹤的故事③。

"狼人"手持一条纯钢的哭丧棒向着庞大固埃打过来，这条棒重有九千七百公担又四分之二，是沙利勃钢④铸造的，头上还有十三个金刚钻尖，最小的也和巴黎圣母院最大的钟一样大⑤；如果我说错的话，顶多也不过相差一指甲的距离，或者说，顶多有我们叫作"割耳朵"⑥的刀背的厚度那样远，再差也差不到哪儿去了；那条棒是一条神棒，任何兵器也打不断它，相反的，任何东西一碰到它，没有不立刻断掉的。

就这样，他气势汹汹地走过来，庞大固埃抬起头来望天，虔诚地把自己交给神灵，心里祷告说：

"我主天主，你一向是我的保护者，我的救主，你看见我现在遇到的灾难。如果不是激于一种自然的义愤，亦即你赐给人类的，在他们保卫自己、保护妻子儿女、保卫国家、反抗一切违反你的旨意——亦即信德——时所应有的义愤，任何事情也不会使我到这里来；因为，对于你的事业，除开虔诚的忏悔，你只希望人遵从你的旨意，不需要其他的辅助，禁止我们妄动干戈，妄谈对垒，因为你是全能者，在你的事业上，在为你的事业尽力的时候，你有远远超过我们想象的方法来卫护你自己，你有上千万、上万万的天使队伍，即使最小的天使也可以杀绝人寰，随意把天地都翻过来，好像从前在西拿基立的军队里显现过的一样⑦。所以，如果现在你肯来协助我，因为我全部的信心和

---

① 土尔班，8世纪法国兰斯总主教，曾著有关于查理曼大帝击败萨拉逊人的历史。

② 指有关米拉主教圣尼古拉的传奇故事。

③ 最古的寓言故事，如《老狼的故事》、《鹅妈妈的故事》等。

④ 沙利勃钢是古时有名的好钢。

⑤ 巴黎圣母院的大钟是1378年铸造的，重12 500公斤。

⑥ "割耳朵"，一种极薄的小快刀。

⑦ 耶和华曾打发天使，把亚述国王西拿基立的军队一夜之间杀死了185 000人。故事见《旧约·列王纪下》第19章第35节。

希望都寄托在你身上，我要发誓在所有的国家，乌托邦也好，其他凡是我有政权和权力的地方也好，我都要叫他们传布你的福音，只许传布你的福音，永远传布你的福音，使那些一向专靠歪曲、诽谤和卑鄙的手段来毒化人类的假冒为善者和虚伪的说教者的欺诈，都在我周围一扫而光。"

这时听见从天上下来一个声音，说道："Hoc fac et vinces"[①]，意思是说："如此做去，尔将胜利。"

这时，庞大固埃看见"狼人"张着大嘴走近他，便抖起精神迎上前去，并使出平生气力高声大叫："打死你，坏东西！打死你！"这是依照拉刻代蒙人的作战方法，想用高声狂叫使敌人害怕的意思。接着便把腰里拴着的船上所带的盐，向他撒了十八大桶和一"米诺"[②]，把他的喉咙、嗓子、鼻子、眼睛一下子都塞满了。

"狼人"气坏了，恶狠狠地一棒打将过来，心想这一棒就要把庞大固埃的头打碎。可是庞大固埃伶俐非常，眼睛快，手脚灵，抬起左脚往后跳了一步，可是腰里带的那条船却没有躲过，"狼人"只一棒就把那条船打成了四千零八十六块，船里剩下的盐全部倾在地上了。

庞大固埃见此光景，勇敢地伸出胳膊，按照板斧的耍法，拿粗桅杆当剑使唤，对准"狼人"的奶上直戳过去，一回手，再从左边斜劈过来，正打在他的脖子和肩膀中间；然后一伸右腿，拿桅杆上头的尖，对准"狼人"裤裆里两腿中间的部分直戳过去，把桅棚都打坏了，里面剩的三四桶酒一起都撒了出来。"狼人"以为自己的尿泡被刺破了，把流出来的酒当作是自己的尿了。

庞大固埃还不觉得满足，想照样再来一下；可是"狼人"又举起

---

① 拉丁文，作者有意摹仿一世纪罗马帝国皇帝君士坦丁一世旗帜上的标语："In hoc signo vinces."（有此标志，尔将胜利。）
② "米诺"，容量名，相等于39升；另一说是39升又36厘升。

了哭丧棒，朝他打过来，用尽气力，想一下子把庞大固埃打扁；果然，这一下子凶猛异常，如果没有神灵保佑，善良的庞大固埃一定会被从头顶一直劈到脾脏底下；可是庞大固埃忽地往旁边一跳，那棒歪着打向右边，一下子打裂了一块大石头，钻进地底下七十三尺多深，单单打出来的火光就有九千零六吨多。

庞大固埃看见"狼人"的棒插进石头里，正在使劲往外拔，便跑过来想把他的头打下来；然而不幸他的桅杆碰着了"狼人"的哭丧棒，那条棒是一条神棒（我们前面已经说过），所以他的桅杆在离开他的手三指远的地方一下子断掉了。事出意外，使他惊奇非常，不禁高声叫道：

"喂，巴奴日，你到哪儿去了？"

巴奴日听见庞大固埃叫他，对安那其国王和其他的巨人说：

"我的老天，再不分开他们，他们就要受伤了。"

但是那些巨人却很得意，好像在吃喜酒，毫不理睬。加巴林打算起来去援救庞大固埃；可是一个巨人向他说：

"我冲着穆罕默德的侄子高尔法兰起誓，如果你从这里动一动，我就把你放进我的裤子里像坐药似的坐进去！虽然我的肚子大便不通，不咬牙切齿就没有法子cagar①。"

庞大固埃失掉桅杆以后，拿起桅杆的一头对准"狼人"没头没脸地乱打了一阵；不过，这样的打法，还不及在铁匠的铁砧上用手指头弹一下来得重呢。可是，"狼人"这时已经从地下把哭丧棒拉了出来，准备再来打庞大固埃，不过庞大固埃手疾眼快，躲过了他每一次的攻击。直到有一次，他看见"狼人"又冲过来，并且威胁说："坏东西，这一回我可要像斩肉酱似的砸碎你了，使你再也不能叫人干渴！"庞大固埃飞起腿来，在他的小肚子上狠狠地踢了一脚，一脚踢得他往后倒下去，两腿朝天，倒退一箭之遥。"狼人"嘴里流出血

---

① 朗格多克土语，"大便"。

来，大声喊叫：

"穆罕！穆罕！穆罕！"

他这样一叫，所有的巨人都站起来，想来救他。但是巴奴日跟他们说：

"先生们，如果你们相信我的话，可千万不能去，因为我们的主人发起脾气来跟疯子一样，打起人来不管三七二十一，不论青红皂白，乱打乱杀。你们过去，是要倒霉的。"

但是那些巨人没有听他的话，因为他们看见庞大固埃手里没有武器。

庞大固埃看见他们走近他，便抓起"狼人"的双脚，像一根枪似的举起来，利用"狼人"穿着铁砧的身体，跟那些顶盔贯甲的巨人交起手来，打他们就跟一个泥水匠收拾碎砖烂泥那样，没有一个人能站在他跟前而不被他打倒在地的。一场混战，只杀得石碎甲裂，天昏地暗，使我想起了布尔日圣艾蒂安教堂那座高大的牛油钟楼①在太阳底下融化的情形。巴奴日，还有加巴林和奥斯登把倒在地下的人都杀掉了。

你们算算看，一个也没有逃掉。只见庞大固埃活像一个刈草的人那样，手持镰刀（即"狼人"）刈割地上的青草（即巨人）；但是，就在这一场激战中，"狼人"的脑袋被打掉了。那是当庞大固埃打倒一个名叫利弗朗杜伊②的巨人时被打掉的，那个巨人浑身是坚硬的砂石做的铠甲，单单一块石片就把爱比斯德蒙的头整整齐齐地从脖子上切了下来；其他的巨人大多都是轻便盔甲，有的是一种松软的白石，有的是做石板的石头。

最后，庞大固埃看见敌人死得一个不剩，便把"狼人"的尸首使

---

① 布尔日主教大堂北面的钟楼于1506年12月31日倒塌。"牛油钟楼"是信徒为取得在封斋期内吃牛油的权利，出钱捐献的一座钟楼，但这座钟楼没有倒塌。
② "利弗朗杜伊"，意思是："面包小偷"。

劲对着城里扔过去，尸首像田鸡似的肚子朝地落在城里的大广场上^①，落下来的时候，砸烂了一只烧死的公猫，一只淹死的母猪，一只放屁的鸭子^②，还有一只鼻孔里插着横扦不能随便乱钻的小鹅。

第三十章

爱比斯德蒙的头颅被砍，怎样被
巴奴日巧妙地治好；阴曹地府的消息

大获全胜之后，庞大固埃回到放酒的地方，召集巴奴日和其他的人，他们都平平安安地跑过来，除了奥斯登，他在切断一个巨人的脖子时，被人家在脸上划破了几个地方，还有爱比斯德蒙根本就没有出现。庞大固埃难过得直想自杀，巴奴日说道：

"别急，王爷，请你等一下，我们先在死人堆里去找一找，看到底是怎么回事。"

他们找来找去，果然发现爱比斯德蒙直挺挺地死在那里，两只胳膊还抱着自己血淋淋的头颅。奥斯登大声叫道：

"啊！狠毒的死亡！你把我们最好的人夺走了！"

听见这一声喊叫，庞大固埃站起身来，以从未有人看见过的悲恸心情，向巴奴日说道：

"啊！我的朋友，你那两个杯子和枪杆的预言可把人害苦了！"

可是巴奴日说道：

"孩子们，别哭。他的尸首还没有凉；我保证把他救活，叫他和过去同样健壮。"

他一边说，一边拿起爱比斯德蒙的头，放在自己裤裆上，把它包得暖暖的，不让它受到风吹；奥斯登和加巴林把尸首抬到他们刚才吃酒的地方，他们并不是指望他能治好，而只是想让庞大固埃看看他罢了。但是，巴奴日安慰他们说：

"我要是治不好他，情愿丢掉我的脑袋（这真是疯子的保证）；你们先别哭，还是帮帮我吧。"

接着，他用上好的白葡萄酒，洗净死者的脖子，然后把头也洗干净，里边撒了些便粉①，这是他随身口袋里必带的东西；后来又在上面涂了一种我也不知道的什么油，把它仔细对好，血管对血管，筋络对筋络，脊骨对脊骨，不要让他成了歪脖子（因为他深恶痛绝的就是歪脖子的人②）。对好之后，在周围缝了十五六针，不让它马上再掉下来，然后再在周围抹上一点他叫作有复活能力的油膏。

爱比斯德蒙忽然有了气了，接着就睁开了眼睛，再接着是打呵欠，打嚏喷，最后又放了一个大响屁。巴奴日说道：

"现在可以保证好了。"

他倒了一大杯陈年的白酒，里面还放了一块甜面包，给他喝了下去。

爱比斯德蒙就这样神奇地被治好了，只是喉咙哑了三个多星期，还有就是干咳，最后喝了很多酒才算痊愈。

他开始说起话来，说他见过许多鬼魂，和路西菲尔亲热地交谈过，在地狱和极乐世界③里吃过酒，他向大家保证说鬼也都很和气。提到在地狱里的鬼魂，他说巴奴日这样快就把他唤回世上来，使他很生气，他说道：

"因为，我看他们看得正得意呢。"

"怎么说？"庞大固埃问道。

爱比斯德蒙说："他们在那里并不像你们想象的那样坏；只是生活方式有很大的不同罢了。比方说，我看见亚历山大大帝④在那里补破鞋来过苦日子。

"克塞尔克塞斯吆喝着卖芹菜，

"罗木路斯⑤在卖盐，

---

① 即黄色的粪末。

② 指假装虔诚、假冒为善的人。

③ 指善人死后享乐的地方。

④ 马其顿国王亚历山大大帝曾攻占希腊，远征埃及，波斯，巴比伦，直至印度，回来时病死军中，年33岁。

⑤ 罗木路斯，传说中公元前753至前715年之罗马帝国头一个皇帝。

"奴马^①在打钉,

"塔尔干^②吝啬小气^③,

"比佐^④成了个乡下人,

"西拉^⑤做了靠河边的渔民^⑥,

"西路斯^⑦在放奶牛,

"泰米斯多克勒斯在卖玻璃杯,

"爱巴米农达斯^⑧在卖镜子,

"布鲁图斯^⑨和卡西乌斯^⑩当丈量土地的人,

"德谟斯台纳在种葡萄,

"西赛罗在生火炉,

"法比乌斯在串念珠^⑪,

"亚尔塔克塞尔克塞斯^⑫在打绳子,

"伊尼斯在那里开磨坊,

"阿基勒斯长着一头秃疮^⑬,

"阿伽门农^⑭馋得舔盘子舔碗,

"乌里赛斯在刈草,

---

① 奴马,传说中公元前714至前671年之罗马帝国第二个皇帝。

② 塔尔干,传说中公元前615至前578年之罗马帝国第五个皇帝。

③ "吝啬小气"原文tacqin与"塔尔干"(Tarquin)同音,作者说"塔尔干'塔尔干'",取其同音;"塔尔干"另一解释是,"替人看门"。

④ 比佐,公元前67年罗马帝国总督。

⑤ 西拉,公元前1世纪罗马帝国之独裁者。

⑥ 另一解释是,"撑船的"。

⑦ 西路斯,公元前6世纪波斯国王。

⑧ 爱巴米农达斯,公元前古埃及太勃斯名将。

⑨ 布鲁图斯,公元前6世纪罗马帝国革命者。

⑩ 卡西乌斯,公元前1世纪罗马人,曾图谋刺杀恺撒。

⑪ "念珠"原文patenostres过去不只指"念珠",亦指项链,腰带,手镯等。

⑫ 亚尔塔克塞尔克塞斯,公元前465至前425年之波斯国王,克塞尔克塞斯之子。

⑬ 因为阿基勒斯经常戴盔,从不光头,所以作者说他头上生疮。

⑭ 阿伽门农,特洛亚战争中米塞纳国王。

“奈斯多尔①在卖破铁做小偷②，

“达里乌斯③在通阴沟，

“安古斯·马尔西乌斯④在舱船缝，

“卡米留斯在做木鞋，

“马尔赛路斯⑤在剥蚕豆，

“德鲁苏斯⑥在砸杏核⑦，

“非洲人西庇翁收买酒渣子做醋，

“亚斯德鲁巴尔⑧在做灯笼⑨，

“汉尼拔卖鸡和鸡蛋，

“普里亚摩斯⑩在卖破布，

“湖上的兰斯洛特⑪在剥死马皮。‘圆桌骑士’⑫的全体骑士都在做穷短工，遇到阴间的鬼老爷们要在水上游玩的时候，他们就和里昂摆渡旅客的船工、威尼斯游艇上的舵工那样，在高塞土斯河⑬、弗雷盖顿河⑭、斯提克斯河⑮、阿开隆河⑯、雷塞河⑰上，给人家摇船划桨；每渡一

---

① 奈斯多尔，特洛亚战争中比洛斯国王。

② 另有“河边寻金者”，“矿工”，“看树林者”等解释。

③ 达里乌斯，公元前5世纪波斯国王，曾远征印度，马其顿等国，后败于希腊。

④ 安古斯·马尔西乌斯，奴马之孙，传说中罗马帝国第四位皇帝。

⑤ 马尔赛路斯，公元前3世纪罗马帝国大将，迦太基之劲敌。

⑥ 德鲁苏斯，公元前1世纪罗马帝国大将，曾四次战败日耳曼人。

⑦ 另一解释是，“吹牛皮”。

⑧ 亚斯德鲁巴尔，迦太基大将，汉尼拔之兄弟，与罗马人作战被杀。

⑨ 初版上此处是，“发拉蒙在做灯笼”。

⑩ 普里亚摩斯，特洛亚国王。

⑪ “湖上的兰斯洛特”，即兰斯洛特·杜·拉克，“圆桌骑士”之一。

⑫ “圆桌骑士”的头衔是英国皇帝亚瑟于公元520年封赠的，遇宫中有典礼时，他们即坐于圆桌周围。“圆桌骑士”共二十四人，亚瑟，兰斯洛特，阿马迪斯，特里斯当均其中之知名者。

⑬ 高塞土斯河，地狱之河。

⑭ 弗雷盖顿河，地狱之火河。

⑮ 斯提克斯河，地狱之河，绕地狱七周。

⑯ 阿开隆河，地狱之河，一人只能过一次。

⑰ 雷塞河，地狱之忘河。

次，别人只在他们鼻子上吹一口气，到了晚上领一块发霉的面包①；

"特拉让②在钓田鸡，

"安东尼奴斯③在做侍从，

"柯莫杜斯④在制造墨玉工具⑤，

"贝尔提纳克斯⑥在剥胡桃，

"路古卢斯⑦在烤肉，

"茹斯提尼昂⑧在制造儿童玩具，

"爱克多尔⑨在做厨子，

"帕里斯成了个穷鬼，

"阿基勒斯在捆干草，

"康比塞斯⑩在做骡夫，

"亚尔塔克塞尔克塞斯成了个寄生虫，

"奈罗⑪弹琵琶，菲埃拉勃拉斯⑫做他的侍从；不过菲埃拉勃拉斯千方百计来虐待他，给他坏面包吃，给他变质的酒喝，自己吃喝的却都是最好的；

"茹留斯·恺撒和庞贝在做漆船工人，

---

① 初版上这里还有，"法国的十二位上议员也在那里，我看见他们什么也不干，一天到晚只等着挨耳光、手指头弹、巴掌和冲着牙齿打过来的拳头"。

② 特拉让，公元98至114年之罗马帝国皇帝。

③ 安东尼奴斯，公元138至161年之罗马帝国皇帝。安东尼奴斯这个名字很像从安东尼来的，安东尼很像侍从的名字，所以作者叫他侍从。

④ 柯莫杜斯，公元161至192年之罗马帝国暴君，后被毒死。

⑤ 另一解释是，"吹风笛"。

⑥ 贝尔提纳克斯，继柯莫杜斯之后的罗马帝国皇帝，后被刺死。

⑦ 路古卢斯，公元前1世纪罗马帝国大将，以对马特里达奇作战成名。

⑧ 茹斯提尼昂，原蓬国国王，战胜意大利后为罗马帝国皇帝（6世纪）。

⑨ 爱克多尔，特洛亚国王，被阿基勒斯杀死。

⑩ 康比塞斯，公元前529至公元前521年之波斯国王。

⑪ 奈罗，公元54至68年之罗马帝国皇帝。

⑫ 菲埃拉勃拉斯，萨拉逊巨人，庞大固埃祖先之一。

　　"华朗廷和奥尔松^①在地狱的浴室里伺候人，为女客美容，

　　"冀格朗和高文^②在做穷放猪的，

---

① 华朗廷和奥尔松，在15世纪骑士小说《希腊皇帝之子、法国虔诚国王之侄、华
朗廷和奥尔松两位贵族骑士传记》里特别有名。

② 冀格朗和高文都是骑士小说里英雄人物，"圆桌小说"里也有高文，为一杰出之骑士。

"大牙齿热奥佛瓦在卖火柴,

"高德佛瓦·德·布庸①在卖竹牌,

"雅松②在教堂里撞钟,

"卡斯提拉的唐·伯多禄③在管募捐,

"摩尔根特④在做啤酒,

"波尔多的于勇在箍酒桶,

"比鲁斯⑤在做厨房里的助手,

"安提奥古斯⑥给人掏烟囱,

"罗木路斯修破鞋,

"屋大维替人做抄写⑦,

"奈尔伐⑧在厨房里烧火⑨,

"茹勒教皇⑩在吆喝着卖点心,不过他那一嘴又长又难看的胡子没有了,

"约翰·德·巴黎⑪在替人擦皮鞋,

"不列颠的阿尔图斯⑫在给人洗帽子,

"穿林⑬在背柴火,

"教皇包尼法斯八世⑭是个吃闲饭的,

---

① 高德佛瓦·德·布庸,11世纪第一次十字军东征首领,耶路撒冷的统治者。
② 雅松,游考司国王。
③ 卡斯提拉的唐·伯多禄,即14世纪卡斯提拉国王"残暴的伯多禄"。
④ 摩尔根特,骑士小说英雄,庞大固埃先人之一。
⑤ 比鲁斯,公元前3世纪爱比鲁斯国王,以对罗马作战出名。
⑥ 安提奥古斯,公元前1世纪波斯国王。
⑦ "做抄写"另一解释是,"用刀刮薄纸张使之可以书写"。
⑧ 奈尔伐,公元96至98年之罗马帝国皇帝。
⑨ 另一解释是,"做马夫"。
⑩ 茹勒教皇,16世纪教皇茹勒二世,曾打破惯例,留蓄胡须。
⑪ 约翰·德·巴黎,16世纪同名小说主角。
⑫ 指英国亚瑟国王,"圆桌骑士"的册封人。
⑬ 指大不列颠国王贝提斯,据说他曾穿过一座有鬼的树林而得名。骑士小说里的人物。
⑭ 包尼法斯八世,公元1294至1303年之教皇。

"教皇尼古拉三世①在卖纸,

---

① 尼古拉三世,公元1277至1280年之教皇。"教皇三世"(papetiers)与"卖纸的"
(papetier)同音,所以作者叫他卖纸。

"教皇亚历山大^①在捕捉老鼠，

"教皇西克斯图斯^②在治疗花柳病。"

"怎么？"庞大固埃说，"那里也有患花柳病的么？"

"当然了，"爱比斯德蒙说，"再也没见过那么多患花柳病的了；足足有一亿多。因为，你想想看哪，凡是这辈子没有患过的，都得到那一辈子去患。"

"天主耶稣！"巴奴日叫了起来，"幸亏我是过来人，因为我已经患过，而且一直患到直布罗陀海峡，沾满了海格立斯大柱，而且都是拣最熟的^③！"

"丹麦人奥吉埃^④在给人擦铠甲，

"蒂格拉奴斯国王^⑤在修盖房顶^⑥，

"复辟的加连^⑦在捉鼹鼠，

"爱蒙四子在做拔牙齿的，

"教皇卡里克斯图斯^⑧在给女人那道裂缝刮毛^⑨，

"教皇乌尔班^⑩是个吃白食的，

"美露西娜^⑪在做厨房的助手，

"玛塔布鲁娜^⑫是个洗衣服的，在煮内衣，

---

① 亚历山大六世，1492 至 1503 年教皇，善以毒药害人。
② 西克斯图斯，1471 至 1484 年之教皇。
③ 作者曾说花柳病是幸福之果，所以这里说拣最熟的。
④ "丹麦人奥吉埃"，12 世纪诗歌里的英雄人物，另一说系丹麦一位国王的太子。
⑤ 蒂格拉奴斯，公元前 1 世纪亚美尼亚国王，曾和罗马帝国作战。
⑥ 初版上此处是，"国王培班修盖房顶"。
⑦ "复辟的加连"，同名小说的主角，曾为恢复法国骑士爵位进行斗争。
⑧ 卡里克斯图斯三世，1455 至 1458 年教皇。
⑨ 女人阴处剃毛是当时的风尚。
⑩ 教皇乌尔班六世曾制造宗教分裂，用大赦骗人。
⑪ 美露西娜，半蛇半女的神仙。
⑫ 玛塔布鲁娜，民间小说里的女英雄。

"克立奥派特拉^①在卖葱^②，

"海伦^③在做女仆介绍人，

"赛米拉米斯^④在给人捉虱子，

"狄多在卖香菰，

"庞特西雷亚^⑤在卖芹菜，

"鲁克莱斯^⑥在做护士，

"奥尔汤西亚^⑦在纺线，

"利维雅^⑧在那里刮铜绿，

"就这样，凡是这个世界上的大人物，到了那边都得受罪。相反地，一些学者和这个世界上的穷人，到那里就都轮到做大人物了。

"我看见戴奥吉尼兹^⑨阔得不得了，穿着紫红色长袍，右手还拿着权杖，遇到亚历山大没有把他的裤子补好，拉起来就是几棍子，打得亚历山大大帝直想发疯。

"我还看见艾比克台图斯^⑩穿着漂亮的法国服装，在一个树枝搭的美丽的凉棚底下，和许多姑娘在一起游戏，饮酒，跳舞，大吃大喝，在他旁边还堆了很多'太阳金币'。凉棚上边，写着下面的诗句作为他的处世箴言：

---

① 克立奥派特拉，埃及皇后，历史上美人。
② "葱"（oignons）与"珍珠"（unions）同音，克立奥派特拉曾在醋内溶化珍珠，故作者叫她卖葱。
③ 海伦，希腊公主，因被劫而引起希腊与特洛亚之有名战争。
④ 赛米拉米斯，亚述及巴比伦皇后，"九大智勇夫人"之一，据说巴比伦花园就是为她修建的。
⑤ 庞特西雷亚，亚马孙人皇后，特洛亚战争中女英雄，因对希腊作战，被阿基勒斯杀死。
⑥ 鲁克莱斯，公元前罗马夫人，因被塔尔干之子侮辱，气愤自杀。
⑦ 奥尔汤西亚，罗马帝国雄辩家奥尔汤西乌斯之女，因演说反对女子纳税而出名。
⑧ 利维雅（前56—公元29），罗马皇帝奥古斯都斯之妻。
⑨ 戴奥吉尼兹（前413—前323），古希腊哲学家，一生反对富贵。
⑩ 艾比克台图斯，1世纪腓力基亚哲学家，主张禁欲坚忍。

婆娑盘旋舞兴浓，

畅饮琼浆乐融融，

长年日日无所事，

数数钱币乐生平。

"他一看见我，就客气地招呼我跟他一起喝两杯，我决没有拒绝的道理，于是我们二人大喝了一阵。但是西路斯忽然以迈尔古里的名义来向他讨一个铜子，说是买葱做碗汤喝。'没有，没有，'艾比克台图斯说，'我从来不给铜子，你拿去，坏蛋，给你一块"埃巨"，去做一个好人吧。'西路斯喜出望外，可是站在那里的一个个其他的穷国王，像亚历山大、达里乌斯等等当天夜里就把它偷走了。

"我还看见拉达曼图斯①的出纳官巴特兰②，他正在和卖点心的茹勒教皇还价，他问教皇：'多少钱一打？'教皇说：'三块银币。'巴特兰说：'还是三棍子来得爽快！把点心放下来，坏东西，再去拿别的！'可怜的教皇哭着走了。他走到做点心的老板那里，告诉他说有人把他的点心抢走了；做点心的老板拿起鳗鱼皮的鞭子来，恶狠狠地揍了他一顿，打得他的皮连做风笛的气袋都不够。

"我也看见了约翰·勒·迈尔大师③，他正在冒充教皇叫所有阳世三间的国王和教皇亲他的脚呢，他一边大模大样地为他们祝福，一边还说：'求赦免吧，坏蛋，求赦免吧；我这里的赦免卖得便宜。我宽赦你们吃面包喝汤④，并且饶恕你们那些一文不值的行径。'接着又把卡耶特和特里布莱⑤喊了来，对他们说：'红衣主教大人，执行你们的命令吧，

---

① 拉达曼图斯，地狱内三大审判官之一，朱庇特之子。

② 巴特兰，律师名，15世纪同名喜剧内主角。

③ 约翰·勒·迈尔，15世纪史学家及诗人，一生反对教皇，著有分裂宗教的作品。

④ "我宽赦你们吃面包喝汤"（Je vous absoulz de pain et de souppe）和经文中"我赦免你们的处罚与罪过"（Je vous absous de peine et de coulpe）音同。

⑤ 卡耶特和特里布莱，一个是路易十二的宫廷弄臣，一个是弗朗索瓦一世的宫廷弄臣。

每人腰上给他们一棍子。'说罢马上就执行了。

"我还看见弗朗索瓦·维庸大师①，他向克塞尔克塞斯问价钱：'芥末卖多少钱一罐？'克塞尔克塞斯说：'一个铜子儿。'维庸说：'混蛋，让你害四日两头疟疾！值一个小钱的东西，你想卖一块银币，你故意抬高价钱，是吧？'于是，他在克塞尔克塞斯的木桶里撒了泡尿，和巴黎卖芥末的一样。

"我还看见弓箭手贝纽莱②，他正在做异教徒的审判官。他看见穿林冲着画有圣安东尼神火的墙壁③小便。他宣判他是异端，若不是摩尔根特出面拿出proficiat④和其他零星开销，送了他九'木宜'啤酒的话，他定会叫人把穿林活活烧死。"

这时庞大固埃说道：

"这些有趣的故事留着下一次再说吧。现在，你先告诉我们那些放高利贷的人在那边怎么样。"

"我看见他们了，"爱比斯德蒙回答说，"他们在街上路沟里找生锈的针和破钉，好像在这个世界上常见的那些捡破烂的穷小子一样；不过，这种破铜烂铁，一公担也只不过能换到一块面包；而且破烂东西还不一定有；所以那些穷鬼常常弄得三个多星期连一点东西也吃不上，还得黑夜白日地干活儿，期待着下一次的集会；但是就这种穷苦的生活，他们并不在意，还是干得非常起劲，只要到了年头上，随便赚到几个破铜子就行。"

"好了，孩子们，"庞大固埃说，"现在咱们先来吃点东西喝点酒吧，不要客气；因为这个月里正是喝酒的好时候。"

于是他们取出大堆大堆的瓶酒，还有敌人营内贮藏的东西，一起拿

---

① 弗朗索瓦·维庸（1431—1489），法国诗人。
② 弓箭手贝纽莱死后赖医生开刀又活了很久，故事见本书第2部第7章注。维庸写过一个剧本叫《弓箭手贝纽莱》。
③ 花柳病医院的墙上都画着圣安东尼神火。
④ 拉丁文，"见面礼"，一般指送给新主教到任时的礼物，表示欢迎他。

出来开怀畅饮，只有那个倒霉的安那其国王提不起精神来。巴奴日说道：

"这位国王，我们给他个什么职业呢？一旦到了阴间，也得叫他会一点技术才行啊。"

"真是的，"庞大固埃说，"你想得不错。那么，随你去处理吧，我

把他送给你了。"

"多谢了，"巴奴日说，"钦赐敢不接受，我为了你的缘故，一定很重视他。"

第三十一章

庞大固埃怎样进亚马乌罗提城；巴奴日怎样
使安那其国王成亲；怎样叫他卖绿酱油 [①]

经过这次出奇的凯旋以后，庞大固埃命加巴林先回亚马乌罗提城，宣布怎样俘虏了安那其国王，又怎样打败了全部敌人。城里居民听到消息后，马上排起整齐的队伍，高奏凯歌，出城来迎接他，万民欢腾地把他接进城里，全城到处点起了篝火，大街小巷都摆满了圆桌，上面堆满了吃的东西。黄金时代又开始了，他们多么愉快地拿吃喝来庆祝啊。

可是庞大固埃召集了国会全体议员，对他们说道：

"诸位，常言道的好，打铁要趁热；这句话对我们来说也是如此，在我们还没有解散以前，我想一鼓作气把渴人国的全部土地都收复回来。因此，凡愿意跟我去的人，希望在吃完酒之后，准备好明天出发，因为我明天就开始行动。我并不是需要更多的人来帮助我攻占那个地区，因为我看它已经等于在我手里了；而是我看见此处城里的人口实在太多，多得在街上就无法转身；所以我要带他们到渴人国去，把那里的全部土地分给他们，那是一块美丽的土地，富裕、肥沃，比全世界任何地方都好，你们当中有些从前去过的人都很清楚。因此，凡是愿意去的人，都希望照我刚才说的准备起来。”

这次会议的情形和会上作的决议在城里公布了出来，到了第二天，皇宫前面的广场上，聚集的人数，除妇孺不算外，就有一百八十五万六千零十一名之多。于是大队人马笔直向渴人国出发，秩序井然，真像以色列的后代从埃及出来渡过红海②的时候一样。

但是，在继续述说此次出征之前，我打算说一说巴奴日怎样安排了他的俘虏安那其国王。他没有忘记爱比斯德蒙所说的今世的国王和富人死后将受到什么待遇，需要操什么微贱的职业才能勉强过活。

因此，有一天，他给那个国王穿上一件又破又烂的小布衫，有点像阿尔巴尼亚人上裹的布条子③，还有一条海军式的宽裤子，没有鞋，“因为，”他说道，“穿鞋会使他看不清自己④。”还有一顶小蓝帽，上面插着一根长鸡翎，——不对，我觉着好像是两根——还有一条蓝绿色的腰带，巴奴日说这个打扮对他正合适，因为正符合他为人的“心术不正”⑤。

巴奴日把他这样装扮起来以后，领他到庞大固埃面前，说道：

---

① 一种用姜汁和青萝卜压出来的酸汁做成的酱油，一般作鱼类的佐料。
② 以色列人出埃及的故事见《旧约·出埃及记》第12、13两章，但并未提及他们的秩序是否良好。
③ “阿尔巴尼亚人”指路易十二的轻骑军，他们大多是希腊人，服装像土耳其人，头上戴尖形圆帽，上面裹着国旗颜色的布条子。
④ 有鞋穿会使他忘掉自己是俘虏。
⑤ “心术不正”（pervers）与“蓝绿色”（pers et vert）音同。

"你认识这个家伙么？"

"一点也不认识，"庞大固埃说道。

"这是一位煮过三次的国王①；我要叫他做一个好人。这些鬼国王简直都是牛，他们除掉只会为自己不公正的和可恨的爱好去欺负可怜的老百姓、用战争去侵扰别人以外，什么也不懂，什么也不会。我打算给他一个职业，叫他吆喝着去卖绿酱油。来，吆喝吆喝："谁要绿酱油？'"

那个倒霉的国王吆喝了一声。

"喊得太低，"巴奴日说；他拉住安那其国王的耳朵，说道："高一点，用G调，唆、列、多，唱。对，鬼家伙！你的嗓子还真不错；你看，不做国王比什么都快活。"

庞大固埃对什么事都感觉兴趣，我敢说，在这一手杖距离之内，

---

① 糖在锅里煮的次数越多，质量越高，这里是说他是最上等的。

他真称得起是最可人意的小好人。从那时起，安那其就卖起绿酱油来。

又过了两天，巴奴日给他配了一个老娼婆，并且亲自为他们办理婚事，准备了好吃的羊头、芥末烤猪肉、大蒜香肠——还给庞大固埃同样送去了五驮子，他觉着非常好吃，把这些东西全都吃光了——还有大量的梨酒和果汁酒；还有跳舞的音乐，他雇了一个瞎子来给他们弹琴。

酒席吃好之后，巴奴日把他们领进宫里去见庞大固埃，指着新妇对庞大固埃说道：

"不用担心她会放屁。"

"为什么？"庞大固埃问道。

"因为她已经破得一塌糊涂了，"巴奴日说。

"什么缘故呢？"庞大固埃问道。

"你没有看见么，"巴奴日说，"在火里烧栗子的时候，如果囫囵放下去，它一定劈里啪啦像发疯似的放屁，要是不叫它响，就得用刀子先划破。这位新娘子下边老早就破了，所以她决不会放屁。"

庞大固埃把下街附近一座小房子送给他们作住处，还给了他们舂酱油用的一个大石碓。他们就在那里把小家庭安置下来，成了乌托邦有史以来从未见过的最可人意的卖绿酱油的了。但是后来有人告诉我说，他女人打起他来跟捶石灰一样，那个倒霉的笨家伙连招架也不敢，真是笨透了。

第三十二章

庞大固埃怎样用舌头遮蔽整队人马；
作者在庞大固埃嘴里看见什么

庞大固埃带领全部人马，开进渴人国地界，那里的人民鼓舞欢腾，立刻向他投降，并自愿地把所有他去的城市的钥匙一齐交出来，只有咸人坚持要进行抵抗，并且通知庞大固埃的将领说他们只在优越的条件下才肯降顺。

"什么！"庞大固埃说道，"放着现成的肉不吃，现成的酒不喝，还妄想更好的东西么？走，把他们都给我捉起来。"

于是大队人马，排好队伍，准备去冲锋了。

但是路上经过一大片平原地带，突然遇到倾盆大雨，淋得他们浑身颤抖，你挤我、我挤你地拥在一起。庞大固埃见此光景，关照将官传达给兵士们说，他从云彩上面已经看到只是一阵薄薄的露水，算不了什么，但是为慎重起见，他叫他们排好队伍，他要把他们遮蔽起来。于是他们把队伍排齐，一个个都靠紧，庞大固埃只把舌头伸出来一半，就像一只母鸡卫护小鸡那样，把他们全都盖住了。

我呢，现在给你们述说这些真实的故事，我那时候正躲在一棵牛蒡子草的一片叶子底下，那片叶子比起蒙特里布勒桥①的桥孔来，也小不了多少；不过，当我看见庞大固埃的人马一点也淋不着雨的时候，我也凑到他们那边去，打算和他们躲在一起，但是我挤不进去，他们的人太多了。常言道的好："边上盖不住，"我没有更好的办法，只好爬到他的舌头上去，在上面足足走了两法里多路，最后才算走到他的嘴里。

噢，我的老天爷，老天奶奶，你们猜我看见了什么？要是我说一句瞎话，叫朱庇特用他的三道霹雳把我击死。我仿佛在君士坦丁堡的梭菲寺②里似的往前走，我看见有如丹麦的高山（我想一定是他的牙齿）、很多的大岩石，还有辽阔的草原，广大的森林，高大坚固的城市，这些城市比起里昂和普瓦蒂埃来，决不比它们小。

我遇见的头一个人，是一个种白菜的。我奇怪得不得了，便问他道："朋友，你在这里做什么？"

"我在种白菜，"他回答我说。

"种白菜干什么？怎么种呢？"我又问他。

"啊，先生，"他说道，"人生下来，睾丸都不是一样大的，所以我们也不能全都同样富贵。我呢，我就靠种白菜过日子，担到这后边城里的市场上去卖。"

"我的耶稣！"我叫了起来，"这里还有一个新的世界呀？"

"当然，"他说道，"但这里还不算新，人家说这外边确是有一个新

---

① 蒙特里布勒桥曾出现在《菲埃拉勃拉斯》小说里。
② 即圣梭菲教堂，1453年改为土耳其的清真寺，建筑宏伟，为16世纪时游览胜地。

天地，那里有太阳，有月亮，还有很多很多的新鲜玩意儿；不过我们这个世界更古老罢了。"

"真的么？"我说道，"你去卖白菜的那座城叫什么名字？"

"它叫，阿斯法拉日①城，"他说道，"那里的人都是教徒，安分守己，对你一定欢迎。"

我马上决定非去不可。

路上，我遇见一个人正在布置捉鸽子的网，我问他道：

"朋友，这里的鸽子是从哪儿来的呀？"

"老爷，"他说道，"它们是从另外一个世界来的。"

这时候我才想起来，怪不得庞大固埃打呵欠的时候，就有成群的鸽子飞进他嘴里去，原来它们拿他的嘴当做鸽子窝了。

接着，我走进城去，我觉得这座城样子不错，造得也很坚固，外表也很雄伟；只是进城的时候，守城门的人向我索阅证件，我觉得很奇怪，问他们说：

"先生们，这里在闹瘟疫么？"

"王爷呀，"他们说道，"死的人可多啦，我们的收尸车只好不停地满街跑。"

"我的天！"我说道，"在哪儿呢？"

他们回答我说是在喉头城和咽喉城，这是两座大城市，足有卢昂和南特那样大，地方富饶，商业发达，闹瘟疫的缘故是因为新近从深渊里冒出一股污浊的臭气，八天之内就死了二百二十六万零十六个人。我回想了一下，算了一算，算出来正是庞大固埃吃了我们前面说的那么多大蒜做的菜以后，从胃里发出一股臭气的缘故。

我从那里动身，穿过高山岩石，也就是他的牙齿，我爬到一块岩石上，看见了世界上最美丽的景致，有宽敞的球场、华丽的回廊、可爱的草地、广大的葡萄园，在一片青葱碧绿的田野里，还有一望无际

---

① 阿斯法拉日，照希腊文的意思是，"食道"。

的意大利式的小别墅，我在那里足足住了四个月，我再也没有比在那里吃得更舒服的了。

后来，我从后面的牙齿上走下来，想走到嘴唇那边去，可是在经过耳朵附近一座大森林的时候，有一伙强盗把我掏光了。

后来，在斜坡上，我走进一个小村镇里（它的名字我已经忘记了），在那里我过得更舒服了，并且还挣了一点钱可以生活。你们知道是怎样挣的么？睡觉挣的：因为那里的人论天雇人睡觉，睡一天可以挣五六个铜子儿；打鼾打得最响的，可以挣到七个半。

我把我怎样在山谷里被抢的经过告诉了那里的议员们，他们对我说，那地方的人，老实说，都是坏人，而且生来就是贼。听了以后，我方才明白这种情形就和我们山这边和山那边的地方一样，在他们那里，就是牙这边和牙那边；不过，这边比那边好，空气也新鲜。

这时，我想起来人们说的实在有道理，就是世界上一半的人并不知道另一半是怎样过活的，因为还没有人写过一本书来描绘那个地方，

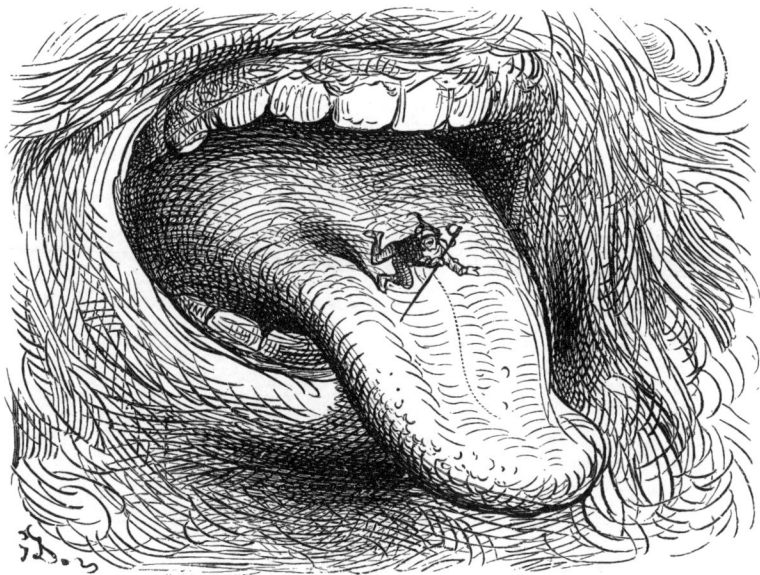

那里除掉旷野和一片大海之外，有二十五个以上的国家有人居住。我写过一本很大的书，书名是：《咽喉国人史》，我这样称呼他们，是因为他们住的地方就是我主人庞大固埃的咽喉。

最后我要回家了，我穿过他的胡须，跳在他的肩膀上，从肩膀上再下到地上，落在他跟前。

他看见了我，问我道：

"阿尔高弗里巴斯，你从哪儿来呀？"

我回答他说：

"先生，我从你咽喉里来。"

"你什么时候去的呀？"他又问我说。

"从你去征服咸人的时候，"我说道。

"那么，有六个多月了，"他说道。"你是怎样生活的呀？你在那里喝什么呀？"

我回答说：

"王爷，我和你吃喝的一样，而且是挑选在你咽喉里经过的最好吃的东西，我在那里等于把关收税。"

"真的么？"他又说，"那么，你大便在哪里呢？"

"当然也在你咽喉里了，先生，"我说道。

"哈，哈，你办得真漂亮！"他说道。"我们依靠上天的保佑，把渴人国的全部土地都收复过来了；我把萨尔米贡丹①的封地赠给你。"

"多谢你了，先生，"我说道。"你给我的好处真是比我对你的效劳多得多了。"

---

① 萨尔米贡丹，意思是"肉食"。在第3部里，庞大固埃把萨尔米贡丹赠给了巴奴日。

第三十三章

庞大固埃怎样得病又怎样痊愈

不久以后，善良的庞大固埃病倒了，胃疼得厉害，饮食不进，又因为祸不单行，他又得上了淋病，你们想象不到这个病使他多么痛苦；可是他的医生用大量安神利尿的药剂，终于把他治好了，完全治好了，使病从他小便里排泄出来。

他小便出来的尿很烫，从那时起到现在还没有凉，在法国就有好几处是他的尿流过的地方，一般人都称作温泉，比方在高特莱①、在利蒙②、在达斯特③、在巴勒露克④、在内利克⑤、在波滂南西⑥以及其他的地方。在意大利的有格劳特山⑦、阿波奈⑧、帕杜亚的圣伯多禄⑨、圣海伦⑩、卡萨·诺瓦⑪、圣巴尔脱罗美奥⑫。在布伦尼的有包莱塔⑬，还有无数别的地方。

我真奇怪会有那么多疯狂的道学家和医生，把工夫都浪费在争论这些地方泉水的热量是从哪里来的，是不是因为水里有硼砂，或是硫磺，或是明矾，或是砂里有硝石的缘故；这些人都只会胡思乱想，其实用蓟草去擦屁股也比浪费时间去争论他们根本不知道来源的事情好；

因为弄明白这个问题并不难，用不着多调查，这些泉水是热的，那是因为它们是从善良的庞大固埃滚热的小便来的。

现在，要告诉你们庞大固埃怎样治好了他这个严重的疾病，我可以在这里说出来他怎样一服泻药就吃了四公担克洛丰⑭的斯甘摩尼草⑮、

---

① 高特莱，地名，在法国上比利牛斯省。
② 利蒙，可能是里木（奥德省）附近之温泉。
③ 达斯特，即朗德省之达克斯，以温泉出名。
④ 巴勒露克，蒙帕利埃附近之温泉，温度达47度5。
⑤ 内利克，即阿利埃省之内利斯温泉，温度达46至52度。
⑥ 波滂南西，即索恩-罗亚尔省之波滂-朗西，该处温泉含氦颇富，亨利三世曾来此沐浴。
⑦ 格劳特山，在意大利阿巴诺附近，该处温泉温度达57度。
⑧ 阿波奈，即帕杜亚西南9公里处之阿巴诺，这名字是从拉丁文 Aquae Aponenses 来的，意思是，"温泉"。
⑨ 帕杜亚的圣伯多禄，即离阿巴诺4公里远之圣伯多禄山。
⑩ 圣海伦，即离格劳特山4公里、离帕杜亚10公里远之圣爱伦娜·巴塔利亚。
⑪ 卡萨·诺瓦，在阿巴诺附近。
⑫ 圣巴尔脱罗美奥，离帕杜亚12英里远。
⑬ 包莱塔，意大利布伦尼省地名，海拔370米，有温泉颇有名。
⑭ 克洛丰，小亚细亚古地名，在厄斐索斯附近。
⑮ 斯甘摩尼草，一种制造泻药的烈性草药。

一百三十八车肉桂、一万一千九百斤大黄，别的药还没有算。

你们要知道，依照医生的指示，须要先止住他的胃疼。为了做到这一步，他们铸造了十七个大铜球，比罗马维吉尔钟楼顶上的球还要大，球的当中有一道门，可以用弹簧关闭起来。叫庞大固埃一个随从带着灯笼火把待在一只球里面，然后叫庞大固埃像吞服药丸似的把它吞下去。在另外五个球里，装进去三个农民①，每人脖子上拴着一把铁铲。还有七个球里装进去七个扛筐子的人，每人脖子上挂着一个大篓子②，叫庞大固埃都像吃药丸似的吞了下去。

他们到了胃里以后，各人打开弹簧，从自己小屋里走出来，领头的是那个打灯笼的，他们在一个吓人的深谷里走了半法里多远，又脏又臭，比美菲提斯③、比卡玛里纳的池沼④、比斯特拉包述说的索尔蓬的臭池塘⑤还要臭，假使他们没有把心、胃、酒罐子（就是人们称为脑袋的那个东西）都预先好好地做好防毒准备，他们一定会被那股臭气窒闷而死的。啊，拿这个去熏年轻美人儿的脸罩，是多么好的香料，多么好的香气啊！

后来他们一面用鼻子闻，一面摸索，走近了粪便和要排泄的物体，最后终于看见一座粪山。于是扛锹的动起手来，把粪敲成碎块，扛铲子的把筐子一筐一筐地装满；等到一切都打扫干净之后，各人才回到

---

① 三个农民装进五个球里，势必有两个是空的，不太合情理。初版上此处是："在另外五个球里，装了身强力壮的仆从，每人脖子上拴着一把铁铲。还有三个球，装了三个农民……"

② 这里好像不符合十七个球的数目：一共只有十三个球和十一个人。依照初版上的数目是十六个，另外有的版本上说：拿火把灯笼的是五个，扛铁铲的是五个，扛筐子的是七个，共十七个。另有版本是：拿火把灯笼的是一个，扛铁铲的是七个，扛筐子的是九个，也是十七个。

③ 美菲提斯，罗马神话中女神，形象是从地下出来的硫磺雾气，见维吉尔《伊尼特》第7卷第83、84行。

④ 卡玛里纳的池沼，在西西里岛上，见《伊尼特》第3卷。

⑤ 斯特拉包述说的池塘本来叫塞尔蓬尼斯，因为巴黎人常把索尔蓬叫作塞尔蓬，故作者有意在此混用，把索尔蓬的神学大师说成是臭池塘里的人物。

自己的球里。这时，庞大固埃咳嗽了两声，把他们毫不费力地都呕吐出来，他们在他喉咙里就像一个屁放在你们喉咙里一样，真是不算一回事。只见他们一个个欢天喜地地从自己球里跑出来——这使我想起了希腊人在特洛亚战争中从木马身子里跑出来的情形——这样，庞大固埃的病就被治好了，进入了初愈状态。

这些铜球，现在奥尔良圣十字教堂的钟楼上还有一个呢①。

① 奥尔良圣十字教堂钟楼上有一个镀金的铜球，周长10米，1568年被新教派打毁，新堂系1601年重建。

第三十四章

本书尾声和作者歉意

诸位，你们已经听到我的主人庞大固埃老爷惊人历史的开端了。这里，我暂且把第一卷作一个结束[①]；我的头有点疼；我觉着我脑筋里的记录被这九月的新酒[②]搅得有点模糊。

本书的续篇，不久在法兰克福的集会上[③]就可以见到，那时候你们将会看到巴奴日怎样结婚，怎样在婚后第一个月便做了乌龟；庞大固埃怎样找到点金石，怎样找到的，以及怎样个用法；他怎样穿过卡斯比山[④]；怎样乘船横渡大西洋，战败卡尼巴勒人，攻克帕尔拉斯群岛；怎样娶印度国王普莱斯棠[⑤]的女儿为妻；怎样和鬼作战，烧毁地狱里的五殿，围困黑色大厅，把普罗赛比娜扔在火里，拔掉路西菲尔四只牙齿和他屁股上的一个犄角；怎样观察月亮的各个部分，证实月亮是不是圆满无缺，是不是女人把月亮的四分之三都装进自己脑袋里[⑥]；还有许许多多的真实而有趣的小故事。称得起是绝妙的文字[⑦]。

先生们，祝你们晚安。Pardonnante my[⑧]，请别光想我的过错，以至于连你们自己的也不想了[⑨]。

如果你们跟我说："师傅，你给我们写这些无聊的东西，可笑的诙谐，好像你这个人不大正经。"我将要回答你们说，只要你们看它，你们也正经不了多少。

不过，假使为了消遣，你们看看它，就好像我为了消遣写它一样，那么，你们和我，比那些成堆的不守清规的僧侣、虚伪的教徒、蜗牛似的假善人、伪君子、满口仁义道德、一肚子男盗女娼、穿着靴子趾高气扬的人⑩，还有其他戴着假面具把自己伪装起来欺骗社会的人来，更值得原谅了。

因为这些人，他们让别人以为他们只是在默想和修行，用守斋和刻苦来节制自己的情欲，吃一点菲薄的东西仅仅是为了维持活命，而实际上，却在大吃大喝，天才知道他们是如何地享受。

Et Curios simulant, sed bacchanalia vivunt⑪.

你们可以在他们那副红红的嘴脸上，在他们又长又大的肚子上，像看大写字母似的看得清清楚楚，除非他们用硫磺把自己遮盖起来⑫。

至于说他们研究什么，他们的全部时间都在念庞大固埃式的书籍，

---

① 本书系《庞大固埃》第1卷，《巨人传》的第3、4、5部系《庞大固埃》的第2、3、4卷。1532年初版时，本书系第1部，1542年再版时，始改为《巨人传》全集之第2部。

② 9月的新酒还混浊不清，本书初版时是1532年9月，正是造酒的季节。

③ 法兰克福每年春秋有两次集会，会上有许多卖书的摊贩。

④ 卡斯比山，在亚洲亚尔美尼亚与美底亚之间。

⑤ 普莱斯棠（Presthan）可能是"约翰教士"（Prestre Jean, Prest Jan, Prestan 或者 Prestegean）的转音，爱西屋比亚、印度、努比亚等地的国王。

⑥ "月亮的四分之三在女人脑袋里"是当时一句歌谣，指女人的头脑善变有如月亮时缺时圆。

⑦ 初版上这里是，"真是用法国文字写的好福音书"。

⑧ 错误的意大利文，"请原谅我"。初版上这里是：Pardonnate my。

⑨ 本书的第一版即到此处为止。

⑩ 当时教士可以穿靴子，这里是指他们傲慢的态度。

⑪ 拉丁文，"外表像古里奥斯，生活却放荡非为"。古里奥斯，指古里奥斯·当塔图斯，公元3世纪一个生活严肃的罗马人。引文见茹维那尔《讽刺诗》第2卷第3章。

⑫ 硫磺的火焰能把一个人的脸照成绿的颜色，这里是说假冒为善的教士们，像魔鬼那样散布硫磺的鬼火。

不过并不是想欢欢喜喜地来消磨时光，而是包藏祸心想危害别人[1]，他们仔细地推敲，一个字一个字地推敲，歪着脖子推敲，翻过来推敲，倒过去推敲，说着鬼话推敲，总而言之，千方百计来污蔑诽谤。他们这样做，就像在樱桃成熟的季节，村里那些专门拾、专门捡小孩子粪便的坏蛋一样，他们想在粪里找出樱桃核来，卖给药房里去做"玛格莱油"[2]。

你们要和我一样躲着他们，讨厌他们，嫌恶他们；我老实告诉你们，这样做，对于你们只会有好处，如果你们打算做地地道道的庞大固埃派（换言之，就是在和平、愉快、健康中生活，而且丰衣足食），你们千万可不要相信那些从窟窿眼里偷看人的人[3]。

---

① 这里的"别人"，作者有意指自己，因为本书出版时，作者正遭受着神学家的迫害。
② "玛格莱油"（l'huille ed Maguelet），用果核制造的一种油；法国朗格多克土语叫"玛拉该"（malaguet）、西班牙文叫作"玛格拉斯"（majuelas）的，可能都是指这类果核的油脂；阿拉伯有一种叫"玛哈莱勃"（mahaleb）的果实，是指圣路西亚岛上的一种李子，据说它的核可以造油和香精。
③ 指传教士所戴的风帽式的大帽子，帽子上有洞，他们可以戴着帽子偷听别人，偷看别人。

渴人国国王庞大固埃传记终，
还其本来面目并附惊人
的英勇事迹，已故
阿尔高弗里巴斯，
精华的发掘者
编著

François Rabelais

巨人传
Gargantua et Pantagruel

〔法〕拉伯雷 著　成钰亭 译

下

上海译文出版社

第三部

善良的庞大固埃英勇言行录

医学博士
弗朗索瓦·拉伯雷大师著

遵照原本重新校订
作者请宽大的读者读到
第七十八部再笑

弗朗索瓦·拉伯雷 [①] 向那伐尔王后 [②] 献词

深奥、崇高、入迷的心灵，
只知望着你的来处、天庭，
撇开尘世的身躯，
你那和谐的外形，
生活神秘，专事修行，
弃绝情感，一切无动于衷，
难道你就不愿意走出
你那神圣的、永远不离开的城堡，
下来看一看善良的庞大固埃
有趣的言行录的第三部?

① 这是作者的真名姓第一次出现在作品里，初版上在医学博士的头衔下尚注有"伊埃尔群岛主持教士"字样，按伊埃尔群岛当时为隐藏绿林好汉反对封建王朝的地方（见 H·布士：《普罗温斯史》第2卷第604至605页），作者有意把自己封为反抗旧势力的首领。法国诗人约翰·德·诺斯特拉达姆斯后来也跟拉伯雷一样自称"伊埃尔群岛教士"。

② 那伐尔王后，即弗朗索瓦一世之妹玛格丽特·德·瓦洛亚，本书第3部1546年出版时，那伐尔王后正在整天修行、日趋神秘，故作者请她暂离天庭，欣赏一下他新写的作品。

国王御诏

　　承天护佑、法兰西国王亨利晓谕巴黎总督、卢昂大法官、里昂、图卢兹、波尔多、多菲内、波亚都等地法官，以及全国司法官吏、文武官员以及各有关人等，兹据我们亲爱的医学博士弗朗索瓦·拉伯雷大师的陈述及申请，其过去以希腊、拉丁、法兰西及多士干等文字印行的有关庞大固埃英勇言行若干作品，既有教益，又饶兴趣，惜印刷人在书中数处进行歪曲、窜改和破坏，并窃用申请人姓名，滥印若干坏书，严重损害作者声誉，危害作者权益。此种冒名撞骗之书籍，申请人一概予以否认，并请求国王恩准同意予以取缔。作者过去承认之作品，因有被人窜改及侮辱情事，亦全部予以修订改正，重新再版，庞大固埃英勇言行等书亦同样办理。申请人据此恳请颁发证书，因系需要，合应照办。根据上述情由，并经过考虑，对弗朗索瓦·拉伯雷大师之陈述及请求，决予恩赐同意，允其所请，并以国王的圣明、全权以及皇家职能颁赐同意、允许并承认。本御诏将同意、允许并承认申请人有权随意委托任何印刷人进行印制并发行售卖上述书籍之一部或全部，作者今后继续写作之《庞大固埃》续编等作品，包括以前印行者，今后重新修订以及继续编写者，全部有效。冒名顶替之伪造书籍，一律取缔。为保证作者印书时有能力负担各项费用，特再明文规定，严厉禁止全国（包括封地采邑）所有书局及印刷商人，凡未得申请人同意及应允者，对上述书籍，不管新旧，一律不得印刷、制造、发售，自书籍付印之日起为期十年。如有违反本御诏私自印制者，除全部没收其书籍外，并严予处分。

　　为此特令尔等，以及各有关地区，对颁发之凭证、特权、执照、禁令，须一律严加遵守，不得违误。倘有私自违反，或放任违反禁令者，亦照上述条款办理，并另加处分。御诏到后，希予申请人各项便利，使其能在上述期限内，安享应得权利。一切违反禁令情事一律取缔，此乃朕意。以前与此相反之一切敕令、规定、通告、禁令，一概作废。再本诏书可能在不同地区同时颁布，特加盖皇家印玺，以昭郑重，并示无误。

恩佑一千五百五十年（本王朝第四年）八月六日颁于圣日耳曼·昂·赖。

卡斯提翁红衣主教旁侍代笔

签署：杜·蒂埃尔。

作者前言

(善良的庞大固埃英勇言行录，第三部，
弗朗索瓦·拉伯雷大师编著)

善良的人，著名的酒友，还有你们，患风湿痛的宝贝们，你们看见过昔尼克派哲学家①戴奥吉尼兹么？假使你们见过他，一定会不住眼地盯住他，否则就是我糊涂，缺乏逻辑思维。能看见太阳（金币和酒）的光亮，是件美好的事情。我想起《圣经》上那个尽人皆知、生来瞎眼的人②，他得到全能者的同意，可以请求得到他想要的任何东西，全能者只用说一句话，马上就可以成为事实，可是那个瞎子什么也不要，他只要求看见。

你们也是如此，年纪不小了，可以"在酒上"（不是"毫无收获地"③）形而上学地谈论一通，可以加入歌颂巴古斯的诗社，喝酒时可以阐发一下琼浆佳酿的本质、颜色、气味、醇厚、浓郁、特质、性能、优点、实力和价值。

假使你们没有见过他（这我也容易相信），至少也应该听说过他。因为到处都传颂着他的大名，但不是到现在才出名，才有人知道他的。何况你们都是腓力基亚的血统（如果我没有说错）④，假使比不上米达斯⑤那样豪富，至少也会有他身上我叫不出名字的东西⑥，那就是从前波斯人称赞他们密探的⑦、安多尼皇帝⑧所希望的、后来罗汗⑨的仆从被称作"顺风耳"的东西。

假使你们连听也没有听说过，那我现在就给你们说一则他的故事，既能帮助下酒（你们请），也可以使你们多明白一些事（请你们听好）。告诉你们（别像那些容易受骗的糊涂虫），他是当时一位少有的哲学家、千里挑一的达观者。如果说他有一些缺点，那你们也有，我们也有。除开天主，谁也不是完善的。就拿亚历山大大帝来说，尽管他有亚里士多德勒斯做他的导师和臣仆，他依然非常尊重戴奥吉尼兹，他说如果他不是亚历山大的话，他就希望能做西诺佩⑩人戴奥吉尼兹。

① 昔尼克派哲学，即犬儒派哲学，古希腊小苏格拉底派之一，公元前4世纪由安提西尼创立于雅典，主张不以外界生活条件为转移，轻视名利和虚荣，克制欲望，主张独善其身，而无所求。
② 故事见《新约·马太福音》第20章第30节，《新约·马可福音》第10章第51节，《新约·路加福音》第18章第35节，《新约·约翰福音》第9章全章。
③ "在酒上"（en vin）与"毫无收获地"（en vain）同音。
④ 作者指摘有人相信佛兰克人系腓力基亚人或特洛亚王爱克多尔的儿子佛兰克斯的后裔。
⑤ 米达斯，腓力基亚国王。
⑥ 指米达斯的长耳朵（利用间谍探听消息），见奥维德《变形记》第11章第85至193行。
⑦ 普鲁塔克叙述波斯国王达里乌斯是第一个使用间谍密探的人。
⑧ 一个使用间谍的皇帝，他希望能长一对长耳朵，好听见别人说他的坏话。
⑨ 布列塔尼一个贵族姓氏。
⑩ 西诺佩，小亚细亚古地名，近黑海，戴奥吉尼兹的故乡。

当马其顿王菲力普攻打和剿灭哥林多的时候，哥林多人早从他们的探子那儿得知有一股大军浩浩荡荡向他们开来。他们很紧张，但并不惊慌失措。他们稳稳当当地把每一个人都布置到适当的岗位上，准备敌人来到时进行迎击，保卫城池。

有的从郊区把能带走的东西、牲口、粮食、酒、水果、食物和其他必需品都运到城寨里。

有的修筑城墙，砌造寨垛，建立外堡，挖掘壕沟，清查隧道，堆立障碍，布置炮台，开挖坑道，掩护通廊，巩固炮位，修补寨基、墙面加泥，布置哨位，竖立短墙，加固雉堞，洞空镶铁，增设门槛门闩，安置岗哨，组织巡逻。

人人警惕瞭望，个个搬筐挑担。有的擦铠磨甲，洗刷马披、马盔、马铠、护胸、头盔、铁面、首铠、手钩、战胄、缨冠、软甲、箭衣、臂铠、围腰、腋片、护颈、套裤、护心、胸衣、上身、盾、藤牌、战靴、护膝、护足、肩靠。

有的准备弓箭、弹弓、强弩、铅弹、弩牙、火箭、榴弹、火炮、起花、火弹、弩炮、石炮和其他作战对敌以及破坏攻城战车之武器。

有的磨快长枪、钺、镰、戈、钩、刀、矛、锛、叉、锐、锤、斧、铤、镰、镖枪、锬矛。有的磨快铍刀、大钺、钹刀、锥刺、宝剑、短铗、利铼、铧刀、攘子、短剑、剁刀、匕首、砍刀、利刃、锐箭。

个个练刀，人人磨剑。女的，不管老少，没有人不准备马具，你们知道，古时哥林多妇女个个都是能征惯战的。

戴奥吉尼兹看见他们忙得不可开交，自己又没有派到做任何事情，只好一连好几天看着他们忙碌，自己一句话也不说。忽然，他好像受到战斗的气氛感染了似的，把外套斜披起来，袖子卷到胳膊肘上面，收拾得像一个摘苹果的人，把褡裢、书籍、笺简，一起赠给了一位老朋友，然后滚着他那个既当作房屋又防御天灾的土瓮，出城向着格拉尼亚（哥林多城近郊一座小山）一块高爽的地方走去。到了那里，他恶狠狠地伸出两条胳膊，把那个大瓮滚滚，转转，又是拍，又是敲，又是打，歪过来，翻过去，摸一阵，抓一阵，拂一阵，晃一阵，敲打一阵，拎起来又放下，又是撞，又是掼，叫它翻跟斗，叫它摇摇摆摆，放倒，拍打，敲，撞，按下去，提起来，拂拭一阵，摇晃一番，推推，搡搡，拳打，脚踢，挖进去，掏出来，横过去，倒过来，拦阻，推动，拉回，倒转，往前摆，往后摆，用绳捆，用钉敲，用东西垫，用油涂，折折腾腾，摸摸弄弄，抖动，扭拗，拖拉，揪扯，推抛，摇摆，弹，挞，搋，捶，掀扣，抓抄，从上往下把它从格拉尼亚山上推下去，然后再从下往上像席西弗斯滚石头似的把它滚上来，上上下下，差点儿把瓮打破。

有个认识他的人看见他，问他是什么事情激动了他的身心，这样来滚动那个大瓮。哲学家回答说他对共和国无事可做，于是就只好来折腾他的大瓮，为的在这个热情奔放的民族里面不至于让人看见他一个人闲着无所事事。

我也是如此，虽然远离纷争[①]，但被人看作是个不配工作的人，心里也不能无动于衷。再看到我们最尊严的国家里，大山南北，人人勤奋地锻炼，个个准备出力防御和保卫国家，抵抗和反击敌人，一切都进行得有条不紊、秩序井然，我们的将来一定只会成功（今后法兰西疆土定能固若金汤，法兰西人民定可安居乐业），我几乎同意贤哲赫拉克利特的意见，他曾说战争是一切好事的根源。我也相信拉丁文把战争叫做"美事"[②]，并不是像若干陈旧腐朽的道学家所主张的那样，是一个反用词，他们认为在战争中，看不见任何美好的东西，其实很简单，绝对地可以说，正是由于战争，才会出现美好的东西，并暴露出一切罪恶和丑陋。明哲善良的所罗门王把神圣智慧的莫可名状的完好比作展开旌旗的军队[③]，说得再好也没有了，正是如此。

---

① 指1542年弗朗索瓦一世和查理五世之战。
② 拉丁文 bellum 是"战争"，bellus 是"美好"。
③ 见《旧约·雅歌》第6章第4节。

现在，一方面我被认为体质太弱、不能作战，没有被列入我们出征的队伍，另一方面，我在防御部队里也找不到任何工作干，哪怕是扛扛筐子，抬抬土，砍砍柴，砸砸石头，或者其他什么的。这些勇武、能干、英雄的人物在全欧洲的注视下正在完成杰出的事迹、演出悲壮的戏剧，而我却仅仅是个无事可做的旁观者，甚至一点也不努力，连一点微小的力量——虽然我只有这一点力量——也不贡献出来，我感到这是莫大的耻辱。因为我认为只动眼睛而不肯使用气力的人，不应该得到光荣，他们锁起了金币，藏起了银钱，一味地像闲得发慌的游手好闲的人那样用手指头搔头，像一头笨牛似的对着苍蝇打呵欠，像阿尔卡地亚①的驴听见音乐家唱歌一样竖起了耳朵，他们一声不响，表示只愿意看别人动，自己不动。

　　我想过，并且也决定这样做，我以为活动一下我这个戴奥吉尼兹式的酒瓮不是没有用处和多余的，这个瓮是过去在遇祸灯塔②那里乘船失事后唯一留下的东西。依你的看法，把它活动一下，能起什么作用呢？冲着光胳膊的处女说话③，我自己也不知道。等我先就着这个酒瓶喝他一气再说；这是我真正的唯一的赫里空④，我的马蹄仙泉⑤，我唯一爱好的东西。对着口一喝，我就有了思想，便可以发挥、论述和总结了。想好总结，我就可以笑了，写、编、喝酒，接着都来了。埃尼乌斯⑥从前就是一边喝酒一边写作，一边写作一边喝酒⑦。还有埃斯库罗

---

① 阿尔卡地亚，古希腊地名，阿尔卡地亚的驴听音乐的比喻见埃拉斯姆斯《箴言集》第1卷第1章第35篇。
② 指意大利与西西里之间的美西那海峡。
③ 可能指罗莱多的圣母，当地人称"光臂圣母"，她从袖子里露出胳膊，接受朝拜者的贡献。另一解释是"撩裙子的处女"，指有的图画上，画着圣母过河无钱，愿与舟子同眠。
④ 赫里空，神话里缪斯居住的山。
⑤ 赫里空山上飞马贝卡索斯用蹄子刨出来的泉水。
⑥ 埃尼乌斯（前240—前169），古罗马诗人，生于希腊。
⑦ 见贺拉斯《书简》第1卷第19篇第7、8行。

斯①（如果相信普鲁塔克在《宴会》里所说的话②）也是一边写作一边喝酒，一边喝酒一边写作。荷马从来不空着肚子写文章。迦多不喝酒就写不出东西来③。我所以举这些例子，是叫你们不能说我没有拿受人称赞和敬仰的人做榜样。酒正好，正新鲜，正好是你们说的第二级④。愿天主，愿善良的萨巴奥天主⑤（主保军队的天主）永远受到赞美。如果你们偷偷地喝上一大口或者两小口，我觉得这也没有什么不好，只要谢谢天主就是了。

　　既然命中注定如此（因为任何人也不许进入并住在哥林多⑥），我的意见是大家彼此协助，这样我就不至于无事可干、毫无用处了。对于工兵、修堤的、筑城的，我可以做拉俄墨冬⑦王朝尼普顿和阿波罗在特洛亚所做的事情⑧，或者雷诺·德·蒙脱邦⑨老年时所做的事情；我可以当小工，可以替泥水匠烧饭，饭吃好之后，还可以吹奏风笛，有节拍地伴奏他们的游戏。名城底比斯高大的城墙就是在安菲翁⑩的竖琴声中修建起来的⑪。为了战士，我将再一次凿开我的酒瓮，我喝了瓮里的东西曾写过两本书（但愿印刷所没有用欺骗的手段把它们改坏、改乱），你们一定看到过，我将再利用饭后饮酒的时间为他们写出英勇故

---

① 埃斯库罗斯（前525—前456），古希腊三大悲剧作家之一。
② 见《宴会》第7章，另见埃拉斯姆斯《箴言集》第4卷第3章第58篇。
③ 见贺拉斯《颂诗》第3卷第21首第2行。
④ 古时医学把物体的温度分为等级，八级即可燃烧，这里是说温度正好的意思。
⑤ 萨巴奥，即希伯来文军队的耶和华。
⑥ 一句谚语，见贺拉斯《书简》第1卷第18篇第36行。
⑦ 拉俄墨冬，特洛亚国王，普里亚摩斯之父。
⑧ 尼普顿和阿波罗二神，受宙斯之命，为拉俄墨冬建筑特洛亚城墙。作者回忆《伊利亚特》第21卷第442至457行。
⑨ 雷诺·德·蒙脱邦，爱蒙四子之一，老年补赎自己罪过，帮助工匠建筑科伦大教堂。
⑩ 底比斯城墙是在安菲翁的琴声中自己建立起来的，见贺拉斯《颂诗》第3卷第11首第2行，又《诗艺》第394行。
⑪ 安菲翁，宙斯之子，他的竖琴是迈尔古里送他的。

事的第三部，紧接着再写庞大固埃有趣的箴言第四部①，我同意你们把我的书叫作戴奥吉尼兹式的作品。既然我当不上战士们的伙伴，他们至少可以用我替他们管管伙食，等他们从战场上、完成可称道的、我是说不知疲劳的英勇事迹和光荣的战斗归来以后，尽我微小的能力，使他们休息休息。

我将使出天主的lapathium acutum②，除非战神错过封斋期③，否则我决不至误事；只要这个好色之徒④自己有把握就行了。

我记得读到过拉古斯的儿子普陀里美⑤的故事，说他有一天在许多从战争中得来的财物及战利品当中，拿出一头全黑的巴克特里安⑥双峰骆驼和一个半黑半白的奴隶给埃及人看，这个奴隶的身体一半是黑的，一半是白的，并不像提亚拿的哲学家⑦在希达斯佩斯河⑧和高加索山之间看见的、祭祀印度美神用的女人、横着从横膈膜为界分成半黑半白，而是直着分开的，这在埃及还没有见过，国王的意思是用这些新鲜东西来增强百姓对他的爱戴。但结果如何呢？大家看见那头骆驼，都感到惊骇和厌恶；看见那个半黑半白的人，有的觉着好笑，有的讨厌地认为他是大自然错造出的一个妖怪。总之，他本来希望取悦埃及人并用这套办法加深他们原来对他的爱戴，这一下他的愿望却成了泡影。他认识到他们喜欢和爱好的是优美、雅致和完善，而不是引人厌恶和奇形怪状的东西。从此，他对那个奴隶和骆驼也产生了厌恶，时间不

---

① "箴言第四部"（quart de sentences），作者有意影射比埃尔·隆巴尔的《箴言集》（Le quart des sentences），当时成为经典作品的一本神学书。

② 拉丁文，"最大的耐性"，普林尼乌斯和狄奥斯科里德斯曾解释说是一种植物名字，见《自然史纲》第20卷第85章。

③ "战神"（Mars）与"三月"（mars）同音，天主教封斋期一定在3月，这句话应该理解为除非封斋期不在3月。

④ 指战神。

⑤ 普陀里美，古埃及国王。

⑥ 巴克特里安，亚洲古地名，在新疆与波斯之间。

⑦ 即1世纪毕达哥拉斯派哲学家阿波罗纽斯。

⑧ 希达斯佩斯河即印度的底吉拉姆河。

久，由于没人照料和饲养，人和骆驼都死去了。

这个例子使我在希望与恐惧之间犹豫不决，我担心不会得到事前想望的满意，而是会碰到害怕的事情，财富变成煤屑①，维纳斯成了倒霉狗②，没有侍候成他们，反而惹他们生气，不能逗他们欢乐，反而惹他们发火，不能使他们喜欢，反而使他们扫兴，那时，我不成了普洛图斯在他的《金锅》里描写的、奥索尼乌斯③在他的《格里弗斯》④里称道的、还有其他地方也提到的厄克里翁的公鸡了么⑤？它因为在地下刨出了金子，结果被切断了喉咙。假使再发生这样的情形，不是同样也要被杀么？这样的事从前发生过，今后也同样可以发生。海格立斯在上，这可使不得！我承认他们具有一种我们的祖先叫作"乐观主义"的特征和个性，根据这种精神，他们决不往事情坏的一面去想，而是从好的、诚恳的和正直的品德方面去想。我曾经见到过，有些人虽然软弱、但是因为有善意的帮助，他们经常还是可以接受我的东西并且加以欣赏。

说明这一点之后，让我再回到我的酒瓮上。朋友们，来喝吧！小伙子们，只管大碗喝好了！酒如果不好，放下不要喝。我决不是讨人厌的醉鬼，用勉强、压迫、强制的办法，叫别人去喝酒、干杯和畅饮，甚至作更坏的事情。一切善良的酒友、一切善意的患风湿痛的人、一切干渴的人，都到我酒瓮这里来，如果不想喝，尽管别喝；如果想喝，如果我的酒也对老爷们的口味，那就请他们放大胆、自由自在、随心所欲地开怀畅饮，不用花钱，也不用顾惜。我的话就是这些。别担心我的酒会像加利利的迦拿那次娶亲的宴席上一样⑥会短少。从瓮口里拿出来多少，就会从另一个口里灌进去多少。所以我这瓮酒是喝不完的。

---

① 见埃拉斯姆斯《箴言集》第1卷第9章第30节。
② 古时类似骰子的骨块赌具，最好的是维纳斯，最坏的是狗。
③ 奥索尼乌斯（310—394），罗马诗人。
④ 《格里弗斯》是奥索尼乌斯在一座老藏书楼里寻到的诗，他认为像厄克里翁的公鸡在泥土里刨出金子一样。
⑤ 见普洛图斯《金锅》第3幕第4场，鸡从地下刨出金子，因而被杀。
⑥ 故事见《新约·约翰福音》第2章。

它有活的来源和永不间断的来路。它是婆罗门圣人中唐太洛士①杯里的那种饮料②；是迦多称颂的伊伯利亚③的盐山④；是维吉尔歌颂的供奉地下女神的金树枝⑤；是一只真正的幸福和逗乐的"丰收角"。万一你们感觉到快喝到底了，那也不要紧，它决不会干。像潘多拉⑥的瓮一样，希望在最底下，决不像达那伊德斯⑦的桶那样毫无希望。

请记好我说的话，记住我邀请的是什么人。因为（不要让人弄错），正像路西留斯⑧写东西只是写给他的塔朗图姆人和科藏萨⑨人看的一样，我打开我的酒瓮只是给你们、善良的人、最爱喝酒的酒友、最爽快的风湿痛患者享受的。靠送礼生活的寄生虫⑩，吞吃雾气的人物⑪，他们早就够忙的了，袋子里的猎获物也够多的了，他们高兴到哪里就到哪里去好了，反正这里没有他们能猎获的东西。

至于脑袋上带花边的⑫断章取义的人，你们千万别跟我说话，我以生养你们的、也受你们尊敬的那四片屁股以及把它们连在一起的那根活动的小棍子的名义来请求你们。伪君子，更其不要谈，虽然，这些人也都好酒贪杯，梅毒开花，经常想喝，永远吃不饱。为什么？因为他们不是好人，是坏人，是我们每天祈求天主让我们避开的坏人，尽

---

① 唐太洛士，神话中利地亚国王。
② 见菲洛斯特拉图斯《阿波罗纽斯传》第3卷第25，32章。
③ 伊伯利亚，亚洲古地名，在高加索之南。
④ 见奥卢斯·盖里阿斯《阿提刻之夜》第11卷第22章。
⑤ 见《伊尼特》第6卷第143行。
⑥ 潘多拉，希腊神话里第一个女人，宙斯给她一个大瓮，罪恶都在上面，希望在最底下。
⑦ 达那伊德斯，神话中达那乌斯的五十个女儿，有四十九个在新婚之夜把新郎杀死，被罚在一无底桶内灌水，永远没有灌满的时候。
⑧ 指西赛罗，他担心斯特拉包批评他的希腊文不好，便表示他写文章是给塔朗图姆和科藏萨人看的，亦即写给平民看的。
⑨ 塔朗图姆和科藏萨，均意大利古地名。
⑩ 指法官、律师一类的人物。
⑪ 指法官早起上衙门，一路上吞吃雾气。
⑫ 指神学大师，他们帽子上有一条花边。

管有时他们也装出一副可怜相，老猴狲一辈子也不会好看起来。

　　滚开吧，狗东西！别跟我走一条路，别跟我守着一个太阳，坏东西，见你的鬼去！到这里想和狗一样亵渎我的酒，尿在我的酒瓮上么？我这里就有戴奥吉尼兹在遗嘱上叮嘱死后放在他身边的棍子，这是专门驱打阴间的小鬼和地狱的饿狗的。滚开吧，假冒为善的人！去看羊去吧，狗东西①！离开这里，假善人，都见你们的鬼去！你们还没有走么？如果我能咬你们一口，我情愿放弃上天堂。去，去，滚开！走，走！走了没有？但愿你们非用皮条抽不肯拉屎、非吊起来不肯撒尿、非用棍子打不肯翘家伙！

---

① 狗只配看守羊群。

第一章

庞大固埃怎样从乌托邦向渴人国移民

　　庞大固埃完全占领渴人国之后，把乌托邦的人口迁移过去九十八亿七千六百五十四万三千二百一十名，单算男人，妇女和儿童不算，还包括各行各业的工匠和各种学科的教师。要把渴人国好好地整顿一下，得调整人口，繁荣市面，因为过去那里人少，大部分地区都荒无人烟。庞大固埃移民并不是为发展自己的男女人口，因为人口在乌托邦已经繁殖得和蝗虫差不多了——你们也很明白，用不着我再多说，乌托邦男人的生殖机能特别旺盛，女人的子宫又特别宽阔、贪婪、柔韧、坚固、构造结实。每对夫妻，每九个月至少能生出七个孩子来，男女各半，跟埃及的犹大族一式一样（如果德·里拉不是瞎说①）——也不是贪图渴人国的土地肥沃、气候适宜、物产丰富，而是想用迁移他古老忠诚的臣民来保持那里的治安和平静。他的人民，除了对庞大固埃之外，从没有忍受、承认、投降、服从过任何君主。就记忆所及，他们自出娘胎来到世上以后，除了吃母亲的奶，就是养育在庞大固埃王朝的甜蜜和慈爱里，一向娇生惯养，这使得他们不拘分散或者迁移到任何地区，宁愿肉体死掉也不能违背有生以来对这位独一无二的国君的尊重。

事情果然如此，一点也没有辜负庞大固埃制定的措施。因为，如果说乌托邦的百姓在迁来前，对国王忠诚、感戴，那么渴人国的人由于和他们相处几天受了感染之后，变得比他们还要忠诚、感戴得多，他们有一种说不上来的，也就是人类对于工作一开始便符合自己心愿时的自然的热诚。他们向上天、向崇高的神圣表示唯一遗憾的，是没有更早地听到善良的庞大固埃的威名。

酒友们，请你们注意，治理和维持一个新战败的国家，决不是（像若干爱肆虐的人错误的主张，施行侵略和侮辱）对人家进行掠夺、强迫、压制、破坏、虐待、拿铁棍子驱赶，简言之，来吃人，来吞人，做得像荷马称呼残忍的暴君demovore②"食人者"③那样。我不用多说古代历史上的例子，我仅请你们回忆一下你们的上一代以及你们自己——如果你们不是年轻人——所看见的就行了。这样国家的人民，跟新生的婴儿一样，须要喂奶，保育和养护；跟新栽的树苗一样，须要扶持、巩固，防止风暴、灾害和破坏；像一个久病新愈、刚刚恢复健康的病人，须要调理、侍候和将养。要叫他们有这样一个观念，就是：世界上没有一个国王或君主不是愿意敌人越少越好、朋友越多越好的。就拿埃及人伟大的国王奥西里斯④来说吧，他征服了天下不是靠兵力和武器，而是靠减轻人民的灾难疾苦，教导他们如何善自摄生，给他们容易遵守的法典，教他们仁爱、亲善。因此，他被人称为慈善大王，朱庇特授命叫他和一位女神配了婚。

赫西奥德在他的"教规"⑤里把善良的魔鬼（你们可以随便把他们

---

① 尼古拉·德·里拉，意大利方济各会《圣经》注释人。
② 希腊文，"吃人的人"。原文是：δημοδόρος βασιλεύς.
③ 见《伊利亚特》第1卷第231行，阿基勒斯骂阿伽门农的话。
④ 奥西里斯，古埃及之神，亡人之主保神。普鲁塔克曾述说底比斯一个妇女，有一天听见朱庇特神殿发出声音，命她宣告一位伟大君主的诞生，这位伟大的君主就是奥西里斯，见《伊西德和奥西里斯》。
⑤ 可能指赫西奥德的诗作《工作与时日》，在122行曾提到"善良的魔鬼"。

叫作天使或天神）放在神和人之间的中间人地位上，在人之上，在神之下。人类从他们手里得到上天赐给的财富和恩典，他们经常保佑人类趋善避恶。赫西奥德说他们执行君王的职务，就是因为他们只做好事，不做坏事，这只能称为王道的行径。全宇宙之君王马其顿人亚历山大，就是如此。还有海格立斯，也因此而得到人心，他为人类消除了妖孽、压迫、暴敛和苛政，用仁爱治理人民，待人平等公正，实行宽厚政策，法规适应不同地区的不同情形，没有的予以供应，过多者抑低价格，以往的一切罪恶，一概不予追究，像从前特拉叙布洛斯①运用技巧和英勇打垮那些暴君之后对雅典人施以大赦一样，后来西赛罗在罗马也施行过②，再后来在奥瑞连③皇帝的统治下也再度出现过这种德政④。

对于辛勤挣得来的东西，这种德政确是一个保护的手段和方法。统治国家的人，不管是皇帝也好、国王也好、学者也好，没有比用正义来代替武力更能成功的了。武力表现在胜利和攻取上，正义将表现在是否根据百姓的愿望和爱戴来颁布法律、宣布命令、建立宗教，使每个人享受到自己的权利上。尊贵的诗人马洛提到屋大维·奥古斯都斯时说道：

> 胜利者不违反战败者的心愿，
> 才能使自己的法律深入人心⑤。

为了同样的理由，荷马在《伊利亚特》里把善良的国君、伟大的皇帝叫作 κοσμ ήτοραζ λαῶγ⑥，意思是人民的装饰品⑦。罗马的第二个皇

---

① 特拉叙布洛斯，公元前4世纪雅典大将。
② 见埃拉斯姆斯《箴言集》第2卷第1章第94节。
③ 奥瑞连，3世纪罗马皇帝。
④ 见沃比斯古斯《奥瑞连传》第39章。
⑤ 见维吉尔《农事诗》第4卷第559行又第561行。
⑥ 希腊文，意思见正文。
⑦ 见《伊利亚特》第1卷第375行，又第3卷第236行。

帝公正的政治家及哲学家奴马·彭比留斯①也是这样的看法，他在纪念界神②、一般人称作界神节的那一天，命令不许杀牲举行祭祀③。他教导人说，国与国之间的界限、边疆、分界线，应该和平地、友好地、善意地来遵守和保持，不能让血腥污了双手，不能进行掠夺。谁要是不这样做，那就非但会损失他已有的东西，而且还会招致谴责和指摘，说他所有的都是以不正当手段骗来的，因此到手的东西，依然会保持不住。因为不义之财来得不正当，去得也模糊。即便他能够安安稳稳地享受一世，但如果败在儿子身上，死者仍旧会遭殃，留下强取豪夺的骂名。俗话说得好："不义之财，不出三代④。"

患风湿痛的人，你们别忘了，庞大固埃在这件事上是把一个天使变成了两个，和查理曼正相反，查理曼把萨克逊⑤人迁到弗兰德斯，把弗兰德斯人迁到萨克逊，是把一个魔鬼变成了两个。因为他管辖不住他国里的萨克逊人，他偶尔有事到西班牙或去其他远一点的地方的时候，他们每次都要造反，于是他把萨克逊人迁到了一向对他非常服从的国家弗兰德斯去，把生性服从的海恼特人、弗兰德斯人迁到了萨克逊。他没有疑心弗兰德斯人的忠诚，虽然他们迁到了外邦。可是结果呢，萨克逊人继续造反，继续和从前一样顽强，弗兰德斯人却因为住进了萨克逊，反而染上萨克逊人的习惯和不驯的个性了。

---

① 奴马·彭比留斯，公元前7世纪古罗马第二个皇帝。
② 罗马神话中司边界之神灵。
③ 见普鲁塔克《罗马问题》第15章。
④ 拉丁文谚语，Juxta illud, de male quoesitis vix gaudet tertius hoeres.
⑤ 萨克逊，德国北部地区。

第二章

巴奴日怎样被派到渴人国萨尔米贡丹做总督；怎样寅吃卯粮

庞大固埃下令通知渴人国政府，委派巴奴日为萨尔米贡丹总督，每年固定年俸为六十七亿八千九百一十万六千七百八十九块"王朝金币"[①]，还不包括金龟子和蜗牛项下不固定的收入。这项收入平均每年约二百四十三万五千七百六十八块到二百四十三万五千七百六十九块"长羊毛金币"。有时遇到蜗牛壳收成好、金龟子需要多的年成，可以收到十二亿三千四百五十五万四千三百二十一块"赛拉弗"。不过，并非年年如此。这位新总督大人到任以后，办事明智有方，不到两个星期就把总督三年内固定和不固定的收入一齐用光了。你们可以想象得到，他可没有把钱用在建筑修院、修立庙宇、开办学校、医院和胡花滥用上，而是用在天天饮宴、夜夜笙歌上，酒友、少女、艳妇、娇娘他一律招待，来者不拒。最后只好杀鸡取蛋，饮鸩止渴，借债度日，贵买贱卖，寅吃卯粮了。

庞大固埃闻报后，丝毫不动气、也不恼怒和愤慨，我过去不是一再给你们说过么，他是天底下最善良的小大人，腰里从来不带武器，对任何事都从好的一面去看，把所有的行动都解释为善意的，从来不烦恼，从来不发火。如果一动气、一发脾气，那就无异离开了天赋的理性，因为所有天覆地载的，不拘是怎样的：天上的、地下的、纵的、横的，都不应该让它激动我们的情绪，扰乱我们的观感和理智。

他只悄悄地把巴奴日叫到一边，温和地告诉他说，如果他继续这样下去，不加约束，那就不可能——或者至少很不容易——发财。

"发财？"巴奴日回答说。"你这个想法有没有考虑过？你真的打算叫我在世上发财么？仁慈的天主在上！善男信女在上！你还是想想过快活日子吧。别让任何牵挂和忧郁跨进你伟大头脑的神圣领域。别叫带着任何哀愁和烦恼思想的乌云影响你头脑的清明。只要你生活得快活，精神好，心情愉快，那我比发财还要高兴。大家都在说：'约束吧，节俭吧！'说节俭的人，根本就不明白节俭是什么意思。这只有向我请教。我现在可以告诉你，你要记好，别人以为是我的坏处的，实际上正是对巴黎神学院和司法衙门的摹仿，那里是泛神学②和一切正义的思想真正根源的所在地。谁对它有疑惑，不坚决地相信，就是异端。那里，就在主教到任的那一天，一天就吃掉过那位主教（或者主教区的收入，反正是一样）一整年的收入③，有时是两年的收入。他如果不打算立刻被石头打死的话，决没有任何借口可以推托。

"这也是为履行四大品德④呀：

"首先是谨慎稳重；把钱先拿到手，因为根本料不到谁用嘴咬、哪个用脚踢。谁能说世界还能撑三年呢？即便世界可以撑下去，哪一个疯子敢相信自己能活三年呢？

　　　　谁会神机妙算，

---

① 查理五世王朝使用的金币。
② 普遍神学主义。
③ 巴黎主教新到任时，须大事铺张，设宴请客。
④ 指红衣主教的四德，见正文。

保证确能活过明天^①。

"其次是正义公平；先是公平交易，贵买（我的意思是赊）贱卖（我是说现钱交易）。迦多在他的《论节俭》^②里怎么说的呢？他说一个家庭的主人，须要一直是一个售卖者。如果把东西都保藏起来，那他就不可能致富。二是公平分配，把吃的东西给好人（记好，是好人）和好伙伴，这些人，命运之神像从前对付乌里赛斯那样把他们扔到了没有食物的饥饿之山上^③；还要给善良的女人（记好，是善良的女人）和年轻的少妇（记好，要年轻，因为根据希波克拉铁斯的箴言^④，年轻最爱吃，而且活泼、轻快、兴奋、活跃、有力），少妇呢，正好和正直的男人寻欢取乐，她们深懂柏拉图和西赛罗的道理^⑤，知道生到世上来不是为了个人，而是要把个人贡献出来，一部分给国家，一部分给朋友。

"第三是刚毅有力；跟米隆再世一样^⑥，砍倒大树，摧毁黑暗的森林、豺狼、箭猪、狐狸等野兽的窝穴，盗贼、强人的巢窟，杀人犯的藏身处所，造假币者的黑店，邪门歪道的秘密魔窟，把它们一起平为不毛之地，让它遍生野草，欢奏管笛^⑦，准备审判前夕要坐的席位^⑧。

"第四是节制有定；不等麦熟吃麦青，这好比隐修士吃青菜和草根，随便把饥饿骗过去，好省下东西来给残废的人和有病的人。因为，这样做，就省掉了以劳动为生的割麦人，以及喝酒不掺水的收麦人，

---

① 见塞内加悲剧《提埃斯特斯》第619、620行。
② 见迦多《农事学》第2卷第55章第7行。
③ 故事见荷马《奥德赛》第5卷末。
④ 见希波克拉铁斯《箴言集》第1卷第13章。
⑤ 柏拉图和西赛罗都曾教导人牺牲自己，成全大家。埃斯拉姆斯在《箴言集》第4
　　卷第6章第81节也曾引证柏拉图和西赛罗的话。
⑥ 米隆砍树致死的故事见奥卢斯·盖里阿斯《阿提刻之夜》第15卷第16章。
⑦ 原文jouant des haulx boys亦有意思指贵族砍树卖钱。
⑧ 用树墩子作开庭时的座位。

须要给他们烧饼吃的拾麦人，葱、蒜、连园里的韭菜一概不留的打麦人——维吉尔的赛斯提丽就是证人[①]——偷窃成性的磨面人，还有比他们并不强多少的做面包的人；还不算老鼠的糟蹋，仓库的消耗，鼬鼠、害虫的啮食，我节省的能算少么？

"麦青还可以做一种美味的辣酱油，当佐料，东西容易煮，吃了有助消化、提神、醒脑、明目、开胃、美味、清心、舒舌、润喉、强身、活血、健脾、助肝、通气、利肾、活腰、壮骨、通尿道、扩精囊、缩睾丸、清膀胱、壮阳物、治阳萎、滋阴、补阳。此外还使你长一个好肚子，可以放响屁、放哑巴屁、放臭屁、屙屎、撒尿、打喷嚏、呜咽、咳嗽、呕吐、打呵欠、擤鼻涕、呼气、吸气、又呼又吸、打鼾、出汗、举阳物，还有无数其他稀有的好处。"

庞大固埃说："我明白了，你是说笨人在较短的时间内是不会花许多钱的。这个谬论不是你第一个想出来的。奈罗就坚持过，而且在所有的人当中还特别欣赏他的叔父卡优斯·卡里古拉[②]，这位叔父曾以巧妙的办法在几天之内花光全部家财，以及拉贝利乌斯给他留下的产业[③]。可是，你没有遵循并依照罗马人有关节俭和戒奢的法律，像：奥尔奇亚法、法尼亚法、狄底亚法、里奇尼亚法、科内里亚法、雷比底亚纳法、安提亚法[④]，以及哥林多人的法律[⑤]，根据这些法律，严格禁止年度的花费超出年度的收入，你呢，你都只顾得吃了，跟罗马人的祭祀、犹太人逾越节的羔羊一样，把能吃的一齐吃光，剩下的往火里一扔，使第二天连半点吃的东西也没有。我可以老老实实地告诉你，你完全像阿尔比底乌斯的迦多把全部财产吃净卖光之后、把仅余的一座

---

① 赛斯提丽为收割人准备饭食，连葱带蒜都用上了。见维吉尔《牧歌》第2首第10行。
② 卡优斯·卡里古拉，1世纪罗马帝国暴君。
③ 见苏埃脱纽斯《奈罗传》第30章。
④ 马克罗比乌斯在他的《农神节》第3卷第17章里对以上法律有所阐述。
⑤ 哥林多法律规定全体市民每年都要交出收支账目，违令者斩。

房子点火焚毁的时候所说的consummatum est^①一样，圣托马斯·阿奎那吃下一整条海鳗之后也是这样说的^②。这个，可并不是非效法他们不可的。"

① 拉丁文，"吃光，完结"。
② 圣路易宴请圣托马斯·阿奎那，圣托马斯只顾得想诗了，把皇上吃的一条鳗鱼全部吃光，然后高兴地说：consummatum est（吃光），表示尽兴，正巧末一字是他寻找的韵脚。

第三章

巴奴日怎样颂扬债务人和借贷的人

庞大固埃问道："你几时才能一身无债呢？"

巴奴日回答说："到希腊人有历书[①]、到全人类人人满意、到你可以继承你自己的时候，天主保佑我就没有债了，因为那时候，我也找不到人再借给我一个小钱了。谁头天晚上不留下酵母，第二天早晨就没法发面。你欠别人的债么？债主会不停地祈求天主保佑你身体健康、长命百岁、生活愉快，因为他怕损失了他的债权；他还会在各种场合替你说好话，使你得到新的债权人，好让你借到这些人的钱去还他，他是想用别人的田地来填自己的沟壑。从前在高卢，德鲁伊德人曾制定法律要农奴、仆从和奴婢在东家、主人死亡和殡葬的时候，火焚殉葬，这些人难道就不害怕东家和主人死去么？因为他们得一同去死啊[②]。他们难道不祈祷伟大的神灵迈尔古里和财神老爷狄斯[③]保佑这些主人长命百岁么？难道他们不诚心诚意地好好地伺候、奉承这些人，以便能跟这些人一齐活到老死么？你放心吧，债主会尽虔诚之能事来祷告天主让你活下去的，因为他们害怕你死，他们在乎的不是胳膊而是袖子，不是生命而是金钱。朗德路斯[④]那些个放债的就是个榜样，

他们看见年成好了，粮食和酒的价钱都跌下来了，一个个都急得上了吊。"

庞大固埃没有说什么，巴奴日又接着说：

"我的天！别让我忘了，你责怪我欠债的时候，差一点使我无言答对。天啊！我告诉你，正是当了债务人，我才觉着自己崇高、可敬和伟大。我和所有哲学家的意见都不一样（他们认为虚无只能产生虚无），我是从一无所有，使自己变成制造者和创始者。

"制造了些什么呢？制造了些好心的债权人。债权人（把我放在火上，我也是这个说法）都是慈善的好心人。一个钱也不肯借出来的人，

---

① 即，永远也不会。
② 见恺撒《高卢之战》第6卷第19章。
③ 狄斯，普路同的别名。
④ 作者虚构的名字，也可能指法国卡惹克的朗德奴斯。

才是丑恶的坏人，是地狱里大恶魔的子孙。

　　"至于我做了些什么？我欠了些债。债是最名贵、最值得扬名千古的东西！它的好处比可敬的克塞诺克拉铁斯想出的和计算的、用辅音配合出的读音的数目还要多[①]。至于债权人算法的高明，如果你认为这也是由于债务人所做的美事，那就算你在算术上没有错。

　　"你会相信每天早晨、当我看见这么些谦虚、和蔼、毕恭毕敬的债权人围在我周围的时候，我多么舒服么？当我发觉我对其中的某一个比对另外的人、面色稍为开朗、稍为和气一些的时候，那个坏蛋就会以为我头一个会满足他，头一个会还他钱，甚至把我的笑容当作现钱来看待。我还以为我在索米尔由天使和天神陪伴着演出耶稣受难呢[②]。周围尽是巴结我的人，靠我为生的人，恭维我的人，向我问好的人和永远拥护我的人。我真的以为赫西奥德所描绘的英勇之山[③]是用债务造成的，而且我已经迈上了第一级，它是全人类所仰望、所向往的（但是由于路途艰巨，很少有人能迈得上），你没看见今天所有的人都迫不及待地、千方百计地想借债和找到新债主么？

　　"然而，并不是谁想当债务人就可以当的，也不是谁想有债权人就可以有的。你问我几时才能一身无债，是不是打算剥夺我这种美好的享受呢？

　　"再说得难听一点，假使我不是一辈子都坚信债务是天地间的联系和关联，维持人类唯一的、不可缺少的东西——我认为没有它，人类必会灭亡——甚至于是宇宙间崇高的灵魂，亦即学院的学者们认为一切事物都赖以生活的东西[④]，就叫善良的圣巴包兰[⑤]收去我的灵魂。

---

① 克塞诺克拉铁斯（前406—前314），古希腊哲学家，柏拉图的学生，他曾计算过希腊字母拼出的读音，共有1亿零20万。见普鲁塔克《宴会》第8卷第9章。
② 1534年8月曾在索米尔演出耶稣的一生，包括诞生、受难、复活、升天。
③ 见赫西奥德《农作与时日》第289行。
④ 见柏拉图《提美乌斯》第34至37行。
⑤ 指圣本笃，作者最初即是圣本笃会的修士。

"如果是这样，请你在冷静的脑筋里想象一下，一个没有债务人又没有债权人的世界将是个什么样子——高兴的话，拿哲学家美特洛多罗斯①所想象的三十分之一、或者贝特洛纽斯②的七十八分之一就行了——一个没有债务的世界将是个什么样子。星斗将失掉规律的运转，一切将混乱不堪。人们会以为朱庇特不再是农神③的欠债者，会把他从地球上扔出去，并用荷马的索链④把所有的神、仙、精灵、妖魔、鬼怪、英雄、恶魔、土地、海洋、一切元素，都捆绑起来。农神会和战神联合起来，一起把世界打个稀烂。迈尔古里会以为自己不再受任何管辖，不再当它们的埃托利亚话称呼的卡米留斯⑤，因为他认为什么也不欠别人了。维纳斯也不再受人尊敬了，因为她借贷不出什么来。月亮将要成为血淋淋的黑暗一片；太阳为什么还要把光亮分给它呢？大家没有关系了嘛。太阳不再光照大地，星斗也不再发射它们有用的感应，因为地球不再供应滋养的气体和水汽，赫拉克利特说，斯多葛派证明，西赛罗坚持主张，星斗就是靠这些气体来活命的⑥。元素与元素之间，不再有任何调合、交流和变化；因为谁也不再和谁有关系，谁也不借助于别人。地上不再出水，水不再变成气体，气体不再生火，火不再给地球热力。那时，地球上只产生妖魔、泰坦、爱洛依德⑦、巨人；不再下雨，没有光亮，不刮风，也没有一年四季。路西菲尔将从地狱的深处，解脱而出，伙同疯神、恶魔和带角的魔鬼，把大国和小

① 美特洛多罗斯，公元前3世纪哲学家，伊壁鸠鲁的学生，他认为宇宙间有无数的世界。
② 贝特洛纽斯，公元前6世纪毕达哥拉斯派哲学家，他认为宇宙间有一百八十六个世界。内一百八十三个形成三角形的下部，三个形成三角形的尖顶。
③ 农神为朱庇特前任的主神。
④ 见《伊利亚特》第8卷第19行，又第15卷第18行。
⑤ 即"仆从、使童"的意思，见普鲁塔克《奴马传》第7章。
⑥ 见普鲁塔克《哲学观念》第2卷第17章第2节。
⑦ 爱洛依德，巨人爱洛依斯之子。

国在天上的神灵统统打下来[①]。

"这个互不借贷的世界，简直跟一群野狗一样乱，比选举巴黎神学院院长的竞争[②]还要厉害，比杜艾演戏的紊乱[③]还要野蛮。人与人之间，互不救助，随你去喊：'救人哪！救火呀！淹死人啦！杀了人了！'没有一个人来救。为什么？因为没有借贷关系，不欠他什么。他烧死、淹死、破产、死亡，跟任何人都没有关系。他过去没有借出过，今后也不会借出来。

"简单来说，世界上信、望、爱三德也不存在了，要知道，人生来就是为救助别人的。继之而来的将是疑、忌、恨，还带着所有的缺点、诅咒和灾害。你把这个地方，想成是潘多拉倾倒她那个瓮的地方就对了[④]。人世间，都是狼、狼人、山魈，好像吕卡翁[⑤]、柏勒洛丰[⑥]、尼布甲尼撒[⑦]一样，是强盗、杀人犯、下毒犯、做坏事的人、坏思想的人、坏心眼的人，每一个人都憎恨所有的人，跟以实玛利[⑧]、迈塔布斯[⑨]、雅典人提蒙[⑩]一样，提蒙为了这个缘故，还被称为是愤世嫉俗的人。在半空中养鱼，到海底放鹿也比忍受世界上这群不肯借贷的无赖容易得多。

---

① 路西菲尔手下的魔鬼，一部分在天主教的地狱，一部分在外教的地狱，见神秘剧。
② 选举巴黎神学院院长时，总是有激烈的竞争。
③ 杜艾，索米尔镇名，该处有圆形剧场，演戏时总要发生斗争。
④ 倒出来的全是罪恶。
⑤ 吕卡翁，阿尔卡底亚国王，因为违反了接待人的法律，朱庇特使他变成了狼。见奥维德《变形记》第1章。
⑥ 柏勒洛丰，哥林多国王格劳科斯之子，因欲乘珀伽索斯飞越奥林匹斯山，为诸神憎恨，打入冷宫。
⑦ 尼布甲尼撒，犹大国王，后变为牛。见《旧约·但以理书》第4章第33节。
⑧ 以实玛利长得像野驴，他的手要打人，人的手也要打他。见《旧约·创世记》第16章第12节。
⑨ 迈塔布斯，普里维尔奴姆国王，后被驱逐。见维吉尔《伊尼特》第11卷第539、540行。
⑩ 雅典人提蒙，公元前5世纪古希腊哲学家，被鲁西安和普鲁塔克描写为愤世嫉俗的人。

说句老实话，我恨这些人恨得要死！

"如果像这个使人气恼的、使人痛心的、不肯借贷的世界一样，你可以想象，另一个小世界——人本身——，该是一片多么可怕的混乱。头不肯借出眼睛来领导手脚的行动。两腿不肯让头长在它们之上。两手拒绝劳动。心脏不愿替四肢的脉络跳动，不肯再出力。肺部不再借出自己的呼吸器官。肝脏不再输血保养它。膀胱不再肯做肾脏的债务人，拒不受尿。大脑看到一切反常，开始思想混乱，神经不再有感觉，肌肉不再会活动。总之，在这个散乱的世界里，谁也不欠谁什么，没有一部分肯借出一点力量，也没有一部分肯借进一点力量，你将会看到比伊索在他的寓言里所想象的毁灭还要危险[①]的景象。不用说，这个世界将会死去；不但会死去，而且还死得很快，就是它自己是埃斯古拉比乌斯[②]也没有用了。肉身会很快地腐烂；灵魂会愤怒不堪，紧追着我的金钱四散奔逃。"

———————————

① 见《伊索寓言》里《四肢与胃脏》。
② 埃斯古拉比乌斯，医学之神，阿波罗之子。

第四章

巴奴日继续颂扬债权人和债务人

"反过来，请你想象另外一个世界，一个每人都有借出又都有借入，人人都是债务人又都是债权人的世界。

"那时，宇宙间有规律的运转将是多么和谐啊！我好像柏拉图一样，听得见和谐的声音①。元素与元素之间，多么协调！自然界的工作和生产多么顺利！赛勒斯②管粮；巴古斯管酒；弗罗拉③管花；波摩那④管果；朱诺待在晴朗的太空里，宁静、安康、舒适。我看得都入了迷了。人与人之间，是和平、友爱、和睦、忠实、休养、宴会、欢筵、愉快、喜乐、黄金、白银、钱币、金链、指环，各种货物川流不息。没有争执，没有战斗，没有纠纷；没有人再重利盘剥，偷窃贪婪，吝啬贪小，自私自利。真正的天主啊，这不是进入了黄金时代神圣的王朝，不是进入了没有一切恶势力，只有仁爱、至高、至上、至尊、至贵的神仙乐土的理想里了么？所有的人都善良、友好、公正。真是幸福的世界！啊，幸福世界的人呀，三倍四倍幸福的人呀⑤！我仿佛感觉到我已经是这个世界里的人了。我可以以仁慈真神的名义保证，如果在这个世界，这个幸福的世界里，人人都肯借出自己的一切，不再自私自利，那么，教皇在众多的红衣主教辅助之下，再加上他那神圣的枢机大学，不出几年，你就会看到更多、更灵验的圣人，更多的教史⑥，更多的祝颂，更多的神职人员，更多的圣烛，比布列塔尼九个主教区的总和还要多，只是除开圣伊夫⑦。

　　"我请你想一想，可敬的巴特兰把吉奥莫·茹索摩奉承、恭维捧到三层天上的时候，别的二话没有，就说了这样一句：

　　　　他把他的货物
　　　　借给任何来告借的人物⑧

　　"这句话说得多好啊！以此为例，你再想象一下我们这个小世界，id est⑨人，人和身上各个部分，借出、借入、互相借贷，也就是说，照自然的规律行动。因为，自然在人身上的关系，就是借出借入。天地之和谐，也不比人身上的组织更伟大。这个世界创造者的目的就是把灵魂寄在人身内，作为过客，作为生命。生命就是血，血就是灵魂的所在地⑩。因此，这个世界里唯一主要的工作，就是不停地造血。在造血过程中，每一部分有每一部分自己的职责，它们的组织系统就是不停地你借我取，我借你取，彼此都是借贷者。原料，就是适合造血的

----

① 柏拉图曾相信听见行星运转的和谐声音，见《共和国》第10章第617行。
② 赛勒斯，农神之女，司农业。
③ 弗罗拉，罗马神话中花神。
④ 波摩那，罗马神话中管果实之女神。
⑤ 维吉尔在《伊尼特》第1卷第94行曾有这样的说法。
⑥ 指圣人愈大，早晨念诵的经文愈长、愈多。
⑦ 圣伊夫是布列塔尼的主保圣人，同时也是司法人员的主保圣人，故作者斥责他。
⑧ 喜剧《巴特兰》第172、173行。
⑨ 拉丁文，"也就是说"。
⑩ 克里西亚斯认为灵魂即血；昂贝多克勒斯，鲁克莱斯，维吉尔，普林尼乌斯等人认为灵魂居于血内。

一种矿质，是由自然——面包和肉——供应的。这两种物质里面，包括各种养料，也就是哥特话①叫作‘日常消耗的东西’。为了寻获、准备和制造这些东西，手要勤劳，脚要走路，背负着整个身体；由眼睛领导一切。食欲在胃部食道里，运用脾脏输送过来的一点苦涩的胆汁，负责把肉食吞入腹内。于是舌头尝味；牙齿咀嚼；胃脏吸收、消化、把食物变成糊状的东西。肠子把好的、有营养的成分吸收进去，把渣屑由特定的导管排泄出来。然后，好的成分输送到肝脏，由肝脏重新制造、生产血液。

"你会想到这么些机构，当它们看见这个金子一样珍贵的液体——它们唯一的养料——时，是多么喜悦么？这种喜悦比那些炼丹者经过长期的辛苦、勤劳、工作后看见炉子里形成金属品时的喜悦还要大得多。

"这时，每一部分都在用劲、尽力把这宝贵的物体再净化、再提炼。肾脏由肾管把你们叫作尿的流质输送出来，经过输尿管往下流去。下面有个汇集的地方，叫作膀胱，每隔一定时期，膀胱就把尿排出体外。脾脏炼出的废物和渣滓，就是你们叫作忧郁的东西②。从胆囊出来的，是多余的愤怒③。此后，物体又被送到另一个精工提炼的部门，那便是心脏。心脏由于一收一缩的跳动，使物质变得更纯净，热度更高，通过右心房完成最后手续，再由静脉流行全身。每一部分，都吸收血液，并依照自己的需要吸取营养，脚、手、眼，全是如此；过去借出力量的，现在又都成了借入力量的了。由左心房输出的，那就更精细了，一般人把它叫作精华，右心房由动脉把它输送到全身去，温暖和活动静脉里流动的血液。肺部的肺叶，不停地搧动，输送空气。心脏感激它的好处，从动脉把最好的血液输送给它。总之，这一神奇的网

---

① 法国南部的多克话，因为哥特人占领过法国南部，故作者说是哥特话。

② 亦称黑胆汁。

③ 亦称黄胆汁。愤怒是伽列恩说的四大气质之一，现代医学上已证明胆囊不排泄任何物体。

络，组织得这样周密，从而便产生了动物的智能，运用智能，便可以思想，说话，判断，决定，考虑，推理和记忆。

"我的老天！越说越糊涂了，我自己也不知道说到哪里了！进到这个又有借出、又有借入的世界深渊里，我自己也摸不着方向了。总之，你要知道，借出是崇高的善举，借入是英勇的美德。还不止此，这个有借贷关系的世界太美好了，供求关系太完善了，还没有生出来的，就已经想借给他东西了。人就是用借贷关系来延长自己，繁殖和自己相像的形象，我的意思是说：制造孩子。为了这个目的，每一器官都把自己最珍贵的营养精华拿出来一部分，输送到下面去；下面早已准备好接受这部分材料的地方，从这里通过迂回、曲折的道路，下到生殖器官，成形就位，依照男性或女性的生理，准备传宗接代使用。一切都是用互相借贷的关系进行的；所谓婚姻义务便是由此而来的。

"对自私自利不肯借出的人，自然也给他定了一个处分，那就是各个器官的苦闷，各个官能的气恼；对肯借出的人，给予有保证的报酬，那就是欢乐、舒适和快感。"

第五章

庞大固埃怎样憎恶债务人和债权人

庞大固埃接着说："我明白了，你对于你的理由非常善于阐述。不过，随你怎么讲，你可以从现在一直说到圣神降临节，到时候，你将会因为丝毫没有说动我而惊奇，随你说得天花乱坠，也休想使我欠人债务。圣徒①说得好：'不可亏欠人，唯有彼此相爱'②。

"你美丽的言词，绘形绘色，我很爱听；但是，我告诉你，如果你能想象有这么一个厚颜无耻的借贷者，进到一个已经知道他的言行的城市里，你就会看到，他一进城，居民比提亚拿的哲学家③在厄菲索斯④所看到的瘟疫溜进城里还要惊慌失措哩⑤。我同意波斯人把欠债说成第一恶习，把撒谎说成第二恶习，这并没有说错。因为欠债和撒谎平常是有关联的。

"我并不是说一个人绝对不许欠人什么，也绝对不许借出什么。不管多么有钱，有时也会欠债。不管多么贫穷，有时也会有人向他借贷。柏拉图在他的《法律篇》里就说明这样的机缘，他教导说，如果邻居没有先在他们自己的地里进行挖掘，而且没有掘到可以遇到水泉、可以出水的叫作胶泥（即陶土）的地方，就不许他们出来汲水。因为地

底下由于地质肥沃、坚韧、结实、浓缩的缘故，会保持地下的湿气，不容易掘出水来。

"因此，一个人不先去出力、不先去挣钱、而去向人借贷，不拘是什么时候或什么场合，都是极大的耻辱。我的意思是，只有在一个劳动者尽了自己的能力而没有得到成果，或者不是故意地、而是偶尔失掉他的财产时，才应该借给他。

"所以，我们的话就说到此处为止，今后，不许你再和债权人有瓜葛；以往的事，由我来替你料理好了。"

巴奴日说道："对这件事，我所能表示的也是最不足道的，那就是向你表示感谢。如果谢意能和施恩人的友爱相比拟，那我的谢意将是无边的、永远的。因为殿下对我的爱护真是无法估计；它超出所有的重量、所有的数目和所有的衡量方法。无法衡量大小，无法衡量长短。用恩惠的量器来量，用受惠者的满意来估计，都是不够的。你对我的好处远远超过我应当接受的，远远超过我对你报效的，远远超过我所值得的，我不能不老实地承认。但是，你还不能想象我对这件事的心情。

---

① 指圣保罗。
② 见《罗马书》第13章第8节。
③ 提亚拿的哲学家指阿波罗纽斯。
④ 厄菲索斯，伊奥尼亚古城名，靠近爱琴海，该地有狄安娜庙，为世界七奇之一。
⑤ 据说阿波罗纽斯走进厄菲索斯城，看见瘟疫化为人形，随召集市民将它用石块击毙，瘟疫随化为疯狗，大如狮子。故事见菲洛斯特拉图斯著《阿波罗纽斯传》第四章。

"使我难过的、使我摆脱不开的、使我不能不想的还不在这里，而是今后，债务都摆脱干净了，我将是一个什么面目？请你相信，头几个月我一定很不自然，因为我一向没有这个习惯。这个，我倒很担心。

"而甚于此的，就是将来萨尔米贡丹的人放屁，都要冲着我的鼻子放了。所有放屁的人在放屁的时候都说：'清楚了！'我一定活不久，我已经看出来了。我请你为我写墓志铭。我一定会被屁崩死。如果有一天，肚子里屁太多的女人放不出屁、一般的药又不能使大夫满意时，我这个被屁崩过的木乃伊，就是对症的现成良药。不管吃多么少，她们也会连续地放屁，达到大夫从未听过的程度。

"我恳求你，还是给我留下几百笔债务吧，国王路易十一①要把沙尔特②主教米尔·狄里埃③的案子处理清楚时，那位主教就恳求国王给他留下几件，以便练练脑筋。我情愿把蜗牛收入、连同金龟子的收入一起给他们，只要不免掉我欠的债就行。"

庞大固埃说："不谈这个了，我已经说过了，不能反悔。"

---

① 路易十一，1461 至 1483 年的法国国王。
② 沙尔特，厄尔·罗亚尔省省会。
③ 米尔·狄里埃，1459 年沙尔特主教，据说有一百万件控告他的诉状，国王想一下子为他料理清楚，他恳求国王给他留下几件，以免无事可干。

第六章

为什么男子新婚免赴战场

巴奴日问道:"请问,新种植葡萄的人、新造房屋的人和新婚男子头一年免役不去打仗,这是哪条法律规定的呀?"

庞大固埃回答说:"是摩西的法律[①]。"

巴奴日又问道:"为什么新婚男子可以不去打仗呢? 关于种葡萄的,我太老了,根本不去想了;我只是想到收葡萄的。至于所谓新建造死石头的人,在我的生命史中,根本就没有记载。我只造活石头,那就是人。"

庞大固埃说道:"据我的看法,是为了头一年让他们尽量享受新婚的快乐,从而生男育女,传宗接代。这样,万一第二年死在沙场上,这个名额就由他的孩子来顶替。此外,也是肯定死者的妻子多产或不会生养的一个有把握的方法(根据结婚时的成年年龄,一年的试验期间已经足够了),以便头一个丈夫死后,好把她嫁给第二个。多产的,嫁给希望孩子多的人;不生养的,嫁给不要孩子的人,这些人娶老婆只是图她们的能干、有本事、美丽、体贴和管理家务。"

巴奴日说道:"瓦莱纳的宣教者就最恨再嫁的寡妇,认为她们愚蠢,不正经。"

庞大固埃说道:"哪里的话,这样的女人热度比四日两头的疟疾还要高。"

巴奴日说道:"这倒是真的,一个叫安盖南的教士在巴莱邑讲经的时候就说过，他不喜欢女人再婚，他发誓宁愿和一百个少女睡觉，也不愿意去啃一个老寡妇，假使不是如此，叫地狱里最快手的魔鬼马上收他的灵魂。

"我觉得你的话说得很对，有道理。但是，如果根据你所说的理由，免役一年，而在这一年里，他们凭新婚的权利一来再来（这也是天公地道和应尽的义务），把精囊的精液都流干了，只落得萎靡、不振、衰弱、干枯，结果到了作战的那一天，他们宁可带着行李像鸭子似的扎到水里去、也不肯跟英勇的战士上疆场，因为疆场上伊奈奥②正在激烈地战斗，你争我夺；在战神的旗帜下他们连一拳也打不动，因为劲头早已用在和美神要好时的床帐上了，这你该怎么说呢？

"情形大概是这样，因为到现在，还是和圣物和古迹一样，我们可以看到，在一些有规矩的家庭里，经过一定的天数以后，就打发新婚的男人去看望他的舅舅——虽然大多数没有舅父，也没有舅母——其实是把他和新妇分开，让他去休养一下，恢复一些体力准备回来再战。正如同贝多王③在科那彭战役之后、遣散我们一样——我说我们，因为有我和古尔卡耶④——叫我们回老家去休养。他到现在还没有找到老家呢。我小的时候，我爷爷的教母常常对我念叨：

> 祈祷颂经，
> 是信徒的事情。
> 新手上阵，
> 一人胜过两人。

---

① 见《旧约·申命记》第20章第5、6、7节。
② 伊奈奥，罗马神话中攻城之神。
③ 贝多王，意思是叫化子王，作者可能有意指查理八世，他在意大利无心作战，兵士拒不从命，1488年圣奥班·杜·科米埃战役之后，又穷得解雇为他效力的将军。
④ 古尔卡耶，意思是"引鹌鹑的笛子"，可能是一位被查理八世解雇的将军。

"使我有这个想法的，是因为种葡萄的人，头一年根本吃不到葡萄，更喝不到葡萄酒；造房屋的，头一年也不住新造的房子，因为怕空气稀薄、闷死在里面，伽列恩博学地在他的《呼吸困难》第二卷[①]里就是这样说的。

　　"我如果没有有根据的根据，没有有理由的理由，我也不这样问了。请你不要见怪。"

---

① 伽列恩在《人体各部功用》第7卷第8章里曾说要注意新涂泥的房屋，提防空气稀薄。

第七章

巴奴日怎样耳朵里有虱子；怎样放弃他美丽的裤裆

第二天，巴奴日依照犹太人的规矩①在右边耳朵上穿了个洞，戴上一个精制的小金耳环，耳环上还镶了一个虱子。为了叫你不至于疑惑，他还特地捡了一个黑虱子（把任何事情都搞清楚，是件好事），这个虱子的价格，包括一切费用，尚未超过一只希尔喀尼亚②的母老虎结婚后每一季度的费用，你可以估计是六十万"马尔维迪斯"③。巴奴日自从还清债务以来，第一次花了一笔这样大的费用，所以心里老大的过不去，这是因为他和暴君、律师一样是由他属民的血汗供养的呀。

他拿了四"奥纳"灰粗布，给自己做了一件只有一道缝的长袍，脱下他的裤子，把眼镜拴在帽子上。

他就这样来到庞大固埃跟前，庞大固埃见他穿得这样古怪，甚至连他那件一向当作神圣的倚靠、对抗一切灾难的最后避难所的、美丽、考究的裤裆也不见了。

善良的庞大固埃弄不懂这个闷葫芦，禁不住向他发问，问他这个新的打扮是什么意思。

巴奴日答道："我耳朵里长了虱子，我要结婚了。"

庞大固埃说道："好啊，这是个好消息。但是我手里拿不住火④。何况连裤裆也不戴，让自己的衬衣垂在膝盖上，不穿裤子，只罩一件长袍，连颜色也不是正人君子的长袍所用的，这决不是谈情说爱的人应有的打扮。

"如果说，过去有过少数邪门歪道的人穿得奇怪，而且有过不少人说他们是招摇撞骗、矫揉造作，我也不愿意说他们不好，也不愿意为了穿戴就对他们有不良的看法。各人有各人的爱好，特别是外表上无关重要的事情，它们本身并没有什么好坏，因为它不是从心里、从思想里生出来的，一切的善和恶都生在心里和思想里。所谓善，就是由纯正的思想感染别人，所谓恶，就是用魔鬼的罪恶使人变坏。只有标新立异和为一般人所蔑视的，我才不喜欢。"

"颜色问题，"巴奴日接口说，"锅里实在难煮，顺便向你告诉⑤（就是我的粗布⑥），今后我一定在乎，对一切都要仔细关注。我现在一身无债，但是上天如不保佑，你就会看到没有比我更讨厌的人了。

"你看我的眼镜。远看，你一定说我是约翰·布尔茹瓦修士⑦到了。我相信明年还可以宣讲一次十字军。愿天主保佑好我的睾丸！

"再看我这身灰粗布，它有未卜先知的能耐，这种能耐很少人有。我不过从今天早晨才穿上它，但是我已经感觉到跟疯了一样，我剑拔弩张，迫不及待地想结婚，来不及地想在我老婆身上大干特干，挨棍子也不怕。啊！我一定是个伟大的丈夫！我死之后，准会有人把我隆重地焚化掉，保存我的骨灰，作为理想丈夫的典范让人纪念。天主那个身体！我的管账的可别想在我身上玩花招、造假账，因为耳刮子马

---

① 见《旧约·出埃及记》第21章第6节，《旧约·申命记》第15章第17节。一个奴仆愿永远留在主人身边，不愿回家，主人即拿锥子，为他穿耳。

② 希尔喀尼亚，里海以东地名。

③ "马尔维迪斯"，西班牙币名。

④ 意思是，我不能证明你所说的到底是不是实话。

⑤ "锅里实在难煮"（aspre aux potz）与"顺便向你告诉"（à propos）同音，作者顺嘴溜了，意思并不连贯。

⑥ "粗布"（bureau），"桌子"（bureau），"台布"（bureau）都是同音字，作者继续作顺口溜。

⑦ 约翰·布尔茹瓦，15世纪方济各会修士，人称"戴眼镜的方济各会士"。

上就会打在他脸上!

"你看看我的前身,再看看我的后身;这完全是罗马人在不打仗时穿的一种古代式的罩袍。这是在罗马特拉让的柱子上和赛普提米乌斯·赛维路斯[①]的凯旋门上采取的式样。我厌恶战争,厌恶甲胄,厌恶头盔。我的肩膀因为多穿了铠甲,都累坏了。取消武器,让长袍当令吧[②]!假使我结婚的话,至少来年一整年希望如此,你不是昨天还对我提起摩西的法律么?

"至于裤子,我的姑奶奶洛朗斯[③]老早就对我说过,它是属于裤裆的。我完全同意这个说法,正像那位可人意的人儿伽列恩在他的《人体各部功用》第九卷里[④]所说的,头是属于眼睛的一样。因为自然很可能让我们的头长在膝盖上或臂肘上;不过,为了叫眼睛可以往远处看,于是才叫眼睛长在头上,也就是全身最高的一根棍子上。正像我们看见港口上修建的灯塔和瞭望台那样,是为了让人从远处看见灯光。

"还有,因为我想有一段时期,至少也得一年,尝试一下战争技术,也就是说结婚的技术,所以我不戴裤裆,因而也就不穿裤子。因为裤裆是装扮战士第一件要穿的衣服。我就是被放在火上,也要坚持这样说(听好,绝对坚持),土耳其人可称不上是武士打扮,因为他们的法律一向禁止穿戴裤裆。"

---

① 赛普提米乌斯·赛维路斯,公元193至211年之罗马皇帝。
② 西赛罗的一行诗。
③ 喜剧《巴特兰》里的人物,见第五幕第158、159行。
④ 应是《人体各部功用》第8卷第5章。

第八章

裤裆怎样成了战士的首要服装

庞大固埃说道："你要坚持裤裆是战士披挂的第一样东西么？这个新的说法未免太离奇，因为我们总是说穿戎装先来刺马距。"

巴奴日回答道："我坚持，而且没有说错，我一定坚持。

"你看，自然一旦生产了植物、树木、灌木、花草和植虫①，就不管时代的变迁，个别的死亡，一定使它们永远相传下来，品种不灭，并奇妙地使它们留芽、结籽、永不绝根，还非常神奇地使它们长上包皮、叶鞘、壳、核、托、荚、穗、绒毛、外皮、刺等等东西，这完全等于一种天然的、美丽而结实的裤裆。例子最明显的是豌豆、蚕豆、青豆、胡桃、桃、棉花、苦瓜、麦子、罂粟、柠檬、栗子等等，我们看见它们的胚和籽，显著地比其他部分包得严、密、保险。人类的延续，可不是如此，自然把人类造得赤裸、柔嫩、脆弱，没有攻击和防御的武器，这完全是原始黄金时代天真无邪的化身。不是植物，而是动物，生来为和平、不是为战争的动物，生来为享受一切蔬菜和百果的动物，生来为和平地统治一切禽兽的动物。

"后来，继朱庇特为王的铁器时代，人类之间罪恶丛生，地上开始长起荨麻、蓟茨、荆棘及其他多刺植物来和人类作对。另一方面，几乎所有的禽兽也都自然而然地脱离了人，默契地联合起来，不再听人的使唤，不再受人的支配，尽力反抗，还尽自己的所能侵害人类。

"人类要维持他原有的享受，要使他最初的统治可以继续，而同时又不轻易地放弃若干禽兽的效劳，于是只得武装自己。"

"圣该奈的肚皮！"庞大固埃叫了起来，"从上次下雨以后，我看你成了个善饮家了，我是说善辩家了。"

巴奴日说道："请你注意自然是怎样启发人武装自己，并且是从身体哪一部分开始的。蒙天主保佑，就是两腿当中的那个玩意儿。

> 善良的老爷普里亚普
> 盖好之后不再显露。

"希伯来人的首领和哲学家摩西就是证人，他说他非常聪明地用无花果树的叶子给自己做了个结实好看的裤裆②，软硬适中，曲折自如，它的光泽、大小、颜色、气味、功力、效能，为遮盖和保护那一部分真可说是合适极了，而且非常方便。

"只是，洛林省人那种怕人的家伙是例外，它耷拉出来可以一直伸到裤子底下，而且最不喜欢冠冕堂皇的裤裆来束缚它，不服从任何管教。例子就是维亚底耶尔那个高贵的华朗丁③，他在五月一日的那一天④，为了想出风头，我曾在南锡⑤看见他把他的家伙掏出来放在桌子上，跟西班牙人的斗篷一样大。

"今后，送兵士上战场的时候，如果不愿意把话说错，也不应该再说：

> '戴沃⑥，当心你的酒罐子，'

---

① 指珊瑚、海绵一类的植虫生物，当时尚不知列入何类。
② 见《旧约·创世记》第3章第7节，此处作者没有忠实地引用原文。
③ 南锡狂欢节中选出的狂欢之王。
④ 作者时代，大概5月1日为传统的狂欢节日。
⑤ 南锡，洛林省省会。
⑥ 戴沃，民间故事里怕死的小兵。

酒罐子是指脑袋，而应该说：

'戴沃，当心你的奶罐子，'

那是指的下面的家伙。真他妈的见鬼！其实丢掉脑袋，不过死一个人，可是丢掉那玩意儿，等于死掉全人类。

"所以那个可人意的伽列恩在他的《论胚胎》第一卷里爽直地总结说，宁可没有心脏，也不能没有生殖器官。因为那里正是延续人类萌芽的神圣所在地。不用给我一百法郎，我就相信丢卡利翁和比拉恢复被诗人描写的洪水所毁灭的人类时，就是用的这种材料。

"英勇的茹斯提尼昂在他的De cagotis tollendis①第四卷里写出summum bonum in braguibus et braguetis②的句子，也是这个题材。

"还有，也是个类似的故事，德·迈尔维尔老爷③要跟随国王出征，有一天在试穿一身新的甲胄（因为旧的都锈了，不能穿了，还因为不少年以来他的肚皮离腰子越来越远了），他的妻子在一旁观察，认为他对于他们婚后共有的包裹④和棍子太不注意，只有一层锁子甲，便提议要他好好地把它套在一顶在她内室里没有用的大头盔里。

"这个故事是以诗句写在《少女的笑脸》⑤第三卷里的：

她见丈夫全身披挂，准备作战，

唯独裤裆露在外面，

说道：'朋友，别让人伤着了它，

---

① 拉丁文，"应该取消迷信"，见本书第2部第7章圣·维克多藏书楼藏书。
② 拉丁文，"裤子与裤裆的绝大功能"。
③ 一说系英国将军威廉·德·迈尔维尔在毕加留下的一个后代。见弗路瓦萨尔《编年史》第1卷第274、280节。
④ 《结婚的包裹》也是圣维克多藏书楼里的一本书，此处有意含蓄。
⑤ 圣维克多藏书楼也有这本书。

要保护它，它是我最宝贵的珍玩。'
怎么？这样的叮嘱难道应该非难？
我说完全不应该；因为她最大的眷恋，
便是不能丢失了
她如此喜爱的小肉丸①。

"别再对我的新打扮感到惊奇了。"

---

① 这首诗原登载在1534年出版的《法国诗的花朵》里，无作者姓名。

第九章

巴奴日怎样向庞大固埃请教是否应该结婚

庞大固埃一句话也没有说，巴奴日深深地叹了口气，又说道：

"王爷，我的打算你已经知道了，只要天底下的窟窿眼儿还没有不幸全都被堵上、关上、塞上，我就要结婚。为了你长久以来对我的关注，我请你把你的意思也见告一下。"

庞大固埃回答道："既然骰子已经掷出①，主意也拿了，决心也定了，那就用不着多说，只要去实行就是了。"

巴奴日说："当然，不过没有你的指示和忠告，我还是不干。"

庞大固埃说："好，那我就把我的意思告诉你。"

巴奴日说："如果你以为还是像现在这个样子好，用不着出新花样儿，那我就宁愿不结婚。"

庞大固埃说："你千万不要结婚。"

巴奴日说："不结婚也可以，不过，你是不是要我一辈子打光棍、连个老婆也没有呢？经上记载着说：voe soli②。独身的人永远也享受不到结婚人的快乐。"

"那你就结婚好了，我的老天！"庞大固埃叫了起来。

巴奴日说："可是，如果我的老婆叫我做乌龟又该怎么办？你知道

今年是乌龟的丰收年，我一想起来，就沉不住气。虽然我喜欢乌龟，我觉着他们都是好人，我也乐意跟他们往来，但是，要我去做乌龟，我宁愿去死。就是这一点，使我心神不定。"

庞大固埃说道："千万别结婚，因为塞内加的箴言千真万确，毫无例外：你如何对人，人必如何对你③。"

巴奴日问道："你说，毫无例外么？"

庞大固埃说："毫无例外，作者是这样说的。"

"哦！哦！"巴奴日叫了起来，"见他的小鬼！他可能说的是这个世界，也可能说的是死后另一个世界。

"不过，既然我非有女人不可，跟瞎子没有棍子不行一样（因为我的小锥子得动动，否则我就无法生活了），那么，跟一个诚恳端庄的女人结合起来，不比每天冒着挨棍子、或者等而下之冒着传染梅毒的危

---

① 恺撒带领军队渡过路比贡河时，曾高声说，"Alea jacta est（命运已掷出）！"意思是决无反悔。
② 拉丁文，"独居不好"。见《旧约·创世记》第2章第18节。
③ 见塞内加《箴言集》第94篇。

险更好得多么？因为端庄的女人，我从来就没有跟她们有过来往。她
们的丈夫尽可以放心。"

"那就结婚吧，我的老天！"庞大固埃又叫了起来。

巴奴日说："不过，如果是天主的意思，使我娶到一个端庄的女人，但是这个女人打我，那我不活活地气疯，也得会有一半像约伯①。因为，有人告诉我，这些端庄的女人，一般都头脑顽固，因为她们家里都有好醋②。我那个一定更糟，我非狠狠地揍她不可，全身都得打到：胳膊、腿、头、肺、肝、脾，两手不住地把她的衣裳撕得粉碎，让老魔鬼可以在门口等着收她的死灵魂。不过，这些麻烦，我今年是避过了。还是不结婚的好。"

庞大固埃说："那就还是不结婚。"

巴奴日说："只是，像我现在这样，一身无债，又无妻子，请你注意，我的意思是说在不幸的时刻连债务也没有。因为假使有一身债的话，我的债主一定会注意不让我绝后。现在呢，既没有债务，又没有老婆，那就没有一个人关心我，也没有一个人以所谓夫妇之爱来爱我了。这样，万一要病倒的话，就没有人理我。圣人云：家无主妇——是说没有女人，亦即没有娶老婆——生病无人照顾。我看见的例子太多了，教皇、教皇钦差、红衣主教、主教、道长、会长、司铎、修士，举不胜举。所以，这些差使我一样也不要干。"

"那就结婚吧，老天！"庞大固埃又叫起来。

巴奴日说："可是，万一病倒，同时又没有力量尽结婚的义务，我的老婆不耐烦我的软弱，一定会去跟别人，那时不但不再来照顾我的疾病，反而会讥笑我的无能，（更糟的是）还会偷我，这我也看见过，她是想叫我气上加气，把我气跑为止。"

"那就不要结婚，"庞大固埃又接嘴了。

巴奴日说："不结婚当然可以，不过，我永远也不会有嫡亲的儿女了。我还希望叫他们为我传宗接代、继续我的前程、继承我的遗产和财富哩（你尽管放心，就在这一半天，我会变成一个巨额养老金的抵押人）；我要和他们一起享福，遇到我心里难过的时候，我可以像我每

---

① 约伯，《圣经》上的人物，曾受魔鬼试探，妻子朋友都背弃了他，他不为所动。
② 表面上温和的女人，有如温和的酒，一旦变成醋，特别酸。

天看到的、像你那慈爱、善良的父亲和你、还有一切的好人那样在自己家里享享清福。现在我既无债务，又没有老婆，万一遇到什么不幸，我会觉着你不是在安慰我，而是在嘲笑我！"

"那就赶快结婚，老天！"庞大固埃又叫了起来。

第十章

庞大固埃怎样向巴奴日说明指示别人结婚的
困难；如何拿荷马及维吉尔占卜 ①

巴奴日说道："你的指示，假使我没有说错的话，有如里科舍的歌谣②，净是讽刺、讥笑、自相矛盾，前言不照后语。我不知道相信哪一句好。"

庞大固埃回答说："你的话里边，全是'假使，如果'和'不过，但是'，使我捉摸不定，无法根据它们看个明白。你到底有没有拿定主意？主要的问题就在这里；其余的一切都无法预料，只好听天由命。

"有许多人婚后幸福，他们的婚姻仿佛闪耀着天国喜乐的理想和形象。但是，也有多少不幸福的人，他们比魔鬼在底巴依德③和蒙塞拉④

的旷野里诱惑的隐修士还要苦。一旦拿定主意，那就蒙起眼睛，低下头，吻地下的土表示完全信赖天主，走到哪里算哪里。其他的，我什么也不能说定。

"要是你高兴的话，咱们可以这样来一下。你把维吉尔的作品给我拿来，用指甲掀开三次，数到我们约定的行数，看看将来你婚后的命运如何。许多人就是这样从荷马的作品里看到自己的未来的。

"比方苏格拉底，就是因为他在狱里听见有人背诵荷马描写阿基勒斯的一句诗，见《伊利亚特》第九卷：

> 一路无甚耽误，
> 第三天就立足于佛提亚肥沃的泥土[5]。

预知他三天之后必死，因而便先通知了埃斯奇涅斯[6]。柏拉图在《克里托篇》里、西赛罗在《论占卜》第一卷里以及戴奥吉尼兹·拉厄尔修斯都曾描写过[7]。

"还有欧匹留斯·马克里奴斯[8]，亦足证明，他曾经想知道自己能否做到罗马皇帝，结果从《伊利亚特》第八卷这句箴言里，看到了他的命运：

> 老年人啊，这些兵士年轻力壮，

---

① 古时有人拿翻阅荷马或维吉尔的作品，作为卜问吉凶的方法，后来有人拿《圣经》作为占卜的工具。
② "里科舍的歌谣"，不清不混的言语，既是问句，也是答案。
③ 底巴依德，古埃及之北部，亦称上埃及，最初的隐修士即在此处隐修。
④ 蒙塞拉，西班牙地名，近巴比伦，该处有隐修士住过的山洞。
⑤ 《伊利亚特》第9卷第363行。
⑥ 埃斯奇涅斯，公元前4世纪古希腊哲学家。
⑦ 戴奥吉尼兹在他的《哲学家传》里谈到过埃斯奇涅斯，其他两人谈的是克里托。
⑧ 欧匹留斯·马克里奴斯，公元217至218年罗马皇帝。

> 今后会使你难以抵挡，
>
> 你的壮年已经过去，
>
> 难受的老年即在身旁①。

"后来果然，年纪已经老了，皇帝只做了一年零两个月，就被年轻少壮的埃拉卡巴鲁斯②打下位来杀掉了。

"布鲁图斯也是个例子，他想知道法萨鲁斯战役③的吉凶——他就是在此次战役中被杀的——曾在《伊利亚特》第十六卷里碰到了巴特罗克鲁斯这两句诗：

> 由命运摆布，
>
> 我被勒托的儿子杀戮④。

"'阿波罗'就是作战这一天的口令⑤。

"从维吉尔的作品里，过去也使人预见过不少重要的事件，像亚历山大·赛维路斯⑥，他就在《伊尼特》第六卷的这句诗里知道自己要做罗马皇帝。

> 罗马人啊，你要统治天下，
>
> 莫让它沉沦恶化⑦。

"后来过了几年，果然应验了，他真的做了罗马皇帝。

---

① 《伊利亚特》第8卷第302行。
② 埃拉卡巴鲁斯，公元218至222年罗马皇帝，生于204年，做皇帝时只14岁。
③ 法萨鲁斯，古希腊地名，恺撒于公元48年曾在该处大败庞贝。
④ 《伊利亚特》第16卷第849行。
⑤ 见普鲁塔克《布鲁图斯传》第28章。
⑥ 亚历山大·赛维路斯，公元222年继埃斯卡巴鲁斯以后的罗马皇帝。
⑦ 《伊尼特》第6卷第851行。

"还有罗马皇帝阿德里安，他不放心，很想得到特拉让对他的意见，以及对他的感情，曾向维吉尔的作品里问卜，在《伊尼特》第六卷里翻到过这两句诗：

> 远处那位手持橄榄树枝的人，
> 他是何人？
> 从他花白的须发和庄严的衣衾，
> 我认出来他是故世的罗马国君①。

"后来果然被特拉让收作义子，并继承了他的帝国。

"还有受人赞扬的罗马皇帝克罗丢斯二世②，他在《伊尼特》第一卷翻到过这两句诗：

> 不到第三个夏季
> 他在拉七奥姆的王朝即将完毕③。

"果然，他的江山只坐了两年。

"同一个克罗丢斯还替他兄弟干提留斯④占过卜，他想叫他兄弟参加他的帝国统治，他翻到了《伊尼特》第六卷里这一句诗：

> 命运注定他即将走进地下⑤。

"这句话果然应验了，因为他在执政之后的第十七天便被杀了。同

---

① 《伊尼特》第6卷第808至810行。
② 克罗丢斯二世，公元268至270年之罗马皇帝。
③ 《伊尼特》第1卷第265行。
④ 干提留斯，公元270年罗马皇帝，同年被杀。
⑤ 《伊尼特》第6卷第869行。

样的命运也应到过小哥尔提安身上①。

"还有克罗丢斯·阿尔比奴斯②，他也想知道自己的命运，在《伊尼特》第六卷里他翻到：

这位骑士，在混乱中
保卫了罗马城，
战胜了迦太基，
把反抗的高卢人扫平③。

"还有奥瑞连的前任皇帝克罗丢斯④，他深恐后继无人，曾在《伊尼特》第一卷的这句诗里查到过自己的未来：

我要他们的后代昌盛，
幸福无尽无穷⑤。

"后来，他果然子孙昌盛。

"还有比埃尔·阿米⑥，他想知道能不能躲过那些小人的陷害⑦，曾在《伊尼特》第三卷里翻到过这句诗：

啊！逃出这残暴的地方，

---

① 小哥尔提安，公元238年罗马皇帝，接位后不久即被杀。
② 克罗丢斯·阿尔比奴斯，2世纪罗马大将，后被拥上皇帝宝座，卒被赛普提米乌斯·塞维路斯所杀。
③ 《伊尼特》第5卷第857、858行。
④ 即克罗丢斯二世。
⑤ 《伊尼特》第1卷第278行。
⑥ 比埃尔·阿米，作者在方济各会修道时的好友，曾一起学习希腊文。
⑦ 指陷害阿米等人、不许他们读希腊文的教士。

逃离这贪婪的海上①。

"后来，他果然平安躲过了他们的毒手。

"还有无数其他的例子，一个一个地说出来太多了，他们都从诗文的箴言里算到了自己的命运。

"不过，我不愿意说这个占卜方法是绝对可靠的，因为我不愿意你受骗。"

第十一章

庞大固埃怎样说明用骰子算命是不正当的

巴奴日说道:"那么,还是用三粒骰子算命,来得爽快。"

庞大固埃说道:"不好,那个算法是骗人的,不正当的,而且非常危险。你千万别相信它。害人的《骰子算卦》是很久以前被捏造是非的敌人①,在阿卡亚②离布拉不远的地方、布拉海格立斯的塑像跟前造出来的③,现在在不少地方还有,哄骗头脑简单的人上当,进他们的圈套。你知道我父亲高康大是怎样在国内禁止并焚毁制造骰子的模子和图样的,他和对待危险万分的瘟疫一样予以绝对的取缔、禁止和销毁。

"我所说的骰子,和骨块游戏④差不多,同样是骗人的玩意儿。你也不用拿提贝利乌斯在盖律翁⑤显灵的阿波奴斯水泉里搞的算命把戏⑥来说服我。这都是骗子使头脑简单的人迷信到底的钓饵。

"不过,为了不委屈你,我也同意你拿三粒骰子在桌子上掷掷看。按照掷出的点数,咱们来查一下你翻开的那一页的行数。你袋里有骰子没有?"

巴奴日说道:"满满的一袋子都是骰子。这是迈尔利奴斯·科卡优斯在 libro secundo de patria diabolorum⑦ 里所说的魔鬼的钓饵。没有它,魔鬼怎么叫我上钩呢?"

巴奴日掏出来三粒骰子,掷了一个五,一个六,又一个五;掷好说道:

"十六点。我们来看看我翻开的那一页的第十六行是什么。十六点，我很喜欢，这一卦一定不错。我结婚的头一夜要是不把我未来的老婆弄得心满意足、神魂颠倒，我情愿像木球戏里那只球、或者开向一队步兵里的一颗炮弹一样，滚到魔鬼窝里去！"

庞大固埃说道："这个我毫不疑惑，你用不到发这么大的誓。头一下打不中，就是十五点[8]；早晨起来补一点：正好十六点。"

巴奴日说："你是这样来理解的么？告诉你，我肚子下面守卫的壮士从来没有错过事。你见我搞错过么！没有，没有，从来没有。我是老手，有经验的老手，没错儿。跟我一起玩过的人可以作证！"

说完话，维吉尔的诗集已经有人送上来。巴奴日在未翻开之前，对庞大固埃说道：

"我的心在胸口里跳得不得了。你摸摸我左胳膊的脉跳得多快，你真会以为我是在索尔蓬应付考试呢。在看维吉尔之前，你同意不同意咱们先祷告一下海格立斯和传说执掌命运的戴尼特神？"

庞大固埃说道："两个都不用祷告。你只要用指甲把维吉尔翻开就是了。"

---

① 《骰子算卦》是安提图斯·弗尔根据1474年在布伦尼出版的洛朗索·斯匹利多·达·贝路基亚的原著译出来的。"捏造是非的人"意思指"魔鬼"。
② 阿卡亚，古希腊地名。布拉在阿卡亚境内，该处有海格立斯显灵。
③ 占卜者站在海格立斯塑像跟前祷告，然后从塑像足内掏出骰子，掷在桌上算命。
④ 一种骨头做的赌具，亦可算命，四面有字，两面无字。
⑤ 盖律翁，希腊神话中最有力之巨人，被海格立斯所杀。
⑥ 提贝利乌斯曾在帕杜亚·盖律翁那里的阿波奴斯水泉算过命。
⑦ 拉丁文，"《魔鬼国》第2卷"；圣维克多藏书楼有此书。
⑧ 掷木球，如果一下不打中，就输十五点。

第十二章

庞大固埃怎样用维吉尔为巴奴日的婚姻占卜

巴奴日翻开书，在第十六行的地方，查到了这一句诗：

Nec Deus hunc mensa, Dea nec dignata cubili est.①

庞大固埃说道："这一卦对你不利。卦里说你老婆不贞，所以你要做乌龟。

"跟你作对的女神，就是密涅瓦，为人畏惧的处女，凶暴有权的女神，乌龟、情人和奸夫的对头，对丈夫不贞、委身于别人的淫妇的敌人。所谓神位的神，就是指天上执掌霹雳的朱庇特。根据古埃托利亚人的说法，你可以看到'雷劈'（埃托利亚人对吴刚霹雷的称呼）只有她（火焚阿杰克斯·欧里乌斯的船只就是一个例子②）和从脑袋里生出她来的父亲朱庇特可以使用。奥林匹斯山上别的神都不许使用雷劈，因此密涅瓦和朱庇特特别为人类所畏惧。

"我再告诉你一点，你可以作为一段深奥的神话记下来。就是当巨人对神作战的时候，开始时，神并不重视这样的对手，说巨人连他们的仆从也招架不住。但是当他们看到巨人把珀利翁山③堆在欧萨山上、奥林匹斯山已经摇摇晃晃眼看要倒在那两座山上的时候，才大吃一惊。朱庇特赶快召集诸神大会，决定由全体神灵极力自卫。又因为过去好几次都由于军队里的女人所妨碍而遭到失败，于是决定把女神赶出天庭，叫她们变成鼬鼠、黄鼠狼、蝙蝠、地老鼠，或其他的形象到埃及和尼罗河流域去。只有密涅瓦以文艺与战争之神、参谋与执行之神的名义被留下来与朱庇特共同执掌霹雳，她生来就是军队的主神，天上、地下、空中、海洋的受敬畏的女神。"

巴奴日说道："天主的肚子！难道我能是诗人④所描写的吴刚么？不对，我既不瘸腿，又不造假币，更不像吴刚那样是个铁匠。我的老婆虽然可能和他的维纳斯一样美丽，但决不会像她那样淫乱，我也不会像他那样做乌龟。那个瘸腿的家伙是当着诸神的面被宣告作乌龟的。单单这一点，就完全和我不同。

"这一卦是说我老婆将来一定贞节、贤慧、忠诚，决不好斗、不驯、愚蠢，像帕拉斯⑤那样从脑汁里生出来。漂亮的朱庇特也决不会做我的情敌，我们在一起吃饭的时候，他决不会在我的汤里沾面包。

"你看他的举止和出色的行径。他曾是最荒淫、最大胆的好色者，跟猪一样乱来，如果巴比伦的阿伽多克勒斯⑥没有说错的话，他是一只母猪在康狄亚⑦的狄克特山上养大的；他比一只公羊还爱交配，所以又

---

① 拉丁文，"他不配列入神位，也不配上女神的床"。见维吉尔《田园诗》第4卷第63行。

② 阿杰克斯·欧里乌斯的船只曾在特洛亚战争中被神火焚毁。

③ 珀利翁山和欧萨山都在古希腊的戴萨里亚，神话中巨人曾把珀利翁山叠在欧萨山上对抗天庭。

④ 维吉尔没有谈过吴刚，塞尔维乌斯谈过。

⑤ 帕拉斯，密涅瓦的别名。

⑥ 阿伽多克勒斯（前361—前289），西拉库赛暴君，迦太基人之劲敌。

⑦ 康狄亚，即克里特岛。

有人说，他是吃母山羊阿玛尔台阿①的奶长大的，冲着阿开隆说话！他一天就干掉了全世界的三分之一：欧洲，包括人、畜、山、川。因为他的行动像只羊，所以阿莫尼特人②把他画成一只带角的山羊，正在干着羊的勾当。

"不过，我知道怎样来对付这个带角的家伙。我不会被他当作一个愚蠢的安菲特里翁③、一个虽然长着一百只眼睛、但是呆傻的阿尔古斯④、一个怯懦的阿克里修斯⑤、一个无用的底比斯的吕科斯⑥、一个梦幻者阿盖诺尔⑦、一个精神涣散的阿索波斯⑧、一个腿上长毛的吕卡翁⑨、一个多士干的笨伯科里图斯⑩、一个背脊宽大的阿特拉斯⑪。

"他可以随便变成仙鹤⑫、变成公牛⑬、变成半人半羊⑭、变成黄金⑮，或者像引诱他妹妹朱诺时变成的布谷鸟；任他变鹰⑯、变羊，爱上住在阿基亚的少女普提亚时变成鸽子⑰，变火，变蛇，变虱子，甚至变伊壁

---

① 阿玛尔台阿，神话里养育朱庇特的母山羊，它的一只角即后来的丰收角。
② 阿莫尼特人，古叙利亚民族，据说是罗得的儿子阿蒙的后代。
③ 安菲特里翁，神话中阿尔克墨涅的丈夫，曾被朱庇特哄骗。
④ 阿尔古斯自以为有一百只眼睛，总可以看住伊奥了，结果还是被音乐催眠过去。
⑤ 阿克里修斯，神话中阿尔戈斯国王，他担心会被外孙打死，把他女儿达娜伊关在塔里，朱庇特变金雨入内。
⑥ 吕科斯因为骂了他的侄女安提俄珀，后被安提俄珀和朱庇特生的两个儿子杀死。
⑦ 阿盖诺尔，神话中腓尼基国王，尼普顿之子，厄罗珀之父。
⑧ 阿索波斯，神话中的河神，女儿爱琴娜曾被朱庇特拐走。
⑨ 吕卡翁，神话中阿尔卡地亚国王，朱庇特引诱他的女儿卡利斯多，把他变成了狼。
⑩ 科里图斯，神话中厄勒克特拉的丈夫，厄勒克特拉曾和朱庇特生达尔达奴斯。
⑪ 阿特拉斯，厄勒克特拉之父。
⑫ 朱庇特引诱丽达时变成仙鹤。
⑬ 朱庇特拐走厄罗珀时变成公牛。
⑭ 朱庇特引诱安提俄珀时变成半人半羊。
⑮ 朱庇特引诱达娜伊时变成金雨。
⑯ 朱庇特引诱伽尼墨德时变成鹰。
⑰ 普提亚系阿卡亚半神半人少女，朱庇特曾变鸽子追求她，见艾理亚《历史集锦》第1卷第15章。

鸠鲁①的原子，或者神学大师似的变成第二种思想②，我保证可以用钩子把他钩住。你知道我怎么整治他么？天主那个身子！就照农神对付他父亲'天'那个样子（塞内加向我预言过，拉克唐修斯③后来证实过），丽雅对付阿提斯的样子；④我要沿着他的肛门，把他的家伙全部割光，连一根毛也不剩。让他永远也当不成教皇，因为 testiculos non habet⑤。"

庞大固埃说："好，小伙子，好极了！再翻一次。"

第二次翻到的是这样一句诗：

Membra quatit, gelidusque coït formidine sanguis.⑥

庞大固埃说："这一卦的意思，是说她将打得你前后俱到。"

巴奴日说："不对，这指的是我，她要是惹我生气，我将像老虎似的揍她一顿。让棍子马丁执行职务。如果没有棍子，我要不像利地亚国王康勃勒斯吃他女人似的⑦活活地把她吃掉，让魔鬼把我吃掉。"

庞大固埃说道："你倒有种。动起气来，连海格立斯也不是对手，怪不得人们说一个约翰⑧抵得上两个，海格立斯一个人当然打不过两个⑨。"

巴奴日说："我是约翰么？"

"不是，不是，"庞大固埃说。"我刚才想的是赌博。"

巴奴日第三次翻出来的诗是：

---

① 伊壁鸠鲁（前341—前270），古希腊大哲学家。
② 神学上思想的思想为第二种思想。
③ 拉克唐修斯，4世纪天主教护教论者。
④ 见拉克唐修斯《伪教》第16卷第10章。
⑤ 拉丁文，"没有睾丸"。传说过去曾出过女教皇，所以后来新教皇选举后，须坐一露洞的椅子，让人看到他确系男子。
⑥ 拉丁文，"骨折肢断，浑身血液吓得冻结"。见《伊尼特》第3卷第30行。
⑦ 故事见埃里亚奴斯《史话散集》第1卷第27章。
⑧ 掷骰子赢者是约翰，约翰亦系乌龟的别名。
⑨ 海格立斯不战两个对手，见埃拉斯姆斯《箴言集》第1卷第5章第39行。

Foemineo praedoe et spoliorum ardebat amore.[①]

庞大固埃说:"这一卦是说她要偷窃你。根据以上三卦,我把你看定了:你将来要做乌龟,要挨打,要被偷。"

巴奴日说道:"完全不对,这一卦的意思是说她将一心一意地爱我。讽刺诗人[②]曾说一个热情奔放的女人有时会以偷窃她的情人为乐,这决不是乱说。你知道偷什么么?一只手套,一个小东西,一点点无关紧要的东西,是故意叫他去找啊。

"情人间常常有的一些小争执,小拌嘴,也是如此,它只能增进爱情,刺激爱情。这好像我们看见的磨刀匠,有时在磨刀石上敲几下,那是为磨起刀来更快。

"因此,我认为这三卦都很好。否则的话,我不接受。"

庞大固埃说:"不接受,命中注定的吉凶,没法不接受,我们古代的法学家,还有巴尔都斯[③]《法学释例》的末一卷都是这样说的。理由是,没有任何东西更高于命运之神,命运之神不允许任何人表示异议。因此,弱小者不能有他的全部权利,巴尔都斯在注释《学说汇纂》第四卷第四章第七款里已明白解释清楚了。"

---

① 拉丁文,"带着女性的兴奋火焰,抢劫人的衣衫"。见《伊尼特》第11卷第782行。
② 指2世纪罗马诗人茹维那尔《讽刺诗》第6卷第210行。
③ 巴尔都斯,14世纪法学家。

第十三章

庞大固埃怎样授意巴奴日用做梦来测算结婚的吉凶

"既然我们俩对维吉尔的卦解释不同,我们再另外找一个算法好了。"

"什么算法?"巴奴日问道。

庞大固埃回答说:"一个妥善的、古老的、有效的算法:就是做梦。根据希波克拉铁斯的著作《περί έγυπγίωγ》①,还有柏拉图、普罗提奴斯、杨勃里古斯、西奈修斯②、亚里士多德勒斯、克塞诺丰③、伽列恩、普鲁塔克、阿尔台米多路斯、达尔底亚奴斯④、希罗菲路斯⑤、干图斯·卡拉贝尔⑥、泰奥克里图斯⑦、普林尼乌斯、阿忒涅乌斯等人的作品,都说做梦时灵魂常常会预见到未来的事情。

"我不需要长篇大论来向你证明,单举一个最普通的例子你就明白了。当你看见干干净净、白白胖胖的婴儿结结实实睡觉的时候,奶娘就乘此机会自由自在去了,因为她们毫不需要待在摇篮旁边。我们的灵魂也是如此,当肉体睡觉、全身各部的工作都已做好时,在睡醒之前灵魂无事可做,于是它就会回到老家天国里去游散一番。

"在那里，灵魂会恢复它原来灵性的本能，观察那无限的和智力的圆球⑧，球的中心面向宇宙各处，球的周围不在一处停留（根据海尔美斯·特里斯美吉斯图斯⑨的说法，球就是天主），对于它，无所谓新，亦无所谓旧，也不会有所遗漏，一切都是现在。灵魂会不仅看到过去，也会看到未来。它把看到的东西带回肉身，再由肉身的官能及机构说给朋友们听，这就叫作预言和先见。当然，它不会把看到的一切原原本本地都带回来，这是因为肉身的官能有它的缺陷和脆弱处，正像月亮从太阳接受光亮，但反射给我们的也不是它所接受的那样明亮、那样纯洁、那样耀眼、那样强烈的光亮一样。因此，对于梦幻的预言，需要有会解释的、聪敏的、博学的、技巧的、熟练的、合乎理论的、肯定的圆梦者和论梦者。希腊人就是这样称呼他们的。

　　"赫拉克利特曾说过，梦无所揭示，亦无所隐藏，它只是让我们从中探索一种对未来的意义和线索，或对自己是福是祸，或对别人是福是祸。《圣经》上就有这样的例子，外教的历史更是说得有凭有据，无数的事例都是根据自己的梦或者别人的梦，后来应验的。

---

① 希腊文，《论梦》。

② 西奈修斯，4世纪希腊新柏拉图派哲学家，普托勒马依斯主教。

③ 克塞诺丰，公元前4世纪雅典哲学家，苏格拉底的学生。

④ 达尔底亚奴斯，2世纪罗马哲学家，著有手相术。

⑤ 希罗菲路斯，4世纪希腊医学家，第一个著人体解剖学的作者。

⑥ 干图斯·卡拉贝尔，4世纪希腊诗人，即士麦那的干图斯，后作品在卡拉勃里亚寻获，故又称卡拉贝尔。

⑦ 泰奥克里图斯，公元前4世纪古希腊诗人。

⑧ 当时认为天主系一球状的天体，球心无所不在，周围处处都到，而又不在一处停留。

⑨ 海尔美斯·特里斯美吉斯图斯，2世纪新柏拉图派哲学家，按"海尔美斯·特里斯美吉斯图斯"意思是"至高无上的海尔美斯"，海尔美斯有如罗马神话中的迈尔古里，据说海尔美斯·特里斯美吉斯图斯的作品包括古埃及的全部文化知识、宗教、科学，中世纪人文主义者争论最热烈的，是作品中一主要论点，即天主系一球状的天体。

"阿特兰提斯①人和住在西克拉底群岛之一的塔索斯岛上的人,就没有这个方便,因为这些地方的人从来不做梦。还有克雷翁·德·多里亚、特拉叙迈德斯,以及我们现代的博学家法国人维拉诺瓦奴斯②,也都从来不做梦。

　　"因此,等明天愉快的曙光用它那粉红的手指赶走夜晚的黑暗时,你想法好好地睡一觉。只是,先要撇开一切情绪:爱情、恼恨、希望和恐惧,都要放开。

　　"正像古代伟大的预言家普罗忒乌斯一样,他经常变火、变水、变虎、变龙,或其他奇形怪状,以逃避对人预言。要他预言几句,那就非得变回本来的原形不可③。人也是如此,只有在他身上最灵性的部分(也就是Noũs和Mens④)安静下来、平稳下来、镇定下来、没有任何外在的喜爱使他分心走意的时候,他才能承受灵性和预言的技巧。"

　　巴奴日说道:"我同意这样做。今天晚饭要多吃呢,还是少吃?我问这个是有用意的。因为,如果我晚饭不好好地吃,或者吃得不饱,那我就睡不着觉,夜里光会胡思乱想,思想和我的肚子一样全是空的。"

　　庞大固埃说道:"看你的气色和胖瘦的样子,顶好晚饭不吃。古代的预言家安菲阿拉乌斯⑤,嘱咐想在梦中知道吉凶的人,当天一整天不吃东西,三天以前就不许喝酒。我们的规矩不用这样严格。

　　"虽然我相信脑满肠肥的坏东西,接受灵性的事物比较困难,但我也不同意说长期守斋挨饿的人,观察灵性的事物就比别人快多少。

　　"你一定记得我父亲高康大(我是很尊敬地提到他的),他常常给我们说那些守斋的隐修士写出的东西,和他们写作时的身体同样乏味、

---

① 阿特兰提斯,神话中大西洋中的大陆。见希罗多德《历史》第4卷,普林尼乌斯《自然史纲》第5卷第8章。

② 维拉诺瓦奴斯,即西蒙·德·诺维尔,生于海瑙特,作者同时代的博学家,人文主义者,1530年死于帕杜亚,死时仅35岁。

③ 见荷马《奥德赛》第4卷第417至424行。

④ Noũs是希腊文,Mens是拉丁文。

⑤ 安菲阿拉乌斯,神话中阿波罗之子,阿尔戈斯的预言家。

干瘪、腐朽，当肉身毫无生气的时候，智力很难清晰明朗，这一点，哲学家和医学家都已肯定，他们还说动物的精力是随着大脑下面奇妙的神经所提炼和净化的动脉血液而迸发、生产和活动的。我们听到过这样一个例子，说有一位哲学家，他以为一个人远离尘世，就可以安静地去注释、去发挥、去写作了，然而他周围的狗在吠、狼在嗥、狮在吼、马在啸、象在鸣、蛇在嘶、驴在叫、蝉在唱、鸠在咽，闹得比封特奈或尼奥尔①的市集上还要厉害，其实这是他肚子里饿得发慌。为了应付饥饿，胃脏才不住地叫，眼睛发花，血管吮吸着肌肉里的营养成分，使游荡不定的智力急遽下降，疏忽了它原来应该照顾的主人：肉身。这好像一只猛禽拿在别人手里，它想展翅高飞，不服管教，却被爪上的绳索在下面拉住不放。为此，哲学之父荷马曾给我们留下一个权威的故事：他说阿基勒斯的知己好友巴特罗克鲁斯②死后，希腊人还没有哭完，就闹开饥荒了③，肚子里连泪也流不出来了。因为经过长时期的挨饿，困乏的身体是流不出眼泪，也哭不出来的。

"不过，节制还是任何人都赞扬的，所以你也须要节制。晚饭不要吃豆子，不要吃兔子，也别吃别的肉，也不要吃鱼类（人称为水产的东西），不要吃白菜，不要吃足以混乱和影响你的智力的其他任何食品。这好比一面镜子，如果镜面上有哈气或者天时不正的雾气，它就照不清外面的东西，思想上的智力也是如此，假使肉身由于吃得太多，被食物的雾气弄得模模糊糊、神志不清，那它就无法接受梦中提示的任何形象，因为肉身和精神之间的关联是无法分割的。

"你只用拣几个大的克路斯土美尼亚和贝尔卡摩特④的梨吃下去就

---

① 旺代省封特奈·勒·孔特每年有三次市集，热闹非常；尼奥尔的市集比封特奈还要热闹。

② 巴特罗克鲁斯，希腊英雄，在特洛亚战争中被爱克多尔杀死，阿基勒斯为其复仇，替希腊作战。

③ 见荷马《伊利亚特》第13卷第20行又第14卷第155行。

④ 克路斯土美尼亚和贝尔卡摩特是两个以产梨出名的城市。

行了，再吃一只蒙贝利亚尔的苹果，几个都尔的李子，再在我果园里摘点樱桃吃下去就行了。这样就不用怕你的梦会含混不清、模棱两可，像从前逍遥派的人说的那样，秋天比别的季节水果吃得多，所以梦不能信。同样，古时的预言家和诗人也神秘地说，不灵的、骗人的梦都是隐藏在、覆盖在地上的树叶下面，因为树叶是秋季才落在地上的。这都不对，因为，新收水果内天然丰富的汁水，很容易蒸发到人身的各部分去（就像发酵中的酒一样），早就吸收、分发光了。此外，再到我的水泉那里喝点清水。"

巴奴日说道："这样的条件有点不好受。不过，无论如何，我也要试一下，只要明天早晨梦做好之后早些吃饭就是了。此外，我还求荷马的两扇梦门保佑我①，求摩尔菲乌斯②、求艾斯伦③、求汎塔苏斯④、求福贝多尔⑤都来保佑我。假使他们肯在紧急中救护我，我要给他们建立一座舒适的祭坛，用上细的皮毛衬褙起来。假使我现在是在拉科尼亚⑥伊诺⑦的庙堂里，这一边是厄提鲁斯，那一边是塔拉米斯，伊诺早就叫我安安稳稳地睡一觉，舒舒服服地做个梦，把我犹豫不定的困惑解决了。"

他又向庞大固埃问道：

"你以为我在枕头下面放一枝桂花好不好⑧？"

庞大固埃说："不需要。这是迷信，据阿斯卡隆人塞拉匹翁⑨、安提丰⑩、菲洛科鲁斯⑪、阿尔台蒙⑫和弗尔根修斯·普兰奇亚德斯⑬等人的说法，这都是骗人的。如果不算对德谟克利特老先生失敬的话，这和用鳄鱼

---

① 见《奥德赛》第19卷第562行。
② 摩尔菲乌斯，神话中睡眠之神。
③ 艾斯伦，神话中恐怖之神。
④ 汎塔苏斯，神话中显形之神。
⑤ 福贝多尔，另一恐怖之神，以上四神见奥维德《变形记》第11章第640行。艾斯伦和福贝多尔是一个神的两个名字，不是两个神。
⑥ 拉科尼亚，古希腊地名。
⑦ 伊诺，底比斯王后。
⑧ 伽列恩说桂花能使人睡眠。
⑨ 塞拉匹翁著有《论梦》一书。
⑩ 安提丰，公元前5世纪雅典雄辩家，著有论述梦幻作品。
⑪ 菲洛科鲁斯，公元前4世纪古希腊作家。
⑫ 阿尔台蒙，生于米勒图斯，著有《论梦幻》。
⑬ 弗尔根修斯·普兰奇亚德斯，5世纪迦太基主教，著有《神话集》。

或蜥蜴的左肋一样①；和用叫作'厄美特里德斯'的巴克特里安石头一样②；和用'阿蒙的角'一样③，爱西屋皮亚人把一种金黄颜色、样子像羊角，也就是说像阿蒙·朱庇特的角一样的宝石叫作'阿蒙的角'，说谁带着它睡觉，就一定会做真正灵验的梦，得到神灵的指示。

"至于你所祈祷的、荷马和维吉尔过去提到的两扇梦门④，一扇是象牙的，从这扇门里来的是模糊、玄虚和捉摸不定的梦，跟隔着一层象牙一样，不拘多薄也看不见，象牙是不透明的，它的密度会阻止人的视觉，因此就无法看到那一面的东西。另一扇门是一种角似的东西做的，从这扇门里来的是清晰、真实和无可否定的梦，跟隔着透明的角一样，从它的光照里可以清清楚楚、真真切切地看出各种各样的形象。"

约翰修士插嘴道："你的意思是说带角的乌龟所做的梦——也就是巴奴日在天主和他老婆协助之下所做的梦——都是灵验的、不会错的啊。"

① 普林尼乌斯在《自然史纲》第28卷第8章里，奥卢斯·盖里阿斯在《阿提刻之夜》第10卷第12章里都谈到过。
② 见普林尼乌斯《自然史纲》第37卷第10章，说睡时把"厄美特里德斯"枕在头下，可做巧梦。
③ 阿蒙，埃及人的太阳神，"阿蒙的角"是一种古化石，亦称菊石，16世纪意大利哲学家斯卡里格尔说用"阿蒙的角"伴眠可助做梦。
④ 除见荷马《奥德赛》第19卷第562行外，维吉尔在《伊尼特》第6卷第893行亦曾提到。

第十四章

巴奴日的梦和解释

第二天，早晨七点钟光景，巴奴日来到庞大固埃那里，当时在场的有爱比斯德蒙、约翰·戴·安脱摩尔修士、包诺克拉特、爱德蒙、加巴林，还有其他的人，他们看见巴奴日进来，便向庞大固埃说道：

"看，做梦的来了。"

爱比斯德蒙说道："为了这句话，从前雅各的儿子付出的代价可不小[①]。"

巴奴日说道："我确是从梦里出来的。一夜乱梦颠倒，简直莫名其妙。我只记得梦里边我的太太年轻貌美，艳丽绝伦，待我又好，跟宝贝小孩似的爱护我。谁也没有这样适意、这样愉快过。她阿谀我，叫我喜欢，抚摩我，摆弄我的头发，吻我，抱我，还在我头上做了一对美丽的小犄角玩。我笑着对她说应该把犄角装在我眼睛下边，使我看清楚要牴的东西，也使得摩姆斯[②]在断定牛角的地位时，不至于认为长错了地方，须要改装。那个顽皮的女人不听我的话，反而把犄角更往上装，只是我毫不感觉疼痛，倒是真怪。

　　"很快，我也不知道是怎么回事，仿佛我变成了一面鼓，她变成一只猫头鹰。我的梦就在这里中断了，惊醒之后，心里非常难过，犹豫

---

① 约瑟得梦述于诸兄，被卖给以实玛利人，故事见《旧约·创世记》第37章第19、20节，"看，做梦的来了"，是约瑟的哥哥们所说的话。
② 摩姆斯，神话中讽刺之神，朱庇特曾叫他判断吴刚、尼普顿、密涅瓦三神之功勋，摩姆斯说顶好肩膀上能长个牛角，试试他们的力量。

不决，情绪不好。这就是我做的全部好梦，你们好好地欣赏吧，高兴怎样理解就怎样理解。加巴林，咱们吃饭去。"

庞大固埃说道："对于圆梦这件事，如果我还可以下点断语的话，我认为你的老婆并不是真的给你在前额上装上一对犄角，像萨蒂尔①头上长的那样，而是对你不守信用，不忠实，跟别人要好，叫你做乌龟。这一点，阿尔台米多路斯②早已明白地说过了，我前面也提到过。

"即使你不真的变作鼓，她也会拿你当作婚礼中一面鼓似的捶打，即使她不变作猫头鹰，她也会像具有猫头鹰的天性一样偷窃你③。你看，你的梦完全符合维吉尔的预言：你要做乌龟，要挨打，要被偷。"

约翰修士大声叫了起来：

"说得完全对，我的真主！你要做乌龟了，老实头，绝对保险，你会长一对美丽的小犄角。哈，哈，哈，我们的'犄角大师'④，愿天主保佑你！你说两句话吧，我马上到教区里去募捐。"

巴奴日说道："完全相反，我的梦是说我的婚事一顺百顺，带着丰收角，万事亨通。

"你说是萨蒂尔的角，Amen, amen, fiat! fiatur! ad differrntiam papoe⑤！这样我的小锥子就跟萨蒂尔的角那样永远现成、永远不知疲劳了。这是人人想得到，而又很少人享有的天赐福气。所以，我再也不会当上乌龟，因为我不具备唯一使丈夫做乌龟的条件。

"乞丐为什么出来乞讨？因为家里没有填饱肚子的东西。狼为什么跑出森林？因为没有肉吃。女人为什么偷汉子？这你们完全明白，否则去问那些录事老爷、庭长老爷、顾问、律师、法官和 frigidis et

---

① 萨蒂尔，神话中半人半羊之讽刺神，头上长角。
② 阿尔台米多路斯在《论梦》里说，梦见头上长犄角，必做乌龟。
③ 古时认为猫头鹰象征偷窃，见奥维德《变形记》第7章第467行。
④ 与作者同时，有一神学家名叫比埃尔·科尔奴，"科尔奴"这个姓在拉丁文里意思便是"犄角"。
⑤ 拉丁文，"阿门，阿门，但愿如此！如此但愿！和教皇的说法不同！"（原文 fiatur 不是正确的拉丁文，教皇不这样说，所以紧接着"和教皇的说法不同"。)

maleficiatis[①]尊严教令的注释者们去。

"你们好像把长犄角和做乌龟混为一谈了（假使我说错，请你们原谅）。狄安娜头上的犄角好像美丽的月牙，然而她是乌龟么？她根本没有结过婚，怎么能做乌龟呢？请你们说话规矩些，小心她拿对付阿克托安[②]的办法来对付你们。

"善良的巴古斯头上也有角，还有潘恩[③]、阿蒙·朱庇特等等都有角。他们也都是乌龟么？这样说，朱诺一定偷汉子了？因为，必然会引起metalepsis[④]才对呀。当着孩子的母亲，说孩子是外来的、私生的，言外之音，就等于说父亲是乌龟，女的有外遇。

"咱们老实说吧。我太太给我的角是'丰收角'，里面全是吉祥如意，我可以向你们保证。再说，做婚礼中的鼓，我也很乐意，经常有人敲，老是响不停，咚咚咚咚。这真是我的福气。我太太干净利索，跟一只美丽的小猫头鹰一样。谁要是不相信，

> 地狱之外加绞刑，
> 圣诞好欢欣[⑤]。"

庞大固埃说："我把你最后说的话拿来和最初的比一比。开始时，你对你的梦非常得意，后来惊醒过来却非常难过，犹豫不决，情绪不好……"

巴奴日说："不错，因为我肚子里没有东西！"

---

① 拉丁文，"性冷的和无能的"，载《教皇通谕》第4卷第15条。
② 阿克托安，神话中的猎人，因看见狄安娜沐浴，被罚变作鹿，当场被猎犬咬死。
③ 潘恩，希腊神话中之羊神。
④ 拉丁文，"转置，换位"，修辞学上一种对比的辞格，比方说朱庇特是乌龟，言外之音就等于说朱诺偷汉子。
⑤ 15世纪一首圣诞歌曲：
　　"他问我：弟兄，你是否相信？
　　相信，上天才有福分，
　　不信，地狱之外加绞刑，
　　圣诞好欢欣！"

"……不对，不对，我看得出来。你要知道，凡是惊醒的梦，而做梦的人又难过、情绪又不好，不是主凶，定系凶兆。

"主凶，也就等于一种不吉利的病，它潜伏在身子里很难治，有传染性，隐伏不愈。经过睡眠——根据医学的论证，睡眠是增加消化力量的——疾病便开始显露出来，向外面移动。睡眠中断，对疾病不利，第一个感觉便是准备要忍受痛苦，要应付痛苦。这好像俗话所说的：戏弄马蜂①，搅动泥沼②，把睡眠的猫惊醒。

"凶兆呢，就是说灵魂经过梦中的启示，预感到灾祸注定要降到我们身上，不久即将发作。

"比方：海古巴③的梦和惊醒，还有奥尔斐乌斯的妻子欧律狄刻的梦，埃尼乌斯说她的梦做好之后，就是在惊骇中醒来的。后来果然海古巴看到了自己的丈夫普里亚摩斯、自己的孩子和自己的国家死亡和毁灭；欧律狄刻梦后不久也就哀痛地死去了。

"还有伊尼斯，梦中和故去的爱克多尔说过话，忽然惊醒过来。当天夜里特洛亚就被蹂躏焚烧了④。还有一次，他梦见他的家神，吓醒了，第二天，就在海上遇见了大风浪⑤。

"还有图尔奴斯⑥，梦中受到剧烈狂怒的刺激，曾和伊尼斯作战，惊醒过来，心神不安，后来经过长时期的病苦，卒被伊尼斯杀死⑦。其他还有无数的例子。

"以上我所说的伊尼斯的事，根据法比乌斯·皮克多尔⑧的记载，

---

① 见埃拉斯姆斯《箴言集》第1卷第1章第60节。
② "泥沼"原文camarine，指西西里的卡玛里纳泥沼地带，卡玛里纳居民想把泥沼的水弄干，结果发了一场瘟疫。他们求助于阿波罗，阿波罗叫他们不要搅动泥沼。
③ 海古巴，普里亚摩斯之妻子，在特洛亚战争中，十九个儿子几乎全部死去，丈夫亦被杀害。
④ 见维吉尔《伊尼特》第2卷第270行起。
⑤ 见维吉尔《伊尼特》第3卷第147行起。
⑥ 图尔奴斯，神话中拉七奥姆国王，被伊尼斯杀死。
⑦ 见维吉尔《伊尼特》第7卷第413行起。
⑧ 法比乌斯·皮克多尔，罗马史学家。

伊尼斯一举一动，没有一件不是从梦中早已预见过和认识到的[①]。

"这些例子都是很好的证据。因为，如果说梦和睡眠都是上天的特殊恩佑——就像哲学家所主张、诗人所证实的那样：

> 当睡梦——上天的恩佑——到来的时候，
> 疲乏的人类感到爽快、舒适[②]。

"那么，如果没有给人以预感，这样的恩佑就不应该变作愤怒和恼恨。否则的话，睡眠不叫睡眠，恩佑也不是恩佑了，至少不是来自友好的神圣，而是来自敌对的魔鬼，正像俗话所说的：ἐχθρων ἄδωρα δωρα[③]。

"也正像一家人家的主人，坐在一桌丰富的食品跟前，正准备大吃一顿的时候，忽然惊跳了起来。不知道底细的，一定会奇怪这是怎么回事。是什么呢？是他听见他的仆人喊救火，女仆喊有贼，孩子喊杀了人了。他需要撇下饭，先跑去施救，安排。

"的确，我记得注释《圣经》的犹太哲学家和'马索莱'们，指出怎样才能辨认出天使显现的真伪（因为撒旦也常常装作光明的天使[④]），他们说这两者的区别就在于：仁慈宽慰的天使在向人显现时，开始时使人害怕，后来给以安慰，使人快乐、满意；恶毒和诱惑人的天使，开始时使人得意，到后来使人困惑不安，惊慌失措。"

---

① 见西赛罗《论占卜》第1卷第21章第43节。
② 见《伊尼特》第2卷第268行。
③ 希腊文，"敌人的礼物不是礼物"。见埃拉斯姆斯《箴言集》第3卷第35篇，后来索福克勒斯在《阿查克斯》第268行也说过。
④ 见《新约·哥林多后书》第11章第14节。

第十五章

巴奴日的歉意和对修道院咸牛肉的解释

巴奴日说："愿天主保佑有眼睛没有耳朵的人！我看得见你们，但是我听不见你们。不知道你们说的是什么。饿肚子的人是没有耳朵的。天主在上，我的肚子已经饿得叫个不停了。我这个苦役太吃力了。谁要是这一年里边能叫我再做一次梦，算他比木士大师①还有能耐。

"不吃晚饭？真是见鬼！我要是再让自己挨饿，叫我长下疳！走，约翰修士，咱们吃饭去。早饭吃得好，胃里填足草料，如果需要的话，在不得已的时候，隔一顿中饭还不要紧。但是不吃晚饭！真是宁愿长下疳！这件事如果办错，那是违反自然的错误。

"宇宙间有白昼，是为了让大家活动、工作、各人办各人的事；供应蜡烛——太阳明亮和快活的光——是为了让大家把事情做得更好。到了晚上，自然把光亮收走，悄悄地对我们说：'孩子们，你们干得不错。工作得够了。天黑了，该停止干活了，好好地去吃饭吧，好酒好肉，饭后闲散一会，然后去睡觉休息，到明天好更有精神、更轻松愉快，像过去一样地去干活。'

"养鹰的人就是这样。他们把鹰喂饱之后，不让它们肚子饱饱地去飞，要叫它们在架上慢慢地去消化。那位第一个制定守斋的、好心肠的教皇就深懂其中滋味。他叫人守斋到下午三点钟为止，过时可以随便吃喝。在从前，很少有人吃中饭，你们一定要说那些修士呢，那些修女呢，是的，这些人除了吃，从不干别的事；他们天天过节，严格地遵守着修院里一句成语：de missa ad mensam②，连院长到不到也不管③，马上便坐到饭桌上，一面狼吞虎咽，一面等院长，随便等到几时都不要紧，反正不用别的方式等。可是晚饭，却是人人都吃，除开几个昏迷不醒的人，因此晚饭才真的称为coene④，也就是共同都有份的意思⑤。

"这些你全明白，约翰修士。走，朋友，见他妈的鬼，咱们走！我的胃饿得像狗一样汪汪乱叫。赶快学西比尔⑥对刻耳柏洛斯的样子⑦往它嘴里扔些面包平平它的怒气吧。你喜欢饭吃得早，我喜欢饭吃得好，外加几块九段经的咸耕牛。"

约翰修士说："这个我懂。这句俏皮话是从修院的厨房里来的。所谓'耕牛'就是牛肉，'九段经'就是煮得熟透的意思。

"在我那个时代，那些老神父们，依照上辈子虽非明文规定但是代代相传的老规矩，早晨起来未进教堂之前，总是有一系列的程序要做，那就是到大便处去大便，到小便处去小便，到吐痰处去吐痰，到咳嗽处去咳嗽，到做梦处去做梦，以便在做圣事的时候，没有任何不洁净。程序办完之后，他们这才虔诚地到圣堂去（他们的切口把圣堂叫作修院的厨房），虔诚地请求把牛肉立刻放在火上煮，不误修道士——救主

---

① 木士大师，民间魔术师的典型人物。
② 拉丁文，"从弥撒到饭桌"。意思是说除了弥撒，就是吃饭。
③ 照理要等院长到后才开始吃饭。
④ 拉丁文，"晚餐"，一般指耶稣受难前和门徒的聚餐。
⑤ 见普鲁塔克《宴会》第8卷第6章第5节。
⑥ 西比尔，神话中的女巫。
⑦ 故事见《伊尼特》第6卷第417至423行。

耶稣的弟兄们——早餐时吃。他们甚至还常常自己点火。

　　"早课本是有九段经的，他们起得早，对着经本吠叫的时候又饥又渴，因此把早课缩成了一段到三段。现在呢，由于上面说的那些程序，他们起得越早，牛肉放在火上煮的时候越早，煮得越早，熟得也越早，越是熟，越是嫩，吃起来不费牙，到嘴里滋味好，到胃里容易消化，教士们个个养得肥头大耳。这才是创始人唯一主要的目的：不是吃为了活着，而是活着为了吃，他们在世界上就只有他们的生命要紧。走，巴奴日，吃饭去！"

巴奴日说道："这一次，我听见了，我可爱的家伙，遵守修院里会规的家伙。吃饭是我的基本工作。命运、借贷、利润，我都可以放弃。能保本就满足了，你把修院的厨房里这么奇怪的规矩解释得太清楚了。走，加巴林！约翰修士，我不能离开的朋友，走！诸位王侯，祝你们好！我做梦做得够多了，可以去喝酒了。走！"

巴奴日话未住口，只见爱比斯德蒙高声说道：

"人世间，能领会到、预见到、认识到，并预言别人的不幸，这并没有什么稀奇，这是件平凡的事。可是，能预言、预见、认识、领会自己的不幸，那就太少了！伊索在他《寓言》里说道，人生在世，每人脖子里都扛着一个褡子，前面装的是别人的过错和恶事，所以经常摆在自己眼前，看得清清楚楚；背后装的是自己的过错和恶事，所以从来看不见，也不理会，除去少数得天独厚的人；这说得太有理了。"

第十六章

庞大固埃怎样叫巴奴日去看庞祖斯特一女卜者

过了不久，庞大固埃差人把巴奴日喊了来，对他说：

"长时期以来我对你的关切，使我不住地想到你的安宁和幸福。现在我把我的主意告诉你：有人对我说，在庞祖斯特的克路雷①附近，住着一个非常有名的女术士，她能预知未来的一切。你让爱比斯德蒙陪着你一起去一趟吧，看她怎么说。"

爱比斯德蒙说道："这可能是一种卡尼底亚和萨卡娜②式的算命的巫婆。我所以有这个想法是因为这个地方的名声坏透了，那里的巫婆比戴萨里亚③的还要多。我不高兴去。这种事不正当，这是摩西的法律所禁止的④。"

庞大固埃说道："我们又不是犹太人，何况还没有人公开证实她是女巫。这些琐碎的细节，等你们回来再谈好不好？

"我们根本不知道她是第十一个西比尔，还是第二个卡桑德拉⑤。也许她根本不是西比尔，也不配有西比尔这个称号，那么，把你的问题跟她谈谈，有什么关系呢？何况她又有盖过全区女性的知识和学问的盛名。哪怕是个傻瓜、水壶、油瓶、手套、拖鞋，只要能从那里学到东西、得到知识，又有什么不好呢？

"你一定记得亚历山大大帝在阿尔贝拉⑥把达里乌斯王⑦打败之后，当着他的大臣，有一次拒绝接见一个求见的人吧，后来不拘如何后悔，也来不及了。他当时在波斯打了胜仗，但是离开他的祖国马其顿太远了，根本没有办法得到一点消息，千里迢迢，关山远阻，河川沙漠，遥隔西东，他心里非常难过。这一焦心的难题可不能算小（因为很可能有人攻占了他的国家，在他得到消息、赶回阻止之前，人家早已在那里安置新的国王和划分新的领土了），这时正巧来了一个西顿人⑧，一个精明老练的商人，看来并不富有，穿得也不考究，说他找到一条路，从这条路，不出五天，就可以使亚历山大的国家知道亚历山大在印度打的胜仗，也能使亚历山大知道马其顿和埃及的情形。亚历山大认为口气太大了，不可能是真的，于是拒绝听他的话，不肯接见他。

"听听这个人所发现的道路，能费他什么呢？知道一下这个人想向他说的方法和道路，有什么不好呢，有什么害处呢？

"自然叫我们的耳朵敞开着，既没有门，也没有任何栅栏，不像眼睛、舌头和身上其他地方，我认为不是没有缘故的。所谓缘故，我以为就是不管黑夜白日，我们都可以不停地听，因为不停地听，才可以永远地学。因为听觉是最适宜于接受学习的官能。再说，来见亚历山大的那个人也许是个天使呢，也就是说天主打发来的使者，跟拉斐尔

---

① 克路雷，庞祖斯特附近乡村名，该处有方济各会修院。
② 卡尼底亚和萨卡娜是贺拉斯《讽刺诗》第5章里的两个女巫。
③ 戴萨里亚，希腊巫婆之国，见埃拉斯姆斯《箴言集》第1卷第3章第12篇。
④ 摩西禁止行巫术，见《旧约·申命记》第18章第11节。
⑤ 卡桑德拉，特洛亚战争中的女预言家。
⑥ 阿尔贝拉，小亚细亚古地名，亚历山大曾在此处战败达里乌斯王。
⑦ 达里乌斯，公元前336至前330年波斯国王达里乌斯三世。
⑧ 西顿，腓尼基城名。

被派来看多比雅一样。亚历山大的蔑视表示得太快了，所以他后来懊悔的时间也很长。"

爱比斯德蒙说道："你的话说得很对，不过，我总以为去向一个女人、而且又是这样地方的一个女人，去请示，去讨教，决不是什么好事。"

巴奴日说道："我倒是觉着女人的主意，尤其是上年纪女人的主意，并不错。听她们的话，我总可以得到一两样不寻常的好处。告诉你，朋友，她们倒是真正有嗅觉的猎犬，真的指引人的'标题'①。老实说，确是称得起人们所说的聪慧女人②。照我的意见和我的说法，我宁肯称她们为超聪慧的女人③。她们聪慧，她们有比聪慧更进一步的认识能力。所以我称她们为超聪慧的女人，正是因为她们可以神奇地预见，并且可以准确地预言一切未来的事情。因此，我不把她们叫作菌尸④，而是叫她们军师，跟罗马人的朱诺一样，因为她们的指示总是有益的，对我们有好处的。不信，你去问毕达哥拉斯、苏格拉底、昂贝多克勒斯⑤和我们的奥尔土伊奴斯大师⑥去。

"还有，日耳曼人古时的风尚，我也把它们捧上青天，心悦诚服。他们把上年纪女人的指示奉若神明，推崇万分。他们慎重地接受这些女人的指示和宣告，果然幸运地得到繁荣和富强。例子就是维斯巴西亚奴斯⑦时代的老奥瑞尼亚和维莱达老妈妈⑧。

---

① 法律书上红色醒目的标题。
② 原文sages femmes亦有助产收生的意思。
③ "超聪慧的女人"来自西赛罗《论占卜》第1卷第30章。
④ "菌尸"原文maunettes和"军师"monettes同音，maunettes意思是"污秽的女人"，此处权译"菌尸"取其与"军师"同音。
⑤ 毕达哥拉斯和昂贝多克勒斯都曾称赞过女人的智慧，苏格拉底曾把自己比作收生的女人（聪慧的女人）。
⑥ 奥尔土伊奴斯，柯伦一神学家，真名系哈尔顿·德·格拉兹，曾与女仆同居生子。
⑦ 维斯巴西亚奴斯，公元69至79年的罗马皇帝。
⑧ 维莱达，1世纪女预言家。

"请你们相信，女人到了老年，语言特别丰富，我的意思是说预言特别丰富。好了，咱们去吧，愿天主保佑，大发慈悲！再会吧，约翰修士，我把我的裤裆托你照管。"

　　爱比斯德蒙说道："好，我陪你去，不过，先要说好，如果我发觉她使用妖术或者魔法，我就陪你到门口为止，不陪你进去。"

第十七章

巴奴日怎样和庞祖斯特的女卜者谈话

路上一共走了三天①。第三天，他们在一座山顶上一棵高大的栗子树下面看见了女卜者的家。他们毫无困难地走进了这座建筑简陋的小茅屋，里面陈设简单，乌烟瘴气。

爱比斯德蒙说道："好极了！神秘和伟大的司各脱派哲学家赫拉克利特走进这样的小屋，才不奇怪哩，他会向他的学生和徒弟们说，神灵住在这里和住在豪华的宫殿里毫无差别。我相信赫赫有名的赫卡泰②招待提修斯③的时候，就是在这样的地方。希瑞乌斯或者厄诺匹翁④的家大概也是如此，朱庇特、尼普顿和迈尔古里都曾毫不嫌弃地在里边又吃又住，临走时还用尿造出了奥里翁⑤酬谢她。"

一个老太婆坐在壁炉的角落里。

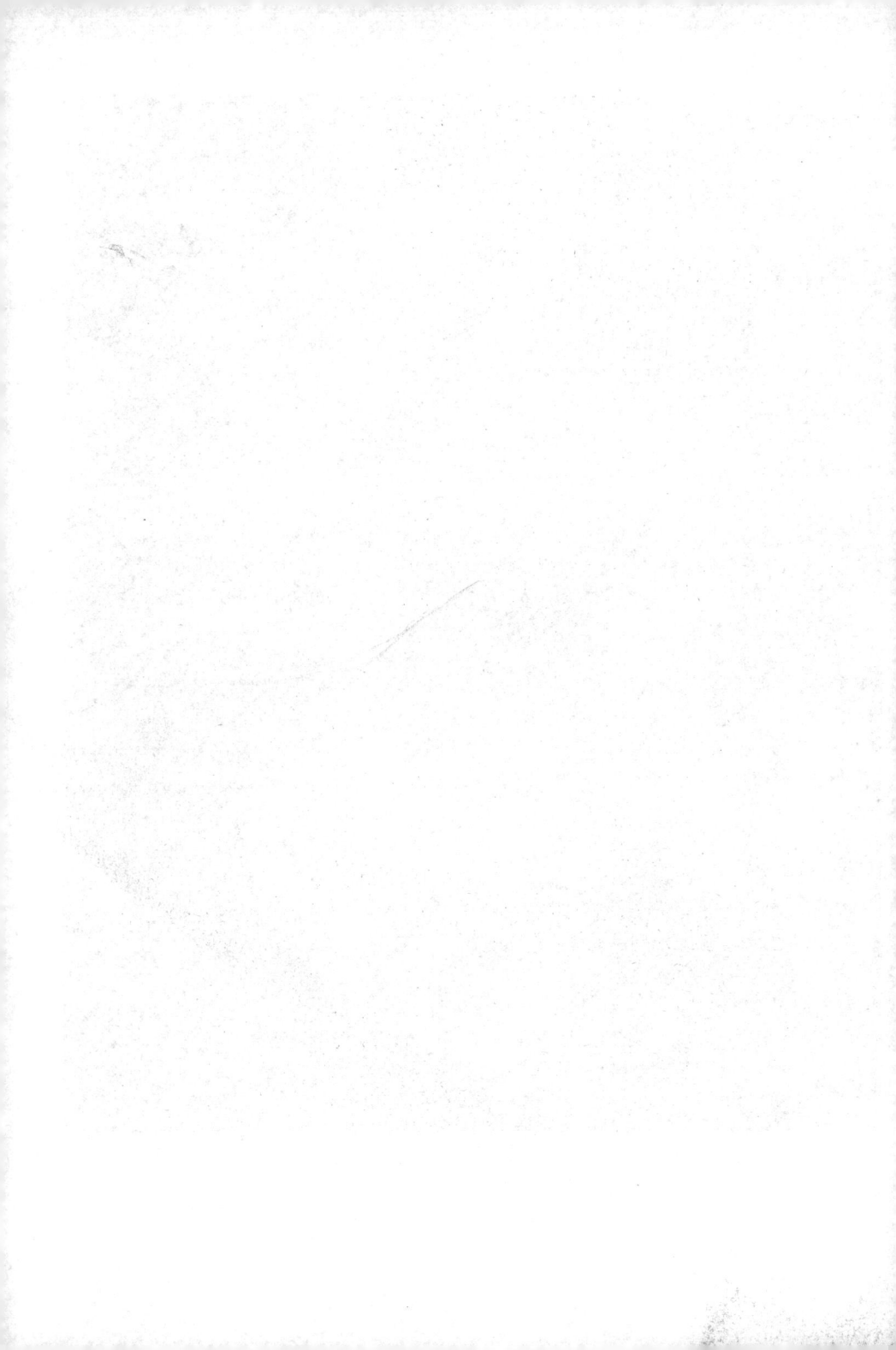

爱比斯德蒙说道："的确是女卜者的样子，完全是荷马描写的 τῆπαμιγοῖ[6] 的形象。"

老太婆无精打采，衣衫褴褛，跟多天没有吃饭一样，嘴里连牙齿都掉光了，满眼眵目糊，行动不便，鼻涕邋遢，半死不活地在那里煮青菜汤，里面只有一片黄油和一块咸肉骨头。

爱比斯德蒙说道："天主圣母！我们白来了。她不会告诉我们什么，因为，我们没有带金树枝[7]。"

巴奴日说道："我带了。我口袋里有一只金戒指，还有几块崭新的'卡洛路斯'[8]。"

巴奴日说完这句话，对她深深施了一礼，拿出来六条熏牛舌、一大盆奶油"库斯库斯"[9]、一瓶酒、一个羊卵泡做的钱袋，里面装着崭新的"卡洛路斯"，另外还毕恭毕敬地在她的中指上套上一只美丽的金戒指，上面非常考究地镶着一粒勃斯[10]的蛤蟆头宝石[11]。然后简略地说明来意，客气地请她指示，并要求算个卦问婚姻大事。

老太婆待了一会儿没有说话，心里在想，嘴里咬着牙龈，后来

---

① 在初版上是六天。其实庞祖斯特离开特莱美不过五六法里，一日可到。此处作者有意夸大。

② 赫卡泰，阿提刻之贫妇，曾接待过提修斯，死后受到感戴，见普鲁塔克《提修斯传》第14章。

③ 提修斯，希腊神话中英雄，雅典国王。

④ 厄诺匹翁，神话中巴古斯之子，又系提修斯之子，生于克里特岛。

⑤ 奥里翁，朱庇特、尼普顿等神为了答谢希瑞乌斯的招待，答应给他一个儿子，他们在一只小奶牛的皮上撒了泡尿，埋在地下，九个月后，便生出来巨人奥里翁。见奥维德《节令记》第495行起。

⑥ 希腊文，"不离火炉的老太婆"，见《奥德赛》第18章第27行。

⑦ 乌里赛斯听从西比尔的指示，去看普罗赛比娜时，手里拿着金树枝。见《伊尼特》第6卷第136行。

⑧ "卡洛路斯"，银币名。

⑨ "库斯库斯"，阿拉伯人面食。

⑩ 勃斯，维也纳省鲁敦地名。

⑪ 蛤蟆头宝石，据说是从勃斯地方一种虾蟆的头里剥出来的。

坐在一个斗底上，手里拿了三根纺线锤，在手里横过来倒过去摆弄了半天，然后摸了摸哪一个尖，把最尖的那一根留下来，把另外的两根扔到一个舂米的石臼底下。后来，再拿起她缠线的东西，转了九圈，到第九圈时停住手，让它自己停下来。这时，我看见她脱下来一只鞋（我们叫作木鞋的那种鞋），把围裙放在头上，跟教士做弥撒时披方领似的，然后用一条旧的斜条纹的带子扎在脖子底下。这样打扮之后，拿起酒瓶喝了一大口酒，从羊卵泡钱袋里拿出来三块"卡洛路斯"，放在三个胡桃壳里，一起装进一个收集鸡毛的罐子里，又用扫帚在壁炉上扫了三下，往火里扔了一小把青蒿和一枝干桂花。她一声不响地望着它们烧，烧的时候一点声音也没有，忽然，老太婆阴森森地喊叫起来，嘴里说着尾音奇异的怪字。

巴奴日对爱比斯德蒙说道：

"天主在上，我浑身打哆嗦！我恐怕中了魔了，她说的不是信教人的话。我看她比她束围裙的时候长大了四'昂畔'①多。下巴颏动来动去，肩膀一耸一耸，嘴里嘟嘟囔囔跟一只猴狲剥虾似的，这都是什么意思呀？我的耳朵里响成一片，我好像听见了普罗赛比娜的叫声，魔鬼就要出现了。啊，怕人的东西！咱们逃吧！天哪，吓死我了！我不要见鬼，我不喜欢鬼，我怕鬼。逃吧！再会吧，老太太，谢谢你的好心！我一辈子也不结婚了！从今往后，再也不想了。"

他正想从屋里逃出去，可是老太婆比他跑得更快，她手里拿着纺线锤，跑到屋子旁边一个院子里，那里有一棵老枫树，她摇了三摇，落下来八片树叶，老太婆用线锤在树叶上匆匆地涂了几句短诗，然后把树叶扔出去，说道：

"去拾吧，看你能不能找着；你婚姻的吉凶都写在上面了。"

说罢，走回屋去，在进门的地方，忽然撩起自己的长袍、上衣、

---

① "昂畔"，相等于1米多。

衬衣，一直露到胳膊底下，把屁股都露出来了。巴奴日看见了，对爱比斯德蒙说道：

"天那个天！西比尔的洞眼都给我看见了①。"

老太婆忽地把门关上，从此没有再出来。他们赶到树叶那里，费了老大的劲——因为风把它们都吹到洼地灌木丛里去了——才把它们找回来。按次序排好，他们看到这样几句诗：

> 像剥掉豆皮，
> 剥掉你的名誉。
> 生儿子，
> 不是你的。
> 吸掉你的

---

① 见《伊尼特》第6卷第11行。

蜜饴。

剥掉你的皮，

不断气。

第十八章

庞大固埃怎样和巴奴日对庞祖斯特女卜者的诗句解释不同

　　爱比斯德蒙和巴奴日拾起了树叶，半喜半恼，回到庞大固埃那里去。喜的是平安归来；恼的是道路崎岖，坎坷不平，都是石头。他们向庞大固埃详细述说了一路上的经过和那个女卜者的情形，最后把那几片枫树叶拿出来，让庞大固埃观看上面的诗句。

　　庞大固埃一一看过之后，叹了口气，对巴奴日说道：

　　"现在你可明白了吧？女卜者的卦和我们从维吉尔的书里和梦里算过的完全一样，就是你的老婆将要名声扫地，叫你做乌龟，跟别人要好，还要跟别人养孩子；此外，还要偷你的好东西，打你，剥你的皮，伤害你身上的某一部分。"

　　巴奴日说道："你对于卦的体会，跟猪对于香料同样外行。我说这话，请不要见怪，因为我确是有些恼火。我的卦明明和你说的相反。请注意我的体会。那个老太婆的话是这样的：'蚕豆不从皮里出来，就不会发芽让我们看见，我如果不结婚，我的卓越品德就无法出名。'你对我说过多少次？官职才能使一个人显露本事，才能使人看见他肚里有多少货色。我认为这句话的意思是，一个人在办理事情时，才能使人看出来他到底有多大本事。一个人未婚之前，就跟一颗蚕豆包在皮里一样，无法知道婚后他的家庭如何。这是第一句的解释。否则的话，难道你以为正人君子的荣誉、名声，是跟着坏女人的屁股跑的么？

　　"第二句，我的妻子将生孩子（请注意，生子是婚姻的主要幸福），不过，不是我的。天主那个身体！你以为我能相信它！我老婆会养一个又白又胖的胖小子。我已经喜欢得不得了啦，爱他爱得发疯了；他是我的宁馨儿。今后天大的烦恼，只要我一看见他、一听见他那牙牙学语的小孩话，就不会进到我的头脑里。但愿那个老太婆有福气！天主在上，我真想在萨尔米贡丹给她弄一份终身养老金，不用像教书先生那样来回乱跑，而是像安定的神学大师那样生活有靠。否则，难道你要我老婆在胎里怀着我，孕育我，生养我，叫人家说：'巴奴日是巴古斯第二，养过两次①；像希波利图斯那样生过两次②；像普罗忒乌斯那样，一次是忒提斯③，第二次是哲学家阿波罗纽斯的母亲④；像西西里西迈多斯河边上那两个巴里奇小孩一样⑤么？'难道你要人家说，他的妻子怀的是他。在他身上又出现了古时米卡里⑥人那种收回利息和德谟克利特的循环生产⑦么？不对，不对！不用跟我谈这个。

　　"第三句是：我的老婆要吸掉我的蜜饴。这正是我求之不得的。你

---

①　巴古斯先从赛美列生出来，后来又从朱庇特的腿上生出第二次。
②　一次是亚马孙，一次是狄安娜。
③　忒提斯，神话中的海神。
④　见菲洛斯特拉图斯《阿波罗纽斯传》。
⑤　水仙塔里亚从朱庇特怀孕，惧怕朱诺，藏在地下，后在河边上生出一对儿子。
⑥　米卡里，古希腊地名，在哥林多海峡。
⑦　普鲁塔克在《希腊问题》里曾提到米卡里人，说他们索回付与债权人的利息。

很明白，这是指的我两腿之间的那根棍子。我可以起誓，保证甜蜜滋润，几时用几时现成，决不白吸。那个小东西永远准备得好好的，随叫随到。你把这件事形容得很含蓄，比作偷窃，我很同意，这个比喻很好，不过，不是你那个想法。也许是你对我太关切了，关切到另外的、相反的一面去了。过去的学者有言，惧怕正是因为爱，没有不惧怕的钟爱。但是（根据我的理解），你心里大概也明白，偷窃，在这个地方，正和许多古代作家所表示的一样，指的是窃玉偷香，维纳斯就是要这种事秘密地、偷偷地进行。你想想看，这是什么缘故？就是因为这种偷偷摸摸在门后边、台阶间，用幔帐盖住、背着人、乱草窝里干的事，比那些不怕任何人说话、在光天化日之下、昔尼克式的①，或者公开在床笫之间、金丝帐里、堂而皇之、正大光明，在紫红丝绸扇子或印度羽扇驱赶着周围苍蝇的环境下，女的用一根从草褥子上拔出的草剔着牙，所干的事，远远地更能取悦于塞浦路斯的女神②。

"如果不是这样，你难道以为她吮吸我，就像人从壳里吸牡蛎、西里西亚③的女人（根据狄奥斯科里德斯所说的④）用嘴咬橡树籽一样么？完全不对。偷的人，不是吸而是偷，不是哑而是拿，哄骗，像变戏法似的掩人耳目。

"第四句是：我的老婆剥掉我的皮，不断气。说得太好了！你的解释是她要打我，伤害我。这是泥瓦匠的解释，愿天主保佑你。我只求你从尘世的思想里提高你的灵魂，抬头观察一下大自然的美妙，你自己就会看出来，你曲解那位神圣的女卜者的预言，是犯了什么错误了。

"即便可以这样解释，但也不可能容许、承认，说我老婆受到地狱里敌人的挑拨，要骗我、要侮辱我、要我做彻头彻尾的乌龟、要偷我、要凌辱我啊，何况这件事，她也办不到，做不出。我说这话有确实的

---

① 戴奥吉尼兹说，跟自己的妻子行房，不算坏事，这里是公开的意思。
② 塞浦路斯的女神，维纳斯的别名。
③ 西里西亚，小亚细亚古地名。
④ 狄奥斯科里德斯《生物学》中说西里西亚女人用嘴采摘橡树籽做染料。

根据，是从修道院的泛神学里引出来的，这是从前阿尔图斯·古尔棠修士说给我听的，那一天是星期一早晨，我们俩在一起吃香肠，天下着雨，我记得清清楚楚。愿天主保佑她平安！

"世界上最早的时候，或者稍晚一点，女人曾联合起来要活活地剥掉男人的皮，因为男人到处想欺压她们。于是她们相互约好，订下信条，发誓遵守。可是，女人总是不中用的！女性太软弱了！她们开始剥，剥来剥去，拿卡图鲁斯①的说法来说，只剥了男人最使她们欢喜的那个部分，那就是爱发脾气的阳物，说起来离现在已经六千多年了，可是剥到现在只剥了一个头。犹太人发起火来，自己修剪了包皮，宁愿别人叫他们受过割礼的'马拉那'②，也不愿意像其他国家那样叫女人去剥。我的老婆并没有废弃这个公共信条，假使我还未曾剥开，她会替我剥开的。我完全同意，可是，不是整个地剥开，当然了，我的好王子。"

爱比斯德蒙说道："你还没有提到那个桂树枝呢，在我们看到它毫无声息地燃烧的时候，那个女人一面观察，一面惊人地狂叫；你知道，这是不祥之兆，是非常可怕的象征，普罗贝尔修斯③、提布鲁斯④，还有精明的哲学家波尔菲里乌斯及注释荷马《伊利亚特》的厄斯塔修斯等等许多人都证明过。"

巴奴日说道："不错，不错，亏得你提起他们来！作为诗人，都是些疯子，作为哲学家，都是些糊涂虫，他们的哲学和他们满身的疯病，都是差不多同样的东西。"

---

① 卡图鲁斯，1世纪罗马诗人。
② 西班牙人称皈依天主教的犹太人和摩尔人为"马拉那"。
③ 普罗贝尔修斯，1世纪初罗马诗人。
④ 提布鲁斯，公元前1世纪罗马诗人。

第十九章

庞大固埃怎样夸奖哑巴的主意

听过这话之后，庞大固埃半天没有响，好像在想沉重的心事，最后他向巴奴日说道：

"恶鬼在迷惑着你。不过，你听好我的话，我过去读到过，最真实最可靠的预言并不用文字写，也不用言语来表达；因为诗句既简略，用字又晦涩、含糊、模棱两可；连那些被认为最细心、最精明的人也常常会解释错误，所以预言之神阿波罗被人称为 Λοξιας①。一般认为只有手势和比划，才是最真实，最可靠的。赫拉克利特就是这个看法，朱庇特在阿蒙预言时，也是使用这个方式；阿波罗对亚述人预言时，也是如此。因此，他们把阿波罗画成一个长胡子、穿老人衣服、神情庄重的人，而不是像希腊人那样，把他画成赤身露体、年轻而没有胡须。我们还是采取做手势、不说话的方式好，你去找个哑巴请教一下如何？"

巴奴日说："我同意。"

庞大固埃说："不过，须要找一个生来聋哑的才行。因为只有从未听见的人，才是真正纯洁的。"

巴奴日说："什么意思呢？如果真的只有听不见的人才不会说话，我可以合乎逻辑地使你得出一个荒谬的、不合理的结论。不过，这个暂且不谈。你大概不相信希罗多德所说的那两个由于埃及国王普撒美提科斯②的命令被关在一所房子里的孩子的故事，他们光是吃，就是没有人教他们说话，后来经过一段时期以后，他们居然会说 becus,becus，就是腓力基亚话的面包③，你相信么？"

庞大固埃回答说："一点也不信。说人类天生就有一种言语，是骗人的话；言语是由各个民族依照自己的主张和决定造出来的；所谓字音，按照辩证学家的说法，本身并不具备意义，而是随便加上去的。这些话，决不是我凭空捏造的。巴尔脱鲁斯在他的 l.prima de verb. oblig.④ 里说，和他同时期，在厄古比亚地方⑤有一位奈罗·德·卡勃里埃里斯先生，他在一次偶然的事故中，变成了聋子；尽管如此，所有意大利人说话他都懂，连悄悄的没有声音的话他也懂，这是因为他只看手势和嘴唇的动作。我还在一位博学的大作家的作品⑥里，读到亚尔美尼亚国王提里达德斯在奈罗王朝时访问罗马，受到隆重豪华的接待，隆重接待的目的是要他对罗马的元老院和罗马民族保持永久的友谊，城内所有的古迹建筑都请他看过了。回国时，罗马皇帝送他许多珍贵的重礼；另外，还请他挑选罗马他最喜欢的东西，不管是什么，预先答应他决不拒绝。这位国王别的都不要，只要求把在戏院里见过的一个笑剧演员送给他，他听不懂笑剧里说的话，但是看得懂他做的手势和比划。他说在他统治的国家里，有着不同语言的民族，要叫他们全

---

① 希腊文，"敏感的，隐讳的，晦涩的，间接的"。
② 普撒美提科斯，公元前664年埃及国王。
③ 见希罗多德《历史》第2卷第2节。
④ 拉丁文，《强制语言》第1卷。
⑤ 厄古比亚，即意大利的古比欧城。
⑥ 指鲁西安的《舞蹈会话》，不过鲁西安没有说是特里达德斯。苏埃脱纽斯在《奈罗传》第30章、塔西图斯在《编年史》第16卷第23章里都提到过。

能听懂而且又能被人听懂，就要经过许多翻译手续；而这个人却不用翻译。因为他用手势表示意思，表示得太好了，简直等于用手指在说话。

"不过，你还是应该找一个生来聋哑的人，这样，他的手势才是天然的、预言性的，不是假装的、虚伪的、做作的。此外，就剩下要你考虑去找一个男的还是一个女的了。"

巴奴日说道："我更喜欢女的，只是有两件事使我不放心：

"一件是，女人们不拘看到什么，总是在脑筋里有所反映。她们思索的、想象的，常常都是那个东西的形象。不拘看到什么手势、比划、姿势，她们的理解，总是联系到那件事的动作上。因此，我们总是搞错，因为女人以为我们的一举一动都是性的象征。你一定记得罗马建造二百六十年以后，有一个年轻的罗马贵族，在凯里翁山①上遇见一位天生聋哑的太太，名叫维罗娜。这位年轻的贵族，不知道她聋，依然意大利式的②指手画脚地问她，路上曾看见哪几位议员。她呢，听不见他说的话，却想象到她自己想到的事情，那就是一个年轻男人对于一个女人很自然的要求。于是用手势（手势在爱情上比言语更有吸引力，更起作用，更有用处，是无法比拟的）把他领到家里，做手势告诉他，她喜欢玩这套把戏。最后，他们俩不用嘴说一句话，却玩了个不亦乐乎。

"另一件是，对我们的手势，她们不作答复，只是猛地向后一躺，仿佛真的接受我们无声的要求似的。不然，就是她们回答我们的手势，是那样的放肆、可笑，以至于我们倒会以为她们是想搞我们了。你知道，在克罗基纽勒③，那个叫费胥④嬷嬷的小修女，被那个名叫多·莱狄迈⑤的年轻的募捐修士搞大了肚子，消息传开之后，院长嬷嬷把她喊了去，当着全体修女，骂她与人通奸。小修女表示事非得已，不是出自情愿，而是那个莱狄迈修士用武力强奸的。院长嬷嬷不同意，说道：'坏东西，事情是在宿舍里发生的，你为什么不喊救命呢？我们都会跑来救你的！'小修女说她不敢在宿舍里喊叫，因为宿舍里禁止说话。院长嬷嬷说道：'你真该死，你为什么不向隔壁的邻居打招呼呢？'费胥嬷嬷说：'我用屁股使足气力打招呼，可是没有一个人来救我。'院长嬷嬷说：'坏东西，你为什么不马上到我这里来控告他呢？假使我遇到同样的事，我一定这样做，表示我的清白。'费胥嬷嬷说：'因为我怕戴着罪，怕戴着罪忽然死去，于是在他离开宿舍之前，我就向他做了忏悔。

---

① 凯里翁山，罗马七山之一，现名圣约翰·德·拉特朗山。
② 意大利人说话总是连带着做手势。
③ 克罗基纽勒，普罗温斯地名，有的版本是勃里纽勒，指勃里纽勒修院，不过，1546年这座修院尚未建成。
④ 费胥，意思是"肥屁股"。
⑤ 多·莱狄迈，多系多米奴斯的缩写，莱狄迈，意思是"放进去的硬东西"。

他在叫我做补赎的时候，禁止我向任何人声张出来。谁要是把忏悔的情形公开出来，那个罪可大了，在天主和天使跟前，都是不得了的罪过。全修院都可能因为这个被天火烧掉，到那时全体都要和大坍和亚比兰一起陷到地底下去①。'"

庞大固埃说道："你这些话，我一点也不觉着好笑。我知道所有的修院都是宁犯天主的诫命，也不能违反自己的规章。你还是找一个男的吧。我看那兹德卡勃②就不错。他是天生的聋哑。"

---

① 大坍和亚比兰是流便子孙中以利押的儿子，因为攻击摩西，受到耶和华的惩罚。见《旧约·民数记》第16章第30至33节。
② 那兹德卡勃，意思是山羊鼻子。

第二十章

那兹德卡勃怎样和巴奴日做手势

那兹德卡勃接到通知，第二天就赶来了。他一走到，巴奴日就送过来一只肥牛犊、半只猪、两桶酒、一担麦子，还有三十法郎作零用钱。然后，巴奴日把他领到庞大固埃面前，当着那里的公侯们，向他做了这样一个手势：先深深地打了一个呵欠，打的时候，用右手大拇指在嘴外边做了个希腊字母 T 的样子，一连做了好几次。接着，两眼望天，滴溜溜地乱转，好像一只山羊在流产，一边咳嗽，一边深深地叹气。叹好气，他让那兹德卡勃看见他没有裤裆，从衬衫下面一手把他的家伙掏出来，让它在两腿中间碰来碰去地乱响。他弯下腰，屈着左边的膝盖，把两只胳膊交插在胸口上。

那兹德卡勃好奇地望着他，接着把自己的左手举起来，让大拇指和食指的指甲挨在一起，把其他的手指头都弯向手心。

庞大固埃说道："我看出来这个手势是什么意思。他指的是结婚，还指出一个三十的数目字，这是毕达哥拉斯派的做法。这是说你将要结婚。"

巴奴日向着那兹德卡勃说道："多谢，我的小管家、我的执事、我的总管、我的头目、我的警官。"

那兹德卡勃把左手举得更高，五个手指头都伸得直直的，彼此尽量离得越远越好。

庞大固埃说道："这样是清楚地告诉我们，五个手指头是说你一定结婚。不仅是订婚、迎娶、婚配，而且是不等结婚就住在一起。毕达哥拉斯用数目字'五'来代表婚姻、迎娶、婚配，用'三'作为第一个成单的奇数，用'二'作为第一个仿佛男女配偶似的偶数。过去，在罗马，婚礼上总是点五根蜡烛，不管这一家多有钱也不许多点；不管这一家有多穷也不许少点。还有，在从前，外教人奉祀五位神灵，或者一位可以对结婚的人施与五种恩惠的神灵，像：婚姻之神朱庇特，喜庆之神朱诺，美神维纳斯，口才与雄辩之神皮多①，还有保佑分娩的狄安娜。"

巴奴日叫了起来："哎呀，好心的那兹德卡勃！我要把西奈②附近一片田庄和米尔巴莱③一个风磨赠给他。"

接着，那个哑巴恶狠狠地打了一个喷嚏，打得浑身哆嗦，向左转过身去。

庞大固埃叫道："我的老天爷老天奶奶！这是怎么啦？一定对你不利。他说你的婚事不吉利，主凶。这个喷嚏（按照泰尔普松④的解释）是苏格拉底的诞生，它要是从右边生，就是可以大胆地依照已定的主意去做，吉利、进展、成功、完全有把握；从左边生，是正相反⑤。"

巴奴日说道："你想事情总是往坏里想，没有好的时候，完全是达沃斯再世⑥。我对这些一点也不信。你那个老可怜鬼泰尔普松，我也没听说过，顶多不过是个骗人精。"

庞大固埃说道："不过西赛罗在他的《论占卜》第二卷里⑦也说过类似的话，只是我不记得是什么了。"

巴奴日向着那兹德卡勃转过身去，又做了这样一个姿势：他把两

① 皮多，希腊雄辩女神，通常都认为她是维纳斯之女。
② 西奈，施农县内镇名。
③ 米尔巴莱，普瓦蒂埃附近米尔波封地。
④ 见普鲁塔克《论苏格拉底的诞生》第11章第581行。
⑤ 这是希腊人的说法，罗马人正相反，见西赛罗《论占卜》第2卷。
⑥ 达沃斯，罗马诗人泰朗斯作品里的一个奴隶。
⑦ 《论占卜》第2卷第40章第84节。

个眼皮往上翻过去，嘴的下巴左右摆动，舌头一半伸在嘴外。然后，把左手伸开，只留中指直竖着，放在裤裆的地方。右手攥成拳头，只留大拇指出来，向后放在右边胳肢窝底下，再放在屁股上阿拉伯人叫作"阿尔·卡提姆"①的地方。忽然，他换了一下手，用右手作成左手的样子，放在裤裆的地方；左手作成右手的样子，放在"阿尔·卡提姆"上。这样一连作了九次。作完九次，才把两个眼皮放下来，恢复了原来的样子；下巴和舌头也恢复了原来的位置，又斜着眼睛望着那兹德卡勃，抖动着嘴唇，像猴子吃东西，又像兔子吃麦青。

这时那兹德卡勃向上举起伸开的右手，把大拇指的第一节弯起来放在中指和无名指的第三节那里，紧紧地把它攥住，留下食指和小拇指向前伸着，叉开像两条腿似的放在巴奴日的肚脐眼上，用大拇指来回地移动。就这样，用那只手在巴奴日的肚子、胃、胸膛、脖子上，从下边移动上去。接着把手抬高到下巴颏那里，把大拇指伸进他的嘴里，抚摸他的鼻子，再往上举过眼睛，好像要用大拇指把他的眼睛挖出来。

巴奴日给弄得生气了，想摆脱开那个哑巴。可是那兹德卡勃不放手，继续用大拇指摆弄他的眼睛、额头和帽边。最后，巴奴日喊了起来：

"老天，你这个疯子，你再不放手，我要揍你了！你再惹我生气，我这只手就打在你的狗脸上了！"

---

① "骶骨，荐骨。"

约翰修士说：“他耳聋，听不见你的话，家伙。你还是做做手势在他脸上比划一下的好。”

巴奴日说道：“这个阿里包隆师傅[①]究竟想搞什么鬼呀？他把我的眼睛差不多弄成黑牛油了。我的老天，da jurandi[②]！我要请你的鼻子吃一顿老拳，外加双榧子。”

巴奴日嘴里学着放屁的声音，摆脱开他。哑巴看见巴奴日要走，跑过去把他拦住，对他做了个这样的手势：把右手伸到膝盖上，尽量往下伸，握紧拳头，把大拇指放在食指和中指之间；然后用左手揉搓右面的胳膊肘，慢慢地抬起右手，高过肘部，忽然又放下去，和刚才一样；然后再抬起来，再放下去，拿手给巴奴日看。

巴奴日气坏了，举起拳头要打那个哑巴，不过，当着庞大固埃，他没有打下去。庞大固埃说道：

“如果做做手势就使你生气了，那么，一旦成了事实，就该气死你了！那是完全符合事实的。哑巴的预言是你将要结婚，做乌龟，挨打，被偷。”

巴奴日说：“我接受他说的结婚；其余的一概不接受。我请你相信，在女人和马匹方面，世界上没有一个人有我的命好。”

---

① 阿里包隆，15世纪一个假充博学的大师。
② 拉丁文，“恕我骂人！”

第二十一章

巴奴日怎样请教一位名叫拉米那格罗比斯的法兰西老诗人

庞大固埃说道："我再也没想到会碰上像你这样一个固执到底的人。不过，为了使你不再有任何犹豫，我情愿翻天覆地，把能做到的事全都做到。我现在还有一个主意。阿波罗的神鸟仙鹤，非到临死的时候不唱，特别是在腓力基亚的曼台尔河流域（我指出这个地方，是因为埃里亚奴斯和亚历山大·孟狄乌斯①都曾记载在别处看见好几次仙鹤死时并不唱歌）；因为仙鹤的歌声是必死之兆，而且非唱不死。受到阿波罗保佑的诗人也是如此，他们在将近死亡时，一般都一变而成为先知，由阿波罗启示而歌唱，并预言未来。

"我还听说所有老年人，到了奄奄待毙的时候，也都常常预知未来的事情。我记得亚里斯托芬②在一出戏里就把老年人称为预言者：

Ὁ δὲ γέρων σιδυλλιᾱ③。

"这好比我们站在海堤上，远远地看见波涛汹涌的大海上船里的水手和旅客，我们只能默默地望着他们，祈祷他们平安到达。但是，当他们驶近港口时，我们便用欢呼、用手势，来欢迎他们，祝贺他们来到我们岸上。天使、英雄、善良的鬼（根据柏拉图的说法④）看到人类快死，即将到达稳定、安全、休息、宁静的海岸，脱离尘世的烦恼和牵挂时，也同样欢迎他们，安慰他们，和他们说话，开始把预见未来的技能传授给他们。

"过去许多例子像以撒⑤、雅各⑥，像巴特罗克鲁斯对爱克多尔，爱克多尔对阿基勒斯，波里姆奈斯多尔⑦对阿伽门农和海古巴⑧，波西多纽斯⑨歌颂的罗得人，印度人伽拉奴斯⑩对亚历山大大帝，奥罗德斯对迈曾修斯⑪，还有很多，我就不提了，我只提出过去朗热的封主、博学英勇的吉奥莫·杜·勃雷骑士⑫，他是在他的厄年⑬，也就是我们照罗马历计算所说的一五四三年，一月十日那一天死在塔拉莱山上⑭。在他咽气的三四个钟头之前，他曾以有力的语句，镇定自若地说过一些话，这些话，后来一部分已经应验了，一部分我们还在等着看。当时，在我们看来，他说的话太离奇、太神秘了，没有任何迹象能使我们相信它会实现。

"我们这里，离维洛迈尔不远，有一位上年纪的老诗人，名叫拉米那格罗比斯⑮，他续娶的太太是'大个子古尔'⑯，生了个美丽的女儿，

---

① 亚历山大·孟狄乌斯，小亚细亚卡里亚哲学家。
② 亚里斯托芬，公元前5世纪古希腊伟大诗人。
③ 希腊文，"老人像占卜者一样胡言乱语"。见亚里斯托芬《骑士》第61行。作者此处有意牵强附会。
④ 见柏拉图《斐东篇》第107行。
⑤ 以撒，《圣经》上亚伯拉罕的儿子，但寿终时并未作预言。
⑥ 雅各，以撒的儿子。雅各作预言将来的故事见《旧约·创世记》第49章。
⑦ 波里姆奈斯多尔，色雷斯国王，特洛亚国王普里亚摩斯的女婿。
⑧ 故事见欧里庇得斯的《海古巴》第1259行。
⑨ 波西多纽斯（前135—前50），叙利亚哲学家，他曾把六个同时代的人，排出先后死亡的次序，后果验。见西赛罗《论占卜》第1卷第30章。
⑩ 伽拉奴斯走上断头台时曾对亚历山大说不久即可会面，后亚历山大果死。见西赛罗《论占卜》第1卷第23章。
⑪ 奥罗德斯被迈曾修斯重伤，预言迈曾修斯亦将同样死去，见《伊尼特》第1卷。
⑫ 吉奥莫·杜·勃雷（1491—1543），弗朗索瓦一世的大将。
⑬ 人生每7岁或9岁为一关，7、9、63岁为厄年。
⑭ 塔拉莱山，里昂附近山脉。
⑮ "拉米那"意思是"反刍"，"格罗比斯"意思是"大雄猫"。阿贝尔·勒弗朗猜想此名影射1524年去世之老诗人约翰·勒迈尔。
⑯ 古尔，意思是"大疮"。

叫巴佐士。我听说他快要断气了，你赶快到他那里去，听他讲些什么。在那里，也许能听到你要知道的，阿波罗借他的口，会解开你的疑团。"

巴奴日说道："好。爱比斯德蒙，咱们马上就去，别让死神跑在前面。你高兴去么，约翰修士？"

约翰修士说道："去也是为了你，家伙。我真是从肝脏里①爱上了你。"

三人一起动身来到诗人家里，看见善良的老人已进入弥留状态，但神态安详，两眼有神。

巴奴日对他行过了礼，在他左手的中指上，套上一只金戒指，戒指上面还镶着很大一枚美丽的东方宝石；然后，又学着苏格拉底的样子②，拿出来一只白色的大公鸡③，那只鸡一放在诗人床上，便抬起了头，活泼有神地扑了扑翅膀，清脆地喔喔地叫了一声。叫过之后，巴奴日谦恭地请诗人对他不能决定的婚姻问题说几句话。

善良的老人叫人取来笔、墨、纸张。于是很快便拿了来。老人执笔写出下面的诗句：

> 结婚好，不结也好，
> 结婚，没有什么不好，
> 不结婚，
> 比结婚确实更妙。
> 要赶快，且莫心急；
> 知后退，但要进取；
> 　　结婚好，不结也好。

----

① 当时认为肝是爱情的宝座。
② 苏格拉底死时对克里托说，"我欠埃斯古拉比乌斯一只雄鸡，你别忘了替我还债"。
③ 见柏拉图《斐东篇》第118行。

既要守斋，也要加餐，

　　做好的，要拆散，

　　拆散的，要成全。

　　祝她长命，愿她早完，

　　　结婚好，不结也好。

　　写好，交给他们，说道：

　　"拿去吧，孩子，愿天上伟大的神灵保佑你。别再拿这件事或任何事麻烦我了。今天是五月的末一天，也是我的末一天，我费了很大气力，经过许多周折，才把一大群的鬼怪恶魔①从我家里赶出去，它们有黑的、有花的、有黄的、有白的、有灰的，也有带点子的，它们不愿意我安安生生地死去，它们使用不知道是从什么乱七八糟的地方搞出来的阴险的针芒、贪婪的欲望、黄蜂一般的骚扰，把我从宁静的思想中拉出来，而我在宁静里正在观望着，并且已经摸到、尝到善良的天主给他的信徒和他挑选的人在另一个世界里所准备的、永生永世享受不完的福气。你要躲着这些恶魔，不要跟它们一样，别麻烦我了，让我安静吧，我求求你！"

---

① 指教会募捐的人，他们专门在别人快死的时候跑来要钱。

第二十二章

巴奴日怎样为行乞教士的会别辩护

巴奴日从拉米那格罗比斯家里出来，仿佛很担心地说道：

"天主在上，我认为他是个异端，否则，叫我死去。他侮辱了方济各会行乞的好教士和本笃会的修士，这些人等于教会的两半球，遵循着日晷指针的周转，仿佛天造地设的两个对称的力量，维持着罗马教会整个机构的平衡，在感觉发生错乱或受到异端压力时，便围在中心的周围。可是，见他个鬼！那些戴尖帽的①和小教会②的穷鬼什么地方得罪他了？那些只有鱼吃的③可怜的赎罪者，还不够苦的么，还不够受的么？约翰修士，照你说，这个老头子能不能得救？天主在上，他一定跟一条毒蛇似的判定由三万筐魔鬼去惩罚他！污蔑教会善良英勇的支柱，这还了得！你把这个叫作'诗人的狂怒'④么？我不能同意；我看这是卑鄙的罪恶，是对宗教的亵渎。我表示非常愤怒。"

约翰修士说道："这个我倒毫不在乎。这些人见人就骂；如果别人也骂他们，我也丝毫不感兴趣。现在还是研究一下他写的东西吧。"

巴奴日仔仔细细地念诵了老人的诗句，念过之后说道：

"老酒鬼是胡说八道。不过，我原谅他；反正他已经活不久了。咱们给他做墓碑去吧！听了他的话，我还是和以前一样聪明。爱比斯德蒙，我的小乖，我问你一句话。你不认为这老头子是有成见的么？天主在上，我看他是个精灵鬼怪、钻牛犄角、妄自尊大的诡辩家。我敢打赌他是个皈依宗教的摩尔人。牛肚子！他说话多么小心呀！他说的都是两面话，双关语，怎么解释也有理，反正两面总有一面对。啊，他真会瞒哄人！ 布莱徐尔⑤的圣雅各不知道是不是和他同类？"

爱比斯德蒙说道："伟大的预言家提雷齐亚斯⑥每次在预言之前，总要向听他说话的人交代一下：'我说的话可能应验，也可能不应验。'⑦这是明智的预言家例有的口吻。"

巴奴日说道："不过，朱诺还是把他的眼睛挖出来了。"

爱比斯德蒙说道："不错，虽然他对于朱庇特的疑问，说得比朱诺好⑧。"

巴奴日说道："可是这个拉米那格罗比斯发的是什么鬼疯，这样无缘无故、胡乱诽谤那些老实的方济各会、本笃会和小教会的教士？我非常生气，我告诉你，我沉默不下去。他的罪过不轻。他的灵魂⑨一定要到三万筐魔鬼那里去。"

爱比斯德蒙说道："我不明白你；你把老诗人说的黑色、黄色等怪物，错误地解释成行乞的fratres⑩，这倒是非常使我生气。据我的体会，他决没有意思去做诡辩的、任性的比喻。他是老老实实、确确切切说的虱子、臭虫、跳蚤、苍蝇、蚊虫和其他类似的害虫，它们有的是黑的，有的是黄的，有的是灰的，还有的是栗色和古铜色的，它们不但

---

① 指方济各会修士。
② 小教会，1435年圣·方济各·德·保罗创立的会派。
③ 指守斋时只能吃鱼。
④ "诗人的狂怒"（furor poeticus）是柏拉图喜用的字眼，见柏拉图《斐德若篇》。
⑤ 布莱徐尔，旺代省地名，该处有圣雅各修道院，为朝圣盛地。
⑥ 提雷齐亚斯，底比斯预言家，市民奉之若神。
⑦ 见贺拉斯《讽刺诗》第2卷第5首第59行。
⑧ 朱庇特问男女行房何方快感最多，提雷齐亚斯男女都做过，说女性的快感大于男性九倍，见奥维德《变形记》第3卷第316至338行。
⑨ 在初版上印书人错把"灵魂"（asme）排成了"驴"（asne），引起教会极大的误会，并以此对作者大加侮蔑。
⑩ 拉丁文，"教士"。

使生病的人讨厌、厌烦，对他们有害，而且对健康无病的人也是如此。他也可能说的是他肠子里有蛔虫、钩虫、蛲虫。也许是（这在埃及和红海附近是常有的，不足为奇）他的胳膊上或腿上被阿拉伯人叫作'美当'的一种带刺的蜥蜴蜇了一下。你这样歪曲老诗人的话，对他是一种侮辱和曲解，再扯到fratres身上，也是对他们大不敬。无论如何，对别人的一切，总要往好处想才对。"

巴奴日说道："你这是叫我在牛奶里找苍蝇[1]！天主在上，他确实是个异端。我肯定他是个正式的、根深蒂固的、像那个小钟一样[2]应该烧掉的异端。叫他的灵魂到三万筐魔鬼那里去。你知道是哪里么？天那个天！告诉你，朋友，不偏不倚，正在普罗赛比娜那个穿洞的座位下边、承接她大肠里排出来的大便用的脏盆子里，在煮人锅的左边，离路西菲尔的爪子只有三'特瓦兹'远，通往德米乌贡[3]黑屋子的地方。啊，那个坏蛋！"

---

① 等于说"晴天看见太阳"。
② 宗教改革初期，拉·洛舍尔的钟匠克拉维尔，因为被控是异端，被判火刑，连他做的钟也要一同受刑。
③ 德米乌贡，希腊神话里住在地中心的神。

第二十三章

巴奴日怎样陈述理由再访拉米那格罗比斯

巴奴日不住嘴地说道："咱们回去吧，去把得救的道理给他讲一讲。看在天主份上，以真神的名义，咱们回去吧。这将是一件好事；因为假使他保不住肉身和生命，至少还可以救住灵魂！我们叫他认识自己的罪过，向不在的和在的老神父求得饶恕——我们做一个手续，使得他死后，他们不至于像小鬼头对付奥尔良市长夫人那样①宣告他是异端，定他的罪名——补偿他们所受的侮辱，让省内所有修院的教士们做布施、做弥撒、做追思礼节、做周年礼仪。等到老头子死的那一天，全体教士加发五倍津贴，让他们的大酒瓶装满美酒，在坐满既有化募的丑恶寄生虫②，又有司铎和神职人员，既有初修的小教士，又有发过愿的老修士的一排排饭桌上传来传去。这样才能得到天主的原宥。

"哎呀，我弄错了，把话说到岔路上去了！我要再去，让魔鬼把我捉走！天主在上，他屋里已经全是鬼了！我听见它们在那里打架、在抢夺拉米那格罗比斯的灵魂，看谁能第一个衔在嘴里去送给路西菲尔大人。你们走开吧！我不去了；我要是去，让魔鬼捉走我。谁知道它们会不会qui pro quo③不捉拉米那格罗比斯，反而把可怜的巴奴日拿去抵账呢？我从前负债破产的时候，它们就常常搞错。你们走开吧！我不去了。天主在上，我真快吓死了。和一群饿鬼待在一起！和一群乱鬼待在一起！和一群为非作歹的鬼待在一起！你们走开吧！我敢打赌他出殡的时候，不会有一个本笃会教士，也不会有方济各会士、圣衣会修女、泰阿托会④教士和小教会修士。这些人才聪明哩！老头子遗嘱里什么也没有给他们留下。我可是不去，我要是去，叫魔鬼捉走我！他下地狱，那叫活该！为什么侮辱教会的教士呢？为什么在最需要他们的帮助、他们虔诚的颂经、他们神圣训戒的时候，赶走他们呢？为什么不在遗嘱里给这些世界上只有一条命的可怜虫留下一点钱财、一点粮食、一点填饱肚子的东西呢？谁高兴去让谁去吧！我要是去，叫魔鬼捉走我！我如果去，魔鬼一定会把我捉走。长大疮的！你们走开吧！

"约翰修士，你愿意马上有三万筐魔鬼把你捉走么？你须要办三件事：第一，把你的钱袋先交给我，因为钱币上的十字架和算卦问卜完全是背道而驰的，你会遇上库德莱的收租人约翰·窦丹在旺代口当军队把桥拆毁以后所碰到的事情。那个家伙在河边上遇见米尔波修院的方济各会修士亚当·库斯科伊，他答应修士如果能把他驮在肩膀上渡过河去，就给他一套新衣服；因为他长得身材高大，这个代价是值得的。两人讲好以后，库斯科伊就把裤子卷到大腿根上，跟一个小圣克里斯多夫差不多⑤，让窦丹趴在他背上。他欢欢喜喜地跟伊尼斯从特洛亚的大火里把他父亲安启齐斯背出来的时候一样，驮着窦丹，嘴里

---

① 1533年奥尔良城方济各会教士为了达到某种目的，在教堂内藏一小教士装鬼，一面制造谣言，传说死去的市长夫人路易丝·德·玛娄的灵魂在教堂内作祟，后来揭穿了教会的阴谋，于1534年2月15日宣判该处教士终身监禁。

② 指教士。

③ 拉丁文，"张冠李戴"。

④ 泰阿托会，16世纪泰阿托主教比埃尔·卡拉法和盖当·德·提埃纳创立的会派。

⑤ 圣克里斯多夫曾驮年幼的耶稣过河。

还唱着 Ave Maris Stella①。两个人走到渡口最深的地方，也就是水磨过去不远的地方，他问窦丹身上有没有带钱。窦丹说他满满一袋都是钱，他许下的新衣服决不会赖掉。库斯科伊修士说道：'怎么，你身上有钱！你明知道我们的会规严禁身上带钱②，你这是故意使我犯罪，你真该死！你为什么不把钱袋留给开磨坊的呢？我叫你马上遭到报应。我要是把你带到米尔波修院去，非得打你一顿不行，从 Miserere 一直到 vitulos③。'他猛地一下把窦丹从背上摔下来，头朝下丢进了水里。

"约翰修士，我的好朋友，你看看这个榜样，为了让魔鬼舒舒服服地把你带走，还是先把钱袋交给我好，身上千万不要带钱。太危险了。

---

① 拉丁文，"欢呼慈航海星"。

② 方济各会确有一条禁止带钱的会规，米尔波修院会规第2章第4款有明文规定。

③ 修士打苦鞭时念诵的"天主垂怜我等"，Miserere 是经文的第一个字，vitulos 是末一个。这里是说从头打到底。

身上有钱，有那种带十字的东西^①，它们就会像老鹰在岩石上摔碎乌龟壳那样把你从山上摔下去，诗人埃斯库罗斯的秃头便是个例子^②；你会受伤的，我的朋友。那我就太难过了。或者，也可能把你扔到你也不知道是哪里的大海里，远得很，像伊卡路斯^③一样，那么，那里的海就要取名安脱摩尔海了。

"第二，这样你便没有了债务，因为魔鬼非常喜欢没有债务的人，我自己有亲身经历。这些家伙不停地在追求我、巴结我，这在我过去面黄肌瘦、满身是债的时候是没有的。一个负债人的灵魂瘦弱不堪，这不是魔鬼要吃的肉。

"第三，就凭你这身衣服，这顶猫皮帽子，回到拉米那格罗比斯那里去，要是三万筐魔鬼不马上把你捉走，我情愿在火炉边上请你喝酒。如果你想靠得住一点，有个人做伴的话，那可不要找我！我先关照你。你们走开吧，我可不去。我要是去，让魔鬼捉走我！"

约翰修士说道："只要我像人家所说的，一剑在手，我就什么也不害怕。"

巴奴日说道："真不错，你说话跟一位精明的猪油博士^④差不多。我在托勒多^⑤读书的时候，鬼学院院长、那位可敬的鬼神父皮卡特里斯^⑥就常跟我们说，魔鬼天生地惧怕刀光剑影，跟害怕太阳的光亮一样^⑦。所以，海格立斯到地狱里去的时候，身上所披的狮子皮和带的

---

① 钱币面上铸有十字架。
② 鹰把埃斯库罗斯没有头发的头顶错当成岩石，把它要摔死的乌龟扔在诗人头上，把诗人砸死。见普林尼乌斯《自然史纲》第10卷第3章。
③ 伊卡路斯曾从克里特岛上迷宫里，利用粘在身上的翅膀飞出来，但因飞得离太阳太近，翅膀脱胶，伊卡路斯摔进爱琴海里。后来那里便改名伊卡路斯海。
④ "猪油博士"（Docteur en lard）和"艺术博士"（Docteur en l'art "es arts"）同音。
⑤ 托勒多，西班牙城名，中世纪时该处为有名的术士集中处。
⑥ 皮卡特里斯，13世纪西班牙一教士笔名，著有《二百二十四位古代术士论集》一书，献给阿尔丰斯·德·卡斯提拉国王。
⑦ 见开留斯·罗底吉奴斯《古文选读》第1卷第29章。

哭丧棒，远不及后来伊尼斯受到女卜者古玛娜的指示、穿着鲜明的铠甲、带着明晃晃亮堂堂的宝刀去的时候①使魔鬼害怕。约翰·雅各·特里沃尔齐②王爷在沙尔特临终时叫人搬出宝剑来放在他手里，在床的周围摆满枪刀剑戟，跟一位英勇的骑士那样，大概就是为了这个缘故。他是想用武器吓退断气时来找他的魔鬼。有人问'马索莱'和注释《圣经》的犹太人为什么魔鬼不敢进入天堂，他们没有说出别的理由，只是说因为门口站着一个天使，手执明晃耀眼的宝剑。根据托勒多的鬼学，我承认魔鬼是用剑杀不死的，但是根据同一地方的鬼学，我却认为可能跟用刀砍过一团烈火和一团浓密的烟雾一样，使它们暂时中断一下。因此，它们一有这种感觉，便鬼哭神嚎，大概是非常痛苦。

"当你看到两支军队冲锋时，你以为那种惊天动地的冲杀声是从人来的么？是甲胄的碰撞么？是马铠的晃动么？是斧锤的砍击么？是长矛的刺杀么？是枪支的冲刺么？是受伤者的呼号么？是鼓号的声音么？是马嘶的声音么？是火枪和大炮的轰炸么？我必须承认，认真说起来都有一点。但是最大的、亦即主要的声音，还是魔鬼的呼号。它们成堆地待在那里等着受伤者的灵魂，无意间自己也会吃上几刀，于是它们那种无形的、在空中飘荡的本质，就会暂时中断一下。这好像厨房的小厮在啃叉子上的肥肉时，被大师傅一棍子打在手指上一样，他们也会像魔鬼似的号叫，像战神在特洛亚战争中被狄欧美德斯打伤时一样，荷马曾说他叫的声音比一万人一齐发出的声音还要高、还要可怕③。

"怎么？我们只顾得说明亮的铠甲、耀眼的刀剑了。你那个武器可并不如此。这是因为不常使唤，因为不用，老实说，就要比一只陈旧

---

① 见维吉尔《伊尼特》第6卷第260行。
② 约翰·雅各·特里沃尔齐，1518年死去的法国元帅，原意大利籍。
③ 见荷马《伊利亚特》第5卷第859行。

的腌肉桶上的锁锈得还要厉害了。然而，两件事总要办一件，或者把锈磨掉，磨得亮亮的，或者仍旧让它锈，但是不要回到拉米那格罗比斯家里去。我呢，无论如何也不去。我要是去，让魔鬼捉走我！"

第二十四章

巴奴日怎样向爱比斯德蒙请教

他们离开维洛迈尔，回到庞大固埃那里，路上巴奴日向爱比斯德蒙说道：

"伙计，老朋友，你看得出来，我是多么为难，你是个有办法的人！难道不能帮帮忙，救救我？"

爱比斯德蒙对他说，现在大家都在嘲笑他那身衣服，劝他赶快吃点黑藜芦泻一泻身上的晦气，重新穿起平时的衣裳。

巴奴日说道："爱比斯德蒙，我的老伙计，我非常想结婚，但是我怕当乌龟，担心结婚不幸福。所以我向小圣方济各①发了誓（小圣方济各就是在普莱西·勒斯·都尔深受热诚女信徒欢迎的圣人，因为他是"好人会"②的创立人，当然会受女人的爱戴），只要我脑筋里有这件难事，没有拿定明确的主意，我就一直把眼镜戴在帽子上，而且不穿裤裆。"

爱比斯德蒙说道："这个誓发得太有趣了。我真奇怪你为什么不把自己改变过来，把这些错误的看法清除出去，恢复原来的安定。你这样说话，使我想起长头发阿尔吉沃斯人来，他们因为争夺杜列亚被拉刻代蒙人战败之后，曾发誓不报仇雪恨收复国土，就决不让头上长头发③；还有那个有趣的西班牙人米凯尔·多里斯，他曾发誓腿上不离开那块甲片④。

"我不知道究竟哪一个更配戴这顶绿黄相间、带兔子耳朵的帽子⑤，是这位光荣的胜利者呢，还是这位忘记了萨摩撒塔的哲学家⑥所教导的写历史的方法与技术、只写些冗长、烦琐和使人腻味的记录的昂盖朗⑦。因为，读到这本冗长的作品，大家全会以为这定是什么重要战役的开始，或者改朝换代的记录；可是到了最后，读者会觉着这位胜利者好笑，和他决斗的英国人无聊，他们的记录者昂盖朗比胡椒瓶还要胡说八道。读者曾嘲笑贺拉斯的累赘，因为他的话太多，哼哼唉唉没有个完，跟女人养孩子一样。周围的人听见哼唉的叫喊，都跑了来，以为定会产生什么惊人伟大的杰作，可是到末了，却只生出一只小老鼠⑧。"

巴奴日说道："我认为这没有什么好笑。嘲笑人的人，自己就该被嘲笑。我还是照我发的誓办事。你我是老朋友了，我们曾以朱庇特·菲里奥斯⑨的名义奠定我们的友谊；请把你的想法告诉我，我到底

① 小圣方济各指圣方济各·德·保罗（1416—1507），曾在普莱西·勒斯·都尔创立教会。此外，另有圣方济各·达西斯（1182—1226），曾被路易十一称作小圣方济各。
② "好人会"即"小教会"。
③ 见希罗多德《历史》第1卷第82节。杜列亚为古希腊城名。
④ 米凯尔·多里斯，公元1400年阿拉贡领主，曾发誓要与英国人约翰·彭德尔格拉斯决斗，身不离甲。
⑤ 宫内弄臣的穿戴。
⑥ 萨摩撒塔的哲学家即鲁西安，著有《如何写历史》。
⑦ 昂盖朗，即昂盖朗·德·蒙斯特莱（1390—1453），冈勃莱的总督，著有1400至1453年编年史。
⑧ 见埃拉斯姆斯《箴言集》第1卷第9章第14节，又见贺拉斯《诗艺》第139行。
⑨ 朱庇特·菲里奥斯，神话中友谊的主保神。

该不该结婚？"

爱比斯德蒙说道："这个问题，无疑很难解答，我自己感觉到解决不了。朗高①的老希波克拉铁斯曾说过医学治疗是个难于决断的问题②，如果这句话说得对，拿到你这个问题上，就更对了。我脑子里倒是想到几个办法，也许可以解决你的难题，不过我自己并不以为满意。好几位柏拉图派的哲学家③都说，谁能看见自己的灵魂，就可以知道自己的命运。这些学说，我不大懂，我也不鼓励你去照着办，这恐怕都是骗人的东西。但是我曾在伊斯坦古尔地方④看到过一位生性好奇的贵族这样一段经过。这是我想说的第一个方法。

"第二是：如果下列的神灵还宣告神谕，像阿蒙的朱庇特、列巴狄亚⑤的阿波罗、得尔福、得罗斯⑥、古里亚⑦、巴塔拉、戴吉拉、普雷奈斯特⑧、利西亚、克洛丰等地以及叙利亚安太基亚附近、布朗奇达伊之间的卡斯塔里亚神泉那里的阿波罗，还有多多那⑨的巴古斯、巴特拉斯⑩附近法雷斯的迈尔古里、埃及的阿庇斯⑪、卡诺普斯⑫的塞拉比斯⑬、美那里亚和提沃里⑭附近的阿尔布尼亚的弗奴斯、欧尔科美诺斯⑮的提

---

① 朗高，即科斯，希波克拉铁斯的出生地。
② 见希波克拉铁斯《箴言集》第1卷。
③ 见杨勃里古斯《论玄秘》第9卷第3章，塞尔维乌斯《论伊尼特》第6卷第742行。
④ 伊斯坦古尔，英国七王统治时代的东·英格兰，《圆桌小说》里虚构的地名。
⑤ 列巴狄亚，希腊古城名。
⑥ 得罗斯，西克拉底群岛之一，神话中阿波罗的出生地。
⑦ 此处地名多引自亚历山得罗·亚历山得里的《婚日》，亦有作者虚构的。
⑧ 普雷奈斯特，拉七奥姆古城名。
⑨ 多多那，古希腊地名。
⑩ 巴特拉斯，古希腊地名，在巴特拉斯海湾。
⑪ 阿庇斯，埃及的神牛。
⑫ 卡诺普斯，埃及近尼罗河古地名。
⑬ 塞拉比斯，埃及普陀里美时代神灵，后与阿庇斯不分。
⑭ 提沃里，罗马附近地名。
⑮ 欧尔科美诺斯，古希腊地名。

雷齐亚斯、西里西亚的摩普苏斯、勒斯包斯^①的奥尔菲乌斯、勒卡底亚^②的特洛弗尼欧斯，我同意（也许不同意）去看看他们对于你的问题看法如何。不过，你知道自从救世主降世以来，这些神灵都跟鱼一样不会说话了，什么显圣、预言，都没有了，跟太阳的光亮消灭一切妖、魔、鬼、怪、邪门、歪道一样。即使他们还显灵，我也不轻易地劝你相信他们，因为上当的人太多了。

"此外，我还记得阿格里匹娜谴责美丽的洛丽亚向阿波罗·克拉留斯祈祷问卜，想知道她会不会嫁给克罗狄俄斯皇帝。为了这件事，她先被放逐，然后又被残忍地处死^③。"

巴奴日说道："我们来他一个更好的办法。好在奥吉吉群岛^④离圣玛洛港^⑤不远，我们禀知国王一声去一趟好了。据说四岛之中最西面的一个，我在古代一些好心的作家的作品里也读到过，上面住有不少预言家、占卜者和先知。农神也在那里，被结实的金索链拴在一块金的岩石上，每天也不知是什么鸟（也许就是给第一个隐修士圣保罗送食物的那些乌鸦），从天上给他送仙食玉露养活他。任何人愿意知道自己的未来命运和前途，农神都可以明白指示。因为命运之神不拘纺织什么，朱庇特不拘想什么或者打算做什么，这位慈善的父亲没有不知道的，即便是睡着了也会知道。假使能够听他谈谈我这为难的问题，那就可以省掉我们许多事情。"

爱比斯德蒙说道："明摆着是骗人的，全是瞎说。我不去。"

---

① 勒斯包斯，米提兰岛古名。
② 勒卡底亚，古希腊伊奥尼亚群岛之一。
③ 见塔西图斯《编年史》第12卷第22章。
④ 奥吉吉群岛，普鲁塔克说奥吉吉群岛在英国以西五天航程的地方。柏拉图亦有类似的说法。
⑤ 圣玛洛港，在法国兰斯河入海处。

第二十五章

巴奴日怎样请教特里巴老爷

爱比斯德蒙继续说道:"不过,如果你相信我,我可以告诉你,在回到我们国王的国土之前,还可以试一个地方。就在这里,离开布沙尔岛不远,有一位特里巴老爷①,你知道他是怎样用占星学、土卜学②、手相术、相面术和其他类似法术来预言未来的。我们拿你这件事也去问问他,好不好?"

巴奴日回答道:"我说不上来。不过我知道一件事,有一天他和伟大的国王③谈论天文地理,宫里的侍从却在门后边、楼梯角里,调戏他的老婆,因为她长得实在不错。如果特里巴天上地下无所不知,过去未来无所不晓,一切的事都可以预先看到,那么为什么单单看不见他老婆被人调戏,而且自己一点也不知道呢? 不过,既然你愿意,我们去看看他也好。多问一个人总没有坏处。"

第二天,他们来到特里巴老爷的家里。巴奴日送给他一件狼皮长袍、一把镀金的宝剑、丝绒剑鞘,另外还有五十块崭新的"天神币"④,然后亲切地把自己的事向他述说了一遍。

特里巴老爷立刻注视着他的脸,说道:

"你的印堂和相貌,都像一个乌龟,而且还是个臭名远扬的大乌龟。"

接着，又仔细看了巴奴日的右手，说道：

"这里，Jovis 山⑤上这条虚纹，只有做乌龟的人手上才有。"

随后，又拿起笔来，迅速地画出好几个圆圈，依照占卜学的程式把它们连接起来，说道：

"再靠得住也没有了，你一结婚，就得做乌龟。"

说完之后，他问巴奴日的生辰年月，巴奴日说给他听了，他马上画出他的全部天宫图，再从三方面观察图的根基和外形，接着，深深地叹了口气，说道：

"我已经说过你要做乌龟，逃也逃不掉；我这里又有了新的证据，可以肯定你非做乌龟不可。此外，你的妻子还要打你，偷你；因为你天宫图内的第七宫⑥形势不好⑦，全部是角，跟 Aries⑧、Taurus⑨、摩羯宫等一样。第四宫⑩里的 Jovis⑪萎靡不振，和农神和迈尔古里成四角形。你将来定会吃足苦头，我的老好人。"

巴奴日说道："老混蛋，叫你发四日两头疟子，你真是个糊涂虫！等天底下的乌龟到齐的时候，带头的就是你。奇怪，我这两个手指头当中怎么长了块癣呢？"

他一边说，一边向特里巴老爷伸出那两个手指头，握起另外的三

---

① 特里巴，指柯伦医学家亨利·科尔奈留斯·阿格里巴，著有《科学的玄奥》和《占卜哲学》4 卷，当时被人看作是易卜星象一流的人物。"老爷"原文是德文 Her。

② 用沙土堆在桌上观看吉凶。

③ 指弗朗索瓦一世，阿格里巴是当时太后的御医。

④ "天神币"，查理六世、七世时面上铸有圣·米歇尔的金币。

⑤ 拉丁文，"朱庇特山"，即食指下面高起的一块肌肉。

⑥ 即"婚姻宫"。

⑦ 原文 aspectz，指两个行星间之经线距离，包括"交会"，"60 度距离"，"90 度距离"，"120 度距离"和"180 度距离"。

⑧ 拉丁文，"白羊宫"。

⑨ 拉丁文，"金牛宫"。

⑩ 即"家庭宫"。

⑪ 拉丁文，"朱庇特"。

H. PISAN

个，样子完全像两个犄角。他向爱比斯德蒙说道：

"你看，活像马尔西亚尔①的奥鲁斯②，他只顾得观察、研究别人的灾难和痛苦，自己的老婆搭客也不管。他自己比伊鲁斯③还不如，可是神气活现，盛气凌人，比十七个魔鬼还要令人难受。一句话，恰恰是古人对那些不值一文的贱骨头很适当的称呼：πτωχαλαξώγ④。走吧，别理这个穷疯子了，应该把他捆起来，让他和他自己的魔鬼去胡说去。我才不信鬼会跟这种恶棍打交道呢。他连哲学的第一句话'要认识你自己'⑤也不懂，看见别人眼里一点草渣，便以为了不起，挡着自己两只眼睛的一根粗棍子却看不见⑥。这是普鲁塔克所描写的一个'专管闲事'⑦的人。真是拉米亚再世，在别人家里、在公共场合、跟大家在一起，比猫的眼睛还尖，一到自己家里，便比鼹鼠也不如，什么也看不见，因为从外面回到家里，就从头上把活动的眼睛像眼镜似的取下来，藏在门后边挂的一只木鞋里了。"

这时候，特里巴老爷拿起来一个柽柳枝子。

爱比斯德蒙说道："拿得对；尼坎德尔⑧叫这种树是预言树。"

特里巴老爷说道："你要不要看得更清楚一些？我可以用火视法、用亚里斯托芬在《云雾》里歌颂的风视法、用水视法、用从前在亚述非常有名、又经过赫尔摩劳斯·巴尔巴鲁斯⑨实验过的映水法做给你看。用一盆清水，我就可以让你看见你未来的妻子跟两个男人睡觉。"

---

① 马尔西亚尔，1世纪讽刺诗人。
② 奥鲁斯，马尔西亚尔所讽刺的人，见《讽刺诗》第7卷第10首。
③ 伊鲁斯，《奥德赛》里和乌里赛斯打架的老乞丐。见《奥德赛》第18卷第1至116行。
④ 希腊文，"神气的叫化子"。
⑤ 苏格拉底常说的话。
⑥ 见《新约·马太福音》第7章第3至5节。
⑦ 见普鲁塔克 Peri Polypragmasines《论奇异》第2章第516行，那里有拉米亚的故事。
⑧ 尼坎德尔，15世纪希腊医学家，著有药用植物作品：《植物效能》。
⑨ 赫尔摩劳斯·巴尔巴鲁斯，15世纪威尼斯人文主义者，曾翻译亚里士多德作品，注释普林尼乌斯作品。

巴奴日说："往我肛门里看的时候，你可别忘了摘眼镜。"

特里巴老爷继续说："还有镜照法，罗马皇帝狄丢斯·茹里亚奴斯^①就曾用它看到过未来。不需要用眼镜；从爱情的镜子里，你可以跟在巴特拉斯附近密涅瓦庙堂的水泉里看得同样清楚。筛网法，古时罗马人对它非常尊重，只要一个筛子和一把钳子，就可以看到鬼。麦粉法，这是泰奥克里图斯在Pharmaceutria^②里教导的，还有混合面粉法，用燕麦和面粉掺在一起。骨块法，我有现成的设备。奶酪法，我有特制的泊莱蒙奶酪。圈视法，我这里转起许多圈儿，保险都会落在你左边。胸视法，老实告诉你，你的胸部发育得不匀称。香视法，只需要焚一点香就行。腹视法，菲拉拉的腹语家雅各巴·罗多琴娜夫人用过很久。驴头法，德国人经常使用，是在烧得很旺的煤火上烤一只驴头。溶蜡法，让溶化的蜡滴在水里，你可以看到你妻子和她那些情人的形象。烟视法，在煤火炉里放上罂粟籽和芝麻^③；好看极了！斧视法，只用准备一把斧子和一块黑石，放在火里就行^④，荷马对于贝内洛波^⑤的求爱者用的就是这个法！油视法，有油有蜡就行。云视法，你可以在云雾里看见你妻子美丽的形象。叶视法，我这里有特备的鼠尾草。无花果法，真太灵了！无花果的叶子太妙了！鱼视法，古时提雷齐亚斯和波里达马斯^⑥都曾称赞和使用过，在鲁西安的国家里，在阿波罗的圣林里，在狄纳的河沟里都应验过^⑦。猪视法，我们可以弄到许多猪，把尿泡送给你。书内算卦法^⑧，这和主显节前夕蛋糕里的豆子一样明显易见。肠视法^⑨，罗马皇帝赫里

---

① 狄丢斯·茹里亚奴斯，2世纪罗马皇帝，此处故事见《奥古斯都斯传》《狄丢斯·茹里亚奴斯》部分第7章。

② 拉丁文，"药物学"。

③ 从火里发出的烟、色彩和声音里看出吉凶。

④ 把斧子烧热，把石头放在斧子上，看它的反应。

⑤ 贝内洛波，神话中乌里赛斯的妻子，曾拒绝求爱者二十年之久。

⑥ 波里达马斯，古戴萨利亚大力士，后被巨石压死。

⑦ 见科尔奈留斯·阿格里巴《占卜学》第1卷第57章。

⑧ 翻开一本书，从文字里猜测吉凶。

⑨ 用人肠测算吉凶。

欧卡巴鲁斯①使用过，当然不大舒服，不过你受得了，反正命中注定做乌龟。还有请女卜者算卦②，还有提名法，你叫什么名字？"

巴奴日说道："吃你的屎去吧！"

"……另外还有公鸡法，我画一个非常圆的圆圈，在你的监督和注视下，我把它分成二十四格，全都一样大，每一格里画一个字母，每一个字母上放一个麦粒，然后放进去一只从未交配过的大雄鸡，我可以保证，你一定会看到，它把C、O、Q、U、S、E、R、A、③几个字母上的麦粒吃掉，和瓦伦斯皇帝④急于想知道继位者是谁的时候，那只神奇灵验的雄鸡吃掉？#Θ.E.O.Δ.⑤字母上的麦粒，同样灵验。

"还有祭肉法⑥、祭牲内肠法、鸟飞法、鸟鸣法、鸟食堕地法⑦。"

巴奴日说道："还有大便法！"

"还有召唤死人法，我可以叫新亡故的人复活，就跟提亚拿的阿波罗纽斯替阿基勒斯做的事一样⑧，也好像那个交鬼的女人当着扫罗行施的法术⑨，他可以把什么话都告诉我们，不多不少完全像在埃里克多⑩的召唤下，那个死人向庞贝预言法萨鲁斯战役的进展和结果一样。不然，如果你和所有的乌龟一样害怕死人，我就单单使用亡魂影射法。"

巴奴日说道："见你的鬼去吧，老疯子！如果你戴的是尖帽子，就

---

① 赫里欧卡巴鲁斯，218至222年的罗马皇帝。

② 巴奴日在庞祖斯特已试过。

③ 八个字母的意思是，"你将是乌龟"。

④ 瓦伦斯，364至378年的罗马皇帝。

⑤ 泰奥多修斯的缩写，泰奥多修斯是379至395年的罗马皇帝，原文是希腊文。

⑥ 用祭肉占卜，是罗马人最古的占卜法。

⑦ 使鸟食从灵鸟嘴里落到地上，看堕地的情形测算吉凶，见西赛罗《论占卜》第2章第34节。

⑧ 阿波罗纽斯曾令阿基勒斯的女妃复活，见菲洛斯特拉图斯《阿波罗纽斯传》第4卷第16章。

⑨ 故事见《旧约·撒母耳记上》第28章第7至14节。

⑩ 埃里克多，戴萨里亚的术士。

去找阿尔巴尼亚人去干你^①。你为什么不劝我舌头底下放一块翡翠^②或者

---

① 阿尔巴尼亚兵戴的是尖筒形帽子。
② 据说嘴里噙住宝石，可以预言未来。

一块狼石①呢？干么不叫我长上京燕的舌头、青蛙的心脏呢②？或者吃龙的心肝，从仙鹤和飞鸟的叫声里，像古时的阿拉伯或美索不达米亚的人那样，来了解我的命运呢③？叫三十个魔鬼捉走你！乌龟王八、长犄角的、'马拉那'、鬼妖道、反基督的魔巫！咱们回到国王那里去吧。要是他知道我们到这个穿裙子的鬼东西的家里来过，他一定不喜欢我们。我真后悔到这里来，从前在我裤裆里吹气的家伙，如果现在能用它的唾沫去抿抿这个老东西的胡子，我情愿出他一百块'诺布尔'④和十四块'不诺布尔'⑤。灵验的天主啊！他可把我气坏了，气疯了，他的妖术魔道可把我腻味透了！叫魔鬼把他捉走！你说一声amen⑥，咱们喝酒去。至少两天，不，也许四天，我会吃不下东西去。"

---

① 狼眼睛里剖出来的石头。
② 德谟克利特和普林尼乌斯都说，如果把这两样东西放在睡眠中的女人的内衣里，可以使她道出自己的秘密。
③ 见菲洛斯特拉图斯《阿波罗纽斯传》第1卷第20章。
④ "诺布尔"，英国爱德华三世铸造的玫瑰金币。
⑤ 原文是roturiers，意思是最不值钱的钱；"诺布尔"意思是"庄严，尊贵"，故作者紧接着就造出一个最不值钱的币名。
⑥ 拉丁文，"阿门"。

第二十六章

巴奴日怎样请教约翰·戴·安脱摩尔修士

特里巴的一番话把巴奴日气坏了，他们走过了于依姆镇，巴奴日才结结巴巴搔着左边的耳朵向约翰修士说道：

"亲爱的，让我喜欢一下吧。这个老疯子的话把我的头都气昏了。我告诉你，我的小家伙，

"我的乖家伙，

"有名的家伙，

"长瓜的家伙……①

"像火枪一样的家伙，有后劲的家伙，约翰修士，我的朋友，我非常尊敬你，我非常器重你，我请你把你的意见告诉我。我到底该不该结婚？"

约翰修士和颜悦色地回答道：

"结婚吧，看在魔鬼的份上，结婚吧，让你的睾丸好好地去舞动一番。我认为，而且主张，越早越好。顶好是今天晚上，就让教堂的喜钟和你睡觉的床铺一齐发出声音。天主的德行，你还要等到几时呢？难道你不知道世界末日就快到了么？今天比前天就又近了两

'竿'②又半'特瓦兹'。人家对我说，反对基督的人已经出世了。当然现在他还只是抓抓挠挠他的奶妈和保姆，本钱还没有露出来，因为他还小。Crescite, nos qui vivimus, multiplicamini③（这是经上的话，经本上有④），只要一袋麦子只值三块'巴塔'⑤，一桶酒只卖六块小银镙就行。难道你打算最后审判时，dum venerit judicare⑥，卵壳还装得满满的么？"

巴奴日说道："约翰修士，你的头脑清楚，明白；冷静的家伙，你说话真明白。阿比多斯⑦的列昂德尔⑧从亚洲游过赫尔斯彭特海⑨到欧洲的塞克斯多斯⑩看望他的情人希罗的时候，他祷告尼普顿和海里的一切神灵：

> "只要去时佑我安达，
> 回来溺毙我也不怕⑪。

"他就是不愿意死时卵壳里还是满满的。我提议今后在萨尔米贡丹全区，处死任何犯人时，都要在一两天之前，叫他尽量享受性的生活，

---

① 这里作者以祷文的方式叫巴奴日一口气说了一百六十六个对家伙的形容词，意义不大，故删。
② "竿"，古量地单位名，大小随地区不同。
③ 拉丁文，"长大吧。我们活着的人，日见增多"。
④ 约翰修士拉丁文不太好，所引的话都是经本上的。
⑤ "巴塔"，毕加底省钱币。
⑥ 拉丁文，"来审判的时候"。
⑦ 阿比多斯，达达尼尔海峡城名，属亚洲。
⑧ 列昂德尔，阿比多斯青年，每夜游过达达尼尔海峡到对岸塞克斯多斯看望情人希罗，终溺死。
⑨ 赫尔斯彭特，即现在的达达尼尔海峡。
⑩ 塞克斯多斯，阿比多斯对岸城名，属欧洲。
⑪ 见马尔西亚尔《戏剧集》第25卷。

一直到精囊里剩的东西连希腊字母Υ也画不出来为止。这样珍贵的东西可不能随便浪费啊！万一能生一男孩，然后去死，也总算一个抵一个死而无憾了。"

第二十七章

约翰修士怎样愉快地指示巴奴日

约翰修士说道:"巴奴日,我的好友,圣里高美①在上,假使我是你的话,我决不劝你做我所不肯做的事。只是你要注意,小心不要间断,要一直干下去。如果你一间断,可怜的人,那你就完蛋了,和那些奶娘一样。她们只要一停止奶小孩,奶就没有了。所以你的家伙也不能停止活动,否则它也会断奶,只剩下个排尿的工具,卵泡也只成了个空袋子。我先提醒你,朋友。我过去看到过不少例子,等到愿意的时候,办不到了,因为有能力的时候没办。法学家说得好:停止使用,即失去一切权利。因此,我的孩子,你要保持裤子里的小小民族永远辛勤地耕作。千万别让他们像贵族老爷那样靠养老金过活,啥事不干。"

巴奴日说道:"Ne dea②,约翰修士,你真等于我左边的睾丸。我完全相信你的话。你真爽气。既不拐弯抹角,又不拖泥带水,你把我的顾虑一扫而光。愿上天永远保佑你这样爽直、这样干脆!我决定依照你的话去结婚。没错儿。你将来看我的时候,准有美丽的女侍者,我要你做她们的保护人。这就算我誓愿的第一部分。"

约翰修士说道："你听听瓦莱纳钟声的宣告③，它宣告什么？"

巴奴日说道："我听见了，凭我的酒瘾说话，钟的声音比多多那朱庇特的神锅灵验得多④。你听：'快结婚，快结婚，结婚，结婚。一结婚，结婚，结婚带来福分，不骗人，不骗人。快结婚，快结婚。'我向你保证，一定结婚；一切都在促使我，非结不可。一言既出，驷马难追⑤。

"还有第二部分，你好像疑心，甚至于怀疑我能不能做父亲，仿佛花园里英勇的神灵不大保佑我似的。我请你做做好事，相信我完全控制着它，叫它干什么它干什么，它对我没有不俯首帖耳、唯命是从的。只用松开绳索，我是说的裤带，让它看见就近的猎物，喊一声：'起！伙计！'就行。即使我未来的太太和古时的美萨丽娜⑥或伦敦的温彻斯特侯爵夫人⑦同样喜爱床笫间事，我请你相信，我照样可以使她称心如意，美不胜收。

"我完全明白所罗门对这件事渊博权威的名言⑧。他以后，亚里士多德勒斯曾宣称女人的那个事物永远不知满足，我愿意让人知道，我这个家伙也同样永远不知疲倦。你不用拿过去搞女人有名的人来和我相

---

① 波亚都人特别尊敬圣里高美，保存着他的圣髑，常以他的名义起誓。
② 希腊文，"冲着朱庇特说话，完全对"。
③ "钟声的宣告"，是约翰·洛兰讲经时常用的话，他曾劝一寡妇倾听"钟声的宣告"，寡妇听见的是："嫁给你的仆人！嫁给你的仆人！"寡妇果然嫁给了仆人，仆人成了主人之后，她又后悔了，埋怨教士，约翰·洛兰仍叫她倾听"钟声的宣告"，这一次她听见的是，"莫嫁你的仆人！莫嫁你的仆人！"
④ 苏伊达斯说多多那朱庇特神殿周围都是锅，击其一，余锅皆响。见埃拉斯姆斯《箴言集》第1卷第1章第7节。
⑤ 原文是，"一言既出，有如铜墙铁壁"。见贺拉斯《书简》第1卷第1章第60节。
⑥ 美萨丽娜，罗马皇帝克罗丢斯一世皇后，以淫乱称，公元48年被杀。见普林尼乌斯《自然史纲》第10卷第63章。
⑦ 温彻斯特侯爵夫人，温彻斯特主教在伦敦开设妓院一座，名 Winchestrian Geese，作者可能指此处的女人。
⑧ 所罗门曾说，"'不生产的子宫'是世界上四大无法满足的事物之一"。

比，海格立斯也好①，普罗克利斯也好②，恺撒也好，还有那个在《古兰经》内吹嘘他的家伙抵得上六十个船工的穆罕默德也好③，那个荒唐鬼是在吹。你也不用提泰奥弗拉斯图斯、普林尼乌斯和阿忒涅乌斯一再称颂的那个印度人，说他靠一种药草，一日之间就可以干七十多次④。我决不相信；这个数目字是胡说八道，请你也别信它。我只请你相信我的东西（如果不是实话，你就不要信），我这根硬家伙，科塔尔·达本卡老爷⑤，才是 prime del monde⑥。

"我还要告诉你一件事，小家伙，你有没有见过卡斯特罗的修士会衣⑦？只要把它带到一家人家，不管是摆在明处，还是藏在暗处，马上便会发生惊人的效果，所有住在那里的人类和畜生，不管男的和女的，甚至于老鼠和猫，都会立刻交配起来。我向你起誓，我过去的裤裆里确曾有过比这还要厉害的能力。

"我现在既不谈高楼，也不谈茅屋，既不谈教堂，也不谈市场，我只谈一谈圣玛克桑⑧演出的《耶稣受难》⑨。那一天，我一进戏场，就突然看到裤裆的神奇效果，所有的人，包括演员和观众，都受到不可抑止的感染力量，不拘是天使、是凡人、是男鬼、是女鬼，没有一个不跃跃欲试的。提台词的也丢开了剧本；演圣米歇尔的演员从天上飞下来；魔鬼从地狱里钻出来，见女人就抱；甚至路西菲尔也挣脱了锁链。

---

① 海格立斯曾一夜破五十处女，见狄奥多鲁斯·西库鲁斯《上古史话》第5卷第2章。

② 普罗克利斯曾奸污一百名撒玛利亚女俘，见阿格里巴《玄学》第63章。

③ 《古兰经》无此记载，只知穆罕默德有妻子十一人。

④ 见普林尼乌斯《自然史纲》第26卷第63章，泰奥弗拉斯图斯《植物学史》第9卷第20章，阿忒涅乌斯《诡辩学者饮宴》第1卷第32节。

⑤ 科塔尔是从意大利文Cotale来的，意思是"事物，家伙"，达本卡是热那亚附近城名。

⑥ 意大利文，"世界第一"。

⑦ 卡斯特罗，近蒙帕利埃地名，该处有方济各会修道院。

⑧ 圣玛克桑，尼奥尔附近地名。

⑨ 《耶稣受难》原文Passion，亦有"情欲，热情"的意思。

总之，看见那里乱成一片，我学着执政官迦多的样子，赶快从那里跑出来，迦多在'文学花会'上一看见自己所引起的骚动，总是赶快跑掉的①。"

---

① 故事见瓦雷利乌斯《格言集》第2卷第10章第8节。

第二十八章

巴奴日疑心会做乌龟，约翰修士怎样安慰他

约翰修士说道："我明白你的意思了，不过，时间会把一切冲淡的。云石也好、斑石也好，没有不衰老和损坏的东西。如果你现在还不老，几年之后，就会听到你承认你的家伙耷拉下去了，因为袋里没有东西了。我已经看见你头上有白头发了。胡子也是有灰的、有白的、有黄的，还有黑的，看起来倒像一幅世界地图，各种颜色都有。你看，这里是亚细亚洲，这是底格里斯河[①]和幼发拉底河。那里是阿非利加洲的月亮山。你看见尼罗河的沼泽么？那边是欧罗巴洲。你看见特来美没有？这一堆白色的东西就是北极山。我的朋友，凭我的酒瘾说话，几时山上都铺满雪，我是说头上和下巴都成了白的，那裤裆的盆地里就不会再有什么热潮了！"

巴奴日说道："叫你脚后跟上生冻疮！你简直连修辞学也不懂。山上有雪，是说明雷、电、闪、风、红色的闪电、霹雳、暴雨、所有的魔鬼都到盆地里去了。你要不要实地观察？到瑞士去看封德巴利赫湖[②]去，离开伯尔尼四法里远，在往西翁[③]的路上。你只知道怪我头发白，你不看看它完全是韭菜的长法，上白下青，又直又硬。

"当然，我不否认我也有老相，不过是老来青；你千万别跟别人去说，这是咱俩之间的秘密。我认为我的酒只有比过去更好，滋味更醇。不过越是比过去好，我越怕会变成坏酒。你注意这就有点夕阳西下的味道，说明正午已经过去了。但是，我的好伙计，亲近的朋友，冲着魔鬼说话，我可不怕。我担心的并不是这个。我担心的是我们的国王庞大固埃会出远门，而我又不能不跟着一起去——哪怕是到鬼窝里去——这时我的太太便会叫我做乌龟。做乌龟是我最担心的事；因为凡是我跟他们谈过的人，都恐吓我，说我是先天注定，非做乌龟不可。"

约翰修士说道："并不是谁想做乌龟，就都可以做的。你如果是乌龟，ergo④ 你太太长得美，ergo 她待你好，ergo 你朋友多，ergo 你将来一定上天堂。这是修院的辞格。你的身份只会更高，我的罪人。你再幸福也没有了。要啥有啥，什么也不缺少。财产越来越多。假使你注定是这样，你还要反对么？你说，退劲的家伙，发霉的家伙，

"腐烂的家伙……⑤

"见鬼的家伙，巴奴日，我的朋友，既然注定如此，你难道想叫星斗倒退么？破坏天体的秩序么？归罪于宇宙的转动么？弄坏线锤的尖儿、中伤纺线的滚石、诽谤纺线筒、埋怨络线管、怪罪缠出的线、叫派克姊妹的线倒转么⑥？叫你发四日两头疟疾，家伙！你连那些巨人也不如。来，告诉我，你愿意在不知道的情形下做乌龟呢，还是宁愿无缘无故去吃醋呢？"

巴奴日回答道："两样我都不要。不过，我一旦知道了，我一定要做出个所以然来，不然宁打得世界上不留一根棍子为止。说老实话，约翰修士，我看最好还是不结婚。我们走得离钟更近了，你听它现在怎么敲：'不能结婚，不能结婚，不能，不能，不能，不能。——结婚

---

① 底格里斯河，美索不达米亚东部河流。
② "封德巴利赫"意思是"美妙的"，瑞士无此湖名，可能指顿湖。
③ 西翁，瑞士城名。
④ 拉丁文，"那就是说"。
⑤ 这里又是一连串以裷文的方式说了一百六十八个带形容词的家伙，都是约翰修士讽刺巴奴日的。
⑥ 派克姊妹系司人类命运之三位女神，线锤、滚石、线筒等都是命运之神编织人类命运时使用的工具。

（不能结婚，不能结婚，不能，不能，不能，不能），定要悔恨，悔恨，悔恨，乌龟做定。'天主在上，我真的恼火了。你们这些穿会衣的人，就想不出一点办法么？自然如此地剥夺人类，一个人结了婚就一辈子无法摆脱做乌龟的危险，无法不做乌龟么？"

约翰修士说道："我可以教给你一个法子，叫你太太无法背着你，或者没有得到你的同意就叫你做乌龟。"

"那么赶快，好朋友，赶快告诉我，"巴奴日来不及地问。

约翰修士说道："那就是戴美朗都国王的御用首饰官汗斯·卡维尔的戒指。

"汗斯·卡维尔人很能干、精巧、细心、正直、公道、有主意、心眼好、讲仁爱、肯帮忙、深明道理、精神乐观、和蔼可亲、不固执己见，此外肚子大大的，脑袋摇摇晃晃，从来不拘拘束束。上年纪后，他娶了执政官贡科达的女儿为妻，这位太太年轻、貌美、伶俐、可爱、殷勤、和善，只是对邻人和自己的用人有点太好。几个星期一过，老头子醋劲很大，疑心太太另有所欢。为了防患于未然，他给她说了许多由于淫乱而导致恶果的动听故事，念诵烈女传给她听，讲解贞洁的道理，还特别为她编写了一本歌颂夫妇忠实的大作品，严格谴责婚后妇女的不贞行为，另外还送给她一条镶满东方宝石的项链。尽管如此，他发觉他太太依旧毫不在乎，并且和邻人表示很要好，老头子的醋劲越来越大。

"有一天夜里，跟太太睡在床上，他担心得太厉害了，觉着自己仿佛跟鬼说话，并把心事都告诉了鬼。那个鬼一边安慰他，一边在中指上给他套上一只戒指，说道：

"我送你这只戒指，只要你戴在手上，你太太就不会背着你、或不得到你的同意，去跟别人要好。

"汗斯·卡维尔说道：'鬼爷爷，多谢你了。我要是摘掉它，叫穆罕默德处罚我。'

"魔鬼走了。汗斯·卡维尔喜欢得不得了，醒来后，发觉自己的手指插在他太太的那个‘什么’里。我忘了说他太太发觉后，屁股赶快往后撤，一面说道：‘嗳，不要放这个呀。’汗斯·卡维尔呢，却以为别人打算抢他的戒指了。

　　"这个法子是不是万无一失？如果你相信我，就照着这个做吧，千万不要让你太太的戒指离开你的手。"

　　他们一路上的话就到此处为止。

第二十九章

庞大固埃为解决巴奴日的难题怎样召集一位神学家、一位医学家、一位法学家和一位哲学家一起谈论

他们回到皇宫，把这次出门的情形说给庞大固埃听，并取出拉米那格罗比斯的诗句。庞大固埃反复读过之后，说道：

"我还没有见过比这次更使我满意的答复呢。它主要是说，在婚姻问题上，应该各人决定各人的思想，各拿各的主意。我一向就是这个看法，你第一次跟我谈这个问题时，我就是这样说的，只是你不肯听罢了。我记得很清楚，而且我知道这是自尊心迷着你的心窍。现在还有一个办法，就是：人生在世，离不开三样东西：灵魂、肉身和财产。这三样东西，各有各的卫护方法，由三种不同样的人来负责：神学家负责灵魂，医学家负责肉身，法学家负责财产。我建议星期天在这里宴请一位神学家、一位医学家和一位法学家。我们把你的难题跟他们一起谈谈。"

巴奴日接口说："圣比科①在上！我已经看得很明白，不会有任何用处。你看，整个的世界本末倒置：叫神学家来管我们的灵魂，他们自己大多数都是异端；让医学家来管我们的肉身，他们自己就是讨厌医学、从来不吃药的人；把财产托付给法学家，你几时看见过他们控诉自己的同行。"

庞大固埃说道："你这话跟宫里的人一样②。你的第一点我就不同意，你看那些好心的哲学家，他们首要的任务，同时也是唯一的和全部的任务，就是用行动、用言语、用文字，来消除人心里的错误和异端，牢固地树立圣教的真正信仰。第二点，我赞成，因为好的医生都是嘱咐人保健防病，而不需要乱投药石去治疗。第三点，我同意，因为能干的律师替别人打官司已忙不过来了，实在没有时间和工夫管自己的事。

"所以，下星期天，咱们请神学家希波塔泰乌斯司铎③、医学家隆底比里斯大师④、法学家我们的朋友勃里德瓦⑤，我提议索性使用毕达哥拉斯派的数字，凑足四字好了⑥，那么，这个四字就是我们忠实的朋友哲学家特鲁优刚⑦，作为哲学家，特鲁优刚确实是最理想的人，因为对所有的难题，他都有个肯定的答复。加巴林，你传达命令，下星期天，请这四位学者来吃午饭。"

爱比斯德蒙说道："我想这是整个国家内最适当的人选了。我认为

---

① 比科为波亚都常见的姓氏。

② 宫里的人不学无术，但又不重视有学问的人。

③ "希波"照希腊文的意思是"在……上"，"塔泰乌斯"是犹大的别名。一说希波塔泰乌斯系指路易十二的神师吉奥莫·巴尔维主教。

④ 隆底比里斯可能指蒙帕利埃名医师吉奥莫·隆德莱，他对自然科学，尤其鱼类学很擅长，为人诙谐，爱说笑话；但不能太肯定。

⑤ 勃里德瓦，意思是"鹅络头"，一说可能指封特奈·勒·孔特名学者安德烈·提拉科。

⑥ 毕达哥拉斯派认为"四"是最完美的数字。见普鲁塔克《论哲学的甘甜》第1卷。

⑦ "特鲁优"在波亚都和都尔的方言里，意思是"纺车"，"刚"意思是"手套"，一说可能指比埃尔·拉缪（或比埃尔·卡娄），作者嘲笑他说不出话的时候，便扭动自己的手套。

这不仅接触到各人最擅长的学科，他们已经达到无可指摘的程度；而且隆底比里斯现在结婚了，过去没有；希波塔泰乌斯从未结过婚，现在也还是光棍；勃里德瓦过去结过婚，现在没有女人；特鲁优刚结过婚，现在女人还在。我替加巴林办点事。勃里德瓦，让我去请（如果你同意的话），这是我一个老朋友，我要跟他谈一谈他那位又诚实、又用功、在图卢兹博学多艺的布瓦索内①教导下读书的少公子。"

庞大固埃说道："好极了，随你去办吧。请你考虑一下对于这位少公子的前程和布瓦索内教授的地位，我有没有可以出力的地方，我很喜爱并尊重这位教授，我认为他是法学界最有地位的学者之一。如有可以出力处，我一定尽力而为。"

---

① 约翰·德·布瓦索内，图卢兹大学教授，1539年曾任枢机大臣，人文主义者。

第三十章

神学家希波塔泰乌斯怎样指示巴奴日的婚事

星期天的午宴刚准备好，就见邀请的客人都来到了，只有封贝通[①]的代理议长勃里德瓦没有来。

等上第二道菜时，巴奴日深深施了一礼，说道：

"诸位，我只有一句话想请教，那就是我能不能结婚？如果这个问题连诸位也不能拿主意，我就认为它和阿里亚科的《Insolubilia》[②]一样，无法解决了，因为诸位都是各自行业中的佼佼者、杰出的权威，跟板子上明摆着的豆子一样。"

希波塔泰乌斯神父在庞大固埃和全体在座者的催促下，非常谦虚地说道：

"朋友，你向我讨主意，可是，首先，应该请教你自己。你肉体上是不是感觉到性欲的困扰？"

巴奴日回答道："非常困扰，我的神父，请别见怪。"

希波塔泰乌斯说道："我不见怪，朋友。只是，对于这件为难的事，你有没有祈祷天主赐给你贞洁的特殊恩佑？"

"这个倒没有。"巴奴日说。

希波塔泰乌斯说道："那么，我的朋友，你结婚吧，因为与其欲火攻心，倒不如嫁娶为妙[③]。"

　　巴奴日抢着说道："好极了，多爽快，不用拐弯抹角。多谢你，神
父！我准定很快就结婚。结婚时一定请你。母鸡那个身体！咱们好好

---

① 封贝通，地名，在普瓦蒂埃与勒古热之间，该处有一水泉，亦名封贝通，甚
　　有名。
② 拉丁文，《无法解决》，15世纪初法国神学家比埃尔·达伊的作品。
③ 见《新约·哥林多前书》第7章第9节。

地吃一顿。那天的礼花①，你一定有份，咱们真的吃一只鹅，他妈的！而且不是我太太烤的②！此外，如果你肯给我这份光荣，我请你和伴娘们第一个跳舞。不过，只有一个小问题，一个非常小的问题，那就是我会不会做乌龟？"

"Nenny dea③，朋友，"希波塔泰乌斯回答说，"只要天主降福。"

巴奴日大声说道："愿天主保佑我们！善良的人们，你们还想叫我怎么样呢？相信条件论么？条件论在辩证法里是既有矛盾、又有不可能性。如果我那匹经过阿尔卑斯山的骡子可以飞，那就是我那匹骡子有翅膀。只要天主降福，我就不做乌龟；只要天主降福，我也可以做乌龟。天哪，如果我能办到不做乌龟，那我就不再这样绝望了。可是你们叫我取决于天主，由他随意支配！你们这些法兰西人是怎么回事啊？神父先生，我想我结婚那一天，你顶好还是不要来，怕客人的吵闹声会使你的头脑不安。你是喜欢安静、沉默、孤独的。我相信你不会来。何况你跳舞也不内行，第一个带头跳舞，你会难为情的。我叫人把肉和礼花送到你家里去好了。你要是喜欢的话，在家为我们干两杯。"

希波塔泰乌斯说道："我的朋友，请你注意我所说的话。我说：'只要天主降福，'我这话对你有什么不好么？我说错了么？这算是什么令人不喜欢的条件论么？这不是对我们的主、创造者、保卫者、救赎者的尊敬么？不是承认他是一切财富唯一的赠与者么？不是表示我们全在他保佑之下，如果没有他，如果他不赐给我们恩宠，那就没有一切、什么也做不成、什么也办不到么？不是说我们的一切，我们的一切计划，不管天上地下，都毫无例外地是由天主的圣意支配的么？不是真的尊崇他的圣名么？我的朋友，只要天主喜欢，你绝对不会做乌

---

① 男家分发客人的彩饰。
② 典出喜剧《巴特兰》第300行，巴特兰邀请呢绒商人分享他太太烤的鹅，结果一无所有。
③ 拉丁文，"绝对不会"。

龟。但是，要弄明白天主是否喜欢，先不要灰心绝望，把它看作是一件神秘莫测的事。要了解它，先征求天主的指示，遵行他所喜欢的一切。善良的天主给予我们的好处，都是早已在《圣经》里明确宣告、公布和陈述过了。

"你在《圣经》里可以看到你绝对不会做乌龟，也就是说，你太太不会败坏名声，如果她出身于善良的人家，受过道德和诚实的教育，平日来往的以及接近的只是些品行端正的人，爱慕天主，敬畏天主，用信仰和遵守诫命来取悦于天主，惧怕获罪于天主，惧怕因为信仰不足和违反圣规而失掉天主的神佑。圣规里严厉禁止邪淫，规定只该听从丈夫的话，宝贝他，侍奉他，除开天主之外，要全心全意地爱慕他。

"为了更进一步符合圣规，你这一方面，也要对她保持夫妇间的和好，以身作则，树立良好的榜样，家庭里，你如果要她为人贞淑、纯洁，注意节操，你自己也同样要件件做到。因为一面好的、完善的镜子，并不在于它镶满黄金、嵌满珠玉，而是在于它能够忠实反映你的形象，同样，一位太太的可敬，也不是因为她有钱、妖艳、妍媚、出身名门，而是因为她努力在天主的恩佑下顺从丈夫的一切生活习惯。你看月亮的光亮，既不来自水星，也不来自木星，更不来自金星或其他任何天空的行星，而是只来自她的丈夫太阳；而且还是依照太阳的形势和能力给多少她就接受多少。因此在道德品质上，你要做你太太的榜样，要不停地祈求天主的恩典保佑你。"

巴奴日替老神父捋着胡须说道："你要我娶所罗门所描写的那个有德行的女人么？她早已死了，别弄错了。我一辈子也没有遇到过这样的人；天主原谅我！不过，神父，我还是很感谢你。请你把这块糕点吃掉吧，它会帮助你消化；然后再喝一杯肉桂酒，喝了对你的身体好，健胃消食。我们再请一位谈谈。"

第三十一章

医学家隆底比里斯怎样指教巴奴日

巴奴日继续说道:

"阉割索西尼亚克黄面教士①的人割掉冰冷的科多莱伊②以后头一句话便是:'该别人了!'我也同样说一句:'该别人了!'现在该我们的隆底比里斯大师了,请你赶快告诉我,该不该结婚?"

隆底比里斯回答道:"我以我那匹骡子的慢步走相③说实话! 对此问题,我实在难予解答。你说你感到性欲的困扰。我们可以在医学上看到古代柏拉图派学者的教导,说有五种方法可以克制性欲,首先是酒。"

约翰修士接口说:"我相信,因为我喝醉以后就光想睡觉。"

隆底比里斯医生说道:"我说的就是要多喝酒。因为多喝了酒,就能使人身上的血液冷却,筋络松弛,生机涣散,官能迟钝,行动呆板,这一切都足以阻止性欲的冲动。不信,你看酒客的主神巴古斯的画像,光嘴巴,穿着女人的衣服,完全女性化,真像个太监和阉人。至于酒喝得适当,那当然又当别论。古代传说故事里就说道,维纳斯如果没有赛勒斯和巴古斯陪伴就会感到冷。因此根据西西里狄奥多鲁斯④的记载,还有兰普萨西亚人⑤的记载,帕乌撒尼亚斯也证明过,说古代的人都认为普里亚普斯老爷是巴古斯和维纳斯的私生子。

"第二，是服用某种药草，它能使人阳痿、无力、不能生殖。常用的像 nymphœa heraclia⑥、柳枝、柳叶、麻籽、忍冬、柽柳、蔓荆、曼陀罗华、药芹、小泽兰、河马皮等等⑦，这些东西服进人体之内，便会发挥它本身特有的效能，冻结和制服生殖的胚质，驱散由于自然的生理关系想到那个地方去的思想，不然就堵塞住一切可以发泄的道路。正像相反的，有些东西可以给人刺激、使人兴奋和冲动一样。"

巴奴日说道："感谢天主，我不需要这些；你需要么，大师？请原谅我说话放肆。我并不想损害你。"

隆底比里斯接着说："第三，是坚持劳动，因为劳动可以大量地消耗体力，血液须要输送到全身各部分去，就没有时间和工夫、也没有可能制造精液的分泌供应第三种消耗了⑧。于是自然便会起一种保留作用，因为它更需要保养人的本身，无法顾到繁殖后代。狄安娜，被人称作贞洁之神，就是因为她一刻不停地专事狩猎。古时兵营亦称纯洁之营，因为那里的健壮男儿和战士没有工夫做别的事。希波克拉铁斯在 lib. De aere,aqua et locis⑨ 里，曾提到西提亚有一种民族，说他们在男女关系上比阉人还要无能，因为他们一年到头骑在马上，不停地劳动。可是在相反的一面，哲学家却说，闲散是淫逸之母。有人问奥维德，

---

① 索西尼亚克为作者虚构的地名，旅行家戴维曾记载克吕尼修道院，因教士放荡不羁，院长菲力普·布尔关把他们分别叫至院内某处——阉割。

② "科多莱伊"意思是"热耳朵"，因为前面有"冰冷的"，故后面便有意地来个热的东西。

③ 据说隆德莱医生肥胖非常，策骡飞奔，就有摔断脖颈的危险，故作者叫他的骡子慢步行走。

④ 狄奥多鲁斯，1世纪希腊史学家。

⑤ 兰普萨西亚，利西亚地名。

⑥ 拉丁文，"睡莲"。

⑦ 见普林尼乌斯《自然史纲》第32卷第50章。

⑧ 亚里士多德说，食物的第三种消耗，是在人体的组织内专门制造精液。

⑨ 拉丁文，"《论空气、水和空间》一书"。

埃吉斯图斯①淫乱之原因何在，奥维德说原因无他，空闲而已。谁要是能从世界上把空闲拿掉，古比多②的一切技巧很快便会毫无用处，他的弓、箭袋和箭，再也射不着任何人，背在他身上只是一种累赘。因为再好的弓箭手也难以射着空中飞翔的天鹤、林中奔跑的麋鹿（像古时巴尔提亚人一样），我的意思是指工作劳动中的人类。目标需要不动，坐在那里、躺在那里、什么也不干才行。过去有人问泰奥弗拉斯图斯，搞爱情应该算一种什么活动或者什么事情，他回答说是闲散的贪恋。戴奥吉尼兹也说邪淫是无事可做的人的一种工作。雕塑家西巨安③人卡那朱斯一反过去雕塑家的风格，把维纳斯不塑成站像，而塑成坐像，就是想表示闲散、懒惰、不做事，是导致淫逸的主要原因。

　　"第四，是热诚用功。因为用功时大脑非常紧张，无暇再去制造生殖的分泌，因而也就不可能使负责繁殖人类的器官精液满溢。你试看一个人专心用功时的样子，你会看到他脑子里每一条动脉都像弓弦一样紧绷绷的，迅速把足够的精力供给负责思考、想象、理解、推理、决断、记忆、忆念的等等部门，敏捷地把从解剖时才能看到的血管从这一部门送至另一部门，最后汇集于动脉神奇的网形组织那里。动脉源出于左心房，经过复杂的变化，把生殖的精力变成动物的精力。因此，一个专心用功的人，你会看到他一切自然机能都停止活动，外部官能全部静止，你只看到他本身是个活的东西，可是除他以外，一切都空虚无物。苏格拉底常说哲学不是别的，它是一种死亡的默想④，这句话，你会觉着并不是骗人的。德谟克利特把自己弄瞎，宁愿失掉视觉也不要影响他精神上的观察，他认为眼睛对观察是一种阻碍，恐怕

① 埃吉斯图斯，提埃斯图斯之子，曾诱奸阿伽门农之妻克里泰摩奈斯特拉，后杀死阿伽门农。
② 古比多，罗马神话中爱神，有二翼，手持弓箭，裸体。
③ 西巨安，希腊古城名。
④ 见柏拉图《斐东篇》第64行。

就是这个缘故^①。科学之神、励精图治的人的主保帕拉斯^②就是处女；缪斯也都是处女；仁爱之神也永远保持纯洁的童贞。我记得读过古比多的故事^③，有一次他母亲维纳斯问他为什么不追求缪斯，他回答说她们那么美丽、纯净、高尚、贞洁，而且又经常忙忙碌碌，这个观察星斗，那个计算数字，有的画几何图案，有的练修辞技巧，有的忙着吟诗，有的忙着写音乐，一走近她们，他就羞得——同时也害怕伤着她们——把弓弦松下来，闭上箭袋，吹灭火把。然后拿掉蒙眼的东西，好好地观看她们，欣赏她们优美的歌声和押韵的诗文。他这时就会感到世界上最大的喜乐，常常在她们的优美和温雅的姿态里觉着快活非凡，在和谐的气氛里安稳入睡。再也不会有攻击她们、打乱她们工作

---

① 见普鲁塔克《论好奇》第531节。
② 即密涅瓦。
③ 见鲁西安著《阿弗洛狄修斯与爱神》一书第19章。

的意思。

"在这一点上，我现在理解到希波克拉铁斯在他《论繁殖》一书里写到西提亚人时说道，人的耳下腺（就在耳朵旁边）一被割掉，就失去了繁殖能力，理由，我上面说到分泌精力和血液在动脉里贮藏的时候已经讲明白了。希波克拉铁斯还认为大部分精液是从大脑里沿着脊骨下来的。

"第五，是用性的行为去解决。"

巴奴日说道："我正在这里等你呢，这个法，我要。其他的方法，谁高兴使用就让谁去使用好了。"

约翰修士说道："马赛的圣维克多修院院长西里诺神父称为刻苦肉欲的就是这个。我完全支持（施农过去圣拉德孔德那位隐修士[①]也支持），底巴依德的隐修士每天非干他二十五到三十次，不能压制住肉身的冲动、制服住邪淫的感觉、克服住肉欲的妄动。"

隆底比里斯说道："我看巴奴日四肢匀称，性情温和，精神健壮，年纪适当，现在又正是结婚的季节，而他又愿意结婚，如果碰上一位生性相同的太太，他们一定会生出值得到海外为王的儿子。假使他愿意生男育女的话，结婚是越快越好。"

巴奴日说道："大师，我一定结婚，你放心好了，很快就结婚。听到你精辟的议论，我耳朵上的虱子好生使我难过，从来没有这样痒过。我现在就邀请你参加我的婚礼。我许下，咱们好好地大吃一顿。请你带太太一起来，还有她的女朋友，一齐来好了。咱们尽情地快乐一番！"

---

① 圣拉德孔德，施农境内一山洞，相传古时曾住一隐修士，人称施农的圣约翰，受到过皇后圣拉德孔德的访问，故名。

第三十二章

隆底比里斯怎样宣称做乌龟是结婚的一种自然附属条件

巴奴日接着说道："现在只剩一个小问题了。'少等于无'，你一定看见过罗马旗帜上的 S. P. Q. R.①。你看我会不会做乌龟？"

"我的老天！"隆底比里斯叫了起来，"你怎么问我这个呢？你会不会做乌龟？我告诉你，朋友，我是结过婚的人，你将来也是。你要用一支铁笔写在你脑子里：一切结过婚的人都有做乌龟的危险。结婚的人和做乌龟这件事，比人影和人身体的关系还要密切。如果你听见一个人说：'这个人结婚了，'你回答说：'那么他现在是、或者已经是、或者将来是、或者可能是乌龟，'保险不会被人说你不懂得自然规律。"

"见鬼，见鬼！"巴奴日也叫起来，"这是什么话呀？"

隆底比里斯回答道："朋友，希波克拉铁斯有一天从朗高②动身到波里斯提罗③去看望哲学家德谟克利特，临行时给他的老友狄奥尼修斯留下一封信，请狄奥尼修斯等他走后把他太太送回娘家去，他的岳父母是有名气的高尚人，他不愿意她一个人留在家里。除此之外，他还请狄奥尼修斯费心照顾她，注意她在娘家有没有什么人去看她。他在信里说：'我并不是不相信她的品德和贞操，这个，我过去考验过，

也有认识，不过，她毕竟是女人，如此而已④.'

"我的朋友，女人的个性可以从月亮的形象上看出来，特别是这一点：在丈夫跟前、当着丈夫的面总是躲躲藏藏、闪闪避避；等丈夫一走，她们便自由自在了，高兴怎样便怎样，这里走走，那里荡荡，光为自己着想，使人看到女人跟丈夫的关系和月亮跟太阳完全一样，只有在和太阳处在相对的方向、离它很远的时候，才在天上地下露出面来，全部发光，而特别是在夜里才全部显露出来。此即女人之所以为女人。

"我提到女人，我是说一个脆弱、乖僻、多变、无恒、不完整的性别。我认为大自然（我对大自然非常尊敬和重视）创造女人的时候缺少创造其他万物时的那种理智。这件事，我已经想过一百零五次了，还没有得出别的结论，只是觉着创造女人的时候，大自然更多地想到了男性的愉快和人类的延续，而疏忽了女人个性的完美。因此，柏拉图弄不清应该把她们分到哪一类里，是有理智的动物呢，还是兽性的畜生。因为大自然在她们身上最秘密、最隐蔽的地方放了一个男性所没有的器官，这个器官会分泌一种咸性的、酸性的、硼砂性的、苦的、腐蚀性的、发射性的、奇痒的液体，由于它的刺激和不安的蠢动（这个器官非常敏感而且容易发作），女人的全身都受到激动，心荡神移，全部的情绪和思想整个都模糊了。假使大自然没有在女人头脑里放进一些羞耻之心，你会看到她们疯狂似的去追逐男人的东西，比普罗台乌斯的女儿⑤、祭祀巴古斯的日子狂饮滥灌的米玛洛尼德斯⑥和提亚德

---

① 巴奴日用"少等于无"（Si Peu Que Rien）来附会罗马旗上S.P.Q.R.四个大写字母，它代表的是：Senatus populus que romanus（罗马元老院与民族）。

② 朗高，即色雷司的科斯，希波克拉铁斯故乡。

③ 波里斯提罗，即色雷司的阿布戴拉，德谟克利特故乡。

④ 希波克拉铁斯没有写过这样的信。

⑤ 阿尔戈斯国王普罗台乌斯的女儿，因骄傲自大，被朱诺施法变疯，自以为变成了母牛。

⑥ 米玛洛尼德斯，小亚细亚米玛斯山的人。

斯^①还要怕人。因为这一惊人的器官关联着全身的各主要部位，解剖学
上给我们讲得很明白。

"我根据学院派和逍遥派的说法把这个器官叫作'动物'。因为，
如果像亚里士多德勒斯所说的那样，动物的本身就是动物的标志，那
么一切自己会动的东西都应该叫作动物了；柏拉图看见它的动作里

---

① 提亚德斯，信奉巴古斯的古雅典人。

有窒息，有急促，有紧缩，有愤激，在过于强烈的时候能使女人失去一切知觉，跟昏厥、晕迷、癫痫、中风、真正死了一样，就把它叫作'动物'，这完全是有理由的。此外，它还有一种分辨气味的能力，使女人嗅觉敏感，躲避恶臭，追逐芬芳。我知道克罗丢斯·伽列恩极力想证明这不是它本身的活动，而是偶然的。这一派其他的学者也在努力，想说明它本身没有分辨气味的能力，即使闻到不同的气味，那也仅是因为被闻到的东西有着不同的本质。如果你仔细研究，把他们的争辩和理论放在克里托劳斯①的天平里称一下，你便会发现，在这件事上也和许多其他的问题一样，这些学者的许多话不是为探求真理，而是为开开玩笑，有意地和前辈学者作对。

"这个问题，我不再深谈了。我只向你说，规矩的妇女，贞洁地、无可指摘地过一辈子，能够把这头不驯的小'动物'控制得服从于理智，是应该大大赞扬的。最后，我再说一句，这个'动物'是从大自然为它准备的食品——男人——得到满足的（如果它能满足的话），全部的活动达到目的，饥渴得到满足，疯狂得到平息。然而，你不要奇怪我们经常处在做乌龟的危险中，因为我们并不是每天都有东西来满足它的。"

"真他妈的见鬼！"巴奴日又叫了起来，"你有没有防止的方法呢？"

隆底比里斯说道："朋友，有，当然有，而且这个方法还很好，我也是用的这个；这是一千八百多年以前有名的作家写下的②。我告诉你。"

巴奴日来不及地说道："天主在上，你真是个好人，我全心全意地喜欢你！请先吃一块木瓜饼吧；木瓜是收敛的，它会把胃脏的门户关好，有助于头一道消化工作。哎呀！我这是夫子门前卖文章！请让我

---

① 克里托劳斯，公元前2世纪雅典逍遥派哲学家，他曾说把灵魂的优点放在天平的这一边，把肉身的优点放在天平的那一边，灵魂的优点定占优势。

② 指伊索。

用这只奈斯多尔的酒杯①敬你一杯酒。你要再来一些希波克拉铁斯白葡萄酒么？不要怕呛着你，别担心。里面既没有莎草，也没有生姜，也没有碎米荠。只有经过挑选的桂皮和上等的白糖掺着拉·都维尼栗子树那边、大花楸树那块地里的葡萄酿制的高等白酒。"

① "奈斯多尔的酒杯"，高脚，有四个把儿，每个把儿都用两条腿支着，上有两只金鸽，对面啄食。见荷马《伊利亚特》第11卷第631行起。

· 0726 ·

第三十三章

医学家隆底比里斯怎样医治做乌龟

隆底比里斯说道："古时朱庇特治理奥林匹斯山上他那个大家庭的时候，他给全体男女神仙排了一个节日表，给每人排定某一季的某一天作为他的节日，指定显灵的地点和朝拜的历程，规定祭仪……"

巴奴日插嘴道："这不和奥塞尔①的主教，丹特维尔②一样了？那位崇高的主教跟所有的好人一样，也是喜欢好酒的，所以他特别关心和爱护葡萄的枝芽，也就是说巴古斯的祖先。但是一连好几年，他焦急地看到葡萄的枝芽都在圣乔治、圣马可、圣维塔尔、圣厄特罗波、圣菲力普、圣十字架、耶稣升天等节日，也就是太阳从金牛宫下面经过的一段时期里③所发生的霜冻、淫雨、云雾、霏雪、严寒、冰雹等灾害里死去了。他认为上面这些圣人真是下冰雹、降霜冻、破坏枝芽的圣人，他觉着应该把他们的节日移到冬季圣诞节与主显节之间④让他们尽情地去下冰雹、降霜冻去。那时，霜冻不会带来灾害，相反对发芽的季节还有好处。于是他把原来的节期，换上了圣克里斯多夫、被杀头的圣约翰、圣玛德勒纳、圣安娜、圣多米尼克、圣罗朗等人的节日。等于把八月中旬搬进了五月。这样一来，决不会再有霜冻的危险了，大家反而争着去干做冰水、制冰冻奶酪、搭凉棚、供应饮料的行业了。"

隆底比里斯说道："可惜，朱庇特把做乌龟的魔王忘掉了，他当时

不在场，到巴黎司法院替他的下属打通奸官司去了。我说不上来经过多少天以后，乌龟魔王听到大家没有想到他，回来提起申诉，请求不要把他排斥于神灵之外，并亲自来到朱庇特大王面前，陈述自己过去的功勋以及以前对朱庇特的种种效劳，坚持请求朱庇特不能让他既无节日，亦无祭祀，没有任何荣耀。朱庇特表示歉意，说所有的好处都

---

① 奥塞尔，法国荣纳省省会。
② 丹特维尔死于1530年，改编历法的是他的前任米歇尔·德·格勒奈主教。
③ 太阳于4月22日经过金牛宫。
④ 12月下旬至1月上旬。

分光了，名额已全满了。但是经不起乌龟魔王一再请求，最后总算把他纳入名册，同意他在世上享受供奉和祭祀。

"至于节日（因为节期表已全部定满，没有空了），只好和嫉妒女神的节日定在一天。统治的范围是已结过婚的人，特别是妻子美丽的人；他的祭祀，就是丈夫对妻子的疑心、猜忌、怨恨、侦探、暗访、密查。所有已婚的男人，都必须供奉和尊崇他，节日那天要加倍地表示庆祝，供奉祭品，否则乌龟魔王将对他降罚，不再保佑他，卫护他。凡对乌龟魔王不依照法令供奉和尊敬的人，乌龟魔王将不把他算在法制之下，不到他家去，不接近他，不管怎样祷告，也要让他永远和妻子厮守在一起，永远没有情敌，跟对付异端和亵渎神圣的人那样不理睬他，正像其他的神对付那些不依照命令供献祭祀的人一样：像巴古斯对种葡萄的，赛勒斯对种田的，波摩那对种果树的，尼普顿对航海的，吴刚对打铁的，等等等等。相反地，对于那些（所谓）在节日那天罢工的，停止一切工作的，把自己的事全都撇开按照祭祀的规定去侦察妻子，使她们不自由，甚至嫉妒虐待她们的人，乌龟魔王都经常保佑他们，爱护他们，和他们有来往，不管黑夜白日都在他们家里，从不离开。我要说的就是这个。"

加巴林笑着说道："哈，哈，哈！这个法比汗斯·卡维尔的戒指强得多。我要是不信，叫魔鬼捉走我！女人的天性就是如此。跟霹雷一样，只打击和焚烧硬的、结实的、有抵抗性的东西，而不要软的、空的、没劲的东西。她可以烧毁钢铁的宝剑，而不损伤丝绒的剑鞘，可以消耗全身的骨头，而不伤及骨头外面的皮肉。女性确是如此，她们思想上所注意的、所关心的、所坚持追求的，就只是那些她们知道是不许的和禁止的东西。"

希波塔泰乌斯说道："不错，我们不少学者都说，智慧之果假使不禁止的话，世界上的第一个女人，也就是希伯来人叫作夏娃的那个人，就再也不会想去吃它。不要忘了，狡猾的引诱者的头一句话，便是说出它是禁止的：'越是禁止你吃，你越应该吃，否则，你便不是女人了。'"

第三十四章

女性怎样经常想望禁止的东西

加巴林说道："我记得从前我在奥尔良过荒唐日子的时候，引女人进网、诱女人爱你的最有效的话语和最有说服力的论点，莫过于明目张胆、毫无顾忌，甚至不怕害羞地说出她们的丈夫对她们是多么嫉妒。这个方法并不是我创造的；书上有，法律上有规定，在日常生活里也可以遇到无数的实例和榜样。她们头脑里一旦相信了你的话，丈夫做乌龟就十拿九稳了。天主在上！（并不是我发誓）她们就是像赛米拉米斯①、帕西法埃②、埃盖斯塔③，还有希罗多德④和斯特拉包⑤所叙述的埃及孟迭司岛⑥上的女人，以及其他类似的荡妇一样也不在乎。"

包诺克拉特说道："不错，我曾经听说教皇约翰二十二世⑦有一天路过关诺丰修道院，那里的院长嬷嬷和沉默寡言的修女们请求教皇赐给她们一个特别的许可，让她们可以互相行忏悔，她们说修道的女人总有若干微小的秘密的缺点、羞于向男性忏悔师诉说，而她们之间却可以以忏悔的方式更自由、更亲切地说出来。

"教皇回答说：'这是求之不得的，不过，只有一点不方便，那就是忏悔需要保守秘密，而你们女人却很难保守。'

"修女们说：'我们非常会保守秘密，比男人强得多。'

"教皇当天就交给她们一个小箱子请她们保管——箱子里教皇放了一只小梅花雀——要她们放在一个稳妥可靠的地方，说如果保存得好，他以教皇的名义答应她们的要求，但是严禁以任何方式开启箱子，如违反命令，即要受到宗教的制裁，并永远逐出教门。教皇的话刚一出口，她们就心急得什么似的想知道箱子里面到底是什么，并来不及地希望教皇赶快走开好采取行动。教皇为她们祝福后，回到自己宫里。可是他走出修院还不到三步，就只见那些天真的修女成群结伙地跑来要开启禁箱看个究竟了。第二天教皇来的时候，她们以为一定颁赐特许来了。可是教皇未提此事，却先叫她们把小箱子拿来。箱子拿来了；可是小鸟已经不在了。教皇对她们说，保守忏悔的秘密太难了，一个一再叮嘱不准开启的小箱子，居然连一天也关不住。"

"尊敬的大师，你的话实在不错⑧。听到你这番话，我非常高兴，我赞美天主。自从你在蒙帕利埃跟老同学们安东尼·萨波塔、基·布奇埃、巴塔萨尔·诺瓦埃、脱莱、约翰·刚丹、弗朗索瓦·罗比奈、约翰·培得里埃和弗朗索瓦·拉伯雷等人演过风俗剧《娶哑妻的人》之后，我还没有见过你呢⑨。"

---

① 赛米拉米斯恋爱过马，见普林尼乌斯《自然史纲》第8卷第42章。
② 帕西法埃，神话中米诺斯之妻，恋爱过公牛，生米诺多尔。
③ 埃盖斯塔曾恋爱过由克里米修斯河变的一只狼（或狗），生子阿盖斯特，立西西里塞盖斯塔城。
④ 见希罗多德《历史》第2卷第46节。
⑤ 见斯特拉包《地理学》第17卷第802节。
⑥ 孟迭司岛，埃及尼罗河入海处奉祀潘恩神的地方。
⑦ 亚维农1316至1335年教皇，1335年去世。
⑧ 一说这句话是庞大固埃向隆底比里斯说的，另一说是巴奴日向加巴林说的，加巴林这时可能在学法律，故被称作大师。
⑨ 蒙帕利埃大学学生每年举行跳舞会和演戏纪念主显节，隆德莱、拉伯雷等人都曾参加过演出。安东尼·萨波塔系蒙帕利埃医学教授，比埃尔·脱莱系里昂名医。

爱比斯德蒙接口道:"我当时也在场。那个做丈夫的要他妻子说话,内外科医生一齐动手把她舌头底下的一条筋割下来,才治好了她。她会说话了,简直说不完,那个做丈夫的不得不回到医生那里请求教她不说话的方法。医生回答说,有叫女人说话的方法,却没有叫女人不说话的方法。对付妻子爱说话的唯一方法,就是让丈夫耳朵聋。我不知道他们施了一套什么法术,把那个家伙的耳朵治聋了。他老婆看见丈夫真的聋了,她随便怎么说话,他也听不见了,气疯了。这时医生要手术费了,做丈夫的说他真的聋了,医生的话他听不见。我不知道医生往他背上撒了一把什么药粉,那个丈夫也疯了。于是一对疯夫妻联合起来,把内外科医生打了一个痛快,一直打到半死才罢手。我一辈子也没有像在这出戏里这样大笑过。"

巴奴日说道:"我们言归正传吧。你这一大套,用法文来说,意思是我可以放心大胆地结婚,用不着担心做乌龟,对不对?够了,够了!大师,我想我结婚那一天,你可能到什么地方治病去了,不能来。我原谅你。

"Stercus et urina Medici sunt prandia prima.

Ex aliis paleas, ex istis collige grana[①]."

隆底比里斯说道:"你的第二句说错了,应该是:

"Nobis sunt signa; vobis sunt prandia digna[②].

---

① 拉丁文,"医生的主要粮食,不是大便即小便。在这家要草,到那家用饭"。这是两句不连贯的谚语,第一句是说医科学生的,第二句是说吃法律饭的,这一句前面本来是 Dat Galenus spes, dat Justinianus honores(茹斯提尼昂赐你荣誉,伽列恩赐你财产)。

② 拉丁文,"对于我们是象征,对于你们是美餐"。

"假使我妻子身体不适……"

"在做别的手术以前，先要检查小便，切脉，观察小腹和肚脐部位，这是希波克拉铁斯在《箴言集》第二卷第三十五篇里规定好的。"

巴奴日说道："不对，不对，这完全是两回事。这话是说给我们法学家的，我们有一条法律是De ventre inspiciendo①。我给她来一副强烈的洗涤剂就行了。你有什么要紧的事只管去办好了，我会把喜肉送到你府上，你永远是我们的好朋友。"

说罢，他走近医生，一句话也没有说，在医生手里放了四块"玫瑰诺布尔"金币。医生把钱接过来以后，做出愤怒的样子说道：

"喂，喂，喂！先生，用不着给钱呀。不过，还是谢谢你。我从来不接受坏人的钱。可是，好人给什么，我从不拒绝。你有何吩咐，我是随叫随到。"

巴奴日说："只要给钱。"

"那个自然，"隆底比里斯答道。

---

① 拉丁文，"从腹部视察是否有遗腹子"。见《罗马法》第25章第4条，原文是：De ventre inspiciando custo diendogue partu.

第三十五章
哲学家特鲁优刚怎样对待结婚的难题

他们的话说完之后，庞大固埃向哲学家特鲁优刚说道：

"忠诚的朋友，火把接力赛现在轮到你了。该你说话了。你说巴奴日该不该结婚？"

"也该结婚，也不该结婚，"特鲁优刚回答说。

巴奴日问道："你到底想说什么？"

"你听见什么，就是什么，"特鲁优刚答道。

"我听见什么？"巴奴日问道。

"我所说的话，"特鲁优刚答道。

"哈！哈！就是这个么？"巴奴日说道。"好了，好了，别多说了！我只问你，我到底该不该结婚？"

"也不该结婚，也该结婚，"特鲁优刚回答说。

巴奴日说道："我要不是越来越糊涂、对你的话一句也不懂，叫魔鬼捉走我！请等一等。我把眼镜戴在左边耳朵上，好让我听得更清楚些！"

这时，庞大固埃看见高康大的小狗出现在大厅门口，这只狗，庞大固埃叫它 Kyne①，因为多比雅的狗就叫这个名字。他向大家说道：

"国王来了，我们起来迎候。"

话未住口，高康大已走进宴厅的大门。在座的人个个起立向他行礼。高康大慈爱地对大家还礼，说道：

"好朋友，请你们千万别动地方，也不要打断你们的话。给我搬一把椅子放在这桌子顶端就行了。让我为大家干一杯。欢迎你们到这里来，告诉我你们正在谈什么？"

庞大固埃在上第二道菜时回答说："巴奴日提出一个问题，他想知道结婚好不好，希波塔泰乌斯神父和隆底比里斯大师已经回答过了，父王进来的时候，忠心耿耿的特鲁优刚正在解答。巴奴日先问的是：'我结婚好不好？'回答的是：'也好也不好。'第二次回答的是：'也不好也好。'巴奴日抗议这个答法自相矛盾，声称他无法了解。"

高康大说道："我倒听懂了。这很像古时一位哲学家②有人问他有没有女人时所回答的话。他说：'她是我的情妇，我不是她的情人。我占有她，她不占有我。'"

庞大固埃说道："斯巴达那个女仆，有人问她有没有和男人发生关系时，也是这样的回答。她说从来没有，只是男人有时和她发生关系。"

隆底比里斯说道："我们在医学上把这个叫作中性③，哲学上叫作中间，和两端都有关系，但由于时间的区别，有时是这一端，有时是那一端。"

希波塔泰乌斯说道："我认为圣徒④说的话更明白些，他说：'那结婚的，像没有结过婚；那有妻子的，要像没有妻子⑤。'"

庞大固埃说道："我对于有女人同时又没有女人是这样理解的：所

---

① 希腊文 Kyne, Kynos 都是狗的意思。
② 指公元前4世纪古希腊哲学家阿里斯提普斯，所说的女人指的是泰伊斯。
③ 指又有病又健康的人。
④ 指圣保罗。
⑤ 见《新约·哥林多前书》第7章第29节。

谓有女人，是根据大自然创造女人的目的而言的，那就是为了相互协助，一起享乐，共同生活。所谓没有女人，那就是不要为了取悦妻子老是厮守在她身边，不要让她损及男人对天主崇高唯一的爱戴，不要忽略一个人生来对国家、对政府、对朋友应尽的义务，不要丢弃自己的学业和事业。如果对有女人同时又没有女人这样来体会，我看这个说法并没有矛盾和冲突。"

第三十六章

怀疑论者哲学家特鲁优刚继续解答问题

巴奴日说道："你说话八面玲珑，怎么解释都可以。我想我已经落到黑暗的井里了，赫拉克利特说真理就藏在这里[①]。我两眼漆黑，什么也弄不懂，我感到全部官能迟钝失效，疑心我已经着了迷了。我现在改变一个说法。忠实的朋友，请你不要动，也不要作任何隐瞒。我们再来一次，把话说明白。我看出来，你不喜欢我刚才提问题的方法。天主在上，我重说一遍。我可以结婚么？"

特鲁优刚："好像可以。"

巴奴日："我要是不结呢？"

特鲁优刚："也没有什么不好。"

巴奴日："没有什么不好？"

特鲁优刚："没有，否则就是我的眼光不准。"

巴奴日："我看有五百多个不好。"

特鲁优刚："你一个一个地数数看。"

巴奴日："我是大约说的，把不肯定的数字说成肯定的了，我的意思是说：很多。"

特鲁优刚:"你说说看。"

巴奴日:"冲着全部的魔鬼说话,我没有女人就没法过活!"

特鲁优刚:"先把魔鬼赶开再说。"

巴奴日:"天主在上,好!我的萨尔米贡丹人都说没有女人打光棍,是野人的生活。狄多也是这样表示他的哀怨的②。"

特鲁优刚:"好像是。"

巴奴日:"天主在上!我再说一遍。我可以结婚么?"

特鲁优刚:"遇机会也可以。"

巴奴日:"结了婚幸福么?"

特鲁优刚:"那要看机遇如何。"

巴奴日:"如果像我希望的那样,遇上个好人,我会幸福么?"

特鲁优刚:"也许。"

巴奴日:"反过来说,假使我遇上坏人呢?"

特鲁优刚:"恕我不敢说。"

巴奴日:"请你说吧,请你指教,我该怎么办?"

特鲁优刚:"随你的意思办。"

巴奴日:"这等于不说,真是见鬼。"

特鲁优刚:"请你别提鬼。"

巴奴日:"好,不提鬼提天主!我非请你指教不可。你指示我做什么?"

特鲁优刚:"什么也不指示。"

巴奴日:"我结婚不结呢?"

特鲁优刚:"我还没有想到。"

巴奴日:"我不结婚,好不好?"

特鲁优刚:"不能肯定。"

---

① 这句话是德谟克利特说的。

② 见维吉尔《伊尼特》第4卷第550行。

巴奴日："不结婚，就不会做乌龟。"

特鲁优刚："我也是这样想。"

巴奴日："假使我结婚呢？"

特鲁优刚："怎么假使呢？"

巴奴日："我是说，假使我结婚的话。"

特鲁优刚："我不能假使。"

巴奴日："真是鼻子里出大粪！我的天！要是我能随便骂人，也能稍舒服一点呀！可是，耐心点！我再说一遍，如果我结婚，会当乌龟么？"

特鲁优刚："很可能。"

巴奴日："如果我太太贞节、规矩，我就不会做乌龟，对不对？"

特鲁优刚："你说话好像很正确。"

巴奴日："你听好。"

特鲁优刚："我在听。"

巴奴日："她是否贞节、规矩呢？只剩这个问题了。"

特鲁优刚："我怀疑。"

巴奴日："你见过她么？"

特鲁优刚："没有。"

巴奴日："既然没见过她，为什么怀疑呢？"

特鲁优刚："有理由。"

巴奴日："你认识她么？"

特鲁优刚："不认识。"

巴奴日："侍从，我的小乖，你过来，这是我的帽子，我送给你，不过小心眼镜，你到后院替我许半个钟头的愿去。将来你几时高兴，我替你许。（向特鲁优刚）那么，谁会叫我做乌龟呢？"

特鲁优刚："有人。"

巴奴日："天主那个肚子！这个人，我要好好地揍他一顿！"

特鲁优刚："你可以这样说。"

　　巴奴日："我出门的时候要不用贞节带把她拴起来，叫眼里没有白膜的魔鬼把我捉走！"

　　特鲁优刚："你可以好好地说话。"

　　巴奴日："说得不是很好么？我们谈要紧的吧。"

　　特鲁优刚："我不反对。"

　　巴奴日："你听好，既然从这一面挤不出血来，我从另外一面挤。你结过婚没有？"

　　特鲁优刚："结过，也没有结过，两样都是。"

　　巴奴日："天主保佑！我已经累出汗来了，我以天主的死发誓！肚子里的消化工作全停止了。我的横膈膜、胸腔、腹部，全部都竖起来等着你的话进到我的脑袋里去了。"

特鲁优刚："我无意阻止。"

巴奴日："来！我来问你，忠实的朋友，你结过婚么？"

特鲁优刚："好像结过。"

巴奴日："过去已结过一次，对不对？"

特鲁优刚："可能。"

巴奴日："头一次好不好？"

特鲁优刚："可能不错。"

巴奴日："第二次如何？"

特鲁优刚："命中注定。"

巴奴日："到底怎么样？明白说，你觉着好不好？"

特鲁优刚："好像很好。"

巴奴日："岂有此理！天主在上，冲着圣克里斯多夫背负的耶稣说话，叫你说一句话，比叫死驴放屁还要难！这一次，我非成功不可。忠实的朋友，我们要叫地狱的魔鬼害羞，打开天窗说亮话。你做过乌龟没有？我说的是此时此地的你，不是球场上的你①。"

特鲁优刚："没有，除非命中注定。"

巴奴日："天主的肉！我要放弃了！天主的血！我问不下去了！天主的身体！我不坚持了！我捉不住他。"

听见他叫嚷，高康大站起身来，说道：

"愿天主获赞美！这个世界从我刚有知识到现在，变得越来越精细复杂了。真的是这样么？今天连最博学最渊博的哲学家都加入了怀疑论者的哲学派别。愿善良的天主受赞美！今后揪住鬣毛捉狮子、揪住颈项捉马、抓住牛角捉牛、扳住鼻子捉水牛、拉住尾巴捉狼、扯住胡须捉羊、攥住腿捉小鸟，也比从话里捉住哲学家容易。再见吧，朋

---

① 意思是"请你不要随随便便的"。

友们。"

高康大说罢话，离开大厅。庞大固埃和在座的人要送他回去，可是他没有让他们送。

高康大走后，庞大固埃对客人说：

"柏拉图的提美乌斯①在宴会之初，总要数宾客人数；我们反其道而行之，到宴后才数。一、二、三，第四个呢？不是轮到我们的朋友勃里德瓦了么？"

爱比斯德蒙说到他家里去邀请过，只是他不在家。米尔兰格②最高法院的一个执达吏把他叫走了，说要他亲自出庭向最高法院剖白他所作的判决。因此，他头天就从家里动身了，为的在开庭那一天赶到会场，不至于缺席迟到。

庞大固埃说道："我要打听一下是为了什么事。他在封贝通已做过四十几年法官，断过四千多件案子。虽然有两千三百零九件曾由被告上诉米尔兰格的最高法院，可是结果原审全部被核准、同意、认可，上诉驳回，未予接受。他一向光明正大，现在到了老年，反而要亲自出庭，一定是出了什么祸事。我愿意尽我所能帮他料理。我知道现在世态险恶日甚一日，正直者也需要援助。我马上去想办法，不要有什么不测之事发生。"

于是结束了这一天的宴会。庞大固埃向客人赠送了贵重礼品：戒指、珠宝和器皿，全部不是金的就是银的，并向他们表示诚恳的谢意，然后才回到内宫去。

---

① 提美乌斯，柏拉图同名会话集里的人物，此处故事见柏拉图《提美乌斯》第17行。
② 米尔兰格，作者虚构的地名。

第三十七章

庞大固埃怎样劝巴奴日去讨教疯子^①

庞大固埃回宫时，在走廊里看见巴奴日神志恍惚，朦朦胧胧地摇头晃脑，便对他说道：

"我看你很像一只被套住的小老鼠，越是挣扎，越是套得紧。你完全是这样，越是想从这个难题里摆脱出来，就越是摆脱不出；我这里还有一个方法，只有这一个了。你听好，我常常听到人们说，一个疯子也会教导学者。你既然对学者的论断不满意，那么，去找个疯子问问吧；也许疯子会使你称心如意，也未可知。由于疯子的授意、指示和预言，你知道有多少国君、王子和国家得以保存，多少战役打了胜仗，多少疑难得到解决。过去的例子不必多述了。你想想自会明白，因为一个人关心自己切身的事业，注意自己家庭的管理，不糊涂，不错过收集财富的机会，知道如何来防止贫困，这样的人，虽然从上天的智慧来看很无聊，但世人却称之为智者。我是把上天的智慧看作智者的人才称作智者的，并且由于上天的启示，这些人能够承受预测未来的恩惠，我称他们为先知。这样的人会忘掉自己，跳出个人的圈子，摆脱对尘世的贪恋，清洗对人世的关注，把一切都看作无关紧要；一般人反而说他们是疯子。

"伟大的预言家，拉七奥姆国王比古斯②的太子弗奴斯，粗暴地被人叫作疯神，就是这个缘故。

"为了同样的缘故，我们还可以看到，在杂技团里分配角色时，小丑的角色总是由团内最老练最完善的演员来担任。

"为了同样的缘故，数理学家说国王和愚人生来都是同一个命③。比如像伊尼斯和奥弗利翁④称作疯子的科洛布斯⑤，就是同一个命。

"再提下面几件事，也不算越出题外，像乔·安德烈亚⑥关于教皇写给拉·洛舍尔地方官的教廷通谕所说的话，巴诺米塔⑦关于同一教廷通谕所说的话，巴巴西亚斯⑧关于《法学汇纂》所说的话，还有新近雅松⑨在《法理集锦》里有关巴黎名弄臣、卡耶特⑩的曾祖、约翰老爷⑪的记载。那段故事是这样的：

"在巴黎小沙特莱的烤肉店里，烤炉门口有一个装卸小工闻着烤肉时发出的肉味在吃面包，他说面包经肉味一熏，倒非常好吃。烤肉店的老板没有理他。一直等他把面包吃完，老板才一下子抓住他的领子，要他付店里的肉味钱。小工说他并没有吃店里的肉，店里也没有受任何损失，所以他不应该付钱。至于所说的肉味是吹到外面来的热气，热气一到外面就会没有的，从来没听说过，在巴黎，有人在街上

---

① "疯子"（fol）和"弄臣"（fol）原文是一个字。
② 比古斯，罗马神话中拉七奥姆国王，农神之子。
③ 见埃拉斯姆斯《箴言集》第1卷第3章第1节。
④ 奥弗利翁，公元前3世纪古希腊诗人及语文学家。
⑤ 科洛布斯，腓力基亚太子，死于特洛亚战役中，死前曾发疯病。
⑥ 乔伐尼·安德烈亚，15世纪人文主义语文学家兼法学家，另一说是14世纪佛罗伦萨教会法学家约翰·安德烈亚。
⑦ 巴诺米塔，即安东尼·贝卡德里，14世纪布伦尼人文学家及法学家，另一说系14世纪意大利神学家"巴诺米塔人尼古拉·泰台斯高"，著有关于教廷规训之作品。
⑧ 巴巴西亚斯，15世纪意大利法学家。
⑨ 雅松·德·马依奴斯，帕杜亚大学名法学家。
⑩ 卡耶特，15世纪路易十二弄臣。
⑪ 即"疯子约翰"，早卡耶特1世纪，作者故意说是卡耶特之曾祖。

出卖烤肉的肉味。老板说他不能让他的肉味来养活小工，于是发下大话，如果小工不付钱，他定要留下他的钩子，叫他扛不成活①。

"小工抽出自己的棍子，准备打架。两人吵得不可开交。爱看热闹

---

① 另一种解释是，"他定要敲掉他的牙齿"。

的巴黎人从四面八方跑来看热闹。这里边偏巧就有那位巴黎市民、弄臣约翰老爷。烤肉店的老板一看见有他在场，便向那个小工说道：'我们的争端请这位尊贵的约翰老爷来仲裁，你看如何？'那个小工说道：'你找谁我也不在乎！'

"约翰老爷听罢双方争吵的原因，叫小工从袋里拿出一块银币来。小工拿出一块'菲力普'放在他手里。约翰老爷接过钱来，放在左边的肩膀上，仿佛要戥一戥它的重量；接着又把它放在左手掌上敲了一下，仿佛要听一听成色的好坏；后来又把钱放在右眼上，仔细看一看钱上的花纹是否清晰。周围看热闹的人都看呆了，一声不响，烤肉店的老板耐心地等待着，小工感到失望。约翰老爷拿着那块钱在烤炉门口敲了好几遍，然后做出法官的威严姿态，像拿起权杖似的举起弄臣的手杖，头上戴好翘着像风琴管子似的纸耳朵的猴头貂皮小帽，一连咳嗽了两三声，大声说道：

"'小工因为就着烤肉的肉味吃面包，法院依照民事案件判他用钱币的声音偿付烤肉店老板，双方回家各安生业，免付讼费，等因奉此。'

"巴黎这位弄臣的判决太公正了，当地的学者无不感到惊奇，他们疑心这是不是巴黎最高法院或者罗马的十二法官法庭，甚至于雅典的三十一人最高法庭判的，连他们恐怕也判不了这样公正。因此，你想一想是否愿意请教一下疯子的意见。"

第三十八章

庞大固埃与巴奴日怎样称道特里布莱

　　巴奴日说道："以我的灵魂说话，我愿意照你的话去做！我仿佛觉着我的大肠松通多了，过去是紧塞不通的。正像我们挑选最有智慧的人来处理国家大事一样，我同意找一个疯狂透顶的人来决定我的问题。"

　　庞大固埃说："我认为特里布莱就疯得可以。"

　　巴奴日回答道：

　　"一个不折不扣、百分之百的疯子。"

　　庞大固埃："一个命中注定的疯子。"

　　巴奴日："一个高等的疯子。"

　　庞大固埃："一个天生的疯子。"

　　巴奴日："一个不多不少、刚刚正好的疯子。"

　　庞大固埃："一个天上少有的疯子。"

　　巴奴日："一个地下仅存的疯子。"

　　庞大固埃："一个朱庇特式的①疯子。"

　　巴奴日："一个欢乐、嬉戏的疯子。"

　　庞大固埃："一个迈尔古里式的疯子。"

　　巴奴日："一个愉快、逗乐的疯子。"

　　庞大固埃："一个月亮里来的疯子。"

　　巴奴日："一个酒糟鼻子的疯子。"

庞大固埃："一个行星里来的疯子。"

巴奴日："一个戴绒球的疯子。"

庞大固埃："一个乖僻的疯子。"

巴奴日："一个戴铃铛的疯子。"

庞大固埃："一个以太里朱诺式的疯子。"

巴奴日："一个嬉笑贪色的疯子。"

……②

庞大固埃说道："古时人把罗马奎利奴斯节叫作'疯人节'③，如果有道理，今天在法国就应该创立特里布莱节。"

巴奴日说道："如果所有的疯子屁股上都戴屁鞭，屁股就光滑。"

庞大固埃说道："如果我们谈过的、法图雅④的丈夫、疯神存在的话，他的父亲一定是 Bonadies⑤，他的祖母一定是慈悲之神⑥。"

巴奴日说道："如果所有的疯子都走溜花步⑦，虽然特里布莱的腿弯，每步也可以跨过一'特瓦兹'。我们赶快找他去吧，一定可以听到精辟的见解，我已经准备听了。"

庞大固埃说道："我很想听听勃里德瓦的意见。趁我渡过罗亚尔河到米尔兰格去的时候，叫加巴林到布鲁瓦⑧去把特里布莱请来。"

于是加巴林立刻动身。庞大固埃带领仆从，携同巴奴日、爱比斯德蒙、包诺克拉特、约翰修士、冀姆纳斯特、里索陶墨等人一齐登程径向米尔兰格出发。

---

① "朱庇特式的"，原文 Jovial，亦可解释"诙谐的"。

② 两人一唱一和，每人说了一百零四句，语多海淫，故未一一译出。

③ "疯人节"（Stultorum festa）每年2月17日举行，见奥维德《节令记》第2卷第513至532行。

④ 法图雅，神话中的女疯神。

⑤ 拉丁文，意思是"早安，你好"。古希腊有此神。

⑥ "慈悲之神"，意大利有此神。

⑦ 两足同时并举。

⑧ 布鲁瓦，当时国王常驻的首都郊区，特里布莱的出生地。

第三十九章

庞大固埃怎样旁听审理用掷骰子来判案的法官勃里德瓦

第二天，庞大固埃于预定时间来到米尔兰格。法庭的庭长、法官和推事请他和他们一起出庭，听取勃里德瓦对收税官土师隆德①一案所作的判决进行答辩，因为这一判决在这个百人法庭②看来，有欠公允。

庞大固埃接受了邀请，走进法庭，看见勃里德瓦坐在正中的被告栏里，他别的什么也不说，只说自己老了，视力不如从前，所有的不幸和差错，都是年纪大所引起的，首席辅祭注释的《教会法》第八十六款《莫此为甚》章里已有记述③。骰子的点数，他没有过去看得那样清楚。对于该案的判决，他可能和年老眼花的以撒错把雅各当作以扫一样④，把四点看成了五点，他特别提出他用的是小骰子。根据法律的规定，"自然"的缺陷不应该视作罪恶，这在 ff. de re milit, l. qui cum uno; ff. de reg. jur., l. fere; ff. de edil. ed. per totum; ff. de term. mo., l. Divus Adrianus; resolu. per Lud. Ro. in l.: si vero., ff. solu. matri⑤ 规定得已很明白，这不能怪人，这是"自然"条件，在 l. maximum vitium. C. de lib. præter⑥ 里定得也很清楚。

大法官特兰卡迈尔⑦问道："朋友，你说的骰子是指什么呀？"

勃里德瓦答道："就是审案的骰子，alea judiciorum⑧，Doct. 26. q. 2c. Sors.;1. nec emptio. ff.de contrah. empt.; l.quod debetur ff. de pecul. et ibi Barthol.⑨都有所记载。也就是阁下在这个崇高法庭上所使用的骰子，亦即所有的法官根据亨利·费朗达⑩对no. gl. in c. fin. de sortil. et l. sed cum ambo. ff. de judi. Ubi doct.⑪的注释，在审理讼案时所用的骰子。亨利·费朗达曾说占卜是决定讼案和纠纷的公正、有用和必要的好方法。还有更明显的，那就是巴尔杜斯、巴尔多鲁斯和亚历山大⑫在C. communia de. l. Si duo⑬里所注释的。"

特兰卡迈尔问道："我的朋友，你是怎样做的呢？"

---

① "土师"在波亚都的方言里意思是"小树林"，"隆德"意思是"圆形"，在封特奈·勒·孔特右边、勒古热附近，有一地方名土师隆德。另一解释："土师隆德"是"收取圆形钱币"的意思，指收税官的行业。

② 当时巴黎的最高法院才有百人法庭。

③ 首席辅祭指意大利累佐的奎多·拜修斯，他曾记述一主教因讲经犯错，因年老被教皇赦免。

④ 故事见《旧约·创世记》第27章。

⑤ 拉丁文，《国法大全》《军事法》，《条律》"凡与"，《限定法权法》，《条律》"几近"，《城市安全法》，《期限法》，先皇阿德里亚奴斯（公元117至138年之罗马帝国皇帝）钦定，卢德维古斯·罗马奴斯（即15世纪注释家斯波勒脱的彭塔奴斯）注释的《条律》"但如"及《大全》《离婚法》，此处各章引律的条文，多数系六世纪东罗马帝国皇帝茹斯提尼昂组织编纂的《国法大全》，另有《十二表法》《罗马法》《万民法》《教会法》等法典。

⑥ 《条律》"最大流弊"，《法典》"城防司令之自由"。

⑦ "特兰卡迈尔"在图卢兹方言里意思是"吹牛"和"砍果实的人"，这里有"私分罚款""化公为私"的意思。

⑧ 拉丁文，"审案的骰子"。原文alea确有"掷骰子"的意思，不过此处的意思是"碰运气的审判"。

⑨ 《敕令》第26卷第2款，"抽签法"，《条律》"不得出售法"，《交易法》，《条律》"不应再犯"，《奖赏法》，巴尔多鲁斯注释。

⑩ 亨利·费朗达，罗马法典的注释者。

⑪ 法典注释末章《论诅咒》及《条律》"多数继承人法"，《大全》《司法官法》，《敕令全集》。

⑫ 指15世纪法学家亚历山大·塔尔塔纽。

⑬ 《条律》"多数继承人分配公产法"。

　　勃里德瓦答道：“我扼要地回答，我是根据l. Ampliorem, § in refutatoriis, C. de appella,[①]还有 Gl. l.ff. quod met. cau.[②]的规定。 Gaudent

---

① 《迟延宣判法》《驳诉法》《上诉法》。
② 《法典注释》卷1，《大全》“由于恐惧”。

brevitate moderni①。在座诸公，我和你们完全一样，根据诉讼程序，也就是说我们的法律所规定的，见 ut, not. Extra.de consuet.,c. ex literis., et îbi Innoc.②。我反复看过、反复读过、反复翻阅过原被告双方的诉状、传审、出庭、委托、察访、预审、提供、陈述、原告引证、被告答辩、请求、侦察、原告反驳、被告再驳、原告三驳、再引证、否认、抗议、异议、确定、对质、对证、记录、教会证明、国王敕令、强验文件、法庭权限、先发答辩、移上审理、发送宣告、批驳改审、规定判决、结束起诉、订定条款、抄写誊录、被告口供、送达宣判，以及诉讼程序中所有的公文和证据，正像 no. Spec. de ordinario § 3., et tit. de offi. om. jud. § fi. et de rescriptis praesenta. § I.③里所规定的那样，一个好法官应做的事我都做到了。

　　"在座诸公，我完全和你们一样，把被告的案卷放在桌子的一头，给了他优先权。根据 not. l. Favorabiliores., ff. de reg. jur., et in c. cum sunt,eod. tit. lib. VI④那上面说的是：Cum sunt partium jura obscura, reo favendum est potius quam actori⑤。后来，我仍是和诸公一样，把原告的案卷放在另一头，visum visu⑥。因为，opposita juxta se posita magis elucescunt⑦, ut not. in l. I. § videamus., ff. de his qui sunt sui vel alie. jur., et in l. munerum. j. mixta, ff. de muner. et honor⑧。我同时照样也给了他以同样的机会。"

　　特兰卡迈尔问道："我的朋友，你怎么认为诉讼双方依据的法律含糊不清呢？"

---

① 拉丁文，"现代的人都喜欢简略"。
② 《集外法》，《习俗法》，《公函》章，《依诺桑法》。
③ 《论正权利人》第3款，《论名义》"法官权限"末条和《论回文》第1款。
④ 《条律》"优待"款，《限定法权法》及同法"因其"篇，第6卷。
⑤ 拉丁文，"法律含糊不清时，宁优待被告甚于原告"。（西克斯图斯遗言，教皇包尼法斯八世加于额我略敕令五卷内。）
⑥ 拉丁文，"面对面"。
⑦ 拉丁文，"面对面的事物易于辨识"。
⑧ 参阅第1条"如所见项"之规定，《本人及非本人权限》第1条《财产法》，《混合权利》，《财产与津贴》。

　　勃里德瓦答道:"在座诸公,我和你们遇到双方案卷很多的时候所做的一样,完全像你们一样,用的也是小骰子,根据Semper in stipulationibus, ff. de reg. juris.①和五脚诗体的基本法,原词是:

① 《限定法权法》各条款。

"Semper in obscuris quod minimum est sequimur[1]，

"in c. in obscuris. eod. tit. lib. VI.[2] 也有这样的规定。

"在座诸公，我和你们一样也有大的、体面的、悦耳的骰子，不过那是给情节简单、也就是案卷少的案子用的。"

特兰卡迈尔问道："我的朋友，掷过之后，你是怎样判决的呢?"

勃里德瓦答道："在座诸公，还是和你们一样，我让掷法庭的、诉讼的、裁判的骰子胜利的那一方赢了官司，正像法典里 ff. qui po. in pig. l., potior. leg. creditor., C. de consul.,l. I., et de reg. jur. in VI.[3] 所规定的那样，Qui prior est tempore, potior est jure[4]。"

---

① 拉丁文，"对含糊不清的案件，偏重较轻微的"。
② 《教会法》有关含糊不清条律第6款。
③ 《担保法》，《信物》款，《债权》条，以及《决疑》法第1款，《限定法权法》第6款。
④ 拉丁文，"日期在前者，权力亦在前"。

第四十章

勃里德瓦怎样解释他用掷骰子来审理讼案的理由

特兰卡迈尔又问道："我的朋友，既然你用掷骰子的办法来审理案件，那么，又为什么不当着诉讼双方立刻、毫不推迟、当场就判决呢？这些案卷的文件和诉状有什么用呢？"

勃里德瓦回答说："在座诸公，这也和诸位一样，有三种用途：细密、查对和凭证。

"第一，是形式完整，如果缺少完整的形式，所做者即无效。Specb. tit. de instr. edit. et tit. de rescript. praesent.① 说得很明白。此外，诸公也很清楚，在诉讼程序里，程式常常会破坏内容和实质。因为，forma mutata mutatur substantia②，见 ff. ad exhib. l. Julianus: ff. ad. leg. falcid. l. Si is qui quadringenta. et extra., de deci., c. ad audientiam, et de celebrat. miss c. in quadam.③。

"第二，也和对诸公一样，对我也是一种真实的健康的锻炼。故世的名医奥多曼·瓦达莱——其实在 C. de comit. et archi., lib.XII④ 也有规定——就不止一次地对我说，缺少身体锻炼，是你们做法官的人生命短促的唯一原因，这里包括一切法官和司法界的人。这个说法，在他以前，也早有明确的记载：Bart. in l. l. C. de senten. quae pro eo quod.⑤就有。因此，在座诸公和我，这是对我们全体说的。Quia accessorium naturam sequitur principalis⑥，de reg. jur. l. VI. et l. cum principalis, et l. nihil. dolo. ff. eod. titu.; ff. de fidejusso, l. fidejussor, et extra. de of fic. de leg., c. I,⑦就容许有某些健康的、消遣的游戏，下列法规里都有记载：ff. de al. lus. et aleat., l. solent, et autent. ut omnes obediant, in princ. coll. et ff. de praescript. verb., l. si gratuitam; et l. I. C. de spect. lib. XI⑧。圣托马斯⑨in secunda secundœquaest. CLXVIII⑩也是这个说法。阿尔贝里克·德·罗萨塔⑪fuit magnus practicus⑫和崇高的学者，也比喻得很恰当，巴巴西亚斯in prin. consil.⑬曾予以证明。这个理由在pergl. in proaemio. ff. §, ne autem tertii⑭已说得很明白：

---

① "司法明灯"（指名教会法学家吉奥莫·杜朗）注释之《安全法》及《论回文》款。
② 拉丁文，"形式变，实质亦变"。
③ 《国法大全》《表明法》，《继承法》，《条律》"如超过四百"，《集外法》，《什一税法》，《晋见法》，《做弥撒法》，《某处法》。
④ 《教会法》《善会及兄弟会法》第12卷。
⑤ 巴尔多鲁斯在《茹斯提尼昂法典》第1卷《判法》款及《原因》款。
⑥ 拉丁文，"附从者追随主要者"。
⑦ 《限定法权法》第6款，《条律》《主体》条及《不以奸谋》条，《国法大全》《问题》条，《保证》条，《保证人》条，以及《集外法》，《条律》《论职责》第1款。
⑧ 《国法大全》《骰子游戏》《掷骰》条，《条律》《习于》及原本《兹为一体遵守》，《按各原则》，《关于》第7款，《国法大全》《法定用语》，《条律》《无偿法》第1款，"司法明灯"注释第11卷。
⑨ 即圣托马斯·阿奎那。
⑩ 第2卷第2款168条。
⑪ 阿尔贝里克·德·罗萨塔，18世纪贝尔卡摩特教会法学家。
⑫ 拉丁文，"是位大法学家"。
⑬ 拉丁文，"在《决疑原则》里"。
⑭ 《法典注释》序文，《国法大全》《庶免第三者》条。

"Interpone tuis interdum gaudia curis[①].

　　"有这么一回事，是一四八九年的某一天，我有件事到财政部去，用钱买通了执达吏才得进门，在座诸公都是知道的，pecuniae obediunt omnia[②]，Bald. in l. Singularia, ff.si certum pet. et Salic., in l. recepticia., C. de constit. pecun. et Card., in Cle. I. de baptis.[③]也说过。进去之后，我看见大人物正在玩'捉苍蝇'[④]，他们是饭前玩还是饭后玩，我认为这倒没有关系，hic no.[⑤]，只要'捉苍蝇'这个游戏好玩、健康、遵守旧规、合法就行。A Musco inventore de quo. C. de petit. haered. l. si post. motam., et Muscarii,id.[⑥]。'捉苍蝇'是法律l.I. C., de excus.artif. lib. X[⑦]所容许的。我还记得提尔曼·比该大人当时是'苍蝇'，他在笑其他的老爷们用帽子打他的肩膀，把帽子都打坏了。他告诉他们，帽子打破，回到家里太太是不原谅的，c. I, extra. de præsumpt.et ibi gl.[⑧]已有规定。现在，resolutorie loquendo[⑨]，我和在座诸公一样，认为在衙门里边，没有比清理案卷、翻阅公文、记录簿册、塞满纸篓、察看诉讼更有益的游戏了。ex Bart. e Jo. de Pra.,[⑩]in l. falsa. de condit. et demon. ff.[⑪]。

　　"第三，也和在座诸公一样，我认为时间可以使一切事物成熟；

① 拉丁文，"在烦恼中应不时加以消遣"。见狄奥尼修斯·卡修斯《格言集》。

② 拉丁文，"钱能叫万事应心"，见《旧约·传道书》第10章第19节。

③ 巴尔多鲁斯在《条律》《个别》里，《国法大全》《如已申请》，《撒里法典》《回收物》条，《教会法》《金钱处理》，枢机注《克雷蒙法》《论洗礼》第1条。

④ 一种儿童的游戏，由一人抽签做"苍蝇"，众人围捉。

⑤ 拉丁文，"要注意"。全文是：hic nota。

⑥ 原文Musco和Muscarii可以译作"苍蝇"，亦可作为姓氏，"苍蝇游戏"在《罗马法》《申请遗产》款已提及，又见《遗产转移法》。

⑦ 第1卷《表面道歉法》第10款。

⑧ 《集外法》第1款《臆断》及《法典注释》。

⑨ 拉丁文，"用司法界的话来说"。

⑩ 过去巴尔多鲁斯和约翰·德·普拉多，15世纪佛罗伦萨法学家。

⑪ 在《条律》《伪造证件》及《国法大全》《证件》款。

时间一久，一切都越来越清楚；时间不愧是真实之父①，请参阅 gl. in l.I.C.de servit. Autent., de restit. et ea quœpa. et Spec. tit. de requis. cons.②。所以，正和在座诸公一样，我把判决拖延、推迟、耽搁下来，希望经过翻阅、考察和争论之后，日子一久，自然会成熟，被判的人承担骰子掷出来的命运也就不那么难受了，no.glo.ff.de excu. tut., l. Tria onera③ 说得好：

"Portatur leviter quod portat quisque libenter④.

在不成熟、还没到时间的时候马上就开始宣判，便会产生医生所说的疮未熟就开刀的危险，也像人身上的一块病还没有发作就想把它除掉那样，是不合理的。这一点，in Autent. haec constit. in Inno. constit. prin.⑤ 有所记载，在 gl. in c. Cœterum. extra de jura. calum.⑥ 也同样有：

"Quod medicamenta morbis exhibent hoc jura negotiis⑦.

"'自然'还教导我们，果子成熟之后才能去摘取，见 Instit. de re. div., § is ad quem, et ff. de acti.empt.,l. Julianus⑧，女儿成年之后才令出阁，见 ff. de donat. inter. vir. et uxor. l. cum hic status. § si quis sponsa. et 27, q., j. c. Sicut dict gl.⑨：

---

① 见埃拉斯姆斯《箴言集》第2卷第4章第17节。
② 《法典注释》第1卷，《奴役法》，原本《赔偿法》《赔偿条文》及"司法明灯"注释之《良心条件》。
③ 《法典注释》，《国法大全》《推诿理由》，《条律》《三种负担》款。
④ 拉丁文，"甘心情愿苦亦甜"。
⑤ 在原本法规《依诺桑法典》。
⑥ 《法典注释》《其他》款，《集外法》《权益损害》。
⑦ 拉丁文，"药物以治病，司法以理案"。
⑧ 《各种制度》《有关人》款，《国法大全》《出售行为》，《茹里亚奴斯法规》。
⑨ 《国法大全》《夫妻间赠与法》，《条律》《缘本案情节》，《如某人将未婚妻》条，《法典注释》第27款。

"Jam matura thoris plenis adoleverat annis Virginitas①.

只等成熟以后才能有所行动，XXIII，q. II. § ult. et XXIII. d.c.ult.②有明文规定。"

---

① 拉丁文，"童贞是指经过多年成长以后才进行婚娶的"。
② 第23款第2条及第23款末条。

第四十一章
勃里德瓦怎样述说诉讼调解人的故事

勃里德瓦继续说道："这件事使我想起来在普瓦蒂埃跟法学大师布罗卡丢姆读法科的时候[①]，在斯马沃地方[②]有一个名叫贝兰·当丹[③]的老好人，一个种地的能手，魔鬼窝里[④]的唱经能手，有声望，年纪有诸公中年纪最大者那样大，他常说他见过戴大红帽子的'拉特朗议会'[⑤]，还见过他太太、那位好心的夫人'国事诏书'，佩着天蓝色的宽飘带和墨玉的大粒念珠。

"这位老好人调解的纠纷，比普瓦蒂埃的法院、蒙莫里翁[⑥]的法庭、老·巴特奈[⑦]的村公所合起来审理的案子还要多；这使得周围一带地方的人非常尊敬他。首维尼[⑧]、努阿埃[⑨]、克鲁台勒、艾尼、勒古热、拉·莫特[⑩]、路西尼昂、维沃纳[⑪]、美佐[⑫]、埃塔布勒[⑬]和临近一带所有的争端、纠纷、诉讼，都由他来处理，俨然是一个权威法官，虽然他并不是法官，而只是个简单的平民。请你们看一下 Arg.in l. sed. si unius. ff. de jurejur.,et de verb.obl, l. continuus.[⑭]。周围一带地方，不管谁家杀一头猪，他都会收到一块烤肉和一段肠子。几乎每天都有饮宴、婚礼、领洗、安产谢恩要请他参加，还有人在酒店里请他调解，请注意，他调解纠纷，总是要双方一起喝酒的，这是言归于好、意见一致、和好如初的一种象征，请看ut no. per Doct., ff. de peri., et comm. rei. vend.l.I.⑮。

　　"他有一个儿子，名叫戴诺·当丹，是个挺可人意的小伙子，天主保佑，这个年轻人也跟他父亲一样乐意为人排解是非，你们全知道这句古话：

> "Sœpe solet similis filius esse patri,
> Et sequitur leviter filia matris iter⑯，

Ut ait gl., VI. q., I, c. Si quis;gl. de cons.,d.5,c.j.fi, et est no. per Doct., C. de impu. et aliis subst.,l. ult. et l. legitimœ, ff. de stat.hom.gl.in l. quod si nolit., ff. de œdil. ed.,l. quis, C.ad le. Jul.majest. Excipio filios a moniali susceptos ex monacho, per gl.in.c. Impudicas. XXVII.qu.I.⑰。他自称是诉讼调解人。

　　"他对调解业务倒是很注意，也很关心，常言道得好：vigilantibus

---

①　普瓦蒂埃大学创立于1431年，法学院是有名的一个院系。
②　斯马沃，普瓦蒂埃境内勒古热附近地名。
③　"贝兰"是"比埃尔"的变形，意思是"石头"，"当丹"意思是"愚，傻"。
④　指教堂里。
⑤　这里把"议会"和"诏书"都当作人了，"拉特朗"是罗马帝国时教皇驻处。
⑥　蒙莫里翁，维也纳省省会，管辖179个教区。
⑦　老·巴特奈，两赛服省村名。
⑧　首维尼，蒙莫里翁境内地名。
⑨　努阿埃，瓦兹省地名。
⑩　拉·莫特，下·阿尔卑斯省省会。
⑪　维沃纳，维也纳省地名。
⑫　美佐，蒙帕利境内地名。
⑬　埃塔布勒，北海滨省省会。
⑭　《然而如一人》条，《国法大全》《宣誓》款，《语言约束》条，《继续法》。
⑮　博士注《国法大全》第1卷《危险》及《财物变卖》。
⑯　拉丁文，"有其父必有其子，女儿总是学习母亲"。中世纪民间谚语。
⑰　如《法典注释》第6款第1条《如有人……》，又《法典注释》《论良心》第5款第1条末，又博士注《法典》《未成年子女及其代理人》末项规定，《条律》《合法》，《国法大全》《论人之地位》，参《如不自愿》条注释，《国法大全》《城市安全法》《任何人》条，《茹里亚奴斯法典》《失节女子》第27款第1条。

jura subveniunt[①], ex leg. pupillus, ff. quœin fraud. cred., et ibid. l. non enim. et Inst. in proœmio[②], 只要他一闻到 ut ff. si quad. paup. fec.,l. Agaso. gl. in verbo. olfecit i. nasum ad culum posuit[③], 一知道地方上有任何争端和纠

---

① 拉丁文，"关心人，法理也帮助你"。
② 见《孤儿法》，《国法大全》《骗取委托》，同上法《不以……》条及《制度》见法典序文。
③ 按《国法大全》《如系穷人所为》条，参阿伽索对 olficir（嗅）一语所作的注释，也就是说将鼻子置于肛门上。

纷，他马上便自告奋勇，出面为双方调解。经上记载说：

"Qui non laborat non manige ducat[①]，

gl.ff. de damn. infect.l.quamvis[②] 也是这样说的，Currere plus que le pas vetulam compellit egestas[③]，gl.ff. de lib. agnos.,l. si quis. pro qua facit,l.si plures. C. de condit. incer.[④] 亦有记载。不过，他的调解业务太不走运了，他从未办好过任何案件，即便是最小的纠纷，他也没有办好过。他非但没有调解好，相反地更增加了双方当事人的气恼和仇恨。我想在座诸公全知道

"Sermo datur cunctis, animi sapientia paucis[⑤]

这句话，见 gloss.ff.de alie,ju. mu. caus. fa.l.II.[⑥]。斯马沃开酒店的人常常说，跟儿子一年卖出去的和解酒（这就是勒古热名酒的称号）也及不上跟父亲半个钟头卖出去的多。

"后来，儿子向父亲来诉苦了，把业务不好的原因推说是时代变了，现在的人乖僻顽固。他甚至说，假使从前的人也是这样倔强任性、强词夺理、刚愎执拗的话，他（指父亲）再也得不到这份荣誉和这个无可争辩的和事老的称号。戴诺说这话，可真是违反法纪，法律是禁

---

① 拉丁文，"不做工的，没有'杜卡'"。"杜卡"是一种金币，勃里德瓦有意摹仿《新约·帖撒罗尼迦后书》第3章第10节，"不做工的，不可吃饭"。原文 Quouiam siquis non vult operari, non manducer，作者故意把 manducer（吃饭）改成 manige ducat（有钱）了。

② 《国法大全》注释《未成损害》，《条律》"虽则……"

③ 这是一句半法文半拉丁文的话，意思是，需要能使老妪奔跑。

④ 《国法大全》注释《认识篇》，《条律》"如系老妪所做"，《条律》"如多人……"《情况未定》款。

⑤ 拉丁文，"言语人人会说，智慧只少数人有"。（狄奥尼修斯·迦多语）

⑥ 《国法大全》注释《案情改变，法官换人》第2款。

止儿子非难父亲的，见 gl. et Bar., l.III, § si quis ff. de condi. ob caus., et autent., de nup., § Sed quod sancitum, coll IV.[①]。

　　"贝兰说道：孩子呀，需要改变你的做法。古人有言：

　　　　时机成熟，

　　　　水到渠成。

见 gl. C. de appell. l. eos. etiam.[②]。秘诀就在这里。像你这样，一辈子也调解不好；为什么？因为你一开始就动手，时机未到，条件不成熟。我调解起来总是成功；为什么？因为我非到末了、双方都腻味了、时

---

① 《法典注释》及《巴尔多鲁斯注释》第3卷《如有人》款，《国法大全》"案情条件"款，另原本《婚姻法》"如前已制……"款第4条。
② 《法典注释》《上诉法》，《条律》"对该人等……"

机成熟了才动手。古话说：

Dulcior est fructus post multa pericula ductus[①],

见l.non moriturus. C.de contrah. et comit. stip.[②]。你难道不知道常说的一句俗话：'等病快要治好的时候叫来的医生最走运'么？这是因为病已经治得差不多了，即使医生不来，病也会好的。我的当事人也是如此，他们没有气力争下去了，因为钱袋已经空了；他们自己也会停止吵闹的，囊空如洗，吵闹无力。

Deficiente pecu, deficit omne, nia[③].

"这时就只缺少一个肯说话的调解人，他必须站起来提出调解，保全双方的面子，以免以后别人说：'是这一方先低头的；是他先和解的；他先支持不住了；他不占理；他感觉到撑不住了。'我的孩子，我就是在这个节骨眼上才出现，跟豆子锅里正干的时候倒下去的油一样[④]，非常及时。名利双收的秘诀，鸿运亨通的窍门就在这里。我亲爱的孩子，我告诉你，用这个方法，就是对付伟大的国王和威尼斯人[⑤]、皇帝和瑞士人、英格兰人和苏格兰人、教皇和菲拉拉人[⑥]，要不要再多

---

① 拉丁文，"经过苦难的果实才是甜的"。
② 《条律》"未死……"《商定及签订文约法》。
③ 拉丁文，"没有钱即没有一切"。原文本来应该是 Defeciente pecunia, deficit omne.
④ 喜剧《巴特兰》的台词，见该剧第747行。
⑤ 1508至1513年间，法王路易十二打到威尼斯的国土上，据说有一天，教皇依诺桑十世从窗口里看见两人打架，在旁边的红衣主教潘琪罗拉当即问教皇是否叫人下去把他们劝开。教皇说不，让他们去打。工夫不久，两人果然放弃争斗，握手言欢，一齐喝酒去了。教皇说道："法国人和西班牙人之战亦复如是，等他们打累了，无人调解自己也会和好。
⑥ 指菲拉拉大公，见《罗马来信》第554至555页。

说一些？天主保佑，就是土耳其人①和波斯国王、鞑靼人和莫斯科人②，也能使他们和平相处，或者至少暂时休战。

　　"你记好，我只在双方都打够了、钱柜也光了、所属的钱袋都空了、土地也卖了、财产也押出去了、粮食军火都消耗殆尽的时候才出面说话。这时候，天主在上！天主的母亲也在上！他们自然会停下来喘喘气、缓和一下他们的贪婪。这个道理 in gl. XXXVII d.c. si quando③ 说得很明白：

　　　　Odero si potero: si non, invitus amabo④"

---

① 指土耳其苏丹，见《罗马来信》第538页。
② 指沙皇。
③ 在《法典注释》第37款，"或如……"条。
④ 拉丁文，"能恨，即恨之，否则，宁爱之"。见奥维德《爱经》第3卷第2章第35行。

第四十二章

诉讼是怎样产生的，怎样成熟的

勃里德瓦继续说道："因此，我和在座诸公一样，把宣判拖延下来，等待案件成熟和它全部肢体——诉状和案卷——的发展。我的根据是 Arg. in l. si major., C. commu. divi. et de cons., dI, c. Solennitates, et ibi gl.①。

"一件讼案在开始时，我也和诸公一样，觉着它不成形和不成熟。和一只刚生出来的熊一样，没有脚，没有爪子，没有皮，没有毛，连头也没有，只是一个不成形的肉团；要经母熊舔过，才出现它的肢体，ut not. Doct.ff.ad leg.Aquil.,l.II in fi.②。对于讼案，完全和诸公一样，开始时我看它也是无头无脚，只有一两件文件，和一只不受看的小动物差不多。等诉状一捆一捆、一袋一袋地多起来，那时才可以说真的成了形、有了肢体。forma dat esse rei③，见 l. Si is qui, ff. ad l. Falci. in c. cum dilecta extra de rescrip.;Barbatia, consil. 12 lib. 2,④，还有，在他以前，Bald. in c. ulti. extra de consue. et l. Julianus. ff. ad exhib. et l. Quœsitum. ff. de leg. III.⑤。在 gl. p. q. I. c. Paulus⑥ 是这样说的：

Debile principium melior fortuna sequetur⑦.

"也完全和在座诸公一样，那些法警、执达吏、执达员、代理人、检察官、评价员、律师、推事、录事、公证人、书记官，还有裁判员，de quibus tit. est lib. III. Cod.⑧，全是不停地极力吮吸着诉讼人的钱袋，利用讼案来生长自己的头、脚、爪、嘴、牙、手、血管、脉络、筋骨、肌肉、液体，这就是那些案卷，见 gl. de cons. d. iiij, c. accepisti.⑨。

　　Qualis vestis erit, talia corda gerit⑩.

不过，Hic not.⑪，在这一点上，争讼者还在司法部长之上呢，因为

　　Beatius est dare quam accipere⑫，

ff. comm. l. III. et extra de celebra. Miss. c. cum Marthœ. et 24 q. I, c. Odi. gl.⑬，

---

① 《条律》"较长者……"条，《茹斯提尼昂法》《公产分配法》与《论良心》，《敕令》第1卷《庆典仪式》款及该款注释。
② 《国法大全》《普选法》第2卷末，博士注释。
③ 拉丁文，"形象给事物以生命"。
④ 《条律》"凡其……"《国法大全》《继承法》，参"如所爱……"款，《集外法》，《回文》款，巴尔巴西亚《建议》第12卷第2款。
⑤ 《巴尔杜斯注释》末款，《集外法》《习惯法》，《茹里亚奴斯法典》，《国法大全》"兹为表明"款，《条律》"所需……"《国法大全》《法规》第3卷。
⑥ 《法典注释》第1款，《保禄斯……》法。
⑦ 拉丁文，"开始孱弱，后来茁壮"。
⑧ 以上各项见《茹斯提尼昂法典》第3卷。
⑨ 《法典注释》《良心》款，《敕令》第4卷"汝既得……"款。
⑩ 拉丁文，"观其衣饰知其心"。
⑪ 拉丁文，"要注意"。
⑫ 拉丁文，"施比受更为有福"。见《新约·使徒行传》第20章第35节。
⑬ 《国法大全》《圣餐》第3条，《集外法》《举行弥撒》，《与马尔太》条，另第24款第1条"仇恨"注释。

Affectum dantis pensat censura tonantis[①].

讼案就是这样形成的，齐齐全全，什么也不缺少，gl. can.[②] 说得好：

Accipe, sume, cape sunt verba placentia papœ[③].

亚尔培里古姆·德·洛萨塔 in verb. Roma[④] 说得更明显：

Roma manus rodit; quas rodere non valet, odit;
Dantes custodit; non dantes spernit et odit[⑤].

理由是什么呢?

Ad præsens ova cras pullis sunt meliora[⑥],

ut est glos. in l.cum hi. ff. de transac.[⑦] 说得很明白。可是，反过来，也有
不利的一面，in gl. C. de allu. l. fi.[⑧] 就有：

Cum labor in damno est, crescit mortalis egestas[⑨].

---

① 拉丁文，"处分轻重随出价多少决定"。
② 《教会法》注释。
③ 拉丁文，"收受，获得，拿取，是教皇喜爱的词汇"。
④ 拉丁文，"在谈到罗马时"。
⑤ 拉丁文，"罗马是吃人手的，它恨恶吃不到的手，卫护给钱的手，蔑视和嫌恶不
　给钱的手"。
⑥ 拉丁文，"宁可今日取蛋，切勿明日拿鸡"。
⑦ 《法典注释》"值此人等……"条，《国法大全》《中间人》法。
⑧ 在《法典注释》《幻觉》款末条。
⑨ 拉丁文，"工作不利，贫穷日逼"。迦多诗句。原诗前一句是：Conserva potius
　quae sunt jam porta labore, 意思是，劳动所获，切需爱惜。

"诉讼的真正意义，就在于讼案不缺，诉状常有。那我们就有好日子过了。

Litigando jura crescunt;
Litigando jus acquiritur[1];

"Item gl. in c. Illud., ext. de præsumpt., et C. de prob., l. instrumenta., l. non epistolis, l. non nudis[2].

Et cum non prosunt singula, multa juvant[3]."

特兰卡迈尔问道："不错，我的朋友，但是对刑事案件你怎样处理呢，比方对flagrante crimine[4]的罪犯？"

勃里德瓦答道："也和在座诸公一样，我先把他放回去，叫他好好地去睡一觉，作为诉讼的开头，然后我把一个证明他睡觉的正式文件带来，要符合gl.32.q.VII. c. Si quis cum[5]的规定，

Quandoque bonus dormitat Homerus[6].

"这时，从这个文件，再叫它产生另一个文件；从另一个文件，再生出第三个文件，一针一线地织上去，终于织成衣服。最后，诉讼程

---

① 拉丁文，"争讼使司法增长，
      争讼使司法获益。"
② 同样见《法典注释》《极端》款，《臆断》款，《物证法》，《条律》"不以信件……"条，"不空手……"条。
③ 拉丁文，"个人之力弱小，众人之力强大。"见奥维德《爱经》第426行。
④ 拉丁文，"当场拘获"。一般说 in flagrante delictu。
⑤ 《法典注释》第32款第7条"如与某人……"
⑥ 拉丁文，"大诗人荷马打瞌睡的时候"。见贺拉斯《诗艺》第359行。

序齐齐全全，原来什么也没有，现在什么也不缺了。这时，我才使用骰子。我这样做，可不是没有经过充分的经历和理由啊。

"我记得在斯德哥尔摩的战场上①，一个叫格拉提亚诺的加斯科涅人，出生在圣赛服②，这个小伙子赌博把全部饷银输光之后，非常气恼，诸公知道 pecunia est alter sanguis③, ut ait Anto. de Butrio. in c. accedens., ij, extra, ut lit. non contest., et Bald. in. l. si tuis. C. de op. li. per no., et l. advocati C. de advo. diu. jud.: Pecunia est vita hominis et optimus fidejussor in necessitatibus④。他把钱赌光之后，当着他的伙伴，高声嚷道：'Pao cap de bious, hillotz, que maulx de pippe bous tresbyre！ ares que pergudes sont les mies bingt et quouatte baguettes, ta pla donnerien picz, trucz, et patactz. Sey degun de bous aulx, qui boille truquar ambe iou à belz embiz⑤？'他的话，没有人答腔。他就跑到'百公斤'⑥的营里，又重复了一次他的话，找人跟他打架。可是那里的人说道：'Der Guascongner thut schich usz mitt eim jedem ze schalgen, aber er ist geneigter zu staelen; darumb, lieben frauuen, hend serg zu inuerm hausraut⑦.'依旧没有人肯和他打架。那个加斯科涅人又跑到法兰西'志愿兵'⑧的营盘里，把他的话又说了一遍，一边还跳着加斯科涅的舞

---

① 瑞典首都斯德哥尔摩曾于1518年被丹麦国王克里斯坦二世围困。

② 圣赛服，朗德省省会。

③ 拉丁文，"金钱是另一种血液"。见埃拉斯姆斯《箴言集》第2卷第8章第35节。

④ 正像安东尼奥·达·布德里奥（15世纪布伦尼法学家）在《意外事故》法第2款，《集外法》"争讼未经证实……"和巴尔杜斯在《条律》"如与汝……"《诉讼要求》法，《条律》《律师》款，《法庭律师》法，所说的，金钱为人之生命，为人生紧急时最好之保障。

⑤ 这是一段加斯科涅方言，意思是，"小伙子们，我以牛的脑袋发誓，愿你们一个个都醉得翻倒。现在我的二十四块钱全部输光，我还有拳头、巴掌可以奉敬。你们当中谁敢跟我较量较量？"

⑥ "百公斤"，朗格奈人的绰号。

⑦ 德文，加斯科涅人来找我们打架，其实，他的目的是来偷东西；所以，亲爱的女人，你们要小心行李（朗格奈人随军都带家眷，所以有女人）。

⑧ 一种不领饷银、专靠抢劫的军队。

步，找人和他决斗。可是这里，同样也没有人答腔。于是，加斯科涅
人只好走到营房尽头在克里塞①骑士大块头克里斯坦的帐篷旁边倒头

① 克里塞，昂如省望族姓氏。

去睡。

"这时，一个'志愿兵'，也是个输光了钱的小伙子，提着一口剑楞头楞脑地跑出来，要和加斯科涅人决斗，两个人都输得一样。Glos. de pœnitent. dist. 3, c. Sunt plures.[1]说得好：

Ploratur lachrymis amissa pecunia veris[2].

小伙子在营房里找了半天，最后看见加斯科涅人在那里睡觉，于是便对他说道：'Sus ho！ hillot！[3]见你的鬼！起来！我跟你一样也输光了。咱们俩打一下吧，看看谁能胜谁。要知道我的刀并不比你的剑长。'

"那个加斯科涅人昏头昏脑地回答道：'圣阿诺的脑袋！ quau seystu, qui me rebeillez？ que mau de taoverne te gyre！ Ho, Sainct Siobe, cap de Guascoigne, ta pla dormie iou, quand aquoest taquain me bingut estée[4].'那个'志愿兵'请他起来打架；可是加斯科涅人说道：'He, paovret, ïou te esquinerie, ares que son pla reposat. Vayne un pauc qui te posar com iou; puesse truqueren[5].'他把他输钱的事早已忘了，也没有打架的兴致了。最后，两个人没有打架——打起来也许会打出人命——各人拿宝剑押了一点钱，一起喝酒去了。睡眠做了一件好事，平息了两个战士的狂怒，证实了约翰[6]的金玉良言，见c. ult. de sent. et

---

① 《法典注释》《论处分》第3款，"如有多人……"条。
② 拉丁文，"钱输光后，流出来的才是真泪"。见茹维那尔《讽刺诗》第13卷第134行。
③ 儿子！孩子！
④ 加斯科涅方言，"你这样把我吵醒，你是干什么的？是不是醉糊涂了？加斯科涅的主保圣赛服在上！我睡得正好，这个混蛋来扰乱我！"
⑤ 加斯科涅方言，"啊，可怜的小伙子，我现在已经歇过来了，揍起你来哪有你的活命！你也去睡一会吧，睡好了咱们再打"。
⑥ 指法学家约翰·安德烈。

re judic., libro sexto^①:

Sedendo et quiescendo fit anima prudens^②."

---

① 《判案》及《判案律例》第6卷末章。
② 拉丁文，"静止休息会使人的心灵慎重起来"。

第四十三章

庞大固埃怎样谅解勃里德瓦用骰子所做的判决

勃里德瓦说到此处，结束了他的供词。特兰卡迈尔叫他离开法庭。他遵命退出。特兰卡迈尔向庞大固埃说道：

"崇高的殿下，依照理性的指示，不仅由于此处法院和米尔兰格全部领地对殿下的感戴，也是由于一切恩惠的施予者天主给予殿下的智慧、果断和渊博，我们请殿下来裁决勃里德瓦这件如此新颖、如此怪异和离奇的案子。勃里德瓦当着殿下承认用掷骰子来审理讼案，想殿下已经看到听到了。我们请求殿下依照殿下认为公平合理的办法赐予裁决。"

庞大固埃说道：

"诸位知道，我不是审理讼案的。不过，既蒙抬爱，给我这份光荣，裁判我干不了，我来做个请求者吧。

"我认为在勃里德瓦身上有几个特点，看在这些特点的份上似乎也值得原谅他。第一，他年纪大了；第二是他的单纯，就凭这两样，诸位明白，我们的法典和律条就可以原谅和宽恕不少过错；第三，我还看到一点，即便撇开法律不谈，对勃里德瓦也同样是有利的，那就是，过去他做过的公平断案浩如烟海，现在仅仅这一次过错似乎可以弥补、相抵和取消，他四十多年以来，就没有任何可指责的地方。这好比在罗亚尔河里倒进一滴海水，为了这一滴水，决没有人会有什么感觉，也不会有人说河水咸。

"我仿佛觉着有一种我不知道是什么的神奇力量使这个崇高的、可敬的法庭，认为他过去的断案都是公正的，你们知道，天主常常要在智者的愚蠢上、强者的弱点上、弱者和卑贱者的崇高上，显露他的光荣。

"这些事姑且不谈，我只请你们——不用看在你们所说的欠我家的情份，这个，我也不承认——我只请你们看在我们一向对你们的真挚友爱上，看在罗亚尔河两岸对你们的国土和尊严的卫护上，根据下列两个条件，原谅他这一次。第一，叫他使得在这件讼案里被判的一方满意，或者保证使他满意，这一点，我将尽力帮助他。第二，你们委派一个年轻力壮、有学问、有智慧、精明强干、品行端正的助手，帮他处理公务，让他今后在审理讼案时有所依靠。

"万一你们不要他，撤去他的职务，我就请你们把他送给我。我可以在我那里给他找一点事，使用他。最后，愿仁慈的造物主天主、一切恩惠的保有者和施予者，永远保佑你们。"

庞大固埃说完话，对法庭上的人点头致意，然后离开了法庭。巴奴日、爱比斯德蒙、约翰修士等人在门口等他。他们一齐上马回到高康大那里去。

一路上，庞大固埃把审理勃里德瓦的经过原原本本都告诉他们。约翰修士说他在封特奈·勒·孔特曾经和贝兰·当丹相识，那时修道院的院长是教长阿尔狄翁。冀姆纳斯特说那个加斯科涅人回答"志愿兵"挑衅的时候，他正巧在克里塞骑士大块头克里斯坦的帐篷里。巴奴日对用骰子审理讼案难以心服，特别是还使用了这样长久的时间。爱比斯德蒙对庞大固埃说道：

"从前有人说蒙勒里①一个官儿就是使用这个办法。不过，用骰子审理讼案这样长久、而居然又审得这样成功，你相信么？偶尔一两件案子这样作，我不奇怪，特别是疑难不明、情节复杂、审不清楚的案子。"

---

① 蒙勒里，巴黎附近地名。

第四十四章

庞大固埃怎样述说一件疑难讼案的离奇经过

庞大固埃说道①："这很像在亚细亚做总督的多拉贝拉所遇到的那件疑案②，故事是这样的：

"在士麦那有这样一个女人，前夫给她留下一个儿子名叫阿贝赛。丈夫死后，经过一个时期，她改嫁了第二个丈夫，又生了一个儿子名叫爱夫惹。于是便发生了（你们也知道，后爹后娘很少会疼爱前房的孩子的）第二个丈夫和第二个儿子设计谋害了阿贝赛的案子。

"做母亲的知道父子做的坏事以后，认为不能这样平白地放他们过去，于是便替第一个儿子报了仇，把他们父子一齐杀死。她被逮捕了，带到多拉贝拉那里。在总督面前，她毫不隐瞒，一口承认了杀人的始末。不过，她认为她害死他们父子是有权利和理由的。案情就是这样。

"总督觉着这件事不好办，不知道该判哪一方有理。女人的罪过是严重的，因为她杀死了第二个丈夫和孩子。但是，这个凶杀，他认为也很自然，是符合人之常情的，因为是他们父子联合起来、设下圈套、先害死第一个儿子的，而这个儿子并没有得罪他们、冒犯他们，他们是由于吝啬、想独霸产业而杀人的。最后，怎么判呢？他把这个案子送到雅典的最高法院，听候他们去裁决。

"最高法院叫再过一百年，把一概人等解到雅典去当场处理，因为案卷里还缺少某些材料。这说明他们也认为这件案子难于处理，情节难辨，不知道怎样判决才好。

"这时如果用掷骰子来决定，就不会弄错了，因为结果不外是：女人输，那就该处分她，因为她的仇应该由司法机关去处理，而不应该自己去杀人；女人赢，那就是因为她受了极大的痛苦才起意杀人。

"勃里德瓦的案子，使我奇怪的，是他继续了这么些年而没有出错。"

爱比斯德蒙说道："我承认，你这个问题，我确是很难明白地说清楚。我猜想，这只是偶尔的天意和智慧的巧合。这两样东西（因为勃里德瓦的单纯和诚恳，不太相信自己的学问和才干，同时也深知法律、敕令、条例、法典的自相矛盾）洞悉'污蔑人者'③的诡诈——经常装作光明的天使④——通过它的使者，就是那些律师、推事、法官等等，颠倒黑白，混淆是非（你是知道的，不管多不占理，也会有律师为你辩护，否则的话，世界上就没有官司了），于是才谦虚地把自己托在公正的裁判者天主手里，请求他的恩惠赐予佑助，让神的圣意、让偶然的机缘来做最后的裁决。用这个算卦的办法，探求上天的意旨和愿望，我们就把它称作法院的宣判。天意和智慧的巧合就这样转动着骰子，使有理的人得到胜利，正像算卦的人所说的，他们请求天理卫护他的权益，没有任何恶意，使人类没有疑惧，使神的意思得到发扬。

"对于米尔兰格最高法院那样明显的断案不公和贪赃枉法，我真不

---

① 据杜沙考证1547年和1553年版本并无"庞大固埃说道"，故此处应该是前章爱比斯德蒙继续说的话，而不是庞大固埃说的。

② 故事见奥卢斯·盖里阿斯，《阿提刻之夜》第12卷第7章。

③ 指魔鬼撒旦。

④ 见《新约·哥林多后书》第11章第14节。

愿意想也不愿意说，当然也不相信用掷骰子的办法所审理的案件会比他们那些沾满血腥的手和包藏祸心的判断所审理出来的案件更不公平。更毋须提起他们的断案条例是由一个特里包尼安①编造的了，那是一个坏人，不忠实、粗暴、险恶、奸诈、悭吝、不公道，拿法律、敕令、条例、法规、通令去卖钱，谁出的价钱高就卖给谁。他们使用的法律净是些删节的片段，完整的法律都被取消废止了。他们害怕律条完整，害怕古代法学家的著作，像十二表法②和裁判法典，害怕自己的丑事被世人揭穿。

"诉讼的人与其叫这些人受到法令裁判，还不如让他们在铁蒺藜上走的好（至少不至于更坏），迦多在当时就曾希望并建议在法庭的地上铺设铁蒺藜③。"

---

① 特里包尼安，编纂《罗马法》的法学家。
② 十二表法，公元前5世纪罗马最早的成文法。因刻于十二块铜牌上而得名。它严格维护奴隶主对奴隶的统治。
③ 使争讼者回避，见普林尼乌斯《自然史纲》第19卷第1章。

第四十五章

巴奴日怎样请教特里布莱

到了第六天头上，庞大固埃回来了，同时特里布莱也从布鲁瓦由水路到达。巴奴日连忙迎上前去，送上一只猪尿泡，鼓鼓囊囊的晃着直响，因为里面装了豆子；另外还有一把镀金的木头宝剑，一只乌龟壳做的小荷包，一瓶外面用柳条编有一层套子的布列塔尼酒，还有二十五只布朗杜罗苹果。

加巴林说道："这个人怎么傻得跟白菜头一样呀？"

特里布莱把宝剑和荷包拴在腰里，手里接过猪尿泡，吃了一部分苹果，一口气把酒喝光。巴奴日好奇地望着他，说道：

"我见过不止值十万法郎的傻子了，可是还没有见过喝酒喝得这样爽气的。"他于是用修辞工整的语言，把自己的事向他述说一遍。

话尚未住口，特里布莱就在他两膀之间狠狠地打了一拳，把酒瓶还给他，用猪尿泡拍打他，别的二话不说，只是摇晃着脑袋，嚷道：

"天主在上！天主在上！真是疯得发狂！小心教士！布藏塞①的风笛！"

说完这两句话，他离开众人，舞动尿泡，欣赏着豆子晃动的声音。从此，什么话也不肯说了。巴奴日想再多问几句，特里布莱抽出木头宝剑，打算砍过来。

巴奴日说道："现在可好了！这就是他的答复。没说的，一个地道的疯子；可是接他来的人更疯，我把我的心事全告诉他，也是疯子。"

　　加巴林说道:"这话是说给我听的。"

　　庞大固埃说道:"不要激动,让我们观察一下他的动作和言语。我

---

① 布藏塞,安德尔省地名,以制造风笛出名。

已经看出一点奥妙，我越看越觉着土耳其人把这样的疯子奉若神明和先知，不稀奇了。你有没有看到他开口说话之前，他的头晃动得多厉害？根据古代哲学家的指示，根据术士们的仪式和法学家的解释，可以断定这种动作是由于预言的神灵降临在他身上启发了他才引起的，预言的神灵突然进到这弱小的体质里（你知道，小头放不下大脑子），于是便摇晃起来，医学家说人身体发生颤抖，是因为一方面受到太重太猛的负担，另一方面是机能负担的能力过分脆弱。

"明显的例子是空肚子的人就不能举起一大爵酒而手不抖。古时女预言家皮提亚①在预言之前，就是不停地晃动她的桂树枝。兰普里丢斯②说罗马皇帝赫里欧卡巴鲁斯，为了叫人说他是预言家，曾在多次的集会上，在伺候他预言的廷臣跟前，当众大晃其脑袋。普洛图斯在他的《驴》③里说索里亚斯走路时头晃得跟一个失掉理智的疯子一式一样，使得遇见他的人都害怕。在另一个地方④，他还说察尔米德斯摇头晃脑是因为心醉神迷。

"卡图鲁斯⑤在《贝雷琴提亚和阿提斯》⑥里说巴古斯的女祭司'梅那德斯'，那些预言未来的女疯子，就是手举藤枝，摇晃脑袋的。库贝里⑦的祭司'阉割的教士'⑧在行祭礼时也是如此。根据古代神学家的说法，她的名字就是从这里来的，因为χυδίσθαι的意思就是头部转、摇、晃和扭脖子。

---

① 皮提亚，得尔福阿波罗神庙预言家。
② 兰普里丢斯，4世纪罗马历史学家。
③ 《驴》，普洛图斯的剧作，此节见第2幕第3场第405行。
④ 普洛图斯剧本《特里奴姆斯》第5幕第2场第45行。
⑤ 卡图鲁斯，恺撒同时期的罗马诗人。
⑥ 《贝雷琴提亚和阿提斯》，卡图鲁斯作品，贝雷琴提亚系腓力基亚山名，阿提斯是腓力基亚牧羊人，因为哄骗了库贝里，被罚变作松树。
⑦ 库贝里，神话中天之女儿，朱庇特之母。
⑧ 此处指阉鸡和教士。

　　"提特·利维也曾写道[1]，在罗马过巴古斯节时，男的女的都故意浑身乱抖乱晃，仿佛都在预言似的。根据哲学家一致的说法和民众的意见，都认为天上的预言能力非在身体的狂抖和晃动中不肯下降，不仅是在接受这种能力的时候，就是在发挥和宣告它时也必须如此。

　　"名法学家茹利安，有一次有人问他，那个和盲信、疯狂的人在一起、并且偶尔也预言的奴隶，只是并不摇头，能不能算作神志正常的人，他回答说是正常的人。我们今天还看见教师和教育家遇到学生胡

---

① 见《罗马史》第 39 卷第 13 章。

思乱想、分心走意的时候，便摇晃学生的脑袋（跟拿住柄摇晃一个锅一样），拎起学生的耳朵（这是古代埃及圣贤的教导，他们说耳朵是司记忆的官能），使他们的神志恢复到正确和哲学的轨道上来。维吉尔说阿波罗·库恩提乌斯^①曾拉他耳朵^②就是这个缘故。"

---

① 阿波罗·库恩提乌斯，即阿波罗，因阿波罗生于库恩图斯山，故有库恩提乌斯之称号。
② 见维吉尔《牧歌》其6第3行。

第四十六章

庞大固埃和巴奴日对特里布莱的断语怎样解释不同

"他说你是疯子，而且是怎样的疯子啊！疯得发狂，到了老年，还想结婚来约束自己、奴役自己。他对你说：'小心教士！'实话告诉你，这是说叫你做乌龟的将是一位教士。我可以拿名誉——世界上没有比名誉更重要的了——来打赌，即使我是欧罗巴、阿非利加和亚细亚独一无二的和平君王，我还是这样说。

"你知道，我对于我们这位'明智的狂者①特里布莱'太相信了。别处的神谕和预言虽然早已注定你要做乌龟，但是却没有明白地说你妻子和什么人通奸，叫你做乌龟的是什么人。而这位尊贵的特里布莱却说了。让一个教士叫你做乌龟，这太不像话了，太丢人了。让教士来奸污和侮辱你的婚姻，这怎么行？

"他还说你要做布藏塞的风笛，这是说你是属于带犄角的，你要长犄角。这好像那个代兄弟向国王路易十二说项的人，他想得到布藏塞征收盐税的权利，结果只要了一个风笛。你也是如此，本来想娶一个贤惠的妻子，结果你会娶一个不知检点、狂妄自大、跟风笛一样只会哇哇叫的讨厌女人。

"还要想到他用猪尿泡摆弄你，还在你脊梁上打了一拳；这是预言你的妻子将要打你，摆弄你，偷你，跟你从前偷沃卜通小孩的猪尿泡一样。"

巴奴日说道："完全不是这么回事。我决没有意思从疯子的领域里退出来。我坚决要做疯子，而且我承认我是疯子。所有的人都是疯子。老实告诉你，在洛林省，疯子和人人距离无几[②]。所以人人都是疯子。所罗门说得好，疯子的数目是无限的。亚里士多德勒斯也说，无限是个无法增减的数字[③]。假使我疯，而我自己并不以为疯，那我就疯好了。疯子之所以多得数不清数目，理由就在这里。阿维赛纳说疯狂的类别多得不可胜数。

"至于他的另一些话和动作，对我都是好的。他说到我女人：'小心教士！'这是说她将会喜爱燕雀[④]，像卡图鲁斯的勒斯比雅[⑤]养的燕雀一样，它会捕捉苍蝇，跟捉苍蝇的多米西安[⑥]生活得同样愉快。

"他还说她乡下气，像索里厄[⑦]或者布藏塞的风笛那样爱闹。这是

---

① 原文Morosophe是两个希腊字"明智的"和"疯子"合成的。
② 疯子（Fou）和人人（Tou）是洛林省两个村镇名，原文读音颇相近，两村相距也只有3法里远。另一说洛林省古方言"疯子"（fou）和"人人"（tou）音同，因此"疯子"与"人人"没有区别。
③ 见埃拉斯姆斯《箴言集》第4卷第8章第4节。
④ "燕雀"（moyneau）和"教士"（moyne）原文同义，可以混用。
⑤ 勒斯比雅，卡图鲁斯的情妇。
⑥ 多米西安，公元81至96年罗马皇帝，史学家绥托纽斯说他每天用尖刀捕捉苍蝇玩耍。见绥托纽斯《多米西安传》第3章。
⑦ 索里厄，法国黄金海岸省靠近索米河地名。

这位忠实的特里布莱了解我的天性和情感。我可以告诉你，那些披头散发、屁股上一股苜蓿草味道的小牧羊女，比珠光宝气、下部熏香的贵夫人更讨我欢喜。我更喜爱乡村风笛的声音，而不喜欢宫廷里古琴、提琴和梵哑铃的靡靡之音。

"他还在我脊梁上打了一拳？看在天主份上，这算得了什么？这只会减少我到炼狱里的刑罚！何况我也不疼。他跟拍了一下侍从一样。我告诉你，这是个好疯子，好心眼儿的；谁要是认为他不好，那才真是罪过。我自己真心诚意地原谅他。

"至于用猪尿泡摆弄我；这是指我太太和我之间的开玩笑，新婚夫妇常有的事。"

第四十七章

庞大固埃和巴奴日怎样决定去寻求神瓶

"还有一点，你没有想到，这才是关键之处呢。他把酒瓶交在我手里，是什么意思？他想表示什么？"

庞大固埃回答说："可能是说你太太是个酒鬼。"

巴奴日说："不对，因为酒瓶是空的。我以勃里圣·菲亚克尔脊骨[①]的名义起誓，我们这位独一无二的'明智的狂者特里布莱'是要我向神瓶去请教。我再重复一下当初许下的宏愿，请你作证，我以斯提克斯河和阿开隆河起誓，在未得到神瓶对我的婚姻预言之前，我的眼镜要戴在帽子上，裤子外面不穿裤裆。我认识一个可靠的人，是我一个朋友，他知道神瓶在哪个国家、哪个地区、哪个地方的庙宇里供奉着。他一定可以领我们去。我们一齐去好不好？求你不要拒绝我。我做你的阿卡提斯[②]，做你的达米斯[③]，一路上决不离开你。我早就知道你喜欢旅行，乐于观察，乐于学习。请你相信，我们一定会看到许多奇妙的事。"

庞大固埃说道："好啊！不过，这次旅行时间一定很长，而且会遇到许多意外和危险，在动身之前……"

巴奴日拦住他的话，说道："会遇到什么危险呢？我不拘走到哪里，周围七法里之内，所有的危险一齐回避；好像国王一到法官让位④、太阳一出黑暗消逝、康德的圣马丁一出来百病遁迹⑤一样。"

庞大固埃说道："不过，动身之前，还有几件事要办。第一，把特里布莱送回布鲁瓦去（这件事随说随办，庞大固埃赠给他锦衣一袭）；第二，需要征求我父王的同意，并向他辞行。此外，我们还需要找一个能掐会算的人给我们带路，并且做翻译。"

巴奴日说有他的朋友克塞诺玛恩⑥就够了，另外，他主张从灯笼国经过，在那里找一个多才多艺的灯笼国人，以便在路上像西比尔对待在爱丽榭⑦登陆的伊尼斯那样⑧为他们效劳。加巴林送特里布莱回去，打此经过，听见巴奴日的话，不禁大声说道：

"巴奴日，喂，清账先生，路过加莱⑨叫着Debitis⑩老爷，那是个'古德·法楼'⑪，也别忘了灯笼国的debitoribus⑫。这样'法楼'和'灯

---

① 莫城主教大堂保存的圣髑。
② 阿卡提斯，《伊尼特》里伊尼斯的忠实伴侣。
③ 达米斯，阿波罗纽斯的朋友和学生。
④ 国王是最高的裁判者，他随时可以作任何裁判，全是合法的。
⑤ 据说康德有一个瞎子和一个瘸子联合行乞，他们害怕圣马丁的尸首会治好他们的残废，剥夺他们的生计。
⑥ "克塞诺玛恩"照希腊文的意思是"喜爱旅行，喜爱远方事物"。
⑦ 爱丽榭，神话中希腊人和罗马人之天堂。
⑧ 故事见《伊尼特》第6卷第125行以后。
⑨ 加莱，法国北部沿英吉利海峡港口。
⑩ 拉丁文，"负债"，原文debitis与"议员"Deputy音近，作者有意混淆。
⑪ 他想说英文Good fellow，因读音不准，于是成了"古德·法楼"，按"法楼"（falot）在法文有"滑稽大王"的意思。
⑫ 拉丁文，"债务人"，因为前面有"负债"（debitis）所以引出了"债务人"，这两个名词都出现在《天主经》内：Dimitte nobis debita nostra sicut et nos dimittimus debitoribus nostris.

笼'两样全有了①。"

庞大固埃说道:"我已经预感到路上我们不会寂寞了。我看得很明白。只可惜我不会说灯笼国话。"

巴奴日说道:"我都替你们说,我懂这种话有如我自己的家乡话;我一向跟平常话一样使用它:

Brizmarg d'algotbric nubstzne zos,

Isquebfz prusq: alborlz crinqs zacbac.

Misbe dilbarlkz morp nipp stancz bos.

Strombtz, Panrge walmap quost grufz bac②.

"爱比斯德蒙,你猜这是什么意思?"

爱比斯德蒙回答说:"这是流浪鬼、过路鬼、爬行鬼的名字。"

巴奴日说道:"你说得不错,漂亮的朋友。这是灯笼国宫廷里的话。路上,我给你编一本小词汇,保证用不到穿一双新鞋的时间:明天天亮之前包你可以学会。我刚才说的,从灯笼国话翻成法国话是:

当我还是一个求爱者,灾难到处追随,

从不曾有过安慰。

结婚的人是幸福的。

巴奴日结过婚,深知个中滋味。"

庞大固埃说:"现在只剩下请示我父王,取得他的同意了。"

① "法楼"和"灯笼"有强身壮阳的意思。

② 这几句大多是半个字,形象似哥特字的缩写,无法解释。

第四十八章

高康大怎样指出孩子未禀知父母并
征得他们同意之前结婚不合法

庞大固埃来到皇宫大厅，正遇见善良的高康大从国会里出来。庞大固埃简略地向他父亲叙述了经过，提出他们的打算，并请求他同意让他们去实现他们的计划。仁慈的高康大手里抱着两大包议案的决议和待议的提案，这时他把东西递给他的老传信官乌尔利赫·贾莱，把庞大固埃拉到一边，脸上露出非常愉快的神色，说道：

"亲爱的孩子，我赞美天主保佑你一心向善，我乐意你去完成这次旅行。不过，我希望你也能想到婚姻这件事。我看你也到了适合结婚的年龄了。巴奴日努力冲破阻碍他的困难，你也该说说你自己了吧。"

庞大固埃回答说："最最仁慈的父亲，这件事，我还没有想到过。我完全遵照你老人家的意思，听从你的吩咐就是。我请求天主，宁可看见我立刻死在你跟前，也不愿看见我活着而违反你的意思去结婚。不拘什么法律，正统的也好，外教的也好，外国的也好，我从未听说可以让孩子自由、不经过父母和亲人的同意、答应和指示，就去结婚的。所有的立法家都没有容许孩子有这个自由，这一向全是由父母作主的。"

高康大说道："亲爱的孩子，我相信你的话，赞美天主只让你认识到正确的和应该赞许的知识，除了光明磊落的学问以外，什么也没有从你官能的窗口进到你思想的领域里去。在我年轻的时候，大陆上就有这样一个国家，那里的教士和'土老鼠'^①对于婚姻，就跟腓力基亚库贝里的祭司^②一样（有如阉鸡，而不是像兴致旺盛的雄鸡），深恶痛绝，他们对结婚的人还颁布了一些有关婚姻的律条。我真不知道该更憎恶哪一方面，是这些可怕的教士——他们不老老实实待在自己神秘的庙堂围墙里，却出面去干涉和他们身份完全不相干的事情——的专横跋扈呢，还是那些结婚人的愚蠢迷信，他们居然承认并宣称听从这样恶毒和残暴的律条，他们看不见（其实比晨星还明亮）这样的婚姻法规是怎样只有利于那些神秘的家伙^③，对结婚的人丝毫也没有好处；这早已构成充足的理由认定婚姻法规是不公平和哄骗人的了。

"一报还一报，他们很可以给这些教士也定下一些做弥撒行祭礼的法规，因为是他们付出什一税，是他们把自己劳动和手上流汗挣来的钱毫不吝啬地拿出来养活教士的。这和教士规定他们的法律比起来（依我来看），不能说是狠毒和严厉的。因为（正像你所说的），世界上没有法律容许孩子不禀知父母、不取得他们的认可和同意就随便结婚的。根据我刚才说的律条，那就没有歹徒、无赖、恶棍、杀人犯、臭皮囊、丑八怪、大麻风、强盗贼人、地痞流氓，不可以随意去挑选女人了。任她家庭高尚、美丽富有、规矩贤淑，也可以从她父亲家里、母亲怀里把她拉走^④，不管她家里反对与否，只要这个歹徒和神秘的教

---

① 指隐藏在修院里的修士。
② 库贝里的祭司都是阉人。
③ 指教士。
④ 当时法国教会法规定，只要有教士作证，即可举行婚礼。父母同意与否，知道
　与否，都不能形成阻止婚姻之理由。埃拉斯姆斯、路德和加尔文都一致表示
　反对。

士勾结好，让他有一天也能分得一杯羹就行。

"过去的哥特人、西提亚人和马萨基塔人，在经过长期围困、花费许多心血、强行攻克的对方城市里，能做得出更卑鄙更残暴的事情么？不幸的父母看见一个陌生人、不认识的人、强人、坏人、肮脏恶臭、僵尸似的穷无赖，把他们希望在适当时候嫁给和自己孩子受同样培养和教育的邻居的儿子或老朋友的后代，以达到百年好合、传宗接代、继续祖上传统、承受家业、财富、遗产的、自己的花容月貌、娇生惯养的女儿，从自己家里抢走、拉走，你们想想这对于他们是一幅怎样的图像？

"别以为罗马人和他们的盟邦听到日尔玛尼古斯·德鲁苏斯死的消息①会比这个更悲哀。

"别以为拉刻代蒙人看见希腊的海伦被特洛亚那个淫棍从他们国家抢走会比这更难受②。

"别以为做父母的悲伤和哀悼及不上赛勒斯看见自己女儿普罗赛比娜被人拐走③、依西斯失掉奥西里斯④、维纳斯看见阿多尼斯死亡⑤、海格立斯看见叙拉斯失踪⑥、海古巴看见波里克赛娜⑦被架走时的痛苦。

"然而，这些人，毕竟太害怕神鬼和邪魔了，他们不敢反抗，因为有'土老鼠'在那里强行撮合。在失去亲爱的女儿的家庭里，父亲只有咒骂当初结婚的日子不吉利，母亲后悔这个不幸的悲惨的孩子怎么

---

① 故事见塔西图斯《编年史》第2卷第72及82章。
② 见荷马《伊利亚特》第3卷第46行起。
③ 普路同曾至地狱劫走赛勒斯的女儿普罗赛比娜。见奥维德《变形记》第5章第509行起。
④ 依西斯，埃及女神，奥西里斯之妻。此处故事见普鲁塔克《依西斯和奥西里斯》第14卷第356行。
⑤ 故事见奥维德《变形记》第10章第717行。
⑥ 叙拉斯，神话中海格立斯的伙伴，被水妖掳走。
⑦ 波里克赛娜，海古巴的女儿，在特洛亚战役中被杀。见欧里庇得斯《海古巴》第391行。

当初没有流产。他们本来应该在欢乐幸福中度过晚年的，现在却只有在恸哭流涕里结束他们的生命了。

"还有的被气傻了，变成疯子了，悔恨交加，受不了这种侮辱，宁愿去跳水自尽，上吊寻死。

"也有胆子大的，效法雅各的儿子报妹妹底拿被污之仇的行为①，他们寻出那个坏蛋和他的合伙人'土老鼠'，发觉坏蛋们正在阴谋挑唆他们的女儿；他们立刻动手把坏蛋们剁成肉块、残忍地杀死，然后把尸首扔到野外去喂狼和乌鸦。这样英勇壮烈的举动吓坏了、惊呆了那些教士和'土老鼠'们，他们提出有力的抗议，一再请求和督促教外的助手，也就是说司法机构，催他们迅速对这种事来一个惩一儆百的处罚。

"但是，不拘是自然的公理还是人类的法权、国家的律条都没有任何规定、条款、例证或是权利，可以对这种事处以刑罚。这样做于

---

① 故事见《旧约·创世记》第34章。

理不合，也不符合自然。因为世界上有道德的人全是听到女儿的被辱、蒙羞和不名誉比听到她的死亡还要震惊，这是合乎自然、也是合乎理性的。因此，任何人，凡是看见强人不正当地、有意地危害他的女儿，论理性他可以，论自然他应该立刻把他杀死，而且法律也不能干涉。所以遇见坏人，由于'土老鼠'的唆使，引诱自己的女儿，拐骗她离开家庭，尽管她本人同意，也可以并且应该把坏人和'土老鼠'全部杀死，并把尸首扔给野兽吃，因为他们不配享受我们称作坟墓的仁慈伟大的母亲——土地——最后甜蜜的和想望的拥抱。

"最亲爱的孩子，我死以后，注意可别让我们国家里有这种法律；只要我还有一口气、还活着，天主保佑，我一定坚决这样做。至于你的婚姻，既然你信托我，我答应你。我一定留意。你准备和巴奴日去旅行好了。带着爱比斯德蒙，约翰修士和你挑选的其他的人一齐去吧。你可以依照你的意思动用我的钱。你做的一切，我都同意。到塔拉萨①船厂去拣一条船，随你高兴去调动水手、船工和翻译，等到顺风一起，就可以在救世者天主的保佑下开航了。

"你走之后，我将筹划一切，为你找一门亲事，并准备迎娶时举办空前浩大的喜宴。"

---

① "塔拉萨"照希腊文 θαλασσα 的意思是"海"，也可能是圣·玛洛的塔拉尔。

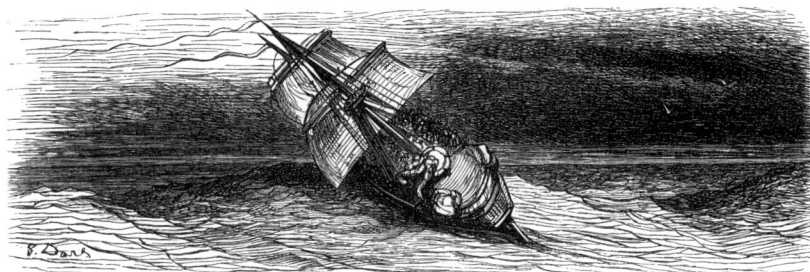

第四十九章

庞大固埃怎样准备出海；怎样命名"庞大固埃草"①

又过了几天，庞大固埃拜辞了仁慈的高康大——老人祈祷儿子一路平安——来到圣·玛洛附近的塔拉萨港口，随行者有巴奴日、爱比斯德蒙、特来美院长约翰·戴·安脱摩尔修士和宫内其他的人，另外还有克塞诺玛恩，那位大旅行家和艰苦道路的跋涉者，由于他是萨尔米贡丹总督治下一个我也不清楚的什么世袭小领主，因此也被巴奴日召唤来了。

一行人等来到塔拉萨以后，庞大固埃要了一个船队，数目是萨拉弥斯②的埃阿斯③古时远征特洛亚的船队的数目④。根据长途艰巨旅行的需要，船上备齐船员、水手、划桨手、翻译、工匠、兵士、粮食、武器、军火、服装、钱币等以及其他需用物品。在装运的东西里面，我看见还有大量的"庞大固埃草"，有生的未经过加工的，也有熟的经过加工的。

这种草的根不大，硬硬的，圆圆的，头上是齐的，白颜色，不容易抽丝，入地不过一肘深。从根上长出一根独立的圆形茎秆，样子像茴香，外青内白，中空，有如 Smyrnium, Olus atrum⑤，蚕豆和龙胆；略具木质、挺直、易碎、呈楞状，仿佛有细条柱子，富于纤维，这是它珍贵之处，特别是叫作 mesa⑥亦即中部和叫作 Mylasea⑦的部分。此种植物一般高至五六尺，有时，会超出枪杆的高度；那是遇上了肥沃、潮湿、松软、滋润而温暖的土地，像奥隆纳和萨比尼亚⑧普雷奈斯特附近的罗齐亚⑨一样肥沃，而且渔夫节⑩和夏至⑪前后不缺雨水。有时也会比树还高，根据泰奥弗拉斯图斯权威的定名⑫，一般叫作"草木树"⑬，虽然它是年生草本，而且根、茎、皮和枝子都不能历久。粗大的枝丫是从茎上发出的。

叶子的长度约等于宽度的三倍，常青，略呈粗糙，似紫草，微硬，叶边状如锯齿，又似唇形科植物，叶尖如马其顿长矛⑭，又如外科医生使用之小尖刀。叶子形状略异于榛树及龙牙草叶，颇似兰草，不少植物学家把它叫作供观赏植物，而把兰草说成是野生"庞大固埃草"。叶子沿茎周围成排生出，距离相等，每排约五片至七片。此草得天独厚，奇数的叶子神奇奥妙，味甚浓，嗅觉敏感者不大爱它。

种子结于茎尖近梢处，如一般草类，结籽甚多，球状、椭圆、微长，浅黑近褐色，硬硬的，外皮易脱，为鸣禽所喜爱，像红雀、金莺、百灵、芙蓉、黄雀等，但是人如果多吃或常吃，则会削弱生殖能力⑮。

---

① 即"麻"。作者对麻的叙述是从普林尼乌斯《自然史纲》第19卷来的。

② 萨拉弥斯，希腊岛名。

③ 埃阿斯，特拉蒙之子，萨拉弥斯之王，希腊在特洛亚战争中之英雄。

④ 即十二只，见《伊利亚特》第2章第557行。

⑤ 拉丁文，"伞形科植物"。

⑥ 希腊文，"中部"。

⑦ Mylasea一字来自希腊文之mulax，意思是"磨"，可能指内部可以磨粉的那一部分。另一说Mylasea系小亚细亚古地名，这里指Mylasea一种麻的茎秆。

⑧ 萨比尼亚，意大利中部古地名。

⑨ 见普林尼乌斯《自然史纲》第19卷第9章第56节。

⑩ 古时台伯河流域的渔夫节是6月7日。见奥维德《节令记》第6卷第237至240行。

⑪ 太阳离赤道最远的一天。

⑫ 见泰奥弗拉斯图斯《植物学史》第10卷第5章。

⑬ 原文dendromalache来自希腊文dendron（树）和malakhia（柔软的）。

⑭ 另一解释，如马其顿落叶松。

⑮ 见普林尼乌斯《自然史纲》第20卷第23章。

尽管如此，古时的希腊人还是用它做包子，做饼，做糕，当饭后点心吃和下酒用，不过这种东西不易消化，到胃里不舒服，会产生败血，再由于它的性能过热，会损伤大脑，使头部郁闷和疼痛。

它也和不少其他的植物一样，是双性的，阴阳性都有，就像月桂、棕榈、橡树、冬青、曼陀罗华、羊齿草、蘑菇、马兜铃、柏树、乳香、薄荷、牡丹等植物一样，这种植物的阳性不开花，但果实累累，阴性则开一种小白花，但不起作用，不结籽；也和其他同类植物一样，叶子比阳性叶子宽，但较柔软，高度亦及不上阳性植物。

"庞大固埃草"在燕子来时下种，知了开始变声时^①出土。

---

① 9月里。

第五十章

出名的"庞大固埃草"是怎样加工和使用的

秋分为"庞大固埃草"的加工季节，方法不一，视地区和民族的喜爱而定。庞大固埃最初教导的方法是：从茎上除去叶子和种子，泡在不流动的死水里，天气干燥水性温暖时泡五天，天气多雾水性寒冷时泡九天到十二天；然后在阳光里晒干，在荫凉处剥皮，分成纤维（我们上面已经说过，它的价值和可贵处就在此），除去木质部分，木质部分在这里没用，但是是很好的引火材料，点起来很亮，还可以给小孩子拿去吹猪尿泡玩。馋嘴的还可以偷偷地把它当吸管用，从桶口里吮吸新酿的酒。

少数现代加工"庞大固埃草"的人，不用手来做这个分梳工作了，他们使用一种分梳机，样子就像愤怒的朱诺为阻止海格立斯的母亲阿尔克墨涅生产时①并起来的手指一样。通过它，可以把无用的木质部分剔除掉，并梳出纤维来。不过加工方法有些违背一般人的思想，不合任何哲理，只有那些退着过日子的人会做②。还有人愿意叫人更看出它的用处，那就像人们所说的派克家三姊妹的工作③、尊贵的喀尔刻④夜晚的消遣、贝内洛波在她丈夫乌里赛斯出门时，拒绝她求爱者时所用的始终不变的借口⑤那样织个没完。所以，这种草的用处真是说不尽，我只能说一部分（因为全部说出来不可能），上面我已说过这种草的命名由来。

我认为植物名字的来源不一，有的来自首先发现、辨认、推广、种植、培养和运用它的人的名字⑥，像从迈尔古里来的"迈尔古里草"⑦，从埃斯古拉比乌斯的女儿巴纳赛来的"巴纳赛草"⑧，从阿尔忒弥斯⑨亦即狄安娜来的"阿尔忒弥斯草"⑩，从厄帕多尔王来的"厄帕多尔草"⑪，从泰勒弗斯⑫来的"泰勒弗斯草"⑬，从朱巴王⑭的御医厄弗尔布斯来的"厄弗尔布斯草"⑮，从克里迈奴斯⑯来的"克里迈奴斯草"⑰，从阿尔奇比亚代斯来的"阿尔奇比亚代斯草"⑱，从斯拉沃尼亚⑲国王让修斯来的"让修斯草"⑳等等。这种把自己的名字加于发现的植物的风气太盛行了，正像曾引起尼普顿和帕拉斯争执的、两人一起征服的土地应该叫谁的名字一样，雅典是从雅典娜㉑来的，雅典娜也就是密涅瓦。同样的情形也发生在西提亚国王林凯乌斯身上，他暗杀了赛勒斯派遣给人

---

① 见奥维德《变形记》第9章第297至301行，又见普林尼乌斯《自然史纲》第28卷第17章，说秘密地并起手指有阻止生产的神力。

② 指打绳子的，他们的工作是退着做的。

③ 派克三姊妹即命运之神，她们使用线锤不停地纺线，纺出人的命运。

④ 喀尔刻，神话中的巫女，曾使乌里赛斯的伙伴变成猪，使乌里赛斯不离开她，故事见维吉尔《伊尼特》第7卷第14行。

⑤ 贝内洛波在乌里赛斯离家后，受不了求爱者的纠缠，借口把绢织好后嫁人，但日织夜拆达二十年之久，终于等到乌里赛斯归来。

⑥ 以下例子引自普林尼乌斯《自然史纲》第25卷。

⑦ 即大戟科之山靛。

⑧ 百应药，传说中医治百病的药草。

⑨ 阿尔忒弥斯，希腊女神，等于罗马神话中的狄安娜。

⑩ 即艾。

⑪ 即兰草。

⑫ 泰勒弗斯，海格立斯之子，米西亚国王，特洛亚战争中曾被阿基勒斯用枪刺伤。

⑬ 即马齿苋。

⑭ 朱巴，努米底亚国王。

⑮ 即大戟科药草。

⑯ 克里迈奴斯，阿尔卡地亚国王。

⑰ 即忍冬。

⑱ 即紫草。

⑲ 斯拉沃尼亚，塞尔维亚古地名。

⑳ 即龙胆。

㉑ 雅典娜，希腊司思想女神，宙斯之女，等于罗马神话的密涅瓦。

类送麦子的小特利普托雷姆斯^①——当时人类还不知道麦子是什么东西——想用自己的名字来叫麦子，争得对人类生命如此有用如此需要的粮食发现者的永恒光荣。但是由于他谋杀了人，赛勒斯便使他变成了山猫，或者叫大野猫^②。同样，古时一些国王曾在卡帕多奇亚^③长时期进行激烈战争，也是为了这个争执：一棵草应该叫谁的名字。结果由于引起了战争，最后就叫它 polemonia^④，有好战者^⑤的意思。

有的名字来自出产的地方，像"美底亚柠檬"就是因为最早的柠檬是在美底亚发现的，"普尼基亚石榴"是从普尼基亚（即迦太基）来的，"利古里亚草"亦即我们的独活草，就是从利古里亚（热那亚海岸）来的，"拉巴巴利草"根据阿米亚奴斯^⑥的考证，是从巴巴利一条叫作拉河的流域来的，还有"圣东日草"^⑦、"希腊茴香"、"卡斯塔尼亚栗子"^⑧、"波斯桃"、"萨比尼亚杜松"^⑨，还有从我的伊埃尔群岛^⑩——古时叫作斯台查德——来的"斯台查德香草"，还有"克尔特^⑪缬草^⑫"等等。

有的名字来自反用语和相对语，像和 pynthe^⑬相反的"苦艾"，就是因为苦艾酒难喝；还有 holosteon^⑭，意思是坚硬若骨，其实正相反，

---

① 特利普托雷姆斯，神话中埃勒乌西斯国王，从赛勒斯学得种植技能，发明犁锄，教阿提刻居民种地。
② 故事见奥维德《变形记》第5卷第5章第642至661行。
③ 卡帕多奇亚，小亚细亚古国，在亚美尼亚以西。
④ 草夹竹桃之一种。
⑤ 普林尼乌斯在《自然史纲》第25卷第6章里所作的解释。
⑥ 阿米亚奴斯，罗马帝国后期史学家。
⑦ 圣东日产的一种茵陈。
⑧ 卡斯塔尼亚，希腊东北部地名。
⑨ 萨比尼亚，意大利地名，在罗马之北。
⑩ 伊埃尔群岛在地中海，作者曾自称"伊埃尔群岛教士"。
⑪ 克尔特，高卢古时的日耳曼民族。
⑫ 一种甘松香。
⑬ pynthe 来自希腊文 pinthion，意思是"美味"。
⑭ 来自希腊文 ólostion，意思是"骨头"。

没有什么植物比这种植物①更软更柔和的了。

还有的名字是从植物的性能和功效来的，像"安产草"②有助妇女生产，"疙瘩草"③治和它同名的皮肤病疙瘩，"软舒草"④性主松软，"生发草"⑤使头发美丽，还有"防咬草"⑥、"痛风草"⑦、"宁嗽草"⑧、"鼻通草"⑨（即"水芹"）、"镇痛草"⑩、"防痉草"⑪等等。

有的名字是从植物本身的特性来的，像"屈日性植物"，比方向日葵，它跟着太阳转，太阳出来，它就开放，太阳上升，它就挺直，太阳偏西，它也歪过去，太阳落山，它的花就闭起来；像"水龙骨科植物"⑫，即便生在水边，即便你把它泡在水里很久，也不沾水；此外还有"明目草"⑬、"羊须草"⑭等等。

还有的植物因为是男人或女人变的，因此名字也就照旧，像"达佛内"（桂树）是从达佛内⑮来的，"没药"是从没拉⑯来的，"皮蒂斯"⑰

① 一种车前科植物。
② 即马兜铃。
③ 即紫草，亦称地血。
④ 锦葵属植物。
⑤ 即水马齿草，治脱发。
⑥ 十字花科植物，普林尼乌斯说可治疯狗咬伤，见《自然史纲》第24卷第57章。
⑦ 即秋水仙，治痛风病。
⑧ 即款冬，治咳嗽。
⑨ 治鼻塞。
⑩ 茄科菲沃斯属植物，有麻醉性，可止痛。
⑪ 茄科属植物，类玄参。
⑫ 石长生属植物，原文adiantum照希腊文的意思是"不会湿的"。
⑬ 即水兰，原文hieracia照希腊文的意思是"鹰"，说鹰吃此草以利目。
⑭ 草叶状如山羊胡须。
⑮ 达佛内，神话中水妖，阿波罗要捉她，她变成了桂树。见奥维德《变形记》第1卷第452行起。
⑯ 没拉，神话中塞浦路斯国王库尼拉斯之女，因私爱其父，被逐，变为没药树。见奥维德《变形记》第10卷第298行起。
⑰ 即松树。

是从皮蒂斯①来的，还有"库纳拉"（即百叶菜）、"那西苏斯"②、"萨弗朗"③、"斯米拉克斯"④等等。

还有的名字是因为植物本身很像那个东西，比方"马尾草"⑤（亦称木贼草），因为它像马的尾巴；"狐尾草"⑥因为像狐狸尾巴；"跳蚤草"因为像跳蚤；"海豚草"⑦因为像海豚；"牛舌草"⑧因为像牛舌头；"天虹花"⑨因为它的花像虹一般鲜艳；"鼠耳草"因为像老鼠耳朵；"乌足草"因为像乌鸦的爪，等等。

也有人的姓氏反而来自植物的，像从蚕豆来的法比氏族⑩，从豌豆来的比宗氏族⑪，从扁豆来的朗土里氏族⑫，从青豆来的西赛罗氏族⑬。还有的植物名字是因为形状相像，比方"美神肚脐"、"美神头发"、"美神盆"、"朱庇特胡须"、"朱庇特眼睛"、"战神血"、"迈尔古里手指头"（即鸢尾花）等等。

还有的名字来自它们的成长形状，像"三叶草"⑭就是因为它三叶轮生；"五叶草"⑮是因为五叶轮生；"爬地草"因为它挨着地生长；其他

---

① 皮蒂斯，神话中女人名，因爱包雷阿斯，不爱潘恩，被潘恩摔至山下，变作松树。见鲁西安著《天神对话》。
② 即水仙。神话中那西苏斯变水仙的故事见奥维德《变形记》第3章第341行起。
③ 即郁金花。神话中萨弗朗变郁金花的故事见奥维德《变形记》第4章第283行。
④ 即茯苓。神话中斯米拉克斯变茯苓的故事见奥维德《变形记》第4章第284行。
⑤ 即杉叶藻。
⑥ 禾本科植物，俗称看麦娘。
⑦ 毛茛科飞燕草。
⑧ 即紫草之一种。
⑨ 即鸢尾花。
⑩ 法比，罗马氏族，来自"法比斯"（蚕豆）。
⑪ 比宗来自"比齐斯"（豌豆）。
⑫ 朗土里来自"朗提里"（扁豆）。
⑬ 西赛罗来自"西赛豆"（青豆）。
⑭ 即苜蓿属车轴草。
⑮ 蔷薇科植物。

还有"吸人草"①、"帽子草"②、"甜栎树"③,阿拉伯人叫作béen④,因为它的果实样子像橡栗,内含油质。

---

①　原文helxine照希腊文的意思是"吸引",指植物的种子成熟后,会粘在行人身上带走。
②　原文petasites是从希腊文petasos来的,意思是"帽子",取其叶状。
③　原文myrobalans是从希腊文"甜"和"栎子"二字合成的。
④　béen或ben,阿拉伯字,即剪秋罗。

第五十一章

"庞大固埃草"命名之由来和惊人功能

"庞大固埃草"的来历就是这样（决非虚构的故事，因为天主不喜欢我们把这样真实的东西说成故事），它是庞大固埃发现的，我不是说植物的本身，而是指它的功用。这个发现，那些小偷们恨得要死，比蛀虫和杂草对于亚麻，芦苇对于羊齿草①，杉叶藻对于刈草人②，"列当"对于青豆③，莠草对于大麦，"斧头草"对于扁豆，"毒草"对于蚕豆，"稗子"对于小麦，爬藤对于墙壁，反对得和仇恨得还要厉害；超过睡莲——亦即 nymphoea heraclia——之对风流教士④，戒尺和木板对于那伐尔学校的学生，白菜对于葡萄酒⑤，大蒜对于磁铁⑥，葱对于视力，羊齿草籽对于孕妇⑦，柳絮对于不守清规的修女⑧，水松树荫对于在树下睡觉的人⑨，乌头对于豹子和狼⑩，无花果的气味对于野性的公牛⑪，栂毒对于小鹅⑫，马齿苋对于牙齿⑬，油质对于树木⑭。我们还见过不少坏人使用"庞大固埃草"吊着脖子结束了他们的生命，效法色雷司女王菲利斯⑮、罗马皇帝包诺苏斯⑯、拉七奥姆皇后阿玛塔⑰，还有伊菲斯⑱、奥托里卡⑲、利康伯斯⑳、阿拉克奈㉑、费德尔㉒、丽达㉓、利地亚国王阿凯乌斯㉔等等。他们之所以不喜欢"庞大固埃草"，并不是因为有病，而是"庞大固埃草"突然勒住了他们说好听的话、进好吃东西的喉管，比喉头发炎和严重的气管炎难过得多。

我们还听到一些人，正在阿特洛波斯㉕割断他生命之线时，大喊大叫，说庞大固埃掐住了他的脖子。可是，这哪里是庞大固埃？庞大固埃一辈子也没有害过人，这是"庞大固埃草"在那里当络头，给他们当领带用了。他们说话不当，犯了文字上的错误，否则倒可以说是错用了借喻法[26]而原谅他们的，比方拿发明者当作发明的事物，拿西勒斯当作面包，拿巴古斯当作酒。我在这里以在此桶内冰着的酒瓶里

① 羊齿草经芦苇割断即不再生长，见普林尼乌斯《自然史纲》第18卷第8章。
② 杉叶藻的汁水能使镰刀变钝。
③ 列当科植物缠绕在青豆棵上，会闷死豆棵，见普林尼乌斯《自然史纲》第18卷第44章。
④ 莲藕系一种镇静剂，见普林尼乌斯《自然史纲》第25卷第37章，教士用它对抗性欲冲动。
⑤ 据说白菜有醒酒能力。
⑥ 磁铁抹蒜即失去吸铁功能。
⑦ 羊齿草籽可堕胎，见普林尼乌斯《自然史纲》第28卷第55章。
⑧ 柳絮性凉，能治痉挛冲动。
⑨ 水松树荫可致人死命，见普林尼乌斯《自然史纲》第16卷第20章。
⑩ 乌头放于食物内可药死野兽。
⑪ 见普林尼乌斯《自然史纲》第23卷第64章。
⑫ 普林尼乌斯不是说的枏树，而是说的荨麻，见《自然史纲》第10卷第79章。
⑬ 野马苋苋味苦，有腐蚀性。
⑭ 见普林尼乌斯《自然史纲》第17卷第37章。
⑮ 菲利斯因想念雅典王而自杀，见奥维德《悲歌》第2章第141行。
⑯ 包诺苏斯，公元前3世纪罗马皇帝，被普罗布斯战败，吊死，生平以善饮出名。
⑰ 阿玛塔因阻止女儿嫁给伊尼斯而自缢，见《伊尼特》第12卷第603行。
⑱ 伊菲斯因爱慕阿那克萨勒图斯不得成婚，自缢死，见奥维德《变形记》第14章第698行起。
⑲ 奥托里卡，乌里赛斯之母，因误信儿子死亡，自缢死。
⑳ 利康伯斯，底比斯诗人，曾以一女许二主，被攻击，自缢死。见贺拉斯《讽刺诗》第6章第13行。
㉑ 阿拉克奈，神话中利地亚少女，善织绣，因密涅瓦撕破了她的花，自缢死，见奥维德《变形记》第6章。
㉒ 费德尔，神话中提修斯之妻，因爱丈夫前妻之子不得，陷害了他，后自缢死。
㉓ 丽达非自缢死，此处恐系错误。
㉔ 阿凯乌斯因行暴政被百姓吊死。见奥维德《变形记》第6章第301、302行。
㉕ 阿特洛波斯，命运之神派克三姊妹之一，人死时由她割断生命之线。
㉖ 修辞学辞格之一，亦称举隅法或提喻法，即以个别代替一般。

所包含的善言向你们发誓，尊贵的庞大固埃从来不掐人的脖子，除非对那在干渴即将到来而忽略去预防的人。

"庞大固埃草"的来历也是如此，因为庞大固埃一出世，就和我向你们说的这种草一样高，量起来并不困难，他出世时正赶上天干地旱，这种草正在收割，伊卡路斯的狗[1]对着太阳发出的吠声使得全人类都成了穴居人，一个个都躲进地窖，住到地底下去了。

还有，"庞大固埃草"命名之由来，是因为它的功能和特性。正如同庞大固埃代表整个完善的欢乐的意识和模范一样（酒客们，我想你们谁也不会怀疑吧），我认为"庞大固埃草"也具有同样性能、同样力量、同样完美、同样惊人的功效。假使这些特点被人知道的话，那么（根据先知的述说[2]）树木选举树林之王管辖它们治理它们的时候，没有疑惑，"庞大固埃草"准会得到选票的绝对多数。

还要说下去么？假使奥里乌斯的儿子奥克西鲁斯，和他的妹妹哈玛德里亚斯[3]会生出"庞大固埃草"的话，那么他们对这种草，就会比神话学家歌颂备至并使之名垂千古的另外八个孩子肯定要欢喜得多。他的大女儿名叫"葡萄树"，第二个是男孩[4]叫"无花果树"，第三个叫"胡桃树"，第四个叫"橡树"，第五个叫"棠球树"，第六个叫"木属蔷薇"，第七个叫"杨树"，末一个叫"榆树"，是当时出名的外科医生[5]。

我还可以告诉你们，把"庞大固埃草"的汁水挤出来，滴进耳朵里，可以灭杀一切由腐化所产生的寄生虫和任何进到里面的虫子。如果把这种汁水倒在一小桶水里，你们就会看到桶里的水马上凝结起来，

---

[1] 即大犬星座，这里是说天气炎热，天干地旱。

[2] 指撒母耳（以色列先知），埃齐基埃尔（公元前6世纪希伯来先知），埃斯德拉斯（公元前5世纪犹太学者）。

[3] 哈玛德里亚斯，神话中树林女仙，奥克西鲁斯之妹妹和妻子，生八女，每人取一树名。见阿忒涅乌斯《会饮》第5章第78行。

[4] 作者把奥克西鲁斯的八个女儿，有的说成男的了。

[5] 据说榆树皮可使伤口结疤，故作者叫他做外科医生。

跟牛奶一样，性能非常厉害①。这种凝结的水是治疗马疝气和马肋扇动的良好药剂。

　　这种草的根，在水里煮过之后，可以柔活僵硬的筋络、收缩的骨

---

① 普林尼乌斯在《自然史纲》第20卷第97章里有此说法。

节、硬化的风湿炎和麻木的痛风病。

如果要急救烫伤，不管是水烫的，还是火烫的，只须将从地下刨出来的、新鲜的"庞大固埃草"敷上即可，不需要别的东西和药品。只是留意草在伤口上干枯之后，换上新鲜的就行。

假使没有这种草，厨房将会龌龊不堪，饭桌上尽管摆满鱼肉美食，也会使人不屑走近；床上虽然用金子、银子、合金①、象牙、宝石，装饰得再好，也没有人喜爱它。没有这种草，磨工就不能把粮食扛进磨坊②，也不能把面粉扛出来。没有这种草，律师怎么带着辩护词去出庭③？石膏怎样运进工厂？怎样把水从井里打出来④？那些录事、书记、作家，还有什么事好做？文书契约不都要绝迹了么？伟大的印刷术不是没用了么？用什么糊窗户呢？怎么拉响教堂的钟呢？依西斯教的祭司拿它做装饰，庙寺中的教士用它做衣服，全人类都是主要用这种草来遮护身体的。塞里卡⑤的全部羊毛树，波斯海里泰罗斯⑥的棉花树，阿拉伯的棉絮树，马尔太岛的棉花，加在一起也不足以供应用这种草做衣服的人。它使军队御寒挡雨，比过去用兽皮方便得多。它为戏场剧院遮蔽太阳，替猎人圈围树林和猎场，不管淡水海水，替渔人下水捕鱼。长统靴、中统靴、短统靴、便靴、轻靴、硬底鞋、软底鞋、拖鞋、便鞋，全都是用它做的。弓弦、弩弦、弹弓弦也是它做的。完全跟神鬼特别重视的神圣的马鞭草一样，没有它，死人简直就无法入殓。

我还可以说下去。用这种草，一切无形的物体，都可以在你目睹之下被抓住、捉住、擒住，像关进监牢里一样。利用这种草，又重又大的磨全可以轻便地转动起来为人类造福。看到它无法估计的用处以

---

① 指1/5银子、4/5金子的混合金属，是当时装饰品最先进的材料。
② 因为没有麻袋。
③ 因为没有麻制的提包。
④ 因为没有绳子。
⑤ 塞里卡，印度以北地区，盛产麻树。
⑥ 泰罗斯，阿拉伯波斯海中岛名。

及如果没有它，人们在磨坊里将要担负的无法忍受的劳动，我真奇怪这么些世纪以来，过去那么些大学问家怎么就想不到来利用它。

用这种草，可以控制风浪，重大的运输船、宽敞的载客船、坚固的劳役船、千人船、万人船，都可以任管船的人从港口开出随意驶往任何地方。

用这种草，一切大自然使我们认为神秘莫测、无法理解的陌生国家，都接近我们了，我们也接近了它们；这是连飞鸟也做不到的事，不管它有多么轻便的羽毛，不管自然赋予它什么样的在天空自由飞翔的能耐。塔普罗布拉那①接触到了拉波尼亚②；爪哇接触到了利费丛山③；菲波尔岛④将会碰到特来美，冰岛人和格陵兰岛人将会看到幼发拉底河。因为有这种草，北风之神看见了南风之神的住处；东风之神参观了西风之神的地区。因此天上全部精灵，包括水陆神仙，看到靠了神奇的"庞大固埃草"，北极人可以见到南极人，可以渡过大西洋，穿过两条回归线，环绕热带，经过整个黄道带⑤，在昼夜平均的地区内玩耍，在水平线上看见两边的两极，真是震惊不止。奥林匹斯山上的老神仙也同样为之不安，他们说道：

"庞大固埃运用他这种草的功效，给我们又增添了新的拘束和烦恼，这比过去的巨人还要厉害⑥。他不久即将结婚，他妻子将会为他生子。这是我们无法抗拒的命运，是经过命运之神、管'宿命'的三姊妹之手和线锤纺出来的。他的孩子（很可能）也会发现一种具有同样功能的草，使人类运用它可以窥探冰雹的泉源，雨水的源头，霹雳的制造场所；可以占领月球地区，进入天体境界，在那里落脚定居，有

---

① 即斯里兰卡。
② 拉波尼亚，北欧包括苏联、瑞典、挪威北部广大地区。
③ 利费丛山，黑海以北古西提亚国山脉。
④ 亚里士多德说菲波尔岛在阿拉伯湾。
⑤ 以黄道为中心向南北各宽九度的地区，内有星座十二个。
⑥ 神话中巨人曾试图攀登奥林匹斯山抢夺神位。

的占据'金鹰'①,有的占据'天羊'②,有的占据'皇冠'③,有的占据'天琴'④,还有的占据'银狮'⑤;他们将坐下来和我们同桌用饭,甚至娶我们的女神做老婆,这是唯一登仙成神的办法。"

最后神仙们决定召开大会,商讨应付办法。

第五十二章

某种“庞大固埃草”怎样不怕火烧

我告诉你们的事是伟大的、惊人的。但是，如果你们肯进一步相信这种神圣的“庞大固埃草”另一种奇效，我也可以告诉你们。至于你们到底相信与否，我倒不在乎。只要我说的是实话就够了。

因此，我把实话告诉你们。不过，由于相当棘手和不容易讲明白，要深入到里面去，我必须问你们一件事：假使我在这个酒瓶里倒进两杯酒和一杯水，经过摇晃混合以后，你们怎么能够把水和酒分开？怎么能够还原为水内无酒、酒内无水，和我原来放进去的分量一样？

或者，换一个问法：假使你们的车夫和船户为供应你们家里的需要，运来大批成桶成桶的酒，有的是格拉沃①的、有的是奥尔良的、有的是包纳②的、有的是米尔沃③的，他们一路上偷喝了不少，足足有一半，然后用水把桶灌满，跟穿木鞋的里摩三人从阿尔让通和圣·高提埃④运酒的时候惯做的那样，请问你们，如何能把挽进去的水拿出来？怎么能分清楚？我想你们又要提出什么藤编的漏斗了。这原来早有记载，并且经过无数人试验证实过；你们早已知道。只是不知道和没有见过的人，谁也不会认为办得到。这个，且不去管它。

假使我们是处在苏拉⑤、马里乌斯⑥、恺撒和其他罗马统治者的时代，或者是在古时焚烧父母和君王尸体的德鲁伊德人的时代，你们愿意像阿尔忒米西亚⑦喝下丈夫摩索路斯的骨灰那样，把你妻子或父母的骨灰搀在白葡萄酒里喝下去，或者是把它们装在骨灰箱里保存起来，你们怎么把骨灰和烧过的柴灰分开呢？请回答回答看。

老实说，恐怕不容易办到！我来告诉你们，只用拿神奇的"庞大固埃草"把亡人的尸首厚厚地裹起来，用这种草牢牢地包好、缠好、缝好，然后放到随便多么大的烈火上去烧好了。火会隔着"庞大固埃草"把尸骨烧成灰尘，草的本身非但不会焚毁，而且里面包的骨灰一丝一毫也撒不出来，外面的柴灰一丝一毫也钻不进去，从火里取出时只有比放进时更干净、更洁白、更美丽。因此，人们给它取名叫asbeston⑧。在卡巴西亚⑨这种草很多，在狄亚·库埃那斯⑩地区也非常便宜。

实在惊奇！实在伟大！火可以吞食一切，烧毁和焚化一切，唯独对于这种石棉性的卡巴西亚的"庞大固埃草"，火只能使它更干净、更纯粹、更洁白。假使你们不相信，像犹太人和怀疑论者一样，想叫我说明一下和试验一下，那只消拿一个新鲜鸡蛋，周围用这种神奇的"庞大固埃草"包扎起来就行了。包好之后，就可以放到随便多大的烈

---

① 格拉沃，上阿尔卑斯省地名。
② 包纳，黄金海岸省地名，以产酒出名。
③ 米尔沃，朗格多克地名。
④ 阿尔让通和圣·高提埃均安德尔省地名。
⑤ 苏拉，2世纪罗马独裁暴君。
⑥ 马里乌斯，2世纪罗马大将，苏拉之劲敌。
⑦ 阿尔忒米西亚，公元前4世纪加利亚国王摩索路斯之皇后，曾为丈夫建造高大坟墓，为世界七奇之一。
⑧ 希腊文，"不能燃烧的"。
⑨ 卡巴西亚，塞浦路斯岛上城名。
⑩ 狄亚·库埃那斯，埃及地名，靠尼罗河。

火里去。高兴放多久就放多久。然后，把烧过、烧硬、烧熟的鸡蛋拿出来，而神奇的"庞大固埃草"却丝毫不变，丝毫也没有被烧坏。用不着花费五万"波尔多埃巨"，只要花一枚普瓦蒂埃小钱的十二分之一，就可以试验一番了。

别拿火蛇[1]来和它相比；那是骗人的。我承认在小火里，它感到舒适和快活，可是一到大火里，我可以向你们保证，它也和别的动物一样，同样会闷死烧死的。我们有过试验。伽列恩很久以前在 de Temperamentis[2] 的第三卷里就证实过了。狄奥斯科里德斯在他的著作第二卷里也是这样说的。

你们不用提起磁酸，也不用提起皮勒乌斯[3]的木头塔，苏拉点不着它，那是因为米特里达德斯国王[4]的守备阿尔开拉乌斯[5]用明矾把它整个涂抹过。

也不用拿亚历山大·科尔奈留斯叫作eonem[6]的树来比，他曾说这种树很像橡树，树上还寄生着宿木[7]，不怕火烧水浸，连树上的宿木也不怕，举世闻名的阿尔戈斯船就是用这种木料造的[8]。你去问问看谁相信；我是不信的，很抱歉。

也不用拿布里昂松和昂勃兰[9]山上的那种树来比，尽管它很特别，根上会长出蘑菇，干上会流出有用的树脂，伽列恩曾说这种树脂可和松脂油媲美；柔嫩的叶子上会凝聚天上降下的蜜糖，名叫"吗哪"[10]；木

---

① 传说火蛇不怕火烧。

② 拉丁文，《论气质》。

③ 皮勒乌斯，波斯人保存神火处。

④ 米特里达德斯，公元1世纪彭杜斯国王。

⑤ 阿尔开拉乌斯，公元1世纪米特里达德斯国王大将之一，被苏拉战败。

⑥ 普林尼乌斯在《自然史纲》第13卷第39章里谈到的一种不怕水浸火烧的树。

⑦ 一种橡树上的寄生植物。

⑧ 见普林尼乌斯，《自然史纲》第13卷第22章。

⑨ 布里昂松和昂勃兰均上阿尔卑斯省地名。

⑩ 实际是树叶上分泌的一种白色糖汁。

质虽富于胶性油脂，但也不怕火焚。这种树，希腊文和拉丁文把它叫作larix①，阿尔卑斯山区的人把它叫作melze；安提诺尔②的后裔和威尼斯人把它叫作larege，茹留斯·恺撒从高卢归来时，把比埃蒙③的城堡叫作拉里奴姆（Larignum），也是因为这个来历。

当时茹留斯·恺撒命阿尔卑斯山区以及比埃蒙所有居民给他的军队一路上经过的据点输送给养。一声令下，谁不依从？独有拉里奴姆的人自以为城池坚固，拒不从命。恺撒皇帝兴师问罪，调来大军，准备攻打。城门上有碉楼一座，下部是粗大的落叶松木桩，木桩一根连着一根，有如一个大木堆高不可攀，敌人走近，上面的人可用滚木礌石向下打来，易于防守。恺撒得知城内除滚木礌石外并无其他防御工具，只能投掷近处，便命令军士在四周围架起柴来，点火焚烧。命令当即执行，霎时大火四起，高大的火舌把城堡都遮盖住了。他们想碉楼很快即可焚毁倒塌。没想到柴尽火灭之后，碉楼依然完整，毫无损伤。恺撒见此情形，便命在城上礌石射程之外，筑起一道壕沟把城团团围住。

拉里奴姆的人不得不接受投降。从他们的叙述里，恺撒得知这种木料的特性，即点不着、焚不坏、烧不成炭。这种木头才配和真正的"庞大固埃草"相提并论（因此庞大固埃叫特来美所有的门、户、窗扉、承溜、水落、顶盖等都用这种木料来做，塔拉萨船厂造的各种运输船的船尾、船头、船上厨房、甲板、走廊、望楼，以及帆船、三桅船、平底船、轻帆船、小帆船等等也都使用这种木料），不过落叶松在别种木料焚烧的烈火里，如同石头在石灰窑里一样，最后还是会被火化烧毁的。而这种不燃烧的"庞大固埃草"却是始终烧不毁、焚不坏，只会越烧越新、越烧越干净。所以，

---

① 即落叶松属植物。

② 安提诺尔，特洛亚王子，到意大利后，创立帕杜亚国。

③ 比埃蒙，意大利北部近阿尔卑斯山地区。

印度人，阿拉伯人，塞俾安人①，
别再歌颂你们的没药、香料、乌木了，
来这里观赏一下我们的好东西，
把这种草的种子带些回去。
如果在你们那里可以生殖繁衍，
感谢上天的佑庇，
叫"庞大固埃草"的原生地法兰西，
昌盛安乐。

---

① 塞俾安人，阿拉伯民族之一。

善良的庞大固埃
英勇言行录
第三部
终

第四部

善良的庞大固埃英勇言行录

医学博士
弗朗索瓦·拉伯雷大师著

呈 最尊敬的名闻天下的卡斯提翁红衣主教奥戴亲王①

名闻遐迩的亲王，你一定知道我曾经、并且现在每天还受到多少大人物的鼓励、请求和督促，要我把庞大固埃的故事继续写下去，他们说有不少衰弱、生病，或者受到其他气恼和不幸的人，读了我的书，就会忘掉烦恼，就会生活愉快，心情开朗，得到新的慰藉。对于这些读者，我一向认为我在游戏中写作②，即无意于获得荣誉，也不想博取任何称赞，我只想尽我的力量给那些苦恼和远离亲人的病人一些微薄的抚慰，正如给我身边的病人一样，只要他们需要我的技术和帮助，我没有不乐意而为的。

我不止一次用冗长的说教向他们述说希波克拉铁斯如何在不少地方，特别是在《论时疫》第六卷里，向他的学生论述行医的职责，还有厄菲索斯人索拉奴斯③、奥里巴修斯④、克罗丢斯·伽列恩、哈里·阿巴斯⑤，以及其他的名家也同样论述过，他们谈到医生的行动、态度、眼神、待人接物、风度仪表、衣着、胡须、头发、手、嘴，甚至连如何修饰指甲都谈到了，就像要在一出喜剧里扮演求爱者或野心家的角色，或者向什么有实力的敌手进行战斗一样。的确，希波克拉铁斯把行医比作战斗，比作三者——病人、医生、疾病——合演的一出戏⑥，说得非常恰当。

　　谈到这一段记载⑦，有时会使我想起朱丽雅向她父亲屋大维·奥古斯都斯说的一句话来⑧。有一天，她衣饰华丽、放荡不羁地站在她父亲跟前，她父亲很不乐意，但未出一言。第二天，她换了衣装，穿得非常朴素，就像当时罗马一般俭朴妇女的打扮一样，又来到她父亲跟前。她父亲头一天看见她穿得那样放肆，没有表示不满，现在又看见她变得这样朴素，不禁喜形于色地说道：

　　"啊！这身衣服穿在奥古斯都斯的女儿身上多么合适、多么体面！"

　　朱丽雅的话早已准备好了，马上回答道：

　　"今天我这样穿戴是给我父亲看的。昨天，我那样装束是为取悦我的丈夫。"

　　对于医生也是如此，他可以好好地装扮起来，甚至于穿起古时行

---

① 卡斯提翁红衣主教奥戴亲王为科里尼家族三弟兄之长兄，二弟为法国海军统帅卡斯巴尔，1572年屠杀新教徒时毙命，三弟为德·安德罗爵士。奥戴18岁时即被教皇克雷蒙七世委为红衣主教，历任要职，本书作者写此篇献词时，奥戴在包外做主教，后不久即改奉新教，成为加尔文主义者，并结了婚，教皇比约四世宣布撤销其主教职务，并逐出教门，奥戴旋去英国，卒被毒死。本书1548年初版时只有11章，无此献词。
② 作者曾说他是利用饮酒吃饭的时间来写作的。
③ 索拉奴斯，2世纪希腊医学家，曾在亚历山大港和罗马行医。
④ 奥里巴修斯，罗马皇帝茹利安的御医。
⑤ 哈里·阿巴斯，10世纪波斯医学家。
⑥ 希波克拉铁斯在《论时疫》第6卷里说"行医有三个对象，即疾病、病人和医生"。此处作者把他们说成了三者合演一出戏。
⑦ 指希波克拉铁斯这一段话。
⑧ 见马克罗比乌斯《农神节》第2卷第5章。

医必着的、彼特鲁斯·亚历山德里奴斯[①]在注释《论时疫》第六卷里称
作Philonium[②]的那种有四只袖子的华丽灿烂的长袍，谁要是认为他穿
得离奇，他可以回答说：

"我这样打扮不是为了美观和出风头，而是为了我要访问的病人。
因为我只是全心全意地叫病人喜悦，不叫他不喜欢，不叫他难过。"

还有，在上面提到的希波克拉铁斯老先生同一作品的另一段里，
引起我们费劲地争论和探索的，并不是医者的面貌是否阴郁、粗暴、
倔强，像伽多一样不讨人欢喜、爱挑剔、严厉、吓人、使病人难受；
或者医者的面貌是否愉快、安定、优雅、开朗、喜悦、使病人快慰；
这些，早已证实和肯定了；而是病人的忧郁和喜悦是否由于看见了医
者的举动从而产生的心理作用，从医者的举止上来断定自己疾病的结

---

① 彼特鲁斯·亚历山德里奴斯，即希波克拉铁斯作品的注释者约翰奈斯·亚历山
德里奴斯。
② 勒·杜沙解释说，Philonium系一种教士式的无袖长袍。

果，那就是：如果医者喜气洋洋，自己便充满希望，如果医者垂头丧气，自己便灰心失望；换句话说，就是医者感染到病人身上的一种开朗或是阴郁、崇高或是低沉、愉快或是伤感的精神影响。柏拉图和阿弗罗厄斯①就是这样说的。

除此之外，上面所说的学者，还特别教导做医生的应和召请他的病人谈什么话、谈什么题材、如何交谈和对话。所有这些都要有一个目的，一个结果，那就是：在不违背神圣的条件下尽力让病人喜悦，无论如何也不叫他发愁。希罗菲鲁斯②曾严厉谴责行医者卡里亚纳克斯③，就是因为病人问他"我会不会死？"的时候，他毫不在意地回答说：

> "巴特罗克鲁斯也会死去④，
> 何况远不如他的你！"

还有一个病人想知道自己疾病的情况，采取了那位可敬的巴特兰的方式，问他道：

> "我的小便
> 是否说明我即将完蛋⑤？"

他没头没脑地回答说：
"不会，只要你母亲是生养福勃斯和狄安娜那两个体面孩子的拉托

---

① 阿弗罗厄斯，12世纪阿拉伯名医学家及哲学家。
② 希罗菲鲁斯，4世纪希腊医学家。
③ 卡里亚纳克斯与希罗菲鲁斯系同一派别之医学家，此处典故见伽列恩注释希波克拉铁斯《论时疫》第6卷，但指摘卡里亚纳克斯的不是希罗菲鲁斯，而是巴基乌斯。
④ 阿基勒斯说的一句话，见《伊利亚特》第21卷第107行。
⑤ 见喜剧《巴特兰》第656、657行。

娜^①就行。"

克罗丢斯·伽列恩在《论时疫》第六卷注释的第四册里也曾把他的医学前辈干图斯指摘了一通,据说在罗马有一个病人——一个贵族——向干图斯说道:"大师,你一定吃过饭了,我闻到你嘴里有酒气。"他粗暴地回答说:"我闻着你嘴里有疟疾气,哪一个气味更好呢?是疟疾呢还是酒呢?"

可是某些猪狗脸、阴险恶毒的人、从来没有笑脸的人、对我太凶了,完全不讲道理,他们使我再也忍不下去,我决定不再写一个字。他们最惯用的谩骂,便是说我书里充满异端(其实他们连一个地方也指不出来);诙谐的笑料是有的,而且还很多,因为这是我书里唯一的主题和题材,但是这对神圣、对国王,都没有不敬的地方。至于说到异端,却是一点也没有,除非他们故意违反理性和语言的使用,硬说有;这一点,如果可能的话,甚至于我如果想过的话,我情愿死一千次。他们把面包解释成石头,把鱼解释为蛇,把鸡蛋解释作蝎子。因此,我向主教提出我不满意的看法,把我心里的话都告诉你,假使我不是看出自己确是一个远胜于他们的教徒,假使在我的生命里、著作里、言谈里,甚至于思想里,我看到有一丁点的异端,我将会效法凤鸟^②的榜样,堆起干柴,点起烈火,自我烧死,他们也不至于如此令人嫌恶地堕落到诽谤者的泥沼里了,这是Διάβολος^③利用它的使者来陷害我。

主教可以为我证明,我们永不忘怀的已故国王弗朗索瓦对此诽谤也有同样表示,并且还叫国内最博学最忠实的朗诵师^④仔仔细细、清清

---

① 拉托娜,神话中朱庇特的情妇,阿波罗和狄安娜的母亲。
② 凤鸟,神话中一种不死鸟,传说它每五百年自行烧死一次,然后再由灰中复生。
③ 希腊文,"魔鬼,诽谤者"。
④ 法国国王弗朗索瓦一世为证明《庞大固埃》内容是否异端邪说,曾令朗诵师为他朗诵全书,结果没有寻出弊病。当时国王的朗诵师为先后在杜勒、马孔及奥尔良等地做过主教的比埃尔·杜·沙台尔。

楚楚地把我的书亲口读给他听（我说"我的书"，因为有好几本是别人恶意假说是我编写的），但结果并未寻出任何可疑段落，倒是对某一吃蛇人①把印书者错排 M 为 N②的一个疏忽的错误硬说是作者罪该万死的异端深感不满。

当时的殿下，亦即我们如此善良、如此有德、为上天所护佑的国王亨利（愿天主保佑他福寿无疆），亦曾听到本书的朗诵，并授权主教赐我特许与保护，来对抗那些诽谤者。这一大好消息是主教在巴黎通知我的，后来，你访问红衣主教杜·勃勒时又告诉过我。当时杜·勃勒主教久病之后正在圣莫尔③休养，那个地方（说得恰当一些）真是有益健康、舒适、宁静、便利、优雅、具有真正农村和田园生活一切乐趣的天堂。

因此，主教大人，我现在摆脱了一切恐惧，重新挥起秃笔，希望你仁慈的庇护，助我对抗那些诽谤者，在学识、慎重、雄辩上你好比第二个高卢的海格立斯④，在力量、权势、尊严上真如同阿勒克西卡科斯⑤；我可以像明智的国王所罗门在《传道书》第四十五章⑥里谈到以色列伟大的先知和领袖摩西那样来谈你："一个敬畏天主、慈爱黎民、为上天和人类所爱戴、为人民所永远怀念的人。受赞美的天主使他成为勇士，成为敌人惧怕的伟人；为了施恩与他，做过惊人的伟大事业；在众王之前使他受荣誉；让百姓从他知道天主的旨意，从他看到天主的光明。天主使他信仰坚定，善良谦虚，并从全人类中挑选了他；使人类从他那里听到天主的声音，叫他成为黑暗中的人的生命和智慧的

---

① 指教士，他们终日躲在修院里，有如过去食蛇之穴居人；见普林尼乌斯《自然史纲》第5卷第8章。

② "asme"（灵魂）错排成"asne"（驴），见本书第3部第22章。

③ 圣莫尔，法国塞纳省地名。

④ 鲁西安曾叙述海格立斯由于雄辩使许多有势力的人归附于他。

⑤ 阿勒克西卡科斯，海格立斯之另一称呼，照希腊文的意思是"济贫救难之保护人"。

⑥ 《旧约·传道书》只有十二章，此处指《圣经》以外之《伪经》。

范例。"

此外，我还要向主教保证，凡是为了这使人欢欣的文字向我表示祝贺的，我将请他们向你表示感激，应该受到感谢的只有你，并祈求天主保佑你，使你更加伟大；对于我，除了对你的指教致以谦恭的忠顺和服从外，我别无所求。因为是主教崇高的指示给了我勇气和启发，没有你，我的心将一无所有，我智慧的泉源将会枯竭。愿吾主天主用他神圣的宠爱保佑你。一五五二年一月二十八日于巴黎。

你的最谦卑最服从的仆人
弗朗索瓦·拉伯雷医师

作者前言 ①

弗朗索瓦·拉伯雷大师为庞大固埃英勇言行录第四部作

写给宽大的读者

善良的人们，愿天主救护你们，保佑你们！你们在哪里？我看不见。等我戴上眼镜！哈，哈！封斋期可过去了！②我看见你们了。而且看得多清楚啊！我听说你们的酒做得很好，这使我太喜欢了。你们总算找到了一个可靠的对抗干渴的药品。这太好了。你们、你们的女人、孩子、亲友和眷属，都好么？好，好极了，我很快慰。愿天主、善良的天主、永远受赞美，而且（如果这是他的圣意），愿你们永远如此。

至于我，赖天主仁慈，我还健在，托福托福。这是靠了一点庞大固埃精神（你们知道这是一种蔑视身外事物的乐观主义），健壮矍铄，只要你们乐意，咱们随时可以欢饮一番。善良的人们，你们要问这是什么缘故么？给你们一个确切的答复：这是至高至善天主的圣意，我恭敬它，顺从它，尊重福音里神圣的言语，《路加福音》第四章对一个疏忽自己健康的医生就有这样尖刻的讽刺和一针见血的嘲弄："医生，你医治自己吧③。"

克罗丢斯·伽列恩注意自己的身体却并非如此，虽然他很熟悉《圣经》，并且和当时的教徒也有认识和来往，这在他《人体各部功用》第二卷《各式激动》第三章和同书第三卷第二章里都说得很明白；他只是怕遭到这句普遍的嘲笑话：

'Ιητρὸς ἄλλων, αὐτὸς ἕλχεδι βρὺωγ④……

医生只能治别人疾病；

自己却满身疼痛⑤。

他常常自豪地说，他并不希望别人知道他是医生，他只是从二十八岁起一直到老年，除了发过几次只有一天的寒热以外，身体都非常好，虽然他生来并不是最健康，而且胃口又天生地不大肯节制。"因为（他在《摄生要览》第五卷里说），很难想象一个疏忽自己健康的医生，能治疗别人的疾病。"

医生阿克雷比亚德斯⑥夸张得就更厉害了⑦,他说他和命运之神订有合约，如果从他执行医务时起至最后老年时止生了疾病，那就算不得医生。这一点他完全做到了，他身体健壮，战胜了命运之神。一直到

---

① 这篇前言是1552年菲藏达版本的，1548年初版时，第4部只有11章，前言亦不同，这是作者重版时另写的一篇。

② "封斋期可过去了！"原是高康大幼时一种游戏，在封斋期内见面时，谁先说这句话，即赢得约定之奖品。

③ 《新约·路加福音》第4章第23节。

④ 希腊文，这是普鲁塔克在反对伊壁鸠鲁派科罗提斯的演说里写给一位未提名的希腊悲剧诗人的，意思见后文。

⑤ 欧里庇德斯的诗句，埃拉斯姆斯在《箴言集》第4卷第4节第32节也提到过。

⑥ 阿克雷比亚德斯，公元前1世纪古希腊医生，曾在罗马创立学派反对希波克拉铁斯学说。

⑦ 见普林尼乌斯《自然史纲》第7卷第37章第124节。

最后，他未得过任何疾病，只是不小心从一个霉烂破坏的楼梯上摔下来，才把生命和死亡做了交换。

万一诸公的健康脱羁而去，不拘跑到哪里，上下前后，左右里外，不拘离你是远是近，只要有救主的保佑，你们总可以马上再遇到它！一遇到它，便立刻抓住它，捉住它，拿住它，握住它！法律是允许的，国王也同意，我也促使你们这样做，完全像古代立法家同意主人追捕逃亡的奴仆那样，不拘在哪里寻着他都可以捉住他。善良的天主和善良的人①！在这个如此尊贵、如此古老、如此美丽、如此繁荣、如此富有的法兰西国家里，不是一向规定并习惯于"死者传予生者"么？不信，请你们看看我们威镇万方的伟大国王亨利二世的枢机大臣，那位善良、博学、慎重、人道、仁慈、公正的安德烈·提拉科，新近在巴黎为人景仰的最高法院的法庭上是如何宣布的。西巨安人阿里弗德②曾明白表示健康是我们的生命。没有健康，生活就不等于生活，就等于生而不活：ἄβιος, βιος, βιος ἀβίωτος③。没有健康，生活就只是憔悴；活着也等于死亡。因此，如果失去健康（也就等于死亡），那就赶紧抓住生活，赶紧抓住生命（亦即健康）吧。

我希望天主能听见我们的祈求，（因为我们是抱着坚定的信仰来祈求的。）并实现我们的愿望，因为我们的愿望是有节制的。节制，古时圣贤把它比作黄金，意思是说这是个珍贵的品质，人人赞美，到处欢迎。你们翻阅一下《圣经》，就会看到只有有节制的人的祈求才会被接受，不会遭到拒绝。那个小撒该就是个榜样④，奥尔良附近圣伊尔⑤的

---

① 一句古时的感叹词。
② 阿里弗隆，古希腊诗人，《阿忒涅乌斯全集》第15卷末章里曾引用阿里弗隆的诗句。
③ 希腊文，"生活非生活，生而不活。"这是伊庇鲁斯国王比鲁斯的一句话。
④ 税吏撒该身体矮小，爬在树上看耶稣经过，耶稣留宿在他家里，故事见《新约·路加福音》第19章第1至10节。
⑤ 圣伊尔，地名，奥尔良境内近罗亚尔河上之蒙城。

教士们吹嘘说他们保存着他的圣骸，并且把他祝颂为圣西尔凡①。撒该并没有别的愿望，他只是想在耶路撒冷近郊看一看受赞美的救主罢了。这个愿望真不能算大，人人都会有；只可惜他长得太矮了，挤在人群里什么也看不见。他急得跺脚，乱跳，用力拥挤，最后爬到一棵桑树上。慈善的天主看出他虔诚谦卑的心愿，走到他跟前，不但让他看见，而且还和他说话，并且到他家里，为他家里的人祝福。

　　还有以色列先知的一个儿子在约但河砍伐树木，斧头失手掉在河里（故事记载于《旧约·列王纪下》第六章第四节）。他祈求天主还他斧头。这个要求不能算大。他怀着坚定的信仰和信心，不是像那些专爱挑剔的魔鬼②侮蔑造谣所宣称的，先扔斧柄后扔斧头，而是先失掉斧头，然后才扔出去斧柄，正像你们所正确述说的那样。这时忽然发生两个奇迹，那就是斧头从水的深处漂上来，并且自己装在斧柄上。假使他希望像艾里亚一样乘着火车上天，像亚伯拉罕一样子孙昌盛，像约伯一样富有，像参孙一样孔武有力，像阿布撒罗姆一样容颜美貌，那办得到么？这就很难说了。

　　谈到像斧头那样有节制的愿望（喝酒的时候可别忘了告诉我），我再给你们说说法兰西人伊索在寓言里写的一桩故事，伊索应该是腓力基人和特洛亚人，像马克西姆斯·普拉奴德斯③所说的一样；不过根据忠实的史学家记载，尊贵的法兰西人就是从这个民族来的④。埃里亚奴斯说他是色雷斯人⑤，根据希罗多德，阿伽提亚斯⑥曾说他是萨摩斯

---

① 圣西尔凡是森林主保圣人，撒该因为爬过树，所以把他封为树神。
② 指索尔蓬检查作品的神学大师。
③ 马克西姆斯·普拉奴德斯，14世纪希腊学者，被认为是《伊索传》的作者，又一说他著有《寓言集》，被认为是伊索的作品。
④ 传法兰西民族是从爱克多尔之子佛兰古斯来的，伊索既是腓力基人和特洛亚人，所以也等于说是法兰西人，作者在此处有意牵强附会。
⑤ 见埃里亚奴斯著《故事散记》第10卷第5章。
⑥ 阿伽提亚斯，6世纪希腊诗人及史学家。

人[①]；其实，我认为全是一样。

在伊索的时代，有一个格拉沃籍的贫穷乡民，名叫库亚特里斯，靠砍伐木柴过着穷苦日子。有一天，斧子忽然不见了。烦恼气愤的是

---

① 见希罗多德《历史》第2卷第134节。萨摩斯是希腊一个小岛。

谁呢？当然是他了，因为他的财产和生命就全靠这把斧子，他就是靠斧子在有钱的樵夫们当中维持他的荣誉和名声的，没有了斧子，他将会饿死。六天以后，死神看见他斧子没有了，很想给他一镰刀把他从世界上砍除掉。

他吓坏了，又是叫，又是求，请求活命，同时还灵巧地念着经文向朱庇特祷告许愿（你们知道，需要会产生口才），他跪在地上，抬头望天，光着头，两只手举向天空，手指头全部伸开，不知疲倦地高声念着每一句祈祷的话。

"我要我的斧子啊，朱庇特！给我的斧子吧，给我的斧子吧！我别的什么也不要啊，朱庇特，我只求有我的斧子或者购买一把斧子的钱！哎呀！我可怜的斧子啊！"

朱庇特这时正在天庭主持紧急会议，那位上了年纪的库贝里①、或者是年轻美貌的福勃斯，随你们怎么叫，正在发表意见。库亚特里斯扯着喉咙喊叫，使天上开会的神灵全都听见了。

朱庇特问道："是谁在下界这么鸡猫子喊叫啊？冲着斯提克斯河说话②，我们过去和现在棘手的和重要的事还不够忙的么？我们刚刚结束波斯王普莱斯棠③和君斯坦丁堡的皇帝、苏丹索里曼④的争执，止住鞑靼人和莫斯科人的交手⑤，答应酋长的请求⑥。我们还同意了果尔科兹·雷斯⑦的愿望。帕马事件刚解决⑧，接着处理了马德堡事件⑨，米朗

---

① 库贝里，神话中农神之妻，朱庇特之母。
② 神话中朱庇特和天上的神灵惯以斯提克斯河的名义起誓。
③ "普莱斯棠"为Prestre Jear的转音，据说是当时埃塞俄比亚及波斯国王。
④ 1548和1549年，索里曼曾占领波斯三十二个城市。
⑤ 指1548年鞑靼人抵抗俄罗斯人之战。
⑥ 指1550年摩洛哥酋长受法国挑唆侵入奥兰事件。
⑦ 果尔科兹·雷斯，即德拉科兹·雷斯，16世纪土耳其海军统帅，曾于1552年侵占西西里，威胁地中海。
⑧ 指查理五世和亨利二世因帕马所引起之战争，1552年4月订立停战协定。
⑨ 马德堡，普鲁士地名，1552年曾被摩里斯·德·萨克斯围攻一年，终被陷。

多拉事件①和阿非利加事件②（阿非利加就是凡人那座靠地中海的城市，我们叫作阿弗罗底修姆③）。的黎波里因为防御不当更换了主人：时候早已到了④。这里，加斯科涅人群起反抗，追讨他们的钟⑤。那边角落里是萨克逊人、伊斯特陵人⑥、东哥特人和德意志人，德意志人从前坚不可破，现在软弱不堪，一个身体残废的小人⑦就把他们统治住了。他们请求我们替他们报仇，协助他们，恢复他们最初的良好理性和原来的自由⑧。还有拉姆和伽朗两个人⑨，他们都带着自己的帮手、支持者、拥护者，把整个巴黎神学院搅得个一团糟，我们怎么对付呢？我一点办法也没有，也不知道应该倒向哪一方。撇开他们的争执不谈，我觉着两个人都不错，同时又都是胆小鬼。一个有的是'太阳币'，我是说真正的成色十足的钱币⑩；另一个恨不得和他一样。一个有才学，另一个也不是傻瓜。一个喜爱善良的人，另一个为善良的人所喜爱。一个是像狐狸一样刁钻古怪，另一个口诛笔伐、像狗一样对古代哲学家和雄辩家狂吠不止。大个子普里亚普斯，你的看法如何，你说说看？我一向认为你的意见公正适中，et habet tua mentula mentem⑪。"

---

① 米朗多拉，意大利城名。

② 阿非利加，即突尼斯的梅赫底亚。

③ 神灵对地方的称呼与凡人不同，见荷马《伊利亚特》第14卷第291行，又第20卷第74行。

④ 1551年土耳其人从耶路撒冷圣约翰骑士团手中取得的黎波里，当时传说亨利二世曾在暗中帮助土耳其人，此处作者说因为防御不当。

⑤ 1548年古耶纳省农民曾因反对盐税起义，聚义之大钟被劫，1549年，起义得到皇家不究，他们要求把钟归还原处。

⑥ 伊斯特陵，汉萨同盟城市之一，包括鲁贝克、汉堡等地。

⑦ 指患痛风病的查理五世。

⑧ 法国国王亨利二世与德意志各小邦亲王成立协会时，要以保护人自居，反对德意志皇帝破坏他们的独立。

⑨ 拉姆和伽朗均巴黎神学院教授，拉姆反对亚里士多德，伽朗拥护亚里士多德，两人于1551年曾发生激烈论战。

⑩ 伽朗富有，死后留给巴黎神学院五百"利佛"的年金，1551年还患着富人才有的痛风病。本书作者是反对他和亚里士多德的，当时最时髦的哲学家是柏拉图。

⑪ 拉丁文，"你的头脑聪明伶慧"，也可以解释"你那个家伙有心眼"。

"朱庇特大王，"普里亚普斯摘下他的帽子，镇定地抬起他那闪着亮光的红脑袋，说道，"你既然把这一个比作狂吠的大狗，把另一个比作狡猾的狐狸，那我劝你就不要再生气发怒了，拿你从前对付狗和狐狸的方法对付他们就是了。"

"什么？"朱庇特问道，"是什么时候的事？什么狗和狐狸？在什么地方？"

"你的记性真好！"普里亚普斯回答道。"你可还记得可敬的老前辈巴古斯，红红的脸儿，站在这里，要向底比斯人报仇，弄了一只神狐么？任它如何为害，世界上也没有一样动物能奈何它。那位尊贵的吴刚用摩内西安①的铜造了一条狗，用嘴一吹，把狗吹活。他把狗送给了你，你又给了你亲爱的厄罗帕，她又送给米诺斯，米诺斯送给了普罗克利斯，普罗克利斯最后又送给了西发洛斯②。这条狗，同样也是一条神狗，和今天的律师一样，遇见什么捉什么，谁也逃不过它。这两个动物有一天碰到一块了。你猜怎么样？那条狗，天生注定的，见狐狸就捉；那只狐狸呢，也是注定的，不能被它捉住。

"这件案子递到你的法庭上。你说不能违反命运。可是这两个动物注定是相矛盾的。这两个矛盾放在一起，在本性上又确是不能和解。你可出了大汗了。你的汗滴在地上，生出来好几棵大白菜。尊贵的法庭一时拿不出断然的决定，诸神一个个感到无比的干渴，当庭一下子就喝了七十八桶酒还要多，最后还是我出了个主意，你才把它们变成了石头。难题解开了，辽阔的奥林匹斯山上才停止住干渴。那一年在底比斯与卡尔西斯③之间的泰乌美苏斯④附近，是一个睾丸无力的年成。

① 摩内西安，古高卢的阿基台纳，见普林尼乌斯《自然史纲》第4卷第19章、第33章。
② 西发洛斯，神话中普罗克利斯的丈夫。
③ 卡尔西斯，古希腊西部城名。
④ 泰乌美苏斯，古希腊尼美亚城附近之森林，包萨尼亚斯和奥维德等作家都曾说狐狸出自此处，见奥维德《变形记》第7章第763行，包萨尼亚斯《希腊游记》第9卷第19章。

"有了这个例子，我建议你把这只狗和狐狸①也变成石头好了，反正例子已经有过。两个人的名字又都叫比埃尔②，里摩日有句古话说，做一灶口，三块石头，你再把比埃尔·杜·科尼埃③加上，正好凑足数目，他过去也是为了同样的理由被你变成石头的呀。这三块死石头正好放在巴黎大教堂里④或者正门底下，成一个等边三角形，像"福开游戏"⑤那样，叫他们用鼻子熄灭点着的蜡烛、火把、圣烛、圣蜡、灯火等，因为他们活着的时候，专门在无所事事的学者们当中制造分歧、宗派、党羽和派别。这些卑微的、抱着自己卵泡自以为是的人，叫他们永远受世人的唾骂，这比由你来裁判他们好得多。我的话就是这些。"

朱庇特说道："亲爱的普里亚普斯先生，我看得出来，你对他们太好了。你并不是这样对待所有的人的。因为他们希望名垂千古，那么死后与其变作泥土和粪污、还是叫他们变成坚硬的石头好。你再看看你身后提雷尼安海⑥和阿尔卑斯山临近的地方，你看到几个无赖教士造成了多大的悲剧么⑦？这场风暴将和里摩日人的窑灶一样持久，但是终会消灭，只是不会那样快罢了。我们又要好好地忙活一阵了。我只看到一样不便，那就是自从天上的诸神得到我的允许随意向新安提俄克⑧毫不顾惜地扔下霹雳之后⑨，我们现存的雷已经不多了。你们这一榜样，

---

① 指拉姆和伽朗。
② "比埃尔"意思是"磐石，石头"。
③ 14世纪法学家比埃尔·德·科尼埃曾代表国王菲力普六世反抗教会宣扬之《教皇敕令》，后来巴黎主教大堂角上有一块为教徒熄灭蜡烛之石头，大家都叫它"比埃尔·杜·科尼埃"（意即"角石"），因与这位法学家的名字谐音，于是便成了"科尼埃的石头"了，教会也有意侮辱这位教会的敌人。
④ 指巴黎圣母院教堂。
⑤ "福开"意思是"松鼠"，"福开游戏"是一种比赛用鼻子呼气吹灭蜡烛的游戏。
⑥ 提雷尼安海，即埃托利亚多士干海。
⑦ 指1547年艾克斯法院下令在卡勃里埃尔城对沃多派教士进行的屠杀。
⑧ "新安提俄克"，可能指罗马，又一说指日内瓦，因为加尔文主义正在那里盛行。
⑨ 似指新教对旧教之影响。

被守卫丹德拿洛瓦城堡①的少爷兵仿效了，他们把弹药都用到打麻雀上，临到需要自卫的时候弹药却没有了，他们勇敢地让出城堡，向敌人投降，可是敌人早已灰心失望，赶忙解围，除了急于逃走并尽可能少蒙一些羞辱之外，别的什么也不想了。吴刚孩子，你要注意这个！叫醒你那些睡觉的西克洛波、阿斯忒洛波②、布隆泰③、阿尔盖④、波里菲莫斯、斯忒洛波、皮拉克蒙！叫他们干起活来，给他们喝足酒！干活这玩意儿，可不能缺酒。现在，再赶快去看看谁在那里喊叫。迈尔古里，你去看看是谁，问他要求什么。"

迈尔古里从天窗里往下望了一眼，据说神灵就是从这扇天窗里观察下界的，它的样子很像船上一个舱口（伊卡洛美尼波斯说它更像井口⑤）。结果，迈尔古里看见原来是库亚特里斯在叫嚷他的斧子不见了，于是回来报告天庭。

朱庇特说："真是巧极了！我们现在正无别事可作，想法还他斧子就是了。斧子是要还的，因为他命里注定有斧子，你们明白么？它和米兰的公国同样重要⑥。说实在的，斧子对于他，真跟国家对于国王一样。赶快，把这把斧子还给他！结束了这件事吧！现在该处理教士和朗德鲁斯修院的纠纷了⑦。进行到哪里了？"

普里亚普斯这时正站在壁炉旁边。他听罢迈尔古里的汇报，谦恭而诙谐地说道：

"朱庇特大王，当我接受你的命令并且蒙你特殊的恩佑，在地上甸园里做看守的时候，我注意到斧子这个名词有好几种含义。它除了指某种劈砍木柴的工具以外，还指（至少从前有此解释）女人身上那

---

① 丹德拿洛瓦，作者虚构的地名。
② 阿斯忒洛波，神话中阿特拉斯的一个女儿。
③ 布隆泰，神话中天地之子，和西克洛波一样造雷。
④ 阿尔盖，神话中女猎人，因吹嘘比太阳跑得还快，被阿波罗变成了鹿。
⑤ 见鲁西安著《伊卡洛美尼波斯》第25章。
⑥ 弗朗索瓦一世一直想得到它。
⑦ 可能指当时都尔圣加提安会和圣马丁会争夺圣马丁遗骸之纠纷。

个经常受人玩弄的东西，我曾看见小伙子称呼他喜爱的女孩子，常常说：'我的小斧子。'因为他们如此有力和勇气十足地（他一边说一边掏出他那个足有半肘长的家伙）插进她们那件事物之后，她们就不用再害什么女性疾病了；没有她们那个东西，它们便会从小肚子那里一下子耷拉到脚跟边。我还记得（我这个机关很好，我是说记忆的机关，大得足可装满一个奶油罐子）在祝圣号角节那一天[①]，也就是五月里吴刚的节日，曾听过一次出色的音乐，若斯干·戴·普雷[②]、奥尔开刚[③]、贺勃莱茨[④]、阿格里科拉[⑤]、布鲁迈尔[⑥]、卡莫兰、维高里斯、德·拉·法琪[⑦]、布吕埃尔、普利奥里斯[⑧]、塞干·德·拉·吕[⑨]、米狄、木吕[⑩]、木通[⑪]、加斯科涅[⑫]、路易塞特[⑬]、孔贝尔、贝奈特[⑭]、费文[⑮]、路塞[⑯]、理查弗尔、卢塞罗[⑰]、孔西里奥[⑱]、贡斯唐希奥·费斯提[⑲]、雅该特·贝尔

[①] 当时罗马有祝圣号角的节日。

[②] 若斯干·戴·普雷（1450—1521），海恼特作曲家，曾服务于教皇西克斯图斯四世和法国国王路易十二宫廷。

[③] 奥尔开刚（1430—1496），法国国王查理七世圣堂的音乐师。

[④] 贺勃莱茨，乌得勒支主教大堂音乐师。

[⑤] 阿格里科拉，荷兰籍宗教音乐家，奥尔开刚的学生。

[⑥] 布鲁迈尔，奥尔开刚的学生。

[⑦] 德·拉·法琪，荷兰籍宗教音乐家。

[⑧] 普利奥里斯，奥尔开刚的学生。

[⑨] 塞干·德·拉·吕，可能是两个人，比埃尔·德·拉·吕为布鲁塞尔菲力普教堂音乐师。

[⑩] 木吕，宗教音乐作曲家。

[⑪] 木通，宗教音乐作曲家。

[⑫] 马太·加斯科涅，16世纪初宗教音乐作曲家。

[⑬] 路易塞特与孔贝尔恐系一人，奥尔开刚的学生，死于1518年。

[⑭] 贝奈特，即宗教音乐家希莱尔·贝奈特。

[⑮] 安东尼·费文，奥尔良宗教音乐作曲家。

[⑯] 路塞，即音乐家封·路尔。

[⑰] 卢塞罗，原文Rousseau（卢梭），指意大利音乐家弗朗琪斯科·卢塞罗，1550年为教皇教堂音乐指挥。

[⑱] 孔西里奥，1526年与卢塞罗同为教皇宫廷音乐家。

[⑲] 贡斯唐希奥·费斯提，16世纪宗教音乐家。

康^①等合作的大合唱：

> 提包新婚，
>
> 进入洞房，
>
> 一只大锤，
>
> 藏在身旁。
>
> '亲爱的（说话的是新娘），
>
> 大锤将作何用场？'
>
> 提包说：'好事要它来帮忙。'
>
> '用不着（新娘把话讲），
>
> 大个子约翰来看我，
>
> 劲头全在屁股上。'^②

"又过了九个'奥林匹克'^③和一个闰年以后（我这个机关真行，我是说我的记忆真好！我经常混淆这两个名词的意思和关系），我还听过阿德里安·维拉尔^④、贡贝尔^⑤、查尼干^⑥、阿尔卡代^⑦、克罗丹^⑧、塞尔通^⑨、芒希古尔^⑩、奥克塞尔、维利埃、桑德兰、索耶尔、赫斯丁、莫拉尔^⑪、帕斯罗、马伊、马雅尔、雅各丹、赫尔特^⑫、维尔德娄、卡庞特拉^⑬、雷

---

① 雅该特·贝尔康，即雅各·贝尔开姆，若斯干·戴·普雷的学生。
② 这十行诗据说是16世纪诗人莫兰·德·圣·惹莱的作品。
③ "奥林匹克"每四年举行一次，连头带尾为五年。
④ 阿德里安·维拉尔，16世纪比利时音乐家，威尼斯派音乐创立人。
⑤ 尼古拉·贡贝尔，若斯干·戴·普雷的学生，查理五世教堂音乐师。
⑥ 查尼干，歌曲《马里尼亚诺战役败迹》作曲者，宗教音乐家。
⑦ 雅各·阿尔卡代，洛林红衣主教大堂音乐师。
⑧ 克罗丹，即克罗德·德·塞尔米西，1547年亨利二世教堂音乐师。
⑨ 比埃尔·塞尔通，巴黎圣堂教堂音乐师。
⑩ 芒希古尔，阿拉斯教长。
⑪ 莫拉尔，塞维尔主教大堂音乐师。
⑫ 赫尔特，都尔圣马丁教长。
⑬ 卡庞特拉，即埃尔萨尔·热奈，曾任教皇教堂音乐师、代理主教等职。

里提耶、卡德阿克、杜勃雷、维尔蒙①、布台耶、鲁比、帕尼耶、米耶、杜·莫兰②、阿莱尔、马罗、摩尔班、让德尔③等等在一个私人花园里凉爽的树荫底下，周围名酒、火腿、肉饺、还有熏烤的鹌鹑堆集如山，大家在唱：

> 没有柄的斧子无用场，
> 没有柄的工具徒凄凉，
> 工具须有柄来装，
> 让我的柄装在你身上。

"现在须要知道的是库亚特里斯嚷着要哪一种斧子。"

那些尊严的男神灵和女神灵听了这番话，像一群苍蝇似的哄堂大笑。吴刚翘起他弯曲的假腿，向他的女友④表示爱情，转着圈轻盈地一连跳了三四跳。

朱庇特向迈尔古里说道："过来，过来！你赶快到下界去，给库亚特里斯送去三把斧子：他原来的一把，另外再给他一把金的和一把银的，三把要完全一样。让他捡，如果他拿他自己的，而且心满意足，你就把另外两把全赠给他。如果他不拿自己的，而去拿另外任何一把，你就用他的斧子把他的头砍下来。今后对于遗失斧子的人，全都这样办理。"

朱庇特说完话，扭转头来，像一只猴狲吞下药丸那样，露出一个吓人的模样，奥林匹斯山上的全体神灵无不胆战心惊。

迈尔古里戴起他那顶尖帽，那顶作战的头盔，披上翅膀，拿起手杖，从天窗里一跃而下，破空而去，轻盈地往地上一落，把三把斧子

---

① 比埃尔·维尔蒙，亨利二世教堂音乐师。

② 约翰·杜·莫兰，桑斯主教大堂音乐师。

③ 约翰·勒·让德尔，《音乐入门》作者。

④ 指维纳斯。

放在库亚特里斯跟前，然后说道：

"你叫喊得口渴了吧，你的祷告朱庇特已经听见了。这里有三把斧子，你看哪一把是你的，就拿去吧。"

库亚特里斯拿起那把金斧子，掂了掂觉着很重，向迈尔古里说道：

"我凭良心说话，这一把不是我的，我不要。"

他掂了掂那把银斧子，说道：

"这把也不是。我也不要。"

他拿起自己那把木柄斧子，往柄上看了看，认出了自己的记号，喜得浑身颤动，好像狐狸遇见迷失的母鸡那样，从鼻子尖上露出微笑，说道：

"天主圣母！这一把是我的！如果你肯把它还给我，到五月半（十五）我准来给你上供，我送你一大盆牛奶，外加新鲜的杨梅。"

迈尔古里说道："老好人，我还给你，你拿去吧。由于你在斧子这件事上表示知足克己，我奉朱庇特命令，把另外两把也一起送给你。今后你可以过富裕日子了，但是要做好人。"

库亚特里斯衷心感谢迈尔古里，向伟大的朱庇特表示尊敬，然后把自己的斧子拴在皮带上，让它垂在屁股上边，样子活像冈勃莱的马丁①。另外两把比较重，他背在肩膀上，就这样欢天喜地地走回家去，遇见自己教区的人和邻居时，不禁喜形于色，向他们说出巴特兰那句俏皮话：

"我可有了吧②？"

第二天，他穿上一件白外套，把两把值钱的斧子背在肩上，到施农去了，根据学识渊博的"马孛莱"的判断和证明，施农真是一座杰出的城市，尊贵的城市，古老的城市，换句话说，世界上首屈一指的城市。到了施农，他把那把银斧子变卖成崭新的"代斯通"和其他的银币，把金斧子变卖作崭新的"萨吕"、"长羊毛金币"、"利得金币"③、"王朝金币"和"太阳金币"。用这些钱，他置下了大量的田产、仓库、农庄、田园、乡庄、农房、别墅、草原、葡萄地、树林、耕地、牧场、池塘、磨坊、花园、柳林、公牛、母牛、雌绵羊、公绵羊、牝山羊、母猪、公猪、驴、马、雌鸡、雄鸡、阉鸡、雏鸡、公鹅、母鹅、雌鸭、雄鸭等等等等。日子不久，他就成了当地最富有的人，甚至比瘸子莫勒维利耶④还富。

附近的张三李四看见库亚特里斯一步登天，心里好生纳闷；过去对这个穷人的同情和怜悯，现在一变而成了对他大发横财的妒忌了。他们奔走、打听、询问、侦察库亚特里斯究竟是用了什么方法，在什么地方，哪一天，哪一个时辰，怎么样，为了什么缘故，发了这笔大

---

① 冈勃莱城的钟楼上有铜人击钟报时，它们的名字是马丁和马丁娜。
② 巴特兰带着一匹呢子回家时所说的一句台词，见喜剧《巴特兰》第352行。
③ "利得"，荷兰金币，面上铸有一骑士策马直奔敌人。
④ 莫勒维利耶，似指施农莫勒维利耶庄主米歇尔·德·巴朗，田产直达沙维尼，富可敌国，1525年曾担保法国国王偿还欠款，为英国国王所接受。

财的。结果，听说是因为失掉一把斧子，他们不禁说道：

"哈哈！原来遗失一把斧子就可以发财啊？这个方法太容易了，而且所费无几。天命、星宿、命数的运转，到头来只是谁丢失斧子就可以一步登天啊？好极了，好极了！天主在上，斧子啊斧子，我马上把你丢掉，你可不要见怪！"

于是他们的斧子一把把全都不见了。连鬼也没有留下一把！谁不遗失斧子，就不是他娘养的。全区的树木没有人再去砍伐了，因为斧子已经绝了迹。

伊索在一篇寓言里还提到有几个小贵族，过去为了置办检阅时的衣着，曾把自己一片小草原、一座小磨坊卖给了库亚特里斯，现在听说这个人发财是因为一把斧子，他们全都把佩的剑卖掉买成斧子了，他们也要学那几个樵夫的样子把斧子丢掉，想借此方法来得到金山银库。你们如果把这些人比作往罗马的小朝圣者，是再恰当也没有了，他们卖光自己的一切，还要向别人借，好成堆地购买新教皇的赦罪状。这时只见他们又是呼唤，又是恳求，又是号叫，喊着朱庇特的名字。

"朱庇特啊，还我的斧子吧，还我的斧子吧！我的斧子丢在这里了，我的斧子丢在那里了，哎哟，哟，哟，哟，我的斧子啊！朱庇特啊，还我的斧子啊！"

遗失斧子的人的呼喊声、号叫声，响彻了整个天空。

迈尔古里急速把他们的斧子送了来，每个人、除了他们自己的斧子以外，还有一把金的和一把银的。他们全都挑选了金的，把它放在自己跟前，向伟大的赠与者朱庇特表示感谢；可是就在他们弯下腰去，再从地上直起腰来的当儿，迈尔古里便遵照朱庇特的指示砍下了他们的脑袋。脑袋的数目正好和遗失的斧子相等。

你们看，心地单纯、肯把坏东西留给自己的人，结果和他们有多么不同。你们全都应该以此为戒，你们这些平原上的老粗，你们常说宁舍一万法郎的年金也不能放弃愿望，今后可不要再听到你们像过去那样信口开河地祷告说："天主保佑我马上有一亿七千八百万金币有多

好！啊！那我是多么喜欢啊！"叫你们全都长冻疮！你们的希望这样
大，一个国王、一个皇帝、一个教皇，又该希望什么呢？

　　所以，经验告诉你们，一个人痴心妄想，结果得到的就只能是疥
癣和痂疤，口袋里不会有一个钱，完全像那两个巴黎式的叫化子一样，
一个希望他崭新的"太阳金币"能和巴黎从建城之日起到现在为止的

买卖总额（依照这段时期内生意最好的一年的税率、销货、总值计算）一样多。依照你们的看法，这个人是不是太难对付了？他是不是吃了不剥皮的酸李子？是不是酸了牙齿了？另一个呢，希望用圣母院的大教堂，从地下一直到弧形的房顶止，装满钢针，然后用"太阳金币"装满用这些针所缝制的口袋，能缝多少就装多少，一直到把最后的一个针用坏、用得没有尖头为止。看他的野心有多大！你们觉着怎么样？结果如何呢？当天晚上，每人的脚后跟上都长了冻疮，下巴颏上长了下疳，肺里得了咳嗽病，喉咙里得了气管炎，屁股根上生肿毒，连塞塞牙缝的一块面包也没有。所以，要有节制；节制会使你们成功，如果你们肯干活，肯劳动，节制只会使你们更称心。

也许你们会说："天主既然无所不能，他给我七万八千，跟给我半个小钱的十三分之一同样容易，一百万金币对于他不过等于一枚铜钱。"

哈哈哈！可怜的人啊，谁教给你们这样来评论天主的能力和命数呢？冷静一下吧！别胡闹了！在他神圣的面前应该自卑，承认自己的缺点。

患痛风的人，我的希望就寄托在这里，而且我坚决地相信，只要善良的天主乐意，你们一定会得到健康，因为目前你们所要求的也只是这一点。请你们加上半两耐心，稍微再等一下。看看那些热那亚人，早晨他们在书斋内、账房间，讨论好、想好、决定好这一天将向谁、将如何去拿钱，并且向哪些人使用诡计哄、骗、欺、诈之后，才到大街上去，见面时互相道好："Sanita et guadain, messer[①]."光有健康还不满足，他们还想有钱，顶好有伽台尼那样多的钱[②]。不过结果呢，常常

---

① 意大利文，"先生，祝你健康，祝你发财"。正确的说法应该是sanitá et guadagno，messere。

② 伽台尼，指里昂之意大利金融家多玛·伽台尼，以豪富出名，法国国王被查理五世俘虏时曾向他借五万金币赎身。"伽台尼"（guadaigne）与"财富"（guadagno）谐音，作者在此处又有双关意思。

是一样也得不到 。所以拿出健康的样子，好好地咳嗽一声，畅饮三杯，然后爽爽快快地摇摇耳朵，且听一回尊贵善良的庞大固埃的惊人传记吧。

第一章

庞大固埃怎样出海寻访神瓶的谕示

六月维斯塔节①那一天，也就是布鲁图斯占领西班牙、征服西班牙人的那一天，或者说吝啬鬼克拉苏斯②被巴尔底亚人战败打垮的那一天③，庞大固埃辞别了他父亲善良的高康大，这位老人（按照教会初期那些虔诚的教徒令人敬佩的习惯）为他儿子以及全体人员的出航顺利做祷告。庞大固埃带领巴奴日、约翰·戴·安脱摩尔修士、爱比斯德蒙、冀姆纳斯特、奥斯登、里索陶墨、加巴林④，以及跟随他已经很久的仆役人等，在塔拉萨港上了船。随同动身的还有那位大旅行家和苦难道路的征服者克塞诺玛恩，他是几天以前接到巴奴日的召唤早已来到的。这位旅行家非常明智地在一幅详细的世界航海图上划下他们为寻访神瓶所必须经过的路线给了高康大。

船只的数目，我已经在第三部里交代过了，这次同行的，另外还有同样数目的三层桨战船、大划船、大帆船和利布尼亚船⑤，各船配备完好，特别加固，设备齐全，还载了大量的"庞大固埃草"。全体军官、翻译、领港、船长、舵工、船员、划手、水手一齐到"主舰"⑥上报到。这是对庞大固埃统领船队的那条大船的称呼，船尾上有一个高大的酒瓶作为标志，一半是银的，光滑明亮，另一半是金的，镶嵌着红色的珐琅。从这红白二色上，不难看出它们代表着尊贵的旅行者的颜色，这些旅行者是去寻访神瓶的启示的。

第二只船的船尾上，高高地悬挂一盏古式灯笼，是用透明、反光的石头精工雕制的，表示他们将从灯笼国经过。

第三只船的标志是一只美丽高大的瓷爵。

第四只船上，是一只有两个柄的金瓮，样子很像古时的骨灰瓮。

第五只船上，是一把出色的碧绿翡翠壶。

第六只船上，是一把修院式的大爵，是用四合金属制造的[7]。

第七只船上，是一个乌木的漏斗，套着一层金碧辉煌的织物。

第八只船上，是一只珍贵非凡的藤碗[8]，依照大马士革的式样镶着金花。

第九只船上，是一个细工精制的金碗。

第十只船上，是一只香楠木的酒杯（这种木料你们叫作沉香），外镶塞浦路斯的金饰，是波斯的手艺。

第十一只船上，是一只细工编制的金篓子。

第十二只船上，是一只未露光彩的金桶，上边盖着一层大粒的印

---

① 维斯塔，神话中司炉灶之女神，德谟高尔贡之女，开鲁斯之妻，农神之母；又一说系农神与丽雅之女。维斯塔节是6月9日，见奥维德《节令记》第6章第247至250行。

② 克拉苏斯，公元前1世纪罗马三大统治者之一（其他两人为庞贝与恺撒），与巴尔底亚国大将会面时被刺死。

③ 故事见奥维德《节令记》第6章第461至466行。

④ 还有包诺克拉特，此处没有提到。

⑤ 利布尼亚，亚得里亚海古伊利里亚国地名，利布尼亚人善航海，他们的船特别快，罗马人称快船为"利布尼亚船"。

⑥ 原文Thalamege一字是从希腊文来的，意思指有床铺设备的船只，此处指庞大固埃的旗舰。

⑦ 即金银钢铜。

⑧ 作者曾引证普林尼乌斯的论点，说藤可以区别水酒，见本书第1部。

度珍珠，完全是罗马时代的雕刻手艺。

这样，一个人不拘他多么悲哀、愤怒、愁闷、忧郁，甚至是那个悲观的赫拉克利特本人，只要一看到这一浩荡舰队的标志，就没有不马上转怒为喜、笑逐颜开的；并不约而同地全要说船上的旅客定是爱酒的朋友，善良的好人；可以有把握地断定他们这次旅行，不管是去还是回来，一定非常快活，而且身体健康。

这时，所有舰队的人都聚集在"主舰"上，庞大固埃向他们作了一个简短恳切的谈话，全部都是用《圣经》上有关航海的典故作为资料。谈话后，又以洪亮的声音向天主作祈祷，塔拉萨港的全体市民都听得清清楚楚，他们是赶到码头上来看他们上船的。

祈祷之后，他们又和谐地唱了大卫王的诗篇，开始的一句是："以色列出了埃及。"①诗篇唱后，马上在甲板上搭起长台，迅速地摆上食品。塔拉萨人也跟着唱了上面的诗篇，并叫人从家里送来大量的食物和酒，大家一齐为他们干杯，他们也为大家干杯。因此船上的人出海之后没有一个人呕吐过，也没有一个人有过肚子痛、头痛。这种不舒服，通常是不容易避免的，即便像那些混蛋医生叮嘱出海的人那样，早几天就喝盐水，不管是纯粹的水还是掺酒的水；或者吃木瓜酿、柠檬皮、酸石榴汁；或者长期不吃东西；或者用纸糊住自己的胃口，或者做其他的傻事。

经过频频干杯之后，各人这才回到自己船上，趁天气尚早，在东风里开出船去，为首的领港人名叫雅迈特·布莱耶尔，他指挥航线，规定罗盘。根据他和克塞诺玛恩的意见，神瓶既然在印度以北的中国附近，那就无须采取葡萄牙人平常走的那条航线。葡萄牙人是经过热带、沿着赤道以南、非洲南端的好望角、背对北极航行的，因而北极对他们已失去了引导作用，航路就变得特别长；所以必须尽可能不离开印度的纬线，从西面对着北极转过身来，这样就可以在北极的反面，

---

① 见《旧约·诗篇》第114篇，当时是按照民间的调子来唱的。

XENOMANES

和奥隆纳成同一纬度，但是不能再往北开，否则有进入冰海给冻结在那里的危险。在这条纬线上转过身来之后，同样向东走，原来开船时在他们左边的，现在便成了在他们右边的了。这样走，有意想不到的好处，因为船不会失事，不会有危险，也不会损失人，安全可靠（除了有一天的工夫须要从"长寿人"①岛屿附近经过），在不到四个月的时间内稳可以到达印度的北方。而葡萄牙人则须要用三年，而且要经过无数的困难和危险，还不一定能够走到。除了有更肯定的论断，我认为从前航海到德意志受到苏威维②人的国王隆重接待的印度人，走的就是这条路。那正是干图斯·美泰鲁斯·塞勒尔在高卢做总督的时候，科尔奈留斯·奈波斯③、彭包纽斯·米拉④以及在他们以后的普林尼乌斯都曾有所记述的。

---

① 原文 macreom 一字是从希腊文来的，意思是长寿的人。
② 苏威维，德意志东北部民族。
③ 科尔奈留斯·奈波斯，公元前1世纪罗马传记学家。
④ 彭包纽斯·米拉，1世纪罗马地理学家。

第二章

庞大固埃怎样在美当乌提岛 ① 上购买珍奇物品

航行的第一天，以及以后的两天，都没有看见陆地和其他新鲜事物。过去这条路从未有人走过。第四天，他们看见了一座岛，名叫美当乌提岛，非常美丽，因为沿岛有许多灯塔和高大的云石碉堡，面积大小不下于加拿大。

庞大固埃问这是谁的地面，据说是菲劳法纳②国王的，当时他去替他兄弟菲劳提蒙③和昂奇斯国④公主办理婚事去了，不在岛上。于是庞大固埃趁船只装取饮水时走下船来，观看陈列在长堤上，以及码头市场上的各种绘画、毡毯、禽兽、鱼鸟和其他异国稀奇物件。原来他们赶上了当地每年一次的大集会，这天正是第三天，亚非两洲的富商巨贾都要到此赶会。约翰修士买了两幅珍贵的古画，一幅是一个上诉人⑤的写生，另一幅是一个寻觅雇主的用人，所有姿势、神情、相貌、形态、面色、气度、无不画得惟妙惟肖，确系美奇斯图斯⑥国王宫廷画家查理·沙尔莫瓦⑦大师的真迹。约翰修士用猴狲的钱币⑧付了账。

巴奴日买了一幅很大的画，是照着古时菲罗美拉⑨的刺绣画下来的，画的是她向姐姐普罗尼告发姐夫提琉斯奸污了她，后怕她说出他的罪恶将她舌头割掉的故事。我以这把灯笼柄⑩的名义起誓，实在是一幅了不起的杰作！我请你们别以为这是一幅男女通奸的图画。那样想就太笨太傻了。这幅画远不是这样的，它含义很深。你们可以到特来美去看，进了大画廊，靠左首就是。

爱比斯德蒙也买了一幅，画的是柏拉图的唯心观点和伊壁鸠鲁的原子论，真是逼真极了⑪。

里索陶墨也买了一幅，画的是"回声"的写生⑫。

庞大固埃叫冀姆纳斯特替他买了一套名贵的阿基勒斯传记和功绩的壁毯，一共是七十八幅，每幅四"特瓦兹"长，三"特瓦兹"宽，全部用腓力基亚真丝织成，用金银线绣花。壁毯先是帕琉斯⑬和忒提斯联姻，接着是阿基勒斯的诞生，阿基勒斯的少年（依照斯塔修斯·巴比纽斯所记述的），他的武功和战绩（依照荷马所歌颂的），他的死亡和殡葬（依照奥维德和干图斯·伽拉伯尔⑭所叙述的），最后是他的灵魂显圣和波里克赛娜的牺牲（依照欧里庇得斯所记载的）。

---

① 美当乌提岛，作者虚构的地名，乌提和美当原来是两个地名，都在第2部第24章里出现过。"美当乌提"照希腊文的意思是"乌有"，又一解释说这个字是从希伯来文 damah 来的，意思是"像似"，因此，又可译作"像似岛"。

② 原文 Philophanes 是从 phanos（光明）一字来的，意思是"光明的朋友"，指这个人喜欢被人看，喜欢出风头。

③ 原文 philotheamon 是从 theaomai（好奇）一字来的，意思是"喜欢看人"。

④ 原文 Engys 是从希腊文 eggus 来的，意思是"近邻"。

⑤ 指一个打输官司上告翻案的人。

⑥ "美奇斯图斯"是从希腊文 megistos 来的，意思是"伟大的"，作者此处有意指弗朗索瓦一世。

⑦ 查理·沙尔莫瓦，奥尔良籍画师，1537 至 1540 年在枫丹白露宫为皇家画像。

⑧ "猴狲的钱币"，修士龇牙咧嘴（有如猴狲）替商人作了几句祷告，代替钱币。

⑨ 菲罗美拉，神话中雅典王潘狄翁之女，普罗尼之妹，被其姐夫色雷斯国王提琉斯奸污后，割去舌头，严行关闭，禁其告发。菲罗美拉将自己被污经过画一图画密传其姐，两姐妹定计杀了提琉斯之子伊提斯，然后一个变作夜莺，一个变作燕子。故事见奥维德《变形记》第6章第576至586行。

⑩ 此处"灯笼"原文 falot 亦可解释为"傻子，愚蠢"，"傻子的柄"，含义诙谐。

⑪ 这是抽象得无法绘出的。

⑫ "回声"也是无法绘出形象来的，但在神话中"回声"是一位仙女。

⑬ 帕琉斯，神话中伊奥科斯国王，忒提斯之夫，阿基勒斯之父。

⑭ 干图斯·伽拉伯尔，4世纪士麦拿武功诗人。

他还购买了三只非常体面的小独角鹿①，一只雄的，皮毛是褐栗色；两只雌的，皮毛是带点子的灰色。还有一只麋鹿，都是基隆的一个西提亚人一起卖给他的。

麋鹿约有小牛犊那样大，头部像鹿，略大，角长得很美，开枝很高，蹄分趾，毛长似巨熊，皮硬若铠甲。那个基隆人说在西提亚地方这种麋鹿也不多见，因为它会随着它吃草和居住的地方改变颜色。它可以变作草的颜色、乔木的颜色、灌木的颜色、花的颜色、牧场的颜色、草原的颜色、石头的颜色，总之它走近什么就可以变作什么颜色。因此它变作鱿鱼（就是那种章鱼）、变作鹿、变作印度的狼、变作多色蜥蜴，都很平常；多色蜥蜴是一种颜色美丽的蜥蜴，德谟克利特曾写过整整的一本书来描写它奇妙的形象、身体的构造以及功能和性格。

我还看见过它改变颜色，并不是因为它走近什么带颜色的东西，而是由于它发生恐惧或喜乐的心情而改变的，比方在一条绿色的地毯上，它必定变成绿的，可是待过一会儿，它就会接二连三变成黄的、蓝的、褐色的、青莲的，正好像印度火鸡鸡冠的颜色随着它心情的变化而改变颜色一样。在麋鹿身上，我们特别感到惊奇的，是它走近某种东西时不但面色和皮肤改变，而且它整个的皮毛都会改变。在穿着灰色长袍的巴奴日身边，它的皮毛马上就变成灰色，在穿着紫红色大氅的庞大固埃身边，它的皮毛马上就闪出红光，在穿得像埃及阿奴比斯②依西斯教士似的领港人身边③，它的皮毛一下子又会变成雪白。这两种颜色连多色蜥蜴也不会变。至于在它既不害怕也没有任何心情的时候，也就是说在它正常的时候，它的颜色就像你们在蒙城④看见的驴那种颜色一样。

---

① 即麒麟。
② 阿奴比斯，埃及狼头人身神。
③ 领港人穿的是白色麻布。
④ 蒙城，近奥尔良城，靠罗亚尔河，该处多磨坊，故养驴也多。

第三章

庞大固埃怎样收到父亲高康大的书信，
和快速得到远方消息的奇妙方法

庞大固埃正在一心购买奇禽怪兽，忽听长堤上一连响了十声小蜥蜴炮，港内大小船只无不齐声欢呼。庞大固埃向港口回头一看，看见来的正是他父亲高康大的一只快艇，名叫 Chelidoine①，这是因为船上有一只用哥林多青铜雕塑的海燕②。所谓海燕，就是罗亚尔河里鲦鱼般大小的一种鱼，多肉无鳞，肋生软骨翼翅（有如蝙蝠），又长又宽，我不止一次地看见它在水上一飞就是一"特瓦兹"远，亦即一箭程那么远。在马赛，这种鱼叫作跳鱼。这条快艇取名"海燕"，因为它在海上开起来简直是飞而不是在水上航行。坐在船上的是高康大的大司马马利高纳，他奉命专程来探望善良的庞大固埃殿下的健康状况并为他送信的。

庞大固埃和他拥抱并亲切致意之后，未开启书信，亦未问马利高纳其他言语，就先问道：

"你有否带来天空使者 gozal③？"

马利高纳回答道："带来了，现包在篮内。"

原来那是从高康大鸽房里捉来的一只鸽子，快艇启航时它正在哺小鸽子。约好万一庞大固埃遇见灾难，就在它腿上拴上黑套④把它放回去，但是既然庞大固埃一切都很好、都很顺利，于是就把它拿出来，用一个白绸条子缠在它腿上，不再迟延，立刻就把它放走了。只见那只鸽子以想象不到的速度破空而去，你们知道，当鸽子窝里有卵或者幼鸽时，任何鸟也没有它飞得快，它本能地有一种固执的天性，一定要尽快地回到幼鸽那里去。不到两个钟头的时间，它就飞过了那只快艇三天三夜以最高速度、桨帆并用、背后还借着风力、所走过的漫长路程。它一飞进自己幼鸽的鸽笼，就被人看见了。尊贵的高康大听说它戴的是一条白色绸带，非常快慰，知道他儿子一路平安，非常放心。

这是尊贵的高康大和庞大固埃要迅速知道所关心的事情和急于要得到消息时一贯使用的方法，像战争的结果，不管是水战还是陆战，某一要塞的攻克或防守，重要纠纷的调解，皇后或贵夫人分娩的吉凶，朋友或患病的同盟者死亡或痊愈，等等等等。他们把鸽子用驿马一乘一乘地一直送到想得到消息的地方。根据事态的演变，鸽子带着黑条或者白条回来，使他们不至于继续悬念，它一个钟头飞行的路，比三十匹驿马一天走的路加起来还要长。这真是一个争取时间的好办法。你们可以相信，他们这样做完全有可能，因为农庄的鸽房里，长年每一个月、每一季度都有许多孵蛋或哺小鸽的鸽子。这只消在窝内放一些硝和活血灵草⑤就可办到。

鸽子放走之后，庞大固埃拆开他父亲高康大的书信，信内说道：

最亲爱的儿子，父亲天然对爱子之关切，由于上天赋予你特殊恩佑的缘故，在我身上越发显著了。自你走后，我别的事一无

---

① 希腊文，"海燕"。
② 原来是一条飞鱼。
③ 希伯来文，"鸽子"。
④ 一种套在鸟腿上的皮套，供拴绳用。
⑤ 活血灵草，古时视作神草，见塞尔维乌斯《伊尼特注释》第12卷第120行，又普林尼乌斯《自然史纲》第25卷第9章。

所思，一心一意所牵挂的就是你路上会不会遇到困难或意外；你知道，爱之愈切，就经常会带来恐惧。赫西奥德说得好，一件事开始得好，就等于做好了一半，俗话也常说，面包放进炉灶，就知道做得好不好。因此，我放心不下，特派马利高纳前去打听你离开后头几天的情况，回来报我知道，以免我悬念不安。因为，假使像我所希望的那样，开始得很顺利，那我就不难预料和判断以后如何了。

我新近得到几本很有趣的书，命来人转交给你。等你用功后休息的时候，可以阅读。官内一切消息，来人会详细告诉你。愿永恒者天主的平安与你同在，并替我问候巴奴日、约翰修士、爱比斯德蒙、克塞诺玛恩、冀姆纳斯特，还有你带的其他侍从，我的好朋友们。

六月十三日于官内。

你的父亲和朋友
高康大

第四章

庞大固埃怎样与其父高康大写信，并附寄珍奇物品数件

庞大固埃念罢书信之后，与大司马马利高纳谈了一会话，谈了很久还没有谈完，巴奴日拦住他们道：

"你几时喝酒啊？我们几时喝酒啊？大司马老爷几时喝酒啊？你们的话还没有说够么？"

庞大固埃说道："说得对。就请你关照这家悬挂萨带尔骑马作招牌的饭店为我们准备饭食吧。"

为了让大司马也带封信回去，他给高康大写了下面的家书：

最慈爱的父亲，在此短暂的生命中，由于未想到、未料到的事，比起事先有所预料有所看到的事，更会使我们的知觉和官能激动和震惊（甚至常常灵魂会脱离肉身，尽管突然来到的消息是自己所喜欢的和所希望的），所以大司马马利高纳的突然来临，使我非常激动、非常惶恐。因为在终止此次旅行之前，我丝毫也未曾想到会看见从你那里来的人，会听到你的消息。我仅只满足于把对父王的怀念深深地塑在和刻在我的后脑①里，让它不时使我想起你真切生动的形象罢了。

但是，此刻从父王慈爱的书信里、并由大司马向我证明，使我得知父王一切顺利、身体健康，宫内一切也都安好，我不能不像过去我毫不勉强所惯做的那样、首先赞美仁慈的救主，因为他大发仁慈，保佑父王身体康泰；第二，永远感谢父王对这个最卑微的儿子和无用的仆人抱着这样持续和牢固的慈爱。古时有一罗马人，名叫弗尔纽斯，他父亲曾参加过安东尼乌斯对恺撒的叛离，而恺撒·奥古斯都斯却施恩宽赦了他，他对恺撒说道："今天蒙此厚恩，真使我无地自容，殁存无以为报，我的感激永远无法和你的恩德相提并论。"我也可以说，父王对儿的崇高父爱，使儿很担心，唯恐生前死后都要辜负父王。除非依照斯多葛派的学说，这个罪过可以这样来解脱，他们说恩德有三个部分，即：施恩的部分，受恩的部分和报答的部分；受恩者承受别人的好处，永远怀念着他，就等于对施恩者一个很好的报答；相反地，如果受恩者轻视或者忘掉别人的好处，他就是世上最忘恩负义的人。

父王对儿无限的慈爱使儿欠下无法估计的情分，而且无以报答于万一，我只有永远不做忘恩负义之人，使忘恩的思想在我脑筋里清除净尽，让我的舌头永远承认和宣扬我对父王的感戴，虽然做到适当是超出我的官能和力量的。

此外，我还坚信在救主的佑护和帮助下，此次旅行自始至终都将同样如意，而且身体安好。航行所到之处，我一定逐日记述明白，以便归来时供父王看到真实的记录。

我在此处购得一只西提亚麋鹿，真是一只稀世珍兽，皮毛可随身边的东西改变颜色。你一定会喜欢它。它和羊羔一样驯服和易养。同时还带上三只小独角鹿，性善驯和，胜过小猫。喂养的方法，我已和大司马讲解清楚。它们由于前额当中生有长角，所

---

① 当时以为大脑的后部为管记忆的部分。

以不能在地上吃草，只能在树上或者类似的架子上啃食果物青草，不然就用手把草、稻、苹果、梨、大麦、小麦，简言之各种水果和菜蔬送给它吃。我真奇怪我们古时的作家怎么说它们性野不驯，而且十分危险，并且说从未见过活的。父王将会看到完全不是那样，只要不故意地折磨它们，它们是世界上最温和的动物。

同时，还带上绣制精细的阿基勒斯传记和功绩的壁毯一套。今后路程上凡能遇到和得到的珍奇禽兽、花草宝石，我一定靠天主的佑助都给父王带回来，我祈求天主保佑父王。

六月十五日写于美当乌提。巴奴日、约翰修士、爱比斯德蒙、克塞诺玛恩、冀姆纳斯特、奥斯登、里索陶墨、加巴林，在这里敬吻你的手，并向父王百拜致意。

你卑微的儿子和仆人
庞大固埃

当庞大固埃书写上面的书信时，马利高纳受到其他人等的问候、欢迎和热烈的拥抱。天知道是多么热闹，到处是一片委托带信的声音。

庞大固埃写好书信之后，和大司马一齐用了饭，并赐给他一根赤金项链，有八百"埃巨"那样重，共分七股，上面交替镶缀着大粒钻石、红宝、翡翠、蓝宝、珍珠等。快艇上的水手，每人奖给五百"太阳埃巨"；带给他父亲高康大的是那只麋鹿，背上披着绣金的缎披，还有那套绣着阿基勒斯传记和功绩的壁毯和三只身上都披着金线盘花呢披风的独角鹿。就这样，他们一齐离开了美当乌提，马利高纳回到高康大那里去，庞大固埃则继续他的航行。船行至大海上，他请爱比斯德蒙为他朗诵大司马带来的那几本书。他认为既有趣又有意思，如果你们高兴的话，我答应回头给你们述说一番。

第五章

庞大固埃怎样遇见自灯笼国归来的一船旅客

第五天，当我们开始离开赤道线对着北极转身的时候，忽然发现有一条商船从左面迎着我们开来。这一喜非同小可，不拘是我们，还是那条船上的商人；我们喜的是可以听到海上的消息，他们喜的是能够听到大陆的新闻。

我们驶近那条船，得知他们是法国圣东日的人。双方谈话之后，庞大固埃知道他们原来是从灯笼国回来的。这更增加了我们全体的喜悦，我们向他们打听灯笼国的情况和那里人民的风俗习惯。据说七月底灯笼国即将召开全体大会①，假如我们如期赶到（看样子不难办到），就可以看到许多华丽、尊贵和愉快的灯笼国人，听说他们已在隆重准备，因为他们要好好地表现一下灯笼国的风俗。我们还听说，此去必须经过盖巴林国②，那里的国王奥哈贝③一定会热情地接待我们。国王和他的全体臣民全会说都林省的法国话。

我们正在听取这些消息，巴奴日却和一个塔伊堡④的名叫丹德诺的生意人争吵起来。争吵的原因是这样的。

丹德诺看见巴奴日未穿裤裆，眼镜又拴在帽子上，便指着他对自己的伙伴说道：

"看那边，好一副乌龟的相貌。"

巴奴日因为耳朵上挂有眼镜，反而比平常听得更清楚。他听见这个人说的话，便问他道：

"见鬼，我怎么会是乌龟呢？我还没有结婚，又不像你那个倒霉相，一看就知道有老婆。"

那个生意人答道："不错，我的确有，你就是把欧洲所有的眼镜、再加上非洲的放大镜都给我，我也不肯打光棍。因为我老婆是全圣东日最标致、最温柔、最忠实、最贞洁的女人，这可和别人没关系。我这次出门就给她带来一支十一寸长非常美丽的红珊瑚。不过，这不干你的事，你胡搞什么？你是个什么东西？从哪里钻出来的？贩卖眼镜的异教徒，你还是回答一下你信不信天主好！"

巴奴日说道："我是想问你如果一切元素都顺利、都帮忙，我搞上了你那个又标致、又温柔、又忠实、又贞洁的老婆，让在这里无事可干的普里亚普斯——花园里硬邦邦的神灵，又没有裤裆来约束它——进到她的身体里边，而又糟糕的是无法再出来，怕要永远待在里边，除非你去用牙齿咬住往外拉，那你怎么办？你让它老待在里面呢，还是真的用牙齿去咬？请你回答我，你这个穆罕默德的羊贩子，魔鬼的儿子。"

那个商人说："我要在你这个挂眼镜的耳朵上给你一剑，跟宰只羊似的杀掉你。"

说话之间，他想拔出宝剑，不过剑装在鞘里怎么拔也拔不出来，你们知道海上特别潮湿，而且碱性很大，一切铁器都很容易生锈。巴奴日来不及地向庞大固埃呼救。约翰修士抽出自己新磨的短刀，若不

---

① 1545 至 1563 年之间，多伦多曾召开一系列的宗教改革会议，此处指 1546 年 7 月 29 日的第六届多伦多会议；至于说"灯笼国"，则指教士开会时戴的大风帽犹如灯笼。

② "盖巴林"照希伯来文的意思是"战斗，战争"。

③ "奥哈贝"是从希伯来文 ohahi 来的，意思是"我的友人"。

④ 塔伊堡，法国靠沙朗特河近圣·萨维尼安地名。

是那条船上的船主和其他旅客请求庞大固埃不要在他船上闹事，他一定会把那个商人的脑袋切下来。事情终于结束了，双方握手言和，巴奴日和那个生意人为表示真正和解，举杯痛饮，互祝健康。

第六章

争吵平息后，巴奴日怎样向丹德诺购买羊只

争执平息之后，巴奴日悄悄地对爱比斯德蒙和约翰修士说道：

"你们躲开一点，等一会准有好戏看。不把你看得眼花缭乱算我吹牛。"

说罢便走向生意人，重新满满地为他干了一杯灯笼国的好酒。那个生意人礼貌而又老实地马上回敬了他一杯。饮罢之后，巴奴日一本正经地请生意人卖给他一只羊。生意人说道：

"哎哟！哎哟！我的朋友，我的邻居，你真会拿穷人开玩笑！你真像一个做小买卖的！好了，我的买羊的！天主在上！你那个长相一点也不像个买羊的，倒是像个割人家口袋的扒手。尼古拉在上，我的伙计①！解冻买肠子的时候②应该满满地带一袋钱站在你身边才对！哼，哼，谁看不出你来，你就可以大显身手了！喂，善良的人们，你们来看呐，看他装得多像样！"

巴奴日说道："别急，别急。请你特别帮帮忙，先卖给我一只羊吧。多少钱？"

生意人说道："我的朋友，我的邻居，你是否知道我这是什么货色？这才是真正的长羊毛哩③。雅松的金羊毛就是从这里来的。布尔高尼民族的纹章也是来自此处④。这是真正的东方羊，厚毛羊，膘肥的羊。"

巴奴日说道："好了，好了，帮帮忙卖给我一只吧，别的话不用多

说。我这里是马上用西方钱付现⑤，新造的钱，毫无油腻的钱⑥。你说多少？"

生意人说道："我的邻居，我的朋友，我请你换一个耳朵听我说话。"

巴奴日："好，悉听尊命。"

生意人："你不是到灯笼国去么？"

巴奴日："不错。"

---

① 原文 Deu colas，faillon！是一句洛林省的土话，勒·杜沙对它另有一种解释，他认为应该是"古拉，我的儿子（或者'我的孙子'）"。

② 解冻时为肠子落价的季节。

③ "长羊毛"也是一种金币的名称。

④ 布尔高尼大公"善良的菲力普"1429年铸制一金牌，牌上有羊毛图案，作为自己氏族的纹章。

⑤ 针对前面"东方羊"说的。

⑥ 和前面"厚毛羊，膘肥的羊"相对而言。

生意人："去开开眼界？"

巴奴日："对。"

生意人："去游玩散心？"

巴奴日："对。"

生意人："我相信你的名字一定是洛班羊。"

巴奴日："这个名字你一定喜欢。"

生意人："你也不见怪。"

巴奴日："对。"

生意人："我猜想，你大概是国王的小丑吧？"

巴奴日："不错。"

生意人："咱们握握手！哈哈！你是去开眼界的，你是国王的小丑，你的名字叫洛班羊。好，你看那一只羊，它和你一样，也叫洛班。洛班，洛班，洛班——咩，咩，咩，咩①——声音多么好听！"

巴奴日："的确不错。"

生意人："我的邻居和朋友，现在你我之间来一个合约。你呢，你是洛班羊，放在天平的这一边，我这只洛班羊放在另一边；我敢拿一百个布施②牡蛎作赌注，不管是在重量、价格，还是在价值方面，它都在你之上，如果是的话，你将来有一天就这样被吊死。"

巴奴日说道："别忙，别忙。只要你肯卖给我一只，哪怕是次一点的，也算你帮了我不少忙，为你的子孙造福。老爷，先生，我在这里求你了。"

生意人回答说："我的朋友，我的邻居，我这羊身上的毛可以织卢昂的上细呢绒，勒塞斯特③的货色和它比起来，简直等于粗布。我的羊

---

① 羊回答主人的声音。

② 布施，即布施国，法国西部海港，以产牡蛎出名。

③ 勒塞斯特，英国地名，以产呢绒出名。不过原文 Limestre 也可能是 Lucestre 的转音，Lucestre 又可能是 Lincestre 的转音，Lincestre 则是西班牙塞哥维亚织的一种呢料。又一解释说可能是 du maître（权威的）的转音，或者指制造商的姓氏。

皮可以做上等的摩洛哥皮，卖时能充土耳其皮，或者蒙泰利马①皮，至少也可以当作西班牙皮。羊肠子可以做小提琴和竖琴的弦，能和慕尼黑②或者阿揆雷亚③的琴弦售同样高的价钱。你以为如何？"

巴奴日说道："对不起，卖给我一只吧。让我一辈子替你守门都可以④。你看，现钱已经准备好了。要多少？"

他一边说，一边掏出他装满崭新的"亨利巨斯"⑤的钱袋。

---

① 蒙泰利马，法国德龙省地名，在瓦棱西业西北。
② 慕尼黑，法国巴威略城名，又一说此处作者可能指利古里亚的摩纳哥。
③ 阿揆雷亚，意大利地名，为古时商业繁荣之重镇。
④ 意思是说终身为他效劳。
⑤ "亨利巨斯"，亨利二世时的"双埃巨"金币，又一说也可能指无甚价值的小钱，见马里沙尔《拉伯雷研究》上册第180页，1956年版。

第七章

巴奴日和丹德诺的交易（续）

生意人说道："我的朋友，我的邻居，我这羊肉只有国王和皇族才配吃，又细、又嫩、又肥，简直和香膏同样喜人。我是从（天主与我们同在！）猪猡只吃米罗巴朗水果干①的国家把它们贩来的，那里的母猪在生产期内（请大家恕我口直！）只吃橘树花。"

巴奴日说："你倒是卖给我一只吧，我出国王的价钱就是了，说一句算一句。你要多少？"

生意人回答说："再告诉你，我的朋友和邻居，我这羊是曾经驮弗里克苏斯②和海列③渡过海列斯彭特海④的那只羊的嫡系后代。"

"该死的东西！"巴奴日叫了起来，"你真成了clericus vel adiscens⑤了。"

生意人说道："Ita是白菜，vere是韭菜⑥。咳，咳，咳，洛班，洛班，咳，咳⑦。你当然听不懂我跟羊说的话。我再告诉你，凡是我的羊小便过的地里，麦子就长得特别好，跟天主在那里小便过一样。用不着施肥，也用不着上粪。还有呢，从羊尿里，炼丹家可以提炼世界上最好的硝。用羊粪（请不要见怪），我们国家的医生可以治疗七十八种不同的疾病，最轻的要算那种圣特的圣·厄特罗波病了⑧，但愿天主保佑我们，别让我们得上这种病！你以为如何，我的邻居和朋友？我的羊真是下了大本钱来的呀。"

巴奴日说道："不拘如何，卖给我一只好了，我只要一只，而且出好价钱。"

生意人说道："我的朋友,我的邻居,你看看我这些羊身上所具有的自然的奇迹,随便找一个你认为没有用处的部分好了。就说它的角吧,你拿一个铁杆或者木棍——随便用什么都可以——把它敲一敲,然后埋在太阳晒到的地方,随便是哪里,只要有太阳,还要勤浇水。不出几个月,你就会看到长出来世界上最好的芦笋,连拉维纳⑨的也算在内。你告诉我,你们做乌龟的老爷们可有这样有用处、有神奇性能的犄角!"

"好了,别说下去了,"巴奴日说道。

生意人继续道："我不晓得你是否是学者。我见过许多学者——我是说大学者——都是乌龟。真的! 假使你是学者,你一定明白这种有灵性的动物最下面的肢体是蹄子,蹄子上有一块骨头,那就是距骨,或者叫距骨,随你的便,只有这块骨头,别种动物的都不行,除非是印度的驴和利比亚⑩的羚羊,从前可以当作宫内的骨块游戏,屋大维·奥古斯都斯有一天晚上就用它赢过五万多'埃巨'。你们这些作乌龟的可别想能赢这么些!"

"别说下去了,"巴奴日说道。"不过,我倒想试试看。"

---

① "米罗巴朗",印度一种水果干。
② 弗里克苏斯,神话中贝奥提亚国王阿塔玛斯之子,海列之兄,曾飞渡海列斯彭特海,带回金羊毛。
③ 海列,阿塔玛斯之女,随乃兄弗里克苏斯乘金毛羊飞渡大海时落水溺死,该处的海即改名海列斯彭特海。
④ 故事见奥维德《节令记》第3章第851至876行。
⑤ 拉丁文,"学者或者未来的学者。"
⑥ 丹德诺听见巴奴日说拉丁文,也想露露自己的博学,ita是拉丁文的"这个",vere是拉丁文的"真正的"。
⑦ 丹德诺呼唤他的羊。
⑧ 即水肿病。
⑨ 拉维纳,意大利地名,古时曾以产芦笋出名。
⑩ 利比亚,非洲北部地区。

生意人说道:"我的朋友,我的邻居,体内的部分,我什么时候才能好好地向你说明白啊?像羊肩、前腿、后腿、上肋、胸脯、肝、脾、小肠、大肠,还有吹球玩的尿泡,还有矮人国的人做小弓小弩用的肋骨,他们用樱桃子去射击仙鹤,还有脑袋,只消加上一点硫磺,就是治疗狗大便不通的特效灵药。"

"好了,好了,"船主人向那个生意人说话了,"扯得太远了。高兴卖就卖给他一只,不高兴就别拿他耍着玩。"

生意人说道:"看你的面子,我卖给他一只。不过,要三'利佛',任他挑选。"

巴奴日说道:"三'利佛'太贵了。在我们那里,偌大的价钱,可以买到五只,甚至于六只。你自己也应该承认太贵。我不是第一次看到你这样的人,恨不得一下子就发财致富,可是结果没有不倾家荡产、有时甚至赔上性命的。"

生意人说话了:"笨蛋,叫你患严重的四日两头疟疾!冲着沙路[①]神圣的包皮[②]说话!我的最小的羊,也要超过古时西班牙图提塔尼亚[③]地方的科拉斯人[④]卖一两金子一只的最好的羊四倍的价值。你想得到么,会赚钱的傻家伙[⑤],当时一两金子是多少钱?"

巴奴日说道:"好心的先生,我看你是热昏了。好!拿去,这是一只羊的钱。"

巴奴日把钱交给生意人之后,在羊群里拣了一只又肥又大的羊,抓起来就走,那只羊咩咩地叫个不停,其他的羊听见了,全都叫起来,一齐跟着看要把它们的伙伴领到哪里去。生意人却对他的看羊人说道:

---

① 沙路,指维也纳省西沃莱附近的沙路修道院。

② 原文veu,指沙路修道院保存的耶稣受割礼的包皮。

③ 图提塔尼亚,即西班牙南部的安达路齐亚。

④ 科拉斯人,即科尔基斯人。

⑤ 原文sot,可能是scot(苏格兰人),对外国人在法国参军之讽刺称呼,那么就应该译作"拿大薪水的外国人"。

"这个买羊的可真会拣！他真内行，这个强盗！的确，的的确确，那一只是我打算留给唐伽勒①的王爷的，我知道他的脾气。他生来就是手里拿到又肥又嫩的羊腿，就乐得欢天喜地，跟左手拿着球拍一样②，另一只手拿起飞快的刀子，天晓得，他切起来是多么利落！"

---

① 唐伽勒，地名，靠英吉利海峡。
② 有人用左手拿球拍打球，打起来特别有劲；唐伽勒的王爷左手拿羊腿，右手执刀切肉。

第八章

巴奴日怎样使卖羊人和羊群葬身海底

忽然间，也不知道是怎么回事，事情来得太快了，我没有来得及看见，巴奴日二话不说，把他那只咩咩叫个不停的羊扔到大海里去了。其他所有的羊一个个跟着齐声叫唤，一连串地全都往海里跳，看谁比谁跳得快，拦也拦不住。你们知道，羊的生性如此，那就是跟着领头的跑，不管它到哪里去。亚里士多德勒斯在《动物史》第九卷里曾说过，羊是世界上最傻最愚蠢的动物。

卖羊人眼看自己的羊个个往海里跳，吓坏了，用尽气力，左遮右挡，想拦住它们。可是毫无效果。全部的羊跟绳子穿起来的一样全都跳进海里淹死了。最后，他在甲板上抓住一只大肥羊的羊毛，心里想拦住它就可以救住其余的。没想到那只羊身强力壮，带着卖羊人一起跳进了海里，和独眼西克洛波波里菲莫斯的羊从地洞里带走乌里赛斯和他的同伴时一样①，把卖羊人淹死在水里了。所有牧羊人、看羊人，有的抓住羊角、有的扯住羊腿，还有的拉住羊毛，也全都被拖进大海里，统统送了命。

巴奴日站在船上烧饭的地方，手里拿了一个篙，不是为救看羊人，

而是防备他们爬上船来逃出性命。他拿出雄辩的才能大讲其道理，活像一个小奥里维·马雅尔②修士或者约翰·布尔日瓦③修士第二，运用修辞学的本事向他们述说今生的痛苦，来生的幸福，肯定死去比活在这个灾难之谷里幸福得多。他还答应从灯笼国回来以后在塞尼山④给每一个人树立碑志，修造坟墓。但是他还对他们说，万一不死，那也不要动气，那是不该这时死，希望他们能幸运地碰上一条鲸鱼，到第三天头上，平平安安地像约拿一样⑤把他们吐到一个幸福的国土上。

---

① 故事见荷马《奥德赛》第9卷第425行起。
② 奥里维·马雅尔（1430？—1502），路易十一、查理七世及路易十二时之方济各会讲经师。
③ 约翰·布尔日瓦，15世纪里昂方济各会讲经师，殁于1494年。
④ 塞尼山，阿尔卑斯山峰名，在法国与意大利之间，高3170米。
⑤ 约拿因违主命，乘船遇见风暴，耶和华命巨鲸吞之，三日三夜，始将他吐至岸上；故事见《旧约·约拿书》第2章。

卖羊人和羊群从船上落进大海之后，巴奴日叫道：

"船上还有羊没有？提包的羊①还有么？莱纽·勃兰的羊还有么？别的羊吃草自己睡觉的羊还有么？我自己也说不定。这真是一个古代的碉堡，你以为如何，约翰修士？"

约翰修士道："你办得不错，没有什么可说的，这使我想起古时打仗的时候，常常在冲锋陷阵那一天，答应给兵士发双薪；假使打胜仗的话，当然会有钱发给他们，假使打了败仗，那就跟彻里索拉②战役之后格古耶尔③的逃兵一样，不好意思再讨了；所以钱是准备付了，只是没有出你的钱袋。"

巴奴日说道："不提钱了！天主在上，我这个玩笑就不止值五万法郎。咱们回船去吧，顺风来了。约翰修士，我告诉你，没有人使我如意而得不到报酬的，或者至少是我的感激。我不是负义的人，过去不是，将来也不是。也没有人得罪了我后来不后悔的，不管是生前，还是死后。我没有傻到这个地步。"

约翰修士说道："你这叫自作孽不可活。经上说得好：Mihi vindictam，et caetera④，这是圣书的教训。"

---

① 提包，喜剧《巴特兰》里的放羊人，被控偷了主人呢绒商的羊。
② 彻里索拉，意大利地名，1544年4月11日法国人曾在此处战败西班牙人和德国兵。
③ 格古耶尔，瑞士地名，彻里索拉战役中，格古耶尔来的雇佣兵一战即败。
④ 拉丁文，"自己报复，一报还一报"。大意见《新约·罗马书》第12章第19节。

第九章

庞大固埃怎样来到无鼻岛，以及岛上稀奇的亲属关系

我们乘着西风，再加上一点西南风，又走了整整的一天，没有看见陆地。到了第三天上午苍蝇最多的时刻①，一座三角形的岛屿出现在我们眼前，大小与气派都很像西西里岛。这座岛名叫亲属岛。

岛上的男女长得和红波亚都人②差不多，只有一样例外，那就是不拘男女老少，鼻子的样子都像个梅花爱司。为了这个缘故，这座岛过去的名字就叫作无鼻岛。岛上居民彼此之间都有亲属关系，并且以此自豪；岛上的总督曾得意扬扬地对我们说：

"你们外来的人常常以为一个罗马人的家庭（指法比乌斯氏族）在同一个日子（二月十三日），从同一个门口（即卡蒙塔里斯门，古时在卡匹多尔神殿脚下塔彼安岩与台伯河之间，后称罪恶门），为了对抗罗马的敌人（即埃托利亚的维伊斯人）走出来三百零六位战士，彼此全是家属，还带着五千名兵士，全是他们的侍从，后来全部牺牲（在巴卡纳湖发源的克雷米拉河附近），这是一件了不起的事情③。可是在我们国家里，如果需要的话，可以一下子出来三十多万，而且彼此全是亲属。"

他们的亲属关系是很特别的；正是因为彼此全是亲属，所以我们看到的，没有人不是另一些人的父、母、兄、妹、伯叔、姑姨、堂表弟兄、堂表姐妹、女婿、儿媳、教父、教母，甚至于我还看见过一个没有鼻子的老丈唤一个三四岁的小女孩"父亲"，小女孩唤他"女儿"，你们说怪不怪。

他们的亲属关系一直可以拉扯到男人唤女人"我的小墨鱼"，女人唤男人"我的大海鲸"。

约翰修士说道："那他们谈情说爱的时候，可闻得见彼此的鱼腥味。"

这一个可以笑着唤一个美丽的少妇："你好，我的马刷子！"少妇向他回礼，说道："幸会，我的小野马！"

"嗨，嗨，嗨！"巴奴日叫了起来，"快来看一把马刷子，还有一只小野马。野马发起劲来，不是需要常刷刷么？"

这一个可以对他的小情妇说："再会，我的小案子。"小情妇会回答他说："再见，我的小官司。"

冀姆纳斯特说道："圣·特莱尼昂在上！官司可经常和案子在一起。"

这一个叫女人："我的小虫子，"女人回叫他："我的坏东西。"

奥斯登说："这里边既有小虫子，也有坏东西。"

这一个叫他的相好："你好，我的斧头！"她回答说："你好，我的斧柄！"

"牛肚子！"加巴林叫了起来，"斧头需要装斧柄，斧柄需要装斧头！这不是罗马的妓女专门喜欢的长柄④么？或者来一个带长柄的修士

---

① 即上午十一二点钟，一般指日出后三个钟头。
② 波亚都人是从苏格兰民族来的，古时常以敌人的血染红自己的身体，故被人称为"红波亚都人"。
③ 故事见《提特·利维全集》第2卷第49、50章，奥维德《节令记》第2章第195至242行，《奥卢斯·盖里阿斯全集》第17卷第21章。
④ "长柄"原文manche与mancia（意大利文的"酒钱，赏钱"）谐音。

也欢迎。"

还有，我看见一个小伙子叫他的女友："我的小褥子。"她唤他："我的小被子。"他的确长得有点"被子"相。

这一个唤自己的女人："我的面包屑。"女人唤他："我的面包皮。"这一个叫对方："小铲子。"对方唤他："小钩子。"这个唤女人："我的破鞋。"女人唤他："我的大脚。"这一个叫女人："我的长靴。"女人叫他："我的凉鞋①。"这一个把女人叫作"露指手套"；女人叫他"无指手套"。那一个把女人叫作"猪皮"；女人把他叫作"猪油"；猪皮和猪油本来就是亲戚嘛。就这样亲上加亲，男的唤女的："我的炒蛋。"女的唤男的："我的煮蛋。"炒蛋和煮蛋还是脱不开亲属。还有一个男的唤女的："我的绳子。"女的喊他："我的树柴。"②依照我们一惯的想法，再也弄不清他们究竟是什么亲属、什么联系、什么关系，只能说她就是那根捆树柴的绳子。还有一个看见自己的女人，说道："你好，我的小壳子。"她回答道："你好，我的小蚌子。"

加巴林说道："蚌子正好在壳里边呀。"

还有一个看见他的女友，说道："祝你幸福，我的豆荚！"她回答道："祝你长寿，我的豆子！"

冀姆纳斯特说道："豆在豆荚里正好。"

另外还有个穿木头高跟鞋的高个子，遇见一个又肥又胖的小矮个女人，说道："愿天主保佑你，我的木鞋，我的喇叭，我的陀螺！"那个女人当仁不让地回答道："礼尚往来，向你致同样的祝贺，我的小鞭子！"

克塞诺玛恩说道："灰色圣人③的血！还有比用小鞭子玩陀螺更合适的么？"

---

① 原文estivallet，是指夏天穿的凉鞋。
② 绳子正好捆住树柴。
③ "灰色圣人"，可能指圣方济各，因为方济各会的会衣原来是灰色的。

一位做大学讲师的学者，头发梳得光光的，卷得好好的，和一位高个儿小姐说了一会话，临行时说道："多谢你，美人儿！"她说道："领你情，大才子！"

庞大固埃说道："美人配才子，不算错配。"

一位成年的学士走过少女的身边，说道："嗨，嗨，嗨！我的缪斯，好久没见了！"那位少女回答说："带角的神，我随时都乐意和你相会！"

巴奴日说道："把他们俩配起来好了，往屁股眼里吹气，正好凑个风笛①。"

还有一个叫自己的女人："我的母猪。"她叫他："我的干草。"这使我想起来母猪是最喜欢干草的。

我看见一个驼背的家伙在离我们不远的地方向他的女友行礼，说道："再会，我的小窟窿！"她同样还礼："愿天主保佑你，我的小塞子！"约翰修士说道：

"我以为说女的是个小窟窿正对，他呢，叫他小塞子，也没叫错。问题是要知道小塞子塞这个小窟窿能不能塞满。"

还有一个在离别自己女人时说道："再见，我的鸡笼！"她马上回答道："祝你好，我的小鸡！"

包诺克拉特说道："我想这只小鸡是常到鸡笼里去的。"

一个小伙子和一个少妇说话时说道："别忘了，我的无声屁！"她回答道："哪里会，我的大响屁！"

庞大固埃向总督说道："这两个也算亲属么？我看他们不是亲属，而是对头，因为男的叫女的无声屁。在我们国家里，没有比叫女人无声屁更大的侮辱了。"

总督回答道："外方的善良人，没有比响屁和无声屁更亲近的亲属

---

① "缪斯"原文是Muse，"带角的"原文是corne，两个原文字凑在一起，即成cornemuse一字，意思是"风笛"。

了。他们总是同时从一个窟窿眼内一齐出来，谁也看不见。"

巴奴日说道："西北风大概和他们的母亲在一起待过吧?"

总督说道："你说的是什么母亲? 母亲是你们那里的说法。在这里他们是既无父又无母。海那边的人，足穿干草的人，才会有。"

善良的庞大固埃对这一切看在眼里，听在心里；可是听到此处，也听不下去了。

我们结束了视察这座岛的地形和无鼻人的风俗，走进一家酒馆，打算吃点东西。可是酒馆里，正在举行婚礼。我们赶上了大摆宴席。于是我们参加了一个美满的婚礼，新娘是一只梨，我们见她又肥又壮（不过摸过她的人都说很软），男的是一块正在青春时期的奶酪，红红的脸，头发很浓。过去不少人对我说过，这样的婚姻别处也曾经有过。在我们家乡，就有这么一句话，说梨和奶酪联婚，百年恩爱不尽。

在另一个厅堂里，另有一家在结婚，女的是一只年老的破靴子，男的是一只又年轻又柔和的新鞋。有人告诉庞大固埃说，年轻的新鞋娶年老的靴子为妻是因为她肯迁就，在家里百依百顺、又油又腻，对一个打渔的尤其合适①。

在一间比较低的厅堂里，我看见还有一家在结婚，男的是一只年轻的便鞋，女的是一只年老的拖鞋。有人告诉我们说，这两个人的婚姻，既不是因为女的貌美，也不是因为女的优雅，而是因为女方节俭有道，爱财如命，全身都是金元。

---

① 渔夫下水需要穿油靴，甚至穿着靴子睡觉。

第十章

庞大固埃怎样在和平岛①登陆访问国王圣巴尼贡

我们离开了亲属岛上鼻子像梅花爱司的丑陋居民，趁着西南风开了船。一直走到太阳落山，才来到和平岛上。和平岛是一座大岛，肥沃富裕，人口众多，那里的国王名叫圣巴尼贡②。圣巴尼贡带领太子太保、王公大臣，亲自来到码头上迎接庞大固埃，并把他接到自己宫里。皇后带领公主和宫廷贵夫人等早在宫门迎候。巴尼贡要皇后以及随从人等和庞大固埃等人行吻抱礼，这是当地表示礼貌的风俗。于是一个个都行了吻抱礼，只有约翰修士混在国王的人员当中，未被发现。

巴尼贡极力请庞大固埃留至第二天才走。庞大固埃推辞说不愿错过天气晴好，顺风顺水，这是航行的人可遇而不可求的，因此须要尽力利用，因为这样有利的气候并不是希望有就有的。庞大固埃这样表示之后，巴尼贡请我们每人喝了二十五杯到三十杯酒，才放我们回来。

回到码头之后，庞大固埃发觉约翰修士不在，问他到哪里去了，如何不与大家一齐回来。巴奴日不知如何回答，打算返回皇宫寻找，正在此时，约翰修士欢天喜地地跑回来，快活地大声嚷道：

"尊贵的巴尼贡万岁！冲着天主的肚子说话，他的厨房实在丰富。我就是从那里来的：食物堆集如山。我真巴不得把肚子尽量填满填足才好。"

庞大固埃说道："我的朋友，你原来躲进厨房里去了。"

约翰修士回答道："母鸡的身体在上③！我对于厨房可比对女人矫揉造作地鞠躬行礼熟悉得多，magny、magna、chiabrena④、这里哈腰、那里问候、亲近、拥抱、吻手、阁下、陛下、殿下、欢迎欢迎，等等等等。去他的吧，卢昂讲话比粪还臭！太麻烦了，太啰嗦了。我的老天！我可不说宁愿放弃到酒桶里去痛饮，也要在女人身边有自己的名字。这些烦琐的礼节，行不完的礼，实在比魔鬼还要使我讨厌。圣本笃当初真是有道理⑤，你说向女人去行拥抱礼，冲着我身上这件尊严而神圣的会衣说话，我还是不去的好，我怕碰上盖尔士⑥的王爷遇见过的事情。"

庞大固埃说："盖尔士的王爷？我认识他，他是我的要好朋友。"

约翰修士说道："有一次，住得离他不远的一个亲眷请他参加一次隆重豪华的宴会，附近的贵族、贵夫人、小姐等也都被邀参与盛会。王爷未到之前，她们把侍从装扮起来，给他们穿上华丽的女人衣服，把他们打扮成小姐模样。然后，让这些打扮成小姐的侍从到堡寨门口去迎接王爷。王爷到后，仪态隆重地吻过所有的人。到后来，躲在走

---

① 原文 cheli 来自希伯来文 scheli，意思是"和平"。希腊文 cheli（χειλεα，χειλη）意思是"嘴唇"和"奉承，赞颂"。

② "巴尼贡"（Panigon）这个字来自朗格多克土语，意思是"小面包，饼干"或"矮人"。

③ 他把"天主的身体在上！"（Corps Dieu！）说成了"母鸡的身体在上！"（Corpe de galline！）

④ "这里行礼，那里打恭。"本来是三个跳舞术语，意思是"行礼，再行礼"。

⑤ 作者曾在本笃会修道，修士对人行礼，只许点头示意。

⑥ 盖尔士，封地名，在都尔之南 10 法里处。

廊里的贵夫人哄然大笑，吩咐侍从脱下他们的衣装，善良的王爷看见被骗，不禁羞愧气恼，不肯再亲这些幼稚的夫人和小姐，他说既然可以拿侍从装扮起来骗他，天主那个肚子！这些女人也可能是侍从的侍从装扮起来的，不过装扮得更像一点罢了。

"天主在上！ da jurandi[①]，为什么不先到主人丰盛的厨房里去呢？为什么不先观光一下活动中的肉叉、炉灶的排列、肥肉炖的程度、肉汤的冷热、准备的什么点心、打算上什么酒呢？ Beati immaculati in via[②]。这是经上的指示啊。"

---

① 拉丁文，"恕我亵渎神圣。"全文是da veniam jurandi。
② 拉丁文，"行为完全，这人便为有福。"见《旧约·诗篇》第119篇第1节。

第十一章
为什么教士喜爱厨房

爱比斯德蒙说道："真乃教士的行话。而且是领导人的教士，不是被人领导的教士。你使我想起二十年前①在佛罗伦萨的所见所闻来。当时在一起的全是些饱学之士，个个都是热爱游览、热爱访问贤哲，并参观意大利名胜古迹的人。大家仔细观赏着佛罗伦萨的美丽和城市风光，圆顶大殿的建筑，庙堂以及豪华宫廷的雄伟，大家争着赞不绝口，这时忽然过来一个亚眠②的教士，名叫伯纳尔·拉尔东，他忿忿不平地向我们说：

"我真不知道你们在此处看到什么值得如此称赞的鬼玩意。我和你们一样各处都看到了，我的眼睛也不比你们差。可是，说穿了，有什么呢？不过是一些美丽的建筑罢了。仅此而已。但愿天主和我那善良的主保圣人圣伯纳尔不要抛弃我们！在偌大一座城市里，我找来找去、看来看去，连一座烤肉店还没见过。我告诉你们，我像一个侦探一样把左右两边一家一家都数过了，想看看哪一边烤肉的店铺更多，结果是一无所获。在我们亚眠，不要说像我们参观过的这些路，即便只有四分之一，就算三分之一吧，我也可以让你看见不止十四家香气喷喷的老烤肉店。我真不知道在钟楼那里看见的几只狮子、几只非洲野兽（好像你们叫作老虎③）和在菲力普·斯特罗齐大公的府邸里④看见的几只箭猪和鸵鸟，有什么好玩。老实说，我更乐意看见叉在叉子上烤得正好的大肥鹅！至于这些云斑石、汉白玉，说它们好看，我并不反对；可是亚眠的奶油蛋糕，依我看，比它们好得多。说这些古老的

雕像雕得美丽，我也相信；可是，冲着阿贝维尔的圣菲雷奥尔⑤说话，我们家乡的少女比它们可爱到何止千倍！"

约翰修士说道："请你说一说教士乐意待在厨房里，可是国王、教皇、皇帝都不在那里，这是什么缘故？"

里索陶墨接口道："是不是因为锅里和炉架里有一种内在性能和隐形特征，像磁石吸铁那样，吸引着教士，而不吸引皇帝、教皇和国王？或者说，是不是教士的会衣和教服有一种天然的倾向和感应，自然而然会把那些善良的教士们引进和推进厨房里，不管他们愿不愿去？"

爱比斯德蒙回答道："这是因为外形是随着物体的。阿弗罗厄斯就是这样解释。"

"不错，不错！"约翰修士附和道。

庞大固埃接口道："我想说的倒不是来答复刚才的问题，因为这个问题有点棘手，你一接触它，就会刺着你。我是说记得读到过马其顿

---

① 初版上系十二年，作者可能指自己在意大利头一次旅行（1534）。
② 亚眠，毕加底古省会。
③ 初版上此处还有"几只利比亚狗熊"，后再版时被作者删去。
④ 当时斯特罗齐宫里确有一动物园。
⑤ 圣菲雷奥尔，鹅的主保圣人。

国王安提哥奴斯①，有一天走进行营内的厨房里，看见诗人安塔高拉斯正在煎鳗鱼，国王连忙过去替他拿住锅，欢欣地问道：'荷马描绘阿伽门农勇武事迹的时候，是不是也煎鳗鱼吃？'安塔高拉斯回答道：'啊！我的国王，你以为阿伽门农在完成他那些勇武事迹的时候，会想到看看有没有人在他营房里煎鳗鱼么？'在国王看来，诗人在厨房里煎东西是不合适的。诗人却使他明白国王进厨房那就更大逆不道了。"

巴奴日说道："我还有一个绝妙的故事呢，我说一说维朗德里的布列通②和德·基兹公爵③的故事给你们听。有一天，他们谈到国王弗朗索瓦对查理五世的一次战役，在这次战争中，布列通尽管从头到脚顶盔贯甲、全副披挂，可是在交战时谁也没有见过他。布列通说道：'老实告诉你，我确实是在战场上，并且不难向你证明，因为我去的那个地方，连你也不敢去！'公爵老爷以为这句话说得未免狂妄不知分寸，不禁怒形于色，可是布列通哈哈大笑，叫他不要生气，说道：'我钻到行李堆里去了，那个地方阁下怎么肯去呢？'"

他们一边说，一边回到自己船上，开船驶离了和平岛。

---

① 安提哥奴斯，德米特利乌斯之子，公元前3世纪马其顿国王。这里的故事见普鲁塔克《传记集·宴会篇》第4卷第4章第2节。
② 克洛德·布列通，弗朗索瓦一世的宠臣和国务大臣，殁于1542年。
③ 德·基兹公爵，即克洛德·德·洛林，基兹的第一任大公，殁于1550年。

第十二章

庞大固埃怎样来到诉讼国以及当地执达吏的怪诞生活

我们继续前进,第二天来到了诉讼国,这个国家被骚扰、折腾得不像样子。我简直不知道怎么说好。我们在那里看见一些什么都干得出来的法官^①和执达吏^②。他们既不请我们饮酒,也不留我们吃饭,只是一味地对我们连连行礼,说只要给钱,要他们做什么都可以。我们一个翻译官把他们和罗马人^③完全相反的、奇怪的谋生方式说给庞大固埃听。在罗马,许多人靠毒杀、拷打和杀戮来过活;可是此地的执达吏却是靠挨打来过日子。因此,假使很久不挨打,他们以及他们的妻子和儿女,就只好饿死。

巴奴日说道:"这和克罗丢斯·伽列恩所说的不挨鞭子那话儿就不向热道圈^④翘起来的人一样了。圣提包^⑤在上,如果谁这样打我,不把我打得落鞍堕地那才怪哩!"

翻译官说道:"他们是这样的。遇到有一个教士、司铎、放高利贷者或者律师,想对某一个贵族使个坏心眼,便唆使执达吏到他家里去。执达吏对他提出传讯,叫他出庭听审,厚着脸皮尽自己权限所能做到的侮辱他，责骂他，一直到那个贵族——只要他不是一个麻木不仁、比癞蛤蟆还傻的白痴——不得不起来在执达吏头上打他两棍子，甚至砍他两剑，或者砍断他的小腿、从城堡的窗口里把他扔出去为止。执达吏挨过打之后，四个月的工夫不用再发愁了，挨棍子就是他自然的收获，因为教士、放高利贷者或律师都会给他高额的报酬，而且那个贵族也得赔偿他的损失，数目大得吓人，有时会使得贵族完全破产，还有危险在牢狱里受死为止⑥，就仿佛犯了对国王大逆不道的罪恶一样。"

巴奴日说道："我有一个绝妙的方法来对付，巴舍⑦公爵就常常使用。"

"什么方法？"庞大固埃问道。

巴奴日说道："巴舍公爵是一个直爽、高洁、豪迈、勇武的人。他参加过菲拉拉大公在法国人协助之下英勇抵抗教皇茹勒二世疯狂政权的长期战争之后⑧，每天都受着圣·路昂修道院那个肥大的教长有意摆弄的折磨、骚扰和贪得无厌的勒索。

"有一天，在他和家人一道用早饭的时候（他为人平易善良，毫无贵族架子），他叫把卖面包的罗亚尔和罗亚尔的老婆、还有他那个教区名叫乌达尔的本堂神父——这个本堂神父同时也是他的管事，这是当时的法国风尚——一齐都喊了来，当着在场的贵人和仆役，向他们

---

① 原文是 Procultous，意思是"把一切都踩在脚下"，另一种解释是"先下手种植的人"。

② 原文是 chiquanous，照拉丁文有"猎取野禽"的意思，此处似乎是"什么都干得出"。

③ 包括一切隶属于罗马统治之下的人。

④ 指腰带，此处所说的话见瑞士法学家德·洛尔姆的《鞭刑史》。

⑤ 圣提包，11世纪香槟省人，以自打苦鞭闻名。

⑥ 这种情况是不真实的，当时贵族对待法警、执达吏一类的人物，并不如此惧怕。

⑦ 巴舍，法国安德尔·罗亚尔省地名，巴舍公爵系以封地作姓。

⑧ 指法王路易十二协助菲拉拉大公阿尔丰索·德·艾斯泰抵抗教皇茹勒二世的战役。

说道：

"'孩子们，你们都看见这些坏蛋执达吏每天是怎样来气我的；我已拿定主意，如果你们不来帮助，我决定离开这个地方，替苏丹去出力报效，对谁作战我都不管。我决定下次他们再来的时候，你，罗亚尔，和你的老婆，待在我大客厅里，跟订婚时一样，跟当初真订婚时一式一样，穿上华丽的结婚礼服。这里我给你们一百块金"埃巨"置办服装。你呢，乌达尔神父，别忘了穿上最新的短白衣，带上美丽的披带，提好圣水，做出为他们行婚礼的样子。还有你，特鲁东（这是他的鼓手的名字），你也带着笛子和鼓待在这里。等婚配的经文念好、在鼓声中吻过新娘之后，你们便互赠婚礼纪念品，所谓纪念品，就是轻轻地打两下。打两下，吃饭时只有更会吃。但是轮到执达吏的时候，可不能轻饶他，要像打青麦子那样狠打，我请你们要狠打、狠捶、狠揍。我现在把打架用的镶皮手套给你们。你们要给我没头没脸地狠狠地揍他一顿。谁打得最厉害，我便认为谁对我最好。不要怕打官司，我会替你们全体作证。你们打的时候，别忘了依照订婚时的风俗①笑着打。'

"乌达尔问道：'可是，我们怎么认得出他是执达吏呢？因为你府上每天都有各样的人进进出出。'

---

① 这个奇怪的风俗当时在波亚都特别流行。

"'这我已经吩咐过了,'巴舍公爵回答道.'你们只用注意几时门口有一个步行的人,或者骑一匹瘦弱的老马,大拇指上戴着一个又粗又大的银戒指①,那就是执达吏。看门的人自然会客客气气地领他进来,摇铃关照有客。这时你们就准备好,走进大厅表演我刚才说的那出悲喜剧。'

"就在当天,真是天主的意思,果然来了一个肥头大耳、面色红红的老执达吏。他一敲门,看门人就认出来他那双又大又笨的长统靴,瘦弱的老母马,腰里拴着一个塞满状纸的布袋,而特别是戴在左手大拇指上的那个又粗又大的银戒指。看门人非常客气,恭恭敬敬地把他让进来,满脸带笑地摇铃关照有客。一听见铃声,罗亚尔和他老婆马上穿好华丽的礼服,一本正经地出现在大厅里。乌达尔也穿好了短白衣,戴好了披领。他一走出更衣室,便迎面碰上了执达吏,于是先把他让进那间屋里痛痛快快地请他喝了一阵,这时其他的人都戴好打架的手套,只见乌达尔说道:

"'你来得再巧也没有了,这里的老爷正在办喜事。马上就要摆席,一切都丰盛得不得了,今天这里有人结婚。来,请先喝上几杯,喜欢喜欢。'

"执达吏信以为真地喝起酒来,巴舍公爵看见大家已准备停当,便叫人来请乌达尔。乌达尔连忙带着圣水走出来。执达吏跟在背后。他一进大厅,便不住地点头行礼,然后对巴舍提出传讯。巴舍公爵对他非常客气,马上塞给他一块'天

---

① 戒指上刻有名字,当作图章盖火漆用。

神币'并请他留下来参加这里的订婚典礼。执达吏果然留下来没有走。

　　"行礼之后，开始了赠拳。走到执达吏跟前，大家一齐拳足交加一阵饱打，直打得他七荤八素人事不知，一只眼睛打得像黑奶油，肋骨打断了八根，胸骨打塌了进去，肩胛骨打成了四瓣，下牙床骨打成了三段，而且全是在嘻嘻哈哈当中打的。天知道乌达尔是多么卖力，他那带铁尖的镶皮大手套缩在短白衣的袖子底下，他真是一个有力的打手。

　　"执达吏被打得遍体鳞伤，跑回布沙尔岛去，然而他对巴舍公爵却是万分满意。反正后来当地有名的外科医生也救治过他，你们高兴让他活多久就活多久算了。不过，从此之后，没有人再提到过他。他留给人的记忆也随着他葬礼的钟声一齐烟消云散了。"

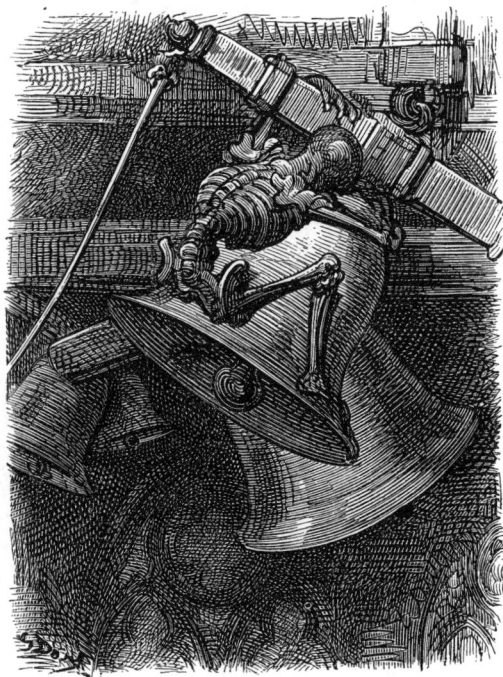

第十三章

巴舍公爵怎样效法弗朗索瓦·维庸奖励手下人

执达吏出了寨堡，又骑上他那匹瞎马①（他是这样来叫他那匹单眼瞎的母马的）逃走了。巴舍公爵把夫人、小姐以及全家人等都叫到后花园的花棚底下，叫人取来好酒，另有大量肉食、火腿、鲜果、奶酪，一齐开怀畅饮了一番，然后对他们说道：

"弗朗索瓦·维庸大师在他的老年②得到一位善人的照顾，隐居在波亚都的圣玛克桑，那位行好的善人便是该处的修道院院长。维庸大师为了使当地人民得到娱乐，用波亚都方言编写了一出《耶稣受难》的戏剧。角色分派妥当，演员也齐了，戏也准备好了，大师通知当地市长和官员说这出戏可以在尼奥尔大会③时筹备停当，现在只有演员的服装有待解决。市长和官员们下令协助他们。于是给那个扮演天主圣父的老农民罗致衣服，诗人请当地方济各会当家神父艾提恩·塔波古④借出一件袈裟和披带。塔波古拒不答应，推说外省会规严禁把任何东西赠与或借给演戏的人⑤。维庸说会规只是指的闹剧、滑稽戏和诲淫的戏，像在布鲁塞尔和其他地方曾经见过的那样⑥。不拘如何说，塔波古还是坚决请他——如果他乐意的话——到别处去借，此处别存任何希望，因为他是不会借出来的。维庸恼恨万分，把他的话告诉了演员们，并且说天主一定会向塔波古报复，马上就要做个样子给他看看。

"星期六那一天，维庸听说塔波古骑着修院里那匹童贞马（这是对一匹未曾交配过的牝马的称呼）到圣利盖尔⑦募捐去了，要到下午两点钟光景才能回来。于是诗人马上组织了一个魔鬼出巡，在城里和集市上演起来。一个个魔鬼都披着狼皮、牛皮和羊皮，带着羊头、牛角和厨房的大叉子；腰里束着宽皮带，皮带上挂着奶牛系的大铃铛和骡子的项铃，晃晃荡荡，声音吓坏人。他们有的手里拿着装满火炮的黑筒子，有的举着燃烧的火把，每走到一个十字路口，便掏出大把的松香扔在火把上，发出骇人的火光和浓烟。诗人带着他们在街上巡行，大人见了好玩，小孩看见害怕，最后带他们来到城外一家农民家里吃饭，这家人家正是在通往圣·利盖尔的大路上。刚来到这家人家，便远远地看见塔波古募捐回来，诗人用混合体的诗句⑧向他们说道：

Hic est de patria, natus de gente belistra,

---

① 原文 esgue orbe 是从拉丁文 equa（牝马）和 orba（瞎眼的）来的。
② 费朗索瓦·维庸殁于 1430 年，享年 54 岁，此处故事仅系传说。
③ 尼奥尔每年有三次大会，最大的一次是 5 月 6 日。
④ "塔波古"意思是"敲尾巴"。
⑤ 依照修会规矩，教士不许看戏，但对于宗教剧，他们有时可借出教内器皿。
⑥ 1441 至 1559 年之间布鲁塞尔每年曾演一次《圣母七乐》，演出之前还举行演员巡行，不过维庸没有到过布鲁塞尔。
⑦ 圣利盖尔，尼奥尔附近乡村名，该处有本笃会修院。
⑧ 即杂有拉丁文的诗句。

Qui solet antiquo bribas portare bisacco①.

"众魔鬼一齐说道:'见鬼,见鬼!此人连一件破袈裟也不肯借给天主圣父,今天非吓吓他不可。'

"维庸说道:'有理,有理;不过,咱们先躲起来等他走过,你们把炮火先准备好。'

"塔波古走到跟前,大家一齐冲上大路,蜂拥地扑了过去,烟火从四面八方对准他和他那匹童贞马一齐喷射,铃铛叮叮当当,一片鬼哭神号:'喝,喝,喝,喝!噢,噢,噢,噢!呼,呼,呼!喝,喝,喝!艾提恩修士,我们像不像魔鬼?'

"那匹母马一害怕,吓得又是蹦,又是放屁,跳跃奔跑,后蹄直踢,连连不停地放屁;塔波古虽然用尽气力抓住鞍鞯,最后还是从马上摔了下来。马镫本来是用绳子编制的,现在右边的那一只,把他镂空的鞋套得紧紧的,他再也无法摆脱出来。就这样,他被拖在马屁股后边,被马踢个不停,那马被吆喝声、炮火声吓得乱跑。塔波古的脑袋被踢成两半,脑浆倾散在十字架②旁边,胳膊也被踢断,这里扔一只,那里扔一只;两条腿也断了;肠子成了一团肉酱;那匹马跑到修院时就只剩下塔波古的一只右脚和一只歪歪扭扭的鞋了。

"维庸看见发生的正是他所料到的,便向众魔鬼说道:

"'鬼朋友,你们一定演得很好,一定演得很好,我绝对相信。太好了!我敢肯定索米尔、杜艾、蒙莫里翁、朗热、圣艾班、翁热、天主在上!连普瓦蒂埃和它的市政大厅也算在内,所有这些地方的魔鬼剧和你们相比也比不过你们。真是太好了!'"

巴舍公爵继续说道:"朋友们,我料到的也正是如此,将来你们演

① "此人生来贪小无赖,袋内私藏募捐钱财。"
② "和散那"(Hosanna)原是耶稣骑驴进耶路撒冷时众人对他的称颂呼声,此处指圣枝礼仪节信徒唱Hosanna filio David(和散那归于大卫的子孙)的地方,该处立有十字架。

这出悲喜剧一定会演得很好，因为头一次试演，那个执达吏就被你们打得、揍得、收拾得这样彻底了。从今天起，我把你们的工资增加一倍。至于你呢，我亲爱的朋友（他向自己太太说），你高兴做什么尽管做好了。反正我的全部财产全在你手里掌握着。我现在，首先让我为大家干一杯，你们全是我的好朋友。啊！这酒不错，真爽！第二，轮到你了，我的总管，请你收下这个银盘，我把它送给你。还有你们，负责马匹的管家，请你们收下这两个镀金银杯。其他的仆役们，保证一律三个月谁也不挨鞭子。亲爱的，请你把我上好的白羽毛和金片分给他们。乌达尔神父，我把这个银瓶赠给你。另外一个，我送给厨房师傅。贴身侍从，我送给你们这个银筐子。还有马夫，我把这个镀金银筐子送给你们。看门人，我奖给你们这两个盘子。管骡子的，我送给你们十把调羹。特鲁东，请你收下这些银调羹和这个糖果盘。还有你，我的用人，你拿去这个大盐缸吧。朋友们，你们对我好，我不会忘记。天主在上，请你们相信，我宁愿在战场上为我们善良的国王头上挨一百锤，也不愿意被坏蛋执达吏传讯一次，让那个肥教长开心。"

第十四章

执达吏在巴舍府邸被打记（续）

"过了四天，另一个细高个儿年轻的执达吏，在那个肥胖的教长唆使下，又来到巴舍提出传讯。他一走到，马上就被看门人认出来，随即摇动铃铛。府内人等一听见铃声，全都知道是怎么回事。那时罗亚尔正在揉面，他老婆正在过箩，乌达尔正在料理账目。府内的贵族正在打球。巴舍公爵和夫人正在玩三百零三分①。小姐们正在玩串骨块游戏。侍卫们正在玩'皇帝'②。侍从们正在猜榧子③。这时全都知道执达吏来了。乌达尔立刻装扮起来，罗亚尔和他的老婆穿起华丽礼服，特鲁东一边吹笛子，一边打鼓，个个欢天喜地，全都忙着准备，戴好打架的手套。

"巴舍公爵来到院里，迎面看见执达吏，执达吏向公爵行了一个跪拜礼，请公爵不要以为他是肥教长打发来的而动气，他花言巧语地说他来传讯仅仅是奉命而来，身不由己，虽然替教士跑腿，替修道院当差，但也可以同样替公爵办事，做任何卑微的差使，随便怎样使唤他、差遣他都可以。

　　"公爵说道：'好极了，传讯的事暂且放开，请你先来喝点甘格奈的美酒，参加我今天主办的喜事。乌达尔神父，你好好地带他喝点酒，然后请他到客厅去。我们欢迎你来！'

　　"执达吏吃饱喝足之后，跟随乌达尔来到大厅，大厅里全体闹剧演员早已准备停当，等待演出。执达吏一进门，大家都露出笑容，他也跟着向大家笑，等到乌达尔向一对新人念念有词、握过手、吻过新娘之后，向大家洒了圣水。这时端上酒菜，开始送拳。执达吏在乌达尔身上打了不少下。乌达尔的打架手套藏在衣服底下，这时飞快地套在手上，举拳便打，迎面重击，一时戴打架手套的拳头从四面八方像雨点一般一齐落在执达吏头上。

---

① 一种纸牌游戏。

② "皇帝"，意大利一种纸牌游戏。

③ 意大利流行的一种游戏，对方一举手，你要马上说出来有几个手指头。

"'喜呀，喜呀，喜呀！可别忘了这次的喜事！'大家一齐叫嚷。

"这一顿揍可够重的，嘴里、鼻子里、耳朵里、眼睛里都出了血。最后打得他遍体鳞伤，肩膀脱骱，前额、后脑、后背、前胸、两只胳膊，全都给打坏了。你们可以相信，在亚威农举行狂欢节的时候，那些学生的热闹情况，也及不上今天这一场殴打。执达吏一直被打得昏倒在地。后来往他脸上泼了好些酒，把一条黄绿两色的布条①拴在他袖子上，扶他上了他那匹鼻涕邋遢的瘦马。回到布沙尔岛以后，我不知道他老婆或者当地的高明郎中有没有为他包扎和医治，反正从此之后，没有人再提过他。

"第二天，又来了一个，因为那个瘦执达吏背包里的卷宗没有送到。所以肥教长又打发一个新的执达吏来传讯公爵，还带了两个法警保护执达吏的安全。看门人摇铃见客，全家一听执达吏又来了，非常欢喜。巴舍公爵正在和夫人以及贵族人等用饭。他叫人把执达吏请进来，让他坐在自己身边，让法警坐在小姐们那里，大家快活地一齐吃了饭。到了上点心的时候，执达吏站起身来，当着那两个法警把传讯

---

① 傻子和疯子的标志。

公爵的通知拿出来。公爵客气地请他留下副本，副本早已准备好了，公爵接过来，马上掏出四块'太阳币'送给执达吏和他带的法警。这时大家早已准备停当。特鲁东开始敲起鼓来。公爵请执达吏留下来参加府内一位执事的订婚典礼，并请他为新人作证，当然厚致报酬。执达吏很礼貌，马上掏出写字工具，迅速把纸张预备好，两个法警立在他身边。罗亚尔从这边门口里走进大厅，他的老婆穿着礼服跟府内小姐们从对面门口里走进来。乌达尔身穿法衣，拉住他们的手，问他们订婚可是情愿，然后为他们祝福，并大量洒出圣水。婚书写好，签好字，一边端上酒菜，一边分发大量的白色和橘黄彩条①，另一边戴打架手套的拳头也悄悄地开始活动起来。"

---

① 行婚礼时的彩饰。

第十五章

执达吏怎样恢复了订婚的古礼

"执达吏饮下一大杯布列塔尼酒^①之后，向公爵说道：

"'爵爷，你以为如何？在我们这里，婚礼纪念品怎么不给了呢？天主的圣血！所有的好规矩都绝了；所以兔窝里没有兔子，人也没有了朋友。你看有好几处教堂里连圣诞节前"噢"字圣人^②的酒会也取消了^③！整个的世界都混乱了。末日即将到来。趁我还记得古礼：喜呀，喜呀，喜呀！'

"他一边说，一边朝着公爵及公爵夫人打过来，然后又打了小姐们和乌达尔。

"戴打架手套的人开始行动了，结果执达吏头上打了九个窟窿，一个法警的右胳膊打断了，另一个的上颚骨打歪了，只有一半还在下巴颏上，小舌头也露出来了，白齿、犬齿一齐都打掉了。

"鼓的曲调改变了，戴打架手套的人一个也看不见了，糖果又重新端上来了，大家欢欣享用。快乐的朋友互相干杯，大家齐向执达吏及法警敬酒，乌达尔咒骂婚礼，说他真倒霉，一个法警打得他一个肩膀脱了骱，尽管如此，他还是愉快地和法警碰杯。法警呢，牙床骨都碎了，一句话也说不出来，拱手请求饶命，因为他已经不会说话了。罗亚尔抱怨那个断胳膊的法警在他胳膊肘上打过一下，打得很重，连脚后跟都打疼了。

"特鲁东用手巾护住左眼，拿出一面已经打破的鼓，说道：'我哪

里得罪了他们呢？把我这只可怜的眼睛打坏不算，还打破了我的鼓。行婚礼鼓是要打的，但是打鼓的人都是受欢迎的，从来不挨打。现在只有让魔鬼用鼓做帽子了！'

"执达吏被打得只剩一只胳膊，他说道：'我送你一大张陈年的公函吧④，我背的口袋里就有，拿去补你的鼓吧。看在天主份上，饶了我们吧！看在里维埃的圣母、那位仁慈的圣母份上，我可没有意思让你受屈。'

"一个管马的执事学着包塞岩⑤那位善良、尊贵的公爵⑥一步一瘸地向那个打塌牙床骨的法警说道：

"'你们是挨打的人呢、是打人的人呢、还是专门打架的人呢？用鞋把我们上半身踩成青一块、红一块还不够，还要用靴子踢伤我们的腿？你们把这个叫作闹着玩么？天主在上，这可不是玩的。'

"那个法警拱起手来，跟一个不会说话的小孩那样，翘着舌头说道：'我的，我的，我的，我，我，我……'

"新娘又像哭又像笑，同时又像笑又像哭，诉说执达吏非但不分上

---

① 即维龙产的名酒。
② 法国旧时风俗，圣诞节前九天开始的一种祈祷，经文全以"噢"字开头。
③ 旧时教士在圣诞节前寄给在本处教堂结婚的人一种金"噢"字的贺年片，接受贺年片的人回赠钱币，教士即用此钱请人喝酒。此种贺年片可以转送未婚青年，为年内定可结婚之吉兆，甚受欢迎。
④ 古时公函都是用羊皮纸写的，甚坚固，可以代皮使用。
⑤ 包塞岩，洛士附近地名。
⑥ 指弗朗索瓦一世及亨利二世的总管约翰·沙台尼埃，在巴维亚战役中腿被打断，后在包塞岩封爵。

下在她身上乱打，而且打坏了她的头发，此外，还把她那不见人的秘密所在里里外外打了一个遍。

　　"公爵说道:'真是见鬼！国王老爷（执达吏的称号）非把我太太的脊骨打断不行了。不过，我不怨他，这是行婚礼时的规矩嘛。只是我看他传讯我的时候像一个天使①，打我的时候却像一个魔鬼，完全是"打架修士"②那种派头。我非为他干杯不可，还有你们，法警先生，我也为你们干杯。'

---

① 天使，法院执达吏的绰号。
② "打架修士"，作者对爱闹事的修士的一种称呼。

"公爵夫人说道：'他这样又那样地饱我以老拳，究竟是为了什么才如此厉害？我恨不得叫魔鬼捉走他。可是，别这样！我只是说我肩膀上从来也没有挨过这么重的手指头。'

　　"总管吊着左边的胳膊，跟完全打坏了一样，说道：

　　"'参加今天的婚礼，真是见鬼。天主在上，我的胳膊都打坏了！你们这算订婚么？我看这是狗屁订婚。老天在上！这真是萨摩撒塔的哲学家①所描写的拉比提人②的婚礼。'

　　"执达吏一声不响。法警抱歉说他们实在不是故意的，请求看在天主份上饶他们不死。

　　"他们辞别出来。但是未走半法里的路，执达吏就有点不对头了。两个法警回到了布沙尔岛，公开说没有人比巴舍公爵更善良的人了，也没有比公爵府上更可尊敬了。他们两个从来没有参加过这样的婚礼。打架应该怨他们自己不好，因为是他们先动手的。我不知道这两个人后来活了多久。

　　"但是确实知道的，是从此以后，巴舍的钱对于执达吏和法警，就像古时图卢兹的金子③、赛让的马④，对于它们的主人那样，被看作是主凶的，会致人死命的。据说那位公爵从此没有人再麻烦他了，巴舍的婚礼，成了俗话中的一个典故⑤。"

---

① 指鲁西安。此处所引故事见鲁西安著《拉比提人》。
② 拉比提人，即神话中的戴萨里亚人，以驯服烈马出名，国王皮里图斯结婚时，因半人半马神侮辱了拉比提国的女人，结果大打了一场。
③ 西赛罗，奥卢斯·盖里阿斯，斯特拉包等人的作品里都曾说图卢兹的金子谁拿到谁倒霉。见埃拉斯姆斯《箴言集》第1卷第10章第98节。
④ 奥卢斯·盖里阿斯和埃拉斯姆斯都曾提到赛让的马，说它是狄欧美德斯的马嫡系后代。
⑤ 见德·奥比涅著《德·费奈斯特男爵传》第3卷第5章。

第十六章

约翰修士怎样尝试执达吏的天性

庞大固埃说道:"这个故事好是好,只是我们眼睛里应该经常保持对天主的敬畏。"

爱比斯德蒙说道:"假使戴铁手套的拳头能雨点一般地打在那个肥教长身上就更好了。他花钱是为了自己快活,一方面给巴舍公爵找麻烦,一方面又看着执达吏挨打。看见今天一些野法官①在榆树底下胡作非为,真巴不得拳头都能落在他们的光头上才好。那些可怜巴巴的执达吏又犯过什么过错呢?"

庞大固埃听了这话,说道:"我想起来古时一个罗马贵族,名叫鲁修斯·奈拉修斯。此人出身贵族,为当时豪富。但是,他有一个怪脾气,那就是每逢出门,必须有用人带着装满金银的口袋在后面跟着他,如果在街上遇见什么出风头的人物,衣饰整齐的人物,尽管没有人冒犯他,他也常常乐意在人家脸上打几拳。打过之后,为了平息人家的怒气,阻止人家去控告他,就拿出自己的钱来分给人家,一直到根据十二表法的规定使他们满意时为止。他就这样用给钱的方法来打人,花费自己的财产。"

约翰修士说道:"圣·本笃那只灵验的靴子!我恨不得马上就想知道是什么滋味。"

到了岸上,他从钱袋里掏出二十块"太阳金币",然后当着一大群执达吏似的人物高声叫道:

"谁高兴挨一顿揍来赚二十块金币？"

"Io，io，io[2]！"大伙一齐回答。"老爷，挨打是件苦事，没说的。不过，有钱可赚。"

大伙一齐拥上来，抢着第一个来为这样高的代价挨打。约翰修士在人群当中选了一个长酒糟鼻子的执达吏，那人右手大拇指上戴一个又粗又大的银戒指、戒指面上还镶着一颗巨型的蟾蜍宝石[3]。

选好之后，我看见周围的人嘟嘟囔囔地说闲话，还听见一个细高个、面黄肌瘦的执达吏、据大家说是一位很能干的法学家、而且是宗教法庭上的红人，他不满意地抱怨说红鼻子把他们的生意全抢光了，假使一共只有三十棍子好赚，他准定会抢走二十八棍子半。不过，这些不满的闲话都是出之于嫉妒。

约翰修士抢起棍子对准红鼻子的脊梁、肚子、胳膊、腿、头，浑身上下打了一个不亦乐乎，我以为一定打死了；可是他把二十块金币给了他，我看见他马上站起身来，乐得跟一个国王或者双倍国王那样。其他的人对约翰修士说道：

"修士老爷，如果价钱便宜一些你还愿意打的话，我们都乐意挨打，都乐意挨打，包括我们的笔墨纸张、诉状卷宗、一切一切。"

红鼻子不答应，高声叫嚷：

"天主在上！你们这些懒鬼！你们想抢我的生意啊？是不是想勾引我的主顾？我要叫你们在八天之内到主教法庭去打官司，这还了得！这还了得？我要把你们当作沃维尔的魔鬼[4]去告你们！"

他转过身来，满面带笑，和颜悦色地向约翰修士说道：

"可敬的神父老爷，假使你认为我如你的意、乐意再打我一顿的

---

① 代表教会利益和封建势力的野法官，他们随便在乡村到处审理官司，胡作非为。

② 意大利文，"我，我，我！"

③ 传说是青蛙头内挖出来的宝石，实际上是一种鱼牙化石。

④ 沃维尔是"虔诚的路易"王朝时一座寨堡，后来成了无赖歹人的巢穴。"沃维尔的魔鬼"即是指这里的无业游民。

话，我情愿要一半价钱好了。我请你不要顾惜我。我的老爷，我浑身上下、上下浑身，头、肺、肠子、一切一切都随你打。保你尽兴！"

约翰修士没有让他说下去，跑开了。其他的执达吏一齐走向巴奴日、爱比斯德蒙、冀姆纳斯特等人那里，求他们发发善心打他们一顿，随便给一点钱就可以，否则的话，他们就要长时间挨饿了。但是，没有人肯答应。

后来，我们替船上的人去寻找淡水，碰见当地两个上年纪的女执达吏，在那里又是哭又是叫。这时庞大固埃已经回到船上，撞钟叫我们也回去。我们疑心这两个女人或许是那个挨打的执达吏的亲属，便问她们为何难过。她们说啼哭非为别事，是为了执达吏里面两个最有良心的人此刻正被人用绳子拴住了脖子。

　　冀姆纳斯特说道:"我的侍从常常把睡觉人的脚拴起来,拴住脖子恐怕就是吊死和勒死了。"

　　约翰修士说:"不错、不错;你这种解释完全跟圣约翰·德·拉·帕里斯①一式一样。"

　　他们问那两个女人为什么要处以吊刑,女人回答说因为他们窃取了教堂做弥撒的用具,藏在钟楼下面了。

　　爱比斯德蒙说道:"真太玄妙了。"

---

① 圣约翰·德·拉·帕里斯,即《新约·启示录》里的圣约翰。

第十七章

庞大固埃怎样来到混沌岛和空虚岛 ①，以及吞食风磨的布兰格纳里伊 ② 怎样奇怪地死去

就在同一天，庞大固埃来到了混沌岛和空虚岛，在这两个岛上无物可煎 ③，因为巨人布兰格纳里伊没有平日吞食的风磨，把当地所有的平锅、浅锅、大锅、小锅、煎锅、炖锅全都吃光了。因此在天黑之前，亦即他消化食物的时刻，由于他胃口（正像医生们所说的）的消化能力生来适合于带翅膀的风磨，而消化不了那些大锅、小锅，他感到胃痛不止，痛极倒地。从他早晨两次尿出的四大桶尿的淀渣和泡沫来看，煎锅和炖锅倒确是已经消化掉了。

医生根据治病的药典下了药。但是药力降不住病。尊贵的布兰格纳里伊终于在当天早晨咽了气，死得很特别，比埃斯库罗斯的死亡更使你感到惊奇。埃斯库罗斯呢，占卜者曾预言他注定有一天必被从上面掉下来的东西砸死，因此从那一天起，他就离开了城市、房屋、树木、岩石及一切可能倒塌下来的东西，来到一片大草原中间，相信在这辽阔空旷的天空底下，生命一定保得住，除非天塌下来，这在他想来，是不可能的。

不过，有人说云雀就担心天会塌下来，因为天一塌，它们就会全被捉住。古时住在离莱茵河不远的克尔特人 ④ 也曾害怕过天塌下来，这些人就是尊贵、英勇、爽直、善斗、好胜的法兰西人。亚历山大大帝有一次问他们世界上最害怕什么，他以为自己有过那么些伟大的英勇事迹，打过那么些胜仗，攻占过那么多土地，取得过那么多胜利，一定会说怕他，不料他们回答说，除了天塌下来以外，他们什么都不怕；当然他们也不拒绝和一位这样英勇伟大的国王订立盟约，成立友谊的盟邦。这在斯特拉包的作品第七卷、阿利安⑤的作品第一卷里都提到过。还有普鲁塔克，据说在他写的《论月体上的面貌》里提到一个叫费纳斯的人⑥，说他深恐月亮会落在地上，于是对住在月亮底下的人——像埃塞俄比亚人和塔普罗巴尼亚人⑦——抱着很大的怜悯和同情，就仿佛这一大块东西马上就会落在他们头上一样。他又害怕天，又害怕地，幸亏像古人所说的——亚里士多德勒斯在他的《形而上学》第五卷里⑧也是这个说法——有阿特拉斯的柱子支着和顶着它们⑨。

尽管如此，埃斯库罗斯还是被天空飞过的一只老鹰爪子里抓的一只乌龟落下来掉在头上把脑袋砸两半了。

还有诗人阿纳克利翁⑩，他是被一粒葡萄籽噎死的。罗马执政官法

---

① "混沌"和"空虚"原文Thohu和Bohu是两个希伯来文字，见《旧约·创世记》第1章第2节"地是空虚（Bohu）混沌（Thohu）"。拉丁文是：Ettevra erar solitudo（thohu）er inanitas（Bohu）。

② "布兰格纳里伊"，意思是"豁鼻子"（赛内昂，勒·杜沙等人的解释）和"大鼻孔"（科特格莱沃，勒·莫特等人的解释）。此处系一巨人的名字，曾出现于1538年出版之《庞大固埃的学生巴奴日和布兰格纳里伊的英勇传记》，爱田·杜勒曾收在他1542年出版的《巨人传》第1、2卷里，题名为《巴奴日的旅行》，风行一时，1538至1548年之间即一连再版九次，内有一章系《布兰格纳里伊怎样遇风磨，并把磨工和狗一起吞食下去》。

③ "无物可煎"（rien pour frire）乃一民间俗语，作者有意指巨人把锅吃光，所以"无物可煎"；又一说意思是"无事可做"。

④ 初版上是"印度的赤身仙人"（les gymnozophistes de Indie）。

⑤ 阿利安，即2世纪希腊历史学家弗拉维乌斯·阿利安奴斯。

⑥ 普鲁塔克作品里的名字是法那西斯（Pharnaces），作者是根据埃拉斯姆斯在《箴言集》里所用的名字：费纳斯（Phenace），亚里士多德也是用这个名字。

⑦ 塔普罗巴尼亚人，希腊人对锡兰（今斯里兰卡）人的称呼。

⑧ 一说是第6卷。

⑨ 神话中阿特拉斯山为巨人泰坦之肩膀，被朱庇特降罚永远顶着天地。

⑩ 阿纳克利翁（前560—前478），古希腊抒情诗人。

比乌斯是在喝羊奶时被一根羊毛缠死的①。还是那个爱害羞的人，因为当着罗马皇帝克罗丢斯不敢放屁把自己憋死②。还有埋在罗马弗拉米尼亚大道上的那个人，他在自己墓碑上说自己死是因为一只母猫咬了他的小手指头③。还有勒卡纽斯·巴苏斯，是被一枚小针尖刺在左手大拇指上死掉的，伤口简直看不见④。诺曼底的医生盖奈楼⑤死在蒙帕利埃是因为用小刀割自己手上的一块癣割歪了⑥死去的。还有菲勒蒙，他的佣人为他准备了无花果，预备晚饭时吃的，可是用人出去拿酒的时候，一头大卵泡的野驴跑进他屋里把准备好的无花果全部吃光。菲勒蒙好奇地望着那头驴逍遥自在地把无花果吃完对走进来的用人说道：

"既然无花果被这头虔诚的驴吃光，你拿来的好酒自然也应该给它喝了。"

他说完这话，喜得无法自持，哈哈大笑，笑得太久了，脾脏出了毛病，笑岔了气，一下子死掉了⑦。此外，还有斯普留斯·索菲优斯，他是沐浴后吃了一只半生的鸡蛋吃死的⑧。卜迦丘⑨还说过有一个人是因为用山艾叶擦牙而擦死的⑩。

> 还有菲力包·普拉库，
>
> 一向健壮魁梧，
>
> 只因偿还旧债，

---

① 故事见普林尼乌斯《自然史纲》第7卷第7章。
② 见苏埃脱纽斯著《克罗丢斯传》第22章，不过只是说病死，未提憋死。
③ 不少旅行家说此墓碑现在罗马附近奥古斯丁教堂内，作者可能看见过。
④ 见普林尼乌斯《自然史纲》第26卷第1章。
⑤ "盖奈楼"意思是"斜视眼"。初版上此处尚有"爱吃干豆的出名玩纸牌的人"。
⑥ 初版上此处尚有"因为欠债未还"。
⑦ 见鲁西安《论长寿》及罗马史学家瓦雷利乌斯·玛克西姆斯作品第9卷第12章。
⑧ 见普林尼乌斯《自然史纲》第7卷第33章，不过死者的名字是阿比乌斯·索菲优斯。
⑨ 卜迦丘（1313—1375），意大利文艺复兴时期作家，代表作有《十日谈》等。
⑩ 故事见卜迦丘《十日谈》第四天故事第七。

忽然一命呜呼。

过去他从来没有生过病。还有画家修克西斯[1]，他是望着自己画的一个老妇人的脸像笑死的[2]。还有无数的例子可说，瓦里乌斯、普林尼乌斯、瓦雷利乌斯、巴提斯塔·弗尔古苏斯[3]、大巴卡贝利[4]等人的作品里都有。

那个老好人布兰格纳里伊呢（说来真可惜！），就在医生的指示下，在炉灶门口吃了一块新做的牛油噎死了。

此外，我们还听说空虚岛上库朗[5]的国王战败了美克罗特国王[6]的总督，囊括了贝利玛[7]的寨堡。

后来，我们到过纳尔格岛和萨尔格岛[8]，还到过泰雷尼亚宾岛和盖内里亚宾岛[9]，这两座岛风景优美，盛产灌肠药草。另外还到过艾尼格岛和艾维格岛[10]，赫斯[11]的领主就是为了这两座岛受过一刀之苦[12]。

---

[1] 修克西斯（前464—前398），古希腊名画家。
[2] 见埃拉斯姆斯《箴言集》第3卷第5章。
[3] 巴提斯塔·弗尔古苏斯，16世纪初热那亚作家。
[4] 大巴卡贝利，作者虚构名。瓦兹河上有两个地方叫巴库·贝利；古时有些作者用自己籍贯作姓名。
[5] 库朗，法国舍尔省圣阿芒·蒙龙附近村名。
[6] "美克罗特"原文Mechloth是从希伯来文Makloth来的，意思是"疾病，毁灭"。
[7] "贝利玛"原文Belima是从希伯来文Belimah来的，意思是"空虚无物"。
[8] 纳尔格岛和萨尔格岛均作者虚构名。
[9] "泰雷尼亚宾"和"盖内里亚宾"是阿拉伯文里两个药名，一个是"玛哪"，一个是"玫瑰蜜"。
[10] "艾尼格"（Enig）和"艾维格"（Evig）是从德文einige（附带）和ewige（永久）来的，典出查理五世和德国赫斯领主之条约，后者因条文"不附带任何拘留"（ohne einige gefängniss）改为"不附带永久拘留"（ohne ewige gefängniss），一字之差，只好听任查理五世释放或拘留。
[11] 赫斯，德国西南部地区。
[12] 指条约上用刀挖改。

第十八章
庞大固埃怎样在海上遇暴风

第二天，我们看见从右面驶来九条大船，船上坐满了教士、雅各宾党、耶稣会士、方济各会士、隐修士、奥古斯丁会士、改良本笃会士、天福会士、泰阿托会士、依纳斯会[①]士、阿美德会[②]士、束绳会[③]修士、圣衣会修士、小修会[④]教士、还有许多别的会派，他们是去参加开西[⑤]会议讨论对抗新异端的教义条款的。一看见他们，巴奴日不禁喜出望外，断定这一天和以后不少日子一定走运。他连忙向这些慈悲的教士行礼，请他们为他的灵魂祈祷，接着便送到他们船上七十八打火腿，大量的鱼籽，好几十条肠子，上百条"普塔高"[⑥]，还有两千块崭新的"天神币"，作为超度亡魂的费用。

庞大固埃心事重重地很忧郁。约翰修士看见了，问他为何烦恼，因为他平日一向不是如此。忽于此时，领港人发觉船尾上的小旗飘动不安，预知大风将到，于是急忙命令全体人等速做准备，水手、船工，连同小厮和旅客一齐待命。他叫人赶快放下篷帆、三角帆、后桅帆、中桅帆、大桅帆、横帆、斜桁帆，卸下桅旗、大桅棚、小桅棚，放下后主帆，放倒帆架，只余帆桁及桅索。

海水骤然滚动起来，上下翻腾着；浪头冲击着船帮；南风夹着旋风，黑云四起，天昏地暗，狂风吹得帆架呼呼作响。半空中雷声隆隆、霹雳闪电、雨雹齐下。天空一片漆黑，伸手不见五指，昏黑异常。除霹雷、电闪，以及火一般耀眼的云层之外，看不见任何光亮。飓风、旋风、狂风、暴风，吹得四周围尽是急雷闪电、弯曲的闪光，以及太空里剧烈的爆炸声。旅客们被吹得神志昏迷，不辨方向。骇人的台风把波涛汹涌的海浪吹上了天空。我们仿佛回到混沌天开的太古时代，火、空气、海水、陆地、一切的元素都在浑浑苍苍杂乱混沌的状态中。

巴奴日的胃里装满了吃粪鱼，撑得他蹲在甲板上腹痛难忍，疼得半死不活，嘴里不断向所有的圣人圣女求救，许下以后一定按时、随地忏悔⑦，接着惊骇地大声疾呼：

"喂！管事的、我的朋友、我的亲爹、我的大爷，给点咸肉吃吃吧；保证等一会喝起来只有更爽快！今后我一定拿'少吃多喝'作为我的座右铭。天主和那位仁慈的、尊严的、神圣的童贞女保佑，如果能马上让我登上陆地舒服一下该有多好！

"啊！种白菜的也要比我强过三倍四倍啊！派克家的姐妹⑧啊，为

---

① 依纳斯会，威尼斯教士依纳斯创立的教派。

② 阿美德会，1448年萨瓦大公阿美德创立的教派，后为方济各会一支派。

③ 束绳会，即方济各会，因为方济各会士腰里都束着一条绳子。

④ 小修会，15世纪圣弗朗索瓦·德·保罗创立的教派。

⑤ "开西"（chesil）是从希伯来文kessie来的，意思是"疯子"，另一说是从cesil来的，意思是"暴风星"，为奥里翁星座的一颗星，另一解释"开西"是从希伯来文chelis来的，意思是"三"，chelism是"三十"，"三十"法文是trente，与意大利之"多伦多"城同音，因此"开西会议"，作者指的是多伦多宗教会议。

⑥ "普塔高"，普罗温斯土语，意思是"晒干的鱼子"。

⑦ 有的版本上此处尚有"呼吁丽达的一对双生，以及孕育他们的蛋壳"。

⑧ 即命运之神。

什么不给我一个种菜的命呢？受到朱庇特的恩佑、注定种菜的人太少了！他们至少有一只脚踩在土地上，当然另一只脚离土地也不会远。谁高兴发财享福，就让他去享好了，可是种白菜的，我现在就明令封他们为有福的人。比罗①真是太有道理了，有一次他处在和我们同样的危险里，他看见岸上有一只猪在吃撒给它的粮食，比罗说有两点可以说明猪是幸福的，第一，它有许多粮食吃，其次，它是在陆地上②。

"啊！没有比牛棚的地板更舒服更高贵的了！天主救主啊，海浪会把我们冲走的！朋友们呐，给我一点醋吧！我浑身都湿透了，耶稣啊！③绳索断了，缆绳也碎了；铁环脱了，桅橹也掉在海里了；船底露出海面了，我们所有的绳子几乎全都扯断了。耶稣啊！耶稣啊！我们的小帆哪里去了？什么都没有了，天呐！我们的桅杆也漂在水里了。耶稣啊！这一堆破东西可怎么得了啊！朋友们，把我移到船头那边去吧！孩子们，你们的纤绳也掉在海里了。哎呀！可不要放下舵棒，也不能放松方向盘。我听见舵针在颤动。是不是已经断了？看在天主份上，要救住索套，别再管舵绳了！来，来，来，用力！注意指南针，帮帮忙吧，阿斯特罗菲尔④师傅，看看风的方向。天呐，我怕死了！格，格，格，格⑤！我是完蛋了！我吓得屙出来了。格，格，格，格！哟，哟，哟，哟！我的天呐，我的天！我的地呀，我的地！我要淹死了，我要淹死了！我不能活了！乡亲们呐，我要淹死了！"

---

① 比罗，公元前4世纪古希腊怀疑论哲学家。
② 故事见戴奥吉尼兹《哲人传记》，此处文字不是原文。
③ "耶稣啊！"原文zalas！一种解释是圣东日的方言，意思是"哎呀！"另一种解释（赛内昂）是当时巴黎口音里的"耶稣"。
④ 阿斯特罗菲尔，领港人的名字，"Astrophile"照希腊文的意思是"星宿之友"。
⑤ 牙齿磕打的声音。

第十九章

暴风雨中巴奴日与约翰修士之态度

庞大固埃首先祈求天主救主的佑助，虔诚地当着大家做过祷告之后，便在领港人指示之下，有力而坚定地把住了桅杆。约翰修士也换上短装，协助水手。爱比斯德蒙、包诺克拉特等人也都跑来帮助。只有巴奴日蹲在甲板上，哭哭啼啼地恨天怨地。约翰修士看见了，来到后甲板上向他说道：

"天主在上，巴奴日你这头牛，哭哭啼啼有什么用？喊喊叫叫又有什么用！与其像一尊木偶似的坐在卵泡上、跟一头母牛那样号叫，还不如过来帮一手呢。"

"格，格，格，格！"巴奴日答腔了，"约翰修士，我的朋友，我的好教士，我要淹死了，我要淹死了，我的朋友，我要淹死了！我完蛋了，我的好司铎，我的朋友，完蛋了！连你的腰刀也救不了我的命了！耶稣啊，耶稣啊！我们到了音阶的最高一个音了①。哎哟，哟！耶稣啊！现在又低到音阶之下去了②！我要淹死了！啊！我的亲爹，我的大爷，我的一切！水从我领子里一直灌到鞋里了。格，格，格，格！哟，哟，哟，哟。我要淹死了！耶稣啊，耶稣啊！哟，哟，哟，哟！格，格，格，格！耶稣啊，耶稣啊！我现在好像头往下、脚朝上、两腿叉开。天主保佑叫我马上坐到今天早晨遇见的那些去开会的仁慈善良的教士们船上去有多好，他们那样虔诚、吃得那么肥、又那样快活、那样温和、那样雅致。哎哟，哎哟，哎哟！耶稣啊，耶稣啊！这样高的浪头，真他妈的见鬼（mea culpa，Deus③）！我是说天主的浪头一定会把我们的船击沉的。耶稣啊！约翰修士，我的教士，我的朋友，我要忏悔！你看，我已经跪在这里了！Confiteor④！求你为我祝福吧！"

约翰修士说道："你这个吊死鬼，来吧，来帮我们吧！叫三十队魔鬼捉走你！来吧……来不来？"

"现在可别咒人，我的教士，"巴奴日说道，"我的朋友！到明天，你高兴怎么咒、就怎么咒好了。哎哟，哎哟！耶稣啊！我们的船要沉了。我要淹死了！耶稣啊，耶稣啊！格，格，格，格！哟，哟，哟，哟！我们已经沉到底了吧！耶稣啊，耶稣啊！我那个屎故乡要是还有人的话，谁要是能把我这个一身屎尿的人送到陆地上，我情愿送给他一百八十万'埃巨'的养老金。Confiteor！耶稣啊！让我立一个遗嘱，或者至少让我留一句话！"

"叫一千个魔鬼来捉走这个王八！"约翰修士叫了起来，"天主在上！在眼前危险万分、大家都拿出一切力量的时候，你还要谈什么遗

① 他的意思是说船已经被海水带到最高的海浪上了。
② 一忽儿升天一忽儿入地的意思。
③ 拉丁文，"吾主天主，恕我大罪！"他骂一句，马上又承认自己过错。
④ 拉丁文，"我认罪……"《悔罪经》的首句。

嘱么？来不来，死鬼？值班头目①，我的朋友，我的可爱的头目，到这里来！冀姆纳斯特，到船尾来！天主在上，这一下子可糟了！我们的灯灭了。大家一齐见鬼去好了。"

"耶稣啊，耶稣啊！"巴奴日又叫起来，"耶稣啊！格，格，格，格！耶稣啊，耶稣啊！难道我们注定要死在这里么？哎呀，乡亲们呐，我要淹死了，我要断气了！Consummatum est②。我要完了！"

"去，去，去，去！"约翰修士说道："哭哭啼啼的臭东西，真难看！喂，小厮，真见鬼，小心水龙！你受伤了么？天主在上！拴在这个木橛上好了，这儿，对，真是见鬼！这儿来，孩子。"

"约翰修士啊，"巴奴日又说话了，"我的司铎，我的朋友，咱们可不要乱咒人。这是罪过。耶稣啊，耶稣啊！格，格，格，格！我要淹死了，我要断气了，朋友们呐！我原谅所有的人！永别了，in manus③！格，格，格，格！奥尔④的圣米歇尔，圣尼古拉⑤，救我一次吧，不然再也没有机会了！我这里向你们许愿，向吾主天主许愿，如果你们保佑我，我是说让我平平安安回到陆地上，我将为你们建造一座或者两座美丽的小教堂，

　　　　　在康德与蒙索洛的中央，
　　　　　牛羊不到的地方。

"耶稣啊，耶稣啊！我嘴里灌进去十八桶还要多的水了。格，格，格，格！真是又苦又咸！"

---

① 原文Comite，原系苦役船上手执皮鞭监视苦工的人。
② 拉丁文，"完了"。耶稣在十字架上死时说的一句话。
③ 拉丁文，"我将我的灵魂交在你手里。"全文是 In manus tuas commendo spiritum meum. 见《新约·路加福音》第23章第46节。
④ 奥尔，比利牛斯山区盆地名，该处有圣米歇尔教堂。
⑤ 指作者故乡蒙索洛的圣尼古拉教堂的主保圣人。

约翰修士说道:"我以天主的血、肉、肚子和脑袋起誓,你这个鬼王八,假使我再听见你喊叫一声,我准叫你像海狼那样到水里去!天主在上!怎么不把你扔到海底下去?划桨手,好伙计,加劲划呀,我的朋友!上边的人拉好!又是打闪,又是打雷。我想全部的魔鬼今天都跑出来了,或者是普罗赛比娜在养孩子。所有的魔鬼都戴起铃铛来跳舞了。"

第二十章

暴风雨中水手怎样无能为力

巴奴日不住地喊叫："喂！约翰修士，我过去的朋友，你犯罪了！我说过去的朋友，因为现在我已经等于死去了，你也等于死去了。虽然这样说使我很伤心。不过，咒咒人也许对脾脏有好处，就像劈柴火的每砍一下'嗤'一声那样感到一阵轻松，或者像一个玩木棒戏的，木球掷不准，身边一个聪明人使他歪歪脑袋、斜斜身子、使木球扔出去正好把木棒碰倒，感到同样的快活。然而你还是犯罪了，我的好朋友。不过，现在咱们先来点烤羊肉吃吃，看会不会躲过这场风暴？我读到过在海上起风暴的时候，奥尔斐乌斯、阿波罗纽斯、菲雷西德斯①、斯特拉包、包萨尼亚斯、希罗多德等人那样歌颂的卡比利教门②

的祭司就平安无事，而且从来不害怕。"

约翰修士说道："可怜的家伙，说起胡话来了。叫上千、上百万、上万万的魔鬼把你这个带角的乌龟捉走！起来帮帮我们吧，你这个死老虎！来不来？到左舷来！装满死人的脑袋！你嘴里念叨个什么玩意？起暴风就是因为你这个鬼东西，只有你不肯起来帮着干活！天主在上，我要是再往前走一步，一定像风暴之神那样好好地治治你！小水手，我的小朋友，到这里来，拿结实，让我打一个双结③。啊，可爱的小家伙，巴不得让你去做塔勒姆斯④的院长，让现在的院长去做古鲁莱⑤的会长才好！包诺克拉特老兄，小心受伤。爱比斯德蒙，注意那个舱口，我刚看见一声雷打在那里。"

"张帆吧！"

"对，张帆，张帆，张帆！船来了！张帆啊！天主在上，这是怎么回事啊？船头打坏了。让雷来好了，魔鬼，放响屁好了，闹吧，屙吧！风浪，让它去！天主在上，它差一点把我卷到水底下去！我想是上百万的魔鬼到这里开大会来了，不然就是竞选大学的新院长。"

"到左舷去！"

"对。注意船头！喂，小厮，真是见鬼，喂！到左舷去，到左舷去！"

"格，格，格，格！"巴奴日又念叨起来，"格，格，格，格，我要淹死了。我看不见天，也看不见地。耶稣啊，耶稣啊！四大元素，我们只剩下火和水了。格，格，格，格！尊严的天主在上，保佑我马上走到塞邑的修院里，马上走到做点心的依诺桑身边，马上走到施农画

---

① 菲雷西德斯，公元前6世纪古希腊哲学家，首倡人的灵魂不死学说。
② 卡比利（Cabires），古希腊由腓尼基传入之教门，前面之"烤羊肉"（cabirotades）一字似与"卡比利"（Cabires）一字有连带关系，故作者有意把它们扯在一起。
③ 上百种用绳索打结方法之一。
④ 塔勒姆斯，疑指都林省塔勒蒙的修道院。
⑤ 克鲁莱，地名，在施农附近，该处有方济各会修道院。

窖酒家^①门口，马上穿起短衣自己下手去烘小面包吧！朋友，你不能把我送到陆地上去么？有人告诉我，你的本事可大着呢！如果你能生法叫我回到陆地上，我把我的全部萨尔米贡丹和蜗牛收入都送给你。耶稣啊，耶稣啊！我要淹死了！天呐，朋友们呐，既然无法安抵口岸，那就随便在哪里停住船好了。把所有的锚都抛下去。让我们脱离险境吧，求求你们。好朋友啊，帮帮忙吧，把测水器、测水铅都放下去！让我们知道水有多深。好朋友，量量水的深度吧，朋友，看在吾主天主的份上！看看不弯腰、站着能不能喝到水。我想是可以的。"

"喂！掌好中桅！"领港人在喊叫，"掌好中桅！手不要放开舵。拉好中桅帆！拉绳索，拉中桅，小心帆！往上拉！往下拉！拉中桅帆，注意船头！放下舵柄！收好帆篷！"

庞大固埃问道："到了这样严重的地步么？仁慈的救主，救救我们吧！"

为首的领港人雅迈特·布莱耶尔忽然喊起来："收好帆篷！喂！收好帆篷！各人都想想自己的灵魂，祈祷一下吧，除了圣迹没有别的希望了！"

巴奴日说道："我们好好地许许愿。耶稣啊，耶稣啊，耶稣啊！格，格，格，格！耶稣啊，耶稣啊！我们决定派一个人去朝圣^②！来，来，每人都把自己的钱拿出来，快！"

约翰修士说："这儿，喂！真见鬼！右舷！收好帆篷啊，老天！放下舵柄吧，喂！收好帆篷！收好帆篷！来，喝点酒吧！要好酒，最好喝的酒。听见了没有，喂！总管，来酒啊，端上来！反正是一切都完蛋了。喂，小侍从，把我的下酒器拿来（这是他对经本的称呼）。等一等！倒吧，我的朋友，这样倒！天主在上，又是冰雹又是雷！上边的人，请你们要坚持啊。诸圣节是什么时候？我想今天倒霉赶上诸魔

---

① 画窖酒家是施农一家酒店，依诺桑点心店在它对门。
② 当时朝圣的地方一般是指耶路撒冷或罗马。

节了。”

巴奴日说道：“哎呀！约翰修士咒神骂鬼，自己造罪。我又失掉一个好朋友！耶稣啊，耶稣啊！现在连刚才也不如了！我们这是离了西拉走到了卡里布底斯①，真糟糕，我要淹死了！Confiteor（我认罪）！约翰修士，我要留几句话作为遗嘱，我的教士；精华发掘人②，我的朋友，我的阿卡提斯③，我的克塞诺玛恩，我的一切。哎哟，我要淹死了！让我留下两句话作遗嘱吧。就在这里垫子上写好了。”

---

① 西拉和卡里布底斯是意大利西西里海峡墨西拿地方两个相对的暗礁，来往船只为了躲避这个暗礁，有时会碰到另一个暗礁，故有成语“走出卡里布底斯又掉进西拉！”的说法，意思是“每况愈下，越来越坏”。
② 作者给自己的称号。
③ 阿卡提斯，《伊尼特》里伊尼斯最忠诚的伙伴。

第二十一章

暴风雨以及对海上立遗嘱之短评

爱比斯德蒙说道："现在当我们理应努力设法抢救船只、否则即有沉船危险的时候，却来立什么遗嘱，在我看来，这和恺撒的将官和亲信打到高卢时忙着立遗嘱、留遗言、悔恨不走运、哀痛妻子不在身边、思念罗马的亲友、而不去办当时急需要办的事，那就是：拿起武器全力对付敌人阿里奥维斯图斯[①]，同样不应该和不合适。这种愚蠢的举动，完全和赶车的车子掉在泥坑里，他不去打他的牲口，不去动手扶起车轮，却跪在地上祷告海格立斯一式一样。现在在这里立遗嘱有什么用？目前不外两条路：不是度过危险，便是一齐淹死。假使渡过危险，遗嘱自然毫无用处，因为只有立遗嘱人死亡之后，遗嘱才能有用和生效。假使我们死在水里，遗嘱不是和我们一齐沉在水里么？谁把它送交遗嘱执行人去呢？"

巴奴日说道："但愿一股好的海浪像从前冲走乌里赛斯那样把它冲到岸上；碰上国王的女儿到海边玩耍，把它拾起来，忠实地履行那上面的话，然后在海边上为我建立一个高大的纪念碑，像狄多为自己丈夫西凯乌斯[②]、伊尼斯在特洛亚海岸上瑞提附近为戴弗布斯[③]、昂朵马格[④]在布特罗图斯城为爱克多尔、亚里士多德勒斯为赫米亚斯[⑤]和厄布鲁斯⑥、雅典人为诗人欧里庇得斯、罗马人在日耳曼为德鲁苏斯、在高卢为他们的皇帝亚历山大·塞维鲁斯⑦、阿尔根塔留斯为卡拉伊斯克鲁斯⑧、克塞诺克拉铁斯为利西底斯⑨、提马鲁斯为其子泰雷塔高拉斯⑩、厄波里斯和阿里斯多底斯为他们的儿子泰奥提姆斯⑪、奥奈斯图斯为提摩克勒斯⑫、卡里马古斯为狄奥克里德的儿子索波里斯⑬、卡图鲁斯为他哥哥⑭、斯塔修斯为他父亲⑮、日尔曼·德·布里为布列塔尼的水手艾尔维⑯所建立的那样。"

约翰修士说道:"你还在做梦? 来帮帮我们吧,看在五十万和一百万车的魔鬼份上,起来动动手吧! 叫你的胡子上生下疳,叫三排肿毒长满你的全身代替裤子和裤裆! 我们这条船是否要沉了? 天主在上,怎么叫它开起来呢? 是不是海上的魔鬼都到这里来了? 我们再也躲不过了,否则叫魔鬼把我捉走。"

这时听见庞大固埃的祈祷声,只见他高声叫道:

---

① 阿里奥维斯图斯,公元前1世纪苏威维首领,曾企图攻占高卢,为恺撒所败。
② 见维吉尔《伊尼特》。
③ 戴弗布斯,特洛亚国王普里亚摩斯之子,城破时被杀,故事见荷马《伊利亚特》及维吉尔《伊尼特》第6卷。
④ 昂朵马格,爱克多尔的妻子,特洛亚城破后,为比鲁斯所俘,故事见《伊利亚特》及《伊尼特》第3卷。
⑤ 赫米亚斯,亚里士多德的学生与好友。
⑥ 故事见戴奥吉尼兹著《亚里士多德传》。
⑦ 亚历山大·塞维鲁斯(208—235),公元222年罗马帝国皇帝。
⑧ 卡拉伊斯克鲁斯死于海中,其后代请诗人为他建纪念碑二处。
⑨ 故事见《古诗选·克塞诺克里特》。
⑩ 见朗普里·丢斯作品中。
⑪ 见绥托纽斯《史事集》。
⑫ 见《古诗选》第3卷。
⑬ 见卡里马古斯《讽刺诗》第22篇。
⑭ 见卡图鲁斯《讽刺集》第103篇。
⑮ 见斯塔修斯《西尔维》第五卷。
⑯ 指1512年英法两国在布列塔尼湾之海战,法国舰长艾尔维在战斗中牺牲,日尔曼·德·布里曾表示哀悼。

"主啊，救救我们；我们丧命啦①！然而不要成全我们的意思，只要成全你的意思！"

巴奴日也叫起来："天主，仁慈的圣母，别抛弃我们！哎哟，哎哟，我要淹死了！格，格，格，格！In manus②。好心的天主啊，打发一只海豚像驮小阿里翁③那样把我救到陆地上去吧。我一定弹竖琴给你听，只要琴上有弦。"

"让所有的魔鬼一齐来接我，"约翰修士说道……

"天主与我们同在！"巴奴日嘴里呜里呜噜地在祷告。

"……我要是抓住你，我定要让你看明白你的家伙是长在一个什么笨牛、长角的牛、带角的牛身上！真是岂有此理！起来帮助我们干干活吧，你这头哭哭啼啼的笨牛，叫三千万魔鬼一齐跳到你身上！来不来，你这条水牛？呸！真丑，哭鼻子的家伙！"

"你别的话就不会说。"

"来，把引食丸④拿出来，让我好好地给你治治！Beatus vir qui non abiit⑤。我全背得出来。再看看圣·尼古拉的故事。

Horrida tempestas montem turbavit acutum⑥.

"汤拜特（风暴）是蒙台居公学专爱打学生的校长。假使教师鞭

---

① 这是《圣经》上的祈祷语，见《新约·马太福音》第8章第25节，原文是：Domine, Salua nos, perimus！
② 拉丁文，"将我灵魂交与尔手"。
③ 阿里翁，公元前7世纪古希腊诗人及音乐家，传说由于他的琴声美丽，死时被海豚驮走。
④ 指他那个形状像经本的酒瓶。
⑤ 拉丁文，"不从恶人的计谋……这人便为有福"。见《旧约·诗篇》第1篇第1节。
⑥ 拉丁文，"惊人的风暴殴打着蒙台居"。这是蒙台居公学的学生对鞭打学生的校长比埃尔·汤拜特（意思是"风暴"）的一句诗。

打可怜的小孩——那些无辜的学生——应该受到惩罚，我以人格担保，这位校长现在一定在伊克西翁①的车轮上，打着那条拉车的短尾巴狗。假使鞭打无辜的孩子能得救的话，那他准是在……"

第二十二章

暴风雨终

"陆地，陆地！"庞大固埃忽然大叫起来，"我看见陆地了！孩子们，拿出羊的勇气来！我们离海岸一定不远了。我看见北边的天空开始发亮。你们往东南看一看。"

领港人说道："加劲啊，小伙子们，水已经退了。先升前桅帆！来，张帆！再升后桅帆！把绞盘上的缆绳盘好！转，转，转！掌稳舵！张帆、张帆、张帆！装好舵柄！拉紧绳索！把帆角系好！拉紧！挂斜篷！往左舷拉！趁风掌舵！右舷拉紧，婊子养的！"

约翰修士向身边一个水手说道："朋友，再听见你母亲的消息一定很喜欢吧？"

"到受风的地方来！张满帆！趁风掌舵！"

"都做好了，"水手们一齐回答。

"一直开！船头向前！准备小帆，喂！把小帆挂起来！张帆，张帆！"

约翰修士说道："对，对，是该这样做。来呀，来呀，来呀，小伙子们，快！好！张帆，张帆！"

"到右舷来！"

"对，对，是这样做。我觉着风退了，大概完了。愿天主受赞美。魔鬼一齐滚蛋。"

"放慢!"

"对,对,有道理。放慢,放慢!看在天主份上,你过来,我的包诺克拉特,精力充沛的家伙!他搞出来的都是男孩子。奥斯登,漂亮小伙子,到船头来!"

"张帆,张帆!"

"对,张帆!天主在上,张帆,张帆!"

"我再也不害怕了,因为庆祝的日子到了,庆贺,庆贺,庆贺!"

爱比斯德蒙说道:"鼓起大家的劲是对的,真是,应该庆祝一下了。"

"张帆,张帆,来呀!"

"好了!"爱比斯德蒙又说道:"请大家不要灰心了。我从右舷看到卡斯托尔①了。"

"格,格,格,格!"巴奴日还在发抖,"我怕你看见的是那个不正经的海伦②。"

爱比斯德蒙说道:"真的是米克萨尔卡瓦斯③,如果你更喜欢阿尔哥斯人的称呼。嘻,嘻!我看见陆地了,我看见港口了,还看见码头上有许多人!我还看见一座尖形灯塔上有亮光。"

领港人指挥道:"喂,喂!绕过这条海湾和沙滩!"

"知道了,"水手们一齐回答。

领港人说道:"我们这条船走得不错,其他的船也都很顺利。天主保佑。"

"圣约翰在上!"巴奴日忽然叫起来,"这太好了。你这句话实在好!"

"岂有此理!"约翰修士说道,"就是让魔鬼捉走我也不能让你在这

---

① 指桅头光亮。

② 指凶兆。

③ 米克萨尔卡瓦斯,阿尔哥斯人对卡斯托尔的称呼。

里搅！听见了没有，你这个鬼家伙？朋友[1]，给你，这里送你一碗好酒。喂，冀姆纳斯特，把大碗拿来，还有那块煮火腿或者蒸火腿，随你怎么叫都可以。小心不要乱倒。"

"孩子们，这可好了，这可好了！"这是庞大固埃在说话，"大家打起精神吧。有两条划桨船、三条单桅帆船、五条双桅帆船、八条三桅帆船、四条游艇式快船，还有六条巡逻快舰向我们这条船驶来了，是这座岛上的善良人们来救我们了。可是那个大叫大嚷的乌卡勒贡[2]干什么呢？我手里的桅杆难道不比两百条缆绳捆得还要牢、还要直么？"

约翰修士回答道："是巴奴日那个可怜的家伙，他在撑得发烧。肚子里灌满了，就这样怕得乱抖。"

庞大固埃说道："如果他害怕是因为暴风雨中受了惊吓，那他也尽了自己的能力，我并不小看他。因为随时都害怕，那是懦弱的表示（阿伽门农就是那样，因此阿基勒斯恶毒地骂他是狗眼睛鹿心肠[3]），至于在明明白白可怕的时候害怕，那仅是表示对事物理解不够或者太少。所以世界上可怕的事情，除了得罪真神以外，我不承认是死亡。我不愿意搅到苏格拉底和学院派的论战里[4]，因为死亡本身并没有什么坏，也不是可怕的事情。但是我认为海上沉船是可怕的，否则就没有可怕的事情。正像荷马说的那句名言[5]，死在海里是件惨痛的、可怕的、不自然的事情[6]。还有伊尼斯，当他的船只在西西里附近遇见风暴时，曾

---

[1] 这是向领港人说的。

[2] 乌卡勒贡，荷马在《伊利亚特》第2、3卷里提过的一个特洛亚老人，伊尼斯的邻居；这里指的是巴奴日。

[3] 故事见荷马《伊利亚特》第1卷第225行。

[4] 见西赛罗《哲学对话集》第1卷第8章第16节，又见柏拉图《苏格拉底的答辩》第40章。

[5] 见荷马《奥德赛》第5卷第312行。

[6] 初版上此处尚有，"毕达哥拉斯派也曾说，灵魂是火，是属于火的，因此死于水中（与火相克的元素），认为即永世覆灭"。作者与神学院看法不同，后将此段删去。

表示宁愿死在强敌狄欧美德斯手里，还说死在特洛亚的大火里①也比死在水里胜过百倍②。我们这里无人死亡；愿吾主救主永远受赞美！但是我们的船可真是成了一团糟了。这不要紧，我们会把它收拾起来的。小心别让船碰着地！"

---

① 见维吉尔《伊尼特》第1卷第94行。
② 原文是：胜过三四倍，这里借用了中国成语。

· 0940 ·

第二十三章

暴风雨过后巴奴日怎样做起好人来

"哈，哈！"巴奴日大声笑了出来，"好极了。暴风雨过去了。我求你们做做好事，让我第一个下船。我有事要办。现在还需要我帮忙么？让我缠这条绳子好了。我是有胆量的，难得害怕。交给我吧，朋友。我绝对不害怕，绝对不。当然，这次十级大风从船头刮到船尾，把我的脉搏吹得有些不正常。"

"落帆！"

"好极了。约翰修士，你怎么什么也不干呢？难道现在是喝酒的时候么？怎么能知道圣马丁的跟班的①不在为我们准备新的暴风呢？还需要我来帮忙？天主在上，我真后悔，不过有点晚了，没有听从贤明哲学家的教训，他们说在海边行路或者在离地不远处行舟，才是最稳妥最靠得住的方法②，这仿佛步行时后面牵着一匹马，随时可用。哈，哈，哈，天主在上，一切顺利！还要我帮忙么？把它交给我好了，我会做的，否则魔鬼也不答应。"

爱比斯德蒙因为用力拉紧绳索，把手皮都拉破了，流着血，他听见庞大固埃刚才说的话，便答道：

"殿下，请你相信，我刚才的恐惧也不在巴奴日之下。可是怎样呢？我并没有逃避干活。我认为，如果死亡真的是（而且实际上也是）命中注定，无法避免，那么这时死或那时死，这样死或那样死，全是天主的圣意，总是应该不停地向他祈求、祷告、颂经、哀恳、祈祷。可是不应该至此为止，我们自己也须要努力，正像圣徒所说的那样③要与他合作④。你知道执政官卡优斯·弗拉米纽斯⑤被汉尼拔⑥使用计策逼在号称特拉西美奴斯的贝鲁齐河⑦时，曾对他的兵士们说：'孩子们，要从这里打出去，可不能寄希望于祈求神灵。须要拿出力量和勇气，用宝剑在敌人当中杀出一条出路来⑧。'萨路斯特也是如此。他曾使波尔修斯·伽多说过神灵的保佑不是依靠祷告许愿和婆婆妈妈式的哀求取得的。只有警惕、勤劳和奋斗，才能使一切事达到目的和成功。如果在紧急和危险时，一个疏忽、无能、懒惰的人只会祈祷神灵，那是无用的，那只能使神灵恼怒和愤恨。"

约翰修士说道："叫我死掉，假使……"

"我也同意死一半，"巴奴日说道。

"……假使塞邑的葡萄不是被人收光和毁坏，假使我像那些鬼教士似的只知道唱Contra hostium insidias⑨（经上的话），而不拿起十字架的

---

① 指魔鬼，据说魔鬼一直跟着圣马丁，寻找机会诱他犯罪并折磨他。
② 见埃拉斯姆斯《箴言集》第1卷第2章第91节。
③ 指《新约·哥林多后书》第6章第1节圣·保罗的话。
④ 初版上此处没有"要与他合作"，而是"要用各种方法协助他们。如果我这话不符合神学家的法令，他们会原谅我的，因为我的话也是有凭有据，决非空谈。"
⑤ 卡优斯·弗拉米纽斯，公元前3世纪古罗马执政官，在特拉西美奴斯被汉尼拔包围处死。
⑥ 汉尼拔，迦太基大将，曾远征罗马，进占特拉西美奴斯、坎内及卡普亚等地。
⑦ 贝鲁齐河，即意大利的贝鲁齐湖。
⑧ 见提特·利维《罗马史》第22卷第5章。
⑨ 拉丁文，"对抗敌人迫害"。

柄去保卫葡萄、打击列尔内的强盗①。"

巴奴日说道:"死人不管! 好极了。约翰修士什么也不干。他看着我在这里出汗,在帮这个老好人干活,他的名字应该叫约翰。什么也不干。喂! 水手朋友,只问你一句话,别生气! 这条船的船帮有多厚?"

水手回答说:"足有两指厚,用不着担心。"

"我的老天!"巴奴日又叫起来,"我们离死亡仅只有两指远啊! 这是不是也算结婚九种快乐中的一种②?"

"啊! 好朋友,你真行,用害怕的尺子来量危险!"

"我呀,我才不害怕哩;我的名字就叫吉奥莫·不害怕。至于勇气,要多少有多少! 而且不是什么羊的勇气,而是狼的勇气③,杀人者的镇定。我除了危险什么也不怕④。"

---

① 见本书第1部第27章。
② 15世纪一本风行的小书,名叫《结婚十五种快乐》,据说作者是安东尼·德·拉·萨勒;1682年一个叫马尔施的英国人说是十种;作者说是九种。
③ 狼并没有勇气,它只会逃跑。
④ 一句古老的笑话,维庸诗里一个弓箭手在《一个弓箭手的自白》里曾说:"我只怕危险。"

第二十四章

约翰修士怎样说巴奴日在暴风雨时的恐怖是无道理的

"先生们，你们好！"巴奴日说道，"诸位，你们好！你们全都好么？感谢天主，你们也好么？好极了，太好了。咱们下船吧。喂，划桨手，放下跳板！靠近这条小船！要我帮你们么？我跟饿狼似的急着要干活，要像四头牛似的干活。善良的人们，此处真是一个好地方。小伙子们，还需要我帮助么？看在天主份上，别顾惜我身上的汗！亚当，亦即全人类，生来必须工作和劳动，如同飞鸟为飞一样①。救主的意思，你们明白么？是要我们汗流满面才得糊口②，不是像约翰修士那样的胆小鬼一样，吓得要死，只知道喝酒。今天天气好。现在我才体会到尊贵的哲学家阿那卡尔西斯的话实在有道理、有根据，有一次有人问他，在他看来什么船最可靠，他回答说：'就是靠在码头上的那条船③。'"

庞大固埃说道："还有更好的例子呢，有人问他死人的数目多还是活人的数目多，他反问道：'在海上的人算不算呢？'这无形中意味着说海上的人经常处在死亡的危险里，活着也等于死，或者说是死着活④。波尔修斯·伽多曾经说人生在世只有三件事值得追悔，就是一：有没有把秘密泄露给女人，二：有没有懒过一天，三：有没有从海路去过一个可以由陆路去的地方⑤。"

约翰修士向巴奴日说道："老朋友，我以我穿的这件会衣说话，暴风雨时你吓得那个样子实在没有道理。因为你命中注定不是死在水里的。你将来一定像致命的教士⑥一样不是被吊在半空就是上火刑。殿下，你要不要一件防雨的好雨披？把身上穿的狼皮和獾皮大衣脱下来，叫人把巴奴日的皮剥下来，穿上就行了。看在天主份上，可别走近火，也别从铁匠的火炉前面经过，怕它转眼之间就会变灰；但是对于雨、雪、冰雹，你只管放心好了，淋多久都不要紧。天主在上，即便你跳进水里也不要紧；不会把你弄湿。如果用它做冬季的靴子，永远不会受寒。把它吹起气来教小孩游泳，保他们一学就会，决无危险。"

庞大固埃说道："这样说来，他的皮倒像那种叫作'维纳斯头发'⑦的草了，从来不沾水，也不湿，永远是干的，把它泡在水里泡多久也不要紧；因此又被叫作长生草。"

"巴奴日，我的朋友，"约翰修士说道，"我请你千万别害怕水；你的命是要丧在和水相克的一种元素里的。"

---

① 《旧约·创世记》第3章第17节曾说："你必终身劳苦。"此处借《旧约·约伯记》第5章第7节的句法，原句是："人生在世必遇患难，如同火星飞腾。"

② 引《旧约·创世记》第3章第19节。

③ 见埃拉斯姆斯《阿那卡尔西斯》第13章。

④ 见埃拉斯姆斯《阿那卡尔西斯》第15章。

⑤ 见普鲁塔克《大伽多传》第9章第6节。

⑥ "致命的教士"原文是 Père，根据杜沙的解释，可能指路德派或早期的宗教改革派，他们被人称作 Pères，因为他们念颂的经文开始时总是 Père éternel（永恒的天父）。

⑦ "维纳斯头发"（capillus veneris）叶上有一层油质，故不浸水，但并不是普林尼乌斯在《自然史纲》第22卷第30章里叫作 adiantum（石长生，属长生草）的植物，而是一种羊齿草（doradille）。

巴奴日说道:"对,可是魔鬼的烧饭师傅有时也会糊里糊涂地搞错,把要火烤的东西放在水里煮,就像此地厨房里一样,大师傅常常拿竹鸡、野鸽、家鸽、膏上油,就仿佛(真的也像)要火烤似的,然而实际上却是竹鸡炖白菜,韭菜烧野鸽和萝卜煮家鸽。我告诉你们,好朋友,我要在尊贵的先生们面前声明,康德和蒙索洛之间那座许给圣尼古拉的教堂,我要把它变成一个制造花露水的场所,母牛公牛再也不会到那里去吃草,因为我要把它扔进水里。"

　　"好极了!"奥斯登说道。"这才是窃贼遇见强盗,一个比一个厉害!

　　真应验了隆巴底亚那句俗话:

　　　　Passato el pericolo, gabbato el santo①.

---

① 意大利文:"危险渡过,咒骂神灵。"

第二十五章

暴风雨后，庞大固埃怎样来到长寿岛 [①]

这时，我们一行人弃舟登陆，来到一座岛上，岛名叫长寿岛。

岛上的人对待我们很好。一位上年纪的老寿星（这是他们对酋长的称呼）想请庞大固埃到他们城内官厅大厦里去休息一下，吃点东西。可是庞大固埃在船上的人未全部登陆之前不愿离开码头。等都到齐了，他叫大家把衣服换好，将船内食物搬到岸上，供所有船上的人享用。他的话立刻被照办了。天知道，酒肉是多么丰富。当地的人也送来大量食品。庞大固埃的人把带来的东西送给他们，而且送得更多。当然他们的东西在暴风雨中是受到一些损失的。饭后，庞大固埃请大家动手修补船只，大家干得很起劲。修理的工作很顺利，因为岛上的居民全会木匠活儿，个个都跟你们在威尼斯兵工厂里看见的工匠一样。这座大岛上只有三个港口和十处教区有人居住，其他尽是高大的森林和旷野，跟阿登的森林地区差不多 [②]。

在我们的请求下，老寿星带我们看了岛上的名胜和古迹。在浓荫蔽天寥无人烟的森林里，我们参观了好几所古庙的废墟，好几处纪念

碑、金字塔、古代建筑和古墓，上面有各式各样的文字和碑刻，有的是象形文字，有的是伊奥尼亚文字，还有阿拉伯文、摩尔文、斯拉夫文等等。爱比斯德蒙把它们一个一个都仔细地抄下来。这时巴奴日对约翰修士说道：

"这里是长寿岛。'长寿'这个词儿在希腊文里意思是'生命长久'，指一个人活的岁数大。"

"你是什么意思呢？"约翰修士说道。"你要我改变它的名字么？起这个名字的时候我又不在这里。"

巴奴日说道："告诉你，我以为'鸨儿'③这个名字就是从这里来的。'鸨儿'只有上年纪的人去做，年轻的适合于做屁股的工作。巴黎

---

① "长寿"原文Macroeons是从希腊文Makpaiwr来的，意思是"长命"。

② 阿登，法国北部与比利时交界处的多林高原。

③ "鸨儿"（maquerelle）与"长寿"（Μακρατγωγ）读音相近，waquerelle还有"鲭鱼"的意思。

的仙鹤岛①根源和出处可能就是这里。走，咱们去钓蚌子去②。"

老寿星用伊奥尼亚话问庞大固埃是怎样、并且用了什么方法在一个这样吓人的狂风暴雨的天气来到他们的港口。庞大固埃回答说这是全能的救主看见了他们的一片诚心，他们出门旅行既不是贪图钱财也不是经商谋利。他们航海的唯一目的，就是殷切的想看、想学、想了解、想请教神瓶的启示，想就他们中间一个人提出的问题得到神瓶的谕示。然而他们还是遭遇到很大的困难，并且冒了覆舟的危险。接着他问老寿星这种暴风因何而起，近岛海面上是否经常有飓风出现，好像海洋上圣马太的急流③，好像莫姆松海峡④，好像地中海里的萨塔里亚海湾⑤、蒙阿尔让棠港⑥、邦比诺⑦、拉科尼亚的美里亚角⑧、直布罗陀海峡、美西那海峡⑨等等。

---

① 仙鹤岛，巴黎的妓院区。
② 此处原文是，"带壳的牡蛎"。
③ "圣马太的急流"在布列塔尼湾。
④ 莫姆松海峡，法国西部沙伦德河入海处与奥勒隆岛之间的海峡。
⑤ 萨塔里亚海湾，在小亚细亚邦菲利亚的阿达里亚。
⑥ 蒙阿尔让棠港，即多士干的泰拉莫纳港。
⑦ 邦比诺，意大利港口，在厄尔巴岛对面。
⑧ 美里亚角，在拉科尼亚南部。
⑨ 美西那海峡，在意大利与西西里之间。

第二十六章

老寿星怎样向庞大固埃述说英雄的生活与死亡

老寿星回答道：

"远方的朋友们，这座岛是斯波拉谛群岛里的一座，不过不是卡巴索斯海①里的斯波拉谛群岛，而是大洋里的斯波拉谛群岛，过去富饶、繁荣、肥沃、商业发达、人口众多，属布列塔尼直辖统治；现在时间一久，随着世界的衰退，就成了目前的贫穷荒凉景象了。

"你们看那边那座浓密的森林，长度和宽度足有七万八千'巴拉桑日'还多，里面住的全是一天天老下去的英雄鬼魂，由于三天以前还看见的一颗彗星现在不亮了，我们猜想大概昨天又死了一个，因为他的死，才引起了你们所遇到的那场大暴风。只要他们活着，此处以及临近的岛屿一切都昌盛，就连海上也安静无事。如果死掉一个，一般我们从森林那边可以听到响亮的哀号声，地上发生时疫、暴风和灾害，天空云雾弥漫，黑暗异常，海上旋风咆哮，飓风成灾。"

庞大固埃说道："你说的话，我倒有些明白了。这好像火把和蜡烛，当它点着发光的时候，它可以照亮旁边的人和周围的一切，使每个人喜悦，让每个人使用它，利用它的光亮，它从不危害人，也不让任何人不喜欢，可是只要它一灭，冒出来的烟和气便使空气污浊，叫旁边的人不好过，使别人嫌恶；这些伟大高贵的灵魂也是如此。只要它们不离开肉体，它们居住的地方便平安无事，生气勃勃，安逸快乐。但是它们一走，岛上以及大陆上，便会普遍地发生混乱，在空中是乌云满天、霹雳冰雹；在地上是地震、地动、地壳龟裂；在海上就是狂风暴雨；到处是哀鸿遍野、宗教纷争、改朝换代、政权倾覆。"

爱比斯德蒙说道："我们从英勇博学的吉奥莫·杜·勃勒骑士的死亡中早已吸取了教训，他活着的时候，法国繁荣昌盛，没有人不羡慕它，谁都想和它友好，没有人不惧怕它。可是他死之后，法国就很长的时间受到所有人的轻视。"

庞大固埃说道："安开俄斯在西西里岛的特拉巴尼死去时②，伊尼斯就受到暴风无情的袭击。还有犹太国那位残酷的暴君赫罗德，当他看见自己即将不免痛苦地死去（他生的是虱子病，被虫和虱子咬死③，和过去的奥修斯·苏拉，毕达哥拉斯的教师叙利亚人菲雷西德斯，希腊诗人阿尔克曼④等人死去的时候一样⑤）并预见到他死之后，犹太人必定点起篝火，欢欣庆祝，于是便在宫里召集大小城镇及堡寨碉楼内所有的贵族及官员，借口并假装为了国家的管理及安全有要事面谕。等他们一个个亲自来到，便把他们一起关闭在宫内的赛马场里。然后他对妹妹萨罗美和妹丈亚历山大说道：'我断定我死之后，犹太人必定欢欣

---

① 卡巴索斯海，在希腊东海卡巴索斯岛所在处。
② 安开俄斯死在特拉巴尼，见维吉尔《伊尼特》第3卷第708行。
③ 被虫子咬死的疾病曾见《新约·使徒行传》第12章第23节。
④ 阿尔克曼，公元前7世纪古希腊诗人。
⑤ 见普林尼乌斯《自然史纲》第11卷第33章，第7卷第1章，第2卷第79章。

鼓舞；但是如果你们肯执行我嘱咐下的言语，我的死亡就可以保持光荣，全世哀悼。等我一死，你们就命令卫队弓箭手——我已有特令传达给他们——把关在这里的贵族和官员全部杀光。这样一来，全犹太国势必将戴孝举哀，让外国人看来是因为我的死亡，正像一位伟大的人物死时那样。'

"一位将死的暴君说：'我死之后，让大地与火混在一起。'无异说让所有的人全部死光。这句话，凶暴的奈罗把它改了，不是'我死之后'而是'乘我未死'，苏埃脱纽斯①可以为证。这句残暴的言语，西赛罗在他的lib.3, de Finibus②里・塞内加在他的Lib. 2,de Clemence③里都提到过，狄翁・尼开乌斯和苏伊达斯也曾说过这样的话，提贝利乌斯皇帝也说过④。"

---

① 苏埃脱纽斯（约69—141），罗马历史学家，著有《十二恺撒传》。
② 拉丁文，"《论死亡》第3卷。"
③ 拉丁文，"《论仁慈》第2卷。"
④ 见埃拉斯姆斯《箴言集》第1卷第3章第80节，苏伊达斯为10世纪希腊语文学家。

第二十七章

庞大固埃怎样论断英雄鬼魂的死亡，以及已故德·朗惹公爵死前的惊人奇事

庞大固埃继续说道："我们幸亏遇到了海上暴风，虽然它让我们很不好过，使我们很疲乏，可是却让我们听到了这位老寿星告诉我们的一番话。我甚至于相信他所说的在发生死亡以前的几天他在空中看见的那颗彗星。因为，如此尊贵、高尚、英勇的灵魂，在死之前的几天里，上天一定会给我们一个预兆。正像一位慎重的医生，在诊断中看出病人必死无疑时，会在几天以前关照做妻子的、做儿女的，甚至于亲戚朋友，告诉他们说他们的丈夫、父亲或亲人是死定了，叫他们在病人还活着的一段时间里，请他对家里有所吩咐，对儿女有所教训和

祝福，对即将寡居的妻子有所嘱托，说明他认为必须如何教养孩子，以免骤然死去，既无遗嘱，对自己的灵魂和家室也没有任何安排。仁慈的上天，仿佛欣喜地欢迎这些善良的灵魂，所以在死亡来临之前，用彗星、用宇宙间的现象、表示上天也点起了喜悦的篝火，向人类作肯定的宣示，预告几天之内，某些可敬的灵魂即将离开他们的肉身和尘世。

"这完全和古时雅典长老会议的法官一样，他们对罪犯的判刑，是根据不同的决议使用不同的符号，像 Θ[①]，意思就是说死刑，Τ[②] 是无罪开释，Α[③]，是待议，意思是讼案还不够明白；这样公布之后，罪犯的亲属、朋友以及其他希望知道关在狱里的罪犯如何判决的人，就不用再担心焦急了。就像这里出现的彗星一样，这是上天使用宇宙间的征状默默地告诉人类：'尘世间的人，如果你们还打算从这有福的灵魂知道、学到、听到、了解到、预见到有关公共或私人的任何事宜，请你们赶快到他那里去，得到他的回话；因为他唱的戏快要结束了。否则的话，时间一过，后悔莫及。

"不但如此，上天是让尘世间以及世上的人看到他们不配再有这个伟大的灵魂和他们在一起了，不配再享有这个伟大的灵魂了，才使用奇迹、征兆、怪物以及其他不合乎自然规律的征象来惊吓人类，使他们害怕。这就是你们刚才说的英勇博学的德·朗惹骑士的伟大神勇的灵魂，在归天之前的几天里我们所看到的情形了。"

爱比斯德蒙说道："我记得很清楚，而且我一想到在他死前的五六天里所看到的骇人奇事，还是浑身颤抖，心不由己地抖个不停。

---

① 希腊文 θανασος "死"的第一个字母。
② 希腊文 Τδλδωοιζ "无罪"的第一个字母。
③ A是希腊文第十一个字母，作者原意是A（Adêlos的第一个字母），见埃拉斯姆斯《箴言集》第1卷第4章（一说是第5章）第56节。作者的解释大部分是根据埃拉斯姆斯来的，埃拉斯姆斯注释阿斯科纽斯（1世纪罗马语文学家）时有错误，作者亦有错误，根据阿斯科纽斯，A是A bsolvo（无罪开释），C是Condemno（死刑），NL是Non liquer（待议）。

"当时在场的德·阿西耶公爵^①、舍芒公爵^②、独眼马伊^③、圣爱尔^④、

---

① 德·阿西耶公爵，即弗朗索瓦·德·惹奴亚克，1544年死于意大利的柴里索拉。

② 舍芒公爵，即弗朗索瓦·埃罗，1543年的司法大臣。

③ 马伊两弟兄之一，兵部总监。

④ 圣爱尔，即爱田·洛朗，都灵的防守司令。

维尔那勒·德·古雅尔①、萨维里亚诺②的医生伽布里埃尔③大师、拉伯雷④、科于奥⑤、马须奥⑥、美约里琪⑦、布鲁、绰号'市长的'柴尔古、弗朗索瓦·普鲁斯特、费隆、查理·惹拉尔、弗朗索瓦·布雷等等，还有许多死者的亲友、从员和仆役，他们一个个莫不吓得面面相觑，张口结舌，说不出话来，但是心里都明白，并且预见到法兰西即将损失一位如此需要的完人来保卫自己的光荣了，上天要把他叫回去了，好像自然而然地召回其他的人一样。"

"我以帽子上这个绒球起誓，"约翰修士说道，"我死之前一定要做一个学者！我认为我还有足够的悟性。

> 请容我问你们一句话，
> 好像国王问他的武官随驾，
> 皇后问她的太子殿下；

"你们所说的这些半神半人的英雄人物会不会死？圣母在上！我还以为他们像小天神那样不死不灭呢，天主饶恕我胡言乱语。可是这位最最可敬的老寿星却说他们是会死的。"

庞大固埃说道："不是全会死。斯多葛派说他们全会死，只有一个例外，只有他不死不灭，无病无痛，无影无踪。

"品达鲁斯⑧曾经说森林女神没有线了，也就是说，没有生命了，命运之神硬心肠的派克姐妹的线锤不再纺了，不像对待她们所保护的

---

① 维尔那勒·德·古雅尔，即雅各·德·奥奈，吉奥莫·杜·勃勒的侄儿。
② 萨维里亚诺，地名，在意大利的匹埃蒙。
③ 伽布里埃尔，即伽布里埃尔·塔菲农，意大利医学家。
④ 作者本人当时亦系杜·勃勒从员之一。
⑤ 科于奥，人物不详。
⑥ 马须奥，即克洛德·马须奥，贝尔·克洛瓦公爵，拉伯雷拉丁文著作之法译者。
⑦ 美约里琪及以后人名均见吉奥莫·杜·勃勒遗嘱。
⑧ 品达鲁斯（前521—前441），古希腊大诗人。

树那样了。这些树，就是根据卡里马古斯和帕乌撒尼亚斯 in phoci^① 所说的、马尔西亚奴斯·卡培拉^②也同样附议的，她们的出生地橡树。至于所谓半神半人，像潘恩^③、萨蒂尔^④、西尔文斯^⑤、弗莱^⑥、爱基潘恩^⑦、南芙^⑧、英雄及鬼魂，经赫西奥德把他们不同的年纪计算起来，平均都可以活到九千七百二十岁，计算的方法是拿一到四，把它们加起来，然后用四乘，再用三个五次方来乘就得^⑨。你们翻一下普鲁塔克的《神谕之休止》一书即可以看到。"

约翰修士说道："没有看见《圣经》上有这个说法。如果不是你高兴的话，我决不相信。"

庞大固埃说道："我认为一切有学识的灵魂都免受阿特洛波斯那一剪刀^⑩。它们全都永不死亡，不管是在天使、鬼魂还是人的阶段。我要给你们说一个非常稀奇的故事，而且是经过不少位博学多才的历史编纂官写出和证实的。"

---

① 拉丁文，"在《弗西斯》里"。
② 马尔西亚奴斯·卡培拉，5世纪罗马语文学家。
③ 潘恩，即半人半羊之畜牧神。
④ 萨蒂尔，即半人半兽之讽刺神，头上有角，两腿如羊。
⑤ 西尔文斯，罗马神话中之森林神，等于希腊神话中之潘恩。
⑥ 弗莱，专诱人迷路之鬼怪。
⑦ 爱基潘恩，近乎萨蒂尔之半人半羊神。
⑧ 南芙，半人半神之少女，希腊神话中司山林之女神。
⑨ 算式如下：$1+2+3+4=10$；
$\qquad 10\times4=40$；
$\qquad 40\times3^5$（或者243）$=9720$
$\qquad$或者$(4\times20+1)\times3\times8\times5=9720$
⑩ 阿特洛波斯，派克三姐妹之一，人死时由她用剪刀剪断人的生命之线。

第二十八章

庞大固埃怎样述说一个有关英雄死亡的悲壮故事

"修辞学家埃米里安①的父亲埃比泰尔斯②，有一次乘船从希腊到意大利去，船上载的是各种货物和客人。在傍晚时分，船行在摩里亚与突尼斯之间的埃基那德斯群岛，风忽然停止了，这时船正走在巴古索斯③附近。往前走不动了，客人中有的睡觉，有的醒着，还有的喝酒或者吃东西，这时忽然听见巴古索斯岛上有人高声喊叫塔姆。大家听了都毛骨悚然。塔姆是船上领港人的名字，是个埃及人，他的名字除了少数几个客人以外，知道的人不多。喊声第二次又响起来，而且叫得非常可怕。谁也不敢答腔，一个个闷声不响，紧张万分。这时第三次又叫起来了，声音比刚才更吓人。塔姆只得回答道：'我在这儿，喊我什么事？叫我做什么？'只听见那个声音比刚才更响，以命令的口吻告诉他，叫他到了巴罗德斯④通知大家就说潘恩尊神死掉了。

"埃比泰尔斯说道，船上的水手和旅客闻听之后，无不惊奇非常，惶遽不安。大家商议怎样做才好，是不响呢，还是把听见的话宣扬出去。塔姆说他的意思是，如果有风，就绕道而行，不提此事；如果没有风，就只好遵命办理。等到船行近巴罗德斯，海上风平浪静，塔姆只好走上船头，向岸上望了一眼，遵照接受的命令，宣告潘恩尊神业已死去。话未住口，便听见一片号叫呜咽的声音从岸上传来，不是一个，而是许多。

"这一消息（当时在场的人不少）不久便传到了罗马。罗马皇帝提贝利乌斯·恺撒马上派人传塔姆进京，听他亲口述说之后，才信以为真。于是便向朝内以及当时在罗马为数众多的博学之士询问潘恩来历，据报道潘恩系迈尔古里与贝内洛波所生之子。

"古时希罗多德⑤还有西赛罗在《神性》第三卷里⑥都是这样说的。不过我，还是认为他就是信徒的伟大救主，受到那些大法官、博士、祭司以及摩西法律教士的嫉妒和诽谤、在犹太国被害的人。我认为这个解释并没有什么不对，因为在希腊文里，他很可能被称为潘恩，潘恩用我们的话来说，就是'一切'，我们的一切、生活的一切目的、所有的一切、所盼望的一切、都是他、都在他身上、都是从他来的、都是依靠了他。他就是善良的潘恩，好牧人⑦，正像热情的牧人柯瑞东所说的那样，他不但热爱他的羊，也关心他的牧人⑧。因此，他死之后，才会引起上天下地、海洋地狱、万民哀悼、举世同悲。我这样解释，

---

① 埃米里安，普鲁塔克的先生。
② 故事引自普鲁塔克《神谕的休止》。
③ 巴古索斯，古希腊伊庇鲁斯海外岛名，在科尔弗之南。
④ 巴罗德斯，伊庇鲁斯港口名。
⑤ 见希罗多德《历史》第2卷第145节。
⑥ 该书第22章。
⑦ "好牧人"的称呼见《新约·约翰福音》第10章第11节。
⑧ 见维吉尔《牧歌》第2首第33行。

在时间上也很符合，因为我们唯一的救主、最伟大最善良的潘恩，死在耶路撒冷时，正是提贝利乌斯·恺撒在罗马在位的时期[①]。"

---

① 1906年法国哲学家所罗门·勒纳克对此故事尚有一新的解释，他说"塔姆"在叙利亚文里就是阿多尼斯，每年纪念他的忌日都在夜间举行，与祭的人高呼三声"塔姆！"并用希腊文说"最伟大的（Panmegas）死去了"。以讹传讹，遂形成了后来的传说。

庞大固埃说罢，闭口不语，深深地在想。工夫不大，就看见从他眼睛里扑簌簌流下鸵鸟蛋一般大小的泪珠来。假使我说一句瞎话，让天主马上叫我死掉。

第二十九章

庞大固埃怎样来到鬼祟岛①，以及岛上的统治者封斋教主

　　一行快乐人的船只经过修理整顿，口粮食物装置齐全，长寿岛上的人因为庞大固埃举止大方，个个喜形于色，我们自己也非常快活，第二天便在柔和的微风推动下，轻快活泼地扬帆出海。近午时分，克塞诺玛恩远远指着在封斋教主统治下的鬼祟岛给我们看，庞大固埃过去也听说过这个地方，假使不是克塞诺玛恩说需要绕一个大弯、而且整个岛上以及连国王的宫里都找不到东西吃、劝他打消去的意思，他一定乐意亲自去观光一番。

　　克塞诺玛恩说道："到那里别的什么看不到，只有一个啃料豆的家伙②，啃鲨鱼桶的家伙③，捉鼹鼠的家伙④，捆干草的家伙⑤，胡子拉碴、头上两道圈的半高个子⑥，迷迷惑惑稀里糊涂的家伙⑦，带头吃鱼的人⑧，吃芥末的领导人⑨，鞭打小孩的人⑩，头上抹灰的人⑪，医生的老子和养父⑫，朝圣堂、拜苦路、得宽赦的家伙⑬，行好修道的家伙，虔诚热道的教徒。一天的四分之三时间都在哭，喜庆的事从不参加⑭。然而在周围四十个国家里，他是最巧手的制造肉签子、肉叉子的人⑮。六年前我有一次打鬼祟岛经过，一下子弄到了一箩，全赠给康德的屠户了。他们很喜欢，当然有他们的理由。等我们回来，我让你看看大门口的那两个⑯。此外，他吃的东西无非是咸衬衫、咸头巾、咸盔、咸甲⑰。吃得多了，有时会得上难熬的小便不通。他的衣服可是不错，不管从式样上还是从颜色上来说，灰白两色⑱，前后精光，胳膊也是一样。"

庞大固埃说道："如果你能像述说他的衣服、食物以及他的生活方式那样也仔仔细细地说一说他的形象怎样、胖瘦如何，我一定喜欢听。"

"对，说说吧，小家伙，"约翰修士说道，"我在经本里也翻到他了，他排在活动节日之后⑲。"

---

① 鬼祟岛，作者有意影射修道院里那些鬼鬼祟祟躲躲藏藏的修道人，在第3部里曾把他们称作"鼹鼠"。
② 指吃素。
③ 封斋期内鳘鱼干是修道院里的主要菜肴。
④ 封斋期内是捕捉鼹鼠的季节。
⑤ 封斋期内是出卖干草的季节。
⑥ "胡子拉碴"指教士在守斋期内的邋遢形象，"头上两道圈"指方济各会士削发后的脑袋。
⑦ 封斋期内有些礼节在夜间掌灯举行，所以个个"迷迷惑惑稀里糊涂"。
⑧ 鱼是封斋期内允许吃的东西。
⑨ 芥末是守斋期内的主要调味品。
⑩ 守斋期内教师和家长都饿得有气无力，只好用鞭子责罚儿童。
⑪ 指圣灰礼仪节额上抹灰，另一说指守斋期内衣服不洗，灰尘都结成硬疤。
⑫ 封斋期内不讲卫生，给医生增加了生意。
⑬ "朝圣堂、拜苦路、得宽赦"都是教徒在封斋期内必做的功课。
⑭ 封斋期内不许结婚办喜事。
⑮ 封斋期内不许吃肉，正是修理和制造肉签子、肉叉子的季节。
⑯ 康德教堂两边有两个大石柱子，远看颇像烤肉的架子。
⑰ 作者有意指封斋期内尽是粗糙和难消化的食物。
⑱ 指方济各会士封斋期内不穿衬衣，只穿苦衣，打苦鞭。
⑲ 天主教的瞻礼节日有固定的，有不固定的（即活动节），封斋节日是在活动节日之后开始算起。

克塞诺玛恩说道："说说当然可以。可是等到我们走到他的死敌肥肚肠所统治的野人岛那里，我们还有得听哩，他们的仗简直打不完。假使没有好心的邻邦狂欢节①插手保护，这位封斋教主大王老早就把那些肥肚肠消灭净尽了。"

约翰修士问道："肥肚肠是男的呢、还是女的？是神呢、是人呢？是一般的女人呢、还是待字的处女？"

克塞诺玛恩回答说："论性别是女性，论类别是人类，有的是处女，也有的不是。"

约翰修士说道："我要是不帮她们，叫我死掉！对女人作战，这是一种什么违反自然的举动啊！咱们马上回去，把这个大混蛋给干掉。"

"去打封斋教主，"巴奴日说道，"所有的魔鬼在上，我可没有这样傻，也没有这个胆量！ Quid juris②？万一被肥肚肠和封斋教主夹在当中，这边是铁砧，那边是锒头，那可怎么办？梅毒大疮！去他的吧！咱们改道从别处走！封斋教主，回头见！那些肥肚肠，拜托你去解决了，小肠也不要忘掉。"

---

① 原文mardigras指封斋前的末一日，那一天可以吃喝狂欢。
② 拉丁文，"这叫什么法律？"这里有"这从哪里说起？"的意思。

第三十章

克塞诺玛恩怎样解剖并评述封斋教主

克塞诺玛恩说道:"谈到封斋教主的内部组织(至少当年是如此),头脑可是够大的①,颜色、气质和精力,跟一个雄性蛆虫左边的睾丸差不多。

"脑子的内室像螺丝钻,

"蠕虫状的赘疣像木头槌,

"粘膜像教士头巾,

"漏斗状的脑壳像泥水匠的泥斗,

"穹形的顶盖像一个箱子,

"松果腺像风笛,

"细密的血管像头罩,

"凸起的乳头像鞋尖,

"耳膜像风磨,

"鬓骨像鸟翅,

"颈窝像灯杆,

"筋络像水管，

"小舌像传音筒，

"上腭像瓷窑，

"唾沫像菜油②，

"扁桃腺像单眼眼镜，

"喉头像大门，

"喉咙像大筐，

"胃口像皮袋，

"幽门像大叉，

"气管像把长柄刀，

"喉管像一团麻，

"肺脏像募捐袋，

"心脏像祭披，

"纵膈膜像只碗，

"肋膜像只钩，

"动脉像件培恩斗篷，

"横隔膜像勒紧帽带的帽子，

"肝像双刃斧头，

"静脉像上下开关的窗子，

"脾脏像鹡笛，

"肠子像鱼网，

"胆囊像桶匠的锛子，

"内脏像手套，

"肠间膜像长老的头冕，

---

① 这里许多比喻都是反说的，作者反对宗教守斋，有意说制造斋期的人头脑狭窄，这里有意反说。

② 原文 navette 又可解释作"梭"。

"小肠像钳子，

"盲肠像胸甲，

"结肠像只爵，

"大肠像长颈瓶，

"肾脏像泥刀，

"腰子像把锁，

"尿道像挂钩，

"肾脏脉管像两只喷水枪，

"精囊像千层糕，

"前列腺像墨水瓶，

"膀胱像只弓，

"膀胱口像钟锤，

"小肚子像一顶上小下大的尖帽子，

"腹膜像臂绶，

"肌肉像风箱，

"筋腱像鹰爪，

"韧带像钱袋，

"骨头像奶油蛋糕，

"骨髓像布袋，

"软骨像旱地乌龟，

"颈腺像镰刀，

"呼气像拳击，

"吸气像榧子，

"沸腾的血液像一连地弹打鼻子，

"小便是讽刺教皇，

"生殖器像一百个长铆钉。他的奶娘对我说他和半斋期①结婚后，

---

① 原文Myquaresme指封斋期内第三周的木曜日，允许举行嫁娶。

生下来的全是指地方的'副词'①和一些个'特别快'。

"记忆力像领带，

"常识像蜜蜂，

"想象像钟鸣，

"思考像飞鸟，

"意识像从窝里掏苍鹭，

"决断像琴袋，

"悔恨像一套双膛炮，

"计划像船底货，

"理解像翻破的经本，

"智慧像从杨梅里爬出来的蜗牛，

"意志像三个胡桃一个壳，

"愿望像六捆干草，

"判断像鞋拔子，

"谨慎像愚昧，

"理智像木凳。"

① 这些"副词"有unde, qua和qui，意思是"从哪里"，"到哪里"和"经过哪里"，根据贝洛注释，从"半斋期"到复活节，指地方的"副词"使用得特别多，因为大家都在打听到哪里可以得到赦罪。见《拉伯雷研究杂志》第4卷第59至72页。

第三十一章

封斋教主之外部解剖

克塞诺玛恩继续说道:"谈到封斋教主的外部形象,倒是比较匀称一些,除了他比普通人多出的七根肋骨。

"大脚趾像琴键,

"指甲像尖锥,

"两脚像吉他,

"后跟像木槌,

"脚底像坩埚,

"两腿像假鸟,

"膝盖像杌凳,

"大腿像帽缨,

"两胯像钻锥,

"尖形肚腹依照古式扣紧钮扣,胸口束带,

"肚脐像弦琴,

"鼠蹊像糕点,

"那话儿像只鞋,

"睾丸像料瓶,

"外阴像刨子,

"睾丸肌肉像球拍,

"会阴像洞箫,

"肛门像镜子,

"屁股像耙子,

"腰子像奶油罐,

"腹膜像弹子台,

"后背像弓弩,

"脊椎像风笛,

"两肋像纺车,

"胸骨像华盖,

"肩胛像法官帽,

"胸膛像风琴,

"奶头像牛角喇叭,

"两腋像棋盘,

"两肩像手推车,

"胳膊像遮面风帽,

"手指像壁炉柴架,

"腿骨像两根高跷,

"前臂①像镰刀②,

"两肘像捕鼠机,

"两手像马栉,

"颈项像大碗,

"咽喉像滤酒器,

"喉核像只桶,上面还挂着两个美丽匀称的铜瘤,样子像沙漏钟,

---

① 原文 fauciles 亦可解释为"胫骨"。
② 原文 faucilles 与"前臂"(fauciles)同音。

"胡须像灯笼,

"下巴像南瓜^①,

"耳朵像鸭脚背手套,

"鼻子像一只装着盾牌的短统靴,

"鼻孔像头巾,

"眉毛像油盘,

"左眉底下有一个黑痣,样子和大小跟一个便壶差不多,

"眼皮像三弦琴,

"眼睛像木梳套,

"视神经像火绒箱,

"前额像酒杯,

"两鬓像喷壶,

"两腮像木鞋,

"颚骨像只碗,

"牙齿像棍子。现在还有一只奶牙在波亚都皇家高隆日^②,两只在圣东日的布洛斯^③地窖的门口。

"舌头像竖琴,

"嘴巴像马披,

"脸孔像骡子的驮鞍,

"脑袋从左面看像一个蒸馏器,

"脑壳像钱包,

"合缝像渔人的戒指^④,

"皮肤像嘎别丁布的斗篷,

---

① "南瓜"原文potiron亦可解释为"蘑菇"。
② 皇家高隆日,在波亚都省封特奈附近。
③ 布洛斯,下沙朗特省圣约翰·德·安琪利附近地名。
④ 指教皇的印信,印信上是渔人打扮的圣伯多禄,教皇签署公文使用此印。

"表皮像筛子，

"头发像刮泥刀，

"脸上长的毛，前面已经说过了。"

第三十二章

续谈封斋教主的容颜

克塞诺玛恩继续说道:"如果能看到封斋教主,并且听他谈谈话,那真是自然界的一奇。

"他一张嘴吐唾沫,便是成篮的金丝雀,

"一擤鼻涕,便是一条条咸鳗鱼,

"一流眼泪,便是鸭子蘸酱油,

"一颤抖,便是野兔肉饼,

"一出汗,便是淡菜配鲜奶,

"一打嗝,便是带壳的牡蛎,

"一打喷嚏,便是成桶的芥末,

"一咳嗽,便是成箱的面包,

"一呜咽,便是成捆的水芹,

"一打呵欠,便是成盆的豆粉,

"一叹气,便是熏牛舌,

"一吹口哨,便是成筐的青豆^①,

"一打鼾，便是成盆的新鲜蚕豆，

"一皱眉，便是咸猪脚，

"一说话，便是奥维尔尼的羊毛呢，就像巴利萨提斯希望她儿子波斯国王西路斯一说话便是她织的紫红色的绸缎一样。

"一呼气，便是赦罪箱，

"一眨眼，便是三月份的猫，

"一摇头，便是包铁的小车，

"一赌气，便是折断的棍子，

"一嘟囔，便是国王坐堂，

"一跺脚，便是延期五年，

"一后退，便是海里的'鸡鹤'②，

"一清喉咙，便是公共炉灶，

"喉咙一哑，便是摩尔人的演出，

"一放响屁，便是褐色奶牛的腿，

"一放无声屁，便是科尔都的皮靴，

"一挠头，便是新的命令，

"一唱歌，便是未去皮的黄豆，

"一拉屎，便是菌类和蘑菇，

"一吹气，便是油焖白菜，alias③ caules amb'olif④，

"一讲话，便是去年的雪，

"一烦恼，便是光头和削发，

---

① 另一解释是"说不完的废话"或"空洞的赦罪经"。

② 一种根本不存在的飞禽。

③ 拉丁文，"也叫作"。

④ 朗格多克土语，"油焖白菜"。

"一向不名一文，谁也骗不了他，

"一动脑筋，那家伙便飞也似的爬上墙头，

"一做梦，便是抵押借据，

"最奇怪的是：闲着手工作，工作而闲着手，睁着眼睛睡觉，睡觉而不闭眼睛，跟香槟省的兔子一样睁着两只大眼，生怕老对头香肠省的蒙衣党来偷袭。他咬着笑，笑着咬；守斋不吃饭，不吃饭守斋；假想啃东西，幻想喝美酒；在钟楼顶上洗澡，到池塘和河浜里晾干；在空气里钓鱼，在半空中捉龙虾；到海底狩猎，在那里追捕山羊、野羊和羚羊；把偷捉来的全部乌鸦的眼睛都弄瞎①；只害怕自己的影子和肥羊的叫声②；不时到街上去乱跑；拿束腰的绳子耍把戏③；拿拳头当锤头；用粗大的笔筒在带毛的纸上写字，写预言，写历书。"

约翰修士说道："对，正是他。他正是我要寻找的人。我要向他挑战。"

庞大固埃说道："真是一个怪人，如果应该把他叫作人的话。你使我脑筋里想起阿莫敦特④和狄斯科尔当斯⑤的形象和面貌。"

约翰修士问道："他们是什么样子啊？我从未听说过。天主饶恕我。"

庞大固埃回答说："我把我从古代寓言里⑥读到的故事说给你听。菲齐斯（也就是自然之神）未经过交配，头一胎就产生了美丽和和谐，

---

① 有意指教士入会后，只有顺从上司的命令，自己等于瞎子。
② 教士怕被同行教士出卖，怕自己打算吃的肥羊叫出声来。
③ 指方济各会士腰束绳子，出门募捐。
④ "阿莫敦特"（Amodunt），照拉丁文的意思是"没有形象的形象"（a modo sine modo）。
⑤ "狄斯科尔当斯"（Discordance），意思是"不调和，混乱"（dissonantia）。
⑥ 所谓古代寓言并不是古代的，原作1544年发表于瑞士巴塞尔，作者系意大利人文主义作家开留斯·卡尔卡尼奴斯。所引寓言载原书第622页，语句有所改动。

因为它本身的生殖力量强大，膏腴肥沃。安提菲齐斯①一向和自然之神作对，看见它生的孩子如此体面高洁，一时嫉妒万分，便去和泰路蒙②交合，生了阿莫敦特和狄斯科尔当斯。

"这两个孩子的脑袋圆得和球一样，并不像人类的头那样两侧稍微有点扁。耳朵往上翘，大小跟驴耳朵差不多；眼睛在头外边，长在样子很像脚后跟的骨头上面，没有眉毛，硬硬的倒好像螃蟹的眼睛；脚是圆的，像网球；胳膊和手都往后朝肩膀上倒背着；走路时头朝下，屁股朝上，两脚朝天，就这样毂毂辘辘地朝前滚。即使如此（你们都知道，在猴狲眼里，小猴狲是世界上最美丽的东西），安提菲齐斯还是极力称赞，夸口自己的孩子比菲齐斯的孩子长得体面，说道头和脚是圆的，走路向前滚，正是一种来自神明的正确完好的走相，整个的宇宙和一切永恒的事物都是这样个相貌。脚朝上，头往下，这正是摹仿创造天地者的形象，因为人的头发就仿佛树根，两腿是树枝，树总是把树根长在土地底下，而决不是长在树枝上，这样一形容，安提菲齐斯正好把自己的孩子说得像一棵直上直下的小树，而菲齐斯的孩子反而成了倒栽的小树了。至于胳膊和手，倒背在肩膀上，这说明长得正对，因为这一部分不能没有保护，而前面却已经有牙齿了，用牙齿不但可以咬东西，不需要用手，而且还可以用牙齿来抵抗害物。

"就这样，用野兽的论理来证明，来支持自己，把全部没有头脑的疯子都拉到它那边去了，受到所有愚蠢的、缺乏判断力和常识的人的赞叹。从此以后，它又生了马塔哥特③、卡哥特④和巴波拉尔⑤、比斯多

---

① "安提菲齐斯"（Antiphysie），意思是"反对自然，厌恶，悖逆"。
② 泰路蒙，罗马神话中之地神，亦称生产之神。
③ "马塔哥特"意思是"老猴狲，老疯子"。
④ "卡哥特"意思是"伪君子"。
⑤ "巴波拉尔"意思是"假冒为善的人"。

亚①的疯子、日内瓦的骗子、加尔文的狂人②、普泰尔勃斯③的癫汉、布利弗④、卡发尔⑤、沙特米特⑥、卡尼巴⑦以及其他的丑妖魔和违反自然的怪物。"

---

① 比斯多亚，意大利小镇名，1300年曾有黑白教派作乱。

② 加尔文派与拉伯雷为敌。

③ 普泰尔勃斯，即封弗罗教士伽布里埃尔·德·普伊·艾尔包，1549年曾发表 Theotimus, Sive de Tollendis et Expurgandis Malis Libris（论肃清坏书），说拉伯雷是教会的敌人。

④ "布利弗"意思是"靠募捐生活的寄生虫"。

⑤ "卡发尔"意思是"假善人，伪君子"。

⑥ "沙特米特"意思是"貌善心毒的人"。

⑦ "卡尼巴"意思是"狗脸人"。

第三十三章

庞大固埃怎样在荒野岛附近发现巨鲸

天将正午，船行近荒野岛，庞大固埃远远望见一条凶恶的巨鲸[①]直向我们扑来，庞然大物，哗哗有声，乘风破浪，高过我们的桅樯，头上喷出水柱一条，远远望去有如一条大河自山上倾泻而下。庞大固埃指给领港人及克塞诺玛恩观看。领港人马上叫人在主船上吹起号角，命令其他船只集中待命！

所有大帆船、小帆船、划桨船、轻便船，听到号角（依照航行次序）一齐排成毕达哥拉斯的数目字[②]希腊字母γ形队伍[③]，亦即仙鹤飞行时所排的那种尖角形队伍；压队的是那条主船，已作好战斗准备。约翰修士勇武镇定，随同炮手登上船头。巴奴日却又哭叫不迭地呻吟起来：

"格，格，格，格[④]，灾祸愈来愈大。赶快逃命吧！天主在上，这真是尊贵的先知摩西在圣人约伯传记中所描写的那头海怪[⑤]。它会连人带船、像药丸似的把我们全吞下去的。在它那血盆大口里，我们不过等于驴嘴里放一块口香糖。看吧，已经来到了！逃命啊，赶快往地上逃吧！我深信它就是古时要吞下安多罗美达⑥的那头海怪。我们全完了！这里怎么没有一个英勇的贝尔赛乌斯⑦一下子把它杀掉呢？"

庞大固埃回答道："杀它的就是我！你放心好了。"

巴奴日说道："我的天主！别让我们害怕了。除了看见大祸临头之外，还有什么更叫人害怕的呢？"

庞大固埃说道："假使像约翰修士所说的那样⑧，你是命中注定，那你就该害怕太阳神那几匹有名的从鼻孔里喷火的火马：匹雷斯、埃乌斯、埃伊通、弗雷公；而不应该害怕只会从腮里和嘴里喷水的鲸鱼。水对于你，绝对没有死的危险。这一元素非但不会危害你、对你不利，反而会卫护你、保养你。"

巴奴日说道："得了吧！这些话别跟我说！这叫活见鬼！我不是说过元素的变化以及烤和煮、或者煮和烤之间的易于混淆的关系么？哎呀！它已经到了！我要躲到那边去！这一下子我们全得完蛋！我看见凶恶的阿特洛波斯⑨手执新磨的剪刀站在桅橹上准备剪断大家的生命之线了。看！已经来到身边了！你多吓人啊，多可怕啊！你过去淹死过许多人，谁也没有以此为荣。天呐！假使它喷出来的不是这种又咸又苦、难以下咽的水，而是醇厚、味美、浓郁的佳酿琼浆，那倒可以使人好受一些，使人可以安下心来，学一学那位英国爵士⑩，当他犯罪被

---

① 原文Physétère是从希腊文来的，意思是"喷水者"。
② 毕达哥拉斯派哲学家把"四"当作是神圣的数目字。
③ 希腊字母γ（upsilon）代表四百。
④ 他的牙又抖起来。
⑤ 见《旧约·约伯记》第40章第20至28节，中文《圣经》是第41章第1至9节，但与摩西无关，巴奴日已经吓糊涂了。
⑥ 神话中安多罗美达的母亲夸耀她比仙女长得还美，海神尼普顿命海怪去吞食她；故事见奥维德《变形记》第4章第663至738行。
⑦ 贝尔赛乌斯，神话中英雄，曾骑飞马帕伽索斯拯救安多罗美达，后娶她为妻。
⑧ 见本部第24章。
⑨ 阿特洛波斯，死神。
⑩ 指英皇爱德华四世之弟克拉伦斯公爵乔治，于1477年被乃兄秘密处死于伦敦塔内的酒桶里。

判死刑但可以选择死的方法时，他选择了死在酒缸里。来到了！啊！啊！撒旦魔鬼，妖怪！我不能看见你，你太可怕了，太吓人了！到法庭上去吧，到讼棍那里去吧！"

第三十四章

巨鲸怎样被庞大固埃杀死

巨鲸闯进弯弯曲曲的船队里，往首先遇上的几条船上喷射着大量的海水，真像尼罗河的巨流倾注在埃塞俄比亚的国土上。一霎时，箭羽齐发，标枪、短矛、棍棒、长叉，从四面八方一齐向海怪飞来。约翰修士使出全身武艺。巴奴日却吓得要死。炮声隆隆，声如沉雷，虽然不停攻打，但奏效不多，因为发出的铁弹和铜弹，打进海怪皮肤里，远远望去，有如太阳底下的瓦片，毫不顶用。庞大固埃看见时机紧迫，伸出胳膊，施展出他的本事来。

你曾说过，而且史册也有记载，能干的罗马皇帝柯莫杜斯非常善射，他可以远远地把箭射出去，从远处小孩举起的手指头缝里穿过去，而毫不触及小孩的手①。

你还说亚历山大大大帝打到印度的时候，印度有一位弓箭手善射箭，他可以老远地把箭射进一个环里，而且全是三肘多长的铁箭，又长又重，可以穿透钢刃，穿透厚厚的盾牌、钢铁的护胸，只要让他射着，不管你是多结实、牢固、坚硬而强韧的东西，全得被他射透②。

你也给我们说过古时法兰西人的精明强悍，他们也是特别喜爱射箭的，在狩猎黑色和褐色野兽时，他们常常在箭头上涂抹黑藜芦，这样箭头上的毒便可以使野兽的肉更嫩、更鲜、更好吃、味更美，当然要把中箭的周围部分挖掉③。

你还说起巴尔底亚人，他们可以从背后把箭倒射出去，比别国的人从前面射还要准。你也称赞过西提亚人的射术；从前他们曾遣派使者给波斯国王达里乌斯送去一只鸟、一只青蛙、一只老鼠和五支箭，没有任何文字解说。问他送此礼物是何用意，是否带有口信，他回答说没有。达里乌斯顿时惊奇万分，茫然不知是何意思，当他手下的七员大将之一，一位名叫戈布里亚斯的，杀了来使，向他解释清楚后，方才明白。戈布里亚斯是这样说的：

"西提亚人这些东西是想以暗示的方法让我们明白：如果波斯人不能像鸟一样飞到天上、不能像老鼠一样躲进地心、不能像青蛙一样深入池塘和湖泊，就会被西提亚人的武力和弓箭消除净尽。"④

尊贵的庞大固埃对射术之精堪称无敌。用他那强有力的标枪和箭羽（长短、粗细、轻重和铁头，完全和支着南特、索米尔、拜尔日拉克⑤等桥以及巴黎的交易所桥和磨工桥⑥的粗柱子一样），他可以在千步之外射开牡蛎而不伤及牡蛎壳的边缘；可以射掉烛花而使蜡烛不熄；可以射中喜鹊的眼睛；可以射掉靴底而不射破靴子；可以射掉头盔的皮边而不射毁头盔；可以一页一页地射开约翰修士的经本而不射破纸张。

---

① 这是罗马皇帝多米西安，不是柯莫杜斯，见苏埃脱纽斯《多米西亚奴斯传》第19章第4节。
② 故事见阿利安《论印度》第16章。
③ 见希罗多德《历史》第4卷第131、132节。
④ 见希罗多德《历史》第3卷第67至80节。
⑤ 拜尔日拉克桥，多尔多尼河上桥名，作者随惹奥弗洛瓦·德·艾提萨克往卡端和卡于萨克时曾经过此桥。
⑥ 磨工桥，当时巴黎塞纳河上有三座桥，磨工桥在最西面，交易所桥在中间。

庞大固埃所乘的船上，这样的箭就装了不少，只见他第一箭就射中了巨鲸的头部，一下子穿透了它的上下颚骨和舌头，使它再也张不开嘴，既不能吸水也不能喷水了。第二箭射瞎了它的右眼，第三箭射瞎了左眼。在全体欢乐声中，我们看见那条巨鲸头上带着三个角，向前牵拉着，成一个等边三角形，左右摇摆，它看不见了，身子特别沉重，仿佛离死不远似的摇摇晃晃，迷迷瞪瞪。

庞大固埃还不满足，又往它尾巴上射了一箭，尾巴同样也向后牵拉下去了；接着又直线地朝它脊骨上射了三箭，从头到尾正好分成三段，每段的距离都同样大小。

最后他又朝海鲸两侧每边射了五十箭，使得那条鱼完全像一只三桅船的船身，横帮一条条整整齐齐、严严密密，上面还仿佛带着穿绳索的铁环和连在船身上的缆绳，看起来实在好看。

这条巨鲸翻了一个身肚子朝天死去了，跟其他的死鱼一样；翻身的时候，身上的箭一齐倒向海里，看起来像一条蜈蚣，所谓蜈蚣，就是古时贤人尼坎德拉所描绘过的百足之虫①。

---

① 尼坎德拉，公元前2世纪古希腊自然科学家，此处引文见他的《解毒药》第十二类。

第三十五章

庞大固埃怎样来到香肠人古老的居处荒野岛

灯笼号船头上的几位划桨手把擒获的鲸鱼拉到附近一座岛上，此岛名荒野岛，他们打算在那里把鲸鱼解剖开，取出鱼肾内的油脂，据说这是医治一种叫作"没钱用"的疾病所必需的药品[①]。

庞大固埃并不大在乎，因为这样的鱼他在法国海里见过不少，甚至于还见过更大的。然而他还是同意到荒野岛去，让他手下那些被鲸鱼喷湿和弄脏的人到岸上晒晒干，休息休息吃点东西。约于中午时分，他们在一个荒凉的小港口上了岸，附近有一片美丽悦目的树林，从树林里流出一道清冽、澄净、银光闪闪的潺潺流水。他们在那里搭起了帐篷，安置了炉灶，烧起一团旺火。等大家都换好衣服，约翰修士摇起了铃铛。一听见铃声，吃饭的台子马上搭了起来，准备停当。

庞大固埃快活地和随行人等一起吃饭，在上第二道菜时，他忽然看见几个小香肠人一声不响地爬上厨房放酒处附近一棵很高的大树上。他向克塞诺玛恩问道："这是什么东西啊？"他还以为是什么松鼠、鼹鼠、貂鼠、黄鼠狼一类的动物呢。

克塞诺玛恩回答道："是香肠人。这里就是我早晨给你说的荒野岛。他们和他们长久以来的死敌封斋教主，经常处于你死我活的战斗中。我想他们是听见我们刚才向鲸鱼开炮的声音害怕了，他们疑心是敌人带领人马来袭击他们、来蹂躏他们的海岛了。过去已经有不少次，敌人登上海岛遇到香肠人的英勇防守，无获而退。香肠人（正像狄多在伊尼斯的伙伴未经她知道和同意即在迦太基登陆时告诉他们的话一样[2]）由于敌人的诡计多端，而相距又这样近，他们不得不经常小心，注意提防。"

庞大固埃说道："不错，我的朋友，假使你看到什么好方法能使这场战争结束，能使双方和解，别忘了告诉我。我将全心全意、不惜全力以赴、使双方的纠纷得到缓和和解决。"

"目前还不可能，"克塞诺玛恩说道。"四年以前，从这里和鬼祟

---

① 当时鲸油已经是一种贵重的物品，故可医穷。

② 见维吉尔《伊尼特》第1卷第563行。

岛经过的时候，我就为他们调解过，或者至少想得到长期休战的结果。假使这一方、或者那一方，肯放弃一条要求的话，他们现在也早成了好朋友和好邻居了。封斋教主不肯让大肠人以及他们过去的好朋友和盟邦山区的小肠人包括在条约之内。香肠人则要求鲞鱼桶堡由他们管辖，和咸肉桶堡一样，由他们控制和统治，把住在里面、也不知道是哪里来的坏人、强人、窃盗、杀人犯统统赶出去。这些要求，双方都不同意，而且也都认为不公平合理。

"因此，合约未能签订。不过，比起过去，双方的敌对情形缓和多了，也不那样尖锐了。但自宣布召开开西国家会议以来，香肠人受到了谴责、控诉和传讯——封斋教主如果做他们的盟邦或者和他们有任何联系的话，也同样将被列入污秽、失掉羽毛、干鳖鱼之列——于是，他们的态度一下子恶化起来，狠毒、仇恨和固执，无法再改善了。就是叫猫和老鼠、猎犬和野兔和解也比叫他们和解来得容易。"

第三十六章

荒野岛上的香肠人怎样计害庞大固埃

克塞诺玛恩话未住口，约翰修士就看见码头上有二十五到三十来个细瘦的小香肠人大踏步跑回他们的城里、寨里、堡里和烟囱要塞里去，他向庞大固埃说道：

"我看形势不对。这些可敬的香肠人可能把你当作封斋教主了，虽然你没有任何和他相像的地方。我们暂且别吃了，起来准备迎战吧。"

克塞诺玛恩说道："有理，有理。香肠人总是香肠脾气，三心二意，喜欢搞阴谋。"

庞大固埃听了站起身来向树林那边观察了一下，立刻回来告诉我们说他看见左边有一堆肥胖的香肠人埋伏起来，右边，离开约半法里远，沿着小山丘，有一大片身强力壮的香肠人，在号角、风笛、箫、尿泡、悦耳的木笛、鼓、喇叭和号角声中，杀气腾腾地向我们冲来。

根据他数过的七十八面旗帜来猜想，估计他们的数目不少于四万二千。从他们整齐的队伍、雄壮的步伐以及饱满的精神来看，我们可以相信来的决不是"菜包"，而是能征惯战的老香肠。走在最前面的，一直到队旗为止，全都盔甲整齐，远远望去仿佛手执短矛，但武器锋利，闪闪有光。两侧有无数豪横的大肠人、坚实的肉丁人和骑马的小肠人，个个身材魁梧，岛国气概，强悍彪戾，凶暴狠毒。

庞大固埃看了颇为震惊，不是没有道理的，虽然爱比斯德蒙对他说香肠国的风俗习惯可能就是这样拿全副武装来表示亲善，来欢迎外国的友人，正像法国尊贵的国王在加冕登位之后，首次进入国内各大城市时，受到的欢迎和膜拜一样。他说道：

"也许这仅是本地皇后的日常卫队，她听到刚才在树上放哨的小香肠的禀报，知道忽然来了殿下的豪华船只，她想一定是什么豪富强大的王子到了，特亲自出来迎接，也未可知。"

庞大固埃听了不以为然，他召集手下人开会，听取他们的意见，要大家谈谈对此吉凶未卜、但很明显值得担心的情势应如何对付。

他简略地向他们说明，这种表面上虽然是友好的现象，怎样常常会给人以致命的打击。他说道：

"罗马皇帝安东尼奴斯·卡拉卡拉①就是这样计杀亚历山大人的；还有一次他假装愿娶波斯国王阿尔塔巴奴斯②的女儿为妻，把波斯国的军队杀得大败。不过这一次并没有平白地过去，因为事隔不久，他自己也遭到杀害③。雅各的孩子也是这样为妹妹底拿的被污而报仇的，他们杀死了示剑的所有男丁④。罗马皇帝迦里埃奴斯也是用了假装的方法把君士坦丁堡的人马杀得落花流水⑤。安东尼乌斯，也是在友好的表面下，把亚美尼亚国王阿尔塔瓦斯德斯骗来，然后用铁链子把他捆绑起

---

① 安东尼奴斯·卡拉卡拉（188—217），塞维鲁斯之子，罗马皇帝，以残暴凶狠出名。
② 阿尔塔巴奴斯，即公元216至226年波斯国王阿尔塔巴奴斯四世，曾和罗马皇帝卡拉卡拉作战。
③ 见希罗狄埃奴斯《卡拉卡拉传》第9、10章。
④ 故事见《旧约·创世记》第34章。
⑤ 迦里埃奴斯，公元260至268年罗马皇帝。此处故事见一世纪罗马史学家特雷贝留斯·波里奥著《迦里埃奴斯传》第7卷。

来，最后把他杀掉①。这类的故事，在古代历史里举不胜举。怪不得一

---

① 见塔西图斯《编年史》第2卷第3章。

直到今天，大家还在盛赞法国国王查理六世的慎重，说他在弗兰德斯人和康德人那里打了胜仗以后凯旋故乡巴黎城，行至法国的布尔惹①，听说巴黎人带着木槌（木槌党的名称便是从此而来②），人数约有二万，在城外严阵以待③，查理六世（尽管他们表示如此武装起来只是为了更隆重地欢迎他，并无其他歹意和不良意图）还是吩咐叫他们除去武装各自回家后才肯进城。"

---

① 布尔惹，塞纳省地名。
② 14世纪末法国国王查理六世（因患神经病，号称"疯子查理"）政治黑暗，国事分裂，农民及城市手工业者不胜压迫之苦，于是起义运动蔓延各地，1382年3月间"木槌党"的起义运动规模极大。
③ 此事发生于1413年。

第三十七章

庞大固埃怎样召见"吞香肠"和"切香肠"
两位副将并畅谈人名和地名之意义

会议的结果是大家准备起来，以防发生变化。加巴林和冀姆纳斯特奉庞大固埃命召集金碗号①（由副将吞香肠率领）和金桶号（由副将小切香肠率领）上的战士到主舰来。

巴奴日说道："冀姆纳斯特的差使由我来代劳吧。何况你这里也需要他。"

约翰修士说："我以我穿的会衣起誓，你这个家伙是想逃避打仗，我以人格担保，你是不会再回来的！其实没有你，也算不了什么损失。你只不过会哭哭啼啼，哼哼唧唧，叫士兵们丧失斗志罢了。"

巴奴日说道："约翰修士，我的神父，我保险会回来，而且很快。只是请你别让那些凶恶的香肠人爬到船上来。你去打仗的时候，我一定在这里为你们的胜利祈祷天主，像以色列人的领导者英勇的首领摩西所做的一样②。"

爱比斯德蒙向庞大固埃说道："单单凭吞香肠和切香肠这两位副将

的名字，如果香肠人前来攻打的话，就是一种保证，准定顺利得胜。"

"你说得有理，"庞大固埃说道，"我很喜欢你能从这两位副将的名字上预见到并预算到我们会得胜。这种根据名字的预测方法并不是自现在才开始的。古时毕达哥拉斯派就非常重视，而且还虔诚地这样做过。不少位大人物和皇帝也都从它那儿得到过好处。先说屋大维·奥古斯都斯吧，他是罗马帝国第二个皇帝，有一天他遇到一个农人名叫厄提古斯，意思是'吉祥'，他手里牵着一头驴，名叫尼空，用希腊文来解释，就是'胜利'，奥古斯都斯震于驴夫以及那头驴名字的意义，就奠定了自己的兴隆、昌盛和胜利[3]。还有维斯巴西亚奴斯，也是个罗马皇帝，有一天他独自一个人在塞拉比斯[4]庙里祈祷，忽然看见一个长久生病没有料想会遇到的仆人走到他跟前，这个仆人名叫巴西利德斯，意思是'王子'，于是他就有了得到罗马帝国的愿望和决心[5]。还有雷基利安[6]，他被士兵们选为国王并无其他理由和缘故，仅仅是因为他名字的涵义[7]。你去读一读神圣的柏拉图的《语言篇》[8]……"

里索陶墨说道："说良心话，我真想读一读。我常常听见你提到它。"

"……你就可以看到毕达哥拉斯派怎样用名字和数目字的推论，算出巴特罗克鲁斯应该被爱克多尔所杀，爱克多尔要死在阿基勒斯手里，

---

① 庞大固埃舰队的第九只船和第十二只船，见本部第1章。
② 摩西命约书亚去和亚玛力人打仗，他上到山顶向天举手直至日夕；见《旧约·出埃及记》第17章第8至11节。
③ 后来奥古斯都斯在遇见驴和驴夫的地方为他们建立了庙宇；故事见苏埃脱纽斯《圣奥古斯都斯传》第96章第5节。
④ 塞拉比斯，罗马时代的埃及神。
⑤ 见苏埃脱纽斯《维斯巴西亚奴斯传》第7章第2节。
⑥ 雷基利安，3世纪达西安（丹麦）人，自封米西亚国王。
⑦ 见特雷贝留斯·波里奥《三十君王传》第9、10章。
⑧ 《语言篇》，柏拉图《对话集》之一，内论及名字系来自人定或顺乎自然。

阿基勒斯死在帕里斯手里，帕里斯死在菲洛克提提斯①手里。我一想到毕达哥拉斯这种神奇的发现，就不禁惊奇万分，他运用一个人名字音节是单数还是双数，就可以算出这个人哪一边是瘸腿、罗锅、单眼瞎、风湿痛、瘫痪、肋膜炎，以及其他的疾病，因为双数是指身体的左边，单数是指右边。"

"不错，不错，"爱比斯德蒙说道，"我曾在圣特一次大巡行里，当着杜艾的爵爷、那位善良、德高、博学、公正的院长布里昂·瓦雷②的面亲眼看到过。每次有个男瘸子或女瘸子、男单眼瞎子或女单眼瞎子、男罗锅或女罗锅走过时，就有人把这个人的名字告诉他。假使名字的音节是单数，他不用看见人就可以立刻说出这个人的瞎眼、瘸腿或罗锅是在右边。假使是双数，就是在左边。屡试屡验，从未说错过。"

庞大固埃说道："就是用这个方法，学者证明阿基勒斯跪着被帕里斯药箭射伤时伤的是右边脚后跟；因为阿基勒斯名字的音节是单数③（请注意古人下跪时总是跪右脚）。维纳斯在特洛亚战争中被狄欧美德斯伤左手，因为她的希腊文名字是四个音节④。吴刚瘸的是左脚，也是这个缘故。反过来，马其顿国王菲力普、还有汉尼拔瞎的就是右眼。用毕达哥拉斯这个法推论下去，还可以算出坐骨痛、脱肠病、偏头风是在哪一边。

"再回到名字上，请注意我们上面提过的菲力普国王之子亚历山大大帝是怎样从一个名字上完成他的大业的。他当时在围攻设防的城市蒂尔，用尽气力一连攻了好几个星期都没有奏效，各种武器都不发生效力，全被蒂尔人破坏和摧毁了。亚历山大想到不得不解围而去，心里非常气闷，因为他认识到这样离去就等于威名的丧失。他忧郁气恼

---

① 菲洛克提提斯，戴萨里亚国王，在特洛亚战争时，曾以药箭射死帕里斯。
② 布里昂·瓦雷，1527至1544年波尔多最高法院法官，同情人文主义，作者对他颇有好感。
③ 阿基勒斯是三个音节，"斯"不自成音节。
④ Αφροδίγη（阿芙罗狄特），"芙罗"是一个音节。

地睡着了。在睡梦中，他梦见一个萨蒂尔来到他帐篷里，跷起它的羊腿又是蹦又是跳。亚历山大想捉住它可是老捉不住。最后亚历山大把它逼到一个墙角里，才把它捉住。醒来之后，他把做的梦说给朝内哲学家和学者听，他们解释说神即将赐他胜利，蒂尔不久即可攻下，因为萨蒂尔这个名字，如果一分为二，就是'萨'和'蒂尔'，意思就等于'蒂尔是你的'了。果然，他头一次进攻就打下了那座城市，大获全胜，把叛逆的敌人全部镇压下去。

"反过来，再看看庞贝是怎样为了一个名字而走上绝望的道路的。在法尔萨路斯①一战被恺撒打败后，他除了逃走，没有别的出路。他从海上逃到了塞浦路斯岛。在巴弗斯城②附近的海岸上，他看见一座宏伟的宫殿，于是问撑船的此宫何名，撑船的说是Καχοβασιλέα③，意思就是'恶君'。庞贝闻听之下，不禁惶恐万分，厌恶气恼，灰心绝望，他断定自己无法再逃，不久即将丧命。船上其他的客人和水手都听见了他的喊叫、叹息和呻吟。果然不久就来了一个谁也不认识的、样子像农

---

① 法尔萨路斯，戴萨里亚古城名，今名菲尔萨拉，公元48年恺撒曾于此大败庞贝。
② 巴弗斯，塞浦路斯岛上古城名，该处有出名的维纳斯庙。
③ 正确的写法是Κακοβασιλεῦs，希腊字。

民的人，名叫阿基勒斯，把他的头砍了下来。

"我们还可以提一提保禄斯·埃米里乌斯①，当罗马元老院选他做皇帝、也就是说做远征马其顿国王贝尔赛乌斯的统帅时，情形也是如此。那天晚上，他回到家里准备起程，在吻他的小女儿特拉西雅时，发现她神色惆怅，于是问道：'怎么啦，我的小特拉西雅②？为什么这么惆怅和难过？'小女孩答道：'父亲，贝尔萨死了。'贝尔萨是她心爱的一只小雌狗的名字。保禄斯一听见这个名字，就肯定了自己一定会战胜贝尔赛乌斯③。

"如果时间允许我们读一读希伯来文《圣经》的话，我们还可以举出上百个显著的例子，证明希伯来人对于名字的意义是多么重视和迷信。"

庞大固埃刚说完这番话，那两位副将带着士兵就到了，他们全部顶盔贯甲，勇武刚毅。庞大固埃对他们作了简短的训话，要他们在战争中表现英勇，如果形势逼着不得不如此（因为他还无法相信香肠人会这样卑鄙）；严禁首先发动冲击，并以"狂欢节"三字作为口令。

---

① 保禄斯·埃米里乌斯（前227—前158），公元前181年罗马帝国执政官，公元前168年曾在比德那大败贝尔赛乌斯。
② 特拉西雅，应该是戴尔西亚，爱称特里雅。
③ 故事见西赛罗《论占卜》第1卷第46章，不过作者此处是根据开留斯·卡尔卡尼奴斯的作品来的，卡尔卡尼奴斯说当时是一只小雌狗，其他的作家都说是一只雄狗。

第三十八章

香肠人怎样不是人类中应该轻蔑的

酒友们，你们在笑，不相信我说的是实话。这我也没有办法。你们高兴相信就相信，不高兴，就拉倒。反正我自己知道是怎么回事。当时确实是在荒野岛上。我把名字再告诉你们。你们可别忘了古时巨人那份气力，他们把帕利翁那座高山放在欧萨山上，再用多雾的奥林匹斯山把欧萨山盖罩起来，想和神灵对敌，把他们从天上赶出去。这份力量可不寻常，不能等闲视之。然而，巨人的半个身子不过仅是香肠而已，或者说是蛇，这我可不是乱说①。

当时诱惑夏娃的那条蛇，就是"香肠蛇"，而且还记载着说它"比田野一切的活物更狡猾"②。今天的香肠人还是如此。某些学院还坚持说那个诱惑者就是名叫伊提法路斯③的香肠人，普里亚普斯老爷④，希腊文叫作天堂、法文叫作乐园里的女人们的伟大诱惑者，样子就和它一样。还有瑞士这个民族，勇敢善战，谁能说他们过去不是小香肠呢？我可不愿意把手指头放在火上来保证不是。还有爱西乌比亚一个很有名的民族"弯腿人"，根据普林尼乌斯的记载⑤，并不是别的，就是香肠人。

假使我这些话还不能打消在座诸公的怀疑，请立刻（我是说喝罢酒）到路西尼昂、巴尔特奈、沃旺⑥、美尔旺⑦和波亚都的彭索日⑧去看看。在那里，你们可以看到德高望重、信用昭著的证人，以圣里高美⑨右臂的名义向你们起誓，保证他们的老祖先美露西娜上身直至阴户为止是女人，下身便是蛇式的香肠，或者说香肠式的蛇身。然而她的走相是勇猛可爱的，直到今天，布列塔尼人在歌舞时还在摹仿她。

为什么埃里克托纽斯⑩第一个制造马车、异床和战车呢？就是因为吴刚把他生得两腿和香肠一样，为了把它们遮盖起来，他不骑马而宁去乘车。此外，当时香肠人也还没有出名。西提亚的女仙奥拉⑪也是上半身是女人、下半身是香肠。但是朱庇特看见她生得太美了，就和她睡觉，生下了一个体面的儿子，名叫科拉克赛斯⑫。

好了，别再扯下去了，但是请你们相信，什么也没有《福音书》更真实。

---

① 罗马诗人曾把巨人称作 anguipedes（蛇足人）。
② 见《旧约·创世记》第3章第1节。
③ "伊提法路斯"，照希腊文的意思是"阳物"。
④ 普里亚普斯，神话里的花园神。
⑤ 普林尼乌斯在《自然史纲》第8卷里曾称细腿人为"蛇人"。
⑥ 沃旺，旺代省栗林县地名。
⑦ 美尔旺，旺代省圣伊莱尔·戴·楼日县地名。
⑧ 彭索日，旺代省封特奈·勒·孔特县地名。
⑨ 圣里高美，玛恩省圣人，圣髑保存在马野载，波亚都人非常尊敬。
⑩ 埃里克托纽斯，神话中吴刚之子，雅典国王，传说是第一个驾驶马车的人。
⑪ 奥拉，神话中罗木路斯之妻，见奥维德《变形记》第14章第851行，又瓦雷留斯·弗拉古斯《金羊毛船》第6卷第48和58行。
⑫ 希罗多德在《历史》第4卷第5节曾说科拉克赛斯系朱庇特（宙斯）之子，同卷第9节曾说一半人半蛇女仙与海格立斯交合而生子，作者恐把两个故事混为一谈。

第三十九章

约翰修士怎样联合厨房师傅大战香肠人

约翰修士望见凶恶的香肠人气昂昂地冲过来，便对庞大固埃说道：

"我看又要大打一通了。啊！多大的荣誉和赞扬在等待着我们的胜利啊！我希望你留在船上等着看好了，让我和我的人去打。"

"你的什么人？"庞大固埃问道。

"就是经本上的东西，"约翰修士回答说。"为什么法老的御厨总监波提乏①、那个购买约瑟而约瑟如果愿意的话、可以叫他做乌龟的人，会当上埃及全国的大司马呢？为什么尼布甲尼撒国王的御厨尼布萨当会从军官中被选出来、去攻打并摧毁耶路撒冷呢②。"

"你说说看，"庞大固埃说道。

"我以女人那个窟窿的名义发誓！"约翰修士说道，"我敢保证他们过去打过香肠人，或者比香肠人还不如的人，因为要攻打、挫败、降伏和击溃这些人，全世界所有的军队、骑兵、队伍、陆军也没有厨师那么适当和相宜。"

庞大固埃说道："你使我想起西赛罗所说的一句可笑的话来。当恺撒和庞贝在罗马打内战时，虽然恺撒待他优礼有加，他心里还是倾向于庞贝那一面。有一天，他听说庞贝的人在一次战斗中损失惨重，便想亲自去看看他们的营盘。到了那里之后，看见军队不多，士气沮丧，秩序混乱，他便感觉到形势不对，正像已经发生的那样，还会遭受失败，于是便用他特别见长的那种辛酸刺激、表面上又好听的辞令，说说这个、劝劝那个。有几位军官做出镇定坚决的样子问他道：

"'你看我们现在还有多少鹰队?'

"鹰队是罗马人作战时的军队单位。

"西赛罗回答道:'鹰队只能去对付喜鹊。'

"由于现在是对付香肠,所以应该说这是一场厨房战争,需要联合厨房师傅才能生效。现在就照你说的办好了。我留在这里等待你们去充英雄,看结果如何。"

约翰修士听罢径直走到厨房的帐篷里,和颜悦色地向厨师傅们说道:

"小伙子们,我今天要叫你们去露露脸、全去打一个胜仗。要让你们完成一次史无前例的勇武事迹。肚子那个肚子! 真的就不把有胆的厨师傅放在眼里了么? 来,咱们去和那些混账香肠人干一场。我来做你们的带队。先喝酒,朋友们。来,提起精神来!"

"队长,"厨师傅一齐喊道,"你说得太有理了。我们全都由你管辖。只要由你带领,我们是死是活,全都甘心。"

约翰修士说道:"活,完全对;死,不可能;咱们是对付香肠。现在准备好。就用尼布萨当这个名字作口令。"

---

① 波提乏既不是法老的御厨总监,也不是大司马,而是法老的护卫长,见《旧约·创世记》第39章第1节。
② 尼布萨当是16世纪民间故事里的英雄。

第四十章

约翰修士怎样准备"母猪"以及藏在猪体内的英勇厨师

在约翰修士的指挥下，有技术的师傅把"大爵号"①上的"大母猪"准备起来。所谓"大母猪"，原来是一辆奇巧的战车，周围一排排装满了大炮，可以射出石弹和包有钢头的四楞箭，车内可以宽宽绰绰地容下两百多个人藏身和作战。这辆战车是依照雷奥尔②"母猪"的图样制造的，法国年轻的国王查理六世在位时，拜尔日拉克城就是靠了它从英国人手里夺回来的③。

英勇厨师的名单和人数附此，他们像进入特洛亚那匹木马似的钻进了"母猪"的体内：

辣酱油，

昂伯兰④，

胆小鬼，

怕事虫，

大肥猪，

满身泥，

小扒手，

甜点心，

拉打雷⑤，

大勺子，

鳖鱼汁，

小煎饼，

满身油师傅，

肥肚肠，

捣泥臼，

喝剩酒，

五香豆，

烤羊肉，

烤肉块，

挖心肝，

拌牛肉，

炙猪肝，

瘦条肉，

炒杂碎。

　　尊贵的战士一个个都披挂着徽章，红底，上面有个绿色的肉叉子，左面垂着一条银色的袖章。

小肥肉，	特肥肉，
大肥肉，	反肥肉，
圆肥肉，	刮肥肉，

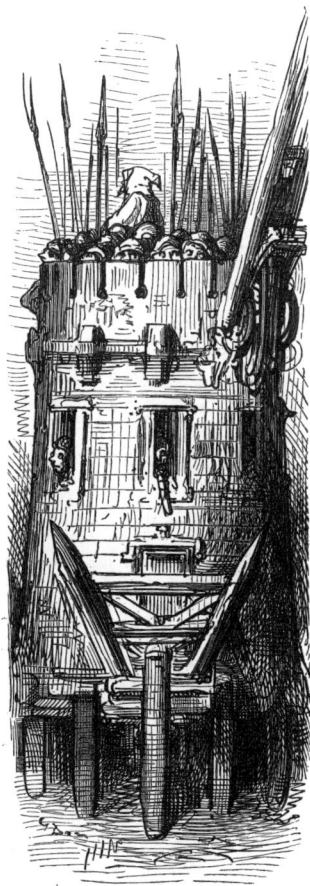

①　"大爵号"，庞大固埃舰队的第六只船。

②　雷奥尔，纪龙德省靠加隆河地名。

③　1378年查理五世（不是查理六世，查理五世两年后才死）使用巨型战车"母猪号"攻打拜尔日拉克城，战车可射出石弹，车内可容纳一百名战士，可以开近城市进行攻击。见弗瓦萨尔《编年史》第2卷第2、第5章。

④　昂伯兰是15世纪末一出独角戏的主角，职业是仆人，他什么事都会做；另一说"昂伯兰"（Ambrelin）是从德文 Hamerlein 来的，意思是指时钟上那个用锤敲钟点的小人。

⑤　第1部第38章有一个朝圣者即此名。

啃肥肉,	网肥肉,
拉肥肉,	抓肥肉,
上肥肉,	咬肥肉,
省肥肉,	

还有棒肥肉，这个名字是用中略法取的[1]，原籍在朗布耶附近。这位烹调大师的名字原来是搞肥肉的棒小伙子[2]，这完全像你们把"崇拜偶像者"缩作"邪教徒"一样[3]。

硬板油,	长条油,
自肥油,	短条油,
好肥油,	少出油,
新肥油,	多出油,
软肥油,	相思油,
嚼肥油,	磅秤油,
满身油,	尿泡油,
都是油,	满脸油,

还有皈依天主教的摩尔人和犹太人所没有的名字[4]：

小睾丸,	家兔皮,
青菜篮,	酱油醋,
芹菜精,	粉蒸糕,
萝卜丝,	刮油水,
假猪肉,	油炸糕,
胡椒罐,	刮锅底,
醋瓶子,	瞎哆嗦,

---

[1] "棒肥肉"原文 guaillardon是用 gaillard（棒小伙子）和 lardon（肥肉）用中间省略法合并起来的。

[2] 原文是 guaillartlardon，即"棒小伙子·肥肉"。

[3] "崇拜偶像者"（idololâtre），"邪教徒"（idolâtre）中间省略了 lo。

[4] 摩尔人和犹太人都不吃猪肉。

汤罐子，	咸喉咙，
嘻嘻哈，	赛蜗牛，
傻小子，	喝干汤，
清汤水，	见汤乐，
喝锅底，	站弯腰，
不离锅，	酸牛奶，
转锅台，	百果糕，
专打碗，	岔断气，

还有鹌鹑头，他是从厨房调进内室伺候尊贵的红衣主教勒·维诺①的，

烤不成，	穷心急，
破揩布，	牛腰子，
假正经，	烤牛肩，
乱通火，	酸奶酪，
硬邦邦，	飞毛腿，
命根子，	肠出气，
空一世，	鹞子鱼，
俏皮头，	老蓑衣，
家伙新，	走不动，
不知够，	老鳄鱼，
常胜军，	小白脸，
老寿星，	大疤瘌，
满身毛，	一身灰，

还有"玛丹酱油"②的创造人蒙丹，他是因为"玛丹酱油"，才在苏

---

① 勒·维诺，指里齐厄主教约翰·勒·维诺·卡卢日，1533年被教皇克雷蒙七世提升为驻马赛红衣主教，饲养大批鹌鹑，准备随时享受。
② "玛丹酱油"即"夫人酱油"。

格兰的法国话①里被叫作蒙丹的，

嗑牙齿，	一身脏，
胖腮帮，	宽裤裆，
小舌头，	饼师傅，
野生鸡，	郁金香，
洗锅手，	没刷好，
老醉鬼，	大肚子，
萝卜头，	老香肠，
吃剩饭，	小猪猡，

还有"罗伯特酱油"②的制造者罗伯特，他的酱油对于熏兔，烤鸭，鲜猪肉，煮鸡蛋，咸鳖鱼，还有无数别的肉食，真是好吃极了，每饭不忘，

冰黄鳝，	鲞鱼干，
红鹞鱼，	甜面包，
古诺鱼③，	大嘴叉，
糊涂蛋，	厚嘴唇，
乱翻天，	小牛肉，
吹大牛，	驴子草，
小松鼠，	一层糖，
大力干，	炸油锅，
萨尔米④，	小懒货，
小瘦子，	卡拉勃⑤，

① 当时法国国王的卫队多系苏格兰人，他们经常把"玛丹"（我的夫人 Madame 的音译）误作"蒙丹"（Mondame，阴阳性错误的读法）。"夫人酱油"的制造者系十四世纪的御厨塔伊望。
② 一种用肉掺香料（葱，胡椒，醋等）熬过的酱油。
③ 古诺鱼，一种地中海里的鱼。
④ 萨尔米，即萨尔米贡丹。
⑤ 卡拉勃，可能此人原籍系意大利的卡拉勃里亚。

小萝卜，	一翻成，
没心肝，	稀世鸟，
大脚片，	盖锅忙，
一身臭，	全相信，
跑不掉，	小牛犊，
杀母猪，	爱漂亮。

这些尊贵的、英勇无比、身手矫健的厨师傅一齐钻进"母猪"里。约翰修士带着他的大砍刀最后才进去，并从里面把装有弹簧的门关好。

第四十一章

庞大固埃怎样战胜香肠人

香肠人愈来愈近，庞大固埃看见他们舞动臂膀，准备长枪，于是派冀姆纳斯特先去问问他们，问他们为什么要跟从来没有得罪过、没有诽谤过他们的老朋友妄动干戈。

冀姆纳斯特来到香肠人队伍跟前，深深地施了一礼，扯开喉咙，大声叫道：

"自己人，自己人，大家全是自己人，有话好说。我们全是从你们的老盟邦狂欢节那里来的。"

后来有人告诉我，他当时叫的是"节欢狂"而不是"狂欢节"。不拘怎样吧，反正听见他喊叫，一个相貌慓悍、又短又粗的小香肠从队伍里跳出来，伸手想掐冀姆纳斯特的脖子。

冀姆纳斯特说道："天主在上！得把你切成片才能吃，整段的进不去。"

说罢，双手抽出他那把"亲屁股"宝剑（这是他那把宝剑的名字），一下子把小香肠一劈两半。我的老天，这个家伙可真肥！他使我想起了瑞士人溃败时在马里尼亚诺被杀的那个"伯尔尼老肥牛"①。请你们相信，他肚子上的油足足有四指多厚。

小香肠被杀后，香肠人一齐向冀姆纳斯特冲过来，恶狠狠地想把他打倒，庞大固埃连忙带着人跑来救援。顿时展开了一场混战。吞香肠大吞香肠，切香肠切个不停。庞大固埃左右冲杀。约翰修士在"母

猪"体内按兵不动。观看动静，这时只见埋伏中的肉丁人齐声呐喊，向庞大固埃冲杀过来。

约翰修士看见形势大乱，忙把"母猪"的门打开，带领勇武的战士杀将出来，有的手执铁叉，有的舞动炉架、柴架、火炉、铁炉、平锅、烤炉、大灶、火钳、油盘、扫帚、铁锅、石臼、杵锤，像雷公闪电似的齐声呐喊，鬼哭神号："尼布萨当！尼布萨当！尼布萨当！"一面喊，一面闯进小香肠的队伍里，对准肉丁人一阵砍杀。香肠人忽然看见对方大批增援的队伍，措手不及，跟看见魔鬼一样撒腿就跑。约翰修士射出石弹，把香肠人打得七零八落，像苍蝇似的东奔西逃，他的兵士也努力冲杀，不遗余力。看了真使人丧胆。战场上躺满了杀死或受伤的香肠人。

---

① "伯尔尼老肥牛"的故事见第2部第1章。

历史告诉我们若非上天帮忙，整个香肠人的种族势必被这些厨师傅斩尽杀绝。不过，这时出了一件神奇的怪事。信不信由你。

从正北方，飞来一只又肥又大、又粗又壮的大灰猪，身上长着又宽又长的翅膀，跟风磨的风翼差不多。翅膀是紫红的，像凤凰的颜色，亦即朗格多克话叫作赤鹤的颜色。两眼火一般红，像两粒红宝石；耳朵碧绿像翡翠，牙齿蜡黄像黄玉；一条漆黑的长尾巴，像路古卢斯的黑云石[①]；蹄子雪白，像钻石一样晶莹透亮，又像鹅一样趾间有蹼，就是从前图卢兹的贝多克皇后[②]那样的脚。脖子里还有一条金项链，上面有几个伊奥尼亚字，我只能读出两个：ΥΣ ΑΘΗΝΑΝ，意思是密涅瓦的猪师傅[③]。

这时天气晴朗。但此妖物一出现，顿时左面雷声大作，使我等非常惊奇。香肠人一看见它，全都撇下枪支武器，一齐跪倒在地，双手向天合十，一声不响，全在虔诚地膜拜。

约翰修士带着他的人仍在不住地打和叉那些香肠人。后来还是庞大固埃下令收兵，才结束了一切战斗。那个妖怪在双方队伍里来来去去飞了好几趟，往地上扔下二十七大桶芥末，然后才向天空飞去，嘴里还不住地叫着：

"狂欢节！狂欢节！狂欢节！"

[①] 罗马大将路古卢斯曾从埃及运回黑色云石。

[②] "贝多克"（意大利文是 pede d'oca，朗格多克话是 pe d'auca）意思是"鹅足"，图卢兹有一座桥名贝多克皇后桥（即"鹅足皇后桥"），在加隆河流域，甚为有名。

[③] 拉丁文也有这个称呼，Sus Minervam，见埃拉斯姆斯《箴言集》第1卷第1章第40节。

PANNEMAKER sc.

第四十二章

庞大固埃怎样和香肠皇后尼弗雷塞特讲和

　　妖物去后，双方队伍停止了战斗，庞大固埃要求和尼弗雷塞特[①]
夫人（这是香肠人皇后的名字）谈判讲和，尼弗雷塞特皇后这时正在
纛旗附近的车子里，听了欣然允诺。

　　皇后走下车辆，恭敬地向庞大固埃行礼，表示看见庞大固埃的喜悦
心情。庞大固埃对发生战争表示遗憾。皇后也真诚地表示歉意，说误会
都是错误的报告所引起的，她的哨兵对她说是他们的世敌封斋教主在此
登陆，要把香肠人剖腹挖心，想看看他们的肚肠。说罢，又请求庞大固
埃对他们的冒犯不要见怪，她说在香肠人身上宁可说有粪，也不会有苦
胆，因此她以及今后继承她的一切皇后，将永远对他以及他的继承人，
保持全岛和全国的恭顺和尊敬，将服从他的一切调遣和命令，他的友人
将是她的友人，他的敌人也将是她的敌人，此外，为表示效忠，每年还

遭送七万八千皇族香肠，准备庞大固埃进餐时使用，每年供应六个月[2]。

尼弗雷塞特皇后答应的话果然照办了，第二天就给庞大固埃派了六只快艇，在岛上公主小尼弗雷塞特的率领下，装来上述数目的皇族香肠。尊贵的庞大固埃把它作为礼物送给了巴黎伟大的国王。可惜由于天气的变化和缺少芥末（香肠的天然佐料和保存香肠的必需物品），几乎全部的香肠人都死掉了。蒙伟大的国王恩准，把他们堆集起来埋在巴黎一个地方，那就是现在叫作香肠路[3]的那条街。

在宫内嫔妃的请求下，小尼弗雷塞特被留在宫里，受到了优越的对待。后来和一个富有的如意郎君结了婚，生了好几个体面的小宝贝，赞美天主。

庞大固埃谦和地向尼弗雷塞特皇后道谢，对误会表示谅解，拒绝接受她作的供献，另外还赠给她一把贝尔式的小刀[4]。后来，他好奇地询问尼弗雷塞特皇后，刚才那个妖怪的出现是怎么回事。她回答说那就是香肠人的原始祖先、他们作战时的护守神灵、狂欢节的化身。它的形象是一头猪，因为香肠是从猪身上来的。庞大固埃又问它撂在地上那么些芥末是什么用意，有什么治疗功能。尼弗雷塞特皇后说道芥末是他们的圣血[5]和绝上的香料，只要在倒下的香肠人伤口里放进少许，不用多大工夫，受伤的即刻痊愈，死亡的立即复活。

庞大固埃没有再问别的，当即告辞回船。勇武的伙伴们带着他们的武器和"母猪"也一齐回到船上[6]。

---

① "尼弗雷塞特"这个名字是从希伯来文 Niphleseth 来的，意思是"阳物"。
② 当时每年只有六个月吃肠子。
③ 香肠路，巴黎圣日内维埃沃山区有一条街名香肠路。
④ "贝尔式的小刀"，传说法国航海家雅各·卡提埃在新大陆分送给土人的就是这种刀，原文 Parguoys 另一个说法是 Pragois，意思是波希米亚的"布拉格的"。
⑤ 原文 Sangréal，本来指耶稣受难前夕晚餐时所用的爵，彼拉多洗手时所用的盆，阿利马太的约瑟承接耶稣伤口里流的血时所用的盆。
⑥ 有的版本把本章"尼弗雷塞特皇后答应的话果然照办了……"到"生了好几个体面的小宝贝，赞美天主"为止，放在"……一齐回到船上"后面，说明尼弗雷塞特进贡香肠人是后来的事，似更合情理。

第四十三章

庞大固埃怎样来到吃风岛

又过了两天，我们来到了吃风岛①，我以昂星②的名义起誓，那里人的生活方式比我所述说的要奇怪得多。他们只靠风生活。除了风以外，他们什么也不吃，什么也不喝。他们的居处全是风旗。花园里只种三种风媒草③，至于松风草④和其他驱风草等，他们都仔细地拔得一干二净。一般的人吃风时都根据自己的能耐和力量使用羽扇、纸扇和绢扇。更有钱的人就用风磨。遇有喜庆宴会时，就在一两座风磨下面摆开宴席。他们在那里跟做喜事一样开怀畅饮，席间大谈风怎么好，怎么美，怎么卫生，怎么难得，就像你们爱酒的人饮酒时谈酒那样。这个夸说东南风，那个赞美西南风，这个称道一种温和的西南风，那个说北风好，这个赞扬西北风，那个炫耀东北风，等等等等。还有人喜欢衬衣风，那是给谈恋爱的公子哥儿准备的。生病的人只吃像屁那样的风，就像我们家乡的病人吃流汁一样⑤。

一个肚子鼓鼓囊囊的小矮子对我说："啊！能吹到一股叫作东西北

风的朗格多克那种使人舒服的风有多好！尊贵的医生斯古隆⑥有一天打此经过，告诉我说这种风力大无穷，可以吹翻满载货物的车辆。让它吹吹我这风痛的肿腿，一定很好！风越大越好！"

巴奴日说："我宁愿要一桶朗格多克的美酒，就是米尔服、康德贝尔德里和佛隆提尼昂出产的那种酒⑦！"

我这时看见一个相貌雄伟的男人，肚子鼓得挺大，气呼呼地对他一个又肥又胖的仆人和一个小侍从生气，恶狠狠地用靴子踢他们。我不知道他生气的原因，以为是医生出的主意，因为对于做主人的，生气打人是一件卫生的举动，就像对于做仆人的挨打是锻炼身体一样。后来我听说他责打仆人是因为有人偷了他大半袋子西南风，这是他小心翼翼储藏起来打算作为秋后的上等食品的。

这个岛上的人从来不大便，不小便，也不吐痰。但另一方面，却卟卟噔噔地无声屁有声屁放个不停，打嗝也特别多。他们患着各式各样的疾病。正像希波克拉铁斯在 lib.de Flatibus⑧里所说的那样，一切疾病都是由于积气不顺而产生的。而他们最普遍的疾病便是气积腹痛。治疗的方法就是用很大的火罐把气体吸引到里面去。他们的死亡全是因为浮肿和臌胀病，男人放着有声屁，女人放着无声屁。因此，灵魂离开他们时总是从屁股眼里出来的。

后来，我们在岛上游逛的时候，遇见三个肚子装满风的大块头，

---

① 原文 Ruach 是从希伯来文 Rouakh 来的，意思是"风"。

② 古时人以昴星出现为暴风之征兆。

③ 原文 anémones 为莨科白头翁属植物。

④ 松风草，一种双子叶植物。

⑤ "屁"（vent couliz）和"流汁"（couliz）原文是有双重意义的一个字。

⑥ 斯古隆，指作者进蒙帕利埃大学时的保人约翰·斯基隆，作者有意把斯基隆和"斯古隆"（希腊文里的一种暴风，埃拉斯姆斯在《箴言集》第2卷第5章第69节里曾提到这种风）混淆起来。

⑦ 米尔服和佛隆提尼昂的"千里香"和"老白干"在16世纪是有名的美酒，康德贝尔德里也是蒙帕利埃省的名产酒区。

⑧ 拉丁文，"《论气体》一书。

GBRUX

　　他们是去看雎鸠玩耍的[①]，这种鸟在那里特别多，和他们一样也是靠风生活的。我看见他们跟你们爱喝酒的人走道必带酒瓶、酒壶、酒膝子一样，每人腰里都带着一个小风箱。遇到没有风的时候，他们便用你吸我吐的方法自己制造新鲜空气，因为，你们知道，风，说穿了，并不是别的什么，而不过是飘飘荡荡的空气罢了。

　　这时，当地国王派人向我们传达命令，在三个钟头之内，不论当

---

① 雎鸠，鹬一类的飞禽，当时传说它们不吃东西，只靠空气（风）生活。

地男人或女人，一律不得上我们的船。因为有人偷了他一皮袋风，这是从前那个看打呼噜的埃奥鲁斯在风平浪静中吹动乌里赛斯的船只前进的那种风①，他一向像另一种圣血似的严密地储藏着，而且治好过好几种严重的疾病，只是放给病人像处女屁——修女们叫作"香布袋"②——那样一点点。

① 故事见荷马《奥德赛》第10章第19行起。
② 原文 sonnet 表示"声响"，修女羞于说"放屁"，故造一名词代之；此外，在法国叫作 sonnet 的十四行诗，当时开始盛行，不知作者是否有意及此。

第四十四章

小雨怎样平大风

庞大固埃对岛上的政府以及生活方式赞不绝口，当即向他们的国务大臣希波内米安①说道：

"伊壁鸠鲁曾说最大的福气是安逸（安逸，照我的体会就是容易，不艰苦），如果你同意他这个说法，那我就认为你们是有福的。因为你们只是靠风生活，风是不值钱的，或者说不费什么事的：只须吹出气来就行。"

那位国务大臣说道："的确不错！不过在这个短暂的生命里，十全十美的幸福是没有的。常常，在我们进餐时，正在跟教堂的神父那样舒舒服服、像吞吃天赐玛哪似的吞吃美味的大风时，会忽然来上一阵小雨，把风整个儿给打光。我们许多次的饭食就这样平白地丢掉了。"

巴奴日说道:"这仿佛甘格奈的热南,他往他老婆克罗的屁股里小便,是为了把从里面放出的臭屁打下去,他老婆的屁股简直像埃奥鲁斯②的大门。我过去就写过一首十行即兴诗:

"一天晚上,热南去摸索他新酿的酒,

酒尚未清,酒性亦凶,

于是叫他老婆克罗给他煮几个大蔓菁,

准备晚饭时大吃一通。

吃好后,二人乐融融,

一边谈话,一边睡觉去寻梦,

可是热南无论如何也睡不着,

克罗的屁放得可真凶,

他起来尿了她一通,说道:'你瞧,

小雨可以平大风。'"

那位国务大臣说道:"此外,我们每年还有一次非常大的灾害。那就是一位在混沌岛上的一个巨人,名叫布兰格纳里伊,他受到医生的指使,每年春天都要到这里来泻他的积食,同时像吞药丸似的吞吃我们许多风磨和风箱,这是他非常喜爱的东西。我们可吃了大亏了,每年不得不来上三四次禁食封斋,其他个别的祈祷和祝颂还不算。"

庞大固埃问道:"你们不会抵抗?"

那位国务大臣说道:"我们的医学大师教我们在他到来的时候往风磨里放进许多公鸡和母鸡。他第一次吞下去以后,差一点没有死掉。因为鸡子在他肚里叫个不停,在他胃里乱飞,他疼痛难忍,心惊肉跳,

---

① "希波内米安"这个名字是从希腊文来的,意思是"多风";另一解释是指未经与雄性交配而生之禽蛋。

② "埃奥鲁斯"原文Æolopyle亦指一种铜壶,上有小口,灌水后放在火上,即有热气自口内冒出。

· 1036 ·

抽搐痉挛，紧张万分，就仿佛一条蛇从他嘴里钻进胃里了一样。"

约翰修士说道："这个'比喻'可不好受。从前有人对我说，如果长虫钻进人的胃里，只须把这个人脚朝上倒挂起来，并在他嘴旁边放一盆热奶，这样它就会自己出来，一点也不使人受罪。"

庞大固埃说道："你这样听说过，也有人这样说过[①]。可是这样的事谁也没有见过，也没有读到过。希波克拉铁斯在 lib.V，Epid.[②] 里记载说这样的事在他当时曾经发生过，只是那个人很快就抽风死掉了。"

国务大臣说道："布兰格纳里伊把带鸡的风磨吞吃之后，全国所有的狐狸都追着母鸡钻进他的嘴里，疼得他死去活来，幸亏一个变戏法的给他出了个主意，叫他难受的时候就呕吐，作为预防和抵制的方法。后来，他又得到个更好的办法，那就是有人给他一服清肠剂，是一盆煮过的麦子和谷子，鸡子马上就飞出来了，然后又吃一些鹅肝，狐狸也跑出来了。此外，还吞下几粒丸药，那就是大猎犬和小猎犬。你看，我们多么不幸。"

庞大固埃说道："善良的人，今后不用担心了。那个吞吃风磨的布兰格纳里伊早已死了。我说的是实话。他是在医生的指示下在一个大炉口上吃一块鲜奶酪的时候，出不来气噎死的。"

---

① 见埃拉斯姆斯《对话集·论友谊》。
② 拉丁文，"《论时疫病》第5卷"。

第四十五章

庞大固埃怎样来到"反教皇岛"

第二天早晨，我们来到了"反教皇岛"，从前这里的人既富裕又自由，人们把他们叫作"爽快人"，可是后来穷了，遭罪了，成了"教皇派"①管制下的人。事情的经过是这样的。

在一年一度的竿子瞻礼②那一天，岛上的一些大人物和学者到邻近"教皇派"岛上去看他们的大瞻礼去了。有一个是这里岛上的人，他一看见教皇的画像（这是竿子瞻礼那一天当众炫耀的必有的礼节），就对他做了个怪手势③，这在此处岛上是对他们轻蔑和嘲弄的表示。"教皇派"存心报复，没过几天，便一声不响、全副武装、对他们进行了偷袭，把"爽快人"的整个岛屿烧杀劫掠成一片平地，所有长胡须的人④都被宝剑杀死了。只有女人和小孩得以幸免，"教皇派"的条件很像从前弗雷德里克·巴尔勃鲁斯皇帝对米兰人提出的条件。

米兰人乘弗雷德里克不在国内，举行过叛变，叫皇后——弗雷德里克的妻子——倒骑在一头名叫塔科尔⑤的老母骡子上，也就是说屁股对着骡子的头，脸冲着骡子的屁股⑥，把她赶出城去。

弗雷德里克回来以后，平定、降服了米兰人，又迅速寻到了那头名叫塔科尔的母骡子。于是在米兰的大广场中心，命令刽子手当着被俘的市民，在塔科尔的生殖器内放进去一只无花果。然后再叫吹起号角传达皇帝命令，凡想活命者，须要当众用牙齿把无花果咬出来，然后再好好地放回原处，不许动手。拒不执行者，立刻吊死，绞首示众。有几个对于这种凌辱耻于接受，宁愿去死，于是马上就被吊死了。其余的则对死亡的惧怕甚于受辱。于是这些人使用牙齿把无花果咬出来，让刽子手看个明白，一边还说：Ecco lo fico⑦。

"爽快人"余下几个凄惨的可怜人，就是受过这场凌辱之后免于死亡的。他们被贬为奴隶，纳贡从属，因为他们侮辱了教皇画像，所以被叫作"反教皇派"。从此以后，这些不幸的人从未再兴旺过。每年不是冰雹，便是暴风，不是病疫，便是饥荒，所有的灾害都受到了，仿佛为了祖先和亲友的罪过而永远受刑似的。

看到这里的人这样穷苦和不幸，我们都不忍再往前走了。只是为了蘸蘸圣水并向天主祈祷，我们走进了离码头不远的一座小教堂，教堂荒凉芜废，跟罗马的圣伯多禄教堂一样连房顶也没有⑧。进去之后，

---

① 原文 Papimanes 指拥护教皇以至入迷的人，mania 在希腊文里有"疯迷，着魔"的意思。
② "竿子瞻礼"，指那一天拿出许多旗帜和十字架举行巡回祈祷。又一说"竿子"是指教徒手执的上挂主保圣人像的木棍。
③ 将大拇指放在食指与中指之间，向外伸出，表示侮辱。
④ 指所有成年的男子。
⑤ "塔科尔"照希伯来文的意思是"屁股"。
⑥ 倒骑牲口游街是对娼妓的一种刑罚，曾出现于德国。
⑦ 意大利文，"请看你的无花果"。
⑧ 罗马圣伯多禄教堂始建于1506年，1626年落成，作者在罗马时，教堂房顶尚未造好。

正要蘸取圣水，忽见圣水缸内有一个披戴领带的人①，全身浸在水里，好像一只扎猛子的鸭子，只露出一个鼻子尖呼吸空气。周围站着三个光头司铎，头发剃得一根不剩，念颂着莫名其妙的经文，祷告着不知所云的魔鬼。

庞大固埃甚为惊奇，问他们在那里搞什么把戏，他们回答说三年以前，岛上发生过一次极为骇人的时疫病，以致十室九空，土地无主。时疫过去之后，这个躺在圣水缸里的人，当时在耕种一大块每年一熟的田地，他种的是小麦，就在他下种的那一天和那个时辰，一个小魔鬼（一个打雷下雹子全不会的小魔鬼，只会欺负欺负芹菜和白菜，读书写字全不会）得到路西菲尔的允诺，来到"反教皇岛"上游玩取乐，魔鬼们和这座岛上的男女非常亲热，它们常常到岛上玩耍。

---

① "领带"（estolles），教士做弥撒时项间披戴之长带。

这个小魔鬼来到岛上以后，便向这个农人走过来，问他在那里做什么。这个老好人回答说他在地里种麦子，准备来年靠它生活。

"原来如此，"小魔鬼说道，"但是，你要知道，这田地不是你的，而是我的，是属于我的。自从你们侮辱了教皇那一天那一刻起，所有这里的土地就全都明令归属于我们了。不过，种麦子，我是不会干的，所以这块地，我让你种下去，但是有一个条件，那就是咱们得平分收成。"

"好吧，"种田人回答说。

小魔鬼说道："我要求收成要分作两部分。长在地上的算一部分，长在地下的算另一部分。我有选择权，因为我是鬼，鬼的来头是尊贵古老的，而你呢，只不过是一个平民。我现在选择长在地下的那一部分，你要长在地上的好了。你告诉我什么时候收割?"

"七月里，"种田人回答说。

"好，"小魔鬼说道，"我一定来。你只管按照你的本分干活就是了：干吧，乡下佬，干吧! 我拿邪淫罪去引诱贝特塞克^①那些崇高的修女去，还有那些伪君子和募捐教士，我都不放过。对于这些人，我更有把握。只要把他们领到一块，马上便是一场战斗^②。"

第四十六章

小魔鬼怎样上了"反教皇岛"上农夫的当

到了七月半，那个魔鬼带领一队做助手的小魔鬼，来到农夫这里，对他说道：

"怎么样，乡下佬，我走之后一切如何？现在该分收成了吧？"

"对，"种田人回答道。

于是种田人带领一家大小割起麦子来。小魔鬼便从地下往外拉麦根。种田人当场打好麦子，扬去麦糠，装好口袋，送到市上去卖了。小魔鬼呢，也学他的样，跟着种田人来到市场上，坐在那里等着卖自己的麦茬。种田人的麦子卖得很好，卖得的钱装满他腰里带的一只旧半统靴。小魔鬼什么也没有卖出去，相反地，受了市场上农民们的一场嘲笑。

市场停市之后，那个魔鬼对种田人说道：

"乡下佬，这一次上了你的当了，下一次你再也骗不了我。"

种田人说道："鬼老爷，你选择在先，我如何能骗你呢？你选择的时候还以为骗了我呢，你希望地上面什么也不长，我什么也得不到，希望我种在地里的粮食全部都归你独得，以为这样便可以诱骗一切穷人、假善人或者悭吝鬼，引诱他们都上你的圈套。告诉你吧，在这一

· 1044 ·

行里你还是个小雏儿哩。你看，种在地里的麦粒早已烂死了，正是因为烂掉，所以才长出你看见我刚才卖掉的新麦子。这只能怨你自己当初没有选对。正是为此，你才在《圣经》里被诅咒。"

"不谈这些了，"魔鬼说道，"来年你打算种什么呢？"

种田人说道："要想有好收成，顶好种萝卜。"

"好，"魔鬼说道，"你是老实人！就多种些萝卜吧，我不叫它有坏天气，也不让下冰雹。不过只有一件，这一次我要长在地上的，你要长在地下的。干吧，乡下佬，干吧！我去引诱异端人去；他们的灵魂烤起来滋味好；路西菲尔老爷正在肚子疼，正好让它吃一口热东西。"

收割的季节到了，魔鬼带着一队伺候他的小魔鬼又来到这里。和种田人以及他家的人见过面以后，便开始割取萝卜的叶子。割好后，种田人把长在地下的大萝卜掘出来，装在袋里。他们一齐又来到市场上。种田人的萝卜卖得又是很好。魔鬼还是没有发市，而且更糟的，是又有人当众嘲笑了他。

"我看清楚了，乡下佬，"魔鬼说道，"又上你的当了。我要你我之间把地的事弄个明白。咱俩立个合同，彼此来一番交手，两者之间谁先败，谁就放弃他应得的收成。两份全归胜利者所有。规定八天为期。就这样吧，乡下佬，你看我抓起你来是不是跟魔鬼一样！我现在去引诱执达吏、挑词架讼的人、公证人、骗人的人、贪赃枉法的人去，不过他们早已打发代言人告诉我了，他们全都由我支配。路西菲尔不大喜欢这些人的灵魂，如果不多放香料，平常总是把它们退给厨房打杂的小鬼重去洗刷一番。不是说早饭吃学者的魂最好、午饭吃律师的魂最好、点心吃酿酒人的魂最好、晚饭吃生意人的魂最好、夜宵吃女用人的魂最好、而随便哪一顿饭、都不如教士的魂最好么？不错，确实如此；路西菲尔老爷每餐的冷盆，总是先来两个教士的魂。而且早饭经常是学者的魂。不过（不幸得很！）我不知道倒了什么霉，几年以来，他们把研究和《圣经》搞在一块了，因此，魔鬼连一个也抓不到。我相信假使不是假冒为善的人帮忙，使用各种恐吓、责骂、强制、威

逼，甚至火刑的方法把圣·保罗从他们手里拿开，我们简直就别想再能吃到什么。

"至于歪曲法律的刀笔先生，不杀穷人不富的强盗，路西菲尔是经常吃的，从不缺少。不过，老吃一样东西，总是要恼火的。在一次大会上，他曾经说，如果能吃到一个在讲经时忘记请听经人为他祈祷的伪善者也不错，而且谁能当场替他抓来一个，他答应出双份报酬，还要另加封赠。我们全都出动去找了，可是结果一无所获。因为没有一个不劝那些尊贵的夫人想着修院的。

"下午的点心，自从得上了腹痛病，他就放弃了，腹痛病是他的厨子、师傅、烧火的、煮肉的、在北方国家受到严重的侮辱以后所引起的[①]。只有晚饭，吃起那些生意人、放高利贷者、开药房的、骗子手、造伪币的、以坏货充好货的人倒是挺得意。有时兴致好，夜宵也会吃几个女用人，她们喝足了主人的酒，把臭水灌到酒桶里。

"干吧，乡下佬，干吧！我去引诱特雷比宗德[②]的学者去，叫他们撇下爹娘、放弃生活规律、不服从国王敕令、绝对自由、蔑视一切、什么全不在乎、戴上充满诗意的纯洁小帽[③]、把自己变成教士贵族去[④]。"

---

① 指英国亨利八世、爱德华六世及北欧其他国家驱逐教士出境事。
② 特雷比宗德，土耳其沿黑海城名，中世纪为希腊特雷比宗德京城。
③ 指入会修道，戴上教士头巾。原来指荷兰一种女修士，她们入会时不发愿，在修院内可以单独生活，自由活动，她们戴一种大帽子，避免别人看见她们的脸。
④ 作者有意讥讽本笃会修士，他们在名字前面经常放一 Dom 字（"唐"），有如贵族标志，其实 Dom 是从 Dominus 来的，无贵族意思。

第四十七章

魔鬼怎样上"反教皇岛"上老女人的当

种田人愁眉不展地回到家里，心事重重。他老婆见他满脸愁容，以为市场上有人偷了他。可是听了他发愁的原因以后，又见他口袋里装满了钱，便用好话安慰他，保证和魔鬼打架不会受到任何伤害，把这事全托她办就是了，她已经想好了万全的方法。

种田人说道："顶糟不过挨它一抓就是了，反正头一个回合我就会败下阵来，把田地全让给它。"

"那可不行，那可不行！"老太婆说道，"你托给我就是了，放心吧，让我去办。你说不过是一个小鬼，我一下子保证他败下阵去，我们的地仍旧是我们的地。要是个大鬼的话，倒是要多想想。"

约定的那一天，正是我们来到岛上的日子。天一亮，种田人便像一个好信徒那样，做好忏悔，领过圣体，遵照本堂神父的指示，躺在圣水缸里，就是我们看见的那个样子。

就在对我们述说这个故事的当儿，我们听说那个老太婆骗过了魔鬼，并且赢得了田地。事情经过是这样的：魔鬼来到种田人门口，一边敲门，一边叫嚷：

"喂，乡下佬，乡下佬！出来呀，咱们好好地抓打一阵！"

说罢，便威风凛凛地冲进门去，可是看不见种田人，却见他老婆

躺在地上又是哭又是叫。

"这是怎么回事？"魔鬼问道，"你男人到哪里去了？他在干什么？"

"哎呀！"老太婆说道，"你问的那个杀千刀的、刽子手、强盗在哪里么？他气死我了，我是完了，他把我害苦了。"

"到底是怎么回事？"魔鬼又问道，"我马上替你报仇。"

老太婆说道："休再提起；那个杀人犯、那个暴君、那个抓魔鬼的东西、对我说曾和你约好要对抓；他要试试他的指甲，用一个小手指头在我两腿中间稍稍抓了一下，就把我抓得要死。我是完了，一辈子也不会好了！你看！他又到铁匠家去磨他的指甲去了。魔鬼老爷，我的朋友，你也完了！赶快逃吧！他马上就回来。我求求你，赶快逃命吧。"

说罢，一下子把自己的衣服拉到下巴颏那里，跟古时波斯女人看见儿子从战场上逃回来所做的那样①，把它那个叫不出名字的东西给它看。魔鬼看见那个幅员辽阔的事物，不禁大叫起来：

"穆罕②！德米乌尔贡③！美伽拉④！阿雷克托⑤！珀尔赛弗尼⑥！别让他抓住我！我马上就跑！至于地，我一定让给他就是了。"

我们听他们说完这个故事，才回到船上去。我们没有久待。庞大固埃赠送一万八千"王朝金币"给教堂作为救助人民贫苦以及地方灾害的费用。

---

① 见普鲁塔克《传记集》第6卷第93章，说女人看见儿子从战场逃回，便撩起衣服，表示他们不能再钻进娘腹。

② "穆罕"，即穆罕默德。

③ 德米乌尔贡，柏拉图派哲学家给造物主的名字。

④ 美伽拉，神话中三疯神之一。

⑤ 阿雷克托，神话中三疯神之一，以蛇缠头，手执毒蛇、火把及皮鞭。

⑥ 珀尔赛弗尼，即普罗赛比娜之希腊名。

第四十八章

庞大固埃怎样来到"教皇派岛"

离开贫苦的"反教皇岛"以后,我们又走了一天,风平浪静,心情舒畅,这时"教皇派"那座受祝福的岛屿出现在我们眼前。我们刚抛好锚,缆索尚未系好,就见一条小快船向我们开过来,上面站着四个人,衣饰各不相同:一个穿着教士的长袍,邋里邋遢,下面拖着地,穿着靴子;一个是放鹰的打扮,手里拿着召鹰的幌子,戴着架鹰的皮手套;还有一个是打官司的派头,手里提着一个大口袋,里面塞满了诉状、传票、辩护、延期等文件;最后一个是奥尔良种葡萄人的打扮,腿上穿着布套裤，提着一个大筐，腰里拴着一把镰刀。他们来到我们船跟前，立刻一齐高声问道：

"旅客们，你们见过他没有？看见了他没有？"

"谁呀？"庞大固埃反问他们道。

"就是他呀，"他们一齐回答。

"他是谁呀？"约翰修士问道，"不骗你们，看见他我一定会把他活活地揍死！"他还以为他们是追捕什么盗贼、罪犯或者亵渎教会的人呢。

"怎么，外方人？"他们又一齐说道，"你们不知道'独一无二的'么？"

爱比斯德蒙说道："先生们，我们不明白你们说的是谁。请告诉我们，你们说的到底是哪一个，我们一定把实话告诉你们，决不隐瞒。"

他们说道："就是那个'自有永有的'呀，你们没有见过他么？"

庞大固埃说道："'自有永有的'，根据我们对神学的理解，就只有天主。他就是这样告诉摩西的[①]。我们当然没有见过他，他不是肉眼所能看见的呀。"

那四个人说道："我们说的不是在天上主宰一切的天主。我们说的是地上的天主，你们没有见过他么？"

加巴林说道："依我想，他们说的一定是教皇。"

"对，对，"巴奴日说道，"不错，先生们，我看见过三个[②]，可是我没有得到什么好处。"

"怎么，"那四个人又叫起来，"我们神圣的《敕令》[③]却说世界上只有一个。"

巴奴日说："我是说一个接着一个看见的，否则的话，我同时也是

---

① 天主对摩西说，"我是自有永有的"。见《旧约·出埃及记》第3章第14节。

② 作者在罗马确是见过三个教皇，即克雷蒙七世、保罗三世及茹勒三世。

③ 《敕令》系历来教皇对于外界提出的问题所作的书面答复。

只见过一个。"

"啊，三倍四倍有福的人，欢迎你们，双倍地欢迎你们！"

于是一齐对着我们跪下来，要亲吻我们的脚。我们不肯，告诉他们说即使是教皇本人来到此处，也不过如此。他们却说道：

"不，不，决不仅是如此！我们已经决定好了。我们要不隔任何东西地亲吻他的屁股和他前面的那件事物。崇高的《敕令》告诉我们说，圣父教皇是有阳物的；否则的话，他也不成其为教皇了①。因此，根据严格的教皇学，这是必然的现象；他做教皇，就必然有阳物。一旦世界上阳物绝了迹，世界上就没有教皇了。"

这时，庞大固埃问船上一名小水手，这几个人是干什么的。水手告诉他说，他们代表岛上的四大行业，此外还对他说因为我们看见过教皇，我们一定会受到欢迎和优厚的接待。庞大固埃把这话转告给巴奴日，巴奴日悄悄地对他说道：

"天主在上，一点也不错！上天不负坚持等待的人。我们看见了教皇，可是并没有得到好处，一直到现在，真是魔鬼有灵，我看出来真的要得到好处了。"

我们登上陆地，全岛上的男女老幼，仿佛巡行祈祷似的都来到我们跟前。原先那四个人高声向他们传话：

"他们看见过！他们看见过！他们看见过！"

这一句话不要紧，在场的人全都一齐跪倒，向天举起双手，高声喊叫：

"啊，有福的人！啊，真正有福的人！"

欢呼声达一刻多钟之久。接着，岛上学校的校长和教师们带着全体大小学生一起来到，并用鞭子抽打他们，跟我们老家吊死罪犯的时

---

① 传说自从发生女教皇若娜后，新教皇选举时必须受性别检验，并闻有一石头椅子，中间有洞，专为检验时使用。

候大人鞭打小孩叫他们永不忘记一样①。庞大固埃生气了,对他们说道:

"先生们,如果你们再继续鞭打孩子,我马上就走!"

人们听见他那斯当多尔的大喉咙,惊骇万分,我看见一个小罗锅伸出细长的手指头指指点点地问学校校长:

"《特别敕令》在上!是不是凡是见过教皇的人都会变得和这个恐吓我们的人一样高?哎呀,我怎么不早一天看见他,好长得和这个人同样高大!"

欢呼之声太响了,惊动了奥莫纳斯②(这是他们主教的名字),只见他骑着一头未戴辔头的骡子,绿色的马披,带着他的侍从(他们也是这样称呼)、跟班,扛着十字架,打着旗、幡、华盖、火把、圣水壶等也跑了来。他同样也非亲吻我们的脚不可(正如瓦尔菲尼耶尔③那个叫克里斯坦的老好人对教皇克雷蒙那样④),说道他们有一位历史学家⑤,也就是他们神圣《敕令》的阐述人和注释者,曾经记载说完全像犹太人期待默西亚期待到最后默西亚终于到来一样,有一天教皇也会来到这个岛上。在这一幸福的日子未到之前,如果有在罗马或别处见过他的人来到这里,他们也须要好好地欢迎他,优厚地接待他。然而,我们还是婉言辞谢了。

---

① 据说当时遇有特殊事件要小孩永不忘记时,就把他们打一顿鞭子。

② "奥莫纳斯"在朗格多克土语里意思是"傻大个儿"。

③ 瓦尔菲尼耶尔,意大利城名。

④ 作者于1534年曾在罗马,这是他对教皇的回忆。

⑤ 原文 hypophètes 指论述过去的人,像先知预言未来一样。

第四十九章

"教皇派"主教奥莫纳斯怎样让我们看到天上的敕令

奥莫纳斯对我们说道：

"根据神圣《敕令》的指示和规定，我们须要先访问教堂，然后再到酒店去。"我们不愿意违反这条规章，于是决定先去看教堂，然后才去吃饭。

约翰修士说道："善良的人们，请前面带路吧，我们后面跟着你们。你们说得很对，完全是好信徒的样子。我们好久没访问过教堂了，我心里非常喜悦，我相信访问教堂之后吃起饭来只有更吃得下。遇见行善的人，真是福气。"

走近教堂门口，我们看见一厚本撒金的大书，上面满是珍贵的宝石、红玉、翡翠、钻石、珍珠，其贵重至少抵得上屋大维献给卡匹多尔神殿朱庇特的珠宝①。这本书用很粗的金链子挂在半空，链子的两端系在门两边的饰物②上。我们很欣赏地望着它。庞大固埃因为一抬手便可够到，便随便拿起它来玩弄了一番。他对我们说摸过书以后指甲尖上感到一阵酥痒，两只胳膊感到舒适，头脑里有一种强烈的欲望，光想揍他一两个那种没有削发的法官③。

这时，奥莫纳斯说道："古时摩西曾把天主亲手写的诫命交给犹太人④。在得尔福阿波罗神殿的门口，还有上天写下的这样一句箴言：ΓΝΩθΙ ΣΕΑΓΤΟΝ⑤。过后，又曾发现同样也是上天写出的EI⑥。库贝里的神像也是上天放在腓力基亚一块叫作贝西农特的地上的⑦。如果相信欧里庇得斯的话，狄安娜的神像也是这样来到塔乌里斯⑧的⑨。法国尊贵、虔诚的国王旗帜⑩也是上天授与为镇压反宗教的人的。罗马第二位皇帝奴马·彭比留斯在位时，有人看见那个叫作安西尔的青铜盾牌也是从天上下来的⑪。在雅典的阿克罗波里斯⑫，密涅瓦的雕像就是从九天之外下来的⑬。你们眼前的神圣《敕令》，是一位小天使亲手写下的。你们这些海外的人，很可能不相信……"

---

① 见苏埃脱纽斯《奥古斯都斯传》第30章第4节。

② 原文 zoophore 系一种介于飞檐与壁带之间的门边饰物，有时是雕刻的禽兽。

③ 《教皇敕令》只许宗教法庭审讯神职人员，严禁教外法官对神职人员判刑，违者逐出教门。但在1425年以前，法国神职及在俗法官全都削发，真假难辨，个个贪赃枉法，为非作歹。

④ 见《旧约·出埃及记》第32章第16节。

⑤ 伊奥尼亚文，"要认识你自己"。见普林尼乌斯《自然史纲》第7卷第32章，又马克罗比乌斯《农神节》第1卷第6章第1节。

⑥ 这两个字母照希腊文的解释，意思是"你存在"。普鲁塔克在《对话集》内曾有好几种解释，一说这是对天主说的，意思是只有他才"自有永存"，这种解释和《圣经》里的 Ego sum qui sum（自有永有）是相近的。

⑦ 见提特·利维《罗马史》第31卷第10章。

⑧ 塔乌里斯，古波斯城名。

⑨ 见欧里庇得斯《伊菲盖尼在托里得斯》第85至88行。

⑩ 指圣德尼旗帜，圣德尼有法国历代国王的陵墓。

⑪ 见奥维德《节令记》第3章第373、378行。

⑫ 阿克罗波里斯，雅典古城名，在150尺的高原上，为古代建筑集中之所，帕尔蒂农庙和埃雷克泰雍庙均在此。

⑬ 见包萨尼亚斯《希腊游记》第26章第7节。

"很难相信，"巴奴日说道。

"它是神奇地从天外之天来到此处的，正如同一切学问（神圣的《敕令》自然除外）之父荷马把尼罗河称作'天降之河'一样①。由于你们见过《敕令》的宣扬者和永恒的保护者教皇，我们同意你们翻阅一下，如果愿意的话，并吻一下书内的条文。不过，事先须要斋戒三日，按时忏悔，把身上的罪过解脱干净，不容一丝一毫存留，这是你们眼前的神圣《敕令》的指示。这需要相当的时间。"

巴奴日说道："善良的人，'要说泥钩'②，不对，我是说《敕令》，我们见过纸的，灯笼国的羊皮的，手写的和印刷的牛皮的。因此，你们用不着费事再让我们看你们的了，承你们的盛情，谢谢你们。"

"老天在上！"奥莫纳斯说道，"你们可没有见过我们这部天使写的《敕令》。你们国家的那些不过是我们的抄本，我们有一位研究《敕令》的古代学者，有所记载，可资证明。我请你们不要拦阻我了。现在只请你们决定肯不肯办理忏悔并举行天主规定的三天斋戒。"

巴奴日说道："忏悔倒无所谓，只是斋戒办不到，因为我们在海上已经斋戒得太多了，连牙齿上都有了蜘蛛网了。你看我们这位约翰·戴·安脱摩尔修士……"

说到这里，奥莫纳斯过去亲切地拥抱了他。

"……由于腮帮子和牙床缺乏活动和动作，喉咙里已经长了青苔了。"

约翰修士接着说道："他说的是实话！我因为斋戒得太多了，所以连背都驼了。"

奥莫纳斯说道："我们到教堂里去吧，如果现在不能唱大弥撒给你们听，请原谅。正午已经过了，一过中午，我们神圣的《敕令》就不许再唱弥撒了，我说的是大弥撒。但是我可以给你们做一台干的③小

---

① 原文 Diipetes 意思是"从朱庇特来的"。
② 原文 Décrotouères 指门边刮泥的钩子，当时读音与 Décrétales（《敕令》）近似。
③ 即一台不领圣体的弥撒。

弥撒。"

巴奴日说道:"我更乐意一台用昂如酒浇湿的弥撒,好吧,就做你的小弥撒吧,爽快一些!"

约翰修士说道:"天那个天!我可不高兴到现在还挨着饿。早饭吃得很饱,像在修院里一样,如果知道有一台追思弥撒,我一定带些面包和酒,为了吃喝一顿①。忍耐着些吧!你开始好了,做吧,唱吧,可是越简短越好,别拖泥带水,何况还有别的理由,请你帮帮忙!"

---

① "为了吃喝一顿"原文pour les traicts passéz 与pour les trépassés(为了死亡的人)同音,因为前面有"追思弥撒",所以使人容易想到"为了死亡的人"。

第五十章

奥莫纳斯怎样让我们瞻仰教皇像

弥撒做完，奥莫纳斯从大祭台旁边一个柜子里掏出一大串钥匙，一连开了三十二把锁，还有十四把篮子锁，最后才把祭台上面一扇装满铁栏杆的窗子打开；然后，又神秘莫测地用一个水湿的口袋扣在自己头上①，拉开一幅紫红色的缎子窗帘，让我们看见一幅在我看来并不十分高明的画像。他用一根长棍子掀了掀它，让我们一个一个地都吻过，这才问我们道：

"这幅像，你们以为如何？"

庞大固埃回答道："像一个教皇，从帽子、披肩、外套和礼鞋上看得出来。"

"不错，"奥莫纳斯说道，"这就是地上天主的形象，我们虔诚地等待着他，希望有一天能在这里看见他。那一天将是多么幸福、多么令人想望、多么令人渴求的一天啊！你们有福气，真的有福气，你们命好，因此你们当面、真实地看见过地上的伟大天主，而我们只看到他的画像，就把所能记忆的全部罪过都赦免了，还有忘记掉的十八个四十次的三分之一也一齐得到赦免！所以，我们只在大瞻礼的日子才进行瞻仰。"

听到此处，庞大固埃说这类作品有如戴达鲁斯的雕刻②。虽然画得

---

① 谦逊悔罪的表示。

② 戴达鲁斯，神话中古希腊雕刻家及建筑家，克里特迷宫的设计人，迷宫造好后，
米诺斯把他关在迷宫，他用羽毛做翅膀飞出脱险。艺术史上说他是从雕刻上表
达动作艺术的创始人。

不像、粗拙，但有一种内在的、看不见的、赦罪的神奇力量。

约翰修士说道："有一天在塞邑，叫化子在救济站里过节日，大家吃着晚饭说起大话来，一个说他这一天弄到了六块小银币，那个说他讨到两个'苏'，这个说他讨到七块'卡洛路斯'，一个大块头说他讨到三块'代斯通'。他的伙伴们说道：'所以你才有一条天主腿①。'一条残废的腿才会含有神奇的力量。"

庞大固埃说道："你向我们述说这类故事的时候，别忘了带个盆子来，我差一点要吐出来。拿天主神圣的名字，用在这样肮脏污秽的东西上！呸！呸！如果你修院里有人说这种亵渎神圣的话，就让它在修院里面好了，别搬到外面来。"

爱比斯德蒙说道："医学家说疾病里面就有一种神奇的成分。奈罗对蘑菇非常称赞，用一个希腊人的称呼，把它们叫作'神肉'，这是因为他用蘑菇毒害了他前任的罗马皇帝克罗丢斯②。"

巴奴日说道："我认为这幅画像并不像最近的教皇；因为我看见的教皇不戴披肩，而是头上戴盔，外罩波斯冠③，其实教会的国王当时是平安无事的，只有他们，喜欢搞阴谋残酷的战争。"

奥莫纳斯说道："那是为了镇压叛逆、异端、天主所遗弃的誓反教，一切不遵从地上天主命令的人。他这样做，非但是允许和合法的，而且是神圣的《赦令》所指定的，任何皇帝、国王、公爵、君主以及共和国，只要稍微有一分一毫违背他的命令，他就应该立刻施行烧杀，夺取他们的财产，取消他们的王位，明令追究，开除出教，不但要杀绝他们，以及他们的后代子孙和亲友，还要把他们的灵魂罚入地狱里最难受的油锅里的尽底下。"

---

① "天主腿"，指叫化子白天假装瘸腿向人讨钱，夜里便神奇地成了完好的人。
② 见埃拉斯姆斯《箴言集》第1卷第8章第88节，又苏埃脱纽斯《奈罗传》第1章第33节。
③ 波斯冠，波斯战时戴的一种头盔，16世纪教皇亚历山大六世和茹勒二世都曾顶盔贯甲参加过意大利战争。

“全体魔鬼在上！”巴奴日叫了起来，“你们这里可不像穿猫皮的人那样异端，也不像某些德国人和英国人。你们是精选出来的信徒。”

　　“不错，一点也不错，”奥莫纳斯说道，“因此，我们将全体被救赎。我们现在去蘸圣水去，然后去吃东西。”

第五十一章

进餐时对《敕令》之称赞

酒友们，你们别忘了在奥莫纳斯做弥撒的时候，有三个管打钟的人每人手里托着一个大盘子，在教堂里来去不停，一边还高声大叫："别忘了对面那些见过他的有福人！"

我们从教堂里出来，看见他们把盘子给奥莫纳斯送来，里面满是"教皇派"的钱币。奥莫纳斯告诉我们说这是准备吃喝的。这一笔募来的捐款，一部分买酒，另一部分买肉，这是神圣的《敕令》内某一角落里一段不太明显的、讨人喜欢的注释所规定的。

于是照令而行，大家一齐来到一家很像亚眠吉奥馆①的酒店里。酒菜之丰盛，不言而喻。在这一顿饭上，我看到两件值得怀念的事，一件是不拘什么菜，羊肉也好，阉鸡也好，猪肉也好（"教皇派岛"上有大量的猪），鸽子也好，家兔也好，野兔也好，火鸡也好，不拘什么，没有一样不是带着大量佐料的②；第二件是每一道菜全是由岛上及笄少女端送，我告诉你们，这些少女一个比一个长得美丽，秀色可餐，头发金黄，温柔优美，举止文雅，个个穿着雪白透亮的连衫裙，腰里系着两条腰带，头上未戴帽子，卷曲的头发用紫色的丝带打成蝴蝶结，上面插满了玫瑰花、石竹花、唇形花、茴香花、麝香草，以及

· 1066 ·

其他香气浓郁的花朵，频频点头示意，一再向我们敬酒。全体客人没有不看得乐滋滋的。约翰修士侧眼旁观，很像一条偷鸡的狗。

头道菜上后，她们美妙悦耳地唱了一首颂歌，赞扬崇高神圣的《敕令》。

第二道菜上来了，奥莫纳斯满面带笑、喜气洋洋地对管酒人说道："侍童，照照这里③。"

一听见这话，一个劝酒的女孩子，迅速送过来一只大爵，斟满了"特制酒"④。奥莫纳斯接过爵来，深深地吸了一口气，对庞大固埃说道：

"阁下，诸位好友，我衷心向全体祝酒，表示对诸位的热烈欢迎！"

他一口气把酒喝干，把爵还给那位美丽的少女，不禁称赞了一声，说道：

"啊，神圣的《敕令》！从你来的酒多美啊！"

巴奴日说道："这里面的东西的确不错！"

庞大固埃说道："如果能把坏酒变成好酒，那就更好了。"

"噢，崇高的《六世敕令》⑤！"奥莫纳斯继续宣扬道，"你们对于救赎世人多么需要啊！噢，天使般的《克雷蒙敕令》！真正信徒的规章在你们里面说得多准确啊！噢，可爱的《特别敕令》！尘世间可怜的灵魂徘徊在这穷苦之谷，如果没有你们，它们将怎样地死去啊！唉！这特殊的恩惠几时才能赐给世人，好让他们撇开一切烦恼和琐事，专心诵读你们，谛听你们，领悟你们，使用你们，实行你们，和你们结合起来，使你们变成他们的血液，深入到他们头脑的深处、骨头的脂髓、血管迷宫一般的网络里去啊？只有到那时候，不会是别的时候，世界上才会幸福！"

---

① 吉奥馆的店主名叫吉奥莫·阿尔图斯，招牌是一个银色的海豚。
② 原文 farces 有两种解释，一是"烹调佐料"，一是"笑料"。
③ 原文是司铎令辅祭童子举起灯笼照亮的口吻，这里是示意要酒。
④ 原文 extravagant 有影射《特别敕令》的意思。
⑤ 指教皇包尼法斯六世的《敕令》，亦即 1298 年出版的第 6 卷《教皇敕令》。

听到这里，爱比斯德蒙站起身来，轻轻地向巴奴日说道：

"这里没有漏洞椅子①，我只好出去了。这种佐料把我的大肠都弄通

---

① 指可供大便的地方。

了。我很快就回来。"

"啊!"奥莫纳斯继续说下去,"那时将不再有冰雹、霜冻、寒雾、灾害!大地上一切全都丰收!宇宙间将是稳固的、破坏不了的和平,不再有战争、抢夺、迫害、劫掠、凶杀,除非是对付异端和可恶的反叛!那时全人类将快活、欢欣、高兴、轻松、愉快、乐观、欣喜!永恒的《敕令》里神圣的条款制定下多么伟大的道理,不可估计的渊博,人间所没有的训诫!只要把神圣的《敕令》念上半段法典,一小段条文,一句箴言,你的心里就会燃烧起什么样的崇高爱火,对别人的仁慈——除非他是异端——对尘世间短暂事物的轻视,精神的高超——一直可以高到三层天上去——对一切情感的满足!"

第五十二章

续谈《敕令》的奇迹

巴奴日说道："说得可是面面俱到，不过，我还是能不信就不信。我过去有一次在普瓦蒂埃一个名叫德克雷塔里波坦斯①的苏格兰医生那里读过一段，读过之后，要不是一连四五天大便秘结、只屙出一小块来的话，叫魔鬼马上捉我走。你知道我谈的是哪一段么？我可以发誓，完全像卡图鲁斯说是他的邻居弗里乌斯说的那几句话：

> 一年屙不了十块粪，
> 你可以用手去打，去扪，
> 决不会脏了你的手指头，
> 因为硬得赛过石头和蚕豆。"

"哈，哈！"奥莫纳斯叫了起来，"啊啊②！朋友，你当时一定是身犯死罪。"

巴奴日说道："犯罪不和这个相干。"

"有一天，"约翰修士说道，"那是在塞邑，我用了当家神父③约翰·吉玛尔扔在院子里的一张破《克雷蒙敕令》揩屁股，我这个布鲁诺院子④的门口要不是皮肤裂缝、漏痔流血、像破开了一样疼痛难忍，叫我马上死掉。"

"啊啊!"奥莫纳斯又接口了,"很明显,那是上天罚你用圣书揩屁股,圣书是要亲吻、尊敬的,我的意思是说,至少也得顶礼膜拜。巴诺尔姆斯的主教⑤从来没有骗过人。"

包诺克拉特说道:"约翰·舒阿尔曾经在蒙帕利埃从圣奥拉里的教士那里买到过一套《敕令》,是写在朗巴勒⑥又结实又厚的羊皮纸上的,约翰·舒阿尔打算用它打金片使用⑦。可是不幸得很,一片也没有打成。全都打坏了,成了一堆碎屑。"

"那是降罚,"奥莫纳斯说道,"是神的报复。"

爱德蒙说道:"芒城开药房的弗朗索瓦·科尔奴曾经把一套破《特别敕令》当包装纸使用,结果他所包装的香料、胡椒、丁香、肉桂、红花、蜂蜡、调味品、桂皮、大黄、罗望子等等全部药材、制品、泻剂、要不是立刻就变黄、腐烂、毁坏的话,我连魔鬼也不承认。"

"这是报应,"奥莫纳斯说道,"是神的降罚。拿这样神圣的书籍去做不敬和亵渎神圣的使唤!"

加巴林说道:"巴黎一个叫格罗瓦尼埃的裁缝师傅,曾经用一本旧《克雷蒙敕令》剪裁衣服样子。可是怪透了!所有按照样子和样子的尺寸裁出来的全部衣服,包括连衫裙、披肩、大衣、短装、裙子、外套、短披、上装、内衫、外罩、衬裙等等,全都走了样了,一点用处也没有。他打算裁一件披肩,结果裁出的样子是裤裆;打算裁一件短

---

① "德克雷塔里波坦斯"(Decretalipotens)意思是"《敕令》专家",另一说是"靠《敕令》为生的人",作者指的是罗伯尔·伊尔朗德,他从1502至1561年一连在普瓦蒂埃大学做过六十年的法学教授。
② 原文 Inian 意思是"驴鸣的声音",又一解释是"圣约翰"
③ 原文 recepveur 指修道院里经管财务的教士。
④ 布鲁诺院子,当时神学院的一部分,作者拿它来比作肛门。
⑤ 巴诺尔姆斯,迦太基在西西里的属地,此处指1425年西西里巴勒摩的主教尼古拉·德·杜台基,《克雷蒙敕令》的注释人。
⑥ 朗巴勒,布列塔尼省城名,以产羊皮纸出名。
⑦ 用羊皮纸把金子隔开打成金叶(即金片)。

装，结果剪成了一顶带绒球的帽子；按照外套的样子，结果裁成了一顶教士帽；按照上装的样子，结果裁得像一个锅，他的帮手缝好以后，上面一剪，非常像一个炒栗子的锅；本来想剪一件短披，结果剪成了一只靴子；按照衬裙的样子，结果裁出来一个头巾；本来想做件大衣，结果剪了个瑞士兵的鼓套。最后这个不幸的人被判赔偿顾客的全部布料，到现在还破着产呢。"

"是罚，"奥莫纳斯说道，"是神的报复！"

冀姆纳斯特说道："在卡雨萨克，德·艾提萨克老爷①和德·楼宗子爵曾比赛过一次射箭。贝洛杜折坏了拉·卡尔特教长的半部《敕令》，用《敕令》的纸糊了箭靶。结果当地要是有一个弓箭手（其实他们是全古耶纳有名的高手）射进靶子，我情愿把自己送给或者卖给魔鬼！全部都射歪了。神圣的靶子上没有一个地方被射着、被射坏、被射破。当时管赌注的圣索南②曾经向我们发过天大的誓（不能再大了），说他亲眼清清楚楚、明明白白看见卡尔克兰的箭笔直地朝着箭靶的黑心射过去，可是就在碰到和射进靶子的时候，一下子偏出去一'特瓦兹'多，歪到面包房那边去了。"

"奇迹，奇迹，"奥莫纳斯叫了起来，"真是奇迹！侍童，照照这里！我要为全体干一杯！我看你们确实是有信仰的人。"

听见他这样说话，少女们都吃吃地笑起来。约翰修士皱皱鼻子尖，仿佛饥不择食、不能等待的样子，恨不得一下子骑在她们身上像艾尔包对待他的属民那样③。

庞大固埃说道："这样说来，靶子那里倒成了最可靠的地方了，比古时戴奥吉尼兹的靶子还要保险。"

---

① 指马野载主教之侄路易·德·艾提萨克。
② 可能指德·艾提萨克的总管，圣塞尔南的公爵卡尔尼亚诺·德·布阿德。
③ 原文 comme Herbault sus paouvres gens 有两种解释，一种是"像领主对待他的佃户"，另一种是"像狗对待门口的乞丐"。Herbault 又有"叫化子头，贫穷化身"的意思。

"怎么回事呢？"奥莫纳斯问道，"那是为什么？他也相信《敕令》么？"

这时爱比斯德蒙正巧出恭回来，说道："真是出师不利！"

庞大固埃说道："有一天，戴奥吉尼兹想出去散散心，去看弓箭手射箭去了。内中有一个笨蛋，又笨又傻，轮到他射的时候，看射箭的人都来不及地躲避，生怕被箭射着。戴奥吉尼兹曾经看他射过一次，技术实在不高，射出的箭落到离靶子一竿子多远，因此，第二次再射的时候，观众往两边躲得更远，唯有戴奥吉尼兹跑到靶子跟前，说这里是最可靠的地方，弓箭手的箭哪里都可以射到，唯独这里有把握射不到①。"

冀姆纳斯特说道："后来德·艾提萨克爵爷一个名叫沙姆亚克的侍从，看出了个中奥妙。他建议贝洛杜把靶子上的《敕令》换下来，用普亚克②的诉讼状纸糊上去。结果全部弓箭手的箭都射中了。"

里索陶墨说道："在朗德路斯约翰·德里夫的婚礼上，喜宴特别隆重丰富，这是当地的风俗。席后还演出各种闹剧、喜剧和滑稽剧，还有好几个人手拿铃铛和铃鼓跳摩尔人舞，此外，还有戴鬼脸的假面舞。当时我和几个同学为了尽力给这个大喜的日子增添热闹（当天早晨，我们都收到过赠送的白色和紫色缎子），最后我们也来了一个化装跳舞，使用了圣米歇尔③大量的贝壳和蜗牛壳。因为缺少海芋、牛蒡、象耳④和纸，我们就把扔在那里的一本旧《六世敕令》拆毁做假面具了，在眼睛、鼻子和嘴的地方，挖成窟窿。可是，真怪啊！等我们的舞跳好、戏演好、假面具拿下之后，我们的脸比在杜艾演《耶稣受难记》的小鬼还要可怕、还要难看，凡是挨到《敕令》的地方，没有不受伤害的。这一个长了麻子，那一个生了羊皮疮，这一个长瘰疬，那一个生红斑，还有长疔疮的。总之，受害最轻的，要算那个掉光牙齿的了。"

"奇迹，"奥莫纳斯大声叫道，"奇迹！"

---

① 故事见埃拉斯姆斯《箴言集》第2卷第6章第78节。

② 普亚克，朗德省地名。

③ 圣米歇尔，英吉利海峡岛名，上有大教堂，为朝圣盛地。

④ 都是叶子很大的植物，可以用叶子做面具。

里索陶墨说道："你们先别笑。我的两个姐姐，卡特琳和乐内，曾经拿《六世敕令》当作熨斗使唤（因为《敕令》的封面是硬板，而且还有铁钉），把她们的头巾、袖口和新洗得雪白的、浆好的领口都压在里面。真是天主在上……"

"请等一等！"奥莫纳斯拦住了他的话，"你说的是哪一个天主？"

"只有一个天主，"里索陶墨回答说。

奥莫纳斯说道："不错，天上只有一个。可是地上，我们不是还有一个么？"

"对，对[①]！"里索陶墨说道，"我没有想到，以我的灵魂发誓，我早已把他忘了！好，就算地上的天主在上，她们的头巾、领口、胸巾、护发以及其他内衣等没有一件不是变得比煤袋还要黑。"

"真是奇迹！"奥莫纳斯高声大叫，"侍童，照照这里，别忘了把这些故事都记下来。"

约翰修士忽然问道："为什么人们要说：

'自从《敕令》添了翅膀[②]，

军人有了衣箱[③]，

教士出门要骑马，

世界的一切便越来越遭殃[④]。' 呢？"

"我明白你的意思了，"奥莫纳斯说道。"这都是新异端的造谣污蔑。"

---

① 原文 Arry avant！原来是指驴夫赶驴的吆喝声。
② 《敕令》为《教会法》内之重要部分，历任教皇一次次之《敕令》，有如给《教会法》增添翅膀，使教士有了更多的依据。
③ 军人行动时带着行李衣箱，便于乘机行窃。
④ 这段话见1536年比埃尔·高乃的《谚语集》。

第五十三章

《教皇敕令》怎样巧妙地使黄金从法国流入罗马

　　爱比斯德蒙说道："我情愿出半'品特'好香肠，假使我们能够把《敕令》里可怕的章节和原本对照一下，像 Execrabilis①，De multa②，Si plures③，De Annatis per totum④，Nisi essent⑤，Cum ad Monasterium⑥，Quod dilectio⑦，Modatum⑧等等，这些条文每年从法国要拉走四十多万'杜卡'到罗马去⑨。"

　　"这能算少么？"奥莫纳斯说道，"但是在我看，还不能算多，因为笃信宗教的法兰西正是罗马教廷唯一的护养者。你们能找出一本书，不管是哲学、是医学、是法学、是数学、是文学、甚至（我的天主在上！）连《圣经》也算在内，有同样的号召力么？不能！绝对没有，绝对没有！我可以保证，你们绝对找不出一本书有如此聚财的力量。可是，依然有些异端的小鬼拒绝承认它，不愿意信奉它。你们可要烧死他们，用火钳钳住他们，用剪刀剪了他们，把他们淹死，把他们吊死，用棍子捅了他们，把他们的肩膀卸下来，四肢剁掉，开膛剖腹，大切八块，砍了他们，烤了他们，切了他们，钉死他们，煮了他们，压扁他们，五马分尸，砸成碎块，卸掉双腿，用油锅炸了这些逃避《敕令》的异端分子，他们连杀人犯也不如、比弑父者还要恶劣，他们是魔鬼差来灭绝《敕令》的。

　　"诸位善人，如果你们想被人称作真正的信徒，我在这里作揖，恳求你们，除了神圣的《敕令》——那就是崇高的《六世敕令》，《克雷蒙敕令》，《特别敕令》——以及《敕令》的规章以外，千万什么也不要信，什么也不要想，什么也不要说，什么也不要做。只有《敕令》才是上天颁布的经典！有了它，你们才会有光荣、信誉、威望、财富、地位和尊严，你们会受到人人敬佩，个个畏惧，大家全都喜欢你们，在全人类中你们将是被选中的人。因为在普天底下，除了受到神圣的预见、永恒的注定、专心钻研至圣的《敕令》者以外，你们就绝对找不出有全才的人。

"你们想找一个勇武的国君、有本事的武将、在战争中真正能够带兵作战、能够预见困难、躲避危险、进可以攻、退可以守、不作无谓的险事，获胜而不损失兵将，而且善于运用胜利的首领么？那么，去找一个'法令家'⑩，不，不！我是说一个'敕令家'⑪。"

"混账东西！"爱比斯德蒙骂道。

"你们想在太平时期找一个可以而且适合于治理一个共和政体的国家、一个王国、一个帝国、一个君主国的人，一个能够经管教会、贵族、国会、保持人民的财产、友谊、和睦、服从、品德和正义的人

---

① 拉丁文，"应受诅咒"。《特别敕令》第3卷里的一条，是教皇约翰二十二世禁止教士承受前任教皇过多的利益，除可以保留一种外，其余全部交与教皇。
② 拉丁文，"惩罚"。教皇额我略九世的《敕令》第3卷第5章第28条，禁止吞并利益。
③ 拉丁文，"遇有数种……"《克雷蒙敕令》，大致与前条相同。
④ 拉丁文，"一年收入税"。新得利益，须付相等于一年收入的税款给教皇。
⑤ 拉丁文，"二人受审"，教皇额我略九世的《敕令》第3卷第21条，二人同时受审时，如何进行审讯。
⑥ 拉丁文，《入修会法》。教皇额我略九世的《敕令》第3卷第3条有关修士入会时的生活规章。
⑦ 拉丁文，"有关亲属"，教皇额我略九世的《敕令》第4卷第3条有关六级亲属以内之法权。
⑧ 拉丁文，《委令》。《六世敕令》第3卷第12条，有关教会利益之法权。
⑨ 指每种法令都是为罗马教廷制造财富。
⑩ 原文 Decretiste 指研究《罗马法》的人。
⑪ 原文 Decretaliste 指研究《教皇敕令》的人。

么？去找一个'敕令家'吧。

"你们想找一个生活严肃、口齿伶俐、虔信宗教、诲人不倦，可以在短时期、不用流血、征服下圣地①、使异教的土耳其人、犹太人、鞑靼人、莫斯科人、埃及兵和野修士皈依圣教的人么？去找一个'敕令家'。

"在不少国家里，是什么使得人民违法乱纪，官吏贪赃枉法、学者昏庸似驴呢？就是因为他们的统治者、他们的官吏、他们的导师不是'敕令家'。

"平心而论，是什么创设了、树立了、建下了不同的各个会别，像明朗的星斗装饰天空那样使得圣教会这样丰富多彩、光芒四射呢？就是神圣的《敕令》。

"是什么建立了、巩固了、稳定了，而且现在还在修道院、神道院、圣教会里维持着、供养着、养活着那些虔诚的教士，没有他们日夜不停的祈祷，全世界就要处在毁灭的危险里、恢复到原始的混沌状态呢？就是神圣的《敕令》。

"是什么每天在增加、在丰富圣·伯多禄所有在尘世间的、肉体的以及灵性的财产呢？就是神圣的《敕令》。

"是什么使得罗马教宗御座一向如此、于今为甚、情愿也好、不情愿也好、为全宇宙所畏惧呢？是什么使得所有的国王、皇帝、君主、公侯，都要受他的统治、领导，由他来加冕、证实和同意呢？是什么使得人王地主都来和他建立关系、匍匐于你们所看到画像的、这位宗座的、神灵的礼鞋之前呢？就是上天颁布的神圣的《敕令》。

"我再向你们揭露一件重大秘密。你们那里的大学院的纹章标志常常是一本书，有时打开，有时关闭，你们以为这是本什么书呢？"

庞大固埃接口道：“我哪里会知道？我从来没翻过它。”

"告诉你们吧，"奥莫纳斯说道，"那就是《敕令》，如果没有它，

---

① 指巴勒斯坦。

所有大学院的特权都将不存在。这是亏了我，你们才知道的！哈，哈，哈，哈，哈！"

　　说到这里，奥莫纳斯又是打嗝，又是放屁，又是笑，又是喷唾沫，满脸出汗，把他那顶又高又大、四棱的教士帽摘下来递给身边一位少女，那个女孩子像拿到第一个要出嫁的信物一样，亲切地吻了它，然后非常高兴地顶在自己头上。

　　"万岁，万岁！"爱比斯德蒙喊叫起来，"乌拉，乌拉！酒来，酒来！好一个玄妙的秘密！"

　　"侍童，侍童，"奥莫纳斯叫道，"这里来一个双份。上水果吧①，女孩子！我刚才说只要专心一致钻研神圣的《敕令》，你们就在世界上

---

① 亦可解释为"上点心吧"。

享受荣华富贵。我由此也可以说，到了另一个世界，你们也必将得救，登上幸福的天堂，因为天堂的钥匙已经交给《赦令》的仁慈主宰了。噢，我所崇拜的、而又从未见过的仁慈天主，请赐给我们特殊的恩惠，至少在死亡到来的时候，为我们打开大门，这是我们圣教会无上神圣的宝藏，你是它的护守者、保卫者、经管者、尽责者、执掌大权者！求你在我们需要的时候，赐给我们这无上功德的佑助和赦免，别让魔鬼在我们可怜的灵魂上找到任何可以下嘴的地方，别让地狱之神的血盆大口吞食我们！假如须要经过炼狱的话，也随你安排！你可以随你的意思，有权力在任何时候解脱我们。"

　　说到此处，奥莫纳斯热泪盈眶，一边捶胸，一边把两个大拇指交插成十字狂吻不止。

第五十四章

奥莫纳斯怎样把"善良教徒梨"赠给庞大固埃

爱比斯德蒙、约翰修士和巴奴日看见奥莫纳斯最后竟这样伤心，连忙用饭巾遮住自己，一边号叫："哎呀，哎呀，哎呀！"一边假装擦眼睛，好像哭了一样。旁边的少女非常伶俐，赶紧给大家端上来满杯的"克雷蒙酒"①和大量的糖食。这才恢复了宴席上的欢乐气氛。

饭后，奥莫纳斯拿出许多很体面的大梨，分给我们，说道：

"朋友们，我把梨送给你们，这是一种特别的梨，别的地方找不到。并不是任何地方都出产任何东西的。乌木只产在印度。萨巴②出产沉香。雷姆诺斯③出产红土④。这种梨就只产在我们岛上。如果高兴的话，你们可以把它移到你们国家里去培养。"

庞大固埃问道："这种梨有没有名字？我认为这种梨很好，而且汁多味甜。如果一切四块放在锅里煮，再加上一点酒和糖，我想对于生病的人或者健康的人都是非常有益的食品⑤。"

奥莫纳斯回答说："我们都是上天注定的很单纯的人。我们把无花果叫作无花果，把李子叫作李子，把梨叫作梨。"

"是么？"庞大固埃说道："等我回到家里（承天主保佑，这将是不久的事），我一定要在沿着罗亚尔河的都林省花园里种植和移接过来，并且把它叫作'善良教徒梨'，因为我没有见过比这里善良的'教皇派'更好的教徒了。"

约翰修士说道："如果能把这些小姑娘送给我们两三车也不错。"

"做什么用呢？"奥莫纳斯问道。

约翰修士回答道："用某种飞快的家伙⑥在她两腿之间的那块地方⑦弄出血来。这样，她们便会给我们生出好教徒的孩子，使好教徒的人种在我们国家里繁盛起来，因为我们那里好教徒实在不多。"

"天主在上！"奥莫纳斯大叫起来，"这我们可不能做，你们会叫她们成了小伙子们疯狂追求的对象的；虽然我从未见过你们，可是从你们的鼻子上可以看得出来。可惜呀，可惜！你们太好了！难道想叫你们的灵魂陷在罪恶里么？我要你们知道，我们的《教皇敕令》是绝对禁止的。"

"你别急呀！"约翰修士说道，"si tu non vis dare, præsta, qusumus⑧.这是经文上规定的。任何戴胡子的、即便是三度博士的水晶学（我是想说"敕令学"）博士，我也不怕。"

饭后，我们辞别了奥莫纳斯以及那里善良的人们，我们真诚地向他们道谢，感谢他们如此的盛情，答应他们一回到罗马，我们将尽快地想法叫教皇亲自到这里来看他们。说罢，才回到我们船上去。庞大固埃为对这帧教皇的神圣画像表示宽大和好感，送给奥莫纳斯九块双层绣金的呢料，作为悬挂在那扇铁栏杆窗户上的窗帘，在用作修理和兴建费用的募捐箱里装满了双"木鞋埃巨"⑨，此外，还赠给在吃饭时侍应的少女们每人九百一十四块"金萨吕"⑩，使她们在适当的时候结婚。

---

① 一种意大利名酒。
② 萨巴，也门古地名。
③ 雷姆诺斯，希腊岛名。
④ "红土"，一种绘画和制药的原料。
⑤ 普林尼乌斯曾说说梨对于生病的人不易消化，但煮熟的例外。
⑥ 原文 pistolandiers 指一种短刀，这里有诙谐的意思。
⑦ 原文是两个大脚趾之间。
⑧ 拉丁文，"如果不能赠送，就请借给我们"。
⑨ "木鞋埃巨"，作者虚构的钱币名，双"木鞋埃巨"是等于"木鞋埃巨"两倍的钱币。
⑩ "金萨吕"，1421年铸造的一种钱币，上有天使朝拜圣母像，为少女结婚之吉兆。

第五十五章

庞大固埃怎样在海上听见解冻的说话声

　　我们来到海上，一边吃喝，一边高谈阔论。这时，庞大固埃忽然站起来向四下打量，然后对我们说道：

　　"伙伴们，你们什么也没有听见么？我好像听见有人在半空中说话，但是却看不见人。你们听听看！"

　　我们依照他的吩咐，一齐竖起耳朵，像牡蛎张开壳吸取空气那样，仔细谛听有没有任何声息，并且为了不漏过一点声音，有几个人使用罗马皇帝安东尼乌斯的方法①用手掌挡在耳朵后面。尽管如此，我们还是听不见什么。

　　庞大固埃依旧坚持说他听见空中有男女说话的声音。见他这样说，我们也仿佛听见了声音，或者是我们的耳朵在响。可是越注意听，就越听得清楚，最后竟听出了完整的字句。这使得我们十分惊怕，因为光听见不同的声音，有男人的，有女人的，有小孩的，有马匹的，可是谁也看不见什么。巴奴日大声叫起来：

　　"天主那个肚子！这不是开玩笑么？我们完蛋了。赶快逃命吧！四周围全是危险。约翰修士，我的朋友，你在这里么？我求你不要离开我！你带好你的短刀没有？摸摸是否在刀鞘里！你总是不把它磨快！我们完蛋了！你们听，天主在上！这是大炮响啊。赶快逃命吧！我不像布鲁图斯在法萨鲁斯战役中所说的那样，连脚带手地逃吧，而是帆桨并用地逃吧。逃命啊！在海上，我是一点胆量也没有；要是在地窖里，或是别处，我倒是有种。逃命啊！赶快逃吧！我这样说可不是我害怕，因为除了危险，我什么都不怕；我一向就是这样说。弓箭手贝纽莱也是这样说②。所以，别去冒险，别碰钉子。逃命吧！转过脸去！婊子养的，转动舵把③！巴不得我马上在甘格奈有多好，我情愿一辈子不娶女人！逃命吧！我们可不是他们的对手，我告诉你们，他们是十个对一个。此外，这是在他们国家里，我们可是人生地不熟。他们会杀死我们的。赶快逃命吧！这并不算丢人。德谟斯台纳说得好，逃命的人会重新战斗④。让我们逃命吧。向左舷！向右舷！向前桅！向帆索！我们完蛋了！逃吧！所有的魔鬼在上，赶快逃吧！"

庞大固埃听见巴奴日的叫喊声，说道：

"这个要逃的人是谁呀？我们先要看看到底是什么人。也许是自己人呢。我现在还看不见什么，可是周围一百海里远我都看得到。大家来听听看。我曾经读到过，一位名叫贝特洛纽斯的哲学家，他认为许多世界都是以等边三角形的方式彼此衔接着的⑤，正当中是'真理'所在地，那里便是'语言'、'概念'、'意识'以及一切过去和未来事物的'形象'所处的地方；围绕着这些东西的，便是'世纪'。若干年后，彼此距离很长，便有一部分像感冒似的落在人类的头上，就像露水落在基甸的羊毛上⑥，另一部分停留在原处不动，直至'世纪'的结束。

"我记得亚里士多德勒斯曾认为荷马的语言是动荡的、飞飘的、活动的，总之是活的。

---

① 罗马皇帝安东尼乌斯·卡拉卡拉是善于使用间谍刺探秘密的人。

② 喜剧《弓箭手贝纽莱》里有一句"危险才是我在世上唯一惧怕的东西"。

③ 这是对舵手说的。

④ 见埃拉斯姆斯《箴言集》第1卷第10章第40节。

⑤ 贝特洛纽斯认为三角形的每一边有六十个世界，每个角有一个，共为一百八十三个世界。

⑥ 基甸为《圣经》上拯救以色列人的勇士，露水沾湿羊毛的故事见《旧约·士师记》第6章第37节。

"此外，安提法尼斯①也曾经说柏拉图的哲理有如在某处的严冬里说出来的语言，一出口便冻结成冰，不能听见。所以柏拉图教给青年学生的，学生并没有听进去，一直到老年还是不大明白。

　　"现在倒要推理和探索一下，这里是不是语言解冻的地方。如果声音来自奥尔斐乌斯的头和琴，那才怪哩。因为自从色雷斯的女人把奥尔斐乌斯处死之后，就把他的头和琴一起都扔在希布鲁斯河②里了；它们顺流而下，经过彭杜斯海，一直漂到勒斯包斯岛，始终没有分开。奥尔斐乌斯的头不断发出悲伤的歌声，仿佛在哀悼自己的死亡；琴被风吹动，琴弦也和谐地合着歌声。我们来看看从这里是否看得见它们。"

---

① 安提法尼斯，3世纪希腊喜剧作家。
② 希布鲁斯河，色雷斯之河流。

第五十六章

庞大固埃怎样从冻结的语言里听出奇怪的字意

这时，领港人说道：

"殿下，且不要惊慌！这里是冰海的边缘，去年初冬，阿里斯马比亚人①曾和奈弗里巴特人②在这里进行过剧烈的鏖战③。男女的呼叫声，兵器的冲击声，甲胄的碰撞声，马甲的跳动声，马匹的嘶鸣声，以及战斗中其他一切混乱的声音，都在空中冻结住了。目前严冬已过，天气开始温暖晴朗，声音便从冻结中溶化出来，又被人听见了。"

"我的天！"巴奴日叫了起来，"我相信确是如此！但是咱们能不能看到一些呢？我记得读到摩西在山上接受犹太人法律的时候，百姓也是显然看见雷轰等声音的④。"

庞大固埃说道："快看，快看！这便是还没有解冻的。"

他一边说，一边大把地把冻结的语言扔到船甲板上，样子很像五光十色的小糖球。我们看见有红的、有绿的、有蓝的、有黑的、有金色的；一接触到我们手里的热气，便像雪似的溶化了，我们确实听得见它们，不过听不懂，因为是很特别的外邦话。只有一个比较大的，约翰修士捧在手里暖它，啪的一声跟没有剥开的栗子扔在火上爆炸时一样，把我们吓了一大跳。

约翰修士说道："这是当时的一声重炮。"

巴奴日请庞大固埃再给他几个。庞大固埃对他说把话给他等于求爱者干的事⑤。

"那么，卖给我几个吧！"巴奴日说道。

"卖话是律师的勾当，"庞大固埃说道，"我宁愿卖给你沉默，沉默价钱贵，像从前德谟斯台纳用喉痛卖钱的时候一样⑥。"

尽管如此，他还是往甲板上扔了三四把。我看见有尖刻刺人的、有鲜血淋漓的（领港人对我们说这种话有时会回到说话的地方，可惜喉咙已经砍断了⑦）、有恐怖吓人的、还有样子挺难看的。这些话一经溶化，我们便听见：欣、欣、欣、欣、希斯、提克、托士、洛尼、布乐德丹、布乐德达、弗儿、弗儿、弗儿、布、布、布、布、布、布、布、布、特拉克、特拉克、特儿、特儿、特儿、特儿、特儿、翁、翁、翁、翁、乌翁、哥特、马哥特等等以及其他奇怪的字音；领港人说这都是当时冲击和冲击时马嘶的声音。后来，我们又听见更响的声音，

---

① 阿里斯马比亚人，即居住北方西提亚的独眼民族，见希罗多德《历史》第4卷第27节，又普林尼乌斯《自然史纲》第7卷第2章。"阿里斯马比亚"意思是"一只眼睛"。

② 奈弗里巴特人，"奈弗里"在希腊文里意思是"云彩"，"巴特"意思是"走"，故亦称"走在云彩里的人"或者"走云人"。

③ 作者有意指法国人与瑞士人（新教派）之马里尼亚诺战役。

④ 见《旧约·出埃及记》第20章第18节。

⑤ 奥维德的一句话，Verba dat omnis amans. 意思是说求爱者光会拿空话骗人。见埃拉斯姆斯《箴言集》第1卷第5章第49节。

⑥ 德谟斯台纳曾受贿不开口与人争辩，以围巾护口诿推喉痛。见埃拉斯姆斯《箴言集》第1卷第7章第19节。

⑦ 喉咙砍断，所以鲜血淋漓。

都是溶化时发出来的，有铜鼓和木笛的声音，有喇叭和号角的声音。请你们相信，我们可听了一个痛快。我想把几个奇怪的字音放在油里保存起来，像人家在干净草里保存雪和冰那样。可是庞大固埃不许我们做，他说把从不会缺少、手头经常有的东西储存起来，简直是傻瓜，因为稀奇古怪的话在一切真正乐观的庞大固埃主义者里面，总是不会缺少的。

巴奴日有意叫约翰修士生气，使他无词以答，因为巴奴日总是在他毫不注意的时候捉他的话柄。约翰修士发下大话，说一定以其人之道还治其人之身，像吉奥莫·茹索摩听凭言语把呢子卖给那位巴特兰一样[①]；等巴奴日结婚之后，将像对付小牛那样捉他的犄角。巴奴日对他作了个毫不在乎的手势[②]，然后大声说道：

"巴不得天主保佑、让我现在就得到神壶的谕示，那我就可以不用再往前走了！"

[①] 见喜剧《巴特兰》第236行。律师巴特兰曾凭空话拿了吉奥莫的呢子，未付钱。

[②] 原文 faire babu 是昂如省土话，意思是用手指使下嘴唇对上嘴唇发出一个声音，表示毫不在乎。

第五十七章

庞大固埃怎样来到全世界第一艺术
大师卡斯台尔^①阁下的居处

这一天，庞大固埃来到一座非常奇怪的岛上，由于它的地势以及岛上的总督，使得它比别的岛屿更加特别。岛的周围全系险峻隘阻，山岭起伏，遍地石块，形状险恶，无法立足的不毛之地，简直和窦菲内的山一样难以攀登^②，形状像一只蘑菇，头大尾小，从不记得有人上去过，除了国王查理八世的炮兵统帅窦亚克，他曾经用神奇的妙法爬上山顶^③，并且看见那里有一只老山羊。是谁把那只山羊弄上去的，这就无法知道了。有人说是小的时候被老鹰或者大猫头鹰带上去、后来逃进树丛里的。

费了很大的力，出了很多的汗，好容易上去之后，果然看见山上风景秀丽，土地肥沃，有益健康，环境优美，我想这一定就是伊甸园，

神学家们研究了多年尚在争论不休的，大概就是这里④。可是庞大固埃却说此处是赫西奥德所描述的阿勒德（也就是"品德"）的居处⑤，不过他说他并不排斥更正确的看法。

岛上的总督是全世界第一艺术大师卡斯台尔阁下。如果你们相信火是一切艺术的首领⑥，像西赛罗所记载的那样⑦，那你们就大错特错了，因为西赛罗自己也不信⑧。如果你们像古时我们德鲁伊德人那样，以为迈尔古里是艺术的第一个首创人⑨，那你们也差得很远。只有讽刺诗人⑩的论断才是对的，他说卡斯台尔阁下是一切艺术的大师⑪。

和他和平地同居在一起的是贝尼亚老太太⑫，换句话说，就是贫穷之神，九位缪斯之母，从前跟丰收之神包路斯在一起，给我们生下过爱神，就是柏拉图 In Symposio⑬ 叫作调和天地的那个尊贵的孩子。

对这位强大的君主，我们只有行礼、表示服从和致敬的份儿。因

---

① "卡斯台尔"意思是"肚子"。

② 路易十一曾说窦菲内省有四奇（一说是七奇），山居四奇之一，上大下小，有如倒置之金字塔，故有"无法攀登"之称，针峰山为有名之"无法攀登山"。

③ 查理八世将军唐茹连曾于1492年爬上针峰山，在那里看见羚羊，后来以讹传讹，把唐茹连错说成工程师约翰·窦亚克了，因为他曾想法使查理八世的炮兵渡过阿尔卑斯山。

④ 当时神学家以为伊甸园在世界上，并根据《创世记》第2章第8节的记载，说它在东方。

⑤ 见赫西奥德《工作与时日》第289行起。

⑥ 意思是"一切事物的根源"。

⑦ 见西赛罗《De Natura Deorum》第3章第14节；西赛罗是根据赫拉克利特的提法来说的，没有说是他自己的意见。

⑧ 见柏拉图《会饮篇》及普鲁塔克有关依西斯和奥西里斯之传记。

⑨ 见恺撒《高卢战役》第6卷第17章，西赛罗《论占卜》第1卷，普林尼斯《自然史纲》第16卷。

⑩ "讽刺诗人"指贝尔赛乌斯。

⑪ 见贝尔赛乌斯《科里昂比》第8行起。

⑫ 贝尼亚，神话中贫穷之神，见阿里斯托芬的《普鲁图斯》，不过所谓"缪斯之母"，是作者自己说的。

⑬ 拉丁文，"在《会饮篇》里"。

为他非常专横、严厉、粗暴、执拗、顽固。对他，什么也不能使他相信，什么也不能向他指摘，什么也不能使他信服，因为他什么也听不进。正像埃及人称沉默之神哈尔波克拉特①——希腊人叫作西卡里翁②——为astomé、意思是无口神一样，卡斯台尔生来就没有耳朵，跟在康狄亚的朱庇特的画像同样没有耳朵③一样。他用手势代替说话。可是对于他的手势，大家比对于执政官的告示、国王的命令、听从得还

---

① 哈尔波克拉特，神话中依西斯与奥西里斯之子，沉默之神。
② 见埃拉斯姆斯《箴言集》第4卷第1章第52节，又奥松纳《讽刺诗》第25首第27行。
③ 见普鲁塔克《依西斯与奥西里斯传》。

要迅速。对他的指示，他不容许有任何拖延与迟缓。常言道狮子一吼百兽震惊，凡是吼声能听到的地方，周围的野兽就没有不害怕的。这有文字记载，确实如此，我亲眼看见过。我可以向你们保证，卡斯台尔阁下一声令下，真是天空颤抖，地动山摇。只要号令一出，就只有马上执行，否则就是死亡。

领港人对我们说，有一天整个索马特人①的王国，怎样像伊索寓言里述说人的四肢反抗肚子那样，反抗起来了，并且拒绝再听从他的指挥。可是不久大家便都感觉到不对了，后悔做错了事，惭愧万分地回来听候他的差遣。因为不是这样的话，他们全都会饿死的。

不拘他和什么人在一起，谁也别想和他争个上下先后，他总是一马当先，哪怕旁边是国王、是皇帝，甚至连教皇也算在内。在巴塞的会议上②，他也是首屈一指，尽管有人说由于与会者都抱着野心想做首领，以至会议乱得不可开交。

没有人不忙着恭维他的，谁都在为他工作。他为奖励大家，创下了全部技术、全部机构、全部行业、全部工艺和技巧。甚至于对野兽，他也授予了自然所不曾赋予的技能。他使乌鸦、鸲鸟、鹦鹉、椋鸟成为诗人，叫喜鹊做女诗人，教它们说、唱、念人类的语言。这一切都是为了饥肠啊！

他驯服山鹰、猎鹰、隼鹰、秃鹰、母鹰、苍鹰、鹞鹰、老雕、悍鹰、鸢鹰、蜑鹰、鸷鹰、鹘鹰，把它们驯养得非常听话，可以随时把它们放开，让它们在天空自由飞翔，他高兴叫它们飞多高、飞多久，都可以，他让它们待在天空，四处飞翔，盘旋升腾，从后面跟着他飞，从云彩里对着他飞，然后再叫它们从半天空里猛地俯冲下来。这一切也是为了饥肠！

他叫大象、狮子、犀牛、熊、马、狗，跳跃、奔腾、争斗、游水、

---

① "索马特"这个字是从希腊文 σῶμα 来的，意思是"身体四肢"。
② 指1431至1444年的宗教改革会议。

隐藏、躲避，随他的意思取送任何物件。这一切还是为了饥肠！

他可以叫鱼类，不管是咸水鱼或者淡水鱼、巨鲸、海怪从深渊里跳出水面，可以叫豺狼走出森林，叫熊罴走出山谷，叫狐狸走出洞穴，叫蛇蜥爬出地面。这全是为了饥肠！

总之，他的法力无边，恼怒起来，什么都能吞食下去，不管是禽兽还是人类，好像美泰鲁斯①在对赛尔托留斯②战役里③加斯科涅人所见到的、萨贡图姆④人被汉尼拔围困时、犹太人被罗马人围困时⑤和另外六百个例子里所见到的那样。这一切全是为了饥肠！

他的摄政者贝尼亚随便走到哪里，一切行政机构全都结束，一切通令全都闭口，一切告示全都失效⑥。他不服从任何法律，一条法律也不用遵守。所到之处，人人躲避，大家宁愿去海上遇难，宁愿去跳火坑、爬高山、到深渊里，也不愿意被他捉住。

---

① 美泰鲁斯，古罗马执政官。
② 赛尔托留斯，古罗马将军，曾战胜美泰鲁斯，死于公元前73年。
③ 见瓦雷利乌斯《格言集》第7卷第6章。
④ 萨贡图姆，西班牙古城名，曾于公元前219年被汉尼拔攻陷；见埃拉斯姆斯《箴言集》第1卷第9章第67节。
⑤ 见塔西图斯《编年史》第5卷第11、12章。
⑥ 贫穷之神不服从任何法律。

第五十八章

庞大固埃怎样在艺术大师的王朝里
对腹语人和崇拜肚子的人表示厌恶

在这位艺术大师的王朝里，庞大固埃发现两种使人厌恶和虚伪做作的官吏，他非常讨厌他们。这两种人一种是腹语人，另一种是崇拜肚子的人。

腹语人自以为是厄利克里斯①古老种族的后代，并举出亚里斯托芬在名为《马蜂》的一出戏里所提出的证据②。过去，在柏拉图的著作③和普鲁塔克在《神谕的休止》一书里，都把他们称作厄利克里斯人。《教皇敕令》第二十六章第三款把他们称作"腹语人"，希波克拉铁斯在 lib.5.Edip.④里用伊奥尼亚文字把他们叫作"用肚子说话的人"。索福克勒斯称他们是"胸语人"⑤。一般都是占卜者、行妖术的，或者哄骗善良百姓的人，他们仿佛不是用嘴说话，而是从腹内说话，来回答别人向他们提出的询问。

大约在救世主降生一千五百一十三年，一个出身低微的意大利女人雅各巴·罗多基娜⑥就是这样的。我们，还有菲拉拉以及别处许多人，都听见过她肚子里有鬼在说话，声音虽然小，很低弱，但是却清晰可闻，当阿尔卑斯山这面⑦的王孙公子好奇地把她唤来、问她的时候，她就是这样说话的。问她的人，为了不至疑心有任何伪装，总是把她脱得精光，另外把她的嘴和鼻子都堵起来。在肚子里说话的鬼，名叫"卷毛头"或者"卷毛鬼"，他仿佛很喜欢别人叫他这个名字。谁要是一这样叫他，他总是立刻回答。如果问的是现在或者过去，他回答得总是非常对，对得使人惊奇不止。如果问的是未来，那他就胡说八道了，从来不说一句实话。而且常常仿佛想承认他不知道，他不回答问题，却乱放响屁，不然就嘟囔几句莫名其妙、别人无法听清的字句。

另一种是崇拜肚子的人，他们总是成群结队地聚在一起，有的快活、喜悦、温和，有的忧郁、沉着、严肃、冷漠、游手好闲、什么也不做、什么也不干，完全像赫西奥德所说的那样，是世界上的累赘和无用的负担⑧（看他那样子，可以想象到），生怕冒犯着肚子，生怕把肚子饿瘪。

大家都这样说，古圣先贤的著作里也有记载⑨，自然的精巧是奥妙无穷的，它好像特别喜欢捏造海里的贝壳；看它造出多少种类，多少

---

① 厄利克里斯，古雅典腹语人，亚里斯托芬的《马蜂》里有此人物。
② 见《马蜂》第1017至1020行。
③ 指柏拉图《对话集·诡辩学家》一篇。
④ 拉丁文，"《论时疫》第5卷"。
⑤ 原文 Sternomantes 意思指从胸口里说话的人。
⑥ "罗多基娜"一名可能是从"罗狄高"蜕化而来的，"罗狄高"为意大利一城市名，该处有一作家名凯留斯·罗狄基奴斯，写过此类故事，为本书作者吸取资料之来源。
⑦ 阿尔卑斯山这面或那面，要看是在法国这面说的，还是从罗马那面说的，这里指的是匹埃蒙，蒙菲拉，米兰，孟都亚，菲拉拉等地，因此是从意大利那面说的。
⑧ 不是赫西奥德，而是荷马在《伊利亚特》第18卷第104行说的。
⑨ 见埃拉斯姆斯《箴言集》第5卷第2章第20节，又普林尼乌斯《自然史纲》第9卷第33章及第52章。

形式，多少颜色，多少无法仿效的纹路和花样。我可以向你们保证，从这些扣着大风帽的崇拜肚子的人衣服上看，就可以看出他们的种类和变化也不次于贝壳。他们全把卡斯台尔当作伟大的天主，像崇拜天主那样崇拜他，像供奉全能的天主那样供奉他。他们别的神全不信，就只信他、侍奉他，爱他在一切之上，像恭敬神灵似的恭敬他。如果拿圣徒在《腓立比书》第三章里所说的话来形容他们，那就再恰当也没有了：

"有许多人，我屡次告诉你们（现在又流着泪告诉你们），是基督十字架的仇敌。他们的结局就是沉沦，他们的神就是自己的肚腹。"①

庞大固埃把他们比作西克洛波·波里菲莫斯，欧里庇得斯曾叫他说过这样的话：

"我只供奉我自己（决不供奉神）和我自己的肚子，我的肚子就是神灵中最大的神。"②

① 见《新约·腓立比书》第3章第18、19节。
② 见欧里庇得斯《西克洛波》（中译本作《圆目巨人》）第332行。

第五十九章

号称饿死鬼的怪异神像以及崇拜
肚子的人怎样供奉大肚腹神灵

我们望着这些饱食终日无所用心的崇拜肚子的人的嘴脸和举动，觉着很奇怪，这时忽然听见撞钟的声音，一听见钟声，全体像开赴战场那样立刻按照自己的职位、级别和年龄，排好了队伍。

大家一齐来到卡斯台尔阁下跟前，领头的是一个年轻力壮、肚子很大的小伙子，他举着一根镀金的长棍子，棍子头上有一个木头雕刻的人像，雕得很粗糙，油漆很厚，正像普洛图斯①、茹维那尔②和彭贝优斯·费斯图斯③所描写的一样。在里昂的狂欢节，大家把它叫作"啃面包皮的"，在这里，它的名字是"饿死鬼"。这是一个丑恶、荒谬、难看、小孩子看了害怕的雕像，两只眼睛比肚子还大，脑袋比整个身子还长，吓人的牙床骨又宽又大，上下都装满了牙齿，镀金的棍子里面有一根细绳可以拉动，一拉绳子，上下牙便呱哒呱哒地动起来，跟麦茨城④圣·克雷蒙的那条龙差不多⑥。

等崇拜肚子的人走近，我看见他们后面带了许多肥胖的跟班，一个个都提着筐子、篓子、盆子、篮子、瓢、锅等等。他们跟在"饿死鬼"后面，嘴里唱着也不知道是什么祷文、颂词和赞歌，一面打开手里的筐子和锅，一面把里面的东西拿出来供奉给神灵，我看见有：

美味白葡萄酒和烤肉，

白面包，

软面包，

甜面包，

细面包，

六种烤肉，

熏野兔，

烤小牛肉，内嵌姜末，

肉面疙瘩，

九种肉丁，

馅儿饼，

修院浓汤，

兔肉桂花汤，

里昂式汤，

牛髓白菜，

油焖肉块，

萨尔米贡丹⑥。

---

① 见普洛图斯《锚索》第2幕第6场第67行。
② 见茹维那尔《讽刺诗》第3首第174行。
③ 彭贝优斯·费斯图斯，2世纪罗马语文学家，著有20卷罗马古代史，引文见第11卷。
④ 麦茨，法国摩塞尔省城名，在巴黎东北，作者曾在此居住。
⑤ 4月25日为圣·马可节，教徒举行巡行祈祷，展览圣·克雷蒙的飞龙。
⑥ 一种肉和鱼烧在一起的菜。

吃菜总不能离开酒，先上美味白葡萄酒，后来玫瑰红葡萄酒，告诉你们，全跟冰一样凉爽，用大型的银酒杯一杯一杯地端过来。

后来供奉的有：

芥末香肠，

肉填小肠，

熏牛舌，

咸猪脚，

青豆猪脊，

浓汁牛肉，

大肠，

灌肠，

小肠，

火腿，

箭猪头，

萝卜腌野味，

烤鹅肝，

油泡橄榄，

这一切都是配着美酒琼浆送下去的。

接着，又往它嘴里填进去：

大蒜羊肩，

热汤肉饺，

葱炖猪肋，

原汁烤鸡，

肥嫩雏鸡，

叉烧野鸭，

羊羔，

小鹿，

大小野兔，

竹鸡，鹌鹑，

野鸡，野雉，

大小孔雀，

大鹤，小鹤，

山鸡，野鸭，

蒿雀，

印度公鸡、雌鸡和雏鸡，

大小野鸽，

甜汁猪肉，

酱爆肥鸭，

鹁鸪，秧鸡，

水鸭，

采鸭，

雏鹭，

鸳鸯，

水鸥，

鸲鹊，鹈鹕，

鹭鸶，

鹬鸪，

秃鹙，

知更雀，小山羊，

白花菜炖羊肩，

红烧牛肉，

小牛胸，

母鸡汤炖肥阉鸡，白切，

小鸷，

嫩鸡，

大小家兔，

大小竹鸡，

大小鸽子，

大小鸬鹚，

大鸨，雏鸨，

鹪鸽，

几内亚火鸡，

睢鸠，

大鹅，小鹅，

野鸠，

野鸭，

百灵，

赤鹤，仙鹤，

水鸷，

灰鹤，天鹤，

翠鹬，

白鹭，

鹊鸠，

斑鸠，

白兔，

箭猪，

鸿雁，

吃时配上大量的醋。

然后又送上肉饺，馅子有：

腊味的，

云雀的，

睡鼠的，

野羊肉的，

鹿肉的，

鸽子肉的，

羚羊肉的，

阉鸡肉的，

猪油肉饺，

油焖猪脚，

油煎肉饺，

猪油填鸡，

奶酪，

蜜汁桃脯，

百叶菜，

千层糕，

野蓟菜，

小蛋糕，

煎馅饼，

十六种煎炸糕，

煎饼，烙饼，

木瓜饼，

酸牛奶，

奶油蛋白，

蜜渍果品，

水果冻，

桂皮红酒，

重糖糕点，杏仁脆饼，

二十种果酱馅饼，

奶油，

七十八种山楂糕和果酱，

上百种颜色的糖果，

过滤的奶糕，

糖布机①。

最后是大量的酒，因为怕噎住喉咙。

还有烤面包。

① "糖布机"，当时巴黎一种糖食，用糖和面粉制成，状似织布机。

第六十章

崇拜肚子的人在守斋的日子怎样供奉他们的神灵

庞大固埃看见供奉东西的人如此恶劣，又拿个没完没了，心里非常气愤，要不是爱比斯德蒙劝他把这出戏看完，他早已跳下去了。

他继续问道："这些坏蛋遇到守斋的日子向他们的神灵供奉什么呢？"

领港人回答说："我马上就告诉你。一开始先上：

鱼子①，

干鱼子，

鲜牛油，

青豆汤，

菠菜，

风干咸鳘鱼，

熏鳘鱼，

沙丁鱼，

糟白鱼，

咸鲔鱼，

油焖白菜，

葱油蚕豆，

上百种不同的生菜，有水芹、酵母花、野生芹、山小菜、野蘑菇（这是一种生长在忍冬科植物里的蘑菇）、芦笋、伞形花等等等等。

咸鲑鱼，

咸鳗鱼，

带壳牡蛎，

这里需要喝酒，否则可真会干死。不过，他们准备得齐全，什么也不缺少；接着又送上：

糖醋海鳗，	鲸鱼，
大白鱼，	鲭鱼，
小白鱼，	比目鱼，
鲟鱼，	王余鱼，
蝶鲛鱼，	炸牡蛎，
青花鱼，	蚌肉，
乌贼鱼，	龙虾，
鳣鱼，	香鱼，
古诺鱼②，	鳜鱼，
白鲈鱼，	鲲鱼，
狗头鱼，	鲛鱼，
鳖鱼，	旗鱼，
章鱼，	鲷鱼，
鲅鱼，	鳗鲡鱼，
鞋底鱼，	鲙残鱼，

---

① 鱼为冷血动物，故守斋日可吃，此外，蛋品和牛肉亦可吃。
② "古诺鱼"，一种海鱼，约翰修士的厨师队伍里有一个厨师名叫"古诺鱼"。

石首鱼，

蛳鱼，

白杨鱼，

鰈鱼，

沙钻鱼，

鲤鱼，

竹签鱼，

鲣鱼，

角鲨鱼，

海胆，

大头鲤鱼，

淡菜，

海蟹，

海虾，

针鱼，

旁皮鱼，

鲛鱼，

鲈鱼，

鳕鱼，

乌鱼，

鲥鱼，

鲖鱼，

白杨鱼，

鲦鱼，

河虾，

双壳蚌，

梭子鱼，

鲮鱼，

小鲤鱼，

鲑鱼，

小鲑鱼，

海豚，

鳢鱼，

鲏鱼，

鳊鱼，

鳎鱼，

靴底鱼，

鲫鱼，

鲢鱼，

鲥鱼，

鲜鱼，

银鱼，

叉鱼，

鳝鱼，

小黄鳝，

鼋，

蛇鱼（id est[①]一种黄鳝）

鲂鱼，

鮀鱼，

胖头鲈鱼，

鲟鱼，

沙锥鱼，

---

① 拉丁文，"也就是"。

大龙虾，　　　　　　沙螃蟹，

白鳝，　　　　　　　蜗牛，

河蟹，　　　　　　　青蛙，

吃这么些鱼，如果不喝些酒，马上就会干死。这个，他们想得很周到。于是，接着便又奉上：

咸鳖鱼，

干鳕鱼，

鸡蛋，分油炸、清炖、红焖、蒸烧、微火慢烤、炉上摊饼、面糊油氽、油拌调制等等，

贝蛎，

印鱼，

鳕鳖，

海鲕鱼，

以上鱼类，食时大量加醋，容易消化。

最后又送上：

稻米蒸糕，　　　　　奶油糊，

小米蒸糕，　　　　　乳香露，

黄米粥，　　　　　　橏香液，

杏仁粥，　　　　　　无花果，

葡萄，　　　　　　　枣子，

土参，　　　　　　　胡桃，

小米糊，　　　　　　榛子，

<table>
<tr><td>大麦粥，</td><td>防风，</td></tr>
<tr><td>李子，</td><td>菊芋，</td></tr>
</table>

一边吃，一边不停地喝酒。

请你们相信，他们供奉卡斯台尔这位神灵的，比赫里欧卡巴鲁斯的偶像[1]和巴比伦王伯沙撒在位时[2]贝尔[3]的神像所享受的供奉[4]丰富得多。尽管如此，卡斯台尔还自以为不是神灵，仅仅是个可怜的、卑微渺小的人。完全如同国王安提哥奴斯一世在回答那个名叫赫尔摩多图斯的诗人（赫尔摩多图斯曾在诗里称安提哥奴斯一世为神灵和太阳之子）所说的那样："我的提便盆的也不承认"[5]（所谓便盆系指一种承接大便的盆子和桶），卡斯台尔叫这些"马塔哥特"到他便桶里仔细去看、去观察、去讨论、去研究，看能在他的粪便里发现什么神灵的东西。

---

① 赫里欧卡巴鲁斯曾令罗马元老院为自己塑像，奉献丰富祭祀。
② 伯沙撒王纵饮渎神的故事见《旧约·但以理书》。
③ 贝尔，巴比伦人的主神，有如希腊人之宙斯。
④ 据说每次要供奉十二石上细面粉，四十只羊和六大桶酒。
⑤ 见普鲁塔克《安提哥奴斯传》第7章，又《依西斯与奥西里斯传》第24章。

第六十一章

卡斯台尔怎样发明种植和储存粮食的方法

等那些崇拜肚子的魔鬼过去以后，庞大固埃仔细研究起尊贵的艺术大师卡斯台尔来。你们知道，由于自然的规律，面包等食品是上天的祝福，是上天所赋予的食品，他高兴什么时候有就什么时候有，高兴如何储存就如何储存，永远不会缺少。

一开始，他便发明了铸造铁器，耕种田地，使土地生产粮食。他创立了武术，制造了武器，为保卫粮食；制定了医学和占星术，还有算术，这都是为一连几百年储藏粮食、使它不受天气的腐蚀、蛀虫的灾害和盗贼的偷窃所不可缺少的学识。他又发明了水磨、风磨、手推磨和无数其他磨碎粮食、使粮食成为面粉的工具；发明用酵母来发面；发明用盐来调味（因为他知道世界上没有比未发酵和未放盐的面包更使人容易生病的了）；发明火为了熟食；发明时计和日晷为计算蒸熟面包和种植粮食的时间。

遇到粮食在某一地区缺乏的时候，他发明了把粮食从这一地区运到另一地区的技术和方法。他非常精巧地让两种牲畜交配，这两种牲畜是公驴和牝马，以便生产出第三种牲畜来，我们把它叫作骡子，这是一种比其他牲畜更强壮、更剽悍、干活更持久的牲畜。他还制造了各种车辆，这样运输起来更方便。遇到江河海洋使运输受到阻碍时，他又发明了大小船只和舟楫（这是惊天动地的事），可以把粮食运到海外，可以从江河运到外方，运到距离遥远的、陌生的外邦去。

有几年，土地耕作之后，没有在适当的季节落雨，因为缺雨的缘故，粮种便干死在田地里。还有几年，雨水过多，又把种下去的粮食都淹死了。又有几年，冰雹成灾，打坏了粮食，风暴吹得它不能生长，天灾完全破坏了收获。在我们出世之前，他早就发明了向天要雨的技术和方法，只要把一种草割掉就行，这种草在草原上很多，只是很少人认识，他拿给我们看了。我看它很像上古时代在旱灾时，朱庇特的祭司在阿尔卡地亚的利西亚山上、往阿格里亚水泉①里扔的那种草，草扔下去以后，水泉里就冒出水汽，水汽变成浓云，浓云转化成雨，于是整个地区便都受到了甘霖②。此外，他还发明了把雨阻止在天空里、并且使它落到海里的技术和方法。他还发明了消灭冰雹、平息飓风、扭转风暴的技术和方法，就像特利逊尼亚③的米西尼人④使用的方法那样⑤。

继之而来的还有其他的不幸，那便是窃贼强盗把粮食和食品从地里偷走。于是他又倡导建筑城市、堡垒、碉楼以及储存和保护粮食的方法。结果，地里再也找不到吃的东西了，因为都被送进城市、堡垒和碉楼里，由居民小心慎重地把守，比赫斯培里德斯⑥的金苹果由百首之龙看守得还要严密。他还创制了枪炮武器、攻城弩、石弹炮、射箭炮作为攻打和摧毁碉堡和城寨的工具，武器的图样他也让我们看了，只是维特鲁维乌斯的学生、那些精巧的设计师看不懂，伟大国王⑦御前的总设计师腓力贝尔·德劳尔摩阁下⑧也向我们承认他看不懂。后来，在保卫

---

① 阿格里亚水泉，包萨尼亚斯在《希腊游记》里称作 Αγνω（阿格里亚），阿格里亚是尼古拉·雷奥尼赛奴斯在《故事集》第3卷里的称呼。
② 见尼古拉·雷奥尼赛奴斯《故事集》第1卷第67章。
③ 特利逊尼亚，古希腊地名。
④ 米西尼人，古希腊摩里亚区沿伊奥尼亚海的居民。
⑤ 拿白色公鸡一只，绕地一周，然后埋在地里，即可使风暴平息。见尼古拉·雷奥尼赛奴斯《故事集》第2卷第38章。
⑥ 赫斯培里德斯，神话中阿特拉斯的三个女儿，她们果园里有金苹果，命百首之龙看守，后海格立斯斩龙盗去苹果，即海格立斯的第十一奇迹。
⑦ 指弗朗索瓦一世。
⑧ 腓力贝尔·德劳尔摩（1515—1570），法国建筑学家，作者在意大利时曾与他相识。

城市者精密的巧妙或巧妙的精密防御之下，这些武器又不管用了，他新
近又创造了重炮、长蛇炮、蝮蛇炮、石弹炮、蜥蜴炮，可以射出比大铁
砧还要重的铁炮弹、铅炮弹和铜炮弹，制造的炮弹着实惊人，使"大
自然"为之震惊，并承认技术胜过自然。从前奥克西德拉克人①使用霹
雷、冰雹、闪电、风暴，可以在战场上战胜敌人并把敌人一下子打死，
现在已不值一提。因为一蜥蜴炮比一百次雷劈远要可怕、厉害、凶恶，
杀伤毁灭的人更多，更能震骇人心，更有摧毁建筑物的力量。

---

① 奥克西德拉克人，神话中居住于印度恒河与希发齐斯河之间的民族，据说他们
　　有神灵保护，作战时有雷电帮忙。见菲洛斯特拉图斯《阿波罗纽斯传》第2卷第
　　14章、33章。

第六十二章

卡斯台尔怎样发明避炮法

　　有一次，卡斯台尔藏粮食的碉堡受到了敌人的包围，他的碉堡被十恶不赦的攻城炮火打破了，米粮和食物被强大的暴力抢掠和劫夺了；于是他发明了保护城墙、墙垛、壁垒、避免炮击的方法，使炮弹根本碰不到城墙，干脆停留在半空里，或者即使碰到也不致为害，既不能摧毁防御的工程，也打不死防御的居民。

　　对外来的侵扰，他早已有妥善的安排，并且向我们做了试验，后来弗隆通①就沿用了这个方法，到今天已成了特来美人的日常操演，成了家常便饭。方法是这样的（今后对于普鲁塔克宣称实验过的，请不要不信了：遇有一群羊像一阵风似的逃跑时，只要在后面一只羊的嘴里塞进一棵蓟草，全部羊便会霎时停住不跑）：

　　一尊小铜炮，先把火药好好地配好，除去硫磺，加进适当的上细樟脑，在上边放一个直径相当大的铁球，还有二十四个铁弹，有的滚圆若球，有的状似泪珠。然后找一个年轻的侍从做靶子，仿佛真要朝他肚子上开炮似的，叫他站在六十步开外的地方，在侍从与炮之间的直线上，放一个木架子，用绳子在上面挂一块很大的磁石，也就是吸铁石，还有一个叫法是"海格立斯石"，据尼坎德尔说是古时一个名叫马格内斯的人在腓力基亚的伊达山上发现的②；我们平常都把它叫作磁石。这时从炮口把火药点着。火药烧着之后，为了接替炮内所引起的真空（自然是不容许有真空的③：果真世界上成了真空，那整个的宇宙、天空、气层、地下、海洋都将会恢复到上古的混沌世界了），炮弹便会强烈地从炮口喷射出去，让空气进到炮身里来，否则的话，火药一被烧完，炮内就空洞无物了。这样猛烈开出去的炮弹，看起来一定会把那个侍从打死，可是当它飞近磁石的时候，便会失掉活动的能力，停留在半空里，围着那块磁石转圈，不拘射出来的时候多么强烈，这时也不会有一颗炮弹打过去落到侍从身上。

此外，他还想出方法使炮弹以同样的强力和危险性，由原来的路线回返到开炮的敌人身上。说起来，这并没有什么困难，名叫 Æthiopis④的草不是可以把所有的锁都开开么⑤？还有一种非常弱小的小鱼，叫作印鱼，可以在任何飓风中把海上遇到风暴的最大的船只拦阻住，如果把它的肉用盐腌过，还可以从井里钓出金子来，不管井有多么深⑥。

德谟克利特曾写下，泰奥弗拉斯图斯相信而且证实，有一种草只须用它一接触，那么，不管多么深、多么坚固地钻进多么大、多么硬的木头里的铁椎，便会一跃而出⑦；还有你们叫作啄木鸟的鸳鸟，遇到有人把它们那么精巧地建筑在大树身子里的鸟巢，用粗大的铁椎堵住出口时，它们就是用这种草来应付的⑧；

---

① 弗隆通，可能指1世纪罗马军事学家赛克斯图斯·茹留斯·弗隆提奴斯（40—103），著有《军事战略》一书，但书内无本章防御方法。
② 见普林尼乌斯《自然史纲》第36卷第16章。
③ Natura abhorret vacuum（自然与真空不合），这是物理学上一条规律。
④ 拉丁文，"爱西屋比亚丹参"。
⑤ 见普林尼乌斯《自然史纲》第26卷第4章，又第24卷第17章。
⑥ 见普林尼乌斯《自然史纲》第9卷第25章，又艾里安《古代史》第2卷第17章。
⑦ 见普林尼乌斯《自然史纲》第25卷第5章。
⑧ 见普林尼乌斯《自然史纲》第10卷第18、20章，又第35卷第2章。

还有鹿，不管是雄的还是雌的，受到标枪弓箭的伤，不拘多么深，只要能找到在康地亚①很常见的一种叫作白藓的草吃上一点，箭就会立刻从伤口里出来，不留半点伤痕；维纳斯的爱子伊尼斯被图尔奴斯的妹妹茹图尔娜②用箭射伤右腿的时候，维纳斯就是使用这种草来把伊尼特治好的③；

还有天上的霹雷，一闻到桂树、无花果树和海豹的气息，便会马上回头，从不伤害它们④；

狂奔的大象只消看见一只公羊，立刻便会恢复常态；凶暴狂躁的公牛，一走近你们叫作映日果的野无花果树，便会老实得仿佛抽筋似的停步不前⑤；毒蛇的咬伤，只用一碰到桦树的枝子就会愈合⑥；

奥弗利翁记载说，萨摩斯岛上，朱诺神殿尚未建造的时候，他曾见过一种叫作"奈阿德斯"的野兽，它一吼叫，周围的土地便会塌下去陷成深坑⑦；

根据泰奥弗拉斯图斯的记载，古代的圣贤写道⑧，在听不到雄鸡打鸣的地方，蒴藋的枝干长得更好，更适合于制造笛子，就仿佛公鸡的啼声能使蒴藋的木头发钝、发哑、不会发音似的⑨；还有狮子，那个雄伟无比的巨兽也是这样，一听见雄鸡叫，便会吓得茫然发呆⑩。

---

① 康地亚，即克里特岛。

② 茹图尔娜，神话中水的主保神。

③ 见维吉尔《伊尼特》第12卷第410行。

④ 见普林尼乌斯《自然史纲》第2卷第55章，第15卷第40章，又普鲁塔克《饮食篇》第5卷第9章。

⑤ 见普林尼乌斯《自然史纲》第18卷第7章。

⑥ 见普林尼乌斯《自然史纲》第23卷第64章，又普鲁塔克《饮食篇》第2卷第7章。

⑦ 见艾理安《动物史》第17卷第28章。

⑧ 见普林尼乌斯《自然史纲》第16卷第37章。

⑨ 见普林尼乌斯《自然史纲》第16卷第71章。

⑩ 见普林尼乌斯《自然史纲》第8卷第19章，又第10卷第21章；本书第1部第10章也曾提到过。

我知道有些人以为这是说的野蒴藋，它生长的地方离城市远，听不到公鸡的啼声。毫无疑问，制造笛子和其他乐器，这种蒴藋比屋前屋后生长的家蒴藋更为人所欢迎，更容易被人所选用。

　　还有人理解得更深奥，他们不是从字面上，而是像毕达哥拉斯派那样从实质上来领会①。他们说，迈尔古里的神像不应该毫无区别地使用随便什么木头，并且解释说，神灵不应该用庸俗的方式来尊敬，而是应该用特别的虔诚方式来尊敬。

　　他们还同样教导我们说，真正的学者不应该喜爱平庸的、俗气的音乐，而应该喜爱超凡的、神圣的、天国的、深奥的、来自远方的音乐。换句话说，就是听不到鸡鸣的地区的音乐。这是因为我们一般不说一个地方偏僻荒野，而常常说一个不闻鸡鸣的地方。

---

① 毕达哥拉斯曾说雕刻迈尔古里神像，不应使用随便什么木头。

第六十三章

庞大固埃怎样在伪善岛附近瞌睡，以及醒来后解决之问题

第二天，我们一边闲谈，一边继续赶路。船到伪善岛①附近，因为海上一片平静，纹风不动，庞大固埃的船只竟无法靠岸。我们只好用绳索使船帆上下起落，借力划动②，一忽儿右舷成了左舷，一忽儿左舷又成了右舷③，然而把小帆全都加挂起来也无法前进。船上的人一个个不由得垂头丧气、萎靡不振、闷闷不乐、无计可施，谁也不说一句话。

庞大固埃手里拿着赫里欧多鲁斯一本希腊文的作品④在甲板尽头一张垫子上打盹。这是他的习惯，拿着书睡觉比用心听课容易得多。

爱比斯德蒙在他的行星仪里观察我们在什么经纬线上。

约翰修士走进厨房，举起肉叉视察肉块，想看出这时是什么时辰。

巴奴日嘴里噙着"庞大固埃草"的梗，用舌头吹泡泡。

冀姆纳斯特用乳香木削牙签。

包诺克拉特胡思乱想，以手搔头，挠痒取乐。

加巴林用一个大胡桃壳做了个美丽可爱、小巧玲珑的小风磨，还用一块榛木板做了四个小风翼。

奥斯登在一尊蝮蛇炮上弹动着手指，仿佛在弹大弦琴。

里索陶墨用一个旱地乌龟的硬壳在做一个柔软的钱袋。

克塞诺玛恩用拴鹰的皮条在修补一盏旧灯笼。

我们的领港人在逗着水手们说话。约翰修士这时从舱里出来，看见庞大固埃已经睡醒，便高声打破大家的沉寂、兴致勃勃地问道：

"在这纹风不动的海上怎么来消磨时光呢?"

巴奴日立刻随声附和,也同样问道:

"用什么法来解除烦闷呢?"

爱比斯德蒙是第三个发话的人,他心情愉快地问道:

"不需要小便、有什么法小便呢?"

冀姆纳斯特站起身来问道:

"怎么能使自己的眼睛不花?"

包诺克拉特揉了揉眉头,晃了晃耳朵,问道:

"有什么法可以不像狗那样睡觉?"

---

① 原文 chaneph 是从希伯来文来的,意思是"伪君子,假冒为善"。
② 原文 vaguer par les valentiennes 还有一种解释是"自身打转,慢慢摇动"的意思。
③ 指船只打转,不肯前进。
④ 指赫里欧多鲁斯的《爱西屋比亚人》或称《泰亚契尼斯与卡里克雷之爱情》。

"别忙！"庞大固埃说道，"根据敏锐的逍遥派哲学家的教训，说是所有的问题、所有的疑难、所有的疑问，提出来的时候都应该是确定的、明了的和容易懂的。你说'不像狗那样睡觉'，请你先说明白狗是怎样睡觉的？"

包诺克拉特回答道："饿着肚子在太阳底下睡觉，就是狗睡觉的方法。"

里索陶墨蹲在甲板上，这时仰起头来，深深地打了一个呵欠，由于自然的感染，使得在场的伙伴们都打起呵欠来了，他问道：

"请问有什么法可以防止打呵欠？"

克塞诺玛恩专心一致地忙着修他的灯笼，忽然问道：

"有什么法可以使胃囊平衡、稳定，既不向这边歪，也不向那边斜？"

加巴林正在玩他的小风磨，也问道：

"一个人要觉着饥饿，肚子里要经过多少转动？"

奥斯登听见大家说话，也跑到甲板上，在绞盘那里就高声问道：

"为什么一条饿蛇咬了一个饿肚子的人，比两者都吃饱的时候更有生命的危险[①]？又为什么挨饿的人的唾沫对于毒蛇毒兽有毒[②]？"

"朋友们，"庞大固埃回答道，"你们所提的这些疑难和问题，只消一句话就可以解决，你们所说的病患和灾害，只要用一样药就可以治好。我的答案很简单，用不着千言万语、长篇大论，那就是：挨饿的肚子是没有耳朵的[③]，什么也听不见。所以只须用手势、比划和动作就可以使你们满意，解决你们的疑问。就像从前在罗马，罗马人最后一个皇帝'傲慢者塔尔干'那样（说至此处，庞大固埃拉了拉打钟的绳子，约翰修士立刻就向厨房跑去），他就是用比划来答复他儿子塞克斯

---

① 见亚里士多德《论动物》第8卷第29章。
② 见普林尼乌斯《自然史纲》第7卷第2章，又第28卷第4、7章。
③ "饿肚子没有耳朵"是迦多对罗马人说的一句话；见普鲁塔克《迦多传》。

图斯·塔尔干的,那时塞克斯图斯·塔尔干正在加比尼乌斯人[1]那里,他派人专程向他父亲请示如何才能降服加比尼乌斯人,使他们完全归顺。皇帝对来人的忠诚不很放心,于是便一言不发,只把他领进内花园里,当着他的面拔出短剑把园内长得特别高的牡丹——一砍倒。来人回去以后,未带任何回话,只向太子回报他所见到的事情,从他所述说的一切中,塞克斯图斯·塔尔干不难理解他父亲是要他割下城内为首者的首级,以便使其余的百姓望而生畏俯首听命[2]。"

---

① 加比尼乌斯,罗马帝国一个部落。
② 见提特·利维《罗马史》第1卷第54章。

第六十四章

庞大固埃怎样无须回答伙伴们的疑问

庞大固埃接着问道：

"这个狗岛上住的都是些什么人啊？"

克塞诺玛恩回答道："都是些假冒为善者、妄自尊大者、手执念珠者、伪君子、祷告神圣的人、假善人、隐修士。一些（像布莱①和波尔多之间的洛尔蒙②的隐修士那样）靠旅客布施过活的穷鬼。"

巴奴日说道："那我可不去，准定不去；如果我去的话，叫魔鬼吹我的屁股！隐修士、祷告神圣的人、伪君子、假善人、假冒为善者，见他的鬼！都给我滚蛋！我到现在还记得那些去参加开西会议③的胖家伙呢；但愿别西卜阿④和亚斯他禄⑤把他们送到普罗赛比娜那里开会去，我们遇见他们之后受到过多少风暴和灾难啊！让我问问你，我的小胖子，我的克塞诺玛恩头目，请你告诉我：这里的假冒为善者、隐修士、伪君子，是独身的呢，还是结过婚的？有没有女人？能不能在那里伪善地做一件小小的伪善的事？"

庞大固埃说道："这句话问得太妙了！"

"不错，当然可以！"克塞诺玛恩回答道，"那里有的是美丽可爱的女假冒为善者、女伪君子、女隐修士、虔诚无比的女信徒，还有许多小假冒为善者、小伪君子、小隐修士……"

"好了，好了！"约翰修士插进来说道，"一个小隐修士就等于一个老魔鬼⑥。别忘了这句成语。"

"……否则的话，如果不繁殖后代，伪善岛上老早就荒无人烟了。"

庞大固埃派冀姆纳斯特乘船给他们送去了七万八千崭新的"半埃巨灯笼币[⑦]"；然后又问道：

"现在什么时候了？"

"九点多，"爱比斯德蒙回答道。

"正是吃饭的时候，"庞大固埃说道，"亚里斯托芬在他的喜剧《公民大会妇女》里赞扬的那条神圣的线已经近了，阴影正落在日规的十字上。古时在波斯人的国家里，只有国王吃饭才有规定的时间，至于其他的人，肚子和饥饿便是时钟。普洛图斯说，有一个食客非常讨厌和不喜欢钟表和日规的发明，他认为没有比肚子更准确的东西了[⑧]。还有戴奥吉尼兹，有人问他一个人应该什么时候吃饭，他回答说：'富人是饿的时候吃饭；穷人是有饭吃的时候才吃饭。'医学家把时间规定得很有道理：

> 五时起床，九时吃饭，
>
> 五时晚餐，九时安眠[⑨]。

"可是那位有名的国王贝托西里斯的说法却另是一样[⑩]。"

他的话尚未说完，管膳食的人就安排饭桌和饭橱，铺设熏香的台

---

① 布莱，法国纪龙德省地名，在波尔多西北33公里处。

② 洛尔蒙，沿加隆河靠近波尔多地名。

③ 见本部第18章。

④ 别西卜阿，《圣经》里的鬼王。见《新约·马太福音》第12章第24节。

⑤ 亚斯他禄，《圣经》里的魔鬼邪神。见《旧约·撒母耳记上》第7章第4节，又第12章第10节，《旧约·列王纪下》第23章第7节译作亚舍拉。

⑥ 这句谚语本来是，De jeune hermite, vieil diable（一个小天使等于一个老魔鬼）。

⑦ "灯笼币"，作者从"太阳币"一名虚构出来的币名。

⑧ 见埃拉斯姆斯《箴言集》第3卷第4章第70节。

⑨ 这个谚语后面还有，"活到九十九，保证康健"。

⑩ 贝托西里斯，不是国王，而是埃及一位哲学家兼星相家，他曾对埃及国王说谁能依照他规定的时刻生活，就可以活到124岁。

布、盘碟、饭巾、盐罐；摆好碗盆、大酒瓶、小酒瓶、酒杯、酒爵、盆、罐等等。约翰修士伙同总管、管事、管面包的、管酒的、管菜的、管端盘的、伺候酒的，送来四个大得骇人的火腿糕饼，又高又大，不由得使我想起了都灵那四座碉楼①。我的天！你看他们吃喝起来多厉害啊！可是还未到上点心的时候，就只见偏西的西北大风已经吹起了主帆、后帆、前帆、摩尔帆②，大家异口同声地唱起了赞美老天爷的颂歌。

等到吃点心的时候，庞大固埃问道：

"朋友们，请你们说说看，疑问是不是都解决了？"

里索陶墨说道："感谢天主，我的呵欠不打了。"

"我也不像狗那样睡觉了，"包诺克拉特说道。

"我的眼睛也不花了，"冀姆纳斯特接口道。

奥斯登说："我也不饿了。今天一整天，下列的东西保险不会再碰到我的口水……③"

---

① 都灵的碉楼是德·朗惹爵士（即吉奥莫·杜·勃勒）建造的，作者于1540至1543年之间曾多次见过。

② 摩尔帆，地中海船只使用的一种帆。

③ 作者在这里按字母次序罗列了九十八种爬虫名词，主要是从1527年新出版的阿拉伯名医学家阿维莫纳的《药典》拉丁文版抄来的，有蛇类、蜥蜴类、龟类、鳄鱼类等等。这些爬虫的名词亦见普林尼乌斯的《自然史纲》。

第六十五章

庞大固埃怎样和属下消磨时光

约翰修士问道："巴奴日未来的老婆应该归到这些毒虫的哪一类里呢？"

巴奴日接口道："小光棍，光屁股的教士①，你也说女人的坏话？"

"凯诺玛尼的大肠②！"爱比斯德蒙喊叫起来，"欧里庇得斯在他剧本里曾叫昂朵马格说道③：虽然有神给凡人造了药来治致死的爬虫毒，可是没有谁能发现药来应付那比蛇和火还要厉害的东西，即是那些女人。"

巴奴日说道："欧里庇得斯这个吹牛的家伙一向对女人就不尊敬。所以，才像亚里斯托芬所说的那样，遭到天报，叫狗把他吃掉④。接下去吧。现在该谁说话？"

爱比斯德蒙说道："我现在可以随便小便了。"

克塞诺玛恩说道："我的胃也装得不能再满了。现在是既不往这边偏，也不往那边斜了。"

加巴林说道："我既不想面包吃，也不想酒喝。因为我既不饿，也不渴。"⑤

巴奴日说道："我的气也消了，感谢天主，也感谢你们。我现在像鹦鹉一样愉快，像鹰鹞一样矫健，像蝴蝶一样轻捷。的确，你那位欧里庇得斯就曾经被叫作西勒奴斯⑥，那位使人不能忘怀的酒客，说道：

喝了酒不快活的人

都和疯子同样愚蠢。

"我们可不能忘了好好地赞美天主，我们的造物主、救主、保护者，他用营养的面包、醇厚的美酒、膏腴的肥肉，医治我们肉身和心灵的饥荒，我们吃喝的时候那种快乐和享受感还不算。可是，这位亲爱的、可尊敬的约翰修士刚才问如何消磨时光，你还没有回答呀！"

　　庞大固埃说道："你们所提的疑问如果这样就算满意了，那我也就满意了。只要你们高兴，我们将来可以再找时间多谈谈。现在只剩下约翰修士所提的疑问了，那就是：如何消磨时光⑦。我们不是消磨得很好？你们看樯楼上的帆飘动得多么厉害，帆篷飘得多响，扣绳、缆索和樯链拉得多直。那是我们举杯、干杯的时候，自然的元素也和我们神秘地配合，天气起了变化。如果你们相信写神话的贤哲们，阿特拉斯和海格立斯就是这样高举天时的⑧。不过，他们举得高了半寸，这是因为阿特拉斯想和他的朋友海格立斯欢乐相处，海格立斯过去在利比亚的沙漠里受过干渴⑨……"

　　"天主在上！"约翰修士打断了庞大固埃的话，说道，"好几位可敬的学者对我说过，令尊大人的膳食总管提尔吕班每年总要省下

---

① "光屁股"原文culpelé恐系作者从拉丁文culpa（culpa mea）（《忏悔经》里的"我罪，我罪"）蜕化出来的。

② 原文 Par la guogue cenomanique！指定居在法国芒城的凯诺玛尼，按"凯诺玛尼"（cœnomani）一字仿佛是从caenao（宴会）来的，这里是一句口头骂人话。

③ 见欧里庇得斯悲剧《昂朵马格》第269至273行（中译本《欧里庇得斯悲剧集》第1册第283页，人民文学出版社出版）。

④ 见埃拉斯姆斯《箴言集》第1卷第7章第74节。

⑤ 加巴林的话恐系一民间歌曲。

⑥ 见欧里庇得斯《西克洛波》第168行（中译本见《欧里庇得斯悲剧集·圆目巨人》第429页，人民文学出版社出版）。

⑦ 原文Haulser le temps一般指"消磨时光"，也有"让天气恢复晴好、顺利"的意思，又一说是"喝着酒等天气变化"，按字面讲，是"把天时高举起来"，见后句。

⑧ 神话中海格立斯曾把肩背借给阿特拉斯，使他扛天。见鲁西安《静观者》第四章。

⑨ 海格立斯解放了普罗米修斯以后，从高加索一直穿过非洲沙漠来到阿特拉斯那里。

一千八百桶酒，不等客人和手下人渴，就先给他们喝。"

庞大固埃继续说道："这和旅行队伍里那些双峰骆驼、单峰骆驼一样，它们喝水是为了解决过去的、现在的和未来的干渴，海格立斯就是这样。他们把天举得太高了，使天晃动倾斜，累得那些没有头脑的星相学家争论不休。"

巴奴日说："这是俗话所说的：

　　　　雨过天晴，
　　　　人们还在围着火腿醉酩酊。"

庞大固埃说道："我们吃喝的时候，不但消磨了时光，而且还大大地减轻了船的载重，可又不仅仅像伊索的篮子减轻重量那样——它减轻重量是因为里面的食物吃掉了[①]——而是摆脱了守斋的苦处。因为死人比活人重，挨饿的人比吃饱喝足的人更沉、更往地下坠。走远路的人早晨起来吃饱喝足，说道：'这样，我们的马跑得更轻快，'这句话并没有说错。难道你们不知道古时的阿米克雷[②]人在诸神当中特别尊敬和崇拜尊贵的巴古斯老爷、并且非常恰当地把他叫作 Psila 么？ Psila 在多利多话[③]里的意思是翅膀。因为，正像鸟儿用翅膀可以轻盈地飞向天空那样，人们依靠巴古斯（也就是说惹人喜爱的美酒），精神心灵就可以飞扬，肉体便显著地轻松舒适，人体内一切趋向地下的东西便都柔顺软和了[④]。"

---

① 据说伊索的主人出门时，伊索总是扛着食物篮子，食物越吃越少，篮子便越来越轻了。
② 阿米克雷，古拉科尼亚城名，近斯巴达。
③ 多利多，古希腊地区，多利多话为古希腊文四大来源之一。
④ 见帕乌撒尼亚斯《拉科尼亚人》第19章第6节。

第六十六章

在庞大固埃的命令下，怎样向盗窃岛上缪斯致敬

一路顺风，大家谈笑欢乐，庞大固埃忽然远远望见一片高岗起伏的地带，便一面指给克塞诺玛恩看，一面问道：

"你看见左边这座高山，两边的山坡很像弗西斯的巴那索斯山①么？"

"看见了，"克塞诺玛恩答道，"那是盗窃岛②。你要去么？"

"不要去，"庞大固埃说道。

"不去对，"克塞诺玛恩说道，"因为那里没有一点东西值得一看，居民不是盗贼，便是小偷。只有右边山坡上有一个风景绝佳的水泉，周围有一片大树林。水手们可以去取水砍柴。"

巴奴日说道："有理，有理！天主在上！千万可别到这个盗贼和小偷的窝里去。我告诉你们，这个地方，和从前我在布列塔尼与英国之间所看到的萨克岛和赫摩岛③完全一样，和色雷斯腓力普王朝时的波奈罗普里斯城④完全一样⑤，是个强盗、小偷、窃贼、歹徒、杀人犯的岛屿，那里所有的人全都是牢狱⑥里最坏的人里面来的。我恳求你们，千万别到那儿去！你们不相信我，至少请相信这位慎重的老好人克塞诺玛恩的主意啊。我在这里起誓，这些人比卡尼巴人还要凶恶。他们会把我们活活地吃掉的。求求你们，千万可别去！宁肯下到地狱里也别去。告诉你们，天主在上，我已经听见可怕的撞钟声，就像从前波尔多的加斯科涅人听见收税官和警察来时的撞钟声一样⑦，否则就算我的耳朵不灵。赶快跑吧！喂！跑得越远越好！"

约翰修士说道："偏要去，偏要去！只管开过去好了！保险过夜不花钱。走！我们会把他们全都收拾掉。往前开！"

"见你的鬼！"巴奴日叫了起来，"你这个鬼教士，你这个教士鬼，真是发了疯了，你什么也不在乎！跟鬼一样什么都不怕，而且全不为别人着想。你以为别人全都跟你做教士的一式一样。"

"去你的吧，没胆的家伙⑧！"约翰修士也还起口来，"叫魔鬼切开你的脑袋，把你的脑子切成薄片！你这个胆小鬼什么都怕，动不动就吓得屙出来！假使你真的害怕，你别下船好了，留在这里看行李，不然就混在魔鬼群里藏到普罗赛比娜的长袍底下去。"

巴奴日听了他的话，二话不说，离开了大家，躲到舱底和面包头、面包皮、面包渣挤在一起去了。

庞大固埃说道："我感到心灵紧张，仿佛远处有一个声音告诉我说我们不应该去。每次我精神上有这样感觉的时候，抛弃和离开他不许我去的地方，我总是得到好处；另一方面，去了他叫我去的地方，也

---

① 巴那索斯，古希腊山名，在多利多东南，高2459米，为阿波罗及缪斯之住所。
② 原文 ganabim 照希伯来文意思是"盗贼，小偷"。
③ 萨克岛和赫摩岛，该恩西和泽尔西之间的两个小岛，原属诺曼底，后并入英国，过去曾为流放犯人之所，故作者把它当作盗贼出没的地方。
④ "波奈罗普里斯"意思是"坏人"。
⑤ 指巴黎沙特雷拘留所，原系监狱。
⑥ 见埃拉斯姆斯《箴言集》第2卷第9章第22节，又普鲁塔克《论奇异》第10章。
⑦ 指1548年古印纳省农民反抗盐税的斗争。
⑧ 原文 ladre verd（绿色麻风）指一种特别显著的麻风；另一种解释是"没有胆！没有种！"一类的骂人话。

同样得到好处，从来没有后悔过。"

爱比斯德蒙说道："学士们①称道的苏格拉底那个精灵鬼，就是这样的。"

"让我告诉你，"约翰修士说道，"当水手们去取淡水的时候，巴奴

---

① 指苏格拉底的学生。

日在那边吓得动也不敢动了。你说好笑不好笑？请你关照船头上开他一炮，算作对这座安提巴那索斯山上的缪斯们致敬吧。反正炮里的火药不用也会坏掉的。"

庞大固埃说道："说得有理。请炮队队长到我这里来。"

炮队队长急忙来到跟前。庞大固埃命令他开炮，并且要重新装置火药，以防万一。他的命令马上被执行了。一听见庞大固埃主舰上的头声炮响，舰队其他的帆船、快船、划桨船、大帆船上的炮手一个个也都在自己船上开起大炮来。请你们相信，好一阵响彻云霄的隆隆炮声。

第六十七章

巴奴日怎样吓得屙了一裤子，怎样把
罗底拉都斯 ① 猫当作小魔鬼

巴奴日慌慌张张像一只吓傻的山羊，只穿着内衣，从舱底跑出来，腿上只套着一只裤腿，满嘴满脸都是面包屑，手里提着一只长毛猫，猫缠在另一只裤腿里。他抽动着嘴唇，浑身颤抖，牙齿格格作响，像一只在头上捉虱子的猴狲，走向约翰修士，后者此时正坐在右舷的船边上。巴奴日诚诚恳恳地请求约翰修士可怜他，把他放在修士的短剑保护之下，并一再以教皇派的名义赌咒，说刚刚亲眼看见地狱里的全部魔鬼都跑了出来。他说道：

"快看，我的朋友，我的兄弟，我的神师，地狱里的全部魔鬼今天在过大喜的日子！你再也没见过这样的地狱场面！你看见地狱的厨房冒烟没有？（他一边说，一边指着各条船上炮火的浓烟）你一辈子也没有见过这么多鬼魂吧？你知道这是哪里来的么？你看，我的朋友，它们多么可爱，多么娇嫩，金发闪闪，说它们是斯提克斯河的食品 ②，准定没有说错。我相信（天主恕我无罪！）这一定是英国人的鬼魂，我想今天早晨苏格兰附近的马岛 ③ 大概被德·泰尔摩和德·得塞爵士从英格兰人手里夺回来了。"

约翰修士看见他走近，闻到一股说不出是什么的味道，反正不是火药味。他叫巴奴日转过身去，发觉他的衬衫上满是新拉的稀屎。原来是收紧肌肉的括约肌（即肛门回环肌），由于他幻觉的恐怖、再加上炮火雷鸣——在舱底听起来比在甲板上更为可怕——吓得完全约束不住了。这是发生恐怖的一个显著征状，使得那扇约束粪便的门户自动启开。

过去有例可寻，西埃那④的庞托夫·德·拉·卡西纳有一次乘驿马走过尚贝利，住在诚实的店家维奈店里，他跑到马棚里拿出一只叉来，对店家说道："Da Roma in qua io non son andato del corpo. Di gratia, piglia in mano questa forcha, et fa mi paura⑤." 维奈接过叉来，舞了好几个姿势，仿佛真的要刺他似的。那个西埃那人又说道："Se tu non fai altramente, tu non fai nulla. Pero sforzati di adoperarli più guagliardamente⑥." 维奈果然给了他一叉，一下子叉在他脖子里的领口上，叉了他个四脚朝天，倒地不起。他这才张开大嘴，满嘴喷唾沫地笑道："巴雅尔的天主⑦！这就叫作Datum Camberiaci⑧." 没想到这一下子倒行了好，那个西埃那人脱下裤子来，屙的比九只水牛、十四个奥斯提亚的总司铎⑨还要多。屙罢之后，向维奈深深道谢，说道：Io ti ringratio, bel messere. Cosi facendo tu m'hai esparmiata la speza d'un servitiale⑩.

---

① "罗底拉都斯"是从拉丁文 Rodere（啃，吃）和Lardum（肥肉，猪油）来的。
② 即地狱里供鬼吃的食品。
③ 马岛，即英尺基斯岛，原属苏格兰，1548年被英格兰人强行占领，法国国王亨利二世派兵六千在安德烈·德·蒙塔朗贝尔（德·得塞）及保尔·拉·巴尔特（德·泰尔摩）爵士率领下，收复了苏格兰的岛屿，英格兰人在战争中损失兵士四百及军火无算。
④ 西埃那，意大利地名。
⑤ 意大利文，"从罗马走到此地，我没有出过恭。请你拿这把叉吓唬吓唬我。"
⑥ 意大利文，"如果你没有别的方法，那你是白费劲。请你真的下手吧。"
⑦ 巴雅尔当年的口头语。
⑧ 意大利文，"给予尚贝利"。公文的末尾语。
⑨ 奥斯提亚，意大利地名；作者一向恨恶吃饭不做事的传教士，故此处有意把司铎和牛拉在一起。
⑩ 意大利文，"谢谢你，我的好店家，你这一手，省了我一服灌肠剂"。

　　还有一个例子，那便是英国国王爱德华五世①。弗朗索瓦·维庸大师在法国受贬，来到英国。英国国王待他十分恩厚，推心置腹，宫内

---

① 爱德华五世，英国国王，1483年登极，在位仅数月即被其叔父理查·德·格罗斯忒刺死于伦敦塔内。

任何小事都不瞒他①。有一天，这位国王在出恭，指着墙上画的法国国徽向他说道："你看我对你们法国国王多么重视！我把他们的纹章不放在别处，而放在我出恭的秘密地方。"维庸接口道："神圣的天主！你太明智了，稳重关切，对健康真是面面俱到，你那博学的御医多玛斯·林那克②对你真是照顾得无微不至。他一定是见你年事日高，而且常患便秘，须要每天往肛门里灌药，我是说为你灌肠，否则便大便不出，于是特意地把法国国徽画在这里，而不画在别处，这是特别有效的预防方法。因为你一看见它，便会惊魂不定，立刻吓得像十八只包尼亚野牛③那样往外拉屎。假使画在宫内别的地方，画在你的寝宫里、大殿里、教堂里、回廊里，或者别处，我的天！那你随便哪里只要一看见便会立刻往外拉。我相信，假使你这里画上法国的大纛旗，那你一看见，准会把你的大肠吓得从肚子里屙出来。不过，哼，哼，atque iterum④哼！

> 生来巴黎一愚人，
> 彭特瓦兹⑤就在附近，
> 靠了一'特瓦兹'的长绳，
> 才知道颈项和臀部有多深⑥。

---

① 弗朗索瓦·维庸于1463年在法国被判流放十年（原判死刑），在时间上说，不可能投见爱德华五世，这位国王登极时（1483年）年仅12岁，晚于维庸去英国二十年。

② 多玛斯·林那克，英国人文主义医学家，伽列恩作品的英译者，曾在牛津与伦敦教书，亨利七世及八世的御医，殁于1524年，时64岁，但不是爱德华五世的御医。

③ 包尼亚野牛，据说这种野兽被猎犬追逐时，便大量拉屎，远达四五步，其热无比，可烫焦身后猎犬的皮毛。

④ 拉丁文，"再来一个"。

⑤ 彭特瓦兹，塞纳·瓦兹省地名，在凡尔赛之北35公里处。

⑥ 原系维庸被判死刑时的一首诗，这里略有改变。

"愚人，我是说，呆笨、傻瓜、糊涂；我跟你进来时，我奇怪你怎么在屋里脱裤子。后来我猜想壁毯后面、或者寝床旁边，可能是你的厕所。否则的话，在屋里脱好裤子，然后再老远地跑到便所去，那未免太不像样了。这不是愚人的想法么？其实，我的天主！这样做真是另有妙处。你做得对，我说对，比你想象的还要对。离得远远的，便把裤子脱好，做得实在好。因为，进到屋里，如果裤子不脱好，那么，一看见法国国徽，你的裤子便只好尽便桶、便盆和出恭处的职务了。"

约翰修士用左手捂住鼻子，用右手的食指指着巴奴日的衬衫让庞大固埃看。庞大固埃见巴奴日吓得慌里慌张，浑身打战，神志糊涂，全身是屎，又被那只罗底拉都斯猫抓得都是伤痕，不禁哈哈大笑，说道：

"你拿这只猫去干什么呢？"

巴奴日回答道："这只猫？假使不是个刚长胡子的小魔鬼，叫我马上死掉！我在地狱的面包箱里拿一只裤腿当作手套，偷偷地拉出来的就是它。真见他的鬼！它把我的皮抓得一丝丝的和虾的胡须一样了。"

他一边说，一边把猫摔在地上。

庞大固埃说道："好了，好了，看在天主份上，赶快去把自己洗刷干净，沉沉气，拿件干净衬衫换上去吧！"

巴奴日说道："你说我害怕？才不哩。天主在上！我比吃了巴黎从圣约翰节到诸圣瞻礼①所有做在糕点里的苍蝇的人胆量还大哩②。哈，哈，哈！乌埃！这是什么鬼玩意啊？你们说这是大便、大粪、屎、秽物、脏物、排泄物、米田共、人中黄、稀屁屁、狼粪、兔粪、鸟粪、鹿粪、干粪、硬粪或者羊粪么？我认为这是爱尔兰的郁金香。对，对，不错！是爱尔兰的郁金香！没错儿！咱们喝酒去吧！"

---

① 即从6月24日到11月1日。
② 据说一个人吃了苍蝇就会变得有胆。

尊贵的庞大固埃
英勇言行录
第四部
完

第五部

善良的庞大固埃英勇言行录卷末

前言摘要 ①

不知疲劳的酒友，还有你们，尊贵的生大疮的人，趁你们闲暇无事，我手里也无其他急事要做，容我问你们一声，为什么大家像说谚语似的都说："今天的人不再无味了"呢？

无味，是朗格多克省一个说法，意思就是未曾腌过，没有放盐，淡而无味；可是也有愚昧、昏庸、缺乏理智、冥顽不灵、没有头脑的意思。你们能不能，用这句话反面所证明的②伦理来推断说人过去是无味的，而现在明智了呢？是什么和多少原因使他成为无味的，又是什么和多少原因使他成为明智的呢？为什么当初无味，现在又明智起来了呢？从什么事上看出过去是愚昧，又从什么事上看出今天的明智呢？过去是谁叫人无味？今天又是谁把人弄得聪明呢？是喜欢无味的人多呢，还是喜欢聪明的人多？两者谁的数目更多？人无味了多久的时间，又聪明了多久的时间？过去的愚昧是哪里来的？后来的聪明又是哪里来的？为什么过去的愚昧现在结束，而不是更晚？又为什么目前的聪明现在开始，而不在更早呢？以前的愚昧对我们有什么不好？后来的聪明对我们又有什么好？过去的愚昧是怎样消除的？现在的聪明又是怎样出现的呢？

如果你们高兴，你们回答一下看，因为我不想用别的话来请问诸公，唯恐会使你们有神品的人③不舒服。你们不用害羞，把实话对天堂的敌人、真理的敌人、Her der Tyflet④说出来好了。别害怕，孩子们！如果你们是天主的人⑤，请为我这篇说教的第一部分先干他三杯到五杯，然后再回答我的问题。假使你们是另一方面的，那就"撒旦退去吧"⑥！我以伟大的乌鲁布鲁⑦发誓，如果你们不来帮我解决上面的问题，那我就后悔向你们说出来了，虽然这件事使我为难，就跟抓住狼耳朵⑧而没有希望得到别人救助的情形一样。

怎么样，你们这些卡尔奈阿德⑨？三心二意的人，见你们的鬼去吧！事情不会像你们想的那样，从前鲁西留斯⑩曾说尼普顿也碰到过同样的难题，结果连极乐世界也给忘掉了。我看得出来，你们回答不出。冲着我的胡子说话，我也不来回答！我只向你们提起一位可敬的学者所预言过的话，这位学者就是那本叫作《教廷官吏的风笛》⑪的著作人。这个荒唐鬼是怎样说的呢？你们听好，驴家伙，我告诉你们！

---

① 本书第5部初版于1562年（作者逝世于1553年），书名《钟鸣岛》，共16章，无《作者前言》，第二次出版于1564年，书名《善良的庞大固埃英勇言行录第5部即卷末》，除初版第16章《愚人岛》被删外，余均列入，并另加32章，共成47章，有前言。但后半部是否出自作者手笔，曾引起许多争论，至今未决。

② 说"今天的人不再无味了"，也就等于说"过去曾经是无味的"。

③ 原文 vos Paternitez 一般是对教士而言的，这里"过去的愚昧"，可能就是指的罗马的教会，"现在的明智"可能指宗教改革。

④ 朗格奈土语，意思是，"魔鬼老爷"，古德文 Teufel 也是"魔鬼"的意思。

⑤ 意思是"我这一面的人"。

⑥ 原文 Avalisque Sathanas！是朗格奈土语，耶稣受魔鬼试探时，曾说过类似的话，见《新约·马太福音》第4章第10节。

⑦ "乌鲁布鲁"原来是当时在法国的苏格兰籍士兵的一句话 hurlyburly，意思是："混乱，骚扰"，作者把它当作圣人的名字使用了，见本书第15章。

⑧ "抓住狼耳朵"的典故，来自埃拉斯姆斯《箴言集》第1卷第5章第25节。

⑨ 卡尔奈阿德，公元前3世纪古希腊比罗派哲学家，主张怀疑论，否认真理，不置可否。

⑩ 鲁西留斯，公元前2世纪古罗马诗人。

⑪ 圣维克多藏书室的一本书，见本书第2部第7章。

五十周年，全都刮脸，

超出三十，不再疯癫。

真乃大不尊敬！

貌似愚昧，但读经有恒，

不再愚昧，不再吝贪，

因为已尝到了果实的甘甜，

早春的花，曾使他们心惊胆战。

　　说给你们听了，你们懂得么？这位学者是古代的，言语是简略的，寓意是深奥的，有如邓斯·司各脱。虽然他论断的题目深奥，但精明的注释家还是把这位善良的老先生的话解释出来了，他们说，经过第三十个五十周年，还不会超出……①

① 巴黎国立图书馆收藏手写本的《前言》到此为止，1564年版本有全部《前言》，但可肯定非出自作者之手，故略。至于"五十周年，全都刮脸"，似指1525年教皇克雷蒙七世时，全欧洲被兜售罗马赦罪状的教士搅得神鬼不安，有如刮去一层皮。"超出三十，不再疯癫"，似指1530年｛即三十个五十周年再加"三十"〔影射多伦多宗教改革会议，法文之"三十"（Trente）与"多伦多"（Trente）同音｝｝。以后，学术文化均有所改革，愚昧时代宣告结束。"大不尊敬"指对教会不再予以尊重。"貌似愚昧，但读经有恒……"指有对抗罗马之经典作品出现，不再愚昧昏庸。"尝到了果实的甘甜"，作者有意指读者须剥去外皮，才能尝到壳内的甜蜜。"早春的花，曾使他们心惊胆战"。似指愚昧时代，虽如早春花开，但是在罗马教廷的专横下，谁也不能不胆战心惊。

第一章

庞大固埃怎样来到钟鸣岛，以及我们听见的声音 ①

第一天，以及后来接连两天，我们没有看见陆地和其他新的东西，这是因为从前我们曾经从这里走过 ②。到了第四天，我们离开了赤道线，开始对着北极转弯，这才看见一片土地，领港人告诉我们说这就是美丽岛 ③。我们远远听见一阵连续不断的骚乱声音，听起来倒好像是巴黎、日尔沟 ④、墨东 ⑤ 等地方在大瞻礼的日子里大中小群钟齐鸣的声音。

越近，撞钟的声音越响。我们真疑心是多多那的铜锅 ⑥ 或者奥林匹斯山上的七音门 ⑦，不然就是埃及底比斯的美姆农坟墓上那个塑像所发出的声音 ⑧，或者是从前在阿洛里德斯附近的利帕里岛上 ⑨ 那座坟茔周围听见的声音。不过，这在地志学上都讲不通 ⑩。

庞大固埃说道："我疑心是一窝蜜蜂飞跑了，此处的人为把它们召回来，特意地敲起大锅、小锅、盆子，还有诸神之母库贝里给祭司用的铙钹。"

我们又往前走近一些，除了不断地听见钟声之外，还听见男人不知疲劳的歌颂声，我们想这一定是该处居民的声音。因此，在登上钟鸣岛之前，庞大固埃提议把船只先靠近一座小石山，我们看见那里有一座隐修院，还有一个小花园。

我们在那里遇见一个小隐修士，名叫勃拉吉布斯①，原籍是格拉提尼人②，他把钟声的前因后果都告诉我们了，并且还非常奇特地款待我们：一连四天不许我们吃东西，他说不然就不许我们到钟鸣岛去，因为那时正是四季斋期③的守斋日子。

　　巴奴日说道："我实在不明白这是什么意思。与其说四季斋期，毋宁说是四季风期，因为不吃东西，肚子里就只有风。不是么？如果你们这里除开守斋什么好玩的事也没有，那真是够苦的。我们情愿连宫里的庆典也不要参加了！"

　　约翰修士说道："在我的多纳图斯④里，只有三个时态⑤，那就是：现在、过去和将来；这里的第四个时态⑥，应该赏给用人去⑦。"

---

① 第1章初版时无题目，1564年第二次出版时始有此名。

② 1564年版本开始是这样的："我们继续前进，一连航行了三天，什么也没有看见；到了第四天，我们看见了一片土地，领港人告诉我们说这就是美丽岛。"

③ 原文 Triphes 是从希腊文 τρυφή 来的，意思是，"美丽，优雅"。

④ 日尔沟，即奥尔良城附近之雅尔柔。

⑤ 墨东，塞纳·瓦兹省镇名，作者曾在此传教。

⑥ 多多那，伊庇鲁斯古地名，那里有朱庇特庙，庙内有铜锅一口，宣示神谕。见埃拉斯姆斯《箴言集》第1卷第1章第7节。

⑦ 普鲁塔克在《道德集》里曾说奥林匹斯山上有一门，撞之有七种回音。

⑧ 美姆农，神话中古希腊国王提托奴斯之子，曾参与特洛亚战争，被阿基勒斯杀死，其母怨愤异常，在底比斯附近为其建立坟墓，另立塑像一尊（实为法老阿门荷特普三世塑像），传太阳初升时，塑像即发出悦耳的声音，迎接他母亲看他。见普林尼乌斯《自然史纲》第36卷第7章。

⑨ 利帕里岛，西西里北面岛名，传说神话中吴刚的铸铁炉即在此岛。

⑩ 从地势上看，庞大固埃的航行路线，不是在地中海，而是往西北进入了大西洋。

⑪ "勃拉吉布斯"，意思是"爱漂亮"，约翰修士的厨师队伍里有"爱漂亮"师傅。

⑫ 格拉提尼，罗亚尔·舍尔省（波亚都）地名，近旺多摩。

⑬ 四季斋期，天主教规定一年四季每一季度的第一个星期，须守斋三日，即星期三，星期五，星期六。

⑭ 多纳图斯，拉丁文语法之编著人，他的语法为当时学生必读之书，此处即指多纳图斯之语法读本。

⑮ "时态"原文 Temps 与前面"四季"（Temps）系同一字。

⑯ 指此处的四季斋期。

⑰ 拉丁文动词只有三个时态，作者有意打诨，故说把第四个送给用人。

爱比斯德蒙说道:"这个时态是希腊人和拉七奥姆人在天空多云的时候①一种超过去的不定过去时。生麻风的人说得好,别心急②。"

"这是定而不可移的,"那个隐修士说道,"我已经说过,谁要是反对,就是异端,对付异端,就只有火刑。"

巴奴日说道:"神父,你说得完全对,不过现在是在海上,我怕挨火烤,但更怕被水淹;我怕烧死,但更怕淹死。天主在上,那就守斋吧③!只是我过去斋守得太多了,身上的肉都守光了,我担心我这身骨头架子最后也会散开。此外,还使我担心的,是怕守起斋来会得罪你,因为我懂的不多,相貌难看,不少人都这样对我说,我自己也相信。其实,我倒不在乎守斋:没有比这更容易更现成的了;但更使我不安的,是怕将来无斋可守,因为不守斋就得在磨上放东西啊。看在天主份上,守吧,既然赶上守斋的日子;我已经很久没有守斋的习惯了。"

庞大固埃说道:"如果没有别的办法,一定非守不可,那就像走在坏路上尽力摆脱就是了。我想拿出书来读一下,看看在海上读书是否和陆地上一样,柏拉图在描写一个傻人、愚人、糊涂虫的时候,把他比作在海上船只里养大的人④,就像我们说在酒桶里养大的人那样,他们只会从一个洞眼里看人⑤。"

我们这次守斋可是惊人地厉害,第一天是半顿半顿地守,第二天是整顿整顿地守,第三天是整天整天地守,第四天已经面黄肌瘦憔悴不堪了。这就是神仙的制度⑥。

---

① "天空多云的时候"(Temps garré et bigarré)是作者从语法的"动词时态"(Temps des verbes)扯到天气上的。

② 原文 Pitien ce,亦可解释为"酸母,大黄",一种治疗麻风的药物。

③ 原文是 Beuvons toujours,意思是,"那就喝酒吧"。前后意思似不衔接。

④ 见埃拉斯姆斯《箴言集》第4卷第7章第92节。

⑤ 见埃拉斯姆斯《箴言集》第1卷第8章第61节。

⑥ 指斋期是教会任意规定的非人制度。

第二章

钟鸣岛怎样原来住的都是"歌唱死亡者"，
后来怎样都变成飞鸟

　　守斋之后，那位隐修士交给我们一封写给钟鸣岛上一个他称为艾底图斯[①]师傅的信件；可是巴奴日向这位艾底图斯致敬的时候，却把他叫成了安提图斯[②]师傅。这是一个小老头、秃脑袋、酒糟鼻子、红红的脸。在隐修士介绍之下，又从信里知道我们守过斋，因此他对我们非常好。他请我们饱餐一顿，然后让我们参观了岛上特有的风景，说这座岛屿最初住的都是"歌唱死亡者"[③]；不过，由于自然的规律（一切事物都随之变化），他们变成飞鸟了。

　　我这才完全明白阿泰乌斯·伽比托[④]、保禄斯[⑤]、马尔赛路斯、奥卢斯·盖里阿斯、阿忒涅乌斯、苏伊达斯、阿摩纽斯[⑥]等人有关"歌唱死亡者"和"舞蹈者"所留下的记载。普罗尼[⑦]、伊提斯[⑧]、阿尔库奥尼[⑨]、阿尔西托伊[⑩]、安提哥尼[⑪]、提琉斯[⑫]等等变成飞禽，我也不再认为难于理解了。玛塔布鲁娜的孩子变成仙鹤[⑬]、色雷斯帕雷纳[⑭]的人因为在特力顿湖里洗过九次澡变成飞鸟⑮，也不再难于相信了。

从此时起，他除了述说笼子和鸟之外，别的什么也不谈了。笼子富丽堂皇、宽大舒适、构造精美⑯。鸟则有大有小，美丽悦目，很像我们老家的人，和人一样会吃会喝，和人一样会拉屎，和人一样会睡觉，会谈情说爱；总之，看过之后，你不由得会说简直就是人；不过，根据艾底图斯师傅的说法，这并不是人，因为既非在教，亦非在俗。单单身上的羽毛就使我们看得眼花缭乱，有的全身雪白，有的一身漆黑，有的上下全灰，有的半白半黑，还有的一身红，有的半白半蓝⑰；看起

---

① "艾底图斯"（Ædituus），意思指教堂内管更衣所的人。

② "安提图斯"，意思是"倔强的笨驴"，见本书第2部第21章。

③ "歌唱死亡者"（siticines），指在死人坟上唱歌及奏乐的人，见奥卢斯·盖里阿斯《阿提刻之夜》第20卷第2章第3节；此处有意影射以追悼亡魂为生之教士。

④ 阿泰乌斯·伽比托，罗马奥古斯都斯都王朝法学家。

⑤ 保禄斯，即2世纪希腊修辞学家茹留斯·保禄克斯，著有希腊文辞典。

⑥ 阿摩纽斯，希腊语文学家。

⑦ 普罗尼，神话中色雷斯国王提琉斯之后，因报胞妹被侮仇恨，变作燕子，见本书第4部第2章"菲罗美拉"注。

⑧ 伊提斯，色雷斯国王提琉斯之子，被母亲杀死，被朱庇特变作野鸽。见塞尔维乌斯《维吉尔牧歌注释》第6章第78行。

⑨ 阿尔库奥尼，神话中塞伊克斯之妻，死后被朱庇特变作翠鸟。见奥维德《变形记》第11章第731至748行。

⑩ 阿尔西托伊，神话中弥尼之女，因在酒神节日编织羊毛，被变作蝙蝠。见奥维德《变形记》第4章第389至415行。

⑪ 安提哥尼，神话中拉俄墨冬之女，被朱诺变作仙鹤。见奥维德《变形记》第6章第93至97行。

⑫ 提琉斯，神话中色雷斯国王，后变作燕鹰。见奥维德《变形记》第6章第671至674行。

⑬ 神话中说有七个小孩（六男一女）被玛塔布鲁娜领入森林，盗去小孩金链，除女孩外，余均变成仙鹤，后取回金链，始恢复成人。

⑭ 帕雷纳，希腊三大半岛之一。

⑮ 故事见奥维德《变形记》第15章第356行。

⑯ 影射建筑雄伟之教堂。

⑰ 影射会别不同的教士，穿着颜色不同的会衣，本笃会为全白，奥古斯丁会为全黑，方济各会为灰色，伯尔纳笃会（原系本笃会）为半白半黑，主教穿红，教内骑士穿半白半蓝。

来确是五光十色，美不胜收。

雄的叫作"教士哥"、"修院哥"、"司铎哥"、"教长哥"、"主教哥"、"红衣主教哥"、"教皇哥"，"教皇哥"只有一个①。雌的叫作"教

---

① "哥"（gaut），作者取自民间把喜鹊叫作 Margaut 之尾音。

士姐"、"修院姐"、"司铎姐"、"教长姐"、"主教姐"、"红衣主教姐"、"教皇姐"。尽管如此，艾底图斯对我们说，在蜜蜂队里还是有不少马蜂，这些马蜂什么都不干，光会吃，光会破坏，所以近三百年以来，也不知道是怎么回事，每五个月，在这些鸟里面，总是混进来大量的"伪善者"，把整个的岛糟践得污秽不堪，最后使得个个嫌恶人人远避，而"伪善者"却歪着脖子做出虔诚的模样，脚上生毛[1]，完全是哈尔比斯[2]的利爪和肚子、斯图姆帕洛斯鸟的屁股[3]，简直无法摆脱它们，死一个会生出二十四个。我希望在那里来上一个海格立斯才好[4]，因为约翰修士看得受了毒，已经神志不清了[5]。

---

① 外覆柔毛，内藏利爪，即貌似仁慈，内藏奸诈。
② 哈尔比斯，神话中的三个妖魔，女头鹰身，有翼能飞，残忍恶毒。
③ 斯图姆帕洛斯，古希腊湖名，神话中说海格立斯杀死铁嘴鹤，就在斯图姆帕洛斯湖边上。据说斯图姆帕洛斯湖的鸟会用拉粪的方法驱赶敌人，见维吉尔《伊尼特》第8卷第214行。
④ 好像杀死铁嘴鹤似的把斯图姆帕洛斯湖的鸟都消灭光。
⑤ 1564年版本上还有："还有庞大固埃，也像普里亚普斯在观看赛勒斯的祭祀没有穿衣服的时候所发生的情形一样。"按普里亚普斯在赛勒斯的节日，看见火神维斯塔睡着了，竟意图非分，幸维斯塔被驴鸣惊醒，大呼求救，众神入内，见普里亚普斯衣服也来不及穿。故事见奥维德《节令记》第6章第321至344行。

第三章

钟鸣岛上怎样只有一个"教皇哥"

后来，我们问艾底图斯师傅，这些可敬的鸟儿既然种类繁多，又为什么只有一个"教皇哥"呢。

他回答我们说，这是星斗原始的不可动摇的制度："教士哥"产生"司铎哥"和"修院哥"，无须经过肉体交配，跟蜜蜂一样；"司铎哥"产生"主教哥"；"主教哥"产生"红衣主教哥"；"红衣主教哥"如果不半道死亡的话，最后可以做上"教皇哥"；而且只有一个，跟一窝蜜蜂只有一个蜂王、宇宙间只有一个太阳一样。

等他死去之后，才能从"红衣主教哥"里另外产生一个，同样无须经过肉体交配，请你们听明白。因此，"教皇哥"这一类别，永远是

单独一个，一个一个地单传下去，完完全全和阿拉伯的凤鸟一样①。不错，在两千七百六十个月以前，曾经有过两个"教皇哥"②，可是那时是岛上空前混乱的时期。

---

① 凤鸟每五百年自焚身死，然后自灰中复生。
② 14世纪罗马教廷曾发生巨大分裂，达四十年之久，并曾一度同时出现三个教皇，即额我略十二世（1406—1415）、亚历山大五世（1409—1410）及伪教皇本笃十三世（1394—1424），直至1414年至1419年之孔斯唐斯宗教会议，分裂始告结束。文内之两千七百六十月，如以十二个月为一年计算，共合二百三十年，假定作者写此书时为1550年，那么二百三十年以前，则为1320年，时间不对。两千七百六十个月，会不会是一千七百六十个月之误，如果是的话，则为一百四十五年，时间应该是1405年，似更合理。

艾底图斯说道:"当时的情形真是你抢我夺,你剥我的皮,我撕你的肉,整个岛上弄得几乎无法为生。有的加入这个的阵营,于是便支持这个,有的加入那个的阵营,于是便保卫那个,有的像鱼似的闷声不响,再也唱不出来,连那些钟也跟封起来了一样,一声也不再响。在此混乱时期,双方都向居住在大陆上的皇帝、国王、大公、侯爵、伯爵、子爵、联邦等乞援求救,一直到两者之间死掉一个,多数变成了单数,分裂才算结束。"

这时我们又问,为什么这些鸟儿唱个不停。艾底图斯回答说,这是笼子上挂着钟的缘故。他说道:

"你们要不要我马上叫那些戴风帽的鸟儿像云雀似的唱起来?"

"劳你驾!"我们一齐回答说。

于是他在一口钟上撞了六下,许多"修院哥"马上跑过来,张开嘴唱个不停。巴奴日说道:

"假使撞一下这口钟,也可以叫那边羽毛像熏鲞鱼颜色的鸟儿唱①?"

"当然可以,"艾底图斯回答道。

巴奴日撞起钟来,那些熏鲞鱼颜色的鸟儿立刻跑过来,齐声高歌,只是喉咙沙哑,实在不好听。艾底图斯对我们说这些鸟儿像鸬鹚和鹈鹕一样只吃鱼,是新近才养出来的第五类"伪善者"。

此外,他还告诉我们说,从前罗伯尔·瓦尔勃兰②从阿非利加回来路过那里,曾对他说不久就会来一个第六类,名字叫"风帽哥"③,比其他的种类更忧郁、更虚伪、更使人难受。

庞大固埃说道:"阿非利加是经常有新鲜奇怪的东西出现的④。"

---

① 似指方济各会的颜色。
② 罗伯尔·瓦尔勃兰,指毕加底公爵罗伯尔瓦尔,曾随雅各·卡提耶去加拿大,后为加拿大总督。
③ "风帽哥",指方济各会修士,他们当时都戴大风帽,1525年查理九世王朝时,在法国成立教会。
④ 这一句话可能是出版者后来加上的,句法摹仿第1部第16章作者的话。

第四章

钟鸣岛上的鸟怎样全是候鸟

庞大固埃说道："既然你说'红衣主教哥'产生'教皇哥'，而'红衣主教哥'又是从'主教哥'来的，'主教哥'是从'司铎哥'来的，'司铎哥'是从'教士哥'来的，那么，我就很想知道'教士哥'又是从哪里来的呢？"

艾底图斯说道："说起来这些鸟全是候鸟，是从另外一个世界来的，一部分来自一个大得出奇的地方，名叫'饥荒挨饿'；另一部分来自西方一个叫作'人口过剩'的地方①。这两个地方，'教士哥'实在多得出奇，它们离开父母亲友，成群结伙地到这里来。情况是这样的：在那个地方，谁家的孩子多，不拘是男是女，产业全得平分，这也是理所当然的，顺乎自然的，是天主的旨意，因此，这一家的产业就算完结。所以，做父母的总是想方设法把孩子送到这个岛上，尤其是和布萨尔②岛有关的那些人。"

"这大概就是离施农不远的布沙尔岛，"巴奴日说道。

"不对，"艾底图斯说道，"我们叫'布萨尔'，是因为它们不是驼背便是单眼瞎，不是少胳膊便是瘸腿，不然就是脚不会走，残废、畸形，总之是地上的累赘。"

庞大固埃说道："这恰恰和从前挑选维斯塔修女的规矩相反③，安提修斯·拉贝奥④曾说挑选维斯塔修女，绝对不许挑选灵魂上有毛病、官能上有缺陷的女孩子，身体上不能有任何缺点，不拘多么小，哪怕是眼睛看不出的缺点，也不能要。"

"我真奇怪，"艾底图斯继续说道，"这些做母亲的怎么能在肚子里怀胎九月，而生产之后，却不能让孩子在家里待上九年，甚至常常连七年也待不到。她们在孩子连衫裙之外，套上一件短衣，头顶上也不知道剪掉多少头发，一面还念叨着也不知道是什么驱邪咒语，完全和爱西屋比亚人一穿上麻布长衣、头上一削发，就变成依西斯教士一样，显而易见、明明白白、非常明显，这是一种毕达哥拉斯式的变形，不受任何伤损，就把孩子们变成你们眼前的这些小鸟了。朋友们，不过我说不上来雌的是怎样变成"教士姐"、"修院姐"和"教长姐"的，我也不知道为什么她们不唱些使人欢乐的感恩经，像佐罗斯台尔规定对奥罗玛西斯⑤奉颂的经文那样，而只念叨些哭哭啼啼、恨天怨地、好像对魔鬼阿赫里曼⑥所发的哀怨，不停地诅咒把它们变成鸟的亲属和朋友，年纪大的和年纪小的全是如此。

"更大的数目是从'饥荒挨饿'来的，这是个非常辽阔的地区，当地的居民阿萨法尔⑦在遇到饥荒没有东西吃、不会工作或者不愿意工作、也不愿找一个好好的职业干、也找不到一个好家庭可以服务的时候；在夫妇关系不好，事业失败，灰心绝望的时候；在犯了罪、被通

---

① "饥荒挨饿"与"人口过剩"是教士的主要来源。
② "布萨尔"（Bossart），意思是，"伛偻驼背，残废不全"。
③ 这些修女的职务是日夜保持维斯塔祭坛上的灯火不熄，一般由大教长自罗马大家族内选出，须终身洁身自好，否则即遭活埋。
④ 安提修斯·拉贝奥，1世纪罗马帝国大法官。见奥卢斯·盖里阿斯《阿提刻之夜》第1卷第12章。
⑤ 奥罗玛西斯，波斯神话中光明与仁慈之神。
⑥ 阿赫里曼，波斯神话中之恶神。
⑦ "阿萨法尔"（Asaphars），意思是"微卑，黑暗"。1564年版上是Assaphis，这个字是从希伯来文Oussaph来的，意思是成堆成堆的东西。

缉要处死的时候，都会到这里来。这里的生活有保障，过去它们瘦得像喜鹊，现在一个个都吃得像山老鼠一样肥壮；这里的生活完全稳妥，毫无危险，非常靠得住。"

庞大固埃说道："这些鸟来到这里以后，是否有的还回到原来的老家去呢？"

艾底图斯说道："从前有过几个，但是很少，而且是不大愿意回去的。后来，经过几次改革之后，受到天上星斗的影响，有不少都飞跑了。不过，这并不使我们难过，因为余下的只会分到更多。此外，在飞走以前，多数鸟都把羽毛——亦即所穿的会衣——留下来。"

果然，我们看见了几个；继续找下去，又看见一只插开过的玫瑰花的瓶①。

---

① 不知指何物。——原注

G. Doré   JULIET sc

第五章

钟鸣岛上的"鸮鹏鸟"怎样都是哑巴

他的话尚未住口，就只见在离我们不远的地方，有二十五到三十只颜色和羽毛都是我们在岛上未曾见过的鸟儿飞了起来。这种鸟的羽毛好像变色蜥蜴的皮肤，又像石蚕或者苦草的花似的①，时刻在变颜色。每只鸟左边翅膀底下，都有一个记号，仿佛把圆圈一分为二的对经线，或者说，像一条落在水平线上的垂直线②。这些记号的式样全都一样，只是颜色不同，有白的，有绿的，有红的，有紫的，还有蓝的③。

巴奴日问道："这些是什么鸟？叫什么名字？"

艾底图斯回答道："这都是杂交种，我们叫它们'鸮鹏鸟'，在你们国家里，它们胃口可大了。"

我说道："请你也叫它们唱几声，让我们听听好不好？"

"它们从来不唱，可是相反的，吃起来却吃双份。"

我又问："有雌的没有呢？"

"没有④，"他回答说。

巴奴日问道："为什么它们身上有那么些疤、脸上都是麻子呢？"

"这是这类鸟所特有的疾病，因为它们常和海水接触⑤。"

接着，他又对我们说道：

"这些鸟飞到你们那里去，老想看看你们那里有没有那种叫作

1169

'哥'⑥的凶恶的猛禽，据说这种鸟不服从召唤，也不承认手套⑦，现在都在你们那里；它们有的腿上缠着美丽名贵的皮带，上面还注明'谁要是往坏处想'⑧就立刻罚他吃粪；有的在胸前羽毛上戴着一个诽谤者的肖像⑨，还有的披着一身羊皮⑩。"

巴奴日说道："安提图斯师傅，这很可能有，只是我们不认识。"

艾底图斯说道："好了，谈得不少了，现在去喝酒吧！"

"还有吃，"巴奴日说道。

"对，"艾底图斯说道，"吃和喝是一明一暗⑪。走！没有比时间更宝贵的了；我们要用在好事上。"

他先领我们到"红衣主教哥"的温泉那里去洗澡，真是一个舒适美好的地方，洗完澡，还叫奴仆为我们涂抹贵重的香脂，不过，庞大固埃说，不来这一套，喝酒只有喝得痛快。艾底图斯这才把我们领进

---

① 据说这种花早晨是白的，中午是红的，傍晚是蓝的；见普林尼乌斯《自然史纲》第21卷第7章。

② 样子像希腊式和罗马式的十字。

③ 此处有意影射教会会别的番号，马尔太会是白色，圣拉撒路会是绿色，圣雅各·德·雷培会在西班牙是红色，在葡萄牙是紫色，圣安东尼会是蓝色。

④ 马尔太会没有女修士。

⑤ 影射教士和土耳其人在地中海之战役，教士道德败坏，无恶不作。

⑥ "哥"（gaulx 或 gots），指一种凶恶的猛禽，也有影射腿带会，圣米歇尔会和金羊毛会标志的意思。

⑦ "服从召唤"和"承认手套"，意思指驯养的猛禽听从养鹰人的召唤，落在他戴着长手套的手臂上；此处有意指承认教皇并接受教皇领导的会别。

⑧ 指腿带会的标志；腿带会是1348年英国国王爱德华三世创立的，起源是撒尔斯巴利伯爵夫人有一次和爱德华三世跳舞，落下腿带一只，国王伏身拾取，看见有朝臣窃笑，于是便说道："想坏事者必受罚，今日窃笑者，明日当以戴它为荣。"于是立刻便创立了腿带会，骑士贵族缠在左面膝盖上，皇后缠在手臂上，全部会员只有二十六人，国王居首。

⑨ 指圣米歇尔会的标志，标志上面是天神圣米歇尔在降服魔鬼，即诽谤者。

⑩ 指金羊毛会的标志；金羊毛会是1429年布尔高尼大公"仁慈的菲力普"创立的，标志是金项链或一红色带子上坠一绵羊。

⑪ 原文 moitié au pair et moitié à la couche 是赌纸牌一种术语，意思是一半付现一半欠账；这里是一半一半的意思。

一间宽敞舒适的饭厅里，对我们说道：

"我知道隐修士勃拉吉布斯叫你们守了四天斋；到这里完全相反，你们要整整四天不停地吃喝。"

"连觉也不睡么？"巴奴日问道。

"可以随便睡，"艾底图斯回答道，"常言说得好，要睡觉，先喝酒。"

真神在天！我们在这里吃喝得太好了。艾底图斯真是个大好人！

第六章

钟鸣岛上的鸟儿怎样得到食物

庞大固埃面带愁容，仿佛不满意艾底图斯为我们规定的这四天生活，艾底图斯看出来了，说道：

"阁下，你知道冬至之前七天和后七天，海上是没有风暴的①。这是各种元素给予翠鸟——忒提斯的神鸟——在海边上生蛋和孵育小鸟的时间②。现在，正是海水经过长期平静之后重新汹涌澎湃的时候，一有旅客到来，便要兴风作浪达四天四夜之久。我们认为此种情形之所以发生，其原因是要旅客留在此处，接受鸣钟收益项下之丰富招待。请不要以为你们在白白浪费时间，如果无意和朱诺③、尼普顿④、多利斯⑤、埃奥鲁斯⑥以及所有恶神作对的话，你还是留在这里。所以还是打起精神来，痛快地吃喝吧。"

饱餐一阵以后，约翰修士问艾底图斯道：

"此处岛上除了笼子就是鸟；它们既不耕田，也不种地；一天到晚就只会嬉戏、啁啾和歌唱；这些丰富的粮食、美味的食品是从何处来的呢？"

艾底图斯回答道："从那边世界的各处运来，除了北部地区几个国家以外⑦，几年以来，它们已经把卡玛里纳湖搅好了⑧。"

"好！"约翰修士说道，

> "看他们自作自受，乖乖，
> 好！自作自受啊，乖乖。"

"朋友们，咱们喝酒去⑨！"

"朋友们，"艾底图斯问道，"你们是哪里来的呀？"

"都林，"巴奴日回答说。

"真的么！既是来自美好的都林，那决不是坏鸟的后代！从都林，每年给我们运来许多许多好东西，我们满意极了。有一次，都林有人打此处经过，告诉我们说都林的大公全部收入还不够他吃猪肉青豆呢，这是因为他的前任对此处的鸟儿太大方了，送给我们许多竹鸡、野鸡、火鸡，还有鲁敦⑩的大阉鸡等等各种野味和猎物。

"喝酒吧，朋友们！你们看见那边一窝鸟没有？吃得又肥又壮，那全是因为捐献丰富！所以捐献多的人才喝得这样起劲，只要一看见这两根镀金的棍子⑪，便唱得比什么都好听……"

---

① 见普林尼乌斯《自然史纲》第10卷第12章。
② 见普林尼乌斯《自然史纲》第10卷第47章。
③ 朱诺曾使风暴阻止伊尼斯前进。
④ 海神尼普顿手执三股钢叉，使船只翻身。
⑤ 多利斯，神话中海洋与忒提斯之女，水神奈列依德斯之母。
⑥ 埃奥鲁斯，神话中之飓风神。
⑦ 指英国和德国，那里当时已信奉新教。
⑧ 卡玛里纳湖在西西里岛，据说搅动湖水，便会发出臭味，引起霍乱疾病。神话中阿波罗曾劝阻人类莫动卡玛里纳湖的水；此处指北欧国家脱离罗马教廷，不再向教皇纳贡。
⑨ 这一句，仿佛仍是约翰修士说的。
⑩ 鲁敦，维也纳省地名，在普瓦蒂埃西北。
⑪ 大节日的仪仗。

约翰修士说道："这是巡行祈祷[1]。"

"……特别是我撞起挂在笼子上钟楼里那几口大钟的时候。喝酒吧，朋友们！今天是不醉无归：和经常一样。喝吧！我这里全心全意，欢迎你们！不用担心酒和吃的东西会缺少。即使头上的天要变为铜，脚下的地要变为铁[2]，我们也不会断粮，让埃及一连七年、八年，甚至更长时间遭受灾荒也不要紧[3]。让我们友谊团结，为了彼此的友爱干

---

[1] 巡行祈祷时，要拿出许多旗帜，棍子是打旗用的。
[2] 见《旧约·申命记》第28章第23节。
[3] 埃及七个荒年的典故见《旧约·创世记》第41章，第30节。

杯吧！"

"真是见鬼！"巴奴日说道，"你们这个世界太舒服了！"

艾底图斯说道："到了另一个世界还要舒服呢，极乐世界里的人什么也不会让我们缺少。举杯吧，朋友们，我为你们干杯！"

我说道："这一切都是因为你们最初的'歌唱死亡者'太聪明了，他们想出了各种方法，使你们得到世人所希望、而老实说、又很少人能够获得的东西，那就是：今生和来世同样过着天堂的生活。

　　"啊，有福的人！成仙得道的人！
　　愿上天保佑我也能得到这个福气①。"

① 这是诗人马洛怀念维克多·布罗多的一首讽刺诗，题目是《写给两个方济各会修士》：
　　　"有福的教士们，
　　　你们吃的是山珍海味，
　　　啊，有福的人，成仙得道的人，
　　　愿上天保佑我也能得到这个福气。"

第七章

巴奴日怎样给艾底图斯师傅述说马和驴的故事

吃饱喝足之后，艾底图斯把我们带到一座布置华丽、金碧辉煌的大厅里。在那里，他又关照给我们送来了香果、甜姜芽，还有丰富的饮料和美酒，请我们跟喝雷塞河的水一样，吃下这些药品来忘掉和消除我们在海上受到的疲乏。他还关照给我们停在码头上的船只送去了大量的食物。可是，因为这里的钟响个不停，我们无论如何也睡不着觉。

刚到半夜，艾底图斯就来喊醒我们喝酒了，而且他自己举杯先饮，说道：

"来自远方的朋友，你们说愚昧是不幸之母，说得很对；但是，你们并没有从脑筋里把它清除出去，相反地，你们生活在愚昧里，而且愚昧地生活着。因此，无数的不幸一天比一天多地在折磨你们。你们抱怨，你们哀叹，可是从来不会满意。我现在看明白了，愚昧使你们躺在床上起不来，和战神受到吴刚的法术一样①，你们不了解，你们应该宁可不睡，也不能放弃这座岛上的享受。你们已经吃过三次饭，我这里告诉你们，要吃到钟鸣岛上的东西，须要早起，这里是：越吃越多，越省越少。在适当的季节刈草，草再长出来只会更粗壮、更有用处，如果不去割它，不消几年，就只剩下一层草皮。所以喝酒吧，朋友们，大家全来喝酒。我们最瘦小的鸟②现在都来为你们唱歌了。起来为它们干杯吧。请！大家干！饮后吐痰只有更顺利。一杯、两杯、三杯、九杯！ non cibus, sed charitas③。"

天刚亮，他就又来叫我们吃早餐了④。从此时起，一整天就只是吃饭的时间，我们简直弄不明白吃的是午饭还是晚饭，是点心还是夜宵。仅仅以游玩的方式，我们在岛上溜达溜达，听听那些鸟儿悦耳的歌声。

那天傍晚，巴奴日对艾底图斯说道：

"阁下，如果你不见怪的话，我给你述说一个有趣的故事，这个故事二十三个月以前发生在沙台勒罗地方⑤。那是在四月里，阿朗卡奈爵士的马夫有一天早晨在田地里遛马。在那里，他看见一个放羊的小姑娘，只见她

在树荫底下草地上，
看着她的小羊，

那里还有一头驴和一只母山羊。马夫和她攀谈起来，邀请她骑在他的马后边，去观看他养马的地方，去吃一顿便饭，散散心。在他们说话的时候，那匹马也悄悄地对着驴的耳朵说道（那一年的牲口在不少地方都会说话）：

"'可怜的小瘦驴，我可怜你，同情你。我看你的鞍鞯磨得很光就知道你每天干很多活；这很好，既然天主造你就是为了对人类服务；你真是一头有用的小驴。但是，除开我眼见的你这种生活以外，如果没有人为你洗刷、披盖、加料，我认为你未免太苦了一些，这是不合

---

① 见荷马《奥德赛》第8卷第266行起。
② 影射行乞的教士，他们颂经的时间是早晨和半夜。
③ 拉丁文，"这不是食物，而是（对自己的）仁爱。"埃拉斯姆斯曾说过这样的话，他的意思是："勿使用克苦肉身者的热诚，而使用希望别人最大享受者的仁爱。"
④ "早餐"（Souppe de prime）是修道院里早晨吃的一种浓汤，prime原系早晨6点钟念的经，Souppe de prime系念经后吃的浓汤。
⑤ 沙台勒罗，波亚都地名，该处附近的米尔巴莱以产驴出名。

情理的。看你身上的毛一片凌乱，又脏①、又瘦②，而且又只能吃点粗劣的蓟草和荆棘，我请你迈开你那小碎步随我到我们那里去，看看我们这些天生为作战奔走的牲口享受什么待遇，吃什么东西。看了我们的日常生活，你不会没有感受的。'

"小毛驴回答说：'对，马先生，我很想去看看。'

"'你应该叫我战马先生，小毛驴，'那匹马说道。

"'请原谅，战马先生；'小驴说道，'我们生在穷乡僻壤，连话也说不好，说不正确。不过，既然你对我这样宠爱，这样看得起我，我愿意听你的话，只是在后面远远地跟着你，我怕挨打（我身上满都是伤）。'

"放羊的小姑娘骑在马上，小驴跟在马后，心里想到了那里一定可以饱餐一顿。不料走到门口，那个马夫看见了它，竟关照马棚的小厮拿叉和棍子好好地揍它一顿。一闻此言，小毛驴来不及地祷告尼普顿神③，并且撒腿便跑，一边还自言自语地道：'它说得有理，我本来就不该跟大人物在一起；我生来就是帮助穷人的，伊索在他一篇寓言里老早就提醒过我④。这都怨我自不量力；现在唯一的办法是心悦诚服地赶快跑开，顶好能跑得比煮熟芦笋还要快⑤。'说罢，小驴又是跑，又是跳，连蹿带蹦，拼命地狂奔，不住地放屁。

"牧羊的小姑娘看见小驴跑走了，便对马夫说小驴是她的，请马夫好好地看待它，否则她也不愿意去了，而宁愿走开。于是马夫关照拿出燕麦来尽量让小驴吃饱，宁肯让他的马八天没有燕麦。现在要把小驴叫回来可不容易，小厮们白白地喊叫：'喂，喂，小驴，快过来！'小驴说：'我不去，我怕挨打。'他们越是甜言蜜语地叫，它越是拧着不肯听，并且又是跳，又是放屁。假使不是放羊的姑娘教给他们，叫他

---

① 原文halleffranné，另一种解释是，"疲倦不堪"。
② 原文lanterné，意思指全身无肉，皮肤瘦得像一层纸，跟灯笼一样透明彻亮。
③ 尼普顿是神话中造马的神灵。
④ 见《伊索寓言·驴和小狗》，说驴想学小狗取悦主人，结果反挨了一顿打。
⑤ 奥古斯都斯一句口头语，见苏埃脱纽斯《奥古斯都斯传》第87章，又埃拉斯姆斯《箴言集》第3卷第7章第5节。

们一边撒燕麦一边喊叫，他们到现在还在那里呢。他们照着小女孩的
话做了，只见那头小驴立刻回过头来，说道：'燕麦呀，Adveniat[①]！可

---

① 拉丁文，"成！"作者运用 Adveniat 和 Aveine y a 同音，意思是，"有燕麦就好！"

是不能叉，我不打，你不打，轮过去，没有话①。'它一边悦耳地叫着，一边走了回去，你们知道，阿尔卡地亚的牲口②美妙的叫声是很动听的啊。

"回去之后，人们把它牵到马棚里的大马身边，经过洗、刷、梳、刮，新垫好地方供它休息，槽内干草满满的，燕麦尽量吃，小厮们为它筛着麦子，它对他们摇摇耳朵；意思是说不筛也不要紧，它照样能吃，这样的奉承它，真是不敢当。

"吃饱之后，那匹马问小驴道：

"'怎么样，小毛驴，觉着怎么样？你以为这里的款待如何？你刚才还不肯来呢！现在有什么话说？'

"'战马先生，'小毛驴回答道，'我的一位祖宗为了吃无花果，曾使菲勒蒙笑死过，这里和无花果比起来，真称得起是香膏。不过，这只能说是一半的美满生活。马先生，你们这里就从不跳驴③么？'

"'跳驴？'那匹马叫了起来，'叫你生马喉炎！你拿我当驴看待么？'

"'哈！哈！'小毛驴说道，'学马的高贵语言真不容易。我是想问：战马先生，你们这里就从不跳马么？'

"'小声些，小毛驴，'那匹马立刻说道，'假使被人听见，一定拿叉子给你一顿痛打，打得你再也不想跳驴。我们这里连撒尿的时候硬起一点来也不敢，生怕挨打；除此之外，跟皇上一样一切听便。'

"小毛驴说道：'我以我驮的鞍鞴起誓，我决不要待在这里，我要说："你的马厩、你的干草、你的燕麦，都给我滚蛋！乡下的蓟草万岁！那里可以自由自在！宁可吃得少，也要有自由，这是我的行动口

---

① "我不打，你不打，轮过去，没有话。"原文是赌一种叫作"布雷朗"（Brelan）的纸牌的术语，意思是轮到我出牌时，我打不出，你也打不出，只好轮过去。这里意思是说：我没有别的办法，只好跟你走。

② 阿尔卡地亚以产驴出名。

③ 指交配。

号；我们就是以此为生的。"啊，战马先生，我的朋友，要是你在集市上见过我们开大会就好了，你一定会看到当我们的女主人忙着卖鸡鸭鹅的时候，我们是多么自由地谈情说爱啊！'

"小毛驴说到此处，就走了。我的故事也就完了。"

巴奴日说完话，不再响了。庞大固埃要他做个结论，可是艾底图斯说道：

"明人不用细讲，响鼓不用重捶。我明白你借驴和马的故事想说什么，可是你只有害羞的份儿。要知道，这里什么也办不到，别谈这个。"

巴奴日说道："我刚才看见一个白羽毛的女教长，与其用手牵着，还不如骑着。假使别的鸟都是先生，这一只我看是小姐，而且长得不错，值得去犯一两次罪。天主会原谅我的，因为我并没有想到坏事上去，现在想的，只是偶尔想到的！"

第八章

我们怎样好不容易地才看到"教皇哥"

第三天仍是和头两天一样，吃过酒席接着就是筵会。这一天，庞大固埃坚持要看一看"教皇哥"；可是艾底图斯说它没有这样容易让人看见。

"怎么？"庞大固埃说道，"难道它头上戴着普路同的头盔①、爪上戴着该基斯的戒指②、或者怀里揣着一只变色蜥蜴③，可以使人看不见它么？"

艾底图斯说道："不是的，它是天生难于看见的。不过，如果可能的话，我一定想法让你们看看它。"

说罢，他便离开了我们，让我们继续在那里又吃了一刻钟。回来之后，他对我们说这时候可以看见"教皇哥"，于是偷偷地、悄悄地，把我们领到它蹲的那个笼子边上，有两个小"红衣主教哥"和六个又肥又胖的"主教哥"在那里陪伴着它。

巴奴日仔仔细细观察了它的形状、举动和姿态，然后大声说道："该死的东西！它倒像一只戴胜鸟④。"

"小声点！我的老天！"艾底图斯说道，"米歇尔·德·马提斯高尼斯⑤慎重地嘱咐过，他是有耳朵的啊。"

"它头上还戴着冠哩！"巴奴日说道。

"善良的人们，假使它听见你们这样胡言乱语，你们就完了。你们看见它笼子里那个水池么？它可以从里面取出霹雳闪电，鬼魔风暴，霎时之间，就可以把你们打入地下十丈深渊⑥。"

约翰修士说："还是去吃去喝吧。"

巴奴日呆呆地望着"教皇哥"和它的随从，忽然间看见下面有一只猫头鹰，不禁高声大叫：

"天主在上！原来我们是给骗到这里来了⑦。这里到处是欺诈、虚伪和哄骗。你看这里还有一只猫头鹰！天主在上，我们可被骗苦了！"

"低声些！"艾底图斯说道，"老实告诉你，这不是猫头鹰，这是尊贵的账房先生！"

庞大固埃说道："叫'教皇哥'唱一段好么？让我们听听它的歌喉。"

艾底图斯说道："它唱歌是有一定的日子的，吃饭也有一定的时间。"

"这和我可不一样，"巴奴日说道，"我是什么时候都可以。走，咱们喝酒去。"

---

① 戴上普路同的头盔，可以隐身；见埃拉斯姆斯《箴言集》第2卷第10章第74节，又荷马《伊利亚特》第5卷第844，845行。

② 该基斯，神话中利地亚的牧羊人，手上有金戒指一枚，可以隐形使人看不见他；见柏拉图《共和国》第2卷第354行。

③ 德谟克利特说把变色蜥蜴的左足和蜥蜴草一起烧成灰，用油调和，藏于木罐内，可以隐身；见普林尼乌斯《自然史纲》第28卷第8章又第29章。

④ 一种头上有冠的燕鹊。

⑤ 初版上此名是马提斯高尼斯，拉丁文"马提斯高"（Matisco）即法文的"马孔"（Mâcon），可以影射好几个人物，一是作者在1535至1536年在罗马认识的马孔主教查理·艾玛尔，当时是驻罗马大使；一是国王的朗诵师比埃尔·杜·沙台尔，1544年也做过马孔的主教；另外16世纪初还有一位教会法学家，名叫约翰·德·马孔。

⑥ 指开除出教之严厉，见埃拉斯姆斯《箴言集》第2卷第7章第90节。

⑦ 古时捉鸟时用猫头鹰做幌子，把鸟引来，加以捕获。原文àplaines pippes有"成桶地"的意思，后来不少版本都改成àpleines pippées，意思是，使用骗术。

艾底图斯说道:"你这话说得对;这样说话,再也不会是异端。走,我同意去①。"

---

① 说吃说喝都可以,只是不要接触到教皇的权威,否则便会被当作异端。

回到喝酒的地方，我们看见一位绿色脑袋的老"主教哥"①蹲在那里，身边还有一位副主教和三位教廷官吏，都是快乐的鸟儿，在树底下打着呼噜。旁边，有一位美丽女教长唱着好听的歌儿，听得我们都入了迷了，恨不得把全身各部都变成耳朵，好不要漏掉一句歌词，专心一致地去听。巴奴日说道：

"这位美丽的女教长唱得脑袋都快裂开了，而这个老'主教哥'居然还在打呼噜。魔鬼在上，我马上非叫它也来唱唱不可！"

说罢，便撞起笼子上挂的一口钟来，但是，不管他撞多响，那个"主教哥"的呼噜却越打越响，更别想叫它唱了。

"天主在上！"巴奴日说道，"你这个老东西，我有法叫你唱。"

他拾起一大块石头，准备朝着它的肚子扔过去。艾底图斯大声叫道：

"善良的人，你可以殴打、格杀、伤害世界上的任何皇帝和国君，用阴谋，用毒药，随你用什么法都可以；你可以把天使从天上打下来；这一切，'教皇哥'全可以宽赦你。可是这种神圣的鸟，可千万动不得，假使你还爱惜你的性命、利益和财产的话，那就别动它，否则不拘是你的，还是你的亲属朋友的，活着的还是死去的；甚至一直到他们的后代都要受到灾祸。你看看笼子里那个池子。"

"还是去吃去喝的好，"巴奴日说道。

"这话说得不错，安提图斯师傅，"约翰修士说道，"看到这些鬼鸟儿，我们不由得不骂街；可是喝起酒来，我们便赞美天主。走，咱们去畅饮一番。喝酒实在是件好事！"

第四天，又经过一阵豪饮（这是必然的），艾底图斯这才放我们离开②。我们赠给他一把贝尔式产的小刀，他比阿尔塔克塞尔克塞斯从西提亚那个农民手里接过一杯凉水时③还要喜欢哩。他向我们一再道谢，

---

① 主教戴的帽子上有许多绿色的饰件。
② 罗马招待朝圣的人，一般只留三天，过期即送他们回家。
③ 故事见普鲁塔克《阿尔塔克塞尔克塞斯传》，后来阿尔塔克塞尔克塞斯酬谢那个农民一只金杯和一千块波斯金币。

还给我们船上送了许许多多吃的东西；此外，还祝颂我们一路顺风，人人平安，顺利完成我们的航程，还要我们许下诺言，并以朱庇特的名义起誓，回来的时候再到他们这里来。最后，他向我们说道：

"朋友们，要记住，世界上睾丸比男人多①，千万别忘了！"

---

① 另一种解释是，石头比人多。

第九章

我们怎样来到铁器岛

把胃装得饱饱的，一路顺风，挂起船尾的大帆，不到两天，便来到荒无人烟的铁器岛上。一眼望去，只看见无数高大的树木，上面挂满了鹤嘴锄、铁扫帚、大镰刀、小镰刀、铁铲、铁锨、馒刀、斧子、砍刀、锯子、锛子、剪刀、钳子、铲子、钻子、锥子。还有一些树，上面是短剑、匕首、镶子、短刀、刺锥、宝剑、凡尔登剑①、大砍刀、弯刀、长剑、大刀。

谁想要，只消把树摇晃一下，上面的武器立刻便会像李子似的坠落下来。而且落到地上的时候，自然会碰到一种叫作"鞘"的草，把它装在里面。只是落下来的时候，小心不要让它落在头上、脚上，或者身上其他部分；因为落下时直上直下（这是因为要垂直地进入鞘内），很可能把人刺伤。

还有在一些叫不出名字的树下面，看见一些草，长得像矛、长枪、标枪、钺、戟、戈、钩、叉、杖等等，一个个头朝上，长得可以挨着树，碰到正好跟自己相对的武器。上面的树，仿佛早已准备好，等着它们长上来似的，正好像大人为小孩准备好脱去襁褓穿上衣服一样。

此外，为了使今后不再反对柏拉图、阿纳克萨高拉斯、德谟克利特（他们能算小哲学家么？）的意见^②，这些树，在我们看起来，很像地上的禽兽，和那些具有心脏、脂肪、肌肉、血管、脉络、韧带、筋腱、软骨、骨髓、精液、子宫、脑浆、关节的兽类，并没有什么两样；因为它们全有，泰奥弗拉斯图斯已经说得很明白^③；只是植物的头是下面的树干；头发是地下的树根；脚呢，是向上长的树枝；倒是像一个人在竖蜻蜓。

还和你们长大疮的人一样，你们坐骨疼痛的腿、关节疼痛的肩胛，很早就会感觉出来天气的变化，是下雨，是刮风，还是晴天；它们的树根、树干、树胶、树液，也同样会预感到是什么东西在它们底下长上来，并且准备好适当的武器去对付。

当然（除了天主以外），任何事物都可能有错误。大自然也不能例外，它也会产生出一些畸形怪物。因此，我也看到有些树长得不对；比方说有一个短戟从挂铁器的树下面长上去，挨住树枝以后，碰到的不是武器，却是一把扫帚，怎么样呢？只好接起来去掏烟囱了。还有一只戈，也没有碰到武器，却碰到一把大剪刀；好极了！拿到花园里去捉毛虫好了。还有一只钺的柄，碰到一把镰刀，接起来正好雌雄相配，天作之合！送给刈草的人正好使唤。相信天主，实在是一件好事！

在回船的路上，我看见我后面也不知道是什么树，也不知道是什么人，也不知道在做什么，仿佛在磨也不知道是什么铁器，也不知道在什么地方磨，也不知道怎样个磨法^④。

---

① 凡尔登制造的一种窄长的剑。
② 他们都曾经说植物有知觉。
③ 见泰奥弗拉斯图斯《植物学史》第1卷第2章。
④ 原文quelle braveté在手写本上是en quelle bra（g）uette，1564年版本上是et ne scay en quelle manière。

第十章

庞大固埃怎样来到骗人岛

离开铁器岛的第三天，我们来到了骗人岛，这个岛简直跟枫丹白露一模一样①，土地硗瘠，连骨头（指地里的石块）都露在皮外，满地沙砾，寸草不生，既不卫生，尤不美观。

在岛上，领港人让我们看到两块方形的小岩石，上面有八个同样大小的尖儿，颜色是白的，看起来好像白玉或者是盖了一层雪；可是领港人硬说这是骨头。上面共分六层，是我们国内二十个最大的赌鬼的住处，最大的一对赌鬼名叫"天牌"②，最小的一对叫"地牌"③，中间的有"梅花"、"人牌"、"长三"、"板凳"④，还有的叫"虎头"⑤、"四六"、"三六"、"二六"、"幺六"、"四五"、"三五"等等。

因此，我想到了世上赌博的人，很少是不信魔鬼的；你看他们把两个骰子掷在桌上的时候，全是诚心诚意地高声大叫："'天牌'，我的朋友！"这是喊的大鬼；"'地牌'，我的小乖！"这是叫的小鬼；还有"'二四'，孩子们！"等等等等，他们用名字和绰号，呼唤着魔鬼。不仅是呼唤，而且以魔鬼的朋友和亲人自居。当然，魔鬼并不是常常像他们所希望的那样一唤即到；不过这个，应该原谅；因为是按照呼唤的人不同日期、交情厚薄来决定的。然而，这不能就说魔鬼没有感官和耳朵。我告诉你们，有的，而且还很灵敏。

领港人还告诉我们，在这方形岩石周围和边上触礁沉船、破财伤

命的，比全部在叙尔提斯⑥、卡里布底斯⑦、西勒纳斯⑧、西拉礁⑨、斯特罗

---

① 枫丹白露，塞纳·玛恩省地名，在墨伦东南。
② 即"双六"。
③ 即"双幺"。
④ 即"双五"，"双四"，"双三"，"双二"。
⑤ 即"六五"。
⑥ 叙尔提斯，有两个海湾名叙尔提斯，都在非洲北部，沿地中海，大叙尔提斯湾即今日之锡得拉湾，小叙尔提斯湾即今日之加伯斯湾。
⑦ 卡里布底斯，西西里岛墨西拿海峡漩涡中之暗礁。
⑧ 西勒纳斯，即神话中半人半鱼（或半鸟）之海怪，专以歌声诱杀行人。
⑨ 西拉礁，与卡里布底斯同在西西里岛墨西拿海峡。

菲得斯岛①以及所有海洋的漩涡中受害的要多得多。这个，我并不难相信，我记起来古时埃及的圣贤首先用立方形物体以象形文字的方式来代表尼普顿，用"幺"代表阿波罗，"两点"代表狄安娜，"七点"代表密涅瓦②。

他还对我们说岛上有一个盛过圣血的盆子③，是一件圣物，很少人知道。巴奴日再三央告当地的执事，他才让我们看了一看，不过礼节隆重，比在佛罗伦萨出示苏斯提尼昂的《法学汇纂》④、在罗马出示维罗尼克的圣容巾⑤，还要隆重三倍。我从来没有见过这样多的圣骸护布、圣烛、火把、油盏⑥和隆重烦琐的礼节。最后，让我们看见的，不过是一个烤兔子似的脸像。

此外，并没有看见什么值得怀念的东西，除了"输钱女人的假笑脸"、还有古时丽达产下和孵过的两个蛋的蛋壳，从那里生出了美人儿海伦的兄弟卡斯托尔和波吕克斯。岛上的执事给了我们一小块，向我们交换面包。

离开那里的时候，我们购买了一大包骗人岛上的礼帽和便帽，我担心卖出去不会有多大好处，而且我相信对购买我们帽子的人用处更少。

---

① 斯特罗菲得斯岛，古伊奥尼亚海群岛。
② 见普鲁塔克，《伊西斯和奥西里斯传》第10章。
③ 见本书第4部第42章注。
④ 据说在火把照明之下才能一观。
⑤ 耶稣背负十字架上山，维罗尼克曾以布为耶稣拭汗，印有遗容，据说此布尚保存在罗马圣伯多禄大教堂。
⑥ 原文 Guymples，据科特格拉沃·赛内昂的解释，是 glimpe，即以草茎蘸油点火；又一说系仪式中之帷幔。

第十一章

我们怎样经过"穿皮袍的猫"的大公格里波米诺的机舍关

过去到过诉讼国①，离开那里以后，又到过判案岛，也是一个非常荒凉的海岛。我们还经过了机舍关，庞大固埃不愿意到那里去，他实在有理，因为我们一走到，便被"穿皮袍的猫"②的大公格里波米诺关闭起来失却自由了，原因是我们有一个人经过诉讼国的时候，和一个法警打过架。

"穿皮袍的猫"残忍凶恶，十分怕人：它们吞吃小孩，在铺着云石③的地方狼吞虎咽④。酒友们，你们想想看，它们的鼻子还能不磨扁！它们的皮毛不是向外，而是藏在里面，每一个身上都戴着一个开口的布袋作为标志和徽章，只是戴法各有不同，有的斜挂在脖子上，有的戴在屁股后头，有的戴在肚子前边，有的披在旁边腰里，反正各有各的神秘理由。它们的爪又长又硬，锐利非常，只要一抓在爪里，随便什么也休想逃脱。它们头上都戴着帽子，有的是有四条沟或四条缝的帽子，有的是卷边帽子，有的帽子像一尊炮，有的是大炮式的帽子⑤。

· 1194 ·

G Doré   H. PISAN.

　　一走到它们的洞口，我们便向一个乞丐布施了半块"代斯通"，他对我们说道：

　　"善良的人，愿天主保佑你们很快就能从里面安全出来。千万要注意里面那些装腔作势、卑鄙无赖、'格里波米诺法律'⑥的支持者的脸色。请记好，如果你们还能活六个'奥林匹克'⑦和两只狗的年纪⑧，

---

① 见本书第4部第12章。
② 影射穿着貂皮镶边法衣的法官。
③ 指法庭上的石案。
④ 原文paissent，意思是："吃草"，这里是指法官贪婪和欺人。
⑤ "帽子像一尊炮"和"大炮式的帽子"，都是当时法国法庭庭长所戴的帽子，式样很特别。
⑥ "格里波米诺法律"即贪得无厌，只知道捞钱的法律，作者用一只右手拿着刀鞘的老女人来象征"格里波米诺法律"，和一般象征司法的图案完全相反。
⑦ 古时奥林匹克运动会每四年举办一次，六个"奥林匹克"即二十四年。
⑧ 狗大约可活十年上下，"两只狗的年纪"，大约也是二十几年，所以一共是五十年上下。

你们就可以看到这些'穿皮袍的猫'将成为全欧洲的主宰，如果他们的后代没有人把这不义之财一下子败掉的话，他们便会安安稳稳地享受欧洲的全部财产和土地；请记好我这个有良心的乞丐说的话。在它们身上，第六种元素主导一切[①]！它们巧取豪夺，弱肉强食，无恶不作。它们不分善恶，不是把人吊死，便是把人烧死，不然就五马分尸、斩首示众、非刑拷打、关闭监禁、欺压折磨、倾家荡产。它们颠倒是非，把弊病叫作道德，把邪恶叫作善良，把叛逆名为忠贞，把偷窃称为慷慨；劫夺是它们的座右铭，所作所为，谁都得赞同称善（除非是异端）；蛮横专制、权大无边，谁也不敢反抗。

"根据我的揣度，你们将会看到，草料架[②]上面就是它吃食的地方[③]。这个，你们有一天会记起来的。如果世界上发生鼠疫、饥荒、战争、风暴、洪水、大火，或其他灾害，可不要说这是灾星的交会，罗马宫廷的妄为，世上国王和君主的残暴、伪善人、异端者、假先知的欺诈、放高利贷者、制造伪币者、削刮银币者[④]的奸佞，内科郎中、外科医生、配方先生的昏庸和疏忽，偷情的、毒死丈夫的、杀死婴孩的妇女的罪恶，并归罪于他们，而是要把这一切都放在'穿皮袍的猫'在工作室里不断制造和实现的、其大无比、无法形容、不可想象和估计的邪恶上面。此外，由于它不像犹太人的教门那样为人所熟悉，所以并没有罪有应得地受到纠正、嫌恶和惩罚。但是，如果有一天真相大白，暴露在群众面前，那时多么有口才的雄辩家也无法阻止、多么严厉整肃的法律也无法用恐怖的裁判来卫护、多么有权威的法官也无法用强权不许把它们活活地毫不留情地烧死在它们的洞穴里。它们亲生的儿女，那些'穿

---

① 当时化学家只提出五种元素，此处所谓第六种元素，是指"穿皮袍的猫"使用不可想象的伎俩来诈骗财物。

② 指法院陈列卷宗的台子，平常是录事的席位。

③ 指法官的席位。

④ 指使用银币之前，先在边上刮下一点银子来，积少成多，便成银块；所以兑换银币的钱铺都备有戥秤，随时校正。

皮袍的小猫',以及其他的亲属,也要厌恶和痛恨它们的。

"因此,正如同汉尼拔在庄严隆重的宣誓仪式中,接受他父亲阿米尔卡尔的命令,在有生之年要迫害罗马人那样①,我也受到先父的命令,要待在此处门口,人类因为受过无数的打击而变得麻木不仁,对于这些'穿皮袍的猫'已作的和将做的坏事已经毫无感觉,也不会有所预见,或者,即便感觉到,不敢,也没有能力来消灭它们,我只好等待上天的霹雳打下来,像摧毁叛逆天庭和与天庭为敌的泰坦一样,把它们化为灰烬。"

"原来是这样啊?"巴奴日说道,"不,不! 天主在上,那我可不要去!

　　　　"崇高的乞丐使我震惊,
　　　胜过秋季的雷鸣②!"

正待回身想走,不料大门已关,有人对我们说,此处有如阿维尔诺③易进难出,如果没有法庭的证明和释放的证件,不得出去! 有道是离开城会和离开市集完全不同④,何况我们又是满脚尘土⑤。

最糟的,要算进到机舍关以后了。因为,要弄到证明和释放证件,我们须要去见一个丑得不能再丑、文字上从未被人描写过的妖魔。

它的名字叫格里波米诺。拿它比作开米拉⑥、斯芬克斯⑦、刻耳柏洛

---

① 见提特·利维《罗马史》第21卷第1章。
② 仿诗人马洛释放后写给国王的两行诗:
　　"不敬的人,谁最震惊?
　　是马洛,胜似雷鸣。"
③ 阿维尔诺,意大利那不勒斯附近湖名,因有硫磺质气体喷出,故被认为是地狱入口处,所谓"易进难出",即指地狱口。
④ 是一句谚语,意思是说:离开城市的大会可没有离开村镇的小集那样容易。
⑤ "满脚尘土"(les pieds poudreux),亦可译为"尘土脚",有意思指赶集赶会的小摊贩,他们须有纳税的证明和书面许可,方可进出。
⑥ 开米拉,神话中怪物,半狮半羊,龙尾巴,口内喷火。
⑦ 斯芬克斯,埃及代表太阳之神像,人头狮身,希腊神话中说它叫行人猜谜,答不出者,即被吞食。

斯，或者奥西里斯的塑像，也不过分；说起奥西里斯的塑像，埃及人是把他塑成三个头连在一起的：一个是怒吼的狮头，一个是阿谀人的狗头，另一个是打哈欠的狼头。有一条首尾衔接的龙把三个头缠在一起，周围闪着亮光。格里波米诺两只手满是鲜血，伸出来好像哈尔比斯的爪子，嘴脸像乌鸦，牙齿像满四岁的箭猪①，眼睛像地狱的入口②，头上扣着一顶大炮式的帽子，缠满了绒球彩穗；只有爪子露在外面。

它，以及和它在一起的野猫，坐在一条崭新的草料架那里，上面

---

① 指牙齿又长又大。
② 地狱的入口往外喷火。

是一排排美丽宽敞的槽口①，和刚才的乞丐所说的一式一样。主位的上面，有一张画，画上是一个老女人，右手拿着刀鞘②，左手拿着天平，鼻子上戴着一副老花眼镜。天平的两个盘是两只绒布的口袋，一只里面装满了钱，往下坠着，另一只是空的，高高地翘过准星。我认为这正是格里波米诺司法的形象，和古时底比斯人的社会太不相同了，他们的法官死亡之后，都是根据这些人生前功劳的大小，为他们建立金的、银的或石头的塑像，但是全都没有手③。

我们走到它跟前，我也不知道是什么人，反正一个个全都满身口袋，里面塞着写满字迹的破烂东西④，叫我们坐在一个矮凳上⑤，巴奴日说道：

"不值钱的东西！朋友们，站着倒是好得多；特别是，这矮凳对于穿新裤子和短上衣的人太低了⑥。"

"坐下来，"他们说道，"别等再关照你！假使你们不好好地回答，地马上就会裂开，把你们活活地埋进去。"

---

① 指陈列整齐的卷宗。
② 一般象征司法的神像，都是手执长剑，格里波米诺的"司法"仅仅拿一刀鞘，既不快，也不直。
③ 没有手，表示清廉；见普鲁塔克《伊西斯和奥西里斯传》第20章。
④ 指诉状。
⑤ "矮凳"（sellette），此处指"被告席位"。
⑥ 当时上衣是用带子和裤子拴在一起的，新裤子挺直，坐时势必拉紧上衣，特别是矮凳。

第十二章

格里波米诺怎样叫我们猜谜

我们坐下之后，格里波米诺在它那"穿皮袍的猫"中间怒气冲冲
地向我们说道：

　　"原来，原来，原来^①！"

　　"酒来，酒来，酒来！"巴奴日咬着牙还嘴。

　　"一位金发的年轻姑娘，

　　未曾结婚，腹内即有儿郎，

　　生产未遇痛苦，

　　出世像蛇一样，

　　生来性情急躁，

　　咬伤母亲肋旁。

　　从此飞于天空，行于地上，

　　高山深谷，四面八方，

智慧之友惊奇，

认为是人性动荡。"

"原来，原来！"格里波米诺接着说道："（你们回答[2]）这个谜语，马上告诉我这是什么！"

"天主在上！"我回答说，"假使我能像你的老前辈维莱斯一样[3]，那个天主在上！家里有一个斯芬克斯的话，那个天主在上！我就可以猜出你的谜了，那个天主在上！不过，那时没有我，那个天主在上！所以与我无关。"

"原来，原来！"格里波米诺说道，"斯提克斯在上！你既然不想说，原来，原来！我就要叫你认识认识落在路西菲尔的爪子里也比落在我手里好，原来，原来！你看见我的手没有？原来，原来！混账东西！你还说与你无关来证明你不该受罚么？原来，原来！我们的法律和蜘蛛网一样，小苍蝇小蝴蝶全跑不了，原来，原来！只有大个的牛虻才能破网而出，原来，原来！所以，我们并不要大盗、暴君，原来，原来！他们太难消化，原来，原来！会把我们撑死的，原来，原

① 原文 Or sà 是16世纪一个口头语，不过 or 又有"金子"的意思，作者有意双关，想叫格里波米诺说："金子，金子，金子！"

② 1564年版本上无此句。

③ 维莱斯，罗马帝国执政官，生于公元前119年，曾以勒索钱财罪名被西塞罗审问，维莱斯以青铜斯芬克斯一只赠送律师奥尔唐修斯，请为辩护。审讯时，西塞罗令证人供词，律师说："我听不懂他这些谜语。"语尚未了，便听见有人说："那太奇怪了，你有了斯芬克斯，还听不懂么？"见干提理安《论雄辩》第6卷第98章，又普鲁塔克《伟人传》有关西塞罗部分。

来！倒是你们这些天真的小家伙，原来，原来！魔鬼头儿会为你们唱弥撒的，原来，原来！"

约翰·戴·安吕米诺尔修士①听得实在受不了了，说道：

"喂，穿裙子的魔鬼先生，你怎么要他回答他不知道的事情呢？给你说实话，你还不满意么？"

"原来，原来！"格里波米诺又说话了，"自从我上任以来，原来，原来！就没有一个人不先问他就来说话的，原来，原来！是谁把这个傻瓜弄到这里来的？"

"你胡说！"约翰修士说道，嘴唇绷得死硬。

"原来，原来！等到你该回话的时候，原来，原来！你才有的说，混账东西！"

"你胡说，"约翰修士说罢之后，不再说话了。

"原来，原来！你以为你是在学院的森林里②和那些无事可干、探寻真理的人在一起？原来，原来！我们可不这样做，原来，原来！在这里，我要，我要人明白回答他所不知道的。原来，原来！承认做过他未曾做过的。原来，原来！承认了解未曾学过的。原来，原来！忍受可以使他发疯的。原来，原来！我们把鹅的毛拔下来，还不许它响一声③。原来，原来！你是没有律师替你说话的。原来，原来！我看得很明白！原来，原来！叫你患四日两头疟疾，原来，原来！叫你和疟疾结婚过一辈子，原来，原来！"

"见你的鬼！"约翰修士说道，"见你的大鬼，小鬼！你想叫出家人结婚么？好，好，我看你是个大异端。"

---

① 1564年版上仅是"约翰修士"，手写本上是"约翰·戴·安脱诺尔"，实际上即约翰·戴·安脱摩尔。
② 指雅典阿卡德姆斯花园，为最初哲学家聚会之所。
③ 指剥削无辜的人，还不许人家抗议。

第十三章

巴奴日怎样解答格里波米诺的谜语

　　格里波米诺假装没有听懂约翰修士的话，又问巴奴日道：

　　"原来，原来！你这个捣蛋鬼，你没有什么可说的么？"

　　巴奴日说道：

　　"冲着魔鬼说话！我看明白了，这里的人都在发昏；冲着魔鬼说话！无辜，在这里并没有保障，倒是魔鬼在唱弥撒。魔鬼在上！请你让我为大家付款，然后放我们走吧；冲着魔鬼说话，实在叫人受不了啦！"

　　"放你们走！"格里波米诺说道："原来，原来！三百年以来，这里就没有逃走过一个，原来，原来！除非把毛留下，或者更多的是把皮留下，原来，原来！怎么？让人说你在这里受到不同的待遇么？原来，原来！你真该死！原来，原来！假使你猜不出我的谜，你就更不得了，原来，原来！你说，我的谜究竟是什么意思？"

　　"冲着魔鬼说话！意思就是米达斯①，"巴奴日说道，"一个嫩蚕豆里生的黑甲虫，冲着魔鬼说话！从它咬破的窟窿里钻出来，冲着魔鬼说话！有时在空中飞，有时在地上爬，冲着魔鬼说话！引起智慧的第

1209

　　一个爱好者毕达哥拉斯的惊奇，冲着魔鬼说话！说它由于轮回关系可能有人的灵魂[2]，冲着魔鬼说话！如果你们也都是人的话，冲着魔鬼说话！你们死后，依照毕达哥拉斯的说法，冲着魔鬼说话！你们准会托生为甲虫，冲着魔鬼说话！因为今生你们什么也咬，什么也吃，到来生，一定像蛇一样咬伤你们自己母亲的肋旁[3]，冲着魔鬼说话！"

　　"天主在上！"约翰修士说道，"我真希望我的屁股眼能变成蚕豆，让甲虫周围去咬一咬。"

---

① 手写本上有此名，1564年版上无此名。
② 肉身有死，灵魂不灭，于是乃有轮回转生之说；古时印度及埃及都有此学说，毕达哥拉斯把它介绍到希腊，由此兴起戒肉，相信动物可能有人的灵魂，任何肉类都可能是人类自己的肉。
③ 古时相信蛇生幼蛇时，母蛇即死去；见塞尔维乌斯《农事诗集注释》第3卷第416行。

　　巴奴日说罢话，把一个满装"太阳币"的零用钱袋①扔在法庭当中。那些"穿皮袍的猫"一听见钱袋的声音，个个像乱弹提琴的人那样，舞动爪子，齐声高呼：

　　"香料来了！这个案子问得好，有味道，真香。"

　　"是金子，"巴奴日说道，"是'太阳币'。"

　　格里波米诺说道："庭上明白。对，对，对！走吧，孩子们，你们可以走了，完全对！我们虽黑，可是还不及魔鬼，对，对，对！"

　　从机舍关出来，有几个带路人把我们领到码头上。在上船之前，他们又关照我们说如果不先向格里波米诺夫人以及全体"穿皮袍的雌猫"赠送厚礼，可不要动身；否则的话，他们便会接到命令把我们重新带回机舍关去。

---

① "零用钱袋"（bourse monsieur）的monsieur（意思是"先生用的"）在1564年版上没有。

"好吧！"约翰修士说道，"我们找个稳妥的地方看看我们还剩多少钱，尽力使大家都满意好了。"

　　"不过，"带路人说道，"可别忘了穷人的酒钱！"

　　约翰修士说道："穷人的酒钱是从来不会忘记的，任何地方、任何时候，都会记得。"

第十四章

“穿皮袍的猫”怎样以贿赂为生

话未住口，约翰修士就看见码头上开来六十八艘划桨船、帆船和快船；他立刻跑去打听船上装的是什么货物，只见每条船上都装满了野禽，有野兔、阉鸡、野鸽、猪、鹿、兔、雏鸡、公鸡、野鸭、小鹅等等还有其他猎物。他看见船上还有成匹的丝绒、绸缎和大马士革呢，于是便向船上的客人打听这些精美的东西是运往何处、赠送何人的。船上的人告诉他说是送给格里波米诺和穿皮袍的公猫和雌猫的。

约翰修士问道：“你们怎样叫这些东西呢？”

“叫贿赂，”旅客们回答说。

约翰修士说道：“不错，他们以贿赂为生，子孙后代将死于贿赂。天主在上，情形就是如此！他们的上辈靠贵人为生，贵人便凭自己的能力，练习养鹰和狩猎，把身体练得能吃苦耐劳，准备作战时有更多的策略。因为狩猎也是作战的缩影，克塞诺丰说得好，能征惯战的良将，都像从特洛亚的木马中出来的一样来自狩猎，说得实在不错[①]。我不是学者，可是人家这样告诉我，我是相信的。按照格里波米诺的说法，这些人的灵魂，死后将托生为箭猪、麋鹿、鹭鸶、竹鸡等等类似的禽兽，就是因为他们生前曾经喜爱和追逐它们。而这些'穿皮袍的猫'在摧毁和吞食他们的府邸、田地、房产、财物、利息、收入之后，到了来生还要追逐他们的血和灵魂。哦，那个乞丐叫我们注意装在草料架上面的槽头，真是个大好人！"

巴奴日说道："是的，不过伟大的国王曾下令禁止捕捉鹿、麂、麋、麃、箭猪等兽，违令者绞。"

"这倒是真的，"旅客当中有一个说，"只有伟大的国王善良仁慈，'穿皮袍的猫'却残暴异常，专嗜信徒的鲜血，因此我们宁肯冒犯国王的命令，也不敢放弃用贿赂来维持'穿皮袍的猫'的希望；特别是明天格里波米诺就要把它一个'穿皮袍的雌猫'嫁给一个皮袍很厚的大花猫，名叫米都阿尔。从前，人们把它们叫作'吃草者'②，可是，它们现在已经不吃草了。我们目前把它们叫作'吃野兔者'、'吃鹌鹑者'、'吃竹鸡者'、'吃野雉者'、'吃雏鸡者'、'吃麋鹿者'、'吃家兔者'、'吃猪猡者'等等，它们别的肉都不吃。"

"臭，臭！"约翰修士叫了起来，"到了明年，我们把它们叫作'吃屎者'、'吃粪者'、'吃大便者'。你们相信不相信？"

"完全相信！"大家一齐回答。

"好，现在咱们做两件事，"他继续说道，"第一，先把这里的野味扣留起来，咸肉我早已吃厌了，看见就一肚子气。不过，话讲明白，我是要出钱的。第二，我们回机舍关去，把那些'穿皮袍的猫'一网打尽。"

"不用说，"巴奴日说道，"我是不去的，我天生就有点儿胆小。"

---

① 见克塞诺丰《论狩猎》第1章末。
② 原文machefoings，亦有"贪得无厌"的意思。

第十五章

约翰修士怎样决定把"穿皮袍的猫"一网打尽

"冲着我的会衣说话！"约翰修士说道，"我们这叫什么旅行啊？简直是大便旅行，一味地只会放无声屁，放有声屁，屙屎大便，胡言乱语，任事不干。天主那个脑袋！我生性就不喜欢这样！假使白天我不办点英勇的事儿，晚上我就睡不着觉。难道你们要我和你们一齐来就是为了唱弥撒和听忏悔么？天主在上！头一个来做忏悔的，就叫他像懦夫和坏人似的做补赎，除去炼狱受苦之外，还得葬身海底；我是说，头朝下往海里跳。

"是什么使海格立斯名垂不朽呢？难道不是因为他在漫游世界时救百姓于暴君之手，使他们脱离罪恶、危险和困扰么？他杀尽过全部盗匪、妖魔、毒蛇和猛兽。为什么我们不效法他的榜样，在我们经过的国土内，像他那样大干一番呢？他驱散过斯图姆帕洛斯的鸟群[1]，格杀过列尔内的九头蛇[2]、扼死过卡考斯[3]、安泰俄斯[4]和半人半马的肯陶洛斯[5]。我不是学者，可是学者都这么说。我们应该学习海格立斯的榜样，把这些'穿皮袍的猫'消灭掉，来一个一网打尽。它们不过是些小鬼[6]，让我们叫这地方摆脱掉它们的残暴吧。假使我和海格立斯同样孔武有力，我还来求你们帮助和指教的话，我情愿失掉穆罕默德的保佑！怎么样，我们干不干？我有把握可以很容易地杀败它们，它们决不会还手，我有绝对把握，我们不是已经骂它们骂得比十只母猪喝的洗锅水还多么？ 走！我敢保险，咒骂与丢人，它们全不在乎，只要口袋里有钱就行，即便弄一身粪也不怕；我们很可能像海格立斯一样战败它们，只是这里缺少欧里斯透斯的命令⑦，此刻别无所望，只希望朱庇特能像从前看望巴古斯的母亲赛美列那样⑧在这里走上短短的两个小时就行了。"

巴奴日说道："天主保佑我们好不容易才逃脱它们的魔爪，我是无论如何也不肯回去的，我到现在还感觉到紧张，还感觉到刚才受的痛苦呢。我有三个理由不喜欢那里，第一个理由，是因为我不喜欢那里，第二个理由，是因为我在那里不喜欢，第三个理由，是因为在那里我不喜欢。约翰修士，请你用右边的耳朵听听我左边的睾丸，任何时候，哪怕是到魔鬼窝里，到米诺斯、艾考斯⑨、拉达曼图斯⑩和狄斯⑪的公堂上，我都准定和你寸步不离，即便跟你渡过阿开隆河，斯提克斯河，高塞土斯河，大碗喝雷塞河的水，付给卡隆⑫双份的摆渡费，我也情愿；至于再回机舍关，如果你不打算一个人回去的话，请你找别人奉

---

① 神话中海格立斯十二伟绩之六。
② 神话中海格立斯十二伟绩之二。
③ 卡考斯，神话中巨人，口吐火焰，曾偷窃海格立斯八只牛，后被寻获，为海格立斯掐死；见维吉尔《伊尼特》第7卷。
④ 安泰俄斯，神话中巨人，一接触土地，即能增添新的力量，海格立斯卒把他从地上提起来，把他闷死。
⑤ 杀死肯陶洛斯，乃神话中海格立斯十二伟绩之四。
⑥ 原文 tiercelets de diables，指只有魔鬼三分之一大的小鬼。
⑦ 欧里斯透斯，神话中阿尔戈斯国王，海格立斯的十二伟绩都是在他的命令下执行的。
⑧ 携带霹雷闪电。
⑨ 手写本及1564年版上此处是"卡考斯"（Cacus）。
⑩ 米诺斯，艾考斯和拉达曼图斯为地狱内三法官。
⑪ 狄斯，高卢人的地狱之神。
⑫ 卡隆，神话中地狱里斯提克斯河上的老船工，专门摆渡阴魂过河，收取摆渡费，如不付钱，即须在岸上等待一百年，所以人死后殡葬时，家属均将钱币放于死者口内，即为摆渡之用。

陪吧，我是不回去的了；君子一言，驷马难追！除非用武力强逼我去，否则的话，我这一辈子，只要还活着，我就决不走近那里，跟卡尔坡不能近阿比拉一样①。难道乌里赛斯回到西克洛波的山洞去找过他的宝剑么？老天在上！他可没有去！我什么也没有忘在机舍关，我决不回去。"

约翰修士说道："哦！善良的心再加上半身不遂！不过，咱们只管像那位微妙的学者司各脱一样来谈一谈：是什么使你把满满的一袋钱扔给它们呢？难道是我们的钱太多了么？扔给它们几块刮过边儿的'代斯通'还不够么？"

巴奴日回答说："这是因为格里波米诺每说一句话，都要打开它那只丝绒口袋，嘴里还不住地说：'原来，原来，原来②！'我以为只有天主在上，把金子扔给它们，冲着魔鬼说话，把金子扔给它们，才能够自由，才能够脱身！要知道，丝绒口袋可不是装'代斯通'和零星小钱的器具，它是装'太阳币'的袋子，你懂么，约翰修士，我的小家伙？等你将来有了和我一样的烤人和被烤的经验，你就不这样说话了。再说，这也是它们的命令，我们还是走好。"

那几个带路的家伙还等在码头上，希望得到赏钱，可是看见我们准备开船，便拥向约翰修士，提醒他说，如果不按照法庭上的收税规章付给他们赏钱，便不能动身。

"见鬼！"约翰修士大叫起来，"你们这一群鬼爪子还没有走么？不再添麻烦，我已经够生气的了。天主在上！我马上就给你们酒钱，既然答应，一定办到！"

只见他抽出短刀，奔下船头，直向他们的头颅砍去；他们慌忙拔脚就跑，转眼之间便跑得无影无踪。

---

① 卡尔坡为西班牙南部山名，阿比拉为非洲北部山名，二山遥遥相对，即神话中海格立斯所立的两根柱子，中间是直布罗陀海峡。
② 亦可解释为，"拿金子来，拿金子来，拿金子来！"

　　可是麻烦事并没有就此结束，因为当我们在格里波米诺那里的时候，有几个水手得到庞大固埃的同意，跑到一家饭店里去吃喝休息去了。我说不上来他们究竟有没有给过赏钱，反正那个老女店主看见约翰修士站在岸上，便请一个当捕快的"穿皮袍的猫"的女婿和两个捕役作证，告约翰修士的状。约翰修士不耐烦听他们喋喋不休的唠叨，不禁问道：

"无聊的家伙，你们是不是想说我们的水手不讲理呢？我却认为是相反的，而且马上用正义的方法来证明，那就是请这位短刀老爷来评判。"

一边说，一边挥起短刀，那些家伙都拔腿跑掉了。只剩下那个老太婆，她向约翰修士说水手们是讲理的，只是他们饭后睡觉的床位没有给钱，床的费用是五个"都尔苏"①。

"是的么？"约翰修士说道，"这可不算贵，这样便宜还不给钱，真是太没有良心了。由我来付好了，不过，我要看看是什么床位。"

老太婆把约翰修士领到家里，请他看她的床，一边还夸奖床的各种优点，说她要五个"苏"实在不能算贵。约翰修士付给她五个"苏"之后，便举起短刀，把羽毛床垫和枕头一劈为二，把羽毛从窗口里撒出去。老女人赶快跑下去，嘴里不住地喊道，"来人啊！救命啊！"一面还忙不迭地拾取羽毛。约翰修士还不满意，把床上的被窝、褥子，还有两条被单，都带回船上去了，一个人也没有看见，因为满天都成了羽毛，黑得什么也看不见。约翰修士把带来的东西送给水手，然后告诉庞大固埃说这些东西比在施农还要便宜，虽然施农有包提邑出名的鹅毛。那张床，老太婆只要五个"苏"，到了施农，十二个法郎也买不到②。

约翰修士和其他人等上船之后，庞大固埃关照开船，可是海上刮起了剧烈的东南风，一时大家迷失了方向，船又走回"穿皮袍的猫"国家的航路上。他们开进一个大漩涡里，波浪滔天、海水骇人，桅杆上一个小水手高声喊道，他又看见格里波米诺那座房子。巴奴日吓得浑身打战，止不住地喊叫：

"老板，我的朋友，风也好，浪也好，改个方向吧！朋友啊，千万

---

① 13世纪都尔的钱币，20个"都尔苏"合1个"都尔利佛"。
② 本章在手写本及1564年版上只到此处为止。

不要再回到那个可怕的地方去，我把钱袋都丢在那里了。"

最后，风把他们吹到一座岛边上，不过，他们还是不敢立刻上岸，只是停留在离开一海里远的乱石丛中。

第十六章

庞大固埃怎样来到愚人岛（愚人的手是弯的，手指很长）以及遇到的奇事和妖魔

把锚抛下，使船稳定好之后，大家走下船来。善良的庞大固埃颂经感谢天主救我们出险，然后带领随从走上小船，准备登陆。这时风平浪静，所以走起来很方便，不一刻工夫便来到岩石上。

登陆之后，在观赏地势险要、山石奇异的海岛时，爱比斯德蒙一眼便望见好几个本地的居民。他招呼的第一个，身上穿着紫红色①短外套、哔叽上身②、丝绸袖口、上镶羚羊皮、帽上有帽花；此人相貌堂堂，后来我们知道他的名字叫"赚钱多"。

爱比斯德蒙向他打听这片山石奇异、洞穴怪诞的地区叫何名字。"赚钱多"告诉他说这片多山地区是从诉讼国分出来的属地，名叫诉状岩，经过此处山口，再渡过一条小河，便是愚人国③。

"《特别敕令》那个德行！"约翰修士叫了起来，"你们这些老好人，以何为生呢？我们能和你喝一杯么？我看此处除了状纸、墨盒和笔之外，没有任何东西。"

"赚钱多"回答说："其实我们就靠此为生，因为凡与岛上有瓜葛的人都非从我们手里经过不可。"

"为什么呢？"巴奴日问道，"难道你们是理发的么，经过的人都要

G. DORÉ

在此剪发？"

"剪的倒不是头发，""赚钱多"回答说，"而是他们钱袋里的'代

---

① 原文 couleur de roy, 意思是，"国王的颜色"，国王当时除穿紫红色衣服外，还穿宝蓝色衣服。

② 哔叽的一种，最初织造于英国之渥斯忒德。

③ "愚人国"原文 Apedeftes 是从希腊文 Απαίδετοι 来的，意思是，"愚昧，没有文化"。

斯通'。"

"我的老天！"巴奴日说道，"你在我这里可是一文小钱也剪不到，我求求你，好先生，把我们领到愚人岛去吧，我们是从聪明岛来的，在那里没有赚到一文钱。"

大家说着话，来到了愚人岛，因为那条小河很快就渡过了。庞大固埃对当地人房屋的构造很感兴趣，因为房屋的式样很像一个巨型的葡萄榨汁器，里面有五十级梯子可以上下，在进入主要榨汁器之前（此处分小型、大型、私用、中型等各式榨汁器），还要穿过一条很长的柱廊，从那里几乎可以看到全部的压榨工具，江洋大盗的吊刑架、绞刑架、拷问处，真是多得不可胜数，不由得不使你胆战心惊。"赚钱多"看见庞大固埃感兴趣，便说道：

"老爷，到前面去看吧；这里不算什么。"

"怎么？"约翰修士问道，"这还不算什么？冲着我发热的裤裆的灵魂说话！巴奴日和我已经饿得发抖了。与其继续看这些凄惨的景象，我宁愿去喝酒。"

"那么，跟我来，""赚钱多"说道。

他把我们领到藏在后面的一个小榨汁器那里，照岛上土语的叫法是皮提斯[①]。你们不用问约翰修士和巴奴日来到那里如何享用了，米兰香肠、印度火鸡、阉鸡、鸨、甜酒、各式精美食品，都早已准备得齐齐全全。

一个管酒的童子看见约翰修士向着隔开一大群酒瓶、靠近饭橱的一瓶酒瞟了一眼，连忙向庞大固埃说道：

"大人，我看见你们有一个人看上了这瓶酒；我求你千万不要让人动它，这是给老爷们准备的[②]。"

[①] "皮提斯"这个名字可能是从希腊文 πίθος 来的，意思是，"酒桶"（其实是一种羊皮缝制的盛水或酒的皮囊），此处指"饮酒室"，影射当时审计部内的饮酒处。

[②] "老爷们"，指办公的官员和收获季节内的巡警。

"怎么，"巴奴日问道，"这里有老爷么？我明白了，现在正在收割葡萄啊。"

"赚钱多"领我们从一条窄小的暗楼梯走进一间小屋，从那里，他让我们看见了在大榨汁器里的老爷们，他告诉我们说不经他们同意，谁也不许进去，可是我们从这个小窗户眼里看得见他们，他们却看不见我们。

我们走进那间屋里，只见在大榨汁器里有二十到二十五个肥胖的家伙面对面围在一张铺着绿台布的大台子周围①，一个个的手和天鹤的腿一样长，指甲的长度少说也有两尺。因为他们不许咬指甲，所以都长得弯过来活像钩连枪和带钩的篙一样；这时从外面送进来当地"特别区"收割的一大串葡萄，这样的葡萄在葡萄架里是屡见不鲜的②。那串葡萄送进来以后，他们马上把它放在榨汁器上，没有一粒葡萄不被压得像一张纸，一直压到浆水精光，干瘪无汁，才被扔了出去。"赚钱多"告诉我们说像这样的肥葡萄是不常见的，不过他们的榨汁器总有葡萄可榨。

"请问你，老兄，"巴奴日问道，"他们种葡萄的地区很多吗？"

"很多，""赚钱多"说道，"你看见就要放在榨汁器里的那一小串么？那是从什一税区里来的③；前一天他们已经榨过了，只是榨出来的油有一股教士钱柜的味道，老爷们没有榨出很大的油水来。"

庞大固埃问道："那么，为什么还要榨呢？"

"赚钱多"说道："是想看看有没有汁水留在皮里。"

"我的老天！"约翰修士叫了起来，"这样的人你们称作愚人么？真

---

① "一张铺着绿台布的大台子"（un grand bourreau tout habillé de verd）也可以解释为"一个穿着绿色衣服的肥胖的绞刑吏"。

② 此处影射 1535 年 9 月 4 日因舞弊案被吊死的约翰·彭舍，"特别区"指弥补战争费用的"特别税"，约翰·彭舍系当时的财政部长，案发后，彭舍被吊死，财产充公。此处"一大串葡萄"，指的就是他。

③ 此处的"什一税"系指教士纳的一种微不足道的税。

是见鬼！他们连墙头也能榨出油来！"

"确是如此，""赚钱多"说道，"他们常常拿城堡、花园、树林等等来榨，非榨出能饮的金子不可。"

"你是不是说能拿的金子？"爱比斯德蒙说道。

"我是说能饮的金子，""赚钱多"说道，"因为在这里，不能饮的也要饮。种得的确太多了，简直说不出究竟有多少。你到这里来看看那座小院子，那里有一千多种，都在等待榨取的时刻。有一般的，有特别的，有保卫的，有借贷的，有赠与的，有临时的，有田产的，有娱乐的，有驿站的，有捐献的，有皇家的①等等。"

"那个围在小个儿之间的又肥又大的一个叫什么？"

"那是'储蓄捐'，""赚钱多"回答道，"它是全国最好的品种。榨过它之后，老爷们可以六个月谁也不感到干枯。"

老爷们走出去以后，庞大固埃请"赚钱多"带我们到大榨汁器里去观光一下，他乐意地照办了。我们一走进去，听懂万国方言的爱比斯德蒙便向庞大固埃介绍那座神气的大榨汁器在说什么，据"赚钱多"说它是用苦刑架的木头②制造的。每一种用具上面都用本地的文字写着它的名字。榨汁器的轴承叫"收入"，接盆③叫"支出"，铆钉④叫"政府"，横轴叫"未付进款"，大桶叫"亏损"，水道叫"销账"，木箱叫"收回款项"，酿酒桶叫"超价"，酒瓮叫"清单"，压榨器叫"付清"，背筐叫"有效期"，背篓叫"有效债权"，木桶叫"债权"，漏斗叫"结清"。

"冲着香肠人的皇后说话！"巴奴日说道，"埃及的全部象形文字也别想和此处的语言相比！真是见鬼！字音听起来真刺耳，跟羊粪一样

---

① 都是当时的苛捐杂税。
② 原文 boys de la croix,意思可能是说，"是用受刑者的财产造的"。以后的一系列名字，一面是属于压榨葡萄的术语，一面是会计账簿的术语。
③ 原文 la mets，指承接葡萄汁的大盆。
④ 原文 l'éscroue，指稳固榨汁器横轴的铆钉。

不讨人喜欢。可是，老兄，我的朋友，为什么这里的人叫作愚人呢？"

"赚钱多"回答道："这是因为他们既不是、也不应该是明智的人，在这里，一切都在愚昧中进行，没有什么可讲理的地方，到处全是：这是老爷们说的，这是老爷们的意思，这是老爷们吩咐的，等等。"

"我的真天主！"庞大固埃叫起来，"既然葡萄的收入这样大，宣誓^①的花费也小不了啰。"

"那还用说！""赚钱多"说道，"每月都有。不像在你们国家里那样，一年只有一次可以免费。"

从那里出来，"赚钱多"领我们观光其他上千个小型的榨汁器，我们看见一个小台子^②，周围有四五个讨人厌的傻家伙，可是脾气不小，跟屁股上拴着火炮的驴一样。他们是在别人榨过之后在小榨汁器上把榨过的葡萄再榨一次的；用当地的话说，他们的名字是"核对者"^③。

约翰修士说道："我一辈子也没见过更狠毒的恶人了。"

离开大榨汁器，我们看了一系列小榨汁器，到处全是收割葡萄的人，用工具在剥葡萄籽，他们手里的工具叫作"记账单据"。最后，我们来到一间低矮的厅堂里，看见一只长着两个头的大狗，肚子像狼，爪像朗巴勒^④的魔鬼，专门靠果核^⑤的奶为生。老爷们特别关照要好好地待它，因为只有它才配得上享受最好地区的收入。他们用愚人岛上的话给它起名叫"加倍"。它母亲就在它身边，皮毛和形状都很像它，只是长了四个头，两个雄的，两个雌的，母亲的名字叫"四倍"，是那里最凶猛的一只狗，除开祖母之外，要算它母亲最厉害了。那只祖母现在关在一间小屋子里，名字叫"漏收项目"。

---

① "宣誓"原文serment与sarment"葡萄枝子"相近，作者有意把"葡萄枝子"说成"宣誓"。"宣誓"是审讯官司时程式之一。
② 原文bourreau，亦可解释为"绞刑吏"。
③ 原文courracteurs，指负责核对账目的人。
④ 朗巴勒，地名，此处指杜艾的鬼戏，见本书第3部第3章。
⑤ "果核"原文amendes与"罚款"（amendes）同音。

　　约翰修士肚子里经常有二十"奥纳"空肚肠，可以随时吞食律师的肉酱，这时他饿得发起慌来。他提醒庞大固埃该去吃饭了，并提议把"赚钱多"一起带去。于是，我们从后门走了出去，在门口，我们遇见一个披枷戴锁的老头子，是个半疯半傻的人，活像一个雌雄一体的魔鬼，眼上戴着眼镜，像个背着壳的乌龟，他只吃他们的土话叫作"审核"的一种肉。

　　庞大固埃看见他，便向"赚钱多"打听这位教廷官吏属于哪一类，叫何名字。"赚钱多"告诉我们说这个老头儿一向拴在那里，老爷们很不喜欢他，几乎把他饿死，他的名字叫"复审"。

　　"教皇神圣的家伙在上！"约翰修士大叫起来，"真了不起，怪不得此处的愚人老爷如此重视教皇派的人呢。天主在上，巴奴日朋友，你仔细看看，我觉着他长得倒挺像格里波米诺。这里的人虽然没有知识，却和别人一样聪明。假使是我，我一定揍他一顿鱼皮鞭子把他打发到老家去。"

"约翰修士，我的朋友，"巴奴日说道，"冲着我这副东方眼镜说话①！你说得一点也不错！单看这个'复审'那副恶劣的假面孔，就可以知道他比此处的愚人更加昏愚，更加可恶。他们竭力搜刮，毫不拖延，不经过预审，也没有什么执行令，三言两语，就把整个的葡萄园收光，这是'穿皮袍的猫'最引为气愤的事②。"

---

① 阿拉伯的光学仪器当时是有名的。
② 原来的《钟鸣岛》一书即到此处为止。

第十七章

我们怎样来到皮桶岛，巴奴日怎样几乎送命

我们随即开船，走上开往皮桶岛的航路，一边把我们遭遇的事说给庞大固埃听①。听罢，他心里很难过，随后利用在船上的时间写下了好几首哀歌。

来到岛上之后，我们吃了一点东西，取了淡水和准备在船上用的木柴。从当地人的相貌上，我们觉着他们全是好人，个个心广体胖。

人的样子全像皮桶，由于脂肪太多，一个劲儿不住地放屁。我们发觉（这是我在别处未曾见过的）他们割开皮肤让脂肪流出来，活像我老家那些纨绔子弟割开裤子让里面的绸衬衣露在外面一样。他们说这样做并非为了好看，亦非为了炫耀，只是因为不如此皮肤里就受不了的缘故。可是这样做了，他们又会长得很快，好像管花园的人割破幼树的外皮刺激它们成长一样。

离开码头不远，有一家富丽堂皇的酒店，我们看见一大群皮桶人，有男有女、有老有少，各种各样的人都向那里跑去。我们想那里一定有什么喜庆宴会。可是，有人告诉我们说他们是被请来参加主人的开膛的，因为他们是近亲，所以来得这样快。由于不懂本地的方言，我们还以为开膛就是吃酒席呢（像我们叫作订婚、迎娶、生子②、剪毛③、收割④那样），我们听说主人当年是一个爱吃爱喝、爱玩爱乐的人，里昂浓汤的爱好者⑤，有名的看表人⑥，像路亚克⑦的店主那样从早到晚吃个没完，因为十年以来脂肪过厚、屁放得多了，现在到了开

· 1231 ·

膛的时候，按照当地的风俗，是开膛毙命的时候了。过去割过那么多年的皮，腹膜和皮肤像一个脱底的桶那样已经控制不住肠子不掉到外面来。

巴奴日说道："善良的人呐，难道你们就不会用结实的皮带、棠棣

---

① 本章原系1564年版的末章，上一章里巴奴日曾说他们来自聪明岛，实际是来自"穿皮袍的猫"的国家，另一处又曾说庞大固埃没有去"穿皮袍的猫"的国家，因此，此处告诉庞大固埃的，想起在"穿皮袍的猫"的国家里所发生的事。上一章在手写本及1564年版上原缺，所以可能是作者的另一写作，或者根本是后人代为添上的。

② 原文relevailles，指妇女生产后初次出门上教堂谢恩的日子所举行的庆祝宴会；有的版本上此处是velenailles，指母牛生产牛犊的喜宴。

③ 剪羊毛的日子须要请客。

④ 收获庄稼时农民举行宴会。

⑤ "里昂浓汤"即一种葱油浓汤。

⑥ "看表人"，原来是指波亚都一个讲故事的人，故事讲完，便等待钟点吃饭。另一说，有一个爱吃白食的人，专门等待别人吃饭的时间，好到别人家里去吃饭。

⑦ 路亚克，昂古莱姆附近地名，为通往波尔多的皇家大道上有名的驿站。

树的枝条，甚至如果需要的话，用铁条把他的肚子捆起来么？捆好就不容易掉出来了，也不会那么快就开膛了。"

他的话还未住口，就听见半空中一声剧烈的响声，仿佛一根橡木的粗梁断成两截一样。邻居们说开膛已结束，这个响声便是临终时放的屁。

我想起了沙斯特利埃①教长②，他在老年被亲友缠着要他脱离修院，他坚决表示他在躺下之前决不脱下会衣，连最后放的屁也要是教长的屁。

---

① 沙斯特利埃，两赛服省封培隆附近地名，离桑塞不远；1564年版上是卡斯提利埃。
② 1564年版本上此处尚有："他 nisi in Pontificalibus（拉丁文：除非穿教长的衣服时）不肯接近侍女"。

第十八章

我们的船怎样搁浅，怎样被"第五元素"^①的人援救

起锚之后，我们乘着轻微的西风走了约二十二海里远，这时四面忽然起了狂风，由于船上帆篷齐全，我们听信了领港人的命令，什么也没有做。他告诉我们说，风平浪静，天气晴和，既无希望有什么奇迹，也不用担心有什么大祸；哲学家的教训对我们太适当了，他^②叫人支持与坚忍，也就是说以不变对百变。后来，风刮个不停，经我们再三请求，领港人方始想冲出飓风，继续原来路线。于是悬起后帆，对好罗盘仪的指针，掌起船舵，趁着一阵急风，从飓风里冲出去；可是结果，和打算躲避卡里布底斯却碰上西拉一样，因为离开那里没有走两海里远，我们的船便像到了圣·马太的急流里那样搁在沙滩上了。

船上所有的人都没有办法了，大风刮得前桅呼呼响；这时只有约翰修士毫不灰心，一会儿劝劝这个，一会儿又安慰安慰那个，向他们说我们很快就会得到上天的援助，因为他已经看到桅杆顶上的闪光了。

巴奴日说道："但愿此刻我能登上陆地才好，别的我什么也不期求。你们这样喜欢航海，哪怕给你们每人二十万'埃巨'，我也不在乎！只要能回到陆地上，我答应在鸡笼里养肥一头牛犊、在水里泡上一百捆木柴^③给你们。放心吧，我答应一辈子不娶老婆好了！只要叫我此刻登上陆地，有一匹马送我回家，没有跟班也不要紧。天下最得意的事就是没有跟班。普洛图斯的话说得实在有理^④，他说我们有多少用人，就有多少苦刑，意思是说就有多少痛苦、烦恼和愁闷，即使他们没有舌头，也是一样，虽然舌头是用人身上最可恶、最危险的一部分[5]，在他们身上用过多少刑罚、拷问和虐待也都是为了它。目前外国有许多法学博士虽然有不同的结论，但是都不合逻辑，也就是说不合理。"

这时笔直地向我们开来一条船，船上有人击鼓！我认出来有好几个都是好人，内中有老朋友汗斯·科提拉尔[6]，他腰里经常和女人带念珠似的掖着一个驴脸，左手拿着一顶秃子戴的油脂模糊、又脏又臭的破帽子，右手拿着一棵大白菜。他一看见我，马上便认出我来，高兴地大声喊叫：

"我可有了吧[7]？你看，"他一边说，一边让我看他的驴脸，"这才是真的水银合金呢；这顶博士帽是我们唯一的水银；再看这个，"他又拿出他那棵白菜，"这是 Lunaria major[8]。等你们回来，我们就可以制造了[9]。"

"可是，你们从哪道而来？"我不禁问道，"往哪道而去？你们船上是什么？是不是要走过大海？"

他回答道：

"从'第五元素'来，到都林省去，船上是炼丹用品，海水都到了

---

① "第五元素"象征"智慧"。

② 指哲学家艾比克台图斯，他的箴言是：Ἀνέχομ χαί ἀπέχομ（支持与坚忍）。

③ 鸡笼里不能养牛，木柴泡在水里不易燃烧，巴奴日在此处有意说些办不到的话。

④ 这里的话不是在普洛图斯的作品里，而是在塞内加《书信集》第47章里，原文说："我们家里有多少奴隶，就有多少人与我们作对。"据说这句话是迦多说的。又见埃拉斯姆斯《箴言集》第2卷第3章第31节。

⑤ 这句话是从茹维那尔《萨蒂尔》第9章第121行套来的。

⑥ 汗斯·科提拉尔，1564年版上是，亨利·科提拉尔，指的是亨利·科尔奈留斯·阿格里巴，曾以特里巴的名义出现于本书第3部第25章里。

⑦ 喜剧《巴特兰》里巴特兰对妻子说的一句话，本书第四部《作者前言》里已引过。

⑧ 拉丁文，"大月亮"或"十字科植物"，指双叶对生植物，如白菜。

⑨ 这里指制造点金石。

屁股里了。"

我又问道："你们船上都是些什么人？"

他回答道："歌唱家、音乐家、诗人、骚人、占星学家、沙土占卜学家、炼丹家、撑船的、造钟表的等等；全是'第五元素'的人，有文书可以作证。"

他的话尚未说完，巴奴日就暴跳起来，说道：

"你们什么都会做，甚至可以呼风唤雨，吹气成人，为什么不马上拉住我们的船头，把我们送上航道呢？"

"我正是想这样做呢，"汗斯·科提拉尔说道，"现在，立刻，马上，就把你们拉出来。"

于是，叫人把三十三万二千八百一十只大鼓①打破一面，把它们朝着船尾摆起来，用缆绳捆好，然后再把我们的船头拴在他们船尾的木架上。这时只一晃，便轻轻便便地把我们从沙滩上拉出来，而且声音好听，因为鼓的声音，再加上沙石摩擦和水手的吆喝声，其谐和不亚于柏拉图在某一夜晚睡眠时所听见的行星运转的声音②。

我们不愿意辜负人家如此的大恩，于是便把我们的香肠分给他们，用小肠填满了他们的鼓，还给他们送过去六十二桶葡萄酒。这时，忽然有两条巨鲸浩浩荡荡向着他们的船游过来，喷到船上的水比从施农到圣路昂一段维也纳河里的水还要多，灌满了船上的鼓，漫住桅杆上的横架，从上到下，一个个都成了水人了。巴奴日看得心花怒放，捧腹大笑，笑得肚子痛了两个多钟头。他说道：

"我本来打算赏他们喝酒呢，可是他们却喝到水了。是不是淡水，他们也不在乎，反正能洗手就行。海里的咸水在该柏尔的厨房里③可以当作硼砂、硝酸和碱砂使用。"

---

① 有的版本是7532810只大鼓。
② 见本书第3部第4章注①。
③ 该柏尔，阿拉伯炼丹家，7世纪末生于塞维勒，"该柏尔的厨房"是科尔奈留斯·阿格里巴在《玄学》第89章里对炼丹术的称呼。

来不及和他们说别的话了，暴风吹得我们无法自由行驶。领港人请求我们今后让他一个人去作主，我们只要注意吃喝，别的事情用不着管。因为，如果打算平平安安地到达"第五元素"国土上的话，现在必须顺着风，随波逐浪，顺流而下。

第十九章

我们怎样来到名叫精致^①的"第五元素"王国

我们小心翼翼地随风漂荡，漂了约半天的工夫，直到第三天，天气才转晴和，我们平安地来到了幻术港口^②，那里离"第五元素"的皇宫已经不远了。

我们一上码头，便迎面看见许多弓箭手和兵士，他们是守卫兵工厂的。一开始，我们有些害怕，因为他们要我们把武器全都放下，并且粗暴地询问我们，说道：

"喂，你们是哪里的人？"

巴奴日赶紧回答说："乡亲们，我们是都林人。所以说，我们是从法兰西来的。我们非常想向'第五元素'的王后致敬，并且观光一下有名的精致王国。"

"什么？"他们又问道，"你们说精致还是坚持^③？"

"乡亲们，"巴奴日答道，"我们是些单纯和无知的人；如果言语拙笨，请不要见怪，我们的心是实在和诚恳的。"

他们说道："我们问你们精致和坚持的区别，并非没有原因，因为虽然不少人是从都林来的，他们心眼直、说话爽，但是也有不少人，我们说不上来是从什么傲慢自大的国家来的，跟苏格兰人一样自以为不可一世，他们一上岸便坚决和我们作对。这些人虽然相貌凶恶，我们照样教训了他们一顿。在你们那个世界里，难道说除了谈论、争辩和胡乱书写我们的王后以外，你们就有那么多的剩余时间，不知道用来做什么好么？ 西赛罗真的就需要丢开他的《共和国》来管我们的王后么④？还有拉艾尔修斯⑤的戴奥吉尼兹⑥、伽萨⑦、阿尔吉洛普罗斯⑧、贝萨里翁⑨、波立提安⑩、布德⑪、拉斯卡里斯⑫等等这些疯狂的学者，难道数目还不够多，新近又加上了斯卡里格尔⑬、比高⑭、尚勃里埃⑮、弗朗索瓦·弗乐里⑯等等，不知道还有其他哪些年轻恶劣的小鬼。都叫他们

---

① "精致"原文 Entelechie，是从希腊文 Εντελεχεια 来的，意思是"完善，完美"。
② "幻术"原文 Mateotechnie，是从希腊文 Μàταιος（空虚，无用，徒劳）和 τέχοη（技术，科技，法术）来的。
③ "坚持"原文 Ενδελεχεια 和"精致"（Εντελεχεια）只差一个字母 δ，读音相同。
④ 《共和国》是西赛罗的哲学作品，此处典故见西赛罗的另一哲学作品《都斯古鲁姆集》第 1 卷第 10 章。
⑤ 拉艾尔修斯，西西里岛上地名。
⑥ 戴奥吉尼兹，公元前 3 世纪古希腊哲学家，生于拉艾尔修斯，著有一系列的哲学家传记，此处典故见《亚里士多德传》第 14 章第 32、33 节。
⑦ 伽萨，1564 年版本上是泰奥多鲁斯·伽萨，为 15 世纪拜占庭教士。
⑧ 约翰·阿尔吉洛普罗斯，15 世纪希腊学者，曾在巴都瓦、佛罗伦萨、罗马等地教授希腊文及哲学。
⑨ 贝萨里翁，15 世纪人文主义学者，1439 年为红衣主教，1463 年为君士坦丁堡总主教，曾翻译亚里士多德的《形而上学》，注释柏拉图的《法律篇》为柏拉图辩护。
⑩ 波立提安，15 世纪意大利人文主义学者，曾注释荷马的史诗；在他的《论罗马之货币与度量衡》第一章里谈到过"精致问题"。
⑪ 吉奥莫·布德（1468—1540），法国人文主义学者，曾提倡教授拉丁、希腊及希伯来等文字。
⑫ 约翰·拉斯卡里斯，希腊学者，曾为弗朗索瓦一世管理图书，吉奥莫·布德的朋友。
⑬ 斯卡里格尔（1484—1558），意大利语文学家及医学家，著有反对卡尔达奴姆的哲学作品《Exotericarum exercitationum Jiber》，此书出版于 1557 年，本书作者已死去四年，由此可见本章可能经过后人改动。
⑭ 吉奥莫·比高，法国哲学家，曾在图平根教授哲学，后在尼姆教书，著有《试论基督教哲学》。
⑮ 尚勃里埃，西赛罗《图斯古鲁姆集》的注释者，在第 1 卷第 10 章里曾谈到精致问题。
⑯ 弗朗索瓦·弗乐里，16 世纪意大利法学家，1537 年曾在法国发表辩护拉丁语言作品。

长咽喉炎塞住喉管和会厌把他们噎死！让我们这些……"

"真见鬼！"巴奴日咬着牙说道，"他们这是讨好魔鬼。"

"……你们来到这里不是为支持这些人胡说八道的，所以不要为他们申诉，因此，我们也无须再谈他们。亚里士多德勒斯，第一个无比的哲学典范，是我们王后的教父，为她起名精致，是再恰当再合适也没有的了①。这是她真正的名字，谁要是不这样叫她，就是自讨没趣！叫他滚蛋！现在，我们欢迎你们。"

他们向我们行了拥抱礼。我们感到很高兴。巴奴日凑到我耳朵上悄悄地说：

"伙计，这头一手，你害怕不害怕？"

"有点怕，"我回答说。

他说道："我比古时以法莲的兵丁因为把示播列说成西播列而被基列人杀死和淹死的时候还要害怕呢②。老实对你说，在包斯就没有一个人用一车干草塞过我的肛门。"

这时，那位军官一言不发，庄严隆重地领我们向王后的宫殿走去。庞大固埃想和他说几句话，可是他太矮了，真希望有一个梯子或者一副高跷把自己垫起来。他说道：

"告诉你！只要我们王后愿意，我们便会长得和你一样高，她几时愿意，我们几时就高起来。"

一走进穿廊，我们就看见成群的病人，他们按照不同的疾病，分别站开，患麻风的在一起，中毒的在另一边，患瘟疫的又在一处，患花柳病的在头一排，其他病人也都依次排列。

---

① "精致"（Entelechie）这一名词，确是亚里士多德在《论灵魂》第2卷第1章里首创的。
② 故事见《旧约·士师记》第12章第5、6节。

第二十章

"第五元素"怎样用音乐治疗疾病

在第二道穿廊里，那位军官让我们看到了王后。王后还很年轻（虽然，少说也有一千八百岁①），文静，美貌，衣着华丽，周围是宫内的夫人和贵族。军官对我们说道：

"现在还不到说话的时间；你们只能够仔细地看她工作。在你们国家里，国王用手一摸就可以治疗病症，像瘰疬、癫痫、四日两头疟疾等等。我们的王后治病连摸也不用摸，只消根据疾病奏一支适当的歌曲就行了。"

说罢，他把旁边的风琴指给我们看，这是她经常神奇地治愈疾病的工具。风琴的构造确是特别，管子是巴豆做的炮筒，琴身是愈疮木②，琴键是大黄，踏板是牵牛③，键盘是莴萝④。

我们正在观望这架风琴新奇的构造，只见管蒸馏的、管化铁的、管捣粉的、管尝味的、管烧饭的、管研究的、随从、绅士、名人、亲王、贵族、教授、巨人，以及其他上年纪的侍卫官等人把麻风病人领了进来。王后为他们奏了一曲，我说不上来是什么曲子，反正他们一下子全都好了。

　　接着，领进来的是中毒的，王后又奏了另一支曲子，那些人马上也站起来好了。随后，治好的有瞎子、有聋子、有哑巴，甚至还有中风不语的。我们不由得惊奇万分，佩服得五体投地，心醉神迷地跪倒尘埃，王后施的法术太使人惊奇了，我们奇怪得一句话也说不出来。

　　我们趴在地上，王后用她手里拿的一束白玫瑰花碰了碰庞大固埃，恢复了我们的知觉，我们这才起来。接着，她用细麻似的柔和言语，就像巴利萨提斯要别人向他儿子西路斯说话时那样[5]，也就是说像上细塔夫绸那样的言语说道：

　　"在你们身上发出光辉的真诚态度，在我看来，就证明你们心灵内

_____

① 她生于亚里士多德的时代，公元前4世纪离作者写书的时期已有一千八百多年了。

② 愈疮木，蒺藜科植物，供药用，可治梅毒。

③ 牵牛，旋花科植物，做泻药用。

④ 莺萝，旋花科植物，做泻药用，亦音译作"斯甘摩尼"。

⑤ 故事见埃拉斯姆斯《巴利萨提斯传》。

的品德；看到你们像蜜糖那样温和而谦恭，我不难相信你们心里是没有邪恶的，也决不会缺乏丰富与崇高的知识，而正相反，恐怕是充满着特殊的和少有的锻炼，这在今天到处全是庸俗无知的人群里，是可望而不可求的。因此，我，过去一向压服着个人的情绪，现在也控制不住自己要向你们说几句俗气的话了，那就是欢迎、欢迎、热烈地欢迎你们。"

"我可不是学者，"巴奴日悄悄地向我说道，"你高兴就回答她吧。"

我没有响，庞大固埃也没有出声，我们全都待在那里，谁也没有说话。这时，王后又说道：

"从你们的沉默中，我看出来你们不仅是属于毕达哥拉斯学派的——我的历代祖先就是从那里生根发源的——而且你们还到过埃及，那里是高深哲学有名的发源地，你们熬过不少的岁月，啃过手指头，挠过头①。在毕达哥拉斯派里，沉默就是知识的象征，埃及人不言不语，就被人当作对上天的崇拜，海埃拉波利斯②的大祭司们在向神灵献祭的时候，就是一声不响，一句话也不说③。我的意思不是把感激的心情强加在你们心里，而是想隆重地——虽然隆重的礼节我并不需要——把我的思想灌输给你们。"

她说完话，便转身对她的官员们，她只说了一句：

"厨子，灵草伺候④！"

做饭的师傅告诉我们说，这句话的意思就是说，王后如果不和我们一起用饭，请我们原谅她，因为她在进餐时，除了一点范畴、臆想、真理、形式、抽象、概念、梦幻、第二意识⑤、幻觉、反映、心灵、预感之外，什么也不吃。说罢，就把我们领到一间布满惊醒装置⑥的小屋

① 啃手指头，挠头，都是哲学家沉思默想时常有的举动。
② 海埃拉波利斯，腓力基亚古城名。
③ 见马克罗比乌斯《农神节》第1卷第23章。
④ 原文Panacée，指一种能治疗一切的灵草。
⑤ "第二意识"，即抽象的意识。
⑥ 手写本及1564年版本上此处是al. il vrior, 后来改成了allarmes, 意思是使人惊醒的设备，如号角之类的东西。

里，天晓得我们是怎样受到招待的。

据说朱庇特把人间的所作所为都记载于康狄亚奶他长大的那只羊的羊皮上[1]（这张羊皮，他还当作盾牌和泰坦作过战，因而被称作是 αἰγίοχος[2]）。朋友们，酒友们，让我以我酒瘾的名义说句老实话，用十八张这样的羊皮，用西赛罗所说的荷马写作《伊利亚特》时那样的折起来可以放在胡桃壳里的小字[3]，也记载不完、描写不下招待我们的

---

① 见埃拉斯姆斯《箴言集》第 1 卷第 5 章第 24 节。
② 希腊文，"持盾牌者"。
③ 见普林尼乌斯《自然史纲》第 7 卷第 21 章。

肉食、肴馔和丰富的食品。

拿我来说，即使让我长上一百条舌头、一百张嘴、一条铁喉咙^①，再加上柏拉图那种蜜糖似的丰富文采，让我写满四本书，也无法写出一半的三分之一。庞大固埃对我说，根据他的想法，王后向厨子说"灵草伺候"的时候，就是使用了一个在他们国家里象征上等酒宴的代名词，正如同路古卢斯想特别宴请朋友时说"阿波罗"一样，即便如此，有时还是在无意中被人识破，像西赛罗和奥尔唐修斯就常常这样做^②。

---

① 见维吉尔《伊尼特》第6卷第625、626行。
② 见普鲁塔克《路古卢斯传》第41章。

第二十一章
王后怎样消磨饭后时间

饭后，由侍者领我们来到王后宫内，我们看到了王后饭后怎样依照习惯在宫内贵夫人及亲王等陪同下，用一个巨型的蓝白两色的丝箩来筛、来箩、来滤、来消磨时间。后来，还看见他们按照古代的习俗，一起做跳舞游戏，有：

土风舞[①]，	快乐舞，
端庄舞，	莫洛西亚舞[②]，
欢喜舞，	库贝利祭司舞，
讽刺舞，	疯狂舞[③]，
波斯舞，	节日舞，
腓力基亚舞，	花神舞，
凯旋舞，	战士舞，
色雷斯舞，	

还有其他上千种不同的舞蹈。

后来，王后下令，我们观光了皇宫，看见许多新奇古怪的事，到现在一想起来，我心里还喜得想笑呢。然而，最使我们感到惊奇的，是皇宫内贵族的操演，那些管蒸馏的、管化铁的骑士、贵族等等，毫不隐瞒、老老实实地告诉我们说，王后只负责尽力治疗不治之症，其余的，一概由文武百官去处理。

我看见一个年轻的骑士治疗花柳病，我说花柳病，就是你们所说的卢昂病④，他用一只木鞋在患者齿形的脊椎骨上连磨三次就能治好。

我还看见一个，会治水肿病、臌胀病、腹水病、皮胀病，他用一把泰奈斯斧子⑤在患者肚子上连敲九下，即可断根。

还有一个，会一下子治愈各式各样的四日两头疟疾，只消在患者左边的腰带上拴上一条希腊人叫作alopex的狐狸尾巴就行了。

还有一个，医治牙疼，只消用忍冬醋把病牙的根部连洗三次，然后在太阳底下晒半个钟头即好。

还有一个，会医治各种痛风病，不管是热痛，还是冷痛，是生来就有的，还是偶尔得上的，只要让患者闭上嘴巴，睁大眼睛就行。

我还看见一个，用极短的时间，治好了九个长期患圣方济各疾病的贵族⑥，他首先解除掉他们所有的债务，然后在每人脖子上套一条绳子，绳子上挂着一个口袋，里面有一万"太阳币"。

还有一个，运用神奇的工具，可以使房子从窗口里整个翻身，使龌龊的空气变为洁净。

还有一个，会治疗三种消瘦病⑦，无故消瘦、憔悴瘦弱、骨瘦如柴。

---

① 原文Cordace，指一种乡土舞，一说系一种诲淫舞。此处罗列之跳舞手写本上没有，大多系古代舞，现在只有名词可寻。
② 莫洛西亚，伊庇鲁斯古地名。
③ 一说系一种独唱舞。
④ 据说花柳病最初出现于卢昂。
⑤ 泰奈斯，神话中利古里亚国王西克奴斯之子，被其父装入箱内投入海中，漂至琉科菲里斯岛为王。"泰奈斯斧子"的典故是后来西克奴斯认识到自己的错误，来到琉科菲里斯岛上向儿子赔罪，被泰奈斯用斧子将船缆割断，表示决绝。后来这把斧子保存在得尔福庙内。一说泰奈斯命令一持斧武士立于法官背后，卫持立法尊严。见埃拉斯姆斯《箴言集》第1卷第9章第29节。
⑥ "圣方济各疾病"即贫穷病，亦称"袋内无钱病"。方济各会修士依照会规不许携带金钱。
⑦ 亦称消耗热病。

治疗的方法，不用沐浴，不用斯塔比埃斯牛奶①，不用脱毛药、抹油膏②，也不用任何药品，只须叫他们做三个月修士就行了。他告诉我们说，如果做修士还胖不起来，那就不拘用什么法，永远也不会胖了。

我还看见一个，后面跟着两群女人，一群是少女，活泼、天真、金黄头发、美丽多姿，看着确实可爱；另一群都是牙齿掉光的老太婆，满眼眵目糊、一脸皱纹、颜色黑黄、瘦骨嶙峋。有人告诉庞大固埃说，这个人是改造老太婆的，他会使她们返老还童，用法术叫她们变得和旁边的少女一模一样。这一天，他就把那些老太婆改造得和十五六岁的少女同样美丽、精神、文雅，甚至身材的高矮、四肢的构造也都一样，只有脚后跟是例外，比年轻的时候要短得多。因此，今后她们遇见男人，更容易躺下来。

那群老太婆万分虔诚地等待着自己重新改造的时刻，而且不住口地啰嗦，说后屁股变得这样难看，是叫人无法忍受的。治病的人不住地施行手术，好处也得到不少。庞大固埃问道，能不能用同样的方法使年老的男人返老还童，那个人说不行；但是和改造过的女人同居，可以使自己不老，因为和这样的女人在一起，便会染上一种叫作脱皮症的第五种梅毒，希腊文叫作ὀφίασις；得上这种病，就可以脱换皮毛，和蛇类每年蜕皮一样，也和阿拉伯的凤鸟似的使自己年轻起来。这里是真正的青春泉源。衰老的人在这里可以重变年轻，重新轻松活泼，就像欧里庇得斯所说的伊奥拉乌斯一样③，又仿佛被萨弗④所眷恋、由维纳斯所保佑的法翁⑤，依赖奥罗拉使用法术的提托奴斯⑥，被美狄亚使用

① 斯塔比埃斯，意大利古城名，离庞贝城不远，以产牛奶著称，一世纪毁于维苏威火山。
② 伽列恩主张使用的两种药膏。
③ 见欧里庇得斯《海格立斯》第215行，述说伊奥拉乌斯恢复青春。
④ 萨弗，公元前6世纪米提列奈女诗人，因热恋美少年法翁，被拒自杀。
⑤ 故事见鲁西安《死人对话》第9章第2节。
⑥ 见《荷马对维纳斯颂诗》第219行起。

法术的埃宋①一样，还有雅宋，根据菲雷西德斯②和西蒙尼德斯③的记载，也是被美狄亚重新改形并使他年轻的，再根据阿基勒斯所说，善良的巴古斯的奶娘以及她们的丈夫也都是这样年轻的④。

① 埃宋曾由美狄亚施用法术返老还童，故事见奥维德《变形记》第7章第251行起。
② 菲雷西德斯，公元前6世纪古希腊哲学家，首创灵魂不死学说。
③ 西蒙尼德斯，公元前6世纪古希腊诗人。
④ 这两件事都是从欧里庇得斯《美狄亚》的注释里引来的。

第二十二章

"第五元素"的文武百官怎样履行职务，
王后怎样留我们做她的管蒸馏的

后来，我还看到许多上述的骑士，用极短的时间，把黑人①变成白人，他们只是用篮子的底在黑人肚子上磨擦一下就行。

还有的把三对狐狸套在轭上②，在海边沙滩上耕地，一点也不浪费种子③。

有的在洗瓦，使它们减褪颜色④。

有的从你们叫作轻石的一种浮石里取水，在石臼里捣很久，使石头改变性质⑤。

有的剪驴毛，而剪下来的却是好羊毛⑥。

有的在荆棘里摘葡萄，在蒺藜堆里收无花果⑦。

有的在公羊身上挤奶，挤了放在筛子里，还可以挤到很多⑧。

有的洗驴头，而不费水⑨。

有的用网捕风，可以捉到很大的海虾⑩。

我还看见一个化铁的，用人工的方法叫死驴放屁，然后每一"奥纳"屁卖五个"苏"。

还有一个做霉糟屎壳郎，噢，真是美味！可是，巴奴日看见一个侍者在一个大盆里使人尿发酵，里面还调和马粪和大量的教徒大便，他吐了一个不亦乐乎，真是个坏东西！可是那个人却对我们说，他做这种玩意儿是供国王和公侯们做饮料用的，这种饮料可以使他们延年益寿，可以延长一"特瓦兹"或两"特瓦兹"。

有的从一无所有可以变出许多东西，然后再把东西变为一无所有。

有的想在膝盖上折断香肠。

有的从尾巴那里剥鳗鱼皮；这里的鳗鱼，和墨伦的鳗鱼不同[11]，不是未曾剥皮就先叫喊的。

有的可以用刀切火[12]，用网打水[13]。

有的用尿泡做灯笼，拿云彩当华盖[14]。

有的拿需要当作品德，我以为这样做很好，很恰当。

有的用牙齿当炼丹术[15]，这样做，就没有大便，下面只会有好处。

有的在一块长形的空地上，仔细地测量跳蚤能跳多高，他们说这个工作对于统治王国、领导作战、治理共和政体，都非常重要。他们认为苏格拉底——他曾首先把哲学从天上介绍到地上，使懒散的、好奇的、变为有用的和有益的——就是把一半的时间用在测量跳蚤能跳多远，第五元素论者阿里斯托芬曾有证明[16]。

---

① 原文是Ethiopiens（爱西屋皮亚人），典故引自埃拉斯姆斯《箴言集》第1卷第4章第50节。
② 见埃拉斯姆斯《箴言集》第1卷第3章第50节。
③ 在沙滩上播种，白费种子。见埃拉斯姆斯《箴言集》第1卷第4章第51节。
④ 见埃拉斯姆斯《箴言集》第1卷第4章第48节。
⑤ 见埃拉斯姆斯《箴言集》第1卷第4章第75节。
⑥ 见埃拉斯姆斯《箴言集》第1卷第4章第79、80节。
⑦ 典故见《新约·马太福音》第7章第16节。
⑧ 见埃拉斯姆斯《箴言集》第1卷第3章第51节。
⑨ 见埃拉斯姆斯《箴言集》第3卷第3章第9节。
⑩ 见埃拉斯姆斯《箴言集》第1卷第4章第63节。
⑪ 见本书第1部第47章。
⑫ 见埃拉斯姆斯《箴言集》第1卷第4章第55节。
⑬ 见埃拉斯姆斯《箴言集》第1卷第4章第60节。
⑭ 见本书第1部第11章。
⑮ 意思是不吃饭，饿着肚子剔牙。
⑯ 见阿里斯托芬《云》第144行起："苏格拉底就问开瑞丰：'这虫子（指跳蚤）所跳的距离相当于它的脚长的若干倍？'"

　　我还看见两个彪形大汉站在塔楼上放哨，有人告诉我们说，他们是守卫月亮怕狼来侵犯的。

　　在花园的一个角落里，我还碰到另外四个大汉，吵得不可开交，几乎动手打起架来。我问他们为什么争吵，有人对我说他们已经吵了四天了，他们提出来三个高深的形而上学问题，答应谁能解决，就把金山银库送给谁。第一个问题是关于大卵泡的驴的影子[1]，第二个问题是关于灯笼上冒的烟[2]，第三个问题是要知道羊身上的毛是否羊毛[3]。此外，我们还听说，他们认为奇异的事情并不是真正的形状、程式、外体，以及时间上的两个矛盾，对于这个问题，巴黎的诡辩学家宁肯叛离宗教也不肯承认是这样。

　　我们正在好奇地观望这些人惊奇的工作时，忽然王后带着她尊贵

<hr />

①　见埃拉斯姆斯《箴言集》第1卷第3章第52节。
②　见埃拉斯姆斯《箴言集》第1卷第3章第54节。
③　见埃拉斯姆斯《箴言集》第1卷第3章第53节。

的随从们来到了，这真是明亮的赫斯培鲁斯[①]在发光。她一出现，我们

的全部官能都感到震惊，目为之眩。她看到我们惊讶，便说道：

"使人类思想沉迷于惊奇的深渊里的，不是效果的力量，效果的力量显然是运用博学工匠的技巧从自然的因素中产生而来的。这是进入官能中的一种突然的新颖感觉，它没有用镇静的判断，配合辛勤的钻研，看到事情的简单性。因此，如果看见我的臣宰所做的事情而感到新奇，请你们在思想上先摆脱掉一切恐怖。我宫里的一切，你们都可以随意看、随意研究、随意观察，这会使你们逐渐地解脱掉无知的奴役。我自己已经有一种意思，又看见你们心里所坚决表示的求知愿望，我愿意把实际的情形都教给你们，从现在起，我收留你们为我做管蒸馏的事。我的御医总管该柏尔在你们动身的时候，会把你们登记进簿册里的。"

我们一句话也没有说，谦虚地向她表示谢意，并接受了她赐给我们的光荣职务。

第二十三章

王后怎样吃晚饭

王后说罢话，转身向她的贵族们说道：

"胃口，这个负责营养人体上下各部的使者，由于不停地加热活动来制造人体内的基本液体，要求我们为它供应养料①。假使我们思想上采取决定不顺从它，那么，大自然，我的主宰，便会叫我们感到不适。所以管化铁的、侍候饭食的、忠实的仆人、骑士，请你们赶快搭起饭桌来，把应有的食品全都摆好。还有你们，尊贵的尝味者，请陪伴着我高尚的捣碎者②；你们过去的细心和勤勉，使我认识到用不着对你们发布不要打乱厨房内秩序的命令，我只提醒你们按照平日的程序办就行了。"

说完这话，她带着宫女们又退了出去，有人告诉我们说她是依照古人的风尚去沐浴去了，这完全和我们今天在进餐之前要洗手一样。这时饭桌上已铺好精美的台布。王后吃饭的程序是除了仙丹和甘露，什么也不吃，什么也不喝。可是宫内的王侯和夫人，还有我们，一起都吃着即使是阿匹修斯③也梦想不到的珍奇美味和昂贵的肉食。

饭桌边上，有人送来一大盆肉菜浓汤，准备如果没有吃饱时可以食用，可是盆子又大，装得又满，就是拿匹修斯·比提乌斯④给达里乌斯王的那棵金梧桐树⑤也遮盖不住。汤盆里盛满各种肉菜，有青菜、有肉丝、有肉块、有烤羊肉、烤猪肉、烧肉、大块的咸牛肉、上等火腿、肉饼，还有无数摩尔式的"库斯库斯"⑥、糕饼、奶酪、奶油、冻糕和各式各样的水果。我看着全都很好吃，可是我没有动手，因为已经吃得太饱了。

　　还有一件少见的事要告诉你，就是我在那里还看见肉包子，所谓肉包子就是罐焖肉⑦。罐子里头，我还发现有不少骰子、纸牌、花牌、西班牙牌、象棋、棋盘，还有满碗的"太阳币"，是给喜欢赌博的人准备的。最后，在尽底下，我又看见一大群披着马衣的骡子，马衣都是丝绒的，鞍鞯也是丝绒的，准备给男人和女人乘骑。还有异床，说不上来有多少，也同样全是丝绒垫子。还有菲拉拉式的马车，是准备给到野外游玩的人用的。

　　这些，还不使我惊奇，我感到最新鲜的，是那位王后吃饭的方式。她根本不嚼，可并不是因为她的牙不好、不结实，也不是因为她吃的东西不需要嚼，而是因为她一向习惯如此。食物先经尝味者尝过滋味，再由捣碎者用绣金的紫红彩缎垫住食道，用又细又白的象牙牙齿，把食物替她嚼碎，然后用一个赤金漏斗把食物送进她的胃里。正是如此，我们才知道她为什么从来不大便，而只是派人代理。

---

① 她的意思是说她饿了。

② 指舌头和牙齿。

③ 阿匹修斯，罗马奥古斯都斯王朝出名讲究吃食的人，塞内加和普林尼乌斯都曾在作品内提到他。

④ 1564年版本上是比提乌斯（Bithius），后改为比提奴斯（Bithynus）。

⑤ 见普林尼乌斯《自然史纲》第33卷第14章又第47章。

⑥ "库斯库斯"，粗粮和蔬菜或者肉块炖在一起。

⑦ "肉包子"是一种用面皮包肉的食品，"罐焖肉"是用陶器小罐焖熟的肉，二者并非一样东西。

　　跳舞时①，王后悄悄地不见了，我们后来没有再见到她。接着，该柏尔派带路的人把我们领去，依照王后的吩咐为我们进行登记，登记之后，我们才回到幻术港口，登上我们的船只，等待顺风，顺风如不马上利用，在一个月的四分之三里面，恐怕就不会再有这样的风。

---

① 这一段在1564年版本里没有，但是第25章末一段与此处大致相同。

第二十四章

怎样在王后驾前举行对棋式舞会

晚饭后，在王后驾前举行了对棋式舞会，这个舞会不仅值得观看，而且值得永记不忘。

在开始之前，先在大厅地上铺好一张巨型的丝绒地毯，地毯的图案是棋盘式的，也就是说是一个个的方格，半数是白的，半数是黄的，每格大小是三"巴尔姆"①见方。这时有三十二名青年童子走进大厅，十六名穿金色呢制衣服，十六名穿银色呢制衣服，每营计有八名青年南芙②，数目和古人描写狄安娜的随从一样多，一个国王、一个王后、两个象、两个马和两个车。

他们在地毯上的位置是这样的：

国王在最后一条线的第四格里，金色国王站在白色的方格里，银色国王站在黄色的方格里。王后在国王旁边，金色王后在黄色的方格里，银色王后在白色的方格里。国王和王后两边，是两个象，仿佛是他们的卫士；象两边，是两个马；马两边，是两个车。前面的一排，是八名南芙。双方南芙之间，有四排方格，空着，没有人。

双方还有同样衣着的乐队，一方穿的是橘黄色大马士革呢，另一方是白色大马士革呢，都是八个人，每人身边都带着自己的乐器，制造精美，式样各异，合奏起来，和谐动听，随着跳舞的要求，变换着声调和节拍。我所感到惊奇的，是他们繁杂的不同步法，有的直走，有的斜跳，有的隔着人跳，有的转向，有的逃走，埋伏、退却、奇袭，不一而足。

更使人惊奇的，我认为，是跳舞的人物怎样能如此迅速地紧跟着表示前进或后退的乐器声音，因为虽然他们行动的方式不同，但是没有一个不是一听见音乐就已经站在指定的位置上的。

比方第一排上的南芙，仿佛已经准备好战斗似的，率直地冲向敌人，除了第一步可以自由迈进两格之外，平常总是一格一格地斜着往前走，从不后退。如果有一个兵能走到对方国王的那一条线上，他就被看作与王后平等，享有与王后同样的行动权利；否则就永远只能斜着、对角形地攻击敌人，而且永远只能往前走。此外，他们吃人的时候，还不能让自己的国王前面没有人，而处于被对方吃掉的危险。

国王往四面都可以走，可以吃人，不过只能直走，从白格走进黄格，或者从黄格走进白格。不过，第一步是例外，假使国王前面无人保护，他可以走到象那里请求保卫。

王后走起来和吃起人来比所有的棋子都自由，她可以随便走在哪里，随便怎样走，各式各样的走法都可以，直走不拘走多远都行，只要中间没有自己的人，斜走也可以，只要走在同样颜色的方格上。

车可以往前走，也可以往后退，走远走近都随便；只是不能变更自己要走的方格的颜色。

马走起来和吃起人来要跳，也就是说中间要隔一格，而这一格上要有自己的人或对方的人才行。他跳起来向左向右都可以，只是要跳进不同颜色的方格上。他对敌方的危害性很大，所以要非常注意，因为他从来不迎面吃人。

象走起来可以迎面吃人，跟国王一样，前后左右都可以走，而且

---

① "巴尔姆"，意大利古长度名，约合22至29厘米。
② 即国际象棋中之兵。

走多远也可以，只要当中没有人，国王也是如此。

双方共同的规章是到了最后，要把对方的国王将死，不让他有向两边逃走的可能。国王困在当中，既不能逃走，自己的人又不能来救，对局即行结束，国王被围的一方认输。所以，为了预防国王被困，这一营的人没有不拼命从事的，只要一听见音乐的声音，一个挨一个地无不奋勇效命。

遇到一个人吃到对方一个人，就先向他行礼，在他右手上轻轻地敲一下，然后请他离开地毯，自己占据他的位置。

遇到一方国王被将时，不许对方吃他，严格规定将他的人须要对他深深地行上一礼，进行警告，说道："愿上天保佑你！"以便他的人马可以来救他或护住他，或者，万一不能救他时，允许他改变位置。对方不许吃国王，只能以左膝跪地向他行礼，说道："你好①。"对局即行结束。

---

① 现在一般都说，"将军！"古时说，"你好！向你致敬！"

第二十五章

舞会上的三十二个人怎样作战

双方人马在各自位置上站好之后，乐队一齐奏起军乐，雄壮犹如冲锋号。我们看见双方人马精神抖擞，准备奋勇作战，以便冲杀时，被提名出征。忽然，白方的乐队停止了音乐，只有黄方的乐队演奏了。这意味着黄方开始进攻。不久，果然如此，因为我们看到站在王后前面的南芙向左对国王转了个身，仿佛请命出阵，接着又向全营鞠了一躬，这才谦恭有礼地向前迈出两格，并向他即将进攻的敌方行礼致意。这时，黄方的乐队停止奏乐，白方的乐队接着奏起来。这里，须要交代明白，那个南芙先后向国王及全营行礼，是要他们也都行动起来。他们果然向左转身向他还礼，独有王后向右转身，面向国王。这个礼节，在跳舞过程中，全体参加者都须遵守，行礼的仪式也是一样，不管是哪一方。

随着白方乐队的音乐，白方的南芙也出动了，他本来也是站在王后面前的，经过彬彬有礼地向国王和全营行礼后，国王和全营也同样还了礼，和上面说过的黄方一样，唯一的分别是白方的人向右转，王后向左转。白方南芙也同样向前迈了两格，并向敌方行礼，这样便和黄方第一个南芙面对面地相遇了，中间没有距离，仿佛马上即将战斗似的，但是因为南芙只能斜着吃人，所以还是碰不着。

双方的人马都跟着前进，黄方和白方全是一样，各在相对的方向进行，做出要接触的样子。最后，第一个进入战场的黄方南芙，往左面白方南芙的手上打了一下，把他逐出战场，占了他的位置。可是很快，在乐队新的乐声中，他被白方的车以同样的方式吃掉了。一个黄方的南芙马上又把白方的车挤了出去。白方的马出场了，王后不得不走出来护住国王。

这时，白方国王换了位置，他担心黄方的王后会来攻击，于是便退到左面象的位置上，这个位置安全，有保障。

左边的两个马，一个黄马一个白马，都活动起来，大吃对方的南芙，因为南芙不能向后退，特别是那个黄马，把整个的活动都用在吃南芙上了。可是白方的马却在策划更重要的战略，他不让人看出他的计划，有时可以吃掉一个黄方南芙，也故意放掉，从旁边过去，东钻西钻，最后居然来到敌人跟前，够得上和敌方国王行礼了，于是便来不及地说道："愿上天保佑你！"

黄方得到将军的信号，大吃一惊，并不是黄方无法立刻遭调人马前来勤王，而是这样做，势必损失右边的象，而且无法挽救。于是，黄方国王不得不避到左面去，而白马却把黄象吃掉了，这对于黄方是一个莫大的损失。然而，黄方决定报仇，从四面八方把白马团团围住，使他无法逃走，无法从他们手里摆脱出去。白马左冲右突，他自己的人也千方百计设法来保护他，可是终于被黄方王后吃掉了。

黄方损失一员大将之后，便努力以各种方法报仇雪恨，也不从长计议，只图给敌人以巨大的损失。白方不露声色，等待机会报复，故意给黄方王后送过去一名南芙，设下秘密陷阱，黄方把白方南芙吃掉了，可是黄方的车差一点被白方王后吃掉。黄方的马一心一意想擒住白方的国王和王后，说道："你好。"白方的车赶来救驾，被黄方一名南芙吃掉，这个南芙又死在白方的南芙手里。

战斗非常激烈。象离开了自己的位置，出来营救。一阵混战。伊奈奥①尚未决定胜负。而已经到达黄方国王身边的白方人马，这时忽然被推回来。黄方王后特别勇敢，一下子吃掉白方一个车，一转身又吃掉白方一个象。白方王后见此情形，赶紧出阵，并且以同样的勇敢冲杀，把黄方最后一个象和南芙都吃掉了。

双方王后苦战很久，一忽儿想奇袭制胜，一忽儿又不得不自顾性命并保卫自己的国王。最后，黄方王后把白方王后吃掉了，可是她自己立刻又遭到白方车的毒手。这时，黄方国王只剩下三个南芙和一车一象。白方只剩下三个南芙和右面的马。这使得双方的战斗不得不进行得比较慎重，比较缓慢。

双方国王失掉心爱的王后以后，非常伤心，处心积虑，希望从南芙的队伍中能选拔一个王后，重新结婚，答应她们谁能深入到对方国王那一条线上，就准定收她为后，并且好好地爱她。黄方走在前面，在南芙里产生了一个新的王后，人们给她戴上桂冠，穿上后服。

白方也不落后，只差一步就可以产生新王后了，可是就在这一步上，黄方的象正好守在那里，因此白方南芙无法通过。

黄方新的王后，因为晋级为后，很想表现自己勇毅善斗。于是便在战场上左右冲杀。不料白方的马乘机把镇守边疆的黄象吃掉了。这一来，白方也产生了一个新的王后，她也想趁着新的事变自己表现一番。于是战斗比刚才激烈了。双方各显神通，智取力攻，巧招奇步，都使出来了。最后，白方王后偷偷地来到黄方国王身边，说道："愿上天保佑你！"这时，只有新王后才能跑回来救他。新王后毫不迟疑地冒着生命危险奔回来。

这时白马连蹦带跳，来到本国王后身边，使黄方国王担心救了自己，就得损失王后。可是黄方国王把白马吃掉了。尽管如此，黄方仅

---

① 伊奈奥，罗马神话中攻城战神，此处指进行中之战斗。

余的一车二兵，还是竭尽全力保卫国王，终于全部牺牲，离开了战场。最后，黄方只剩下国王一人。

白方全体向他弯腰致敬，说道："你好。"这说明白方国王胜利了。听见这句话，双方乐队一齐奏起胜利的凯歌。第一场跳舞就在这轻快的气氛中结束。举动如此有趣，姿态如此恳切，而又美丽到少有的程度，乐得我们一个个都跟入了迷一样，说我们仿佛升到了奥林匹斯的天庭，享受到极乐世界的福气和快乐，真不能算说错。

第一场比赛结束后，双方人马又重新站好原来的位置，和第一次开局的时候一样，开始了第二场比赛。独有乐队把音乐加快了半拍，因此对局的进展和第一次完全不同了。

我看见黄方王后仿佛为了刚才的失败而气恼，这时一听见乐队的音乐，她便率领一车一马带头冲出来，差一点把安坐于人马当中的白方国王吃掉。后来，看见自己的计策被对方识破，她便在敌营中左右冲杀，一连吃掉不少白方南芙和其他将官，使人胆战心惊。你们看了也会说真是亚马孙的王后彭台西丽雅再世，在希腊人的队伍中大肆砍杀①。不过，这一场战斗时间并不太长，因为白方损兵折将，感到非常气恼，于是忍住悲痛，不露声色，偷偷地在远处拐角的地方调动一个车和一个无事可干的马，给对方设下一个埋伏，一下子便把黄方的王后解决了，使她退出了战场。余下的不久也就被杀得大败。下一次她就聪明了，应该留在国王身边，千万不能远离，如果非出去不可，也应该多带人马。这一次又和头一局一样，白方胜利了。

第三次，亦即最后的一场跳舞开始了。双方和前两次一样，各自站好位置。我看他们的面色比前两次更愉快、更坚决。音乐的速度又加快了五分之一，奏起了古时马尔西亚斯②所创作的腓力基亚的战歌。

---

① 指特洛亚之战。

② 马尔西亚斯，神话中腓力基亚的善吹笛者，曾与阿波罗比赛吹笛，缪斯判阿波罗胜利，为了惩罚马尔西亚斯对神灵的傲慢，阿波罗将他绑在树上，剥了他的皮。马尔西亚斯的故事见奥维德著《变形记》第6章第382行起。

立时，竞赛开始了，动作非常迅速，音乐一拍的时间，就要走四步，而且还要和我们上面叙述的那样轮流互致敬礼。所以看上去就只见一片蹦蹦跳跳和跳绳式的翻腾飞跃，彼此互相穿插。看见他们行礼之后，用一只脚旋转身体，真可以和小孩用鞭子打陀螺的游戏相比，旋转身体时是这样的快，就仿佛一个人一动不动地停在那里，不是在动，而是在睡。"睡"是他们的说法。如果你注意到一个某种颜色的棋子，你看吧，他不像是一个点，而是像一条在活动的线，古萨奴斯在神性的论断中就非常精辟地指出过①。

在双方任何一方吃人时，我们就只听见一片鼓掌声和欢呼声。看见这些年轻人和王后、南芙等在快速的音乐中，做着五百种以上各种不同的快速移动、奔跑飞腾、跳跃翩跹，从不你碰着我、我碰着你，就是严肃厉烈的迦多、从来不笑的克拉苏斯②、愤世嫉俗的雅典人提蒙③、憎恨人类本能——也就是笑——的赫拉克利特④也不能不为之动容变色。看见他们在音乐的引导下，互相使出神出鬼没的技巧，使战场上剩下的人越来越少，我们的乐趣也就越来越大了。如果说，这不平凡的景象，就可以使我们神魂颠倒、心神不定、灵魂出窍，那我还要告诉你们，听了音乐的响声，我们的心更是激动和惊骇不止。完全可以相信，伊斯马尼亚用音乐把坐在饭桌那里安安定定用餐的亚历山大刺激起来奔向武器的故事是真实的⑤。第三局的结果，黄方国王得到了胜利。

在对棋的跳舞中，王后悄悄地不见了，我们后来没有再见过她。接着，该柏尔派带路的人把我们领走，依照王后的吩咐为我们进行登

---

① 红衣主教尼古拉·德·古萨奴斯著有不少神学作品，曾预言世界末日何时到来，见本书第2部第14章。

② 见本书第1部第20章。

③ 提蒙，公元前5世纪一个典型的悲观者，一生憎恨人类。

④ 见本书第4部第1章。

⑤ 苏伊达斯记载这个故事时，说的是提摩太，不是亚历山大。

记，登记之后，我们才回到幻术港口，登上我们的船只，发现正好是顺风，如果不马上利用的话，在一个月的四分之三里面，恐怕就不会再有这样的风了。

第二十六章

我们怎样来到道路岛，以及岛上来往的道路

航行两天之后，道路岛①出现在我们面前，在那里我们看到不少值得怀念的事。首先，岛上的道路都是动物。假使亚里士多德勒斯所说的凡是自己会动的东西都是动物的话②是无法驳倒的论断，那我这句话就没有说错，因为岛上的道路都和动物一样地来来去去，有的像行星似的到处乱窜，有的是通衢大道、十字要道、阡陌小道。常常看见走路的人向当地的人问路：

"这条道路往哪里去呀？那条呢？"

回答的是：

"米底与法沃罗尔之间③……到教堂去……到城里去……到河岸去。"

然后，顺着这条必走的道路，不用再费力吃苦，就可以到达要去的地方，正像从里昂要到亚威农或者阿里④，只须在罗尼河上乘船一样。不过，你们知道，任何事物，有一利必有一弊，没有十全十美的东西，所以，我们又听说那里有一种叫作截路的和拦路虎的人。可怜的道路非常害怕他们，畏惧他们，像躲避强盗似的躲着他们。他们像安置圈套捕狼、撒下罗网捉鹬那样，在道路上为非作歹。

我看见一个，给司法机关捉住了，因为他不正当地、连帕拉斯也不管⑤、走上了学校的道路，这是最长的道路。

还有一个吹嘘正大光明地走了最近的路，并且说这是一条可以最快地到达目的地的有利道路。有一天加巴林看见爱比斯德蒙提着他的家伙对着墙小便，便对他说，怪不得善良的庞大固埃早晨接见的时候他总是头一个，原来他采取了最近、最省事的道路。

我在那里还发现了布尔日的大道⑥，我迈着鸨雁的步子⑦往前走着，一看见赶车的来了，便连忙躲开，因为赶车的恐吓着要叫马践踏它，叫车子从它肚子上压过去，跟图里雅⑧叫车子在他父亲、罗马第六个国王塞尔维乌斯·图里乌斯的肚子上压过去一样。

我在岛上还遇到从贝洛纳⑨到圣康丹⑩那条老路，看上去，样子还挺不错。

在山上，我还遇到国王阿尔图斯修造的那条古老的拉·菲拉特公路⑪，他骑着一只大熊，走在柴尼山上⑫。假使他骑的熊是一只狮子的话，离远看，我一定会把他当作圣瑞洛莫⑬的画像，因为他实在太老了，雪

---

① "道路岛"原文odes是从希腊文ὁδός来的，意思是"道路"。
② 见亚里士多德《物理学》第8章第1至6节。又见本书第3部第32章。
③ "米底"（Midy），意思是"中午"，"法沃罗尔"（Faverolles）在法国有好几个地方是此名，作者把一个指时间的名字和一个指地方的名字联在一起，是有意开玩笑。
④ 阿里，法国地名，在亚威农与马赛之间。
⑤ 帕拉斯即密涅瓦，原文malgré Pallas即拉丁文成语Invita Minerva，有"违反自然和理性"的意思；见埃拉斯姆斯《箴言集》第1卷第6章第42节。
⑥ 指布尔日与奥尔良城之间的故道，因无人维修，故破坏不堪。
⑦ 原文à pas d'otarde，在1564年版本上是à pas d'abbé（迈着教长的步子），意思是走路缓慢。
⑧ 图里雅，罗马王塞尔维乌斯与塔尔干之女，曾唆使丈夫杀死塞尔维乌斯，夺取王位。见提特·利维《罗马史》第1卷第48章。
⑨ 贝洛纳，法国索米省地名，在亚眠东北50公里处。
⑩ 圣康丹，法国安纳省地名，沿索米河。
⑪ 拉·菲拉特公路，即黑摩日与都尔之间的公路，当中穿过大熊山。
⑫ 柴尼山，阿尔卑斯山群山之一，高达3170米，1871年曾在柴尼山附近开凿长12公里之隧道，贯通法国和意大利。
⑬ 圣瑞洛莫，古罗马传教士，拉丁文《圣经》的翻译者。

白的长胡须乱七八糟的（真能够被人当作冰柱）。他身上带着大串粗糙的松木念珠，既不像站立，也不是卧倒，倒像是跪在那里，用大石块捶打着自己的胸口。看了使我们既感到害怕，又感到可怜。

我们正在观望，当地一位青年学者把我们拉到一边，给我们指出一条光滑明净的大路①，看上去雪白，还铺着草，他对我们说道：

"今后，可不要忽视米利都人②泰勒斯③的论断了，他曾说水是万物之本④。也不要忽视荷马的名言，他曾说万物起源于海洋⑤。你们眼前这条路就来之于水，将来仍旧归之于水。两个月以前，此处走的是舟船，现在走的是车辆。"

"这真也算不了什么，"庞大固埃说道，"在我们那里，这样的变化每年都看得见，例子何止五百。"

当我们观察岛上道路行动的姿态时，那位青年学者又向我们说，依他看，菲劳⑥、阿里斯塔古斯⑦和塞留古斯⑧从前都在这岛上研究过哲学，他们都坚决证实地球是在两极之间运转，而不是围着天空运转⑨，虽然依我们看来，仿佛是相反的。就像在罗亚尔河上那样，我们看着是树木在动，其实树并不动，而是我们随着船的行动在动。

回到船上的时候，我们看见岸上正把三个截路的送上砾刑，据说

---

① 指一条结冰的河流。
② 米利都，小亚细亚古城名，伊奥尼亚哲学派之中心。
③ 泰勒斯（前640—前548），第一个有史可考的古希腊伊奥尼派哲学的代表人物，生于小亚细亚的米利都，著有《宇宙论》，主张从水里探求自然现象的统一，为自发唯物主义的米利都学派（即伊奥尼亚派）的奠基人。
④ 见普鲁塔克《哲学篇》第1卷第3章。
⑤ 见荷马《伊利亚特》第14卷第246行。
⑥ 菲劳，即菲罗劳斯，公元前5世纪意大利毕达哥拉斯派哲学家。
⑦ 阿里斯塔古斯，公元前3世纪古希腊天文学家，首创地球围绕太阳运转学说。
⑧ 塞留古斯，公元1世纪名数学家。
⑨ 普鲁塔克和戴奥吉尼兹认为是菲罗劳斯首创地球围绕太阳运转学说，阿里斯塔古斯和塞留古斯同意这一论断。15世纪尼古拉·德·古萨奴斯又倡导这一学说，16世纪开留斯·卡尔卡尼奴斯和尼古拉·考贝尔尼克支持这一论点，可是直至17世纪初方始为人接受。

他们是中了埋伏被捉住的。另外，还正用火刑烧死一个大汉，因为他也是拦路行劫，而且我们还听说就是在埃及尼罗河的岸上干的。

此外①，还有人告诉我们说，巴尼贡②到老年就退隐在岛上一座隐修院里，过着崇高虔诚的宗教生活，没有情欲，没有私爱，没有恶念，洁身无瑕，爱人如己，爱天主于万物之上；而且还行过好几次神迹。

我们离开高土③的时候，我曾看见一幅珍奇的画像，画的是一个寻觅东家的用人，据说是古时奥尔良籍画家查理·沙尔莫瓦的作品④。

———————————

① 这一段，1564年版本上没有，但手写本上有。
② 巴尼贡的故事见本书第4部第10章。
③ 高土，这一地名前面没有提到过，从下面的文字来看，应该是美当乌提岛，因为庞大固埃曾在那里购买过古画。
④ 查理·沙尔莫瓦的画，本书第4部第2章曾提到过。

第二十七章

我们怎样经过木履岛，以及"半音修士"的会规

后来，我们来到了木履岛，岛上的人只靠鳖鱼汤过活。可是岛上的大王贝纽斯三世还是热情地迎接和款待了我们。饮宴之后，他还亲自带领我们观光了他为"半音修士"新建的一所修道院。他把岛上的修士叫作"半音修士"，他说住在大陆上的有小修士，亦即仁慈圣母的侍者和朋友①；item②，那些崇高的体面的"低音修士"③，他们是教皇通谕所认可的全音符修士；还有吃熏鱼的小修会修士④，也就是八分音符小修士⑤，如果再缩减的话，就只好是"半音修士"了。

遵照"第五元素"⑥的法令和通谕，这是一个最具有协和性的音程⑦，他们穿的衣服和放火犯同样颜色，只有一处例外，那就是膝盖上跟昂如省造房顶的一样⑧颜色是白的。肚子倒是填得挺饱，因此，在这些修士当中，大肚子是出了名的。

他们穿的裤裆，样子像只鞋，而且每人有两个，一个缝在前面，一个缝在后面。双重裤裆说明这里边自有其莫测深奥的秘密。他们穿的鞋是圆的，样子像木盆，这是效法沙石之海的居民的⑨。除此之外，他们还不留胡须，鞋上钉钉。为了表示毫不在乎命运之神，他们像猪猡一样把脑袋后面的毛发都刮得干干净净，从头顶一直刮到肩膀。前面的头发，从脑盖骨起，倒是让它自由生长。这样做，是为效法那些割断尘世牵连的人。他们蔑视变化多端的命运之神，所以不像她那样手里拿着、而是像戴念珠似的腰里挂着、每人一把飞快的剃刀，一夜至少要磨它三次。

　　每人脚上还带着一个圆球，因为据说命运之神的球是在脚下边⑩。风帽的后尾拴在前面，不拴在后面⑪，这样可以把脸遮起来，躲在里面嘲笑命运之神以及幸运的人。完全和今天的姑娘们戴着你们叫作"围巾"的那种面罩一样（古时的人叫作"仁爱"，因为爱能遮掩许多的罪⑫）。他们脑袋后面的部分倒是经常露在外面，和我们的脸一样。这是因为他们高兴往前走就往前走，高兴往后走就往后走。在往后走的时候，人们也会相信是往前走，因为他们的鞋是圆的，看不出前后，裤裆又是前后皆有，脑袋后面也剃得光光的，并且还粗略地画着两只眼睛和一张嘴，很像一个椰子。倒是在往前走的时候，人们会以为这些人是在玩捉迷藏，看起来挺有趣。

　　他们的生活方式是这样的，等路西菲尔的光亮⑬一来到大地上，他

----

① "圣母侍者会"1232年成立于佛罗伦萨，1239年合并于圣·奥古斯丁会，修士对圣母马利亚特别崇拜。
② 拉丁文，"同样还有"。
③ "低音修士"（Frère Mineur），本来指教会中四种品级低微的修士，包括管看门的，管朗诵的，管驱鬼的，管辅祭的（所谓四品修士），后来Frère Mineur成了方济各会修士的称号。按Mineur一字又指音乐上的"短音"或"低音"，所以作者在本章使用了一系列的音乐名词来形容修士。
④ "小修会"亦称"善人会"，为圣弗朗索瓦·德·保尔1453年创立的会派，修士穿深灰色长袍，一年到头守斋。
⑤ "八分音符修士"原文Crochu亦有"手曲如钩，便利偷窃"的意思。
⑥ "第五元素"原文quinte亦可解释为"第五度音程"。
⑦ "五度音程"是音程中具有协和性的一个。
⑧ 造房顶的人因为跪着工作的时候多，把膝盖都磨光了，所以颜色成了白的。
⑨ "沙石之海"原文mer aréneuse是从拉丁文Mare arenosum来的，指多沙石的阿拉伯。
⑩ 命运之神脚下有球，是表示她行踪不定，来去匆匆。
⑪ 指反戴帽子。
⑫ 见《新约·彼得前书》第4章第8节。
⑬ 指夜色。

们便为了仁爱的缘故，互相用靴子踢，用刺马距踏。踢过踏过之后，这才好好地打鼾睡觉，而且睡的时候，鼻子上还戴着夹鼻眼镜，或者简单的眼镜。

我们觉着这个睡觉方法很特别。可是他们却告诉我们说，最后审判①结束之后，才是人类休息和睡眠的时间。为了明白表示他们决不拒绝去受审，像一切幸运的人那样，他们穿好靴子，戴好刺马距，准备号角一响，立刻上马就走。

中午的钟声响了（请注意，他们的钟，包括教堂的钟和饭厅的钟在内，全都是依照彭达奴斯的指示做的，也就是说，是用上细的鸭绒做的，钟锤是一条狐狸尾巴），正午的钟一敲，他们便一个个醒来，脱下靴子，高兴小便的去小便，高兴大便的去大便；不过，会规严格规定，谁也得大打而特打哈欠，并且拿打哈欠当饭吃②。我看着实在有趣。他们把靴子和刺马距往架子上一摞，便到修院去，在那里认真地洗手漱口，然后坐在一条长板凳上，剔起牙来，一直剔到院长捧住手打唿哨表示剔好时为止。于是每人尽力张开大嘴，打上半个钟头的哈欠。有时多打一会儿，有时少打一会儿，这要看院长根据当天瞻礼的日子，适合吃多吃少而定。打好之后，还要来一次巡行祈祷，巡行时，打着两面旗帜，一面旗帜画的是品德之神，另一面画的是命运之神。走在最前面的"半音修士"，举着命运之神的旗帜，他背后，走着另一个"半音修士"，打着品德之神的旗帜，手里还拿着灌有奥维德在《节令记》第五章里③所描绘过的圣水的刷子，不住手地跟（此处有一空白④）一样，敲打着前面打命运之神旗帜的"半音修士"。

巴奴日说道："这个做法和西赛罗以及学院派的规矩都不同，他们

---

① 指世界末日天主对人类的最后审判。
② 本书第1部第16章曾说到包斯的贵族拿打哈欠当饭吃。
③ 奥维德《节令记》第673至692行述说圣水是从迈尔古里水泉里取得的。
④ 手写本上此处有一空白，1564年版及1565年版上将空白取消，似不合理。

规定品德之神在前，命运之神在后①。"

在巡行祈祷时，他们哼哼唧唧唱的倒是挺好听，只是不知道唱的是什么颂歌，因为我不懂他们的言语。仔细一听，我发觉他们是用耳朵唱的。和谐极了，而且和他们的钟声十分协调！你一辈子也不会听见走调的声音。

庞大固埃对他们的巡行祈祷有一个重要的发现，他对我们说：

"你们有没有看出来这些'半音修士'的精细处？他们做巡行祈祷时，从教堂的这道门出来，从另一道门进去，决不从出来的那道门进去。我可以以信用担保，这些人是细心人，细得可以镀金，像铅做的剑一样精细②，细而不弱，但能使人变细，细得像用细纱滤出来的一样！"

约翰修士说道："这种精细是从玄妙的哲学来的，见他的鬼！我反正是一窍不通。"

庞大固埃接着说道："厉害就厉害在别人一窍不通；因为这种精细一旦被人弄懂了，看出来了，揭穿了，所谓精细、所谓奥妙、所谓名声，都将一齐丢光，我们将把它叫作愚蠢。我可以以信用担保，他们的巧招儿决还不止这些！"

祈祷做好之后，还要做一些对身体有益的活动，他们走进饭厅，跪在桌子底下，每人胸前靠住胸口放一盏灯笼。这样跪好以后，从外面进来一个高大的木履人，手里拿着一把叉，用叉来伺候他们吃饭。开始时是奶酪，结束时是芥末拌莴苣③，马尔西亚尔④说古时的人全是这样⑤。饭后，每人还要分给一盘芥末。

他们的饭食规定如下。星期天，吃灌肠、大肠、小肠、肉丁、猪

---

① 见西赛罗《Ad familiar》第10章第3节。
② 铅不能镀金，已见本书第1部第16章。
③ 这和一般的习惯相反，一般总是生菜（冷盆）在前，奶酪在后。
④ 马尔西亚尔（43—104），拉丁诗人，生于西班牙的比尔比利斯。
⑤ 见马尔西亚尔《讽刺诗集》第13章第14节，不过只提到莴苣。

肝、鹌鹑；开始时的奶酪和结束时的芥末还不算。星期一，吃猪油黄豆，要宽汤重味。星期二，吃祝福过的面包、烧饼、烘糕、烙饼。星期三，吃的是乡下菜，有羊头、有牛头、有獾头；獾在这个地方很多。星期四，有七种汤，不过芥末总是少不了的。星期五，除了山梨什么也不吃，而且还不熟，我从颜色上就可以判断出来。星期六，啃骨头。他们可不是穷得挨饿，因为每人都有一个大肚子。

这就是他们在修院里的饮食。如果奉修院院长的命令到院外去，要是在海上或河上，就严禁捕捉和吃食任何鱼类，违者处以重罚；在陆地上，就严禁吃任何肉类，这要使每人都明白，除了玛尔贝西亚山上的石头以外[①]，只有他们是任何东西所不能引逗和诱惑的。

他们喝的酒是对抗命运酒，我不明白这是当地一种什么酒。他们吃东西或者饮酒的时候，就把风帽的后尾往前一拉，当围嘴使用。

吃好饭以后，便哼哼唧唧地唱着歌感谢天主。这一天余下的时间，就是用积德行善来等待最后审判。星期天，互相揪打；星期一，互相打框子；星期二，互相抓搔；星期三，互相擤鼻涕；星期四，互相探秘密；星期五，互相搔痒；星期六，互相磨蹭。

这一切都在对答如流和恰如其分的对唱中进行，而且都是用耳朵唱，我们前面已经说过。单等太阳落在海上以后，他们立刻彼此用靴子踢，用刺马距踏。和上面说过的一样，并且把眼镜戴在鼻子上，准备睡觉。睡到半夜，那个木履人又来了，大家起来，一齐磨刀。接着做好巡行祈祷，就再钻到桌子底下，和上面说的一样，重新吃饭。

约翰·戴·安脱摩尔修士看见这些"半音修士"的生活方式，了解到他们会规的内容，不由得勃然大怒，高声大叫道：

"啊，饭桌下养肥的老鼠！天主在上，挤扁一个会出来两个！普里

---

① 意思是说他们和帕洛斯岛上的云石同样坚强，见维吉尔《伊尼特》第6卷第470至471行。

亚普斯在这里就好了，他是经常参加卡尼底亚和萨卡娜的夜祭的[①]，我们将会看见他大放而特放的屁，不下于这些哼哼的声音！老实说，我现在才看出来我们是在一个完全相反的国家，德国正在拆毁修院，剥下修士的会衣，这里却正相反，一切都倒行逆施，连头发也分不出前后来。"

---

① 女巫卡尼底亚和萨卡娜举行夜祭，见贺拉斯《讽刺诗集》第1卷第8首第46行。

第二十八章

巴奴日怎样向一个"半音修士"问话，
而他的回答仅仅是一个字

自从我们走进修院，巴奴日别的事没有做，就只顾得仔细观察这些被国王封就的"半音修士"的模样了。后来，他看到一个瘦得像一条咸鲞鱼似的家伙，于是便拉住人家的袖子，问道：

"'半音修士'，'唱半音的'，'半个音的'，你的女人呢？"

那个"半音修士"回答说："下。"

巴奴日说："多不多？"　　　　　　　　　"半音修士"："少。"

巴奴日说："到底有几个？"　　　　　　　"半音修士"："廿。"

巴奴日说："你喜欢有几个？"　　　　　　"半音修士"："百。"

巴奴日说："藏在什么地方？"　　　　　　"半音修士"："那。"

巴奴日说："我猜想年纪都不一样，穿起衣服来身段如何？"

　　　　　　　　　　　　　　　　　　　"半音修士"："挺。"

巴奴日说："皮肤的颜色？"　　　　　　　"半音修士"："白。"

巴奴日说："头发的颜色？"　　　　　　　"半音修士"："黄。"

巴奴日说："眼睛的颜色？"　　　　　　　"半音修士"："黑。"

巴奴日说："奶头如何？"　　　　　　　　"半音修士"："圆。"

巴奴日说："模样儿如何？"　　　　　　　"半音修士"："俊。"

巴奴日说："眉毛？"　　　　　　　　　　"半音修士"："软。"

巴奴日说："魅力？"　　　　　　　　　　"半音修士"："大。"

巴奴日说："眼神？"　　　　　　　　　　"半音修士"："媚。"

巴奴日说："脚的样子？"　　　　　　　　"半音修士"："平。"

巴奴日说："脚后跟？"　　　　　　　　　"半音修士"："短。"

巴奴日说："穿的袜子？"　　　　　　　　"半音修士"："美。"

巴奴日说："胳膊？"　　　　　　　　　　"半音修士"："长。"

巴奴日说："手上戴着什么？"　　　　　　"半音修士"："套。"

巴奴日说："手指上的戒指是什么的？"　　"半音修士"："金。"

巴奴日说："衣服是什么料子？"　　　　　"半音修士"："呢。"

巴奴日说："什么呢？"　　　　　　　　　"半音修士"："新。"

巴奴日说："什么颜色？"　　　　　　　　"半音修士"："天。"

巴奴日说："帽子？"　　　　　　　　　　"半音修士"："蓝。"

巴奴日说："袜子？"　　　　　　　　　　"半音修士"："褐。"

巴奴日说："以上的呢料都是怎样的？"　　"半音修士"："细。"

巴奴日说："鞋是什么做的？"　　　　　　"半音修士"："皮。"

巴奴日说："常常怎么样？"　　　　　　　"半音修士"："脏。"

巴奴日说："走起路来？"　　　　　　　　"半音修士"："快。"

巴奴日说："现在谈谈厨房吧，所谓厨房，我的意思是指女人，不要慌，咱们一样一样地谈。厨房里有什么？"　　"半音修士"："火。"

巴奴日说："用什么烧火？"　　　　　　　"半音修士"："柴。"

巴奴日说："什么样的柴？"　　　　　　　"半音修士"："干。"

巴奴日说："什么木头？"　　　　　　　　"半音修士"："柏。"

巴奴日说："成捆的柴都是什么柴？"　　　"半音修士"："栗。"

巴奴日说："屋里烧的是什么？"　　　　　"半音修士"："松。"

巴奴日说："还有什么？"   "半音修士"："菩①。"

巴奴日说："刚才的女人只说到一半；她们的饮食如何？"

                                   "半音修士"："好。"

巴奴日说："吃什么？"   "半音修士"："馍②。"

巴奴日说："什么馍？"   "半音修士"："黑。"

巴奴日说："还有什么？"   "半音修士"："肉。"

巴奴日说："什么样的肉？"   "半音修士"："烤。"

巴奴日说："不喝汤么？"   "半音修士"："不。"

巴奴日说："糕点呢？"   "半音修士"："多。"

巴奴日说："我明白了。她们吃鱼不吃鱼？" "半音修士"："吃。"

巴奴日说："怎么吃？"   "半音修士"："冷。"

巴奴日说："还有什么？"   "半音修士"："蛋。"

巴奴日说："怎么吃？"   "半音修士"："煮。"

巴奴日说："煮到什么程度？"   "半音修士"："硬。"

巴奴日说："还有别的么？"   "半音修士"："有。"

巴奴日说："还有什么？"   "半音修士"："牛。"

巴奴日说："还有呢？"   "半音修士"："猪。"

巴奴日说："还有呢？"   "半音修士"："鹅。"

巴奴日说："除了鹅呢？"   "半音修士"："鸭。"

巴奴日说："还有呢？"   "半音修士"："鸡。"

巴奴日说："调味用什么？"   "半音修士"："盐。"

巴奴日说："贪口味的用什么？"   "半音修士"："芥③。"

巴奴日说："这些菜吃完后，还吃什么？" "半音修士"："饭。"

巴奴日说："还有什么？"   "半音修士"："奶。"

---

① 指田麻科的菩提树。

② 即面包。

③ 指芥末。

巴奴日说:"还有呢?"　　　　　　　　　　"半音修士":"豆。"

巴奴日说:"什么豆?"　　　　　　　　　　"半音修士":"青。"

巴奴日说:"豆里拌什么?"　　　　　　　　"半音修士":"油。"

巴奴日说:"要什么水果?"　　　　　　　　"半音修士":"好。"

巴奴日说:"什么样子的?"　　　　　　　　"半音修士":"圆。"

巴奴日说:"还要什么?"　　　　　　　　　"半音修士":"榛①。"

巴奴日说:"举起杯来?"　　　　　　　　　"半音修士":"干。"

巴奴日说:"干什么?"　　　　　　　　　　"半音修士":"酒。"

巴奴日说:"什么酒?"　　　　　　　　　　"半音修士":"白。"

巴奴日说:"冬天喝什么酒?"　　　　　　　"半音修士":"醇。"

巴奴日说:"春天呢?"　　　　　　　　　　"半音修士":"酸。"

巴奴日说:"夏天呢?"　　　　　　　　　　"半音修士":"冷。"

巴奴日说:"秋天和收割葡萄的季节呢?"　　"半音修士":"甜。"

"教士那个……!"约翰修士叫了起来,"这些'半音女人'吃起来这样厉害,不用说,一定很肥,而且跑起路来一定很快!"

"你别忙,"巴奴日说道:"等我把话问完。她们什么时候睡觉?"

　　　　　　　　　　　　　　　　　　　　"半音修士":"夜。"

巴奴日说:"几时起床?"　　　　　　　　　"半音修士":"晨。"

"这真是我今年想骑的最可人意的'半音人',"巴奴日说道:"天主在上,仁慈的'半音男圣人'和'半音女圣人'都在上,让他去做巴黎首席法官有多好! 老天那个德行! 我的朋友,他将是一个多么厉害的法官,多么会问官司,多么会解决争端,多么会处理积案,多么会阅读诉状,多么会仔细推敲! 现在,"巴奴日继续说道,"再谈谈另外的食品吧。我们好好地平心静气地来谈谈。请你告诉我们,她的所谓仁爱是怎样的?"　　　　　　　　　　　"半音修士":"宽。"

巴奴日说:"一入口?"　　　　　　　　　　"半音修士":"鲜。"

---

① 指榛子、胡桃之类。

巴奴日说:"尽里面?"	"半音修士":"深。"
巴奴日说:"感受如何?"	"半音修士":"暖。"
巴奴日说:"边上有什么?"	"半音修士":"毛。"
巴奴日说:"什么毛?"	"半音修士":"红。"

巴奴日说:"上年纪的呢?"　　　　　　　　"半音修士":"灰。"

巴奴日说:"动作如何?"　　　　　　　　　"半音修士":"快。"

巴奴日说:"屁股的掀动?"　　　　　　　　"半音修士":"猛。"

巴奴日说:"每一个动作全都很快么?"　　　"半音修士":"全。"

巴奴日说:"你们的家伙呢?"　　　　　　　"半音修士":"大。"

巴奴日说:"柄的样子?"　　　　　　　　　"半音修士":"圆。"

巴奴日说:"头上什么颜色?"　　　　　　　"半音修士":"红。"

巴奴日说:"用过之后如何?"　　　　　　　"半音修士":"静。"

巴奴日说:"睾丸如何?"　　　　　　　　　"半音修士":"沉。"

巴奴日说:"包皮如何?"　　　　　　　　　"半音修士":"紧。"

巴奴日说:"事过之后如何?"　　　　　　　"半音修士":"软。"

巴奴日说:"看在你们誓言的份上,老实告诉我,睡觉的时候,把她们放在哪里呢?"　　　　　　"半音修士":"下。"

巴奴日说:"她们动的时候嘴里说些什么?"　"半音修士":"哼。"

巴奴日说:"她使你享受,她自己也在想这件美事,对不对?"

　　　　　　　　　　　　　　　　　　　"半音修士":"对。"

巴奴日说:"她们生孩子么?"　　　　　　　"半音修士":"不。"

巴奴日说:"你们一起怎样睡觉?"　　　　　"半音修士":"光。"

巴奴日说:"再发誓告诉我,平均每天要来上几次?"

　　　　　　　　　　　　　　　　　　　"半音修士":"六。"

巴奴日说:"夜晚呢?"　　　　　　　　　　"半音修士":"十。"

巴奴日说:"好家伙! 一天一夜要来十六次,怪不得那么垂头丧气的。约翰修士,你也能来这么些么? 看他的样子就是个厉害的! 别人呢,是否全是如此?"　　　　　　　　　　"半音修士":"全。"

巴奴日说:"谁是你们当中最能干的?"　　　"半音修士":"我。"

巴奴日说:"从来没错过事么?"　　　　　　"半音修士":"没。"

巴奴日说:"我简直弄不懂。头一天把你的精液倾囊耗尽,第二天还会有么?"　　　　　　　　　　　　"半音修士":"多。"

巴奴日说："他们一定是有了泰奥弗拉斯图斯所说的那种印度药草了[1]，不然，叫我叛教。但是，万一因为什么正当的理由或者别的原因，以至于精液短少了，那就怎么样？"　　　　　"半音修士"："糟。"

巴奴日说："女人呢？"　　　　　　　　　　　"半音修士"："闹。"

巴奴日说："那该怎么办呢？"　　　　　　　　　"半音修士"："揍。"

巴奴日说："如果你们停止一天不干呢？"

　　　　　　　　　　　　　　　　　　　　　　"半音修士"："坏。"

巴奴日说："她们就怎么办呢？"　　　　　　　　"半音修士"："屌。"

巴奴日说："你说什么？"　　　　　　　　　　　"半音修士"："屁。"

巴奴日说："什么声音的屁？"　　　　　　　　　"半音修士"："破。"

巴奴日说："如何整治她们？"　　　　　　　　　"半音修士"："凶。"

巴奴日说："打出什么来？"　　　　　　　　　　"半音修士"："血。"

巴奴日说："她们的面色？"　　　　　　　　　　"半音修士"："红。"

巴奴日说："顶好不是……？"　　　　　　　　　"半音修士"："假。"

巴奴日说："于是你就被她们……"　　　　　　　"半音修士"："怕。"

巴奴日说："她们把你当作……"　　　　　　　　"半音修士"："神。"

巴奴日说："再凭你立下的誓言，老实说，一年里面的哪一个月，你最软弱？"　　　　　　　　　　　　　"半音修士"："八。"

巴奴日说："最有劲的是哪一月？"　　　　　　　"半音修士"："三。"

巴奴日说："其余的时间如何？"　　　　　　　　"半音修士"："乐。"

巴奴日笑着对我们说：

"真是世界上最不幸的'半音人'。你们有没有注意到他的回话多么简单短促？只有一个字。我看这真是一个樱桃切三半[2]。"

"天主在上，"约翰修士说道，"我的朋友，他和他女人说起话来就不这样一个字一个字地进了。你不是说一个樱桃切三半么？慈悲的圣

---

① 见本书第3部第27章注。

② 一句民间谚语，意思是：这个人说话简短。

人在上，我敢打赌一只羊肩，他也不过只分作两半，一'夸脱'①酒，一口气就可以喝干。你看他那个晕头转向劲儿。"

爱比斯德蒙说道："教士这一项废物，到处只知道追逐饮食，可是对人说起话来，却是世界上一身之外别无长物。那些公侯国王又比他们多什么呢②？老实说，我真讨厌这个地方！"

巴奴日说道："各人有各人的爱好。我如果能称心如意地结婚，我一定创立一个新会派，我不要教士受会规管辖，而是要教士去创立会规，由我负责供养，我的教士一定多，而且品行端方。他们决不会和这里的风流'半音人'一样。"

---

① "夸脱"，古容量名，等于2品脱。
② 一般的版本，本章即到此处为止。

第二十九章

封斋期的制定怎样使爱比斯德蒙厌恶

爱比斯德蒙说道:"你有没有注意到这个混蛋'半音人'怎样表示三月是色情最旺盛的月份?"

庞大固埃回答道:"注意到了,不过,三月总是在封斋期里面,而封斋期内是规定要刻苦肉身、压制色情、约束性欲的疯狂的。"

爱比斯德蒙说道:"从此,你就可以认识到第一个制定封斋的教皇用意何在。这个'半音破鞋'承认自己没有比在封斋期内更好色的了,所有博学的大医学家也都用明显的推理,断定一年之中所吃的全部食物也及不上在这段时期内吃的东西更能刺激人的性欲,这里面包括:蚕豆、豌豆、青豆、扁豆、葱、榛子、牡蛎、鲞鱼、咸鱼、糟鱼;菜蔬全是有刺激性的,像:芥菜、山薤、茵陈、药芹、水芹、桔梗、罂粟、荜草、无花果、稻米、葡萄等等。"

庞大固埃说道:"所以,你如果了解到,那位制定四旬斋期的仁慈教皇,正是看到人体的热经过冬季严寒的潜伏时期,这时像树木的汁液一样,通过四肢的循环,正从体内发挥出来,所以才制定了你刚才说的那些食物，叫人类得到繁殖昌盛，那你还要惊奇呢。我想起都阿尔①的洗礼登记簿来，那里面十月份和十一月份出生的小孩，数目要超过一年内其余十个月的总和。如果你推算一下的话，这些小孩全是在封斋期内受孕和怀胎的。"

约翰·戴·安脱摩尔修士说道："我在听你们说话，觉着实在有趣。但是故世的雍维尔②的本堂教士③却说女人们的肚子膨胀，并不是因为吃了封斋期内的食物，而是来自那些弯腰曲背的募化修士、穿靴子的讲经师、污秽肮脏的忏悔师，他们在这段作威作福的时期内，说通奸的丈夫应下到路西菲尔的爪子下面三'特瓦兹'深的地狱里。这样一吓，做丈夫的都不敢偷女用人了，只好回到妻子那里去。我想说的就是这些。"

爱比斯德蒙说道："对于封斋期的制定，你高兴怎样说就怎样说好了；各人有各人的看法。可是，如果把它取消掉——我相信时间不会太长④——全世界的医生又会反对，我知道，而且也听说过。因为，假使没有了封斋期，他们的医术便会遭到忽视，赚不到钱，原因是大家都不生病了。疾病就是在封斋期内生根发芽的；封斋期是一切病害真正的秧苗、温床和散发者。你还会看到，如果说封斋期会使人肉体腐败，它还会叫灵魂发疯。于是，魔鬼便有所作为了；假冒为善的人都露面了；伪君子明目张胆集会结社、拜苦路、行赦罪、说教、忏悔、打苦鞭、逐人出教，不一而足。我并不是说为了这个缘故亚里斯马比亚人⑤就比我们好多少，而只是顺便提一提。"

"看起来，"巴奴日说道，"你这个'半音家伙'，你以为这个人如何？他是不是异端？" "半音修士"："异。"

---

① 都阿尔，两赛服省地名，在布莱徐尔附近。

② 1564年版本上是让伯（Jamber），让伯系芒城教区地名。

③ 指作者本人，拉伯雷做过圣克里斯多夫·杜·让伯的本堂司铎。

④ 或者因为宗教改革的进步，或者因为大家相信多伦多的宗教会议会取消它。

⑤ 亚里斯马比亚人，原来意思是"独眼人"，这里是指北欧改信新教的国家，他们不再守斋。

巴奴日说:"该不该烧死?"　　　　　　　　"半音修士":"该。"

巴奴日说:"越快越好,对么?"　　　　　　　"半音修士":"对。"

巴奴日说:"不用下水煮?"　　　　　　　　　"半音修士":"不。"

巴奴日说:"怎么烧?"　　　　　　　　　　　"半音修士":"活。"

巴奴日说:"烧了以后?"　　　　　　　　　　"半音修士":"死。"

巴奴日说:"因为他使你生气,是么?"　　　　"半音修士":"太!"

巴奴日说:"照你看来,这个人?"　　　　　　"半音修士":"疯。"

巴奴日说:"比狂还要厉害么?"　　　　　　　"半音修士":"对。"

巴奴日说:"你要把他怎么样?"　　　　　　　"半音修士":"烧。"

巴奴日说:"你们烧过别人么?"　　　　　　　"半音修士":"多。"

巴奴日说:"他们也这样异端么?"　　　　　　"半音修士":"不。"

巴奴日说:"将来还要烧么?"　　　　　　　　"半音修士":"还。"

巴奴日说:"会不会赎回几个?"　　　　　　　"半音修士":"不。"

巴奴日说:"全都得烧死么?"　　　　　　　　"半音修士":"全。"

爱比斯德蒙说道:"我真不明白你和这个无聊的破修士扯下去有什么乐趣。假使我对你没有认识的话,你一定会给我一个不太高明的印象。"

"马上就走,"巴奴日说道,"不过,我真想把他带回去给高康大,他太使我喜欢了! 等我结婚之后,他可以给我太太做'小丑'①。"

"做'相好的小丑',"爱比斯德蒙说道,"如果用分字法来填充的话②!"

约翰修士笑着说道:"可怜的巴奴日,这一次你可碰到对手了! 无论如何,你也逃不掉做乌龟的危险。"

---

① "小丑"原文 fou 也有"疯子"的意思。
② "分字法"是指文字学上一个词分作两部分或好几部分。

第三十章

我们怎样游历丝绸国

我们愉快地观光过"半音修士"新的教派以后，又在海上走了两天。到了第三天，船上的领港人望见一座海岛，风景之秀丽超过以往所见过的岛，名叫毛布岛，因为岛上的道路都是毛布的。岛上便是在侍从当中鼎鼎大名的丝绸国^①，国内树上的叶和花从来不落，它们是大马士革呢和织花丝绒做的。飞禽走兽都是毛织品。

我们在岛上看见许多飞禽走兽和树木，式样、大小、高矮、颜色，都和我们国家里的差不多，只有一样不同，那就是它们不吃东西，也从来不开口叫唱。所以，也不像我们国家里的禽兽那样会咬人。

还有一些是我们过去从未见过的。内中有好几种象^②，颜色也各自不同。尤其是，我看到了罗马皇帝提贝利乌斯的侄子日耳曼尼库斯时代③、由驯兽者在罗马斗技场上带领演出过的那六只公象和六只母象，它们有的很有学问，有的懂音乐，有的懂哲学，有的会跳舞，有的会跳孔雀舞④，有的还是诗歌能手呢。这时全都坐在饭桌周围，活像那些有福的老神父进餐时那样，一声不响地又吃又喝。它们的鼻子足有半肘长，一般都叫它象鼻子，可以用它吸水喝，可以卷取树叶水果等各种食物吃，还可以像手一样进行攻击和防御，战斗时，可以把人扔向天空，落下来的时候把他乐死⑤。它们的耳朵又宽又大，样子很像簸箕。它们的腿有关节可以伸屈；有的人不这样记载⑥，那是因为他们只见过绘画中的象。除了牙，它们还有两只大角；朱巴就是这样称呼的⑦，帕乌撒尼亚斯也说是角⑧，只有菲洛斯特拉图斯坚持说是牙，不是角⑨（其实对我说来，丝毫没有分别，只要能叫人理解到说的是象牙就行），长度足有三四肘长，生在上颌骨上，不是下颌骨。如果你们相信不这样说的人，那你们就上当了，就拿艾理安来说吧⑩，他就是满嘴撒谎。普林尼乌斯就是在这座岛上，而不是在别处，看见过象戴着铃子跳绳，还可以从大开筵宴的饭桌上跳过去，而挨不着饮酒的酒客。

　　我在岛上还见过一只犀牛，和汗斯·克雷贝格⑪从前让我见过的一

① 丝绸是侍从特别爱穿的衣料。
② 16世纪的欧洲，还很少看见象，亨利四世是第一个养象的国王。
③ 日耳曼尼库斯，罗马大将，曾战胜日耳曼的阿尔米纽斯，公元19年被比佐毒死。
④ "孔雀舞"原文 pavaneurs 指古时一种庄严缓慢的西班牙舞。
⑤ 是摔死，不是乐死。
⑥ 指亚里士多德，见亚里士多德《动物史》第2卷第4章。
⑦ 见普林尼乌斯《自然史纲》第8卷。
⑧ 见帕乌撒尼亚斯《希腊游记》第5卷第12章。
⑨ 见菲洛斯特拉图斯《阿波罗纽斯传》第2卷第13章。
⑩ 见亚里士多德《动物史》第4卷第31章。
⑪ 汗斯·克雷贝格，1564年版上是亨利·克雷贝格，指德国纽伦堡籍商人，定居里昂，发财致富，乐善好施，人称"善心的德国人"，后被弗朗索瓦一世封为贵族，号称德·沙特拉尔爵士。

模一样，和过去我在勒古热见的一只大公猪也差不许多，不同的是它头上长着一只角，足有一肘长，是尖的，运用这只角，它就敢和一只象展开战斗，用角把象的肚子（这是象最怯弱的地方）牴破，把它牴死在地上①。

我还看见三十二只独角兽②。这是一种性情乖僻的兽类，样子很像拉沃当③的马，不同的是它的头像鹿，蹄子像象，尾巴像猪，前额上有一个尖利的角，黑颜色，足有六七尺长，平常像印度鸡的冠那样向下牵拉着，等到战斗或作其他使用时，便会一下子竖起来，笔直挺硬。我看见有一只和别的野兽在一起，用角在洗刷一处水泉。巴奴日对我说他那话儿就跟独角兽的角差不多，不过这是就功能来说，不是说的长度，因为正像独角兽的角把池塘和水泉的水弄干净、清除存在的污秽和毒物、让别的走兽安全地来饮用那样，别人在他以后就可以乱搞一通而不至于有得花柳、下疳、淋病、横痃以及其他疾病的危险，因为，假使那个毒气洞里面有什么恶毒和病害，他早已用他那有力的犄角打扫干净了。

约翰修士说道："等你结婚之后，我们拿你老婆试验试验。这完全是看在天主份上，何况你已给了我们如此安全的指示。"

"好极了！"巴奴日说道，"你看我不马上在你肚子上放进一粒打发你到天主那里去的丸药——就是恺撒的二十二刀④——才怪哩！"

约翰修士说道："我更希望是一杯清凉的美酒。"

我在那里还看见古时雅松所得到的金羊毛。那些说不是羊毛而是金苹果的人——根据μηλον这个字，既可以解释为"苹果"又可以解释为"羊"——就是因为他们根本没有到过丝绸国。

我还看见一条变色龙，和亚里士多德勒斯所描写的一模一样⑤，和

---

① 见普林尼乌斯《自然史纲》第8卷第29章。

② 即麒麟，下面的叙述来自普林尼乌斯《自然史纲》第8卷第31章。

③ 拉沃当，法国毕高尔地名，以产良马著名。

④ 据说恺撒是被刺了二十二刀才死的，普鲁塔克《恺撒传》第67章里说是二十三刀。

⑤ 见亚里士多德《动物史》第2卷第11章。

有一次罗尼河上的繁华城市里昂的名医查理·马莱给我看的一条也差不多[①]，都是靠空气生活。

我还看见三条七头蛇，和过去见过的一样，每一条都长着七个不同样的蛇头。

还看见十四只不死鸟。过去在不少书中谈到，都说世界上同时只有一只；可是根据我卑微的判断，说这话的人，除了在壁毯上之外，恐怕从来就没有见过不死鸟，菲尔米奥姆[②]的拉克唐修斯[③]就是如此。

我还看见阿普雷乌斯金驴的皮[④]。

还看见三百零九只塘鹅，六千零十六只天堂鸟[⑤]，整整齐齐地排着队，在麦地里吞食蝗虫。还看见些阿拉伯鸟、白鹅鸟、奶羊鸟、护鸽鹰[⑥]、驴鸣鸟、我是说那些粗喉管的塘鹅[⑦]、斯图姆帕洛斯鸟[⑧]、女头鹰身鸟，还有豹子[⑨]、狼人、半人半马、虎、豹、豺狼、长颈鹿、独角鹿[⑩]、羚羊、獐子、狗头猴、半人半羊、麒麟[⑪]、麋鹿、野牛、水牛、牦牛、猿猴、"奈阿德斯"[⑫]、长蛇、长尾猴、钢牛、绵羊、葡萄虫、蟒蛇、吸

---

① 作者在1535年离开里昂后，查理·马莱是接替他医生职务的三个医生之一，作者在他家里见过一条这样的稀有动物。

② 菲尔米奥姆，靠亚得里亚海地名。

③ 四世纪护教论者拉克唐修斯生于菲尔米奥姆，曾写过一首不死鸟的诗。

④ 阿普雷乌斯，2世纪罗马作家，著有传奇小说《金驴》。

⑤ "天堂鸟"原文seleucides指新几内亚一种羽毛极其美丽名贵的飞鸟。

⑥ "护鸽鹰"，一种保护鸽类反抗凶猛的小型鹰鸟，此处鸟名大多见普林尼乌斯《自然史纲》第10卷第27，33，37，40等章。

⑦ "塘鹅"影射教廷的官吏，作者在第2部《作者前言》里曾用过一系列的onocrotales, crottenotaires, croquenotaires来形容他们。

⑧ 指斯图姆帕洛斯湖畔的鸟，神话中海格立斯驱赶斯图姆帕洛斯鸟为其十二伟迹之一。

⑨ 当时在法国豹子为稀有动物。

⑩ 原文origes也是一种独角兽，见普林尼乌斯《自然史纲》第8卷第79章。

⑪ 原文cartazonnes亦是指独角兽，见艾理安《动物史》第16卷第20章。

⑫ "奈阿德斯"，野兽名，它一吼叫，周围的土地便会陷成深坑；见本书第4部第62章。

血大蝙蝠、半狮半鹰怪兽。

我还看见骑着马的"半斋"^①，"八月中旬"和"三月中旬"为它扶着马镫。

我还看见一条叫作印鱼的小鱼，希腊人叫作"爱喀内伊斯"，贴在一条大船边上，那条船虽然挂起了帆，而且海水动荡不定，可是依旧走不动^②。我想这一定就是暴君培利安德^③那条被小鱼在风中拦住不能前进的船只。姆提亚奴斯当时就是在这个丝绸国看见的，并不是在别处^④。约翰修士告诉我们说从前法庭上经常有两种鱼，它们能把所有打官司的，不管是贵人还是平民，是贫是富，是大是小，统统拖得身体败坏、灵魂发疯。第一种鱼是"撒谎鱼"^⑤，也就是鲭鱼^⑥；第二种是有毒的印鱼，也就等于说，打起官司来没完没了，永远没有结案的时候。

我还看见一些"斯芬克斯"^⑦、豪狗、山猫、人妖^⑧，人妖前面的两只脚和人的手一样，后面的两只脚才当脚使唤。还看见一些"半狼半狮"动物^⑨，"象尾马身"动物^⑩，这种动物大小和海马差不多，尾巴跟象一样，牙床骨像箭猪，头上的角会动，像驴的耳朵。还看见一些"狼狗混生"动物^⑪，这种动物敏捷极了，大小和米尔巴莱的驴差不多，脖子、尾巴、前胸都像一只狮子，腿像鹿。嘴巴一直裂到耳朵那里，只有两

---

① "半斋"，指封斋后第三周的星期四。
② 印鱼可以阻止船只前进，见本书第4部第62章。
③ 培利安德，公元前625至前585年哥林多暴君。
④ 姆提亚奴斯曾讲述说培利安德的船只被蓟螺拦住不放，见普林尼乌斯《自然史纲》
  第9卷第25又第41章。
⑤ "撒谎鱼"原文 poissons d'avril，照字面译是"四月鱼"，本来是指万愚节骗人的
  谎言。
⑥ 鲭鱼四月最多；原文 maquereaulx 亦有"支持者，辩护者"等意思。
⑦ 原文 sphinges 指狮身人首怪兽。
⑧ 原文 cephes 指手足如人的一种怪兽，普林尼乌斯和艾理安在著作中都提到过。
⑨ 见普林尼乌斯《自然史纲》第8卷第45章。
⑩ 见普林尼乌斯《自然史纲》第8卷第30章。
⑪ 见普林尼乌斯《自然史纲》第8卷第21又第30章。

只牙，一只上牙，一只下牙，叫起来跟人说话的声音一样，只是听不出字罢了。

也许你们要说没有看见猛禽的巢穴；不错，我倒是看见十多个，请注意。

我还看见有奶的虾，非常好吃。

还看见一些左手用的钺；在别处没有见过。

还看见龙，一种非常奇怪的动物，身子像狮子，红毛，脸长得像人，嘴里有三排牙齿，彼此交插着，好像人交插起来的手指头那样；尾巴上有尖，可以像蝎子似的刺人，叫的声音倒挺好听[1]。

还看见一种爬虫[2]，一种野生动物，个儿不大，可是脑袋却大得出奇，简直从地上抬不起来；眼睛非常毒，谁看见谁死，跟看见毒蛇一样[3]。

还看见一种双背动物，这种动物快活极了，屁股动得特别灵活，永远动个不停，比摇尾鸟[4]动得还要厉害。

---

[1]　见普林尼乌斯《自然史纲》第8卷第21章又第30章。

[2]　原文 catoblepes 好像是从 kato（从下面）和 blepo（我看）合成的；见普林尼乌斯《自然史纲》第8卷第22章。

[3]　名叫 basilic 的毒蛇，眼睛一看人，人即被毒死。

[4]　一种鹡鸰鸟，尾巴不住摇动。

第三十一章

我们怎样在丝绸国看见"道听途说"执掌作证学校

我们在这个幕幔国家里又往前走了一阵,忽然看见地中海一分为二,一直可以看到海底,完全和以色列人出埃及时红海离开波斯湾的情形一样。

我认出了特力顿正在吹他那个大贝壳,还有格劳科斯、普罗忒乌斯、奈列乌斯①等等无数海神和海怪。我们还看见各式各样、数不清数目的鱼,有的跳跃,有的飞腾,有的窜越,有的厮打,有的游水,有的呼吸,有的配偶,有的追逐,有的捕捉,有的逃跑,有的休止,有的争斗,有的玩耍,有的嬉戏。

在旁边一个角落里,我们看见亚里士多德勒斯手执灯笼,和画上为圣克里斯多夫照路的那个隐修士一样,不住地左顾右盼,他想把一切都记录下来。在他背后,仿佛做他的跟班似的,有一大堆其他的学者,内中有阿匹亚奴斯②、赫里欧多鲁斯、阿忒涅乌斯、波尔菲里奥斯③、阿尔卡地亚人庞克拉提乌姆④、奴梅尼乌斯⑤、阿尔基普斯、塞勒奴斯、南弗德鲁斯⑥、埃里亚奴斯、奥比亚奴斯⑦、马特拉奴斯,还有五百其他无事可做的人,内中就有那个一连五十八年除了观察蜜蜂什么也不干的克里西普斯⑧或者是索罗伊的阿里斯塔古斯⑨。在这些人当中,我还看见比埃尔·基利⑩,他手里提着一个尿壶,仔细观察鱼类的尿。

在丝绸国观光了很久以后,庞大固埃说道:

"在此处当然饱餐眼福,只是腹内依然空空,此刻只感到饥肠辘辘，狂鸣不止。"

"那么，赶快去吃饭，赶快去吃饭，"我说道，"先尝尝这里垂下来的合欢草⑪是什么滋味。"

"算了吧，吃它有什么用！"

我只管摘取了几个挂在幕幔边上的干果，可是咬也咬不动，无法吞吃，用舌头舔了舔，老实说，跟一团乱丝差不多，毫无滋味。人们不由得想起埃拉卡巴鲁斯大概就是抄袭这里的办法，他答应给饿了很久的人来上一桌丰富、豪华、奢侈的酒席，可是结果拿出来的只是画上蜡做的、石头的、陶器的肉食，连台布也是假的⑫。

我们继续寻找，看能不能找到一点能吃的东西，结果却听见一阵响亮的声音，既像女人在洗衣服，又像图卢兹巴萨可乐磨坊里往磨上漏粮食⑬。我们不再停留，一直跑到有声音的地方，原来是一个弯腰曲背、形象恶劣的小老头。他的名字叫"道听途说"，大嘴岔儿一直裂到耳朵边，嘴里有七条舌头，每一条舌头又分作七个杈。虽然有这样多舌头，还是一齐用不同的语言各说各的事情。头上和身上的耳朵和古时阿尔古

---

① 奈列乌斯，神话中镇守爱琴海之海神，奈列依德斯之父。

② 阿匹亚奴斯，2世纪希腊史学家，著有《罗马史》，甚出名。

③ 波尔菲里奥斯（233—304），叙利亚新柏拉图派哲学家。

④ 庞克拉提乌姆，传说中首创捕鱼的人。

⑤ 奴梅尼乌斯，2世纪叙利亚哲学家，柏拉图的注释人。

⑥ 南弗德鲁斯，西西里史学家。

⑦ 奥比亚奴斯，2世纪希腊诗人，著有渔猎诗篇。

⑧ 克里西普斯，斯多葛派自然科学家，所引典故见普林尼乌斯《自然史纲》第29卷。

⑨ 应该是阿里斯托玛古斯，不是阿里斯塔古斯，见普林尼乌斯《自然史纲》第11卷第9章。

⑩ 比埃尔·基利（1450—1555），法国生物学家，生于亚尔比，著有鱼类书籍。

⑪ 合欢草，夫妻反目，一摸此草，即恢复爱情，见普林尼乌斯《自然史纲》第24卷第17章。

⑫ 见朗普里丢斯《埃拉卡巴鲁斯传》第25章。

⑬ 磨上有一种木制的漏斗式工具，粮食从里面逐渐漏至磨上，然后磨碎成粉。

斯的眼睛一样多，不过，他眼睛看不见，腿也风瘫得不能走动。

在他周围，围了无数男男女女，一个个都注意地在听。人群中有几个样子特别神气，内中有一个手执世界地图，口念简短格言，向大家讲解。只见工夫不大，全体都融会贯通，体会领悟，并能把非常奥妙的东西一字不错地背述出来。普通人用一辈子的时间也不足以学会百分之一。比方有关金字塔、尼罗河、巴比伦、穴居人、细腿人、无头人^①、小矮人、狗脸人、北极山人^②、半人半羊人^③等等稀奇古怪的东西，全是从"道听途说"来的。

在那里，我仿佛还看见希罗多德、普林尼乌斯、索里奴斯^④、贝罗苏斯^⑤、菲洛斯特拉图斯、美拉^⑥、斯特拉包等等许多古代历史学家，还有雅各宾大修士亚尔培^⑦、"无头人"比埃尔^⑧、教皇庇约三世^⑨、刚毅的人保罗·昭维奥^⑩、加拿大发现人^⑪、戴沃、雅各·卡提耶、亚尔美尼亚人海伊通^⑫、威尼斯人马可·孛罗^⑬、罗马人卢多维克^⑭、伯多禄·阿尔瓦

---

① 无头人的眼睛和嘴都长在胸口上。此处稀奇民族都见普林尼乌斯《自然史纲》第8卷。

② 原文 Hyperborées，指萨玛提山脉，有人说即乌拉尔山脉，又一说是指有山脉挡住北风、四季气候如春的地方。

③ 原文 Egipens，1564年版上是 Ægypanes，指一半是人一半是羊的人，见普林尼乌斯《自然史纲》第8卷。

④ 索里奴斯，3世纪自然科学家，著有人种志作品《博学者》。

⑤ 贝罗苏斯，巴比伦星相学家。

⑥ 美拉，1世纪罗马地理学家。

⑦ 雅各宾大修士亚尔培（1193—1280），亚里士多德派哲学家，著有《动物学》。

⑧ 原文 Testemoing，在另一些版本上是 Tesmoing，意思是"见证人"，指的是比埃尔·马提尔（1455—1526），意大利史学家及地理学家。又"马提尔"（Martyr）一字有"致命者"的意思，故作者说他无头。

⑨ 庇约三世（1405—1464），人文主义宇宙学家，曾用伊尼斯·西尔维优斯·比科罗米尼名字著有宇宙学作品。

⑩ 保罗·昭维奥（1483—1552），意大利主教及历史学家。

⑪ 加拿大发现人，即雅各·卡提耶。

⑫ 亚尔美尼亚人海伊通，13世纪旅行家，著有《东方史志》。

⑬ 马可·孛罗（1254—1324），意大利人，曾游历中亚细亚、印度及中国。

⑭ 罗马人卢多维克，即路易·德·维尔泰玛，著有东方游历记述作品。

莱斯①等等数不清数目的历史学家，他们一个个都藏在幕幔后面，偷偷地在那里书写美丽的故事，其实全是"道听途说"的。

在一幅绣着枝叶图案的②绒幕后面，我看见在"道听途说"身边还有许多来自贝尔式和马恩③的青年学生，都很用功。问他们学的什么，他们回答说他们从小就在那里学习作证，而且学得很快，学好之后，就可以回到老家去依靠作证为职业，安分守己地生活。凡是肯出大价钱的，他们什么事都可以作证，而且当然，全是"道听途说"的。你们高兴怎样想就怎样想，反正他们总算给了我们几片面包，我们还用他们的酒杯喝了酒，皆大欢喜。后来，他们还诚恳地关照我们，如果打算在法庭上打赢官司的话，应该尽可能地避免说实话。

---

① 即伯多禄·阿尔瓦莱斯·卡勃拉尔，葡萄牙航海家，曾于1500年发现巴西。

② 原文 figuré à feuilles，在不少版本上后面还有 de menthe，意思是"薄荷"，可能作者有意使 menthe 与 mentir（撒谎）混淆，故亦可解释为"绣着谎言的绒幕后面"。

③ 马恩省人是以会撒谎、会作假见证著名的。

第三十二章

我们怎样发现灯笼国

经过在丝绸国忍饥挨饿之后，我们又航行了三天。到第四天早晨，离灯笼国已经不远了。

船越走越近，我们看见海上有不少漂漂荡荡的小灯。我呢，我认为这是一种灯笼鱼，正在把舌头伸出水面放光[①]，否则，就是你们叫作萤火虫、在黄昏时候放光的那种飞虫[②]。

可是领港人却告诉我们说，这是当地的瞭望灯。这些沿海岸的灯，使人更容易辨认这就是灯笼国，而且和那些好心的方济各会以及多明我会的修士一样，为到这里来开全体大会的外地"灯笼"指引道路。不过，我们还是疑心会不会是暴风雨的征兆，领港人依旧坚持说不是。

[①] 普林尼乌斯在《自然史纲》第9卷里曾提到放光的鱼类。

[②] 萤火虫放光，当时相信是暴风雨的征兆，见普林尼乌斯《自然史纲》第18卷第26章。

第三十三章

我们怎样在灯笼人的港口登陆并来到灯笼国

我们很快便驶进了灯笼国的港口。

在一座高耸的碉楼上，庞大固埃认出了拉·罗舍尔^①的灯笼，它照得下面一片雪亮。我们还看见法罗斯的灯笼^②、诺普利奥斯的灯笼^③以及雅典的阿克罗波里斯奉献给帕拉斯的灯笼^④。

离开港口不远，有一个小村落，灯笼人^⑤就住在那里。这是个依靠灯笼为生的民族，跟我们国家里依靠替修女募捐为生的教士一样，都是勤恳的好人。古时德谟斯台纳的灯就是点在这里的^⑥。从港口到皇宫，有三个石碑式的灯笼人——他们是码头上的哨兵——为我们引路。他们像阿尔巴尼亚人一样，都戴着高大的帽子。我们把这次航行的目的告诉了他们，并对他们说我们有意从灯笼国皇后那里得到一个灯笼人，好为我们照明道路，让我们找到神瓶的谕示。他们答应尽力帮忙，还告诉我们说，这时正是机会，我们来得正是时候，可以好好地选择一番，因为皇后正在举行全国大会。

来到皇宫，有两个司礼仪的"灯笼"，一个是"阿里斯托芬灯笼"，一个是"克利昂特^⑦灯笼"，把我们引见给他们的皇后，巴奴日用灯笼国话把我们航行的目的简略地又陈述了一遍。我们受到这位皇后热情的接待，并立即关照我们参与她的晚餐，以便从容地选择我们乐意用作向导的"灯笼"。我们听了非常高兴，于是便专心致志地注意和观察她们的一切举动、衣着和态度，以及晚餐时的饭食。

皇后穿了一身水晶衣服，是大马士革和波斯的巧匠制就的，上面镶嵌大粒的钻石。皇族"灯笼"，有的穿宝石，有的穿镀金云石，还有的穿琉璃石。其余的则穿牛角、纸和油布。"号灯"也都根据各自氏族的级别和资历穿戴打扮。然而，在穿戴最考究的行列里，我却发现一个土制的，跟陶器的缸瓮一样。正在惊奇的当儿，有人告诉我说，这"灯笼"就是艾比克台图斯的，古时有人出三千"德拉格玛"⑧还不肯出卖的就是她⑨。

我还仔细观察了马尔西亚尔的"多头灯笼"⑩，看她如何穿戴和打扮；还更注意地看了克里西亚斯的女儿奉献给卡诺巴的"廿头灯笼"⑪。

我还看见古时在底比斯阿波罗殿堂里拿出来的那个"挂灯"，后来

---

① 拉·罗舍尔，法国沿大西洋海岸地名，为当时新教之根据地，悬挂灯笼的碉楼，在拉·罗舍尔的南城墙上，航行船只视为灯塔。

② 法罗斯，埃及亚历山大港外岛名，上有灯塔，为普陀里美所建。

③ 诺普利奥斯，神话中尼普顿之子，帕拉米底斯之父，曾建阿尔戈斯灯塔。

④ 即卡里马古斯所建的灯塔，见包萨尼亚斯《希腊游记》第1卷第26章第7节。

⑤ 原文 lychnobiens，指依靠灯笼光亮为生的人，见埃拉斯姆斯《箴言集》第4卷第4章第51节。

⑥ 据说德谟斯台纳都是在夜间点油灯工作，所以作者曾说他的演说辞有油的味道；见本书第1部《作者前言》。

⑦ 克利昂特，公元前3世纪斯多葛派哲学家。"阿里斯托芬灯笼"和"克利昂特灯笼"当时都是著名的；见埃拉斯姆斯《箴言集》第1卷第7章第72节。

⑧ "德拉格玛"，古希腊银币。

⑨ 艾比克台图斯有一盏土制的灯，一希腊人曾愿出3000银币购买它，以为得到哲学家的灯，就有了哲学家的学问。见鲁西安《对愚人》第13章。

⑩ 马尔西亚尔有一首讽刺诗名为《多头灯笼》(Lucerna polymyxos)，指一盏灯有好几个灯头。

⑪ 克里西亚斯的女儿曾向卡诺巴的神灵奉献一盏带二十个灯头的灯笼；见《神殿文集》第6卷第148章。

被征服者亚历山大带到伊奥利亚①的古米城去的就是她②。

我还看见一个，她特别显著是因为头上有一簇鲜红的丝帽缨③，有人对我说这就是人称"法律之灯"的巴尔多鲁斯"灯笼"④。

还有两个很惹人注意，因为她们腰里都掖着灌肠的口袋，我听说

---

① 伊奥利亚，小亚细亚古地名，在特洛亚德与伊奥尼亚之间。
② 故事见普林尼乌斯《自然史纲》第34卷第3章又第8章。
③ "帽缨"是法学博士的标志。
④ 巴尔多鲁斯有"法律之灯"的称号。

一个大，一个小，都是开药房的"灯笼"①。

晚餐的时间到了，皇后首先入座，其他的"大灯"各按级别与职位依次入席。头道菜全体一律都是模型制出的大蜡烛，只有皇后例外，端给她的是一根挺硬的大火把，白蜡做的，头上还有点发红。皇族灯笼也和其他的不同，米尔巴莱的外省灯笼吃的是一根胡桃蜡烛，下波亚都的外省灯笼，我看见送给她的是饰有纹章的蜡烛。天知道过后，她们的芯子将会发出怎样的光芒。

请注意，这里有一群在一个大灯笼管辖下的小灯笼倒是例外。我记得那里边就有不肯接受油和蜡烛的玛大肋纳。所以她们不和其他的"灯笼"同样发光，在我看来，只有一点微弱的颜色②。

---

① 指15世纪末叶两本出名的药典，一名《药物大全》(Luminare majus)，一名《药剂指南》(Luminare apothecariorum)。
② 1564年版本上这里还有："晚餐后，我们退出休息。到了第二天早晨，灯笼国皇后让我们在最亮的'灯笼'里面捡了一个，为我们带路。我们这才告辞动身。"

第三十三章^①

（其二）晚餐时灯笼国的夫人怎样进餐

风笛和喇叭和谐地吹奏起来，饭桌上端来了食物。在上头道菜之前，皇后作为清除胃口油腻的美味药品，我是说开胃药品^②，先服了一调羹"贝塔矴"^③。然后，上来的有……

（以下文字原在正文之外，并非正文，Servato in-4 libr.Panorgum ad Nuptias^④：

曾在普罗彭提德海峡^⑤驮过海列和弗里克苏斯的那只羊一切四的四块^⑥；曾奶过朱庇特的那只有名的母羊阿玛尔台阿的两只小羊羔^⑦；奴马·彭比留斯的谋士、名叫伊基利亚的母鹿的小鹿^⑧；曾以歌喉救过罗马塔彼安岩^⑨的那只高贵的鹅所孵的小鹅^⑩；母猪的公猪；古时未被阿尔古斯看好的名叫伊诺的那只母牛所生的牛犊^⑪；尼普顿和茹留斯·波吕克斯 in canibus^⑫的那只狐狸（吴刚称作仙狐）的肺；朱庇特为了向丽达表示爱情变的那只仙鹤^⑬；曾拒绝日耳曼尼库斯·恺撒手里食物的、埃及曼菲斯的那只名叫阿庇斯的牛^⑭，还有被卡考斯偷去、后来又被海格立斯找回来的六只牛^⑮；柯瑞东为阿勒克西斯保留的那一对小羚羊^⑯；厄律曼托斯山^⑰、奥林匹斯山、卡里东城的那只野猪^⑱；帕西法埃所热恋的那只公牛的睾丸筋^⑲；阿克托安所变的那只鹿^⑳；狗熊卡利克

---

① 本章在巴黎国立图书馆的手写本上原缺。原书章回混乱，第13，14章未注章目，第15章原是第33章，第16章是第39章，第17章是第50章，第18章是第51章，第19，20章是第52章，第21章是第53章，其他均未注章次。

② "美味"（sentent si bon）与"开胃"（s'ante cibum）照法文读起来同音，ante cibum是两个拉丁字，意思是"饭前"，指饭前服用的清胃药。

③ "贝塔矽"，据查理·冈普鲁测，原文 pettasinne 是 perasine-résine（一种大戟属植物炼出的胶）在朗格多克土语中的一种变形。按 résine（胶）在当时的蒙帕利埃，是最通用的一种药剂。

④ 拉丁文，"备第4部内《巴奴日婚礼》使用"。此处文字可能原夹在第4部稿内，可是第4部又无《巴奴日婚礼》一章，故一般猜想"4"字可能是"6"字之误，作者原拟续写第6部，内有《巴奴日婚礼》之章目。还有，此处罗列莱名亦不适合灯笼国皇后之御膳。

⑤ 普罗彭提德海峡，即今日连接黑海与爱琴海之马尔马拉海。

⑥ 故事见奥维德《节令记》第3章第851至876行。

⑦ 故事见奥维德《节令记》第5章第111至128行。

⑧ 故事见提特·利维《罗马史》第1卷第19章。

⑨ 塔彼安岩，罗马卡匹多里斯山之南端，高32米，古时为处决犯人之所，现在离地只有2米，神话中说岩上有神灵。

⑩ 故事见提特·利维《罗马史》第5卷第47章。

⑪ 伊诺为伊奥之误，故事见奥维德《变形记》第1卷第600行起。

⑫ 拉丁文，"与狗交手"。神狗和仙狐的故事曾在本书第4部《作者前言》里提到过。

⑬ 故事见奥维德《变形记》第6卷第109行，又《爱经》第1卷第10章第4、5行。

⑭ 故事见普林尼乌斯《自然史纲》第8卷第46章。

⑮ 故事见维吉尔《伊尼特》第8卷第193至267行。

⑯ 故事见维吉尔《牧歌》其2第40至42行。

⑰ 海格立斯曾生擒厄律曼托斯山的野猪（海格立斯的第四伟迹）。

⑱ 故事见奥维德《变形记》第8卷第260行起。

⑲ 见维吉尔《牧歌》其6第45至60行。

⑳ 故事见奥维德《变形记》第3卷第193行起。

斯托的肝①。）

> 美味榧子，
> 骗人谎言，
> 醋熘水壶，
> 三合鸟儿②……

> 接着上来的有……③
> 最后上来的有……④

餐后点心是满满的一大盘插着花的大粪，原来是一盆白色的蜜，上面盖着一块紫红色的丝绸。

喝起东西来也很爽气，用的是古代美丽的爵，只是除了油什么也不喝。油是不合我的口味的，不过在灯笼国是绝妙的饮料，而且喝起来也可以喝醉。我就看见一个连牙齿都掉光了的老"灯笼"，身上穿的是羊皮纸，据说去年还是"灯笼"的小头目呢，她冲着管油的⑤喊道："Lampades nostræestinguntur！"⑥结果喝得烂醉如泥，立刻倒地死去，一点亮光也没有了。有人对庞大固埃说灯笼国一般瘦弱的"灯笼"常常会这样死去，特别是在开大会的时候。

---

① 故事见奥维德《变形记》第3卷第476行起。
② "三合鸟儿"，指公鸡、天鹤、仙鹤合成的一种飞禽，根本不存在。此处共罗列菜名三十六种，均系作者有意虚构，赛内昂曾在《拉伯雷研究杂志》第8卷第191至199页登过《手写本第5部第33章》论文一篇，可作参考。
③ 此处罗列菜名五十种。
④ 此处罗列菜名二十九种。
⑤ 原文 semetieres，一般指"管酒的"，灯笼国的夫人只喝油，故只好译作"管油的"。
⑥ 拉丁文，"我们的灯要灭了！"十童女的比喻中五个愚拙的所说的话，见《新约·马太福音》第25章第8节。

晚餐后，把饭桌收拾起来。乐队比饭前奏得更响了，皇后带头跳起快步舞来，其他的"灯笼""号灯"等也无不一齐参加。跳完后，皇后驾转寝宫，余下的，在风笛神妙的吹奏声中，跳着各式各样的舞，你们可以看到：

《抱紧点，马丁》，

《原来是美丽方济各修女》，

……①

我还看见她们随着圣·玛克桑的一个"号灯"或是巴尔特奈老修院一个打呵欠老手唱的波亚都歌曲②跳个不停。酒友们，请你们注意，一切都进行得非常顺利，殷勤的"号灯"迈着自己的木头腿③，跳得特别起劲。

最后，有人送来睡眠酒，还有可口的苍蝇点心，皇后举着一调羹"贝塔矽"，高喊："请大家尽兴!"她这才让我们随意挑选一个"灯笼"为我们带路。我们挑了又挑、拣了又拣，最后挑上了伟大的比埃尔·拉米④的相好的，我过去认识她，她也认出了我，我们认为她替我们带起路来比别的"灯笼"更顺利、更方便、更聪明、更智慧、更博学、更通情达理、更温和、更能干。

我们向灯笼国皇后表示深切的感谢，然后由七个会跳舞的青年"号灯"伴送我们回船，明亮的狄安娜星已经在发光了。离开皇宫的时候，我听见一个弯腿的"大号灯"说道，一个"晚上好"比从奥吉盖斯洪水以来⑤和逗鹅玩的栗子同样多的"早晨好"还要好得多，他的意思是说，没有比晚上"灯笼"在多情的"号灯"陪伴下吃夜餐更好的

---

① 此处有一百八十个跳舞及歌曲的名字，有的至今尚存，见《15世纪歌曲选》帕里斯版。

② 波亚都人以嗜舞闻名。

③ 指号灯的木柄。

④ 影射作者的好友比埃尔·阿米。

⑤ 奥吉盖斯，上古底比斯国王，据说"奥吉盖斯洪水"为世界上第一次洪水，"丢卡利翁洪水"尚在其后。

事了。这种福气，"太阳"可不是这个看法，朱庇特就是个凭证，他和海格立斯的母亲阿尔克墨涅睡觉的时候，就把她隐藏了两天，因为他不久以前刚刚见过战神和维纳斯如何偷情。

第三十四章

我们怎样到达神瓶的地方

光明的"灯笼"为我们照着路，引导我们万分喜悦地到达大家所希望的海岛，岛上就有神瓶的谕示。

巴奴日一登陆，便踮起一只脚快活地跳起舞来，一边向庞大固埃说道：

"经过千辛万苦，今天总算找到了。"

说罢，又彬彬有礼地向领路的"灯笼"致意，她却嘱咐我们要充满信心，随便看见什么也别害怕。

要到神瓶的大殿去，我们须要穿过一块宽阔的葡萄地，那里有各式品种的葡萄，像法勒纳①、马尔瓦西亚②、"赛麝香"、塔比亚③、包纳④、米尔沃⑤、奥尔良⑥、毕卡当⑦、阿尔布瓦⑧、古塞⑨、昂如、格拉沃、科西嘉、维龙、内拉克⑩等等。这块葡萄地，原是古时善心的巴古斯种植的，因为受到神灵的保佑，所以一年四季跟圣勒摩⑪的橘树一样，枝叶不落，花果满树。领路的华丽的"灯笼"叫我们每人吞吃三粒葡萄，鞋里铺上葡萄叶，左手再拿着一根葡萄枝。

走完葡萄地，还要经过一座古代的牌坊，牌坊上精细地雕刻着一个贪杯者的纪念品，一面是一长溜的酒瓶、酒提子、酒膝子、酒壶、酒坛、酒桶、酒缸、酒瓮、酒罐、古代的酒罃等，都挂在一架枝叶茂盛的葡萄上，另一面是成堆的大蒜、香葱、韭菜、火腿、鱼子、乳饼、熏牛舌、陈奶酪，还有类似糖食的东西，都裹着葡萄叶，非常巧妙地用葡萄藤捆得好好的。此外，还有上百种酒杯，有步行杯⑫、骑马杯、小口杯、大口杯、酒盅、酒缸、酒爵、酒樽、酒碗等等饮酒工具。牌坊正面，有一条饰带，饰带下面，有两行诗，诗的字句是：

穿过此处门洞，
带好领路"灯笼"。

---

① 法勒纳，意大利南部地名，古时以产酒出名，曾受到贺拉斯的歌颂。
② 马尔瓦西亚，希腊拉科尼亚湾半岛名，以产酒出名。
③ 塔比亚，意大利近热那亚地名，以产葡萄著名。
④ 包纳，黄金海岸产葡萄区。
⑤ 米尔沃葡萄酒，作者特别欣赏，曾在本书第2部第5章，第3部第52章，第4部第43章多次提到过。
⑥ 奥尔良葡萄酒，在16世纪很有名。
⑦ 毕卡当，朗格多克产葡萄区。
⑧ 阿尔布瓦，法国汝拉省产葡萄区。
⑨ 古塞，法国孚日省产葡萄区。
⑩ 内拉克，法国洛特·加隆省地名，以产葡萄酒著名。
⑪ 圣勒摩，意大利靠地中海地名，1564年版上是苏勒纳，苏勒纳为法国塞纳省地名。
⑫ "步行杯"原文 verres à pied 原来指"高脚杯"，因为 à pied 一般是"步行"的意思，所以既有"步行杯"，后面便来一个"骑马杯"。

　　庞大固埃说道："'灯笼'，我们已经有了。而且在整个灯笼国也找不到比我们这一个更好更如意的了。"

　　走过这座美丽的牌坊，接着便是一座高大的凉棚，上面爬满了葡萄藤，两面全是数百种颜色各异的葡萄，就连形状也不是天生的式样，而是经过栽培的艺术改造的。颜色分深黄、淡蓝、茶褐、天蓝、纯白、碧绿、乌黑、淡紫，还有杂色的、条子的，形状有长的、圆的、三角的、四方的、卵形的、冠形的、椭圆的，还有长胡须的、带毛的等等。凉棚的尽头爬满古老的常春藤，枝叶茂盛，果实累累。

　　我们光辉灿烂的"灯笼"叫我们用葡萄藤各人做一顶阿尔巴尼亚

式的帽子戴在头上，我们立刻全都照办了。

庞大固埃说道："古时朱庇特的祭司也不敢这样从这下面走过①。"

我们明亮的"灯笼"说道："原因很奥妙。这是因为从下面走过的时候，上面的酒（我指的是葡萄）就仿佛从上面压制住、制服住头脑似的，这是说那些祭司以及一切专务敬神的人应该保持头脑安定，六根清净，而乱性却比任何其他情感更容易在酒醉时发作起来。你们也是如此，假使尊严的祭司巴布②不看见你们鞋里铺满葡萄叶，她决不会许你们进入神瓶的大殿，因为鞋里铺葡萄叶这件事，就根本、彻底和酒醉相反，它明确地指出你们不喜欢酒，而且是不屑一顾的。"

约翰修士说道："我不是学者，我不喜欢这些。不过在我经本上的《启示录》里，我曾看到一件怪事，那就是一个妇人脚踏月亮③。比高曾对我说，这就是为表明她和别的女人种类不同，别的女人都相反地把月亮放在头上，因此，头脑总是跟月亮一样时缺时圆。从这个比喻看来，我容易理解你的话了，'灯笼'夫人，我的朋友。"

---

① 典故见普鲁塔克《罗马问题》第112章。
② "巴布"原文 Babut 是从希伯来文 Bacbuc 来的，意思是"酒瓶"。
③ 见《新约·启示录》第12章第1节。

第三十五章

我们怎样由地下进入神瓶大殿，施农怎样是天下第一城市

我们由一道石灰拱门走进地下，门上粗糙地画着一群妇女和萨蒂尔在跳舞，旁边还有骑着驴嘻嘻哈哈的老西勒纳斯。我向庞大固埃说道：

"这道门使我想起天下第一城市的画窖酒馆来，那里的壁画和这里同样凉爽。"

"天下第一城市是哪里呀？"庞大固埃问道，"在什么地方？"

我说道："就是都兰省的施农呀，也叫该农①。"

庞大固埃说道："我知道施农在哪里，我也知道画窖酒馆。我在那里喝过不少凉爽的美酒，我决不怀疑施农是一座古老的城市，它的纹章就足以证明，上面有这几句话：

施农，施农，
小城，大名②，
往上是树林，往下是维也纳③，

古老的石岩上就是它。

"可是，你怎么说是天下第一城市呢？哪里有这样的记载？你是从哪里联想到的？"

"我从《圣经》上读到该隐是第一个建造城市的人④。所以，很可能他用自己的名字为第一座城市命了名，正像后来有多多少少建筑城市的人，效法他的榜样，用自己名字为城市命名一样，像雅典娜（即希腊文的密涅瓦）之雅典，亚历山大之亚历山大城，君士坦丁⑤之君士坦丁堡，阿德里亚奴斯之阿德里亚诺堡⑥，庞贝之西西里的庞贝优波里斯，卡南⑦之卡南尼城，萨巴之萨巴安⑧，亚述⑨之亚述，还有普陀里美斯⑩，恺撒里亚⑪，台伯留斯⑫，犹太国的赫罗丢姆⑬，也都是这样来的。"

我们正在谈话的当儿，神瓶国总督伟大的弗拉斯克⑭（我们的"灯笼"叫他菲拉斯克⑮）由神殿卫士——都是些法国式的小瓶子——陪伴着出来了。他一看见我们像上面所说的那样，一个个手执葡萄枝，头

---

① 额我略·德·都尔在《佛兰克人通史》第5卷第17章里把施农叫作该农。

② 施农城的纹章上有此一句。

③ 指维也纳河。

④ 见《旧约·创世记》第4章第17节。

⑤ 指罗马皇帝君士坦丁一世（274—337）。

⑥ 阿德里亚诺堡，土耳其城名，现名亚得尔那。

⑦ 卡南，挪亚第二子卡姆的儿子。

⑧ 萨巴安，也门古城名。

⑨ 亚述，古神话中天帝。

⑩ 埃及国王建立的城市。

⑪ 恺撒里亚，罗马皇帝建立的城市。

⑫ 台伯留斯，即腓力基亚的台伯留波里斯。

⑬ 赫罗丢姆，赫罗德建立之城市，离耶路撒冷不远。

⑭ "弗拉斯克"意思是"瓶"。

⑮ "菲拉斯克"是从希腊文 φλοε 来的，意思是"火光"，还有的版本把"菲拉斯克"译作"哲学家"。

戴葡萄藤，同时还认出了我们明亮的"灯笼"，便让我们平安地进去，并吩咐马上把我们领到神瓶的随侍巴布公主那里，她是一切奥理的祭司。于是，立刻便照办了。

第三十六章

我们怎样走四十四个地下梯阶，怎样吓坏了巴奴日

我们顺着地下一座云石梯子走下去，刚迈一步就有一个拐弯，向左转，走了两级，又是一个同样的拐弯，再走下三级，又一个拐弯，接着又走了四级。巴奴日问道：

"到了么？"

"走过几级梯阶，你数过么？"我们华丽的"灯笼"问道。

"一，二，三，四，"庞大固埃在数。

"一共走过多少级？""灯笼"又问道。

"十级，"庞大固埃回答说。

"你用毕达哥拉斯的四①再乘一乘，看是多少，""灯笼"又说道。

庞大固埃算起来："一十，二十，三十，四十。"

"一共是多少？""灯笼"问道。

"一百，"庞大固埃答道。

"再加上第一个立方②，""灯笼"说道。

"八。"

"走完这个宿命的数目，就到神殿的门口了。请注意，这是柏拉图真正的精神发展法③，在学院派里已很出名，可是很少为人了解，算法是：二的一半是一，加上两个整数，再加两个整数的平方和两个整数的立方④。"

在地底下要走这么些梯阶，我们首先就需要有腿，否则，我们就只能像桶滚到地窖里那样往下滚；其次，还需要我们明亮的"灯笼"，因为在往下走的时候，除了她，别的一点光亮也没有，完全跟进到爱尔兰的圣巴特里斯洞⑤、或者贝奥提亚特洛弗尼欧斯的洞穴⑥里一样。

走过七十八级梯阶之后，巴奴日喊叫起来，他向我们明亮的"灯笼"说道：

"明亮的夫人，我抱着一颗沉痛的心恳求你，咱们回去吧。我以天主的死亡起誓，我快要吓死了！我情愿一辈子不再结婚。你们为我出的力，费的心，太大了，愿天主在天堂上报答你们。我从这个穴居人的洞穴里出去之后，决不会忘恩负义。求求你们，咱们回去吧！我担心这里就是进到地狱里去的太那隆⑦，我仿佛已经听见刻耳柏洛斯在吠了。你听！一定是它，否则，就是我有耳鸣病。我对狗从无好感，牙疼得再厉害也及不上狗咬住你的腿。假使这里就是特洛弗尼欧斯的山洞，鬼怪妖魔一定会把我们活活地吃掉，就像古时德米特利乌斯的一个长枪手因为未带面包被吃掉一样⑧。约翰修士，你在这里没有？我

---

① 毕达哥拉斯认为"4"是最完美的数目字。

② 即2的立方。

③ 见柏拉图《提美乌斯》第35章，又普鲁塔克《精神发展论》第11、12章。

④ 算式如下：$1 + (2 + 3) + (4 + 9) + (8 + 27) = 54.$

⑤ 传说圣巴特里斯洞是炼狱的入口处，见本书第1部第2章。

⑥ 阿波罗之子特洛弗尼欧斯曾在贝奥提亚一个山洞里宣布神谕，见本书第3部第24章。

⑦ 太那隆，即希腊的马塔班海峡，据说那里有一洞口可入地狱，神话中海格立斯就是从那里进入地狱的。

⑧ 这个长枪手曾进到特洛弗尼欧斯的山洞里行窃，因未携带蜜糕而被食；故事见包萨尼亚斯《希腊游记》第9卷第39章第12节。

来，就像从前在普罗温斯马丽亚娜那条河沟[1]附近、克罗[2]的平原上、天降石子（到现在还在那里）协助手无寸铁和尼普顿的孩子作战的海格立斯一样[3]。怎么！难道我们是到小孩子的灵薄[4]里去么（天主在上，他们会屙我们一身的！），还要到魔鬼的地狱里去呢？此刻，我鞋内有葡萄叶，我一定会把它们打个痛快！你看我打起架来多厉害啊！你说在哪里吧？它们在哪儿？我只怕它们的角。不过，我想到巴奴日结婚以后头上的犄角，它一定会保护我的。在我充满预见的头脑中，我已经看见他和阿克托安一样犄角满头，满头犄角了。"

巴奴日说道：

"Frater[5]，你要小心，在修女可以嫁人以前，可不要娶一个四日两头疟疾。因为，假使我可以从这座墓穴平安回去的话，单单为了叫你长犄角，我也要和你那一口子睡一觉，否则，我就认为四日两头疟疾是个坏女人。我记得格里波米诺曾经想把它给你做老婆，你骂他是异端[6]。"

我们华丽的"灯笼"这时打断了我们的话，她对我们说到这里须要沉默，不许说话。因为我们鞋里有葡萄叶，如果没有神瓶的话，我们就没有回去的希望。

巴奴日说道："那么，就往前走。是神是鬼，一概不怕。一个人反正只能死一次。我本来留着生命是想用在战场上的。现在别提了，走吧，走，往前走！我有的是胆量和勇气。只是我心里有点跳。这是因为地窖里的寒冷和腐臭。不是害怕，不是，也不是发寒热。走，走，前进，前进，进！"

---

① 指克罗平原上的克拉波纳运河，据说是马利乌斯开凿的；见普鲁塔克《马利乌斯传》第15章。
② 克罗，法国罗尼河口一块荒芜多沙的平原。
③ 神话中海格立斯与尼普顿两个私生子作战，因箭已用尽，朱庇特命下石雨助战。见彭包纽斯·美拉《地球舆志》第2卷第5章。
④ 指耶稣诞生以前的善人和未受洗礼的婴儿死后所去的天堂与地狱之间的地方。
⑤ 拉丁文，"弟兄"，这里是"教士"的意思。
⑥ 见本书第5部第12章末。

第三十七章

神殿的大门怎样神奇地自动开启

下完楼梯，有一座玛瑙大门，光滑无比，做工和式样都是多利多式的①，门上用金字写着一句伊奥尼亚的文字：ἐν ὀίνῳἀλήθεια，意思是"真理在酒中"②。两扇门是哥林多的合金做的③，实心，上有葡萄枝叶浮雕，还依照雕刻术的要求精工嵌着珐琅。两扇门关得又紧又严，既无键，亦无锁，看不见任何扃固的工具，门上只挂着一粒印度钻石，大小有埃及蚕豆那样大④，两头镶有两个直线六角形的赤金柄，两边的墙上挂着两串大蒜。

行至此处，尊贵的"灯笼"向我们说她不能再为我们带路了，请我们原谅她。她要我们放心听从祭司巴布的指示，她自己因为某种原因不能到里面去，个中底细不便对凡人细讲。但是，不拘发生什么事

· 1331 ·

情，她嘱咐我们要头脑冷静，不要惊慌失措，信赖祭司，准可安全出来。说罢，便把悬在两扇门当中的那粒钻石拿下来，扔在右边专设的一个银盒里。然后，从每扇门的枢轴上拉出一条一个半"特瓦兹"长的紫红色丝带，大蒜就是挂在丝带上的。她把丝带的另一头拴在原来镶钻石的两个金柄上，这才向前走去。

忽然间，那两扇门自己开了，也没有任何人动过它，而且开的时候，并不像一般粗笨沉重的铜门那样，发出刺耳怕人的声音，而是从门洞里发出一种柔和悦耳的细声。庞大固埃立刻看出了这是什么缘故，原来每扇门的枢轴下面有一个小型的转轴连在门上，随着门向墙那边开启的时候，它便在一块坚硬光滑的云斑石上转动，这块云斑石因为天长日久磨得平滑无比，所以会发出柔和悦耳的声音。

我很奇怪这两扇门怎么未经任何人推动就自动开启。为了弄明白这一件奇事，我们进门后，便在大门和墙当中的地方仔细查看，想看出是一种什么动力或工具藏在那里。我疑心或许是我们可爱的"灯笼"在门缝里放过那种叫作 ethiopis 的草⑤，因为这种草可以开启一切关闭的东西。可是我发现两扇门后面有一个榫头，是一条用哥林多铜包的钢片。我还看见两张印度磁石的供桌⑥，有半指那么厚，蓝颜色，平而光滑。供桌的边嵌在大殿的墙里面，那里正是大门敞开时接触到墙的地方。所以，由于磁石的吸引力，钢片在自然的玄妙和神奇的规律下，受到了它的力量。因此，门慢慢地被吸开来，不过也不是经常如此，那只有把上面所说的磁石拿开，解除钢铁对磁石自然的顺从力量，还要拿开那两串大蒜。我们那位和悦的"灯笼"就是用那条紫红色丝带

---

① "多利多式"为希腊古代建筑流派之一，以朴素大方著称。
② 见埃拉斯姆斯《箴言集》第1卷第7章第17节。
③ "哥林多的合金"是一种以铜为主的金、银、铜混合金属，见普林尼乌斯《自然史纲》第34卷第2章。
④ "埃及蚕豆"的说法，见普林尼乌斯《自然史纲》第18卷。
⑤ 见本书第4部第62章。
⑥ 普陀里美曾述说印度马尼奥勒岛的磁石把经过的船只吸住，不能走动。

把它挂开的。因为蒜能减弱磁石的力量，消灭它的吸引性能[1]。

两张供桌中，右边的一张上用古罗马字体精细地刻着一句抑扬格的诗句：

Ducunt volentem fata, nolentem trahunt.

（顺命者命带之，逆命者命成之[2]。）

左边的一张上用伊奥尼亚的大写字体秀丽地刻着一句阿多尼斯体[3]的诗：

ΠΡΟΖ ΤΕΛΟΖ ΑΥΤΩΝ ΠΑΝΤΑ ΚΙΝΕΙΤΑΙ
（万物归宗[4]。）

---

① 见普鲁塔克《饮食篇》第2卷第7章。
② 塞内加翻译斯多葛派哲学家克利昂特的诗句；见埃拉斯姆斯《箴言集》第5卷第1章第90节，又第2卷第3章第41节。
③ 一种用扬抑格及扬扬格构成的诗句。
④ 这是一句希腊诗。

第三十八章

大殿的地面是怎样用象征性的图案砌成的

读过桌上的文字，我便着眼观看这座华丽的大殿①。我发觉大殿的地面砌得实在令人惊奇，平心而论，天底下的任何建筑物也无法和它比拟，不管是西拉时代普雷奈斯特②那座命运之神大殿的石板地，还是索苏斯③在倍伽姆斯④为希腊人砌造的人称"阿萨洛图姆"的石板路。此处的地是用小方块石头砌成的，每一块都打磨得光滑细致，它们都是天然色彩，有的是红色云石，上面还有悦目的斑点，有的是云斑石，有的是蛇纹石，有的是闪着原子似的金光的四色石⑤，有的是浮现出一片奶油色光芒的玛瑙石，有的是明光锃亮的天青石⑥，有的是带有红黄纹路的绿色石英石，全是依照对角线的图案排列的。

大门上边，也用小块石头砌的图案形的花样，利用每块石头的天然彩色砌成图案的花纹，看上去仿佛从地上长起的一簇葡萄，毫不矫揉造作。这里密枝高挂，那里疏叶低垂，没有一个地方不是精心出众的镶嵌工程。在半明半暗的光线里，你仿佛神奇地看到这里有蜗牛在葡萄上爬动，那里有壁虎在枝叶间奔跑。还有的地方，露出半熟和全熟的葡萄，制作的技术如此巧妙，真能把椋鸟以及别的小鸟引诱过来，跟赫拉克利亚⑦人佐克西斯画的画那样⑧。的确如此，连我们自己也产生了错觉，因为在建筑家把葡萄枝叶砌得过于浓密而凹凸不平的地方，我们唯恐扭了脚，便迈着大步从上面跳过去，跟遇到了坎坷不平和多石的地方一样。

后来，我抬头观望大殿的拱顶和墙壁，看见拱顶和墙壁也都是用云石和云斑石拼嵌的图案，做工之美着实惊人，从左面望过去，从这一头到那一头，以不可想象的美丽图案拼出了巴古斯战胜印度人的那场战役。

① 此处叙述大部分引自《波里菲鲁斯的梦幻》。
② 普雷奈斯特，拉七奥姆古城名，在罗马东南。
③ 1564年版上是索西特拉图斯，普林尼乌斯在《自然史纲》第36卷第25章又第60章里说有一个叫索苏斯的人曾在倍伽姆斯砌造图案形的地板，人称 Asarotos oecos。《波里菲鲁斯的梦幻》里说造地板的人名叫佐诺多罗。
④ 倍伽姆斯，即特洛亚古城。
⑤ 一种具有赭、红、黑、白四色的云石，见普林尼乌斯《自然史纲》第37卷第2章。
⑥ "明光锃亮"原文 très clair，有的版本上是"名贵非凡"（très cher），据说此种石头质弱易碎，所以特别名贵。
⑦ 赫拉克利亚，小亚细亚古城名。
⑧ 故事见普林尼乌斯《自然史纲》第35卷第10章又第36章。

第三十九章

殿内墙壁上怎样嵌砌了巴古斯战胜印度人战役之图案

　　一开始①，画面上出现若干在焚烧中的城镇堡垒、田园树林，还有一些毫无理智的疯狂妇女正在恶狠狠地把牛羊活活地杀死，吃它们的肉②。我们从这里可以看到巴古斯进入印度时是怎样烧杀劫夺的。

　　尽管如此，印度人并没有重视，他们不屑于出来对付他。他们听信了探子的汇报，说巴古斯军队里根本没有战士，只有一个弱不禁风的小老头，经常醉醺醺的，他身边都是些野人，连衣服也不穿，蹦蹦跳跳，跟小羊似的头上有角、屁股上有尾巴。此外，便是一大堆酒气冲天的女人。因此，他们决定让这些人过去，不用武力对付他们，就仿佛战胜这些人反而是他们的耻辱，不是光荣；是羞耻，是侮辱，而

不是光彩和荣誉似的。

巴古斯在印度人的蔑视下，日有进展，到处放火，因为火和雷是巴古斯从父亲那里传下来的武器。在生到世上以前，他就早已尝过朱庇特的雷了（他母亲赛美列以及他母亲的房子都是被火烧毁的③）。到处流着血，因为血是自然而然地在和平日子里制造、在战争时洒出的。萨摩斯岛上叫作Panaima④的田地就是个证据，Panaima意思就是"到处是血"。亚马孙人从厄菲索斯人的国家里逃跑的时候，巴古斯就在这里赶上了她们，使她们流血致死，因此地上洒满了鲜血。从这里，今后你们可以明白，比亚里士多德勒斯在《疑问篇》里解释的还要清楚，为什么古时人们常常说："战时莫食亦莫种薄荷"了⑤。原因是（在交战时一般是毫无顾惜地互相攻打的），受了伤的人，如果他这一天接触过或者吃过薄荷，别人就不可能、或者说很难为他止住流血⑥。

接着，壁画上是这样表现巴古斯走向战场的。他坐在一辆华丽的战车上，由三对套在一起的小豹子拉着。他的脸，跟小孩的脸一样，标志着爱喝酒的人是从不会老的，红红的像一个小天使，下巴上连一根胡须也没有。头上有尖角，还戴着一顶葡萄枝叶编做的花环和一顶紫红色丝绸的尖帽。脚上穿的是金色皮靴。

跟他在一起的没有一个男人，全部卫队和武力都是些"巴萨里德"、"艾勒伊德"、"厄伊亚德"、"艾多尼德"、"特里忒利德"、"奥吉吉亚"、"米玛罗娜"、"美那德"、"提亚德"、"巴基德"⑦、一些毫无理智

---

① 第39章与第40章之大部分均译自鲁西安的《巴古斯》，其余部分引自欧里庇得斯，普鲁塔克，奥维德，普林尼乌斯等人的作品。
② 见欧里庇得斯《巴古斯祭司》第735至742行。
③ 见欧里庇得斯《巴古斯祭司》第1至9行。
④ 1564年版本上是Paneca，按Paneca仿佛是指一种介壳，见普鲁塔克《希腊问题》第56章。
⑤ 薄荷性寒，亚里士多德在《疑问篇》第20卷第2章里说薄荷能降低体温，减少生殖分泌，所以会使人丧失勇气。
⑥ 希波克拉底在《忌食篇》第2卷里说薄荷能使血液稀薄，易于流通。
⑦ 此处一系列的名字都是指的巴古斯的祭司。

和疯狂凶恶的女人，她们腰里束着活的蛇和长虫，个个披头散发，头上束着葡萄叶，身上披着鹿皮，手里拿着短斧、长锤、戟、钺，样子跟松果差不多，另外还有轻便的小盾牌，一动就响，所以在需要时就拿它当鼙鼓使唤。她们的数目一共是七万九千二百二十七名。

带头的先锋是西勒奴斯，他是巴古斯的心腹，过去在不少场合表现过他的急智和勇敢。这是一个摇摇晃晃的小老头，弯腰曲背、脑满肠肥、两只厚大的耳朵、一个尖瘦的鼻子、眉毛又粗又硬，跟地里的犁沟差不多。骑着一头大卵泡的公驴，手里挂着一根拐杖，遇到需要步战的时候，也可以用它来打仗；此外，身上穿着一件女人的黄色连衫裙。他带的人都是些年轻的粗汉，跟山羊似的头上有角，跟野兔似的后面有尾巴，身上不穿衣服，嘴里不住地唱，两脚不停地跳，这些人的名字叫提蒂尔①和萨蒂尔。数目一共是八万五千一百三十三名。

带领后队的是潘恩，这是个凶恶残暴的家伙。他的下身像一只公山羊，腿上毛茸茸的，头上朝天长着又直又硬的犄角。脸红红的，仿佛在往外喷火，胡子很长。他胆大、剽悍、天不怕地不怕，动不动就发火。左手拿一根笛子，右手拿一条弯曲的棍子。他带领的都是些类似萨蒂尔、赫米潘恩②、爱基潘恩、西尔文斯、法图斯③、拉米亚④、拉莱斯⑤、法尔法代⑥和吕贪⑦的人物，数目一共是七万八千一百一十四名。

他们的口令是："哎噢唉"⑧。

---

① 提蒂尔，多利多人对萨蒂尔的称呼。
② 赫米潘恩，类似爱基潘恩之半人半羊神。
③ 法图斯，罗马神话中山林之神弗奴斯之别号，形象如潘恩和萨蒂尔。
④ 拉米亚，寓言中的魔怪。
⑤ 拉莱斯，罗马神话中田农之神。
⑥ 法尔法代，罗马神话中疯狂之神。
⑦ 吕贪，鬼怪。
⑧ "哎噢唉"原文 evohé 是从希腊文来的，意思是，"勇敢起来"。巴古斯的祭司在祷文中常有"孩子们，勇敢起来！"用的就是 evohé 或 evoé。

第四十章

壁画上巴古斯怎样对印度人作战

接着，看见的是巴古斯对印度人进行的冲击和进攻。

我看见先锋西勒奴斯汗如雨下，不住地打他的驴。那头驴张着大嘴，跟屁股上叮着一只马蜂似的，甩甩摆摆，蹦蹦跳跳。

那些萨蒂尔，有的是都司，有的是把总，有的是队长，有的是班长，一个个用号角吹着战歌，在队伍周围疯狂地旋转，像羊似的跳跃奔腾，一面还不住地放屁，又是踢，又是尥蹶子，鼓励队伍勇敢作战。一个个嘴里不住呐喊"哎噢唉"。那些"美那德"首先发出惊人的叫声，一面还敲打着震耳欲聋的盾牌战鼓，冲向印度人。真是声震天地，壁画上确是形容了出来，比那些画过霹雳、闪电、雷鸣、风响、回声、习惯和鬼神的①阿培利②、底比斯的阿里斯提德斯③等人的艺术远远高明得多。

后来，又看见印度人的队伍，他们已经听到巴古斯把他们的国家蹂躏得不像样子了。走在最前面的是驮着碉楼的大象，周围跟着无数的兵士；不过，对方的"巴基德"吵闹得太厉害了，简直怕人，把印度的大象吓得丢魂失魄，一齐转过身去，向着自己的队伍冲过来，这一来，印度人的队伍反而大败了。

在此处的壁画上，可以看到西勒奴斯用脚后跟狠狠地踢自己的驴，一边按照古代的剑法挥舞棍棒。他骑的那头驴，和叫的时候一样

· 1341 ·

张开大嘴，跟在象后面紧紧追赶。它发出战时的驴鸣，勇气十足地鼓舞着冲击，和古时一次在巴古斯节上那个充满普里亚普斯主义的普里亚普斯，想偷偷地对南芙罗蒂斯强行非礼时，唤醒罗蒂斯的时候一式一样④。

在这里，又可以看见潘恩在那些"美那德"的周围，跷起弯腿蹦跳，一边还吹起笛子鼓励她们勇敢作战。还可以看到一个年轻的萨蒂尔俘虏了十七个国王，一个"巴基德"用腰里的长虫捆住对方四十二个都司，一个小弗奴斯从对方手里抢来十二面亲王队旗，而巴古斯呢，却坐在车里在战地上自在逍遥。他一边哈哈大笑，一边游玩取乐，一边还跟随便什么人举杯饮酒。

---

① 1564年版本上"回声"之后还有"语言"一词，这些东西几乎全是无法绘画的。
② 阿培利，公元前4世纪古希腊名画家。
③ 阿里斯提德斯，公元前4世纪古希腊名画家，生于底比斯。
④ 故事见奥维德《节令记》第1卷第415至440行，又《变形记》第9卷第340行。

　　最后，壁画上是巴古斯旗开得胜，马到成功。只见他凯旋的战车上装满了在梅洛斯山上摘取的常春藤，常春藤在印度是一种特别稀少的植物[①]（物以稀为贵）。后来，亚历山大大帝在印度得胜时就学了他的榜样。他的战车是用象套在一起来拉的。后来，"伟大的庞贝"自非洲得胜回来凯旋罗马时，也效法了他[②]。尊贵的巴古斯坐在车上，用一只酒爵喝着酒。这个，后来马里乌斯在普罗温斯的艾克斯附近战胜散布尔人的时候也效法过他[③]。他的军队头上都戴着常春藤编的花冠，标枪、盾牌、鼙鼓上全是常春藤。甚至于西勒奴斯那头驴的身上也盖满了常春藤。

　　跟在车旁边的是印度被俘的国王，他们被赤金的粗链条捆在车轮

---

① 泰奥弗拉斯图斯在《植物史》第4卷第4章里说印度只有在梅洛斯山上才有常春藤；普林尼乌斯在《自然史纲》第10卷第34章里说印度根本不长常春藤。
② 见普林尼乌斯《自然史纲》第8卷第2章。
③ 见普林尼乌斯《自然史纲》第33卷第53章。

上。巴古斯一帮人欢天喜地地走着，快乐得无法形容，他们抬着从对方得来的无数战利品、掳获物和金银财宝，欢乐地唱着凯歌和小曲，歌颂着巴古斯。

壁画最后一部分是埃及，有尼罗河，有鳄鱼、长尾猿、黑鹳、猴狲、猫鼬、河马等等当地的野兽。巴古斯在两头牛的引领下走进了这个国家，两头牛身上都用金字写着字，一头写的是：阿庇斯，另一头写的是：奥西里斯，因为在巴古斯到此以前，在埃及确是没有见过公牛和母牛。

第四十一章

大殿怎样由一盏神奇的灯照明

　　在开始叙述神瓶之前，我先给你们说一说殿内有一盏神奇的灯，这盏灯虽然在地面之下，可是照得殿内明亮无比，跟正午时光芒四射的太阳照在大地上一模一样。

　　拱顶的正中央系着一个实心金环，有拳头那么粗，上边垂下来三条稍细的银链，做工非常精致，在距离约二尺半的地方成三角形，吊着一块圆形的金片，直径有二肘一"巴尔姆"多长。这块金片上有四个洞孔，每个洞里像小灯似的有一个空心的圆球，口朝上，外围约有两"巴尔姆"长，全是宝石做的，一个是紫石英的，一个是利比亚的红水晶的，第三个是蛋白石的，第四个是代赭石的。每个球里都灌满了由蒸馏器的曲管滤过五次的酒精，和古时卡里马古斯放在雅典城山上帕拉斯的金灯里的油一样[①]永远烧不完，中间有一个点着的灯心，灯心一半是石棉麻做的[②]，就像古时阿莫尼特的朱庇特神殿里用的那样（好学不倦的哲学家克利奥姆布罗图斯曾经见过[③]），一半是卡巴西亚的麻做的[④]，这两样东西不仅不怕火烧，而且越烧越亮[⑤]。

　　在离金片约二尺半的地方，上述的三条银链以同样方式[⑥]吊着一盏纯洁无比的大水晶灯的三个柄，这盏灯的直径约两肘半长，上面的

口约有两"巴尔姆"大。口的中央，有一个同样是水晶的圆盆，样子像个葫芦瓢或者尿盆，深可直达灯底，里面也装满上述的酒精，石棉麻的灯心所冒出的灯头，正好处在大灯的正中央。因此，整个圆形的

---

① 雕刻家卡里马古斯制造过一盏灯，可以日夜不灭，一年只用添一次油。见帕乌撒尼亚斯《阿提刻》第1卷第26章第7节。

② 普林尼乌斯在《自然史纲》第19卷第4章里曾提到一种用石棉做的麻。

③ 见普鲁塔克《神谕的休止》第2章。

④ 即塞浦路斯岛上产的麻。

⑤ 见普林尼乌斯《自然史纲》第5卷第31章。

⑥ 依旧以三角形的方式。

灯都仿佛在烧、在冒火头，正是因为灯头不偏不倚正在中心。人们简直无法对它多看一会，正像无法正视太阳一样，由于灯本身的质料特别晶莹，又做得如此光辉透彻，再加上上面四盏小灯对下面大灯不同颜色的反射（它们都是真宝石的），所以在大殿各处映出一种变化万千的亮光。此外，这种飘忽不定的光亮一遇到镶满大殿内部的光滑石头，立刻便显出一种像雨后晴朗的太阳照在云彩上的虹一般的色彩。

制造得太神奇了，而更神奇的，我看倒是雕塑家在灯的周围嵌镶了一场裸体小孩英勇战斗的画面。他们都骑着小木马，手执风车作为武器，还有用整串葡萄和葡萄枝叶编制的盾牌。他们那种童稚气的姿势和形态，被艺术表现得太妙了，就是真的小孩也不过如此。他们好像不是嵌在灯里的，而是浮在外面，或者至少是稀奇地整个雕在灯上的，在灯内多彩和悦目的光亮辉映下，越发显得栩栩如生。

第四十二章

祭司巴布怎样使我们看到殿内之奇异水泉

我们正出神地观望这座神奇的大殿和殿内值得怀念的神灯，可敬的祭司巴布领着她的随从满面带笑地迎出来。她看见我们像上面所述说的那样，浑身穿戴的都是葡萄，于是便毫不为难地把我们领到大殿中央神灯下面的一座奇异的水泉那里[①]。水泉的构造果然神奇精巧，比戴达鲁斯所幻想的还要惊人得多。

水泉的井口、地基和周围都是明澈透亮的白玉，高达三"巴尔姆"有余，成七边形，每边外部的长度相等，周围有无数柱花、线脚、花边和波纹。内部则成正圆形。外部每个阔角的当中，有一根圆形的柱子，式样有如象牙或玉石的圆筒（现代建筑学家称之为"围柱"），一共有七根，和阔角一样多。柱子的长度，从柱脚到柱顶，是七"巴尔姆"稍微不到一点，刚好是内部圆形井口中心直径的长度。

柱子排列的位置是这样的，如果站在一根柱子的后面，不拘是哪一根，向对面的柱子望过去，就会发觉我们视线的棱锥体在中心结束，从那里起，正好和对面的两根柱子形成一个等边三角形，三角形的两条线是从（我们眼前所看到的）这根柱子同时分出去的，这两条线，从两边两根柱子起，在中间距离的三分之一处，便会遇到它们的底根线，这条线如果用虚线划至中心划得均匀，就正好是柱子之间的距离。因为一条直线，从边上任何钝角处划起，无论如何，在对面也遇不到柱子，这你们全明白，在一切角是奇数的图形里，任何一个角的对面总是两个角的正中间。

由此，可以不言而喻，七个"半直径线"，在几何的比例上，其长度约等于它们划起的那个环形图案的圆周线，相差无几。根据古时厄克里德斯、亚里士多德勒斯、亚尔奇迈德斯等人的指示，三个"整直径线"再加上一个半的八分之一，就多了一点，加上一个半的七分之一，就又少了一点。

第一根柱子，亦即进门处正对我们视线的那一根，是一种天蓝色蔚蓝宝石的。

第二根是天然的风信子颜色宝石的，上面不少地方还看得出希腊字母A和I的形象，这种花样标志着风信子原来就是埃阿斯愤怒的鲜血所变成的[2]。

第三根是避毒钻石的[3]，和闪电一样明亮灼目。

第四根是红宝石的，雄性[4]，红中透紫，发出的光亮像孔雀开屏时那样万紫千红，真有紫石英那般美丽。

第五根是翡翠的，其壮伟胜过埃及人迷宫巨大的塞拉比斯何止五百倍[5]，比当作眼睛装在赫米亚斯王坟上石狮子眼窝里的宝石明亮耀眼得多[6]。

第六根是玛瑙的，斑纹和颜色的华丽多彩，远远超过伊庇鲁斯国

<hr>

[1] 1564年版本上第42章即到此处为止。后面便是第42章（其2），章名是《水泉的水怎样具有饮水人所想象的酒味》，文字和此处亦稍有不同。

[2] 特洛亚战争中，阿基勒斯死后，埃阿斯和乌里塞斯争夺他的武器，希腊人同情后者，埃阿斯愤而持剑自杀，血变为风信子。见普林尼乌斯《自然史纲》第37卷第41章，又奥维德《变形记》第13卷第394行起。

[3] "避毒钻石"，普林尼乌斯说有一种钻石可以消毒去邪，镇鬼压惊，见《自然史纲》第37卷第4章又第15章。

[4] 普林尼乌斯说宝石有雌雄二性，雄性色彩更亮；见《自然史纲》第30卷第7章又第25章。

[5] 据说埃及迷宫内太阳神塞拉比斯的神像高达九"肘"；见普林尼乌斯《自然史纲》第37卷第19章。

[6] 赫米亚斯的坟墓在塞浦路斯岛上；见普林尼乌斯《自然史纲》第37卷第17章。

王比鲁斯珍爱如命的那块玛瑙①。

第七根是透明的花岗岩的，白净如玉，温和有如海迈图斯②的蜂蜜，内部有月亮的形象，仿佛运行于天空，有时圆，有时缺，有上弦，有下弦。这七根柱子的石头，原来就是古时的卡加底亚人和术士认为是天上的七大行星。

这件事，连最愚蠢的人也会一目了然，因为：

在第一根蓝宝石柱子的柱头上，正对中心的垂直线上，有一尊非常名贵、质料纯洁的铅③做的农神像，手里拿着镰刀，脚前边有一只金天鹤，按照这种农神鸟的天然色彩，用人工加的珐琅；

在第二根风信子颜色的柱子上，有一尊用朱庇特铅④造的朱庇特像，面向左望，胸前有一只金鹰，也是依照真鹰的颜色加的珐琅；

第三根柱子上，是一尊钢做的战神像，脚前有一只啄木鸟；

第四根柱子上，是一尊纯金铸造的太阳神像，右手拿着一只白色公鸡⑤；

第五根柱子上，是一尊铜质的维纳斯像，和阿里斯多尼达斯铸造阿塔玛斯像时⑥为表示他看见他儿子利亚古斯摔死时那种白中透红的羞愧神情，用的质料相同，脚前边有一只鸽子；

---

① 据说比鲁斯国王那块宝石上有阿波罗的形象，另外还有九个缪斯奏琴作乐；见普林尼乌斯《自然史纲》第37卷第1章又第3章。

② 海迈图斯，雅典南面阿提刻山名，以产蜂蜜和云石出名。

③ 普林尼乌斯在《自然史纲》第34卷第47章里曾提到一种白色的金属，可能是指"白色的铅"或者"锡"。

④ "朱庇特铅"，一种黑色的铅，见普林尼乌斯《自然史纲》第34卷第17章又第49章。

⑤ 1564年版本上是，"第三根柱子上，是一尊纯金铸造的福勃斯像，右手里拿着一只白色公鸡。第四根柱子上，是一尊哥林多铜造的战神像，脚前边有一只狮子"。

⑥ 阿塔玛斯，神话中的欧尔科美科斯国王，因杀前妻之子未成，被罚失去理智，结果将其后妻伊诺之子利亚古斯摔死。故事见普林尼乌斯《自然史纲》第34卷第14章，又奥维德《变形记》第4卷第510至518行。

第六根柱子上，是一尊用固定的、静止的、不流动的水银造的迈尔古里像，脚前边站着一只仙鹤；

第七根柱子上，是一尊银制的鲁娜[①]，脚前边是她那只小兔。

这些神像的高度，约相等于下面柱子的三分之一略多一点。根据数学家的计算，它们做得如此精巧，就连那大家当作模范的、波里克雷图斯[②]所塑造的被称为艺术加艺术的塑像，也休想和它们相比。

至于柱根、柱头、柱缘、花边以及柱带等都是腓力基亚式的手艺，结结实实，所用的黄金，比蒙帕利埃附近的莱茨河[③]、印度的恒河、意大利的波河[④]、色雷斯的希布鲁斯河、西班牙的德古斯河[⑤]、利地亚的帕克托鲁斯河[⑥]里所产的金子更纯净更精致。柱子与柱子之间的弓形结构，是用下一根柱子的同样宝石构造的，也就是说，从蓝宝石柱子到风信子石柱子之间的弓形结构是用的风信子石，从风信子石柱子到钻石柱子之间的弓形结构是用的钻石，依此类推。

弓形结构与柱头的上面，向内，造起一座华盖，遮住水泉。华盖的边上全是雕像，排列的形势，开始时也是七角形，慢慢地逐渐成为圆形。华盖是水晶的，透明发亮，光洁平滑，在任何地方也休想能找出半点纹路斑点，就是克塞诺克拉铁斯也未曾见过能和它相比拟的东西[⑦]。

华盖内部，依照次序，以非常精细的手艺，镶嵌着黄道十二宫的形象，一年十二月的天气，夏至、冬至、春分、秋分，黄道线，还有若干在南极周围以及其他等处比较显著的恒星，镶嵌之精巧和逼真，

---

① 鲁娜，即月神。

② 波里克雷图斯，公元前5世纪古希腊雕塑家及建筑家。

③ 莱茨河，流过蒙帕利埃入地中海之河流。

④ 波河，在意大利北部，源出维索山，经都灵等地，入亚得里亚海。

⑤ 德古斯河，横贯西班牙与葡萄牙，入大西洋。

⑥ 帕克托鲁斯河，据说任何东西，一接触帕克托鲁斯河的河水，即变为黄金。

⑦ 克塞诺克拉铁斯是鉴别水晶的权威；见普林尼乌斯《自然史纲》第37卷第10章。

我真的相信是尼凯普索斯王①或者古代数学家贝托西里斯②的成绩。

华盖顶上，正对水泉中心，有三粒巨大的珍珠，滴溜滚圆，和泪珠一样，三粒式样完全相同，精致到极点，像一朵百合花似的并在一起，花的大小，直径超过一"巴尔姆"。花托是一粒鸵鸟蛋那样大的红宝石，刻成七边形（七是自然最喜爱的数字），真是霞光万道，瑞气千条，正眼一看，几乎能晃瞎我们的眼睛。它比火、比太阳、比闪电还要明亮，还要灿烂。一看见它，简直和正午的太阳对于星斗那样，不难使印度术士雅尔伽斯的那块宝石顿然失色③。根据正确的估计，这座水泉以及上面所说的那盏神灯，比亚细亚、阿非利加和欧罗巴的全部财富和珍珠加在一起还要贵重得多得多。

埃及皇后克立奥派特拉曾把耳朵上戴的两只耳环，当着罗马执政官安东尼乌斯的面，摘下一只来溶化在醋里喝掉，据估计，价值一千万④"塞斯台尔斯"⑤，让她去炫耀好了。

洛丽亚·保丽娜⑥曾穿着翡翠和珍珠交织的衣服，赢得罗马城全体人民的惊奇，到头来也只不过被说成是抢劫全世界的征服者的玩物，让她去夸耀好了⑦。

水泉的水是从三根荧光石管子里流出来的，这三根管子从上述那个等边三角形的边上螺旋形地向着两边伸出来。

我们看罢之后，正要回过头来往别处观看，巴布却叫我们听一听

---

① 见本书第1部第8章。
② 贝托西里斯的事迹，见普林尼乌斯《自然史纲》第2卷第21章，又第7卷第50章。本书第4部第64章亦有论及。
③ "雅尔伽斯的宝石"，据说是一块光彩夺目的红宝石，使人望而生畏；见菲洛斯特拉图斯《阿波罗纽斯传》第3卷第46章。
④ 原文 cent foys 后面原有一空白，可能是从拉丁文 centies sestertium 直译过来的，意思是"1000万'塞斯台尔斯'"。见普林尼乌斯《自然史纲》第9卷第35章。
⑤ "塞斯台尔斯"，古罗马银币名。
⑥ 洛丽亚·保丽娜的故事，见普林尼乌斯《自然史纲》第9卷第58章。
⑦ 这两段有"和神瓶殿内的财宝比起来真也算不了什么"的意思。

水出来时的声音。细听之下，果然和谐悦耳，潺潺湲湲，断断续续，仿佛来自远方，又仿佛来自地下，听起来比在身边还要动听得多。因此，看到上述的一切，既可目醒神怡，听到悦耳的谐调，又有绕梁之感。巴布对我们说道：

"你们那里的哲学家，不承认运用排列安置，即可产生动力。在这里，你们可以看见并且听见，完全不是如此。单单从这个两面分开的螺旋形的管子，再加上每一拐弯处内部有五个活动叶子（完全像进入右心室的血管一样），水就会从里面流出来，而且发出你们所听到的悦耳声音，一直流到你们那里的大海里[①]。"

---

① 1564年版本上此处不分章，接着便是"说罢，便吩咐叫我们试饮。"

第四十二章

（其二）水泉的水怎样具有饮水人所想象的酒味

说罢，她吩咐把杯、盅、碗取来，有的是金的，有的是银的，有的是水晶的，有的是瓷的，并热情地请我们尝尝此处的水。我们当然欣然从命。因为，老实告诉读者，我们和牛可不一样，它们和那些不敲尾巴不吃东西的麻雀一个类型，非等人拿大棍子打，否则就不吃不喝。可是我们，只要有人亲切地邀请，我们从不推辞。

饮罢之后，巴布问我们泉水如何。我们回答说确是清凉可口，比意大利①的阿尔基隆戴斯河、戴萨里亚的贝内乌斯河②、米格多尼亚③的阿克修斯河、西里西亚的西德奴斯河④——这条河，马其顿的亚历山大见它在夏天顶热的时候如此可爱、如此清冽、如此凉爽，不顾预见到这一短暂的快乐所能引起的疾病，还是跳进去洗浴一番⑤——还要清澈，声音还要悦耳。

"啊！"巴布说道，"你们还没有观察观察自己，也没有体会体会泉水在通过我们肥大舌头以后所有的动作，它并不像柏拉图⑥、普鲁塔克⑦、马克罗比乌斯⑧等人所说的那样，经过弯曲的气管流向肺部，而是从食道下到胃里。远方来的客人，难道你们的喉管果真像古时号称特忒斯⑨的波提鲁斯⑩那样，涂上了东西、垫上一层皮、镀过一层珐琅，连这只有天上有的饮料的滋味也没有分辨出来么？"说罢，又吩咐她身边的那些女孩子："把我的刷子拿来——你们知道我说的是什么——把他们的上颚刮一刮、削一削、刷一刷。"

于是立刻送来肥腻美味的火腿、又粗又长又肥的熏牛舌、大块的咸肉、大批的香肠、鱼干、鱼子、灌肠等等清理喉咙的食物。在这位祭司的指示下，我们吃得一直到承认胃口倒光、觉得渴得要命为止。她这才说道：

"古时，犹太国一位博学英勇的首领[⑪]在旷野里带着人民前进，在极端的饥馑中得到从天上降下来的吗哪，吗哪的味道在他们的想象中，和过去吃过的东西的味道是一样的。我们的水也不例外。喝了此处神奇的饮料，便会感到你们想象中的酒也是同样味道。所以，请你们先想一想，然后再喝。"

我们依照她的话办了。巴奴日高声大叫道：

"天主在上，这真是包纳的酒，比我喝过的还要好，否则让九十再加十六个魔鬼把我带走！为了能够多欣赏一会它的美味，顶好能像菲洛克塞奴斯[⑫]所希望的那样，有一个三肘长的喉咙，或者像美兰修斯[⑬]

---

① 此处有的版本上是 Etolie，有的是 Ætolia，有的是 Etoile。
② 贝内乌斯河，古希腊小河名。
③ 米格多尼亚，马其顿古省名。
④ 西德奴斯河，西里西亚河名，亚历山大曾在出汗时入河沐浴，得病几乎死去。
⑤ 故事见普鲁塔克《亚历山大传》第19章。
⑥ 见柏拉图《提美乌斯》第70章。
⑦ 见普鲁塔克《饮食篇》第7卷第1章。
⑧ 见马克罗比乌斯《农神节》第7卷第15章。
⑨ "特忒斯"原文 Theutès 是从希腊文 τέγγθης 来的，意思是"饕餮者"。
⑩ 故事见阿忒涅乌斯《故事散记》第1卷第6章，说波提鲁斯在舌头上涂上一层东西，能保留食物的美味经久不散。又一说，他在舌头上护上一层东西，吃饭时才取下来。
⑪ 指的是摩西。
⑫ 菲洛克塞奴斯，公元前4世纪古希腊诗人。
⑬ 美兰修斯，神话中一个被酒神变成海豚的人物。

所盼望的那样，喉管像一只天鹤^①！"

约翰修士也叫了起来："凭灯笼国人的信用说话！这是格拉沃的酒，又浓又醇。啊，看在天主份上，我的夫人，请把制造的方法教给我吧！"

庞大固埃说道："我觉得味道像米尔沃的酒，因为在喝以前，我先想到了它。唯一不同之处是更凉，我简直可以说是更冷，比冰还冷，

---

① 故事见阿忒涅乌斯《故事散记》第1卷第5章，第6章。

胜过诺尼①和狄尔赛②的水，比普林多的康脱波里亚的水泉还要冷，虽然康脱波里亚的泉水能把饮水人的胃口和消化器官冻住③。"

巴布说道："再喝一杯、两杯、三杯吧。每次都另外想一种味道，你们会觉着它和你们想象的滋味一模一样。今后，可别再说天主不是万能的了。"

"我们可没有说过这话，"我回答说，"我们一向认为他什么都办得到。"

① 诺尼，即阿尔卡地亚的诺那克里斯城；见帕乌撒尼亚斯《希腊游记》第八卷第十七章。
② 狄尔赛，底比斯附近水泉名；见普林尼乌斯《自然史纲》第4卷第12章。
③ 见阿忒涅乌斯《故事散记》第2卷第2章。

第四十三章

巴布怎样打扮巴奴日，让他能得到神瓶的谕示

我们说罢饮罢之后，巴布问道：

"你们中间是哪一位想得到神瓶的谕示？"

巴奴日说道："是我，你这个卑微的小漏斗。"

巴布又说道："我的朋友，我只嘱咐你一件事，那就是，听神谕的时候，只许用一个耳朵。"

约翰修士说道："这样说来，是一个耳朵的酒①了。"

随后，巴布给巴奴日穿上一件绿色的外套，戴上一顶雪白的风帽，套上一条滤酒的短裤，短裤上面不穿上衣，只有三条飘带，给他手上放了两条古老的裤裆，腰里拴好三只捆在一起的风笛，然后叫他在上文说过的水泉里洗三次脸，在他脸上撒一把面粉，在滤酒的短裤右面装三根雄鸡毛，再叫他围着水泉转上九圈，跳三跳，屁股往地上蹲七蹲，巴布嘴里也不知道用埃托利亚文祷告着什么，还不时望着身边一个助手捧的一本经文念上一通。总之，我想连罗马人第二个皇帝奴马·彭比留斯②、多士干的凯利人③、犹太人的那位神圣的领袖④也没有我看到的礼节多。埃及蒙菲斯供奉阿庇斯的预言家、拉姆奴斯城⑤供奉拉姆奴西亚⑥的厄庇亚人⑦，甚至古人对阿蒙的朱庇特、对菲洛尼亚⑧也没有我在这里看到的礼节繁缛。

　　这样打扮好以后，她才从我们当中把巴奴日领走，从右手一扇金的大门⑨走出神殿。她把他领进一座水晶石和白云石⑩构造的圆形内殿里。这座内殿没有窗户，也没有其他透光的地方，仅仅通过透明的石头，受到太阳的光照⑪。然后，再由石头的反射作用，把亮光照在正殿里面，光辉明亮，仿佛从神殿内部自己产生光亮，而不是来自殿外⑫。工程之奇妙，不下于拉维纳的神殿⑬，胜过埃及开姆尼斯岛上的庙堂⑭。还有一件有关建筑的事也不应该略过不提，那就是它的对称平衡，因为它的直径恰好是殿内拱顶的高度。

　　殿中央有一座白玉砌的七边形的水泉，花饰和镶嵌都特别精细，

---

① "一个耳朵的酒"，是上好的酒。

② 奴马·彭比留斯在罗马制定过礼仪。

③ 凯利，埃托利亚古城名，离罗马不远，为埃托利亚宗教中心，"凯利人"指的是该处教士。

④ 指公元前2世纪制定宗教礼仪的犹大斯·马卡庇斯；又一说指的是摩西。

⑤ 拉姆奴斯城，阿提刻城镇名。

⑥ 拉姆奴西亚，拉姆奴斯城内有内美西斯·拉姆奴西亚的神殿，神像为公元前5世纪古希腊雕塑家菲狄亚斯所塑；见帕乌撒尼亚斯《希腊游记》第1卷第33章；又普林尼乌斯《自然史纲》第36卷第5章。

⑦ 厄庇亚，古希腊一个岛屿。

⑧ 菲洛尼亚，古意大利森林之神。

⑨ 另一解释是"用右手拉着他从一扇金的大门走出神殿"。

⑩ 原文 phengites 和 spéculaires 都是指的小亚细亚卡帕多奇亚出的一种白色透明的云石。

⑪ 普林尼乌斯描写奈罗建造命运之神庙宇的时候就是这样的；见《自然史纲》第36卷第22章。

⑫ 摹仿普林尼乌斯《自然史纲》第36卷第46章之描写。

⑬ 指拉维纳的阿波罗神殿。

⑭ 开姆尼斯浮岛上的庙堂，见希罗多德《历史》第2卷第91节，又彭包纽斯《美拉》第1卷第9章。

泉内的水清澈得和一种在静止状态中的元素一式一样。我们所说的神
瓶就一半坐在这泉水里，瓶上满是纯净透明的水晶，椭圆形，只是瓶
口比它本身的形状稍微高出来一些。

第四十四章

祭司巴布怎样把巴奴日领至神瓶跟前

　　尊严的祭司巴布命巴奴日弯腰屈膝，亲吻水泉的边缘，然后叫他起来，围着水泉跳了三次巴古斯舞①。跳过之后，叫他坐在两个特设的座位中间，屁股冲地，然后打开一本礼规大全，向他左边耳朵里吹了一口气，命他唱出下面一首收葡萄歌②（见图）：

　　这首歌唱罢之后，也不知道巴布往水泉里扔了些什么，只见水泉里的水立刻像布尔格邑③巡行祈祷瞻礼的大饭锅那样沸腾起来。巴奴日一声不响地用一只耳朵听着，巴布跪在他旁边，这时从神瓶里发出一种好像依照阿里斯忒乌斯④的法术所宰杀和准备的那头小公牛的腹内飞出的那群蜜蜂嗡嗡的声音⑤，或者是弓弩手射出的箭的声音，不然就是

---

① 希腊人祭祀酒神巴古斯时跳的舞。

② 收割葡萄时歌颂酒神的赞歌。这首歌，1564年版本上没有，1565年版本上才出现，歌词排在勾画的一个瓶子里面，但不是在第44章里，而是在一张插页上，附在书末目录与四行诗后面。手写本上，画有简略的瓶子，歌词依照瓶子式样，直抄下去，没有依照韵脚分行。

③ 布尔格邑，即昂热附近之圣比埃尔·德·布尔格邑，该处为本笃会修道院。

④ 阿里斯忒乌斯，神话中阿波罗之子，蜜蜂之神，曾教给人类养蜂。神话中说阿里斯忒乌斯无意中害死了奥菲乌斯的妻子欧律狄刻，欧律狄刻的南芙们为她复仇，使阿里斯忒乌斯的蜜蜂全部死亡。阿里斯忒乌斯失望之余，求助于先知普罗忒乌斯，普罗忒乌斯命他宰杀四头公牛，四头母牛，平息欧律狄刻冤魂的怒气，结果从祀牲腹内飞出来整窝的蜜蜂。

⑤ 故事见维吉尔《农事诗》其4第548至556行。

夏天落骤雨的声音。只听见这样的一个字：Trinch①。

　　巴奴日高声叫道："凭天主的道德说老实话！你这个瓶子早就破

---

① 德文，"喝"。

充溢
奥秘
的瓶，
我洗耳
恭听：
勿吝教，
请一言相告
我心何所依据。

曾经征服印度的巴古斯，
已把真理贮藏在
你腹内的如此神圣的液体里

一切谎言，一切欺诈
神圣的酒啊，都不能近你。
愿挪亚的后裔快乐，
愿我们浸透了你。

求你颁赐箴言，
解脱我侪苦难。
决不遗漏一滴
红白不计，充溢奥秘的瓶

充溢
奥秘
的瓶，
我洗耳
恭听：
勿吝教。

了，不然就是有了裂纹，像我们那里对水晶瓶离火太近炸裂开的说法一样。”

这时巴布站起身来，轻轻地用手挽住巴奴日的胳膊，对他说道：

“朋友，快感谢上天的恩典吧，这是理所应当的，因为你已经听到了神瓶的谕示。我可以说，自从我负责神圣的谕示以来，这是我听到的最鼓舞人心、最神圣、最肯定的一个字了。现在起来吧，咱们去找字典去，在那里边可以找到这个字的解释。”

“走！”巴奴日说道，“天主在上！我和没有来以前同样明智。请你说这本书放在哪里。把那个字找出来，看看是怎么个解释。”

第四十五章

巴布怎样解释神瓶的谕示

不知道巴布又往水里扔了些什么，只见泉水的沸腾立刻平息下来。巴布这才把巴奴日领回正殿中央那座给人以生命力的水泉那里。从水里，他捞出一本银子做的厚书^①，样子像个半"木宜"的容器，或者说像《格言集》的第四册^②，在水泉里灌满了水，对他说道：

"你们那里的哲学家、宣教者、博士们，只会对着你们的耳朵灌输好听的话，我们这里是真的从嘴里灌输我们的教诲。因此，我不跟你说：'请你读这一章，请你念这个注释；'我却说：'请你干了这一章，请你品品这一章，请你饮下去这一注释。'古时，犹太国有一位贤哲^③，他吃过整整的一本书，后来便博学到牙齿。现在，请你喝下去一本书，你必定博学到肝脏。来，张开嘴。"

巴奴日张开了嘴，巴布拿起那本银书，我们还真的以为它是一本书呢，因为它的样子确是像一个经本，可是它却地地道道、不折不扣是一个酒瓶，里面满装法勒纳酒，一口气让巴奴日喝了下去。

巴奴日说道："这真是值得注意的一章，确实可信的注释。那神瓶谕示的意思就是这个么？我非常满意，非常满意。"

"是的，"巴布回答说，"因为 Trinch 这个字全世界通用，到处有名，谁也听得懂，它的意思是：'喝'。你们那里叫'褡裢'那个东西，在所有的语言里都是这个叫法，因此，到处都听得懂，正像伊索那篇寓言里④所说的那样，人类生来颈项上就背着一个褡裢，天生是要受罪的，要彼此协助的。天底下不论多厉害的君王，也不能离开人而独自生活。多傲慢的穷人也离不开富人。连那个自认为万能的哲学家希庇阿斯⑤也不能例外。和离不开褡裢一样，人类更不能不喝。所以，我们说，不是笑、而是喝、才是人类的本能。不过，我所说的不是简单的、单纯的喝，因为任何动物都会喝，我说的是喝爽口的美酒。朋友们，请你们记好，酒能使人清醒，没有比这个更靠得住的论断了，也没有比这更真实的预言了。你们自己的学者就足以证明，他们给酒这个字寻找字源的时候说，酒，希腊文叫作οινος，和拉丁文的 vis（力量，能耐）颇多相似⑥，因为它有能力使人的灵魂充满真理、知识和学问。所以，如果你们注意到大殿门口所写的伊奥尼亚文字，你们一定会早已明白真理就在酒中。神瓶既然把你们领到这里，请你们自己来得出你们旅行的意义好了。"

庞大固埃说道："这位可敬的祭司说得再对也没有了。你们头一次跟我谈的时候，我就是这样说的。所以还是 Trinch 一下吧！你们心里

---

① 教士经常使用书本式的酒瓶饮酒，样子像念经，实际是偷喝酒。
② 比埃尔·隆巴尔的作品，为12世纪法国学校里广泛使用的一本教科书。
③ 指的是埃齐基埃尔，所述故事见《埃齐基埃尔文集》第3卷第3章。
④ 本书第2部第15章已有注释。
⑤ 见柏拉图《小希庇阿斯篇》第368行。
⑥ 这是柏拉图的解释；见《柏拉图对话集》《克拉提鲁斯篇》第406行。

受到巴古斯赞歌的鼓舞，觉着如何？"

　　巴奴日说道："大家举杯，

　　　　　　巴古斯在上，大家举杯！
　　　　　　噢，噢，噢，我将比翼双飞，
　　　　　　相亲相偎，
　　　　　　夫妻交配，
　　　　　　举案齐眉。
　　　　　　神谕何为诘？
　　　　　　父性在我心中告诉，
　　　　　　转回故土，
　　　　　　不仅洞房花烛，
　　　　　　而且夫妻和睦，
　　　　　　卿卿我我，
　　　　　　鸳鸯依附。
　　　　　　我的天！我已预见到夫妻美好，
　　　　　　如漆似胶。
　　　　　　我的身体佼佼，
　　　　　　无比勇骁。
　　　　　　我是如意郎君，好人中之好人。
　　　　　　噢，潘恩；噢，潘恩；噢，潘恩①！
　　　　　　我一定结婚，一定结婚，一定结婚！
　　　　　　约翰修士，我向你起誓，
　　　　　　决不含糊，
　　　　　　神谕的指示万分清楚，
　　　　　　这是定而不可移的命中定数！"

---

① 节日中对潘恩神之欢呼。

第四十六章

巴奴日等人怎样狂热地吟诗

约翰修士说道："你疯了么，还是着了迷？你们看他嘴里的白沫！听他不住地胡诌乱吟！真是见鬼，他吃过什么了？他的眼睛像只快死的山羊那样滴溜溜地转个不停！他会不会躲开，到没人的地方去出丑？要不要吃些排风草给他清清胃？要不要像在修院里那样，把拳头伸到喉咙里，一直伸到胳膊肘为止，掏光他肚里的东西？他会不会再恢复常态？"

庞大固埃打断约翰修士的话，说道：

> "告诉你，此乃巴古斯的吟诗狂，
> 神魂颠倒，都只为这醇酽的琼浆，
> 因此才不住地吟唱。
> 老实对你讲，
> 他喝的酒，
> 完全迷住了

他的思想，
于是叫嚷而狂笑，
狂笑而胡闹，
使他的心，
这温柔的地方，
兴奋激昂，
成了我们欢笑的
胜利者与君王。
他的头脑迷离热狂，
对如此崇高的酒客还想讽刺诽谤，
那真是空谈理论家的勾当。"

"怎么？"约翰修士叫了起来，"你也吟唱起来了？天主在上，我们都传染上了！要是高康大此时能看见我们有多好！我的天，是不是也跟你一齐吟唱起来，我真不知道如何好了。吟诗，我可一窍不通，不过，反正是胡诌。圣·约翰在上，我觉得出来，我和别人一样也吟唱起来了！请注意，如果我吟唱不好，请多包涵。

"噢，天主圣父，
你曾以水变作杯中物，
请把我的屁股
变成灯笼为我的邻居照路。"

巴奴日接下去念道：

"皮提亚的祭坛，
也没有指示过
更明确的谕言，

我相信它从得尔福，

辗转相传，

已移至此处水泉。

假如普鲁塔克亦如我们一般，

饮过此处泉水，

他决不再疑难，

得尔福的谕示，

如何像条鳢鲤，

哑口无言。

其实，原因简单，

命运之祭坛已不在得尔福，

而是来至此间；

宣示着未来流年。

阿忒涅乌斯早向我们明言，

所谓祭坛原来就是瓶坛①，

不过，瓶内装的是佳酿，

是真理的美酒醇醇。

作为诤言法范，

没有比瓶内的语言，

预告吉凶祸福，

更为恳切周全。

约翰修士，听我规劝，

乘我等已到此间，

你也应该求得

神瓶的谕示指南，

---

① 原文 Bouteille（瓶）即阿忒涅乌斯在《故事散记》第2卷第6章里所说的"水坛"或"水盆"。

看有无任何阻力，
妨碍你也成家一番。
快，怕的是变化多端，
何妨扮一下"阿莫拉巴干"①，
把我衣服和头上的敷粉，
且洒一些看看！"

约翰修士愤怒地答道：

"成家！我以大酒桶为证，
凭圣本笃的靴子发誓，
只要对我有所认识，
都会断定我的意志，
宁肯一无所有，
也决不做
结婚成家那件傻事！
让自由永远消失？
今后附属于妻室？
天主为证！
那无疑是把我交给亚历山大，
交给恺撒，
交给他的女婿，
交给世上的暴君！"

巴奴日脱下他的外套，解下那身奇怪的打扮，说道：

---

① "阿莫拉巴干"，古代喜剧中丑角，原为土耳其苏丹阿莫拉之长子巴耶塞之绰号，
在戏剧中经常涂粉。又一说"阿莫拉巴干"系一种土耳其舞，那么这里便成了
"跳一下'阿莫拉巴干'舞"了。

"可恶的东西，

让你像毒蛇一样贬入地狱，

而我却像一架竖琴，

升入天庭。

可怜的家伙，告诉你，

我要尿你个淋漓！

你听好，但等你

下到老魔鬼的国家里，

假使，这也是很可能的事，

普罗赛比娜，他的妻子，

看上了你那裤裆里

的东西，

而且爱上了你的

所谓父性的能力，

机会凑巧，

你们同心合意，

倒在一起，

我老实问你，

你难道不把路西菲尔，那个混蛋东西，

送进地狱最大的酒馆里，

去喝酒去？

她对你们修士一向忠实，

而又无比艳丽。"

约翰修士喝道："好了，老疯子，见你的鬼去吧！我吟不上来了，
喉咙给塞住了，还是谈谈如何付账吧。"

第四十七章

怎样辞别巴布，离开神瓶谕示

巴布说道："付账，不用放在心上；只要你们对我们满意，那就皆大欢喜了。此处，在这偏僻的地区，我们行善，不是为了攫取，而是为了施舍，这样，我们便认为很幸福，并不像你们那里的教派所指示的，要从别人身上尽量地攫取，我们这里是向别人尽量地施舍。现在我只求你们一件事，那便是把你们的姓名和国籍登记在我们这本记录簿上。"

说罢，便打开一本又大又厚的簿子，由我们口述，叫她一个助手用一枚金针，像写字似的在簿子上划了许多道道；可是划的是什么，我们看不出来。划好之后，巴布倒满三瓶袋①神水，亲手交给我们，说道：

"朋友们，在这个我们称作天主的智力的圆球佑护之下——它的中心无所不在，它的周围无边无缘——现在你们可以走了。回到你们故乡之后，要证实伟大的财富和神奇的事情都在地下。赛勒斯（她受到全世界尊敬，因为她把农事的技术传授给人类[2]，并发现五谷，使人类不再吃那粗糙的橡子）实在是有道理，她怨恨她女儿[3]会迷恋地下，一定是她预料到，女儿会在地下比她做母亲的在地上见到更多更美好的东西。

"古时贤人普罗米修斯发明从天上拘雷请电的法术，现在这个法术怎样了呢？你们一定是失传了，因为它早已离开了你们那个半球，而来到我们这里使用了。你们看见你们的城市被雷电击毁，有时你们会错误地感到奇怪，你们不明白这可怕的灾祸是谁、是什么、是怎样引起的，可是对我们来说，这是件经常而有益的事。你们的学者抱怨古人把一切都写过了，一点新的东西也不留给他们去发现，很明显这是错误的。天空中所显现的，你们叫作现象的，地上所展示给你们的，江河海洋所包括的，这一切，和地下所贮藏的比起来，那简直无法比拟。所以，在几乎所有的语言里，地下的主宰全是以富字开头[4]。他当你们的学者辛勤探求的时候，总是祈求至上的主宰，这个主宰，埃及人叫作'   [5]'，这在他们的语言里，意思就是'潜伏者''隐匿者'和'神秘者'，以这个名义求他，请他向他们显灵显圣，只要有一个精巧的灯笼人引领，就会扩展他们的知识，使他们不仅认识他创造的一切，而且还认识他自己。因为，古时所有的学者和贤哲，为了确实而愉快

---

① 原文 oyres 是一种用皮缝制的、盛水或酒的瓶袋。

② 见维吉尔《农事诗》第1卷第147行，又奥维德《节令记》第四卷第399行。

③ 神话中赛勒斯的女儿普罗赛比娜是被普路同拐到地下的。

④ 地狱之神普路同，希腊文是 πλούτωγ，与 πλοῦτος（财富）的前一半相同，拉丁文 Dis（普路同）与 Dives（财富）前一半亦相同。

⑤ 原空白。

地完成探求神明和追求知识的路程，认为有两件事是必不可少的，那就是：神的指引和人的协助①。

"比方波斯人当中的佐罗斯台尔，在游学的时候，就找到了阿里马斯普斯做伴侣；埃及人当中的海尔美斯·特里斯美吉斯图斯的伴侣是（　②　）；埃斯古拉比乌斯的伴侣是迈尔古里；奥尔斐乌斯在色雷斯的伴侣是缪斯；还有毕达哥拉斯的伴侣是阿格拉奥费姆斯；雅典人当中的柏拉图，最初的伴侣是西西里岛上西拉库赛城的狄翁③，狄翁死后，是克塞诺克拉铁斯；阿波罗纽斯的伴侣是达米斯④。

"当你们的学者，在上天的指引下，跟着明亮的灯笼人，细心探求人类本性的时候（希罗多德和荷马曾因此被称为"阿尔费斯特斯"⑤，意思是探求者和发现者⑥），一定会认为埃及国王阿马西斯⑦问先哲泰勒斯什么最明智，泰勒斯回答说：'时间'，回答得有理；因为一切潜在的东西，过去是时间造成的，今后也还是由时间来完成⑧，所以古人把农神叫作'时间神'，'时间神'是'真理神'的父亲，'真理神'的女儿又叫'时间'⑨。他们也一定会看到他们以及他们前辈的全部知识，不过是现有知识的一小部分，而且还不一定知道。

"从我此刻给你们的这三个瓶袋里，正像俗话所说的那样：'见到爪牙，就能认出狮子'，你们自己来评判和认识好了。由于瓶内的水受到海水上空的热气，会变得越来越少，这本是元素变化的自然规律，因

---

① 1564年版本上即在此处结束，手写本上尚有以下文字。

② 原空白。

③ 狄翁（前409—前354），柏拉图的学生。

④ 以上叙述均引自开留斯·罗底吉奴斯《古文选读》第23卷（一说第22卷）第4章。

⑤ "阿尔费斯特斯"是从希腊文 ἀλφηστης 来的，原系指希腊一种隆头鱼。

⑥ 见荷马《奥德赛》第1卷第349行，又赫西奥德《神之来源》第511行。

⑦ 阿马西斯，公元前570至前526年埃及第二十六代第八位国王，在位期间为埃及最繁盛之时代。

⑧ 见埃拉斯姆斯《箴言集》第2卷第5章第17节。

⑨ "时间"的女儿又叫"真理"如此循环不止。

而便会产生很洁净的空气，你们可以把它当作清朗、恬静、凉爽的风，因为风，本来就是飘荡流动的空气。运用这股风，一直向右走，高兴的话，根本用不着靠岸，就可以一直走到塔尔蒙①的奥隆纳港。放下帆来，从这个小的风眼望出去，可以看见它像一根笛子似的放在那里，你们只管想这是在水里慢慢地游荡就行了，安全愉快，既无危险，亦无风浪。

"不用担心、也不用想起什么狂风暴雨；风是受到海底波涛的激动才吹起的。也别以为雨没有天空的雷声和密布的乌云就可以来。它一般是受到地底下的召唤才会来的，正和受到天空的吸引才由下而上到地上去一样。那位国王诗人②曾吟唱过'深渊就与深渊响应'的话③，这足可证明。

"这三个瓶袋，有两个是装的上面所说的水，第三个装的水是从人称婆罗门大桶④的那个印度哲人井里打出来的。

"此外，你们船上已经把旅程中所需用的东西都应有尽有地装好了；当你们在这里的时候，我早已吩咐把一切都办妥了。

"朋友们，你们欢欢喜喜地动身吧，把这封信带给你们的国王高康大，请替我们问候他以及他尊贵的王朝内的贵族和公卿。"

说罢，她交给我们一封严密封好的书信，向天主表示感谢以后，让我们从通侧殿的一道门里走出去。在那里，巴布曾让他们提出比奥林匹斯山高一倍的大问题。

我们走过的地方，到处都是一片赏心悦目的风景，气候比戴萨里亚的泰姆培⑤温和，比接连利比亚的埃及那一部分冷热适宜。河流灌溉

---

① 塔尔蒙，即旺代省之萨勃勒·德·奥隆纳。
② 指所罗门。
③ 见《旧约·诗篇》第42篇第7节。
④ 见菲洛斯特拉图斯《阿波罗纽斯传》第3卷第25章又第32章；本书第3部《作者前言》里曾提到过。
⑤ 泰姆培，戴萨里亚的一个盆地，北面便是奥林匹斯山。

和植物茂盛胜过泰米斯古拉[1]，比接连阿基隆的道鲁斯山脉[2]、比犹大海里的希贝尔包里亚岛[3]、比卡斯比亚山上的卡里吉斯[4]还要肥沃，和都林省同样清新、明朗、可爱。最后，我们回到码头上，登上了我们的船只。

---

① 泰米斯古拉，小亚细亚古城名，亚马孙人的首都。
② 道鲁斯山脉，小亚细亚山脉。
③ 希贝尔包里亚岛，据说与西西里岛大小相仿，正处于大熊星座底下，正对克尔特，北风吹不到，所以希贝尔包里亚岛，意译就是"北风吹不到的岛"，岛上土地肥沃，气候四季如春。
④ 卡斯比亚山，道鲁斯山脉的一支，东起幼发拉底河，在美底亚与亚尔美尼亚之间。

短诗一首 ①

拉伯雷已死乎？此处又有书一部。
否，否，他的知心伴侣已把他的精神恢复，
给我们写下了这本书，
它给读者以生命，它使作者精神永垂千古。

纳图尔·吉特 ②

① 这首短诗，手写本及《钟鸣岛》版本上都没有，1564年版本上把此诗排在目录的最后一页，现代版本多将此诗排在《作者前言》前面，不甚合理。此处似可看到作者死时书未写完，而编排此书的则另有其人。

② 纳图尔·吉特，显然系一假名，《16世纪杂志》1925年第12卷第403页上有署名A·杜邦写的一篇《纳图尔·吉特的四行诗注释》，作者在文章里说道，在1583年出版的查理·爱田著《农事与农庄》一书里，开头处有署名纳图尔·吉特的两首十四行诗及一首四行诗，纳图尔·吉特系约翰·图尔凯的化名，约翰·图尔凯则系约翰·德·拉·马耶纳医生的绰号。又一说纳图尔·吉特系历史学家纳图尔·吉特的父亲、拉伯雷的朋友。